KRONDOR :

LA TRILOGIE DE L'EMPIRE **2**

Pair de l'Empire

Du même auteur
aux Éditions J'ai lu

Krondor : La Guerre de la Faille
1 – Pug, l'apprenti, *J'ai lu* 5823
2 – Milamber, le mage, *J'ai lu* 6035
3 – Silverthorn, *J'ai lu* 6150
4 – Ténèbres sur Sethanon, *J'ai lu* 6379

Krondor : L'Entre-deux-guerres
1 – Prince de sang, *J'ai lu* 7667
2 – Le boucanier du roi, *J'ai lu* 7760

Krondor : La Guerre des Serpents
1 – L'ombre d'une reine noire, *J'ai lu* 8187
2 – L'ascension d'un prince marchand, *J'ai lu* 8444

Krondor : La trilogie de l'Empire
1 – Fille de l'Empire, *J'ai lu* 8009
2 – Pair de l'Empire, *J'ai lu* 8140
3 – Maîtresse de l'empire, *J'ai lu* 8260

RAYMOND E. FEIST
& JANNY WURTS

KRONDOR :
LA TRILOGIE DE L'EMPIRE 2
Pair de l'Empire

Traduit de l'américain
par Anne Vétillard

J'AI LU

Titre original :
SERVANT OF THE EMPIRE

TOUNDRA des THÜN
LA
Cité des Magiciens
l'Empire de
TSURANUANNI
AMBOLINA
NESHSKA
Iles de la Garde
Mixoxa
Holan-Qu
Tusan
Migran
Nar
Pes
Mer de Sang
Kelewan
0 100 200 300 400 500 600
Banganok (ruines)
DUSTA
TSUBAR
(la Terre Oubliée)
GRAND DESERT de SABLE

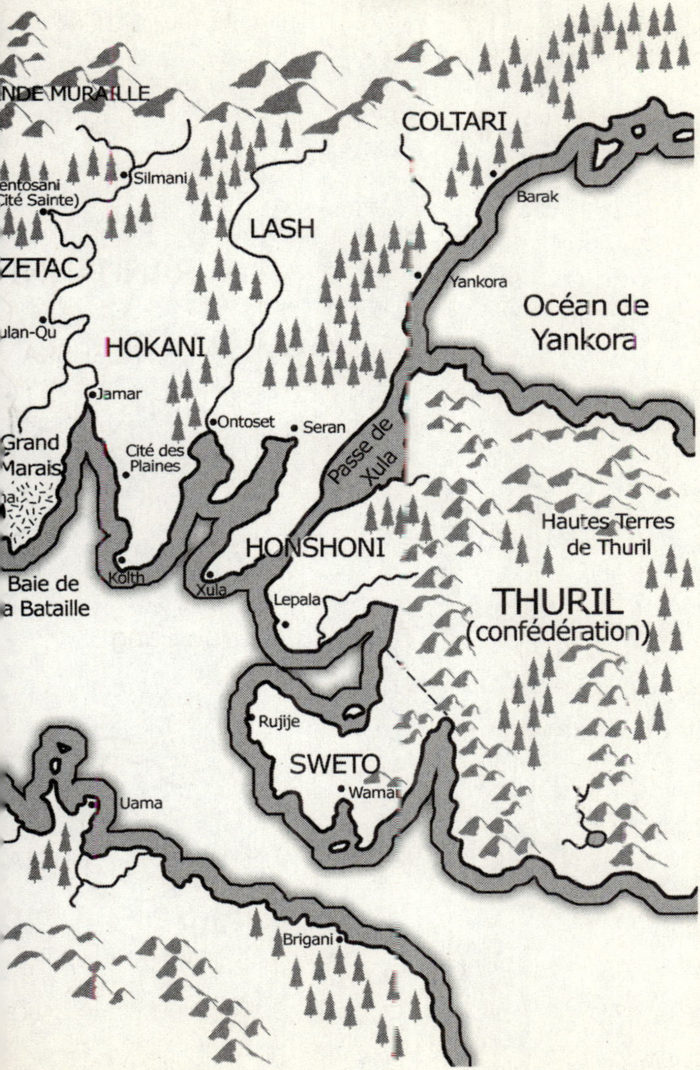

NDE MURAILLE
COLTARI
entosani
Cité Sainte)
Silmani
Barak
LASH
ZETAC
Yankora
Océan de
Yankora
ulan-Qu
HOKANI
Jamar
Ontoset
Seran
Grand
Marais
Cité des
Plaines
Passe de
Xula
Hautes Terres
de Thuril
HONSHONI
Baie de
a Bataille
Kolth
Xula
Lepala
THURIL
(confédération)
Rujije
SWETO
Wamai
Uama
Brigani

1

ESCLAVE

La brise faiblissait.

De petits tourbillons de poussière se déposèrent sur la palissade isolant le marché aux esclaves. Malgré les courants d'air capricieux, l'atmosphère restait lourde et dense, empuantie par l'odeur d'une humanité confinée et sale, mêlée aux effluves de la vase du fleuve et des ordures pourrissant dans la décharge située derrière le marché.

Protégée par les rideaux de son palanquin aux couleurs vives, dame Mara se rafraîchissait avec un éventail parfumé. Si la puanteur la troublait, elle n'en montrait pas le moindre signe. La souveraine des Acoma fit signe à son escorte de s'arrêter. Les soldats aux armures laquées de vert firent halte, et les porteurs en sueur déposèrent le palanquin sur le sol.

Un officier, dont le casque arborait le plumet d'un chef de troupe, donna la main à Mara pour l'aider à sortir du palanquin. Le visage de la jeune femme était toujours empourpré. Lujan ne savait pas si la chaleur était la raison de la rougeur de Mara, ou si elle était toujours en colère après la dispute qu'elle avait eue avec Jican avant de quitter le domaine. Le petit hadonra avait passé la majeure partie de la matinée à protester vigoureusement contre son projet d'acheter ce qu'il jugeait être des esclaves sans valeur. La discussion ne s'était terminée que lorsque Mara lui avait intimé l'ordre de se taire.

Mara s'adressa à son premier chef de troupe.

— Lujan, tu m'accompagneras. Les autres attendront ici.

Devant l'acidité de sa voix, Lujan se garda bien de plaisanter comme il le faisait habituellement, en frôlant souvent les limites du protocole. De toute façon, son premier devoir était de protéger Mara, et le marché aux esclaves était un endroit bien trop public à son goût. Il abandonna rapidement toute tentative de faire de l'esprit pour se préoccuper de la sécurité de sa maîtresse. Pendant qu'il observait les alentours, guettant de possibles ennuis, il se disait que lorsque Mara se plongerait dans son nouveau plan, elle oublierait son désaccord avec Jican. Jusque-là, elle n'apprécierait sûrement pas d'entendre des objections qu'elle avait déjà réfutées en son for intérieur.

Lujan savait que tous les projets que sa maîtresse entreprenait visaient à améliorer sa position au jeu du Conseil, cette lutte de pouvoir enracinée au cœur de la politique tsurani. Comme toujours, ses objectifs étaient la survie et le renforcement de la maison Acoma. Les rivaux et les alliés de Mara avaient compris que la jeune fille naguère inexpérimentée avait mûri et qu'elle était devenue une pratiquante très douée de ce jeu mortel. Elle avait échappé au piège tendu par le vieil ennemi de son père, Jingu des Minwanabi, et avait même réussi à retourner son plan contre lui, l'obligeant à se suicider dans la honte.

Mais, si le triomphe de Mara était actuellement le sujet de discussion en vogue chez les nombreux nobles de l'empire, elle-même avait à peine pris le temps de savourer sa victoire. La mort de son père et de son frère avaient conduit sa lignée au bord de l'extinction. Mara se concentrait maintenant sur l'évaluation des prochains problèmes tout en continuant à manœuvrer pour assurer sa survie. Ce qu'elle avait accompli appartenait au passé, et, si elle s'y attardait, elle risquait de se faire surprendre.

Depuis que l'homme qui avait manigancé le meurtre de son père et de son frère avait trouvé la mort, elle concentrait son attention sur la guerre de sang entre la maison Acoma et la maison Minwanabi. Mara se souvenait du regard de pure haine que lui avait adressé Desio des Minwanabi alors qu'elle passait devant la cérémonie de suicide rituel de son père, en compagnie des autres invités. Desio était bien moins intelligent que son père, mais tout aussi dangereux que lui. Le chagrin et la haine lui donnaient maintenant des raisons personnelles de continuer la guerre de sang : Mara avait détruit son père au faîte de sa gloire, alors qu'il recevait sous son toit le seigneur de guerre pour sa fête d'anniversaire. Puis elle avait savouré sa victoire en présence des nobles les plus influents et les plus puissants de l'empire, en accueillant sur son propre domaine la fête d'anniversaire du seigneur de guerre, déplacée pour la circonstance.

À peine le seigneur de guerre et ses invités avaient-ils quitté les terres acoma que Mara avait imaginé un nouveau plan pour consolider la position de sa maison. Elle s'était enfermée avec Jican pour discuter de l'achat de nouveaux esclaves, afin de défricher les forêts broussailleuses situées au nord du domaine. Il fallait aménager des pâturages, des enclos et des étables avant les vêlements de printemps, car l'herbe devait avoir le temps de pousser afin que les jeunes needra et leurs mères puissent paître.

Grâce à son poste d'officier, Lujan avait appris que la puissance de sa maison ne reposait pas sur la loyauté et la bravoure de ses soldats, ni sur ses concessions commerciales et ses investissements lointains, mais bien sur les needra, ces bovins à six pattes très ordinaires et stupides. Ils étaient la base sur laquelle reposait toute la richesse de la famille. Pour que la puissance des Acoma croisse, le premier devoir de Mara était d'augmenter la taille de son cheptel.

L'attention de Lujan se reporta sur sa maîtresse quand Mara releva légèrement sa robe pour qu'elle ne touche pas la poussière. L'étoffe vert pâle, assez simple, était délicatement brodée aux ourlets et aux manches de silhouettes de shatra, l'emblème des Acoma. La dame portait des sandales à semelles surélevées pour éviter que la saleté des routes ne tache ses chaussures. Le bruit de ses pas résonna bruyamment quand elle monta l'escalier de bois pour accéder à la galerie qui faisait le tour de la palissade. Un auvent de toile délavée abritait toute la construction, offrant de l'ombre aux seigneurs tsurani et à leurs intendants, et les protégeant des rayons impitoyables du soleil. Ils pouvaient ainsi se reposer assez loin de la poussière et de la saleté, être rafraîchis par la moindre brise soufflant du fleuve, tout en observant les esclaves proposés à la vente.

Pour Lujan, la galerie avec ses ombres profondes et ses rangées de bancs de bois était moins un refuge contre le soleil qu'un endroit où n'importe quel assassin pouvait se dissimuler dans les ténèbres. Il effleura l'épaule de sa maîtresse alors qu'elle atteignait le premier palier de l'escalier. Elle se retourna et lui adressa un regard interrogateur et contrarié.

— Dame, expliqua le premier chef de troupe avec tact, si un ennemi nous attend dans l'ombre, il vaut mieux que nous lui montrions mon épée avant votre beau visage.

Le coin des lèvres de Mara se releva, esquissant presque, mais pas tout à fait, un sourire.

— Flatteur, l'accusa-t-elle. Mais tu as raison. (Pour Lujan, elle adoucit son ton formel d'une touche d'humour.) Mais si je me souviens bien des récriminations de Jican, reprit-elle, il croyait qu'il m'arriverait malheur non pas à cause d'un autre souverain mais à cause des esclaves barbares.

Elle parlait des prisonniers de guerre midkemians, qui ne coûtaient vraiment pas cher. Mara manquait de fonds pour acheter suffisamment d'esclaves ordinaires pour défricher la forêt. Comme elle ne disposait d'aucune alternative, elle avait choisi d'acheter des barbares. Ils avaient une réputation d'esclaves indociles et rebelles, qui manquaient totalement d'humilité envers leurs maîtres. Lujan regarda sa dame qui, bien qu'elle lui arrivât à peine à l'épaule, possédait une force qui pouvait consumer tout homme – seigneur, esclave ou serviteur – qui se serait opposé à son indomptable volonté. Il reconnut l'expression décidée de ses yeux sombres.

— Mais je parie qu'avec vous, les barbares trouveront leur maître.

— Sinon, ils souffriront tous sous le fouet, répondit Mara, très déterminée. Non seulement nous ne disposerions pas des terres défrichées dont nous avons besoin avant le printemps, mais nous perdrions aussi le prix des esclaves. J'aurai fait le travail de Desio à sa place.

Ce rare aveu de doute ne suscita pas le moindre commentaire.

Lujan précéda sa maîtresse dans la galerie, tout en vérifiant silencieusement ses armes. Les Minwanabi étaient peut-être en train de panser leurs blessures, mais Mara avait maintenant de nouveaux ennemis, des seigneurs jaloux de sa soudaine ascension, des hommes qui savaient que le nom des Acoma reposait uniquement sur les épaules de cette frêle jeune femme et de son jeune héritier. Elle n'avait pas encore vingt et un ans, leur murmuraient leurs conseillers. Contre Jingu des Minwanabi, elle s'était montrée rusée, mais elle avait surtout eu de la chance, et dans les temps à venir, sa jeunesse et son inexpérience lui feraient commettre des erreurs. Alors, les maisons rivales se lèveraient comme une meute de jaguna, prêtes à détruire les richesses et la puissance des Acoma et à enterrer son natami – la pierre où est gravé l'emblème de la famille et qui personnifie son âme et son honneur – face contre terre, à jamais détourné de la lumière du soleil.

Relevant adroitement sa robe au-dessus de ses chevilles, Mara suivit Lujan le long du premier niveau. Ils dépassèrent l'entrée des gradins inférieurs, réservés selon une coutume non écrite mais inflexible aux marchands et aux intendants des maisons, et montèrent jusqu'au niveau supérieur, destiné à la noblesse.

Comme il s'agissait de la mise aux enchères de Midkemians, les acquéreurs étaient rares. Mara ne vit que quelques marchands qui avaient l'air de s'ennuyer et qui semblaient plus intéressés par les derniers commérages de Sulan-Qu que par la vente. Les gradins supérieurs de la galerie seraient probablement déserts. La majorité des nobles tsurani s'intéressaient plus à la guerre sur le monde de l'autre côté de la faille, ou préféraient saper au Conseil le pouvoir toujours croissant du seigneur de guerre Almecho, plutôt que d'acheter des esclaves indociles. Les premiers lots de captifs midkemians s'étaient vendus à prix d'or comme curiosités. Mais la nouveauté avait perdu de son attrait avec le nombre. Maintenant, les hommes adultes midkemians étaient les esclaves les moins chers du marché ; seules les femmes d'une beauté exceptionnelle, ou celles aux cheveux d'or rouge, très rares, valaient encore un millier de centins. Mais comme les Tsurani capturaient le plus souvent des combattants, les femmes barbares étaient rarement disponibles.

Une brise venue du fleuve agita le plumet de Lujan. Elle fit trembler les plumes de l'éventail parfumé de Mara et osciller ses pendants d'oreilles ornés de perles. Les voix des bateliers leur parvenaient de derrière la palissade, alors qu'ils poussaient sur leurs perches pour faire descendre ou remonter le fleuve Gagajin à leurs péniches. Plus près, dans les enclos poussiéreux construits à l'intérieur de la haute palissade, montaient les cris des marchands d'esclaves et, de temps en temps, le claquement d'une cravache de cuir de needra quand ils frappaient les captifs pour les faire avancer plus vite vers les clients des galeries. L'enclos des Midkemians contenait environ deux douzaines d'individus. Aucun acheteur n'avait demandé de précisions sur eux, car un seul contremaître montait une garde indifférente devant leur enclos. Avec lui se trouvaient un intendant apparemment chargé de distribuer des vêtements, et un comptable portant une ardoise très ébréchée. Mara regarda les esclaves avec curiosité. Tous étaient immenses, dépassant d'une tête le plus grand des Tsurani. L'un d'eux dominait tout particulièrement l'intendant grassouillet, et ses cheveux d'or rouge brillaient sous le soleil de midi alors qu'il tentait de communiquer dans une langue qui ne lui était pas familière. Mara n'eut pas le loisir de mieux étudier le barbare, car Lujan s'arrêta brusquement. Il lui toucha légèrement le poignet en guise d'avertissement.

— Il y a quelqu'un, ici, murmura-t-il.

Il masqua son brusque arrêt en se penchant et en faisant semblant de déloger un caillou glissé dans sa sandale. Il plaça négligemment la main près de son épée, et Mara aperçut par-dessus son épaule musclée une silhouette assise dans l'ombre, au fond de la galerie. Ce pouvait être un espion, ou pire, un assassin. Avec la vente aux enchères de Midkemians, un seigneur audacieux pouvait risquer une attaque en misant sur le fait que le niveau supérieur serait désert. Cependant, si une maison rivale avait appris que Mara avait décidé de se rendre en personne au marché aux esclaves, cela signifiait qu'un espion s'était infiltré très haut dans la maisonnée acoma. La dame s'arrêta, le ventre noué à l'idée que, si elle était assassinée ici, son fils âgé d'un an, Ayaki, serait le dernier obstacle avant l'anéantissement du nom des Acoma.

Puis la silhouette assise dans l'ombre se déplaça, et un rayon de soleil qui passait par une déchirure de l'auvent révéla un visage jeune et beau, qui arborait un sourire surpris et ravi.

Mara tapota légèrement le poignet de Lujan, lui indiquant qu'il pouvait lâcher la poignée de son épée.

— Tout va bien, le rassura-t-elle doucement, je connais ce noble.

Lujan se redressa, le visage impassible, alors que le jeune homme se levait de son banc. Il se déplaçait avec la grâce d'un escrimeur accompli. Il portait une tunique de soie brodée, parfaitement coupée, et des sandales de cuir teinté en bleu de bonne facture. Il arborait une coupe de cheveux de guerrier, et son seul bijou était un pendentif d'obsidienne polie, passé autour du cou.

— Hokanu, précisa Mara.

En entendant ce nom, son garde du corps se détendit. Lujan était absent lors du bain de sang politique qui s'était déroulé au domaine des Minwanabi. Mais par les rumeurs des baraquements, il savait qu'Hokanu et son père, le seigneur Kamatsu des Shinzawaï, avaient été pratiquement les seuls à soutenir les Acoma en cette occasion. Et cela, au moment où la plupart des seigneurs pensaient que la mort de Mara était inévitable.

Lujan se plaça avec déférence sur le côté et, sous le couvert de son casque, observa le jeune noble qui approchait. Mara avait reçu de nombreuses propositions de mariage depuis la mort de son époux, mais aucun de ses soupirants n'était aussi beau ni aussi bien disposé à son égard que le second fils de Kamatsu des Shinzawaï. L'attitude de Lujan était correcte dans ses moindres détails mais, comme tous les membres de la maisonnée acoma, il portait un intérêt tout particulier à Hokanu. Tout comme Mara, d'ailleurs, si ses joues empourprées étaient un indice de ses sentiments envers le jeune homme.

Après les flatteries subtiles des derniers soupirants, le désir sincère d'Hokanu d'obtenir l'approbation de Mara était reposant.

— Dame, quelle surprise parfaite ! Je n'avais pas l'espoir de découvrir une fleur si ravissante dans ce paysage si déplaisant. (Il marqua une pause, s'inclina adroitement, et sourit.) Bien que dernièrement, reprit-il, nous ayons tous constaté que cette fleur délicate avait des épines. Votre victoire sur Jingu des Minwanabi est encore le sujet de toutes les conversations de Silmani, continua-t-il en nommant la cité la plus proche du domaine de son père.

— Je n'ai pas vu la livrée des Shinzawaï parmi les serviteurs qui attendent dans la rue, répondit Mara en lui rendant son salut avec franchise. Sinon, j'aurais fait venir un domestique avec de la glace de jomach et des tisanes fraîches. Ou peut-être préfériez-vous que l'on ne remarque pas votre intérêt pour ces esclaves ? (Elle laissa la question en suspens quelques instants, puis reprit gaiement la conversation Comment va votre père ?

Hokanu inclina poliment la tête et offrit sa main à Mara pour l'aider à s'asseoir sur le banc. Sa poigne était forte mais plaisante, et ne rappelait en rien les manières brutales de l'époux qu'elle avait dû subir pendant deux ans. Mara croisa le regard du fils des Shinzawaï et y vit une intelligence tranquille, amusée par l'innocence apparente de sa question.

— Vous êtes très perspicace, répondit-il en riant soudain avec délice. Oui, les Midkemians m'intéressent beaucoup, et à la demande de mon père, dont la santé est excellente, je tente de ne pas le montrer trop publiquement. (Son expression redevint sérieuse.) J'aimerais pouvoir être franc avec vous, Mara, comme mon père l'était avec le seigneur Sezu. Nos pères ont servi ensemble durant leur jeunesse, et se faisaient mutuellement confiance.

Intriguée par le charme du jeune homme, Mara réprima son envie d'être franche, de crainte de trop en révéler. Elle faisait confiance à Hokanu, mais les Acoma avaient trop récemment échappé à l'anéantissement pour qu'elle prenne le risque de révéler dès maintenant ses intentions. Les domestiques des Shinzawaï pouvaient se montrer trop bavards, et les jeunes hommes loin de chez eux célébraient quelquefois dans la boisson leur liberté et leurs premières responsabilités. Hokanu semblait aussi avisé que son père, mais elle ne le connaissait pas assez bien pour en être certaine.

— Je crains que l'intérêt des Acoma pour les barbares ne soit purement financier, répondit Mara en agitant son éventail avec résignation. La fourmilière de Cho-ja que nous avons gagnée il y a trois ans nous a privés de quelques pâturages. D'après mon hadonra, les esclaves qui défrichent la forêt durant la saison des pluies tombent malades. Si nous voulons avoir assez d'herbage pour alimenter notre bétail à l'époque du vêlement, nous devons acheter de nouveaux esclaves pour tenir compte des pertes. (Elle lança un regard désabusé à Hokanu.) Mais je ne m'attendais pas à trouver de la compétition durant ces enchères. Je suis heureuse de vous voir, mais je suis un peu vexée à la pensée d'être obligée de surenchérir sur un ami tel que vous.

Hokanu regarda ses mains pendant un moment, impassible, puis un sourire se dessina sur ses lèvres.

— Si j'épargne un dilemme à ma dame, devra-t-elle une faveur aux Shinzawaï ? Accepteriez-vous de recevoir à dîner un de ces jours prochains un malheureux second fils ?

Contre toute attente, Mara éclata de rire.

— Vous êtes un démon pour la flatterie, Hokanu. C'est d'accord. Mais vous savez bien qu'il n'est pas nécessaire de me corrompre pour que je vous autorise à me rendre visite au domaine. Votre compagnie est... toujours la bienvenue.

Hokanu regarda Lujan avec une douleur feinte.

— Elle m'invite avec beaucoup de gentillesse pour quelqu'un qui a refusé de m'accorder son hospitalité la dernière fois où je suis venu à Sulan-Qu.

— Ce n'est pas juste, protesta Mara, qui rougit en se rendant compte qu'elle s'était défendue trop rapidement. (Retrouvant son calme et le sens des convenances, elle ajouta Votre requête m'était parvenue à un moment très embarrassant, maître Hokanu.

Elle se rembrunit alors qu'elle repensait à l'espion minwanabi, et à un beau jeune homme importun dont le cœur avait été brisé par l'intrigue et l'ambition qui imprégnaient toutes les facettes de la vie tsurani.

Hokanu remarqua la tension qui assombrissait le visage de Mara. Il éprouva de la pitié pour cette jeune femme, qui avait eu une enfance trop sérieuse et qui, malgré de grands périls, avait trouvé le courage et l'intelligence d'empêcher la ruine de sa maison.

— Je vous céderai les Midkemians, affirma-t-il avec détermination, au prix que vous pourrez marchander auprès de l'intendant.

— Mais je ne voudrais pas vous embarrasser, protesta Mara.

Son éventail tremblait entre ses doigts crispés. Elle était nerveuse. Il ne fallait pas qu'Hokanu le remarque, et, pour distraire son attention, elle agita les plumes de son éventail comme si elle était incommodée par la chaleur.

— Les Shinzawaï ont fait preuve de beaucoup de bonté envers les Acoma, et, pour notre honneur, il est temps de prouver que nous en sommes dignes. Laissez-moi vous céder la vente.

Hokanu regarda la dame, si petite et si délicate, et bien plus séduisante qu'elle ne s'en rendait compte.

Son visage était radieux quand elle souriait, sauf lorsque, comme en ce moment, la tension le rendait presque circonspect sous la poudre de thyza. Le jeune homme comprit immédiatement que sa nervosité prenait sa source bien plus loin que dans un simple engagement d'honneur.

Cette intuition le fit réfléchir. Mara s'était destinée au service de la déesse Lashima, et avait dû au dernier instant renoncer à ses vœux pour devenir souveraine. Selon toute probabilité, elle n'avait pratiquement rien su des hommes avant sa nuit de noces. Et Buntokapi des Anasati, un hâbleur grossier et vulgaire dans ses meilleurs jours, avait été le fils d'un ennemi des Acoma avant de devenir son époux et le nouveau souverain de sa famille. Hokanu comprit soudain que son mari s'était montré brutal envers elle. C'était la raison pour laquelle cette jeune femme, une souveraine et une mère, se comportait comme une adolescente hésitante. Il ne put s'empêcher de l'admirer. Cette femme si délicate avait fait preuve d'une vaillance extraordinaire malgré sa fragilité et son inexpérience. Seuls ses serviteurs les plus intimes avaient dû deviner ce qu'elle avait enduré des mains brutales de Buntokapi. Un serviteur proche d'elle pourrait peut-être lui en apprendre plus s'il parvenait à le convaincre de partager un verre chez un marchand de vin. Mais un simple regard vers le très vigilant Lujan convainquit le fils du seigneur Kamatsu que le chef de troupe serait un mauvais choix. Le guerrier mesurait Hokanu du regard, ayant perçu son intérêt, et quand sa maîtresse était concernée, sa loyauté semblait absolue. Hokanu était certain que Mara savait bien juger les gens – elle l'avait prouvé en restant en vie aussi longtemps.

— Dame, j'ai surtout voulu exprimer ma sincère déception de ne pas avoir eu l'occasion de vous voir lors de ma dernière visite, ajouta Hokanu, essayant de faire sourire Mara sans l'offenser. (Il dissimula son manque d'assurance derrière un sourire désarmant.) Et les Acoma ne devront pas la moindre faveur aux Shinzawaï. Je sais faire preuve de pragmatisme. La plupart des esclaves midkemians sont vendus aux enchères à la Cité des Plaines et à Jamar, et je dois me rendre à Jamar. Devrais-je vous faire attendre la prochaine cargaison de prisonniers qui remontera le fleuve, tandis que je conduirai deux douzaines d'hommes dans cette chaleur insoutenable, les gardant enfermés pendant que je gérerai mes affaires à Jamar, pour leur faire ensuite remonter le fleuve ? Je ne crois pas. Vos pâturages sont une nécessité plus immédiate. Je vous en prie, considérez mon refus de surenchérir sur votre offre comme une simple courtoisie de ma part.

— Une simple courtoisie ? s'exclama Mara, arrêtant d'agiter son éventail avec un soulagement à peine dissimulé. Votre générosité est sans rivale, Hokanu. Quand vous aurez terminé vos affaires à Jamar et que vous reviendrez vers le domaine de votre père, je serai très heureuse de vous voir. Acceptez mon invitation de venir vous reposer quelque temps comme invité des Acoma.

— Alors, le problème des esclaves est résolu, répondit Hokanu en lui prenant la main. J'accepterai votre hospitalité avec un grand plaisir.

Il s'inclina pour sceller leur accord. Quand il se redressa, il vit deux yeux bruns qui l'observaient avec attention. La dame des Acoma l'avait toujours attiré, dès le premier instant où il l'avait vue. Quand il reviendrait de Jamar, il aurait l'occasion de mieux la connaître, d'explorer quelques possibilités, de voir si l'intérêt qu'il lui témoignait était réciproque. Mais maintenant, il comprit intuitivement que sa proximité troublait Mara. Et le marché aux esclaves n'était pas le lieu où découvrir la raison de sa gêne. Plutôt que de l'incommoder au point où le plaisir de le voir se changerait en regret, il se leva.

— C'est donc entendu. Plus tôt je partirai pour Jamar, plus tôt je reviendrai. J'attends avec impatience le moment de vous revoir, dame.

Mara agita son éventail devant son visage. Gênée sans trop savoir pourquoi, elle éprouva à la fois du regret et du soulagement quand elle comprit qu'Hokanu partait. Elle acquiesça de la tête avec toute l'apparence du calme.

— J'attends moi aussi ce jour avec impatience. Portez-vous bien durant votre voyage.

— Portez-vous bien aussi, dame Mara.

Le plus jeune des deux fils Shinzawaï se glissa entre les bancs et quitta la galerie supérieure. Alors qu'il descendait l'escalier frappé par le soleil, il présenta son meilleur profil, un nez droit, le front haut et un menton ferme, qui avaient sans doute suscité l'intérêt de nombreuses filles de la noblesse dans sa province natale de Szetac. Même aux yeux extrêmement critiques de Lujan, Hokanu était un homme d'une grande beauté, avec une excellente position sociale.

Un bruit de voix irritées monta soudain des enclos aux esclaves. L'attention de Mara se détourna de la silhouette d'Hokanu, qui disparaissait dans l'escalier. Elle s'approcha de la balustrade pour comprendre la raison de toute cette agitation. Comme il était impossible de dissimuler un archer au milieu d'esclaves nus, Lujan ne lui demanda pas de rester en arrière, dans l'ombre. Mais il continua à observer les toits des demeures les plus proches.

Mara fut surprise de découvrir que les cris inconvenants étaient poussés par l'intendant qui surveillait les barbares. Petit, dodu et vêtu d'une soie jaune coûteuse, il brandissait son poing sous le menton d'un esclave. Face à lui se tenait le Midkemian aux cheveux roux que Mara avait déjà aperçu, le dos nu luisant de sueur sous le soleil de l'après-midi. Il semblait étouffer à grand-peine un fou rire alors qu'il endurait le sermon de l'intendant. Mara fut forcée d'admettre que la scène était du plus haut comique ; le courtier était petit, même pour un Tsurani, et les barbares le dominaient nettement. Dans un vain effort pour paraître menaçant, leur maître était obligé de se tenir sur la pointe des pieds.

Mara étudia l'étranger. Bien qu'il puisse à n'importe quel moment être frappé par la morsure cruelle d'un fouet, il se tenait droit, les bras croisés, un véritable modèle d'assurance. Il mesurait bien une tête de plus que le contremaître et ses deux assistants, qui se précipitaient au secours de l'intendant. Le barbare baissa le regard vers leur agitation, comme un noble ennuyé par ses bouffons. Soudain, Mara éprouva un sentiment étrange qui lui saisit le cœur, alors qu'elle étudiait le corps aux muscles saillants de l'esclave, amaigri par les privations et le dur labeur. Elle s'efforça de retrouver son calme, et se demanda si la présence d'Hokanu l'avait affectée plus profondément qu'elle ne l'avait cru. Les hommes dont elle devait se préoccuper *en cet instant* se trouvaient en contrebas, dans l'enclos, et son intérêt à leur égard était purement financier.

Mara termina son évaluation directe de l'apparence de l'homme et se concentra sur son comportement devant le contremaître tsurani et ses assistants. L'intendant termina sa diatribe dans un crescendo puis se tut, à bout de souffle. Il agita le poing une dernière fois à la hauteur de la clavicule du barbare. Et au grand étonnement de Mara, l'esclave ne montra pas le moindre signe de soumission. Plutôt que de se prosterner en posant son front à terre aux pieds de l'intendant et d'attendre silencieusement son châtiment, il frottait son menton barbu et, d'une voix grave, parlait dans un tsurani malhabile, ses gestes exprimant la confiance en soi plutôt que l'obéissance.

— Par les dieux, mais regardez-le donc ! s'exclama Lujan, étonné. Il se comporte comme si les esclaves avaient le droit de discuter. S'ils sont tous aussi insolents que celui-ci, ce n'est pas étonnant que les contremaîtres doivent leur arracher la peau du dos pour obtenir d'eux une demi-journée de travail.

— Chut, fit Mara en faisant taire Lujan d'un geste de la main. J'aimerais écouter ce qu'ils disent.

Elle s'efforça de comprendre le tsurani maladroit du barbare.

Soudain, l'étranger cessa de parler et inclina la tête sur le côté, comme s'il avait terminé sa démonstration. L'intendant sortit de ses gonds. Il fit un signe au comptable à l'ardoise et ordonna d'une voix exaspérée.

— Mettez-vous en ligne ! Vous tous ! Maintenant !

Les esclaves se placèrent en ligne sans se presser. Depuis les hauteurs de la galerie, Mara remarqua que les barbares changeaient de place d'une façon très particulière, pour dissimuler les activités de deux de leurs camarades accroupis devant la palissade de rondins, du côté du fleuve.

— Que crois-tu qu'ils fassent ? demanda Mara à Lujan.

— Une bêtise quelconque, répondit le guerrier en haussant les épaules à la mode tsurani, dans un mouvement très léger. J'ai déjà vu des needra faire preuve de plus d'intelligence que cet intendant.

En contrebas, le contremaître et l'assistant à l'ardoise commencèrent laborieusement à compter les esclaves. Les deux hommes qui se trouvaient près de la palissade rejoignirent les autres avec un temps de retard. En faisant semblant de trébucher et de perdre l'équilibre, l'un des hommes bouscula ses compagnons, ce qui fit perdre le fil au comptable. Effaçant son ardoise, il recommença depuis le début, baissant le regard pour marquer à la craie chaque esclave qu'il dépassait, tandis que l'intendant jurait et suait en protestant contre le retard.

Chaque fois que le comptable consultait son ardoise, les barbares indisciplinés changeaient de position. L'homme au fouet distribua quelques coups pour tenter de rétablir l'ordre. En sautant en arrière pour esquiver un coup, l'un des esclaves cria dans sa langue natale une phrase qui ressemblait furieusement à une obscénité, et les autres se mirent à rire. Le fouet retomba pour faire taire les esclaves placés près du contremaître, ce qui les fit tous reculer. La ligne d'esclaves se brisa, se bouscula et se reforma dans le dos de l'homme. Le comptable releva les yeux, désespéré. Il avait à nouveau perdu son compte.

— Nous serons tous morts et réduits en cendres avant que tu aies fini de les compter ! se mit à crier l'intendant, faisant preuve d'une impatience honteuse.

Il frappa dans ses mains vers un homme qui attendait sur le côté. Un moment plus tard, un domestique entra dans la cour avec une corbeille remplie de pantalons et de chemises de toile grossière, qu'il commença à distribuer aux esclaves.

À ce moment, le barbare roux commença à hurler des insultes au contremaître. Son tsurani était peut-être hésitant et il avait un fort accent, mais au cours de sa longue marche depuis le début de sa captivité, un gamin des rues avait dû lui apprendre un excellent répertoire d'injures. Le contremaître resta bouche bée, incrédule, devant les implications biologiques de ce que l'étranger venait de dire à propos de sa mère. Puis son visage prit une teinte écarlate et il décocha un coup de fouet au barbare, que celui-ci esquiva avec adresse. Une course-poursuite s'ensuivit entre le grand Midkemian et le tsurani bedonnant.

— Quel dommage que ces barbares doivent être brisés, commenta Lujan en riant. Cette scène est beaucoup plus drôle que les comédies des troupes de baladins itinérants. Le barbare a vraiment l'air de beaucoup s'amuser.

Un mouvement attira l'œil de Lujan vers le coin de l'enclos le plus éloigné.

— Ah, s'exclama-t-il, il semble que toute cette agitation ait effectivement un objectif.

Mara avait elle aussi remarqué que l'un des esclaves s'était à nouveau accroupi près de la palissade. Un instant plus tard, il sembla enfoncer quelque chose sous les rondins.

— Par la sagesse de Lashima, remarqua-t-elle avec un sourire étonné. Ils sont en train de chaparder des chemises !

La galerie offrait une excellente vue sur toute l'opération. Le géant aux cheveux roux courait à toute vitesse dans l'enclos. En dépit de sa taille, il se déplaçait avec la grâce d'un sarcat – le prédateur à six pattes des prairies, rapide et silencieux – évitant au début toutes les tentatives du contremaître pour le rattraper. Puis, étonnamment, il commença à avancer d'un pas lourd, comme une needra gravide. Le contremaître se rapprocha. Le barbare esquiva de peu un nouveau coup de fouet, puis trébucha, glissa, traîna des pieds, et souleva une immense quantité de poussière. Il bousculait aussi fréquemment ceux de ses camarades qui avaient déjà reçu leur pantalon et leur chemise. Ces hommes soudain maladroits tombaient et se roulaient dans la terre ; sous la couche de poussière et dans l'agitation, les vêtements disparaissaient miraculeusement. Certains étaient roulés en boule et passés à d'autres esclaves ; de temps en temps, une chemise se dépliait et tombait, pour être ramassée par un autre homme. De cette manière, les vêtements passaient jusqu'à l'homme accroupi près de la palissade. Au moment opportun, il enfonçait discrètement le tissu dans un trou et récupérait quelques jetons de coquillage, qui servaient de monnaie dans l'empire, et que quelqu'un leur glissait depuis l'extérieur. Le Midkemian les essuyait alors, contre son torse velu. Puis il les plaçait dans sa bouche et les avalait.

— Il doit y avoir des petits mendiants de l'autre côté, commenta Lujan en secouant la tête. Ou peut-être le fils d'un batelier. Mais je me demande bien pourquoi un esclave pense avoir besoin d'argent.

— Ils font certainement preuve d'une grande ingéniosité... et de sang-froid, observa Mara.

Lujan la regarda d'un œil perçant. Qu'elle ait par erreur concédé des qualités honorables à des hommes qui, selon les lois inflexibles de la société tsurani, étaient plus bas dans l'échelle sociale que le plus misérable des mendiants pouilleux vivant dans les caniveaux, fit réfléchir le chef de troupe. Le désespoir avait appris à Mara à réexaminer les traditions de son peuple, et elle avait quelquefois obtenu des résultats ingénieux. Lujan lui-même était entré à son service grâce à son interprétation peu orthodoxe des coutumes, mais même lui ne pouvait deviner ce qu'elle discernait chez ces esclaves barbares. Tentant de comprendre sa fascination, le guerrier regarda le conflit qui continuait dans l'enclos.

Le contremaître avait appelé des renforts. Plusieurs gardes musclés, équipés de perches pourvues d'un nœud coulant en cuir, entrèrent dans l'enceinte et coururent droit sur le rouquin turbulent. Ils repoussèrent les esclaves qui tentaient de les gêner à coups de coude ou les frappèrent avec leurs sandales à bout tranchant. L'un des barbares tomba, le tibia en sang. En voyant cela, les autres esclaves s'écartèrent rapidement et laissèrent le champ libre aux soldats. Le meneur aux cheveux roux ralentit aussi son allure. Il préféra se laisser encercler plutôt que de risquer d'être blessé en étant maîtrisé brutalement. Les guerriers le capturèrent avec leurs nœuds coulants et le traînèrent devant l'intendant au visage écarlate, poussiéreux, dont la robe avait maintenant grand besoin d'un lavage. Ils jetèrent leur immense captif à genoux et l'immobilisèrent, pendant que le contremaître hurlait qu'on lui apporte des lanières de cuir de needra durci pour maîtriser cet indomptable sauvage.

Mais le barbare n'était toujours pas soumis. Comme s'il ne comprenait pas que le contremaître pouvait le faire exécuter d'un simple geste de la main, il rejeta sa chevelure emmêlée en arrière et fixa ses geôliers de ses grands yeux bleus. Durant la bagarre, il avait reçu une estafilade sur la pommette. Du sang coulait sur son visage et dans sa barbe hirsute de couleur feu. Il ne devait pas avoir dépassé vingt ans, et même le traitement brutal des gardes n'avait pas dompté sa fougue. Il dit quelque chose. Mara et Lujan virent le visage de l'intendant blêmir, et l'un des gardes réprima un éclat de rire, qui n'avait rien de tsurani, derrière son gantelet laqué. Le contremaître au fouet réussit mieux à garder son sérieux. Il répondit d'un coup de fouet, puis donna un coup de pied au barbare, le faisant tomber face contre terre.

Mara ne sourcilla pas devant la violence du geste. Sur son domaine, les esclaves désobéissants étaient battus pour des raisons bien moindres que la conduite outrageante de ce barbare. Mais elle n'était pas choquée par les actes du rouquin, inconcevables selon les mœurs de sa société. Elle s'était familiarisée avec les coutumes des Cho-ja, et respectait leur façon de vivre et leur sagesse, bien qu'elles lui paraissent très étranges. Pendant qu'elle observait les esclaves dans l'enclos, elle se disait que ces hommes étaient aussi humains qu'elle, mais que leur monde était très différent de celui de Kelewan. C'étaient des étrangers, et peut-être ne comprenaient-ils pas l'étendue de leur malheur : sur Kelewan, un homme ne quittait la condition d'esclave qu'en franchissant les portes de la mort. Un esclave n'avait ni honneur ni âme ; il était aussi insignifiant qu'un insecte, et son maître pouvait le plonger dans la misère ou le confort avec aussi peu d'arrière-pensées qu'il regardait une abeille rouge récolter du pollen pour faire du miel.

Un guerrier tsurani préférait mourir de sa propre main plutôt que de se laisser capturer par l'ennemi – les prisonniers étaient généralement des blessés, des hommes tombés dans le coma ou des lâches. Ces Midkemians avaient sûrement disposé des mêmes options et, comme ils avaient préféré survivre plutôt que de conserver leur honneur, ils avaient choisi leur sort.

Mais le rouquin ne semblait absolument pas résigné. Il roula sur le côté pour échapper à la morsure du fouet et s'écrasa contre les sandales de l'intendant. L'homme grassouillet hurla, trébucha, et fut sauvé de la chute par le comptable qui laissa précipitamment tomber son ardoise pour saisir à pleines mains la soie jaune du vêtement froissé. L'ardoise tomba à plat dans la poussière et le barbare, avec un extraordinaire sens du subterfuge, roula dessus. Les inscriptions à la craie furent effacées par la sueur et la poussière ; et Mara, dans la galerie, constata avec un étrange tressaillement que la corbeille était vide. Un tiers seulement des hommes alignés dans la cour étaient habillés ; certains n'avaient pas de pantalon et d'autres étaient torse nu. Même si le rouquin avait gagné une correction, et peut-être même la mort par pendaison, il avait remporté une petite victoire sur ses geôliers.

Les soldats avec les perches se rapprochèrent. La chaleur et l'épuisement leur avaient ôté toute patience, et cette fois leurs coups visaient à mutiler le rebelle.

Sur un coup de tête, Mara des Acoma bondit sur ses pieds.

— Arrêtez ! cria-t-elle depuis la galerie.

Le ton de commandement de sa voix provoqua l'obéissance immédiate des guerriers. C'était une souveraine, et ils n'étaient que des serviteurs. Conditionnés à suivre les ordres, ils baissèrent leurs perches et cessèrent de frapper le Midkemian. Surpris, l'intendant rajusta ses vêtements à la hâte. Pendant ce temps, l'esclave barbare roulait sur le sol poussiéreux et creusé d'ornières. Il se redressa inconfortablement sur un coude et leva le regard.

Il sembla très surpris d'avoir été sauvé par une jeune femme de petite taille, à la chevelure d'un noir de jais. Mais il continua à la dévisager effrontément, jusqu'à ce que le comptable le frappe au visage pour lui faire détourner le regard.

Les sourcils de Mara se froncèrent sous l'effet de la colère.

— Je vous ai dit d'arrêter ! S'il reçoit encore un coup, j'exigerai que vous payiez une amende pour avoir endommagé une marchandise alors qu'un acquéreur attend de faire son offre.

L'intendant se redressa immédiatement, stupéfait, oubliant complètement sa tunique de soie jaune abîmée. Il écarta de ses tempes ses cheveux trempés de sueur, comme si en rajustant son apparence il pouvait faire oublier son manque de décorum. Voyant la dame des Acoma dans la galerie des acheteurs, il s'inclina très bas, en se mettant presque à genoux. Après la démonstration de désobéissance du rouquin, il savait qu'il aurait de la chance s'il parvenait à vendre ce lot de Midkemians au prix d'un poisson rouge. Que cette dame ait assisté à la scène et souhaite encore acheter les esclaves était un miracle qu'aucun homme sensé ne devait remettre en question.

Consciente qu'il n'était pas en position de marchander, Mara agita son éventail dans un geste d'indifférence étudié.

— Je pourrais peut-être offrir trente centins pour ces barbares, déclara-t-elle lentement. Mais si le grand esclave perd trop de sang, je pourrais m'en abstenir.

En entendant cela, même Lujan haussa les sourcils. Il se demandait lui aussi si la dame se montrait bien sage en achetant ces esclaves indisciplinés. Mais un guerrier n'avait pas à donner son avis. Il garda le silence pendant que, dans l'enclos, l'intendant se retournait vers le comptable et l'envoyait chercher des linges et de l'eau. L'homme revint et reçut immédiatement la tâche humiliante de nettoyer les plaies du rouquin.

Mais le chef des barbares n'accepta pas sa sollicitude. Il tendit un poing énorme, et en dépit de ses liens, bougea assez rapidement pour attraper le poignet du comptable. Depuis la galerie, Mara n'entendit pas ce qu'il disait, mais le serviteur abandonna le chiffon et la bassine comme s'ils lui brûlaient les doigts.

L'intendant ignora cette nouvelle démonstration de désobéissance avec un sourire nerveux. Il n'avait pas du tout envie de mettre à l'épreuve la patience de la dame en ordonnant des représailles contre l'esclave. Il tenta de se conduire comme si tout se déroulait comme prévu, pendant que l'un des camarades du barbare sortait des rangs et commençait à nettoyer les blessures de son compagnon.

— Dame, l'acte de vente peut être rédigé immédiatement, dans le confort et la tranquillité de mon bureau. Je vais faire chercher des fruits givrés pour que vous puissiez étancher votre soif, pendant que vous attendrez pour signer. Si vous étiez assez aimable pour me rejoindre dans mon bureau...

— Ce ne sera pas nécessaire, répondit sèchement Mara. Envoie ton scribe dehors, car je désire que ces esclaves soient immédiatement conduits sur mon domaine. Dès que j'aurai l'acte de vente, mes guerriers les prendront en charge. (Elle prit le temps d'examiner une dernière fois l'enclos et ajouta C'est-à-dire que je signerai la vente quand ces esclaves auront été correctement habillés.

— Mais..., balbutia l'intendant, consterné.

Le comptable semblait amer. La corbeille sortie de l'entrepôt avait contenu assez de pantalons et de chemises pour habiller trois lots d'esclaves venant de Jamar, mais un grand nombre de Midkemians étaient encore nus ou à moitié vêtus. Il devrait sûrement mener une enquête, et sans le moindre doute ordonner quelques corrections, mais l'impatience de la dame mettait fin au problème. D'un geste furieux, l'intendant indiqua au comptable de fermer les yeux et d'en finir une bonne fois pour toutes. À trente centins le lot, il ne réalisait qu'un maigre profit sur ces esclaves. Mais, s'il refusait cette offre, il courait le risque qu'ils restent ici sans jamais être vendus, encombrant les enclos et mangeant du thyza qui pourrait être mieux employé à engraisser des esclaves plus dociles – et qui valaient cinq à dix centins pièce.

L'intendant savait quel manque à gagner il préférait annoncer à ses investisseurs, et il retrouva un peu de son aplomb.

— Envoyez mon coursier chercher un scribe afin qu'il rédige le document pour la dame.

À mi-voix, il répondit sèchement à un subordonné qui commençait à protester, sûrement une exhortation à se dépêcher de peur que la dame ne reprenne ses esprits et change d'avis.

L'assistant sortit à toute vitesse. La dame dans la galerie ne prêta pas attention à son départ ; elle regardait le barbare roux qu'elle avait acheté sur un coup de tête et sur une intuition. Il l'observa à son tour, et quelque chose dans l'intensité de ses yeux bleus la fit rougir comme Hokanu des Shinzawaï n'avait pas réussi à le faire.

Mara se détourna subitement et, sans adresser la parole à son chef de troupe, descendit rapidement l'escalier de la galerie pour regagner la rue. Le chef de troupe n'eut qu'un pas à faire pour la dépasser et reprendre sa place. Il se demanda si son départ précipité était dû à son impatience à rentrer chez elle ou à un malaise soudain.

Refusant de considérer la moindre hypothèse, Lujan s'inclina pour aider Mara à monter dans son palanquin.

— Jican va s'arracher les cheveux.

Mara étudia le visage de son officier et ne trouva aucune trace de son humour habituel. Au lieu de son ironie moqueuse, elle n'y lut que l'inquiétude – ou peut-être un autre sentiment.

Puis le scribe de l'intendant apparut avec les documents permettant d'établir la vente. Mara signa, impatiente de partir.

Les esclaves furent sortis de l'enceinte et franchirent la porte, bavardant bruyamment et grommelant dans leur langue. Lujan fit un signe de tête presque imperceptible, et la compagnie de gardes de Mara commença à organiser les deux douzaines de Midkemians pour le retour au domaine acoma. La tâche était ardue, à cause de la mauvaise compréhension du tsurani des esclaves, et de leur tendance incroyable à discuter les ordres. Aucun esclave tsurani n'aurait jamais osé réclamer des sandales quand on lui demandait de marcher. Déconcertés par cette attitude de défi totalement irrationnelle, les soldats commencèrent par les menacer puis eurent finalement recours à la force. Leur patience s'amenuisait de minute en minute. Les soldats n'étaient pas des contremaîtres, et battre des esclaves était en dessous de leur rang. Être vus en train de malmener des biens dans une rue publique leur faisait honte et ne faisait pas honneur à leur maîtresse, qui était maintenant prête à partir.

Le dos trop rigide de Mara, assise immobile sur ses coussins, trahissait sa gêne devant cette manifestation vulgaire. D'un geste, elle ordonna à ses porteurs de soulever les perches du palanquin. Elle leur demanda de marcher assez vite, pour être sûre que la traversée des rues de Sulan-Qu serait brève.

Mara fit signe à Lujan de la rejoindre, et après une courte discussion, ordonna d'emmener les esclaves midkemians par la route la plus discrète. Ils devraient traverser les quartiers pauvres regroupés sur les rives du fleuve, en passant par des rues encombrées d'immondices et de flaques d'eau croupie. Les guerriers tirèrent leurs épées et encouragèrent les esclaves récalcitrants à avancer en les frappant du plat de leurs lames. Les brigands et les voleurs ne représentaient pas une menace pour une compagnie aussi vigilante et expérimentée que la leur, mais Mara souhaitait rentrer rapidement pour d'autres raisons.

Ses ennemis s'intéressaient toujours à ses faits et gestes, même s'ils étaient insignifiants, et des rumeurs se répandraient sur sa visite au marché aux esclaves. À l'heure actuelle, l'intendant et ses subordonnés étaient probablement en train de se diriger vers une taverne, et si un seul commerçant ou marchand entendait par hasard leurs suppositions sur les raisons qui avaient poussé la dame des Acoma à acheter des esclaves de l'autre monde, des bruits commenceraient immédiatement à courir. Une fois sa présence en ville connue, des agents ennemis se dépêcheraient de la rattraper pour épier tous ses mouvements. Les Midkemians étaient destinés à la préparation de nouveaux pâturages à needra, et Mara souhaitait garder ce secret le plus longtemps possible. Même si cette information était triviale, tout ce que ses ennemis apprenaient affaiblissait les Acoma. Et le souci principal de Mara, depuis le jour où elle était devenue souveraine, était de protéger la maison de ses ancêtres.

Les porteurs du palanquin s'engagèrent dans l'une des rues qui suivaient les rives du fleuve. Elle se rétrécissait pour se transformer en une venelle qui serpentait entre des bâtiments délabrés, et ne laissait que très peu d'espace libre de chaque côté du palanquin. Des galeries masquées en partie par d'épais rideaux de cuir surplombaient les rues, obstruant la lumière du soleil. Les générations successives de propriétaires avaient ajouté des étages. Chaque niveau supplémentaire faisait saillie au-dessus du précédent, si bien qu'en levant le regard, on n'entrapercevait qu'une étroite bande du ciel vert kelewanais qui tranchait sur l'obscurité oppressante. Les soldats de Mara observaient attentivement le moindre recoin d'ombre, toujours vigilants face aux menaces envers leur maîtresse ; ce quartier offrait de nombreuses possibilités d'embuscade.

La brise du fleuve ne pouvait pas pénétrer dans ce labyrinthe d'habitations étroitement imbriquées les unes dans les autres. L'air restait immobile, humide et fétide, empuanti par les détritus, les déchets et l'odeur âcre du bois en décomposition. De nombreuses fondations étaient rongées par la pourriture sèche, qui fissurait les murs et pliait les poutres des toits. Mais, en dépit de l'environnement répugnant, les rues grouillaient de monde. Les habitants du quartier s'écartaient vivement devant l'escorte de Mara, plongeant dans leurs taudis sans porte dès qu'ils apercevaient un plumet d'officier. Les guerriers d'un grand seigneur frappaient immédiatement quiconque s'écartait trop lentement de leur chemin. Seule une bande de gamins sales et dépenaillés prenait des risques, désignant du doigt la dame dans son riche palanquin, et s'élançant comme des flèches devant les soldats qui les frappaient du talon de leur lance pour les écarter et les chasser.

Les Midkemians avaient cessé leurs bavardages, au grand soulagement de Lujan. Ses guerriers étaient maintenant suffisamment occupés pour ne pas subir ce bourdonnement irritant. Quelle que soit la fréquence à laquelle on ordonnait aux barbares de garder le silence comme il convenait à des esclaves, ils désobéissaient. Alors que l'escorte acoma passait entre les habitations surpeuplées, elle commença à sentir l'air épicé et enfumé qui sortait des repaires des vendeurs de drogue. Les mangeurs de résine de fleur de kamota vivaient dans les rêves et les hallucinations, et étaient de temps en temps frappés par des crises de folie. Les guerriers tenaient leurs lances prêtes, préparés à réagir à une attaque surprise, et Mara restait cachée derrière ses rideaux fermés, son éventail parfumé pressé contre ses narines.

Le palanquin ralentit devant l'angle d'une maison, et Mara fut un peu secouée quand les porteurs changèrent leur prise afin de manœuvrer autour des piliers d'une porte à moitié effondrée. L'une des perches se prit dans le rideau sale qui fermait l'entrée, l'entrouvrant légèrement. Plusieurs familles se blottissaient à l'intérieur, entassées les unes sur les autres. Leurs vêtements étaient sales et leur peau couverte de plaies. Elles se partageaient le contenu d'un chaudron de thyza nauséabond, tandis qu'un autre chaudron, identique, recueillait dans un coin les ordures de la journée. La puanteur était étouffante ; sur une couverture en lambeaux une mère donnait le sein à un nourrisson malingre, tandis que trois enfants qui savaient à peine marcher s'étaient allongés sur ses genoux et ses chevilles. Ils montraient tous des signes de mauvaise santé et de malnutrition et étaient infestés de vermine. Comme on lui avait inculqué depuis l'enfance que les dieux donnent la pauvreté ou la richesse en récompense des actions méritoires des vies antérieures, Mara n'accordait aucune considération à leur misère.

Les porteurs réussirent à faire franchir les restes de la porte au palanquin. Pendant que son escorte se regroupait, Mara entraperçut les nouveaux esclaves qui les suivaient. Le grand rouquin murmurait quelque chose à un autre esclave, un chauve à la forte ossature, qui l'écoutait avec le respect que l'on témoigne envers un chef. L'outrage ou peut-être le choc se voyaient sur les traits des deux hommes. Ce qui pouvait inspirer une émotion si vive dans un lieu public, devant des individus aussi dénués d'honneur que les esclaves eux-mêmes, restait un mystère pour la dame.

Le quartier pauvre de Sulan-Qu n'était pas très grand, mais passer dans les rues encombrées était pénible et fastidieux. Ils laissèrent enfin derrière eux les maisons branlantes alors que la route suivait un méandre du Gagajin. L'obscurité se dissipa très légèrement. Les habitations rongées par la moisissure cédèrent la place à des entrepôts, des ateliers d'artisans et des fabriques. Des boutiques de teinturiers et des tanneries, des étals de boucher et des abattoirs encombraient la route. Les puanteurs mêlées des déchets d'abattage, des cuves de colorants et des vapeurs de suif servant à la fabrication de chandelles flottaient dans l'air en miasmes fétides, tandis que la fumée des fourneaux des fabricants de résine s'élevait des cheminées en lourdes volutes. Des péniches et des cabanes branlantes flottaient auprès des rives du fleuve, amarrées à des piliers aux trois quarts pourris. Des colporteurs rivalisaient d'astuce pour s'emparer du moindre recoin d'espace libre, proposant sur de minuscules étals leurs marchandises à une foule d'épouses et d'ouvriers au repos.

Les guerriers de Lujan étaient maintenant obligés de repousser les passants sur le côté, en criant, « Acoma ! Acoma ! » pour que les gens du peuple sachent qu'une grande dame passait. Quelques guerriers se rapprochèrent du palanquin de Mara, plaçant leur corps cuirassé entre leur maîtresse et un danger possible. D'autres gardaient les esclaves serrés les uns contre les autres, et la foule devint si dense qu'il était impossible de regarder le sol pour voir où l'on mettait les pieds. Les soldats portaient des sandales de cuir, mais les esclaves, y compris les porteurs, étaient obligés de marcher pieds nus sur des éclats de poterie, sur les immondices et dans les caniveaux.

Mara s'allongea sur ses coussins finement brodés, pressant son éventail contre son visage. Elle ferma les yeux, soupirant d'envie à la pensée des grands pâturages de son domaine, embaumés par l'odeur des herbes estivales et des fleurs parfumées. Le groupe quitta bientôt le quartier des fabriques pour rejoindre une zone moins malodorante et moins surpeuplée, où s'étaient installés des commerces un peu plus luxueux. Ici, les tisserands, les tailleurs, les vanniers, les tresseurs de corde, les fileurs de soie et les potiers s'activaient. De temps en temps, une échoppe de bijoutier – gardée par des mercenaires armés – ou de parfumeur, fréquentée dans ce quartier populaire par les filles de la Maison du Roseau, se nichait entre des boutiques offrant des marchandises moins luxueuses.

Le soleil était monté au zénith. Somnolant derrière ses rideaux, Mara s'éventait lentement, heureuse que le vacarme de Sulan-Qu s'évanouisse enfin derrière eux. Alors que son escorte continuait sur la route ombragée par des conifères, elle s'installa pour essayer de dormir quand soudain l'un de ses porteurs commença à boiter. À chaque pas, elle était désagréablement secouée sur ses coussins, et plutôt que d'infliger une souffrance inutile à l'esclave, elle ordonna une halte pour que l'on puisse s'occuper de lui.

Lujan envoya un soldat inspecter les porteurs. L'un d'eux s'était coupé le pied dans le quartier pauvre. Tsurani, et conscient de sa place dans la société, il s'était efforcé d'accomplir son devoir jusqu'à s'évanouir sous la douleur.

Mara se trouvait encore à une heure du manoir et les Midkemians, toujours aussi exaspérants, s'étaient remis à parler entre eux dans ce braiment nasal que semblait être leur langue natale. Contrariée par leur baragouin autant que par le retard, elle fit signe à Lujan.

— Que le barbare roux remplace le porteur blessé.

C'était peut-être un esclave, mais il s'était comporté comme un chef. Et, comme la puanteur du quartier pauvre lui avait donné la migraine, elle était prête à envisager n'importe quel expédient pour que les barbares deviennent moins pénibles.

Les guerriers amenèrent aussitôt l'esclave choisi. Le chauve se mit immédiatement à protester et fut renversé d'une bourrade. Se retrouvant à genoux, il continua à crier jusqu'à ce que le rouquin lui fasse signe de se taire. Puis, ses yeux bleus fixés avec une grande curiosité sur la dame élégante assise dans le palanquin, ce dernier avança pour saisir la perche vacante.

— Non, ordonna immédiatement Lujan.

Il fit signe à l'un des esclaves qui se trouvait derrière de passer devant et plaça le rouquin à sa place. De cette façon, un guerrier avec une épée dégainée pouvait marcher dans le dos du barbare, et s'assurer que rien de fâcheux n'arrive à leur maîtresse.

— À la maison, ordonna Mara à son escorte.

Les porteurs s'accroupirent pour reprendre leur charge, en compagnie du barbare aux cheveux roux.

Les premiers pas furent un véritable chaos Le Midkemian mesurait une tête de plus que les autres porteurs et lorsqu'il se redressa et avança, le palanquin pencha vers l'avant. Mara se mit soudain à glisser, les garnitures de soie et les coussins n'offrant aucune résistance au mouvement. Seuls les réflexes rapides de Lujan lui épargnèrent une chute humiliante, lorsque d'un revers de la main il ordonna au barbare de tenir sa perche à bonne hauteur. L'homme immense n'y parvint qu'en courbant le dos et les épaules, ce qui plaçait sa tête bouclée à quelques centimètres à peine des rideaux de sa maîtresse.

— Cela ne va pas du tout, déclara Mara d'une voix cassante.

— Ce serait une belle victoire pour Desio des Minwanabi, si vous étiez blessée à cause de la maladresse d'un esclave, remarqua Lujan. (Il ajouta avec un sourire plein d'espoir Peut-être que nous pourrions habiller ces Midkemians comme des domestiques et les offrir aux

Minwanabi ? Ils casseraient sûrement un grand nombre d'objets de valeur avant que le premier conseiller de Desio n'ordonne qu'ils soient pendus.

Mais Mara n'était pas d'humeur à écouter ses plaisanteries. Elle rajusta sa robe et retira les épingles dérangées de sa chevelure. Pendant tout ce temps, les yeux du barbare la suivirent avec une franchise que la dame trouva dérangeante. Finalement, il inclina la tête sur le côté, et alors qu'il avançait en trébuchant, s'adressa à elle dans un tsurani maladroit et avec un sourire désarmant.

Lujan noya ses paroles sous un cri d'outrage.

— Chien ! Esclave ! À genoux immédiatement !

Il fit un signe de la tête à ses guerriers. L'un d'eux se précipita instantanément pour prendre la perche du palanquin, pendant que les autres empoignaient le rouquin et le jetaient violemment à terre. Des bras puissants le rossèrent, le frappant sur les épaules, mais il tentait toujours de parler, jusqu'à ce que la sandale cloutée d'un guerrier enfonce son visage insolent dans la terre.

— Comment oses-tu t'adresser à la dame des Acoma, esclave ! cria Lujan.

— Que tente-t-il de dire ? demanda Mara, soudain plus curieuse qu'offensée.

— Cela a-t-il de l'importance ? répondit Lujan, se retournant sous l'effet de la surprise. C'est un barbare, et il ne vous fait pas honneur, maîtresse. Cependant, sa suggestion ne manque pas d'intérêt.

Mara réfléchit, la main pleine d'épingles en écaille de tortue. La lumière du soleil brillait sur leurs têtes ornées de pierres précieuses et sur les décorations de coquillage cousues sur son col.

— Dis-moi.

— Le misérable suggère de faire venir trois de ses camarades, pour qu'ils remplacent vos autres porteurs, répondit Lujan en essuyant de son poignet son front couvert de sueur. Ils pourront porter plus facilement votre palanquin, car ils mesurent tous à peu près la même taille.

Mara s'appuya contre ses coussins, oubliant momentanément ses épingles et ses cheveux décoiffés. Elle fronça les sourcils alors qu'elle réfléchissait. *Il a proposé cela*, songea-t-elle, puis elle regarda l'homme qui gisait, le visage dans la poussière, maintenu par le pied d'un soldat.

— Laisse-le se relever.

— Dame ? demanda doucement Lujan.

Seul le ton interrogateur de sa phrase indiquait à quel point il avait failli oser protester contre l'ordre qu'elle venait de donner.

— Laisse le barbare se relever, répéta Mara. Je pense que sa suggestion est sensée. Ou préfères-tu marcher tout l'après-midi, à cause d'un porteur blessé ?

Lujan répondit par un haussement d'épaules tsurani, comme s'il admettait que sa maîtresse avait raison. En vérité, elle pouvait se montrer aussi têtue que les esclaves barbares et, plutôt que de mettre sa patience à l'épreuve, le chef de troupe acoma écarta le guerrier qui maintenait le rouquin au sol. Il donna rapidement quelques ordres. Les porteurs restants et le guerrier posèrent le palanquin de Mara, et trois des plus grands Midkemians furent choisis pour prendre leur place. Le rouquin les rejoignit, son beau visage ensanglanté par une pierre de la route qui avait rouvert sa blessure. Il reprit sa place avec une attitude toujours aussi arrogante, bien qu'il souffrît sûrement des coups infligés par les soldats. L'escorte reprit sa marche, Mara installée un peu plus confortablement. Les Midkemians voulaient peut-être bien faire, mais ils ne savaient absolument pas porter un palanquin. Ils ne synchronisaient pas leurs pas, ce qui secouait énormément la litière. Mara s'adossa aux coussins, combattant la nausée. Résignée, elle ferma les yeux. Les esclaves achetés à

Sulan-Qu se révélaient être une distraction vraiment trop gênante. Elle prit mentalement note de donner des instructions précises à Jican ; les barbares devraient être assignés à des travaux proches du manoir, où des guerriers seraient toujours à portée de voix. Les contremaîtres les plus expérimentés pourraient les surveiller jusqu'à ce que les esclaves aient appris à se conduire correctement, et que l'on puisse leur faire confiance pour agir selon les décrets du destin.

Irritée que quelque chose d'aussi trivial que l'achat de nouveaux esclaves puisse susciter autant de gêne et de confusion, Mara réfléchit aux problèmes posés par ses ennemis. Fermant les yeux pour tenter d'apaiser une migraine naissante, elle se demanda ce qu'elle comploterait si elle était Desio des Minwanabi...

2

PROJETS

L'air était immobile.

Desio des Minwanabi, assis devant la table du cabinet de travail de son défunt père, était en train d'examiner des comptes. Bien qu'il fût midi, une lampe brûlait près de lui. La pièce plongée dans l'ombre était une vraie fournaise, toutes les cloisons et les volets de bataille étroitement fermés, refusant aux personnes à l'intérieur le confort de la brise soufflant du lac. Desio ne semblait pas incommodé par la chaleur. Une mouche de jade solitaire bourdonnait autour de la tête du jeune seigneur, apparemment déterminée à atterrir sur son front. Desio remua distraitement la main, comme pour chasser l'insecte gênant et, l'espace d'un instant, l'esclave en sueur qui l'éventait perdit son rythme. Il hésita, ne sachant pas si le seigneur des Minwanabi lui avait ordonné de se retirer.

Une silhouette voûtée fit signe à l'esclave de rester. Incomo, premier conseiller de la maison Minwanabi, attendait patiemment que son maître ait fini de lire les rapports. Les sourcils de Desio se froncèrent. Il rapprocha la lampe à huile et tenta de se concentrer sur le contenu des papiers placés devant lui, mais les caractères semblaient nager dans l'air humide de l'après-midi. Finalement, il s'écarta de la table avec un soupir de frustration et d'irritation.

— Assez !

— Mon seigneur ? demanda Incomo, en regardant son jeune maître avec un détachement dissimulant son inquiétude.

Desio, qui n'avait jamais été athlétique, repoussa la lampe et se remit lourdement sur ses pieds. L'étoffe de la ceinture qui fermait la robe d'intérieur qu'il portait dans ses appartements était distendue par son ventre massif. La sueur ruisselait sur son visage, tandis que, d'une main potelée, il écartait de ses yeux des mèches de cheveux trempés.

Incomo savait que l'agitation de Desio n'était pas entièrement due à l'humidité inhabituelle, conséquence d'un orage tropical au sud, rare en cette saison. Le seigneur des Minwanabi avait ordonné que les cloisons soient verrouillées, ostensiblement pour protéger son intimité. Mais le vieil homme connaissait la raison qui motivait cet ordre apparemment irrationnel : la peur. Même dans sa propre demeure, Desio était effrayé. Le seigneur d'une grande maison, et encore moins de l'une des Cinq Grandes Familles, ne pouvait admettre une telle faiblesse, et le premier conseiller n'osait pas aborder le sujet.

Desio faisait lourdement les cent pas dans la pièce. Sa rage montait lentement, sa respiration torturée et ses poings serrés étaient un signe certain que, dans quelques minutes, il frapperait le premier membre de sa maisonnée à sa portée. Le jeune seigneur avait déjà une nature cruelle et mesquine durant le règne de son père, mais son comportement violent s'était pleinement épanoui depuis la mort de Jingu. Depuis que sa mère s'était retirée dans un couvent de Lashima, Desio laissait libre cours à toutes ses pulsions. L'esclave à l'éventail suivait son maître dans ses déplacements, essayant d'accomplir son devoir sans se trouver sur son chemin.

— Mon seigneur, peut-être qu'une boisson fraîche apaiserait votre impatience, suggéra le premier conseiller, espérant éviter qu'un autre esclave soit blessé. Ces problèmes commerciaux sont urgents.

Desio continua à faire les cent pas comme s'il n'avait rien entendu. Depuis quelque temps, il négligeait son apparence physique, comme en témoignaient ses joues et son nez couperosés, les cernes noirs sous ses yeux injectés de sang, les cheveux gras qui pendaient sur ses épaules, et la saleté sous ses ongles. Incomo se fit la réflexion que, depuis le suicide rituel de son père, le jeune seigneur s'était comporté comme un needra mâle en colère, se vautrant dans une mare boueuse avec une douzaine de femelles. C'était une étrange façon de montrer son chagrin, mais que l'on pouvait voir de temps en temps : les personnes confrontées pour la première fois à la mort s'adonnaient souvent à un comportement d'affirmation de la vie. Pendant des jours, Desio était resté cloîtré, ivre mort, dans ses appartements privés, en compagnie de femmes, et avait totalement ignoré les affaires des Minwanabi.

Le surlendemain de la mort de Jingu, certaines filles étaient réapparues, meurtries et contusionnées par les coups que leur avait assénés Desio lors de ses rages passionnées. D'autres filles les remplacèrent, se succédant les unes aux autres, jusqu'à ce que le seigneur des Minwanabi sorte finalement de son accès de chagrin. Depuis le jour où il avait regardé silencieusement son père se jeter sur son épée ancestrale, il semblait avoir vieilli de dix ans.

Desio faisait maintenant semblant de gérer les biens dont il avait hérité, mais il commençait à boire vers midi et continuait jusque tard dans la nuit. Bien qu'il soit le seigneur de l'une des Cinq Grandes Familles de l'empire, il semblait incapable d'accepter l'immense responsabilité qui accompagnait cette puissance. Tourmenté par ses démons intérieurs, il tentait de leur échapper dans les bras des femmes ou en les noyant dans des flots de vin. Si Incomo l'avait osé, il aurait envoyé à son maître un guérisseur, un prêtre et un précepteur, qui lui auraient fait de sévères remontrances sur les devoirs qui incombaient à un souverain. Mais il lui suffisait de regarder les yeux de Desio – et la folie qui y couvait – pour savoir que ses efforts seraient inutiles. L'esprit du seigneur bouillonnait d'une rage que, seul, le dieu Rouge pouvait apaiser.

Incomo tenta une dernière fois de recentrer l'attention de Desio sur le commerce.

— Mon seigneur, si je peux me permettre de vous le faire remarquer, nous perdons des jours précieux. Vos navires attendent, les cales vides, à leur mouillage de Jamar. S'ils doivent faire voile vers...

— Assez !

Le poing de Desio s'écrasa contre une cloison intérieure, déchirant la délicate soie peinte et brisant l'encadrement. Il donna un coup de pied rageur aux débris répandus sur le sol, puis se retourna brusquement et heurta l'esclave à l'éventail. Fou de rage, le seigneur des Minwanabi le frappa comme s'il s'agissait d'un meuble. L'esclave tomba à genoux, le nez cassé et les lèvres déchirées, son sang inondant son visage, sa poitrine et la cloison en miettes. Craignant pour sa vie, il parvint à empêcher le grand éventail de toucher son maître, malgré la douleur et les larmes qui le rendaient à moitié aveugle. Desio ne prêta pas la moindre attention à la déférence héroïque de l'esclave. Il se retourna vers son conseiller.

— Je ne peux pas me concentrer sur quoi que ce soit, tant qu'*elle* vivra !

Incomo n'avait pas besoin d'explications pour savoir à qui son maître se référait. L'expérience lui avait appris qu'il ne pouvait rien faire, sinon s'asseoir et supporter une nouvelle crise de rage.

— Mon seigneur, répondit-il anxieusement, vous ne pourrez poursuivre votre vengeance si toute votre richesse s'évanouit peu à peu par négligence. Si vous ne voulez pas prendre ces décisions, permettez au moins à votre hadonra de gérer lui-même ces questions.

Desio ne prêta aucune attention à la suggestion de son conseiller. Regardant dans le vide, il chuchota d'une voix rauque, comme si prononcer le nom haï lui donnait de la substance :

— Mara des Acoma doit mourir !

Heureux maintenant de se trouver dans une pièce sombre qui dissimulait ses propres peurs, Incomo acquiesça.

— Bien sûr, mon seigneur. Mais le moment n'est pas encore venu.

— Alors, quand viendra-t-il ! hurla Desio, perçant les oreilles d'Incomo. (Il donna un coup de pied à un coussin, puis baissa la voix pour reprendre sur un ton plus calme Quand ? Elle a réussi à échapper au piège de mon père. Plus encore : elle l'a forcé à déshonorer son propre serment de sécurité envers un invité, l'obligeant à se suicider dans la honte.

Desio s'agitait de plus en plus alors qu'il comptait les offenses de Mara contre sa famille.

— Cette... fille ne nous a pas simplement vaincus, elle nous a rabaissés – non, elle nous a *humiliés* !

Il piétina rageusement le coussin et, fermant à demi les yeux, observa son conseiller.

L'esclave à l'éventail se fit tout petit en reconnaissant cette expression, qui ressemblait étonnamment à celle de Jingu des Minwanabi quand il était en colère. Saignant du nez et de la bouche, mais tentant vaillamment d'éventer son maître en sueur, il levait et abaissait son instrument en gardant un rythme régulier, tandis que la voix de Desio se changeait en un murmure rauque et conspirateur.

— Le seigneur de guerre la considère avec amusement et affection, et même avec faveur – après tout, il couche peut-être avec cette garce – pendant qu'on enfonce nos visages dans la bave de needra. Nous mangeons de la bouse de needra chaque jour où elle respire !

L'expression de Desio se fit plus menaçante. Il observa les cloisons étroitement fermées, comme si elles éveillaient en lui un souvenir. Pour la première fois depuis la mort de Jingu, une lueur de raison revint dans ses yeux. Incomo se retint de pousser un profond soupir de soulagement.

— Et plus encore, finit Desio avec la lenteur et la prudence dont un homme ferait preuve en présence d'une vipère pusk prête à mordre. Elle constitue maintenant un danger réel pour *ma* propre sécurité !

Incomo acquiesça en son for intérieur. Il savait que la raison profonde du comportement de Desio était la peur. Le fils de Jingu vivait chaque jour dans la terreur que Mara reprenne la guerre de sang des Acoma contre les Minwanabi. Devenu souverain, Desio était la cible privilégiée des machinations de Mara, sa vie et son honneur les prochains sur sa liste.

Bien que la chaleur étouffante ait usé sa patience, Incomo tenta de rassurer son maître. Car cet aveu, même prononcé dans l'intimité entre un seigneur et son conseiller, était la première étape pour l'aider à surmonter sa peur et, peut-être, aussi pour vaincre dame Mara.

— Seigneur, la fille acoma fera bientôt une erreur. Prenez votre mal en patience ; attendez le bon moment...

La mouche de jade revint importuner Desio ; l'esclave bougea son éventail pour intercepter son vol, mais Desio repoussa les plumes d'un geste. Dans l'ombre de la pièce, il lança un regard furieux à Incomo.

— Non, je ne peux pas attendre. La chienne acoma a déjà le dessus et elle ne fera que renforcer sa position. La situation de mon père était plus avantageuse que la mienne ; il se tenait sur les marches du trône d'or du seigneur de guerre ! Maintenant, il n'est plus que cendres, et je peux compter mes alliés loyaux sur les doigts d'une main. Et tout notre chagrin et notre humiliation ont été provoqués par... *cette femme* !

C'était malheureusement vrai. Incomo comprenait la répugnance de son maître à prononcer le nom de son ennemie. Quand son père et son frère étaient morts, elle était à peine sortie de l'enfance, et ne disposait que de très peu de soldats et d'aucun allié. En moins de trois ans, Mara avait acquis plus de prestige pour les Acoma qu'ils n'en avaient jamais connu durant leur longue et honorable histoire. Incomo tenta en vain de songer à quelques paroles apaisantes, mais les récriminations de son jeune seigneur étaient parfaitement justifiées. Il *fallait* craindre Mara, car maintenant sa puissance avait augmenté au point qu'elle pouvait non seulement se protéger, mais aussi défier directement les Minwanabi.

— Rappelez à vos côtés, suggéra doucement le premier conseiller.

Desio cligna des yeux, semblant momentanément stupide, ce qui n'arrivait jamais à son père. Puis une lueur de compréhension brilla dans son regard. Il observa la pièce et remarqua l'esclave à l'éventail qui était toujours à son poste, en dépit du sang qui coulait de son nez cassé et de ses lèvres éclatées. Dans un moment de considération inattendue, Desio congédia le malheureux. Il restait seul avec son conseiller.

— Pourquoi devrais-je rappeler mon cousin de la guerre sur le monde des barbares ? Tu sais qu'il convoite ma position. Jusqu'à ce que je me marie et que j'aie des enfants, il est le prochain dans la ligne de succession. Et il est *trop* proche du seigneur de guerre à mon goût. Mon père avait raison de le tenir à l'écart, sur un monde éloigné.

— Votre père a aussi eu raison de laisser votre cousin organiser la mort du seigneur Sezu et de Lanokota. (Les mains enfoncées dans ses manches, Incomo proposa une autre solution Pourquoi ne pas laisser Tasaio s'occuper de la fille ? Le père, le fils... et ensuite la fille.

Desio réfléchit. Tasaio avait attendu que le seigneur de guerre s'absente de la campagne sur le monde barbare pour ordonner au seigneur Sezu et à son fils d'entreprendre une action militaire impossible. Il s'était assuré de leur mort sans exposer les Minwanabi à une accusation publique. La manœuvre avait été brillante, et le père de Desio avait récompensé Tasaio en lui offrant quelques belles terres dans la province d'Honshoni. Tapotant sa joue d'un doigt potelé, Desio hésitait.

— Je ne suis pas sûr. Tasaio pourrait devenir dangereux pour moi, peut-être aussi dangereux que... cette fille.

— Votre cousin défendra l'honneur des Minwanabi, rétorqua Incomo en secouant la tête pour signifier son désaccord. En tant que souverain, vous n'êtes plus une cible pour l'ambition de Tasaio, comme vous l'étiez lorsque le seigneur Jingu était encore en vie. C'est une chose de chercher à détruire un rival, et une autre de tenter de renverser son seigneur légitime. (Incomo réfléchit un moment, et ajouta En dépit de ses ambitions, il est impensable que Tasaio rompe son serment de loyauté envers vous. Il ne fera rien contre vous, pas plus qu'il ne l'aurait fait contre votre père, *seigneur Desio*.

Il appuya sur ces derniers mots, pour souligner son argument.

Desio se leva, ignorant la mouche qui avait fini par se poser sur son col. Les yeux dans le vide, il soupira à voix haute.

— Oui, bien sûr. Tu as raison. Je dois rappeler Tasaio et lui demander de me prêter serment de vassalité. Puis il devra me défendre, au prix de sa propre vie s'il le faut, ou être déchu à jamais de son honneur de Minwanabi.

Incomo attendit, conscient que son maître n'avait pas terminé. Quelquefois maladroit avec les mots, Desio possédait cependant une certaine ruse, même s'il n'avait pas l'instinct de son père ou le génie de son cousin. Il traversa la pièce pour se camper devant la fenêtre.

— Je vais aussi faire venir tous mes autres vassaux loyaux et mes alliés, déclara-t-il enfin. Oui, nous allons tenir une grande réunion officielle. Personne ne pourra penser que j'ai hésité à rappeler mon cousin pour qu'il serve chez nous. Oui, nous allons faire venir ici tous nos vassaux et nos alliés.

D'un air décidé, le seigneur obèse claqua dans ses mains. Deux domestiques en livrée orange firent glisser les portes peintes et entrèrent pour prendre ses ordres.

— Ouvrez ces maudites cloisons, ordonna Desio. Vite ! J'ai chaud. (Puis, comme si un grand poids venait d'être ôté de son âme, il ajouta Laissez entrer un peu d'air frais, au nom de tous les dieux.

Les domestiques s'affairèrent, ôtant les verrous et les barres, et bientôt le cabinet de travail fut inondé de lumière et l'air frais y entra librement. La mouche posée sur le col du seigneur s'envola vers la liberté, en direction du lac. Les eaux étincelaient sous les reflets d'argent du soleil, parsemées de bateaux de pêcheurs qui lançaient leurs filets de l'aube au crépuscule. Desio semblait avoir renoncé à se montrer complaisant envers lui-même. Il traversa la pièce pour rejoindre son premier conseiller. Ses yeux brillaient d'une confiance toute neuve, car la peur paralysante provoquée par la mort de son père disparaissait devant son projet enthousiaste.

— Je prononcerai mes vœux sur le natami de ma famille, dans le jardin sacré des ancêtres minwanabi, en présence de toute ma parentèle... Nous montrerons que les Minwanabi n'ont pas déchu. (Puis, avec un sens de l'humour inattendu, il ajouta Ou tout du moins, pas tant que cela.

Il appela son hadonra à grands cris et commença à donner des ordres.

— Je veux les divertissements les plus raffinés. Cette fête doit surpasser le désastre que mon père avait préparé en l'honneur du seigneur de guerre. Que tous les membres de la famille soient invités, y compris ceux qui se battent sur le monde barbare...

— Ce sera fait, mon seigneur.

Incomo envoya un messager qui partit immédiatement relayer les instructions aux officiers, aux conseillers, aux domestiques et aux esclaves. Quelques instants plus tard, deux scribes copiaient fébrilement les ordres de Desio pendant que, sur le côté, le garde des sceaux de la famille attendait avec de la cire chaude.

Desio observa toute cette agitation, un sourire froid aux lèvres. Il continuait à parler d'une voix monotone, ses ordres et ses projets grandioses l'enivrant plus que le vin. Soudain, il s'arrêta. Il annonça à la cantonade :

— Et envoyez un message au grand temple de Turakamu. Je vais faire construire un portique de prière. Tous les voyageurs qui passeront dessous imploreront l'indulgence du dieu Rouge, pour qu'il considère avec faveur la vengeance des Minwanabi. Je fais ce vœu à Turakamu : le sang coulera à flots jusqu'à ce que j'aie la tête de cette garce d'Acoma !

Incomo s'inclina pour dissimuler sa soudaine inquiétude. Faire un tel serment à Turakamu pouvait apporter la chance durant un conflit, mais un tel vœu au dieu Rouge ne se faisait pas à la légère ! Un désastre pouvait survenir si le serment n'était pas respecté. Et souvent les dieux se montraient capricieux et changeants. Incomo resserra ses robes autour de lui, trouvant soudain glacial l'air venu du lac. Il espérait que cette sensation était provoquée par la brise et n'était pas un présage de malheur.

Dans le plus grand jardin des Acoma, un soleil éclatant passait entre les branches des arbres et dessinait des taches de lumière sur le sol. Les feuillages bruissaient, tandis que la petite cascade de la fontaine construite au centre de la cour chantait sa mélodie perpétuelle. Malgré l'environnement agréable, toutes les personnes présentes à ce conseil partageaient les soucis de leur maîtresse.

Mara était assise au milieu de ses principaux conseillers, le front soucieux. Vêtue d'une robe d'intérieur des plus légères, ne portant pour tout bijou qu'une pierre précieuse verte montée sur une chaîne de jade sculptée par les Cho-ja, elle semblait presque distraite, l'image même de la dame au repos. Cependant, dans ses yeux bruns luisait une étincelle que ses conseillers les plus proches reconnurent comme de la perplexité.

La dame observa un par un ses conseillers et ses officiers, qui constituaient le cœur de la maison Acoma. Le hadonra, Jican, un homme petit et nerveux, à l'esprit d'une grande acuité pour les questions de commerce, était comme à son habitude assis timidement sur les coussins. Grâce à sa gestion précise, la richesse des Acoma s'était accrue, mais il préférait progresser par petites étapes prudentes, évitant les paris risqués qui plaisaient tant à Mara. Aujourd'hui, Jican s'agitait moins que d'habitude, et la dame des Acoma en déduisit que les fabricants de soie cho-ja avaient commencé leur tissage. Les premiers rouleaux de tissu seraient terminés à l'approche de l'hiver et prêts à être commercialisés. La richesse des Acoma allait encore croître. Pour Jican, c'était vital. Mais Mara savait que la richesse seule ne suffit pas à protéger une grande maison.

Son premier conseiller, Nacoya, le lui avait répété sans cesse. Et la victoire récente de Mara sur les Minwanabi rendait la vieille femme encore plus nerveuse que d'habitude.

— Je suis d'accord avec Jican, dame. Cette ascension peut se révéler dangereuse, continua-t-elle en fixant son regard perçant sur Mara. Une maison peut s'élever trop vite dans le jeu du Conseil. Les victoires qui durent sont toujours les plus subtiles, car elles ne provoquent pas d'action préventive de la part de rivaux qui s'inquiètent d'un succès soudain. Les Minwanabi vont agir, nous le savons, alors, ne provoquons pas en même temps des réactions indésirables d'autres maisons.

— Je n'ai que les Minwanabi à craindre, rétorqua Mara sans tenir compte de la remarque. Nous ne sommes brouillés avec personne pour le moment, et j'aimerais que cette situation dure. Nous devons tous nous préparer pour l'attaque qui viendra sûrement. Mais nous ne savons pas quand et sous quelle forme. (La voix de Mara devint hésitante.) Je m'attendais à des représailles rapides après la mort de Jingu, même s'il ne s'était agi que d'un raid symbolique.

Toutefois, depuis un mois, aucun changement n'avait été observé dans la maisonnée minwanabi. D'après les rapports des espions de Mara, l'appétit de Desio pour la boisson et les jeunes et belles esclaves n'avait fait que croître. Et l'œil attentif de Jican avait remarqué que la quantité de marchandises minwanabi vendues sur les marchés de l'empire avait grandement baissé. Cette diminution de l'offre avait fait monter les prix, pour la plus grande prospérité des autres maisons : ce n'était sûrement pas le souhait des Minwanabi, toujours avides de pouvoir, particulièrement après l'immense perte de prestige qu'ils avaient subie.

Et ils ne se préparaient pas non plus ouvertement à la guerre. Les baraquements des Minwanabi suivaient le même programme d'entraînement que d'habitude, et aucun ordre de rappel n'avait été envoyé aux troupes engagées sur le monde barbare.

Le commandant Keyoke préférait ne pas tenir compte des rapports des espions. Il n'admettait pas la négligence quand la sécurité de Mara était en jeu, et il travaillait parmi ses hommes du matin au soir, vérifiant l'état des armes et des armures et surveillant les manœuvres et les entraînements. Lujan, son premier chef de troupe, passait des heures à ses côtés. Comme tous les soldats acoma, il était maigre et toujours prêt au combat, le regard aux aguets et la main près de son épée.

— Je n'aime pas ce genre de choses, déclara Keyoke, d'une voix tranchante qui couvrait parfaitement le bruit de la fontaine. Le domaine des Minwanabi semble peut-être plongé dans le chaos, mais ce pourrait être une ruse cachant des préparatifs d'attaque. Desio pleure sans doute son père, mais j'ai grandi avec Irrilandi, le commandant de ses armées, et je peux vous assurer qu'il n'y a pas le moindre relâchement dans les baraquements minwanabi. Ses guerriers peuvent se mettre en marche en une seconde.

Ses mains compétentes serrèrent le rebord du casque posé sur ses genoux, jusqu'à ce que le plumet d'officier fixé sur le cimier tremble sous l'effet de sa nervosité. Le visage impassible, il haussa les épaules.

— Je sais que nos troupes devraient se préparer à repousser la menace dont vous parlez, mais les espions ne nous ont pas donné le moindre indice sur la cible de la prochaine attaque. Nous ne pouvons pas rester en état d'alerte indéfiniment, maîtresse.

— Il n'y a aucun mouvement dans les montagnes, que ce soit chez les guerriers gris ou chez les hors-la-loi, continua Lujan. Aucune force importante de bandits n'a été signalée. Il est raisonnable de croire que les Minwanabi ne préparent pas une attaque clandestine, comme ils l'ont déjà fait contre le seigneur Buntokapi.

— Cela ne semble pas être le cas, le corrigea Keyoke. Le seigneur Buntokapi, dit-il en faisant référence au défunt époux de Mara, avait eu largement le temps de se préparer. (Une lueur fugitive d'amertume passa dans son regard.) Mais pour le seigneur Sezu, ajouta-t-il, l'avertissement est venu trop tard. C'était un subterfuge de Tasaio, et cet homme est le relli le plus intelligent qui soit jamais né chez les Minwanabi, remarqua-t-il, en faisant référence au serpent d'eau kelewanais dont la morsure était toujours mortelle. Dès l'instant où je saurai que Tasaio a été rappelé sur Kelewan, je commencerai à dormir en armure.

Mara hocha la tête en direction de Nacoya, qui semblait vouloir ajouter quelque chose. Comme d'habitude, les épingles à cheveux de la vieille femme étaient de travers, mais pour une fois ses manières bourrues semblaient plus pensives que cinglantes.

— Les agents de votre maître espion prêteront une attention extrême à toutes les choses importantes qui se dérouleront dans la maisonnée minwanabi. (Une expression rusée passa sur le visage du conseiller.) Mais ce sont des hommes, dame, et ils concentreront leurs efforts sur le nombre de soldats, le stockage de vivres pour une campagne, les allées et venues des officiers, les messages envoyés aux alliés. Je vous suggère de donner à vos agents l'ordre de guetter le moment où Desio se fatiguera de ses belles esclaves. Un homme qui a un plan en tête ne s'attarde pas au lit. Je me souviens parfaitement de ce genre de comportement. Quand Desio cessera de s'abreuver de vin et de caresser des femmes, nous *saurons* qu'il complote la ruine de votre maison.

Mara eut un léger geste d'exaspération. Puis l'ombre d'un sourire effleura ses lèvres, la rendant incroyablement belle. Si elle ne se rendait pas compte de l'effet qu'elle produisait, Lujan, lui, en était parfaitement conscient ; il regarda sa maîtresse avec une dévotion pleine d'admiration et ajouta un commentaire espiègle.

— Ma dame, premier conseiller... (Il inclina la tête vers la vieille Nacoya.) J'ordonnerai aux guerriers qui suent sang et eau durant leurs exercices sous le soleil de midi d'attendre que le membre de Desio se fatigue. Quand le pavillon du Minwanabi baissera, nous nous alignerons tous pour la charge.

Mara rougit et lança un regard noir à son premier chef de troupe.

— Lujan, ton idée est heureuse, même si ton exemple ne l'est pas.

Depuis sa nuit de noces, Mara n'était pas à l'aise avec de tels sujets.

— Ma dame, si je vous ai offensée... répondit Lujan en s'inclinant.

Elle accepta son excuse d'un geste de la main – elle ne pouvait jamais rester fâchée contre Lujan – puis elle tourna la tête quand son coursier entra dans le jardin et s'inclina devant elle.

— Parle, Tamu, lui dit-elle doucement.

Le garçon était nouveau à son poste, encore hésitant et peu sûr de lui. Tamu appuya son front sur le sol, encore intimidé de se trouver en présence d'une grande dame.

— Dame, votre maître espion attend dans votre cabinet de travail. Il dit qu'il apporte des rapports de la province de Hokani, et plus particulièrement des domaines du nord.

— Enfin, soupira Mara.

Elle comprit dans le choix des mots du coursier ce que son maître espion, Arakasi, avait souhaité lui faire comprendre. Un seul domaine avait de l'importance dans la province de Hokani. Il aurait des nouvelles de la contre-attaque que toute sa maisonnée attendait depuis quatre semaines éprouvantes. Mara s'adressa à ses conseillers.

— Je vais immédiatement m'entretenir avec Arakasi, et je vous reverrai un peu plus tard, dans l'après-midi.

La brise jouait dans les feuilles des ulo, et la fontaine murmurait toujours son chant argentin. Les officiers acoma s'inclinèrent pour prendre congé. Keyoke et Lujan furent les premiers à se lever. Jican rassembla d'abord ses différentes ardoises et demanda à la dame la permission de rendre visite aux fabricants de soie cho-ja. Mara la lui accorda et lui fit signe de partir immédiatement, avant qu'il puisse se lancer une nouvelle fois dans la litanie de ses soucis.

Nacoya fut la dernière à se lever. Ces derniers temps, l'arthrite avait ralenti ses gestes et Mara fut émue en comprenant que, malheureusement, l'âge laissait son empreinte sur la vieille femme indomptable. Nacoya s'était montrée digne de sa promotion au rang de premier conseiller, et même si l'ancienne nourrice de Mara croyait qu'elle s'était élevée bien au-delà de ses mérites, elle avait assumé les responsabilités de sa charge avec grâce et avec une intelligence rusée. Trente années passées au service d'épouses et de filles de souverains lui avaient donné un point de vue unique sur le jeu du Conseil.

Mara observa avec nervosité la révérence contractée de Nacoya. Elle ne pouvait pas imaginer les Acoma prospérer sans les conseils acerbes de la vieille femme, ou sans la présence solide et affectueuse qui l'avait soutenue dans les pires moments, des moments auxquels elle n'aurait jamais pensé survivre. Seuls les dieux savaient combien de temps Nacoya vivrait encore, mais en frissonnant, Mara comprit que les jours de son premier conseiller étaient comptés. La dame des Acoma n'était aucunement préparée à ce deuil. À part son fils, la vieille femme était toute la famille qui lui restait. Et si elle perdait soudainement Nacoya, elle ne saurait pas qui choisir parmi ses proches pour la remplacer au poste de premier conseiller.

Mara repoussa ces pensées trop sombres. *Il vaut mieux ne pas songer aux peines futures alors que les Minwanabi ourdissent leur vengeance*, se dit-elle pour se justifier.

Elle ordonna à son coursier de se relever et d'informer Arakasi qu'elle le rejoindrait dans le cabinet de travail. Puis elle frappa dans ses mains pour faire venir un domestique qu'elle envoya chercher de la nourriture en cuisine. Car, à moins qu'Arakasi n'ait changé ses habitudes, il était venu se présenter à sa maîtresse dès son arrivée et n'avait sûrement pas mangé depuis la nuit précédente.

Le cabinet de travail de Mara était sombre et frais, même durant les premières heures de l'après-midi. Meublé d'une table basse noire et de coussins de soie verte, ses cloisons peintes à la main s'ouvraient sur un sentier bordé de buissons d'akasi. Quand les portes extérieures étaient ouvertes, elles offraient une vue superbe sur le domaine acoma, les pâturages des needra s'étendant à perte de vue, puis cédant la place aux marais d'où les shatra s'envolaient tous les soirs au crépuscule. Aujourd'hui, les cloisons n'étaient qu'entrouvertes, et des tentures de soie légère qui laissaient passer l'air tout en protégeant les lieux des regards inquisiteurs cachaient le paysage. Mara entra dans une pièce qui semblait vide au premier abord. L'expérience lui avait appris à ne pas se laisser abuser, mais elle ne put entièrement contrôler un léger sursaut de surprise.

Une voix sortit sans le moindre avertissement du recoin le plus sombre de la pièce.

— J'ai fermé les tentures, dame, car les esclaves sont en train de tailler les massifs d'akasi.

Une silhouette sombre avança, aussi gracieuse que celle d'un prédateur qui traque sa proie.

— Votre contremaître est honnête, et il est peu probable que les Midkemians soient des espions, mais je préfère prendre mes précautions et garder de bonnes habitudes.

L'homme s'agenouilla devant sa maîtresse.

— De telles pratiques m'ont sauvé la vie plus d'une fois, précisa-t-il. Je vous salue, dame.

Mara lui tendit la main et lui fit signe de se mettre à l'aise.

— Tu es doublement le bienvenu, Arakasi.

Elle étudia cet homme fascinant. Ses cheveux sombres étaient humides, mais il ne semblait pas avoir pris de bain. Arakasi avait juste pris le temps de se rincer de la poussière du voyage et d'enfiler une tunique propre. Sa haine des Minwanabi égalait celle que ressentaient tous ceux nés sur les terres acoma, et son désir de voir la plus puissante des Cinq Familles mordre la poussière et sombrer dans l'oubli lui était plus cher que la vie.

— Je n'entends plus le bruit des cisailles, fit remarquer Mara en indiquant à son maître espion de se relever. Ton retour est un véritable soulagement, Arakasi.

Le maître espion se redressa et s'assit sur ses talons. Mara avait l'esprit vif, et avec elle, les discussions abordaient souvent plusieurs sujets simultanément. Il sourit avec un plaisir non dissimulé, car à son service, ses rapports portaient toujours leurs fruits. Sans attendre que la dame s'asseye, il répondit à sa première remarque.

— Vous n'entendez plus le bruit des cisailles, dame, parce que le contremaître a renvoyé les esclaves. Les hommes de la première équipe se sont plaints de coups de soleil, et plutôt que de se fatiguer à les fouetter, le contremaître a préféré changer l'ordre de travail.

— Ces Midkemians, soupira Mara en s'installant dans les coussins.

Elle se sentait à l'aise avec Arakasi et, comme la journée devenait de plus en plus chaude, elle desserra sa ceinture et entrouvrit sa robe pour permettre à la brise qui passait entre les tentures de la rafraîchir.

— Ils sont aussi rétifs que des needra en rut. Jican m'avait conseillé de ne pas en acheter, et j'ai bien peur qu'il ait eu raison.

Arakasi réfléchit à sa remarque en inclinant la tête de façon comique, un peu comme un oiseau.

— Jican pense comme un hadonra, pas comme un souverain.

— Ce qui signifie qu'il ne considère pas la situation dans son ensemble, compléta Mara, et une lueur s'alluma dans ses yeux.

Elle adorait mesurer son intelligence à celle de son maître espion.

— Tu trouves les Midkemians intéressants, devina-t-elle.

— Un peu, oui.

Arakasi se retourna en entendant un pas léger dans le couloir, et voyant qu'il ne s'agissait que d'un domestique venant des cuisines, il regarda à nouveau sa maîtresse.

— Leurs coutumes ne ressemblent pas aux nôtres, dame. S'il existe des esclaves dans leur culture, je pense qu'ils sont très différents. Mais je m'écarte du sujet. (Son regard devint soudain aigu.) Desio commence enfin à montrer qui est le souverain des Minwanabi.

Le domestique arriva à la porte avec des assiettes de fruits et du jiga froid. Arakasi resta silencieux alors que Mara faisait signe au serviteur de placer le plateau sur la table.

— Tu dois avoir faim.

Elle invita le maître espion à s'installer confortablement sur les coussins. Le domestique sortit en silence, et pendant un instant, un calme absolu régna. Ni Mara ni son maître espion ne tendirent la main vers les plats. La dame des Acoma parla la première.

— Parle-moi de Desio.

Arakasi se figea dans une immobilité totale. Ses yeux sombres ne montraient aucune trace d'émotion, mais ses mains, qui trahissaient si rarement son humeur, se raidirent.

— Le jeune seigneur ne pratique pas le grand jeu aussi bien que son père. Cela le rend bien plus dangereux. Avec Jingu, mes agents savaient toujours où et quand écouter. Ce n'est pas le cas avec son fils. Un adversaire expérimenté est souvent prévisible. Un novice peut se révéler... inventif.

Il sourit légèrement et hocha la tête en direction de Mara, indiquant que les propres succès de la dame en étaient la preuve.

— Il n'a aucune imagination, continua-t-il. Mais ce que Desio n'obtiendra pas par la ruse, il risque de le gagner par hasard grâce à ses bévues.

Le maître espion se versa une tasse de jus de jomach et but prudemment une gorgée. Il savait qu'il ne risquait pas de trouver du poison dans cette maison, mais comme toujours, il se hérissait en parlant des Minwanabi, ce qui augmentait instinctivement sa gêne et sa prudence. Essayant de parler d'un ton plus léger pour ne pas alarmer inutilement sa jeune maîtresse, il ajouta :

— Desio dispose de beaucoup de soldats pour commettre des bévues.

Mara remarqua l'humeur étrange de son maître espion. Elle était peut-être due au contrôle terrible qu'il exerçait sur sa haine. Elle savait que, s'il lui donnait libre cours, il chercherait à provoquer la destruction de ses ennemis sans se préoccuper du sort des choses et des personnes qui lui étaient proches.

— Mais Desio lui-même est faible, quelle que soit la force des gens qui le servent.

Arakasi abandonna sa tasse de jus de fruit sur la table.

— Il a hérité de toutes les passions de son père, mais sans posséder son sens de la mesure. Sans la vigilance du commandant Irrilandi, ses ennemis auraient déjà pénétré ses défenses et se seraient emparés de ses biens, comme une meute de jaguna s'acharne sur le cadavre d'un harulth.

Il faisait allusion aux charognards de Kelewan qui ressemblaient à des chiens, et au prédateur le plus craint de ce monde, une terreur gigantesque à six pattes, tout en vitesse et en crocs. Arakasi croisa les mains et regarda attentivement Mara.

— Mais le commandant Irrilandi maintient ses patrouilles en état d'alerte maximale. De nombreux raids ont été lancés dans les jours qui ont suivi la mort de Jingu pour tester leurs défenses, et les Minwanabi n'ont laissé que de rares survivants rentrer pour panser leurs blessures.

— Les Xacatecas figurent parmi ces ennemis, suggéra Mara.

— Ils ne portent aucune affection aux Minwanabi, acquiesça Arakasi en hochant la tête. Mes agents dans la maisonnée du seigneur Chipino indiquent que le premier conseiller des Xacatecas a suggéré une alliance avec les Acoma. D'autres conseillers sont encore opposés à ce projet. Ils disent que vous avez déjà montré le meilleur de vous-même, et qu'il faut maintenant attendre votre chute. Chipino des Xacatecas les écoute tous, sans prendre sa décision.

Mara leva les sourcils, surprise. Les Xacatecas étaient l'une des Cinq Grandes Familles. Sa victoire sur Jingu avait véritablement augmenté le respect des puissants envers son nom, si les conseillers de Chipino débattaient d'une alliance qui serait virtuellement une déclaration de guerre aux Minwanabi. Même les Shinzawaï avaient évité de nouer ouvertement des liens avec les Acoma, se contentant pour le moment de garder une position amicale, mais neutre.

— Mais les Xacatecas peuvent attendre, reprit Arakasi. Desio n'élaborera pas de politique personnelle, et dépendra de ses conseillers et de ses relations. Le pouvoir et le commandement vont se partager entre plusieurs hommes, ce qui rendra la tâche très difficile à mes agents pour avoir une image générale claire. Nos prévisions sur sa politique générale seront peu fiables. Il nous sera certainement impossible d'évaluer les objectifs immédiats des Minwanabi.

Mara regardait un insecte qui avançait sur l'une des assiettes, et qui goûtait à chaque variété de fruit. Desio s'entourerait, de la même manière, d'individus ambitieux et avides de pouvoir, et même si leurs désirs différaient, on pouvait être sûr que tous souhaiteraient la chute des Acoma. Offrant peut-être un sinistre présage, l'insecte se décida pour une tranche de jomach, où plusieurs de ses congénères le rejoignirent.

— Nous avons de la chance que Tasaio se trouve loin d'ici, en train de faire la guerre sur Midkemia, songea la dame à voix haute.

— Notre chance a tourné, maîtresse, intervint Arakasi en se penchant légèrement vers elle. L'homme qui a organisé le meurtre de votre père et de votre frère traverse la faille aujourd'hui même. Desio a organisé une grande assemblée de ses parents et de ses partisans pour la semaine qui suivra la semaine prochaine. Il recevra leurs serments de vassalité, et plus encore. Il a payé en métal la construction d'un portique de prière consacré au dieu Rouge.

— Tasaio est très dangereux, répondit Mara en s'immobilisant soudain.

— Et ambitieux, ajouta Arakasi. Desio est peut-être gouverné par ses passions, mais les seuls intérêts de son cousin sont la guerre et le pouvoir. Avec Desio fermement installé sur le trône des Minwanabi, Tasaio fera avancer sa cause pour recevoir le commandement des troupes impériales, et servira fidèlement son seigneur – sans doute en souhaitant silencieusement que son cousin s'étrangle un jour avec un os de jiga. Tasaio peut tenter une solution militaire pour faire oublier la déchéance de son oncle. Une victoire écrasante sur la maison Acoma, en infligeant quelques dommages à d'autres grandes maisons en même temps, et Desio retrouverait sa place au Conseil juste derrière le seigneur de guerre.

Mara réfléchit à tout cela. La mort de Jingu avait fait perdre aux Minwanabi de l'honneur, des alliés et de la puissance politique. Mais leurs garnisons et leurs capacités militaires n'avaient pas souffert. De leur côté, les armées acoma étaient en train de se remettre de la destruction qui avait accompagné la mort de son père et de son frère. Trop de choses reposaient encore sur les gardes cho-ja. Malheureusement, les insectoïdes n'interviendraient que sur les terres acoma, constituant une force défensive meurtrière et fiable, mais totalement inutile pour une stratégie offensive. Dans une guerre ou un conflit hors des frontières du domaine, les Acoma ne pourraient pas égaler la puissance militaire actuelle de Desio.

— Nous devons savoir ce qu'ils préparent, déclara Mara d'une voix tendue. Est-ce que tes agents peuvent s'introduire dans cette réunion minwanabi et nous rapporter ce que les conseillers de Desio murmureront à son oreille ?

— Dame, ne surestimez pas les capacités de mes espions, lui répondit Arakasi avec un sourire amer. N'oubliez pas que l'homme qui nous renseignait était très proche de Jingu. Ce serviteur occupe toujours le même poste, mais comme Desio commence à exercer le pouvoir, nous n'avons aucune garantie qu'il lui laisse ses fonctions. Bien sûr, j'ai commencé à préparer un remplaçant au cas où les choses tournent mal, mais l'agent en place doit être adapté aux goûts de Desio. Il ne pourra pas gagner la confiance du jeune seigneur avant, au mieux, plusieurs années.

— Et Tasaio représente le plus grand danger, répondit Mara en anticipant la réflexion suivante d'Arakasi.

— Dame, soyez sûre que je ferai tout mon possible pour préparer un rapport exact des événements qui se dérouleront durant la réunion de Desio, l'assura le maître espion en s'inclinant légèrement. Si le jeune seigneur est aussi stupide qu'il en a l'air, Tasaio ne sera qu'une voix parmi tant d'autres. Si, à ma grande surprise, il a un éclair d'intelligence et confie à Tasaio la campagne contre notre famille, nous serons doublement en danger. (Il reposa un morceau de pain à peine entamé.) S'inquiéter de ce qui risque d'arriver n'apportera pas grand-chose, reprit Arakasi. Que vos intendants et vos serviteurs écoutent les rumeurs et les nouvelles sur les marchés. La connaissance donne le pouvoir, ne l'oubliez jamais. C'est ainsi que les Acoma parviendront à triompher.

Arakasi se leva avec souplesse, et Mara lui donna d'un geste la permission de se retirer. Pendant qu'il sortait discrètement de la pièce, elle remarqua en frissonnant que c'était la première fois depuis qu'elle le connaissait que le maître espion laissait de la nourriture alors qu'il était affamé. La pièce lui sembla soudain trop silencieuse, oppressante et envahie par le doute. L'image du retour de Tasaio réveilla le sentiment d'impuissance désespérée qu'elle avait éprouvé quand elle avait appris la mort de sa famille. Refusant de replonger dans les ténèbres du passé, Mara frappa dans ses mains pour appeler ses servantes.

— Faites venir mon fils, ordonna-t-elle.

Elle savait qu'Ayaki était profondément endormi, mais elle avait une soudaine envie d'entendre ses cris, de voir ses espiègleries et de sentir la chaleur de son petit corps musclé dans ses bras.

•

3

CHANGEMENTS

L'enfant se retourna.

Ayaki était allongé sur les coussins, profondément endormi. Turbulent pendant un court moment, il avait finalement succombé à l'épuisement. Mara caressa les cheveux noirs de son fils et les écarta de son front, débordant d'amour.

Bien qu'Ayaki ait l'ossature trapue de son père, il avait hérité de la vivacité de la famille de Mara. Dans sa deuxième année, il faisait déjà preuve d'une remarquable coordination, avait une langue agile qui rendait les domestiques complètement fous et des genoux continuellement couronnés. Et son sourire avait gagné le cœur des guerriers les plus endurcis du domaine acoma.

— Tu seras un excellent guerrier et un grand pratiquant du Jeu, rêva doucement sa mère.

Mais pour le moment, l'endurance et l'esprit vif du garçon étaient vaincus par un adversaire invincible : la sieste de l'après-midi. Ayaki était le soleil de la vie de Mara, mais ces brefs intermèdes de calme étaient les bienvenus, car lorsqu'il était éveillé, il fallait trois nourrices pour tenir l'enfant occupé.

Mara arrangea la robe en désordre de son fils, et rassembla ses membres écartés dans tous les sens. Elle s'installa ensuite parmi les coussins pour réfléchir. Un grand nombre de graines récemment plantées devaient porter leurs fruits avant qu'Ayaki n'atteigne sa majorité. Quand ce jour viendrait, les anciens ennemis de son père, les Anasati, mettraient fin à l'alliance conclue dans l'intérêt du garçon. Toute la bonne volonté que Mara avait gagnée en donnant naissance au premier petit-fils du seigneur Tecuma des Anasati disparaîtrait, et le paiement de la dette contractée lors de la mort prématurée de Buntokapi serait exigé. Les Acoma devraient alors avoir une position inexpugnable, pour survivre au changement de souverain quand Mara abandonnerait le contrôle de sa maison à son fils inexpérimenté. La menace des Minwanabi devait être totalement éliminée avant qu'un autre puissant ennemi défie le futur jeune seigneur.

Mara repensait aux années à venir, pendant que les rayons obliques du soleil de l'après-midi dessinaient des ombres sur les tentures. Des esclaves revinrent tailler les akasi, mais la présence de jardiniers dans l'allée était si banale qu'elle ne prêtait plus attention au claquement des cisailles. Cependant aujourd'hui, ce bruit normal de la vie quotidienne était fréquemment interrompu par les ordres secs du contremaître et le claquement de sa petite cravache de cuir. Normalement, cette lanière était purement cérémonielle, un emblème symbolique de son rang qu'il portait à la ceinture – il était rare que l'on soit obligé de battre les esclaves tsurani. Mais les esclaves midkemians se moquaient complètement de provoquer le mécontentement de leur contremaître. Ils ne respectaient absolument pas leurs supérieurs et ne ressentaient aucune honte en recevant des coups de fouet.

Comme Mara, les esclaves tsurani trouvaient le comportement des Midkemians totalement incompréhensible. Élevés dans la croyance que leur humble dévotion au travail était leur seul espoir de renaître à une meilleure place sur la Roue de la destinée, ils se tuaient à la tâche. Être battu pour paresse ou désobéir à leur maître légitime provoquait le mécontentement éternel des dieux, et au-dessous de l'esclave il ne restait que l'animal. S'ils revenaient sur la Roue de la vie sous une forme inférieure, il leur serait impossible de trouver le salut et d'échapper à d'innombrables renaissances dans la souffrance et les privations.

Dérangée dans ses méditations par une violente dispute, Mara fut contrariée quand elle se rendit compte que les barbares n'avaient toujours pas appris les bonnes manières. Les seuls changements depuis leur achat semblaient être l'augmentation de marques de fouet sur leur dos, et une amélioration notable de leur maîtrise de la langue tsurani.

— La volonté des dieux ? C'est une sacrée carabistouille ! criait l'un d'entre eux dans un tsurani lourdement accentué.

Pendant un bref instant, Mara se demanda ce que signifiait le mot « carabistouille ». Puis le barbare reprit :

— C'est de la pure stupidité. Si vous voulez que ces hommes travaillent, prenez en compte mes suggestions et vous m'en remercierez.

Le contremaître ne savait que répondre à un esclave qui osait lui tenir tête. Cela n'arrivait jamais dans la culture tsurani. Il n'avait aucun moyen de sauver la face, si ce n'est en frappant le rebelle de sa cravache, et en jurant dans un accès de mauvaise humeur embarrassant.

Cela n'eut aucun effet. Dérangée dans ses réflexions, Mara entendit des bruits de lutte, puis des paroles prononcées avec une rage terrible.

— Frappe-moi encore une fois avec cette chose, petit homme, et je te ferai tomber la tête la première dans cette bouse de bestiole à six pattes, de l'autre côté de la clôture.

— Repose-moi à terre, esclave ! hurla le contremaître.

Il semblait réellement effrayé, et, comme la situation lui avait clairement échappé, Mara se leva pour intervenir. Quelle que soit la signification du mot « carabistouille », il ne devait sûrement pas indiquer une déférence convenable envers l'autorité.

Elle traversa le cabinet de travail, écarta vivement les tentures et se retrouva en train de contempler une épaule et un bras musclés de façon impressionnante. Le Midkemian à la chevelure rousse qui avait été à l'origine des troubles au marché aux esclaves avait enroulé dans son poing la robe du contremaître. Puis il avait soulevé l'homme dans les airs, laissant ses pieds gigoter au-dessus du sol. Quand il vit sa maîtresse, les yeux du contremaître se révulsèrent et ses lèvres murmurèrent une prière à Kelesha, la déesse de la miséricorde.

Le barbare se contenta de regarder de haut en bas la dame de petite taille qui se tenait dans l'embrasure de la porte. Son expression restait neutre mais ses yeux étaient aussi bleus et aussi durs que le métal qui servait à faire les épées et qui abondait sur le côté midkemian de la faille.

Mara sentit sa colère monter devant ce regard de franche rébellion. Elle contrôla son irritation et ordonna d'une voix glaciale.

— Si tu accordes une quelconque valeur à ta vie, esclave, repose-le immédiatement !

Le rouquin reconnut l'autorité dans ses yeux noirs. Pourtant, il se comporta insolemment. Il fit mine de réfléchir un instant avant d'obéir à l'ordre, puis un sourire malicieux s'épanouit sur son visage et il se contenta d'ouvrir le poing. Libéré sans le moindre avertissement, le contremaître tomba, ses genoux cédèrent et il atterrit sur son séant, au beau milieu du massif de fleurs favori de la dame.

Son sourire réveilla la colère de Mara.

— Tu manques de l'humilité la plus élémentaire, esclave, et c'est une chose dangereuse !

Le rouquin cessa de sourire, mais ses yeux restèrent fixés sur sa maîtresse, avec un intérêt provoqué plus par la légèreté de sa robe que par un quelconque respect pour ses paroles.

Mara n'était pas suffisamment en colère pour ne pas le remarquer. Se sentant soudain nue sous le regard évaluateur et direct du barbare, elle sentit sa fureur monter. Elle aurait pu ordonner l'exécution immédiate du rouquin pour faire un exemple, mais l'intérêt qu'Arakasi avait exprimé quelques heures plus tôt à propos des barbares la fit réfléchir. Aucun des Midkemians n'agissait comme il convenait, et si elle ne parvenait pas à comprendre la raison profonde de leur comportement, la seule solution pour mettre fin au problème était de les massacrer sur-le-champ. Cependant, un châtiment exemplaire était nécessaire. Mara se tourna vers deux gardes qui se tenaient non loin de là.

— Emmenez cet esclave loin de ma vue et battez-le. Ne le tuez pas, mais que vos coups lui fassent souhaiter la mort. *S'il* résiste, exécutez-le.

Les gardes dégainèrent immédiatement leur épée, et avec la claire intention de ne tolérer aucune résistance, ils emmenèrent l'étranger. Le rouquin descendit le sentier sans résister, la promesse d'une correction imminente ne semblant avoir aucun effet sur son attitude insolente. Le courage du barbare devant l'épreuve ne fit qu'irriter encore plus Mara, car c'était le seul comportement tsurani et admirable chez cet homme. Puis Mara se reprit soudain : chez cet *homme* ? Mais à quoi pensait-elle ? *Ce n'était qu'un esclave.*

Jican choisit ce moment pour faire son apparition. Il toqua poliment contre le chambranle de la porte et tira Mara de ses réflexions coléreuses.

Elle se retourna brusquement et demanda d'une voix cassante :

— Quoi encore ?

Elle se sentit ridicule en voyant son hadonra reculer de frayeur. Elle fit signe au contremaître de sortir du massif de fleurs, puis revint sur ses coussins, où Ayaki dormait toujours.

Jican entra dans la pièce depuis le couloir.

— Maîtresse ? demanda-t-il humblement.

Mara fit signe à son hadonra d'entrer.

— Je suis sur le point d'apprendre pourquoi Elzeki juge bon de se quereller avec des esclaves.

Le contremaître entra par la porte extérieure, rougissant visiblement devant la désapprobation de sa maîtresse. Elzeki était à peine mieux qu'un esclave lui-même, un domestique sans éducation qui avait reçu la tâche de surveiller les ouvriers du domaine. L'autorité qui lui avait été confiée pouvait lui être retirée. Il se prosterna sur le plancher de bois ciré et protesta vigoureusement de son innocence.

— Maîtresse, ces barbares n'ont aucun sens de l'ordre. Ils n'ont pas de wal.

Ce mot signifiait en tsurani ancien « le centre de l'être », l'âme qui définit la place de chacun dans l'univers.

— Ils se plaignent sans cesse, ils font semblant d'être malades, ils sont raisonneurs, ils font des farces... (Frustré au point d'en verser des larmes, il finit précipitamment sa phrase Le rouquin est le pire de tous. Il se comporte comme s'il était noble.

Les yeux de Mara s'écarquillèrent.

— Comme s'il était noble ?

Elzeki se redressa humblement et lança un regard suppliant au hadonra. Jican faisait encore la grimace après les paroles malvenues du contremaître. Sans le soutien du hadonra, Elzeki se prosterna à nouveau, posant son front sur le plancher.

— Je vous supplie, maîtresse ! Je ne voulais pas me montrer irrespectueux !

— Non, non, j'ai bien compris, répondit Mara en écartant l'excuse d'un geste. Qu'est-ce que tu voulais dire ?

Observant furtivement sa maîtresse, il vit que sa colère s'était transformée en curiosité.

— Les autres barbares se soumettent à sa volonté, ma dame. Peut-être que ce rouquin était un officier trop lâche pour mourir. Il pourrait avoir menti. Ces barbares mêlent sans cesse le mensonge et la vérité, enfin, c'est ce que je crois. Leurs mœurs sont étranges. Je n'y comprends plus rien.

Mara fronça les sourcils, pensant que si le rouquin était lâche ou avait peur de souffrir, il ne se serait pas montré aussi désinvolte quand les gardes l'avaient emmené pour le rosser.

— Quel était le sujet de la dispute ? demanda Jican.

Le contremaître Elzeki sembla se recroqueviller sur lui-même, comme si raconter les événements lui faisait revivre son embarras et sa honte.

— Plusieurs choses, honorable hadonra. Le barbare a un accent si terrible qu'il est difficile de le comprendre.

À travers les cloisons leur parvint un bruit sourd, suivi d'un grognement de douleur. Les gardes suivaient de toute évidence les ordres de Mara, et administraient une violente correction à l'esclave. Comme il risquait lui-même d'être fouetté à cause de la désobéissance du barbare, le contremaître commença à suer à grosses gouttes.

Mara demanda d'un geste à ce que la cloison soit fermée, pour ne plus être dérangée. Alors qu'un domestique se précipitait pour lui obéir, elle vit que les autres barbares rassemblés dans l'allée, leurs cisailles à la main, la regardaient avec une expression de franche hostilité et de profond ressentiment. Offensée par un tel manque de respect, Mara interrogea sèchement le contremaître.

— Alors, dis-nous quelle chose le rouquin jugeait suffisamment importante pour oser remettre en question ton autorité.

— Le barbare a demandé à faire rentrer à l'intérieur l'un des hommes, répondit Elzeki en se trémoussant d'un air gêné.

Jican regarda sa maîtresse, qui inclina la tête pour lui permettre de poser à son tour une question.

— Quelle raison a-t-il donnée ?

— Une sottise à propos de notre soleil qui est plus chaud que celui de leur monde, et que l'autre homme avait eu un coup de chaleur.

— Quoi d'autre ? demanda Mara.

Elzeki regarda ses pieds, comme un petit garçon surpris en train de voler des gâteaux dans la cuisine.

— Il s'est aussi plaint que *certains* esclaves aient besoin de plus d'eau que nous ne leur en donnions, à cause de la chaleur.

— Et ? continua Mara.

— Il a donné des excuses pour leur paresse. Plutôt que d'accepter de travailler dur, il a raconté que certains hommes chargés de s'occuper des fleurs ne connaissaient rien aux plantes sur leur propre monde, et encore moins sur le nôtre, et que les punir pour un travail effectué trop lentement était stupide.

Jican se redressa, étonné.

— Cela me semble être d'excellentes suggestions, ma dame.

Ennuyée, Mara soupira profondément.

— Il semble que j'aie réagi trop précipitamment, dit-elle à regret. Elzeki, sors et fais arrêter la punition. Dis aux gardes de faire laver l'esclave et de l'amener ici, dans mon cabinet de travail.

Alors que le contremaître la saluait de façon obséquieuse et se hâtait de sortir, Mara regarda son hadonra.

— Jican, il semblerait que je n'aie pas puni la bonne personne.

— Elzeki n'a jamais fait preuve de beaucoup d'intelligence, acquiesça le hadonra.

Silencieusement, il se demanda pourquoi cet aveu semblait provoquer une certaine détresse chez sa maîtresse.

— Nous devons lui retirer son poste, reprit Mara. Les esclaves ont trop de valeur pour être mal dirigés par des imbéciles. (Elle demanda enfin à son hadonra de prendre la suite Tu annonceras la nouvelle à Elzeki. Je te laisse choisir son remplaçant.

— À vos ordres, dame.

Jican s'inclina profondément et sortit. Alors qu'il franchissait le seuil de la porte et passait dans le couloir, Mara caressa la joue d'Ayaki. Puis elle appela une servante pour qu'elle emmène le petit garçon dans la chambre d'enfant. Si elle devait s'occuper personnellement de ce barbare aux cheveux roux, elle ne voulait pas être distraite. Cette pensée la fit sourire, alors que la servante soulevait son fils potelé, qui protesta faiblement dans son sommeil. Si Ayaki se réveillait, il provoquerait autant de catastrophes que le rouquin. Secouant la tête, Mara s'installa plus confortablement parmi ses coussins et attendit les gardes et le barbare insolent qui avait réussi à lui seul à troubler sa méditation.

Peu de temps après, les gardes entrèrent en tenant le Midkemian entre eux, les cheveux et le pagne trempés. La demande de Mara pour qu'il soit lavé avait été interprétée de la façon la plus simple possible : les soldats l'avaient simplement jeté dans un abreuvoir. La correction et le bain qui avait suivi avaient à peine diminué son arrogance. L'amusement dans ses yeux s'était transformé en colère difficilement maîtrisée. Son attitude de défi dérangeait Mara. Lujan bafouait souvent les règles de l'étiquette par ses bavardages malicieux, mais jamais un homme socialement inférieur n'avait osé la regarder d'une façon aussi franchement accusatrice. Soudain gênée de ne pas avoir réclamé une robe moins légère, Mara se refusa à appeler sa servante, pour ne pas accorder d'importance au regard d'un esclave barbare. Plutôt que de ressentir de l'embarras devant un homme venu d'un autre monde, elle soutint son regard.

Les gardes, hésitants, ne savaient que faire du misérable qu'ils avaient traîné devant leur dame. Tenant toujours fermement l'immense esclave, ils la saluèrent maladroitement. L'aîné des soldats rompit le silence avec une timidité mal dissimulée.

— Dame, que désirez-vous ? Il serait plus convenable qu'en votre présence ce barbare soit à genoux.

Mara regarda pour la première fois les gardes, puis contempla la flaque qui s'agrandissait sur le plancher ciré. Du sang se mêlait à l'eau.

— Laissez-le debout, s'il le désire.

Elle frappa dans ses mains pour appeler un domestique, et envoya le premier qui se présenta chercher des serviettes.

L'esclave réapparut avec une pile de serviettes de bain parfumées. Il entra dans le cabinet de travail, s'inclina, et ne comprit que trop tard que la dame avait demandé du linge pour le barbare malpropre maintenu par les gardes.

— Eh bien, intervint sèchement Mara devant l'hésitation du domestique, sèche cette brute avant qu'elle n'abîme le plancher.

— À vos ordres, maîtresse, murmura l'esclave, toujours prosterné.

Il se leva et commença à essuyer la peau rougie du barbare, entre les omoplates, l'endroit le plus haut qu'il pouvait atteindre. Mara observa l'immense esclave durant un moment de calme relatif, puis prit une décision.

— Laissez-nous, ordonna-t-elle aux gardes.

Ils lâchèrent le barbare, s'inclinèrent et sortirent par la cloison qui donnait sur le couloir.

Le barbare se frotta les poignets là où les mains des gardes lui avaient coupé la circulation. L'esclave qui tentait de le sécher semblait l'irriter, et après avoir lancé un regard à Mara, il tendit la main, attrapa une serviette propre sur la pile, et finit lui-même le travail. Ses cheveux étaient complètement hérissés quand il eut fini, et l'esclave regarda d'un air consterné la pile de serviettes humides et tachées de sang, entassée à ses pieds.

— Donne-les aux servantes de lessive, ordonna Mara.

Elle fit signe au rouquin de choisir un coussin et de s'asseoir.

Mara étudia le visage de l'étranger ; le regard qu'il lui rendit était aussi perçant que le sien. Soudain, elle se sentit dépassée. Quelque chose chez cet homme la dérangeait. La raison la frappa brusquement : elle le considérait encore comme un homme ! Les esclaves étaient du *bétail*, pas des personnes. Pourquoi se sentait-elle... hésitante, devant lui ? Son expérience de souveraine lui permit de revêtir sans difficulté le masque de l'autorité. Elle ressentait le besoin impérieux de découvrir pourquoi ce barbare parvenait à lui faire oublier son statut social inférieur. Elle força sa voix à rester calme.

— J'ai peut-être agi trop rapidement. (Alors que le domestique se baissait pour ramasser les serviettes et se hâtait de sortir, elle ajouta Après avoir examiné le problème, il semblerait que j'ai ordonné injustement de te battre.

Surpris, mais le cachant bien, le rouquin choisit un coussin et s'assit avec précaution. La cicatrice laissée sur sa joue par le contremaître du marché aux esclaves ne déparait pas son apparence. Ce défaut formait un contraste avec ses traits d'une grande beauté, et les mettait en valeur. Sa barbe épaisse était une nouveauté que l'on ne voyait pas chez les hommes libres tsurani qui, selon la tradition, préféraient se raser.

— Esclave, ordonna Mara, je souhaite en apprendre plus sur le pays dont tu viens.

— J'ai un nom, répondit le rouquin d'une voix grave, et très hostile. Je m'appelle Kevin, de la cité de Zûn.

— Tu étais peut-être considéré autrefois comme un être humain sur ton monde, répondit Mara avec irritation, mais ici tu es un esclave. Un esclave n'a pas d'honneur, pas plus qu'il n'a d'âme aux yeux des dieux. Tu dois bien le savoir, Kevin de Zûn. (Elle prononça son nom d'une façon sarcastique.) Tu as choisi ton sort, tu as choisi de renoncer à ton honneur. Sinon, tu aurais dû mourir avant qu'un ennemi ne te capture. (Elle marqua une pause alors qu'une autre idée lui traversait l'esprit.) Ou alors, tu étais vassal d'une maison plus puissante, et... Ton seigneur t'avait-il refusé la permission de te suicider ?

Kevin leva les sourcils, momentanément déconcerté.

— Quoi ? Je ne suis pas sûr de comprendre ce que vous dites.

— Est-ce que ta maison a prêté serment de vassalité à une autre ? répéta Mara, en choisissant des termes qu'un enfant aurait compris.

Kevin se redressa, fit la grimace, et passa la main dans sa barbe humide.

— Zûn a prêté allégeance au haut-roi de Rillanon, bien sûr.

La dame hocha la tête comme si cela expliquait tout.

— Alors, ce roi t'a refusé la permission de tomber sur ton épée. C'est bien cela ?

Complètement mystifié, Kevin secoua la tête.

— De tomber sur mon épée ? *Pourquoi* ? Je suis peut-être le troisième fils d'un nob... euh, d'une famille modeste, mais je n'ai pas besoin de la permission de mon roi pour accomplir un acte aussi stupide.

Ce fut au tour de Mara de cligner les yeux de surprise.

— Ton peuple n'a donc aucun honneur ? Si tu avais le choix, pourquoi te laisser capturer et réduire en esclavage ?

Faisant attention à ses plaies, qui enflaient et devenaient de plus en plus douloureuses, Kevin regarda la femme minuscule qui, par les hasards de la guerre, était devenue son maître. Se forçant à sourire, il répondit :

— Je vous assure, dame, que je n'avais pas d'autre option. Sinon, je ne serais pas en ce moment en train d'apprécier votre... *hospitalité*. Si j'avais eu le choix, je serais chez moi, dans ma famille.

Mara secoua légèrement la tête. Ce n'était pas la réponse qu'elle cherchait.

— Nous avons peut-être des difficultés à nous comprendre, à cause de ton usage barbare de la langue tsurani. Je vais te poser la question d'une manière différente : quand tu as été capturé, est-ce que le destin ne t'a pas accordé quelques instants pour que tu puisses te suicider plutôt que d'être fait prisonnier ?

Kevin marqua une pause, comme s'il réfléchissait à la question.

— Je le suppose, sans doute. Mais pourquoi est-ce que j'aurais voulu me tuer ?

— Pour l'honneur ! laissa échapper Mara sans réfléchir.

— À quoi sert l'honneur à un mort ? répondit Kevin avec un rire amer.

Mara cligna des yeux, comme s'ils venaient d'être frappés par une lumière vive dans une salle obscure.

— L'honneur est... tout, répondit-elle, ne comprenant pas que quelqu'un puisse poser cette question. C'est lui qui rend la vie supportable. Il donne un but à... tout. Pour quelle autre raison vivrions-nous ?

Exaspéré, Kevin leva les bras au ciel.

— Pour profiter de la vie ! Pour apprécier la compagnie de ses amis, pour servir les hommes que l'on admire. Dans mon cas, pour m'enfuir et rentrer chez moi, voilà pourquoi !

— T'enfuir !

Complètement choquée et incapable de le dissimuler, Mara eut besoin d'un moment pour rassembler ses esprits. Ces gens n'étaient pas tsurani, se souvint-elle. Le peuple qui vivait au-delà la faille ne connaissait pas les codes de comportement qui liaient les esclaves à leur maître. La dame des Acoma commença à se demander combien de ses compatriotes avaient découvert à quel point les Midkemians étaient différents. Hokanu des Shinzawaï lui vint immédiatement à l'esprit. Mara prit mentalement note de chercher à soutirer des informations à Hokanu sur l'intérêt que le seigneur Kamatsu portait aux barbares, durant sa prochaine visite. Puis elle se demanda si ce Kevin de Zûn avait des connaissances ou des idées inhabituelles qui pourraient l'aider contre ses ennemis.

— Dis-m'en plus sur les terres de l'autre côté de la faille, demanda-t-elle brutalement.

Souffrant de bien autre chose que des coups qu'il avait reçus, Kevin soupira.

— Vous êtes une femme pleine de contradictions, remarqua-t-il prudemment. Vous ordonnez à vos gardes de me battre, et de me jeter dans un abreuvoir, puis vous me faites sécher avec ce qui semble être vos plus belles serviettes de toilette. Maintenant, vous voulez que l'on discute sans même m'offrir de quoi étancher ma soif.

— Tu n'as pas le droit de te plaindre de ton inconfort, répondit Mara avec aigreur. Il se trouve que tu saignais sur un coussin qui vaut dix fois ton prix. Prends bien garde à la façon dont tu interprètes ma considération.

Kevin leva les sourcils en signe de reproche. Il allait répondre quelque chose, quand quelqu'un choisit cet instant pour gratter à la cloison du cabinet de travail privé de la dame. Comme aucun Tsurani n'aurait tenté d'attirer l'attention de sa maîtresse autrement qu'en toquant poliment sur l'encadrement, Mara ne répondit pas immédiatement. La personne de l'autre côté de la cloison ne sembla absolument pas déconcertée par son manque de réaction. Le cadre de bois glissa sur son rail huilé, et l'esclave chauve qui avait été le complice du rouquin lors de l'escroquerie aux vêtements, sur le marché aux esclaves, passa la tête à l'intérieur de la pièce.

— Kevin ? demanda-t-il tranquillement, sans se rendre compte qu'il était en présence d'une dame de la noblesse, sans autorisation ni invitation. Ça va, mon vieux ?

Mara en resta bouche bée, pendant que le rouquin adressait un sourire rassurant à son compatriote. Le chauve sourit à Mara, puis sortit sans faire d'histoires. Mara resta immobile, muette de stupéfaction, pendant un long moment. De mémoire de ses ancêtres, elle n'avait jamais entendu parler d'un esclave qui aurait eu l'effronterie d'entrer dans les appartements du souverain sans y être appelé, de tenir une conversation avec un autre esclave, puis de se retirer sans permission en esquissant à peine un geste pour saluer son maître légitime. Mara retint l'envie instinctive de le châtier, convaincue maintenant qu'elle devait mieux comprendre ces barbares.

Elle envoya son coursier chercher un autre contremaître pour qu'il s'occupe des barbares et les remette à la taille des akasi, ce qu'ils auraient dû être en train de faire en ce moment même. Puis Mara reporta toute son attention sur Kevin.

— Dis-moi comment les serviteurs se comportent devant leur maître sur tes terres natales, demanda-t-elle.

Le barbare lui rendit un sourire provocateur. Ses yeux vagabondèrent avec audace sur le corps de Mara, qui n'était couvert que par une robe de soie des plus transparentes.

— Pour commencer, répondit-il vivement, une dame vêtue comme vous l'êtes ne se présenterait ainsi devant un domestique que si elle voulait qu'il la... (Il s'efforça de trouver le mot approprié, puis déclara Dans mon langage, ce n'est pas un terme poli. Je ne sais pas ce que pense votre peuple dans ce domaine, mais étant donné que vous dévoilez tous vos charmes sans y prêter la moindre attention, il est évident que vous considérez ces choses d'une manière différente de la nôtre.

— Mais de quoi parles-tu ? l'interrompit sèchement Mara, à bout de patience.

— Mais... (Il posa la main sur son pagne sale puis releva son index tendu.) Ce que font les hommes et les femmes ensemble, pour faire des bébés.

Il désigna d'un geste vague le ventre de Mara.

La jeune femme écarquilla les yeux. Elle éprouvait peut-être des difficultés à penser à ce barbare comme à un esclave, mais de toute évidence, il n'avait aucun mal à la considérer comme une femme. Doucement, d'un ton de voix extrêmement dangereux, elle répondit :

— Suggérer une telle chose, même indirectement, peut te faire condamner à une mort lente et douloureuse, esclave ! L'exécution la plus honteuse est la pendaison, mais si nous voulons que le condamné souffre, nous le pendons par les pieds. Il paraît que certains parviennent à survivre deux jours à ce traitement. Avec quelques charbons ardents placés sous la tête, c'est une façon très désagréable de mourir.

Prenant conscience de la colère de Mara, Kevin corrigea hâtivement son explication.

— Bien sûr, Zûn a un climat beaucoup plus froid que celui auquel vous êtes habituée.

Ses phrases devinrent hachées alors qu'il cherchait des mots qui ne lui étaient pas familiers, ou qu'il les remplaçait par d'autres de sa propre langue quand ses connaissances n'étaient pas suffisantes.

— Nous avons des hivers avec de la *neige*, et des pluies froides durant les autres saisons. Les dames de mon pays doivent porter de lourdes robes et des peaux d'animaux pour avoir chaud. Ce qui fait qu'un corps féminin nu est une chose... une chose que nous ne voyons pas souvent.

Les yeux de Mara étincelèrent alors qu'elle écoutait l'esclave. Elle répéta maladroitement le mot barbare.

— De la *neige* ? Des pluies froides ? (Puis elle finit par comprendre ce qu'il voulait dire.) Des peaux d'animaux ? Tu veux dire des fourrures ? Du cuir dont les poils n'ont pas été arrachés ? ajouta-t-elle, alors que sa colère diminuait.

— Quelque chose comme cela.

— Comment c'est étrange. (Mara réfléchit à tout cela comme une enfant à qui l'on présenterait des merveilles.) De tels vêtements doivent être très inconfortables et très lourds, sans mentionner le fait qu'il doit être très difficile à vos esclaves de les laver.

Kevin rit de bon cœur.

— On ne lave pas les fourrures pour ne pas les abîmer. On les bat de temps en temps pour faire tomber la poussière et on les met au soleil pour les aérer. (Comme le visage de Mara s'était assombri quand il s'était amusé de son ignorance, il ajouta rapidement Nous n'avons pas d'esclaves à Zûn.

Quand il prononça ces paroles, son humeur devint plus sombre et plus retenue. Ses épaules le faisaient encore souffrir après la correction qu'il avait reçue, et en dépit du coussin, il avait mal simplement en restant assis.

— Les Keshites ont des esclaves, mais la loi du royaume limite sévèrement de telles pratiques.

Cela expliquait beaucoup de choses sur l'indocilité des Midkemians, conclut Mara.

— Qui accomplit alors les tâches serviles ?

— Des hommes libres, dame. Nous avons des serviteurs, des fermiers, et des francs tenanciers qui doivent allégeance à leur seigneur. Tout comme les citadins, les marchands et les bourgeois.

Peu satisfaite d'une explication aussi brève, Mara harcela Kevin pour obtenir des détails. Elle restait assise, immobile, pendant qu'il lui décrivait en détail la structure sociale du Royaume. Le soleil dessinait de grandes ombres sur les cloisons quand son intérêt commença à diminuer. La voix de Kevin semblait fatiguée et rauque. Assoiffée elle-même, Mara fit apporter des jus de fruit frais. Quand elle fut servie, elle demanda d'un geste que l'on donne une tasse à Kevin.

Mara lui posa ensuite des questions sur le travail des métaux, un art que son peuple ne connaissait pratiquement pas, car ces matières étaient extrêmement rares sur Kelewan. Que les paysans midkemians possèdent du fer, du cuivre et du bronze lui semblait inconcevable. Elle ne parvenait pas à croire Kevin quand il lui affirmait qu'ils possédaient de temps en temps de l'argent et de l'or. Son étonnement devant de telles merveilles lui fit oublier les différences qui les séparaient. Kevin devint de plus en plus souriant. Ses manières naturelles éveillèrent en elle une faim qu'elle ne s'était jamais permis de ressentir. Sans s'en rendre vraiment compte, Mara se mit à suivre des yeux les courbes de son corps, ou les gestes de ses mains fines et puissantes alors qu'il tentait de lui expliquer des choses pour lesquelles il n'avait pas de mot. Il lui parla des forgerons qui travaillent les métaux et qui façonnent des fers très durs, en forme de croissant, que l'on cloue sur les sabots des bêtes que chevauchent leurs guerriers. Tout naturellement, la discussion se transforma en un débat animé sur la tactique militaire. Ils découvrirent mutuellement que les Midkemians trouvaient les Cho-ja aussi terrifiants que les Tsurani les cavaliers.

— Tu as beaucoup à nous apprendre, déclara enfin Mara, ses joues délicates roses de plaisir.

C'est à ce moment que Nacoya frappa à la porte, pour lui rappeler sa réunion de l'après-midi avec ses conseillers. Mara se redressa, étonnée de voir que la plus grande partie de la journée s'était enfuie. Elle regarda les ombres qui s'allongeaient, les assiettes de pelures de fruits, les tasses et les pichets vides éparpillés sur la table placée entre l'esclave et elle. Désolée que leur discussion doive se terminer, elle ordonna à son domestique personnel :

— Emmène ce barbare et veille à son confort. Qu'il soit baigné et que l'on mette de l'onguent sur ses plaies. Puis trouve-lui une robe, et qu'il m'attende dans mes appartements personnels. Je souhaite reprendre ma conversation avec lui quand j'aurai terminé ma réunion.

L'esclave s'inclina, puis fit signe à Kevin de le suivre. Le barbare déplia ses longues jambes et se releva avec raideur. Il grimaça, puis vit que la dame le regardait toujours. Il lui rendit un sourire maladroit et, sans la moindre humilité, souffla un baiser dans sa direction, avant de suivre le domestique.

Nacoya observa son geste d'adieu, les yeux mi-clos et en fronçant les sourcils. Sa maîtresse semblait plus stupéfaite qu'outragée par ce geste d'une inconvenante familiarité. Soudain Mara cacha un sourire derrière sa main, ne parvenant plus à contenir son hilarité. Le mécontentement de Nacoya s'accentua, pour devenir des soupçons.

— Ma dame, soyez prudente. Un souverain sage ne révèle pas les sentiments de son cœur à un esclave.

— À cet homme ? (Mara se raidit, surprise, et se mit à rougir.) C'est un barbare. Je suis fascinée par son peuple étrange, rien de plus. (Puis elle soupira.) Le baiser qu'il m'a envoyé était un geste que Lano avait l'habitude de faire quand nous étions petits, expliqua-t-elle. (Elle pensait à son frère défunt, qu'elle idolâtrait lorsqu'elle était enfant.) Tu t'en souviens ?

Nacoya avait élevé Mara et le souvenir du geste de Lanokota n'inquiétait pas la vieille nourrice. C'était la réaction de sa maîtresse qui troublait Nacoya.

Mara rajusta sa robe et la ramena soigneusement sur ses cuisses.

— Nacoya, tu sais très bien que je n'ai aucun désir pour les hommes. (Elle cessa de lisser l'ourlet de soie, et ses poings se serrèrent.) Je sais que certaines dames choisissent comme porteurs de litière des hommes de belle figure, pour... pouvoir satisfaire des besoins plus personnels quand cela leur plaît. Mais je ne suis pas... intéressée par de tels divertissements.

Même à ses oreilles, sa voix semblait peu convaincante. Irritée par le besoin qu'elle ressentait de se justifier alors qu'elle n'avait nulle raison de le faire, Mara mit fin à la discussion d'un geste impérieux.

— Bien, appelle des domestiques pour qu'ils retirent ces assiettes et ces tasses. Je vais recevoir mes conseillers, et Arakasi nous fera son rapport sur Desio des Minwanabi.

Nacoya s'inclina, mais alors qu'un domestique arrivait et commençait à nettoyer la table pour la réunion, la vieille femme observa attentivement sa dame. Un sourire de regret passa fugitivement sur les lèvres de Mara. Intuitive et perspicace, Nacoya comprit que la jeune femme ne pensait pas à la prochaine réunion, mais à un barbare bronzé aux cheveux roux avec qui elle avait passé un après-midi entier à bavarder. L'étincelle dans les yeux de Mara, et la façon qu'elle avait de fermer les poings, à moitié par excitation, à moitié par peur, la trahissaient. La crainte de la souffrance et de l'humiliation – souvenirs d'un époux brutal et insensible – luttait contre un désir nouveau. Nacoya était peut-être vieille, mais elle se souvenait des passions de sa jeunesse ; vingt ans plus tôt, elle aurait sérieusement songé à faire venir l'esclave dans sa chambre à coucher. Consciente du charme de Kevin et prévoyant des ennuis, l'ancienne nourrice soupira silencieusement. Mara avait prouvé qu'elle pratiquait intelligemment le jeu du Conseil ; mais elle ne comprenait pas encore les choses les plus fondamentales sur les relations entre un homme et une femme. Elle n'avait pas l'instinct pour comprendre qu'une attaque de ce côté était même possible.

Luttant pour retenir des larmes d'inquiétude, l'ancienne nourrice se calma en prévision de la réunion. Si l'univers de Mara devait être bouleversé par une passion imprévue, la jeune femme avait choisi le pire moment pour s'y laisser entraîner.

4

VŒUX

Les trompes sonnèrent.

Un tonnerre de tambours se joignit à elles et la foule assemblée s'agenouilla, s'inclina, puis s'assit sur ses talons dans l'ancienne position tsurani de l'attention. Disposés selon leur rang, mais vêtus de robes blanches très simples fermées par une ceinture noir et orange, tous attendaient l'arrivée du nouveau seigneur des Minwanabi.

La haute salle des Minwanabi était unique dans tout l'empire ; un seigneur des temps anciens avait employé un architecte de génie, un artiste d'une habileté inégalable. Toutes les personnes qui visitaient la maison ancestrale de Desio ne pouvaient manquer d'être stupéfiées par la prouesse technique de l'architecte, qui avait conjugué un confort suprême et la sûreté d'une forteresse.

La colline choisie pour la construction du manoir avait été creusée, et le tiers supérieur percé d'arches ouvertes sur le ciel, laissant passer l'air et la lumière. Les cloisons qui protégeaient les lieux contre le mauvais temps avaient été retirées pour le moment, et toute la salle était baignée par la lumière du soleil de midi. La partie inférieure était taillée dans la montagne même. La chambre centrale mesurait plus de trois cents pas depuis l'entrée unique, et était ornée d'un superbe sol de mosaïque jusqu'à l'estrade d'honneur. Là, sur un trône d'agate sculptée, Desio recevrait bientôt le serment de fidélité de ses gens et de ses vassaux, convoqués pour venir lui rendre hommage.

Des gardes minwanabi en armure de cérémonie se tenaient au garde-à-vous, leurs casques laqués de noir et les plumets orange des officiers formant une double rangée dans la galerie surplombant le niveau principal. Les musiciens, placés près de l'entrée, terminèrent leur fanfare, puis abaissèrent leurs instruments. Le silence retomba.

Soudain, une note perçante déchira l'air. Une porte glissa sur le côté, et un prêtre de Turakamu, le dieu Rouge de la mort, bondit dans la salle en virevoltant. Le sifflet d'os qu'il tenait entre ses lèvres était une relique sainte datant des jours anciens. Une petite cape de plumes tombait jusqu'aux creux de ses reins, et son corps nu était peint en rouge sur noir. Il ressemblait à un squelette couvert de sang, dansant pour célébrer la gloire de son divin maître. Sa chevelure était collée à son crâne par une graisse épaisse, et les extrémités avaient été tressées en deux nattes reliées par des cordelettes et où pendaient des crânes d'enfant blanchis à la chaux.

Le grand prêtre fit trois fois le tour de l'estrade, rejoint bientôt par quatre acolytes portant une robe rouge et un masque en forme de tête de mort. Leur apparition mit l'assemblée en émoi. Un grand nombre de personnes firent subrepticement un geste pour conjurer le mauvais sort, car rencontrer les serviteurs du dieu de la mort était déplaisant, même dans les meilleures circonstances. Les sifflets déchiraient l'air de leurs appels stridents, tandis que les crânes claquaient avec un bruit sec, rythmé par les bonds du prêtre. La danse se fit de plus en plus rapide, et les acolytes commencèrent une série de pirouettes et de sauts décrivant les affres de la souffrance humaine, la puissance ultime du dieu de la mort, et le châtiment infligé aux mortels qui le mécontentaient.

Bientôt un murmure diffus troubla le calme de la haute salle. Les invités de Desio se demandaient pourquoi les prêtres rouges avaient été choisis pour célébrer un rituel de sang lors de cette assemblée. Normalement, c'étaient les prêtres de Chochocan, le dieu Bon ou, dans de rares cas, les prêtres de Juran le Juste, qui étaient sollicités pour bénir le règne d'un nouveau seigneur. La présence d'un prêtre de la mort était anormale et inquiétante.

Les danseurs virevoltèrent une dernière fois, s'immobilisèrent, et les sifflets se turent. Le grand prêtre avança silencieusement et monta sur l'estrade. Il retira un poignard écarlate d'une poche dissimulée à l'intérieur de sa petite cape et, en poussant un cri aigu et perçant, coupa sa tresse gauche. Il la suspendit au bras correspondant du trône. Puis il toucha de son front le dossier du siège, et coupa sa tresse droite. Le crâne minuscule suspendu à son extrémité claqua avec un bruit sec et sinistre en frappant l'agate sculptée. Quand il fixa le talisman au bras droit du trône, plus personne n'eut le moindre doute. Les prêtres du dieu Rouge ne coupaient leurs cheveux que lorsqu'un grand sacrifice était promis à leur divin maître. Desio des Minwanabi faisait le serment d'engager sa maison sur la voie de la violence.

Un silence inquiet régnait dans la salle quand la garde d'honneur de Desio fit son entrée. Les douze guerriers habituels étaient précédés par le commandant Irrilandi et le premier conseiller Incomo. Le nouveau seigneur venait en dernier, resplendissant dans une robe supérieure orange passementée de noir, ses cheveux noirs noués en arrière.

Incomo atteignit l'estrade, se retourna et se mit à genoux à droite du trône. Il observa la salle d'un œil critique pendant que son seigneur parcourait les derniers mètres qui le séparaient de son siège d'apparat.

Desio se tenait bien, en dépit de la chaleur et du poids de l'armure qu'il portait sous ses riches vêtements, et à laquelle il n'était pas habitué. Enfant, l'héritier de Jingu ne s'était pas montré très doué pour les choses de la guerre. Ses efforts sur les terrains d'entraînement ne lui avaient valu que le mépris silencieux de ses instructeurs. Quand il avait atteint l'âge d'entrer dans les armées de son père, il avait accompagné quelques patrouilles dans des régions sûres. Mais quand les officiers s'étaient poliment plaints de son inaptitude, le jeune homme avait rejoint avec soulagement la cour de Jingu, dont il était devenu un membre permanent. Incomo jugeait que Desio avait hérité des pires défauts de son père et de son grand-père. Ce serait un miracle si les Minwanabi prospéraient sous son règne, même si les Acoma n'avaient représenté aucune menace.

Incomo étudiait la foule assemblée dans la haute salle, quand son attention fut attirée par une silhouette impressionnante, assise au premier rang des invités. Tasaio portait l'armure des Minwanabi comme un guerrier né. C'était peut-être le membre de la famille le plus compétent depuis trois générations. Ennuyé par toute cette cérémonie, Incomo songeait au plaisir qu'il aurait eu à servir un souverain intelligent comme Tasaio. Puis le premier conseiller bannit ces pensées extravagantes. Dans quelques instants, il allait prêter serment d'obéissance à Desio en toutes choses.

Le nouveau seigneur réussit à s'asseoir sur le trône sans commettre d'impair, et Incomo lui en fut très reconnaissant. Une maladresse en cet instant aurait été de très mauvais augure, un présage annonçant que la défaveur des dieux s'était abattue sur les Minwanabi. L'anxiété inondait de sueur le front du premier conseiller pendant qu'il endurait les rites séculaires précédant le discours de Desio. Puis le jeune seigneur des Minwanabi prit la parole d'une voix étonnamment ferme, qui résonna dans la salle silencieuse.

— Je vous souhaite la bienvenue, mes parents, mes alliés et mes amis. Ceux qui ont servi mon père sont doublement les bienvenus, pour leur loyauté envers lui dans le passé et envers moi dans l'avenir.

Incomo laissa échapper un soupir de soulagement, ses soucis immédiats apaisés. Le jeune seigneur remercia ensuite pompeusement les prêtres ; puis il agita ses mains cramoisies quand son discours devint plus passionné. Convaincu de sa propre importance, Desio attirait l'attention générale sur ses invités les plus éminents. Incomo tenta de paraître attentif, mais il était de plus en plus préoccupé : quelle serait la prochaine manœuvre de la dame des Acoma ?

Comment cette jeune femme avait-elle repris à son avantage les plans de meurtre de Jingu à son encontre ? Incomo repassait très souvent en revue les événements de ce jour maudit, mais il ne parvenait pas à déterminer ce qui avait inversé la situation et provoqué une issue aussi tragique.

Il savait cependant une chose : les Minwanabi avaient trop fait confiance à une courtisane appointée qui leur servait d'agent. Elle avait eu la réputation d'une professionnelle compétente, mais elle avait finalement échoué et n'avait pu accomplir son devoir. Cela avait coûté la vie à cette femme superbe. Incomo fit le vœu de ne plus jamais dépendre d'une personne qui n'avait pas prêté serment au natami des Minwanabi. Et quel avait été le rôle du chef de troupe Shimizu qui avait juré sa foi aux Minwanabi ? Quand il avait tué le garde du corps de Mara, tout s'était déroulé comme prévu ; mais la nuit suivante, le simple « accident » qui aurait dû mettre fin à la lignée des Acoma s'était transformé en désastre.

Desio annonça le nom d'un autre invité d'honneur, lui demandant de le rejoindre pour qu'il lui remette sa charge. Incomo regarda subrepticement son maître, essayant de dissimuler son ennui. Ses pensées revinrent à cette terrible journée.

Incomo réprima un frisson alors qu'il se souvenait de l'horreur qui s'était peinte sur le visage de Jingu, quand le magicien accompagnant le seigneur de guerre avait utilisé son art pour prouver la misérable trahison de la courtisane et du chef de troupe. Couvert de honte sous les yeux de ses invités, Jingu avait été forcé d'offrir réparation au nom de sa maison de la seule façon convenable. Dans toute l'histoire des Minwanabi, aucun seigneur n'avait été obligé avant lui de sauver l'honneur de la famille par le suicide. Toutes les nuits, Incomo se réveillait couvert de sueur froide, rêvant de l'instant où Jingu avait enfin retrouvé son courage et s'était jeté sur son épée ancestrale.

Incomo ne se souvenait que de peu de choses après cela. Le retour jusqu'au manoir, son seigneur allongé sur le brancard funéraire, revêtu de son armure polie et brillante, les mains croisées sur son épée... Tout cela n'était que des images floues. Le premier conseiller était surtout tourmenté par l'instant de la mort : son seigneur allongé sur la terre, le ventre ouvert, son sang et ses entrailles se répandant sur le sol, et ses yeux vides se couvrant d'un voile blanc comme ceux d'un poisson agonisant sur un quai. Le prêtre de Turakamu avait rapidement lié les mains de Jingu avec la cordelette rouge rituelle, et dissimulé son visage sous un voile écarlate. Mais le souvenir restait gravé dans la mémoire d'Incomo, indélébile. Le règne d'un grand et puissant maître s'était achevé avec une rapidité terrifiante.

Un mouvement réveilla Incomo et le ramena au présent. Il hocha la tête pour saluer un autre dirigeant venu rendre hommage à Desio. Puis le premier conseiller des Minwanabi prit une profonde inspiration et retrouva son sang-froid. Il avait géré la maisonnée avec un calme inébranlable durant les jours de dissipation de Desio. Mais derrière son impassibilité et son attitude respectueuse, Incomo luttait contre une terreur incontrôlable. Pour la première fois, malgré une longue vie passée à pratiquer le jeu du Conseil, il éprouvait une peur paralysante vis-à-vis d'un autre souverain.

Sa seule défense contre cette frayeur était la colère alimentée par l'image de Mara et de sa suite traversant le lac. Des douzaines d'autres seigneurs l'avaient accompagnée, leurs nefs multicolores rassemblées comme des oiseaux aquatiques en plumage de parade. Parmi cette flottille s'était trouvée l'immense nef blanc et or du seigneur de guerre. Almecho avait déplacé sa fête d'anniversaire du manoir de Jingu aux terres des Acoma, signe évident que les Minwanabi étaient tombés en disgrâce.

À cet instant une ombre passa sur le visage d'Incomo, mettant fin à ses réflexions. Un guerrier mince et élégant montait sur l'estrade pour s'agenouiller aux pieds du nouveau seigneur. Tasaio, fils du défunt frère de Jingu, s'inclina très bas et se présenta à son maître légitime. Sa chevelure auburn était coupée court, selon le style qu'affectionnent les guerriers. Son profil était légèrement aquilin, et son attitude impeccable ; ses mains, légèrement marquées par les cicatrices de batailles passées, possédaient la beauté d'une force atteignant la perfection. Il était l'image même du guerrier humble jurant de servir son maître, mais rien ne pouvait dissimuler l'intensité brûlante de son regard. Il sourit à son cousin et lui prêta serment.

— Mon seigneur, je jure sur les esprits de nos ancêtres communs, depuis le commencement des temps, et sur le natami où réside l'esprit des Minwanabi, que je vous honorerai en toutes choses. Ma vie et ma mort vous appartiennent.

Le visage de Desio s'épanouit lorsque son plus grand rival pour le trône des Minwanabi s'inclina devant lui, selon la tradition. Incomo oublia son souhait futile que les rôles des cousins soient inversés. Si Desio avait plié le genou devant Tasaio, alors, les Acoma auraient tremblé. Mais c'était le plus intelligent et le plus fort qui liait irrévocablement son destin au plus faible des deux. Incomo se rendit compte qu'il avait inconsciemment serré les poings quand ses ongles entaillèrent la paume de ses mains.

Quelque chose le dérangeait sans cesse depuis la nuit où la fortune des Minwanabi avait changé. Alors que Tasaio se relevait et descendait de l'estrade, les pensées du premier conseiller prirent une nouvelle direction. Mara avait réussi à découvrir le plan destiné à la tuer... *Non, ce n'est pas cela*, se corrigea Incomo ; elle s'attendait forcément à une tentative de meurtre. Cependant, elle avait réussi à pressentir le moment et la manière de l'attaque. Le hasard ne pouvait pas expliquer un tel coup de chance. Une coïncidence à cette échelle était improbable au point d'en devenir impossible. Le Dieu Fou de la Chance avait dû murmurer lui-même ces révélations à l'oreille de la dame pour qu'elle devine ce que Jingu et son espionne courtisane avaient préparé.

Les derniers alliés des Minwanabi se succédaient devant l'estrade, prononçant de grandes déclarations d'amitié envers Desio. Le premier conseiller observait les visages indifférents, et en conclut que ces grandes démonstrations étaient aussi utiles que des armes de sucre filé. Au premier signe de vulnérabilité des Minwanabi, tous les seigneurs présents chercheraient de nouvelles alliances. Même Bruli des Kehotara avait refusé de renouveler le serment de vassalité complète que son père avait prêté à Jingu, laissant ainsi planer des doutes sur sa loyauté. Desio avait difficilement caché son mépris quand Bruli avait simplement promis son amitié, puis avait pris congé.

Incomo souriait machinalement devant tous les nobles qui passaient, en réfléchissant à ses propres soucis. Il rejoua une nouvelle fois les événements du passé, encore et encore, jusqu'à ce que la logique lui apporte enfin la réponse. Sa conclusion était stupéfiante, impensable : *les Acoma* avaient *un espion dans la maisonnée des Minwanabi ! Le piège de Jingu avait été soigneusement tendu et Mara n'aurait pu y échapper si elle n'avait pas obtenu des informations secrètes.* Le pouls d'Incomo s'accéléra alors qu'il considérait toutes les ramifications possibles de ses conclusions.

Le jeu du Conseil ne connaissait pas de répit. Tout le monde cherchait en permanence à infiltrer les maisons rivales. Incomo lui-même disposait de plusieurs espions bien placés et avait personnellement déjoué plusieurs tentatives d'infiltration dans sa maisonnée. Mais, de toute évidence, il en avait manqué une. L'espion acoma pouvait être un domestique, un intendant, un guerrier portant un plumet d'officier, voire même un esclave. S'efforçant maintenant d'identifier le coupable, Incomo regardait avec impatience le déroulement de toutes ces formalités. Le protocole exigeait qu'il reste à son poste jusqu'à la fin de la cérémonie.

Le dernier seigneur se présenta devant l'estrade. Puis Desio s'enlisa dans un interminable discours de remerciements. Incomo faillit s'agiter sur son coussin tant il était nerveux. Les prêtres de Turakamu reprirent alors leurs maudits sifflets et commencèrent une nouvelle danse rituelle. La procession finale commença enfin, la garde d'honneur de Desio avançant à pas mesurés vers les grandes portes de la haute salle. Posté un demi-pas derrière Desio, Incomo passait mentalement en revue tous les membres importants de la maisonnée.

Son esprit alerte réduisit rapidement les éventualités, éliminant les parents directs et les gens qui étaient au service de la famille depuis leur plus tendre enfance. Mais, même après les avoir écartés, les possibilités d'infiltration d'un agent ennemi restaient encore considérables. De nombreux serviteurs avaient été engagés au cours des trois dernières années, et Incomo devait faire face à une recherche colossale. Renvoyer tous les nouveaux domestiques serait un trop grand aveu de faiblesse. Utiliser la torture pour découvrir le traître ne ferait qu'alerter l'espion. Il, ou elle, risquait alors de lui glisser entre les doigts. Non, il valait mieux progresser avec beaucoup de prudence.

La procession continua dans le tunnel aménagé en couloir et sortit. En cette fin d'après-midi, le soleil plongeait derrière les arbres. Des ombres démesurées s'étendaient sur le cortège, tandis que la garde d'honneur et les invités avançaient à pas mesurés vers l'endroit choisi pour la suite de la cérémonie. Des bancs avaient été placés en demi-cercle dans un amphithéâtre naturel, formé par un plissement de terrain entre les collines. Les invités prirent place en silence et regardèrent une zone de terrain dégagée, en contrebas. Quatre grands trous avaient été creusés, flanquant deux par deux la route principale. Une compagnie de soldats et d'ouvriers attendait en rangs à côté d'une immense armature de bois toute neuve, couverte de poulies et de cordes.

Incomo s'installa sur l'un des bancs centraux et s'efforça de se concentrer sur les prochains événements. À la différence de la prise de pouvoir de Desio dans la haute salle, cette cérémonie n'était pas une simple formalité. Quand on construit un portique de prière, on invoque la présence d'un dieu pour le supplier d'accorder ses faveurs. Ériger un monument en l'honneur de Turakamu, le dieu Rouge, risque de provoquer la destruction de la famille si la divinité n'est pas satisfaite.

Le grand prêtre de Turakamu et ses acolytes commencèrent à danser autour des quatre poutres sculptées, qui attendaient d'être placées dans les trous préparés à leur intention. Ils virevoltèrent avec une énergie sauvage, en poussant des cris effrayants ou en soufflant dans leurs sifflets d'os sacrés. Les flancs du prêtre épuisé palpitaient sous l'effort, et la sueur dessinait des traînées claires sur sa peinture cérémonielle noir et rouge. Ses organes génitaux qui rebondissaient en suivant les mouvements de la danse amusèrent Incomo. Puis le premier conseiller se sermonna pour son impiété. Plutôt que de rire et de s'attirer le mécontentement du dieu Rouge, il détourna légèrement le regard, dans un sentiment de respect pour la danse sacrée.

Deux groupes d'ouvriers attendaient silencieusement à proximité. Des paysans et leurs familles se tenaient parmi eux. Ils ne semblaient pas être à leur place et paraissaient bizarrement mal à l'aise. Une petite fille de sept ans se mit à pleurer et s'accrocha à la main de sa mère. Incomo se demanda si la cérémonie l'effrayait. L'instant suivant, le grand prêtre termina brusquement sa rotation dans une position accroupie, juste devant le père de la petite fille. Les acolytes hurlèrent à l'unisson. Ils bondirent vers l'homme, le saisirent par les épaules dans un geste rituel et le conduisirent vers le trou le plus proche. Les sifflets d'os retentirent dans la chaleur de l'après-midi. L'homme choisi ferma les yeux et sauta silencieusement dans la fosse, profonde et large.

Puis les prêtres recommencèrent avec un autre homme, dont l'épouse enfouit son visage entre ses mains d'une façon des plus inconvenantes. Quand le second trou fut occupé, le prêtre lança un cri torturé. Puis il entonna :

— Ô Turakamu, toi qui juges tous les hommes, accueille à ton service ces deux âmes méritantes. Elles monteront une garde vigilante et éternelle sur ton monument. Regarde leurs familles avec générosité, et quand leurs enfants se rendront finalement dans ton palais, juge-les avec indulgence et rends-les à la vie avec ta bénédiction.

Incomo écouta le rituel d'ouverture avec un malaise croissant. Les sacrifices humains étaient rares dans l'empire, mais ils étaient encore pratiqués par le clergé du dieu Rouge. De toute évidence, ces deux paysans s'étaient portés volontaires pour être sacrifiés lors de la consécration du portique, dans l'espoir que leurs enfants puissent renaître lors de leur prochaine vie à une meilleure place : comme guerrier, ou peut-être même comme seigneur. Incomo avait la très nette impression qu'il s'agissait d'un marché de dupe. Si un homme menait une vie pieuse, les dieux ne devaient-ils pas lui accorder de toute façon leurs faveurs, comme l'affirmaient les préceptes des temples ?

Mais seul un imbécile oserait s'opposer à une offrande au dieu Rouge. Incomo garda une immobilité de marbre alors que les volontaires étaient installés dans leur trou, les genoux sous le menton et les mains croisées dans une attitude de prière éternelle. Les prêtres hurlèrent un hymne à leur divin maître, puis demandèrent aux équipes d'ouvriers de lever les immenses poutres qui soutiendraient l'arche du portique. Les cordes craquèrent sous le poids alors que les hommes plaçaient le premier poteau en position verticale. Ils chantèrent pour rythmer leurs efforts et le madrier se mit lentement en mouvement. L'ombre de la poutre, telle une faux sinistre, traversa le puits quand ils placèrent son extrémité en position. La foule des alliés des Minwanabi était immobile, attendant l'instant du sacrifice. Un contremaître affligé d'un léger strabisme jugea la position correcte ; il fit un signe au grand prêtre, qui porta le sifflet d'os à ses lèvres et souffla le trille qui devait appeler le dieu.

Alors que l'appel strident s'évanouissait dans l'air et que le silence retombait sur l'assemblée, deux acolytes levèrent une hache sacrée d'obsidienne et tranchèrent les cordes. La poutre sculptée fut libérée. Elle tomba avec un bruit de tonnerre dans le trou qui l'attendait, et écrasa le premier paysan comme un vulgaire insecte. Un geyser de sang jaillit de la terre, tandis que l'enfant en larmes échappait à l'étreinte de sa mère pour se jeter contre le poteau qui avait tué son père.

— Ramenez-le ! Ramenez-le ! criait-elle sans cesse alors que des soldats minwanabi l'écartaient.

Incomo savait que le prêtre rouge considérait ce début sous de mauvais auspices. Pour tenter d'apaiser son dieu, le prêtre modifia le rituel. Le sacrifice de premier rang devint un sacrifice de second rang. Il fit cliqueter sa crécelle en os avec ses ongles, et ses acolytes revêtirent de nouveaux masques de cérémonie. La seconde victime fut tirée hors de son trou, et l'on put lire une confusion extrême dans son regard. Elle croyait mourir de la même façon que son prédécesseur, mais cela n'allait apparemment pas être le cas.

Le premier acolyte masqué avança avec un bol et un poignard d'obsidienne, sans prononcer une seule parole. Obéissant à un geste du grand prêtre, les autres saisirent le fermier et l'écartelèrent au-dessus du bol. Le premier acolyte leva le poignard en chantant et en implorant la faveur du dieu. Il plaça la lame d'abord sur une tempe de la victime, puis sur l'autre, consacrant le sacrifié. Le malheureux fermier se mit à trembler au contact du poignard de pierre. Il tressaillit quand le tranchant acéré grava un symbole sur son front, et lutta pour ne pas crier sous la douleur quand le prêtre lui ouvrit le poignet droit d'un geste violent.

Du sang mouilla la poussière comme une pluie obscène. Les acolytes furent aspergés alors qu'ils se précipitaient pour recueillir le sang dans le bol ; et, comme la litanie des damnés, le sifflet du grand prêtre retentit une nouvelle fois. Le second madrier fut levé. Le poignard d'obsidienne plongea à nouveau et s'abreuva à une autre veine. Le fermier se mit à gémir. Il sentait sa vie s'enfuir, mais la fin ne venait pas assez rapidement pour étouffer sa peur. Il sursauta quand les acolytes le levèrent et le placèrent la tête la première dans le puits. La poutre se balança au-dessus de lui. Le sifflet retentit, implorant le dieu d'accorder sa faveur aux mortels. Le grand prêtre fit un geste pour hâter la cérémonie, car pour que l'offrande soit acceptable, le sacrifié ne devait pas perdre conscience et mourir avant l'heure. Mais la hâte se fit au détriment de la précision. Au moment où les cordes étaient coupées, l'un des acolytes hésita et la poutre massive tourna légèrement sur elle-même en tombant. Le fût s'écrasa contre le rebord du trou. La terre et les cailloux tombèrent en cascade dans la fosse, et la victime poussa malgré elle un cri de terreur. Puis la masse immense du madrier glissa le long de la paroi. Le madrier écrasa les jambes et les hanches du fermier, mais ne le tua pas sur le coup. L'homme se mit à hurler de douleur sans pouvoir s'arrêter, et la cérémonie devint un véritable chaos.

Desio hurla en vain aux ouvriers de redresser la poutre. Pâle dans ses vêtements somptueux, il se jeta face contre terre sur le sol ensanglanté et implora l'indulgence du dieu Rouge. Le grand prêtre s'avança, le sifflet silencieux. Devant toute l'assemblée attentive, il secoua sa crécelle d'os et ses perles et annonça solennellement le déplaisir de son divin maître. Par-dessus les cris plaintifs du sacrifié, il demanda ce que le seigneur des Minwanabi était prêt à offrir pour regagner la faveur du dieu Rouge.

Derrière eux, les esclaves tiraient sur les cordes et redressaient lentement le poteau. Les cris du fermier changèrent de timbre mais ne diminuèrent pas. Des ouvriers se précipitèrent avec des paniers de terre et les vidèrent dans le puits. Graduellement, les cris de la victime devinrent de plus en plus étouffés ; personne n'osait mettre fin à l'agonie du fermier. Sa vie avait été consacrée au dieu, et intervenir risquait de provoquer une malédiction.

Transpirant, le visage souillé de poussière et de sang, Desio s'assit.

— Tout-puissant Turakamu, entonna-t-il, je te promets la vie de mes ennemis, du noble le plus éminent jusqu'à ses parents les plus mineurs. Je te les promets, si tu acceptes de retenir ta colère et d'accorder la victoire aux Minwanabi !

Au prêtre, il déclara :

— Si le Tout-Puissant accepte mon humble supplique, je promets d'élever un second portique de prière. Ses montants seront consacrés par la vie de la dame des Acoma et de son fils premier-né, son héritier. Sous l'arche, le sol sera pavé avec la pierre concassée du natami des Acoma, et poli par les pieds de fidèles adorateurs. Voilà ce que j'offre à la gloire du dieu Rouge, s'il se montre indulgent pour les sacrilèges survenus aujourd'hui.

Desio se tut. Le prêtre resta penché au-dessus de lui pendant un long moment, immobile. Puis il accepta d'un brusque hochement de tête.

— Jurez de respecter votre promesse, hurla-t-il, et il tendit son sifflet d'os à Desio pour qu'il scelle son pacte avec le dieu.

Desio tendit la main, sachant que lorsqu'il aurait refermé ses doigts sur l'instrument d'os, il serait irrémédiablement engagé. Il hésita, et un sifflement irrité du prêtre l'avertit qu'il risquait de provoquer la fureur du dieu Rouge. Il s'empara fébrilement de la relique.

— Moi, Desio, seigneur des Minwanabi, je le jure.

— Sur le sang de votre maison, ordonna le prêtre.

Les spectateurs ne purent s'empêcher de hoqueter de surprise, car le prêtre annonçait clairement le prix de l'échec. Desio s'engageait à détruire entièrement sa maison – de lui-même jusqu'à son parent le plus éloigné – et à lui infliger la ruine qu'il destinait aux Acoma, s'il échouait. Même si un jour les deux camps désiraient conclure une trêve, il ne lui était plus possible maintenant de faire quartier. Dans un avenir proche, l'une de ces deux maisons anciennes et honorables cesserait d'exister.

— Turakamu a entendu votre offrande, cria le prêtre.

Desio lâcha la relique, et le prêtre se retourna vers le portique incomplet, dont les piliers noircis se détachaient sur le soleil couchant.

— Que ce portique reste inachevé à partir de ce jour. Ses montants seront sculptés et transformés en colonnes, où la promesse des Minwanabi sera inscrite de chaque côté. Ce monument ne sera ni terminé ni abattu jusqu'à ce que les Acoma soient réduits en cendres, pour la plus grande gloire de Turakamu ! (Il regarda alors Desio, et ajouta Ou que les Minwanabi ne soient plus que poussière !

Desio se remit lourdement sur ses pieds. Il semblait ébranlé, écrasé par le mauvais début de son serment grandiose. Les lèvres d'Incomo se serrèrent sous l'effet de la colère. S'il y avait effectivement un espion acoma dans la maisonnée minwanabi, le premier conseiller s'en inquiétait plus que des prochaines rumeurs qui circuleraient sur cette journée désastreuse. Il étudia les expressions des divers membres de la famille alors qu'ils partaient. La plupart montraient de la nervosité, certains semblaient effrayés, et ici et là, un seigneur avançait d'un air conquérant en relevant agressivement le menton. Un grand nombre tenteraient d'avancer dans la hiérarchie familiale si Desio se révélait un souverain trop faible, mais personne ne semblait particulièrement satisfait du tour terrible pris par les événements. Abandonnant ses tentatives de trouver l'espion par la seule force de sa volonté, Incomo chercha son maître du regard.

Tasaio se tenait aux côtés de Desio, soutenant son coude. Même si seul le seigneur portait l'armure, nul ne pouvait douter de qui était le guerrier. Tasaio avait la grâce inconsciente et meurtrière d'un sarcat. Incomo se hâta de s'approcher. Des paroles parvinrent à ses oreilles, portées par le vent qui se levait et annonçait un orage.

— Mon seigneur, vous ne devez pas vous laisser obnubiler par les malheurs de la journée et les considérer comme de mauvais augure. Vous avez prêté un serment puissant qui engage votre famille. Voyons maintenant ce qu'il faut faire pour l'accomplir.

— Oui, répondit Desio, assez hébété. Mais par où commencer ? Des guerriers cho-ja gardent le domaine de Mara. Un assaut direct serait une pure folie sans le soutien du seigneur de guerre. Et, même si nous étions victorieux, nous serions très affaiblis, et une douzaine d'autres maisons se précipiteraient pour nous mettre en pièces.

— Mais, mon cousin, j'ai quelques idées.

Tasaio entendit des pas qui s'approchaient, regarda derrière lui et reconnut Incomo. Le sourire éclatant et rapide qu'il adressa au premier conseiller semblait hypocrite, en dépit de son apparente spontanéité.

— Honorable premier conseiller, je recommande instamment que nous organisions une réunion. Si notre seigneur veut tenir sa promesse envers le dieu Rouge, nous gagnerons une grande gloire pour notre maison.

Incomo chercha de l'ironie dans ces propos – car ne pas tenir la promesse faite au dieu de la mort provoquerait la ruine des Minwanabi – et vit que Tasaio était sincère. Puis il examina le visage habituellement sévère du jeune soldat pour y déceler un signe de tromperie, mais n'en trouva aucune.

— Vous avez un plan ?

Le sourire de Tasaio s'élargit.

— Plusieurs. Mais j'ai cru comprendre que nous devions d'abord débusquer un espion acoma.

Alors que le visage sale de Desio exprimait la stupéfaction et la confusion, Incomo lutta pour dissimuler sa suspicion.

— Comment pouvez-vous être sûr de cela, honorable cousin ?

— Mais nous n'avons pas d'espions acoma dans nos rangs ! les interrompit Desio, légitimement outragé.

Tasaio posa une main apaisante sur le bras du jeune seigneur, mais dirigea ses paroles vers Incomo.

— C'est obligatoire. Sinon, comment cette garce adolescente a-t-elle pu apprendre que notre défunt seigneur avait l'intention de la tuer ?

Incomo inclina la tête vers Tasaio comme s'il lui accordait la victoire. Que Tasaio ait deviné la cause de la survie de Mara lors de la fête du seigneur de guerre montrait la profondeur de ses réflexions.

— Honorable cousin, pour le bien de tous, je pense que nous devrions écouter vos plans.

Avec une mine sévère et renfrognée, il aida le grand guerrier à reconduire son seigneur à l'abri du manoir.

Les parquets anciens craquèrent quand les domestiques s'empressèrent de réajuster les cloisons et les tentures, pour protéger la demeure de la brise du sud. Une tempête approchait, et le ciel chargé de nuages qui se reflétait sur le miroir d'argent du lac annonçait d'une façon indubitable l'arrivée précoce de la saison humide. L'odeur de la pluie se mêlait aux effluves de l'encaustique et de la poussière qui se déposait dans le cabinet de travail. C'est dans cette pièce privée que Jingu et ses prédécesseurs concevaient leurs complots les plus complexes. Les fenêtres étaient de petite taille, pour décourager d'éventuels observateurs, mais l'air n'y était jamais étouffant.

L'humidité rendait douloureuses les articulations d'Incomo. Dissimulant une envie irrésistible de froncer les sourcils, il s'assit précautionneusement face au seigneur, qui trônait sur un amas complexe de coussins placés sur une estrade de cinq centimètres de haut. Dans le passé, un ancêtre minwanabi avait dû décider qu'un seigneur devait toujours se trouver au-dessus de ses inférieurs, et les pièces les plus anciennes du manoir gardaient la marque de sa lubie.

Incomo avait vécu depuis sa plus tendre enfance dans cette demeure à plusieurs niveaux, où les dalles de certaines allées étaient plus hautes que leurs voisines d'un demi-pas. Un nouveau serviteur se faisait toujours remarquer par le nombre de fois où il trébuchait. Amer et songeant toujours aux espions, Incomo se demanda si certains domestiques ou intendants s'étaient montrés plus maladroits que d'autres pendant qu'ils servaient son défunt seigneur. Personne ne lui vint immédiatement à l'esprit, ce qui ajouta à son malaise. Frustré, le premier conseiller attendit l'arrivée de son maître.

Les domestiques étaient partis après avoir aidé Desio à délacer et à enlever son armure de cérémonie. Le seigneur avait ensuite revêtu une robe de soie orange ornée de symboles de prospérité de couleur noire. Il ne s'était pas attardé dans son bain, comme son père avait l'habitude de le faire. Sentant légèrement la sueur nerveuse, il entra en compagnie de son cousin et se laissa tomber sur les coussins recouverts d'étoffes précieuses, que ses prédécesseurs avaient usés avant lui. Desio était agité. Incomo trouva qu'il avait l'air de quelqu'un qui vient de prendre froid, avec un visage pâle comme du papier de roseau, sauf pour le nez qui était rose. Près de lui, son cousin paraissait bronzé, mince et dangereux.

Alors que Desio gigotait sur ses coussins pour s'installer confortablement, Tasaio s'assit simplement et posa ses coudes sur ses genoux. À côté de l'agitation de son cousin, il était aussi immobile et attentif qu'un prédateur qui goûte l'air.

Tasaio n'avait rien perdu de ses qualités en servant dans les guerres barbares durant les quatre dernières années, conclut Incomo. La guerre ne progressait pas aussi bien que le seigneur de guerre l'avait promis, mais le temps passé loin du jeu du Conseil n'avait pas émoussé l'intelligence du jeune homme. Il s'était élevé jusqu'au grade de premier commandant en second du seigneur de guerre Almecho, et avait gagné de grands avantages pour les Minwanabi – jusqu'à ce que la mort de Jingu les humilie.

— Mon estimé cousin, premier conseiller, commença Desio en s'efforçant de dissimuler son inexpérience et d'être au moins crédible dans son rôle de souverain, nous nous sommes réunis pour discuter de la possibilité de la présence d'un espion acoma dans nos rangs.

— Ce n'est pas une possibilité, mais une certitude, répliqua sèchement Incomo. (Leur maisonnée avait besoin d'une action rapide et décisive). Et nous ne devons pas supposer qu'il soit seul.

Outragé, Desio ouvrit la bouche pour protester, à la fois contre l'impertinence de son premier conseiller et pour réfuter l'idée même que les Acoma aient pu infiltrer plusieurs fois les rangs des Minwanabi.

Les lèvres de Tasaio se serrèrent, dissimulant difficilement son mépris ; mais sa voix ne contenait aucune nuance de critique quand il intervint doucement et habilement dans la conversation.

— Votre père était un maître au jeu du Conseil, Desio. S'il n'y avait pas eu trahison, comment une fillette aurait-elle réussi à le vaincre ?

— Comment une fillette, comme tu dis, aurait-elle disposé d'un réseau d'espions aussi compétents ? cracha Desio. Qu'elle soit damnée et vouée aux plaisirs de Turakamu – et qu'il la couche dans son lit de douleur pendant dix mille années – elle vivait dans un couvent de Lashima jusqu'au jour où elle a reçu son héritage ! Et son père n'était pas homme à utiliser des espions. Il était trop direct dans ses raisonnements pour avoir besoin d'espions.

— Alors, cousin, cela fait partie des choses que nous devons découvrir. (Tasaio fit un geste, symbolisant un coup porté de la pointe de l'épée.) Vous parlez comme si cette fille avait mené une vie idyllique. Ce n'est pas le cas. Je me suis arrangé pour que les barbares de l'autre monde tuent son père et son frère à notre place – assez adroitement, si je peux le souligner. Sezu et Lanokota se sont vidés de leur sang et sont morts comme n'importe qui, en serrant leurs entrailles répandues sur le sol et en se tordant de douleur dans la boue. (La passion enflammait les paroles de Tasaio.) Si les Acoma ont la chance du dieu Fou, elle n'a certainement pas servi au père et au frère de Mara !

Desio faillit sourire, avant de se souvenir que son père était mort de la même façon, agonisant sur sa propre épée. D'un air irrité, il donna de petites tapes aux coussins qui s'écrasaient sous son poids.

— S'il y a des espions ici, comment les débusquerons-nous ?

Incomo prit son souffle pour répondre, puis s'en abstint après avoir reçu un regard d'avertissement de Tasaio.

— Si mon seigneur le permet, je peux vous faire une suggestion.

Desio fit un geste d'assentiment. Assez intéressé pour oublier ses diverses douleurs, Incomo se pencha en avant pour écouter les conseils du jeune guerrier.

Instinctivement, Tasaio utilisa le vent qui battait contre les cloisons. Synchronisant sa réponse avec les rafales pour masquer sa voix et éviter d'être entendu, il déclara :

— Un espion n'est pas utile si l'on n'utilise pas ses informations. Tournons cette vérité à notre avantage. Je vous recommande de prendre quelques décisions qui iront à l'encontre des intérêts acoma. Ordonnez à votre commandant de monter un raid contre une caravane ou des terres isolées. Le jour suivant, laissez échapper devant l'intendant qui s'occupe de votre grain que vous avez l'intention de vendre votre thyza moins cher que celui des Acoma dans la Cité des plaines.

Tasaio marqua une pause, donnant l'impression qu'il était parfaitement à son aise, comme s'il partageait quelques confidences avec des amis intimes. Cependant, Incomo remarqua avec plaisir qu'il ne se détendait pas entièrement ; une lueur dans ses yeux indiquait qu'il guettait, comme toujours, les ennuis possibles.

— Si Mara défend ses caravanes, continua-t-il, nous saurons que nous avons un espion dans les baraquements. Si elle ne met pas sa récolte de thyza sur le marché de la Cité des plaines, nous aurons établi que nous avons un Acoma déguisé en marchand. Ensuite, ce sera assez simple de repérer l'informateur.

— Très astucieux, Tasaio, déclara Incomo. J'avais pensé à une tactique similaire, mais il reste un gros problème. Nous ne pouvons pas nous permettre de vendre notre thyza à perte ; et les Acoma ne devineront-ils pas nos intentions quand aucune attaque ne sera lancée contre la caravane ?

— Ce serait le cas si nous n'attaquions pas, répondit Tasaio en fermant légèrement les yeux. Mais nous attaquerons, et nous serons vaincus.

— Vaincus ? s'énerva Desio en frappant ses coussins du poing. Et perdre encore plus de statut au Conseil ?

Tasaio leva la main, écartant le pouce et l'index d'à peine deux centimètres.

— Ce sera seulement une petite défaite, cousin. Juste ce qu'il faut pour avoir la preuve que nous sommes trahis. J'ai un plan pour utiliser ensuite l'espion, quand nous l'aurons trouvé... Avec votre permission, bien sûr, mon seigneur.

Tasaio gérait habilement ce moment délicat, remarqua Incomo en dissimulant son admiration. Sans s'opposer directement à Desio, Tasaio avait laissé entendre que le jeune seigneur recevrait tout le crédit de l'opération ; mais bien sûr, il devrait alors lui donner sa permission.

Desio avala l'appât, mais ne comprit pas les autres implications.

— Quand nous aurons attrapé ce traître, je le ferai torturer au nom du dieu Rouge jusqu'à ce que sa chair ne soit plus qu'une pulpe sanglante !

Il frappa les coussins de son poing potelé pour souligner ses paroles, et son nez passa d'une couleur rose à une teinte violacée.

Comme s'il manipulait tous les jours des nobles en colère, Tasaio ne montra pas le moindre signe d'alarme.

— Ce serait très gratifiant, cousin, acquiesça-t-il. Mais tuer cet espion, même d'une façon horrible, offrirait la victoire aux Acoma.

— Quoi ! hurla Desio, arrêtant de frapper les coussins et se relevant brusquement. Cousin, tu me donnes mal à la tête. Qu'est-ce que les Minwanabi pourraient gagner, à part s'humilier en laissant en vie un misérable espion ?

Tasaio s'allongea sur un coude et prit négligemment un fruit dans un bol posé sur une table basse. Comme si la peau mûre du jomach était de la chair, il passa ses ongles sur le galbe du fruit, d'un geste qui ressemblait presque à une caresse.

— Nous avons besoin des contacts de cet espion, honorable seigneur. Nous assurer que nos ennemis acoma n'apprendront que ce que nous voudrons bien qu'ils sachent servira notre cause.

Les mains du guerrier saisirent soudain le fruit et le tordirent violemment. Le jomach se fendit en deux, sans laisser échapper une goutte de jus rouge.

— Cet espion nous permettra de tendre notre prochain piège.

Incomo réfléchit, puis sourit. Desio regarda son cousin puis son premier conseiller, et réussit à ne pas manquer son coup quand Tasaio lui lança l'un des morceaux du fruit. Il mordit dans sa moitié de jomach, puis commença à rire, retrouvant pour la première fois l'assurance arrogante de sa famille.

— Bien, dit-il, en mâchant avec délectation. J'aime ton plan, cousin. Nous lancerons une compagnie dans un raid inutile, et nous laisserons croire à la chienne acoma qu'elle nous a mis en déroute.

Tasaio tapota la moitié restante du fruit avec son index.

— Mais où ? Quand devrons-nous attaquer ?

— Mon seigneur, je vous suggère de lancer ce raid près de sa demeure, proposa Incomo après un instant de réflexion.

— Pourquoi ? demanda Desio, en essuyant de sa manche brodée le jus qui coulait sur son menton. Elle gardera étroitement les frontières de son domaine, comme d'habitude.

— Pas sur le domaine lui-même, seigneur, car la dame n'a pas besoin du rapport d'un espion pour rester vigilante face aux risques d'attaque de votre armée. Mais elle ne s'attendra pas à un raid contre une caravane rejoignant le port fluvial de Sulan-Qu. Si nous attaquons entre les terres acoma et la ville et si elle s'est préparée à ce raid, nous pourrons repérer la fuite d'information et démasquer l'agent qui se cache dans votre maisonnée.

Tasaio inclina la tête dans un geste inconscient de commandement.

— Premier conseiller, votre conseil est excellent. Mon seigneur, si vous le permettez, je surveillerai les préparatifs de ce raid. Une cargaison de marchandises ordinaires n'est généralement pas très protégée, à moins que la chienne acoma ne sache qu'elle devra affronter des ennemis de son sang. (Il sourit, et ses dents blanches luirent contre sa peau sombre, bronzée lors de la campagne du seigneur de guerre.) Nous devrions apprendre quand la prochaine caravane de ce genre sera prête, en contactant tout simplement les intendants chargés de gérer les entrepôts fluviaux de Sulan-Qu. Quelques questions discrètes, peut-être un ou deux pots-de-vin pour masquer notre enquête, et nous devrions savoir, à l'heure près, quand la prochaine caravane de Mara arrivera.

Desio répondit à l'offre de Tasaio avec l'air d'un seigneur très affairé.

— Cousin, ton conseil est brillant.

Il frappa dans ses mains, convoquant le coursier qui attendait à son poste, à l'extérieur de la pièce.

— Va chercher mon scribe, ordonna-t-il.

Alors que l'esclave partait, l'expression de Tasaio devint celle d'un homme dont les nerfs étaient mis à rude épreuve.

— Cousin, commença-t-il, vous ne devez pas écrire les ordres dont nous venons de discuter !

— Ah ! lâcha Desio avec un ricanement, puis il se mit à rire à gorge déployée. (Il se pencha sur son estrade et donna à son cousin une tape retentissante sur l'épaule.) Ah ! grogna-t-il une nouvelle fois. Tu ne devrais pas te moquer de mon intelligence, Tasaio. J'ai parfaitement compris qu'il ne fallait pas mettre les serviteurs et les esclaves dans la confidence ! Non, je pensais simplement écrire une petite lettre au seigneur de guerre, pour le supplier de se montrer indulgent et d'accepter ton absence dans sa campagne sur le monde barbare. Il acceptera, car les Minwanabi sont encore ses alliés les plus précieux. Cousin, tu viens juste de me démontrer combien ta présence est nécessaire ici.

Incomo observa la réaction de Tasaio aux félicitations de son seigneur. Il n'avait pas manqué de remarquer le réflexe du guerrier expérimenté, qui avait vu venir la tape amicale, et avait pris en une fraction de seconde la décision de permettre à la main de toucher son épaule. Tasaio était devenu aussi doué pour la politique que pour le meurtre.

Avec une curiosité froide, le premier conseiller des Minwanabi se demanda combien de temps son maître resterait accessible aux conseils d'une personne pourvue de façon si évidente de toutes les qualités dont il manquait, mais qu'il ne pouvait écarter s'il voulait restaurer l'ancienne grandeur de sa famille. Desio finirait par comprendre que l'intelligence de son cousin ne faisait que souligner sa stupidité ; il deviendrait jaloux, et désirerait plus que le titre vide de seigneur. Incomo remarqua que sa migraine était revenue en force. Il ne pouvait qu'espérer que Desio attende pour se retourner contre son cousin que la chienne acoma et son héritier soient réduits en pulpe sous les poutres du grand portique de prière du dieu Rouge. Il valait mieux ne pas sous-estimer le temps que prendrait cet exploit. Sur une moindre échelle, un tel orgueil avait coûté sa vie à Jingu des Minwanabi ; et en profitant de ce malheur, Mara avait reçu assez de considération pour gagner de puissants alliés.

Apparemment, Tasaio pensait à la même chose, car après la rédaction du message pour le seigneur de guerre, et, pendant que Desio ordonnait aux domestiques de lui apporter une collation, le grand guerrier se retourna vers Incomo et lui adressa une question apparemment innocente.

— Est-ce que l'on sait si Mara a eu l'occasion de faire des ouvertures aux Xacatecas ? Quand j'ai reçu mon ordre de rappel du monde barbare, un ami parmi les officiers de Chipino avait mentionné que leur seigneur pensait la contacter.

Tasaio révélait ici sa ruse. Des officiers ennemis ne se liaient jamais d'amitié ; Incomo comprit ainsi que le cousin de son seigneur avait obtenu cette information grâce à un stratagème. Avec un grognement qui pouvait passer pour un rire, Incomo lui communiqua les derniers renseignements qu'il avait reçus.

— Le seigneur des Xacatecas est un homme que l'on doit... à défaut de le craindre, grandement respecter. Sa position au Grand Conseil, cependant, n'est pas des plus avantageuses pour le moment. (Avec un sourire dévoilant des dents parfaites, il ajouta Notre très noble seigneur de guerre a été assez contrarié par la répugnance des Xacatecas à l'aider à étendre sa conquête du monde barbare. Il en a résulté un certain nombre de manœuvres politiques et, quand les choses sont redevenues plus calmes, le seigneur des Xacatecas a reçu la responsabilité militaire de la minuscule province qui se trouve de l'autre côté de la mer. Chipino des Xacatecas se languit actuellement à Dustari, où il commande la garnison qui protège le seul col qui traverse les montagnes et permet de rejoindre Tsubar. Selon les derniers rapports, les pillards du désert sont très agités, et je pense que Chipino sera très occupé – espérons qu'il le sera assez pour ne pas avoir le temps de faire des avances aux Acoma.

Ayant terminé de donner ses ordres aux domestiques et, comme il ne lui restait rien d'autre à faire que d'attendre son plantureux festin de l'après-midi, Desio reprit la conversation. Il agita une main dodue pour attirer l'attention, et déclara :

— J'avais conseillé mon père sur ce plan, Tasaio.

Le premier conseiller s'abstint de rappeler que Desio s'était contenté de rester assis dans la pièce, sans intervenir, pendant qu'Incomo et Jingu avaient discuté des meilleurs moyens de garder les Xacatecas occupés.

— Très bien, reprit Tasaio, si les Xacatecas sont occupés à surveiller nos frontières d'outre-mer, nous pouvons concentrer notre attention sur dame Mara.

Desio hocha la tête et s'adossa contre une pile impressionnante de coussins. Les yeux mi-clos, et semblant de toute évidence apprécier sa nouvelle autorité, il déclara :

— Je pense que notre plan est très sage, cousin. Veille à ce qu'il soit exécuté.

Tasaio s'inclina devant son seigneur, sans s'offusquer d'être congédié comme un simple subalterne. Respirant la fierté et économe de ses gestes, il quitta le cabinet de travail sans prononcer un mot. Incomo enfouit ses regrets au plus profond de lui-même lors du départ du jeune guerrier. Résigné à la vie que les dieux lui accordaient, il s'efforça de prêter attention aux réalités moins glorieuses de la vie tsurani. Quels que soient les complots sanglants et meurtriers qui motivaient le jeu du Conseil, il devrait prendre en considération d'autres problèmes pratiques.

— Mon seigneur, si cela vous est agréable, votre hadonra doit vous entretenir de certaines transactions sur les céréales.

Même s'il était plus intéressé par la perspective de son prochain repas, Desio semblait moins anxieux à l'idée de gérer les affaires familiales plus prosaïques. Comme si la compétence glaciale de son cousin avait éveillé son sens des responsabilités, il comprit qu'il devait finalement s'y consacrer. Il inclina la tête et attendit sans se plaindre, pendant qu'Incomo faisait venir Murgali, le hadonra.

5

COMPLICATIONS

Les feuilles bruissaient dans la brise du soir.

Le parfum des fleurs d'akasi et de l'herbe coupée emplissait les appartements de Mara. Une seule lampe avait été allumée pour combattre l'obscurité, ne donnant qu'une très faible lumière. La petite flamme vacillante peignait un tableau changeant, où à chaque instant certains détails sortaient de l'ombre : le miroitement d'une pierre précieuse, un reflet sur un ornement de jade poli, une broderie de prix ou un émail. Au moment où l'œil s'attardait sur l'un de ces objets splendides, l'ombre revenait et le dissimulait. Bien qu'elle soit entourée de beauté, la dame des Acoma ne prêtait aucune attention à la richesse de son ameublement ; son esprit était ailleurs.

Mara s'était appuyée contre une pile de coussins, pendant qu'une servante démêlait sa chevelure avec un peigne d'écaille parfumé. La dame des Acoma portait une robe de soie verte, avec des shatra couleur de blé mûr brodés le long du col et des épaules. La faible lumière donnait à sa peau olivâtre une teinte d'or doux, un effet qu'une femme plus avertie aurait exploité. Mais Mara avait terminé son enfance comme novice de Lashima, et, souveraine, elle n'avait pas de temps à consacrer à la vanité féminine. Pour elle, la beauté qu'un homme pouvait admirer en elle n'était qu'une arme de plus dans son arsenal.

Avec une franchise que n'importe quel noble tsurani aurait trouvée déconcertante, elle questionnait le barbare assis devant elle sur les coutumes et les cultures de son monde. Kevin ne semblait pas du tout ému par le manque de protocole, et plongeait directement au cœur du sujet. Mara en déduisit que son peuple était brusque et direct, au point même d'en devenir grossier. Elle l'observait alors qu'il s'efforçait de décrire des concepts totalement étrangers à la langue tsurani ; progressant à tâtons pour s'exprimer, il parlait de sa terre et de son peuple. Il apprenait rapidement, et son vocabulaire s'améliorait de jour en jour. En ce moment, il tentait de l'amuser en lui racontant une plaisanterie qui « avait fait le tour de Zûn », quoi que cette phrase veuille dire.

Kevin ne portait pas de robe. Les domestiques avaient tenté en vain de l'habiller, mais ils ne disposaient pas de vêtements assez grands. À la fin, ils s'étaient décidés pour un pagne, et avaient compensé la petite taille de l'étoffe en jouant sur sa finesse. Kevin portait un pagne de soie couleur feuille-morte, brodé de galons bleu-nuit, retenu à la taille par une ceinture tressée de perles d'obsidienne. Mara ne remarqua même pas les efforts d'imagination que cela avait demandé. La nuit dernière, elle avait réfléchi aux conseils de Nacoya et comprit quelque chose de troublant : cet esclave lui rappelait d'une certaine façon son défunt frère Lanokota. L'irritation devant cette découverte avait donné naissance à un certain ressentiment. Alors que la conduite scandaleuse de l'esclave avait semblé l'amuser le jour précédent, elle ne désirait plus maintenant que des informations.

Fatiguée après une journée de réunions, Mara restait suffisamment dispose pour jauger l'homme qu'elle avait fait venir. Correctement vêtu, il semblait beaucoup plus jeune ; il était peut-être d'à peine cinq ans son aîné. Mais, alors que les premières luttes de Mara contre ses puissants ennemis lui avaient donné une allure sérieuse, le front lisse du barbare n'avait pas été marqué par le poids des responsabilités. Il était très refermé sur lui-même, mais plutôt réservé qu'accablé. Il riait facilement, avec un sens malicieux du ridicule qui tour à tour fascinait et contrariait Mara.

Elle abordait de préférence des sujets inoffensifs, la description des fêtes traditionnelles, la musique, la fabrication des bijoux et la cuisine, puis le travail du métal et la préparation des fourrures, des choses que l'on faisait rarement sur Kelewan. Plus d'une fois, elle sentit les yeux du barbare s'attarder sur elle, quand il pensait qu'elle ne le regardait pas. Il attendait qu'elle lui révèle la raison de son intérêt ; qu'il s'en soucie semblait étrange à Mara. Un esclave ne pouvait rien gagner dans un duel d'intelligence contre son maître – aucun marchandage n'était possible. Mais ce barbare essayait de toute évidence de deviner les intentions de Mara.

Mara réorienta ses réflexions : cet esclave venu d'un autre monde avait montré à plusieurs reprises que sa vision des institutions tsurani était exotique au point que parfois il ne les comprenait absolument pas. Mais c'était justement cette différence de perspective qui permettrait à la jeune femme d'observer sa propre culture à travers un nouveau regard – un outil de valeur si elle parvenait à trouver comment l'utiliser.

Elle avait besoin de jauger cet homme – cet esclave, se corrigea-t-elle – comme s'il était son adversaire le plus dangereux au jeu du Conseil. Elle l'avait lancé dans ces discussions sur son peuple pour pouvoir séparer le bon grain de l'ivraie et découvrir des informations utiles. Mais, pour le moment, elle ne savait pas quand Kevin était sincère et quand il mentait. Pendant près de cinq minutes, il avait affirmé de façon péremptoire qu'un dragon avait un jour rôdé autour de son village, sa ville, enfin quelle que soit la nature de l'endroit qu'il appelait Zûn. Exaspérée, Mara n'avait cessé de se quereller avec lui, même si tous les enfants savent que les dragons sont des créatures mythiques, qui n'existent pas dans la réalité.

Voyant qu'il était fatigué, elle demanda d'un geste que l'on serve des jus de fruit, que Kevin but goulûment. Quand il soupira pour indiquer sa satisfaction, elle changea de sujet et le questionna sur les jeux d'intérieur. Contrairement à son habitude, elle l'écouta cette fois sans faire la moindre observation.

— Avez-vous déjà vu un cheval ? demanda l'esclave à l'improviste, durant l'intervalle où les domestiques étaient entrés pour allumer les lampes. De toutes les choses de mon pays natal, ce sont les chevaux qui me manquent le plus.

Derrière la cloison, l'obscurité complète était tombée, et le visage d'or cuivré de la lune de Kelewan se leva sur les pâturages des needra. Kevin prit une profonde inspiration. Ses doigts s'emmêlèrent dans les franges des coussins, et une lueur mélancolique brilla dans ses yeux.

— Ah, dame, j'avais une jument que j'avais élevée depuis sa naissance. Sa robe avait la couleur des flammes, et sa crinière était aussi noire que la vôtre. (Plongé dans ses souvenirs, le barbare se pencha en avant.) Elle avait le pied léger, aussi bien pour la course que lors de longs trajets, elle était pleine de fougue et c'était une véritable sorcière sur un champ de bataille. D'une ruade, elle pouvait abattre un guerrier en armes. Elle a arrêté des épées dans mon dos bien plus souvent qu'un frère d'armes.

Il leva soudain le regard et s'interrompit.

Alors que Mara l'avait jusque-là écouté avec une curiosité désinvolte, elle était maintenant assise avec raideur sur ses coussins. Pour les guerriers tsurani, les chevaux n'étaient pas des animaux de toute beauté, dignes d'admiration, mais des créatures terrifiantes. Sous le soleil étrange qui illuminait le monde de cet esclave, son père et son frère étaient morts, leur sang imprégnant une terre étrangère, piétinés sous les sabots des chevaux montés par les compatriotes de Kevin. Peut-être Kevin de Zûn était-il l'homme qui avait plongé sa lance dans le cœur de ses bien-aimés. Sans doute vulnérable à cause de la fatigue de la journée, Mara ressentit dans les profondeurs de son cœur un chagrin comme elle n'en avait pas éprouvé depuis plusieurs années. Et avec ce souvenir douloureux revinrent d'anciennes peurs.

— Tu ne me parleras plus jamais de chevaux, déclara-t-elle d'une voix tellement changée que la servante cessa un instant ses soins, avant de reprendre prudemment le brossage des longs cheveux lustrés.

Kevin cessa de jouer avec les franges, s'attendant à voir un signe d'anxiété, mais la dame ne montrait aucune émotion. Sous la lumière de la lampe, son visage restait impassible, ses yeux froids et sombres.

Il faillit croire qu'il avait imaginé sa réaction. Mais une intuition le poussa à étudier la dame plus attentivement. Avec un regard qui n'était pas le moins du monde moqueur, il déclara :

— J'ai dit quelque chose qui vous a effrayée.

Une nouvelle fois, Mara se raidit. Ses yeux étincelèrent. *Les Acoma n'ont peur de rien*, pensa-t-elle, et elle faillit même l'affirmer à voix haute. *Mais elle n'avait pas besoin de défendre son honneur devant un esclave !* Honteuse de s'être presque oubliée, elle congédia la servante d'un geste brusque de la tête.

Pour un Tsurani, ce geste était un avertissement manifeste. La servante s'agenouilla, appuya son front sur le sol, et quitta la pièce avec une hâte presque inconvenante. Le barbare ne se rendit pas compte de la situation. Il répéta sa question, doucement, comme s'il prenait Mara pour une enfant qui n'avait pas compris sa question.

Seule dans la lumière de la lampe, rendue arrogante par la contrariété, la dame foudroya Kevin de son regard sombre, avec une fureur qui cherchait à le consumer.

Il prit par erreur son expression pour du mépris. Sa propre colère mit ses nerfs à vif et il bondit sur ses pieds.

— Dame, j'ai apprécié notre petite discussion. Cela m'a permis de pratiquer votre langue et m'a épargné un dur travail sous un soleil brutal. Mais vous semblez avoir oublié, dès le moment où vous m'avez fait venir hier, que nos deux nations sont en guerre. J'ai peut-être été capturé, mais je suis toujours votre ennemi. Je ne vous parlerai plus de mon monde, de peur de vous donner involontairement un avantage sur les miens. Puis-je avoir votre permission de me retirer ?

Bien que le barbare la domine totalement de sa taille, Mara ne changea pas le moins du monde d'attitude.

— Tu n'as *pas* ma permission.

Comment osait-il se comporter comme s'il était un invité, et demander congé à son hôtesse. Contenant sa colère, elle répondit d'une voix mesurée :

— Tu n'es pas un « captif ». Tu es *mon bien*.

Kevin étudia le visage de Mara.

— Non.

Un sourire éclaira ses traits, que la colère rendait cruels et sans humour.

— Je suis votre captif, reprit-il. Et pas autre chose. *Jamais* autre chose.

— Assieds-toi ! ordonna Mara.

— Et que va-t-il se passer si je n'obéis pas ? Que va-t-il se passer si je fais cela ?

Il se déplaça avec une rapidité fulgurante, grâce à ses réflexes aiguisés sur les champs de bataille. Mara le vit bondir vers elle dans une tache de lumière floue. Elle aurait pu crier pour qu'un guerrier vienne la défendre, mais elle était si stupéfaite qu'un esclave ose lever la main sur elle qu'elle hésita. Elle perdit l'occasion d'appeler à l'aide. Des mains durcies par le maniement de l'épée se refermèrent sur son cou, écrasant le collier de jade sur sa peau délicate. Les paumes de Kevin étaient larges, glacées par une sueur froide. Mara découvrit trop tard que les railleries du Midkemian n'avaient été qu'une façade pour masquer son désespoir.

Mara serra les dents contre la douleur, se débattit et tenta de lui envoyer un coup de pied dans le bas-ventre. Les yeux de Kevin étincelèrent. Il la secoua comme une poupée de chiffons, et recommença son geste quand elle lui griffa cruellement les poignets. La respiration de Mara devint sifflante, bloquée au fond de sa gorge. Le jeune homme la tenait suffisamment serrée pour l'empêcher de crier, mais pas tout à fait assez cruellement pour stopper sa respiration. Il rapprocha son visage de celui de Mara, ses yeux bleus et durs étincelant de méchanceté.

— Je vois que vous êtes enfin effrayée, observa-t-il.

Elle ne pouvait pas répondre. Elle devait être victime d'un éblouissement, car ses yeux très larges et sombres s'emplissaient de larmes de douleur. Et pourtant elle ne tremblait pas. Les cheveux qui recouvraient les mains de Kevin étaient chauds et embaumaient l'épice ; il éprouvait des difficultés à maintenir sa fureur en sentant la poitrine de Mara pressée contre son avant-bras, à travers la robe de soie.

— Vous dites que je suis un esclave sans honneur, un barbare, continua Kevin d'une voix rauque. Et pourtant, je ne suis ni l'un ni l'autre. Si vous étiez un homme, vous seriez déjà morte, et je mourrais heureux en sachant que j'aurais tué un puissant seigneur de mes ennemis. Mais là d'où je viens, il est honteux pour un homme de blesser une femme. Je vais donc vous relâcher. Vous pourrez appeler vos gardes – pour me faire battre ou ordonner mon exécution. Mais nous avons un proverbe à Zûn : « Tu peux peut-être me tuer, mais tu ne peux pas me manger. » Souvenez-vous-en, quand vous me regarderez mourir, pendu à un arbre. Quel que soit le châtiment que vous infligerez à mon corps, mon âme et mon cœur resteront libres. Souvenez-vous que je vous ai *permis* de me tuer. Je vous ai laissée vivre parce que *mon* honneur l'exige. À partir de cet instant, chaque seconde que vous vivrez sera le cadeau d'un esclave. (Il la secoua une dernière fois et la libéra.) *Mon* cadeau.

Humiliée jusqu'au plus profond de son âme par un esclave qui avait osé poser les mains sur elle et la menacer de la plus honteuse des morts, Mara prit une inspiration pour appeler ses guerriers. D'un geste, elle pouvait ordonner que l'on inflige à ce barbare aux cheveux roux une douzaine de tortures. C'était un esclave, il n'avait ni âme ni honneur. Et cependant, il se rassit lentement sur les coussins, avec dignité, les yeux moqueurs, en attendant qu'elle décide de son sort. Un sentiment de dégoût intense, qu'elle n'avait pas éprouvé depuis la dernière fois où son époux brutal l'avait serrée dans ses bras, la fit trembler de la tête aux pieds. Chaque fibre de son corps lui hurlait de faire souffrir mille morts à ce barbare, pour venger l'insulte qu'elle avait dû endurer.

Mais ce qu'il avait dit la fit réfléchir. Il se tenait dans une attitude de défi qui semblait dire : *appelez vos gardes ! Qu'ils voient les marques de mes doigts sur votre cou !* Mara grinça des dents pour étouffer un cri de pure rage. Ses soldats *sauraient* que ce barbare l'avait tenue à sa merci et qu'il avait choisi de la laisser en vie. Si elle ordonnait qu'il soit fouetté ou exécuté, il aurait remporté la victoire. Il aurait pu lui briser le cou aussi facilement qu'à un oiseau pris au piège, mais il avait préféré suivre son propre code de l'honneur. Il mourrait avec son honneur intact, comme s'il avait été tué au combat par une lame ennemie.

Mara s'efforçait de comprendre un concept qui lui était si étranger qu'elle en avait la chair de poule. Vaincre cet homme en profitant de son rang ne ferait que la rabaisser, et il était impensable qu'elle soit humiliée par les actes d'un esclave. Elle s'était piégée elle-même, et il le savait. Sa posture insolente alors qu'il attendait sa décision révélait qu'il avait très finement deviné où le raisonnement de Mara la conduirait, et qu'il avait parié sa vie sur cette intuition. C'était une manœuvre admirable pour un barbare. Mara évalua la situation. Saisie à nouveau de frissons, mais suffisamment tsurani pour le cacher, elle s'efforça de retrouver son sang-froid. D'une voix plus rauque qu'elle ne l'aurait voulu, elle déclara :

— Tu as gagné cette manche, esclave. En pariant les seules choses que tu pouvais risquer, ta propre existence et le faible espoir, quel qu'il soit, que tu as de t'élever sur la Roue dans ta prochaine vie, tu m'as placée dans une situation où je dois te détruire ou supporter cette honte. (Son expression passa d'une rage difficilement contrôlée à la spéculation.) Il y a une leçon à tirer de tout cela, reprit-elle. Je ne me priverai pas de telles connaissances pour le simple plaisir de te voir mourir – même si cette solution me semble extrêmement tentante en ce moment.

Elle appela un domestique.

— Renvoie cet esclave à son quartier. Dis aux gardes qu'il ne doit pas travailler demain avec les autres. (En regardant Kevin, elle ajouta Qu'il revienne ici demain, après le repas du soir.

Kevin lui fit une révérence moqueuse de courtisan, et non celle d'un esclave. Mara admira malgré elle son attitude fière et son pas confiant, alors qu'il sortait dans le couloir. Quand la porte de son cabinet de travail fut refermée, Mara revint vers ses coussins, combattant le chaos qui régnait dans son cœur. Troublée par des émotions déconcertantes, elle se força à fermer les yeux et à respirer profondément, inspirant par le nez et expirant par la bouche. Elle se remémora son cercle de méditation personnel, un rituel qu'elle avait pratiqué pour la première fois durant son service au temple. En se concentrant sur le motif du mandala, elle bannit tous les souvenirs du puissant barbare qui la tenait à sa merci. La peur et la colère s'évanouirent, ainsi que d'autres sentiments étrangement excitants Quand Mara sentit enfin son corps se détendre, elle rouvrit les yeux.

Revivifiée, comme toujours après un tel exercice, elle réfléchit aux événements de la soirée. Elle pourrait progresser dans le grand jeu grâce à cet homme étrange, quand elle aurait assimilé tout ce qu'il lui racontait. Puis un nouvel accès de colère la saisit. Un homme ! Cet esclave ! Elle refit l'exercice de méditation pour mettre son esprit au repos, mais un sentiment étrange et confus perdurait au creux de son ventre. Clairement, elle ne pourrait pas passer le reste de la nuit dans la tranquillité. Pourquoi éprouvait-elle autant de difficultés à trouver la paix intérieure ? À part sa fierté meurtrie, elle n'avait pas été blessée. Tôt durant sa vie, elle avait découvert que la fierté était un merveilleux moyen de piéger ses ennemis. *Peut-être*, réfléchit-elle, *ai-je en moi-même une fierté que je n'avais pas encore reconnue.*

Puis, à l'improviste, elle se mit à rire. *« Tu peux me tuer, mais tu ne peux pas me manger »*, avait dit le barbare. Un proverbe très bizarre, mais qui en disait long. Sentant le fou rire qui montait, Mara pensa : *je vais te manger, Kevin de Zûn. Je vais prendre ton âme et ton cœur libres, et je vais me les attacher plus étroitement que ton corps ne le sera jamais.* Puis son rire devint un sanglot étranglé, et des larmes se mirent à couler sur ses joues. L'indignation et l'humiliation la submergèrent jusqu'à ce que des spasmes la secouent. Cette souffrance s'accompagna d'autres émotions, tout aussi dérangeantes, et Mara croisa étroitement les bras sur elle, étreignant ses épaules comme si elle pouvait contraindre son corps à l'immobilité. Elle reprit le contrôle d'elle-même avec difficulté, en pratiquant sans relâche ses exercices mentaux.

Quand elle retrouva enfin son sang-froid, elle laissa échapper un long soupir. Jusqu'à maintenant, elle n'avait jamais été obligée d'utiliser cet exercice trois fois de suite. En murmurant « Maudit soit cet homme », elle appela des domestiques pour qu'ils préparent son bain. Elle se leva et ajouta « Et maudite soit sa fierté perverse ! » Alors qu'elle écoutait le remue-ménage des serviteurs qui se dépêchaient d'accéder à ses désirs, elle modifia son commentaire, « Maudites soient toutes les fiertés perverses. »

Une nouvelle fois, Mara étudia l'étranger à la lumière rouge du crépuscule. La chaleur envahissait son cabinet de travail, en dépit des cloisons ouvertes sur le jardin qui laissaient entrer la faible brise du soir. Kevin était encore plus détendu qu'avant. Ses doigts jouaient toujours avec les franges du coussin, une habitude qu'un Tsurani n'aurait jamais tolérée. Mara la considérait comme un geste inconscient, sans aucune signification. L'étranger avait fini par comprendre ce qu'impliquait sa survie. Il observait Mara aussi attentivement qu'elle l'étudiait.

Cet esclave étrange et beau – d'une manière exotique – l'avait obligée à remettre en question quelques croyances anciennes, et à ne plus tenir compte de certaines « vérités ». Pendant le reste de la nuit précédente et durant la majeure partie de la journée, Mara avait analysé et organisé ses impressions, ses émotions et ses pensées. En deux occasions, elle avait été tellement irritée par cette nécessaire introspection qu'elle avait été tentée d'envoyer des soldats battre ou même tuer l'esclave. Puis elle s'était rendu compte que ce désir venait de sa frustration personnelle, et avait décidé de ne pas blâmer le messager au lieu du message. La leçon était claire : les choses n'étaient pas ce qu'elles paraissaient être.

Pour une raison très singulière, elle souhaitait engager contre cet homme une version intime du grand jeu. Le défi avait été lancé à l'instant où il l'avait obligée à se soumettre à ses règles étrangères. *Très bien,* pensait-elle en l'observant, *tu as peut-être choisi les règles, mais tu perdras quand même.* Elle ne comprenait pas pourquoi elle tenait tant à vaincre cet esclave, mais sa détermination d'y parvenir égalait son désir de voir les Minwanabi mordre la poussière. Le Midkemian allait devenir son sujet en tous points, et lui obéir instantanément comme tous les autres membres de sa maisonnée.

Kevin se trouvait en sa présence depuis presque dix minutes, attendant silencieusement qu'elle termine de lire ses rapports. Se lançant dans une manœuvre d'approche, elle lui proposa :

— Veux-tu boire quelque chose ? La discussion risque d'être longue.

Il ne se méprit absolument pas sur le sens de ses paroles, et comprit qu'elle ne lui proposait pas une réconciliation. Il secoua la tête. Après un autre moment de silence, Mara demanda :

— Dans ton monde, est-il possible qu'un esclave soit libéré ?

Kevin eut une grimace ironique. Ses doigts s'agitèrent, et écartèrent les franges du coussin d'une chiquenaude de frustration contenue.

— Pas dans le Royaume, dame, car seuls les criminels condamnés à vie sont vendus comme esclaves. Mais à Kesh et à Queg, un esclave qui plaît à son maître peut recevoir sa liberté en récompense. Ou il peut s'échapper et retrouver la liberté s'il parvient à franchir les frontières. Cela arrive de temps en temps.

Mara observait les mains de l'homme. Flic, flic, les doigts s'emmêlaient les uns après les autres dans les franges. Elle pouvait lire ses émotions comme dans un livre ouvert. Déconcertée par cette franchise, la dame lutta pour suivre le fil de ses pensées et continuer à approfondir le champ de ses incroyables hypothèses.

— Et, quand il atteint les frontières, ce fuyard peut acquérir des biens et vivre dans l'honneur parmi les autres hommes ?

— Oui.

Kevin frappa ses genoux de ses paumes et s'allongea sur un coude pour mieux se mettre à l'aise. Il était prêt à en dire plus, quand Mara l'interrompit :

— Alors, tu crois que si tu parviens à trouver un moyen pour franchir la faille et retourner dans ton monde, tu retrouveras ton rang, ton honneur et ton statut ?

— Dame, répondit Kevin avec un sourire condescendant, non seulement je récupérerai mon ancien rang, mais je gagnerai une grande gloire pour avoir réussi à échapper à mes ennemis. Ainsi, je pourrai revenir sur le champ de bataille pour les affronter, et je donnerai l'espoir à de futurs captifs de retrouver eux aussi leur liberté. Dans mon pays, un... soldat prisonnier a le devoir de tenter de s'échapper.

Mara haussa les sourcils. Elle fut obligée une nouvelle fois de réviser son concept de l'honneur, de la loyauté et de l'intérêt personnel. Les paroles du barbare avaient un sens, d'une façon bizarre et inquiétante. Ces gens n'étaient pas indociles ou stupides, mais agissaient selon les principes d'une culture étrangère. Elle tenta de comprendre ce concept avec obstination. Si la société de Kevin considérait son attitude de défi comme héroïque, tout son comportement prenait un sens, d'une façon assez perverse. Gouverner par l'exemple était une notion familière aux Tsurani. Mais supporter l'humiliation... l'avilissement... pour pouvoir un jour revenir, et lutter à nouveau contre l'ennemi... Elle éprouva une sensation de vertige en réfléchissant à ces idées qui, jusqu'à maintenant, lui avaient semblé totalement contradictoires.

Elle prit un moment pour siroter un jus de fruit frais. Dangereusement fascinée par ces concepts, comme une enfant à qui l'on montre les rites interdits du saint des saints d'un temple, Mara considérait des faits aussi tranchants qu'une épée : sur Midkemia, les hommes honorables ne blessaient pas les femmes, et la captivité n'anéantissait pas leur honneur. Les esclaves pouvaient changer de statut social. Mais alors, quel destin les dieux réservaient-ils aux hommes qui avaient perdu leur âme de leur vivant ? Quel statut pouvait détruire l'honneur d'une façon pire que l'esclavage ? Dans la culture de cet homme, on gagnait de l'honneur en respectant des codes bizarres, et le rang était plus une fonction qu'un mode de vie. Kevin se comportait comme un homme libre parce qu'il ne se considérait pas comme un esclave, mais comme un captif. Mara arrangea ses robes, dissimulant l'émoi provoqué par cette « logique » qui frôlait l'hérésie sur Kelewan.

Ces barbares étaient plus dangereux que même Arakasi ne l'avait deviné, car ils considéraient comme un fait acquis des concepts qui risquaient de renverser la société tsurani. Mara pensa sincèrement qu'il aurait été plus sûr pour son peuple qu'elle fasse exécuter tous les Midkemians. Mais tôt ou tard quelqu'un exploiterait ces idées périlleuses, et il était stupide de laisser cette opportunité tomber entre les mains d'un ennemi. Mara chassa son inquiétude par une tentative d'humour maladroite.

— D'après ce que tu m'as dit, les femmes sont sacro-saintes ; alors que les épouses de vos seigneurs doivent prendre toutes les décisions. N'est-ce pas ?

Kevin avait suivi tous ses mouvements lorsqu'elle avait lissé la soie de sa robe. Fasciné par l'échancrure qui dévoilait en partie la poitrine de Mara, il en arracha son regard à regret, et rit de bon cœur.

— C'est partiellement vrai, ma dame. Mais jamais ouvertement, et surtout pas selon la loi. La majeure partie de leur influence s'exerce dans la chambre à coucher.

Il soupira, comme s'il se souvenait de quelque chose qui lui était cher. Son regard s'attarda sur la poitrine à demi dévoilée et sur la jambe fine qui dépassait de la lisière de la robe.

Mara haussa les sourcils. Suffisamment consciente des nuances pour rougir, elle replia les jambes sous elle par réflexe, et resserra le col de sa robe légère. Pendant un long moment de gêne, elle se retrouva en train de regarder n'importe quoi dans la pièce sauf l'esclave pratiquement nu. *Assez !* se sermonna-t-elle. Dans une culture où la nudité était courante, pourquoi se sentait-elle soudain mal à l'aise ?

Irritée par son erreur, elle regarda Kevin droit dans les yeux. Malgré tout ce que cet homme pouvait penser, il restait sa propriété ; elle pouvait décréter sa mort ou lui ordonner de la rejoindre dans son lit avec la même indifférence. Il n'était qu'une chose. Puis elle se reprit et se demanda pourquoi elle avait pensé à la chambre à coucher. Frappée par sa réaction de colère inattendue devant cette sottise, elle prit une profonde inspiration et détourna la conversation vers des choses parfaitement impersonnelles. Bientôt, elle se perdit dans les explications détaillées sur le rôle des seigneurs et des dames sur les terres de l'autre côté de la faille, et sur leurs responsabilités. Comme la nuit précédente, chaque sujet les conduisait vers de nouvelles séries de questions et de réponses, Mara fournissant à Kevin les mots qui lui manquaient pour étoffer les descriptions de sa nation, le Royaume des Isles.

Doué d'une vive intelligence, l'esclave n'avait pas besoin d'être guidé très longtemps. Mara fut impressionnée par sa capacité à discourir sur de nombreux sujets. La pièce s'assombrissait alors que le niveau de l'huile baissait dans la lampe ; Mara était trop distraite pour appeler un domestique afin qu'il ressorte la mèche. Elle s'allongea sur les coussins, énervée et pas du tout ensommeillée. Malgré sa fascination pour le monde de Kevin, la colère couvait encore dans son cœur. Le souvenir du contact physique du Midkemian – c'était la première fois qu'un homme la touchait depuis la mort de son époux – menaçait de temps en temps d'anéantir sa concentration. En de tels instants, il lui fallait exercer toute la force de sa volonté pour rester attentive au discours du barbare.

Kevin finissait de décrire les pouvoirs d'un noble portant le titre de « baron », et s'arrêta pour boire. Sa peau luisait sous l'éclairage de la lampe. Par-dessus le rebord de sa tasse, il suivait des yeux les contours du corps de Mara à travers la légère robe de soie.

Mara ressentit un dégoût irraisonné, et ses joues rosirent. Ramassant son éventail, elle garda un visage impassible pendant qu'elle se rafraîchissait. Avec amertume, elle comprit que ces nouvelles informations ne pouvaient la divertir que temporairement de son trouble intérieur.

Les renseignements rapportés par Arakasi l'avaient inquiétée plutôt que rassurée. Comme ses ennemis ne présentaient pas de menace immédiate, elle ne savait quel flanc protéger. Ses ressources étaient maigres, et elle ne disposait pas d'assez d'hommes pour garder un front trop grand, et élaborer une stratégie efficace. Elle se demanda quels biens elle pouvait se permettre de perdre, tel entrepôt ou telle ferme éloignée. La victoire téméraire qu'elle avait remportée sur Jingu ne l'avait pas aveuglée, et elle n'avait pas perdu le sens des réalités. Les Acoma étaient encore vulnérables. Elle avait sans doute gagné du prestige, mais le nombre de soldats dans ses garnisons n'avait pas changé. Si des ennemis choisissaient de l'attaquer en force, une mauvaise décision risquait de devenir dangereuse, voire fatale.

La culture de Kevin lui offrait des concepts étranges, agissant comme un baume contre la douleur constante de la peur. Il lui vint l'idée de garder le barbare près d'elle, non seulement pour le dominer, mais aussi pour piocher dans le bizarre trésor d'idées que sa tête renfermait.

Maintenant familiarisée avec le comportement des esclaves midkemians, elle jugea plus sûr de les éloigner de leur meneur. Sans Kevin, avait rapporté le maître des esclaves, les barbares avaient moins tendance à grommeler et à paresser. Et si Kevin restait à ses côtés durant la majeure partie de la journée, son observation continuelle de la noblesse tsurani lui permettrait peut-être de mieux analyser les problèmes de Mara – une nouvelle perspective potentiellement inestimable. Dans ce but, la jeune femme décida de lui expliquer en partie l'importance de l'enjeu politique. Elle devait lui faire connaître son ennemi, et le laisser découvrir ce qu'il risquait de perdre si Desio des Minwanabi triomphait des Acoma.

Mara attendit que Kevin lui pose une question personnelle, et baissa alors les paupières pour lui donner l'impression d'une jeune fille qui allait faire une confidence. Puis, espérant qu'elle avait bien joué la comédie selon les principes de sa culture étrangère, elle releva vivement le regard.

— Tu ne penses pas sérieusement que je vais répondre à ce genre de question.

Une certaine part de la vulnérabilité qu'elle laissait filtrer était sincère, et le résultat frappa Kevin comme un coup au plexus. Mara n'était plus une jeune femme distante ou glaciale, mais quelqu'un qui s'efforçait de gérer un empire financier immense et qui commandait un millier de guerriers. Elle répondit à son silence stupéfait d'une voix malicieuse et espiègle.

— Tu vas devenir mon esclave personnel, annonça-t-elle. Ainsi, tu me suivras partout où j'irai, et tu trouveras peut-être par toi-même la réponse à ta question.

Kevin se figea immédiatement. Elle comprit qu'il avait repéré le calcul derrière sa ruse, et que cela ne l'amusait pas du tout. Il était contrarié d'être séparé de ses hommes, et aussi de ne pas pouvoir deviner les motivations de la jeune femme. Il se mit à jouer distraitement avec les franges du coussin. Cette fois, elles se séparèrent en fils sous ses doigts. Mara le regardait entre ses paupières entrouvertes ; il se rebellait à nouveau. Plutôt que de risquer d'être agressée une seconde fois, elle frappa dans ses mains pour faire venir un domestique. La séquence qu'elle utilisa alerta aussi les gardes de faction de l'autre côté de la porte ; ils ouvrirent la cloison et se placèrent face à la pièce.

— Reconduis l'esclave à son quartier, ordonna-t-elle au domestique qui s'inclinait. Demain matin, je veux que l'on prenne ses mesures pour lui confectionner une livrée. Quand il sera habillé, il aura les fonctions d'un valet de chambre.

Kevin se hérissa quand le domestique lui prit le coude. La vigilance des gardes ne lui avait pas échappé et il se laissa reconduire, non sans adresser un regard rancunier à Mara. Comme le serviteur était plus petit que lui d'une tête, il allongea le pas par dépit, jusqu'à ce que le petit homme trébuche et soit obligé de courir pour rester à sa hauteur.

À la porte, Lujan repoussa son casque en arrière pour découvrir son front.

— Dame, est-ce bien sage ? Vous aurez des difficultés à civiliser ce barbare sans le tenir en laisse. Quel que soit votre plan, même une personne aussi peu intelligente que moi peut se rendre compte qu'il a compris votre jeu.

Mara releva le menton.

— Toi aussi ? (L'amusement transparut malgré sa nervosité.) Nacoya m'a déjà fait un sermon hier sur les mauvaises choses que vous enseignent les démons. Arakasi assure que les barbares pensent d'une façon aussi tortueuse que les rivières qui se jettent dans les marais, et Keyoke, qui fait généralement preuve de bon sens, ne dit rien, ce qui signifie qu'il désapprouve.

— Vous avez oublié Jican, intervint malicieusement Lujan.

Mara sourit et, avec le plus grand tact, laissa échapper un soupir.

— Le patient Jican s'est abaissé à prendre des paris avec les cuisiniers, pour voir si mes Midkemians se seront mutuellement massacrés avant la prochaine saison. Il oublie que les arbres pour les pâturages des needra ne seront pas abattus, et que nous serons obligés de manger les veaux à la place des jiga pour réduire nos dépenses de grain.

— Et nous serons tous réduits à la mendicité, ajouta Lujan en montant sa voix d'une octave, imitant malicieusement le hadonra qui manquait toujours autant de confiance en lui.

Il fut récompensé par un éclat de rire de sa maîtresse.

— Tu es cruel, Lujan. Et si tu n'étais pas aussi doué pour me faire rire, je t'aurais envoyé depuis longtemps dans les marais, à garder des masures infestées d'insectes. Laisse-moi, maintenant, et va te reposer.

— Dormez bien, ma dame.

Il fit doucement glisser la cloison pour lui donner un peu d'intimité, mais en ménageant une ouverture assez grande pour qu'un homme armé puisse la rejoindre en un instant. Mara soupira en voyant que Lujan prenait la garde à sa porte, au lieu de se retirer pour la nuit.

Elle se demanda combien de temps encore les Acoma seraient obligés de supporter qu'un honorable chef de troupe monte la garde devant ses appartements comme un soldat ordinaire.

Si Desio l'apprenait, il rirait aux éclats.

Ayaki attrapa une poignée de cheveux roux.

— How ! hurla Kevin en faisant semblant d'avoir très mal.

Il attrapa le petit garçon monté sur ses épaules et chatouilla ses côtes vêtues de soie. Le jeune héritier acoma répondit par un hurlement de rire qui obligea la moitié des soldats de l'escorte de Mara à réprimer un sursaut.

Les rideaux du palanquin s'écartèrent brusquement et Mara demanda par l'ouverture :

— Les deux gamins pourraient-ils se calmer un peu ?

Kevin lui sourit et pinça une dernière fois l'orteil d'Ayaki. Le gamin hurla de joie puis se mit à glousser.

— Nous nous amusons beaucoup, répondit le barbare. Ce n'est pas parce que Desio veut votre mort qu'il faut gâcher cette superbe journée.

Mara fit un effort pour ne pas froncer les sourcils. Ayaki et Kevin s'étaient rendus pour la première fois à la fourmilière des Cho-ja, et étaient d'une gaieté exubérante. L'un était trop jeune et l'autre trop inexpérimenté pour comprendre que si l'on avait envoyé un messager du manoir pour la faire revenir de la fourmilière, cela signifiait qu'un événement inquiétant était survenu. Si les nouvelles avaient été bonnes, on se serait contenté d'attendre son retour.

En soupirant, Mara s'adossa sur ses coussins. Le soleil lui chauffait les genoux et l'air humide la faisait transpirer. Il avait plu durant la nuit, car la saison humide venait de commencer. La route empruntée par les soldats était recouverte d'une fine pellicule de boue, et les flaques dans les ornières ombragées étincelaient comme des pierres précieuses. L'humidité faisait fleurir même les mauvaises herbes, et tous ces parfums rendaient l'air oppressant. Mara sentit monter une migraine. Le dernier mois avait usé ses nerfs, alors qu'elle attendait que les Minwanabi dirigés par Desio s'installent dans une routine prévisible. Pour le moment, la seule chose concrète que le réseau d'espionnage d'Arakasi lui avait apprise était que Desio avait informé le seigneur de guerre que la présence au domaine de son cousin Tasaio était nécessaire.

C'était un sinistre présage. L'ingéniosité de Tasaio avait pratiquement provoqué l'anéantissement de la famille, et les Acoma s'étaient ressaisis trop récemment pour pouvoir supporter un autre revers important.

Alors que le palanquin prenait le dernier virage et s'approchait du manoir, Mara ressentit une soudaine appréhension. Et si l'appel de son commandant était dû à une manœuvre de Tasaio ? Cet homme était trop intelligent, trop subtil et trop ambitieux pour jouer un rôle mineur parmi ses ennemis. Si elle avait été à la place de Desio, elle aurait remis la guerre contre les Acoma entre les mains de Tasaio.

— Qu'est-ce que tu as vu qui t'émerveille autant ? demanda Kevin à Ayaki.

Ces deux-là s'étaient instantanément pris d'amitié l'un pour l'autre, depuis le matin où le petit garçon avait tenté d'apprendre à l'immense barbare comme lacer correctement des sandales tsurani, alors que lui-même ne savait pas vraiment le faire. Le Midkemian avait tout de suite gagné l'affection du petit garçon, ce qui lui avait procuré une protection supplémentaire contre la colère de Mara depuis qu'il avait posé les mains sur elle. Elle commençait à mieux connaître Kevin, et à éprouver pour lui un sentiment qui ressemblait à de la sympathie, en dépit de sa conduite scandaleuse et de son manque total de manières.

— Odeur rigolote ! hurla Ayaki, dont l'enthousiasme se mesurait en décibels.

— Une odeur ne peut pas être rigolote, protesta Kevin. Mais j'avoue que le terrier des Cho-ja sent aussi fort qu'un entrepôt de broyeur d'épices.

— Pourquoi ? répondit Ayaki en frappant de son petit poing le sommet du crâne de Kevin, pour souligner sa question. Pourquoi ?

Kevin attrapa les chevilles du petit garçon et lui fit faire un saut périlleux par-dessus ses épaules.

— Parce que ce sont des insectes, je suppose – des cafards.

Ayaki, la tête à l'envers et rougissant de plaisir, répondit :

— Les cafards parlent pas. Ils mordent. Nounou les tape et les écrase. (Il s'arrêta, laissant pendre ses bras vers le bas et se mit à rouler des yeux.) Elle me tape aussi.

— Parce que tu parles trop, suggéra Kevin. Et les Cho-ja sont intelligents et forts. Si tu essaies d'en écraser un, il t'aplatira comme une crêpe.

Ayaki protesta en hurlant, proclamant qu'il écraserait tous les Cho-ja avant qu'ils aient le temps de l'aplatir, puis il cria à nouveau quand l'esclave barbare le lança en l'air et le remit dans les bras de sa nourrice qui les foudroyaient du regard. L'escorte avait rejoint le manoir. Les porteurs s'accroupirent pour poser le palanquin de Mara, et les soldats qui l'accompagnaient même dans ses déplacements les plus anodins se mirent rapidement au garde-à-vous. Lujan apparut à son poste pour aider la dame à se lever, alors que Jican faisait une profonde révérence près du porche.

— Arakasi vous attend avec Keyoke dans votre cabinet de travail, ma dame.

Mara hocha distraitement la tête, surtout parce que le bruit que faisait Ayaki en s'éloignant rendait encore toute conversation impossible. Elle inclina la tête vers le porteur qui transportait les nouveaux échantillons de soie et lui dit :

— Suis-moi.

Puis elle marqua une pause. Après un instant de réflexion, elle lança un regard à Kevin.

— Toi aussi.

Le barbare retint difficilement son envie de demander quel serait le sujet de la conversation. Depuis son intégration dans la suite personnelle de la dame, il avait rencontré la plupart des conseillers de Mara, mais le maître espion lui était encore inconnu. Jusqu'à maintenant, quand il venait faire ses rapports, Mara avait toujours envoyé son valet de chambre s'occuper ailleurs. Kevin était curieux de savoir ce qui l'avait fait changer d'avis, mais il comprenait assez bien maintenant la politique acoma pour supposer que la raison serait importante, et même inquiétante. Plus il analysait la situation, plus il se rendait compte que derrière son attitude assurée, la dame dissimulait des peurs qui auraient anéanti un esprit moins fort que le sien. En dépit de sa colère d'être à peine mieux traité qu'un animal de compagnie parlant, il avait commencé à contrecœur à admirer l'endurance d'acier de la jeune femme. Quels que soient son âge et son sexe, Mara était quelqu'un de remarquable, un adversaire à craindre et un chef auquel on devait obéir.

Kevin entra dans le couloir sombre, suivant la dame. Lujan les accompagnait discrètement, un pas devant l'esclave comme l'exigeaient les convenances. Le chef de troupe monterait la garde à la porte du cabinet de travail pendant toute la réunion, non seulement pour protéger sa maîtresse, mais aussi pour s'assurer qu'aucun domestique ne s'attarderait dans le couloir pour écouter aux portes. Bien qu'Arakasi ait inspecté à fond le passé de tous les serviteurs qui travaillaient au manoir, il suppliait toujours Mara de prendre des précautions. On avait déjà vu des domestiques apparemment loyaux sombrer dans le déshonneur et accepter un pot-de-vin... Et un souverain qui ne prend pas de mesures de sécurité s'oppose à la trahison. Les guerriers qui avaient prêté serment sur le natami et les conseillers de haut rang étaient tous dignes de confiance, mais les hommes qui ramassaient les fruits dans les vergers ou qui soignaient les fleurs dans les jardins pouvaient servir n'importe quel maître.

Les cloisons du cabinet de travail étaient fermées, ce qui rendait l'air plus humide et plus oppressant. Le casque à plumet du commandant dessinait une ombre dans la pièce mal éclairée ; Keyoke était assis sur des coussins placés devant la cloison fermée, aussi patient qu'une statue usée par le temps. Son arme reposait sur ses genoux, dans son fourreau, signe certain qu'il avait passé le temps d'attente à inspecter la lame à la recherche de défauts que seuls ses yeux pouvaient discerner. Si on n'en prenait pas le plus grand soin, une lame tsurani de cuir tanné pouvait se délaminer, et son porteur se retrouver désarmé.

Mara inclina brièvement la tête en guise de salut, ôta sa robe supérieure et desserra sa ceinture. Kevin détourna le regard alors qu'elle tirait sur la fine soie de sa robe d'intérieur pour la décoller de sa peau moite. En dépit de sa prudence, son bas-ventre se gonfla en voyant sa poitrine nue. Embarrassé, il tira subrepticement sur l'ourlet trop court de sa livrée d'esclave pour dissimuler sa réaction. Il tentait le plus souvent possible de se rappeler que le concept de pudeur différait ici de celui de son monde natal, mais il ne parvenait pas à s'habituer à la quasi-nudité désinvolte des femmes kelewanaises, rendue nécessaire par le climat. Il se concentrait tellement pour dominer la réaction involontaire de son corps qu'il écouta à peine les paroles de Mara quand elle congédia sa servante puis s'assit.

— Quel est ton rapport ?

Keyoke inclina la tête.

— Il y a eu un raid, très mineur, lancé par les Minwanabi contre une caravane de thyza.

Mara repoussa en arrière une mèche de cheveux rebelle, resta silencieuse un moment avant de reprendre :

— Alors, l'attaque a bien eu lieu comme l'agent d'Arakasi l'avait prédit ?

De nouveau, Keyoke inclina la tête.

— Même le nombre de soldats était exact. Maîtresse, je n'aime pas du tout cela. Cette attaque n'a absolument aucun intérêt stratégique.

— Et je sais que tu détestes les questions sans réponse, conclut Mara pour lui. Je suppose que les soldats minwanabi ont été mis en déroute ?

— Tués jusqu'au dernier, précisa Keyoke, d'une voix sèche où ne se reflétait pas la satisfaction de la victoire. Une compagnie de moins pour harceler nos frontières, si Desio choisit la guerre. Mais c'est la stupidité de l'attaque qui me dérange. Ces guerriers sont morts comme s'ils avaient reçu l'autorisation de se suicider dans l'honneur, et pas comme des hommes désirant atteindre un objectif.

Mara se mordit les lèvres, et ses traits s'assombrirent.

— Qu'en penses-tu ? demanda-t-elle à la pénombre.

Quelque chose remua dans un coin sombre, et Kevin sursauta légèrement. Il regarda plus attentivement et distingua une mince silhouette assise dans l'ombre, les mains au repos. L'immobilité incroyable de la personne avait empêché Kevin de la remarquer jusqu'à maintenant. Sa voix était aussi sèche qu'un murmure, mais elle s'exprimait avec autant de force que si elle déclamait une longue tirade.

— Dame, je ne peux hélas vous offrir que peu de réponse. Pour le moment, aucun de mes agents n'est admis aux conseils privés de Desio. Il ne discute de ses projets qu'avec son premier conseiller Incomo et son cousin Tasaio. Comme de bien entendu, le premier conseiller ne s'adonne ni à la boisson ni aux commérages, et Tasaio ne se confie à personne, même pas au guerrier qui fut son mentor durant son enfance. Étant donné les circonstances, il est déjà heureux que nous sachions que nos agents en place nous transmettent des renseignements exacts.

— Alors quelle est ton hypothèse ?

Arakasi resta silencieux un long moment, puis, répondit :

— Tasaio est aux commandes, je le parierai. Il a l'esprit le plus tortueux et le plus vif que j'aie jamais rencontré. Il a bien servi le seigneur Jingu durant l'anéantissement des Tuscaï.

Tout le monde, sauf Kevin, savait qu'il s'agissait de la maison détruite qu'Arakasi servait avant d'entrer au service de Mara.

— Tasaio est une épée très aiguisée dans les mains d'un maître. Mais s'il travaille de son propre chef... Il est difficile de juger ce qu'il fera. Je pense que Tasaio lance des coups de sonde. Ses guerriers ont peut-être reçu l'ordre de mourir pour qu'il puisse tester quelque chose sur la maison Acoma. Je pense que c'est une manœuvre d'ouverture.

— Dans quel but ?

— Si je le savais, maîtresse, nous serions en train de préparer des contre-mesures, au lieu d'élaborer des hypothèses.

Mara resta silencieuse pendant un long moment.

— Arakasi, est-il possible que nous ayons un espion dans nos rangs ?

Kevin regarda le maître espion acoma avec une curiosité dévorante, alors que celui-ci se figeait à nouveau dans une immobilité absolue. En l'examinant attentivement, il comprit que l'homme avait le chic pour s'installer d'une façon qui lui permette de se fondre dans son environnement.

— Dame, depuis le jour où j'ai prêté serment sur votre natami, j'ai mené plusieurs enquêtes diligentes. Je n'ai découvert aucun traître dans nos rangs.

La dame eut un geste de frustration.

— Mais alors, pourquoi attaquer une caravane de thyza entre le domaine et Sulan-Qu, à moins que quelqu'un n'ait deviné nos plans ? Arakasi, notre prochaine livraison de céréales dissimulera les nouveaux échantillons de soie. Si c'est cette information que les Minwanabi souhaitaient découvrir, nous avons peut-être de très graves ennuis. Notre soie cho-ja *doit* surprendre les marchands lors de la vente aux enchères. Nous perdrons de l'argent et du statut si notre secret est découvert trop tôt.

Arakasi inclina la tête pour indiquer qu'il était d'accord.

— Le raid des soldats de Desio était peut-être une coïncidence, mais je suis d'accord avec vous. Nous ne devrions pas prendre le risque de nous en tenir là. Il lance plus probablement des coups de sonde pour découvrir pourquoi nous protégeons si lourdement nos caravanes.

— Et si on les menait en bateau ? proposa Kevin.

— En bateau ? lança sèchement Keyoke, avec impatience.

Le commandant de Mara s'était résigné peu à peu aux remarques déplacées du barbare ; celui-ci ne parvenait pas à réfléchir comme un esclave et la dame, pour des raisons qui lui étaient propres, avait décidé de ne pas l'obliger à respecter le protocole. Mais le Midkemian et Arakasi ne s'étaient jamais rencontrés, et l'impertinence de l'esclave fut une surprise pour le maître espion.

Les yeux d'Arakasi étincelèrent dans l'ombre alors qu'il regardait l'homme immense qui se tenait derrière Mara. Ne s'encombrant jamais l'esprit d'idées préconçues, il oublia en même temps le rang de l'homme et son insolence, et concentra son intérêt avec une intensité presque effrayante sur le concept suggéré par Kevin.

— Tu nous parles d'un moyen de transport, mais ta phrase semble avoir une signification totalement différente.

— C'est une sorte de ruse. (Kevin accompagna son explication de ses grands gestes habituels.) Si vous cachez quelque chose dans vos cargaisons de thyza, embrouillez l'ennemi en plaçant des paquets scellés dans tous les chariots de marchandises. Alors votre adversaire devra diviser ses forces pour tenter d'intercepter toutes les caravanes, et révéler ainsi ses intentions, ou abandonner son projet.

Arakasi cligna rapidement des yeux, comme un faucon. Mais ses pensées étaient encore plus vives.

— Et les échantillons de soie ne seront dans aucune de ces cargaisons, conclut-il, mais cachés quelque part, peut-être même à la vue de tous, là où de la soie se trouve normalement en évidence.

Les yeux de Kevin étincelèrent.

— Précisément. Peut-être que vous pourriez les coudre comme des doublures de robes, ou même les transporter comme une simple cargaison de foulards.

— Le concept est excellent, décida Mara et Arakasi inclina la tête pour donner un assentiment tacite. Nous pourrions même faire porter des sous-vêtements de soie à nos serviteurs sous leur tenue de voyage habituelle.

À ce moment, quelqu'un frappa avec insistance sur l'encadrement de la cloison. Arakasi se fondit dans l'ombre comme par réflexe, et Mara demanda qui c'était.

La cloison s'ouvrit rapidement et le premier conseiller des Acoma entra. Nacoya était complètement dépeignée, le visage écarlate, et semblait plongée dans un état d'agitation extrême. Keyoke se rassit sur ses coussins et lâcha la poignée de son épée qu'il avait empoignée nerveusement, tandis que Nacoya fondait sur sa maîtresse, la grondant déjà pendant qu'elle faisait sa révérence.

— Ma dame, regardez donc vos vêtements !

L'ancienne nourrice leva les yeux au ciel de désespoir.

Surprise, Mara regarda sa robe d'intérieur, légèrement ouverte à cause de la chaleur, et au col sali par quelques traces de poussière durant sa visite à la fourmilière des Cho-ja.

— Et vos cheveux ! continuait à fulminer Nacoya, agitant maintenant un doigt ridé dans un geste de reproche. C'est un véritable gâchis ! Ils sont complètement emmêlés, alors qu'ils devraient briller de propreté et être parfumés. Nous allons avoir besoin d'au moins une douzaine de servantes.

Puis, comme si elle remarquait la présence de Keyoke et d'Arakasi pour la première fois, elle fit claquer sa langue dans un sentiment d'affront renouvelé.

— Dehors ! cria-t-elle. Votre maîtresse doit être présentable le plus rapidement possible.

— Nacoya ! l'interrompit sèchement Mara. Pour quelle raison interromps-tu mon conseil privé et donnes-tu des ordres à mes officiers comme s'ils étaient de simples domestiques ? Et pourquoi mon apparence est-elle devenue soudain si importante ?

Nacoya se redressa comme un jiga auquel on aurait arraché une plume.

— Par Lashima la plus sainte des déesses, dame, comment avez-vous pu oublier ? Comment avez-vous pu ?

— Oublier ?

Mara repoussa en arrière une mèche de cheveux rebelle, plongée dans une confusion sincère.

— Oublier quoi ?

Nacoya ne parvenait plus à reprendre son souffle, ce qui la fit enfin taire. Arakasi intervint très doucement et répondit pour elle.

— La petite mère se réfère très probablement à la visite d'Hokanu des Shinzawaï, dont j'ai dépassé la suite sur la route de Sulan-Qu.

Le premier conseiller des Acoma recouvra alors tout son aplomb et reprit avec une certaine acidité.

— La demande d'invitation de ce jeune gentilhomme est restée sur votre bureau pendant une semaine, ma dame. Vous lui avez répondu positivement, et maintenant vous l'insultez en n'étant pas prête à l'accueillir au moment de son arrivée.

Mara prononça alors un mot qui n'était pas du tout convenable pour une dame de son rang. Nacoya poussa un nouveau cri, et un large sourire se dessina sur le visage de Kevin. Il avait appris un vaste répertoire d'obscénités tsurani auprès d'un conducteur d'esclaves au langage particulièrement pittoresque, et c'était le vocabulaire qu'il comprenait le mieux.

Nacoya évacua sa frustration en frappant sèchement dans ses mains pour faire venir les servantes de bain. Dans le désordre indescriptible qui s'ensuivit, alors que de jeunes esclaves arrivaient avec des bassines et des serviettes de toilette, les bras chargés de riches vêtements ornés de pierres précieuses, Mara congédia son commandant. Pendant que trois paires de mains lui ôtaient ses vêtements, elle s'efforçait de libérer un poignet et de désigner d'un geste la pile d'échantillons de soie rapportée de la fourmilière cho-ja.

— Arakasi, décide de ce qu'il faut en faire. Jican te dira quand ils doivent arriver à Jamar. Trouve un subterfuge pour qu'on puisse les y apporter sans se faire remarquer.

Le maître espion lui répondit par une révérence discrète et partit avec le paquet. Kevin resta. Oublié dans son coin derrière les coussins de sa maîtresse, il passa la minute suivante torturé par le spectacle de Mara nue dans son bain, pendant que des servantes versaient de l'eau chaude sur son corps mince. Puis elle s'assit lentement, gracieusement. Alors qu'elle était dans le baquet et que des servantes lui mouillaient et lui lavaient les cheveux, Kevin entrevit fugitivement, mais à maintes reprises, sa chair nue. Immobile dans son coin, il maudissait intérieurement son trop court vêtement tsurani, car la vue de sa belle et jeune dame éveillait une nouvelle fois l'intérêt de sa virilité. Comme un marmiton embarrassé, il restait les deux mains croisées sur son bas-ventre en se concentrant sur des pensées désagréables, pour tenter de reprendre le contrôle de son corps indiscipliné.

La dame des Acoma mit rapidement fin aux attentions de ses servantes et des domestiques de bain et sortit. Kevin la suivit à sa place accoutumée, surtout parce que personne ne s'était préoccupé de lui donner d'autres ordres. Parée de superbes bijoux, pomponnée, vêtue d'une robe supérieure magnifique cousue de centaines de perles minuscules et d'émeraudes, Mara était trop agitée pour remarquer l'esclave barbare qui faisait maintenant partie de sa suite depuis près d'un mois. Elle parcourut les couloirs d'un pas vif, les sourcils froncés. Kevin, devenu assez familier pour deviner ses humeurs, comprit que cet Hokanu des Shinzawaï ne venait pas simplement pour une visite de courtoisie. Très souvent, Mara préférait ses discussions financières complexes avec son hadonra aux obligations sociales qui lui incombaient en tant que souveraine d'une maison tsurani ancienne et honorable.

Après une remarque pressante de Nacoya, Mara ralentit le pas avant d'entrer dans la cour intérieure qui, à cette heure, était l'endroit le plus frais pour recevoir confortablement un invité. Le premier conseiller tapota légèrement le poignet de sa dame et lui donna quelques conseils de dernière minute.

— Sois charmante avec ce jeune homme, fille de mon cœur, mais ne sous-estime pas sa sensibilité. Ce n'est pas un importun comme ce pauvre Bruli, que l'on peut manipuler par les folies d'une idylle. Et tu l'as certainement offensé en le faisant attendre.

Mara hocha la tête d'un air distrait et s'écarta d'une Nacoya protectrice. Kevin toujours sur les talons, elle entra dans la cour ombragée.

Des coussins avaient été disposés près de la fontaine, et un plateau de nourriture se trouvait à portée de main. Ils ne semblaient pas avoir été touchés. À l'entrée de Mara, un homme mince, musclé, arrêta ses déambulations, qui devaient maintenant compter au moins une douzaine de parcours impatients dans les sentiers du jardin. Il portait une robe de soie bleue ornée de topazes et de rubis, taillée de toute évidence pour le fils d'une puissante famille. Maintenant mieux habitué à interpréter l'impassibilité tsurani, Kevin ne regarda pas le beau visage inexpressif du jeune homme pour l'étudier ; il préféra observer ses mains, bien formées et qui portaient des cals d'épée. Il remarqua le léger rebond de la démarche du jeune homme quand il se retourna pour saluer la dame, et la nervosité de son attitude qui trahissait de toute évidence de la contrariété.

Cependant, sa voix restait plaisante et calme.

— Dame Mara, je suis heureux de vous voir. Allez-vous bien ?

Mara lui fit une révérence, ses bijoux étincelant dans les rayons de soleil qui transperçaient le feuillage.

— Hokanu des Shinzawaï, je vais assez bien pour me rendre compte de mon impolitesse. Vous êtes irrité par mon retard, et pour cela, je n'ai aucune excuse.

Elle se tenait très droite, et le sommet de son front atteignait à peine le menton d'Hokanu. Pour croiser ses yeux noirs, elle devait relever la tête d'une manière qui, sans le moindre artifice, accentuait sa beauté d'une façon stupéfiante.

— Que peuvent faire les Acoma sinon implorer votre pardon ? reprit Mara avec un sourire désarmant et embarrassé. Tout simplement, j'ai complètement oublié l'heure.

Pendant une seconde, Hokanu parut offensé. Puis, de toute évidence désarçonné par la prière de la dame et surpris par sa franchise, il éclata d'un immense et sincère éclat de rire.

— Mara, vous me déconcertez ! Si vous étiez un guerrier, je serais déjà en train de croiser nos lames. Mais puisque vous êtes une dame, je ne peux que remarquer que vous me devez une faveur. Je réclame votre compagnie en compensation.

Mara s'approcha de lui et lui permit une brève accolade polie.

— Peut-être aurais-je dû vous accueillir à la porte dans la robe froissée que je portais à mon conseil, suggéra-t-elle malicieusement.

Hokanu continuait à lui tenir la main d'une manière que Kevin trouvait bien trop possessive. La capacité du jeune noble à masquer son attirance derrière un visage étonnamment gracieux contraria l'esclave midkemian, sans qu'il sache vraiment pourquoi. Quand Hokanu répondit au trait d'esprit de la dame en riant : « Faites donc cela la prochaine fois », Kevin se mit à froncer les sourcils.

Habituellement, Mara avait l'esprit vif et une voix autoritaire quand elle s'adressait à son personnel masculin et à ses quelques visiteurs officiels, d'après ce qu'avait vu Kevin dans ses fonctions de valet de chambre. En compagnie d'Hokanu, son intelligence devenait moins mordante, et l'esprit qu'il avait fini par admirer à contrecœur paraissait troublé par un manque de confiance en soi inexplicable. Mara semblait éviter de montrer sa satisfaction alors qu'elle laissait le jeune guerrier l'installer dans les coussins ; pourtant, elle trouvait la compagnie du jeune homme agréable. Avec une courtoisie soumise, elle appela Kevin pour qu'il serve la nourriture et les boissons. Hokanu accepta une assiette de fruits macérant dans l'alcool et une coupe de vin de sâ. Ses yeux sombres observèrent avec intérêt le Midkemian. Kevin se sentit pendant un moment inspecté sur toutes les coutures, comme une marchandise. Puis le jeune homme se tourna vers Mara pour la taquiner.

— Je vois que vous avez su apprivoiser ce sarcat d'une façon admirable. Il semble avoir mieux appris où était sa place que ses compatriotes.

Mara dissimula son amusement derrière le rebord de sa tasse, en buvant une petite gorgée de chocha.

— C'est ce qu'il semblerait, répondit-elle tranquillement. Avez-vous trouvé les esclaves que votre père désirait, dans les marais de Ngaggi ?

Les paupières d'Hokanu battirent alors qu'il inclinait la tête.

— Le problème a été résolu d'une façon satisfaisante.

Puis, comme s'il était conscient que Mara se montrait aussi réticente que lui sur leur intérêt respectif et secret pour les Midkemians, il détourna la conversation sur les caractéristiques physiques de Kevin, comme si le Midkemian roux n'était pas présent et en train de les écouter.

— Il semble aussi fort qu'un needra mâle. Il devrait être très doué pour défricher vos forêts et les transformer en pâturages.

Peu habitué à s'entendre décrire comme un animal, Kevin ouvrit la bouche et fit remarquer qu'il préférerait montrer sa force en prenant des paris pour un duel de bras de fer. Mara pâlit, craignant que le barbare ne se montre trop audacieux et défie sur le champ l'élégant guerrier shinzawaï. Avec un à-propos rapide et très théâtral, elle l'empêcha de continuer sa phrase.

— Esclave ! Je n'ai plus besoin de toi. Va chercher Misa pour qu'elle s'occupe de nous. Puis rends-toi dans la grande cour et aide Jican à s'occuper de la caravane d'Hokanu.

Les lèvres de Kevin se relevèrent avec témérité en un demi-sourire alors qu'il faisait sa révérence d'esclave, jamais assez déférente selon la coutume, ce qui irritait constamment Mara. Puis, décochant à Hokanu un regard presque vindicatif, il tourna les talons et sortit. Le seul problème était que la courte robe tsurani rendait son geste ridicule, un détail qu'Hokanu ne manqua pas de relever.

Le commentaire que Kevin entendit à moitié en franchissant la cloison pour entrer dans le couloir était presque indécent en présence d'une dame. Avec un intense sentiment de colère, Kevin souhaita de tout son cœur pouvoir déclencher une bagarre. Puis, avec une franchise également déconcertante, il comprit qu'il éprouvait de la jalousie.

— Que ce jeune noble arrogant soit maudit, et qu'elle soit maudite elle aussi, marmonna-t-il.

Penser même l'espace d'un instant qu'il pouvait s'enticher de Mara était une invitation certaine à se faire pendre à l'ulo le plus proche, probablement la tête au-dessus d'un petit brasier. S'il arrivait à gagner quelque chose auprès de cette femme, ce ne serait pas grâce à une amourette. Mais d'une façon ou d'une autre, et contre toutes les traditions, il trouverait un moyen de regagner sa liberté.

La grande cour était poussiéreuse, comme si les pluies de la nuit précédente n'avaient été qu'un rêve dissipé par la lumière du soleil. Des needra et des chariots encombraient l'enceinte treillissée ; les cris des charretiers et les meuglements des needra couvraient la confusion générale alors que des esclaves allaient et venaient avec du fourrage, des bols de thyza et des bassines pleines d'eau. Kevin plongea au milieu du chaos, toujours préoccupé et dépité, et faillit marcher sur Jican.

Indigné, le petit hadonra glapit et sauta en arrière pour éviter d'être renversé. Il leva la tête, découvrit le large torse musclé que la robe étroite de Kevin ne parvenait pas à couvrir. Il fronça les sourcils avec une férocité que sa maîtresse n'avait jamais observée.

— Qu'est-ce que tu fais les bras ballants ? demanda-t-il d'un ton cassant.

— Je me promenais, répondit Kevin en levant les sourcils d'une façon désarmante.

— Plus maintenant, rétorqua Jican d'une voix tonitruante. Va chercher une bassine et apporte de l'eau aux esclaves de la caravane. Ne perds pas de temps, et n'offense personne dans la suite des Shinzawaï, ou par les dieux, je te ferai suspendre et gigoter au bout d'une corde.

Kevin regarda le petit hadonra, qui était toujours aussi timide qu'une souris en présence de sa dame. Bien qu'il soit plus petit que lui d'une tête, Jican restait ferme. Il saisit une bassine des mains d'un esclave qui passait et enfonça son rebord dans le ventre de Kevin.

— Allez, au travail !

Le grand homme grogna et expira violemment, le souffle coupé. Puis il sauta en arrière quand une vague d'eau froide lui trempa le bas-ventre.

— La barbe, marmonna-t-il en attrapant le récipient de bois avant qu'il ne tombe et n'insulte sa virilité d'une façon plus durable.

Quand il se redressa, Jican avait déjà repris sa route. Ayant perdu l'occasion de se glisser dans la foule sans être remarqué, Kevin localisa le jeune porteur d'eau et remplit avec obéissance sa bassine. Il la transporta sans trop la renverser dans le chaos poussiéreux et offrit à boire à deux esclaves maigres et brûlés par le soleil, installés confortablement sur la planche arrière rabattue d'un chariot de marchandises.

— Hé, tu es du Royaume, l'interpella le plus grand des deux, un blond qui avait deux croûtes sur le visage. Qui es-tu ? Quand as-tu été capturé ?

Les trois esclaves échangèrent leurs noms pendant que Kevin offrait sa bassine au plus maigre des deux, un jeune homme aux cheveux sombres dont la main droite était bandée, et dont les yeux restaient étrangement froids. Cet homme était un écuyer de Crydee mais il ne le connaissait pas. L'autre, cependant, s'appelait Laurie et lui semblait familier.

— Ne nous serions-nous pas déjà rencontrés ? demanda Kevin alors qu'il reprenait la bassine des mains de l'écuyer Pug.

Le blond haussa les épaules d'un geste amical et instinctivement théâtral.

— Qui sait ? Je suis ménestrel et j'ai parcouru tout le Royaume. J'ai chanté plus d'une fois à la cour de Zûn. (Les yeux de Laurie s'étrécirent.) Mais tu es le fils du baron de...

— Silence, le pressa Kevin. (Il regarda rapidement de part et d'autre, s'assurant que les soldats n'avaient rien entendu.) Un mot sur mon rang et je suis un homme mort. Ils tuent les officiers, ici, tu te souviens ?

Observant la maigreur et l'épuisement de ses compatriotes, Kevin leur demanda ce qui leur était arrivé depuis leur capture.

L'homme sombre et énigmatique appelé Pug lui lança un regard dur.

— Tu sembles comprendre les choses assez rapidement. Je suis écuyer, et s'ils avaient compris que c'est un titre de petite noblesse, j'aurais été tué dès le premier jour. Ils semblent maintenant avoir oublié mon rang. Je leur ai dit que j'étais un serviteur du duc, et ils ont compris que j'étais un domestique.

Il jeta un coup d'œil circulaire sur les esclaves acoma qui s'empressaient autour d'eux, et obéissaient aveuglément aux ordres du hadonra.

— Tu commences tout juste ta vie d'esclave, Kevin. Tu ferais bien de te souvenir que les Tsurani peuvent te tuer sans l'ombre d'un remords, car ils pensent qu'un esclave ne possède aucun honneur. Kevin de Zûn, reste très prudent... Ton sort peut changer sur un simple caprice.

— La barbe, murmura Kevin. Alors, ils ne vous donnent pas de concubines pour bonne conduite ?

Les yeux de Laurie s'écarquillèrent un instant, puis il rit de bon cœur, ce qui attira l'attention d'un guerrier shinzawaï. Son casque à plumet se tourna dans leur direction, et instantanément les deux Midkemians assis sur le chariot prirent une expression impassible. Quand le soldat se détourna, Laurie laissa échapper un profond soupir.

— Je vois qu'ils ne t'ont pas dépouillé de ton sens de l'humour.

— Si tu ne peux plus rire, tu n'es plus qu'un mort qui marche, répondit Kevin.

Laurie s'essuya le visage avec un chiffon trempé dans la bassine que lui tendait Kevin.

— C'est ce que je m'évertue à répéter sans cesse à mon cher ami.

Pug regarda Laurie avec un mélange d'affection et d'exaspération.

— Et celui qui dit cela est un fou qui a failli se faire tuer en me sauvant la vie, soupira-t-il. Si ce jeune noble shinzawaï n'avait pas été dans les marais...

Il ne termina pas sa phrase. Puis sa voix devint plus sombre.

— Tous les hommes capturés en même temps que moi lors de la première année de guerre sont morts, Kevin. Apprends à t'adapter. Ces Tsurani ont un concept qu'ils appellent le wal, un endroit parfait, à l'intérieur de soi, que personne ne peut toucher. (Il plaça son doigt sur la poitrine de Kevin.) Ici. Apprends à vivre à l'intérieur, et tu sauras comment vivre à l'extérieur.

Le rouquin inclina la tête puis, conscient que Jican l'observait dans son dos, reprit sa bassine pour aller la remplir. Avec un hochement de tête plein de regret vers Laurie et Pug, il avança vers le chariot suivant. S'il le pouvait, il se glisserait ce soir hors des quartiers des esclaves, et passerait un peu de temps avec ces deux hommes. Échanger des informations ne lui apporterait peut-être pas grand-chose, mais cela pourrait calmer un peu le mal du pays.

Mais alors que la soirée avançait, on lui donna de plus en plus de travail. Finalement, il fut reconduit épuisé au manoir, et reçut l'ordre de dormir dans la pièce qui lui était réservée. Un garde placé devant sa porte l'empêcha de rendre visite à ses compatriotes. Tard dans la nuit, il entendit des voix diffuses, prononçant des paroles qu'il comprenait à peine, mais dont les intonations lui étaient familières.

Soupirant de frustration, il comprit que ses compagnons rendaient visite à leurs compatriotes de la caravane shinzawaï. Il aurait des informations de seconde main quand il trouverait l'occasion de parler avec Patrick ou l'un des autres Midkemians. Mais le manque de contact direct lui fit ressentir encore plus amèrement le mal du pays, avec une intensité qu'il n'avait pas éprouvée depuis sa capture.

— Que cette garce soit maudite, murmura-t-il dans son oreiller. Qu'elle soit maudite.

6

DIVERSIONS

La saison humide s'acheva.

Les jours qui s'allongeaient ramenèrent la poussière sèche, et la forte lumière du soleil fit jaunir l'herbe des plaines autour du domaine minwanabi. Dans quelques semaines, les collines commenceraient à perdre de leur luxuriance, jusqu'à ce qu'au solstice le paysage prenne des teintes d'or brun. Durant les périodes de forte chaleur, le seigneur Desio préférait rester dans l'ombre confortable de son manoir, mais son admiration pour son cousin le poussait souvent à sortir.

Tasaio servait peut-être sa famille en qualité de conseiller, mais il ne manquait jamais de s'exercer chaque jour au combat. Aujourd'hui, alors que les brumes matinales s'estompaient sur le lac, il était monté au sommet d'une colline avec son arc et un faisceau de flèches. Des mannequins de paille avaient été placés comme cibles, à diverses distances. En moins d'une demi-heure, ils étaient hérissés de flèches marquées aux couleurs personnelles de Tasaio : le noir et l'orange minwanabi, séparés par une bande rouge pour Turakamu.

Desio le rejoignit alors que l'ordonnance de son cousin récupérait les flèches entre deux séries de tirs. Ayant pris conscience depuis longtemps de l'approche du jeune seigneur, Tasaio se retourna précisément au bon moment, et s'inclina.

— Bonjour, seigneur mon cousin.

Desio s'arrêta, essoufflé après avoir escaladé la colline. Il inclina la tête, essuya la sueur de son front rose, et regarda son cousin plus grand que lui. Celui-ci portait une armure légère cloutée de fer précieux, un butin de guerre récupéré dans le monde barbare. Tasaio ne portait pas de casque, et la brise agitait ses courts cheveux auburn. Il tenait un arc à double courbure, laqué d'un noir brillant et dont chaque corne était ornée de pompons de soie orange. Poliment, Tasaio offrit l'arme à son seigneur.

— Voudriez-vous tenter quelques tirs ?

Encore trop essoufflé pour répondre, Desio agita la main pour décliner l'offre. Tasaio hocha la tête et se retourna vers son serviteur qui approchait, un panier de flèches dans chaque main. Il se mit à genoux et s'inclina devant son maître qui resta immobile tandis que Tasaio prenait les flèches par leur encoche et les enfonçait une par une, pointe la première, dans la terre sablonneuse.

— Qu'est-ce qui vous amène par cette belle matinée, cousin ?

Desio regarda les flèches percer la terre en lignes parfaites, comme des guerriers disposés pour une charge.

— Je n'arrivais pas à dormir.

— Non ?

Tasaio avait vidé le premier panier et s'attaquait au second. Une mouche de jade se posa sur le nez de son ordonnance. L'homme ne tressaillit pas, pas plus qu'il ne cilla quand l'insecte se promena sur sa joue et commença à aspirer les fluides de son œil. Pour récompenser son calme parfait, Tasaio finit par lui donner l'autorisation de chasser l'insecte d'un geste de la main. L'homme le fit avec gratitude, ayant appris sous le fouet qu'il ne pouvait veiller à son confort que lorsque son maître lui en donnait la permission.

Tasaio lissa une plume de coq légèrement ébouriffée et attendit que son cousin continue.

— Je ne pouvais pas dormir parce que des mois se sont écoulés, et que nous n'avons toujours pas découvert les espions acoma.

Tasaio encocha une flèche et la libéra d'un mouvement fluide. Le trait décrivit une courbe parfaite sous le brillant soleil matinal et s'enfonça avec un bruit mat dans le cœur peint sur un lointain mannequin de paille.

— Nous savons qu'ils sont au nombre de trois, répondit le guerrier d'un ton égal. Et le champ d'investigation s'est restreint. Nous avons découvert des fuites dans les baraquements, auprès de l'intendant chargé de la vente des céréales et aussi par quelqu'un qui travaille aux cuisines ou parmi les domestiques du manoir.

— Quand saurons-nous les noms de ces traîtres ?

Bandant son arc, Tasaio semblait totalement concentré, mais une seconde après le départ de la flèche, il déclara :

— Nous en apprendrons plus ce matin, quand nous saurons ce qu'il est advenu de la compagnie qui a effectué le raid. Les survivants devraient être rentrés à présent. (Encochant une nouvelle flèche, il continua De plus, découvrir l'espion n'est que la première étape pour la mise en place d'un plan plus ambitieux.

— Alors, quand notre grande campagne prendra-t-elle effet ? éclata Desio, plongé dans une frustration intense. Je veux la ruine des Acoma !

Deux autres flèches s'envolèrent et s'enfoncèrent dans les cibles.

— Patience, cousin.

Tasaio encocha un troisième trait et l'envoya dans le cou du mannequin de paille le plus éloigné.

— Vous souhaitez la ruine des Acoma sans leur laisser la possibilité de se rétablir, et l'homme sage dresse ses plans prudemment. Les meilleurs pièges sont ceux que l'on tisse subtilement, et dont on ne soupçonne l'existence que lorsqu'ils se referment.

Desio soupira bruyamment. Son valet de chambre se précipita pour placer un coussin sous lui alors que son seigneur posait sa masse sur l'herbe.

— Je souhaiterais avoir ta patience, Tasaio.

L'envie perçait sous son accès de mauvaise humeur.

— Mais je ne suis pas un homme patient, cousin.

Les flèches s'envolèrent à intervalles réguliers, et un mannequin de paille se renversa, hérissé de traits emplumés comme une pelote d'épingles de couturière.

— Je ronge mon frein à cause des délais autant que vous, mon seigneur, et peut-être même plus. Je déteste attendre. (Il étudia les cibles les plus éloignées comme s'il évaluait sa performance.) Mais je déteste encore plus être affligé par le défaut de l'impatience. Un guerrier doit s'efforcer d'atteindre la perfection, en sachant parfaitement qu'elle restera toujours inaccessible.

Desio écarta l'étoffe de sa robe de sa peau moite et s'éventa.

— Je n'ai pas de patience, je l'admets, et je ne suis pas assez agile pour m'aventurer sur un champ de bataille, comme toi.

Tasaio fit signe à son domestique d'aller chercher les flèches, bien que la ligne de traits à ses pieds ne soit pas totalement dégarnie. Puis il plaça son arc sur son épaule et regarda son cousin plus corpulent.

— Vous pourriez apprendre à le devenir, Desio.

Il n'y avait pas la moindre trace de moquerie dans sa voix.

Le seigneur des Minwanabi lui répondit par un sourire.

— Tu as finalisé ton plan pour détruire Mara.

Tasaio resta immobile pendant un moment. Puis il rejeta la tête en arrière et lança un cri de bataille minwanabi. Quand il eut terminé son ululement, il regarda à nouveau son cousin, une étincelle d'exaltation dans les yeux.

— Oui, mon seigneur, j'ai un plan. Mais d'abord, nous devons parler avec Incomo et découvrir si les messagers qu'il a envoyés sont revenus avec des nouvelles de l'embuscade.

— Je vais rentrer et le faire appeler, grogna Desio en se levant avec difficulté. Rejoins-nous dans mes appartements d'ici une heure.

Tasaio remarqua que son seigneur se montrait déférent envers lui en acceptant de convoquer une réunion à sa demande. Puis ses yeux s'étrécirent. Il pivota brusquement, fit glisser son arc et encocha une autre flèche de guerre sur la corde.

L'ordonnance qui récupérait les flèches sur le champ de tir entrevit son mouvement et se laissa tomber à terre juste un battement de cœur avant que la flèche ne siffle au-dessus de lui. Il resta allongé alors que d'autres traits le frôlaient, perçant le mannequin à côté de lui. Des morceaux de paille volèrent et lui chatouillèrent le visage, mais il ne chercha pas à les enlever avant d'avoir vérifié que son maître avait tiré toutes ses flèches.

— Tu joues avec tes hommes comme un sarcat avec sa proie avant de la tuer, observa Desio, qui s'était attardé pour observer la démonstration.

Tasaio haussa calmement un sourcil.

— Je les entraîne à chérir leur vie, corrigea-t-il. Sur le champ de bataille, ils doivent se débrouiller tout seuls face à nos ennemis. Si un domestique ne peut pas veiller sur sa propre vie, pour être là quand j'ai besoin de lui, il n'a aucune utilité, non ?

Desio lui concéda le point avec un ricanement admiratif.

Tasaio reprit.

— Je pense que j'ai fini. Inutile d'attendre une heure, mon seigneur. Je vous accompagne dès maintenant.

Desio donna une claque sur l'épaule de son cousin, et ils commencèrent tous les deux à descendre la colline.

Le premier conseiller des Minwanabi les retrouva dans le cabinet de travail, ses cheveux gris encore humides après son bain, et le dos aussi droit qu'une lame d'épée. C'était un lève-tôt, qui inspectait le domaine avec le hadonra dès les premières heures du matin. Il profitait de ses après-midi pour s'occuper de ses papiers, mais des années passées à regarder le lever du soleil lui avaient donné la peau hâlée d'un vieux général. Il était aussi attentif qu'un commandant en faisant sa révérence devant les cousins.

Le seigneur Desio transpirait, bien qu'il ait déjà bu trois grandes tasses de ces boissons glacées très rares. Des messagers couraient continuellement jusqu'à l'épuisement dans les montagnes pour lui procurer ce luxe ; plus l'été avançait, plus la neige remontait vers les cimes, et l'appétit du jeune seigneur pour les mets glacés ne pouvait plus être satisfait. Il se tournerait alors vers la boisson pour combattre la chaleur, mais à la différence de son père Jingu, il ne ralentirait pas sa consommation après le crépuscule. Avec un soupir muet de frustration, Incomo observa Tasaio, qui portait toujours son armure et son gant d'archer, mais qui ne montrait pas le moindre signe de fatigue après ses heures d'entraînement dans les collines. Le lacet légèrement desserré au niveau de la gorge était sa seule concession au confort. À tout instant, même en venant juste de se lever, Tasaio semblait prêt à répondre à un appel aux armes.

— Tasaio a finalement élaboré son plan pour vaincre les Acoma, commença Desio, pendant que son premier conseiller s'asseyait sur les coussins placés devant l'estrade de cérémonie.

— C'est bien, seigneur, répondit Incomo. Nous venons juste de recevoir les nouvelles de notre embuscade contre les chariots de thyza acoma.

— Comment cela s'est-il passé ? demanda Desio, se penchant en avant dans son impatience.

— Mal, mon seigneur, répondit Incomo avec un visage de marbre. Nous avons été vaincus, comme nous nous y attendions, mais le prix a été plus élevé que nous ne le pensions.

— Quel prix ? demanda Tasaio d'une voix indifférente.

Incomo dirigea son regard sombre vers le cousin de son seigneur. Lentement, il précisa :

— Tous les hommes que nous avons envoyés ont été tués. Les cinquante soldats au grand complet.

Desio se rassit, le dégoût se lisant sur son visage.

— Cinquante ! Que cette femme soit maudite ! Est-ce que toutes ces manœuvres sont destinées à lui donner la victoire ?

Tasaio se tapotait le menton du doigt.

— Cela semble peut-être vrai pour le moment, cousin. Mais la victoire se remporte toujours lors de la dernière bataille. À la fin, nous verrons bien où Mara est vulnérable. (Il inclina la tête vers Incomo et demanda Comment notre ennemie a-t-elle pu remporter un succès aussi total ?

— C'est simple, répondit le premier conseiller. Les gardes étaient trois fois plus nombreux que ce à quoi nous nous attendions.

Tasaio réfléchit, immobile, les mains posées sur les genoux.

— Nous nous attendions à ce qu'ils sachent que nous attaquerions. Qu'ils aient réagi avec une telle force nous apprend deux choses : premièrement, ils ne voulaient pas que nous capturions ces chariots, quel qu'en soit le prix ; et deuxièmement... (ses yeux s'écarquillèrent soudain) cette maudite fourmilière de Cho-ja doit produire des guerriers comme des mouches de jade !

— Qu'est-ce que cela a à voir avec la découverte des espions acoma ? s'inquiéta Desio, troublé.

Incomo défroissa ses robes avec le soin extrême d'un oiseau qui lisse ses plumes. D'une patience à toute épreuve, il expliqua :

— Notre offensive servait à identifier l'origine des fuites d'informations. Le maître espion trop compétent de Mara vient juste de confirmer la culpabilité d'un, ou des trois, suspects de notre maisonnée. Le moment de l'intervention explique tout, mon seigneur Desio. Si nous avions lancé notre attaque sur un commerce plus important que la vente de céréales, nous aurions certainement attiré l'intention sur notre objectif principal.

Tasaio reprit la parole.

— Quelque chose d'autre pourrait bien être en jeu : une garnison aussi dégarnie que celle de Mara n'aurait pas dû réagir avec autant de force contre une menace aussi mineure. Cette riposte exagérée est significative... (Tasaio fit une pause, fronçant les sourcils.) Supposons que notre action ait gêné un plan des Acoma... Supposons que nous soyons intervenus par hasard au cœur de leur prochaine manœuvre contre nos intérêts ? Ils étaient désespérés et ne voulaient absolument pas que nous nous emparions de ce chariot. Ils étaient même prêts à payer un prix dépassant de loin la valeur des céréales ou la perte d'honneur mineure pour l'abandon d'une aussi petite caravane.

— Exactement, c'est un point que nous devrions approfondir, intervint Incomo. Notre intendant à Sulan-Qu nous a rapporté que, depuis notre raid, les Acoma ont doublé la garde de toutes leurs caravanes commerciales. Des rumeurs circulent, parlant de marchandises secrètes cachées sous chaque boisseau de grains. Devant cette recrudescence d'activités mystérieuses, nous pouvons conclure qu'il existe un véritable trésor, un trésor que nos ennemis veulent garder secret à tout prix. (La surexcitation d'Incomo se dissipa dans un soupir de frustration.) Comme j'aimerais disposer d'un informateur dans le cercle privé de Mara. Quelque chose d'important se prépare, quelque chose que nous avons failli découvrir accidentellement lors de notre raid près de Sulan-Qu. Sinon, pourquoi une attaque aussi mineure aurait-elle provoqué une telle réaction ?

Desio tendit la main vers son jus de fruit givré et avala les derniers éclats de glace qui fondaient rapidement.

— Elle a aussi envoyé des messagers à Dustari. Sans aucun doute pour inviter Chipino des Xacatecas à des pourparlers, quand il reviendra de la frontière. S'il accepte, les Acoma gagneront presque certainement une alliance.

Seul Tasaio restait impassible devant les preuves de ces revers. Doucement, il avança :

— Attendez le bon moment, cousin. J'ai un plan à long terme pour détruire Mara, qui portera sans doute ses fruits dans deux ans environ.

— Deux ans ! (Desio reposa sa tasse sur une table basse d'un geste brusque.) Si cette fourmilière de Cho-ja continue à produire des guerriers, à chaque printemps le domaine de Mara deviendra de plus en plus inattaquable.

Tasaio écarta l'objection d'un geste.

— Laissons Mara se renforcer chez elle. Car nous ne l'attaquerons pas sur son propre terrain. Les jours où nous pouvions rêver de nous emparer de son domaine par la force sont révolus. Nous gagnerions, bien sûr, ajouta-t-il d'une voix pensive, mais nous serions si affaiblis que nous ne survivrions pas à l'attaque certaine de nos autres ennemis. Si j'étais Chipino des Xacatecas ou Andero des Keda, j'accueillerais avec joie la nouvelle d'une confrontation ouverte entre les Acoma et les Minwanabi.

Desio se mettait à bouder quand on essayait de lui dire ce qu'il devait faire. Incomo regarda son maître sucer son dernier cube de glace entre ses dents. Finalement, le seigneur des Minwanabi déclara :

— Je risque de regretter bientôt ma témérité d'avoir promis le sang des Minwanabi si nous ne parvenions pas à écraser les Acoma. J'avais espéré pousser nos parents à mettre rapidement fin à ce problème. Mais après tout, le dieu Rouge ne nous a pas donné de limite de temps. (Il lança un regard vers le ciel et fit un signe pour détourner le malheur, juste au cas où il se tromperait.) Donc nous pouvons parfaitement procéder prudemment. Nous ne pouvons pas sacrifier cinquante guerriers à chaque fois que Mara enverra un chariot de céréales. (Avec un hochement de tête, Desio ajouta Mon cousin, j'écoute ton plan.

Tasaio répondit d'une manière détournée.

— Les contrebandiers sont-ils toujours actifs entre l'empire et les terres désertiques de Tsubar ? demanda-t-il au premier conseiller.

Incomo haussa les épaules.

— Presque certainement. Les nomades convoitent toujours nos produits de luxe, surtout le jade et la soie. Et ils doivent bien importer leurs épées de quelque part, puisque les arbres à résine ne poussent pas dans le désert.

Tasaio hocha la tête d'une façon presque imperceptible.

— Alors, je suggère d'envoyer un messager aux ruines de Banganok, pour offrir aux nomades des armes, du jade et de riches pots-de-vin, afin de les pousser à intensifier leurs raids sur nos frontières.

— Les troupes des Xacatecas resteront ainsi occupées, intervint Desio en sautant sur la conclusion. Le retour de Chipino sur le continent serait retardé, ainsi que toute possibilité d'alliance avec Mara.

— C'est le moindre des avantages, mon seigneur.

Tasaio ôta son gant d'archer. Il s'assouplit la main comme s'il s'échauffait avant de s'entraîner à l'épée, et décrivit les différentes étapes de son plan audacieux. Les Minwanabi noueraient des relations avec les pillards du désert, en commençant par les soudoyer pour bloquer les troupes des Xacatecas sur des positions défensives. Au bout de deux ans, ils augmenteraient leurs pots-de-vin, pour former une prétendue alliance. Des soldats minwanabi rejoindraient les rangs des pillards, déguisés en alliés des tribus nomades. Au moment jugé le plus propice, ils déclencheraient une grande offensive sur les frontières de l'empire. Lors d'une réunion d'urgence, le Grand Conseil ordonnerait à la dame des Acoma de se porter à l'aide du seigneur des Xacatecas.

En écoutant ce plan, le visage d'Incomo s'épanouit.

— Mara devra conduire en personne les troupes qu'elle enverra en renfort, sinon elle perdra toutes ses chances de conclure une alliance. Et, si elle ne s'engage pas totalement sur le champ de bataille, elle prouvera le manque de sincérité de ses promesses.

— Elle sera attirée loin de son domaine, et séparée de la plupart de ses Cho-ja, l'interrompit Desio. Nous pourrions monter quelques raids...

Tasaio lui imposa le silence d'un léger haussement de sourcil.

— Mieux que cela, cousin. Bien mieux que cela.

Il continua, en comptant ses manœuvres sur ses doigts à la manière d'un tacticien. Mara n'avait reçu aucun entraînement militaire, et Keyoke était son seul officier ayant une expérience du commandement sur le champ de bataille. Si l'appel aux armes à Dustari la prenait par surprise, elle se retrouverait en pleine crise. Elle devrait dépouiller ses terres lointaines de leurs troupes, engager des mercenaires pour renforcer les garnisons de moindre importance, et laisser le cœur de son domaine aux soins d'un jeune officier. Ou elle devrait confier à Keyoke la mission de protéger le natami de sa famille, et s'exposer elle-même aux risques de la campagne. Tasaio continua :

— Isolée à Dustari, loin de son clan et de ses alliés, Mara ne bénéficiera pas d'un miracle, cette fois. Elle sera seule sur un champ de bataille que nous aurons choisi, et forcée de se reposer sur les conseils d'un officier inexpérimenté. (Tasaio marqua une pause, s'humecta les lèvres et sourit.) Au mieux, le manque de préparation de Mara fera le travail à notre place. Elle sera peut-être tuée, ou capturée par les pillards du désert. Ou alors, elle commettra des bévues et s'attirera la colère des Xacatecas, tout en perdant la crème de son armée.

— Intéressant, intervint Incomo. Mais le maillon faible est évident. Il est certain que la mission confiée à Keyoke n'échouera pas.

Tasaio frappa sa paume de son gant vide, et son sourire s'élargit.

— C'est pourquoi Keyoke doit être éliminé. Nous devons préparer soigneusement un raid qui l'enverra dans le palais de Turakamu. Arrangeons-nous pour que la dame reçoive la convocation du Grand Conseil le jour même de la mort du commandant de ses armées. (Tasaio se croisa les bras, l'image même du guerrier tsurani au repos.) Keyoke mort, Mara devra laisser la protection des Acoma entre les mains de serviteurs subalternes, probablement un chef de troupe nommé Lujan, une mouche nerveuse d'hadonra, ou une vieille nourrice qui se prend pour un premier conseiller. L'un d'eux pourra peut-être être corrompu.

— Brillant ! murmura Desio.

— D'après mon analyse de la situation, résuma Tasaio, Mara ne pourra jamais remporter de victoire à Dustari sans officier expérimenté. Le chef de troupe qu'elle choisira pour commander les renforts envoyés aux Xacatecas, quel qu'il soit, apprendra rapidement la différence entre mener une petite troupe et diriger une grande bataille.

— Brillant, répéta Desio, plus fort et dans un grand élan d'enthousiasme.

Incomo, plus pragmatique, considéra d'autres ramifications.

— Le seigneur Desio devra demander des faveurs à un grand nombre d'alliés au Conseil, et même contracter des dettes, pour obtenir l'affectation de Mara à Dustari. Y envoyer les Xacatecas a déjà été assez coûteux, et les garder sur les frontières pendant deux autres années sera difficile. Les nobles qui nous ont soutenus nous demanderont de nouvelles concessions pour être achetés une seconde fois, particulièrement depuis l'affaiblissement provoqué par la mort de Jingu. J'ai le regret de vous rappeler que nous ne sommes plus aussi forts ou influents qu'avant. Le prix à payer sera élevé.

— Quel est le prix de la mort de Mara des Acoma ? demanda doucement Tasaio. Desio a fait un serment de sang au dieu Rouge. L'alternative est de massacrer toutes les femmes et tous les enfants qui portent le noir et l'orange minwanabi, puis de nous rendre au temple de Turakamu et de tomber sur nos épées.

Incomo hocha la tête et lança un regard rusé à son seigneur.

Même si Desio désirait ardemment compromettre Mara, il reconnaissait tout de même la gravité de sa décision. Il ne voulait pas engager à la légère les ressources de sa maison, et se mit à réfléchir intensément en fronçant les sourcils.

— Je pense que les conseils de mon cousin sont excellents, déclara-t-il enfin. Mais pouvons-nous être sûrs des hommes du désert ?

Tasaio regarda par la fenêtre, comme s'il parvenait à lire la réponse dans le lointain.

— C'est sans importance. Car parmi les « alliés » des pillards, nous placerons l'un de nos commandants, qui sera prêt à prendre les mesures nécessaires pour s'assurer de l'échec de Mara. Je superviserai personnellement la bataille.

La suggestion ravit Desio.

— Merveilleux, cousin. Ta réputation ne te rend pas justice. Tu es bien plus intelligent que ce que l'on m'avait dit. (Il hocha la tête avec enthousiasme.) Que l'on commence les préparatifs. Nous devons oublier la hâte, et mettre notre plan au point dans ses moindres détails.

Tasaio inclina la tête.

— J'ai beaucoup de choses à organiser, mon seigneur. Notre plan doit se dérouler à la perfection ou nous risquons de nous attirer l'inimitié de deux grandes maisons à la puissance montante. L'armée qui interviendra dans deux ans devra être transportée discrètement, en petits groupes, par navire jusqu'à Ilama puis à l'ouest le long de la route côtière vers Banganok. Personne ne doit soupçonner nos mouvements de troupes. Et quand les Xacatecas seront aux abois, nous devrons nous tenir prêts à tuer Keyoke dès l'instant où il sera vulnérable. (Il cligna des yeux, alors qu'il dirigeait à nouveau son regard vers Desio.) Oui, j'ai beaucoup de choses à préparer. Je demande à mon seigneur la permission de me retirer.

Desio lui donna son congé d'un geste. Bien que les questions de protocole soient très éloignées de son esprit, Tasaio se leva et lui fit une révérence parfaite. Incomo l'observa et se demanda une nouvelle fois si une ambition secrète ne se cachait pas derrière une attitude aussi exemplaire. Quand le cousin du seigneur des Minwanabi fut sorti du cabinet de travail, le premier conseiller se rapprocha de son maître et lui murmura une question à l'oreille. Desio se raidit de surprise.

— Tasaio ? Trahir son seigneur ? s'exclama-t-il beaucoup trop fort. Jamais. (Sa force de conviction était soutenue par une confiance aveugle.) Durant toute ma vie, mon cousin Tasaio a été un modèle pour nous tous. Jusqu'à mon accession au titre de seigneur, il m'aurait avec plaisir tranché la gorge pour s'emparer du sceptre des Minwanabi, mais à l'instant où j'ai pris la place de mon père, Tasaio s'est placé sous mes ordres. Il est l'incarnation même de l'honneur et il possède une intelligence diabolique. Parmi tous les hommes qui sont à mon service, c'est lui qui me rapportera le natami des Acoma.

Satisfait de son jugement, Desio mit fin à son conseil clandestin. Il frappa dans ses mains pour appeler des domestiques, et demanda que de jolies esclaves se baignent avec lui dans les eaux fraîches du lac.

Incomo s'inclina, satisfait de savoir que, pendant que Desio engendrerait des enfants bâtards, Tasaio aurait besoin de son aide pour commencer à préparer le grand complot destiné à détruire Mara. Si le premier conseiller des Minwanabi éprouvait du ressentiment devant l'usurpation de son rôle par Tasaio, il se le cachait même à lui-même ; il restait loyal envers son maître. Tant que Tasaio servait les intérêts des Minwanabi, Incomo n'abriterait aucune jalousie dans son cœur. Et une pensée perverse traversait de temps à autre son esprit... *Les seigneurs des grandes maisons meurent souvent assez jeunes ; et jusqu'à ce que Desio se marie et engendre un héritier, Tasaio est son successeur désigné pour reprendre le sceptre du souverain.* Si Desio devait périr avant l'heure, il serait dommage que la personne qui héritera du titre soit mécontente du premier conseiller en place.

Incomo fit un geste à un domestique pour qu'il vienne prendre ses ordres.

— Fais parvenir un message à Tasaio pour lui dire que je suis à sa disposition, de toutes les manières qu'il jugera nécessaires, et que je joindrai avec bonheur mes faibles efforts à sa grande œuvre.

Alors que le messager partait en hâte, Incomo se sentit fatigué et sale. Il se demanda s'il allait se faire préparer un bain frais, avec une belle jeune servante pour lui laver le dos. Repoussant cette idée avec regret, il se leva des coussins. Il lui restait trop de travail à faire. De plus, s'il avait bien analysé le comportement du jeune Tasaio, un domestique viendrait le chercher dans moins d'une heure.

Mara avançait entre deux rangées de kekali, un panier au bras. Elle désigna une fleur et déclara :

— Celle-ci.

Le domestique qui la suivait coupa obligeamment la tige avec un couteau tranchant, tandis qu'un autre l'éclairait avec une lanterne pour qu'il y voie clair dans les ombres du crépuscule. Il leva la fleur indigo à hauteur d'yeux, l'inspecta rapidement pour vérifier que les pétales n'étaient pas abîmés, puis s'inclina et la tendit à la dame. Mara l'approcha de son nez pour mieux apprécier sa fragrance, avant de l'ajouter aux autres fleurs déjà cueillies, au fond du panier.

Son hadonra, Jican, la rejoignit alors qu'elle tournait sur le sentier.

— Le ravin entre les pâturages méridionaux a été inondé, ma dame.

Mara désigna une autre fleur qu'elle souhaitait cueillir, et un sourire se dessina sur ses lèvres.

— Bien. Je suppose que le pont sur notre nouvelle rivière sera achevé avant le début de la saison commerciale ?

— Les planches sont chevillées sur la charpente au moment même où nous parlons, répondit Jican avec un rire étouffé. Jidu des Tuscalora transpire à grosses gouttes et nous écrit quotidiennement pour nous supplier de lui accorder la permission de transporter ses récoltes de chocha-la dans le ravin par bateau. Cependant, comme je le lui ai fait poliment remarquer en votre nom, dame, le droit de passage que vous lui aviez accordé lors de l'achat des terres n'autorisait que les chariots.

— Très bien.

Mara accepta la fleur qu'elle avait indiquée au domestique, et par inadvertance se piqua le doigt sur une épine. Elle accepta la douleur avec une impassibilité toute tsurani, mais le sang posait un autre problème. La superstition kelawanaise affirmait que le sang versé par étourderie pouvait aiguiser l'appétit du dieu Rouge, et lui donner envie d'accueillir une nouvelle âme dans son palais. Jican offrit avec empressement son mouchoir, dont Mara entoura immédiatement son doigt douloureux avant que la moindre goutte de sang ne puisse tomber sur le sol.

Son plan pour ruiner le seigneur Jidu des Tuscalora et l'obliger à devenir son vassal avait été retardé d'une saison, à cause des attentions que sa maison avait reçues après la mort de Jingu. Les événements reprenaient maintenant leur cours normal, mais elle se rendait compte que la victoire sur son voisin du sud avait un peu perdu de sa saveur. La visite d'Hokanu avait été un interlude bienvenu, mais son séjour était resté bref car le jeune homme avait dû rentrer rapidement chez lui.

Nacoya assurait que la nervosité de sa dame était due au manque de compagnie masculine. Mara sourit à cette idée et changea le panier de fleurs de position. Son premier conseiller avait lourdement insisté, affirmant que la vie d'une jeune femme ne pouvait être complète sans une saine diversion masculine de temps à autre. Mais Mara considérait les idylles avec scepticisme. Elle appréciait beaucoup la compagnie d'Hokanu, mais ses mains devenaient moites d'appréhension à la pensée de mettre un nouvel époux dans son lit. Selon elle, le mariage et le sexe n'étaient pour une femme que des occasions de marchandage au jeu du

Conseil. L'amour et le plaisir n'avaient pas leur place dans de telles décisions.

— Où est Kevin ? demanda soudain Jican, faisant sursauter sa dame.

Mara s'assit sur un banc de pierre et fit signe à son hadonra de la rejoindre.

— On lui prépare de nouveaux vêtements.

Les yeux de Jican brillèrent. Il adorait les commérages, mais il était trop timide pour interroger sa dame sur des sujets qui n'avaient rien à voir avec les finances du domaine.

Mara lui fit ce plaisir.

— Kevin a accompagné les chasseurs hier, et quand il s'est plaint que ses jambes et son dos avaient été lacérés par les épines, je lui ai permis de se faire couper des vêtements à la mode midkemianne. Il est parti montrer aux cordonniers et aux tailleurs ce qu'il faut faire, car ils ne savent pratiquement rien de la mode étrange de son pays. Je lui ai rappelé que les couleurs devaient être obligatoirement du gris et du blanc, comme il convient pour un esclave. Peut-être se conduira-t-il un peu plus dignement quand ses genoux seront recouverts par des – comment les appelle-t-il, déjà – ah oui... Des chausses.

— Il est plus probable qu'il se plaindra d'avoir trop chaud, répondit le petit hadonra. (Puis, alors que Mara congédiait les autres domestiques, il ajouta J'ai des nouvelles de vos échantillons de soie, dame.

Il retint immédiatement l'attention de Mara.

— Ils ont été placés hier en toute sécurité sur votre péniche postale. Les intendants de Jamar les recevront avant la fin de la semaine, juste à temps pour les examiner avant la vente aux enchères.

Mara poussa un long soupir de soulagement. Elle avait craint continuellement que les Minwanabi découvrent prématurément l'arrivée de la soie sur le marché, et n'avertissent leurs alliés producteurs de soie dans le nord. La majeure partie du revenu des Acoma provenait de l'élevage de needra et de la fabrication d'armes. Mais elle avait besoin actuellement de renforcer son armée et d'équiper un nombre toujours croissant de guerriers cho-ja auxquels la jeune reine donnait naissance. Elle aurait besoin du cuir et des armures pour son domaine, ce qui diminuait le nombre de marchandises commercialisables. Le commerce de soie que Mara espérait créer devait équilibrer cette perte. Si les échantillons n'étaient pas arrivés au bon moment, les marchands de soie du nord auraient cassé les prix et même proposé des livraisons anticipées pour étouffer son commerce naissant. Des années de commerce éprouvé leur avaient donné beaucoup d'influence sur les guildes de teinturiers et de tisserands. Mara avait dû payer des pots-de-vin ruineux pour s'assurer de la discrétion et de la bonne volonté des guildes, une nécessité inévitable jusqu'à ce que les artisans acoma maîtrisent ces nouvelles compétences très spécialisées. Mais si les soies acoma arrivaient sur le marché au bon moment, non seulement Mara gagnerait de l'argent, mais elle gênerait les finances des alliés des Minwanabi.

— Tu as fait du bon travail, Jican.

— Le succès n'aurait pas été possible sans l'organisation d'Arakasi, répondit le hadonra en rougissant de plaisir.

Mara observa le jardin dans les ombres naissantes du crépuscule.

— Ne parlons pas de succès tant que les enchères n'auront pas été dominées par les demandes de marchandises acoma !

Jican s'inclina profondément.

— Espérons que ce jour viendra sans incident.

Il fit un geste de la main pour invoquer la grâce du dieu Bon, et prit tranquillement congé de sa maîtresse.

Mara s'attarda, seule à l'exception de quelques servantes. Elle posa son panier et contempla les jardins qui entouraient l'aile orientale du manoir. C'était l'endroit favori de sa mère, ou tout du moins c'est ce que le seigneur Sezu avait dit à sa fille, dont la naissance avait provoqué la mort prématurée de son épouse. Assise sur ce même banc, la dame Oskiro avait regardé son seigneur choisir ses chiens de chasse quand on lui apportait les chiots pour examen. Mais les chenils étaient vides maintenant, sur l'ordre de Mara ; les aboiements des chiens rappelaient trop douloureusement le passé à la nouvelle souveraine. Et son époux avait préféré les manœuvres militaires et la lutte avec les soldats, à la poursuite du gibier avec des chiens courants. Ou peut-être n'avait-il pas vécu assez longtemps pour apprécier ce sport.

Mara soupira et chassa ses regrets. Elle congédia ses servantes et regarda les pâturages dans le lointain, et les shatra qui s'envolaient au crépuscule. Normalement, leur envol la calmait et la rassurait, mais aujourd'hui elle ne ressentait que de la mélancolie. Aucune attaque contre les Acoma ne semblait imminente, mais elle éprouvait toujours un sentiment de menace. Les manœuvres les plus brillantes du jeu du Conseil étaient celles qui survenaient sans le moindre avertissement. Le passage tranquille des jours lui donnait la chair de poule, comme si des assassins rôdaient et se cachaient dans son dos. Tasaio était devenu le conseiller de Desio, ce qui promettait une opposition subtile et sournoise. Arakasi se faisait aussi du souci. Mara le savait à la façon dont il restait immobile en faisant ses rapports. Le maître espion avait survécu à la chute d'un seigneur et en servait maintenant un autre ; un problème qui le troublait ne pouvait être insignifiant.

Mara prit une fleur de kekali dans le panier posé à ses pieds. Les pétales étaient doux et fragiles. Le moindre froid les abîmait et la chaleur extrême les fanait rapidement. Les buissons eux-mêmes étaient résistants, armés d'épines pour se défendre ; mais les fleurs étaient vulnérables et n'avaient qu'une vie très courte. Ce soir, les aboiements des chiens à l'heure du repas manquaient à Mara, entourée de la beauté périssable des kekalis. Elle ressentait encore plus amèrement qu'à l'accoutumée l'absence de la forte présence de son père. Il s'asseyait souvent dans le jardin, appréciant la fraîcheur de la nuit à venir, buvant à petites gorgées une bière âpre pendant que son fils et sa fille babillaient, discutant de leurs jeux d'enfants. À l'ouest, la lumière dorée du soleil s'évanouissait à l'horizon, tandis que les shatra se posaient pour se reposer après leur danse céleste. Un esclave aux pieds nus alluma les dernières lanternes le long du sentier ; dès qu'il eut fini sa tâche, il se dépêcha de rejoindre les communs pour prendre son repas de bouillie de thyza. Dans les cuisines et le réfectoire, les ouvriers du domaine se rassemblaient pour le dîner. Mais Mara s'attardait toujours dans le jardin.

Le crépuscule s'épaississait. Les étoiles apparurent, et à l'ouest les collines devinrent de sombres silhouettes se découpant sur les derniers rayons de soleil. Le silence très particulier de cette heure s'installa, tandis que le chant des oiseaux diurnes s'estompait et alors que les myriades d'insectes nocturnes ne s'étaient pas encore éveillées. C'était le jardin le plus éloigné des baraquements des soldats et des quartiers des domestiques, le plus silencieux ; Mara appréciait immensément ce rare moment de paix.

Elle se remit à penser à Hokanu. Sa visite quelques mois auparavant avait été cruellement trop brève – un dîner prolongé ; puis, dès les premières lueurs de l'aube, après le petit déjeuner et un trop court bavardage, il avait pris congé et était parti. Certains développements dans le Jeu l'avaient obligé à rentrer au domaine shinzawaï plus tôt que Mara ne l'aurait voulu.

Elle avait eu le sentiment qu'Hokanu se sentait coupable de s'être rendu chez elle, au lieu de remonter directement le fleuve pour rejoindre le domaine de son père. Mara s'était sentie flattée qu'il ait un peu compromis son sens du devoir pour lui voler une visite.

Mais elle ne lui avait rien dit, cachant ses sentiments derrière une conduite très traditionnelle. L'esprit d'Hokanu la faisait peut-être sourire et son intelligence l'inspirait, mais elle refusait de considérer les conséquences finales des attentions de ce beau jeune homme de noble naissance.

Elle avait trouvé Hokanu très séduisant, mais la pensée de retourner dans le lit d'un homme la faisait frissonner. Encore maintenant, elle faisait des cauchemars où elle revivait les colères de son défunt époux et les coups qu'il lui avait infligés durant ses élans passionnés. Non, décida-t-elle, elle ne désirait pas encourager un homme à rester auprès d'elle.

Et cependant, quand la petite caravane d'Hokanu s'était éloignée et avait disparu à l'horizon, Mara avait été surprise par la vitesse à laquelle le temps avait fui en sa compagnie. La présence du jeune homme lui avait plu. Elle ne s'était jamais sentie vraiment à l'aise durant tout le temps où il était resté au manoir, mais son exubérance et son entrain lui manquaient.

Des pas approchèrent sur le sentier de gravier. Mara tourna la tête et vit une grande silhouette, faisant de longues enjambées, envahir son sanctuaire temporaire.

— Ah, vous êtes ici, fit une voix.

Même sans l'accent prononcé, les paroles irrespectueuses et la voix forte identifiaient le Midkemian. Mara était très souvent étonnée par un tel franc-parler, mais il l'attirait aussi.

— Je vous cherche depuis le coucher du soleil, ajouta Kevin, se frayant un chemin entre les buissons de kekali pour la rejoindre devant le banc où elle était assise. J'ai demandé à Nacoya et la vieille sorcière s'est contentée de grogner et de hausser les épaules. Les domestiques semblaient nerveux quand je me suis adressé à eux et, finalement, j'ai dû suivre Lujan au moment de la relève de la garde.

— Il devait savoir que tu le suivais, intervint Mara, refusant de croire que son meilleur soldat montait la garde d'une façon si négligente.

— Bien sûr, répondit Kevin en faisant le tour d'un massif de fleurs et en s'arrêtant devant elle. Nous discutions de certains points d'escrime. Vos méthodes diffèrent des nôtres. Les nôtres sont meilleures, bien entendu...

Irritée par ses provocations intentionnelles qui marchaient toujours, Mara releva la tête. Elle le vit en train de sourire, attendant sa repartie, et elle comprit qu'il jouait avec elle. Elle refusa de se laisser taquiner et étudia son nouvel accoutrement.

La lanterne éclairait le profil de Kevin, et donnait un éclat cuivré à ses cheveux ondulés. La lumière effleurait les longues manches flottantes de la chemise blanche qu'il venait juste de prendre chez la couturière. Il portait par-dessus un pourpoint sans manches, serré à la taille, et des chausses qui moulaient ses jambes musclées. La couleur grise le flattait, et d'une certaine façon, rendait plus intense le bleu de ses yeux. Mara baissa le regard... L'effet était gâché au niveau des chevilles, car il portait encore les vieilles sandales usées qu'on lui avait remises le jour de son arrivée. Conscient que la dame regardait ses pieds, Kevin se mit à rire.

— Les bottes ne sont pas encore terminées.

Il semblait très exotique, beau d'une façon barbare. Fascinée par le spectacle qu'il offrait, Mara oublia de le réprimander pour ne pas avoir respecté l'étiquette. Mais cette fois, Kevin resta courtois. Il fit sa révérence à la façon midkemianne, en s'inclinant depuis la taille.

— Est-ce la façon dont vous témoignez votre respect pour les dames de votre Royaume ? demanda Mara d'une voix assez acide, surtout parce qu'elle ne parvenait pas à détacher son regard de ses larges épaules étrangement vêtues.

Kevin lui rendit un sourire malicieux.

— Pas tout à fait. Ai-je votre permission ?

Mara inclina la tête, puis sursauta quand il tendit le bras et lui prit la main.

— Nous saluons nos dames comme ceci.

Il porta avec confiance les doigts de Mara à ses lèvres. La caresse fut très douce, à peine l'effleurement de la chair contre la chair. Mara frissonna légèrement et se raidit pour s'écarter de lui.

Mais Kevin n'avait pas fini de prendre des libertés. La sensation de porter de vrais vêtements et la douceur de la nuit lui donnèrent de la témérité. Il affermit sa prise, pas assez pour que la dame ne puisse pas lui échapper si elle le désirait, mais suffisamment pour qu'elle doive lutter si elle ne voulait pas suivre ses mouvements.

— Et, de temps en temps, nous emmenons les dames danser, l'invita-t-il, et il la remit sur ses pieds, l'attrapa légèrement par la taille, et la fit tournoyer à la lumière de la lanterne.

Mara rit de surprise, ne se sentant pas le moins du monde menacée. Heureuse d'être distraite de ses souvenirs troublés et douloureux, la dame des Acoma s'abandonna à ce simple instant de plaisir. Et entre le rire essoufflé de Kevin et le parfum enivrant des fleurs, elle découvrit que le contact du Midkemian était plaisant. Sa force ne l'intimidait pas mais était chaleureuse. Aussi petite qu'une poupée entre ses mains, elle tenta de suivre son rythme ; mais elle ne connaissait pas les pas de sa danse de sauvage. Elle laissa traîner ses pieds et Kevin trébucha. Elle sentit alors les muscles de son cavalier se tendre. Il avait des réflexes aussi vifs que ceux d'un félin. Mais le pas en arrière qu'il fit pour retrouver son équilibre rencontra malencontreusement le panier que Mara avait abandonné sur le sentier.

La corbeille d'osier se renversa, jonchant le gravier de kekali. Kevin trébucha sur le côté, entraînant Mara avec lui. La chute survint trop rapidement pour que la dame puisse crier. Prise dans les bras de Kevin, elle le sentit tourner ses épaules pour amortir l'impact. Elle atterrit de tout son long en travers de la poitrine du jeune homme, légèrement essoufflée, et toujours retenue dans ses bras. Les mains de Kevin glissèrent, descendirent le long de son dos, et s'arrêtèrent à sa taille.

— Vous allez bien ? demanda-t-il d'une voix étonnamment grave.

Submergée par un flot de sensations étranges, Mara ne répondit pas immédiatement. Kevin changea de position sous elle. Il libéra une main et ramassa une fleur de kekali sur le sol. Il pinça la tige entre ses dents et, au toucher, la débarrassa de ses épines. La lumière de la lanterne adoucissait les angles de son visage alors qu'il finissait et glissait doucement la fleur dans les cheveux de Mara.

— Chez moi, nous avons des fleurs qui ressemblent beaucoup à celles-ci, mais nous leur donnons un autre nom.

Mara ferma les yeux pour lutter contre une étrange bouffée d'émotion, comme une sorte de vertige. Les doigts de Kevin caressèrent son cou alors qu'il finissait de glisser la fleur dans ses cheveux, puis s'écartèrent, ce qui lui serra le cœur. D'une voix rauque, elle demanda :

— Quel nom ?

— Des *roses*.

Kevin sentit le léger frisson qui parcourait la peau de Mara. La main sur son dos se déplaça, la rapprochant de lui. Doucement, il ajouta :

— Bien que nous n'en ayons aucune possédant cette merveilleuse nuance de bleu.

Sa caresse était hésitante, et si douce qu'elle n'effrayait pas Mara. Consciente malgré son trouble qu'il tentait de la réconforter, elle ne s'écarta pas de lui. Pendant un instant, il resta immobile, comme s'il attendait une réaction.

Mara n'en eut aucune. Elle sentait son corps étrangement alangui. Comme elle ne bougeait pas, Kevin la maintint un peu plus fermement. Il remua à nouveau, jusqu'à ce que la hanche de Mara repose au creux de son ventre, et que ses cheveux libérés de leurs épingles tombent en cascade sur le col ouvert de sa chemise. Il passa sous son bras la main qu'il avait posée sur le dos de la jeune femme, et suivit l'encolure de sa robe. Cette caresse alluma un incendie en elle, une chaleur qui semblait la faire fondre de l'intérieur.

— Dame ? demanda-t-il doucement.

De son autre main, il écarta les cheveux du visage de Mara. Elle vit que les yeux du Midkemian étaient grands ouverts, les pupilles noires à la lumière de la lanterne, et les iris d'étroites bandes d'argent.

— Désirez-vous ceci ? Sur mon monde, un homme offre des roses à une dame quand il l'aime.

— Je me soucie très peu de l'amour, répondit Mara, d'une voix qui semblait étrangement rauque, même à ses propres oreilles. (Elle sentit son corps se tendre contre celui de Kevin.) Mon époux m'a appris à ce sujet bien plus que je ne l'aurais voulu.

Kevin soupira, changea de position et la souleva. Confondue par sa force, elle éprouva une sensation vertigineuse de familiarité, qui raviva le souvenir d'une époque où elle n'était qu'une petite fille que les mains puissantes de son père guerrier soulevaient doucement. Mara ne se sentait pas en danger, car en dépit de la puissance de ces mains, leur contact était aimant. Elle sentit une bouffée d'air froid quand Kevin s'écarta d'elle, et l'assit doucement sur le banc. Sa robe s'était entrouverte. Il ne regardait pas sa poitrine découverte, mais sondait les profondeurs de ses yeux. Son regard suivit le sien alors qu'il reculait prudemment, attendant ses ordres.

Mara s'installa sur le siège de pierre et retrouva un semblant d'aplomb. Mais la maîtrise de soi qu'elle avait assimilée presque comme une seconde nature lui revint difficilement. En son for intérieur, elle restait plongée dans la confusion ; en dépit du souvenir de la brutalité de son époux, en dépit de ses peurs profondément enracinées, son corps suppliait d'être à nouveau touché par une force si tendre. Kevin ne fit aucun geste vers elle, et cela ne fit que l'embraser encore plus. Luttant pour imposer une logique à sa confusion, Mara ne dit rien, et ce fut Kevin qui dut adoucir la gêne du moment.

— Ma dame, reprit-il, et il s'inclina à nouveau depuis la taille.

Pour une raison inconnue, ce mouvement fit frissonner Mara. Kevin lui tourna le dos, se pencha, et commença méthodiquement à ramasser les fleurs éparpillées sur le sentier.

— Un homme peut aussi offrir une rose à une femme s'il l'admire et la respecte. Gardez cette fleur dans vos cheveux ; elle vous va à ravir.

Mara tendit la main et toucha la fleur toujours fichée dans une mèche de cheveux, au-dessus de son oreille. Elle fut alors fascinée par le jeu des muscles de Kevin sous son ample chemise blanche. La sensation dans son ventre devint douloureuse. Elle frissonna encore quand le Midkemian tendit les bras pour récupérer le panier renversé. La lumière de la lanterne jouait dans ses cheveux et sur ses poignets nerveux, alors qu'il rangeait les fleurs qu'il venait de ramasser. Quelques-unes restaient à terre, écrasées durant la chute des deux danseurs, et alors que Kevin se relevait pour lui rendre le panier, il grimaça.

— Maudites soient ces épines.

Mara ressentit immédiatement du remords. Émue par un instinct qui ne lui était pas familier, elle tendit le bras et toucha le dos de la main de Kevin.

— As-tu été blessé ?

Kevin la regarda avec un sourire ironique.

— Non, dame. Je ne peux tout de même pas considérer comme une blessure quelques égratignures reçues à votre place.

— Laisse-moi voir, exigea Mara, poussée par une témérité qui lui donnait le vertige.

Le barbare la regarda, cachant bien sa surprise. Puis sa grimace se transforma en sourire.

— Je suis aux ordres de ma dame.

Il dénoua les lacets de ses poignets, ôta sa chemise dans un mouvement d'une souplesse admirable, et enfourcha à califourchon le banc pour s'asseoir devant elle.

Mara hésita devant le dos qu'il lui présentait. À la lumière de la lampe, elle voyait clairement les marques d'égratignures et les épines de kekali fichées dans sa chair. Tremblante, maintenant, et effrayée, elle tâtonna cependant jusqu'à ce qu'elle trouve le mouchoir que Jican lui avait prêté. Hésitante, elle tapota une griffure. Kevin restait immobile. Sous ses doigts, la peau du Midkemian lui semblait aussi douce que la soie. Ce n'était pas du tout ce à quoi elle s'attendait. L'étoffe du mouchoir s'accrocha sur une épine. Doucement, Mara l'extirpa. Elle passa ses doigts de plus en plus bas, trouva de nouvelles épines, les ôta, jusqu'à ce qu'il n'en reste plus une seule. Ses mains ne voulaient plus quitter ce corps. Elle caressa ses flancs, sentit les muscles durs qui les tendaient, puis tressaillit. Elle s'écarta vivement avec un cri étranglé quand le souvenir de Buntokapi la fit sursauter.

Kevin lança son genou au-dessus du banc et se retourna vivement pour la regarder.

— Dame ? Quelque chose ne va pas ?

L'inquiétude dans sa voix brisa le cœur de Mara. Elle lutta contre les larmes et perdit la bataille.

— Dame, murmura Kevin. Pourquoi pleurez-vous ?

Il la prit dans ses bras et la maintint, tremblante, au creux de son épaule. Mara se raidit, s'attendant à chaque instant à ce que ses mains deviennent brutales, qu'elles arrachent ses vêtements et frappent les parties les plus tendres de son corps. Mais rien ne se passait. Kevin la tenait simplement dans ses bras, immobile, et peu à peu la peur de Mara s'estompa. Elle comprit qu'il n'allait pas être violent, et qu'il ne cherchait qu'à la réconforter.

— Qu'est-ce qui vous trouble ? demanda-t-il une nouvelle fois.

Mara se détourna un peu, puis se rendit à sa chaleur et s'appuya contre lui.

— Des souvenirs, répondit-elle doucement.

C'est alors que les mains de Kevin se durcirent. Il la saisit fermement, la souleva, et la déposa sur ses genoux.

Mara se ressaisit juste à temps pour ne pas crier. La honte lui brûlait les joues, car elle avait failli déshonorer ses ancêtres. Elle retint son souffle pour ne pas appeler Lujan, puis l'étreinte de Kevin se desserra. Il lui caressait les cheveux, à nouveau très tendre, et le soulagement la fit une nouvelle fois fondre en larmes.

— Vos souvenirs doivent être cruels, lui murmura Kevin à l'oreille. Je n'ai jamais vu une femme aussi belle que vous autant effrayée par les attentions d'un homme. On dirait que quelqu'un vous battait quand un autre homme vous aurait embrassée tendrement.

— Bunto, répondit Mara, d'une voix qui n'était plus qu'un murmure.

Sa froideur était étonnante, provoquée par un ressentiment qu'elle avait celé jusqu'à maintenant, sauf en confidence à Nacoya.

— Il aimait frapper ses femmes. Sa concubine, Teani, aimait être brutalisée. (Elle marqua une pause et reprit Je ne pense pas pouvoir jamais l'accepter. Peut-être cela fait-il de moi une lâche. Je m'en moque. Je suis juste heureuse de ne plus avoir d'époux pour partager ma couche.

C'était maintenant Kevin qui gardait le silence, tellement choqué qu'il prit le menton de Mara dans sa main pour qu'elle le regarde.

— Sur ma terre, un mari qui frappe sa femme n'est qu'un vulgaire criminel.

Mara réussit à esquisser un faible sourire.

— Comme nos cultures sont différentes. Ici, une épouse n'a aucun droit sur sa vie, à moins qu'elle ne soit souveraine. Un homme peut régenter sa femme comme si elle était une esclave et, aux yeux des autres hommes, sa virilité sera augmentée par la soumission de son épouse.

La colère de Kevin transparaissait maintenant dans sa voix.

— Alors, vos seigneurs ne sont que des barbares. Les hommes doivent traiter les femmes avec respect et bonté.

Mara sentait l'excitation couler dans ses veines. Nacoya lui disait bien de temps en temps que tous les hommes ne se comportent pas comme Buntokapi ; mais le fait qu'ils possèdent le droit divin d'être brutaux l'avait amenée à se méfier même d'Hokanu, dont les manières lui semblaient pourtant douces. Alors qu'elle n'osait pas se donner à un soupirant de sa propre culture, elle se sentait étrangement en sécurité avec Kevin.

— Alors, ton peuple traite ses épouses et ses amantes comme des fleurs, les chérissant sans leur infliger de souffrances ?

Kevin hocha la tête, caressant les épaules de la jeune femme aussi légèrement que les ailes d'un petit oiseau.

— Montre-moi, murmura Mara.

Son corps était parcouru de picotements sous l'effet des caresses de Kevin, et elle sentait, à travers les chausses, la pression de sa virilité éveillée.

Les sourcils du barbare se levèrent avec malice.

— Ici ?

La sensation de brûlure monta en Mara, et devint insupportable.

— Ici, répéta-t-elle doucement. Ici et maintenant, je te l'ordonne. (Quand il eut l'air de vouloir protester, elle ajouta Personne ne nous dérangera. Je suis la souveraine des Acoma.

Même maintenant elle restait tendue, comme si elle s'attendait à être maltraitée à n'importe quel instant. Kevin sentit sa nervosité.

— Dame, chuchota-t-il, en ce moment, vous ne régnez pas que sur les Acoma.

Il inclina la tête pour embrasser ses lèvres.

Sa caresse était aussi douce qu'un murmure. Rassurée, Mara se rendit presque immédiatement. Puis, alors que la légèreté du contact aiguisait son désir, elle s'appuya contre lui, demandant plus. Mais les mains de Kevin restèrent douces. Il caressa sa poitrine à travers l'étoffe de sa robe, la rendant folle par la douceur de ses gestes. Les mamelons de Mara devinrent durs et chauds. Elle désirait le contact de ses doigts sur sa peau nue, plus désespérément qu'elle n'avait jamais rien voulu.

Kevin n'accéda pas à son désir. Pas immédiatement. Bien qu'il soit un barbare, il agissait comme si sa robe même était précieuse. Il fit lentement glisser la soie de ses épaules. Mara gémit et frissonna. Elle tira sur la chemise du jeune homme, voulant sentir son contact, mais ses mains s'emmêlèrent dans le vêtement peu familier. Quand ses doigts trouvèrent enfin la peau de Kevin, elle hésita, voulant lui rendre les sensations qu'il lui offrait, mais ne sachant que faire.

Kevin lui saisit les poignets, la caressant toujours comme si sa chair était fragile. Ses attentions firent encore monter son désir, la tourmentèrent jusqu'à une extase qu'elle n'avait jamais rêvé connaître. Elle n'aurait pu dire à quel moment il fit complètement glisser sa robe et toucha sa poitrine de ses lèvres. Le monde s'évanouit dans un tourbillon d'éblouissements, et elle gémit quand elle sentit le contact de sa chair contre ses reins.

Les vêtements midkemians étaient plus compliqués que les habits tsurani. Kevin dut faire glisser Mara sur le côté pour retirer ses chausses. Finalement, ils se retrouvèrent dans l'herbe, éclairés par le mince croissant doré de la lune de Kelewan, et par la douce lueur de la lanterne. S'abandonnant au plaisir dans les parfums des kekali en fleur, emportée par la passion d'un barbare aux cheveux roux, Mara découvrit ce que c'est d'être une femme.

Plus tard, empourprée par l'exaltation d'une nouvelle libération, Mara revint dans sa chambre. Nacoya l'y attendait pour lui donner la nouvelle d'une transaction commerciale à Sulan-Qu, et y avait apporté un plateau avec un repas léger. Un regard sur le visage de sa maîtresse lui suffit pour oublier le contenu du parchemin.

— Que Lashima soit remerciée, fit-elle en interprétant correctement la raison de l'euphorie de Mara. Vous avez enfin découvert la joie d'être une femme.

Mara rit, un peu essoufflée. Elle fit une pirouette de petite fille et s'assit sur les coussins. Kevin la suivait, les cheveux toujours ébouriffés et le visage prudemment plus sobre. Nacoya l'observa attentivement pendant un moment. Puis, pinçant les lèvres dans un geste de légère désapprobation, elle se tourna vers sa maîtresse.

— Ma dame, vous devez renvoyer votre esclave.

Mara releva le regard, sa première réaction de surprise se changeant en contrariété.

— Premier conseiller, je ferai ce qu'il me plaira avec mon esclave.

Nacoya s'inclina profondément pour témoigner son respect envers sa maîtresse. Puis elle continua comme si Kevin n'était pas présent.

— Fille de mon cœur, tu as maintenant découvert les merveilles du sexe. Cela est bien. Et tu n'es pas la première grande dame à te servir d'un esclave pour cela. Non seulement c'est utile, mais c'est aussi sage, car aucun esclave ne peut t'utiliser. Cependant, Desio des Minwanabi se tient prêt à exploiter la moindre faiblesse, même la plus infime. Vous ne devez pas commettre d'erreurs et laisser les plaisirs de la chair vous dominer. Vous ne devez pas vous amouracher de ce Midkemian. Il faut le renvoyer pour que vous gardiez l'esprit clair, et vous devriez prendre un ou deux hommes différents dans votre couche, rapidement, pour apprendre qu'ils sont simplement... utiles.

Mara restait immobile, lui tournant le dos.

— Je trouve cette discussion inopportune. Laisse-moi immédiatement, Nacoya.

Le premier conseiller des Acoma lui fit une révérence encore plus profonde.

— À vos ordres, dame.

Elle se leva avec raideur et, après avoir lancé un dernier regard appuyé à Kevin, quitta la pièce. Alors que le claquement indigné de ses sandales s'évanouissait dans le couloir, Mara fit un signe à son esclave.

— Rejoins-moi, l'invita-t-elle. (Puis elle retira sa robe entrouverte et retomba nue sur les coussins de la natte qui lui servait de lit.) Montre-moi encore comment les hommes de ton pays aiment leurs femmes.

Kevin lui rendit son habituel sourire ironique. Puis il leva les yeux au ciel dans un geste feint de supplique.

— Priez vos dieux qu'ils m'en donnent la force, murmura-t-il.

Puis il se défit de sa chemise et de ses chausses, et la rejoignit.

Plus tard, alors que la lumière des lampes faiblissait, Mara restait éveillée dans les bras de Kevin. Elle réfléchissait à la joie qu'elle avait trouvée au milieu de tant de soucis. Elle tendit la main et lissa les cheveux ébouriffés de son amant. Elle regarda les égratignures qui marquaient ses épaules, provoquées par les épines acérées des kekali ; les blessures étaient superficielles, et commençaient déjà à cicatriser. Ce n'est qu'à cet instant que Mara apprécia la nature douce-amère de l'amour qu'elle avait enfin trouvé.

Kevin était, et resterait toujours, un esclave. Il existait certains absolus dans sa culture, indiscutables, et ce fait en était un.

Se sentant mélancolique, et fronçant les sourcils en observant la lune décroissante qui brillait à travers la cloison, Mara se demanda si la malchance qui avait terrassé son père et son frère ne risquait pas de s'attacher à ses pas. Elle pria désespérément Lashima pour que le sang des égratignures de Kevin n'ait pas transpercé sa chemise et touché le sol. Le seigneur Desio des Minwanabi avait placé le serment de vengeance de sa maison entre les mains de Turakamu. Avec ou sans invitation, le dieu de la mort faisait ce qu'il voulait. S'il choisissait de favoriser les Minwanabi, les Acoma seraient balayés, sans laisser de traces sur terre ni dans la mémoire des hommes.

7

LA CIBLE

Mara remua.

Sa main effleura une peau chaude, et elle s'éveilla en sursaut. Dans les ténèbres qui précédaient l'aube, Kevin se dessinait comme une silhouette grise et noire. Il n'était pas endormi, mais s'était appuyé sur son coude pour mieux la regarder.

— Tu es très belle, dit-il.

Mara sourit d'un air ensommeillé et se nicha dans le creux de son coude. Elle se sentait fatiguée mais heureuse. Durant les mois où Kevin était venu dans son lit, elle avait découvert de nouveaux aspects en elle, un côté sensuel, un côté tendre, qui étaient restés cachés jusqu'à maintenant. Les plaisirs qu'elle partageait avec le barbare faisaient des brutalités de son mariage un rêve lointain et déplaisant.

D'humeur badine, elle passa ses doigts dans les poils de la poitrine de Kevin. Elle avait appris à apprécier leurs discussions matinales après l'amour autant que les réunions avec ses conseillers. D'une façon qu'elle ne comprenait pas complètement, elle apprenait beaucoup de choses à son contact. Sa nature était bien plus secrète qu'elle ne l'avait deviné au premier abord ; elle comprenait maintenant que ses manières directes et franches venaient d'un trait culturel de surface, qui masquait ses sentiments intimes. Kevin restait intentionnellement vague sur sa vie avant sa capture et sur sa famille. Même si elle lui posait souvent des questions, il évitait de parler de l'avenir, comme si à ce sujet aussi il dissimulait ses intentions. Il était très différent d'un véritable Tsurani, mais Mara jugeait son caractère complexe et profond. Elle trouva étonnant qu'un tel homme puisse être un soldat ordinaire, et se demanda si d'autres personnes possédant un tel potentiel n'étaient pas cachées dans les rangs de ses guerriers.

Kevin dit quelque chose, troublant sa méditation.

Mara lui sourit avec indulgence.

— Qu'as-tu dit ?

Plongé dans ses pensées, il réfléchissait à haute voix.

— Quels contrastes étranges existent sur ton monde.

Alertée par son intonation inhabituelle, Mara concentra son attention sur lui.

— Qu'est-ce qui te gêne ?

— Mes pensées sont-elles si transparentes ?

Kevin haussa les épaules, un peu embarrassé. Il resta silencieux un long moment, puis ajouta :

— Je pensais au quartier pauvre de Sulan-Qu.

— Mais pourquoi ? l'interrogea Mara en fronçant les sourcils, et en tentant de le rassurer. On ne te laissera jamais avoir faim.

— Avoir faim ?

Surpris, Kevin marqua une pause. Il prit une inspiration rapide, puis observa attentivement Mara, comme s'il pouvait percer son esprit féminin en l'étudiant intensément. Finalement, arrivant à une sorte de conclusion intérieure, il admit :

— Jamais dans ma vie je n'ai vu souffrir des gens en aussi grand nombre.

— Mais vous devez aussi avoir des pauvres dans le Royaume des Isles, rétorqua Mara d'une voix indifférente. Sinon, comment les dieux manifesteraient-ils leur mécontentement devant la conduite d'un homme, s'ils ne le faisaient pas renaître dans une condition inférieure ?

Kevin se raidit.

— Qu'est-ce que les dieux ont à voir avec les enfants affamés, la maladie et la cruauté ? Que faites-vous de la vertu des bonnes actions et de la charité ? Vous ne faites pas l'aumône sur cette terre, ou tous les nobles tsurani sont-ils nés cruels ?

Mara se redressa, éparpillant des coussins sur le plancher ciré.

— Tu es un homme vraiment étrange, observa-t-elle d'une voix qui trahissait une note de panique.

Même si elle avait souvent détourné les traditions, elle n'avait jamais remis en question la toute puissance des dieux. Oser cette hérésie était inviter la destruction la plus totale. Mara comprenait que d'autres nobles ne soient pas très fermes dans la foi de leurs ancêtres, mais elle-même était pieuse. Si le destin ne lui avait pas remis le sceptre de souverain des Acoma, elle aurait voué sa vie au service contemplatif de la déesse Lashima. La vérité ultime était que les dieux déterminaient l'ordre de l'empire. La remettre en question minait le concept même de l'honneur, la fondation de la société tsurani. La loi divine instaurait l'ordre dans l'empire et donnait un sens à chaque chose, depuis la certitude de la récompense ultime pour un service honorable jusqu'au droit des nobles à gouverner, en passant par les contraintes du jeu du Conseil pour qu'il ne provoque jamais de carnage.

Par une remarque insouciante, le barbare avait remis en question le tissu même des croyances tsurani.

Mara garda difficilement son sang-froid, frappée en son for intérieur par une série d'implications alarmantes. Les plaisirs que Kevin lui faisait connaître ne pourraient jamais compenser la direction dangereuse que prenaient ses pensées. Il ne devait pas être autorisé à énoncer des blasphèmes aussi stupides, surtout devant

Ayaki ; le petit garçon aimait Kevin à la folie, et quand le futur seigneur des Acoma dirigerait sa maison, l'incertitude ne devrait jamais faire vaciller sa résolution. Vaincre d'autres maisons grâce à la faveur des dieux était une chose ; croire vainement que la consécration était seulement due à l'intelligence, à la compétence et à un facteur aléatoire de chance était... était moralement destructeur et impensable ! Cernée, n'ayant plus qu'une seule option, la dame des Acoma choisit sa voie.

— Laisse-moi, dit-elle d'une voix sèche.

Elle se leva immédiatement et frappa brusquement dans ses mains pour appeler ses servantes. Bien que le soleil ne se soit pas levé et que les cloisons soient encore fermées pour la nuit, deux servantes et un domestique répondirent à son appel.

— Habillez-moi immédiatement, ordonna la dame.

Une servante se précipita pour choisir une robe, tandis que l'autre prenait la brosse et le peigne pour coiffer sa maîtresse. Le domestique rangea les coussins éparpillés et ouvrit les cloisons. Que Kevin se trouve sur son chemin ne semblait pas le gêner. Vieux, ridé, enraciné dans les habitudes de son travail, il s'occupait de remettre la chambre en ordre comme s'il était sourd.

Mara glissa les bras dans la robe de soie de couleur rose que lui tendait la servante. Elle se tourna et vit Kevin debout, nu, ses chausses et sa chemise sur le bras, une expression ébahie sur le visage. Le visage de la dame restait sévère, ses yeux sombres impénétrables et durs.

— Jican m'a dit que le travail de défrichage de la forêt pour mes nouveaux pâturages de needra avance lentement. C'est surtout la faute de tes compatriotes, qui se plaignent sans cesse et refusent de faire leur part de travail.

La servante au peigne releva les cheveux de Mara sur sa nuque, et commença à les rassembler d'une main experte pour former une coiffure complexe. Mara continua d'un ton égal, pendant que la servante séparait chaque longue mèche pour la mettre en place et tirait sa tête d'un côté ou de l'autre.

— Je veux que tu t'en charges, annonça Mara. Le printemps arrivera bien trop rapidement, et les troupeaux de needra vont grandir. Tu auras autorité sur mes contremaîtres et tu auras le droit de changer tous les détails que tu juges nécessaire. En échange, tes compatriotes cesseront de paresser. Ils couperont les arbres et prépareront les nouveaux champs avant que naisse le premier veau. Tu peux les dorloter et satisfaire tous leurs besoins, tant que le travail est fait. S'ils ne terminent pas à temps, je ferai pendre un homme au hasard chaque jour où mes nouveaux pâturages ne seront pas terminés, à partir de la fête du printemps.

Kevin parut déconcerté, mais il hocha la tête.

— Devrai-je revenir ce soir, ou... commença-t-il.

— Tu resteras avec les ouvriers, dans le campement installé dans la prairie.

— Quand reviendrai-je...

— Quand je déciderai de te faire appeler, l'interrompit froidement Mara. Pars, maintenant.

Kevin s'inclina, son visage exprimant l'étonnement et la colère. Portant toujours ses vêtements sur le bras, il sortit de la pièce. Le soldat de garde devant la porte ne changea pas d'expression quand le barbare entra dans le couloir. Le Midkemian regarda le guerrier immobile comme s'il lui avait dit quelque chose, puis laissa échapper un rire ironique.

— Que je sois maudit si j'arrive à la comprendre, moi aussi, lui confia-t-il, en proie à une frustration intense.

Les yeux du soldat se fixèrent sur Kevin, mais ses traits restèrent impassibles.

Malgré la présence des domestiques, Mara entendit le commentaire de Kevin. Elle entendit la souffrance dans sa voix, qu'il ne cherchait même pas à dissimuler, et ferma les yeux pour chasser les larmes qui menaçaient inexplicablement de couler. Le décorum tsurani l'empêchait de montrer ses émotions, mais tout son être hurlait du désir de rappeler Kevin. La femme qui l'aimait voulait soulager sa peine, mais la dame des Acoma ne devait pas se laisser gouverner par son cœur. Mara dissimula son angoisse derrière un masque impénétrable, pendant que ses serviteurs s'occupaient discrètement d'elle.

Effrayée à l'idée de bouger, effrayée même à l'idée de soupirer de peur de perdre son sang-froid et de sombrer dans une crise de sanglots incontrôlable, Mara demanda un repas d'une petite voix. Elle désirait de tout son cœur une libération, mais les larmes étaient honteuses pour la dame des Acoma. Être émue par les paroles d'un esclave barbare, se sentir désolée par son absence, n'était pas convenable pour la maîtresse d'une grande maison. Mara ravala sa douleur, d'autant plus forte qu'elle savait qu'elle avait blessé Kevin pour se sauver elle-même. Elle ne trouva aucun soulagement dans la maîtrise qu'elle exerçait sur ses nerfs, pas plus que les chants silencieux de méditation qu'elle avait appris au temple de Lashima ne l'aidèrent à apaiser sa douleur. Quand son plateau de petit déjeuner arriva, elle picora sans appétit et resta le regard perdu dans le vide. Ses serviteurs restaient respectueux et silencieux. Liés par des traditions aussi rigides que les siennes, ils attendaient ses prochains ordres sans juger sa conduite.

Mara leur fit enfin un geste, et les domestiques retirèrent le plateau du petit déjeuner à peine touché. Déterminée à maîtriser son trouble, Mara fit appeler ses conseillers pour une réunion. Ils la rejoignirent dans son cabinet de travail, Keyoke aussi alerte que d'habitude, le plumet de son grade de commandant constituant la seule décoration de son armure ordinaire et usagée. Il était debout depuis bien avant l'aube pour organiser les patrouilles des frontières, et ses sandales étaient encore humides de rosée. Nacoya, généralement assez ensommeillée le matin, s'anima vivement quand elle remarqua l'absence de Kevin en terminant sa révérence. Elle laissa échapper un soupir de soulagement perceptible : sa maîtresse était enfin revenue à la raison et avait renvoyé le barbare.

Irritée par la satisfaction insolente de la vieille femme, Mara réprima une envie de frapper la joue ridée de Nacoya. Puis, honteuse de son ressentiment inconvenant, elle attendit l'arrivée de son hadonra. Alors qu'elle était sur le point d'envoyer son coursier le chercher, Jican arriva. Essoufflé, il s'inclina très bas et s'excusa longuement pour son retard. Mara se rappela tardivement qu'elle était responsable de ce délai pour avoir réorganisé sommairement les travaux des ouvriers, et interrompit les excuses de son hadonra.

— Je veux la liste de tous nos actifs que tu juges vulnérables, et que nos ennemis pourraient attaquer, lui ordonna Mara. Desio peut nuire à notre commerce dans d'autres domaines que la production de soie, soit en cassant les prix, soit en achetant les guildes qui évaluent la qualité de nos marchandises. Il peut étouffer certains marchés, couper des routes commerciales, corrompre des intendants, menacer des acheteurs. Des navires peuvent être coulés, des chariots renversés, des entrepôts brûlés ; rien de tout cela ne doit survenir.

— Cela ne ressemble pas au style de Desio, intervint une voix sèche depuis la porte qui ouvrait sur les jardins.

Arakasi entra par la cloison partiellement ouverte, ombre grise se découpant dans l'aube brumeuse. Mara réussit à peine à réprimer sa surprise. Keyoke et les gardes postés dans le couloir portèrent tous la main à leur arme. Le maître espion s'inclina, choisit une place parmi les conseillers, et d'un froncement de ses sourcils indiqua qu'il avait des nouvelles. Mara lui donna sa permission, et le maître espion s'assit à la table, en pliant ses longs doigts sur ses genoux.

Il reprit comme si sa présence avait été prévue depuis le début.

— Mais il est vrai que le jeune seigneur des Minwanabi n'est pas au pouvoir depuis assez longtemps pour avoir développé son propre style.

Comme s'il était toujours en train de formuler ses conclusions, le maître espion caressa la mèche de cheveux tressée à la manière des marchands, qu'il avait arborée pour son dernier déguisement sur la route.

— Une chose est claire, cependant : Desio dépense de grandes sommes d'argent. Les marchés d'ici à Ambolina croulent sous les marchandises minwanabi, et, d'après les rares informations que j'ai obtenues auprès de notre agent employé comme vendeur par Desio, je présume que cet argent est investi en cadeaux, pots-de-vin et faveurs.

Inquiétée par ces nouvelles, Mara se mordit les lèvres.

— Des pots-de-vin ? Pour quoi ? murmura-t-elle d'un ton rêveur. Il faut que nous l'apprenions.

La voix grave de Keyoke interrompit ses réflexions.

— Ce matin, mes soldats ont capturé un étrange gardien de troupeau qui rôdait dans les pâturages, à la frontière du domaine tuscalora. Ils l'ont arrêté pour le questionner, mais l'homme s'est jeté sur son poignard plutôt que de révéler le nom de son véritable maître.

Les yeux d'Arakasi se fermèrent à demi alors qu'il réfléchissait, pendant que Nacoya prenait la parole.

— C'était probablement un espion de Jidu, envoyé pour épier les gardes qui protègent le pont au-dessus du ravin. (Le premier conseiller pinça ses lèvres, comme si penser au voisin méridional des Acoma lui laissait un mauvais goût dans la bouche.) La récolte de chocha-la des Tuscalora est pratiquement prête pour la commercialisation. Maintenant, même le hadonra à l'esprit gourd de Jidu a dû deviner que ses chariots n'emprunteront pas le pont de Mara pour rejoindre la route sans payer un péage.

Le maître espion se pencha en avant avec intérêt.

— Je ne parierais pas que ce bouvier appartienne à Jidu.

— Pas plus que je ne prends tes intuitions à la légère, Arakasi, intervint Mara en hochant la tête. (Puis elle ajouta à l'intention de Keyoke Nous devrions envoyer une patrouille garder les frontières du seigneur Jidu – discrètement, bien sûr. Ses guerriers sont bons, mais ils peuvent ne pas comprendre ce que gagneraient mes ennemis si les récoltes de leur maître étaient incendiées.

Keyoke inclina la tête, les mains au repos sur son épée, alors qu'il réfléchissait à cette mission délicate. Le seigneur Jidu des Tuscalora était peut-être négligent dans ses dépenses, mais ses soldats étaient d'excellents guerriers.

À ce moment, Jican donna timidement son avis.

— Le seigneur Jidu engage des ouvriers itinérants venant de Nesheska pour la récolte, quand elle est abondante. Cette année a été particulièrement productive. Peut-être que quelques-uns de nos guerriers pourraient se déguiser en ramasseurs de chocha-la et infiltrer les ouvriers dans les champs. Les contremaîtres ne connaîtront pas tous les visages étrangers, et, comme nos hommes ne recevront pas de salaire, leur présence ne sera pas remarquée pendant plusieurs jours.

Keyoke développa cette proposition :

— Mieux, et pour ménager l'honneur de nos guerriers, organisons des manœuvres de bataille dans les pâturages situés près du domaine du seigneur Jidu. Nos propres ouvriers infiltreront les groupes de ramasseurs tuscalora et, si des ennuis surviennent, ils pourront s'éclipser et alerter nos troupes.

Mara hocha la tête avec détermination.

— Très bien, faites-le.

Elle congédia ses conseillers, assurant Jican qu'elle étudierait les rapports financiers qu'il avait apportés après le repas de midi. Puis, indécise et désœuvrée, ce qui n'était pas dans ses habitudes, Mara se retira dans le jardin pour y trouver le calme. Mais les sentiers serpentant entre les buissons de kekali en fleur lui semblaient solitaires et vides dans la lumière du matin. La chaleur montante du jour l'oppressait. Alors que la dame errait parmi les massifs odorants d'akasi, ses pensées revinrent à ses nuits dans les bras de Kevin. Durant ces moments, ses sentiments lui avaient semblé profondément sincères, et maintenant l'absence de Kevin la faisait souffrir, comme si une partie de son être lui manquait. Elle inventa un millier de prétextes pour le faire venir – juste pour un instant, pour répondre à une question, pour jouer avec Ayaki, pour clarifier une règle obscure du jeu que son peuple appelait les osselets...

Des larmes brillaient dans les yeux de Mara, et elle trébucha, heurtant du pied une pierre qui dépassait sur le sentier. Sa rêverie se transforma en colère ; elle n'avait pas besoin de justification, elle était dame Mara, souveraine des Acoma ! Elle pouvait ordonner à ses esclaves de se rendre là où elle le voulait, sans donner d'explications à personne. Puis, comprenant sa propre folie avant de céder à son mouvement, elle affermit sa résolution. Sa maison était au bord de la ruine depuis la mort de son père et de son frère. Elle ne devait pas risquer de provoquer le mécontentement des dieux. Si elle échouait, si elle perdait de vue les traditions de ses ancêtres pour une affaire de cœur, tous les serviteurs acoma, depuis le dernier laveur de vaisselle jusqu'à ses bien-aimés conseillers, souffriraient. Leurs années de loyaux services et l'honneur de sa famille ne devaient pas être sacrifiés pour une idylle avec un esclave. Nacoya avait raison. Kevin était un danger, qu'il valait mieux écarter sans regret.

Maudit soit ce barbare, se dit-elle avec irritation. *Ne pouvait-il apprendre rapidement quelle était sa place, et devenir un véritable esclave tsurani ? Ne pouvait-il pas cesser d'avoir ces pensées malsaines et périlleuses ?* La tristesse se mêla à sa confusion, et à un profond mécontentement envers elle-même. *Je suis souveraine*, se gronda-t-elle intérieurement. *Je devrais savoir ce que je dois faire*. Malheureuse, Mara s'avoua :

— Mais je ne le sais pas.

Le serviteur assis près de la porte du jardin, et qui attendait les ordres de sa maîtresse, demanda :

— Ma dame ?

Mara se retint de lui répondre durement.

— Fais venir mon fils et sa nourrice. Je vais jouer un moment avec lui.

L'homme s'inclina en respectant parfaitement l'étiquette, et se hâta d'obéir à ses ordres. Immédiatement, l'humeur de Mara s'améliora. Rien ne ramenait plus sûrement un sourire sur ses lèvres que le rire turbulent de son fils alors qu'il chassait les insectes, ou qu'il courait jusqu'à perdre haleine dans le jardin.

Desio frappa la table de son poing dodu, renversant une chandelle et une douzaine de figurines de jade qui tombèrent sur le tapis. Un domestique nerveux se dépêcha de ramasser les objets épars, et le premier conseiller Incomo s'écarta pour ne pas être heurté par le socle d'une statue de déesse, qui roulait sur le sol.

— Mon seigneur, implora-t-il prudemment, vous devez faire preuve de patience.

— Mais Mara va bientôt gagner un vassal ! hurla Desio. Cet idiot paresseux de Jidu des Tuscalora ne voit même pas ce qui l'attend !

Le serviteur se releva, une demi-douzaine de sculptures précieuses serrées contre sa poitrine. Desio choisit ce moment pour frapper à nouveau la table. Le domestique se fit tout petit, et d'une main tremblante commença à remettre les ornements à leur place. Incomo contemplait le visage écarlate de son maître et soupirait en dissimulant son impatience. Il était fatigué par ces longues journées de claustration, pendant lesquelles il passait de longues heures à écouter les remarques sans intérêt d'un seigneur totalement dénué de subtilité. Mais jusqu'au retour de son cousin Tasaio, Incomo ne pouvait qu'endurer patiemment les déclarations tonitruantes de Desio.

— Si seulement nous pouvions organiser un raid pour brûler ses buissons de chocha-la, se plaignit le seigneur des Minwanabi. Jidu verrait que sa ruine est inéluctable, et nous pourrions le secourir en lui proposant un prêt, ce qui nous permettrait de gagner sa loyauté. Comment cette tête de needra ventripotent a-t-elle eu l'idée de dissimuler des espions parmi ses ouvriers ? Maintenant, il nous est impossible d'intervenir sans perdre notre crédibilité au Conseil.

Incomo ne se donna pas la peine d'énoncer l'évidence : avec leurs dépenses actuelles en pots-de-vin pour que Mara soit envoyée à Dustari, les finances des Minwanabi ne pouvaient plus être mises à contribution. De plus, le seigneur Jidu restait un emprunteur indélicat, avec une réputation d'ivrogne, de joueur, de noceur et de mauvais payeur. Sans oublier que Mara contrerait certainement un prêt des Minwanabi en ruinant Jidu, et s'assurerait ainsi que les fonds ne pourraient jamais être récupérés. Et même si elle restait dans l'ignorance de la transaction d'un ennemi, le problème ne serait que repoussé à l'année suivante. Incomo savait qu'il était inutile qu'il use sa salive en longues explications. Il se préparait à endurer une autre heure de récriminations, quand une voix se fit entendre près de la porte.

— Les espions cachés parmi les ouvriers n'appartiennent pas à Jidu, mais sont des agents de Keyoke, déclara Tasaio en entrant. C'est la raison pour laquelle deux cents guerriers acoma font des manœuvres sur les frontières du domaine de Jidu.

— Keyoke ! répondit Desio en écho tandis que son visage prenait une teinte violacée. Le commandant des armées Acoma ?

Le sourire de Tasaio s'effaça devant cette évidence.

— Protéger la récolte de chocha-la des Tuscalora est dans l'intérêt des Acoma, lui rappela-t-il.

— La sécurité de Mara est trop stricte, grogna Desio, mais avec un peu moins de chaleur.

Alors que le domestique, soulagé, finissait de disposer les ornements et s'évanouissait dans le paysage, le seigneur corpulent s'installa dans ses coussins.

— Nous ne pouvons pas envoyer un assassin empoisonner ce commandant avec la moindre garantie de succès – nous avons déjà perdu un homme qui tentait d'infiltrer les bouviers acoma. Et, d'après ce que j'ai découvert sur ce chef de troupe à la chance quasi-divine, Lujan, la mort de Keyoke ne nous apporterait peut-être pas grand-chose. Ce parvenu n'a peut-être été promu que récemment, mais il peut défendre de façon tout aussi compétente l'honneur des Acoma. Il faudrait aussi le tuer, mais il garde les appartements de la dame ! (La colère de Desio se ralluma.) Et si je pouvais envoyer un assassin aussi près, par les dieux, je lui ordonnerais plutôt de tuer Mara !

— C'est vrai, acquiesça Tasaio.

Avant que le mécontentement de Desio ne grandisse, le guerrier ôta le manteau drapé sur ses épaules cuirassées. Il jeta le vêtement à un domestique proche, et s'inclina devant son cousin avec une déférence parfaite. Puis il s'assit.

— Mon seigneur, les choses ont évolué.

Incomo perdit son expression acide, admirant le tact qui transformait la nervosité ronchonne du seigneur en impatience attentive.

Tasaio sourit, révélant des dents droites et blanches.

— J'ai découvert avec certitude l'identité des trois espions de Mara.

Desio resta silencieux un instant. La colère fuit son visage, rapidement remplacée par de la stupéfaction.

— Merveilleux ! dit-il doucement.

Puis, avec plus de plaisir qu'Incomo ne l'avait senti dans sa voix depuis la mort de son père, le jeune seigneur répéta :

— Merveilleux ! (Il frappa dans ses mains.) Il faut fêter cela, mon cousin.

Alors qu'un domestique se hâtait d'aller chercher une collation et une carafe d'un millésime rare de vin de sâ, le seigneur s'enfonça dans ses coussins, les yeux étrécis par des spéculations enthousiastes.

— Comment comptes-tu châtier ces traîtres, cousin ?

L'expression de Tasaio ne changea pas.

— Nous allons les utiliser comme pions, pour envoyer de faux rapports aux Acoma et organiser la mort de Keyoke.

— Ah ! fit Desio en faisant écho au sourire de son cousin alors que ses pensées anticipaient la suite des événements.

Le plan conçu la saison précédente semblait enfin prendre corps : tuer le commandant des forces acoma, et forcer Mara à commander personnellement les troupes sur le champ de bataille, où Tasaio pourrait la chercher et la tuer. Desio ferma le poing, avec un plaisir d'une intensité presque sexuelle.

— J'attends avec impatience le moment où la tête de cette chienne d'Acoma roulera sur le sol devant moi. Nous donnerons nos fausses informations aux espions cet après-midi.

Incomo étouffa un grognement de contrariété derrière sa main mais, si Tasaio partageait son impatience devant la bêtise de Desio, il n'en montrait pas le moindre signe.

— Mon cousin, reprit le guerrier d'une voix égale, envoyer ces rapports aujourd'hui serait gratifiant, je l'admets. Mais nous devons attendre le meilleur moment pour mettre à profit nos informations. Utiliser les agents de Mara maintenant révélerait à coup sûr notre infiltration de son réseau et nous ferait perdre notre avantage. Ces hommes ne sont pas de simples domestiques, mais des hommes qui, à leur manière, sont férocement loyaux envers les Acoma. Comme des guerriers, ils ont fait la paix avec les dieux et sont prêts à mourir à n'importe quel moment. Si Mara apprenait que nous les avons découverts, elle couperait tout simplement les ponts. Ils préféreraient mourir sur son ordre plutôt que de trahir sa confiance. Ils pourraient même tenter de s'enfuir pour rejoindre la sécurité de son domaine, ou tomber sur leur épée. Si le courage leur manque, nous pourrions avoir la petite satisfaction de les exécuter, mais nous ne gagnerions rien pour les Minwanabi.

Incomo acquiesça de son côté.

— Comme Mara possède trois agents chez nous, son maître espion cherchera certainement à infiltrer des remplaçants. Nous serons alors réduits à une autre longue recherche pour débusquer les nouvelles recrues.

Tasaio pressa son cousin.

— Ne faites aucune manœuvre directe avant l'automne. À ce moment-là, j'aurai réussi à introduire suffisamment de guerriers à Dustari pour avoir une bonne chance contre l'armée que les Xacatecas et les Acoma enverront contre les nomades. Pendant tout l'été, Mara se demandera quelle sera notre prochaine manœuvre cruciale. Elle restera éveillée toute la nuit à trembler dans l'obscurité, et enverra des espions, mais elle n'apprendra rien. Allons-nous tenter d'étouffer son commerce des céréales ? se demandera-t-elle. Allons-nous nous insinuer entre elle et ses alliés potentiels au Conseil ? Lancer des raids contre ses entrepôts isolés, là où ses finances sont vulnérables ? Laissons-la imaginer un millier de possibilités et s'angoisser pour chacune d'entre elles.

Tasaio se pencha en avant, le feu couvant dans ses yeux d'ambre.

— Puis, après la récolte, alors qu'elle sera épuisée par les soucis et aura poussé jusqu'à leurs limites ses espions inutiles, nous frapperons, continua le cousin minwanabi, en tapant dans ses mains aussi vite que s'il donnait un coup d'épée. Keyoke mourra, avec une compagnie des meilleurs soldats de Mara – et peut-être aussi son premier chef de troupe, Lujan. La maison acoma n'aura plus aucune cohésion militaire ; les officiers survivants que la dame promouvra et à qui elle remettra un nouveau plumet recevront des postes pour lesquels ils n'auront aucune expérience. Des troupes qui ont servi plus de trente ans sous le même commandant seront obligatoirement désorganisées. (Tasaio regarda Desio droit dans les yeux, toute son attitude exprimant la confiance.) Maintenant, cousin, supposons que nous augmentions la désorganisation des Acoma ? Supposons que l'appel du Grand Conseil pour Dustari arrive avant que les cendres de Keyoke n'aient eu le temps de refroidir ?

Les yeux de Desio s'illuminèrent. Bien que le plan lui soit aussi familier qu'une prière, sa répétition balaya ses doutes ; sa colère s'évanouit et, en observant son maître, Incomo vit la sagesse de la manipulation de Tasaio. Quand Desio doutait, il devenait instable et un véritable danger pour sa maison, car il agissait sans réfléchir. Le serment fait au dieu Rouge lors de l'investiture du jeune seigneur aurait pu provoquer un désastre. Mais, comme un maître tacticien, Tasaio transformait la bévue en victoire. Une nouvelle fois, Incomo se demanda pourquoi les dieux n'avaient pas échangé les pères des deux cousins, pour que l'homme vraiment brillant puisse porter le sceptre de seigneur au lieu de celui qui était au mieux à peine compétent.

Desio souleva difficilement sa masse des coussins et lâcha un ricanement de gorge. Le son gagna en force, jusqu'à ce que le jeune seigneur soit secoué par un fou rire.

— Mon cousin, tu es brillant, hoquetait-il entre deux crises de rire, vraiment brillant.

Tasaio inclina la tête.

— C'est en votre honneur, mon seigneur, et pour le triomphe des Minwanabi.

L'été vint, et les échantillons de soie des Acoma désorganisèrent tous les marchés des districts méridionaux. Les intendants des guildes du nord furent complètement pris par surprise. Ils ne pouvaient plus maintenant vendre dans le sud à prix d'or leurs marchandises de qualité inférieure. Les enchères furent un triomphe pour les Acoma, et le sujet des conversations de toutes les réunions de clan dans tout l'empire tsurani. Jican reçut assez de commandes pour donner du travail aux Cho-ja pendant cinq ans, et il devait se retenir pour ne pas danser de joie en présence de sa maîtresse. D'un seul coup, la situation monétaire des Acoma, qui étaient dangereusement à découvert, devint opulente. Auparavant, les Acoma étaient une maison assez aisée sans beaucoup de liquidités. Ils étaient maintenant devenus l'une des familles les plus riches du centre de l'empire, avec assez de réserves en liquide pour contrer toutes les menaces fomentées par leurs ennemis.

Mara sourit devant l'exaltation de son hadonra. La victoire sur le marché de la soie avait été longue à préparer, mais la souveraine n'eut pas le temps d'apprécier sa fortune durement gagnée. Juste une heure après l'annonce du succès des enchères, un autre messager apportait des nouvelles fraîches. Son voisin du sud, Jidu des Tuscalora, se présentait pour demander audience, vraisemblablement pour supplier qu'on lui offre de devenir le vassal des Acoma afin de sauver sa maison d'une ruine irrémédiable.

Cela provoqua une vague d'activités. Les hauts conseillers acoma se réunirent avec Mara pour accueillir le seigneur Jidu dans la haute salle. Une garde d'honneur, en armure de cérémonie, se disposa derrière son estrade. Avec Nacoya à sa droite, et Keyoke et Lujan à sa gauche, la dame veilla à ce que tout le protocole soit observé quand le seigneur obèse – splendide dans ses robes bleu pâle, et environné d'un nuage de parfums coûteux – présenta sa requête. Autrefois, l'âme tsurani de Mara se serait réjouie en voyant un adversaire obligé à se mettre à genoux devant elle, particulièrement parce que Jidu l'avait méprisée comme une gamine importune après la mort de son époux. Bien que son voisin ait autrefois donné l'ordre de la tuer avec sa garde et qu'elle ait vraiment failli mourir, l'humiliation d'un homme de deux fois son âge ne lui donnait aucun sentiment de triomphe. Peut-être Mara avait-elle mûri au cours de cette année passée ; l'influence des concepts étrangers de Kevin l'avait certainement changée.

Alors qu'autrefois elle n'aurait vu que la gloire des Acoma, elle ne pouvait maintenant s'empêcher de remarquer la haine dans les yeux cernés du seigneur Jidu quand il fit sa révérence. Elle percevait les différentes nuances de la colère dans sa voix, et ne pouvait s'absoudre entièrement de la responsabilité du fardeau de honte qu'il s'était lui-même imposé. Les épaules raides et les yeux étincelant d'une frustration trop intime pour être exprimée, le seigneur Jidu admit son état de dépendance envers la bonne grâce des Acoma.

Mara souhaita presque pouvoir changer l'issue de cette entrevue ; permettre à Jidu de racheter son honneur grâce à la générosité des Acoma, gagner sa gratitude et une alliance volontaire. Alors que Jidu prononçait la dernière phrase de sa requête, les paroles accusatrices de Kevin, lors de la dernière matinée où elle l'avait vu, la hantèrent : *« Tous les nobles tsurani sont-ils nés cruels ? »*

Et, cependant, montrer de l'indulgence envers le seigneur Jidu risquait d'être une faiblesse dangereuse. Dans les machinations du grand jeu, on ne pouvait faire preuve de pitié que si l'on était fort et inattaquable ; chez les petits ou les faibles, cela était considéré comme de la lâcheté. Le souverain des Tuscalora était peut-être négligent en matière financière, mais il disposait d'excellents guerriers et avait un véritable don pour la stratégie sur le champ de bataille. Étant donné son penchant pour les dépenses excessives, un ennemi pouvait très facilement acheter sa loyauté, et Mara n'osait pas laisser planer une telle menace sur sa frontière sud sans exercer une surveillance. En tant que vassal, Jidu ne pourrait pas conclure d'alliance sans l'accord des Acoma. L'honneur de sa maison serait déposé entre les mains de Mara et celles de ses héritiers, pendant toute la durée de la vie du seigneur Jidu. La suzeraineté de Mara serait si forte qu'il ne pourrait tomber sur son épée sans qu'elle lui donne l'autorisation de mourir.

— Vous passez des marchés durs et dangereux, dame Mara, l'avertit le seigneur des Tuscalora.

En effet, si les Tuscalora étaient réduits à devenir les pions des ambitions acoma, leur clan et les autres membres du Parti du serpent jaune seraient moins enclins à traiter avec elle à cause de sa domination sur l'un des leurs.

— Le grand jeu est une entreprise dangereuse, répondit Mara.

Ses paroles n'étaient pas une platitude vide de sens ; Arakasi la gardait informée des divers mouvements politiques en cours. Si un clan ou un parti tramait quelque chose contre sa famille, elle le saurait très rapidement. Son cœur était peut-être hésitant en ce qui concernait Jidu, mais ses options restaient irrémédiablement claires.

— Je choisis de recevoir votre serment, seigneur Jidu.

Le souverain des Tuscalora inclina la tête. Ses bijoux de perles cliquetèrent sur ses vêtements alors qu'il s'agenouillait pour signifier sa soumission, et réciter les paroles rituelles. Mara fit un geste, et Lujan sortit des rangs, portant l'épée ancestrale des Acoma, en métal rare. Alors que le chef de troupe plaçait la lame étincelante au-dessus du cou tendu de Jidu, le seigneur prêta son serment de vasselage. Sa voix dure résonnait d'une haine contenue et il tenait ses poings fermés dans une rage impuissante. Il termina la dernière phrase et se leva.

— Maîtresse. (Il prononça le mot comme s'il avalait du poison.) Je vous demande la permission de me retirer.

Sur un coup de tête, Mara refusa son consentement. Alors que le seigneur Jidu devenait écarlate et que sa garde d'honneur se raidissait, elle évalua la nécessité de contrôler cet homme contre son désir de diminuer son humiliation.

— Un moment, Jidu, dit-elle finalement. (Alors qu'il relevait les yeux, soupçonneux, Mara s'efforça de paraître compréhensive.) Les Acoma ont besoin d'alliés, et non d'esclaves. Oubliez le ressentiment provoqué par ma victoire. Rejoignez-moi volontairement, et nos deux familles en tireront un grand bénéfice.

Elle s'assit plus confortablement sur son siège, comme si elle parlait à un ami de confiance.

— Seigneur Jidu, mes ennemis ne vous traiteraient pas aussi généreusement que moi. Le seigneur des Minwanabi exige le Tan-jin-qu de ses vassaux.

Le mot qu'elle utilisait était ancien, décrivant un vasselage absolu qui accordait au suzerain le pouvoir de vie et de mort sur les membres de la maisonnée vassale. Sous le Tan-jin-qu, non seulement Jidu serait devenu le vassal de Mara, mais aussi virtuellement son esclave.

— Bruli des Kehotara a refusé de continuer ce service abject envers les Minwanabi quand il a hérité de sa souveraineté. En conséquence, Desio a annulé un grand nombre des protections dont les Kehotara jouissaient depuis des années. Bruli a souffert parce qu'il souhaitait avoir l'apparence de l'indépendance. Je ne veux pas vous humilier en vous demandant la vie de tous vos sujets, Jidu.

Le seigneur corpulent concéda le point avec un bref hochement de tête, mais sa colère et son humiliation ne diminuèrent pas. Il n'était pas dans une position enviable, car il se trouvait à la merci d'une femme qu'il avait autrefois tenté de tuer. Mais quelque chose dans la sincérité de Mara lui fit écouter ses paroles.

— Je vais établir une politique qui bénéficiera à nos deux maisons, décréta Mara, mais vous garderez le contrôle des affaires quotidiennes de votre domaine. Les profits de la récolte de chocha-la resteront dans les coffres des Tuscalora. Votre maison ne paiera pas de tribut aux Acoma. Je ne vous demanderai rien, si ce n'est que votre honneur serve le nôtre. (Puis, ayant une intuition sur la façon dont elle pourrait apaiser cet ennemi, Mara ajouta Je crois tellement en l'honneur des Tuscalora que je vais confier la protection de notre frontière sud à vos troupes. Tous les gardes et patrouilles acoma seront retirés des frontières entre nos deux domaines.

L'expression de Keyoke ne changea pas devant ce nouveau développement, mais il se gratta le menton du pouce, leur ancien code secret d'avertissement.

Mara rassura son commandant en esquissant un sourire. Puis elle reporta son attention sur le seigneur Jidu.

— Je vois que vous ne croyez pas qu'une amitié puisse régner entre nous. Je vais vous prouver mes bonnes intentions. Pour célébrer notre alliance, nous ferons construire un nouveau portique de prière à l'entrée de votre domaine, à la gloire de Chochocan. Et je vous offre un présent de cent mille centins pour effacer vos dettes, afin que les profits de la récolte de cette année puissent être utilisés pour le bien de votre domaine.

Nacoya écarquilla les yeux en entendant la somme, un cinquième des fonds obtenus grâce à la vente aux enchères de soie. Mara pouvait se permettre d'être généreuse, mais ce don d'honneur entamait considérablement les réserves des Acoma. Jican allait sûrement avoir une crise d'apoplexie quand sa maîtresse ordonnerait de transférer la somme à ce propre à rien de seigneur des Tuscalora.

Jidu observa le visage de Mara. Mais il eut beau l'étudier tant qu'il le voulait, il ne vit rien lui indiquant qu'elle se jouait de lui. Ses paroles étaient parfaitement sincères. Considérablement radouci, il déclara :

— Ma dame des Acoma est généreuse.

— La dame des Acoma s'efforce d'être équitable, le corrigea Mara. Un allié faible est une perte, et non un bénéfice. Allez en paix et sachez que, si vous en éprouvez le besoin, les Acoma répondront à votre appel, comme nous espérons que vous honorerez le nôtre.

Elle lui permit ensuite gracieusement de se retirer.

Sa colère éteinte, et profondément intrigué par ce changement de fortune soudain, Jidu des Tuscalora quitta la haute salle.

Alors que le dernier garde vêtu d'une armure bleue sortait, Mara abandonna son attitude formelle. Elle frotta ses yeux fatigués et maudit intérieurement son épuisement. Des mois s'étaient écoulés depuis qu'elle avait envoyé Kevin surveiller les équipes de défrichage. Elle dormait encore difficilement la nuit.

— Ma belle dame, laissez-moi vous complimenter sur votre habile manipulation de ce chien particulièrement méchant, déclara Lujan avec une révérence respectueuse. Le seigneur Jidu est maintenant bien muselé, et il ne pourra plus que gémir et claquer des mâchoires à vos ordres. Mais il n'osera pas mordre.

Mara concentra son attention avec effort.

— Au moins, à partir d'aujourd'hui, nous n'aurons plus besoin de soldats pour garder jour et nuit ce maudit pont à needra.

Keyoke laissa échapper un rire soudain, au grand étonnement de Lujan et de Mara, car le vieux soldat exprimait rarement sa joie.

— Qu'y a-t-il ? demanda Mara.

— Votre intention de dégarnir notre frontière sud m'avait inquiété, ma dame, répondit le commandant en haussant les épaules. Jusqu'à ce que je comprenne que, comme nous n'aurons plus besoin de patrouiller notre frontière du côté des Tuscalora, plusieurs compagnies seront libérées pour renforcer des défenses plus importantes. Et comme il n'aura plus à se soucier du nord de son domaine, le seigneur Jidu pourra monter une défense plus vigilante sur d'autres fronts. Nous avons effectivement gagné un autre millier de guerriers pour garder un domaine plus grand.

Nacoya ajouta son commentaire.

— Et avec ton don généreux, ma fille, Jidu pourra s'assurer que ses hommes soient correctement armés et équipés, et appeler des cousins pour rejoindre son service et agrandir son armée.

Mara sourit devant leur approbation.

— Ce qui sera la première... disons, « requête » que j'adresserai à mon nouveau vassal. Ses guerriers sont compétents, mais ils ne sont pas assez nombreux pour nos besoins. Quand Jidu aura pansé les plaies de son orgueil blessé, je le « prierai » de demander à son commandant qu'il consulte Keyoke sur la meilleure façon de protéger nos intérêts communs.

Keyoke lui répondit par un hochement de tête circonspect.

— Votre père serait fier de votre prévoyance, dame Mara, dit-il en s'inclinant respectueusement. Je dois maintenant retourner à mon poste.

Mara lui accorda la permission de se retirer. À côté d'elle, Lujan inclina sa tête emplumée.

— Vos guerriers boiront tous à votre santé, belle dame. (Un froncement de sourcils joueur creusa son front.) Mais nous ferions peut-être mieux d'assigner une patrouille au seigneur Jidu, pour nous assurer qu'il ne tombe pas la tête la première de son palanquin et qu'il ne se brise pas le crâne en rentrant chez lui.

— Pourquoi ferait-il cela ? demanda Mara.

— La boisson peut détruire l'équilibre de l'homme le plus agile, dame, répondit Lujan en haussant les épaules. Jidu empestait comme s'il s'était humecté le gosier depuis l'aube.

Mara leva les sourcils de surprise.

— Tu pouvais le sentir malgré le nuage de parfum ?

Le chef de troupe répondit par un geste irrévérencieux en direction du fourreau de l'épée ancestrale.

— Vous n'avez pas été obligée de vous pencher au-dessus du cou découvert du seigneur avec une lame.

Mara le récompensa d'un rire, mais son moment d'insouciance ne dura pas. Elle congédia d'un geste sa garde d'honneur, puis se retira dans son cabinet de travail avec Nacoya. Depuis son mariage avec Buntokapi, elle n'aimait pas s'attarder dans la haute salle. Et, depuis qu'elle avait envoyé au loin l'esclave midkemian roux, elle ne trouvait aucun réconfort dans la solitude. Jour après jour, elle s'immergeait dans les comptes avec Jican, revoyait la politique des clans avec Nacoya ou jouait avec Ayaki, dont la passion du moment était les petits soldats de bois que sculptaient pour lui les officiers de sa mère. Mais même quand elle était assise sur le plancher de bois ciré de la chambre d'enfant et disposait des troupes pour son fils – qui jouait à être le seigneur des Acoma, et mettait régulièrement en déroute d'immenses armées de Minwanabi – Mara ne pouvait échapper à la réalité. Desio et Tasaio pouvaient subir une centaine de morts sur le plancher de la chambre d'enfant, au grand délice d'un Ayaki assoiffé de sang, il était, hélas, bien plus probable que le petit garçon qui jouait à vaincre ses ennemis soit lui-même sacrifié au dieu Rouge, victime des intrigues qui assaillaient sa maison.

Quand Mara ne se faisait pas du mauvais sang à propos de ses ennemis, elle cherchait à oublier ses peines de cœur. Nacoya lui avait assuré que le temps émousserait son désir. Mais les jours passaient, tandis que la poussière de la saison sèche s'élevait en nuages et que les needra les moins beaux de l'année étaient conduits au marché pour être vendus. Mara s'éveillait toujours au cœur de la nuit, malheureuse, éprouvant un désir ardent pour l'homme qui lui avait enseigné que l'amour peut être tendre. Sa présence lui manquait, tout comme ses manières gauches et maladroites, ses pensées étranges et, plus que tout, sa compréhension intuitive des moments où elle désirait de la compassion, mais elle était trop fière souveraine pour montrer qu'elle en avait besoin.

L'empressement de Nacoya à la réconforter et sa gentillesse étaient comme de la pluie sur un cœur desséché par l'inquiétude. *Maudit soit cet homme*, pensait-elle. Il l'avait prise au piège et rendue plus impuissante que n'importe quel ennemi ne le ferait jamais. Et peut-être qu'à cet égard, Nacoya avait raison. Kevin était plus dangereux pour sa maison que le plus cruel de ses ennemis, car d'une certaine façon, il avait abattu ses défenses les plus intimes.

Une semaine s'écoula, puis une autre. Mara rendit visite à la reine des Cho-ja et fut invitée à visiter les cavernes où les fabricants de soie travaillaient diligemment à remplir les contrats de la vente aux enchères. Un ouvrier escorta Mara dans la fourmilière jusqu'au niveau où les teinturiers et les tisserands travaillaient pour transformer les fibres filandreuses en soie. Les tunnels étaient sombres et frais après la chaleur du soleil. Comme toujours lorsqu'elle visitait la fourmilière, Mara avait l'impression d'entrer dans un autre monde. Les ouvriers cho-ja la dépassaient pour aller accomplir leurs tâches. Ils se déplaçaient trop rapidement pour que l'œil puisse les suivre dans les tunnels éclairés par des globes de lumière pâle. En dépit de l'obscurité relative, les créatures insectoïdes ne se heurtaient jamais. Mara ne sentait au pire qu'un doux effleurement quand les rapides créatures négociaient les passages les plus étroits. La pièce où la soie était filée était grande et basse de plafond. Mara leva une main pour s'assurer que les épingles de jade qui retenaient sa chevelure ne frottent pas contre le plafond.

Le Cho-ja qui l'escortait s'arrêta et fit un geste de sa patte avant.

— Les ouvriers destinés au filage sont spécialisés, souligna-t-il.

Quand les yeux de Mara se furent adaptés à la presque obscurité, elle vit une foule de corps chitineux et luisants penchés sur un amoncellement de fibres de soie brute. Ils possédaient des appendices ressemblant à des peignes placés juste derrière les griffes des pattes avant, avec une excroissance supplémentaire qui avait approximativement la fonction d'un pouce humain. Accroupis sur leurs pattes arrières, ils cardaient avec leurs pattes avant les fibres qui semblaient presque trop délicates pour être maniées sans être brisées. Puis les pattes du milieu prenaient le relais et, dans un mouvement d'une grande vivacité, tordaient les fibres pour les transformer en fil. Le fil créé par chaque fileur cho-ja quittait la pièce par des fentes pratiquées dans le mur le plus éloigné. Derrière cette partition, des teinturiers travaillaient au-dessus de chaudrons fumants, imprégnant continuellement les fils de couleurs. Les fibres quittaient les pots de teinture et passaient alors dans une nouvelle pièce, où de petites femelles ailées stériles ventilaient vigoureusement l'air pour les sécher. Puis le passage s'ouvrait sur une large pièce bien éclairée, avec un toit en dôme et des verrières qui rappelaient à Mara le temple de Lashima à Kentosani. Là, les tisserands s'emparaient des fils colorés et accomplissaient leur magie, passant les fibres de soie entre les fils de trame pour créer les plus belles étoffes de l'empire.

Ce spectacle mettait Mara en transe. Dans ces lieux où le protocole tsurani n'avait pas d'importance, elle pouvait se comporter comme une petite fille, et harceler de questions l'ouvrier qui l'escortait. Elle tâta l'étoffe terminée et en admira les couleurs et les motifs. Puis, sans s'en rendre compte, elle s'arrêta devant un rouleau de tissu bleu cobalt et turquoise, orné de superbes motifs rouille et ocre insérés dans la trame. Inconsciemment, elle imagina comment cette étoffe mettrait en valeur les cheveux roux de Kevin ; son sourire disparut. Quelle que soit la diversion, elle ne durait jamais. Ses pensées revenaient toujours vers l'esclave barbare, même si elle tentait de concentrer son attention sur quelque chose d'autre. Soudain, les rouleaux de soie brillante semblèrent perdre de leur lustre.

— Je souhaiterais rentrer, maintenant, et prendre congé de votre reine, demanda Mara.

Le Cho-ja qui l'escortait acquiesça en inclinant la tête. Ses processus de pensée différaient de ceux d'un être humain, et il ne jugeait pas son changement d'avis impoli ou brusque.

Comme la vie devait être simple pour les ouvriers cho-ja, pensa Mara. Ils n'étaient concernés que par le présent, immergés dans l'instant et guidés par la volonté de leur reine, dont le seul intérêt était les besoins de la fourmilière. Ces créatures d'un noir luisant menaient une vie nullement troublée par les milliers de besoins agaçants des êtres humains. Enviant leur tranquillité d'esprit, Mara retraversa la foule d'artisans et dirigea ses pas vers la chambre de la reine. Aujourd'hui, à la différence des autres jours, sa curiosité était satisfaite. Elle n'avait pas envie de supplier la reine de lui confier le secret des fabricants de soie. Elle ne désirait pas plus faire sa requête habituelle pour visiter les chambres d'éclosion où les Cho-ja nouveau-nés avançaient maladroitement sur leurs pattes fragiles et faisaient leurs premiers pas.

Son accompagnateur la guida à la jonction de deux passages principaux et s'apprêtait à descendre vers le niveau le plus profond où se trouvait la chambre de la reine quand un guerrier avec un casque à plumet leva une patte avant et les intercepta. Confrontée au tranchant de chitine aiguisé comme un rasoir que les Cho-ja pouvaient manier comme une véritable épée, Mara s'arrêta immédiatement. Bien que la patte soit orientée sur le côté, selon un angle qui indiquait une disposition amicale, elle ne savait pas pourquoi il l'arrêtait. Les Cho-ja ne pensaient pas comme des individus mais réagissaient selon l'esprit de la fourmilière, et la conscience qui dirigeait cette intelligence collective était celle de la reine. Les Cho-ja avaient des réactions terriblement rapides, et leur humeur pouvait changer tout aussi soudainement.

— Dame des Acoma, l'interpella le guerrier cho-ja.

Il s'accroupit avec le même geste de révérence que celui qu'il aurait eu devant une reine, et alors qu'il inclinait son casque emplumé, Mara reconnut Lax'l, le commandant de l'armée de la fourmilière.

Assurée que ses intentions n'étaient pas hostiles, elle se détendit et le salua en inclinant la tête selon le degré dû à un commandant du rang de Lax'l.

— Que demande votre reine ?

Lax'l se releva et reprit son immobilité de statue, presque irréelle au milieu de l'agitation des ouvriers qui passaient continuellement autour de lui, de la dame et de son guide.

— Ma reine ne vous demande rien, mais vous adresse ses meilleurs vœux de santé. Elle m'a envoyé vous prévenir qu'un messager était arrivé de votre domaine et réclamait votre présence avec une certaine urgence. Il vous attend à la surface.

Mara soupira de frustration. Sa matinée aurait dû être libre de tout engagement ; elle n'avait prévu aucune réunion jusqu'à l'après-midi, où elle devait revoir les chiffres des ventes de needra avec Jican. Quelque chose avait dû arriver, même si c'était la fin de l'été. À cette époque, le Jeu se calmait généralement, car la plupart des seigneurs se plongeaient dans leurs finances avant les récoltes.

— Je dois rentrer pour voir ce qui s'est passé, dit avec regret la dame des Acoma à Lax'l. Je vous prie de transmettre toutes mes excuses à la reine.

Le commandant cho-ja inclina la tête.

— Ma reine vous rend votre salut et vous transmet sa considération. Elle ajoute qu'elle espère que les nouvelles qui vous attendent ne contiennent aucune parole de malheur.

Il fit un geste de la patte avant vers le guide. Mara fit demi-tour et fut conduite vers les tunnels supérieurs avant même d'avoir eu le temps de réfléchir.

Alors qu'elle ressortait, le soleil l'éblouit soudain. Mara cligna des yeux pour se protéger de la luminosité en attendant que sa vue s'adapte. Elle distingua deux plumets d'officiers parmi les esclaves qui attendaient avec son palanquin. L'un d'eux était Xaltchi, un sous-officier récemment promu par Keyoke pour son courage lors de la défense de la caravane. L'autre, avec un plumet plus long et plus somptueux, ne pouvait être que Lujan. Surprise qu'il apporte lui-même le message, et non un domestique ou un coursier, Mara fronça les sourcils. Quelles nouvelles l'attendaient donc pour qu'on ne puisse les confier à des oreilles qui n'étaient pas totalement dignes de confiance ? Elle congédia son guide cho-ja avec une politesse distraite, et se hâta de rejoindre son chef de troupe, qui l'avait vue sortir de la fourmilière et qui avançait à sa rencontre d'un pas décidé.

— Ma dame.

Lujan termina une révérence hâtive, mais correcte, puis lui offrit le bras et la guida dans le flot des ouvriers cho-ja qui entraient et sortaient de la fourmilière. À l'instant où ils atteignirent un espace découvert, mais bien avant qu'ils arrivent à portée d'ouïe des esclaves du palanquin, Lujan ajouta :

— Dame, vous avez un visiteur. Jiro des Anasati se trouve actuellement à Sulan-Qu, attendant de vous rencontrer. Son père, Tecuma, l'a envoyé pour discuter d'un sujet trop sensible pour être confié à un messager ordinaire.

Le froncement de sourcils de Mara s'accentua.

— Rentre immédiatement et envoie un messager en ville, ordonna-t-elle à son chef de troupe. Je vais recevoir Jiro immédiatement.

Lujan la conduisit jusqu'au palanquin, l'aida à y monter, et s'inclina. Puis il partit en courant le long du sentier qui conduisait au manoir. Les porteurs soulevèrent le palanquin de la dame et Xaltchi rassembla la petite compagnie de soldats qui lui servaient d'escorte. Le cortège suivit plus lentement les traces de Lujan.

— Accélérez le pas, ordonna Mara à travers les rideaux.

Elle s'efforçait de ne pas laisser transparaître son inquiétude dans sa voix. Avant son mariage avec Buntokapi des Anasati, cette famille ancienne se situait juste derrière les Minwanabi parmi les ennemis des

Acoma. Depuis que Mara avait comploté la mort de son époux, elle avait encore plus de raisons de les haïr. Seul leur intérêt commun pour Ayaki, le fils de Bunto et le petit-fils du seigneur Tecuma, empêchait les deux maisons d'entrer en conflit ouvert. Le fil qui maintenait cette alliance était en effet très mince. Tecuma pouvait saisir la moindre excuse pour tenter de mettre à l'écart la souveraine, et s'installer comme régent des Acoma jusqu'à ce qu'Ayaki atteigne sa majorité et prenne le titre de seigneur.

Il était peu probable qu'un sujet trop sensible pour être confié même à un messager assermenté soit une bonne nouvelle. Un sentiment d'oppression familier étreignit le ventre de Mara. Elle n'avait jamais sous-estimé la capacité de ses ennemis à comploter, mais dernièrement, le manque de menaces directes lui avait fait éprouver un faux sentiment d'autosatisfaction très dangereux. Elle se prépara mentalement à une entrevue difficile ; elle aurait besoin de cinq cents guerriers en armure, prêts au combat, et d'une garde d'honneur de douze hommes dans la salle où elle recevrait Jiro. Sans cela, elle insulterait Jiro.

Mara appuya sa tête contre les coussins, transpirant dans ses soies légères. Elle devenait à moitié folle à penser sans cesse à un esclave barbare, tout en préparant des stratagèmes dont sa vie dépendait. À un homme qui, en ce moment même, se tenait sous la brûlante lumière du soleil et dirigeait les esclaves qui coupaient du bois, fabriquaient des clôtures, six barres entre deux poteaux arrivant à l'épaule d'un guerrier de grande taille. Les pâturages des needra étaient pratiquement terminés, trop tard pour les nouveau-nés de cette saison, mais bien à temps pour engraisser les jeunes qui venaient d'être sevrés pour les marchés de la fin de l'automne. Mara s'essuya le front, dans un geste de contrariété affecté. Elle avait assez de soucis sans y ajouter la question de ce qu'elle ferait de Kevin une fois les nouveaux pâturages terminés. Peut-être qu'elle le revendrait... Mais elle n'y pensa qu'un seul instant, avant de prendre la résolution de lui trouver une autre tâche pour le garder à l'écart.

Mara rejoignit sa place à l'entrée du manoir, au moment où le palanquin et l'escorte de Jiro approchaient des frontières acoma. Son premier conseiller se tenait à ses côtés ; elle semblait gênée par ses robes somptueuses et ses bijoux. Nacoya appréciait l'autorité accompagnant sa promotion, mais dans certains domaines, elle préférait franchement les devoirs d'une nourrice. Les vêtements d'apparat en faisaient partie. Si Mara avait été moins nerveuse, elle aurait pu sourire à la pensée de la vieille nourrice agacée par les attentions et les soins des servantes que Mara avait été obligée de supporter toute sa vie durant, à l'instigation infatigable de Nacoya elle-même. La fille des Acoma n'avait connu un répit que durant son noviciat au temple de Lashima. Avec leur simplicité tranquille et les heures d'étude et de lecture, ces jours-là lui semblaient bien loin dans le passé.

Mara regarda autour d'elle pour s'assurer que tout était prêt. Parmi la foule de valets de pied, de soldats et de domestiques, elle remarqua l'absence d'une personne.

— Où est Jican ? murmura-t-elle à Nacoya.

Le premier conseiller inclina la tête, forcée de lever la main pour retenir une épingle à cheveux vacillante. Le bijou indiscipliné l'irritait, mais son impatience était surtout provoquée par le fait d'avoir été réveillée de sa sieste pour accueillir un personnage qu'elle considérait encore avec malveillance. L'aversion de Nacoya pour Buntokapi se répercutait sur toute sa famille. Mara savait qu'elle pouvait compter sur la vieille femme pour observer parfaitement le protocole, mais la maisonnée risquait de subir dans les prochains jours sa mauvaise humeur.

— Votre hadonra se trouve dans les cuisines, où il s'assure que les cuisiniers ne préparent que des fruits de première qualité pour le repas, répondit brièvement l'ancienne nourrice.

Mara leva un sourcil.

— Il est encore plus vieille fille que toi. Comme si le cuisinier avait besoin qu'on lui dise comment préparer un repas. Il fera de son mieux pour l'honneur des Acoma.

— C'est moi qui ai dit à Jican de le surveiller, murmura Nacoya. Les cuisiniers pourraient avoir envie de glisser à un invité anasati quelque chose de peu appétissant. Leur vision de l'honneur est différente de la tienne, ma fille.

Buntokapi ne s'était pas rendu populaire dans les cuisines, comme partout. Mais Mara se dit que le chef cuisinier des Acoma ne voudrait pas humilier sa maison pour quelque chose d'aussi mesquin que glisser un fruit pourri à Jiro – même s'il aurait vraiment aimé pouvoir le faire.

Mara regarda Nacoya. Silencieuse, elle se rendit compte avec quelle facilité elle en était venue à considérer les domestiques de sa maison comme des meubles. Qu'ils aient détesté la brutalité de Bunto autant qu'elle ne lui était jamais venu à l'esprit. Elle se souvint combien il se montrait brutal envers eux. Ses domestiques et ses marmitons avaient peut-être souffert bien plus qu'elle durant le règne de Buntokapi et, tardivement, Mara compatit à leurs peines. Si elle avait été l'une de ces filles de cuisine mises d'office dans le lit de Bunto – ou le frère, le père ou l'amant de celle-ci – elle aussi aurait pu être tentée de servir à son frère des restes destinés aux jiga. Mara réprima un sourire à cette pensée.

— Je dois prêter plus d'attention aux sentiments de mon personnel, Nacoya, pour ne pas devenir aussi indifférente que Bunto.

Nacoya se contenta de hocher la tête. Le temps des discussions était révolu, car le palanquin aux couleurs rouge et jaune des Anasati et une colonne de soldats en marche se découpaient à la porte d'entrée de la cour. Mara tritura le bracelet en métal orné de pierres qui ornait son poignet, et s'efforça de maintenir le décorum adéquat quand la garde d'honneur anasati fit brusquement halte et que les porteurs de Jiro déposèrent le palanquin devant sa porte.

Au dernier moment, Jican franchit hâtivement la porte pour prendre sa place près de Nacoya et de Tasido qui, en tant que doyen des chefs de troupe acoma, commandait la garde d'honneur de la dame. Mara aurait préféré que Keyoke ou Lujan soient à sa place. Elle observa les soldats anasati, les yeux mi-clos. Ils n'étaient pas détendus, et étaient disposés en une formation leur permettant de dégainer facilement leurs armes en cas de besoin. Elle ne s'était pas attendue à moins, mais se trouver confrontée à une telle hostilité potentielle avec un vieillard comme officier n'était pas rassurant. Le vieux Tasido avait de l'arthrite et souffrait de cataracte ; en des temps meilleurs, il aurait déjà pris une retraite honorable. Mais les troupes acoma avaient subi trop de pertes sur le monde barbare lors de la mort du seigneur Sezu, pour que Mara puisse laisser partir le moindre officier. Dans un an ou deux, le vieil homme recevrait une cabane près du fleuve où il pourrait vivre en paix ses derniers jours. Mais aujourd'hui, toutes les épées étaient indispensables.

Mara n'avait pas vu Jiro depuis le jour de son mariage, près de quatre ans auparavant. Curieuse mais prudente, elle regarda le jeune homme sortir de son palanquin. Il était bien habillé, mais pas dans le style voyant qu'affectait son père. Sa robe de soie noire était agrémentée de quelques glands rouges. Sa ceinture était ornée avec goût de coquillages et de rondelles laquées, et il portait ses cheveux coupés simplement à la manière d'un guerrier. Il était plus grand que son défunt frère Buntokapi. De constitution plus mince, son allure était nettement plus gracieuse. Son visage ressemblait à celui de sa mère, avec des pommettes hautes et une bouche hautaine. Sa mâchoire carrée l'empêchait de paraître efféminé, mais ses mains étaient aussi fines que celles d'une femme. C'était un bel homme, bien qu'une certaine cruauté transparaisse autour de ses lèvres et de ses yeux.

Jiro s'inclina avec une perfection sarcastique.

— Bienvenue dans la demeure des Acoma, l'accueillit Mara d'une voix neutre.

Elle lui rendit son salut, mais très brièvement, pour bien lui faire remarquer qu'il avait amené dans sa cour une escorte armée hors de proportion avec une visite de courtoisie. Comme son rang supérieur lui en donnait le droit, elle attendit que son invité commence les questions rituelles. Après une pause durant laquelle Jiro resta silencieux dans l'espoir que Mara commette une bévue et demande de ses nouvelles, il déclara finalement :

— Allez-vous bien, dame ?

Mara lui répondit avec un brusque signe de la tête.

— Je vais bien, merci. Allez-vous bien, Jiro ?

Le jeune homme sourit, mais ses yeux étaient aussi froids que ceux d'un serpent.

— Je vais bien, tout comme mon père qui m'envoie. (Il posa une main alanguie sur le manche du poignard suspendu à sa ceinture.) Je vois que vous allez parfaitement bien, Mara, et même que la maternité vous a embellie. Il est malheureux qu'une femme si belle devienne veuve si jeune. Quel gaspillage.

Si son ton était impeccablement poli, ses paroles frôlaient l'insulte. Ce n'était pas une visite de réconciliation. Consciente que l'attitude de Jiro ressemblait à celle d'un suzerain rendant visite à un vassal, Mara rassembla ses robes et franchit l'entrée en tête, le laissant la suivre comme un domestique. Si elle le laissait jouer à ses petits jeux de salon trop longtemps, il risquait de l'obliger à lui offrir l'hospitalité pour la nuit. Comme Tecuma devait espérer que le jeune homme rapporte un maximum d'informations sur les Acoma, Mara n'avait aucune intention de laisser la moindre excuse à Jiro pour passer la nuit au manoir.

Des domestiques avaient disposé des plateaux de nourriture dans la haute salle. Mara s'assit sur l'estrade. Elle indiqua à Nacoya de rejoindre sa place à sa droite, et accorda à Jican la permission de se retirer qu'il désirait ardemment. Puis elle fit signe à Jiro de s'asseoir confortablement sur les coussins placés juste devant elle ; la place qu'elle lui désignait était celle d'un égal. Comme elle lui faisait obligeamment cette courtoisie, il ne pouvait protester quand elle laissa Tasido et ses sous-officiers debout dans son dos. On ne plaçait sa garde d'honneur sur l'estrade que lors de pourparlers entre des partis hostiles. Comme ce n'était pas ouvertement le cas, les gardes du corps devaient rester à la porte. Le domestique en lequel Mara avait le plus confiance présenta à son invité un bassin, pour qu'il puisse se laver les mains, et une serviette. Il s'enquit poliment de ce que Jiro préférait boire, son minutage parfaitement arrangé pour accaparer l'attention du jeune noble sur des questions triviales. La dame des Acoma parla avant que Jiro puisse avoir la chance de se ressaisir.

— Comme vous n'auriez pas besoin d'autant de soldats si vous ne veniez que pour consoler la veuve de votre frère, je présume que votre père a un message pour moi ?

Jiro se raidit. Il retrouva son aplomb avec un contrôle admirable et releva le regard ; Mara avait frappé fort, et au cœur. Elle lui avait rappelé le souvenir de son frère, mort pour améliorer la position des Acoma dans le grand jeu ; elle avait aussi laissé sous-entendre que Jiro souhaitait « consoler » la veuve de son frère d'une manière plus intime que la coutume tsurani ne l'acceptait – et qu'il n'était que le coursier de son père. C'était l'équivalent verbal d'une gifle en plein visage. Le regard que le fils anasati tourna vers elle était glacial et emprunt d'une haine infinie.

Mara dissimula un frisson. En voyant l'immobilité de Nacoya et ses lèvres blanches, elle fut consciente qu'elle avait fait une erreur ; elle avait aussi sous-estimé l'hostilité de Jiro. Le jeune homme la méprisait avec une passion qui dépassait ses années. Dans un silence froid, Mara comprit qu'il rôderait comme le relli venimeux des marais, attendant son heure jusqu'à ce qu'il trouve une ouverture. Il ne l'attaquerait pas avant que son piège ne soit parfait et qu'il soit absolument assuré de la victoire.

— Je ne répéterai pas les rumeurs concernant les préférences de ma dame en matière d'amant depuis le décès de son noble époux, répondit Jiro, avec une diction si claire que, même s'il ne parlait pas fort, les domestiques pouvaient l'entendre depuis la porte.

Pour montrer qu'il trouvait ce sujet avilissant, il leva sa tasse d'une main assurée et but quelques gorgées.

— Eh bien, oui, j'ai abandonné une transaction commerciale importante à Sulan-Qu pour m'arrêter ici, à la suggestion de mon père. Il a entendu parler de rencontres secrètes entre certains membres du Conseil qui, selon lui, indiqueraient peut-être que des complots se trament contre son petit-fils Ayaki. En tant que régente de l'héritier acoma, il vous envoie un avertissement.

— Vos paroles restent trop vagues, souligna Nacoya avec l'acidité d'une doyenne qui a vécu assez longtemps pour voir de nombreux jeunes gens succomber à la folie. (Utilisant un ton de voix qu'elle maniait de façon experte quand elle était nourrice, elle ajouta Comme ni les Anasati ni les Acoma ne gagneront quoi que ce soit si Ayaki ne peut pas hériter de sa seigneurie, je vous suggère d'être plus précis.

Jiro inclina la tête avec une très légère expression de malveillance.

— Mon père n'a pas connaissance de ces complots, premier conseiller, chère dame. Ses alliés ne lui ont pas parlé directement, sûrement à cause de très importants pots-de-vin. Mais il a des yeux et des oreilles placés dans des endroits stratégiques, qui voient et entendent pour lui. Il souhaite que vous sachiez que des factions favorables aux Minwanabi se sont rencontrées plus d'une fois en secret. On a entendu les Omechan complimenter la retenue du seigneur Desio face à l'affront des Acoma. Les Omechan sont puissants, mais ils dépendent de la bonne volonté des Minwanabi dans l'Alliance pour la guerre. Cela les rend circonspects, car ils ne veulent pas perdre un soutien en ce moment. D'autres familles que les Omechan applaudissent les plans impitoyables de Desio, et cette approbation œuvre contre les intérêts de votre héritier. En bref, vous avez peu d'alliés qui expriment leur soutien au Grand Conseil.

Mara fit signe à un domestique d'emporter le plateau de nourriture, que Jiro n'avait pas touché. Elle regrettait de décevoir Jican, qui verrait que les plus beaux fruits des cuisines avaient été repoussés avec mépris, mais elle était trop tendue pour se servir elle-même. Elle n'aimait pas la façon dont les yeux de Jiro allaient de part et d'autre, enregistrant chaque détail de la haute salle des Acoma, observant les domestiques et les gardes. Son intérêt ressemblait à celui d'un officier qui se serait introduit dans un camp ennemi pour rassembler des informations afin de préparer une attaque. Jiro ne se montrait jamais aussi direct que son frère aîné

Halesco ; ses pensées étaient très subtiles, et enracinées dans ses ambitions. Mara s'efforça de trier dans ses paroles la vérité de l'exagération destinée à l'effrayer.

— Ce que vous dites ne m'est pas tout à fait inconnu, Jiro, tout du moins dans ses grandes lignes. Votre père n'aurait sûrement pas eu besoin de vous envoyer et de vous faire quitter une importante transaction pour me dire cela, s'aventura-t-elle, tâtant le terrain. Un messager assermenté aurait suffi.

— C'est un problème de famille, répondit Jiro d'un air détaché. Mon père souhaitait vous faire comprendre que le complot au sein du Conseil est très bien caché et perfide. Il ne compromettra pas ses sources en engageant un messager commercial. L'envoi d'un courrier de la guilde aurait laissé des traces dans les archives publiques, et des ennemis observateurs auraient pu s'en apercevoir. Desio a payé pour pouvoir inspecter tous les livres des guildes de Sulan-Qu. Un message d'une source anasati aurait été trop repérable. (Jiro inclina la tête avec une très légère ironie.) Mais personne ne peut douter de la bonne foi d'un oncle qui vient voir son neveu orphelin.

— Pas même un oncle qui interrompt une transaction commerciale importante pour rendre une visite de courtoisie à un garçon de trois ans ? intervint poliment Nacoya.

Jiro ne rougit même pas, ce qui exigeait un contrôle d'acier.

— Aucun de nous n'est en position d'échanger des accusations, comme le premier conseiller de la veuve de mon frère devrait s'en souvenir. De plus, quel mal y a-t-il si Desio pense que nous partageons quelques secrets ? Il ne peut que se les imaginer.

Son regard sur Mara était un mélange malsain de convoitise et de haine.

Mara foudroya Jiro d'un regard inquisiteur jusqu'à ce qu'il se sente mal à l'aise. Les Anasati avaient considéré Buntokapi comme un idiot maladroit. C'est parce qu'ils avaient négligé son éducation que Mara avait pu trouver une faille à exploiter. Même si elle n'était pas fière d'avoir tiré avantage des désirs frustrés et de la maladresse de son époux, Mara avait réexaminé la situation avec un esprit tempéré par le regret ; elle savait qu'elle portait toute la responsabilité de ses actes.

Fatiguée de l'intensité de l'attention de Jiro, et plus vexée qu'elle n'aurait osé l'admettre devant sa calomnie implicite sur Kevin, Mara pressa la fin de la visite.

— Je vous remercie de m'avoir appris que les guildes commerciales s'étaient vendues à Desio – c'est un fait intéressant à connaître. Et la bonne volonté des Omechan à encourager les Minwanabi. Vous avez accompli votre devoir envers votre père, tout le monde pourra en témoigner. Je ne vous retarderai pas plus longtemps et je vous laisse continuer vos importantes transactions à Sulan-Qu.

Jiro lui rendit un sourire des plus secs, et anticipa sa dernière réplique.

— À moins que je ne souhaite rester pour un repas, que vos serviteurs se donneront beaucoup de mal à préparer ? (Il inclina la tête pour répondre par la négative.) Votre compagnie ne se compare à aucune autre. Mais les circonstances m'obligent à décliner votre invitation. Je vais reprendre ma route.

— Sans même poser le regard sur le neveu orphelin auquel vous êtes venu rendre visite ? intervint Nacoya. (D'un ton plus mordant que d'habitude, elle tourna un regard rusé vers sa maîtresse.) Votre invité a une grande confiance dans vos mesures de sécurité, ma dame, pour qu'il soit si assuré qu'aucune rumeur ne parviendra à de mauvaises oreilles.

Cette fois Jiro changea de couleur, mais sa pâleur était due plus à l'ennui qu'à l'embarras. Il se leva et s'inclina brièvement devant Mara.

— Je vois que la régente de l'héritier des Acoma apprend beaucoup en restant en compagnie de vieilles femmes acariâtres.

— Elles remettent les jeunes impertinents à leur place bien plus aisément que leurs jeunes sœurs plus belles. (Mara se leva aussi.) Transmettez mes salutations à votre père, Jiro.

Le fait qu'il ne porte aucun titre devant son nom semblait vexer terriblement le jeune noble. Ayant peut-être deviné la raison de son amertume, Mara raccompagna son invité jusqu'à la porte. Il remonta dans son palanquin sans lui jeter un seul regard, et referma d'un geste sec les rideaux, attendant à peine que Mara ait prononcé les paroles de convenance pour lui souhaiter un bon voyage. Alors que les porteurs emmenaient leur seigneur arrogant, et que les soldats anasati reformaient leur colonne et commençaient à descendre le sentier, Nacoya soupira de soulagement.

— Que les dieux soient remerciés que tu n'aies pas épousé celui-ci, fille de mon cœur. Il est beaucoup trop intelligent pour son propre bien.

— Il ne me porte pas dans son cœur, c'est certain.

Mara fit demi-tour et rejoignit l'ombre fraîche de la demeure, les sourcils froncés.

Nacoya regarda intensément sa maîtresse.

— À quoi t'attendais-tu, alors que tu lui as préféré son jeune frère ? Dès l'instant où Tecuma et toi vous êtes mis d'accord sur tes fiançailles avec Buntokapi, ce jeune homme a commencé à te haïr. Il se considérait comme le meilleur candidat au titre et il t'en voudra jusqu'à sa dernière heure de l'avoir dédaigné. Et il te hait doublement parce qu'au plus profond de lui, il te désire. Il accepterait volontiers, si tu le lui permettais, de te rejoindre dans ton lit. (Puis la vieille femme soupira.) Mais après, il te tuerait tout de même, ma fille, car je pense que la jalousie a définitivement perverti cet homme.

Mara attrapa une mèche de cheveux rebelle puis, baissant la main, fit tinter à son poignet le bracelet en métal.

— Par la folie de Lashima, que la fierté des hommes est facilement blessée !

Ses yeux trahissaient une souffrance qui n'avait rien à voir avec la colère de Jiro et la façon dont elle l'avait repoussé dans le passé.

Nacoya agita sévèrement son doigt.

— Tu penses encore à ce vaurien de barbare.

Mara ignora l'accusation.

— Kevin n'a rien à voir avec tout cela. Pourquoi Jiro fait-il tout ce chemin, et se donne-t-il tant de mal pour me provoquer, avec comme prétexte des rencontres clandestines du Conseil sur lesquelles il ne sait pratiquement rien ?

Cette fois Nacoya parut choquée.

— Ma dame, vous feriez bien d'écouter l'avertissement du seigneur Tecuma – son réseau d'espions n'est peut-être pas aussi étendu que le nôtre, mais ses agents sont très doués. Ne prêtez pas attention aux passions de Jiro qui ont noyé l'information. Vous courez un très grand danger.

Irritée, Mara refusa de souscrire à l'inquiétude de son premier conseiller.

— Nacoya, je dois me soucier de suffisamment de choses vraiment importantes pour ne pas me préoccuper de vétilles. Si le Conseil complotait, le réseau d'Arakasi m'en aurait sûrement avertie.

La lumière du soleil entrait par une cloison à demi ouverte, éclairant le visage du premier conseiller, comme la caricature ridée d'un camée.

— Dame, fit-elle gravement, vous vous reposez bien trop sur les espions d'Arakasi. Ce ne sont que des hommes. Ils ne peuvent pas voir dans l'esprit de Desio, et ils ne peuvent pas entendre tous les murmures qui s'échangent dans les recoins sombres derrière des portes fermées. Ils ne peuvent pas se trouver partout en même temps. Et comme tous les mortels, ils peuvent être corrompus ou se tromper.

— Nacoya, tu t'inquiètes plus que ton devoir ne l'exige. Tu as ma permission de te retirer, pour te reposer ou te divertir.

Alors que Nacoya terminait avec raideur sa révérence, Mara tira sur ses lourdes robes. Elle allait prendre un bain et se changer, et peut-être même faire venir des comédiens pour la faire rire. Sa matinée avec les Cho-ja semblait très lointaine. L'antagonisme glacial de Jiro la contrariait bien plus que les soucis de Tecuma à propos du Conseil ; et Kevin lui manquait d'une façon insupportable. Privée de sa compagnie amicale d'une façon qui la faisait terriblement souffrir, elle envoya sur un coup de tête son messager chercher un scribe. Quand l'homme arriva et lui fit sa révérence, chargé de craies et d'ardoises, elle arrêta d'un geste son salut courtois.

— Va dans les nouveaux pâturages des needra et observe les ouvriers. Note tout ce qui s'y passe, et fais particulièrement attention au rouquin qui dirige les esclaves. Je veux savoir tout ce qu'il fait et tout ce qu'il dit, pour pouvoir évaluer l'efficacité du travail de son équipe.

Le scribe s'inclina très bas au-dessus de sa sacoche. Il n'était pas dans ses attributions de discuter les ordres de sa maîtresse. Mais il la quitta avec un air intrigué, car la dame se préoccupait de détails qui étaient normalement du ressort de son hadonra. Depuis le jour où il avait commencé son apprentissage, le scribe n'avait jamais reçu d'ordres aussi inhabituels.

8

RÉCONCILIATION

Tasaio souriait.

Surpris par cette expression inhabituelle, le seigneur des Minwanabi observa son cousin d'un air méfiant, alors que celui-ci traversait la haute salle, de retour d'un voyage en aval du fleuve. Puis, se rappelant que Sulan-Qu était la ville la plus proche du domaine des Acoma, Desio retrouva ses esprits.

— Que s'est-il passé ? demanda-t-il quand Tasaio s'arrêta et s'inclina devant l'estrade.

Ce n'était pas la grande plate-forme où se trouvait le trône, mais un niveau rempli de coussins, installé sur le côté et réservé aux occasions informelles, quand Desio n'était pas obligé de dominer ses conseillers.

Sur le côté, le commandant Irrilandi attendait sans ressentiment d'entendre les révélations de l'homme qui l'avait supplanté en tout, sauf en titre. Tasaio était à la fois un noble et un brillant commandant ; second du seigneur de guerre durant la campagne sur le monde barbare, il était le substitut de Desio en tant que chef de guerre du clan. Selon la tradition tsurani, un service d'une telle grandeur ne pouvait qu'apporter de l'honneur aux Minwanabi.

— Mon seigneur, répondit Tasaio, se relevant avec une courtoisie totale et parfaite, notre plan est lancé.

Desio se tendit d'impatience. Inspiré par l'exemple de son cousin, il avait entrepris de pratiquer les arts martiaux. Vêtu de vêtements somptueux, il était assis sur une natte de brocart, on pouvait remarquer que son tour de taille s'affaissait moins, et que son visage rougeaud avait perdu de son apparence poupine. Un entraînement diligent à l'escrime avait amélioré ses compétences au point que ses partenaires n'avaient plus besoin de laisser à leur seigneur une ouverture flagrante pour lui permettre de gagner. Desio n'avait plus une silhouette comique quand il portait une armure lors des cérémonies ; les plus vieux domestiques murmuraient entre eux que le jeune homme avait une aussi belle prestance que son père Jingu durant sa jeunesse, et qu'il avait même l'air un peu plus viril.

Les prouesses physiques n'étaient pas le seul progrès de Desio. En l'absence de Tasaio, il avait réussi à se faire nommer chef de guerre du clan Shonshoni, la première étape publique pour reconquérir le prestige perdu à la mort de son père. Plus confiant que jamais, Desio se leva et se redressa de toute sa taille. Le soleil de l'après-midi venant des verrières frappait directement ses épaules, faisant étinceler ses bijoux de métaux précieux.

— Raconte-moi tous les détails !

Tasaio tendit son casque à un domestique qui attendait non loin de là. Il ébouriffa ses cheveux trempés de sueur jusqu'aux tempes, puis commença à délacer ses gantelets tout en parlant.

— Nous avons reçu un nouveau message des frères de clan de Mara.

Deux domestiques se précipitèrent vers lui ; l'un versa de l'eau d'une cruche dans un bassin que tenait l'autre. Sans s'arrêter, Tasaio se rinça les mains et le visage, puis permit à un troisième serviteur de le sécher.

— Ils considèrent l'anéantissement total de la maison de Mara comme une affaire épineuse, mais ils sont peu disposés à encourir notre colère s'ils devaient se trouver devant le fait accompli.

Le domestique replia les linges souillés et sortit. Assis dans l'alcôve plongée dans l'ombre derrière les coussins de Desio, Incomo avança une main ridée.

— Mon seigneur, c'est exactement ce que nous disait Bruli des Kehotara.

Avec une bonne humeur toute nouvelle, Desio permit à son premier conseiller de continuer.

— Le clan Hadama est politiquement divisé. Les familles se chamaillent suffisamment entre elles pour ne jamais parvenir à tenir un conseil de guerre commun. Elles ne chercheront pas querelle au clan Shonshoni, mais nous devons rester prudents. Ne leur donnons pas de prétexte pour s'unir. En cas de crise, je pense qu'elles oublieront leurs différends et qu'elles viendront à l'aide de Mara si elle fait appel d'une façon justifiée à l'honneur du clan. Nous devons veiller à ne pas leur offrir une telle occasion, pour ne pas risquer d'affronter un clan entier. Nous serions alors forcés de rassembler à notre tour le clan Shonshoni.

— Et un conflit de cette ampleur provoquerait l'intervention de l'Assemblée des magiciens, souligna Tasaio. Ce qui serait désastreux. (Il chassa d'une chiquenaude un grain de poussière imaginaire sur un ongle.) Nous agirons donc avec circonspection, reprit-il. Après la mort de Mara et de son fils, le clan Hadama se gardera bien de s'indigner, exprimera quelques regrets, et reprendra ses affaires habituelles, n'est-ce pas ?

Desio leva la main pour réclamer le silence et réfléchit.

Incomo retint son envie de le conseiller, ravi par la nouvelle maturité de son seigneur. L'influence de Tasaio avait été un cadeau des dieux, car le jeune seigneur semblait en voie de devenir le chef confiant et décidé que l'on n'avait pas vu dans la haute salle des Minwanabi depuis le règne de son grand-père.

Maintenant sensible aux nuances, le seigneur hasarda :

— Tu as donc déterminé le meilleur moment pour déclencher la première partie de notre piège ?

Tasaio eut un nouveau sourire, aussi large et nonchalant qu'un bâillement de sarcat.

— Nous disposons de moins de temps que je ne m'y attendais. Mais cela ne se passera pas aussi rapidement que nous le souhaitons. Nous devons faire croire aux espions acoma que nous allons attaquer leurs maudites cargaisons de soie.

— C'est un choix logique, répondit Desio en hochant la tête. Nous avons été assez malmenés lors du chaos provoqué par leur entrée surprise dans le commerce de la soie. Les conseillers de Mara croiront volontiers que nous lançons un raid pour récupérer un peu de soie et saboter leurs profits mal acquis.

Tasaio frotta les marques laissées par les lacets de ses gantelets mais, si c'était un signe d'impatience, son attitude restait parfaitement calme.

— Sur votre ordre, devrions-nous leur laisser apprendre que des « bandits » attaqueront la caravane qui descend la route du fleuve, vers Jamar ?

Autrefois, Desio aurait approuvé de la tête avec un empressement évident. Maintenant, il fronçait les sourcils alors qu'il réfléchissait.

— Des fantassins ne seront pas suffisants. Assure-toi que nous leur donnerons l'impression de garder des navires en réserve, prêts à intervenir. Si le hadonra de Mara change la route de la caravane et choisit de la faire transporter par péniche, fais-lui croire que des « pirates » du fleuve les attaqueront.

— Mais bien sûr, mon seigneur !

Tasaio n'avait plus besoin de faire semblant de croire que l'idée était nouvelle.

— Une telle tactique forcera Keyoke à envoyer une autre caravane en guise d'appât, continua-t-il. Fortement gardée, elle empruntera la route principale. Pendant ce temps, il escortera personnellement un petit groupe de chariots rapides, en passant par les terres des Tuscalora.

— Où l'attaqueras-tu ? demanda Desio, une intense concentration se lisant sur son visage.

Tasaio fit signe à un esclave, qui appela l'aide de camp attendant à l'extérieur de la haute salle. Le guerrier entra, portant un lourd rouleau de parchemin. Il fit une révérence impeccable devant son seigneur, puis posa le rouleau par terre. Deux domestiques se précipitèrent pour le dérouler.

Tasaio tira son épée. D'un mouvement bref et précis, il indiqua la ligne bleue sinueuse qui représentait le fleuve Gagajin.

— Une fois Sulan-Qu dépassé, Mara enverra ses chariots vers le sud par la route du Grand Fleuve, si elle ne veut pas utiliser des péniches et prendre la voie fluviale. Elle voudra attirer l'attention sur la fausse caravane, et donc ne risquera pas la vraie cargaison en lui faisant prendre la route de la forêt, à l'est de ses terres. Elle est trop proche de celle de la fausse cargaison.

Son épée égratigna le tracé du fleuve qui était la route principale de commerce au cœur de l'empire ; à l'est et à l'ouest, des lignes rouges indiquaient les grandes routes.

— Ici, dit Tasaio, en pointant son épée vers une mince ligne qui serpentait au sud de la frontière acoma. Keyoke partira certainement au sud en traversant les terres tuscalora, et passera dans les collines au pied des monts Kyamaka. Il se dirigera vers le delta au nord du Grand Marais, et continuera directement vers Jamar, la porte des marchés du sud.

Se penchant vers la carte, Desio anticipa la suite.

— Tu attaqueras dans les contreforts ?

Tasaio indiqua une courbe sinueuse de son épée.

— Au niveau de ce col étroit. Quand elles y seront entrées, les forces de Keyoke seront coincées dans un goulet, aux deux extrémités. Avec la bénédiction du dieu Rouge, aucun guerrier acoma ne survivra.

Desio tapotait du doigt ses lèvres pleines, silencieux.

— Mais Mara peut garder son commandant à ses côtés. Supposons que son chef de troupe, Lujan, soit envoyé à la place de Keyoke ?

Tasaio haussa les épaules.

— Mara a montré de l'intelligence en matière de commerce, mais pour les batailles, elle doit déléguer le commandement. À part Keyoke et Lujan, ses options sont un vieux chef de troupe à moitié aveugle qui devra bientôt prendre sa retraite, et deux autres officiers nouvellement promus. Elle fera la seule chose intelligente : envoyer ses deux officiers confirmés avec les deux caravanes et faire confiance à la force brute de ses alliés cho-ja pour protéger son domaine.

Mais Desio n'était pas encore satisfait.

— Est-ce que nous ne pourrions pas aussi organiser un accident pour Lujan ?

Tasaio y réfléchit avec un intérêt distrait.

— Difficile. Les soldats de Mara s'attendront à rencontrer des ennuis, et même un assassin doué n'arrivera probablement pas jusqu'à leur commandant.

— À moins que...

Desio se leva de sa natte et s'accroupit sur les marches au-dessus de la carte. Après l'avoir étudiée pendant un long moment, il déclara :

— Et si nous nous arrangions pour que notre jeune chef de troupe se précipite au secours de son commandant ?

Les yeux de Tasaio s'écarquillèrent.

— Vous devriez être plus clair, mon seigneur.

Ravi d'avoir surpris son cousin, même légèrement, Desio posa son menton sur ses poings fermés.

— Nous « découvrirons » un espion acoma, nous le torturerons assez pour le convaincre que nous sommes sérieux et, devant lui, nous nous vanterons de notre piège – nous lui dirons même où il doit se refermer. Puis, dès l'instant où Keyoke ne pourra plus être rappelé, nous le laisserons s'échapper.

Le visage de Tasaio resta impassible.

— Et il se précipitera vers le domaine des Acoma.

D'un geste calculé comme toujours, il remit son épée au fourreau. Le chuintement de l'arme laminée qui s'enfonçait dans le fourreau résonna dans la salle presque vide.

— Ici, continuait Desio, en changeant de position pour indiquer la route du fleuve avec son orteil. Notre espion évadé rencontrera Lujan et sa caravane juste au sud de Sulan-Qu. À ce moment-là, le chef de troupe acoma devrait sauter en l'air au moindre bruit, attendant désespérément notre embuscade fantôme. Quand il comprendra que Keyoke est notre véritable cible, il fera faire demi-tour à son armée et se précipitera le long du fleuve pour tenter de le secourir. (D'une voix satisfaite, Desio conclut Au moment où les renforts arriveront, Keyoke sera mort et nos hommes seront en position pour tendre une embuscade aux troupes de Lujan.

Tasaio serra les lèvres, exprimant de gros doutes.

— Je pense que ce plan est un peu trop audacieux, mon seigneur. Anéantir Keyoke et sa petite troupe ne devrait pas nous poser de problème, mais Lujan commandera sûrement au moins trois compagnies de cent, cent vingt hommes chacune, avides de se lancer au combat.

Desio repoussa d'un geste de telles considérations.

— Au pire, Lujan se révélera trop difficile à abattre et nous ferons retraite, laissant Keyoke mort et le probable nouveau commandant des armées des Acoma honteux de l'échec de sa tentative de secours. Mieux, finit Desio en levant un doigt pour insister, avec un peu de chance, nous pourrons éliminer d'un coup le seul autre officier supérieur que possède la chienne acoma. Le jeu en vaut la chandelle.

— Mon seigneur... commença Tasaio.

— Fais-le ! hurla Desio, refusant d'entendre les considérations de prudence de son cousin.

Puis, avec toute son autorité seigneuriale, il répéta calmement son ordre.

— Fais-le, cousin.

Tasaio inclina la tête, fit demi-tour, et sortit. Alors que l'aide de camp qui avait apporté la carte se dépêchait de le rattraper, Desio fit signe à Incomo.

— Je vais m'entraîner avec ma garde personnelle durant la prochaine heure. Puis je me baignerai. Dis au hadonra de préparer mes servantes. Ensuite, je dînerai.

Sans se rendre compte qu'il avait insulté son premier conseiller en lui donnant des instructions comme à un valet de chambre, le seigneur des Minwanabi se leva. Des esclaves se hâtèrent de remettre en ordre les coussins froissés et de débarrasser les plateaux encombrés de pelures de fruit. Le commandant Irrilandi, son casque au plumet orange sous le bras, suivit discrètement son maître qui sortait de la haute salle. Incomo les regarda partir, les yeux mi-clos. Alors que le claquement des portes résonnait encore dans la salle, il vit qu'il ne restait plus que des esclaves et des domestiques. Il pencha son cou ridé vers la carte encore étalée devant l'estrade, froissée là où le seigneur avait marché. Incomo descendit les marches. Posé comme un échassier, avec un pied sur la province de Lash et l'autre au-dessus de la frontière de Hokani, il secoua vivement la tête.

Si Lujan est un fou, alors notre seigneur est un génie, songeait-il. *Mais si Lujan est un génie*... (Il regarda à nouveau la carte et murmura Si seulement notre jeune seigneur têtu voulait bien écouter, je...

— Je vois plusieurs problèmes, intervint une voix tranchante.

Surpris par le retour silencieux de Tasaio, Incomo releva le menton.

— Pouvez-vous m'expliquer ?

Tasaio fit un geste vers le sol.

— Je suis revenu pour la carte.

Incomo se retira du parchemin comme s'il marchait sur des œufs. Tasaio était dangereusement contrarié et, s'il choisissait de s'expliquer, il le ferait plus volontiers s'il n'était pas harcelé.

Tasaio fit un geste, et son aide de camp s'agenouilla pour rouler la carte. Le premier conseiller attendait, immobile et patient.

— Qu'est-ce qui pourrait mal tourner ? déclara Tasaio avec franchise. (Il prit des mains de son officier la carte roulée et la passa négligemment sous son bras.) L'audace de mon cousin fait honneur à notre chef de clan. Cependant, son plan dépend beaucoup trop d'événements qui devront se dérouler selon les souhaits des Minwanabi. Mon expérience me suggère de nous préparer au pire.

— Alors, vous pensez que le double raid tournera mal, le sonda Incomo, évoquant avec habileté une défaite à laquelle Tasaio préférerait sans doute la mort.

Tasaio leva ses yeux fauves aux longs cils noirs et le foudroya du regard.

— Je ne pourrai pas rester et mener ce raid pour m'assurer que tout aille bien. Néanmoins, on dit souvent que les batailles sont gagnées ou perdues avant que la première flèche ne soit décochée. Les Acoma subiront certainement de lourdes pertes. Je passerai mes dernières heures avant mon départ pour Dustari à préparer nos troupes à toutes les éventualités imaginables, et notre commandant recevra des instructions aussi détaillées que possible. Irrilandi est l'ami d'enfance de Keyoke et il connaît son tempérament. Il devrait pouvoir anticiper toutes les actions que Keyoke entreprendra face à nos troupes. Si je donne des instructions détaillées à Irrilandi pour chaque possibilité, il remportera la victoire.

Incomo se hérissa devant la mise en doute implicite des compétences d'Irrilandi. Mais le premier conseiller reconnut que la critique était raisonnable venant d'un homme qui avait été le commandant en second du seigneur de guerre. Tasaio et son aide de camp sortirent avec grâce de la haute salle. Le cousin de Desio était probablement l'officier supérieur le plus compétent de tout l'empire. Il avait gagné sa réputation de courage et de ruse lors de l'ascension des Minwanabi sous le règne de Jingu, puis il avait affiné ses talents naturels durant quatre années de commandement de l'Alliance pour la guerre, sur le monde barbare.

Incomo soupira, exprimant son regret de voir partir, après une dernière nuit de préparatifs, ce jeune noble extrêmement compétent. Il emprunterait le fleuve pour commencer son voyage vers la Mer de Sang puis les ruines de Banganok. Tasaio y retrouverait les hommes qui campaient déjà avec les pillards du désert, pour mettre en place la seconde étape du complot commencé par l'attaque du convoi de soie. La campagne contre les Xacatecas à Dustari devait s'intensifier, sinon la demande de renforts acoma ne pourrait jamais être obtenue auprès du Conseil malgré les pots-de-vin. Ayant reçu l'ordre avilissant de s'occuper de l'eau du bain et des belles servantes, le premier conseiller des Minwanabi contourna un balayeur vieux comme le monde, et sortit à pas traînant de la haute salle.

Mara faisait les cent pas. Elle décrivait un cercle étroit, réprimant une envie furieuse de donner un coup de pied dans un coussin, et déclara :

— Fais-le revenir ! Immédiatement !

Le scribe, dont les ardoises gisaient en pile désordonnée près de la table du cabinet de travail de la dame, s'inclina très bas et toucha le plancher de son front.

— À vos ordres, maîtresse.

Il se releva maladroitement et se hâta de sortir de la pièce, trop intimidé par la colère de Mara pour éprouver de l'amertume. Pourtant, elle lui avait ordonné de se rendre à l'endroit le plus éloigné du domaine comme s'il possédait l'endurance d'un esclave messager.

Tandis que le bruit des pas du serviteur s'évanouissait dans le couloir, Nacoya fit claquer sa langue en signe de reproche.

— Ma fille, les ennuis que tu connais sont pénibles, mais tu ne devrais pas te laisser aller comme cela. Tu t'es mise dans un état déplorable.

Mara se retourna brutalement, blanche de colère.

— Vieille femme, tes bavardages ne sont pas les bienvenus.

Nacoya leva un sourcil coupé de rides profondes.

— Les soucis t'ont rendue déraisonnable.

Son regard se fixa impitoyablement sur le nom de Kevin, inscrit de nombreuses fois sur les ardoises répandues sur le plancher. Fermant à demi les yeux comme si elle tentait de voir dans le cœur de sa fille adoptive, l'ancienne nourrice ajouta :

— Ou c'est peut-être l'amour.

Cette fois, Mara donna un coup de pied au coussin. Il vola à travers la cloison ouverte et atterrit dans un massif d'akasi aux branches enchevêtrées ; des pétales de fleurs s'envolèrent dans toutes les directions, et un nuage de pollen se répandit sur le sol.

— Vieille femme, tu mets ma patience à rude épreuve ! L'amour n'a rien à voir avec tout cela. Je suis en colère parce que j'ai renvoyé ce barbare par peur, et que la lâcheté est toujours inacceptable.

Nacoya s'attacha immédiatement à la phrase clé.

— La peur... d'un esclave ?

— J'ai craint ses opinions blasphématoires sur la Roue de la destinée, et les effets que cette attitude pourrait avoir sur mon fils. Et je suis en colère envers moi-même pour avoir éprouvé ce sentiment. Kevin est mon bien, n'est-ce pas ? Je peux le vendre ou le faire tuer selon mon bon plaisir, non ? (Mara soupira de frustration.) Durant ces derniers mois, j'ai fait surveiller sa conduite et il s'est bien comporté. Les pâturages sont enfin prêts, et pas un seul de ses compatriotes n'a dû être pendu pour que les délais soient respectés. Et pendant tout ce temps, il a fait preuve d'un respect convenable envers ses supérieurs.

La sévérité de Nacoya s'adoucit. Elle considéra les yeux enfiévrés de sa maîtresse et l'afflux de sang à ses joues, et conclut avec regret qu'on ne pouvait plus faire grand-chose. La jeune fille aimait le barbare. Bien que Mara ne le comprenne pas encore, ni le tact ni la raison ne pourraient lui faire remonter le cours du temps. Même si cela était totalement déraisonnable, Kevin serait de retour au manoir avant la tombée de la nuit.

Nacoya ferma les yeux avec une patience résignée. C'était le pire moment pour qu'il revienne. Arakasi, toujours diligent, venait de rapporter la nouvelle d'une prochaine offensive minwanabi. Mais personne ne pouvait en vouloir à la jeune femme de chercher un réconfort en temps de crise. Nacoya ne pouvait que prier pour que Mara se lasse rapidement de son esclave, ou tout du moins comprenne que cette relation ne pouvait lui apporter qu'un simple soulagement sexuel La dame devait entendre raison et accorder son attention à des soupirants plus convenables. Une fois mariée à un homme de rang élevé, fermement installée dans son rôle de souveraine, un consort décent à ses côtés, Mara pourrait dormir avec qui elle voudrait. Son époux devrait l'accepter, c'était un droit dû à son rang, comme le seraient des maîtresses pour un souverain. Mais le vrai problème était de trouver un consort.

Depuis la honte infligée au pauvre Bruli des Kehotara l'année précédente, la plupart des jeunes nobles se tenaient à l'écart de la souveraine des Acoma. Chez les Tsurani, les commérages des rues vous coupaient régulièrement le souffle par le récit détaillé des secrets d'alcôve. Bien qu'une poignée de serviteurs seulement aient assisté à l'embarras de Bruli, en quelques jours tous les vendeurs des rues des provinces centrales avaient répété l'histoire.

Peut-être que des soupirants possibles avaient appris cet incident et décidé que la dame des Acoma à l'esprit résolu représentait plus de problèmes que sa richesse et son titre ne le valaient. Ou peut-être des soupçons subsistaient-ils encore sur le déshonneur et la mort du seigneur Buntokapi. Mais surtout, la majorité des soupirants éventuels attendaient simplement de voir si Mara allait vivre encore longtemps.

Même quelqu'un d'aussi franc dans son intérêt qu'Hokanu des Shinzawaï ne pouvait certainement pas attendre que Mara ait terminé ses folies. Chaque nuit où Mara folâtrait avec Kevin était une heure pendant laquelle elle n'était pas disponible pour recevoir des fils de la noblesse. Nacoya leva ses mains ridées vers le ciel et laissa échapper un petit reniflement de dégoût.

— Ma dame, si vous décidez de le faire revenir, demandez au moins à l'herboriste de vous préparer une potion de stérilité. Les plaisirs du lit sont une bonne chose, sauf si vous avez le malheur de tomber accidentellement enceinte.

— Dehors ! hurla Mara, en rougissant, pâlissant, puis rougissant encore. Je rappelle mon esclave pour le réprimander, pas pour m'abandonner à ses appétits charnels !

Nacoya s'inclina et battit en retraite aussi rapidement que ses vieux os le lui permettaient. Dans le couloir, elle soupira. Une réprimande pour quoi ? Pour avoir été efficace et avoir montré du respect envers ses supérieurs ? Pour avoir obtenu plus de travail de ses compatriotes barbares que n'importe qui en avait été capable ? Avec un air de patience résignée, Nacoya rejoignit l'aile des serviteurs et appela elle-même l'herboriste, pour s'assurer qu'un élixir de teriko serait placé dans la chambre de la dame à la tombée de la nuit. Avec les Minwanabi qui cherchaient à répandre le sang des Acoma, la famille n'avait vraiment pas besoin que sa souveraine s'encombre d'une grossesse.

L'après-midi était bien avancé quand le scribe, épuisé, revint du pâturage éloigné accompagné de Kevin le barbare. Comme Mara avait oublié qu'elle n'avait pas envoyé un esclave messager pour cette mission, le retard n'avait pas amélioré son humeur. D'autant plus qu'elle avait compris que son jugement avait été obscurci par l'émotion. Affamée, mais trop nerveuse pour manger, elle attendait dans son cabinet de travail, pendant qu'un poète, assis à même le plancher et qu'elle n'avait pas écouté depuis près de deux heures, lui lisait des vers. Mara le faisait taire d'un geste à chaque fois qu'elle entendait des bruits de pas dans le couloir. Quand le pas se révélait être celui d'un domestique, le poète reprenait avec une patience feinte. Sans le patronage de la grande dame, il aurait traîné dans les rues de Sulan-Qu, tentant de subsister difficilement en composant des vers pour les passants. Quand la personne attendue arriva enfin, il s'inclina gracieusement en recevant son congé. Mara se montra généreuse et, s'il se sentit vexé par son inattention durant tout l'après-midi, il savait qu'elle compenserait plus tard son manque de courtoisie.

Reconnaissant le bruit de grandes enjambées, accompagné du claquement rapide des sandales d'un serviteur beaucoup plus petit qui tentait de suivre l'allure du barbare, Mara fit entrer les deux hommes avant même que l'un d'eux n'ait eu le temps de frapper. Le scribe était pratiquement au bord de l'évanouissement ; il ouvrit la cloison en la faisant glisser sur le côté et, le visage écarlate, hoqueta :

— Dame... Kevin.

Trop préoccupée pour être contrite, Mara le congédia pour qu'il puisse aller se reposer et qu'elle reste seule avec son esclave. Quand la cloison se referma avec un cliquetis, elle regarda Kevin qui se tenait devant la porte. Pendant un long moment, personne ne parla, puis Mara fit un geste brusque pour ordonner au barbare d'approcher.

Kevin obéit. Il était extrêmement bronzé, ses pommettes s'ornaient de taches de rousseur, et ses yeux bleus formaient un contraste saisissant avec sa peau assombrie. Ses cheveux décolorés par le soleil avaient pris une teinte d'or rouge et ses longues mèches tombaient en frisant sur ses épaules. Il ne portait pas de chemise. Des heures passées à creuser avec son équipe lui avaient laissé des cals aux mains et musclé fortement le dos et les bras. La chaleur intense de l'été avait pris son dû ; ses précieuses chausses de style midkemian avaient été coupées au niveau des cuisses, et ses genoux arboraient de vieilles cicatrices et de nouvelles égratignures de ronces. Absorbée dans la contemplation de ces détails, et prise au dépourvu par le sursaut de son cœur en revoyant Kevin après si longtemps, Mara n'avait pas anticipé sa colère.

Kevin s'inclina avec une brièveté insultante. Il la foudroya du regard et fit un geste à sa manière si peu tsurani.

— Qu'est-ce que vous voulez, dame ?

Il cracha presque son titre. Mara se raidit sur ses coussins et son visage devint pâle comme un linge.

— Comment oses-tu me parler ainsi ? murmura-t-elle, à peine capable d'articuler.

— Et pourquoi pas ? rétorqua Kevin. Vous me poussez comme un pion d'échecs... de shâh ! Ici ! Là ! Maintenant à nouveau ici, parce que cela vous convient, mais jamais une explication, et jamais une seconde d'avertissement ! J'ai fait ce que vous vouliez – pas pour l'amour de vous, mais pour sauver la vie de mes compatriotes.

Surprise et maintenant sur la défensive, Mara perdit tout son aplomb et se retrouva presque à lui faire des excuses, tentant de justifier ses actes.

— Mais je t'ai donné le rang de maître d'esclaves et je t'ai permis de prendre en charge tes compagnons midkemians, fit-elle en désignant d'un geste les ardoises. Tu as utilisé ton autorité pour leur donner du confort. J'ai vu qu'ils mangeaient du jiga, des steaks de needra, des fruits et des légumes frais en plus de leur bouillie de thyza.

Kevin leva les mains.

— Si vous donnez un travail de force à vos hommes, vous devez les nourrir, ou ils s'affaiblissent et tombent malades. C'est du simple bon sens. Et ces champs sont malsains, infestés de mouches et d'insectes piqueurs, et de toutes sortes de saletés à six pattes. La moindre coupure s'infecte sous ce climat. Vous pensez que mes hommes se sont attablés devant des banquets ? Essayez donc de dormir sur le sol, là-bas, quand ce qui passe pour des limaces et des escargots dans ce monde oublié des dieux envahit vos couvertures après la tombée du soleil ! Et quand vous vous êtes débarrassé de vos hôtes indésirables, vous restez allongé dans la moiteur, incapable d'inspirer le moindre souffle d'air.

Les yeux de Mara s'assombrirent.

— Vous dormirez là où je vous l'ordonnerai, et vous garderez vos récriminations pour vous.

Kevin rejeta en arrière ses longues boucles, pour mieux braquer son regard sur elle.

— Vos maudits arbres ont été abattus, et les clôtures sont presque terminées – donnez-moi encore une semaine. C'est tout de même quelque chose, en considérant que nos homologues tsurani s'affaiblissent et font la sieste chaque fois que le soleil passe au zénith.

— Cela ne te donne pas le droit de prendre des libertés, rétorqua Mara d'une voix sèche.

Elle sentit que son ton montait, et se contrôla avec difficulté.

— Des libertés, ah bon ?

Kevin s'assit sans en recevoir la permission. Même alors, Mara était obligée de lever la tête pour le regarder, et cela emplit le Midkemian d'une satisfaction perverse.

Mara tendit la main, ramassa l'une des ardoises éparpillées à ses pieds, et lut :

— Voici quelles furent les paroles du barbare envers le contremaître : « *Refais encore une fois cela, et je t'arracherai les... couilles, espèce de fils hypocrite de singe d'égout.* » (Mara s'arrêta, soupira, et ajouta Quoi que soit un « singe d'égout », mon contremaître l'a pris pour une insulte.

— C'était bien l'effet voulu, l'interrompit Kevin.

Le froncement de sourcils de Mara s'accentua.

— Le contremaître est un homme libre, tu es un esclave, et il n'est pas permis aux esclaves d'insulter les ouvriers libres.

— Votre contremaître est un escroc, accusa Kevin. Il vous vole comme au coin d'un bois. Quand j'ai vu que les nouveaux vêtements qui devaient être distribués à mes hommes avaient été revendus sur le marché pour remplir les poches de ce voleur, alors que mes compatriotes continuaient à porter des guenilles, j'ai...

— ...menacé de lui enfoncer sa virilité entre les dents après la lui avoir arrachée, l'interrompit Mara en désignant l'ardoise. Tout est là.

Kevin répondit par une obscénité en midkemian.

— Dame, vous n'avez pas le droit de me faire espionner, ce ne sont pas vos affaires.

Mara haussa les sourcils.

— Au sujet de mon contremaître, il s'avère que tu avais raison et il a été puni pour ses vols. Mais en ce qui concerne mon espionnage, nous sommes sur mon domaine, et ce qui s'y passe fait certainement partie de mes affaires ! Ce n'est pas de l'espionnage que de surveiller la gestion de mes terres. (Elle s'arrêta, prête à ajouter quelque chose, puis changea de sujet.) Cette entrevue ne se déroule pas du tout comme je l'avais prévu.

— Vous vous attendiez à ce que je revienne vers vous, prêt à vous embrasser, alors que vous m'avez renvoyé comme un malpropre ? Après avoir passé des mois à me briser le dos pour construire vos clôtures, sous une menace de mort pour des hommes dont le seul crime était de souffrir de la chaleur et de malnutrition ? (Kevin prononça un nouveau mot midkemian, court et bien senti.) Dame, je suis peut-être forcé de vous servir comme esclave, mais cela ne fait pas de moi une marionnette stupide.

Mara sursauta à nouveau d'indignation, se contrôla, puis leva les mains d'une manière qui ressemblait plus aux façons de Kevin qu'aux siennes.

— J'avais l'intention de te complimenter sur l'efficacité de ton équipe. Tes méthodes ne sont peut-être pas orthodoxes, et même frustes selon nos standards, mais tu as obtenu de bons résultats.

Kevin la regarda attentivement, les lèvres serrées.

— Dame, je n'arrive pas à y croire... Après être restée silencieuse pendant si longtemps, vous me faites revenir de si loin, juste pour me donner une petite tape dans le dos et me féliciter ?

Maintenant Mara se sentait troublée. Pourquoi l'avait-elle fait revenir ? Avait-elle oublié à quel point il pouvait la perturber, avec sa franchise barbare et ses manières obstinées ? Elle perçut la colère qu'il éprouvait envers elle, son ressentiment maussade et frustré. Elle avait un peu oublié sa véhémence et tentait de garder ses distances en sa présence, pour contrôler le chaos effroyable qu'il semait dans son cœur et son esprit.

— Non, je ne t'ai pas rappelé ici pour te complimenter. Tu es ici à cause...

Elle regarda autour d'elle, cherchant quelque chose pour prendre le temps de se calmer, puis tendit la main et choisit une autre ardoise, celle qui avait initialement provoqué sa fureur.

— ... à cause des barres de clôture.

Kevin roula les yeux au ciel, les mains serrées si fort sur ses avant-bras qu'il y imprimait des marques blanches.

— Si je dois construire une clôture, je ne vais pas le faire avec des poteaux pourris qui tomberont dès la prochaine saison humide, aussi vrai que les pâturages sont infestés de mouches. J'imagine très bien le sermon que j'entendrai alors, fustigeant mon travail médiocre de « barbare ». Sans mentionner le fait que l'année prochaine, je serai obligé de réparer le travail mal fait.

— Ce que tu feras l'année prochaine n'est pas de ton ressort.

Mara s'éventa avec l'ardoise. Quelle que soit la façon dont elle s'y prenait, elle ne parvenait pas à garder le contrôle de cette conversation.

— Mais attraper le marchand qui nous a vendu les poteaux et l'attacher par les pieds, la tête en bas, audessus du fleuve, est un véritable scandale.

Kevin ouvrit les mains et croisa les bras sur sa poitrine, l'air très content de lui.

— Ah bon ? Je pensais que c'était une justice parfaite. Si le poteau tenait, le marchand restait au sec. Si le bois n'était pas de bonne qualité, il buvait la tasse. Cela l'a fait réfléchir à deux fois, quand nous l'avons sorti de l'eau, et il a arrêté de nous vendre du bois de qualité inférieure.

— Tu as couvert mon nom de honte ! l'interrompit Mara. L'homme à qui tu as fait boire la tasse vient d'une grande guilde, d'une famille honorable, même si elle n'est pas noble. Jican a dû payer une compensation importante pour effacer l'affront fait à sa dignité.

Kevin bondit sur ses pieds avec une grâce soudaine et sauvage qui surprenait toujours Mara. Il se mit à faire les cent pas dans la pièce.

— C'est ce que je ne comprendrai jamais chez vous, les Tsurani, cria-t-il en agitant un doigt accusateur. Vous êtes de toute évidence cultivés, instruits, et les intendants qui sont à votre service ne sont pas stupides. Mais votre sacré code de l'honneur me rend complètement fou. Vous vous coupez les orteils pour vexer vos pieds ! Vous gardez des hommes menteurs, paresseux ou tout simplement incompétents dans une position d'autorité parce qu'ils sont simplement nés par hasard dans une maison honorable. Alors que les dons d'hommes de valeur sont gaspillés dans des professions peu appréciées et mal payées. (Il se tourna vivement vers Mara.) Ce n'est pas étonnant que votre père et votre frère se soient fait tuer ! Si votre peuple pensait en termes de logique, plutôt que de s'enfoncer dans les méandres du devoir et de la tradition, vos bien-aimés seraient peut-être encore en vie.

Mara devint pâle comme la mort. Kevin ne s'en rendit pas compte et continua sa diatribe.

— Et mon peuple, dans le Royaume, ne serait peut-être pas dans une situation si désespérée si vos généraux menaient une guerre logique. Mais non, ils avancent ici, pillent impitoyablement une ville là. Ensuite ils font retraite sans raison apparente et partent ailleurs ravager une autre cité. Puis ils campent pendant des mois et ne font plus rien.

Mara luttait pour garder son calme, de plus en plus difficilement.

— Es-tu en train de dire que mon peuple est stupide ?

Elle avait toujours le souvenir vivace de sa famille tuée par la trahison des Minwanabi. La pensée que le destin aurait pu leur permettre de rentrer chez eux en vie, si l'honneur tsurani avait été ignoré, lui infligea une angoisse inattendue. Même si leur mort datait maintenant de plusieurs années, le chagrin était toujours présent.

Kevin prit une inspiration pour répondre, mais Mara l'interrompit :

— Ne dis plus rien.

Sa voix se brisa sur ces paroles, et ses yeux s'emplirent de larmes. Fille d'un fier héritage, elle tenta de les retenir, sans succès. Elle détourna le visage pour cacher sa honte, mais ne fut pas assez rapide.

Kevin vit que ses yeux brillaient, et sa colère retomba brusquement. Il s'agenouilla et tendit une main maladroite vers son épaule.

— Dame, dit-il d'une voix soudain grave et sincère. Je n'ai jamais eu l'intention de vous blesser. J'étais surtout fou de rage parce que je pensais que je vous plaisais, avant que vous me renvoyiez. (Il prit une profonde inspiration et haussa les épaules.) Je ne suis qu'un homme et, comme tout le monde, je n'aime pas me rendre compte que j'ai eu tort.

— Tu n'avais pas tort, répondit doucement Mara sans tourner la tête. Mais tu m'as effrayée. Un grand nombre de tes idées sont constructives, mais d'autres insultent les dieux et mes croyances. Je ne veux pas voir les Acoma réduits en poussière parce que j'ai écouté ta « logique » d'un autre monde en refusant toute sagesse et en rejetant la loi divine.

Ses épaules furent secouées par un sanglot, et le cœur de Kevin fondit. S'il avait pris le temps de réfléchir, il aurait hésité, mais analyser ses émotions ne faisait pas partie de ses habitudes. Il prit la frêle jeune femme dans ses bras.

— Mara, murmura-t-il dans ses cheveux, de temps en temps, des hommes puissants et cupides interprètent à leur gré les lois divines. J'ai un peu appris à connaître tes dieux auprès de tes compatriotes. Votre Lashima ressemble beaucoup à notre Kilian, et Kilian est une déesse bienveillante et aimante. Penses-tu que Lashima dans sa générosité brûlerait vos mains si vous faisiez preuve de compassion et donniez quelques pièces aux pauvres ?

Mara frissonna dans ses bras.

— Je ne sais pas. Je t'en prie, ne dis plus rien. Keyoke et Lujan doivent mener nos guerriers au combat contre les Minwanabi et, en ce moment, les Acoma ne doivent pas risquer la colère des dieux.

Les mains de Kevin la caressèrent, et lui tournèrent doucement la tête pour qu'elle le regarde. Les cals de ses mains étaient rugueux, et son corps et ses cheveux sentaient la sueur réchauffée par le soleil et l'herbe des prés. Mais la sensation de sa peau sur la sienne fit battre le cœur de Mara à tout rompre. Retrouvant en sa présence un calme qui jusqu'à maintenant lui avait échappé, Mara fronça le nez.

— Tu as besoin d'un bain.

— Moi ? murmura Kevin en se rapprochant d'elle et en l'embrassant longuement sur les lèvres. Tu m'as manqué, bien que je sois fou de l'avouer.

Le corps de Mara s'embrasa et elle se pencha vers lui, sentant sa force. La pression des mains de Kevin sur sa chair lui fit jeter aux orties toute prudence ainsi que les conseils de Nacoya.

— Tu m'as manqué aussi. Peut-être que nous avons tous deux besoin d'un bain.

Le visage de Kevin se fendit d'un large sourire.

— Ici ? Maintenant ?

Mara frappa dans ses mains et des domestiques entrèrent en hâte, prêts à obéir à tous ses désirs. Avec un air espiègle, la dame des Acoma leva le regard sur le grand barbare qui la tenait dans ses bras.

— Faites venir mes servantes et qu'elles apportent de l'eau pour un bain. (Comme avec une arrière-pensée, elle ajouta Et effacez ces ardoises. Elles contiennent des informations qui risqueraient de déclencher une rébellion, et je ne veux pas que mes autres esclaves apprennent l'impertinence, comme celui-ci l'a fait.

Alors que les domestiques se hâtaient d'accomplir les tâches qu'elle leur avait distribuées, elle tendit la main et toucha la barbe de plusieurs jours de Kevin, qui lui rendait le menton et les joues râpeux.

— Je ne sais pas ce que je vois en toi, espèce de casse-cou.

Peu habitué à échanger des gestes intimes dans une pièce pleine d'activité débordante, Kevin rougit sous son bronzage. Une par une, il retira les épingles qui retenaient les cheveux de Mara. Quand son épaisse chevelure retomba sur ses épaules, il enfonça la main dans la masse noire comme la nuit et s'en servit d'écran pour protéger leurs visages du regard public.

— Tu es vraiment ma souveraine, murmura-t-il dans l'obscurité parfumée, et le baiser suivant balaya toute raison.

Glissant d'une façon joueuse ses mains sur la courbe de la nuque de Mara, il la sentit frissonner de délice et d'impatience. Chuchotant dans son oreille, il ajouta :

— Et, pauvre diable que je suis, tu m'as manqué... ma dame.

Mara s'écarta suffisamment pour voir si son expression était moqueuse. Mais elle lut dans ses yeux un sentiment qui lui fit perdre toute force. S'appuyant contre le corps musclé de Kevin, les brûlures du soleil sur sa poitrine chaude contre sa joue, elle répondit :

— Et tu m'as manqué, mon barbare. Dieu, que tu m'as manqué.

9

EMBUSCADE

Keyoke donna l'ordre de faire halte.

Derrière lui, le premier chariot de soie lourdement chargé grinça et s'immobilisa. Le piétinement des attelages de needra souleva une poussière ocre emportée par la brise. Keyoke cligna des yeux pour chasser le sable de ses yeux. Le poids de son armure de bataille usagée faisait souffrir ses genoux et lui donnait des crampes dans le dos. *Je deviens trop vieux pour les campagnes militaires,* pensa-t-il.

Mais le guerrier en lui prévalut. Ni l'âge ni la fatigue ne transparurent dans son attitude alors qu'il tournait son regard acéré vers la crête de collines et qu'il observait la route. Pour les hommes qui avançaient en rangs impeccables derrière leurs officiers, Keyoke était toujours le même : une silhouette anguleuse, tannée par le soleil et sculptée dans un roc indestructible.

Devant eux, la piste serpentait comme une corde lovée entre des promontoires de granit fissuré. Le sol était sillonné d'ornières là où la pluie de la saison humide avait creusé la terre soulevée par les sabots des needra et les roues des caravanes. Mais la route menant au col n'était pas vide comme elle aurait dû l'être. Sur le ciel embrumé de poussière, Keyoke perçut un mouvement... Une lueur étincela sur une armure verte éclairée par le soleil. Un éclaireur s'était attardé pour attendre la caravane, signe certain que quelque chose n'allait pas.

Keyoke fit signe à un chef de troupe nouvellement promu, un petit homme, avec une cicatrice qui lui barrait le sourcil, nommé Dakhati.

— Que les hommes se tiennent prêts !

L'ordre était superflu. Les guerriers étaient aux aguets, la main reposant avec légèreté sur la poignée de leur épée. Ils avaient marché en se tenant prêts au combat depuis qu'ils avaient quitté la frontière alliée. Aucun d'eux ne s'était laissé endormir par le passage paisible des jours. Malgré la fatigue d'avoir soulevé les roues des chariots embourbés dans les ornières de routes de montagne mal entretenues, leur vigilance ne s'était pas émoussée. Ces terres étaient infestées de bandits, et créées par les dieux pour qu'on y tende des embuscades.

Les meilleurs soldats de Mara avaient été choisis pour escorter la précieuse soie jusqu'à Jamar. En effet, la plus grande troupe défendait la caravane qui servait d'appât, là où l'on attendait l'attaque. Si la petite bande de Keyoke s'engageait dans une bataille, chaque guerrier devrait combattre pour deux. Personne ne doutait que l'homme qui attendait près de la route allait annoncer des ennuis. Tous les éclaireurs étaient d'anciens guerriers gris qui avaient autrefois rôdé dans ces mêmes collines. Ils connaissaient ces vallées comme leur poche et ne seraient pas effrayés par des ombres.

Keyoke fit un geste large, et l'éclaireur qui attendait disparut. Quelques instants plus tard, il arrivait à la tête de la caravane, avançant à grandes enjambées sur le talus herbeux, aussi silencieux qu'une ombre déplacée par le soleil. Il s'arrêta devant son commandant et salua respectueusement Keyoke et Dakhati.

— Ton rapport, Wiallo, demanda Keyoke.

Il ressentait peut-être le poids des ans dans son corps, mais sa mémoire était toujours excellente ; il mettait un point d'honneur à connaître le nom de tous ses soldats.

L'éclaireur jeta un dernier regard inquiet vers la pente, puis prit la parole.

— J'ai souvent chassé dans cette région, commandant. Au crépuscule, les mulak et les kojir devraient voler autour du lac, au-delà de cette crête. (Il indiqua l'ombre de la forêt, tachetée de lumière par le soleil.) Et les sanaro, les li et les autres oiseaux chanteurs ne devraient pas être silencieux à cette heure de la journée. (Il lança un regard lourd de sens à Keyoke.) Je n'aime pas le silence et le bruit du vent.

Keyoke ramena son casque sur son front, laissant la petite brise sécher la sueur de ses cheveux. Puis, lentement et délibérément, ses doigts couturés resserrèrent sa jugulaire. Les vétérans acoma comprirent que leur commandant se préparait au combat.

— Tu penses qu'un autre genre d'oiseaux niche dans ces arbres, n'est-ce pas ?

— De gros oiseaux, commandant, répondit Wiallo en souriant. Des oiseaux qui portent une queue de chien au lieu de plumes.

Dakhati se passa la langue sur les dents, mal à l'aise.

— Des Minwanabi ou des bandits ?

Le sourire de Wiallo disparut.

— Des guerriers gris passeraient au large de notre compagnie.

Keyoke passa la patte de sa jugulaire derrière le cliquet, sous son maxillaire.

— Des Minwanabi, donc. À quel endroit est-il plus probable qu'ils nous attaquent ?

Wiallo fronça les sourcils.

— Un commandant astucieux nous verrait arriver derrière la prochaine côte. (Il désigna une crête qui s'élevait comme un poignard dans la brume crépusculaire.) À mi-chemin environ de la pente, sur l'autre versant de la prochaine vallée, la route monte fortement à nouveau et serpente dans toute une série de ravins escarpés.

Keyoke hocha la tête.

— L'ennemi voudra garder une position élevée, pendant que, sous les tirs de ses archers, nous serons forcés de fouetter les needra pour leur faire monter la côte et tenter de nous échapper. (Ses yeux clairs rencontrèrent ceux de Wiallo.) C'est là où je frapperais. Et j'enverrais une autre compagnie nous suivre pour boucher la vallée sur l'arrière, et nous couper toute chance de retraite. (Il regarda autour de lui.) Il est très probable qu'ils sont en train de passer derrière nous en ce moment même.

Derrière les rangs de soldats nerveux, un needra meugla. Des roues grincèrent et un charretier jura, alors qu'on entendait le claquement des sandales d'un coureur qui approchait.

— Faites place ! Un éclaireur revient ! cria quelqu'un depuis l'arrière.

Les rangs s'ouvrirent impeccablement, et un guerrier avança entre eux en trébuchant, le visage pâle et à bout de souffle.

Dakhati fit un pas en avant et rattrapa le messager alors qu'il s'arrêtait en chancelant.

— Commandant !

Keyoke se tourna avec un calme qu'il ne ressentait pas.

— Parle clairement.

— Il y a des soldats sur la route derrière nous. (L'homme prit une inspiration douloureuse.) Peut-être cent, cent cinquante hommes, et Corjazun a reconnu leur officier. Ce sont des Minwanabi.

La première réaction de Keyoke fut un « Diable ! ». Puis il prit le soldat essoufflé par l'épaule et ajouta :

— Bien joué. Est-ce que cette armée avance discrètement ?

Le coureur passa la paume de sa main sur son front couvert de sueur.

— Ils marchent ouvertement. Nous avons estimé la taille de leur troupe d'après le nuage de poussière qu'elle soulève.

Les yeux de Keyoke s'étrécirent. Il conclut vivement :

— Ce n'est pas une bande de pillards ; c'est une compagnie entière, au moins une centaine d'hommes, et qui nous pousse dans un piège.

Dakhati osa une opinion.

— Si une embuscade nous attend, et qu'une armée se rapproche par-derrière...

— C'est qu'ils savaient que nous venions, finit Keyoke.

Les implications étaient terrifiantes mais académiques, sauf si quelqu'un survivait pour avertir dame Mara qu'il y avait une fuite de renseignements dans sa maisonnée.

— Je déteste être obligé d'abandonner les chariots de soie, mais sinon nous serons tous sacrifiés au dieu Rouge et la soie sera tout de même perdue.

Le commandant se prépara à donner des ordres tragiques. Wiallo le toucha légèrement et le stoppa dans son élan.

— Commandant, suggéra l'ancien guerrier gris, il y a peut-être une solution.

— Parle rapidement, demanda Keyoke.

— Il y a un sentier étroit caché parmi les rochers, à la base de cette éminence. Il conduit dans un étroit défilé que les bandits utilisent de temps en temps pour monter leur camp. Les chariots ne peuvent pas passer, mais on peut y cacher la soie, et la position offre au moins un espoir de résistance. Il n'y a qu'une seule entrée qu'un très petit nombre d'hommes peut défendre.

Le regard de Keyoke se porta sur l'horizon, comme s'il cherchait à repérer l'armée qui s'approchait pour les anéantir.

— Combien de temps pourrons-nous résister là-bas ? Assez longtemps pour envoyer un messager à dame Mara ? Ou pour rappeler Lujan ?

Wiallo garda un temps le silence. Puis il répondit franchement :

— Un messager pour notre maîtresse, peut-être. Suffisamment longtemps pour tenir jusqu'à ce que des renforts arrivent du domaine ? Les Minwanabi peuvent se frayer un passage de force s'ils sont prêts à se faire massacrer.

Dakhati frappa sa cuisse dans une manifestation surprenante de colère.

— Quel honneur y a-t-il à abandonner ce que nous avons fait serment de défendre ?

— Les chariots seront perdus de toute façon, répondit Keyoke d'un ton cassant. Nous ne pourrons pas les défendre et faire une sortie à découvert contre une centaine d'hommes.

Le plus important était que Mara ne reste pas dans l'ignorance. Elle devait savoir que les Minwanabi avaient accès à ses secrets. Non, il valait mieux occuper la position et envoyer un messager, pendant que les Minwanabi restaient occupés dans le défilé.

Que la sagesse de Lashima nous guide tous, pria intérieurement Keyoke. Puis il éleva la voix pour donner ses ordres.

— Il existe de meilleures façons de défendre ce que l'on vous a confié que de combattre jusqu'à la mort avant de laisser l'ennemi s'emparer du butin.

Il termina par toute une série d'ordres. Les soldats firent semblant de se détendre. Ils retirèrent leurs casques et s'abreuvèrent au seau et à la louche proposés par le jeune porteur d'eau. Ils se rassemblèrent en petits groupes, échangèrent des plaisanteries et rirent comme si tout allait bien. Pendant ce temps, derrière eux, les serviteurs délaçaient rapidement les bâches des chariots et faisaient des ballots avec la précieuse soie.

Wiallo leur montra l'endroit où les rochers formaient des crevasses. Un tiers de la soie fut rapidement dissimulé et recouvert de broussailles. Il n'y avait pas assez de place pour le reste. Les serviteurs replacèrent l'excédent dans les chariots et retendirent les bâches pour cacher les vides. Puis Keyoke cria des ordres et les soldats reformèrent les rangs. La caravane reprit sa route. La compagnie descendit la crête pour rejoindre une vallée envahie par les ombres profondes de l'après-midi.

La caravane atteignit le pied de la colline, et les needra meuglèrent quand les conducteurs tirèrent une nouvelle fois sur leurs rênes. À travers le voile de poussière soulevé par les animaux, Keyoke jeta un coup d'œil en arrière et vit le ciel éclairé par l'or du crépuscule proche ; mais les hauteurs qu'ils avaient récemment quittées étaient maintenant obscurcies par un nuage gris terne. Un moment plus tard, un éclaireur confirma ses doutes sur cette zone de ciel gris.

— C'est la poussière soulevée par des soldats en marche. Les Minwanabi sont fatigués d'attendre, rapporta l'éclaireur essoufflé. Peut-être pensent-ils que nous allons camper ici.

Keyoke pinça ses lèvres sèches. Il fit signe à Dakhati de le rejoindre et déclara :

— Nous devons nous dépêcher.

Puis, sentant chaque lieue que ses pieds avaient parcourue, le commandant regarda son chef de troupe transmettre ses ordres. Pensif, il souhaita avoir Papéwaio à ses côtés, son ancien chef de troupe si intuitif. Mais Papé était mort, assassiné par un Minwanabi alors qu'il défendait Mara. Keyoke espérait pouvoir en faire autant. Car il ne nourrissait plus la moindre illusion : il savait que tous ses guerriers rencontreraient probablement le dieu Rouge au bout d'une arme minwanabi.

Dissimulés par les arbres, les soldats acoma déchargèrent la soie et dételèrent les needra. Puis, grâce à des perches coupées dans la forêt, ils renversèrent les chariots, formant une barricade derrière laquelle se postèrent vingt archers. Ces hommes s'étaient portés volontaires pour rester en arrière et combattre jusqu'à la mort, afin que le reste de la compagnie ait le temps de rejoindre le défilé de Wiallo. Qu'un tel refuge n'existe pas, ou que l'ex-guerrier gris se soit trompé sur son emplacement, était un désastre auquel nul ne voulait songer.

Les rayons du soleil quittèrent assez tôt la vallée mais illuminèrent un certain temps les hauteurs, qui ressemblèrent à des doigts trempés dans de la dorure. La poussière soulevée par l'armée minwanabi accentuait les ombres en contrebas.

Keyoke ordonna :

— Que chaque homme emporte autant de soie qu'il le peut. (Devant le regard intrigué de Wiallo, le commandant ajouta Ces rouleaux d'étoffe peuvent nous servir à arrêter des flèches, ou à construire un rempart pour stopper une charge. Que les domestiques dirigent les needra et les guident rapidement jusqu'à ce défilé.

Les soldats, ployant sous le poids des balles de soie empilées sur leurs épaules, marchaient entre les charretiers et les serviteurs. Ces derniers fouettaient les needra qui renâclaient à escalader une barrière de rochers déchiquetés. L'obscurité tombait rapidement, et le terrain était difficile. La caravane dépecée avançait sur un terrain périlleux. Les hommes devaient écarter les branches, qui fouettaient les armures ou s'y accrochaient, et franchir de petites ravines dangereuses pour les chevilles. Plusieurs fois, des soldats tombèrent, mais personne ne jura. Les hommes se relevaient en silence et reprenaient les ballots qu'ils avaient lâchés, pour progresser rapidement dans la forêt broussailleuse et dense.

Au lever de la lune, la compagnie atteignit un défilé étroit. Des lianes s'accrochaient aux arbres comme si elles cherchaient à étrangler les marcheurs, et de cette végétation étouffante surgirent deux falaises verticales.

— Le défilé se trouve juste devant vous, peut-être à trois portées d'arc de cette formation rocheuse, indiqua Wiallo.

Keyoke observa les ombres et distingua un rocher de grande taille qui surplombait le sentier. Il leva la main et la colonne s'arrêta.

Un oiseau chanta puis se tut ; impossible de savoir si la créature portait des plumes ou une armure. Keyoke toucha l'épaule des deux guerriers les plus proches et leur fit signe d'avancer.

— Montez la garde ici. À l'instant où vous verrez le moindre signe de poursuite, que l'un d'entre vous vienne me prévenir.

Les hommes choisis déposèrent leur fardeau et prirent leur poste sans protester. Keyoke salua leur bravoure et regretta de ne pas avoir le temps de leur parler. Mais aucun discours ne pouvait alléger leur mission : quand les Minwanabi avanceraient vers leur position, l'un d'eux partirait en courant pour venir l'avertir et l'autre mourrait pour donner à son camarade assez d'avance pour passer. *Mara serait fière d'eux,* pensa tristement le commandant.

La compagnie et les serviteurs avançaient en trébuchant le long du sentier. Ils se déplaçaient dans la semi-obscurité comme des hommes pourchassés par des démons. Au passage d'un V étroit entre les rochers, chaque homme dut avancer sur les mains et les genoux et faire passer devant lui son ballot de marchandises. On dut forcer les needra à sauter en contrebas, ce qui était contraire à leur nature. Keyoke fit signe à Wiallo de le rejoindre. Par-dessus les meuglements des animaux effrayés, il demanda :

— Quelle chance as-tu de te frayer un chemin à travers les montagnes pour rejoindre notre dame ?

Impassible, Wiallo haussa les épaules avec une modestie toute tsurani.

— Je connais cette région aussi bien que n'importe qui, commandant. Mais dans l'obscurité, avec des soldats minwanabi venant de tous côtés ? Une ombre aurait besoin de la faveur des dieux pour passer sans être vue.

Le meuglement aigu d'un needra les empêcha momentanément de réfléchir. Keyoke regarda de chaque côté et désigna un léger surplomb.

— Alors, grimpe ici et cache-toi. Quand les chiens minwanabi t'auront dépassé, choisis le meilleur moment pour faire demi-tour et rejoins la route. Frayetoi un chemin rapidement jusqu'au domaine. Dis à dame Mara où nous avons caché la soie. Quand je serai sûr que les Minwanabi seront sur le point de nous écraser, je ferai brûler la soie que nous transportons. Avec de la chance, nos ennemis croiront que nous avons tout détruit pour les empêcher de s'emparer du butin. Plus important : dis à notre maîtresse que nous avons été trahis, et que nous avons peut-être un espion dans notre maison. Pars, maintenant.

Honoré d'être choisi pour une mission aussi importante, Wiallo inclina la tête avec élégance et commença à escalader le rocher. Arrivé au sommet, il retira son casque et s'accroupit pour ne pas être vu des ennemis qui allaient bientôt passer. Regardant en contrebas, Wiallo cria :

— Que les dieux vous protègent, commandant ; envoyez beaucoup de chiens minwanabi dans le palais de Turakamu cette nuit !

— Et puisse Chochocan guider tes pas, lui répondit Keyoke avec un bref hochement de tête.

L'homme qui suivait Wiallo ramassa le ballot de soie abandonné et reprit stoïquement sa marche. Silencieux, grave et trop préoccupé pour faire attention à ses douleurs, Keyoke plia les genoux et rampa sur le sol hérissé de cailloux. Avec la puanteur des bouses de needra dans le nez, il dépassa le surplomb rocheux et se hâta de rejoindre la tête de sa compagnie, qui avançait péniblement.

La nuit s'obscurcit ; la lumière de la lune brilla puis s'évanouit derrière une crête de rochers noirs. Des insectes crissaient dans une forêt où les oiseaux nocturnes ne chantaient pas, et où le vent murmurait des secrets aux feuilles. Les hommes avançaient tels des spectres dans le défilé envahi par la brume, leurs pieds glissant et cherchant une assise sur des racines mouillées et des pierres recouvertes de mousse. Le cliquetis des armures laquées lançait des échos dans le ravin, entrecoupés du sifflement des fouets de cuir dont les charretiers se servaient pour faire avancer les needra. Aucun des soldats ou des serviteurs qui se hâtaient dans la nuit n'atteignit le petit défilé sans avoir les bras et les genoux en sang. Les needra tremblaient, leur robe poissée de sueur, et certains s'étaient mis à boiter.

À la lueur des étoiles, Keyoke lança des ordres brefs tout en étudiant le défilé où ses soldats allaient prendre position. Les hommes déposèrent leurs ballots de soie et commencèrent à construire une barricade de rochers, de troncs d'arbres et de terre prise à la hâte dans le lit d'un torrent, entre les murs de roche lisses de l'entrée du ravin. Des serviteurs tuaient les needra et empilaient les carcasses encore frémissantes pour constituer un rempart contre les archers qui seraient sûrement déployés au-dessus d'eux, au bord du défilé. La puanteur du sang frais et l'odeur encore plus lourde des excréments épaissirent soudain l'air nocturne.

Keyoke ordonna aux serviteurs de dépecer l'une des carcasses, et de construire un petit feu pour cuire et sécher la viande. Les soldats ne pouvaient pas se battre sans nourriture. Finalement, ils empilèrent les rouleaux de soie précieuse pour construire une palissade autour d'une cuvette, au fond du défilé. Entassés contre la falaise, les rouleaux de tissu chatoyant serviraient de rempart en cas de retraite, dans l'extrémité d'un ultime combat.

Puis, la voix rauque à force de crier des ordres, Keyoke s'agenouilla devant une mare alimentée par une petite cascade qui surgissait d'une faille impossible à escalader. Il déboucla son casque, rinça son visage parcheminé, puis replaça son couvre-chef avec des mains qui le trahirent en tremblant. Il n'était pas effrayé, car il avait mené des charges dans trop de batailles pour craindre la mort par l'épée. Non, c'était l'âge, la fatigue, et la tristesse pour sa dame qui faisaient trembler ses doigts. Keyoke vérifia que son épée et ses poignards glissaient bien dans leur fourreau, et se retourna finalement pour voir le porteur d'eau qui attendait son tour près du ruisseau. Le jeune garçon tremblait lui aussi, bien qu'il se tienne aussi droit que tous les hommes.

Fier du membre le plus humble de son armée, Keyoke déclara :

— Nous avons assez d'eau ici pour tout le temps où nous en aurons besoin. Veille à ce que les soldats boivent à profusion.

Le garçon réussit à esquisser un sourire hésitant.

— Oui, commandant.

Il plongea son seau dans la mare, aussi prêt à mourir pour sa maîtresse que le soldat le plus endurci.

Keyoke se leva et tourna le regard vers le défilé où ses hommes s'activaient. Les serviteurs étaient penchés sur des feux de camp discrets et les guerriers montaient la garde sur la barricade. Il ne vit aucun manquement à la discipline. Ses soldats résistaient à l'envie qu'avaient souvent les novices de regarder vers la lumière ; ils n'avaient pas besoin qu'il leur rappelle que leur survie dépendait d'une vision nocturne parfaite. Keyoke soupira imperceptiblement, sachant qu'il ne lui restait plus qu'à faire sa ronde et à encourager des hommes qui n'ignoraient pas que la durée de leur vie se mesurait maintenant en heures.

Keyoke avala un steak de needra dont la chair n'avait aucune saveur. Il déclara au cuisinier à qui il tendit son assiette vide :

— Transmets mes paroles aux autres serviteurs ; si les Minwanabi franchissent notre barricade et que tous nos soldats gisent agonisants, utilisez les boucliers pour ramasser des braises brûlantes et lancez-les sur la soie. Puis jetez-vous sur les Minwanabi, pour qu'ils soient obligés de vous tuer à l'épée et vous accordent une mort honorable.

— Vous nous honorez, commandant, répondit le cuisinier en inclinant la tête avec une gratitude servile.

— Vous honorerez votre dame et votre maison en exécutant ces ordres, lui dit Keyoke avec un sourire. En cela, vous devrez vous comporter comme des guerriers.

— Nous ne trahirons pas la confiance de dame Mara, commandant, l'assura le vieil homme, dont Keyoke ne parvenait pas à se souvenir du nom.

Keyoke avait donné l'ordre qu'un homme sur trois aille à tour de rôle au fond du défilé, et prenne un repas rapide. La seconde compagnie avait fini de manger, et la troisième prenait maintenant sa place près des feux. Le chef de troupe Dakhati resta en arrière alors que Keyoke quittait le feu de camp. Contenant difficilement son malaise, le jeune officier triturait le cimier encore neuf de son plumet d'officier.

— Quelle est votre tactique, commandant ?

Keyoke lança un dernier regard au ravin qui sentait déjà la charogne, maintenant gris et noir, et où scintillaient les flammes orange des feux protégés. Comme il ne pouvait rien faire de plus, il répondit avec lenteur :

— Nous attendons. Puis nous combattrons.

Avec toute la prudence apprise durant les années passées à la tête d'une bande de brigands, le premier chef de troupe Lujan étudia le périmètre du camp. La lumière de la lune était bien trop brillante, et les basses terres le long du fleuve ne comportaient pas le moindre obstacle. Ce n'était pas du tout le terrain qu'il aurait choisi pour une bataille rangée. Mais le sol uni lui donnait l'avantage et lui permettait de voir approcher l'ennemi. Il avait sous son commandement tous les soldats disponibles du domaine de Mara. Il faudrait que les Minwanabi attaquent avec au moins trois compagnies de guerriers pour franchir les chariots disposés en cercle. Au moins cinq cents hommes leur seraient nécessaires pour s'assurer la victoire. Mais Lujan avait des crampes d'estomac et brûlait de faire les cent pas. Il examina une nouvelle fois ses défenses, observa les archers allongés sur les bâches des chariots, et ne trouva rien à redire ; pendant ce temps, les cuisiniers terminaient de nettoyer le camp après le repas du soir. Lujan avait toujours un mauvais pressentiment. La bataille aurait dû commencer depuis longtemps.

Les Minwanabi auraient déjà dû engager le combat à cette heure. Aux premières lueurs de l'aube, la caravane reprendrait la route vers les portes de Sulan-Qu. Le rapport de l'espion d'Arakasi disait qu'une attaque d'envergure était certaine. Et pour l'esprit militaire pratique de Lujan, le site le plus adéquat pour une embuscade avait été un tournant de la route, dans la forêt, qu'ils avaient dépassé sans le moindre problème durant l'après-midi. Cela ne laissait plus que la possibilité d'une attaque de nuit, car il était inconcevable que les Minwanabi tentent de s'emparer de la caravane à l'intérieur de la ville.

Lujan observa la route. Son instinct lui criait que quelque chose n'allait pas. N'ayant rien de mieux à faire que dormir, il parcourut une nouvelle fois le périmètre du camp, comme il l'avait fait à peine quelques minutes auparavant. Il échangea quelques mots avec les gardes, que sa surveillance répétée commençait à inquiéter. Lujan se rendit compte que son malaise perturbait la vigilance de ses sentinelles.

Le chef de troupe passa dans l'étroit couloir ménagé entre le dos des gardes et les rangées de chariots reliés par des cordes, les enclos à needra et les hommes qui dormaient à tour de rôle. Les chariots étaient chargés de sacs de thyza cachés sous des couvertures de toile de lin. Pour préserver les apparences, deux rouleaux de soie avaient été laissés visibles, sous un coin de bâche mal fermé. L'étoffe luisait sous les rayons de la lune, aussi lisse que de l'eau et d'une qualité parfaite.

Lujan passa la main sur son épée. Il revoyait continuellement toutes les informations dont il disposait et parvenait toujours à la même conclusion : le retard de l'attaque n'avait aucun sens. Après le lever du soleil, l'ennemi serait forcé d'attendre que la caravane quitte la ville pour prendre la route du sud jusqu'à Jamar. L'embuscade serait alors compliquée par la possibilité que la cargaison soit chargée sur des péniches et envoyée en aval par voie fluviale. Les Minwanabi auraient-ils disposé deux armées, l'une sur la rive et l'autre sur des navires pour attaquer sur le fleuve ? Les dieux savaient qu'ils avaient assez de guerriers pour cela. Mais une bataille sur le Gagajin, aux eaux tumultueuses, poserait de nombreuses difficultés...

— Chef de troupe ! murmura une sentinelle d'une voix sifflante.

L'épée de Lujan quitta son fourreau, comme si elle se mouvait de sa propre volonté. Le chef de troupe acoma se força à se calmer alors qu'il pressait l'homme de parler.

— Regardez là-bas. Quelqu'un s'approche.

Lujan maudit sa nervosité, qui lui avait fait regarder les feux un instant pour inspecter ses hommes endormis. Il devait maintenant attendre patiemment que l'acuité de sa vision nocturne revienne. Il distingua rapidement une silhouette solitaire qui avançait sur la route, vers leur camp.

— Il titube comme s'il était ivre, observa la sentinelle.

L'homme qui approchait chancelait effectivement. Son pas était maladroit, comme s'il ne pouvait pas utiliser le talon de son pied droit, et le bras pendait mollement à son côté comme s'il était dénué de vie.

Alors qu'il parcourait les derniers mètres et s'approchait de la lumière, Lujan remarqua qu'il portait un pagne ensanglanté et qu'il serrait d'une main les lambeaux de sa chemise au niveau des épaules. Ses yeux épuisés n'enregistraient pas la présence des soldats ou le campement de la caravane. Lujan remarqua :

— Il n'est pas ivre... Il est à moitié mort.

Le chef de troupe fit signe à un guerrier de l'accompagner alors qu'il sortait du périmètre. L'officier et le soldat attrapèrent l'homme par l'épaule et le bras. La chemise mal tenue tomba et dévoila une série de blessures, recouvertes de croûtes et de caillots poussiéreux de sang séché. Regardant avec horreur un visage totalement dénué d'expression, Lujan se força à reprendre son souffle. Cet homme avait été battu par des fous furieux.

— Qui a fait cela ? demanda le chef de troupe.

L'homme cligna des yeux, bougea les lèvres et sembla sortir de son étourdissement.

— De l'eau, murmura-t-il d'une voix étrangement rauque, comme s'il avait hurlé à pleine voix pendant un long moment.

Lujan appela un serviteur qui alla chercher une outre, puis assit doucement le blessé sur le sol. Quelque chose sembla se briser à l'intérieur de l'homme quand il but. Ses jambes maltraitées frissonnèrent dans la poussière, et il s'évanouit soudain. Les mains puissantes du soldat le maintinrent en position assise, et le serviteur éclaboussa d'eau ses poignets et son visage. Une fois la poussière et le sang rincés, Lujan vit d'autres marques de coups et remarqua l'odeur écœurante de la chair brûlée.

— Par les dieux, souffla le soldat, qui a fait cela ?

Ignorant ses blessures, l'homme tenta de se relever.

— Je dois partir, marmonna-t-il, bien qu'il soit clair qu'il ne pouvait pas continuer.

Lujan ordonna aux deux soldats de soulever l'homme et de lui faire franchir la barricade de chariots pour l'installer près d'un feu. Quand il fut allongé sur une couverture et enfin exposé à la lumière, l'étendue de ce qu'il avait subi fut enfin révélée. Aucune partie de son corps n'avait échappé aux tortures. Le récit de ses souffrances était conté par des lésions horribles, aux bords déchiquetés là où des solutions corrosives avaient été appliquées ; ses mains entourées de lambeaux de tunique n'étaient plus qu'une masse de brûlures noircies, sans ongles ; et la peau au-dessus des centres nerveux sensibles était congestionnée et empourprée par les coups. La personne qui avait torturé cet homme était un artiste de la souffrance. Il était parvenu à faire survivre un homme qui avait dû plusieurs fois supplier les dieux de le laisser entrer dans le palais de Turakamu.

Lujan parla doucement, avec compassion.

— Qui es-tu ?

L'homme tenta de fixer son regard.

— Je dois l'avertir, insista-t-il d'une voix enfiévrée par la douleur.

— Avertir qui ? demanda Lujan.

— Je dois avertir ma dame...

L'homme se débattit faiblement dans les bras du soldat, puis sembla s'affaiblir.

— Dame Mara.

Lujan regarda les soldats qui se tenaient près de lui.

— Connaissez-vous cet homme ? les questionna-t-il rapidement.

Un guerrier de l'ancienne garnison acoma indiqua qu'il n'avait jamais vu le blessé, et il connaissait de vue tous les serviteurs.

Lujan fit signe aux autres de s'écarter et se pencha vers le blessé. Il chuchota à son oreille :

— Les akasi fleurissent...

L'homme se redressa difficilement et fixa ses yeux fiévreux sur le visage de Lujan.

— ... dans la cour de ma dame, murmura-t-il. Les épines les plus acérées...

— ... protègent de douces fleurs, finit Lujan.

— Par les dieux, vous êtes acoma, murmura l'homme, soulagé. Un instant, il sembla qu'il allait se couvrir de honte, et pleurer.

Lujan reposa ses poings sur ses genoux. Ses yeux ne quittèrent pas le visage du supplicié alors qu'il appelait un guérisseur pour soigner et bander ses blessures.

— Tu es l'un des agents de ma dame, conclut-il doucement.

L'homme réussit à hocher imperceptiblement la tête.

— Il y a quelques jours. Je... (Il s'arrêta, grimaça et sembla garder sa lucidité au prix d'un immense effort.) Je suis Kanil. Je servais dans la maisonnée des Minwanabi. J'apportais la nourriture à la table de Desio et je restais près de lui pour accéder à ses désirs. Beaucoup de...

Sa voix s'affaiblit. Lujan le rassura aussi patiemment que possible.

— Doucement. Raconte-moi ce qui s'est passé tout doucement. Nous avons toute la nuit pour t'écouter.

Le serviteur blessé secoua violemment la tête pour répondre par la négative, puis s'effondra et s'évanouit.

— Donnez-lui de l'air et dites au guérisseur d'apporter un cordial pour le réveiller, ordonna Lujan d'un ton sec.

Un guerrier se précipita, pendant que les soldats qui soutenaient l'homme plaçaient précautionneusement une couverture sous sa tête. Quelques instants plus tard, le guérisseur arrivait et ouvrait sa sacoche de médecines et de bandages. Il prépara rapidement un breuvage à l'odeur forte, qu'il plaça sous le nez de l'homme inconscient. Celui-ci s'éveilla avec un gémissement et commença à se débattre.

Lujan fixa son regard torturé.

— Raconte-moi. Tu as été découvert.

— D'une manière ou d'une autre. (L'homme cligna des yeux, comme s'il se perdait dans de mauvais souvenirs.) Le premier conseiller, Incomo, a compris que j'étais un agent acoma.

Lujan ne dit rien. En plus du maître espion, seules quatre personnes dans la maisonnée acoma, Mara, Nacoya, Keyoke et lui-même, connaissaient les mots de passe, changés à intervalles irréguliers, qui identifiaient un agent acoma. Il n'était pas impossible que cet homme soit un imposteur minwanabi. Seul Arakasi pourrait s'assurer de son identité. Si la torture faisait avouer le mot de passe au véritable agent, de nombreux guerriers ennemis pouvaient accepter de subir de telles tortures dans l'espoir de détruire les Acoma.

Kanil s'agrippa faiblement au poignet de Lujan.

— Je ne sais pas comment ils m'ont repéré. Ils m'ont fait venir et puis ils m'ont emmené dans cette pièce... (Il avala difficilement sa salive.) Ils m'ont torturé... J'ai perdu conscience et quand je me suis réveillé, j'étais seul. La porte n'était pas gardée. Je ne sais pas pourquoi. Peut-être pensaient-ils que j'étais mort. Un grand nombre de soldats minwanabi embarquaient en hâte sur des navires, pour traverser le lac. Je me suis glissé hors de la pièce où j'étais gardé prisonnier et je me suis embarqué clandestinement sur une péniche transportant des vivres. Je me suis évanoui, et quand je me suis réveillé, la flottille était amarrée aux quais de Sulan-Qu. Il n'y avait que deux gardes à l'extrémité du quai, alors, je me suis glissé dans la ville.

— Chef de troupe Lujan, intervint le guérisseur, si vous questionnez cet homme trop longtemps, il risque de mourir.

À la mention du nom de Lujan, Kanil s'agita soudain.

— Oh, dieux ! murmura-t-il d'une voix rauque. C'est la fausse caravane.

Le seul mouvement trahissant le choc que ressentit Lujan fut sa main qui se resserra sur la poignée de son épée. Nerveux, menaçant et prudent, il ignora la demande du guérisseur et se pencha sur l'homme. Très doucement, il demanda :

— Pour quelle raison le maître espion t'aurait-il informé de cette supercherie ?

L'homme ne semblait pas se rendre compte du danger qu'il courait. Il répondit dans un murmure :

— Ce n'est pas Arakasi. Les Minwanabi savent tout ! Ils ont ri et se sont vantés de connaître le plan de dame Mara pendant qu'ils me torturaient.

Glacé par cette réponse, Lujan insista :

— Savent-ils pour le véritable chargement de soie ?

Kanil hocha la tête.

— Ils savent. Ils ont envoyé trois cents hommes pour l'attaquer.

Lujan se leva. Contrôlant une envie irrésistible de jeter son casque sur le sol, il cria :

— Maudite soit l'inconstance des dieux !

Puis, conscient des yeux curieux qui se tournaient dans sa direction, il fit signe au guérisseur et aux soldats de s'écarter, pour rester seul avec le blessé. Une brise nocturne raviva le feu. Agenouillé, Lujan saisit Kanil par la nuque et rapprocha son visage meurtri du sien pour qu'ils puissent parler sans être entendus.

— Sur ton âme et sur ta vie, sais-tu à quel endroit ?

Des frissons parcouraient le corps de Kanil. Mais ses yeux restaient calmes.

— L'attaque aura lieu sur la route qui traverse les monts Kyamaka, après la frontière des Tuscalora, à un endroit où les chariots doivent sortir d'une dépression pour monter vers la crête occidentale. C'est tout ce que je sais.

Lujan regarda les traits ravagés de l'homme sans les voir. Il réfléchissait avec une clarté qui ne lui venait que dans les moments de crise. Il revoyait en esprit tous les vallons, les cachettes et les recoins de ces montagnes, où il rôdait autrefois avec sa bande de guerriers gris. Une armée pouvait utiliser de nombreux endroits pour tendre une embuscade. Mais un seul lieu permettait de cacher trois compagnies entières, correspondant à la description de Kanil. Comme dans un rêve, Lujan demanda :

— Cela fait combien de temps que les chiens minwanabi ont quitté Sulan-Qu ?

La tête de Kanil retomba sur le côté.

— Un jour, peut-être deux. Je ne peux pas dire. Je me suis évanoui dans une masure, en ville, et seuls les dieux savent combien de temps je suis resté inconscient – une heure, ou peut-être un jour entier.

Il ferma les yeux, trop épuisé pour ajouter un mot ; et la force qui l'avait soutenu disparut maintenant qu'il avait délivré son message. Lujan replaça la tête inerte sur les couvertures maculées de sang. Il ne protesta pas quand le guérisseur se précipita vers l'homme pour le soigner.

Lujan termina ses calculs. Secoué par une rage contenue, il cria assez fort pour éveiller même le plus ensommeillé des serviteurs.

— Levez le camp !

Il ordonna à son second, inquiet :

— Désigne une patrouille et un chariot pour conduire cet homme à dame Mara dans la matinée. Puis envoie une demi-compagnie convoyer les chariots jusqu'à nos entrepôts de Sulan-Qu, dès l'aube.

— À vos ordres, chef de troupe, le salua l'officier.

— Le reste des hommes prend la route immédiatement, finit Lujan.

Il ne perdit pas son temps en explications ; chaque seconde comptait. Si les Minwanabi attaquaient Keyoke au niveau du col, il n'avait qu'un seul endroit où se retrancher. Les éclaireurs connaissaient le défilé des bandits ; mais dans l'ardeur de l'embuscade et du combat, l'un d'entre eux aurait-il l'occasion de mentionner son existence au commandant ? *Maudit soit Turakamu,* pensa Lujan. La soie était peut-être déjà perdue, et Keyoke en ce moment même déjà mort, le visage tourné vers les étoiles. Seul un fou garderait un espoir, et seul un homme plus fou encore risquerait deux autres compagnies... mais Lujan ne pouvait concevoir d'autre alternative que l'action.

Car Lujan aimait Mara avec une dévotion plus forte que sa vie ; elle lui avait rendu son honneur et lui avait permis de quitter son existence vide de sens de guerrier gris. Et le commandant que Lujan admirait, en lui témoignant l'affection qu'un fils réserve à son père, était tombé dans un piège des Minwanabi. Keyoke avait accueilli les soldats déguenillés de la bande de Lujan comme s'ils étaient nés en portant le vert acoma ; il avait soutenu la promotion de Lujan comme premier chef de troupe avec un sens de l'équité que peu d'hommes conservent à son âge. Keyoke était plus que son officier supérieur ; c'était un professeur avec un talent rare pour transmettre ses connaissances, et pour écouter ses hommes.

Regardant vers le sud avec des yeux plus durs que le silex, Lujan éleva la voix pour s'adresser à sa compagnie.

— Nous partons ! Et si nous devons voler tous les bateaux et péniches de Sulan-Qu pour aller au sud, nous le ferons ! Je veux être à l'aube sur le fleuve, et avant qu'un autre jour ne se soit écoulé, je veux être en train de chasser des chiens dans les contreforts des Kyamaka !

La forêt était silencieuse. Les oiseaux nocturnes ne chantaient pas, et les hauts à-pics du défilé arrêtaient même le murmure du vent. À l'exception d'une courte heure où la lune s'était découpée dans l'étroite bande de ciel au-dessus d'eux, l'obscurité restait impénétrable.

Keyoke refusa d'accéder à toutes les demandes de raviver les feux, bien que l'air soit glacial à cette altitude et que les serviteurs légèrement vêtus frissonnent de froid. Les soldats tentaient de voler quelques heures de sommeil, s'allongeant dans leur armure à même la terre humide, pendant que d'autres se tenaient à leur poste, écoutant avec attention.

Seuls des bruits déplaisants leur parvenaient : le frottement de pierres déplacées et les grognements d'effort étouffés des grimpeurs qui testaient les parois du défilé dans l'obscurité. L'ennemi était arrivé, mais cruellement, l'attente se prolongeait.

Keyoke restait sur la barricade, le visage aussi impassible que du vieux bois. Obligé d'engager une bataille dans un endroit qu'il n'avait jamais vu de jour, le commandant des armées acoma pria pour que l'évaluation de Wiallo soit exacte : les parois qui les surplombaient étaient trop verticales pour que l'ennemi puisse les descendre. En l'état, Keyoke ne pouvait rien faire d'autre que poster des sentinelles qui guettaient les chutes des cailloux déplacés par les hommes rôdant sur les hauteurs. Une fois, ses soldats furent récompensés par un cri étouffé et le bruit mat d'un corps qui tombait. Le cadavre retrouvé dans le défilé était vêtu de guenilles, mais était trop bien nourri et trop propre pour être celui d'un bandit ; ses armes de première qualité portaient l'estampille d'un armurier célèbre de la province de Szetac. Le commandant n'avait pas besoin d'autre preuve. Cet artisan était un fournisseur des Minwanabi, comme ses ancêtres l'étaient depuis des générations.

Keyoke observa les étoiles et les vit pâlir. L'aube approchait, et bientôt l'ennemi aurait suffisamment de lumière pour tenter de décocher quelques flèches. Keyoke savait que si le commandant des Minwanabi, Irrilandi, dirigeait les troupes adverses, il aurait placé des archers dans chaque recoin de rocher pour empêcher toute contre-attaque. L'une des obsessions d'Irrilandi était de toujours se tenir prêt à riposter face à une contre-attaque. Le jour venu, ses archers tireraient à l'aveuglette dans le ravin. La plupart des flèches seraient inoffensives, mais certaines pourraient toucher une cible par hasard. Keyoke avait un autre souci, moins important mais néanmoins inquiétant : sa troupe manquait d'herbes de soins et d'onguents. Les chariots avaient transporté peu d'approvisionnement, et aucun guérisseur n'accompagnait les soldats.

L'attaque survint quand le ciel kelewanais commençait à s'éclairer d'une lueur vert jade. La première vague de soldats minwanabi se lança à l'assaut de la grossière barricade avec un cri de guerre qui déchira le silence. Ils ne pouvaient charger qu'à quatre de front dans l'étroit passage rocheux, et leur tentative d'escalade du rempart se solda par une mort rapide sur les épées et les lances acoma. Mais les ennemis continuaient à avancer, grimpant sur les corps de leurs camarades morts ou agonisants, en vagues assoiffées de sang. Au moins une douzaine de soldats minwanabi étaient déjà tombés avant que le premier Acoma ne soit touché. Avant même que le bras du blessé ne faiblisse, un homme frais et dispos s'avança et prit sa place. Les archers minwanabi tiraient sans aucune efficacité au-dessus de la tête de leurs camarades.

Pendant presque une heure, l'ennemi se lança à l'assaut de la barricade. Les Minwanabi mourraient les uns après les autres, jusqu'à ce qu'une centaine de cadavres s'entassent devant la fortification sommaire. Les pertes des Acoma se chiffraient à moins d'une douzaine de blessés et un seul mort. Keyoke envoya des serviteurs soigner les blessés avec les moyens du bord. Même si les déplacements dans le défilé étaient devenus dangereux à cause de la pluie continue de flèches ennemies, aucun homme ayant reçu une blessure pour l'honneur des acoma n'était laissé sans soins.

Keyoke éleva la voix pour appeler Dakhati.

— Envoie des soldats frais sur la barricade.

Dakhati se précipita pour relayer l'ordre. Quelques minutes plus tard, la relève reprit la défense de la barricade et le chef de troupe acoma rapporta des nouvelles.

— L'ennemi ne progresse pas vraiment, commandant. Les Minwanabi ont tenté d'envoyer des hommes qui rampaient sur le ventre, pour enlever quelques morts et miner notre rempart. S'ils tentent un travail de sape, nous aurons des problèmes.

— La sape est inutile ici, répondit Keyoke en secouant la tête. Même si le sol est sablonneux, l'eau est trop proche de la surface, et leurs sapeurs n'ont pas assez de place pour creuser.

Le commandant repoussa son casque en arrière pour se rafraîchir un peu. Le froid de la nuit montagnarde avait disparu, et le défilé où ne soufflait pas la moindre brise commençait à devenir étouffant, même aux premières lueurs de l'aube.

— C'est la fragilité de notre rempart qui m'inquiète le plus. S'il leur venait l'idée de charger en ligne et d'envoyer des hommes derrière les attaquants pour tirer sur la barricade... Place des lanciers à genoux derrière la première ligne, et vois s'ils peuvent décourager ce genre d'action.

Dakhati se hâta de mettre en place cette manœuvre dissuasive.

Keyoke observa le reste de ses défenses, gardant la tête haute en dépit des flèches qui passaient en sifflant au-dessus de lui. La plupart des traits rebondissaient sur les parois abruptes du défilé, mais quelques-uns redescendaient. L'un d'eux frappa à moins d'un empan de lui, mais Keyoke n'y prêta guère attention. Comme si la flèche qui vibrait près de son pied n'existait pas, il fit signe aux serviteurs d'apporter de l'eau aux combattants. Puis il reprit son poste d'observation.

Les Minwanabi semblaient désespérés et cherchaient à engager à tout prix le combat contre les Acoma. Pourquoi ? se demanda Keyoke. Le défilé était défendable, mais c'était un cul-de-sac. Les Minwanabi paieraient cher pour y pénétrer, mais les Acoma mourraient s'ils tentaient de s'en échapper. Un attaquant qui n'était pas pressé par le temps aurait mieux fait de s'asseoir et d'attendre. Il suffisait de tenir le défilé jusqu'à ce que le manque de nourriture pousse les défenseurs au désespoir, puis à empiler les cadavres acoma les uns sur les autres au pied de la barricade quand la faim les pousserait à sortir. Keyoke se remémora ce qu'il savait de son adversaire : Irrilandi n'était pas stupide – il avait été assez compétent pour commander les armées minwanabi pendant presque vingt ans – et pour cette expédition, il avait sûrement reçu les instructions de Tasaio. Pourquoi deux hommes aussi habiles dans le domaine militaire sacrifieraient-ils des hommes par centaines ? Voler la soie n'était pas un coup mortel contre les Acoma, et ne valait certainement pas les vies qui seraient sacrifiées avant que le soleil n'atteigne le zénith. Le temps devait être un facteur important, mais pourquoi ?

Troublé, Keyoke chassa ces questions sans réponse, et choisit des soldats pour la prochaine relève. Avant que chaque homme ne prenne son tour derrière la barricade, Keyoke inspectait ses armes et son armure, et plaçait brièvement la main sur son épaulière laquée. Il prononçait quelques brèves paroles d'encouragement, puis l'envoyait vers le rempart. Là, le remplaçant attendait jusqu'à ce qu'un soldat acoma fatigué recule, pour prendre rapidement sa place. Le changement se faisait en quelques secondes.

Keyoke examinait les soldats couverts de sang qui ôtaient leurs casques et lavaient dans le ruisseau leurs cheveux et leur visage trempés de sueur. Il décida d'accélérer les rotations. Les Minwanabi ne pouvaient toujours envoyer que quatre hommes à la fois contre la barricade, et les lanciers acoma parvenaient à repousser toutes les tentatives de destruction de la fortification de branches et de rochers. Keyoke jugea qu'il valait mieux garder les hommes aussi frais que possible.

Un cri soudain s'éleva de derrière les lignes des Minwanabi. Ne sachant ce que cela signifiait, Keyoke fit signe à tous ses hommes de se tenir prêts. Le chef de troupe Dakhati se hâta de rejoindre son commandant, l'épée pointée vers la barricade. Mais aucun raid ne fut lancé contre les défenseurs. Plutôt que d'envoyer de nouveaux soldats envahir le défilé, les Minwanabi se retiraient inexplicablement.

Dakhati poussa un long soupir.

— Peut-être se sont-ils fatigués de voir leurs hommes mourir pour rien.

Keyoke haussa les épaules, restant sur la réserve. La retraite n'était pas dans le style d'Irrilandi et certainement pas dans celui de Tasaio.

— Peut-être, concéda-t-il. Mais jusqu'à maintenant, nos ennemis semblaient plutôt prêts à gaspiller des vies par centaines.

Au moment où il s'apprêtait à répondre, Dakhati se tut brusquement. Un objet venait d'être lancé depuis un point en retrait du sommet du défilé. Se détachant sur le ciel clair, il tomba lourdement dans le ravin, un paquet de nœuds et de chiffons trempés. Il frappa durement le sol et roula sur quelques mètres. Les serviteurs s'éparpillèrent sur son passage, au cas où il contiendrait un essaim d'insectes – un vieux truc de siège – ou quelque chose d'aussi déplaisant. Keyoke fit un geste et Dakhati s'avança pour l'examiner. Le chef de troupe souleva le paquet et le défit. Quand il retira la dernière épaisseur de tissu, ses lèvres se serrèrent, son visage blanchit et devint gris sous son bronzage.

Alors que Dakhati relevait les yeux, Keyoke hocha la tête presque imperceptiblement. Le chef de troupe recouvrit le paquet.

— C'est la tête de Wiallo, murmura-t-il doucement.

— Je m'en doutais.

La voix de Keyoke ne montrait pas le moindre signe qu'il partageait la rage désespérée et impuissante de Dakhati. *Mara et Ayaki,* pensait-il, *vous courez un grave péril et je ne peux rien faire pour vous aider.*

Pensant lui aussi au danger pour les Acoma, Dakhati précisa :

— Ils ont ajouté dans le paquet un morceau de corde, pour que nous sachions qu'ils l'ont pendu avant de lui couper la tête.

Keyoke réprima un frisson à la mention d'une mort sans honneur.

— Wiallo a sans doute dû leur dire qu'il était un déserteur. Il a peut-être été pendu, mais il est mort avec courage. J'en témoignerai en personne devant le dieu Rouge.

Dakhati hocha sinistrement la tête.

— Quels sont vos ordres, commandant ?

Keyoke ne répondit pas immédiatement. Il était désespérément affligé par la mort du messager qu'il avait envoyé à Mara ; le défilé était maintenant irrévocablement fermé. Personne ne pourrait s'échapper pour avertir sa dame qu'un espion inconnu rôdait dans sa maison. Il faillit dévoiler son amertume quand il répondit :

— Seulement de se tenir prêt et de tuer autant de Minwanabi que possible. Et de mourir comme des Acoma.

Dakhati salua et retourna à la barricade.

Les assauts continuèrent durant toute la journée, les Minwanabi ne s'arrêtant de temps en temps que pour se regrouper et envoyer des soldats frais à l'attaque. Ils avaient abandonné toute prétention de se faire passer pour des hors-la-loi, observa Keyoke en ressassant sa haine. Les hommes qui assaillaient la barricade portaient maintenant des armures orange et noir. Totalement fanatisés, les guerriers ennemis se jetaient sur les défenseurs acoma ; ils mouraient, encore et encore, au point que des flots de sang imprégnaient la terre et la transformaient en boue collante. Mais les Minwanabi n'étaient pas les seuls à subir des pertes. Des soldats acoma tombaient aussi, plus lentement, mais avec une régularité qui diminuait peu à peu leur nombre.

Keyoke compta onze morts et sept blessés incapables de reprendre le combat. Il estima qu'il avait coûté dix fois ce nombre en morts et blessés graves aux Minwanabi. Plus d'une compagnie de soldats ennemis tués se lèverait pour chanter le courage de Keyoke quand son âme se tiendrait devant le dieu Rouge pour être jugée. Mais le vieux soldat était désespéré de paraître devant Turakamu dans la défaite, et que sa maîtresse ne découvre que trop tard que la sécurité de son réseau avait été compromise. Car même si Lujan apprenait assez vite pour que Keyoke le considère comme un bon successeur au poste de commandant des armées acoma, il n'avait pas encore dirigé de grandes batailles, et son éducation n'était pas terminée.

Keyoke se força à ne plus ressasser ces pensées angoissantes. Il n'en tirerait aucun profit. Il approcha du doyen des serviteurs.

— Où en sont nos provisions ?

L'homme s'inclina.

— Si nos soldats mangent des rations minimales, nous avons suffisamment de nourriture pour tenir plusieurs jours.

Keyoke réfléchit un moment.

— Non, double les rations. Je doute que nous survivions plusieurs jours. Les Minwanabi semblent aussi déterminés à gaspiller leurs vies qu'un ivrogne dépense ses centis dans une taverne.

Un cri s'éleva à l'entrée du défilé. Keyoke se retourna vivement, son épée jaillissant du fourreau dans un réflexe foudroyant. Des soldats minwanabi avaient réussi à atteindre une corniche située au-dessus de leurs lignes, et des archers tiraient vers les défenseurs acoma, les obligeant à descendre. Pendant ce temps, d'autres attaquants lançaient des boucliers sur les cadavres de leurs camarades pour tenter de franchir la barricade et d'entrer dans le défilé.

Le premier soldat minwanabi qui sauta retomba sur une lance acoma toute prête, mais le soldat qui avait réussi à le tuer fut abattu d'une flèche. Keyoke se tourna et appela Dakhati, qui se tenait près du groupe de relève.

— Préparez-vous à faire une sortie !

Dakhati forma les rangs.

— Retraite ! cria Keyoke aux hommes qui se tenaient sur la barricade.

Les défenseurs reculèrent en bon ordre, et deux soldats minwanabi sautèrent dans l'espace ainsi libéré, pour s'effondrer immédiatement sous les flèches des archers acoma. Le bruit des roches et des grosses branches repoussées contre la pierre résonnait dans le défilé alors que les Minwanabi tentaient de se frayer un passage à travers la barricade. Keyoke lança un ordre et deux serviteurs musclés tirèrent sur des cordes reliées à l'extrémité du tronc d'arbre qui soutenait tout l'édifice. Le tronc s'écarta sur le côté et la barricade céda. Des branches et des étais de rochers s'effondrèrent, et les soldats minwanabi déséquilibrés tombèrent la tête la première.

Keyoke sourit de satisfaction, au moment où Dakhati lançait la charge et emmenait sa compagnie au pas de course vers la ligne éparse et stupéfaite des attaquants. La relève acoma, fraîche, enfonça les rangs de l'avant-garde, tandis que des archers placés sur les flancs acoma tiraient sur leurs homologues minwanabi. L'air était tellement empli de flèches qu'elles obscurcissaient la lumière du soleil, frappant impitoyablement les combattants. Comme les ennemis ne pouvaient pas se disperser dans les rochers, ils étaient des cibles faciles. En quelques instants, les flèches orange et noir cessèrent de voler.

L'assaut vigoureux des Acoma repoussa les Minwanabi jusqu'à l'entrée du défilé, et Keyoke fit avancer la vague suivante de soldats. Ils se précipitèrent sur la barricade effondrée, sortirent les corps d'entre les branches et les rochers, et lancèrent les cadavres aussi bien minwanabi qu'acoma dans le défilé. Les serviteurs se tenaient prêts à dépouiller les morts de leurs armes et de leurs armures, récupérant tout ce qui pouvait être utilisé par les Acoma. Des épées qui n'étaient pas trop endommagées, des boucliers et des poignards, quelquefois une sacoche de nourriture – tout cela était rapidement ajouté aux réserves. D'autres serviteurs fouillaient précautionneusement les lieux, cherchant les flèches qui ne s'étaient pas brisées contre les parois rocheuses du défilé. Les archers acoma tiraient maintenant des flèches orange et noir aussi souvent que des flèches vertes.

Les soldats et les serviteurs abandonnèrent les corps dépouillés là où ils gisaient pour réparer précipitamment la barricade. Keyoke pleurait intérieurement la relève de Dakhati, qui combattait toujours de l'autre côté. Il pria pour que les soldats fassent payer chèrement leur mort et pour que leurs souffrances soient honorables et brèves. Leur sacrifice donnerait le temps à leurs camarades de réparer la barricade effondrée et d'infliger de nouveaux dommages disproportionnés aux Minwanabi.

Au moins cinquante Minwanabi gisaient à l'intérieur de la fortification acoma. Keyoke révisa son estimation à presque trois cents ennemis morts ou gravement blessés. D'après la position du soleil, la moitié de la journée s'était écoulée et leur situation n'avait pas empiré. Elle était même peut-être meilleure qu'à l'aube.

Et cependant, nul ne savait combien de compagnies les Minwanabi avaient envoyé contre eux.

Keyoke se déplaça pour avoir une meilleure vue de la barricade. Si des hommes de la petite bande de Dakhati avaient survécu et parvenaient à faire retraite, ils tenteraient bientôt de revenir. Keyoke savait que ses soldats connaissaient parfaitement le plan, mais il savait aussi que la tension de la bataille faisait parfois oublier les ordres. Le commandant des armées acoma restait à proximité pour empêcher les têtes brûlées d'attaquer sans réfléchir leurs compagnons s'ils revenaient.

Ils attendirent sous le soleil brûlant, dans un défilé privé d'air, maintenant empuanti par l'odeur de la sueur, des excréments et de la mort. Des bruits de combat retentirent contre les parois rocheuses humides. Les minutes s'écoulaient et les mouches grouillaient dans l'air. Keyoke et les autres vétérans guettaient anxieusement le premier casque acoma vert qui réapparaîtrait sur le sentier, de l'autre côté de la barricade.

Peu à peu, Keyoke accepta ce à quoi il s'était attendu depuis leur départ : Dakhati et sa compagnie avaient continué leur charge jusqu'au bout, et avaient perdu toute chance de retraite. Ils n'avaient pas l'intention de revenir. Le chef de troupe savait aussi bien que Keyoke que les Minwanabi finiraient par l'emporter. Loin de son commandant, la petite bande de Dakhati allait simplement tuer le plus longtemps possible autant d'ennemis qu'elle le pourrait, avant que la mort ne la prenne.

Keyoke leva les yeux au ciel et leur souhaita silencieusement un grand carnage. Chassant la tristesse qu'il ressentait pour ces braves guerriers, ou le souci de ce que cette défaite signifierait pour dame Mara, Keyoke ordonna à trois serviteurs et au petit et agile porteur d'eau de tenter de franchir la barricade. Si Dakhati avait repoussé l'ennemi assez loin dans le défilé, quatre personnes auraient peut-être la possibilité de s'échapper, de se cacher dans la forêt et de faire parvenir un message au domaine.

Mais cet espoir fut douché en un instant quand une vague de guerriers minwanabi encore ensanglantés par leur combat contre les soldats de Dakhati tua les quatre hommes avant même qu'ils puissent se retourner pour fuir. S'il y eut de la panique, personne ne cria ; et le petit porteur d'eau mourut debout, affrontant l'ennemi avec un simple couteau de cuisine.

Que Turakamu accueille avec bonté un tel courage, pria Keyoke, alors qu'il acceptait tranquillement sa mort prochaine et inévitable. Il mit la main sur la poignée usée de son épée, aussi familière qu'un frère. Quel prix il allait faire payer à ses ennemis !

Le soleil se coucha. Les ténèbres s'étendirent sur un crépuscule sans couleur, étouffé par un voile de brume. Les soldats épuisés descendirent péniblement de la barricade, et Keyoke se dirigea vers eux avec raideur pour évaluer leur condition. Ses forces faiblissaient. De la centaine de soldats et des cinquante serviteurs qui avaient quitté le domaine acoma, il restait moins de quarante soldats et de vingt serviteurs debout. La plupart des autres étaient morts, bien qu'une douzaine de soldats blessés et qu'un même nombre de serviteurs soit soignés dans un camp de fortune, près de la mare. Les tirs incessants de flèches décochées au hasard par les Minwanabi infligeaient suffisamment de dommages pour mettre les hommes sur les nerfs. Personne n'osait s'allonger, pour ne pas offrir une trop grande cible aux flèches qui venaient du ciel. Quelques hommes tentaient de se reposer sous une paire de boucliers, mais cette position provoquait plus de crampes qu'elle ne reposait le corps. La plupart des soldats se contentaient de s'asseoir, les genoux ramenés sous le menton, les épaules voûtées et la tête inclinée, se tenant aussi serrés que possible contre la paroi du défilé.

La nuit vint, et les combats continuèrent à la lueur des flammes vacillantes des torches ennemies. Elles faisaient briller la brume dans le défilé, comme une sorte d'esprit difforme aux tentacules vaporeux. Les guerriers acoma observaient la lumière en aiguisant leurs armes. Si leurs conversations semblaient courageuses sous le couvert des railleries, leurs pensées étaient sinistres. Les combats ne dureraient probablement pas jusqu'au matin, et certainement pas jusqu'au midi du lendemain. Ils le savaient aussi bien que leur commandant, qui continuait inlassablement sa ronde pour leur redonner confiance.

Les heures passaient et les hommes mouraient, tandis que la brume continuait à cacher les étoiles. Keyoke traversait le défilé pour examiner deux hommes qui semblaient avoir été blessés par des pierres lancées du haut de la falaise, quand il ressentit un choc dans la jambe droite, comme si un jeune needra lui avait décoché une ruade. Il tituba et faillit tomber à genoux. Une souffrance terrible irradiait de sa cuisse droite. Deux soldats coururent vers lui pour le soutenir alors qu'il allait tomber, une flèche fichée dans la cuisse. Ils le portèrent sur une courte distance et l'assirent doucement, le dos contre la paroi, dans un endroit relativement abrité.

Keyoke luttait pour repousser les ténèbres qui envahissaient son champ de vision. *Dieux, que cela fait mal.* Il se força à regarder le trait enfoncé dans sa cuisse. Il l'avait frappé de haut en bas – l'un des tirs décochés au hasard dans le défilé – et il sentait la tête de la flèche qui frottait sur l'os.

— Coupez l'empennage et poussez-la, ordonna-t-il. Puis arrachez-la.

Les deux soldats échangèrent un regard, et Keyoke dut répéter son ordre, criant entre ses dents serrées qu'ils arrachent cette maudite flèche.

Les regards des soldats se croisèrent à nouveau, au-dessus du plumet poussiéreux du casque de Keyoke. Ni l'un ni l'autre ne voulaient énoncer l'évidence : retirer la flèche romprait probablement une artère et provoquerait la mort du commandant par une hémorragie foudroyante.

Keyoke jura à voix haute. Il retira l'un de ses bras noueux de l'étreinte d'un des guerriers qui le soutenait et, d'une main étonnamment calme, attrapa la flèche et brisa le bois.

— Poussez-la à travers ! exigea-t-il.

Le trait où était encore fixée la pointe de la flèche était resté fiché dans la chair. La blessure se mit soudain à saigner, prenant rapidement une teinte violette.

— Cela va s'infecter, dit doucement l'un des guerriers. Elle devrait être coupée, pour que la blessure se draine lentement.

— Je n'en ai pas le temps, répondit Keyoke d'une voix moins assurée que ses gestes.

L'angoisse qu'il ressentait n'avait rien à voir avec la douleur, qu'il connaissait et qu'il savait endurer quand cela était nécessaire, comme maintenant.

— Si la flèche n'est pas retirée et que cette maudite pointe continue à frotter contre l'os de ma cuisse, je vais sûrement perdre connaissance. Et je ne serai sûrement pas capable de marcher et de continuer à commander nos troupes.

Les soldats se turent, mais leur reproche muet était perceptible. Keyoke retint sa colère.

— Pensez-vous que nous resterons en vie assez longtemps pour que je puisse mourir d'une blessure infectée ? Placez donc un garrot sur cette jambe *et arrachez cette maudite flèche !*

Ils obéirent à contrecœur. La souffrance troubla la vision de Keyoke, et pendant quelques minutes il perdit la notion du temps et de l'espace. Après quelques instants de noir total, il reprit ses esprits et vit que les soldats étaient en train de bander sa blessure. La souffrance terrible dans sa jambe s'était atténuée pour devenir une douleur sourde.

Keyoke ordonna aux guerriers de l'aider à se relever, et il se tint debout en vacillant quelques instants. Il refusa de se tailler une canne dans les broussailles, mais avança en clopinant. Sa cuisse l'élançait violemment et chaque mouvement était une véritable torture. Mais aucun homme portant le vert acoma ne contesterait son autorité ; il commandait toujours son armée.

Il promut un jeune soldat particulièrement brillant, Sezalmel, au grade de chef de troupe provisoire, pour voir l'homme mourir moins d'une heure plus tard. Réagissant avec une frénésie géniale, Sezalmel avait repoussé la plus grande offensive minwanabi depuis le coucher du soleil, la seconde qui fut près de prendre la barricade. Sa sortie repoussa les attaquants, mais au prix de lourdes pertes. Les Acoma se fatiguaient, alors que les guerriers minwanabi semblaient inépuisables. Keyoke ne se donna pas la peine de nommer quelqu'un d'autre. Il n'en avait plus besoin, le nombre de ses combattants étant tombé au-dessous de celui d'une petite troupe. Un second officier était inutile.

Keyoke se traîna péniblement vers les serviteurs et leur ordonna de distribuer des rations. Étant donné les pertes, il restait assez de nourriture pour que tout le monde puisse manger à volonté. Si les soldats ne pouvaient pas apprécier un repas chaud, au moins ils ne mourraient pas le ventre vide. Keyoke prit un gâteau et un morceau de needra séché. Il n'avait pas d'appétit, mais se força à mâcher. Les élancements douloureux de sa jambe droite et la douleur cuisante des tissus tuméfiés le tourmentaient. Finalement, alors que personne ne regardait, il cracha les morceaux qui n'avaient plus aucun goût. Il but quand l'outre d'eau fut passée de main en main, et contrôla les nausées de son estomac. Sa gorge lui semblait asséchée par le gâteau, et il se demanda s'il commençait à avoir de la fièvre. Puis, comme toujours, ses pensées revinrent vers ses troupes.

Keyoke estima que plus de trois cent cinquante Minwanabi étaient tombés devant la barricade au cours de la journée. Les chiffres de la nuit diminueraient, car les soldats se fatiguaient de plus en plus. Au moins cinquante ennemis avaient péri après le coucher du soleil. Ses soldats tuaient les ennemis de Mara dans un rapport de cinq contre un. Les pertes augmentaient, cependant, et deviendraient bientôt critiques. Ses hommes étaient peu à peu exterminés jusqu'à ce que, inévitablement, les Minwanabi parviennent à franchir la barricade et chargent pour tuer les derniers Acoma. Keyoke termina son évaluation avec fierté. Ses troupes avaient surpassé toute attente, et la fin pouvait être retardée jusqu'à l'aube.

S'asseyant contre la paroi rocheuse humide et glaciale, Keyoke retira son casque. Il hérissa ses cheveux gris trempés de sueur, et se dit qu'il n'avait jamais connu une telle fatigue durant toute sa vie.

L'épuisement lui fit ressentir un regret : il avait été coupable de la vanité d'un vieil homme. Il se sermonna pour ne pas avoir passé plus de temps à entraîner Lujan et les autres chefs de troupe. Il aurait dû insister pour que tous les officiers dînent avec lui dans l'aile des serviteurs au lieu de rester dans les baraquements avec leur compagnie, alors qu'il prenait ses repas avec dame Mara, Nacoya ou Jican. Chaque occasion manquée pour éduquer ces jeunes officiers revint le hanter.

Il était trop tard maintenant pour souhaiter qu'un homme plus jeune occupe son poste. Un éclair de douleur traversa sa blessure et réveilla sa colère. Se maudissant et se traitant de vieux fou, il oublia son chagrin. Pour ses derniers instants, il refusait de s'abandonner à de noires réflexions. Il avait une bataille à terminer, et les pensées morbides lui prenaient des forces qu'il préférait consacrer au combat.

Keyoke étendit sa jambe blessée devant lui et fut traversé par un spasme de douleur atroce. Il n'émit pas le moindre son, et transpira seulement sous le poids de son armure. À la lueur projetée par les feux couverts, la chair autour de la lésion lui semblait rouge. Impossible de dire s'il s'agissait d'un jeu de lumière ou d'une inflammation. La blessure l'élançait impitoyablement. *Qu'importe,* pensa-t-il. *Une blessure n'est qu'une façon de mesurer les progrès d'un guerrier. La vie était souffrance et la souffrance était vie.* Ses pensées tournaient en rond alors que son corps tentait de combattre les douleurs de la bataille, de la blessure, de l'épuisement et de l'âge.

Il avait dû somnoler, car, après ce qui lui avait semblé ne durer qu'un instant, un soldat vint lui secouer l'épaule, l'exhortant à se réveiller. Keyoke cligna des yeux pour décoller ses paupières, et dut lutter pour s'éclaircir les idées. D'habitude, il retrouvait instantanément ses esprits. Sans réfléchir, il tenta de se relever, mais la souffrance lui transperça toute la jambe. Il dut prendre une profonde inspiration, de façon très audible. Le soldat lui offrit sa main pour le soutenir, tout en cherchant à dissimuler la pitié qui brillait dans son regard.

— Commandant, nous entendons des hommes armés approcher dans les collines, au-dessus du défilé !

Keyoke plissa les yeux pour mieux voir l'étroite bande de ciel au-dessus des parois abruptes. Aucune étoile n'était visible, et l'obscurité restait toujours aussi profonde. Impossible de savoir l'heure. Il n'avait pas de moyen pour estimer combien de temps s'était écoulé depuis qu'il avait été blessé.

— Combien de temps avant l'aube ? demanda-t-il.

— Peut-être deux heures, commandant, répondit le soldat en fronçant les sourcils.

— Couvrez les feux, ordonna Keyoke d'une voix sèche.

Sûr que l'ennemi avait maintenant encerclé les montagnes et contourné sa position, il boitilla pour rejoindre les hommes qui s'apprêtaient à soutenir le prochain assaut. Une grimace creusait son front.

— Si Irrilandi a envoyé des troupes pour nous écraser depuis les collines, pourquoi nous attaquer dans l'obscurité ? se demandait-il, sans se rendre compte, dans sa fièvre et sa souffrance, qu'il réfléchissait à voix haute.

Puis un craquement retentit dans toute la clairière. La barricade explosa sous une vague de corps vêtus d'armures orange et noir, et les défenseurs acoma furent projetés dans toutes les directions. Un énorme tronc d'arbre traversa la barricade, dans une pluie de pierres et un éclatement de chair de needra nauséabonde. Le rempart avait été renversé grâce à un bélier apporté dans le petit défilé sous le couvert de l'obscurité, et que les ennemis avaient manié avec un effet dévastateur.

Des soldats minwanabi se précipitèrent en hurlant dans la gorge tandis que les Acoma bondissaient pour les repousser. Keyoke cria aux serviteurs de s'abriter derrière les ballots de soie. Des soldats tombèrent, se débattant dans les affres de l'agonie ou gémissant sous l'effet de terribles souffrances. Le combat s'étendit dans tout le défilé. Des corps s'agitaient faiblement, tombés en travers de la barricade renversée et écrasés sous les pierres et les grosses branches. D'autres se tordaient de douleur, empalés. Certains soldats tentaient maladroitement de lever leur épée alors qu'ils gisaient à terre, les jambes ou le dos cassés.

Keyoke enregistra la scène en refusant d'en remarquer l'horreur, car les soldats minwanabi continuaient à surgir par la brèche. Seuls un ou deux hommes pouvaient entrer à la fois, mais la barricade était rompue et les Acoma devaient faire retraite.

Keyoke dégaina son épée. Il n'avait plus son casque, oublié sur le sol là où il avait dormi. Il abandonna l'idée de le chercher, n'osant pas demander à sa jambe estropiée des pas inutiles. Seuls les dieux décideraient s'il mourrait fièrement comme un commandant acoma, ou comme un vieux soldat anonyme. Mais Mara était toujours en danger, et il jugea que cela importait peu.

— Brûlez la soie, cria-t-il à un serviteur qui attendait ses ordres derrière lui.

L'homme s'inclina rapidement et partit. Dans la lumière douce et traîtresse des torches, alors que des mains loyales jetaient des brandons sur les ballots de soie empilés, Keyoke avançait le plus rapidement possible, en sautillant et en trébuchant. Dans un vertige provoqué par la fièvre, il entendait les cris des soldats agonisants et le fracas des armes, ponctués par le crépitement de la soie et du bois sec qui brûlaient derrière lui pour former un mur de flammes. Un soldat minwanabi tournoya sur lui-même, trébuchant sous les coups d'un guerrier acoma. Keyoke le tua par réflexe d'un coup de taille, et un sourire sinistre découvrit ses dents. Sa jambe était peut-être fichue, mais, par Turakamu, son bras était toujours valide. Il serait escorté dans le palais du dieu Rouge par une cohorte de Minwanabi !

La bataille faisait rage dans le défilé étroit, délimitée par les parois de pierre et une barrière de soie embrasée. Des hommes luttaient, dansant avec la mort, leurs épées luisantes et écarlates dans la nuit. Combattant en trébuchant, Keyoke plissait les yeux devant la lumière de l'incendie pour distinguer les amis des ennemis. Les guerriers des deux camps semblaient peindre une scène hallucinante sortie tout droit d'un enfer des batailles, éclairée par un mur de flammes furieuses.

Assailli par un autre Minwanabi, Keyoke esquiva une attaque d'estoc et riposta par un coup sec à la gorge. Le guerrier tomba en gargouillant, mais Keyoke perdit de précieuses secondes car il ne pouvait pas lever sa jambe blessée assez haut pour enjamber l'homme qui se débattait dans les spasmes de l'agonie. Le genou du commandant des armées acoma tremblait alors qu'il avançait en boitant, et la douleur irradiait de la cheville à la cuisse chaque fois que sa jambe blessée devait porter son poids. Une souffrance atroce lui vrillait le ventre, et il avala sa salive pour ne pas vomir. Un vertige le saisit, menaçant de le déséquilibrer, et sa vision se troubla.

Keyoke rejoignit en boitant son dernier combat. Deux soldats minwanabi frappaient à coups redoublés un bouclier acoma. Le cuir et le bois se fendirent dans un craquement, et l'une des lames trouva sa cible. Le guerrier acoma tomba, et ses yeux mourants croisèrent ceux de son officier.

— Commandant, l'appela-t-il clairement, avant qu'un attaquant ne lui piétine le visage.

Alors, une silhouette vêtue d'orange et de noir cria et pointa son épée vers Keyoke. Les guerriers se retournèrent et convergèrent vers lui. Le fracas des armes monta de tous côtés. Croyant que sa fièvre amplifiait les sons, Keyoke se concentra pour reconnaître des visages ennemis.

— Le commandant des armées acoma ! hurla quelqu'un d'une voix forte.

Keyoke fut assiégé de tous côtés. Son épée versait le sang à flots, mais ses jambes n'avaient plus aucune agilité. Sa boiterie le handicapait, et tout en parant une série de coups de taille et d'estoc, il perçut la présence d'autres soldats qui se précipitaient dans son dos. Il ne pouvait plus éviter d'être cerné. Tombant à genoux, il lutta contre le vertige et repoussa les coups qui pleuvaient sur lui. Soudain, le soldat minwanabi qui se trouvait devant lui se raidit. Son expression d'incrédulité disparut dans l'obscurité quand il tomba en arrière. Keyoke aperçut un hachoir à viande qui sortait de son armure, et un serviteur effrayé qui reculait. Keyoke frappa de côté, et un ennemi de plus mourut avant de pouvoir venger son camarade. Le serviteur périt juste après, ouvert de la poitrine à l'aine par un autre soldat, qui dirigea ensuite son arme ensanglantée vers Keyoke. D'autres adversaires le pressaient de tous côtés. Il combattit obstinément, avec une habileté affûtée par quarante années passées sur les champs de bataille.

Les tempes de Keyoke ruisselaient de sueur. Il cligna des paupières pour chasser les gouttes salées de ses yeux et frappa à travers un brouillard de souffrance. Il distingua à peine un serviteur acoma accroupi près lui, et des mains qui tentaient de l'empêcher de tomber. Puis les yeux du serviteur s'écarquillèrent et l'homme s'affaissa. Une blessure béante laissait voir les os de ses côtes, et sous son poids, Keyoke s'effondra.

Aveuglé par la poussière et la souffrance, le commandant essaya de se relever. Ses oreilles sonnaient et ses mains ne parvenaient plus à agripper quoi que ce soit. Ses doigts engourdis ne pouvaient plus trouver son épée, et il sentait une humidité poisseuse se répandre sur son flanc, sous l'armure. Il hoqueta, cherchant à remplir ses poumons d'air, mais il ne parvenait plus à respirer. Il distingua au-dessus de lui la silhouette d'un soldat minwanabi, qui dégageait sa lame du corps du courageux serviteur.

Keyoke tâtonna dans la poussière, retrouva son épée et tenta de repousser le corps secoué de spasmes de l'agonisant pour se mettre en garde. Le soldat tira le serviteur sur le côté, puis leva son arme afin d'achever le vieux commandant étendu à ses pieds. Keyoke leva le bras pour parer et consacra ses dernières forces à recommander son wal à Turakamu. Puis les deux épées s'entrechoquèrent, et le cuir laminé crissa sous l'impact. Le coup avait été dévié, mais pas complètement. Le Minwanabi avait manqué le cœur mais avait percé l'armure et le gambison pour enfoncer son épée dans le ventre de Keyoke.

Le soldat tira violemment sur sa lame pour la dégager. Les chairs se déchirèrent et le sang coula abondamment. Keyoke entendit un cri lointain et rauque, quand la souffrance força ses lèvres à trahir sa faiblesse devant un ennemi. Sentant sa dernière heure venue, Keyoke rassembla sa volonté de soldat pour accueillir la mort la tête haute et les yeux ouverts. Malgré le bruit des battements de son cœur qui l'assourdissait, le commandant entendit une voix lointaine hurler « Acoma ! » Il ressentit une immense fierté pour ce brave soldat.

Des silhouettes floues entraient et sortaient de son champ de vision. Le temps semblait inexplicablement se dérouler au ralenti. Dans l'obscurité, il entraperçut une main qui saisissait le bras du soldat minwanabi et tirait en arrière l'épée qui descendait vers lui. Keyoke fronça les sourcils et se demanda faiblement si les dieux le récompensaient pour une vie passée au service des Acoma : pour le courage dont il avait fait preuve en défendant sa maison, il ne sentirait pas le coup mortel. « Turakamu », murmura-t-il, croyant qu'il partait vers le palais du dieu Rouge. Puis la terre tourna, et il perdit conscience tandis que son épée lui échappait des mains.

10

COUP DE MAÎTRE

Des bruits le dérangèrent.

Plongé dans des ténèbres absolues, Keyoke entendait des voix. Elles résonnaient comme en rêve dans son esprit, se surimposant à une conscience croissante de la douleur. Il cherchait les chants des guerriers, les morts minwanabi qui témoigneraient de son courage tandis qu'il entrait dans le palais de Turakamu.

Mais aucun chant ne retentissait. Il n'entendait que des paroles prononcées par une voix ressemblant à celle de Lujan.

Non, pensa Keyoke. *Non !* Dans un flot d'angoisse qui se transforma en désespoir, il écouta plus attentivement. Il *devait* y avoir des chants.

— ... n'a pas repris conscience depuis la bataille, continuait la voix de Lujan,... il délire... la fièvre... des blessures graves au ventre et au côté...

Une autre voix intervint, celle de Nacoya sûrement.

— Par les dieux ! Mara ne doit pas le voir comme cela. Cela lui briserait sûrement le cœur.

Puis un remue-ménage dans l'obscurité, et quelqu'un avec la voix de sa maîtresse, qui pleurait dans une angoisse trop intense pour être contenue.

— Keyoke !

Je n'aurai donc pas de chants, comprit le vieux guerrier avec une tristesse froide. Un guerrier mort dans la défaite ne recevait donc pas la consécration de ses pairs. Les Acoma devaient avoir été vaincus car Mara, Lujan et Nacoya étaient présents à ses côtés, dans le palais de Turakamu. L'armée des Minwanabi devait avoir quitté le défilé pour attaquer le domaine, et les défenseurs cho-ja avaient fui ou avaient été submergés. À la fin, l'ennemi avait triomphé, et les Acoma avaient été écrasés.

— Maîtresse, murmura Keyoke dans son délire. Dame...

— Écoutez ! Il parle ! s'exclama quelqu'un.

— Keyoke ? reprit la voix de Mara.

Des mains froides effleurèrent son front, avec des doigts tremblant légèrement.

Puis la lumière brilla, aveuglante malgré ses paupières mi-closes, et la conscience lui revint, avec la pleine sensation de la douleur.

— Keyoke, dit à nouveau Mara.

Des mains se posèrent sur ses tempes, doucement, encadrant avec insistance son visage.

— Nous allons tous bien. Ayaki va bien. Lujan nous a parlé de votre glorieuse bataille dans le défilé. Les Minwanabi vous ont attaqués avec cinq cents hommes, et ta petite compagnie s'est battue jusqu'à la mort pour défendre la soie.

Le commandant lutta à travers un brouillard de fièvre et parvint à fixer son regard. Sa maîtresse était penchée sur lui, sa chevelure noire éparse, et son beau visage marqué par l'inquiétude. Il ne se trouvait pas dans le palais du dieu Rouge mais dans la cour devant les portes du manoir acoma. Le domaine était paisible. Des silhouettes s'agitaient dans les brumes environnantes alors que les guerriers de la compagnie de Lujan se dispersaient pour rejoindre leurs baraquements. Un domestique tenant un linge propre se tenait à proximité, prêt à essuyer son visage en sueur. Keyoke prit difficilement une longue inspiration. Malgré la douleur cuisante de ses blessures, il rassembla ses esprits.

— Dame Mara. Vous êtes en danger. Le seigneur Desio connaît vos secrets, vous n'êtes plus en sécurité.

Mara lui caressa la joue.

— Je sais, Keyoke. L'espion qui a été torturé s'est échappé et nous l'a appris. C'est grâce à lui que Lujan a su qu'il devait lancer sans attendre sa compagnie dans les montagnes, pour venir à ton aide.

Keyoke repensa aux bruits de combat qu'il avait entendus à la fin, dans les collines derrière le défilé. C'était donc Lujan qui avait pris à revers l'armée du seigneur Desio, et l'avait mise en déroute pour rejoindre la gorge.

— Combien ont survécu ? demanda Keyoke, d'une voix qui n'était plus qu'un faible croassement.

— Six hommes, commandant, répondit Lujan, en vous comptant. Tous gravement blessés.

Keyoke avala difficilement sa salive. De la centaine de guerriers et des cinquante serviteurs, seuls cinq en plus de lui avait survécu au piège des Minwanabi.

— Ne te préoccupe pas de la soie perdue, ajouta Mara. Les Cho-ja finiront par produire de nouvelles étoffes.

Keyoke réussit à dégager maladroitement une main des couvertures qui recouvraient sa poitrine.

— La soie n'est pas perdue, hoqueta-t-il. Tout du moins, pas entièrement.

Lujan poussa une exclamation de surprise et les serviteurs se mirent à murmurer. Ce n'est qu'alors que Keyoke remarqua la présence de Jican, les yeux brillants, qui était resté sur le côté.

Il s'efforça de prononcer les phrases nécessaires pour leur expliquer où les rouleaux de soie avaient été cachés parmi les rochers, sur la route du col.

Mara sourit. Cette expression donnait à son visage une beauté délicate et lumineuse, qui ressemblait beaucoup à celle de sa mère, se souvint Keyoke. Il remarqua aussi les larmes qui brillaient aux coins de ses yeux, et qu'elle tentait bravement de dissimuler en clignant des paupières.

— Aucune souveraine n'aurait pu en demander autant. Tu as servi honorablement et superbement. Maintenant repose-toi. Tes blessures sont très graves.

Keyoke ne demanda pas leur gravité ; la douleur lui disait tout ce qu'il avait besoin de savoir. Il lâcha un profond soupir.

— Je peux mourir, maintenant, ajouta-t-il dans un chuchotement.

Mara ne protesta pas mais se leva et donna impérieusement des ordres pour que son commandant soit emmené dans la plus belle chambre du manoir.

— Allumez des chandelles pour lui, et faites venir des poètes et des musiciens, pour qu'ils chantent sa gloire. Tous doivent savoir qu'il a combattu comme un héros et qu'il a donné sa vie pour les Acoma.

Elle est peut-être la souveraine, pensa Keyoke, *mais sa voix tremble.* À lui, qui la connaissait comme sa propre fille, elle ne pouvait cacher son chagrin.

— Ne pleurez pas pour moi, dame, murmura-t-il. Je suis satisfait.

Il y eut du bruit, une petite bousculade et du mouvement, et il faillit perdre conscience.

— Ne pleurez pas pour moi, dame, répéta Keyoke.

Il ne sut pas si elle l'avait entendu, car l'obscurité l'engloutit une fois encore.

Plus tard, il prit conscience de chandelles parfumées, d'une musique douce et d'une immobilité apaisante qui l'enveloppait, sauf pour la douleur qui lui semblait infinie. Forçant ses yeux fatigués à s'ouvrir, il vit qu'il reposait sur une natte dans une chambre superbement meublée, dont les cloisons étaient décorées de scènes de guerriers peignant les vertus des armes et du courage. Entre les notes aiguës de deux vielles qui jouaient en contrepoint, il entendait un poète narrer ses exploits et ses victoires, dont certains remontaient à l'époque du seigneur Sezu. Keyoke referma les paupières. Il n'avait pas menti à sa dame. Il était satisfait. Mourir de grandes blessures reçues dans l'honneur était une destinée juste et appropriée pour un vieux guerrier.

Mais un tumulte résonna dans le couloir et couvrit les notes des instruments de musique ; le poète hésita dans ses vers.

— Bon sang, vous allez juste le laisser allongé là, jusqu'à ce qu'il meure ? criait une voix stridente et nasale.

Le barbare, reconnut Keyoke, *défiant comme toujours la coutume.*

La voix de Lujan s'interposa, étrangement angoissée.

— Il a servi avec honneur ! Que pourrions-nous faire de plus ?

— Allez chercher un guérisseur pour qu'il s'efforce de lui sauver la vie, cria presque Kevin. Ou est-ce que vous attendez que vos dieux le sauvent ?

— Insolent ! rétorqua sèchement Lujan.

Puis Keyoke entendit le bruit d'une main qui frappait la chair.

— Arrêtez ! Tous les deux ! intervint Mara.

Les voix se mêlèrent pour former une cascade de sons qui montait et descendait comme des vagues. Keyoke se reposait, calme et immobile, souhaitant que la dispute se termine. Le poète était arrivé aux vers qui racontaient le raid qu'il avait autrefois organisé avec Papéwaio contre Tecuma des Anasati, et il voulait l'écouter pour relever d'éventuelles inexactitudes. Sans nul doute, le barde ne mentionnerait pas la fête qui avait suivi la bataille, ni les jarres de vin de sâ que Papé, le maître et lui avaient partagées pour célébrer la victoire. Keyoke se souvenait qu'ils l'avaient tous payé le lendemain d'une terrible gueule de bois, et qu'il avait eu mal à la tête presque autant que maintenant.

Mais le poète ne reprit pas ses vers. Keyoke entendit alors la voix de Mara qui lui parvenait depuis le couloir.

— Kevin, ce n'est pas faire preuve de bonté que de sauver la vie d'un guerrier à qui il manque une jambe. Peut-être ne le savais-tu pas, mais le guérisseur de campagne de Lujan a dû couper la jambe de Keyoke, car il avait reçu une blessure de flèche qui s'était infectée.

Keyoke eut du mal à avaler sa salive. La souffrance qui lui déchirait le corps avait masqué la sensation de l'absence de sa jambe. Il ferma les yeux.

— Et alors ! reprit Kevin, exaspéré. La valeur de Keyoke réside dans son expérience, et même *votre* abruti de guérisseur sait que le cerveau d'un homme ne se trouve pas dans ses pieds !

Un silence s'ensuivit, puis Keyoke entendit la cloison qui glissait et les pas de quelqu'un qui entrait.

Keyoke ouvrit un œil et regarda dans la direction du bruit. Le grand barbare venait de pénétrer dans la pièce. Ses cheveux luisaient comme un incendie à la lumière des bougies, et sa haute taille projetait de longues ombres sur le mur. Il écarta avec détermination les musiciens, puis lança un regard de dégoût vers le poète.

— Dehors, lança-t-il impérieusement. Je veux lui parler et voir s'il a vraiment envie de mourir.

Keyoke regarda le visage de l'esclave barbare, les yeux assombris par la colère. Il força sa voix à devenir aussi décidée que sa condition le lui permettait.

— Tu es insolent, fit-il en répétant le jugement de Lujan. Et tu interviens dans des problèmes d'honneur. Si j'étais armé, je te tuerais sur-le-champ.

Kevin haussa les épaules et s'assit près du vieux guerrier.

— Si vous aviez la force de me tuer, vieillard, je ne serais pas ici.

Il croisa les bras et appuya ses coudes sur ses genoux. Il observa ensuite Keyoke, l'incarnation parfaite d'un général, même installé comme une figure de proue au milieu d'une mer de coussins. Ses traits étaient peut-être tirés par la maladie, mais son visage était encore celui d'un commandant.

— De toute façon, vous n'êtes pas armé, remarqua Kevin avec sa franchise impitoyable issue d'un autre monde. Et vous auriez besoin d'une béquille pour vous lever de ce lit. Donc, peut-être ne pouvez-vous plus régler maintenant vos problèmes avec une lame, commandant Keyoke.

La souffrance transperça le ventre du vieil homme alors qu'il prenait une inspiration pour répondre. Il pouvait sentir la faiblesse qui montait, mais il se reprit et réussit à parler sur un ton qui avait rabattu le caquet à plus d'un jeune guerrier trop sûr de lui.

— J'ai fait mon temps.

Les paroles furent prononcées avec une dignité absolue. Kevin ferma les yeux un moment et sembla intérieurement fléchir.

— Mara a encore besoin de vous.

Il ne regarda pas Keyoke. Apparemment, sa grossièreté avait des limites ; mais ses mains serrèrent ses avant-bras jusqu'à blanchir la peau, et Lujan, au seuil de la porte, détourna le regard.

— Mara a encore besoin de vous, reprit Kevin d'une voix étranglée, comme s'il luttait pour trouver des mots qui lui échappaient. Elle n'a plus de grand général pour ses armées, de maître tacticien pour prendre votre place.

Aucun son ni aucun mouvement ne venait de l'homme allongé parmi les coussins. Kevin fronça les sourcils et, avec une gêne évidente, tenta de s'expliquer.

— Vous n'avez pas besoin de jambes pour former votre successeur, ni pour donner des conseils en matière de guerre.

— Je n'ai pas besoin de jambes pour savoir que tu as dépassé les bornes, l'interrompit Keyoke.

L'effort le mettait durement à l'épreuve. Il s'affaissa contre les oreillers.

— Qui es-tu, barbare, pour juger mon service dans cette maison ?

Kevin rougit fortement et se releva. De toute évidence embarrassé, mais toujours vexé sans savoir pourquoi, il ferma les poings et ajouta.

— Je ne suis pas venu pour vous harceler, mais pour vous faire réfléchir.

Puis, comme s'il était en colère, l'immense rouquin quitta le chevet du blessé. Au seuil de la porte, il se tourna à demi, mais refusa toujours de croiser le regard de Keyoke.

— Vous l'aimez, vous aussi, dit-il d'une voix accusatrice. Mourir sans vous battre la prive de son meilleur commandant. Je dis que vous cherchez la solution facile ; votre service n'est pas terminé, vieil homme. Si vous mourez maintenant, vous désertez votre poste.

Il partit avant que Keyoke ne puisse rassembler ses forces pour lui répondre. Les chandelles semblaient soudain trop brillantes, et la douleur plus intense. Doucement, les musiciens se remirent à jouer ; Keyoke les écouta, mais son cœur ne trouvait plus le repos. Les vers du poète avaient perdu de leur lustre et devinrent des paroles vides de sens, racontant des événements passés depuis longtemps et pour la plupart oubliés... Il sombra doucement dans le sommeil.

Mara attendait dehors dans le couloir. Elle n'était accompagnée d'aucune servante, et se tenait si immobile que Kevin faillit ne pas la voir dans l'ombre. Seuls ses réflexes rapides le sauvèrent. Alors qu'il essuyait ses larmes, il la vit juste à temps pour ne pas la renverser.

— Tu me répondras de cette scène, fit-elle.

Bien que son maintien soit parfait et son ton égal, Kevin la connaissait assez pour lire la colère dans son attitude. Ses mains froissaient l'étoffe de ses manches alors qu'elle continuait :

— Keyoke a conduit nos soldats à la bataille pendant plus d'années que je n'ai vécues. Il a affronté des ennemis dans des situations telles que nous aurions tous des cauchemars simplement en les imaginant. Il a abandonné une guerre et a laissé son seigneur mourir, bien que ces ordres lui brisent le cœur, pour garder en vie le nom des Acoma en venant me chercher au temple de Lashima. Si nous avons un natami dans le jardin sacré pour garder notre honneur, c'est à Keyoke que nous le devons. Comment oses-tu, toi, un esclave et un barbare, laisser entendre qu'il n'en a pas fait assez !

— Eh bien, répondit Kevin, j'admets que j'ai une grande gueule, et aussi que je ne sais pas quand je dois la fermer.

Il sourit de cette façon soudaine et spontanée qui ne manquait jamais de la désarmer.

— Pourquoi te sens-tu continuellement obligé d'intervenir, soupira Mara, dans des choses que tu ne comprends pas ? Si Keyoke souhaite la mort d'un guerrier, c'est son droit, et notre honneur, de lui accorder le passage dans la paix.

Le sourire de Kevin s'évanouit.

— Si j'ai bien un problème avec votre culture, dame, c'est que vous tenez la vie pour négligeable. Keyoke est un brillant tacticien. C'est un génie en matière militaire, et ce n'est pas son bras d'épée, qu'un homme plus jeune peut vaincre de toute façon, qui est le plus important. Mais vous restez tous en retrait, et vous envoyez des poètes et des musiciens ! Et vous attendez stupidement qu'il meure comme un grand guerrier, en gaspillant les années d'expérience dont votre armée a tant besoin pour...

— Et que suggères-tu ? l'interrompit Mara. Ses lèvres étaient blanches.

Kevin frissonna sous l'intensité de son regard mais il poursuivit.

— Je nommerais Keyoke au poste de conseiller, j'inventerais un nouveau titre si nécessaire, et je ferais venir le plus doué de vos guérisseurs. La blessure au ventre peut encore le tuer, mais je pense que la nature humaine ne diffère pas tant que cela entre votre culture et la mienne pour qu'un homme, même un mourant, accepte de quitter la vie en se sentant inutile.

— Tu sembles connaître beaucoup de choses pour un homme du peuple, observa Mara avec acidité.

Kevin se raidit et tomba immédiatement dans un de ses étranges et inexplicables silences. Il la foudroya du regard, refusant toujours de terminer cette discussion ; et Mara était si absorbée à essayer de deviner pourquoi il était devenu soudain si secret qu'elle ne remarqua l'esclave messager à ses côtés que la seconde fois où il s'adressa à elle.

— Maîtresse, dit le jeune garçon en s'inclinant timidement. Ma dame, Nacoya vous prie de venir immédiatement dans la haute salle. Un messager impérial vous attend.

Le rouge de la colère quitta immédiatement les joues de Mara.

— Va chercher Lujan et qu'il me rejoigne là-bas immédiatement.

Comme si elle avait oublié l'existence de Kevin et leur querelle qui était dans une impasse, elle tourna les talons et descendit le couloir dans une hâte presque inconvenante.

Kevin, bien entendu, la suivit.

— Que se passe-t-il ?

Elle ne répondit pas, et l'esclave messager était reparti et hors de vue. Sans se laisser décourager, Kevin allongea le pas jusqu'à ce qu'il rattrape sa minuscule maîtresse. Il tenta une autre approche.

— Qu'est-ce qu'un messager impérial ?

— De mauvaises nouvelles, répondit brièvement Mara. Si tôt après l'attaque des Minwanabi, un message de l'empereur, du seigneur de guerre ou du Grand Conseil annonce obligatoirement une grande manœuvre dans le Jeu.

Mara esquiva les révérences d'un groupe d'esclaves penchés sur des seaux et des brosses, et qui nettoyaient le plancher de bois laqué. Elle traversa l'atrium qui conduisait vers les grandes doubles portes de la salle, Kevin sur ses talons. Le maintien de sa dame semblait fragile depuis le retour des compagnies de Lujan. Le but du raid des Minwanabi, insistait-elle, n'était pas simplement de détruire sa soie. Incapable de suivre tous les détours de la politique tsurani qui, pour son esprit venu du Royaume, semblaient illogiques et complexes, Kevin était déterminé à rester aux côtés de Mara. Ce qui la menaçait le menaçait, et il se sentait protecteur envers elle.

La haute salle était toujours humide dans la matinée, et le sol de pierre glaçait ses pieds malgré la semelle de cuir de ses sandales. Traversant ce grand espace vide où ses pas résonnaient étrangement, et plongé dans l'ombre à cause des cloisons fermées, Kevin vit Nacoya qui attendait sur l'estrade et entendit Lujan entrer par le couloir de derrière. Mais le regard du barbare restait rivé devant lui. Dans la pénombre ressortait la lueur de l'or, un spectacle surprenant et déroutant dans un pays où les métaux sont extrêmement rares.

Le messager était assis sur un coussin finement brodé, et même sa posture était imposante. C'était un jeune homme puissamment musclé, beau, vêtu d'une simple jupe de tissu blanc. Des sandales dont les lacets se croisaient sur ses mollets enserraient ses jambes poussiéreuses, et sa peau luisait de sueur. Il portait ses cheveux coupés à l'épaule, retenus sur le front par le symbole de sa charge, un bandeau où alternaient l'or et le blanc et qui étincelait dans l'ombre. La trame de l'étoffe était métallique, de l'or véritable, le symbole de l'empereur de Tsuranuanni dont il portait le message.

Quand Mara entra, il se leva et se présenta en faisant la révérence. Son geste dénotait de l'arrogance, car bien qu'il ne soit qu'un serviteur et elle une dame noble, les paroles de son maître avaient force de loi, et toutes les grandes maisons devaient s'y soumettre. Le bandeau sur son front rendait cet homme sacro-saint dans tout l'empire. Il pouvait passer entre deux maisons en guerre et traverser un champ de bataille en toute sécurité, sans qu'aucun soldat n'ose gêner son passage, sous peine d'encourir la fureur de l'empereur.

Le messager s'agenouilla dans une attitude merveilleusement étudiée, et présenta un rouleau doré sur tranche, fermé par des rubans d'or et scellé du sceau d'Ichindar.

Mara accepta la lourde missive, ses mains semblant terriblement fragiles. Elle brisa le sceau, déroula le parchemin et commença à lire, tandis que Lujan prenait sa place sur le côté, à l'endroit qu'occupait autrefois Keyoke. Nacoya se retenait visiblement de tendre le cou pour lire par-dessus l'épaule de sa maîtresse.

Le texte n'était pas long. Kevin, qui était le plus grand, pouvait voir que les phrases étaient courtes. Mais Mara resta immobile durant un long moment avant de relever la tête et de prendre la parole.

— Merci. Vous pouvez aller, dit-elle au messager. Mes serviteurs veilleront à ce que vous soyez nourri et logé, si vous souhaitez vous reposer pendant que je dicterai ma réponse à mes scribes.

Le messager impérial s'inclina et sortit, le claquement de ses sandales cloutées résonnant fortement dans la salle. Au moment où il franchit la porte, Mara s'effondra sur le coussin le plus proche.

— La main de Tasaio se révèle enfin, dit-elle, d'une voix atone et misérable.

Nacoya prit le parchemin et le lut avec un froncement de sourcils qui s'accentuait de plus en plus.

— Le démon ! s'exclama-t-elle quand elle eut fini.

— Belle dame, intervint Lujan, quels sont les souhaits de l'empereur ?

Ce fut Nacoya qui répondit, d'une voix acide.

— Ce sont des ordres du Grand Conseil. Nous devons en toute hâte envoyer notre armée soutenir le seigneur des Xacatecas dans sa guerre contre les pillards nomades de Dustari. La dame Mara a reçu l'ordre de paraître en personne, avec une levée de quatre compagnies, et de se préparer à partir d'ici deux mois.

Lujan haussa les sourcils et resta figé dans cette expression.

— Trois compagnies seraient déjà trop, constata-t-il, et il frappa furieusement la poignée de son épée. Nous allons devoir acheter des faveurs aux Cho-ja. (Son regard se reporta sur Kevin avec une intensité féroce.) Et tu as raison, maudit barbare ! Nous ne pouvons plus accorder à Keyoke le luxe de mourir, sinon le domaine sera dépouillé de son dernier officier expérimenté.

— C'était sûrement ce que désirait Desio, soupira Mara. Nous devons déjouer ses plans.

Elle tourna la tête. Ses yeux étaient des éclats d'obsidienne, et ses joues rosissaient sous l'effet de l'émotion, alors qu'elle donnait ses ordres.

— Lujan, tu es maintenant promu au poste de commandant des armées acoma. Emmène Kevin avec toi et va voir Keyoke. Dis-lui que je souhaite le nommer premier conseiller pour la guerre, mais que je ne le ferai qu'avec sa permission. (Sa voix devint lointaine, comme si la jeune femme était tourmentée par ses souvenirs ou peut-être par les larmes qu'elle retenait.)

Il pensera que les guerriers se moqueront de lui s'il utilise une béquille, mais je veux que son nom soit honoré. Rappelle-lui que Papé avait autrefois porté avec fierté le bandeau noir des condamnés.

Lujan s'inclina, son attitude trahissant le chagrin qu'il ressentait.

— Je doute que Keyoke nous abandonne dans une situation aussi périlleuse, ma dame. Mais les dieux peuvent refuser d'accéder à ses souhaits. Sa blessure au ventre n'est pas de celles dont un homme peut guérir.

Mara se mordit les lèvres. Comme si ces paroles la chagrinaient, elle déclara :

— Alors, avec sa permission, j'enverrai des courriers et des messagers dans tout l'empire pour trouver un prêtre guérisseur de Hantukama.

— L'offrande qu'un tel prêtre demandera pour une guérison sera grande, signala Nacoya. Vous serez sans doute obligée de construire un grand temple.

Mara faillit perdre son calme.

— Alors, dis à Jican d'aller récupérer le reste de notre soie dans les montagnes et de l'envoyer sur les marchés de Jamar ! Car nous avons besoin de Keyoke vivant ou tout est perdu. Nous ne pouvons nous permettre de faire un affront au seigneur des Xacatecas.

Même pour Kevin, ce commentaire ne nécessitait pas d'explications. La possibilité d'alliance avec le seigneur des Xacatecas avait gardé à distance de nombreux ennemis. Si les Acoma donnaient à une famille aussi puissante une raison quelconque pour s'attirer son inimitié, ils provoqueraient eux-mêmes leur ruine rapide. Surtout avec leur engagement dans une guerre de sang contre les Minwanabi.

— Le domaine ne doit pas être mis en péril, finit par dire Mara.

— Dustari est un piège, intervint Nacoya, exprimant une évidence pour tout le monde, sauf pour Kevin. Tasaio sera là-bas, et il anticipera toutes les manœuvres que vous ferez avec vos quatre compagnies. Vous et les hommes que vous emmènerez mourrez de la même façon que le seigneur Sezu, trahis sur un sol étranger.

— Raison de plus pour que Keyoke protège ces terres pour Ayaki, conclut Mara. Toute couleur quitta son visage.

Le messager impérial partit avec l'accord écrit de Mara à la demande du Grand Conseil. Ensuite, les intendants et les conseillers de sa maisonnée se lancèrent dans une série impressionnante de préparatifs. Lujan envoya des officiers dresser des inventaires, puis Kevin et lui allèrent au chevet de Keyoke, sans aucun enthousiasme.

Jican arriva alors qu'ils sortaient, rappelé des pâturages par un coursier.

— J'ai besoin de connaître tous les avoirs des Acoma, demanda Mara avant même que le petit homme n'ait terminé sa révérence. De combien de centis nous disposons en liquide, et combien nous pouvons emprunter. J'ai besoin de savoir combien d'armes nos maîtres armuriers peuvent produire en deux mois, et combien nous devrons en acheter.

Jican haussa les sourcils.

— Dame, n'aviez-vous pas déjà décidé d'envoyer nos nouvelles armes sur les marchés ? Nous aurons besoin de ces ventes pour compenser le déficit en soie.

Mara fronça les sourcils et retint difficilement son envie de répondre sèchement.

— Jican, c'était hier. Aujourd'hui, nous devons équiper quatre compagnies pour envoyer des renforts au seigneur des Xacatecas à Dustari.

Le hadonra était doué pour les chiffres.

— Vous devrez marchander avec les Cho-ja pour acheter de nouveaux guerriers, devina-t-il. (Ses sourcils droits se resserrèrent.) Nous devrons vendre certaines des meilleures bêtes de nos troupeaux.

— Fais-le, répondit immédiatement Mara. Je serai avec Ayaki. Quand tu auras fini les comptes, rejoins-moi avec tes ardoises dans la chambre d'enfant.

— À vos ordres, dame, répondit Jican, malheureux.

Les guerres étaient la ruine perpétuelle des bonnes finances, et que Mara doive se lancer dans l'une d'elles à cause des complots de dangereux ennemis l'effrayait. C'est ainsi que de grandes maisons étaient tombées dans le passé. Le désastre de la trahison et de la mort de Sezu était arrivé trop récemment pour que tous les serviteurs du manoir ne sentent pas la menace de l'annihilation. La nouvelle ne mit pas longtemps à se répandre parmi tous les serviteurs, et dans une maison qui débordait d'activité, les conversations devinrent étrangement étouffées.

Mara passa une heure avec son fils, une heure qui lui sembla bien trop courte. Ayaki aurait bientôt cinq ans, et avait un tempérament qui le plongeait quelquefois dans des rages terribles qui triomphaient de l'habileté de ses nourrices. Allongé sur le ventre, les chevilles croisées en l'air, il jouait aux petits soldats, poussant en avant et en arrière ses officiers avec leurs plumets et hurlant des ordres de sa petite voix d'enfant suraiguë. Mara le regardait, le cœur déchiré, et tentait de mémoriser les traits de son petit visage ombré par une frange noire. Elle ferma ses poings glacés, et se demanda si elle vivrait assez longtemps pour voir son fils atteindre l'âge adulte. Elle refusa de penser à la possibilité qu'il ne puisse pas y parvenir. Elle, qui était arrivée au pouvoir bien trop jeune, brûlait du désir que son fils ait la chance de grandir, d'apprendre et d'être guidé durant de longues années afin d'être préparé à devenir seigneur. Elle devait survivre et revenir du désert, pour s'assurer qu'il en serait ainsi.

Jusqu'à ce que Jican arrive avec ses comptes, elle pria longtemps et désespérément Chochocan. À ses pieds, Ayaki anéantissait des dizaines de compagnies de Minwanabi, pendant que sa mère se torturait l'esprit pour trouver des solutions à des équations impossibles.

Jican arriva et présenta ses ardoises, leurs colonnes de chiffres impeccablement alignées en dépit de la hâte exigée par l'ordre de Mara. Le hadonra avait les yeux cernés et semblait épuisé quand il s'inclina.

— Dame. J'ai fait ce que vous aviez demandé. Voici trois calculs sur vos avoirs en liquide. L'un dépend de l'arrivée à bon port du reste de la soie. Le deuxième indique ce que vous pouvez dépenser confortablement, et le troisième ce que vous pouvez mettre à contribution, avec une liste variable de conséquences. Si vous prenez la troisième ardoise, faites attention. Il vous faudra quatre ans pour ramener le cheptel au niveau actuel de productivité.

Mara regarda les diverses ardoises, puis sans hésiter choisit la dernière. Elle lança un regard à Ayaki, qui la regardait de ses yeux noirs et doux.

— Les needra sont remplaçables, souligna-t-elle et elle envoya brusquement une de ses servantes rassembler une escorte et faire venir son palanquin. Je vais rendre visite à la reine des Cho-ja pour le reste de l'après-midi.

— Je peux venir ? cria Ayaki, bondissant et éparpillant ses petits soldats en sautant vers sa mère.

Mara tendit le bras et ébouriffa ses cheveux avec la main qui ne tenait pas l'ardoise.

— Non, mon fils, pas cette fois.

Le petit garçon fronça les sourcils, mais ne répondit pas. Sa nourrice était enfin parvenue à lui enseigner les bonnes manières que son défunt père n'avait jamais acquises.

— Kevin t'emmènera faire une promenade sur un chariot, le consola-t-elle.

Puis elle se souvint... Lujan et son barbare n'étaient pas encore revenus de la chambre de Keyoke.

— S'il en a le temps, précisa-t-elle à son fils qui tirait sur son coude. (Elle prit son petit visage dans sa main.) Et si tu permets à la servante de bain de laver le jus de fruit que tu as sur le menton.

Elle lui donna une petite tape affectueuse. Le froncement de sourcils d'Ayaki s'accentua. Il essuya sa bouche sale, fit un bruit entre ses lèvres et déclara :

— Oui, mère. Mais quand je serai souverain, je garderai mon menton collant si j'en ai envie.

Mara lança un regard exaspéré vers le ciel, puis dégagea sa manche des mains de son fils. Le tissu sentait le jomach et les bonbons confectionnés par les Cho-ja.

— Mon garçon, si tu n'apprends pas d'abord tes leçons pour bien grandir, tu n'auras plus de domaine à gouverner.

Une servante apparut au seuil de la porte.

— Dame ? Votre palanquin vous attend.

Mara se baissa et embrassa Ayaki, puis se releva avec le goût du bonbon sur les lèvres. L'incident ne l'irrita pas. Dans trop peu de temps, elle respirerait et goûterait la poussière des déserts du sud, et son foyer serait à un océan de distance.

Bien que la fourmilière des Cho-ja avec ses ombres fraîches ait été en de nombreuses occasions un sanctuaire pour Mara, elle ne lui apporta cette fois aucun réconfort. La jeune femme croisait ses doigts en sueur sous les manches de sa robe supérieure. Un officier qu'elle connaissait mal avait pris la place de Keyoke et l'accompagnait, un demi-pas en arrière, saluant et échangeant des courtoisies avec Lax'l, le commandant de la fourmilière. Le guerrier, Murnachi, n'avait jamais combattu avec une compagnie de Cho-ja. Bien qu'il soit honoré qu'on lui demande d'accompagner sa maîtresse pour cette importante mission auprès de la reine, sa raideur indiquait sa gêne et son désir de retourner à l'air libre aussi tôt que possible.

Mara avançait dans les tunnels qui menaient à la chambre de la reine, un chemin qui lui était maintenant familier. Mais ce n'était pas une visite de courtoisie et, au lieu d'apporter son petit présent habituel, le domestique qui accompagnait son escorte portait une ardoise où étaient indiqués tous les avoirs en liquide des Acoma.

Elle n'avait pas tenté de marchander avec une reine cho-ja depuis sa négociation pour l'installation permanente de la fourmilière sur son domaine. Maintenant qu'elle en éprouvait le besoin, elle n'avait aucun indice sur la façon dont elle serait reçue, particulièrement maintenant que les deux tiers de la nouvelle cargaison de soie avaient été perdus lors de l'attaque des Minwanabi. La sueur sur les mains de Mara passait du froid au chaud. Elle n'avait aucune expérience qui lui permette de prévoir la réaction de la reine.

Le couloir s'élargissait dans une antichambre avant de rejoindre la salle du trône. *Il est maintenant trop tard pour faire demi-tour*, se dit Mara, alors que l'ouvrier cho-ja qui escortait son petit groupe se précipitait pour annoncer son arrivée. La dame des Acoma continua sa route, et entra dans l'immensité chaude de la caverne de la reine, éclairée nuit et jour par la lumière bleu-violet des globes cho-ja. Ces derniers étaient suspendus à des crochets scellés dans la voûte massive du plafond de pierre. Une pile de coussins l'attendait comme une île au milieu d'un sol poli, à côté d'une table basse portant des tasses et un pot fumant de chocha. Mais Mara ne s'avança pas pour s'asseoir, boire et bavarder, comme à son habitude. Elle accomplit le salut traditionnel d'un souverain devant une personne de rang égal. L'énorme reine cho-ja se dressa de toute sa hauteur, servie par un essaim d'ouvriers. Son abdomen était dissimulé par des cloisons, derrière lesquelles

les reproducteurs et les rirari s'occupaient continuellement des œufs qui assuraient la continuité de la fourmilière.

Complètement accoutumée maintenant à une telle activité, Mara ne ressentait pas la moindre envie de regarder. Elle se releva après sa révérence, comprenant à l'inclinaison de la tête de la reine que la souveraine cho-ja était consciente que quelque chose de grave était arrivé. Mara s'obligea à se calmer.

— Souveraine de la fourmilière, j'ai le regret de vous informer que les Acoma vivent des troubles graves, infligés par leur ennemi la maison Minwanabi.

Mara s'arrêta, attendant par courtoisie un signe de la reine pour continuer.

À part l'activité frénétique des ouvriers s'occupant des œufs, et qui ne cessait jamais, il n'y eut plus aucun mouvement dans la pièce. Des rangs de guerriers et d'ouvriers pouvaient, peut-être, marcher dans les couloirs derrière l'antichambre, mais ceux qui étaient accroupis sur leurs pattes avant en présence de la reine restaient aussi immobiles que des statues.

Ne recevant pas le moindre geste de patte avant en signe de réconfort, Mara se plaça devant la reine de la fourmilière. Il lui fallut rassembler tout son courage pour prononcer la phrase suivante.

— Grande reine, le Grand Conseil de l'empereur exige la levée de quatre compagnies de guerriers acoma pour défendre les frontières de l'empire à Dustari. Si je ne veux pas priver le domaine de toute protection, je ne peux rassembler que trois compagnies humaines pour les envoyer au-delà de l'océan. Mon espoir est que vous acceptiez de conclure un marché, pour produire une compagnie supplémentaire de guerriers afin que je puisse obéir aux ordres du Grand Conseil.

La reine restait immobile. Retenant son souffle, Mara attendit, luttant pour garder son calme. Du coin de l'œil, elle remarqua la nervosité de son chef de troupe, alors que son homologue cho-ja restait accroupi et passif.

Finalement, la reine esquissa un mouvement avec sa patte avant.

— Qui équipera cette compagnie, Mara des Acoma ?

La dame laissa échapper le souffle qu'elle retenait depuis longtemps et tenta de ne pas frissonner de soulagement. Sa requête n'avait pas été considérée comme impertinente.

— J'en supporterai le coût sur ma cassette, noble reine, s'il vous plaît d'accéder à ma requête.

La reine inclina sa tête gigantesque, ses mandibules allant doucement d'avant en arrière.

— J'accéderai à votre requête contre une rémunération suffisante, déclara-t-elle.

La discussion se transforma en ce qui ressemblait remarquablement, aux oreilles de Mara, à un duel de marchandage entre deux négociants. Les demandes de la reine étaient démesurées. Mais Jican avait instillé en Mara une excellente compréhension de la valeur des choses, et la jeune femme apprenait vite. Elle semblait percevoir instinctivement quelles demandes n'étaient pas négociables, et lesquelles étaient totalement exorbitantes, et que la reine s'attendait à voir rejetées. À la fin, elle obtint un prix, en partie en liquide, en partie en marchandises, qui était environ un tiers plus élevé que ce qu'elle aurait payé pour engager des mercenaires. C'était un excellent prix, car une compagnie de Cho-ja n'obéirait qu'à elle, ne serait pas infiltrée par des espions ou subornée par des ennemis, et ne fuirait pas le champ de bataille au premier signe de risque de défaite.

Ses troupeaux de needra seraient peut-être au plus bas pendant les trois prochaines saisons, à cause des ventes qu'elle serait obligée de faire pour payer le prix demandé par la reine. Quand la négociation se termina, Mara essuya la sueur de son front avec un petit mouchoir brodé et lâcha un soupir presque imperceptible.

La reine cho-ja remarquait tout.

— Dame des Acoma, fit-elle de sa voix vibrante, sur un ton plus amical, il me semble que vous êtes nerveuse, ou que vous souffrez d'une sorte de malaise. Est-ce que notre hospitalité ne correspond pas à votre attente ?

Mara se reprit avec un sursaut.

— Non, dame reine. L'hospitalité de la fourmilière n'est jamais en faute. (Elle s'arrêta, prit un risque, et répondit honnêtement.) Je confesse que je n'étais pas sûre du protocole quand je suis venue vous acheter cette faveur pour obtenir des guerriers.

— Une faveur ? (La reine se redressa dans ce qui semblait être un mouvement de surprise.) Vous êtes mon amie, c'est vrai, et si vous veniez demander une faveur, je la prendrais en considération, bien sûr. Vous me rendez visite souvent et vous éprouvez du plaisir à me tenir compagnie et à discuter de nos affaires. C'est une diversion bienvenue, n'en doutez jamais. Mais quand nous marchandons des ouvriers, des guerriers ou des services, ce sont des biens à négocier.

Mara leva les sourcils.

— Alors, votre espèce n'a pas besoin d'armée pour assurer sa protection.

La reine cho-ja réfléchit un instant.

— Nous intervenons dans l'empire, et intervenons donc en partie dans sa politique, le grand jeu du Conseil. Mais il y a des milliers d'années, avant la venue des hommes, nous produisions des guerriers à cette époque pour fonder de nouvelles fourmilières, pour nous protéger des prédateurs comme les harulth, et pour poursuivre du gibier. Maintenant, les conflits se déroulent entre les maisons des hommes qui ont acheté notre alliance. Les Cho-ja ne se battent pas entre eux, sauf quand ils épousent la cause des hommes.

C'était une révélation. Mara tenta de ne pas révéler son sentiment croissant d'excitation alors qu'elle repliait le carré de lin humide. Elle avait étudié cette culture cho-ja si étrange, mais elle avait encore beaucoup à apprendre. Si les guerriers cho-ja n'étaient pas loyaux envers les seigneurs humains mais n'étaient que de simples mercenaires, cela ouvrait des possibilités extrêmement intéressantes... Malheureusement, la convocation du conseil pour la défense des frontières de Dustari ne lui laissait pas le loisir d'approfondir le sujet.

En pensant à tout cela, Mara échangea quelques banalités polies avec la reine cho-ja, puis prit courtoisement congé. Il restait tant à faire, et le départ devait avoir lieu dans deux mois !

Kevin et Jican attendaient son retour au manoir. Mara sortit du palanquin dans la lumière accablante de la fin de l'après-midi, et rendit les ardoises à son hadonra. Il y jeta subrepticement un coup d'œil alors qu'il s'inclinait, et partit en claquant une fois des dents. Mara le prit pour un signe qu'elle avait bien marchandé, mais que les finances des Acoma seraient mises à rude épreuve. Elle repoussa une mèche rebelle et poisseuse, oublia son envie de prendre un bain, et regarda un Kevin extraordinairement silencieux.

— Que se passe-t-il, mon grand esclave ? Le problème doit être grave, ou tu n'aurais pas oublié de m'embrasser.

— Je n'oublie jamais de vous embrasser, répondit Kevin.

Il joignit immédiatement le geste à la parole. Mais ses lèvres ne s'attardèrent pas sur celles de Mara et ses pensées n'étaient clairement pas tournées vers la passion.

— Keyoke demande à vous voir, dame.

— Je m'y attendais.

Mara retira sa robe supérieure et la passa à une servante. Glissant les bras dans un vêtement propre que lui tendait une esclave, elle s'efforça d'effacer les soucis de son front.

— Où se trouve Lujan ?

Kevin lui emboîta le pas alors qu'elle avançait et franchissait la porte.

— Il s'est rendu aux baraquements, pour surveiller un entraînement, à la suggestion de Keyoke.

Mara réfléchit à tout cela. Le vieil homme accepterait sa promotion de premier conseiller pour la guerre ; sinon, il aurait envoyé Lujan porter la nouvelle de son refus, plutôt que superviser un entraînement difficile. Keyoke adhérait à la lettre aux obligations de la tradition. Il n'enverrait pas des nouvelles personnelles par l'intermédiaire d'un esclave. Même si Kevin recevait des privilèges comme un membre de la famille, ou un consort, Keyoke ne le considérerait jamais au-dessus de sa position sociale. Pleine d'égard pour le souci de l'étiquette du vieil homme, Mara envoya Kevin s'occuper ailleurs. Elle parcourut seule les couloirs du manoir et entra dans la chambre éclairée de bougies où le vieil homme gisait, transpirant sous ses couvertures.

Il l'attendait, les yeux brillants de fièvre.

— Ma dame, murmura-t-il à l'instant où elle apparut sur le seuil de la porte.

Elle se hâta de rejoindre son chevet pour l'empêcher de se lever pour s'incliner devant elle.

— Non ! Grand-père de mon cœur, tu es blessé, et je n'exige jamais autant de cérémonie. Tu m'honores par tes blessures, et ta loyauté est sans faille.

Elle s'agenouilla sur le coussin à ses côtés et brisa le protocole en lui prenant la main et en la serrant violemment.

— J'ai dit de nombreuses fois à Nacoya combien je l'aime. Je ne te l'ai encore jamais dit.

Le fantôme d'un sourire passa sur le visage de Keyoke. Il était heureux de cet aveu, mais il restait trop l'impassible commandant tsurani pour montrer plus qu'une trace d'émotion.

— Dame, dit-il d'une voix bourrue, Tasaio tient votre mort dans ses mains, à Dustari.

Ainsi Lujan lui avait tout raconté. Mara avala sa salive pour retenir un flot de larmes. C'était probablement ce qui avait poussé le vieil homme à accepter de continuer à vivre.

Même malade, Keyoke lut en elle.

— Non, dame. Je n'ai pas besoin de contraintes pour servir les Acoma. Je suis très honoré de devenir votre premier conseiller pour la guerre, n'en doutez pas une seconde. (Il s'arrêta, cherchant ses mots.) Je m'étais préparé à mourir comme un guerrier parce que c'était le seul destin que je voyais pour un commandant devenu trop vieux pour le champ de bataille.

Cela ne suffisait pas à Mara.

— Et ta jambe ?

Keyoke sourit réellement, très fugitivement.

— Papéwaio sera mon modèle. S'il a pu porter le bandeau noir, je prendrai ma béquille. (Un instant plus tard, il ajouta Kevin a suggéré que l'armurier construise une béquille qui puisse dissimuler une épée.

— Tu aimes cette idée, observa Mara. (Elle se permit de sourire, elle aussi.) Grand-père de mon cœur, je ferai de ta béquille l'insigne de ta fonction et je consulterai moi-même les armuriers pour cette épée.

Elle contempla le visage en sueur de Keyoke, trop gris, les traits creusés, et qui montrait malgré tous ses efforts son épuisement.

— Tu formeras Lujan, et, à nous tous, nous trouverons la manière de mettre en déroute les hommes du désert de Tasaio.

Keyoke écarquilla brusquement les yeux, la fixant avec une intensité terrible.

— Fille de mon cœur, aucune stratégie ne vous aidera dans un désert sans arbres, sauf la force du nombre. Toute ma sagesse ne pourra rien changer.

Il s'enfonça dans sa couche après cette remarque, à bout de forces. Sa volonté ne suffisait plus, vit Mara. Il était sincèrement reconnaissant pour son nouveau poste, mais son corps était trop affaibli. Le dieu Rouge risquait de ne pas lui laisser la vie qu'il avait imprudemment brûlée jusqu'à l'annonce du raid.

— Laisse-nous, Lujan et moi, nous occuper de Dustari, murmura Mara. Ayaki est ta seule responsabilité, avec le natami dans le jardin sacré. Si tout devait échouer et si les Minwanabi envahissaient nos frontières, une compagnie d'élite et toi assurerez la sécurité de mon fils. Vous irez vous réfugier dans la fourmilière auprès de la reine des Cho-ja, et tu t'assuras que le nom des Acoma survive.

Keyoke se reposait, les yeux fermés. Il ne parlait pas, mais la main que tenait Mara se referma légèrement. La dame reposa doucement les doigts sur la couverture et remarqua le pouls rapide et filant au niveau des veines du poignet. Il agonisait. C'était indéniable.

— Repose-toi bien, grand-père de mon cœur, chuchota Mara.

S'obligeant à rester calme, elle se leva et regagna la porte.

— Va chercher mon coursier et tous les messagers disponibles, murmura-t-elle au domestique qui attendait dehors. Je veux aussi des messagers de la guilde, que l'on engagera à Sulan-Qu.

Elle parlait rapidement, sans prendre conscience de la présence d'un homme rondelet en sarrau qui avançait précipitamment dans le couloir et qui s'arrêta, l'air interrogateur, à ses côtés. Il portait un sac plein à craquer de flacons, et ses vêtements sentaient un peu les herbes moisies.

— Vous allez faire venir un prêtre de Hantukàma ? demanda-t-il, d'une voix éduquée pour être douce.

Mara se retourna, remarqua la présence de son guérisseur personnel et hocha rapidement la tête.

— Cela est nécessaire, ne le penses-tu pas ?

— Dame Mara, soupira le guérisseur avec sympathie, je doute que votre conseiller pour la guerre soit conscient à la prochaine aube, ou qu'il respire encore dans deux jours.

— Il vivra ! répondit férocement Mara. Je lui trouverai un prêtre, et je paierai un portique de prière pour que soit invoquée la magie du dieu de la guérison.

Le guérisseur se frotta les yeux en fronçant les sourcils. Il semblait fatigué.

— Dame, les prêtres ne se déplacent pas facilement. Ils n'accordent leur loyauté qu'à leur dieu et considèrent les villageois ordinaires comme les égaux de l'empereur. Si vous trouvez un prêtre de Hantukama, et ils sont rares, aucun portique de prière ne le fera venir s'occuper d'un guerrier agonisant s'il a déjà des malades confiés à ses soins.

Mara regarda l'homme avec ses sacs de remèdes inutiles et ses vérités agaçantes. Ses yeux manquaient de la moindre étincelle de compassion.

— Nous verrons, maître guérisseur. Nous verrons.

Devant ce regard, le guérisseur manqua défaillir et s'esquiva rapidement pour entrer dans la chambre du blessé. La voix de Mara le poursuivit, grave et aussi déterminée qu'un coup de lance.

— Garde-le en vie et veille à son confort. C'est tout ce qui te concerne.

Elle recommença à donner des instructions au domestique ainsi qu'au coursier qui venait d'arriver.

Penché sur Keyoke, comptant les pulsations à un poignet sec et fiévreux, le guérisseur leva les yeux au ciel et pria Chochocan et Hantukama pour un miracle. Keyoke s'affaiblissait, et aucun remède dans sa sacoche ne pouvait empêcher son esprit d'entendre l'appel de Turakamu. Le guérisseur examina ensuite le blanc des yeux de son malade, puis vérifia les pansements. Entre la colère de ses dieux et celle de sa maîtresse, en ce moment, il craignait surtout la fureur de la dame.

Les préparatifs pour la guerre à Dustari réduisirent à néant la routine tranquille du domaine acoma. Dans le quartier des artisans, le sifflement constant de la roue du rémouleur chantait en rythme avec les cris des esclaves et des apprentis dirigeant le déchargement des matières premières. L'odeur lourde et poisseuse des pots de résine recouvrait les effluves plus doux des fleurs d'akasi. La puanteur restait dans l'air, envahissant même les appartements de Mara où, à l'aube, elle se tenait devant la cloison ouverte, regardant le paysage.

— Reviens t'étendre, murmura Kevin, admirant la mince silhouette nue de Mara. Si tu es absolument déterminée à te faire du souci, tu le feras mieux si tu es détendue et reposée.

Mara ne répondit pas mais continua à regarder les brumes et les ombres mouvantes des jeunes bouviers qui se hâtaient de gagner les pâturages pour s'occuper des needra. Elle ne regardait pas les esclaves, ni la douce beauté des terres dont elle avait hérité de ses ancêtres. Elle ne voyait qu'un millier de soldats minwanabi traversant les frontières pour conquérir son domaine.

Keyoke devait rester en vie pour le protéger durant son absence, pensait Mara. Comme si son amant n'avait pas parlé, elle commença une série rituelle de prières pour invoquer la protection de Lashima sur la vie du conseiller pour la guerre, qui gisait dans le coma. Le dieu Rouge était prêt à bondir sur sa nouvelle victime.

Kevin soupira et s'étira comme un félin, s'étendant sur les oreillers que la dame venait de quitter. De toute évidence, ce n'était pas une matinée pour le bavardage ou l'amour. De toute façon, ils s'y étaient suffisamment adonnés durant la nuit précédente, se dit le Midkemian en passant la main dans sa chevelure. Mara était revenue dans sa chambre extrêmement tendue, presque en colère, et leurs ébats n'avaient pas vraiment été tendres. Elle préférait habituellement des caresses pour éveiller sa passion, mais elle s'était jetée sur lui comme si elle était prise d'une frénésie de désir. Elle avait failli le griffer, alors que toute violence dans la chambre à coucher lui faisait horreur. Et, quand elle eut enfin trouvé la libération dans un débordement convulsif d'émotions, elle avait sangloté violemment sur son épaule et trempé ses cheveux de larmes.

N'étant pas tsurani, Kevin ne fut pas rebuté par son manque de contrôle de soi. Sensible et comprenant que sa compagne avait besoin d'être réconfortée, il l'avait simplement serrée dans ses bras et l'avait caressée jusqu'à ce qu'elle sombre dans le sommeil, épuisée.

Maintenant, la regardant dans l'encadrement de la cloison ouverte, aussi droite qu'une épée et mince comme une adolescente, il vit qu'elle avait retrouvé du ressort ; elle était très forte. Mais sur ses épaules reposait le sort de tous ceux qui tiraient leur subsistance de ses vastes terres, depuis les intendants et les conseillers respectés jusqu'au plus modeste de ses marmitons. La peur pour son jeune fils la hantait, qu'elle dorme ou qu'elle soit éveillée. Kevin se demandait combien de temps elle résisterait avant de s'effondrer sous la tension nerveuse.

Il se leva, jeta une robe sur ses épaules – même après trois années, il n'était toujours pas à l'aise avec l'indifférence des Tsurani vis-à-vis de la pudeur – et rejoignit Mara près de la cloison. Il glissa un bras par-dessus ses épaules, surpris de la trouver contractée et frissonnante.

— Mara, dit-il gentiment.

Il ouvrit sa robe et l'enroula autour de sa maîtresse, la blottissant contre son corps chaud.

— Je me fais du souci pour Keyoke, avoua-t-elle, en se nichant contre lui. Tu m'as beaucoup réconfortée.

Elle posa la tête contre son avant-bras et le chatouilla d'une main joueuse en descendant sur son ventre. Kevin se demanda s'il devait la prendre dans ses bras et la porter jusqu'à la couche. Mais une fois de plus, les pensées de Mara l'emportèrent loin de lui, et après un moment elle se dégagea de son étreinte et frappa sèchement dans ses mains.

Des servantes envahirent la chambre, débarrassant le sol de la natte et des coussins, et s'activant pour apporter les vêtements de Mara. Kevin se retira dans un coin derrière un paravent pour s'habiller. Quand il en sortit, il fut surpris de trouver un plateau de petit déjeuner avec des fruits, du chocha et du pain, intact. Trois domestiques étaient toujours à proximité pour servir la souveraine, mais Mara n'était plus dans la pièce.

— Où est la dame ? demanda Kevin.

Le domestique en fonction le regarda sans la moindre humilité ; quelle que soit la finesse des broderies sur la chemise de style midkemian de Kevin, il était toujours un esclave, d'un statut inférieur, et indigne de courtoisie de la part d'un homme libre.

— La dame est partie vers l'entrée principale.

Puis il se tut, et une petite bataille de volonté s'ensuivit. Finalement, il se rendit compte que Kevin ne s'abaisserait pas à répéter sa question, pas plus qu'il ne s'occuperait de ses propres affaires, mais qu'il resterait à le regarder de ses yeux bleus, sans ciller, et à le toiser de son immense taille. Il répondit avec un reniflement de mépris :

— Un messager est arrivé.

— Merci, marmonna Kevin avec une ironie acide.

Comme toujours, il souhaita que le système de caste tsurani soit moins rigide, et que quelqu'un dans toute cette bande d'idiots qui s'inclinaient et faisaient des révérences ait pensé à l'informer de cette arrivée. Même Mara l'avait oublié, mais elle avait suffisamment de soucis. Il enfila ses sandales en sautant à petits bonds vers la porte, et se dépêcha de traverser le couloir pour la rejoindre.

Il s'agissait de l'un des messagers d'Arakasi, couvert de poussière et épuisé par la route. L'adolescent avait de toute évidence couru toute la nuit, et était venu de bien plus loin que Sulan-Qu.

— Nous sommes engagés à construire trois sanctuaires, expliquait-il alors que Kevin se rapprochait. L'un d'eux devra être en pierre. Et nous devrons aussi construire un portique de prière sur votre domaine, dédié aux Dieux Miséricordieux.

Il parlait de Chochocan, de Lashima, de Hantukama et d'une demi-douzaine d'autres dieux que Kevin ne parvenait pas à distinguer, leurs noms et leurs qualités étant trop bizarres pour un étranger. Sur Kelewan, il y avait même un dieu pour le concept de l'honneur.

— Le revêtement devra être en corcara, termina le messager, en faisant référence au portique de prière.

La construction promise serait une entreprise coûteuse, comprit Kevin, alors qu'il cherchait dans son vocabulaire tsurani toujours croissant, et identifiait les corcara comme des coquillages ressemblant à des ormeaux.

Mais le problème des finances et des dettes ne semblait étonnamment pas intéresser Mara.

— Quand arrivera le prêtre guérisseur ?

Le messager s'inclina.

— À midi aujourd'hui, dame. L'agent d'Arakasi a engagé des porteurs de la guilde et a payé le prix fort pour qu'il arrive en toute hâte.

Mara ferma les yeux, le visage pâle et délicat dans la brume matinale qui se dissipait lentement.

— Prions les Dieux Miséricordieux pour que nous ayons au moins ce temps. (Puis elle sembla remarquer pour la première fois la fatigue du messager.) Repose-toi et prends un repas, ajouta-t-elle rapidement. Tu as bien travaillé, et la promesse de ton maître envers Hantukama sera honorée. Je vais immédiatement parler à Jican, et quand le prêtre arrivera, des artistes seront déjà en train de dessiner des croquis pour les sanctuaires et le portique de prière.

Elle devrait vendre certains de ses biens les plus éloignés pour payer le prêtre guérisseur, mais cela avait beaucoup moins d'importance avec la campagne de Dustari en perspective. Certaines des propriétés lointaines devaient être sacrifiées de toute façon, et leurs garnisons rapatriées pour repousser toutes les menaces contre le domaine. Mara s'occupait généralement elle-même d'affaires aussi importantes, mais cette fois, elle en délégua la responsabilité à Jican. Elle entendit et accepta toute une liste de demandes de Lujan sur les besoins immédiats d'équipement de ses soldats. Puis, sans accorder une pensée au petit déjeuner qu'elle avait oublié, elle rejoignit la chambre où Keyoke était alité, entouré de bougies et soigné par des serviteurs. Il avait sombré dans l'inconscience sans que personne ne puisse le ranimer, et respirait si difficilement qu'il semblait impossible qu'il soit encore en vie. Kevin attendit respectueusement sur le seuil quand Mara traversa la chambre doucement éclairée et tomba à genoux sur le coussin placé au chevet de Keyoke.

— Honorable ami, reste avec nous, murmura-t-elle. De l'aide arrivera aujourd'hui à midi. Arakasi a trouvé un prêtre de Hantukama, qui voyage actuellement pour venir en aide aux Acoma.

Keyoke était totalement immobile. Même ses paupières ne cillaient pas, et sa peau restait aussi blanche que de la colle de noix.

Il était indéniablement aux portes de la mort. Kevin avait vu assez de blessures et leurs suites pour le reconnaître. Pris de pitié, il quitta la porte et s'accroupit aux côtés de sa maîtresse. Les mains fermement passées autour de sa taille, il déclara :

— Ma bien-aimée, il ne peut pas t'entendre.

Mara secoua la tête avec obstination, ses cheveux libres emplissant ses narines de son odeur.

— Nos croyances sont différentes. La Roue de la vie possède de nombreuses facettes, d'après ce que disent nos prêtres. Les oreilles charnelles de Keyoke peuvent ne pas entendre, mais son esprit, qui repose dans son wal, ne dort jamais. Son esprit saura que je lui ai parlé et trouvera de la force auprès de Hantukama pour éloigner Turakamu.

— J'espère que ta foi portera ses fruits, murmura Kevin.

En regardant le visage décharné de Keyoke, les mains sur lesquelles les cicatrices de coups d'épée faisaient comme de profondes gravures, il sentit son espoir vaciller. Ses mains se serrèrent autour de sa dame pour la réconforter, partager sa tristesse et une peur qu'il n'avait pas le courage d'affronter. *Si jamais je la perdais*, pensa-t-il... Il bannit immédiatement cette idée. Il fit ensuite une découverte troublante : si on lui offrait la possibilité de rentrer, libre, dans son monde natal, il pourrait ne pas souhaiter la quitter.

— Vis, Keyoke, dit-il. Nous avons besoin de toi.

Sans savoir si le wal du guerrier l'entendait, le grand Midkemian prononça ces paroles aussi pour lui-même.

Le prêtre guérisseur de Hantukama arriva dans l'heure qui suivait midi, avec un manque de cérémonie si marqué que son arrivée fut une surprise pour tout le monde.

Mara n'avait pas quitté la chambre de Keyoke. C'est ici qu'elle avait répondu aux questions de ses conseillers et congédié les domestiques qui lui proposaient de la nourriture. Quand midi vint, elle se leva et commença à faire les cent pas, les sourcils froncés. De temps en temps, elle lançait un regard soucieux vers la silhouette allongée parmi les coussins, toujours immobile. Kevin, assis tranquillement sur le côté, observait l'agitation de sa dame, mais savait qu'il valait mieux ne pas parler ou lui offrir sa sympathie. Elle semblait plongée dans ses soucis, mais son regard distant l'avertit qu'il en était autrement. Ses pensées étaient très loin de la chambre du blessé ; elle s'était plongée dans un rituel de méditation et de prière qu'elle avait appris au temple de Lashima. Ses déplacements se faisaient selon un certain rythme, avec des mouvements qui ressemblaient à des pas de danse et qui paraissaient avoir un sens. Ce n'était pas une dépense d'énergie gratuite. Elle finit l'un de ces motifs, cligna des yeux comme un rêveur tiré du sommeil, et se retrouva face à une silhouette vêtue d'une robe toute simple, debout devant elle.

Couvert de poussière, mince au point d'en paraître frêle, l'homme portait des robes presque aussi grossières que celles d'un esclave. Ses mains étaient noircies par le soleil, son visage ressemblait à un fruit sec et ridé. Il ne s'inclina pas, mais regarda la dame des Acoma avec des yeux sombres où brûlait une énergie infatigable.

Mara sursauta légèrement. Puis elle fit d'une main un signe sacré.

— Vous servez Hantukama comme guérisseur ?

L'homme s'inclina cette fois, mais pas en direction de la dame.

— Le dieu marche en ma présence. (Son front se creusa.) Je n'ai pas interrompu votre do-chan-lu ? s'enquit-il, en faisant référence à son exercice de méditation en mouvements.

Mara repoussa d'un geste son excuse.

— Je vous souhaite la bienvenue, saint homme, et j'aurais subi l'interruption avec bonheur, si nécessaire.

Sans nervosité apparente, et sans même un regard pour la forme comateuse de Keyoke, elle offrit au petit prêtre des boissons et de la nourriture, s'il en éprouvait le besoin.

Il la regarda, la considéra puis sourit – une expression surprenante qui exprimait une compassion chaleureuse.

— La dame est gracieuse, et je la remercie, mais mes besoins ne sont pas si grands.

— Hantukama vous bénisse, saint homme, répondit Mara. (Son soulagement était clairement audible dans sa voix alors qu'elle désignait le guerrier blessé sur la natte.) Voici un homme en grand besoin de guérison.

Le prêtre hocha une fois la tête, avança et dépassa Mara. L'arrière de son crâne était rasé en un demi-cercle qui commençait juste derrière les oreilles et se terminait sur la nuque, où l'on avait permis aux cheveux de pousser pour former une très longue natte brillante et compliquée.

— J'aurai besoin de bassines, d'eau et d'un brasero, dit-il, sans regarder autour de lui. Mon assistant m'apportera mes herbes.

Mara frappa dans ses mains pour faire venir un domestique, pendant que le prêtre se baissait et, avec une grande économie de mouvements, retirait ses sandales sales. À sa demande, un serviteur lui lava les mains et les pieds, mais il refusa d'utiliser une serviette. Il posa ses doigts humides sur le front de Keyoke et attendit un long moment, sans bouger. Sa respiration se ralentit jusqu'à se calquer sur celle du guerrier blessé. Pendant une longue minute, il ne se passa rien. Puis il fit passer légèrement ses doigts sur les mâchoires et le cou de Keyoke, et continua, par-dessus les couvertures et les bandages qui recouvraient le corps musclé du guerrier. Quand il atteignit son pied, il s'arrêta, en frappa doucement la plante de ses paumes, et prononça un mot qui semblait résonner et lancer des échos.

Il se tourna enfin vers Mara, et maintenant son visage semblait grisâtre, usé et fatigué.

— Le guerrier se trouve aux portes du palais de Turakamu. Il n'y pénètre pas seulement grâce à la grande force de sa volonté, dit-il tristement. Il est presque au-delà de tout rappel. Pourquoi souhaitez-vous qu'il vive ?

Mara marcha à reculons vers le bois rigide de l'encadrement de la porte, et souhaita que les bras de Kevin soient là pour la soutenir. Mais elle avait renvoyé le barbare, de crainte que ses croyances étrangères n'offensent le prêtre sans le vouloir. Elle regarda le petit homme en guenilles, dont les mains portaient de profonds cals et dont les yeux voyaient bien trop de choses. Elle pesa soigneusement sa question, consciente que beaucoup de choses dépendaient de sa réponse. Elle retrouva tous ses souvenirs de Keyoke, depuis la main puissante qui la relevait quand elle était tombée et qu'elle s'était écorché les genoux quand elle était petite fille, jusqu'à l'épée qui n'avait jamais failli dans la défense de son père face à ses ennemis ; elle se rappela combien le nom des Acoma dépendait de l'expérience de Keyoke. Elle avait mille raisons pour souhaiter qu'il vive, trop nombreuses pour les dire en un souffle. Elle considéra l'ancien commandant des armées acoma, pour lui-même, sa loyauté et son honneur, et la brillante inspiration qu'il représentait pour tous les soldats qu'il avait dirigés. Elle ouvrit la bouche pour dire que sa place était à la tête de son armée, mais quelque chose que Kevin lui avait autrefois fait remarquer chassa ces paroles de son esprit. *« Votre peuple et le mien ne sont pas si différents que cela dans leur façon d'être ; vous placez juste votre honneur kelewa-*

nais au-dessus de la compassion, ce qui est le mauvais ordre pour un Midkemian. »

Influencée par ce concept très nettement étranger, Mara répondit quelque chose de très différent de ce qu'elle avait eu initialement l'intention de dire.

— Nous souhaitons que Keyoke revienne parmi nous parce que nous l'aimons.

L'expression critique du prêtre fondit dans un sourire surpris mais chaleureux.

— Dame, vous avez bien répondu, et sagement. L'amour est le seul guérisseur, et non l'honneur ni le devoir. Pour l'amour seul mon dieu Hantukama répondra à mon appel, et donnera à votre guerrier la force de vivre.

Mara ressentit une immense faiblesse et ses genoux vacillèrent. Dans un sentiment de soulagement qui la submergea, elle entendit le prêtre la prier de quitter la pièce, pour qu'il puisse être seul afin de procéder à ses rituels sacrés.

Seul, sauf pour la présence de son assistant, un jeune garçon au crâne rasé et vêtu d'un pagne ressemblant presque à celui d'un esclave, le prêtre de Hantukama installa son brasero. Pendant qu'il travaillait, il chantonnait une mélodie qui montait et descendait, comme de la poésie, comme de la musique, mais pas tout à fait. Derrière les cloisons fermées, les gardes sentaient leurs cheveux se dresser sur leur nuque et transpiraient, conscients que des pouvoirs qui dépassaient leur compréhension étaient invoqués derrière le mur.

Le prêtre ouvrit une sacoche volumineuse et sortit de petits paquets d'herbes. Ils étaient tous soigneusement bénits et fermés par des fils noués selon un rituel connu uniquement d'une poignée de ses frères qui arpentaient l'empire au service de Hantukama. Chaque petit paquet était accompagné d'un sachet, étiqueté avec des symboles sacrés et scellés avec de la cire odorante. Même l'assistant ne savait pas quels ingrédients composaient les fines poudres qui se trouvaient à l'intérieur. Par respect pour son maître, le garçon n'avait jamais osé le demander.

Le prêtre examinait ses remèdes sacrés, les prenant, les soupesant, sentant au plus profond de lui les vertus qui imprégnaient chacun d'entre eux. Il écarta ceux préparés pour combattre la toux, et d'autres ensorcelés pour encourager des accouchements féconds. Il en plaça d'autres, contre les hémorragies, les infections, la fièvre, et pour une bonne digestion, en une rangée bien ordonnée, sur le côté. À ceux-là, il en ajouta d'autres, pour la réintégration de l'esprit, la restauration de la circulation, la réparation des os brisés et des tendons déchirés. Il réfléchit un moment, toucha la main de Keyoke, et en ajouta un autre, pour la force. Considérant la jambe, il fit claquer sa langue. Il ne pouvait pas restaurer les tissus ôtés. Si la jambe coupée avait été gardée dans de la térébenthine, il aurait pu se débrouiller ; mais peut-être que non, après tout. La blessure au ventre offrait déjà suffisamment de difficultés.

— Vieux guerrier, murmura le prêtre entre deux invocations, espérons que tu éprouves assez d'amour envers toi-même pour métamorphoser la honte de porter une béquille en fierté d'arborer un insigne honorable.

Ses mains ridées disposèrent les remèdes de façon à dessiner des motifs et les bénirent, encore et encore. À un moment, les petits paquets d'herbes entouraient complètement le corps de Keyoke. À un autre, le prêtre les plaça en ligne sur les centres nerveux de son torse et de son ventre. Puis le jeune assistant alluma le brasero, et, un par un, avec les chants de louanges appropriés pour Hantukama, les petits paquets furent enflammés et se consumèrent. Le prêtre ouvrit les sachets de poudres au-dessus de Keyoke, en murmurant des exhortations pour qu'il respire profondément, qu'il inspire la force de la terre et les pouvoirs de régénération du dieu.

Les dernières herbes partirent en fumée, et la chambre fut envahie par l'encens. Le prêtre rassembla son énergie intérieure en un nœud serré et devint le canal pour la gloire de son dieu. Il se pencha sur Keyoke et toucha les mains glacées, immobiles sur la couverture.

— Vieux guerrier, entonna-t-il, au nom de Hantukama, je te demande d'abandonner ton bras d'épée. Tes mains ne sont plus les tiennes mais celles de mon dieu, pour œuvrer pour la paix et l'harmonie. Abandonne la lutte, marche dans l'amour et retrouve ta force dans sa plénitude.

Le prêtre s'arrêta, aussi tranquille qu'un poisson dormant dans les profondeurs d'un bassin chauffé par le soleil de midi.

— Retrouve ta force, murmura-t-il, et sa voix prit un ton cajoleur, comme s'il parlait à un petit enfant.

Enfin, comme à contrecœur, une chaleur commença à se répandre sous ses doigts. La sensation grandit et donna naissance à une douce lumière jaune.

Le prêtre hocha la tête et plaça ses mains sur le visage de Keyoke.

— Vieux guerrier, entonna-t-il, je te demande d'abandonner tes sens, ta vue, ton ouïe, ton goût, ton odorat et ton toucher. Tes sens ne sont plus les tiens mais ceux de mon dieu, pour expérimenter la gloire qu'est la vie. Abandonne la parole, marche dans la joie, et retrouve tes sens aiguisés et dans toute leur vitalité.

La lueur revint plus lentement cette fois. Le prêtre combattit l'épuisement qui lui faisait courber les épaules. Il reprit son œuvre et posa ses mains sèches sur le cœur de Keyoke.

— Vieux guerrier, par la volonté d'Hantukama, je te demande d'abandonner tes désirs. Ton esprit n'est plus le tien mais celui de mon dieu, pour réfléchir à la perfection qu'est la plénitude. Abandonne tes ambitions, vis dans la compassion, et retrouve ton être empli de toute sa force.

Le prêtre attendit, replié sur lui-même, comme une vieille pierre. L'assistant observait la scène, les poings fermés et les yeux écarquillés. Quand la lueur revint, elle scintilla et étincela comme un nouveau feu, et nimba l'homme blessé des pieds à la tête, formant une couverture d'une brillance impénétrable.

Le prêtre retira ses mains, les mettant en forme de coupe comme s'il tenait quelque chose d'extrêmement précieux.

— Keyoke, dit-il doucement.

Le guerrier ouvrit les paupières, se raidit brusquement, et cria quand la lumière aveuglante frappa ses yeux et emplit son esprit d'une crainte respectueuse.

— Keyoke, répéta le prêtre. (Sa voix était fatiguée mais douce.) Ne crains rien. Tu marches dans la chaleur de mon dieu, Hantukama le guérisseur. Ta dame nous a adressé une requête pour que tu retrouves la santé. Si mon dieu t'accorde la vie et la santé, comment la serviras-tu ?

Les yeux de Keyoke regardaient droit devant, dans le réseau éblouissant des sortilèges du guérisseur.

— Je la sers, depuis toujours, comme un père veille sur sa fille, car mon cœur la reconnaît comme l'enfant que je n'ai jamais eue. Je servais Sezu pour l'honneur ; ses enfants, je les ai servis par amour.

La lassitude du prêtre s'évanouit.

— Vis, Keyoke, et guéris par la grâce de mon dieu.

Il ouvrit les mains, et la lumière lança un éclair d'une luminosité insupportable, aveuglante ; puis elle s'évanouit, ne laissant que les braises mourantes du brasero et la fumée légère des herbes brûlées.

Sur la natte, Keyoke était calme, les yeux fermés et les mains aussi immobiles qu'avant. Mais une faible rougeur transparaissait sous sa peau, et sa respiration était longue et profonde, celle d'un homme endormi.

Le prêtre s'assit précautionneusement sur le coussin que Mara avait utilisé plus tôt pour s'agenouiller.

— Va chercher la dame des Acoma, dit-il à son jeune assistant. Dis-lui qu'il survivra.

Le garçon se leva et courut faire ce que son maître lui ordonnait. Quand il revint avec la dame, le prêtre avait rangé son brasero. Les cendres et les charbons avaient mystérieusement disparu, et le petit homme qui avait invoqué le miracle était roulé en boule sur le plancher, en train de dormir.

— La guérison a été difficile, confia le jeune assistant à Mara.

Puis, alors que les domestiques veillaient au confort du prêtre et lui apportaient un plateau de nourriture, Mara alla jusqu'à la couche et regarda tranquillement Keyoke.

— Il dormira probablement pendant plusieurs jours, expliqua le garçon. Mais ses blessures se refermeront lentement. Ne vous attendez pas à ce qu'il soit rapidement sur pied.

Mara eut un sourire forcé. Elle vit les changements qui indiquaient un retour à la vie, et son cœur déborda de gratitude pour le présent du prêtre et de son dieu.

— Nous allons avoir besoin d'un guerrier d'une force extraordinaire et d'un courage sans faille pour expliquer à ce vieux soldat qu'il doit rester au lit. Car, si je connais bien Keyoke, il va se réveiller en réclamant son épée.

Les jours passèrent dans l'agitation et l'activité. Des intendants arrivaient et repartaient avec les instructions de Jican, pour préparer la vente des needra et recevoir les différentes livraisons d'approvisionnements. Les étables qui avaient autrefois abrité les needra reproducteurs étaient maintenant à moitié remplies d'armures et d'épées neuves. Les cordonniers acoma cousaient des tentes pour abriter les troupes dans le désert, et les potiers façonnaient des lampes en argile percées d'ouvertures, pour recevoir les chiffons huilés des torches. Dustari étaient une terre aride, dépourvue d'arbres ; les charpentiers faisaient chauffer leurs fours pour fabriquer du charbon.

L'animation n'était pas confinée aux quartiers des artisans. La cour d'entraînement était continuellement recouverte d'un nuage de poussière quand Lujan faisait manœuvrer ses soldats et de jeunes officiers nouvellement promus. Il organisait des manœuvres dans les champs, les marais et les forêts, et revenait avec quelques soldats triés sur le volet. Ils marchaient pieds nus, leurs sandales de guerre boueuses à la main, pour traverser le manoir jusqu'à la chambre où Keyoke récupérait. Le conseiller pour la guerre revoyait avec eux les exercices, critiquait leurs faiblesses et louait leurs points forts., il passait des heures à consulter les cartes du domaine et à préparer des stratégies de défense ; depuis sa natte, il donnait des cours aux jeunes officiers. Car nul ne doutait que Tasaio des Minwanabi avait provoqué la campagne de Dustari dans le seul but de rendre les Acoma vulnérables.

Mara elle-même était partout, supervisant tous les aspects des préparatifs de son armée avant le départ. Un matin, Nacoya réussit enfin à la trouver sans Kevin, ni serviteur ou conseiller à proximité. La dame était assise dans son jardin, près de la fontaine sous le vieil ulo. Elle utilisait souvent cet endroit pour des méditations simples, mais ces derniers temps elle consacrait tout son temps libre à son fils. Nacoya observa furtivement l'attitude tranquille de sa dame et le froncement de sourcils qui marquait légèrement son front ; elle regarda ses mains, immobiles, et jugea que le moment était propice à une discussion.

Nacoya entra dans le jardin et s'inclina devant sa maîtresse.

Mara la pria de se relever et de s'asseoir sur les coussins avec elle. Elle regarda son premier conseiller avec des yeux cernés.

— J'ai écrit hier la lettre à Hokanu.

— Cela est bien, répondit la vieille femme en hochant lentement la tête. Mais ce n'est pas la raison pour laquelle je vous cherchais.

Le froncement de sourcils de Mara s'accentua en entendant le ton de la voix de son conseiller.

— Que se passe-t-il, mère de mon cœur ?

Nacoya laissa échapper un profond soupir et plongea au cœur du problème.

— Dame, je voudrais vous suggérer de penser à choisir mon successeur. Ne croyez pas que je n'aime pas mon travail, ou que je perçoive l'honneur de mon poste comme une charge. Je sers ma dame avec bonheur. Mais je me fais vieille, et j'ai à cœur de vous signaler que vous n'avez pas de jeune serviteur qui soit formé pour reprendre la charge de conseiller quand je ne serai plus. Jican est d'âge moyen, mais il manque de finesse politique. Keyoke a la sensibilité nécessaire pour devenir premier conseiller, mais lui et moi sommes du même âge, et il n'y aura pas toujours un prêtre de Turakamu pour retarder le paiement au dieu Rouge.

Une brise soupira dans le feuillage de l'ulo, et l'eau tombait en cascade dans la fontaine. Les doigts de Mara s'emmêlaient dans les plis lâches de sa robe et étalaient l'étoffe autour d'elle.

— Je t'entends, petite mère. Tes paroles sont sages, et réfléchies. J'ai pensé au problème de ton remplacement. (Elle marqua une pause et secoua doucement la tête.) Tu sais, Nacoya, qu'un trop grand nombre de nos meilleurs éléments sont morts avec mon père.

Nacoya hocha la tête. Elle fit un geste vers la fontaine.

— La vie se renouvelle continuellement, fille de mon cœur. Tu dois trouver de nouveaux esprits, et les éduquer.

C'était une entreprise risquée, comme elles le savaient toutes deux. Engager de nouveaux serviteurs et les élever à un haut niveau de responsabilités leur faisait courir le risque qu'un ennemi infiltre un nouvel espion. Le réseau d'Arakasi était bon, mais pas infaillible. Mais Mara ne pouvait nier cette nécessité : elle avait besoin de personnes de confiance autour d'elle, sinon elle serait trop encombrée par les décisions quotidiennes pour garder son statut dans le grand jeu.

— Je ferai l'effort de trouver un nouveau cadre de conseillers, quand la campagne de Dustari sera terminée, déclara-t-elle finalement. Si je reviens dans mon foyer, et que le natami se trouve toujours dans le jardin sacré, nous chercherons de nouveaux talents à former. Mais le risque est trop grand pour le prendre avant mon retour. Ayaki ne doit être entouré que par des serviteurs qui sont nés ici, et dont la loyauté est indiscutable.

Nacoya se leva et s'inclina.

— Ai-je la permission de ma dame de me retirer ?

Mara sourit légèrement devant la silhouette voûtée de son conseiller.

— Je te donne ma permission. Va faire une sieste, petite mère. Tu donnes l'impression d'en avoir besoin.

— Je viens juste de me lever ! répondit Nacoya d'un ton sec. Faites donc une sieste vous-même, et sans cet étalon needra de barbare pour changer. Quand il est là, vous ne dormez pas, et vous aurez besoin de poudre de thyza pour dissimuler les rides qui viendront avant même que vous ayez trente ans.

— Le sexe ne donne pas de rides, rétorqua Mara en riant. Ce sont de vieux contes de nourrice. Tu n'as pas de travail ? Les messages de la journée à trier ?

— Il faut en effet que je m'en occupe, concéda Nacoya. Vous recevez de plus en plus de demandes de soupirants.

— Des opportunistes, lança Mara, soudain ennuyée. Ils pensent pouvoir m'épouser comme consort, et hériter si je tombe à Dustari. Ou bien ce sont des agents de Desio, pensant ouvrir mes portes à son armée. Sinon, pourquoi envoyer une demande à une dame dont la maison se trouve en grand péril ?

— Oui, dame, répondit rapidement Nacoya, et la satisfaction était perceptible derrière son ton humble.

Mara était peut-être jeune, et folle dès qu'il s'agissait de la chambre à coucher. Mais en politique, elle avait une excellente compréhension de la situation. Il restait maintenant à voir si elle avait les qualités d'un général. Dustari et les hommes du désert allaient lui offrir une éducation rapide et périlleuse dans ce domaine.

11

LE DÉSERT

Le voyage commença.

Mara se libéra de l'étreinte d'Ayaki, tentant de toutes ses forces de ne pas pleurer. Elle grimpa dans son palanquin et regarda une dernière fois le visage de ses conseillers, qu'elle ne reverrait peut-être jamais de ce côté-ci de la Roue de la vie : Nacoya, qui fronçait les sourcils encore plus que d'habitude, probablement pour cacher son chagrin ; Jican, qui avait des difficultés à dissimuler son émotion car il n'avait pas d'ardoises dans les mains ; Arakasi, immobile comme une ombre, silencieux et arborant, contrairement à sa nature, un air sinistre. Et Keyoke, comme toujours impassible, debout sur la jambe qu'il lui restait, ses béquilles posées discrètement contre le chambranle de la porte. Il portait son épée, mais il ressemblait à un étranger sans son armure et sans le casque à plumet d'un officier.

— Gardez Ayaki et le natami, et puissent les Dieux Miséricordieux considérer favorablement vos entreprises, déclara Mara.

Elle réussit à terminer ses adieux d'une voix ferme. Ses conseillers et les domestiques assemblés derrière eux la regardèrent avec fierté alors qu'elle faisait signe au commandant Lujan d'ordonner à l'armée de se mettre en marche. Le piétinement de nombreux pieds souleva un nuage de poussière sur la route, comme cela ne s'était pas produit depuis l'époque de Sezu. Son armée était partie, et seuls quarante hommes avaient survécu et étaient revenus. Les serviteurs de l'ancienne génération se demandaient si le passé se répéterait, et la nouvelle génération sentait leur peur. Ils regardaient trois compagnies vêtues de vert et une compagnie de Cho-ja d'un noir luisant avancer bravement sous la bannière au shatra. Le soleil dissipait les brumes matinales et faisait étinceler les armures de laque polie. Il flamboyait sur les pennons des lances et sur les cimiers à plumet des chefs de troupe, des chefs de patrouille et des ordonnances des officiers.

À Sulan-Qu, l'armée acoma embarqua sur des péniches. Des esclaves nus poussaient sur leurs perches pour qu'elles descendent le fleuve, et les péniches de grain, les navires des guildes et les barques s'écartaient pour les laisser passer. Ils naviguèrent au sud, traversèrent la province de Hokani, le long des terres des Anasati, où des guerriers en rouge et jaune les saluèrent depuis la rive. Bien que Tecuma soit un allié, même si c'était à contrecœur, Mara ne s'arrêta pas. Il ne ferait aucune ouverture, aucune démonstration d'amitié courtoise tant que Mara ne serait pas revenue de Dustari, son honneur familial intact.

Le fleuve fascinait Kevin. Il passait même les heures les plus chaudes de la journée appuyé sur la lisse, parlant avec le même intérêt au capitaine et aux esclaves qui maniaient les perches. Il étudiait les embarcations, si différentes de celles de son monde natal, et en quelques jours devint expert pour distinguer les couleurs des guildes des emblèmes des maisons, et les embarcations commerciales des navires privés.

L'armée de Mara avançait régulièrement vers le sud, dépassant des flottilles de péniches qui transportaient des marchandises. Certaines de ces barges étaient attachées ensemble pour former des étals permanents recevant la clientèle des nobles qui utilisaient le fleuve comme moyen de transport entre Jamar et Sulan-Qu. Des navires postaux rapides se faufilaient entre les embarcations plus lentes, manœuvrés à une allure folle par des esclaves en nage. Une fois, l'armée de Mara dépassa une nef impériale, brillante de dorures et décorée de bannières, ses couleurs blanches et jaunes formant un contraste éblouissant avec les navires multicolores des nobles. Mara naviguait sur sa nef d'apparat, de couleur verte et ornée d'une figure de proue en forme de shatra. Elle était assise sous un auvent décoré de plumes, éventée par des esclaves, et confortablement entourée de fleurs parfumées pour masquer la puanteur déplaisante des égouts et de la vase du fleuve. Kevin vit d'autres seigneurs voyager en grand apparat, entourés de musiciens, de poètes et de comédiens. L'un d'eux avait même une troupe de comédiens itinérants qui jouaient sur une scène construite sur le navire. Des paniers débordant de fruits étaient disposés devant lui, et des petits chiens de compagnie grassouillets se vautraient sur ses coussins, comme un chapelet de saucisses enrubannées. À la différence des chiens de compagnie et des chiens de chasse de Midkemia, les chiens de Kelewan avaient le poil court et luisant, en raison du climat.

Ils dépassèrent des barges de thyza, des ouvriers agricoles itinérants, et ce qui semblait être l'équivalent kelewanais des gitans, musiciens et vagabonds.

— Des Khardengo, les identifia Mara, quand Kevin lui expliqua la comparaison en lui donnant une brève description des gitans. Il est écrit dans les anciennes chroniques qu'ils appartenaient à une famille qui préférait vagabonder que de s'installer sur des terres. Elle vivait dans des péniches et des chariots, c'est vrai, comme tes gitans de Midkemia. Mais à la différence de tes barbares, les Khardengo ont de l'honneur. Ils ne volent pas pour subsister.

— Les gitans ont leur propre culture, répondit Kevin en riant. Selon leurs mœurs, ils ne volent pas, ils ne font que... (Il s'arrêta, incapable de trouver le mot exact en kelawanais, et préféra utiliser son propre langage)... « emprunter ».

— Emprunter ?

Mara le regarda attentivement, alors qu'il était paresseusement étendu près d'elle, à mâcher des rondelles de sekka au vinaigre.

— Qu'est-ce que cela veut dire ?

Kevin utilisa d'autres mots pour le lui expliquer, et la vit hausser les sourcils d'étonnement. *C'est étrange*, pensa-t-il, *que le concept tsurani de l'honneur permette d'échanger des marchandises sous forme d'achats, de présents et de butin ; mais qu'il n'existe aucun équivalent de ce concept de bon voisinage qui est de se prêter un objet entre amis.* Il se prépara à un nouvel après-midi de discussion, car Mara voudrait explorer l'idée à fond.

Le fleuve s'écoulait dans le grand delta au-dessus de la cité de Jamar. Là, les voyageurs suivirent la rive ouest et rejoignirent un profond canal qui les conduisit dans le port. Le grand delta s'étendait à l'est, encombré de radeaux qui avançaient en désordre sur l'eau, pendant que les pêcheurs prenaient au filet les habitants aux coquilles molles des hauts-fonds, ou tentaient de capturer du gibier d'eau.

Kevin ouvrit de grands yeux quand leur nef se joignit au trafic fluvial de Jamar, le plus grand port et centre de commerce des provinces de Szetac et de Hokani. Plus grande que Sulan-Qu, la ville était plus imposante et plus tentaculaire. Les quais étaient aussi larges que des avenues, et surélevés pour ne pas être envahis lors des grandes marées quand les tempêtes venaient du sud. Ils étaient aussi peuplés sur toute leur longueur que n'importe quel quartier, envahis par des dockers déchargeant les navires qui venaient de toutes les contrées de l'empire. Les navires les surplombaient car la marée était presque haute, et Kevin observait avec ravissement le riche patchwork de tableaux exotiques défilant sur les quais que longeaient les péniches acoma.

Des balles d'étoffes teintes étaient stockées près de piles de bois précieux, à côté de coffres plombés par des sceaux enrubannés et complexes. Des mercenaires montaient la garde devant ces cargaisons, soulignant leur valeur.

Les péniches acoma passèrent devant une série de barges à faible tirant d'eau, tellement chargées de grandes caisses qu'elles semblaient sur le point de couler. Il en émanait des odeurs exotiques, d'épices utilisées pour tanner le cuir, des parfums, et le riche arôme du chocha-la en poudre.

Les bateaux acoma longèrent ensuite des débarcadères où s'empilaient sur de grandes hauteurs des tapis, des nattes de prière, des ballots de laine, de cuir et de laque, d'alcools et de résine. Chaque cargaison de valeur était surveillée par des intendants portant des ardoises, des hadonra et des maîtres de caravane. Sous la chaleur du soleil, des pousse-pousse tirés par des esclaves transportaient les marchandises des navires jusqu'aux quais, et des quais jusqu'aux chariots qui partaient dans les terres.

Kevin regardait avec un immense intérêt ces Tsurani qu'il n'avait jamais eu l'occasion d'apercevoir auparavant. Des marins aux yeux rusés buvaient des jarres de liqueur dans l'ombre des ruelles, ou s'éclipsaient en compagnie de dames fardées de la Maison du roseau, qui exposaient leurs charmes dans des boudoirs installés dans des galeries ornées de rideaux de soie parfumés. Des gamins des rues mendiaient quelques pièces et des vendeurs ambulants vantaient leurs marchandises avec une grande variété d'appels et de cris chantants. Des vendeurs de perles de verre se querellaient pour occuper l'espace du front de mer, là où arrivaient les navires venus se ravitailler, pour être les premiers à vendre aux marins qui débarquaient des colifichets pour l'élue de leur cœur.

Kevin frissonna quand leur embarcation contourna la masse d'un grand navire et que le marché aux esclaves se dévoila aux regards de ses occupants. Tous les autres passagers de la nef de Mara l'ignorèrent, mais Kevin reconnut immédiatement l'enclos et sa haute clôture, les hommes nus regroupés par des surveillants qui faisaient claquer leur fouet. Les femmes étaient protégées du soleil par des auvents, et, si elles n'étaient pas plus vêtues que les hommes, les plus belles d'entre elles avaient été lavées pour attirer l'attention de maîtres qui les achèteraient pour leur plaisir.

Se rappelant devant ce spectacle qu'il était la propriété de Mara, Kevin finit par perdre de son intérêt pour Jamar. Il n'eut aucun regret quand le navire loué pour transporter l'armée acoma arriva. Des filets furent déployés le long de la coque pour que les Cho-ja puissent monter à bord, suivis des soldats acoma. Le palanquin de Mara fut hissé alors qu'elle restait calmement assise à l'intérieur, grâce au monte-charge utilisé pour embarquer les cargaisons. Puis les provisions et le matériel furent transférés à bord.

Le capitaine que Lujan avait engagé pour les emmener de l'autre côté de la mer était compétent et déterminé à profiter de la marée qui serait haute dans quelques minutes à peine. Il ordonna aux ouvriers des quais de larguer les amarres, alors même que ses marins attachaient les caisses de matériel acoma avec d'épais filins.

Le navire s'écarta du quai, tiré dans des eaux plus profondes et moins encombrées par une chaloupe et une douzaine de rameurs. Les esclaves ramaient en suivant la cadence d'un tambour frappé par un homme grassouillet en pagne, qui synchronisait la manœuvre des lourds avirons. Les pales sortaient de l'eau dans un éclair de couleurs vives. Les esclaves les avaient ornées de motifs multicolores, pour qu'elles leur portent bonheur en mer.

Le vaisseau que Lujan avait loué se nommait le *Coalteca*. Il avait trois mâts, et une barre massive en bois sculpté dont la manœuvre nécessitait sept esclaves. Le navire s'écarta de la terre, et les petites embarcations utilisées par les pêcheurs et les commerçants des rivages commencèrent à se faire plus rares. La chaloupe qui les remorquait largua le filin, et le pilote donna le signal du désengagement au capitaine du *Coalteca*, qui lança l'ordre de hisser les voiles. Les matelots s'élancèrent dans la mâture, libérèrent les cordages, et des mètres de voiles fibreuses se déployèrent et s'enflèrent dans le vent. Se retrouvant au milieu d'un kaléidoscope de reflets de lumière multicolores, Kevin vit que la toile, comme les avirons des esclaves, était décorée de symboles et de motifs. Le résultat donnait au navire un air de tente de cirque, une folle orgie de couleurs sans aucune harmonie, sauf à des yeux tsurani. Kevin loucha, se frotta les tempes, et décida que s'il était un dieu de la malchance, il détournerait son regard du navire simplement pour éviter d'attraper la migraine. Alors qu'il s'appuyait sur le bastingage et espérait échapper au mal de mer dont il avait souffert à bord d'un navire du Royaume, il observa les vagues et se demanda si la quille du *Coalteca* était elle aussi ornée de dessins pour repousser les attaques des serpents de mer.

Après le coucher du soleil, dans une cabine confortable éclairée par des globes bleu-violet, sans flamme, fabriqués par les Cho-ja, il posa la question à Mara. Il apprit ainsi un nouveau mot, car jusqu'à maintenant ils n'avaient jamais discuté du concept des monstres marins.

— Ah, s'écria Mara quand elle comprit, après un quart d'heure de gestes, et grâce finalement à un dessin grossier tracé à la craie sur une ardoise. Je comprends ce que tu veux dire. Tu parles des egu, de grandes créatures qui ressemblent à des relli, et qui vivent dans les profondeurs, sous les vagues. Oui, la Mer de Sang en est pleine. Tous les navires portent des lances enveloppées de chiffons trempés dans l'huile. Tu les as appelées plus tôt des « harpons », mais ce ne sont pas les mêmes que celles que l'on emploie pour attraper des poissons. Une lance d'egu est toujours enflammée quand elle est lancée. Les marins disent que seuls les flammes ou les sortilèges d'un Très-Puissant peuvent repousser l'attaque d'un egu.

Kevin se frotta à nouveau les tempes. Au moment du dîner, il n'avait aucun appétit et il décida de se retirer pour dormir.

— Mon grand barbare a le mal de mer, le taquina Mara :

Ses joues arboraient un rose éclatant, une indication sûre qu'elle n'avait pas du tout ce genre de problème. Elle lança un regard vif à son amant et déclara :

— Je connais un remède infaillible contre le mal de ventre.

Puis elle ôta sa robe sans cérémonie et se jeta dans l'alcôve où il était agenouillé, tentant de séparer les coussins des couvertures.

La robe de Kevin rejoignit bientôt celle de Mara, abandonnée en tas sur le plancher. Les egu ne troublèrent plus du tout son sommeil après cela, car il n'avait plus d'énergie pour réfléchir.

Le *Coalteca* acheva sa traversée en moins d'une semaine, sans être troublé par les egu et n'ayant rencontré que très peu de tempêtes, ce qui était surprenant.

— C'est l'été, répondit Lujan à la question de Kevin. Les vents sont réguliers et les pluies légères. (Il leva un bras brûlé par le soleil et indiqua la côte de Dustari, dont les terres violettes s'élevaient au-dessus de la proue du *Coalteca.*) Regarde, tu peux voir notre destination, la cité d'Ilama.

Le port de Dustari différait grandement de ce que Kevin avait observé à Jamar. Il était construit sur des collines de granit et entouré de montagnes déchiquetées. Les bâtiments de bois et de papier, préférés dans tout l'empire continental, étaient ici complétés de pierre. D'immenses tours à plusieurs étages s'élevaient, leur structure pyramidale servant de poste de guet sur un mur crénelé massif. D'autres tours avec des feux d'alarme marquaient la chaîne d'îlots qui s'éparpillaient vers le large, à l'ouest. Le promontoire était couronné de rocs noirs, entre des étendues de sable d'un noir rougeâtre d'origine volcanique. Les pentes des collines étaient abruptes et couvertes d'arbres luxuriants aux formes peu familières. Les odeurs que portait la brise étaient étranges elles aussi, poivrées et chargées d'effluves piquants.

— Les broyeurs d'épices ont des hangars sur les côtés du port, répondit Lujan quand Kevin en fit la remarque. Ilama fait commerce de nombreuses épices qui ne poussent que dans les montagnes au sud.

Ce peuple était aussi célèbre pour son tissage, et la trame des nattes de prière confectionnées à Dustari était réputée porter bonheur. Le sang des fées courait dans les veines des gens du rivage ; un grand nombre d'enfants nés ici entraient au service de l'Assemblée des magiciens.

Kevin désirait ardemment avoir l'occasion d'explorer la ville, et regardait avidement le trafic des rues quand le *Coalteca* jeta l'ancre dans la baie. Des charrettes avançaient sur les quais, tirées par des animaux qu'il n'avait encore jamais vus, des créatures à six jambes beaucoup plus frêles que des needra. Des oiseaux de rivage écarlate et blanc, au vol rapide, criaient et plongeaient au-dessus des mâts, se pourchassant les uns les autres, se disputant les reliefs jetés par-dessus bord par les cuisiniers. Des gamins des rues sales et dépenaillés hurlaient, leurs voix se répercutant en échos sur le port, alors qu'ils quémandaient eux aussi un peu de nourriture. Soudain, ils se turent et firent demi-tour, s'enfuyant dans les ruelles du front de mer, ce qui éveilla la curiosité de Kevin.

Des soldats vêtus d'armures jaune et violet avançaient sur le débarcadère. Des esclaves portaient un palanquin laqué décoré de bannières frappées d'un fauve terrassant un serpent. Des serviteurs se pressaient de tous côtés pour dégager un chemin pour l'escorte, et les ouvriers des quais s'inclinèrent très bas en signe de déférence.

— Le seigneur des Xacatecas vient nous accueillir en personne, commenta Mara avec une certaine surprise.

Se tenant juste derrière Kevin et vêtue de riches robes vertes, elle portait un maquillage qui réussissait astucieusement à la vieillir un peu.

— Vous ne vous attendiez pas à ce qu'il vienne ? demanda Kevin, se tournant pour deviner la raison de sa nervosité.

— Pas du tout, répondit Mara en fronçant les sourcils. Qu'il ait quitté son camp de guerre pour assister à l'arrivée des Acoma nous honore. (Elle fit signe à l'une de ses servantes et demanda rapidement Ouvre mon coffre de voyage laqué de noir. Je vais avoir besoin d'une robe supérieure plus belle que celle-ci.

— Les joyaux que vous portez sont déjà éblouissants, intervint Kevin, les yeux écarquillés d'étonnement.

Mara effleura des doigts les minuscules perles et les émeraudes cousues en rangées et en volutes au col et aux poignets de sa robe.

— Pour un seigneur qui dirige l'une des Cinq Familles, et est le chef de guerre du clan Xacala, je dois porter du métal. Si je paraissais sans avoir revêtu mes plus beaux atours, cela pourrait être pris pour une insulte. Cet homme est une personne que ma maison ne doit jamais risquer d'offenser.

Des marins commencèrent à mettre la chaloupe du *Coalteca* à l'eau, et sous la direction de Lujan, les soldats de la garde d'honneur de Mara se rassemblèrent sur le pont, leurs armures polies et la pointe de leurs lances ornée d'un pennon. La dame se hâta de changer de robe. Kevin, habillé de ses chausses et de sa chemise midkemiannes, prit sa place dans le cortège comme une colombe grise et blanche perdue au milieu d'une fête multicolore.

Peu de temps après, Mara reparut, vêtue d'une robe supérieure de soie émeraude, artistiquement décorée de paillettes de cuivre cousues. Kevin les préférait aux perles, et en fit la remarque ; les reflets rougeâtres du cuivre mettaient en valeur le brun foncé de ses yeux. Mais Mara ne sourit pas devant son compliment.

Lujan installa sa dame à bord de la chaloupe pourvue d'un dais qui emporterait son escorte à terre. L'humour léger et ironique du nouveau commandant semblait lui aussi absent, ce que Kevin interpréta comme un signe qu'il devait rester mesuré et prudent. Le Midkemian avait changé et n'était plus le jeune homme téméraire capturé sur un champ de bataille. Il avait finalement appris la sagesse et savait rester tranquille quand il le fallait.

L'immense puissance du seigneur des Xacatecas se voyait à la profondeur de la révérence de Mara. Au moment même où elle mit le pied sur le quai de pierre, elle s'inclina vers le personnage en armure jaune et aux bracelets d'or étincelants, assis dans son palanquin comme un roi sur son trône.

Le seigneur des Xacatecas inclina la tête, se leva et lui rendit une révérence polie. C'était un homme assez âgé, mais qui ne semblait pas s'adonner aux excès. Sa peau était brûlée par le soleil, ses muscles durs, et ses yeux noisette extrêmement perspicaces étaient enfouis dans un réseau de fines rides. Ses vêtements étaient raffinés mais ne dénotaient aucune frivolité, et sa bouche était entourée de profonds plis qui suggéraient l'ironie quand il souriait.

— Dame Mara, allez-vous bien ?

Sa voix était bourrue, mais bien modulée. Et Mara, qui le regardait, sourit elle aussi.

— Vous me faites trop d'honneur, mon seigneur, dit-elle rapidement avec déférence.

Kevin comprit ainsi que le vieil homme était d'un rang supérieur, mais qu'il n'avait pas insisté pour qu'elle parle en premier. Le seigneur accueillit la dame avec amitié, dans une grande démonstration publique de bienveillance.

— Je vais bien, continua Mara, son aplomb démentant sa nervosité. Et je suis très flattée de vous trouver ici. Allez-vous bien, seigneur Chipino ?

— Très bien, répondit l'homme soudain sarcastique.

Il rejeta ses cheveux couleur d'acier en arrière et se mit à rire. Kevin ne comprenait pas pourquoi, mais se dit que le seigneur répondait à une nuance subtile des paroles de Mara, alors qu'il lui offrait son bras pour l'escorter.

— Le seigneur Desio, qu'il meure étouffé dans tous ses coussins, regrettera bientôt le jour de notre rencontre.

Mara murmura une réponse qui fit à nouveau rire le seigneur des Xacatecas, et le fit la regarder avec une nouvelle estime. Puis, d'un geste gracieux et faisant preuve d'une grande courtoisie, il conduisit la dame dans son propre palanquin. En effet, son apparition en personne sur les quais n'avait pas été prévue, et les serviteurs acoma n'avaient pas eu le temps de sortir le palanquin de leur maîtresse. La compagnie de guerriers xacatecas se déploya en carrés violet et jaune, se plaçant perpendiculairement aux carrés verts de l'escorte de Mara, dessinant une sorte d'étrange échiquier.

— Si j'étais plus jeune, déclara le seigneur de sa voix rocailleuse et grave, je serais peut-être tenté de considérer le jeune Hokanu comme un rival.

Eh bien, songea Kevin – avec une petite pointe de jalousie – *au moins le seigneur des Xacatecas semble charmé par la dame qui désire s'allier à lui.*

— Ce qui donnerait envie à votre très belle épouse de me faire empoisonner, objecta gentiment Mara. Dame Isashani va-t-elle bien ?

— Très bien, merci. Elle est très heureuse de mon absence, ce qui l'empêche de tomber à nouveau enceinte. Tournez ici, ordonna le seigneur Chipino à ses porteurs.

La compagnie s'engagea habilement dans l'intersection étroite, et entra dans l'ombre des auvents d'une auberge à la façade ouverte.

Un bar proposant des repas et des boissons courait sur toute la longueur du mur du fond, et les côtés étaient une charpente ouverte. Des soupes, des pâtisseries et différents mélanges d'infusions d'herbes locales, qu'on appelait du tesh, ainsi que le chocha habituel, y étaient vendus. Les tables et les bancs se vidèrent rapidement, les clients de moindre rang s'empressant de laisser la place à leurs supérieurs, et une nuée de domestiques arrivèrent pour enlever les restes et placer des tasses et des assiettes propres. Chipino conduisit Mara jusqu'à un siège, prit la place du seigneur au bout de la table et posa ses coudes sur le bois sablé de la table, le menton reposant sur ses doigts croisés. Il observait la jeune femme qui avait mis en déroute le seigneur Jingu des Minwanabi dans sa propre demeure, et qui grâce à sa vivacité d'esprit au Jeu avait pu acquérir une certaine notoriété. Autour de lui, les guerriers de Lujan et des Xacatecas étaient disposés en formation défensive, laissant Kevin et les porteurs à l'écart, loin de la conversation. Le Midkemian se rendit compte, au port de Mara, que les échanges de politesse étaient terminés et que les discussions sérieuses avaient commencé presque immédiatement. Des domestiques apportèrent de la nourriture qui fut poussée sur le côté, à peine touchée, pour laisser la place à des cartes tracées sur des parchemins, et à une série d'ardoises apportées par un domestique en livrée jaune et violet.

Finalement, Mara fit signe à Kevin de venir et de rester derrière elle.

— Je veux que tu entendes tout cela, dit-elle.

Au ton de sa voix, le Midkemian comprit qu'elle avait l'intention de lui demander son opinion plus tard, quand ils auraient le temps de parler en privé.

L'après-midi se passa en discussions, décrivant la succession d'escarmouches de l'année précédente qui avait provoqué la convocation de Mara par le Grand Conseil.

— On ne peut en conclure qu'une seule chose, termina le seigneur des Xacatecas. Les pillards de Tsubar sont de plus en plus nombreux, et beaucoup plus agressifs qu'en temps normal. En connaissez-vous la raison ?

Mara regarda posément l'homme plus âgé, tout en réfléchissant.

— Nous la trouverons, seigneur Chipino. (Elle fit tourner sa tasse de tesh vide entre ses doigts, et répondit de façon détournée Soyez assuré que mon domaine est puissamment fortifié.

Le seigneur des Xacatecas sourit à son tour, découvrant ses dents égales.

— Alors, fille de Sezu, nous nous comprenons fort bien. L'ennemi ne gagnera aucun avantage.

Il tendit le bras, et leva son gobelet en cristal de Jamar d'une main qui ne portait aucune bague.

— À la victoire, fit-il doucement.

Mara rencontra ses yeux et hocha la tête et, pour une raison inconnue, Kevin se sentit glacé.

Le *Coalteca* était déjà déchargé quand le seigneur et la dame sortirent de table. Le palanquin de Mara attendait près de celui du seigneur Chipino, et les domestiques avaient réquisitionné un troupeau de bêtes de somme. Les créatures étaient assez légères et avaient six pattes. Aux yeux de Kevin, elles ressemblaient à un croisement entre un chameau et un lama, mis à part les oreilles écailleuses et convolutées comme celles d'un lézard. Les coffres de la garde-robe de Mara, les tentes, les braseros, les sacs de charbon, les barils d'huile ainsi que les réserves et les vivres de l'armée avaient été attachés à d'étranges bâts en forme de U, placés sur le dos des créatures comme une selle. Le convoi était très long, et les bêlements des animaux et les appels des soigneurs au visage basané, portant un foulard peu ajusté autour du cou, étaient assourdissants. Les caravaniers dans leurs vêtements bouffants rayés de couleurs voyantes aiguillonnaient leurs bêtes pour les placer dans un ordre de marche assez chaotique. Les compagnies humaines et cho-ja formèrent les rangs beaucoup plus rapidement, et l'ascension dans les montagnes commença.

Kevin suivit avec le reste des domestiques de Mara. Distrait par les rires d'un enfant qui se roulait dans le caniveau le long de la route, il sursauta quand il fut éclaboussé par un liquide chaud.

Il pivota sur lui-même, découvrit un gros amas de salive blanchâtre sur la manche de sa chemise, et fit la grimace.

— Sacré nom d'un chien, jura-t-il en midkemian.

Lujan sourit largement en signe de commisération.

— Il ne faut pas rester trop près des querdidra, l'avertit-il prudemment. Ils crachent.

D'une chiquenaude, Kevin jeta le crachat spumeux sur le pavé. Il empestait, une puanteur rappelant désagréablement celle des oignons pourris.

— De toute évidence, ils n'aiment pas votre odeur, ajouta le commandant en riant.

Kevin foudroya du regard la bête de somme, qui le regardait de ses yeux violets aux immenses cils, et dont les lèvres étaient retroussées comme celles d'un singe.

— Le sentiment est mutuel, ronchonna-t-il.

Et il souhaita à l'animal une attaque douloureuse de constipation, et des épines dans chacune de ses six pattes à coussinets. *Dustari va être un endroit pénible*, grogna-t-il en son for intérieur, car les querdidra qui transportaient l'approvisionnement semblaient être plus nombreux que les soldats...

Les montagnes changèrent radicalement quand ils approchèrent des cols. Les pentes boisées disparurent, balayées par les vents et le sable pour devenir de la roche nue. L'odeur de la pierre chauffée par le soleil remplaça celles de la végétation et de la terre, et le paysage devint morne et lugubre. Les hautes terres se transformèrent brutalement en une série de collines déchiquetées, envahies par de vastes océans de sable. Le soleil brûlait dans un ciel vert pâle parsemé de panaches de poussière, et cuisait le sol sous un rideau miroitant de vagues de chaleur. La roche même semblait couver sous la cendre, avec son grain rugueux, rouge, noir et ocre. Les feux qui l'avaient forgée semblaient être très récents, et renouvelés chaque jour par le flamboiement violent de l'aube.

Par contraste, les nuits étaient froides, avec des rafales sèches qui transperçaient les vêtements comme de la glace. Personne ne fut surpris quand les caravaniers et les guides locaux placèrent leur foulard sur le visage pour se protéger de la poussière soulevée par le vent. Des siècles de vent avaient ciselé les rochers en d'étranges formes qui ressemblaient à des tours ou à des piles de poteries. Quelquefois, des piliers ressemblant à des démons semblaient soutenir le ciel kelewanais. Kevin et Mara furent immédiatement fascinés par ces formations bizarres – jusqu'à la première attaque des hommes du désert, qui survint sur la piste escarpée menant au sommet d'un col.

Prenant d'abord conscience d'un cri à déchirer les tympans, et d'une certaine agitation dans la colonne de querdidra, Mara écarta d'un geste sec les rideaux de son palanquin.

— Que se passe-t-il ?

Lujan lui fit signe de rester en arrière et dégaina son épée. Mara regarda derrière lui et vit entre les rangs de sa garde d'honneur de petites silhouettes aux épaules larges, vêtues de robes d'un brun grisâtre, qui chargeaient avec des cris perçants depuis une crevasse entre les rochers. Ils saisirent les brides de plusieurs querdidra et les tirèrent, bêlant, hors de la route. Le pied sûr, même sur la pierraille, les animaux se cabraient et renâclaient, pendant que des guerriers aux couleurs des Xacatecas dévalaient la pente à leur poursuite.

Lujan lança un ordre à son premier chef de troupe et fit un geste large de son épée. Des guerriers acoma quittèrent leur formation dans la caravane, un peu plus bas, dans un virage en lacet qui se trouvait en dessous de sa position. Ils furent rejoints, puis dépassés, par une troupe rapide de Cho-ja. Le pied moins sûr que les insectes, les soldats humains s'éparpillèrent en un large cercle pour couper la route des hommes du désert. Pendant ce temps, les Cho-ja dirigés par leur propre chef de troupe se glissaient derrière les pillards et leur coupaient la route, se plaçant en arc de cercle sur leur chemin.

— Mettez-vous sous les ordres des officiers du seigneur Chipino, commanda Lujan aux Acoma.

Puis, après que le seigneur des Xacatecas eut dit quelque chose à Mara depuis son palanquin, la dame toucha la manche de son officier.

— Le seigneur ne veut pas de prisonnier, lui ordonna-t-elle.

Lujan relaya l'ordre.

Les yeux écarquillés, Kevin regardait les Cho-ja rattraper les pillards. Voyant les insectoïdes d'un noir luisant escalader la pente en courant pour les rattraper, leurs casques bien d'aplomb sur des têtes qui n'avaient rien d'humain, les pattes avant levées comme des rasoirs pour tuer, les petits hommes des montagnes s'arrêtèrent en dérapant. Avec des claques et des imprécations, ils lancèrent les querdidra vers les Cho-ja pour tenter de rompre leurs rangs. Mais les guerriers de Lax'l étaient rapides, leurs silhouettes devenant presque floues sous la lumière du soleil alors qu'ils faisaient des crochets pour éviter les bêtes folles de terreur. Et, étrangement, ils ne produisaient pas le moindre bruit, à part le cliquètement de leurs pattes crochues sur la roche brisée. Les Cho-ja évitèrent la diversion et continuèrent leur route, tandis que les hommes du désert faisaient demi-tour et tentaient frénétiquement de s'enfuir.

Le massacre fut rapide. Kevin, qui n'avait jamais vu les Cho-ja au combat, sentit la chair de poule monter sous ses manches. Il avait déjà vu des hommes mourir, mais n'en avait jamais vu être éviscérés *par-derrière*, d'un seul coup de ces pattes avant noires ressemblant à des épées de chitine. Les Cho-ja étaient d'une rapidité meurtrière, et ils tuaient avec une précision toute mécanique.

— Vos Cho-ja n'ont fait qu'une bouchée des nomades, observa le seigneur Chipino, d'une voix sinistre indiquant qu'il ne prenait aucun plaisir à ces morts. Peut-être qu'à partir de maintenant, ils réfléchiront à deux fois avant de harceler nos convois de ravitaillement venant d'Ilama.

Pensive, Mara prit un éventail dans ses coussins et l'ouvrit d'un geste sec. Elle s'éventa, plus pour calmer sa nervosité que pour se rafraîchir. Bien que les sports sanglants ne l'attirent pas, elle n'avait pas montré de dégoût à la vue de la bataille et de la mort.

— Pourquoi attaquer une caravane aussi lourdement gardée ? Par Lashima, ne voyaient-ils pas que nous avions votre garde d'honneur ainsi que trois compagnies de guerriers ?

En bas de la pente, les hommes du chef de troupe des Acoma tentaient sans grand résultat de rassembler les querdidra affolés. Le seigneur Chipino envoya quelques-uns de ses caravaniers à leur aide, car ils savaient parfaitement conduire ces bêtes et leur intervention était indispensable s'il voulait que la caravane reprenne sa route avant le coucher du soleil.

— Qui peut dire ce qui motive ces barbares, conclut-il, en regardant Mara dans l'espace entre leurs palanquins. Si je n'étais pas sûr du contraire, je dirais que nous combattons des fanatiques du dieu Rouge.

Mais les nomades de Dustari ne croyaient pas en Turakamu, tout du moins pas de la façon décrite dans les textes que Mara avait étudiés durant sa jeunesse au temple de Lashima. L'augmentation des incidents de frontière n'avait aucun sens, et la description des engagements que le seigneur Chipino lui avait faite à l'auberge grâce aux cartes n'indiquait rien, si ce n'est un gaspillage prodigue en vies humaines.

Mara referma son éventail. Plus que jamais, elle avait peur pour Ayaki, qu'elle avait laissé chez elle au domaine. Elle s'était attendue à traverser l'océan pour fournir des renforts et trouver une solution rapide aux attaques gênantes sur la frontière. Elle désirait ardemment retourner rapidement chez elle, mais elle sentit que le problème était plus grave que ce qu'elle avait cru. Elle pourrait ne pas être rentrée pour les semailles d'automne, et son cœur se glaça à cette pensée. Cependant, elle n'exprima pas son inquiétude à voix haute. Quand la caravane se regroupa et reprit sa route, elle demanda qu'on lui montre les repères naturels de la montagne. Kevin marchait à côté de son palanquin, écoutant les meilleurs éclaireurs du seigneur Chipino nommer les cimes, les vallées, et les entablements rocheux qui s'étendaient parfois au-dessus de la piste pour former des arches de pierre sculptées par le vent.

Ils n'auraient pas dû se donner la peine d'apprendre si rapidement à s'orienter dans ce nouveau et étrange pays. Le temps pesait lourdement durant les mois qui s'écoulaient entre les engagements et, après la nouveauté des premières semaines, les vallées désertiques et arides rongeaient l'esprit et les vastes horizons du désert brûlaient l'âme jusqu'à l'insignifiance. Dès qu'il le pouvait, Kevin se retirait sous la tente de commandement de Mara qui, bien qu'elle soit façonnée à partir de plusieurs épaisseurs de peaux de needra cousues ensemble, huilées pour rester souples malgré la chaleur, offrait un intérieur opulent.

— Qui va là ? demanda le garde près du rabat de la porte.

Kevin abaissa le foulard qu'il avait noué sur son visage et prit une brève inspiration d'un air chargé de poussière.

— C'est moi.

Le garde en armure lui fit signe d'entrer du talon de sa lance. Kevin se pencha, passa une porte intérieure faite de longues lanières de tissu qui filtrait la majorité de la poussière, et cligna des yeux devant le changement soudain de luminosité. La salle principale de la tente de commandement était éclairée par des torches de chiffons huilés, placées dans des socles de poterie sur des perches plantées dans la terre. Des globes cho-ja suspendus au plafond diffusaient leur féerique lumière bleu-violet, qui se mêlait bizarrement à la lueur plus chaude des flammes. Les couleurs des tapis tissés, des coussins et des tentures luisaient étrangement, dans un entrelacs d'ombres étoilées qui formaient une mosaïque de motifs géométriques, comme si les objets et leurs ombres formaient une sorte d'échiquier sur lequel les pièces étaient les occupants de la tente.

Même s'il avait essayé de toutes ses forces, Kevin n'avait pas réussi à préférer le jeu du Conseil aux échecs ; le système d'honneur tsurani était une coutume trop compliquée pour qu'un étranger parvienne à le traduire en mouvements sur un plateau de jeu. La stratégie des hommes du désert, par contre, était beaucoup moins opaque. Il les avait soigneusement étudiés au cours des saisons qui s'étaient écoulées depuis son arrivée. Les nomades envoyaient des pillards sur les cols fortifiés, généralement la nuit, et toujours dans la plus grande discrétion. Ils tentaient d'épuiser peu à peu les armées des Xacatecas et des Acoma, ici par une guerre d'usure, et là par un ennui et une inaction qui vrillaient les nerfs. Les jours et les jours se succédaient sans la moindre bataille, sauf les petites piqûres de guêpe des attaques nocturnes. Les incursions étaient juste assez fréquentes, et juste assez bien préparées, pour garder les soldats sur les nerfs.

Les forces des Xacatecas avaient été réparties de façon à garder toutes les pistes mineures qui serpentaient dans les montagnes. Avec le renfort des compagnies acoma, le seigneur Chipino avait espéré que les pillards reconnaîtraient leur infériorité en nombre et qu'ils abandonneraient leurs incursions sur les frontières. Mais les hommes du désert n'avaient pas réagi de cette façon ; au contraire, ils avaient augmenté la fréquence de leurs raids, piquant comme des insectes importunant un étalon needra.

Alors que les mois s'étiraient sans que rien ne change, Kevin avait hésité à donner son opinion : ces attaques cachaient un vaste dessein. Son expérience de la guerre justifiait son intuition ; mais les Tsurani tuaient les officiers midkemians qu'ils capturaient, et pour sauver sa vie de ce côté-ci de la faille, il n'avait jamais osé admettre qu'il était de naissance noble, sauf devant une poignée d'esclaves midkemians. Ôtant son turban et ses sandales et les laissant à des domestiques pour qu'ils les secouent et les nettoient, il marcha alors sur les merveilleux tapis sur lesquels sa dame était assise parmi des coussins. Elle étudiait une table de sable représentant les montagnes et la frontière désertique de l'empire, en compagnie de Lujan.

— Te voilà, dit Mara en levant la tête.

Une rivière de cheveux aile-de-corbeau tomba en cascade sur son épaule. Elle la rattrapa avec une main aussi fine que de la porcelaine et lui sourit pour lui souhaiter la bienvenue.

— Nous sommes en train de discuter d'un changement de stratégie.

Elle hocha la tête en direction de Lujan. Intéressé, Kevin accéléra le pas. Il s'agenouilla sur les coussins de l'autre côté de la table de sable et étudia les petits amas de pions verts et jaunes qui représentaient les compagnies acoma et xacatecas. Les pions étaient regroupés comme des colliers de perles le long des rivières, des cols et des vallées rocheuses aux pentes abruptes où les vents hurlaient la nuit. Il n'y avait jamais de bruits de pas, seulement celui de quelques graviers remués, qui assez souvent n'étaient soulevés que par le vent. Parfois, une sentinelle pouvait entrapercevoir le mouvement d'une silhouette ennemie qui se découpait contre les étoiles ou le ciel, juste avant l'attaque soudaine et rapide. Les poignards des hommes du désert n'étaient pas en métal, mais ils tranchaient tout aussi facilement les gorges.

— Nous voulons anéantir leurs caches de vivres, déclara Mara. Les brûler. Ton opinion m'intéresse, puisque tu as une aussi bonne connaissance du terrain environnant que n'importe lequel d'entre nous.

Kevin s'humecta les lèvres, un frisson parcourant sa peau sous les manches de sa chemise et la robe de désert à larges rayures qu'il portait comme une cape. Il regarda la table de sable et se demanda silencieusement si ce n'était précisément pas ce qu'espérait leur ennemi : attirer les guerriers loin des cols défendables et leur tendre des embuscades en terrain découvert.

— Je vous suggère à nouveau, dame, de ne pas tenter de sortie contre ces hommes du désert. Sur leur terrain, ils auront l'avantage. Comme je vous l'ai déjà dit, je vous conseille de les laisser venir vers nous, pour mourir sur nos lances sans que cela n'entame trop vos forces.

— Il n'y a aucun honneur à hésiter à attaquer, souligna Lujan. Plus la dame reste longtemps absente de son domaine, plus le danger est grand pour Ayaki. Attendre un nouveau tour de saisons ne lui permettra pas de progresser au jeu du Conseil, ni de gagner de la renommée aux yeux des dieux. Ce n'est pas le destin de guerriers d'attendre oisivement pendant que les hommes du désert les considèrent comme des gardiens de querdidra, organisant de petits raids selon leur bon plaisir.

— Alors, mon opinion ne vous est d'aucune utilité, répondit Kevin en retenant difficilement son exaspération. Je suis persuadé qu'il y a une stratégie derrière les mouvements de ces nomades. Vous insistez pour dire qu'il n'y en a pas et...

— Ce sont des barbares ! le coupa Mara. Ils lancent des raids sur nos frontières car la terre y est riche et fertile. Pourquoi des tribus d'hommes du désert s'organiseraient-elles soudain contre une nation armée et préparée contre eux ? Que peuvent-ils espérer gagner, sinon l'anéantissement ?

Kevin entendit sa colère mais ne s'en offensa pas, conscient qu'il s'était écoulé près d'une année depuis leur départ, et que son fils lui manquait terriblement. Tous les mois, les navires marchands s'amarraient dans le port d'Ilama, et le messager de Jican rejoignait la souveraine. Il n'y avait jamais de nouvelles d'une attaque des Minwanabi. Mara avait laissé ses meilleures troupes pour assurer la protection du domaine. Ici, avec celles qui restaient, elle avait espéré soutenir les Xacatecas, puis être libre de rentrer. Mais ses terres n'avaient pas été attaquées, ou tout du moins, la nouvelle ne lui en était pas encore parvenue. Et sur ce rivage de la Mer de Sang, la campagne militaire s'étirait inexplicablement et ne montrait aucun signe de résolution.

— Nous devons trouver les caches de vivres des nomades et les brûler, insista-t-elle avec emphase. Ou alors, nous allons vieillir dans ce misérable désert, et nous n'obtiendrons jamais satisfaction contre les Minwanabi.

Sa déclaration mit fin à la discussion.

Les éclaireurs partirent. Ils avaient commencé par des patrouilles de cinq jours dans les basses terres, qui s'étaient transformées en un mois de recherches. Il était impossible de suivre les nomades sur du sable que les rafales soulevaient constamment, ou sur des rocs battus par les vents. Les Tsurani étaient forcés de chercher la fumée de feux de camp dans une région qui ne possédait pas d'arbres, et dont la population importait de l'huile ou du charbon pour se chauffer et s'éclairer. Les guerriers devaient rester cachés pendant des jours, à observer les horizons stériles à la recherche de signes des campements ennemis. Ils marchaient dans des cirques cuits par le soleil, et ne trouvaient rien ; juste quelques cercles noircis emplis de cendres et d'os brûlés, quelquefois une empreinte dans le sol là où l'on avait planté une tente, ou quelques éclats de poterie. Mais les caches de vivres des nomades restaient introuvables.

Après trois mois infructueux, les soldats xacatecas et acoma commencèrent à faire des prisonniers. Ces malheureux étaient ramenés jusqu'aux tentes de Chipino pour être interrogés. Les pillards du désert étaient des hommes de petite stature, secs et nerveux, et souvent barbus. Ils sentaient le querdidra et le vin aigre, et portaient du cuir garni de plaques de corne et d'os. Sur cette armure légère et primitive, ils jetaient des robes amples de couleur beige, retenues par des ceintures perlées contenant des talismans qui indiquaient leurs prouesses et leur tribu. Très endurants, la peau tannée par le climat, rares étaient ceux qui acceptaient de parler. Ceux qui avaient la langue la plus déliée n'étaient pas les plus élevés dans la hiérarchie de leur clan ; les caches qu'ils découvrirent durant les quatre mois suivants n'avaient que peu d'importance ; quelques outres de vin et un peu de céréales conservées dans des jarres de terre. Cela ne valait pas la peine de perdre des guerriers, dit le seigneur Chipino à Mara lors d'une discussion frustrante, après un jour passé sous un soleil ardent à exhumer une telle cache dans le sol sablonneux d'un arroyo.

La tente de commandement acoma était paisible dans les ombres vespérales. Les appels des sentinelles lors du changement de garde se mêlaient aux odeurs de viande rôtie qui flottaient à travers les rabats de toile, ouverts pour laisser entrer la brise fraîche du soir. Dehors la fumée des feux de charbon s'élevait en bouffées bleues se détachant sur les collines qui s'assombrissaient au crépuscule, et à l'intérieur, les torches de chiffons huilés lançaient une lumière rouge cerise à travers les motifs décoratifs percés dans les socles d'argile.

Mara frappa dans ses mains pour qu'un domestique apporte un peu de tesh au seigneur des Xacatecas, sucré comme il le préférait.

— Alors vous pensez que nous perdons notre temps en fouillant ces collines ?

— Absolument, répondit le seigneur Chipino en soulignant sa frustration d'un mouvement du menton. Les provisions des nomades doivent être dissimulées dans le désert profond, loin des zones explorées par nos éclaireurs, là où il n'existe aucune piste où laisser des traces. Je pense que nous devrions tenter une incursion dans le désert, avec peut-être deux compagnies de guerriers.

Le domestique arriva avec le tesh, ce qui laissa un instant à Mara pour réfléchir. Elle avait commencé à penser qu'une telle action était nécessaire, et Lujan la soutenait. Le seul opposant était Kevin, qui insistait inlassablement sur le fait que les nomades devaient être en train de se préparer justement à répondre à une telle initiative. Elle secoua légèrement la tête. Pourquoi les barbares poussaient-ils les Tsurani à les envahir ? Quelles étaient donc leurs motivations ?

— Tout cela n'a pas de sens, continua Chipino.

Il tira sur les sangles de son gorgerin pour relâcher les attaches de son armure couverte de poussière. Il gratta la peau tannée de sa gorge en fronçant les sourcils, puis s'humecta la gorge avec du tesh. Sa saveur enleva le goût de la poussière du désert de sa bouche, et améliora aussi son humeur.

— Isashani m'a écrit pour me dire qu'Hokanu des Shinzawaï lui avait rendu visite à Ontoset.

— Votre épouse jouerait-elle par hasard les marieuses ? demanda Mara en fronçant les sourcils.

— Perpétuellement, répondit Xacatecas en riant. Mais dans ce cas, avec l'intérêt enthousiaste d'Hokanu, à ce qu'il semblerait. Vous manquez au jeune Shinzawaï. Il a demandé de vos nouvelles, et plus d'une fois.

— Et Isashani compte les points ? souffla Mara. (Devant le hochement de tête résigné de Chipino, elle ajouta Pourquoi Hokanu s'est-il rendu à Ontoset ? C'est un peu loin pour ses pérégrinations habituelles, tout du moins selon mon opinion.

— C'est exactement ce qu'Isashani a souligné, ajouta Chipino. Ma femme, qui se mêle de ce qui ne la regarde pas, suggère que le jeune homme est venu acheter des épices que l'on peut facilement acheter à Jamar.

Ce qui voulait dire qu'il était venu spécialement pour parler avec dame Isashani et prendre des nouvelles directes de Dustari. Mara n'était pas trop sûre de savoir comment réagir à tout cela, pas plus qu'elle n'était certaine que l'intérêt manifeste d'Hokanu à son égard ne servait pas simplement à masquer le dernier complot de son père dans le grand jeu.

Ses réflexions furent interrompues par le retour de l'officier de garde du jour rapportant les dépêches des éclaireurs. Il s'inclina avec déférence. Mara lui donna la permission de parler devant son invité, s'économisant la peine d'envoyer ensuite un messager au camp des Xacatecas pour lui transmettre les nouvelles.

— Aucune découverte à rapporter, ma dame, récita l'homme en armure, son casque à plumet coincé au creux de son coude sale. Un homme a été blessé dans une chute de pierres, et deux autres ont été tués dans une embuscade. Les blessés sont soignés dans le camp près de la mesa sud. Les cinq autres patrouilles d'éclaireurs n'ont rien trouvé.

Encore des pertes sans le moindre gain, conclut Mara en silence. Aiguillonnée par la succession de jours stériles, de morts inutiles, et en l'absence de changement à part l'augmentation des pertes, elle arriva au bout de sa patience. Les nomades ne faisaient que jouer avec eux – Kevin avait raison – mais rester assis à attendre sans agir était inacceptable. Mara congédia son officier fatigué, puis croisa le regard sombre et sardonique du seigneur des Xacatecas.

— Les Acoma offrent une compagnie, pour effectuer une sortie au-delà des collines. Mon premier chef de troupe, Migachti, la commandera, et une demi-patrouille de Cho-ja l'accompagnera pour servir de messagers entre ici et le camp principal.

Le seigneur Chipino des Xacatecas inclina la tête. Il posa sa tasse de tesh sur la table basse, entre deux cartes de parchemin retenues par des pierres, les ardoises et les morceaux de craie usés, et tendit la main pour saisir son casque blanchi par le soleil.

— Pour l'honneur de nos maisons et la ruine de nos ennemis, entonna-t-il. Je vais aussi envoyer une compagnie, et un présent, en compensation de vos Cho-ja, dont je ne peux égaler les capacités avec mes troupes. La fourmilière sur nos terres n'avait pas de guerriers disponibles, avec les troubles que fomente la maison Zirentari sur les frontières nord de mon domaine.

Mara ne lui révéla pas qu'elle avait marchandé avec sa reine pour qu'elle produise des guerriers supplémentaires ; personne ne divulguait une information qui n'était pas nécessaire, même à un ami. Dans le grand jeu, les alliés d'aujourd'hui pouvaient devenir les ennemis les plus acharnés de demain. Elle se leva par politesse et s'inclina devant son supérieur social, bien qu'entre elle et le seigneur les formes n'étaient pas toujours observées quand ils étaient en privé.

— Je renonce au présent.

Le seigneur Chipino l'étudia, louchant légèrement dans la lumière tachetée projetée par les socles percés de motifs.

— Vous avez tort, dit-il doucement, comme s'il avait corrigé l'erreur de l'une de ses filles. On ne devrait jamais permettre à une femme dans la beauté de sa jeunesse de se languir dans le désert sans recevoir de présents.

Mara rougit. Elle ne trouva aucune parole pour dissimuler son intense moment de gêne, mais le seigneur Chipino aplanit cette situation embarrassante.

— Hokanu a fait promettre à Isashani de veiller à ce que vos charmes ne soient pas oubliés dans ce pays désolé et barbare.

La dame des Acoma se mit à rire de bon cœur, ce qui était rare après deux années qui ressemblaient, dans cet isolement, à de la captivité.

— Hokanu et vous êtes d'incorrigibles flatteurs !

Chipino tourna la tête, puis enfonça son casque sur ses cheveux gris ébouriffés en laissant pendre la jugulaire.

— Eh bien, il est vrai qu'il n'y a pas de femmes ici pour exorciser ce défaut que je revendique. Je flatterai les querdidra femelles si je le pouvais, dit-il en haussant les épaules. Mais elles crachent. Crachez-vous ? Non ? Je ne le crois pas.

C'est alors que vint le véritable compliment, en sous-main, pour qu'elle ne puisse pas le repousser en changeant de sujet.

— Hokanu est un homme de bon sens et de goût, sinon Isashani lui aurait montré, à lui et à ses questions, la direction de la porte, soyez-en assurée.

Le présent, quand il arriva, était un bracelet de cuivre en forme de shatra aux ailes déployées, où était placée une émeraude en solitaire. Il était magnifique, fait spécialement pour elle, et valait bien plus qu'une simple demi-patrouille de Cho-ja, même si ses guerriers devaient mourir en accomplissant leur devoir. Mara reposa le bijou dans la boîte doublée de velours dans laquelle il avait été apporté.

— Pourquoi fait-il cela ? se demanda-t-elle à haute voix, se croyant seule dans la tente.

— Chipino t'admire, simplement pour toi-même, déclara Kevin par-dessus son épaule, la faisant sursauter. Il tient à ce que tu le saches.

— Le seigneur des Xacatecas ? répondit Mara alors que son froncement de sourcils s'accentuait. Pourquoi m'admirerait-il ? Il appartient à l'une des Cinq Familles, prééminentes dans l'empire. Qu'espère-t-il gagner d'une maison traquée par les Minwanabi ?

Kevin secoua la tête dans un geste d'impatience, et s'assit sur le coussin à côté d'elle. Il tendit les bras, leva la masse des cheveux dénoués de Mara, et commença à masser doucement les muscles tendus de ses épaules. La jeune femme s'appuya contre sa caresse avec un soupir et sentit se dénouer les nœuds de tension dont elle n'avait pas remarqué la présence.

— Mais pourquoi ? insista-t-elle, faisant toujours référence au seigneur des Xacatecas.

Les mains de Kevin se posèrent avec chaleur de chaque côté de son menton.

— Parce qu'il t'aime bien. Non pas parce qu'il a des vues sur toi – bien que je parierais qu'il se permettrait bien un petit badinage discret s'il pensait que cela t'intéresse. Mais il n'a aucun dessein sur toi, ta maison, ou sur ce qu'il pourrait gagner au grand jeu. Dame, la vie n'est pas que politique sanglante. Tu sembles trop souvent l'oublier. Quand je regarde ton cadeau, et que je réfléchis aux motivations du seigneur des Xacatecas, je ne vois rien d'autre qu'un homme de l'âge de ton père qui est content de toi, et qui souhaite te donner quelque chose que toi-même ne t'accordes que trop rarement : une tape amicale sur l'épaule, parce que tu es compétente, généreuse et aimée avec ferveur.

— Aimée avec ferveur ?

Un sourire malicieux se dessina sur les lèvres de Mara, auquel Kevin fit écho. Ses mains se déplacèrent et firent doucement glisser sa robe de ses épaules. Ils s'enfoncèrent tous deux dans les coussins, sous la douce lumière des flammes, et leur passion s'embrasa dans une affinité immédiate et sans paroles.

Les patrouilles sortirent le lendemain, au son d'une fanfare de trompes jouée par les cuisiniers du camp du seigneur Chipino. Cela faisait si longtemps que les troupes xacatecas étaient stationnées ici qu'elles avaient adopté la coutume des nomades : elles informaient les dieux et l'ennemi que le jour commençait dans le triomphe. Une armée marchait au lever du soleil, et la fanfare devait faire trembler l'ennemi.

Dans les mois qui suivirent, il ne se passa rien de significatif. Mara prit l'habitude d'attendre sur les hauteurs, dans le recoin du poste de guet occupé par les éclaireurs. L'entablement rocheux balayé par le vent n'était pas ombragé, et elle échangea son chapeau de paille tressée contre un casque d'adolescent, entouré d'un foulard de soie fin comme de la gaze. Au fil des jours, elle devint aussi douée que ses guerriers pour repérer les nuages de poussière sur le sentier qui indiquaient le retour d'un messager cho-ja. Dans ces moments, elle envoyait un esclave messager informer le seigneur Chipino, puis descendait rapidement le sentier rocheux pour se porter à la rencontre du guerrier. Ses jambes étaient devenues aussi assurées que celles d'un homme grâce à ces ascensions, là où le palanquin et les esclaves ne pouvaient pas la porter. Lujan était un commandant assez sage pour remarquer que la présence de la dame suscitait le zèle de ses hommes. À la différence de nombreux nobles tsurani, sa dame comprenait parfaitement les conditions dans lesquelles ses sentinelles et ses patrouilles accomplissaient leur devoir. Elle n'exigeait pas qu'ils montent la garde sous l'intolérable chaleur de midi, pas plus qu'elle ne se plaignait quand les vagues de chaleur dans les sables lointains obscurcissaient la visibilité et provoquaient des rapports contradictoires. Même si elle préférait largement les finances à la guerre, elle se faisait un point d'honneur à étudier les détails les plus fins de la stratégie et de l'intendance. Elle avait une aussi bonne compréhension de leur situation difficile que n'importe lequel de ses officiers, mais sa capacité à innover ne pouvait pas s'exercer sur un problème dénué d'objectif, voire de sens.

Les rapports envoyés par les compagnies patrouillant dans le désert ne permirent pas de débloquer l'impasse de la frontière. On découvrit une petite cache, qui fut détruite, ainsi que la bande de nomades qui la protégeait. Deux mois s'écoulèrent à des recherches restant infructueuses, puis un autre, passé à suivre de fausses pistes. Les Cho-ja rapportèrent qu'une oasis s'était asséchée, et découvrirent les restes d'un puits de stockage qui avait été déterré apparemment en toute hâte. La patrouille qui poursuivit les nomades qui avaient évacué le site s'épuisa dans une marche inutile. Parmi ceux qui restèrent pour examiner les lieux, deux soldats furent blessés quand le sol céda au-dessus d'un puits piégé. L'infection tua le premier ; l'autre fut renvoyé sur une civière. Il ne marcherait plus jamais, et demanda le suicide honorable par la lame. Mara lui accorda la permission, et réussit difficilement à ne pas maudire Chochocan pour la perte d'un homme de valeur.

Une autre saison s'écoula sans événement notable. Le caractère de la dame des Acoma devint plus emporté à force de broyer du noir.

— Nous devrions envoyer plus de soldats, déclara-t-elle sèchement à Kevin, alors qu'on peignait ses cheveux avec des huiles douces, puisqu'on ne pouvait pas gâcher de l'eau pour prendre des bains et qu'il fallait bien retirer la poussière d'une façon ou d'une autre.

Le Midkemian s'arrêta, puis revint ostensiblement en arrière pour réparer le lacet cassé de sa sandale. Cette discussion avait eu lieu de nombreuses fois, et il répétait systématiquement qu'une marche hors des montagnes, en force, était ce que l'ennemi attendait d'eux. Il l'avait dit mille fois. Mais il gardait obstinément secrète la seule chose qui aurait donné de la crédibilité à ses conseils. Après des mois et des mois passés sous un soleil ardent, Kevin s'abstenait toujours de commentaires qui risquaient de révéler son ancienne expérience militaire. Admettre qu'il avait été officier sur les champs de bataille de Midkemia revenait à quémander une condamnation à mort.

Cependant, même si elle ignorait son passé, Mara tenait tout de même compte de son opinion. Bien qu'elle soit la plus impétueuse des deux souverains chargés de patrouiller les frontières de Dustari, ce fut le seigneur Chipino qui proposa finalement de se lancer dans une tactique plus agressive.

Il se rendit dans la tente de Mara juste après le crépuscule, apportant l'odeur des feux de charbon et des noix de chal rôties qu'il avait partagées au-dessus d'un feu avec son chef de troupe.

— J'ai des nouvelles des compagnies du désert, commença-t-il sans prendre le temps des cérémonies sociales. Elles ont capturé un marchand nomade, et je pense que nous avons une piste. Nous savons enfin où de grandes caravanes venant de l'autre côté du désert enterrent des sacs de grain.

Mara claqua des doigts pour que ses domestiques apportent du tesh chaud.

— Mes Cho-ja disent la même chose, et ont ajouté que le sable porte l'odeur d'empreintes de pas.

Maintenant, tous savaient que les insectes pouvaient sentir les traces de l'huile que les nomades utilisent pour tanner le cuir de leurs sandales. Mara ajouta :

— Les caravanes ne sont pas un leurre pour nous envoyer sur une fausse piste.

Elle fit un geste vers la table de sable, qui depuis deux années épuisantes dominait la pièce principale de sa tente de commandement. Au cours de la campagne, les montagnes avaient été aplanies et reformées sur le côté, pour dégager de l'espace pour représenter les larges vallées ondoyantes de dunes du désert qui s'étendaient derrière la frontière. La topographie était réalisée par un vieil homme ridé qui louchait un peu, et qui se faisait payer à un tarif exorbitant pour quitter sa grande famille et son commerce à Ilama. Mais grâce à cette table et à des épingles à tête perlée, Mara connaissait l'emplacement de chacun de ses soldats.

— Comparons ce que nous savons, proposa-t-elle au seigneur Chipino dans ce qui était devenu dernièrement un rituel du soir.

Mais, s'écartant de leur routine, ils commencèrent une discussion qui dura tard dans la nuit. Leurs voix montaient et descendaient pendant qu'ils débattaient de leurs plans, couvrant les gémissements du vent qui secouait le faîte de la tente, et les soupirs des courants d'air qui faisaient onduler les tentures et rougeoyer les braises dans les socles des torches. Le seigneur et la dame parvinrent à un accord sans se quereller : le matin venu, ils emmèneraient tous les deux une autre compagnie. Laissant deux compagnies de troupes mixtes pour garder la frontière, ils s'aventureraient avec le reste de leurs forces dans le désert et y rejoindraient leurs armées. Une patrouille plus rapide les précéderait en hâte, avec l'ordre de suivre la nouvelle piste et de localiser les principales caches de vivres des nomades.

— Quand nous arriverons avec deux nouvelles compagnies, conclut le seigneur Chipino, nous aurons une armée d'un millier d'hommes pour lancer notre attaque.

Il se leva, ses ombres multiples projetées par les lumières cho-ja plongeant sur les tapis aux motifs flamboyants.

— Il vaut mieux que nous attaquions en force plutôt que de rester assis dans les hauteurs comme des poètes, reprit-il. Attendre ici toute l'année c'est donner à ces nomades barbares plus d'honneur qu'ils ne le méritent.

Cette nuit-là, Kevin resta allongé sur sa natte, dans le noir, sans pouvoir dormir. Il écoutait la respiration de Mara, les gémissements incessants du vent et le craquement des cordes qui maintenaient la tente en place.

Quitter les montagnes avec l'armée était une erreur ; il le savait. Mais dans l'empire un esclave ne recevait aucun honneur, et on ne l'écouterait pas. Mais là où se rendait la dame des Acoma, il irait aussi. Il l'aimait trop pour rester en arrière.

L'énorme perche centrale s'abattit, et ce qui sembla être des mètres et des mètres de toile descendit lentement vers le sol, en se gonflant. Kevin se jeta en avant, trébucha sur un amas de tapis roulés et faillit renverser Mara.

— Vous emportez la tente de commandement ? demanda-t-il, utilisant sa maladresse comme excuse pour la prendre dans ses bras.

— Mais bien sûr, répondit Mara en levant ses sourcils en signe de reproche.

Elle parlait comme si emporter des coffres de tapisseries, de tapis, de socles de torches et de braseros dans un désert aride et hostile était une chose normale.

— Les Acoma ne sont pas des barbares. Nous ne dormons pas sur le sol comme des paysans, à moins que nous ne voyagions déguisés. (Elle fit un geste vers la nuée de serviteurs qui s'empressaient de démonter son habitation.) La tente du seigneur Chipino est encore plus grande. En voyant la taille de nos pavillons, les nomades sauront qu'ils affrontent de grandes familles.

Kevin fit la grimace.

— Et voyant la taille de vos tentes respectives, ils s'enfuiront comme des jiga pour éviter les problèmes ?

Les sourcils de Mara se levèrent encore plus haut.

— Ils ne sont pas civilisés.

— Ce qui signifie que s'ils l'étaient, ils s'enfuiraient comme des jiga, reprit Kevin.

— Tu as l'habitude détestable de répéter l'évidence, rétorqua Mara, repoussant avec impatience ses mains, qui la caressaient intimement à travers ses robes légères. Pas maintenant, homme pressé. Quand j'ai insisté pour que tu restes derrière moi, je ne voulais pas dire que nous devions nous adonner au sport du lit à la vue des dieux et du ciel.

Kevin se recula en souriant.

— Les caravaniers ont rassemblé les troupeaux de querdidra. (Il regarda les piles toujours croissantes de coffres, de tapis et de coussins.) Êtes-vous certaine que vous avez assez de selles de bât pour emporter tout cela ?

— Un commentaire de plus, répondit Mara exaspérée, et je t'en ferai porter une partie comme un esclave porteur. D'ailleurs, tu devrais te trouver dans leurs rangs, comme punition pour ton incorrigible insolence.

Kevin s'inclina avec une déférence moqueuse et s'éloigna rapidement pour aider à brider les insupportables bêtes à six pattes dont il détestait le mauvais caractère.

— La barbe... Nous aurons de la chance si cette armée se met en marche avant le coucher du soleil, grommela-t-il dès qu'il se fut éloigné.

En fait, les préparatifs durèrent jusqu'à midi. L'armée commandée par le seigneur Chipino et la dame Mara avança dans une fanfare d'appels de trompes et de claquements de fouets de caravanier. Les palanquins du seigneur et de la dame avançaient au centre de la colonne, entourés de leurs soldats. Avec des patrouilles de Cho-ja qui les précédaient et les suivaient, et une avant-garde d'éclaireurs, les colonnes descendirent la route en lacets des hauteurs pour se rendre dans la chaleur étouffante des basses terres, ressemblant plus à une caravane de marchands qu'à une armée.

Les troupes avançaient d'un pas vif, en dépit de la chaleur implacable. Quand les montagnes s'évanouirent derrière eux, les guerriers marchèrent sur les sables toujours changeants, leur progression marquée par un panache de poussière visible à des lieues dans toutes les directions. Tout enfant nomade avec de bons yeux saurait qu'une grande force marchait contre son peuple, et le son portait loin sur les vents. De toute façon, il était impossible de garder le secret, avec les dunes dénuées de toute vie végétale et de tout abri.

Des entablements rocheux stériles surgissaient dans les sables, sculptés par le vent en formes fantastiques, et découpés par des arroyos imposants qui abritaient quelquefois des sources dans leurs profondeurs ombreuses, ressemblant à des cavernes. N'importe lequel de ces défilés pouvait cacher un camp ennemi. Des tribus observeraient les armées des Acoma et des Xacatecas, se demandant si elles devaient rester cachées, préparer une embuscade ou s'enfuir sous le couvert de la poussière à la nuit tombée, pour éviter d'être cernées et massacrés.

Kevin se rendait compte que cette terre n'était pas adaptée à une bataille rangée. La supériorité en nombre était la seule garantie de victoire, et personne ne pouvait deviner combien de clans du désert s'étaient alliés dans cette campagne contre l'empire. Ils pouvaient se terrer dans des cavernes, derrière les rochers qui les environnaient, ou se fondre dans le désert, invisibles, pendant que l'armée s'épuiserait à les chercher. Chassant le sable qui s'était glissé sous les lanières de ses sandales, et sentant les ampoules qui commençaient à se former, Kevin jura. Si vous êtes un homme du désert armé d'un long poignard et de flèches empoisonnées, la tactique d'obliger une grande armée à venir vers vous n'a de sens que si vous avez soigneusement préparé votre piège, pour attendre que l'ennemi vienne s'y jeter. Tout cela sentait un plan à long terme.

Mais Mara refusait toujours d'entendre raison.

— Les tribus du désert ne peuvent pas être achetées, lui dit-elle sous les étoiles, pendant qu'on montait enfin le camp.

Il faisait encore trop chaud pour qu'elle se retire sous la tente de commandement, et la dame et l'esclave étaient assis tranquillement sur un tapis, dînant d'un vin sec et de fromage de querdidra.

— Il y a trop de tribus, et trop de loyautés différentes, reprit-elle. La richesse n'a aucune signification pour un chef nomade s'il ne peut pas l'emporter avec sa tente.

Kevin lui concéda ce point en silence. Il avait observé suffisamment d'hommes du désert captifs pour apprécier ce point. Ils étaient peut-être de petite taille, mais ils étaient tout aussi fiers que les nains de son monde natal, et aussi peu raisonneurs qu'un serpent de sable : ils avaient tendance à mordre d'abord et à se préoccuper de leur survie ensuite. C'étaient les enfants d'un pays âpre, où la mort marchait derrière chaque homme. La plupart préféraient sauter dans le feu plutôt que de trahir leur tribu ; et leurs chefs, d'après ce que savait Kevin, se combattaient et se tuaient les uns les autres aussi volontiers qu'ils pillaient la frontière tsurani.

— Nous devrions aller dormir, murmura Mara en interrompant les ruminations de son barbare. Nous devrons nous lever bien avant l'aube pour laisser assez de temps aux domestiques pour démonter mes appartements.

Kevin secoua le sable de sa tunique et jura quand il souilla les dernières gorgées de son vin.

— Nous pourrions dormir ici, suggéra-t-il.

— Barbare ! répondit la dame en riant. Et s'il y avait une urgence, comment mon commandant pourrait-il me trouver ?

— Si un assassin tentait de venir vous tuer, cela pourrait être un avantage.

Kevin se leva et lui tendit une main pour l'aider à se mettre sur pieds.

— Montre-moi l'assassin qui parviendrait à échapper aux patrouilles de Lujan, rétorqua Mara, en se glissant confortablement dans ses bras.

C'est vrai, songea Kevin, mais cela n'était pas du tout rassurant. Si les nomades avaient eu l'intention d'envoyer des assassins, ils l'auraient fait sans faire venir toute une armée.

Au cours de la semaine suivante, ils atteignirent une région d'entablements rocheux et de dunes couronnées d'amas de rochers déchiquetés. L'armée était gênée par un sol traître. Elle était forcée de marcher en désordre dans des sables profonds, et de s'engager dans une succession de vallées étroites pleines de tours et de détours. L'endroit donnait l'impression de marcher dans un défilé, ce qui déplaisait fortement à Kevin, et même Lujan émit quelques doutes. Mais les messagers de l'avant-garde revinrent en hâte porter la nouvelle qu'ils avaient découvert une cache, de grande taille, ainsi qu'une force importante d'hommes du désert campant dans une cuvette de sable durci, de l'autre côté des collines.

Mara et le seigneur des Xacatecas tinrent conseil et décidèrent de continuer.

— Les Cho-ja ne s'enfonceront pas dans le sable, expliqua Mara à Kevin quand celui-ci remit leur décision en question. Ils sont rapides et féroces, et la chaleur ne les ralentit pas. Une compagnie de Cho-ja vaut deux compagnies humaines dans ce désert. Comment les barbares pourraient-ils lutter contre de tels adversaires ?

Il n'avait pas de réponse toute prête. L'armée continua à marcher jusqu'à ce que la nuit tombe sur le désert et que la lune cuivrée d'or de Kelewan se lève et baigne les dunes d'une lumière métallique.

Mara se retira dans le confort de sa tente de commandement pour écouter la voix apaisante d'un musicien, pendant que Kevin parcourait le périmètre du camp et luttait contre ses conflits intérieurs. Il aimait la dame ; elle était dans son sang, et rien ne pouvait changer cela. Mais l'aimait-il assez pour risquer sa propre vie ? Le Midkemian marchait, écoutant les bavardages et les railleries des guerriers. Le langage était peut-être différent, mais ces soldats à la veille d'un conflit n'étaient pas différents de ceux du Royaume des Isles, à part leur conception de l'honneur. Les guerriers de l'armée de Mara jouaient eux aussi aux dés, plaisantaient et se querellaient ; mais ils ne parlaient pas de la mort, et évitaient de mentionner les êtres chers qu'ils avaient laissés derrière eux, au domaine.

L'aube se leva sous une fine brume de poussière soulevée par une brise continuelle. Les domestiques avaient maintenant le tour de main pour démonter les grandes tentes ; les querdidra avaient arrêté de cracher et s'étaient résignés à l'alourdissement de leur charge. *Ou alors, ils ont trop soif et sont trop sages pour gaspiller leurs fluides,* pensa Kevin, tandis qu'il extrayait du sable d'entre ses dents et buvait quelques gorgées d'eau aigre à sa gourde. Trop rapidement à son goût, l'armée reforma les rangs et avança dans le défilé qui serpentait entre les mesas pour se diriger vers la cuvette.

Les nomades s'étaient massés pour les y attendre, une foule hétéroclite de peut-être huit cents guerriers aux vêtements ternes. Ils étaient regroupés autour de bannières tribales tissées de vives couleurs et embellies de queues tannées de kurek, un animal qui ressemble à un renard. Kevin les observa et sentit la peau de ses bras se hérisser sous l'effet de la chair de poule. Alors que les guerriers acoma et xacatecas reformaient les rangs et apprêtaient leurs armes, il renoua les lacets de sa brigandine légère de style midkemian et se rapprocha du palanquin de Mara. Sa dame, Lujan, le seigneur des Xacatecas, Mox'l le commandant des armées choja, et Evendi qui dirigeait l'armée des Xacatecas, tenaient une conférence. Ils allaient attaquer cette racaille d'hommes du désert ; leur honneur l'exigeait, ainsi que leur devoir de gardiens de la frontière sud de l'empire. Kevin désirait ardemment que la coutume tsurani permette à un esclave de porter des armes ; car cette armée se préparait à un désastre, il n'avait pas le moindre doute à ce sujet.

— Je conduirai mes deux compagnies dans la vallée et attaquerai dans une charge frontale, grondait le seigneur des Xacatecas de sa voix de basse. Si les barbares rompent les rangs et fuient devant nous, votre compagnie de Cho-ja pourra les prendre de flanc et attaquer par-derrière, pour leur couper la retraite. Si les hommes du désert ne s'enfuient pas, alors les Xacatecas enverront une grande offrande à Turakamu.

Mara inclina la tête.

— Comme vous le souhaitez, répondit-elle.

Lujan aurait sans doute préféré envoyer une compagnie mixte de guerriers acoma et xacatecas, mais le seigneur Chipino avait socialement la priorité. Ses officiers étaient plus expérimentés, et Mara lui avait clairement fait comprendre qu'elle désirait une alliance, et non une rivalité, entre sa maison et celle des Xacatecas. Se disputer les honneurs de la guerre et des détails de protocole ne serait pas à l'avantage des Acoma.

Le soleil montait vers le zénith, et les ombres s'amenuisaient sur les rochers. L'armée du seigneur des Xacatecas se forma en ordre de bataille et s'aligna pour la charge. Mara plaça des observateurs sur les crêtes des escarpements, des deux côtés, et disposa des relais de messagers pour porter les dépêches. L'air était immobile, le silence absolu ; Kevin se tenait juste derrière Mara, en sueur, souhaitant presque entendre le grincement chitineux des Cho-ja quand ils aiguisaient leurs pattes avant pour les rendre tranchantes comme des rasoirs. Il grinçait déjà des dents de toute façon, et la présence d'un bruit aurait justifié cette gêne. Puis les trompes résonnèrent, et le commandant des armées xacatecas donna le signal de la charge. En une seule vague, les guerriers en jaune et violet s'élancèrent en courant dans la vallée.

Kevin frissonna. Une terrible prémonition lui déchirait les entrailles, il était certain qu'un désastre allait les engloutir.

— Dame, dit-il d'une voix rauque, dame, écoutez-moi. Il faut absolument que je vous dise quelque chose.

Complètement absorbée par le spectacle de l'armée qui descendait en courant vers la cuvette et des rangs dépenaillés d'hommes du désert qui bondissaient en hurlant pour se porter à leur rencontre, Mara lança à peine un coup d'œil dans la direction de Kevin.

— Plus tard, dit-elle sèchement. Je t'écouterai après la bataille.

12

PIÈGES

L'armée chargea.

Niché dans une crevasse dans les rochers situés derrière les lignes nomades, Tasaio s'humecta les lèvres.

— Bien, bien, murmurait-il doucement. Nous avons enfin placé le seigneur des Xacatecas précisément à l'endroit où nous voulions qu'il soit.

Le chef de troupe attendant derrière Tasaio réprima une envie de se gratter sous son armure.

— Souhaitez-vous que notre offensive commence maintenant, commandant ?

Les yeux jaunes de fauve de Tasaio clignèrent une seule fois.

— Imbécile, dit-il sans changer de ton, et le chef de troupe se tortilla d'embarras. Nous n'attaquerons pas maintenant, mais quand le seigneur des Xacatecas aura complètement engagé ses troupes et sera totalement empêtré dans le massacre des hommes du désert.

Le chef de troupe avala sa salive.

— Commandant, ce n'est pas ce que vous avez dit à leurs chefs au cours du conseil de la nuit dernière.

Tasaio s'étira paresseusement, ses cheveux ressemblant à du cuivre sombre contre sa joue, quelques poils piquants se montrant juste devant son oreille là où la jugulaire de son casque les avait usés.

— Bien sûr que non, reprit-il de la même voix doucereuse. Les tribus n'auraient sûrement pas engagé leurs guerriers dans une bataille à mort, les lâches.

Le chef de troupe des Minwanabi serra les lèvres et ne dit rien. Tasaio rit de bon cœur.

— Tu penses que je n'ai pas agi dans l'honneur ?

— Euh, bien sûr que non, commandant, bredouilla hâtivement le chef de troupe.

Il avait déjà entendu ce rire auparavant et avait appris à craindre les actes qui pouvaient en découler.

— Bien sûr que non ! reprit sèchement Tasaio dans une imitation dégoûtée de son officier. Les hommes du désert sont des barbares sans honneur, et une promesse à leurs chefs n'est que du vent. Turakamu ne vengera personne qui remet en question sa vérité divine. Les hommes du désert sont des cafards sans âme, et même une terre comme celle-ci serait plus propre sans eux.

— Comme vous le dites, commandant, répondit obséquieusement le chef de troupe.

Son adulation servile dégoûta Tasaio. Il se détourna et regarda les rangs des Xacatecas s'écraser sur les hommes du désert légèrement armés. Les armes s'entrechoquèrent, et des cris s'élevèrent quand les premiers agonisants commencèrent à tremper le sable sec de leur sang.

— Attends, déclara Tasaio pour calmer son chef de troupe qui commençait à s'agiter nerveusement. Nous attaquerons au moment propice.

Il s'appuya contre la paroi de pierre, complètement à l'aise, comme si les bruits de la mort et du combat étaient une musique douce à ses oreilles.

Le chef de troupe minwanabi dut faire un gros effort de volonté pour garder son calme. S'il était troublé par la vue de leurs alliés, les hommes du désert, taillés en pièces et massacrés comme en sacrifice, il ne prononça pas une parole. Raide et correct, obéissant à son maître, il regardait sans sourciller les hommes du désert reculer, et reculer encore, laissant un grand nombre des leurs en amas ensanglantés et agonisant sur le sable. Les soldats du seigneur des Xacatecas étaient consciencieux, efficaces, et n'avaient pas la moindre intention de faire preuve de miséricorde. Ils étaient restés coincés des années durant dans un poste reculé, sous un climat cruel, et avaient été harcelés par des centaines de petits raids surprise. Leurs épées fauchèrent les vies dans une boucherie sanglante, jusqu'à ce que les nomades survivants rompent les rangs et s'enfuient.

Aussi petit qu'une poupée sur le champ de bataille distant, le seigneur des Xacatecas leva son arme et son commandant ordonna aux compagnies de reformer les rangs et de se lancer à leur poursuite. Pour l'honneur de l'empire, et dans l'espoir que les troubles sur la frontière puissent enfin s'achever, ses guerriers se regroupèrent et bondirent vers les fuyards.

Les yeux de Tasaio s'étrécirent légèrement, mesurant les distances. Quand les forces xacatecas franchirent une ligne invisible tracée dans son esprit, il dit à son sous-officier en sueur, d'une voix qui n'avait pas changé d'inflexion depuis le début :

— Maintenant, Chaktiri. Annonce le début de notre offensive.

Sur l'éminence qui surplombait la cuvette, Lujan hochait la tête.

— Ils sont en déroute. Regardez. (Il désigna d'un geste les hommes du désert qui rompaient les rangs et s'enfuyaient en masse.) Les Xacatecas vont se regrouper et se lancer à leur poursuite dès maintenant, sans avoir besoin de l'aide des Cho-ja.

Mara regarda depuis le siège de son palanquin, qui avait été posé au sommet de la butte. Elle repoussa l'étoffe de mousseline qui servait de voile pour empêcher la poussière d'atteindre son visage.

— Tu sembles déçu.

Lujan haussa les épaules.

— Quel commandant d'armée nouvellement nommé serait content de rester assis, oisif, devant une bataille ? (Il eut un sourire forcé.) L'honneur de ma dame est le mien. J'accepte la sagesse de ses choix.

Mara sourit aussi.

— Bien dit. C'est aussi un mensonge excusable. Je te promets toute l'action que tu voudras quand nous reviendrons de ce désert, si nous avons encore un natami acoma à notre retour.

Comme si ses paroles avaient été un présage, le son d'une trompe fendit l'air. Tout en bas dans la vallée, sur les deux côtés de la cuvette où les compagnies des Xacatecas poursuivaient les guerriers nomades, une marée noire surgit d'entre les dunes. Lujan virevolta, tout humour disparu, et sa main se referma à moitié sur la poignée de son épée.

Mara se retourna aussi, son voile soulevé par son mouvement. Elle vit les bannières des tribus, et des rangs et des rangs de silhouettes vêtues de morceaux d'armures dépareillés, en tenue du désert. Elles avançaient pour prendre de flanc les troupes du seigneur des Xacatecas, sur les deux côtés ; quand leurs forces se rejoindraient, elles empêcheraient toute retraite vers les collines, où les compagnies de renfort de Mara attendaient. Rapidement, avec des yeux aiguisés par l'entraînement de Keyoke, la dame compta les phalanges. Elle fit une estimation rapide et se rendit compte que les forces du seigneur Chipino allaient se battre à deux contre un. Pire – son cœur battit la chamade quand elle s'en rendit compte – ce n'étaient pas des hommes du désert. Tous les hommes de l'armée qui avançait étaient de grande taille ; il n'y avait pas une seule petite silhouette de nomade des tribus parmi eux. Cela ne pouvait signifier qu'une chose : en dépit de leur aspect barbare, ces soldats n'étaient pas originaires de ce pays mais étaient des imposteurs, des ennemis venus de l'empire pour participer à cette guerre afin d'anéantir sa maison.

— Des Minwanabi ! s'écria-t-elle vivement. C'est donc *cela* que Desio préparait !

Elle leva de grands yeux vers son commandant et tenta de dissimuler la peur qui transperçait son cœur comme un coup de poignard.

— Lujan, rallie nos hommes. Nous devons frapper cette nouvelle armée par-derrière, sinon les Xacatecas se feront massacrer dans la cuvette.

Lujan esquissa une rapide révérence, emplissant déjà d'air ses poumons pour hurler ses ordres.

— Attendez !

Le cri de Kevin fendit l'air, avec une intensité qui attira l'attention générale.

Mara pâlit.

— Kevin ! dit-elle presque dans un murmure. Tu présumes trop de tes conseils si tu penses pouvoir interférer entre deux alliés. Notre honneur est en jeu. (Elle fit un geste de la tête vers Lujan.) Continue, commandant.

Kevin se releva d'un bond, très agile pour un homme de sa taille. Il tendit la main, attrapa le bras de Lujan, puis se figea quand l'épée du commandant sortit de son fourreau, descendit vivement et s'arrêta, dans un contrôle parfait, contre les os de son poignet. Une fine ligne écarlate s'ouvrit là où la peau s'était fendue sous le tranchant de la lame.

— Arrêtez ! cria Mara.

Sa voix tremblait, comme elle ne l'avait jamais fait dans la mémoire des hommes présents. Dans la vallée, les cris des armées étaient à leur paroxysme ; le vacarme des boucliers et des épées qui s'entrechoquaient ajoutait au chaos, alors que les forces des Xacatecas pivotaient pour encaisser le choc de la charge des renforts ennemis. Les yeux noirs de Mara passaient de son commandant à son esclave, et ses lèvres étaient blanches.

— Tu risques ta tête pour cette transgression.

Son expression montrait clairement que l'honneur de sa maison reposait sur l'aide qu'elle enverrait aux Xacatecas, et que même ses sentiments envers Kevin n'avaient plus d'importance.

Kevin commença à ouvrir la main, puis inversa son mouvement. Il regarda sa dame, avec une expression sinistre qu'elle ne lui avait jamais vue. Les yeux du Midke-mian étaient largement écarquillés, ses lèvres pincées et sa respiration faible et rapide.

— J'ai d'excellentes raisons.

Lujan se tenait comme une statue, sa lame une caresse contre une peau où perlait un petit filet écarlate.

— Parle, alors, répondit brusquement Mara. Rapidement, car les soldats xacatecas sont en train de mourir alors que nous tergiversons.

Elle n'ajouta pas que s'il s'agissait encore d'un de ses caprices de barbare, il serait pendu. Quel que soit l'amour qu'elle lui portait, le nom de ses ancêtres ne devait jamais subir de disgrâce. Kevin avala difficilement sa salive.

— Dame, si vos guerriers chargent pour se porter à l'aide des Xacatecas, ils tomberont dans un piège et mourront jusqu'au dernier.

Le regard de Mara ne changea pas, et resta dénué d'émotion.

— Dame, j'en suis sûr ! (Kevin faillit crier, mais il se contrôla.) J'ai déjà vu cette tactique auparavant, sur mon monde. Une petite compagnie de notre peuple se trouvait dans une clairière, devant une ville fortifiée. Ses soldats avaient mis en déroute les conquérants locaux et avançaient, quand ils furent soudain attaqués par-derrière. Les troupes qui se précipitèrent pour leur venir en aide furent prises dans une embuscade, et taillées en pièce jusqu'au dernier homme.

Mara resta sur sa réserve. Cependant, elle fit un signe du menton à Lujan, qui retira son épée en silence.

Kevin ouvrit ses doigts. Ils tremblaient.

— Dame, sur ma vie, retenez votre charge.

Les yeux de Mara le foudroyèrent.

— Tu étais un soldat ordinaire. Comment oses-tu prétendre nous donner des conseils ?

Kevin ferma les yeux, haussa les épaules à sa manière cavalière, et sembla prendre une décision. Apparemment insouciant et cachant son désespoir, il prononça les paroles qui seraient sa sentence de mort.

— J'étais un officier sur mon monde natal de Midkemia. Je commandais l'armée de mon père quand j'ai été fait prisonnier sur le champ de bataille.

Il attendit. Mara ne dit rien. Il comprit que, contre la coutume, elle lui accordait le droit de continuer à parler. Il reprit :

— Vous avez dit que Tasaio des Minwanabi était le commandant en second des troupes du seigneur de guerre de l'autre côté de la faille. J'ai déjà combattu contre lui, et je crois sincèrement que le plan de la bataille qui se déroule dans la cuvette porte sa marque et sa signature.

Mara fit un geste de la main, indiquant qu'il devait garder le silence. Kevin arrêta de parler. Il étudia le visage de la dame à la recherche d'un indice, pour juger comment elle prenait ses remarques.

— Tu comprends que si tu as tort, reprit-elle, je devrai te faire pendre. Pire, tu auras provoqué notre ruine à tous, et même celle de mon jeune fils sur le domaine.

Kevin laissa échapper un grand soupir.

— Je n'ai pas tort, Mara.

Et il lui envoya un regard tranquille.

Mara sembla s'activer, comme si elle s'éveillait d'un sortilège.

— Il vaut mieux que nous mourrions en défendant le seigneur Chipino que de survivre dans la lâcheté en restant en arrière.

Lujan hocha gravement la tête derrière elle.

Exaspéré, Kevin frotta la petite entaille sur son poignet.

— Il y a peut-être un moyen de les retourner comme une crêpe.

— Une crêpe ? répondit Mara étonnée. Quel rapport avec un dessert ?

— Je veux dire retourner la situation contre les Minwanabi, expliqua Kevin d'un ton sec.

La clameur de la bataille dans la cuvette se rapprochait. Les Xacatecas subissaient des pertes, et les hommes du désert survivants fuyaient en soulevant de petits nuages de poussière vers les dunes plus éloignées.

— Si j'ai raison, Tasaio a caché d'autres troupes dans ces collines. Il s'attend à ce que nous chargions dans la cuvette – ses troupes de réserve attendent, cachées, pour nous frapper par-derrière. Alors les compagnies qui attaquent les Xacatecas se sépareront en deux forces. (Il écarta les mains pour illustrer son propos.) Une compagnie se contentera de bloquer les Xacatecas et de les retenir sur place ; l'autre contre-attaquera et se jettera sur vos forces. Vos compagnies se retrouveront cernées et seront anéanties. Les troupes des Xacatecas seront massacrées ensuite.

— Et que proposes-tu ? demanda rapidement Lujan.

Kevin leva les sourcils.

— Je vous suggère d'envoyer une petite compagnie pour aider le seigneur Chipino. Le reste de nos troupes repart en arrière, dans la vallée que nous venons de traverser. Puis nous envoyons une compagnie rapide avec les Cho-ja, pour cerner les collines où les troupes de Tasaio se dissimulent, et nous les harcelons pour qu'elles se mettent à découvert, derrière les collines, jusqu'à nos hommes qui attendant dans la vallée. Nos compagnies qui se lanceront à l'attaque auront alors l'avantage de la hauteur. Avec une bonne synchronisation, nos archers auront mis hors d'état de combattre un tiers de forces minwanabi avant qu'elles ne frappent nos lignes centrales. Nous aurons alors une bataille dans la vallée, mais une bataille que nous aurons une chance de gagner, avec nos ennemis encerclés. Nous pourrons ensuite les repousser sur les lances des Xacatecas.

Lujan fit tournoyer sa lame, faisant tomber d'une main experte les gouttelettes de sang qui souillaient son tranchant. Sa voix semblait dégoûtée alors qu'il analysait le plan audacieux de Kevin.

— Tes idées ne sont qu'un rêve. Seuls les Cho-ja peuvent se déplacer assez vite pour effectuer la manœuvre que tu décris, et une compagnie de Cho-ja ne sera pas suffisante pour encercler ces collines.

— Nous devons essayer, trancha Mara, ou alors nous serons pris dans le piège des Minwanabi et nous romprons notre parole envers le seigneur des Xacatecas.

— Non, la corrigea Kevin.

Il regarda la pente sur laquelle les Cho-ja attendaient en rangs, aussi immobiles que des statues. Il se demanda brièvement si ces créatures avaient une dignité chatouilleuse, puis écarta cette idée car il n'était plus temps d'en discuter. Mara et toute sa suite risquaient d'être taillées en pièces sur place si les Minwanabi avaient l'occasion de terminer leur offensive comme ils l'avaient planifiée – sans parler du fait que lui, Kevin de Zûn, serait pendu dans la disgrâce s'il se trompait. Avec un soupir fataliste qui ressemblait à un rire, le Midkemian prit une profonde inspiration et expliqua son idée à Mara et à son commandant.

Tasaio réprima un désir honteux de frapper la paroi rocheuse de son poing.

— Qu'elle soit maudite ! Pourquoi cette putain n'ordonne-t-elle pas à ses troupes de charger ? Son père et son frère n'étaient pas des lâches. *Pourquoi hésite-t-elle ?*

Dans la cuvette, frappées par le soleil impitoyable de midi, les forces des Xacatecas faisaient retraite pour former un cercle défensif très serré. Bloqués sur place et cernés par l'ennemi, les combattants ne pouvaient que serrer les rangs et se faire hacher sur place jusqu'à ce que Mara envoie ses troupes en renfort, pour les sauver. La bannière jaune et violet avec son emblème dépassait obstinément de la foule des défenseurs, de temps en temps masquée par la poussière soulevée par la bataille.

Les yeux mi-clos, Tasaio observa la cuvette jonchée de cadavres et couverte du sang des nomades et d'armures jaune et violet des Xacatecas. Il scruta jusqu'à ce que ses yeux le brûlent la petite étendue de collines en arrière, cherchant à discerner les mouvements des troupes acoma qui étaient stationnées là-bas, qui grouillaient comme l'eau bouillant dans une marmite.

— Pourquoi reste-t-elle en arrière ? lança Tasaio avec impatience. Son allié combat au péril de sa vie, et l'honneur de sa famille est en danger.

Dans la cuvette, cerné par ses ennemis, le seigneur Chipino était probablement en train de se poser la même question. Un appel de trompe s'éleva des troupes assiégées dans la plaine, demandant de l'aide de toute urgence. En réponse, un petit carré dense de troupes se détacha des hauteurs et avança sur le champ de bataille où tourbillonnait la poussière des basses terres.

— On dirait qu'elle envoie une demi-compagnie, commenta le chef de troupe des Minwanabi, s'efforçant d'être serviable.

— Je le vois bien.

Tasaio caressa la poignée de son arme, réprima avec irritation une envie de faire les cent pas. Il préféra prendre le casque simple et sans plumet qu'il s'était procuré pour sa campagne dans le désert.

— J'ai besoin d'un meilleur point d'observation. (Il saisit les attaches du casque et serra fortement sa jugulaire.) Et trouve-moi des messagers ! Nous allons avoir besoin d'envoyer des ordres aux compagnies qui se cachent derrière les crêtes, pour les informer que la bataille ne se déroule pas comme nous l'avions prévu.

— Oui, commandant, à vos ordres.

Le chef de troupe partit en hâte, maladroit devant la grâce irritée de Tasaio. Mais la colère de son supérieur ne contenait pas le moindre soupçon de découragement. Les batailles ne se déroulent pas toujours comme prévu ; l'homme brillant, le maître tacticien, est celui qui peut transformer les désastres en victoires.

Lujan plaça une main nerveuse sur la carapace luisante et cornée du Cho-ja. Il résista à l'envie de demander une nouvelle fois au chef de troupe insectoïde s'il ne voyait aucune objection à l'idée de porter un cavalier humain. La créature et ses congénères avaient accepté la requête incongrue de Kevin, et poser une nouvelle fois la question risquait de jeter un doute sur la dignité des Cho-ja.

— Mox'l, vous me préviendrez si je vous inflige le moindre inconfort, offrit le commandant acoma en guise de compromis.

Mox'l tourna sa tête ronde et cuirassée, les yeux perdus dans l'ombre de son casque à plumet.

— J'ai suffisamment de force pour cette manœuvre, répondit-il. Peut-être devrais-je m'accroupir plus bas pour que vous puissiez monter ?

Lujan fit intérieurement la grimace.

— Non, dit-il rapidement. Cela n'est pas nécessaire. Il décida qu'il préférerait fendre ses vêtements plutôt que de laisser l'officier cho-ja agir de façon servile. Alors qu'il cherchait un rocher pour l'utiliser comme borne cavalière, il se demanda, si les rôles étaient inversés, si les guerriers humains de sa compagnie se soumettraient d'aussi bon cœur aux contraintes de la nécessité ? Peut-être que Kevin avait raison, le concept tsurani de l'honneur imposait trop de limites. Puis, alors qu'il se démenait pour grimper maladroitement sur la carapace lisse et chitineuse de sa monture, il bannit de telles pensées impies. Il était de mauvais augure de songer à des blasphèmes alors qu'une bataille se préparait. Si les Acoma encouraient la colère des dieux, il le saurait bien assez tôt.

Ressentant une agitation nerveuse que l'honneur ne lui permettait pas de révéler, Lujan agrippa le Cho-ja derrière le segment du cou et balança sa jambe au-dessus du thorax rond et légèrement strié. Il sauta et se hissa sur son dos. Les trois paires de pattes de la créature s'abaissèrent et se relevèrent pour compenser son poids ; autour de lui, la compagnie de guerriers humains s'organisait en couples avec un nombre égal de Cho-ja, suivait son exemple courageux et montait sur le dos des insectes. S'ils trouvaient leur assise glissante ou inconfortable, les cavaliers retinrent leurs plaintes.

— Comment vous sentez-vous, Mox'l ? demanda Lujan.

La voix du Cho-ja lui sembla étrange, venant d'un point situé devant et en dessous de lui. Les créatures marchaient habituellement en position verticale quand elles se trouvaient en présence d'êtres humains, et n'utilisaient leurs six pattes pour courir que si le besoin s'en faisait sentir.

— C'est très aimable de votre part de me le demander, commandant. Je n'éprouve aucun inconfort. Mais je préférerais vous demander de prendre soin du bas de votre patte arrière, pour que le segment supérieur aiguisé de ma patte avant ne vous blesse pas quand nous courrons.

Lujan baissa le regard et vit, en effet, que ses chevilles et ses tibias risquaient d'être découpés en lambeaux quand le Cho-ja se lancerait en pleine course.

— Je ne veux pas me montrer présomptueux, continua poliment Mox'l, mais j'ose vous suggérer de caler votre genou derrière la bosse latérale de ma carapace. Cette protubérance pourra vous offrir un point d'appui.

— Vous n'êtes pas présomptueux et votre suggestion est très aimable, je vous en remercie, répondit Lujan, avec la politesse quelque peu guindée qui caractérisait l'étiquette des insectes.

Il fit glisser sa jambe un peu plus en arrière, et trouva le rebord de carapace que Mox'l avait indiqué. Il lui servit effectivement de cale pour stabiliser son assiette. Puis, un peu perdu, il regarda attentivement le sommet de la carapace de l'insectoïde pour trouver un endroit où s'agripper.

Ses efforts provoquèrent un petit rire de Mox'l. La créature inclina la tête et réussit à tourner son visage pour le regarder d'une manière qu'aucun être humain n'aurait pu imiter.

— Commandant, mon corps n'est pas mou comme le vôtre. Vos mains peuvent agripper l'articulation de ma gorge sans le moindre risque. Ma trachée est suffisamment protégée par mon exosquelette et ne sera pas endommagée par votre force.

Toujours avec précaution, Lujan fit ce qu'on lui proposait. Au moment où ses doigts trouvèrent leur place, Mox'l regarda droit devant lui.

— Nous sommes prêts, commandant. Le temps est maintenant venu de nous hâter.

Le Cho-ja se plaça à la tête de la colonne, avec les mouvements brusques qui caractérisaient sa race.

Lujan faillit être projeté de son perchoir, mais il réussit à s'agripper et à rester en équilibre. Autour de lui, avec une précision presque mécanique et sans le moindre ordre vocal, la compagnie de Cho-ja forma les rangs. Puis, sentant peut-être mieux cette fois l'équilibre fragile de son cavalier, Mox'l se tint prêt à bondir et retint sa troupe, attendant l'ordre de Lujan.

Le commandant des forces acoma leva le bras pour ordonner à sa propre moitié des troupes montées d'avancer. Une voix retentit des lignes latérales.

— Ne serrez pas si fort les mollets, sinon vous allez atterrir sur les fesses !

Lujan tourna la tête et vit que l'esclave barbare de la dame souriait d'une oreille à l'autre. Le commandant songea à une réponse, mais décida qu'ignorer le sarcasme serait plus digne. Kevin était un maître en obscénités, mais ne comprenait que rarement les insultes subtiles. Puis, avec un temps de retard, Lujan se rappela que sur Midkemia, les barbares chevauchent, paraît-il, de grandes bêtes durant les batailles. Peut-être que son conseil était bon et offert en toute sincérité.

— Souciez-vous plutôt de la sécurité de ma dame, répondit le commandant des Acoma.

Puis il fit signe aux soldats qui l'entouraient et les Cho-ja bondirent pour se lancer en pleine course.

Leurs longues pattes à plusieurs articulations s'ajustaient au sol inégal avec une agilité inhumaine. La chaleur ne semblait pas les troubler. Leur démarche avait un certain balancement, en arrière puis en avant, mais n'oscillait presque jamais sur le côté. Le cavalier ne sentait pas le choc des pattes qui frappaient le sol. Lujan se délecta de cette sensation de vitesse qui dépassait tout ce qu'il avait pu imaginer ; il sentait le vent fouetter son plumet d'officier et son équipement, et des mèches éparses de cheveux qui lui cinglaient les joues. Son cœur bondit avec le frisson de l'inconnu, et avant qu'il ne se rende compte de son manquement aux bonnes manières, il se retrouva en train de sourire comme un adolescent. Son exubérance s'évanouit peu de temps après, quand Mox'l atteignit le bord de l'entablement rocheux et se précipita la tête la première dans le ravin rocheux, vers les basses terres qui entouraient les collines.

Lujan tenta de se calmer. La vitesse des Cho-ja était étourdissante, trop rapide pour que les réactions humaines puissent les enregistrer.

Les soldats acoma s'agrippaient de toutes leurs forces, craignant de perdre la vie ou leurs membres. Mox'l et ses guerriers sautaient au-dessus de crevasses et d'éboulis semés de pierres traîtresses. De temps en temps, un pied griffu éparpillait quelques cailloux qui tombaient en contrebas. Les cavaliers humains fermaient les yeux et pensaient à la fin du trajet, anticipant la bataille contre l'ennemi. Affronter la mort par l'épée semblait moins risqué que cette course folle sur le dos des Cho-ja. Par la grâce des dieux, le commandant des Acoma ne pouvait rien faire d'autre que s'accrocher et espérer que sa compagnie de soldats humains survivrait à la chevauchée sans se briser le cou.

Le sol s'aplanit et devint du sable plat. Si Mox'l était fatigué par son poids, il n'en montrait pas le moindre signe, tout du moins pas comme un être humain le ferait. Son corps chitineux ne transpirait pas, et ses flancs cuirassés n'étaient pas soulevés par une respiration laborieuse. Lujan nettoya ses yeux larmoyants et regarda de chaque côté. Tous ses soldats étaient encore en place, bien qu'un grand nombre soient pâles et raides. Il lança quelques encouragements à ses sous-officiers, puis regarda devant lui, dans le fouettement de l'air, pour évaluer leur progression.

Les Cho-ja avaient réussi à porter les guerriers sur plus de trois lieues en une fraction du temps qu'il aurait fallu à une compagnie humaine pour les parcourir. Ils furent encore plus rapides dans le désert, leurs pattes griffues ne soulevant que très peu de poussière. Dans le lointain, Lujan aperçut un coureur solitaire. Confiant maintenant, même exultant, il se pencha et le désigna aux yeux à facettes de Mox'l.

Le commandant cho-ja hocha la tête sans ralentir le pas.

— Un messager des ennemis fuit devant nous, commenta-t-il, sa vue étant plus aiguë que celles des êtres humains. Nous devons le rattraper, ou risquer l'échec de notre mission.

Lujan ouvrit la bouche pour acquiescer, puis se retint dans un moment d'inspiration subite.

— Non, décida-t-il. Laissons l'homme courir, terrifié, et rejoindre ses officiers sans être blessé. Nous suivrons sur ses talons, et laisserons sa peur saper le courage de nos ennemis.

— Ce sont les hommes qui connaissent le mieux les hommes, récita Mox'l, faisant référence à un proverbe des fourmilières. Nous agirons selon ce que vous jugez le mieux, pour l'honneur de votre dame et de notre reine.

La chevauchée se termina au pied des collines, devant une série de grottes qui ponctuaient les pentes à l'opposé de la vallée où les armées alliées des Acoma et des Xacatecas avaient marché le jour précédent. Lujan vit le messager entrer précipitamment dans l'ombre comme un gazen. Il s'ensuivit un certain mouvement quand des guerriers trop grands pour être des hommes du désert sortirent de leur cachette, se hâtant de boucler leurs casques. Ils n'avaient pas encore complètement revêtu leurs armures, se préparant à escalader les collines puis à marcher sur les troupes de Mara entre les buttes qui surplombaient la cuvette. Ils étaient maintenant surpris, et tentaient de reformer leurs rangs dans le chaos le plus total, hurlant des ordres pour se dépêcher et maudissant les baudriers d'épée desserrés.

Lujan et sa troupe montée coururent jusqu'à ce qu'ils arrivent presque hors de portée d'arc. Puis les Cho-ja s'arrêtèrent brutalement. Les guerriers humains descendirent de leurs compagnons insectoïdes, les compagnies se placèrent en lignes de bataille et chargèrent. La manœuvre était aussi parfaite que s'ils l'avaient répétée ; l'appréhension empêchait les Acoma d'être téméraires. Ils ne savaient pas combien d'ennemis ils allaient affronter. Soucieux de leurs compagnons, même les guerriers les plus sanguinaires gardaient leur place alors qu'ils couraient en hurlant des cris de guerre, pour s'abattre sur les rangs de leurs ennemis.

La lutte s'engagea. Les Acoma étaient peut-être en nombre inférieur, mais ils se sentaient offensés par le piège mis en place pour déshonorer leur dame, et combattaient comme s'ils étaient inspirés par les dieux. Ils avaient fait l'impossible, traversé des lieues de désert hostile sur le dos de Cho-ja ; leurs muscles étaient reposés et leurs corps chargés d'adrénaline d'avoir osé l'impensable. Le danger de l'inconnu était remplacé par le rythme familier des coups d'estoc, des parades et des fentes, et les guerriers à l'armure verte de Mara engageaient l'ennemi de tout leur cœur.

Dénués de toute émotion, mais conçus expressément pour tuer, les Cho-ja fauchaient les rangs des Minwanabi déguisés. Les pattes avant chitineuses, tranchantes comme des rasoirs, découpaient les boucliers et les os comme des lames de boucher, tandis que les pattes du milieu et les pattes arrière transperçaient leurs ennemis comme des poignards, achevant les blessés tombés qui tentaient d'enfoncer leur épée dans les segments plus mous de leur abdomen.

Lujan esquiva une lance ennemie, trancha un poignet puis continua son mouvement d'un coup meurtrier à la gorge. Il marcha sur le cadavre sans se soucier du sang qui giclait, et se lança contre l'adversaire suivant. Sur les côtés, il vit ses compagnons qui avançaient en même temps que lui. Les Minwanabi étaient aveuglés par le passage de l'ombre à la lumière, clignaient des yeux et tentaient désespérément de voir en plein soleil, au beau milieu d'une attaque qui les avait totalement surpris. Les Acoma gagnèrent du terrain durant les premières minutes d'engagement. Il restait à voir s'ils pourraient tenir la distance et maintenir leur avantage quand la surprise s'évanouirait et que l'ennemi se rallierait. Frappant, parant, se frayant un chemin avec une inspiration presque démente, Lujan ne s'inquiétait pratiquement pas. Il avait été autrefois un guerrier gris et il ne se laisserait pas infliger une nouvelle fois un tel destin. La mort était préférable à la perte de l'honneur de sa dame. Il était trop occupé à combattre et à rester en vie, et ne se demandait que fugitivement si l'autre compagnie de Cho-ja et d'Acoma sous le commandement de son premier chef de troupe avait rencontré un succès aussi éclatant de l'autre côté des collines, dans l'autre vallée. Et si les patrouilles envoyées la veille sur la route menant à son campement n'étaient pas en place, Mara restait sans défense, comme offerte en sacrifice, seule sur une colline avec sa garde d'honneur de douze hommes.

Dans la cuvette, le soleil frappait avec la puissance implacable du zénith. La force symbolique envoyée par les Acoma pour aider les Xacatecas n'avait pas changé de façon décisive le rapport de force. Elle avait néanmoins attiré quelques-uns des attaquants en surnombre loin du cercle de boucliers du seigneur Chipino. Les soldats acoma furent bientôt autant assiégés que leurs alliés, mais avec une différence : ils avaient un but dans leur défense. Resserrés pour former un coin, ils semblaient mener une défense aussi désespérée que les Xacatecas ; mais graduellement, pas après pas, ils se rapprochaient un peu plus de leurs alliés.

N'étant pas homme à ignorer les nuances, Tasaio remarqua la chose. Son froncement de sourcils s'accentua. Que son ennemi subisse plus de pertes que strictement nécessaire seulement pour gagner un petit peu de terrain le troublait. Il pouvait traiter Mara de lâche pour avoir envoyé des renforts en aussi petit nombre, mais il avait trop de sang-froid et de sagesse pour oublier qu'un autre sentiment que la peur motivait peut-être ses actes. Ses soupçons furent confirmés un instant plus tard quand dans le mur de boucliers de Mara, un archer lança une flèche de signal vers le ciel dans une trajectoire en cloche.

Tasaio jura avec ferveur quand la flèche atteignit le sommet de sa parabole, commença à descendre, et atterrit, irrécupérable, au milieu des troupes xacatecas.

— Je suppose qu'elle a réussi à lui faire passer un message, s'inquiéta le chef de troupe, toujours aussi importun.

— Sans le moindre doute, enragea Tasaio.

Son plan avait été déjoué, c'était certain. De la poussière s'élevait derrière la crête, au bord de la cuvette, ce qui l'avertit qu'une autre bataille avait commencé. Ses troupes cachées avaient certainement été découvertes, ce qui expliquait beaucoup de choses, et n'augurait rien de bon.

— Vite, nous devons rappeler la moitié des troupes qui bloquent le seigneur Chipino, conclut Tasaio. Notre meilleure chance maintenant est de charger la position de commandement de Mara et d'espérer qu'elle a engagé le gros de ses troupes ailleurs. Dans ce cas, nous avons de bonnes chances de vaincre sa garde d'honneur et de la tuer. Si nous agissons rapidement, le seigneur Chipino et cette ridicule petite compagnie qu'elle a envoyée pour nous distraire n'auront pas le temps de se dégager.

Le chef de troupe se dépêcha de faire sonner les appels de trompe correspondants, et Tasaio, les yeux mi-clos, se leva et vérifia l'attache de son baudrier. Avec un hochement de tête raide à l'adresse de l'ordonnance qui l'accompagnait toujours, il partit d'un pas rapide rejoindre ses guerriers. Rien n'irait de travers cette fois, il le jura par Turakamu le Rouge. Quelles que soient les nouvelles éventualités pouvant survenir, et même s'il devait y perdre la vie, le cousin du seigneur Desio mènerait personnellement le raid contre l'éminence où Mara avait trouvé refuge.

— Si tu ne viens pas à moi, petite garce, alors mes tueurs iront à toi.

En disant cela, Tasaio dégaina son épée et prit la tête des guerriers mis en position par ses chefs de troupe.

L'éclaireur s'inclina devant Tasaio.

— C'est ce que vous aviez soupçonné, commandant. Mara a envoyé toutes ses compagnies faire le tour des crêtes pour attaquer nos forces qui s'y étaient dissimulées. Elle a gardé près d'elle un officier comme garde d'honneur, qui se tient à côté de son palanquin.

— Alors, elle est à nous.

Saisi d'un sentiment de confiance et de satisfaction, Tasaio renvoya la moitié des guerriers qu'il avait rappelés de la bataille dans la cuvette.

— Retournez soutenir nos troupes contre les Acoma et le seigneur des Xacatecas, ordonna-t-il. Une patrouille sera largement suffisante pour nous assurer de la mort de la chienne acoma.

Il fit un signe, et la compagnie se mit en marche. Tasaio lui fit monter la pente vers le col situé entre les deux éminences, où Mara et son garde d'honneur attendaient. Il ne faisait aucun effort pour se cacher ; en fait, ce serait une satisfaction supplémentaire si sa proie tremblait de peur à son approche. Si la dame s'enfuyait, terrorisée, il rapporterait à son cousin et seigneur le récit satisfaisant de la honte de Mara. Il appréciait énormément l'idée de la voir trembler de peur devant lui.

Les guerriers franchirent le col. Tasaio eut le temps de remarquer que les rideaux du palanquin de Mara étaient fermés. Sa silhouette n'était qu'une présence ombreuse, derrière des couches de soie vaporeuse. Les yeux mi-clos pour se protéger du soleil éblouissant, Tasaio vit aussi que le garde d'honneur qui la protégeait était exceptionnellement grand et avait les cheveux roux. Ses jambières étaient trop petites pour ses longs tibias. Le casque enfoncé sur ses mèches emmêlées n'était pas fermé à cause de la chaleur. Quand il aperçut les rangs des Minwanabi qui avançaient vers lui, il ouvrit en grand ses yeux d'un rare bleu profond.

Puis, à la surprise extrême de Tasaio, le garde roux, qui aurait dû appartenir à l'élite des guerriers de Mara, eut un hoquet de surprise et donna l'alarme. Il tira sur les rideaux de soie et pleurnicha :

— Dame, l'ennemi arrive !

Appréciant immensément cet instant, Tasaio donna le signal de la charge. Autour de lui, ses guerriers se mirent à courir pour se lancer à l'attaque.

Avec une étrange expression sur le visage, le garde acoma disposa sa lance. Puis, comme s'il avait réfléchi une nouvelle fois au problème, et alors que ses agresseurs arrivaient à portée de flèche, il laissa tomber son arme dans un bruit étourdissant, tourna les talons et s'enfuit.

Tasaio laissa échapper un rire stupéfait.

— Capturez cette chienne ! ordonna-t-il.

Il continua à faire signe d'avancer. La patrouille se précipita pour l'hallali, les sandales éparpillant des pierres alors qu'elle avançait avidement vers le palanquin. Tasaio, en tête, lança un hululement qui était à moitié un cri de guerre et à moitié un hymne au dieu Rouge. Il se précipita sur le palanquin laqué de vert, trancha d'un revers de l'épée les rideaux de soie et enfonça son arme dans la silhouette vêtue de soie.

Un nuage de plumes de jiga vola du coussin que sa lame venait d'empaler. Enragé, Tasaio frappa une nouvelle fois par réflexe. La soie se fendit et un second coussin dégorgea son contenu dans l'air.

Tasaio respira une bonne dose de duvet et se mit à jurer. Furieux et oubliant tout décorum, il frappa une troisième fois dans une explosion de pure rage. Le palanquin ne contenait que des coussins habillés d'une belle robe de dame. Le garde d'honneur, le rouquin, était de toute évidence un esclave utilisé comme appât, et ce palanquin une ruse et un piège.

L'esprit de Tasaio raisonnait rapidement, malgré sa colère. En cette minute même, dissimulée dans les rochers proches, Mara était certainement en train de rire aux dépens des Minwanabi.

Tasaio examina les éminences voisines, à la recherche d'un indice où envoyer sa patrouille de guerriers honteux, maintenant aussi mortifiés et assoiffés de sang que lui. Suivre l'esclave fuyard était trop évident ; Mara se montrerait certainement plus rusée...

C'est à ce moment que les flèches commencèrent à pleuvoir.

L'homme à côté de Tasaio en reçut une juste au-dessus du garde-joue de son casque. Il tomba, se griffant le visage. Tasaio vit d'autres guerriers tituber, et lui-même reçut une flèche de biais sur son armure, qui entailla profondément les couches de cuir avant de rebondir sans le blesser. Sa réaction instinctive en tant que commandant fut de donner des ordres et d'empêcher une retraite désordonnée. Ses hommes étaient aguerris. Ils réagirent comme les soldats d'élite qu'ils étaient et se retirèrent d'une façon ordonnée vers le couvert de rochers et d'affleurements rocheux. Tasaio commença immédiatement à observer le vol des flèches, pour concevoir une contre-attaque et anéantir les archers acoma.

Mais le bruit de cailloux qui roulaient sur le sol résonna sur la crête qu'il venait d'escalader. Distrait, Tasaio se tourna vivement et vit le casque à plumet d'un officier acoma passer en un éclair entre deux rochers. Des silhouettes en armure verte le suivirent, accompagnées du sifflement facilement reconnaissable d'armes que l'on dégainait. Des voix s'ajoutèrent au bruit, ordonnant aux hommes de se préparer à charger.

— Ils cherchent à nous couper la retraite, dit rapidement le chef de patrouille minwanabi.

— Impossible ! répliqua Tasaio d'une voix sèche.

Mara ne pouvait pas déplacer ses guerriers aussi rapidement pour prendre Tasaio de flanc et l'attaquer parderrière.

Connaissant mieux les méthodes de son officier que le chef de troupe, le chef de patrouille ne disait rien et attendait que son commandant donne ses ordres.

— Des Cho-ja, fit brusquement Tasaio. Elle a dû en garder quelques-uns en réserve.

Ils pouvaient se déplacer très rapidement sur ce terrain difficile – et cependant les voix et les bruits qui leur parvenaient de derrière la crête étaient de toute évidence humains. Tasaio n'hésita qu'un instant. Il ne pouvait pas se permettre une erreur ; si Mara l'avait attiré ici, elle avait sûrement le moyen de lui couper la retraite et de les massacrer, lui et ses hommes. Et cela serait un désastre pour son maître minwanabi.

Son visage serait reconnu, si ce n'est par elle, alors par le seigneur des Xacatecas. Il avait dû trop se montrer dans le Parti de la guerre pour ne pas être reconnu. Le cadavre d'un cousin aussi haut placé dans la maison minwanabi serait une preuve indiscutable de trahison. Car bien que cet incident se soit déroulé hors des frontières de l'empire, traiter avec les hommes du désert revenait à soutenir les ennemis de l'empereur. Bien que personnellement Tasaio aurait volontiers, et même désirait ardemment donner sa vie pour avoir la chance d'envoyer Mara vers Turakamu, il n'osait pas le faire d'une façon qui compromettrait l'honneur de ses ancêtres. Non, Mara l'avait bel et bien piégé. Il n'avait plus qu'une alternative, ô combien déplaisante et nécessaire.

— Annoncez la retraite, ordonna brusquement Tasaio. Avancez en bon ordre, mais rapidement. Nous ne devons pas laisser cette victoire à l'ennemi.

Les guerriers obéirent sans poser de questions, abandonnant la sécurité de leur abri. Ils coururent en zigzags parfaits et subirent de nouveaux tirs des archers acoma alors qu'ils se retiraient vers la cuvette. Leurs visages ne montraient pas la moindre trace d'émotion, comme de véritables guerriers. Tasaio restait lui aussi impassible, mais chaque pas de retraite le brûlait. *Jamais* il n'avait été forcé de fuir un champ de bataille. Cette ignominie le frappait comme une douleur physique. Jusqu'à maintenant, il avait détesté Mara comme une ennemie de sa maison. À partir de ce moment, cette haine prit une note personnelle. Pour sa honte, provoquée par une erreur tactique et son impatience à verser le sang, la dame des Acoma devrait payer. Il les pourchasserait, elle et tous ses descendants, jusqu'à son dernier souffle. Des flèches pleuvaient autour de lui, leur sifflement accompagné des grognements assourdis des guerriers qui tombaient et mouraient. Tout en courant, Tasaio jurait qu'il préparerait froidement la mort de Mara, concevant et exécutant chaque complot avec une sûreté glaciale, jusqu'à ce que cette insulte soit vengée.

L'un des morts fut son ordonnance. Conscient que l'homme ne courait plus derrière lui, Tasaio jura une nouvelle fois. Il devrait en former une autre, et cela était du gaspillage, car de nombreux candidats mourraient généralement avant qu'il n'en trouve un possédant des réflexes assez rapides pour le satisfaire. Encore un affront personnel à venger, une autre raison pour laquelle Mara devait saigner et souffrir. Absorbé par sa haine, Tasaio courait vers la cuvette sans regarder en arrière. Et c'est pourquoi il ne comprit pas avant d'atteindre la sécurité de la demi-compagnie qu'il avait imprudemment et prématurément renvoyée, que sa petite troupe avait été mise en déroute par une poignée de Cho-ja et de soldats, qui l'avaient dupé et lui avaient fait croire qu'il était cerné. En fait, ils avaient porté quelques casques de réserve sur des perches, et traîné des morceaux d'armure avec des cordes sur le sable pour faire beaucoup de bruit et soulever de la poussière.

Le chef de troupe le fit laborieusement remarquer, et bien que son visage soit désolé et pas le moins du monde moqueur, Tasaio se retourna vers lui, furieux.

— Fais taire cet homme, ordonna-t-il à son chef de patrouille. Coupe-lui la gorge et prend son plumet. À partir de cet instant, tu es promu à son poste.

Le chef de patrouille s'inclina devant son supérieur. Son visage n'exprima pas la moindre angoisse quand il tira l'épée pour exécuter les ordres.

Tasaio observa la crête où Mara et sa garde d'honneur devaient se cacher, appréciant sûrement sa défaite. Le fait que les Xacatecas soient cernés et pratiquement à sa merci ne changeait rien à sa disgrâce. Tasaio ne se retourna pas d'un pouce quand son chef de troupe fut abattu derrière lui. Comme si l'homme ne rendait pas son dernier soupir sur le sable, le cousin de Desio utilisa toutes ses ressources pour sauver ce qu'il pouvait de l'après-midi, en ordonnant un assaut renouvelé contre le seigneur Chipino et la demi-compagnie isolée des Acoma que la dame avait envoyée en sacrifice. S'il ne pouvait pas abattre Mara, tout du moins il pouvait s'assurer que son honneur périsse avec son allié.

Et, cependant, alors que le soleil franchissait le zénith et descendait à travers les couches de poussière vers l'horizon, les guerriers du seigneur Chipino continuaient à résister. Un grand nombre étaient morts, mais les survivants ne perdaient pas courage. L'humeur de

Tasaio empira quand un messager épuisé apporta la nouvelle que les guerriers derrière la crête occidentale avaient été attaqués et décimés par les Acoma. La crête orientale semblait tenir ; aucun messager n'était arrivé pour annoncer ce qui s'était passé. Tasaio envoya des éclaireurs vérifier tout cela, mais aucun ne revint.

— Que les Cho-ja de la dame soient maudits, termina le messager. Sans eux, sa victoire n'aurait pas été possible.

— Explique-toi, exigea Tasaio avec irritation.

Mais un instant plus tard, il vit de ses propres yeux l'impensable. Une compagnie de guerriers acoma sortait en hâte de la vallée, passant entre les éminences, pour venir à l'aide des Xacatecas. Ils arrivaient à une vitesse extraordinaire, montés sur le dos de leurs alliés cho-ja. Quand ils atteignirent la cuvette où se déroulait la bataille, ils mirent pied à terre, reformèrent leurs rangs et chargèrent ses troupes à outrance.

Les guerriers de Tasaio avaient combattu toute la journée dans la cuvette, sous un soleil impitoyable. Ils avaient transpiré, perdu toute leur fraîcheur et n'avaient plus de force pour affronter cette nouvelle menace. Par contraste, les soldats des Xacatecas reprirent courage en voyant arriver leurs sauveurs et combattirent avec un espoir renouvelé. Les Minwanabi ne pouvaient pas les retenir, et une nouvelle fois Tasaio dut ordonner la retraite.

Il parla entre ses dents serrées, pâle et mortifié au point d'en avoir la nausée. Tout son plan génial à Dustari était tombé à l'eau, et il avait essuyé un échec total. Tout cela parce que ses manœuvres avaient été déjouées sur le champ de bataille, une chose qui ne lui était jamais arrivée ni sur Kelewan ni durant la campagne du seigneur de guerre contre les Midkemians.

Le goût de la défaite était nouveau et bien trop amer. Tasaio surveilla la retraite de son armée, enfin de ce qu'il en restait ; son estomac le brûla quand il comprit qu'il avait détruit toutes ses chances de riposter. Il ne pouvait rester dans le désert pour monter une seconde attaque. Les nomades qu'il avait utilisés comme appât ne lui pardonneraient pas sa trahison. Les tribus seraient maintenant montées contre lui, leurs chefs peut-être suffisamment furieux pour réclamer une dette de sang. Tasaio considérait avec mépris les coutumes tribales et n'était pas le moins du monde effrayé par les représailles que les hommes du désert pourraient lancer contre sa maison, mais il ne pouvait pas ne pas en tenir compte. Sur la route qui le conduirait à Banganok et les navires qui le ramèneraient vers le continent, il devrait endurer de nombreux raids quand les hommes du désert tenteraient de faire payer à sa compagnie le sang versé.

Cette nuit-là, épuisé, assis à la belle étoile dans un camp installé entre des replis de dunes à l'est, Tasaio songeait dans la solitude. Il ne prendrait pas de vin de sâ pour apaiser les douleurs de la bataille. Il s'isola des voix de ses soldats qui se plaignaient amèrement, alors qu'ils pansaient leurs blessures et aiguisaient leurs épées pour en ôter les encoches. Par-dessus tout, il ne voulait pas regarder à l'ouest, là où la lueur du crépuscule était éclipsée par les feux de victoire des Acoma et des Xacatecas. Bientôt, se promit-il, ces feux ne seraient plus que des cendres... Bientôt Mara regretterait cette brève victoire, car la prochaine fois où il opposerait son intelligence à la sienne, la défaite des Acoma serait totale et définitive.

Sous la tente de commandement du seigneur des Xacatecas, environnée par la douce lumière des lampes et dans le bruit feutré d'une conversation à mi-voix entre un guérisseur et un soldat blessé, Mara fit la révérence d'une souveraine à une personne de rang social supérieur. Bien que le triomphe de la journée soit le sien, elle avait préféré ne pas insister trop lourdement pour faire reconnaître ses lauriers. Elle n'attendait pas avec hauteur dans sa propre tente, insistant pour que le seigneur de la maison qui avait une dette envers elle vienne la rencontrer. Sagement, subtilement, elle n'imposa pas sa position nouvellement gagnée à un seigneur qui pouvait potentiellement provoquer de grands dommages aux Acoma si sa fierté était indûment blessée. Elle ne cherchait pas non plus à s'insinuer dans ses bonnes grâces, et fit donc passer sa présence comme une visite courtoise de peu d'importance.

— Mon seigneur Chipino, commença-t-elle, souriant légèrement alors qu'elle se redressait, vous aviez exprimé de l'intérêt pour mon garde d'honneur, et plus spécifiquement pour le soldat qui a fait preuve d'une lâcheté si remarquable, que le célèbre cousin de Desio, Tasaio, a été surpris et n'est plus resté sur ses gardes.

Le seigneur Chipino congédia d'un geste le serviteur qui appliquait des compresses chaudes sur les muscles douloureux de son dos et de son cou. Luisant d'huiles de massage, et embaumant les onguents, il fit un signe à un jeune esclave qui lui passa une robe légère.

— Oui.

Chipino lança un regard indifférent vers la grande silhouette restée dans l'ombre derrière Mara, et ordonna :

— Avance.

Kevin avança, habillé de ses chausses et d'une chemise à larges manches midkemiannes, serrée à la taille par une ceinture tsurani de disques de coquillages. Ses yeux bleus étaient rieurs lorsqu'il s'arrêta, les mains sur les hanches, pour subir l'examen attentif du seigneur Chipino.

Les yeux du seigneur des Xacatecas s'écarquillèrent à la vue de l'esclave barbare, qu'il avait aperçu assez souvent dans la tente de Mara. Et maintenant, ayant appris par le commandant des armées acoma que la tactique de la journée avait été imaginée par Kevin, et que tous vivaient et respiraient grâce à la logique de ce barbare, il regarda plus attentivement l'homme qui venait d'au-delà de la faille. Il s'éclaircit poliment la gorge. Comme sa culture n'avait pas de protocole pour s'adresser à un esclave qui avait fait preuve d'héroïsme, il choisit d'incliner la tête.

— Va chercher un coussin pour ce jeune homme, ordonna-t-il à son esclave.

On alla en chercher un dans l'alcôve même où le maître dormait. Interloqué, le seigneur pria le barbare de s'asseoir. Puis, satisfait à sa manière toute paternelle que l'homme soit confortablement installé, le seigneur Chipino aborda un sujet des plus sensibles.

— Tu es un esclave, et donc tu as pu t'enfuir devant l'ennemi en faisant preuve de couardise, puisque ta dame t'avait ordonné de le faire, n'est-ce pas ?

— Être un esclave n'avait aucun rapport, répondit Kevin en riant, au grand étonnement de Chipino. Pouvoir contempler la surprise sur le visage du commandant Tasaio était une satisfaction suffisante.

Le seigneur Chipino fronça les sourcils, puis dissimula son embarras en sirotant la tasse de tesh qui attendait sur un plateau près de lui.

— Mais tu étais un officier dans l'armée de ton pays, tout du moins c'est ce que m'a dit ta maîtresse. Tu n'as pas ressenti de honte en faisant preuve de lâcheté ?

— De honte ? reprit Kevin en haussant les sourcils. Non. Soit nous réussissons à tromper l'ennemi, soit nous mourons. Je considère la honte comme un faible prix à payer à côté de l'état définitif de la mort.

— Son peuple estime la vie bien plus que nous ne le faisons, intervint Mara. Ils ne connaissent pas la Roue de la vie, pas plus qu'ils ne comprennent la vérité divine. Ils ne comprennent pas que leur prochaine incarnation dépendra de l'honneur qu'ils auront acquis durant leur vie.

Kevin laissa échapper un petit rire.

— Votre peuple a des traditions, mais ne sait pas du tout faire évoluer son style. Vous n'appréciez pas les plaisanteries comme le fait le peuple du Royaume des Isles.

— Ah, intervint le seigneur Chipino, l'étonnement sur ses traits tannés disparaissant un peu comme si cela expliquait tout. Tu as fui devant Tasaio sans ressentir la moindre honte parce que tu considérais ton acte comme une plaisanterie.

Kevin dissimula une irritation amusée derrière une expression tolérante.

— On peut simplifier le problème de cette manière, peut-être, oui. (Il pencha la tête sur le côté, rejeta en arrière sa frange rousse, et ajouta La pire chose durant cette mission, était que j'avais vraiment beaucoup de mal à contenir mon fou rire. C'est une bonne chose que les lanières de l'armure de rechange de Lujan aient été trop courtes, sinon j'aurai explosé de rire malgré tous mes efforts.

Chipino se caressa le menton.

— Une plaisanterie, conclut-il, bien qu'au fond de lui il soit de toute évidence toujours déconcerté. Vous autres, Midkemians, avez des raisonnements étranges et merveilleux.

Il regarda Mara et s'assura d'un coup d'œil que ses serviteurs avaient anticipé ses désirs et apporté du chocha préparé comme elle l'aimait. Homme subtil, il avait entraîné son personnel à observer ses invités, à connaître leurs préférences, et à accomplir son devoir d'hospitalité sans qu'il ait besoin de donner des ordres. Cette pratique avait de grands avantages. Il était stupéfiant de voir comment un adversaire s'amollissait quand on lui servait boissons et nourriture selon ses goûts, aussi facilement que s'il se trouvait dans son propre manoir. Mara n'était pas considérée comme une ennemie, mais le seigneur Chipino reconnaissait sa dette envers elle et était anxieux de négocier un arrangement favorable.

Il choisit son moment, abordant le sujet quand Mara fut installée avec une collation, mais suffisamment rapidement pour qu'elle n'ait pas trop le temps de réfléchir.

— Dame Mara, vos soldats et l'intelligence remarquable de votre tactique militaire ont épargné à la maison Xacatecas des pertes tragiques. Nous avons contracté une dette envers votre maison à cette occasion, et nous sommes prêts à vous offrir une compensation juste et honorable.

La dame était jeune ; elle était douée, mais devait encore beaucoup s'endurcir avant de pratiquer avec aisance le grand jeu. Elle le prouva à l'instant, en rougissant.

— Mon seigneur, les soldats acoma n'ont fait que leur devoir envers un allié. Une compensation minime suffira, en plus d'un serment d'alliance solennel devant témoins dès notre retour sur le continent.

Elle s'arrêta, baissa les yeux, et ressembla plus que jamais à une toute jeune fille. Une légère ride creusait son front, comme si elle réfléchissait au problème et comprenait qu'elle devait demander quelque chose de plus à la maison Xacatecas, pour ne pas laisser une personne de statut social supérieur avec une dette morale envers elle. Laisser de tels problèmes en suspens n'était pas un choix sage, car cela risquait de tendre de futures relations amicales.

— Seigneur Chipino, ajouta-t-elle de façon formelle, comme si le sujet l'embarrassait, pour les actions des Acoma en faveur de votre maison, je vous demande une faveur : à un moment de mon choix, accordez-moi votre voix au Conseil impérial, pour voter dans le sens que je désirerai. Est-ce que ceci serait acceptable ?

Le seigneur Chipino inclina la tête, très content. La requête était minime, et la jeune fille était prudente bien au-delà de son expérience en faisant une requête modeste. Il murmura un ordre, et son messager alla chercher son scribe, pour sceller officiellement l'accord. Devant la réponse plus qu'appropriée de Mara, il ajouta une chose.

— Que l'on fasse confectionner une armure complète pour l'esclave barbare, aux couleurs des Acoma, pour qu'il puisse servir confortablement sa dame la prochaine fois où elle aura besoin d'amorcer ses pièges avec un garde d'honneur.

Kevin sourit, appréciant l'humour à froid des Tsurani : il n'aurait jamais le droit de porter cette armure, mais il la garderait comme une sorte de trophée. Puis, le problème de la dette résolu à sa grande satisfaction, Chipino frappa dans ses mains pour que des serviteurs apportent de la nourriture.

— Vous dînerez ici, dit-il, en faisant un geste pour indiquer que l'esclave barbare était aussi invité. Nous boirons ensemble d'excellents alcools et célébrerons la défaite de nos ennemis.

Mara s'éveilla au contact d'une main qui secouait vivement son épaule. Elle roula sur le côté. Des cheveux sombres se prirent dans ses cils, et elle soupira, toujours profondément ensommeillée.

— Dame, réveille-toi, lui chuchotait Kevin à l'oreille.

La couche lui semblait tellement chaude et confortable. Mara remua à contrecœur. Elle était encore fatiguée par la bataille de la veille, et assez incommodée par le vin de sâ bu avec le seigneur Chipino pour célébrer la victoire, mais elle força ses yeux lourds à s'ouvrir.

— Que se passe-t-il ?

L'aube grisait le ciel derrière le rabat de la tente, ouvert pour laisser entrer la brise nocturne. Dans les dunes sablonneuses des basses terres, la température ne tombait pas après le coucher du soleil, comme c'était le cas dans les montagnes. Mara cligna des yeux et se rapprocha de la chaleur de Kevin.

— Il est trop tôt, protesta-t-elle, et elle commença à le chatouiller avec provocation.

— Dame, la gronda gentiment le grand barbare. Lujan t'attend avec un message.

— Quoi ?

Maintenant complètement réveillée, Mara se redressa. Des cheveux épars s'étalaient sur ses épaules comme des rubans alors qu'elle claquait vivement dans ses mains pour qu'une servante lui apporte une robe. Dans l'autre partie de la tente de commandement, se découpant comme une ombre dans l'antichambre éclairée, Lujan parcourait la largeur du tapis en longues enjambées, son casque d'officier au creux du bras. La dame des Acoma glissa rapidement ses bras dans les manches ouvertes qu'on lui tendait. Elle se leva, laissant Kevin chercher ses chausses, et franchit en hâte les rideaux de franges qui séparaient les pièces.

— Un problème ? demanda-t-elle en voyant l'agitation de Lujan.

Le commandant des armées acoma lui fit une révérence rapide.

— Dame. Venez rapidement. Je pense que le mieux est que vous voyiez la chose par vous-même.

Rendue tolérante par la curiosité, Mara suivit son officier, ne s'arrêtant que pour glisser ses pieds dans des sandales apportées par une servante alors qu'elle sortait dans la faible lumière de l'aube.

Ses yeux s'ajustèrent à l'obscurité, et elle s'arrêta très rapidement. Kevin, qui l'avait suivie beaucoup moins gracieusement, la heurta sans réfléchir. Occupé à fermer ses boutons et toujours pieds nus, il ne l'avait pas vue s'arrêter.

Mais sa maladresse ne souleva pas d'invectives. Mara était complètement absorbée par le spectacle des sept silhouettes bigarrées qui descendaient des dunes juste derrière le périmètre de son camp. Les hommes étaient petits, d'une stature presque semblable à celle des nains. Leurs robes étaient ornées de franges avec des perles de verre, de corne et de jade, et leurs cheveux étaient tressés. L'extrémité des nattes était ornée de pompons de couleur, mais le reste de leurs vêtements était terne. Autour des poignets, dans des motifs variés et complexes, ils portaient des tatouages comme des bracelets.

— On dirait des chefs de tribus, s'exclama Mara avec émerveillement.

— C'est ce que je pense, répondit Lujan. Et cependant ils sont venus seuls, et sans armes.

— Va chercher le seigneur Chipino, ordonna Mara.

Son commandant inclina la tête à sa manière ironique habituelle.

— J'ai déjà pris cette liberté.

Puis, agissant purement d'instinct, Mara ajouta :

— Ordonne à nos sentinelles de déposer leurs armes. Maintenant. Immédiatement.

Lujan lança un regard soupçonneux aux silhouettes qui approchaient, puis haussa les épaules.

— Prions pour que les dieux soient avec nous. Après la performance de Tasaio hier, les chefs de clan ont peu de raisons de nous aimer.

— C'est exactement ce que j'espère, répondit rapidement Mara.

Elle resta debout, le visage pensif, pendant que Lujan transmettait ses ordres. Tout autour du camp, les soldats acoma retirèrent leurs baudriers d'épée et déposèrent leurs armes à plat sur le sol.

— Vous pensez que ces chefs viennent comme émissaires de paix ? dit une voix, celle de Chipino, rauque et ensommeillée.

Le seigneur des Xacatecas avança pour se placer aux côtés de Mara, la ceinture de sa robe à moitié serrée dans sa hâte.

— C'est effectivement sur cela que je compte, murmura Mara.

— Et si ce n'est pas le cas ? l'interrogea Chipino.

Il semblait plus intéressé que soucieux, avec une pointe d'ironie dans la voix. Mara sourit à son tour.

— Vous avez bien deviné, mon seigneur, j'ai pris mes précautions. Lujan a reçu l'ordre de désarmer uniquement les sentinelles. Les troupes de réserve, sans le moindre doute, sont en ce moment même en train de mettre leurs armures derrière l'écran de la tente de commandement.

Lujan sortit de cet endroit même, et les rejoignit avec un air vaguement penaud.

— Il faut bien que quelqu'un garde l'œil ouvert en cas de troubles, fit-il d'une voix pleine d'entrain.

Puis sa légèreté s'évanouit, et lui aussi regarda vers le sud, là où les sept visiteurs de petite taille s'étaient arrêtés près des sentinelles immobiles. Celui qui se trouvait en tête, et qui portait le plus de perles, leur adressa un salut alambiqué.

— Laissez-les passer, cria le seigneur Chipino. Nous sommes prêts à parlementer.

Les sentinelles s'écartèrent avec obéissance, et sans prononcer la moindre parole les hommes du désert avancèrent. Ils traversèrent le camp sur leurs courtes jambes arquées, ne regardant ni à droite ni à gauche. Ils avancèrent droit devant eux jusqu'à rejoindre le seigneur et la dame devant la tente. Ils s'arrêtèrent, se disposèrent en demi-cercle, et attendirent sans parler comme des statues de bois sculptées par le sable, leurs perles se balançant doucement dans la brise.

— Faites venir un interprète, demanda doucement le seigneur Chipino à l'un des serviteurs de Mara.

Puis, prenant la main de la dame, il la conduisit en avant de deux pas mesurés. Ensemble le seigneur et la dame inclinèrent la tête. Dans le langage des signes des tribus du désert, ils tendirent en avant leurs mains ouvertes, signifiant la suspension des hostilités.

Immédiatement, le chef de tête répéta le salut, ce qui impliquait une série de gestes qui encadrèrent son nez, sa bouche et ses oreilles. Il s'inclina dans le style de l'empire, ses perles rebondissant vivement sur ses vêtements. Puis, un peu en contradiction avec ses gestes précis, il se lança dans un discours animé.

L'interprète, un petit homme rondouillard engagé à Ilama, dut se précipiter pour arriver à temps et saisir l'essence de ses paroles, car le discours volubile de l'homme du désert cessa brusquement.

— Qu'a-t-il dit ? demanda Mara, perdant son sang-froid dans son impatience.

L'interprète leva ses sourcils blond roux avec un air de surprise sincère. Il sembla tester les mots sur sa langue, comme pour s'assurer de leur justesse avant de répondre.

— Ce sont les chefs des sept tribus du désert du nord de Dustari, appelés les Vents du Sable dans leur dialecte. Ils sont ici pour prêter un serment de haine et déclarer une dette de sang contre l'homme que vous connaissez sous le nom de Tasaio des Minwanabi. Comme les terres des Minwanabi se trouvent de l'autre côté de la grande mer, et que les guerriers des Vents du Sable ne peuvent voyager dans l'empire, ces hommes, les chefs des Sept Tribus des Vents du Sable, sont venus demander une alliance avec vos tribus.

Mara et le seigneur Chipino échangèrent un regard de satisfaction. Puis Mara inclina la tête, accordant au seigneur des Xacatecas le droit de parler pour eux deux. Le seigneur Chipino donna sa réponse, regardant directement les yeux brûlants et noirs du chef du désert, et ne laissant pas à l'interprète le temps de suivre.

— Dites aux chefs des Vents du Sable, entonna-t-il, que nos tribus acceptent volontiers une telle alliance. De plus, nos tribus des Acoma et des Xacatecas promettent d'envoyer aux chefs des Vents du Sable l'épée de Tasaio, comme preuve que la dette de sang a été payée, et payée en totalité.

Il tenait pour acquis que les hommes du désert connaissaient assez les coutumes impériales pour savoir que la seule façon d'obtenir l'épée d'un guerrier était de la prendre sur son cadavre.

— Mais si les Acoma et les Xacatecas prêtent serment pour cette alliance, ils doivent avoir l'assurance sur l'honneur du clan que les tribus des Vents du Sable signeront un traité avec l'empire à Dustari. Les raids dans les zones frontières doivent s'arrêter, pour que les Acoma et les Xacatecas soient libres de poursuivre la tribu des Minwanabi pour réclamer le prix du sang. Et pour que les tribus des Vents du Sable n'aient plus de raison de lancer des raids, nous fonderons un avant-poste, qui sera une ville de commerce libre pour les tribus. (Il sourit en direction de Mara.) Il sera administré conjointement avec les Acoma. (Se retournant vers les chefs, il continua Les commerçants qui chercheront à escroquer ou à voler nos nouveaux alliés auront affaire aux Xacatecas et aux Acoma.

L'interprète rattrapa hâtivement son retard, et le silence tomba. Les visages des hommes du désert restèrent impénétrables un long moment. Puis le chef frappa le sol de son pied et cracha sur le sol. Il aboya une courte syllabe, tourna les talons, et partit, suivi de près par les autres nomades.

L'interprète, stupéfait, se tourna vers Mara et Chipino.

— Il a dit oui.

Le seigneur des Xacatecas partit d'un grand rire incrédule.

— Juste comme cela ?

L'interprète répondit par un geste qui trahissait qu'il avait un peu de sang du désert dans ses veines.

— Le seigneur des sept chefs des Vents du Sable a craché de l'eau.

Comme personne ne comprenait et que tous les visages exprimaient l'étonnement, l'interprète eut un petit soupir d'impatience.

— C'est un serment à vie, pour un chef et toute sa tribu. Lui, ses héritiers, tous les membres de son clan et leur parentèle mourront rituellement de faim et de soif si l'un des nomades des Vents du Sable brise cette parole. Mon seigneur, ma dame, vous venez juste de conclure avec les hommes du désert un traité plus irrévocable que tous ceux qui ont été scellés durant la longue histoire de l'empire.

Il leur fallut une seconde ou deux pour que ces paroles prennent tout leur sens. Quand il comprit, le seigneur Chipino eut un large sourire de satisfaction.

— Un excellent échange contre l'épée de Tasaio, je pense. Notre part du marché ne sera certainement pas désagréable à accomplir.

Puis Kevin poussa un cri de joie, prit Mara dans ses bras et la fit tournoyer.

— Vous pouvez rentrer chez vous, dit-il avec ravissement. Chez vous, dans votre domaine, et revoir Ayaki.

Lujan restait perplexe, se grattant le menton, et Chipino, avec son ironie toute particulière, résuma.

— Nos maisons recevront de la reconnaissance et de l'honneur de l'empereur lui-même pour ce traité. Et le seigneur Desio en mâchera des cailloux quand il l'apprendra.

Puis, comme si ses propres pensées revenaient aussi vers sa demeure, il murmura :

— Isashani sera furieuse de voir que j'ai perdu autant de poids. Et si nous nous retirions dans ma tente de commandement pour partager un petit déjeuner ?

13

RÉALIGNEMENT

Le garde fit un signe.

Desio des Minwanabi avança dans la grande salle de conférence, ses sandales cloutées faisant résonner les dalles d'une façon étonnamment bruyante. Incomo regarda son maître approcher de l'estrade, ôter de ses larges mains ses gants de bataille, qu'il lança au domestique qui courait presque derrière lui pour rester à sa hauteur. Bien qu'il ne soit pas encore l'intrigant habile qu'avait été son père ou le brillant stratège qu'était son cousin, Desio se consacrait maintenant pleinement aux tâches qu'il avait évitées au début de son règne.

Avant que son premier conseiller ne puisse parler, le seigneur cria :

— Est-ce vrai ?

Incomo serra plus fort le dernier rapport qu'il avait reçu contre sa poitrine, et hocha la tête.

— Malédiction !

Encore échauffé après son heure d'entraînement avec sa garde d'honneur, le seigneur des Minwanabi laissa libre cours à sa rage. Il jeta son casque sur le sol, se moquant complètement des meubles précieux et des décorations de verre. Le domestique plongea, mais ne parvint pas à le rattraper à temps ; le casque rebondit plusieurs fois sur le sol poli, manquant heureusement tous les objets de valeur, avant de heurter le mur du fond avec suffisamment de force pour en faire sauter le vernis.

Le domestique avança, l'air dégoûté, entre les morceaux de laque épars pour le récupérer. Aussi misérable qu'un chien battu, il revint humblement aux côtés de son seigneur, tenant le casque bosselé.

Mais Desio était trop occupé à invectiver son premier conseiller pour reprocher au domestique les dommages infligés à son armure.

— Tu as dans les mains un rapport arrivé il y a moins d'une heure par bateau, et tous les serviteurs et tous les soldats connaissent la nouvelle avant moi !

Desio lui tendit une main en sueur, écartant impatiemment de l'autre ses cheveux mouillés de ses yeux.

Incomo lui tendit le parchemin, frappé de voir que les doigts potelés du jeune homme s'étaient durcis et portaient maintenant des cals d'épée. Le jeune noble gras et complaisant envers lui-même, qui avait tenté d'oublier ses soucis dans la boisson et avec les femmes, s'était transformé en un souverain sûr de lui. Desio était loin de l'image du guerrier tsurani idéal ; mais il ressemblait maintenant plus à un soldat qu'à une caricature de soldat.

Desio parcourut du regard les premières lignes, les yeux mi-clos, feuilleta les pages suivantes encore empoussiérées par le sable du désert, puis, dégoûté par leur contenu, jeta la pile de feuilles sur le côté.

— Tasaio n'omet pas le moindre détail quand il admet ses échecs.

Les lèvres blanches de colère, le seigneur se laissa tomber lourdement sur les coussins qu'il préférait occuper quand il tenait sa cour. Un soupir lui échappa.

— Et notre défaite.

Incomo observa les traits congestionnés de son maître et espéra ardemment qu'il ne lui demanderait pas son avis. Après des années d'impasse, le triomphe de Mara à Dustari, où elle était venue apporter son soutien au seigneur des Xacatecas, venait comme une surprise amère. Jusqu'à la dépêche de ce jour, tous les communiqués de Tasaio avaient indiqué que le plan se déroulait à merveille. Pendant près d'une saison, le seigneur des Minwanabi et son premier conseiller avaient attendu avec une vive impatience la nouvelle de la victoire finale sur les Acoma. Mais quand les mâchoires du piège de Tasaio s'étaient refermées, Mara lui avait échappé une nouvelle fois. Pire, grâce à sa brillante contre-offensive, en utilisant des tactiques inconnues dans Tsuranuanni, elle avait conclu le premier traité avec les hommes du désert de Tsubar, qui harcelaient les frontières depuis des générations.

Desio frappa les coussins du poing.

— Par le souffle de Turakamu, comment Tasaio a-t-il pu gâcher ce travail à ce point ? (Faisant un signe vers la lettre restée par terre, il ajouta Notre intendant à Jamar rapporte que les armées des Xacatecas et des Acoma ont été accueillies en fanfare ! Il envisage même que Mara puisse recevoir les félicitations de l'empereur ! Elle a gagné l'alliance qu'elle recherchait. Au lieu de deux ennemis solitaires et affaiblis, nous devons maintenant affronter deux puissantes familles qui vont bientôt joindre leurs forces contre nous !

Faisant la grimace devant les imprécations de Desio, Incomo tenta doucement de minimiser les choses.

— Bien que le traité soit une réalisation notable, maître, Chipino des Xacatecas n'est pas un homme à se laisser entraîner dans des obligations durables – tout du moins, pas sans de puissants motifs et jamais sans garantie. Mara n'a fait que son devoir envers l'empire quand elle a secouru son armée dans le désert. Sa victoire a peut-être impressionné suffisamment le seigneur pour qu'il pense à changer sa position, mais...

— Si elle ne l'a pas impressionné, alors c'est un imbécile !

Desio se gratta avec irritation sur une démangeaison imaginaire dans son cou, puis laissa retomber sa main, complètement décontenancé.

— Mais comment fait-elle ? La chance doit dormir dans son lit.

Incomo avança jusqu'à la table et y déposa les feuillets éparpillés en reformant méticuleusement la pile.

— Nous saurons bientôt comment elle...

Il était sur le point de dire « nous a vaincus » mais il préféra changer sa formulation en :

— ...s'est débrouillée pour éviter l'anéantissement.

Frustré par un courrier qui semblait encore l'offenser par son aspect, avec ses angles cornés et ses rubans moisis, comme s'il avait été écrit dans des circonstances difficiles, le premier conseiller s'autorisa un soupir d'irritation.

— Nous aurons besoin de temps pour découvrir toute la vérité dans cette affaire.

Desio sortit brusquement de ses réflexions moroses.

— Mara va venir.

— Mais bien sûr, répondit Incomo en glissant ses mains sèches sous sa ceinture. Elle va rejoindre en hâte son domaine après une si longue absence, pour revoir son fils...

— Non, l'interrompit Desio. Elle va venir ici.

— Qu'est-ce qui vous fait dire cela, seigneur ? demanda Incomo en haussant les sourcils.

— Parce que c'est ce que *je* ferais !

Desio souleva sa masse des coussins. Le domestique qui portait son armure trempée de sueur esquiva son maître alors qu'il traversait l'estrade.

— Frapper pendant que je suis le plus fort, reprit-il. Alliée aux Xacatecas, assurée de ne pas être attaquée par les Anasati, Mara est libre de nous assaillir. Même si Chipino ne lui apporte qu'un soutien hésitant, la chienne a gagné la faveur publique. Il lui suffirait d'invoquer l'appel au clan !

Desio regardait Incomo comme s'il attendait son acquiescement, mais le premier conseiller leva une main conciliante.

— Il ressort un peu de bien de tout cela, mon seigneur.

Avec un léger sourire, il tendit un autre parchemin à son seigneur. L'expression de Desio devint orageuse quand il vit que le parchemin portait le sceau personnel de Bruli des Kehotara. Desio refusa de regarder le document.

— Bruli nous supplie de lui accorder notre protection depuis des années, mais il a perdu la faveur de mon père, et la mienne, quand il a refusé de prêter serment de vassalité à la mort de son père – il veut le bénéfice de la protection des Minwanabi sans se placer sous notre autorité.

D'autant plus frustré qu'il soupçonnait Mara d'être impliquée d'une façon ou d'une autre dans l'agressivité de la maison Kehotara, Desio s'avachit à nouveau dans les coussins.

— Une nouvelle demande d'alliance qu'il nous faut refuser. (Puis il soupira.) Mais à l'heure actuelle, toutes les bonnes volontés que nous pourrons rassembler seront utiles. Que nous veut cette chiffe molle ?

— Je suggère à mon seigneur de lire la lettre, répondit sèchement Incomo.

Le parchemin changea de mains. Le calme tomba, troublé par le grincement des pièces d'armure quand l'esclave qui portait les gants et le casque du seigneur passait sa charge d'un bras fatigué à l'autre. Desio parcourut laborieusement du regard les dernières lignes, et ses yeux s'écarquillèrent de plaisir.

— Les observations de Bruli sont-elles fiables ?

— Qui peut en être certain ? répondit Incomo en tapotant sa joue de son index. J'ai lu la description de la situation comme vous, mon seigneur. Diverses factions du clan de Mara craignent son ascension subite.

Si elle devait gagner encore en honneur et en richesse, elle dominerait bientôt le clan Hadama. À dire vrai, aucune autre maison n'est aussi puissante actuellement ; seule la division interne du clan empêche Mara de lui dicter sa politique. Mais cela peut changer. Les estimables seigneurs qui ont jugé bon de contacter Bruli des Kehotara ont pris soin de nous faire savoir que leur fortune n'était pas nécessairement liée à celle de la maison Acoma.

Desio se pencha en avant, posant les coudes sur ses genoux. Il réfléchit, et se rendit compte qu'il avait soif. Il fit signe à son esclave d'emporter son armure et d'aller chercher une collation.

— Nous pouvons remercier les dieux pour cette petite faveur. Cependant, il vaut mieux que les familles du clan Hadama restent neutres plutôt que de joindre leurs forces contre nous.

— Je pense que mon seigneur n'a pas vu l'autre implication, reprit Incomo.

Mûri dans son pouvoir et tolérant mieux les observations, Desio lança un regard pénétrant à son premier conseiller. De toute évidence, celui-ci ferait mieux de rester concis s'il souhaitait échapper à la colère de son seigneur.

— Quelle implication ?

— Nos agents ont progressé dans leur infiltration du réseau d'espionnage de Mara. (Poussé par un enthousiasme acerbe, Incomo étendit ses paumes osseuses.) Nous avons isolé un autre agent Acoma ; presque tous leurs contacts sont maintenant repérés, et leurs courriers identifiés. Nous avons de temps en temps laissé échapper des informations utiles pour garder ces canaux ouverts. Si besoin est, nous pouvons manipuler ces chiens acoma à notre avantage.

Une étrange expression passa sur le visage de Desio, et d'un mouvement de tête, il fit taire son conseiller. Il ne voulait pas que ses pensées qui n'étaient pas encore formulées soient troublées, alors qu'il s'efforçait de saisir une notion qui lui effleurait l'esprit. Quand le domestique revint avec un plateau de nourriture, le seigneur avait perdu son appétit.

— Je dois réfléchir à quelque chose. Que l'on me prépare un bain. Je pue comme un enclos à needra.

Incomo s'inclina.

— Quelles filles mon maître souhaite-t-il voir veiller à son confort ?

Desio fit taire son conseiller d'un geste.

— Aucune. J'ai besoin de réfléchir. Juste le domestique de bain. Pas de femme. Pas de musicien. Une grande chope de jus de fruit épicé suffira largement. Je dois être tranquille pour pouvoir méditer.

Intrigué par ce soudain goût pour l'ascétisme, Incomo quitta l'estrade pour transmettre les instructions de son maître. À la porte, il s'immobilisa, comme arrêté par une arrière-pensée.

— Vous avez de nouveaux ordres pour Tasaio, mon seigneur ?

La fureur couvait dans les yeux mi-clos de Desio.

— Oui, c'est vrai, mon *brillant* stratège. Après avoir passé quatre années à gaspiller nos ressources pour son plan génial à Tsubar, il doit être fatigué. Veillons à lui confier un poste qui ne le fatigue pas trop, il doit être épuisé. Je crois que nous possédons toujours une forteresse sur les Îles de la Garde ; envoie-le là-bas. Qu'il protège donc nos îles occidentales des oiseaux de mer et des poissons.

Incomo baissa ses épaules rondes pour faire sa révérence, puis laissa son maître à ses pensées moroses. Il descendit un couloir de pierre taillé dans la colline où le manoir avait été construit. Le passage frais était éclairé par des torches. Caché aux regards indiscrets par des ombres épaisses, le premier conseiller des Minwanabi laissa paraître sa frustration. Il avança d'un pas plus vif, ses robes officielles battant autour de ses maigres chevilles. Quel dommage que l'intelligence de Desio ne se soit pas développée en même temps que sa résolution. Même si l'échec de Tasaio était dramatique, le résultat d'un complot dans le Jeu n'était jamais garanti. Si une faute avait été commise, c'était simplement de ne pas avoir envisagé que le plan puisse échouer.

Descendant une courte volée de marches et traversant une poterne décrépite, Incomo se rendit dans l'aile qui sortait de la colline, en direction du lac. Situés moins près de la haute salle que les quartiers secondaires, les appartements privés du seigneur des Minwanabi offraient une vue superbe sur le lac au crépuscule, qui valait bien ce petit détour. Incomo frappa dans ses mains pour faire venir les domestiques et demanda que la salle de bain privée de son maître soit préparée.

Alors que les domestiques ordonnaient rapidement à des esclaves de faire chauffer de l'eau, Incomo retraversa la demeure labyrinthique pour rejoindre ses propres appartements, moins luxueux. Là, entouré de cloisons décorées de mortèles et de nuages, il maudit son maître pour les ordres qu'il avait donnés au sujet de Tasaio. Il ne devait jamais montrer son amertume en public. Que le sort éloigne le Minwanabi véritablement doué et laisse le destin de la famille entre les mains de... Incomo frappa un coffre des deux poings, dans une manifestation de colère qui ressemblait plus aux manières de son maître qu'aux siennes. Ses pensées étaient inconcevables pour un serviteur loyal, même dans la plus stricte des intimités. Il devait, d'une façon ou d'une autre, pousser Desio à sortir les Minwanabi de ce dilemme.

Incomo s'effondra sur un coussin et frappa dans ses mains pour faire venir son domestique personnel.

— Va chercher mon écritoire et place-la près de ma natte de méditation, ordonna-t-il, en se frottant les tempes. Puis ouvre la cloison pour laisser entrer la brise du soir, et sors.

Seul devant ses plumes et son écritoire, le premier conseiller prit une feuille de parchemin vierge et réfléchit à la meilleure façon de rédiger la lettre pour Tasaio. Le jeune noble était officiellement transféré dans une autre garnison minwanabi pour en prendre le commandement, mais Desio avait en réalité ordonné un bannissement. La forteresse des Îles de la Garde n'avait été bâtie que pour protéger les navires minwanabi des pirates ; et ces eaux avaient été débarrassées de ce genre de brigandage depuis plus d'un siècle et demi. La forteresse était toujours en activité à cause de la répugnance des Tsurani, toujours conservateurs, à rendre un pouce de terrain conquis. Les Minwanabi occupaient ce morceau de roc désolé, environné de brumes, simplement pour empêcher quelqu'un de les y remplacer. Maintenant, l'un des génies militaires de l'empire était envoyé moisir dans ce coin perdu.

Dégoûté par ce qu'il considérait comme un gaspillage, Incomo se rappela que vivre sur ce rocher était un prix léger à payer pour cet extraordinaire échec. Si le seigneur Jingu avait encore porté le sceptre seigneurial, Tasaio aurait expié sa disgrâce d'une façon bien plus radicale : sa tête aurait été préservée dans une jarre de vinaigre et de miel d'abeilles rouges. Posant les pinceaux et les plumes près du parchemin, le premier conseiller soupira. Un ordre aussi douloureux n'aurait pas dû être transmis par courrier. Tasaio méritait sûrement mieux. Quelques paroles personnelles de regret seraient sans doute appropriées ; connaissant parfaitement les revers de la politique, Incomo savait qu'il vaut toujours mieux ne pas brûler ses ponts. La fortune dans le grand jeu peut tourner très rapidement, et l'on ne peut jamais savoir à qui on devra un jour sa loyauté.

Alors que le palanquin prenait le dernier virage, Mara écarta les rideaux et se pencha, avec une impatience tout enfantine. Les porteurs tsurani compensèrent le déséquilibre de leur charge dans un silence stoïque ; ils sentaient l'excitation de leur maîtresse.

— Rien n'a changé, dit Mara en retenant son souffle. Les arbres et l'herbe semblent si verts.

La luxuriance de la saison humide était un véritable baume pour les yeux après des années de désert stérile. Derrière la dernière butte, après les clôtures des pâturages à needra les plus éloignés, le domaine bien entretenu s'étendait à perte de vue. Les branches mortes et les rejets de broussailles avaient été coupés ou arrachés, et l'herbe sous les haies était tondue de près. Mara vit l'éclaireur envoyé au-devant d'eux leur faire signe depuis le sommet de l'éminence suivante. Elle s'inquiéta l'espace d'un instant : est-ce qu'un ennemi avait préparé une embuscade pour transformer son retour en désastre ? Dans son excitation, avait-elle envoyé ses guerriers et ses éclaireurs trop rapidement en avant pour qu'ils puissent s'assurer correctement de la sûreté de la route ? Puis la simple logique la rassura ; elle se trouvait en tête d'une armée triomphante – plusieurs adversaires devraient joindre leurs forces pour la menacer à l'intérieur de ses propres frontières.

Un éclaireur vint faire son rapport en tête de colonne.

Mara poussa impatiemment les rideaux de mousseline qui la séparaient des officiers marchant à ses côtés.

— Quelles sont les nouvelles, Lujan ?

Le commandant de ses armées lui répondit par un sourire, ses dents blanches étincelant dans son visage tanné par le désert.

— Maîtresse, c'est un comité d'accueil !

Mara sourit. Elle pouvait maintenant admettre devant quelqu'un combien son foyer lui avait désespérément manqué. Les fanfares qui les avaient accueillis, le seigneur des Xacatecas et elle, avaient été flatteuses, mais les fêtes célébrées en leur honneur s'étaient révélées épuisantes. Presque trois années s'étaient écoulées depuis qu'elle avait reçu l'ordre de conduire ses troupes sur les frontières ; un temps trop long dans la vie d'un jeune garçon, pour l'absence d'une mère. Les nuits dans les bras de Kevin et les rigueurs des combats durant le jour ne lui avaient jamais fait oublier son chagrin de ne pas voir Ayaki.

L'armée victorieuse franchit la dernière crête, le piétinement de trois mille pieds sur la terre humide résonnant comme un coup de tonnerre assourdi dans la tranquillité du matin. Mara respira avec bonheur les senteurs des feuillages verdoyants et des akasi, puis écarquilla les yeux de surprise.

À l'intersection de la route impériale et du chemin qui menait vers le domaine des Acoma s'élevait l'arche immense et gracieuse d'un magnifique portique de prière. La peinture neuve et les tuiles émaillées étincelaient sous la lumière du soleil, et dans ses ombres profondes une centaine de soldats acoma en armure de cérémonie se tenaient au garde-à-vous. Devant les rangs de boucliers rutilants se détachaient d'autres silhouettes aimées : Keyoke, aussi impeccable que ses guerriers mais portant l'emblème brodé d'un conseiller ; Jican, écrasé par la taille de son bâton officiel d'hadonra ; Nacoya, son expression contrariée habituelle noyée dans les sourires ; et un pas devant elle, un jeune garçon...

Mara eut le souffle coupé. Elle sentit les larmes lui monter aux yeux mais les refoula, déterminée à ne pas succomber à une manifestation inconvenante d'émotion. Mais cet instant qu'elle avait tant désiré, qui lui avait semblé par moments aussi distant qu'un rêve, balaya ses résolutions. Jouant à la perfection son rôle de valet de chambre, Kevin releva les rideaux et offrit sa main à Mara. La force du Midkemian lui permit de retrouver son sens du décorum alors qu'elle posait enfin le pied sur sa terre natale.

Elle dut attendre, comme son rang l'exigeait, que le groupe arrêté près du portique la rejoigne. Ce retard était une véritable torture, et ses yeux s'abreuvaient du moindre détail. Keyoke avait maîtrisé l'usage de sa béquille. Malgré sa jambe manquante, il se déplaçait en marquant à peine un contretemps dans sa marche, et Mara ressentit une immense fierté pour lui. Nacoya n'avait pas aussi bien vieilli, et commençait à boiter légèrement. Mara résista à l'envie de se précipiter vers elle pour lui offrir son bras ; son premier conseiller ne lui aurait jamais pardonné un tel manquement à l'étiquette pour une chose aussi triviale qu'une hanche douloureuse. Finalement, avec une appréhension nerveuse, Mara osa regarder le jeune garçon qui avançait résolument vers elle, la tête haute, le dos droit et le menton en avant. Il était si grand et si élancé !

La gorge de Mara se serra en regardant l'armure de son fils, l'épée miniature à son côté, le casque qu'il ôtait de sa tête à la chevelure d'un noir d'encre avec l'allure d'un parfait petit guerrier acoma. Par rapport à son souvenir, son fils avait presque doublé de taille depuis son départ.

Avec une dignité bien apprise, Ayaki fit la révérence d'un fils à sa mère. Il prit la parole, sa petite voix aiguë d'enfant portant solennellement par-dessus les rangs des guerriers immobiles.

— Je souhaite la bienvenue à la dame des Acoma. Nous sommes cent fois bénis par les Dieux Miséricordieux pour son retour, saine et sauve, dans notre demeure.

La résolution de Mara s'effondra. Elle s'agenouilla devant son fils, et soudain les bras du petit garçon enlacèrent son cou, la serrant assez férocement pour froisser la soie de ses robes.

— Tu m'as manqué, maman.

La voix de son fils tremblait dans ses cheveux.

Des larmes brillaient dans les yeux de Mara quand elle répondit, mais elle parvint tout de même à garder une voix ferme.

— Tu m'as manqué, mon petit soldat. Plus que tu ne pourras jamais le savoir.

Se tenant sur le côté, les lèvres pincées, Nacoya permit à la mère et au fils un moment d'intimité publique avant de s'éclaircir ostensiblement la gorge.

— La maison entière des Acoma attend notre maîtresse pour l'accueillir. Nos cœurs étaient si heureux à la nouvelle de votre triomphe que ce portique de prière a été élevé en l'honneur de votre victoire. Nous espérons qu'il vous plaira, dame.

Mara détacha son regard du visage d'Ayaki et examina les parois brillantes du portique de prière ; l'image des dieux bienheureux était sculptée et peinte sur panneaux. Chochocan, le dieu Bon, semblait directement lui sourire, tandis que Hantukama, Celui qui Donne la Santé, tendait les mains vers son armée dans un geste de bénédiction. Juran le Juste regardait avec bienveillance depuis la poutre du linteau, comme s'il bénissait tous ceux qui passeraient sous le portique. Lashima la Sage semblait regarder avec affection celle qui avait failli vouer sa vie à son service. Les artisans avaient réalisé une œuvre admirable, et les silhouettes semblaient chargées d'une sagesse divine ; mais l'attrait des images pâlit rapidement. Mara contempla les visages familiers de ses serviteurs et de ses soldats, de ses conseillers et de ses amis, puis regarda à nouveau Kevin, qui lui fit son grand sourire de barbare. Perdue dans un brouillard de bonheur, elle répondit à son premier conseiller qui attendait.

— Oui, Nacoya, il me plaît beaucoup. (Elle serra une nouvelle fois son fils dans ses bras et ajouta Retournons à la demeure de mes ancêtres.

En dépit de la fatigue du long voyage de retour, Mara nageait dans le bonheur quand la nuit tomba. Le manoir familial avait été décoré pour une grande fête, avec des lanternes multicolores suspendues dans les arbres de tous les jardins, et des drapeaux festonnant les balustrades de l'entrée principale. Des chandelles scintillaient dans les cours, sous les portiques et dans les couloirs. Des guirlandes de petites clochettes, suspendues à toutes les portes et à toutes les cloisons, tintaient au passage de chaque personne, leurs douces mélodies remerciant les dieux de leur bénédiction. Des musiciens engagés à Sulan-Qu ajoutaient leurs mélodies à celles des artistes placés sous le patronage des Acoma, et les chants résonnaient gaiement sur tout le domaine. Tout le monde, les ouvriers libres, les invités, les conseillers, dansait pour célébrer le triomphe des Acoma. Des femmes de chambre et des servantes riaient en s'occupant des soldats victorieux, qui les régalaient du récit de leur campagne contre les hommes du désert. À la façon coutumière des Tsurani, les guerriers restaient modestes sur leurs propres exploits, mais se complimentaient fortement les uns les autres ; tous faisaient l'éloge de la tactique audacieuse qui avait transformé une défaite amère en une brillante victoire. Ce que leur dame avait déjà accompli au jeu du Conseil, elle l'avait réussi sur le champ de bataille : faire de l'innovation son alliée.

Depuis sa place derrière sa maîtresse, Kevin souriait avec indulgence en regardant son visage rayonnant de bonheur. Ayaki était perché comme un soldat miniature à la droite de sa mère, déterminé à rester debout jusqu'à la fin des festivités, mais ses paupières se fermaient malgré lui. Il avait été nommé « défenseur de la maison » en l'absence de l'armée, et bien que les ordres militaires réels viennent de Keyoke, le jeune garçon avait fait preuve d'un dévouement obstiné qui avait surpris ses aînés. Il s'était présenté tous les matins pour surveiller les changements de patrouille. Ayaki ressemblait beaucoup à son père à cet égard ; quels que soient les autres souvenirs qu'ait laissés le seigneur Buntokapi, personne n'avait contesté son sens du devoir et sa bravoure. Mais la fatigue finit par vaincre le jeune garçon. Son menton s'abaissa lentement jusqu'à ce qu'il somnole contre l'épaule de sa mère.

Osant prendre la parole sans qu'on s'adresse à lui, Kevin chuchota :

— Est-ce que je dois emmener l'enfant se coucher ?

Mara caressa la douce joue de son fils et secoua la tête.

— Qu'il reste.

Puis, comme si son propre bonheur la rendait sensible aux besoins des autres, elle lui dit discrètement :

— Va saluer tes compatriotes. Tu n'as pas besoin de revenir tout de suite.

Kevin étouffa un sourire alors qu'il enjambait des piles de coussin somptueux et qu'il faisait sa révérence. Le long voyage depuis Dustari avait laissé très peu d'intimité à Mara pour ses ébats avec son esclave personnel. À la différence de la grande tente de commandement, avec ses nombreuses pièces où personne ne remarquait les allées et venues des domestiques, la galère marchande qui leur avaient fait traverser la Mer de Sang et remonter le fleuve Gagajin avait été trop exiguë pour leur permettre de s'isoler. Bien qu'il ait très envie de voir ses compatriotes, Kevin attendait avec impatience le moment où il pourrait rejoindre Mara.

Il avait peut-être gagné l'amour durable de sa maîtresse, mais la culture tsurani ne changerait jamais ; Kevin quitta la grande salle de la dame avec l'empressement d'un homme chargé d'exécuter un ordre. Une fois à l'extérieur du bâtiment principal, il traversa les zones éclairées au petit trot. Son traitement de faveur comme amant de Mara ne lui servirait à rien si Jican le trouvait « en train de paresser » alors qu'il restait du travail à faire.

Kevin resta ensuite dans l'ombre, ce qui lui fut plus facile quand il s'éloigna des cuisines et des baraquements. Les lumières qui brûlaient dans l'aile des serviteurs étaient moins nombreuses, et les quartiers des esclaves, en retrait, étaient presque plongés dans le noir.

La musique des festivités de la victoire semblait distante, trop lointaine pour qu'il puisse distinguer une mélodie. Kevin trébucha dans les ornières de terre compacte jusqu'à ce que ses yeux s'habituent à l'obscurité. Ne disposant que d'une demi-lune cuivrée pour se guider, il dépassa les bâtiments les plus isolés et rejoignit le groupe de cabanes en planches. Aucune trace de gaieté ne régnait ici. Kevin sentit sa poitrine se serrer quand il le remarqua : le quartier des esclaves avait peut-être été passé à la chaux en l'honneur de la victoire, mais ce n'était toujours que de petites huttes dénuées de tout. Assis par terre devant les portes, des hommes sales, en haillons, se partageaient le contenu de plusieurs chaudrons de céramique. Ils mangeaient à pleines mains leur portion du banquet donné en l'honneur de Mara, engloutissant chaque morceau comme s'il s'agissait de leur dernier repas.

Un homme remarqua l'arrivée de Kevin, chuchota quelque chose aux autres, et instantanément la conversation s'arrêta. Tous les yeux se détournèrent des chaudrons de nourriture. Quelqu'un remarqua en midkemian qu'une silhouette aussi grande que celle de Kevin ne pourrait jamais être celle d'un contremaître tsurani.

Puis une autre voix cria depuis la porte ouverte d'une hutte :

— Que je sois damné ! Ils ne t'ont pas encore pendu ?

Un rire suivit, et une silhouette massive vêtue d'une robe grise rapiécée se précipita à sa rencontre.

Kevin lui rendit son rire et étreignit l'homme aux larges épaules, en frottant joyeusement son crâne chauve.

— Patrick ! Ils ne t'ont pas encore pendu non plus, à ce que je vois.

Patrick eut un large sourire.

— Sûrement pas, mon vieux. Je suis le seul capable de maintenir l'ordre dans cette bande de meurtriers. (Baissant la voix, il ajouta dans un murmure Ou, tout du moins, c'est ce que je suis parvenu à faire croire aux nabots.

Kevin se libéra avec raideur de son accolade. Il avait vécu pendant trois ans en compagnie des « nabots » et le terme méprisant le choquait, ce qui soulignait le fait que son opinion sur les Tsurani avait changé. Maintenant, confronté aux visages décharnés de ses compatriotes, il ne pouvait pas oublier que son point de vue était unique. Les visages familiers avaient changé, bronzé, et s'étaient endurcis en dépit des sourires qui accueillaient le retour du fils de leur suzerain. Kevin observa le groupe dépenaillé, sa joie s'éteignant quand il constata qu'il manquait certaines personnes.

— Où sont Brandon, et William de LaMut ?

Comme si d'autres hommes pouvaient se dissimuler dans l'entrebâillement des portes, Kevin regarda autour de lui.

— Marcus, Stephen, et Henry ? Les deux Tim ? Brian, Donell et Jon : où sont-ils, Patrick ?

— Les choses ont changé quand tu es parti, mon vieux. (Patrick laissa échapper un soupir fatigué.) Ce Jican est un démon quand il s'agit de réduire les dépenses, et les faveurs que tu avais obtenues auprès de « madame » se sont évanouies. Nous sommes traités comme tous les autres esclaves, maintenant.

— Mais où sont les autres ? demanda Kevin, soucieux.

Un murmure parcourut l'assistance, tandis que Patrick répondait, les lèvres serrées.

— L'estomac de Brian s'est aigri, et il est mort en une semaine. Les nabots l'ont laissé mourir sur place et ont refusé d'appeler un médecin pour un esclave. Donell a été tué par un needra mâle durant la saison du rut, au printemps dernier. Marcus est mort d'une fièvre dans la saison humide qui a suivi ton départ. Une espèce de serpent – les nabots l'appellent un « relli » – a mordu Tim Masonsson, et les gardes l'ont tué sans sourciller. Ils ont déclaré qu'ils lui avaient épargné une morte lente.

— Cela, tout du moins, était un véritable acte de bonté, intervint Kevin. Le poison du relli tue lentement et très douloureusement, et personne ne connaît d'antidote.

Peu convaincu, Patrick passa son bras sur l'épaule de son compatriote ; il sentait la terre, le needra et la sueur sale, mais Kevin ne prêta attention qu'aux paroles qu'il chuchotait.

— Nous soupçonnons certains nabots de comprendre quelques mots de la langue du Royaume. Jon a été envoyé dans un autre endroit pour travailler le bois ; d'une façon ou d'une autre, ils ont découvert qu'il était charpentier. Cela fait plus d'un an que nous ne l'avons pas revu. Samuel de Toren a perdu son sang-froid et a frappé un nabot, et ils l'ont pendu en moins de quelques minutes. (Regardant nerveusement les environs, Patrick osa risquer la dernière révélation.) Mais Tim Blodget et les autres se sont enfuis.

Kevin s'oublia. Il sauta en arrière, les yeux écarquillés, et s'exclama :

— Enfuis !

Patrick attrapa Kevin par le poignet et l'éloigna rapidement des cabanes, passant derrière la haie de la clôture, pour rejoindre la berge d'une petite rivière. Nerveux, tendu et regardant souvent par-dessus son épaule, il continua dans un murmure étouffé.

— Il y a des camps de bandits dans les collines, à l'ouest. Les nabots les appellent des guerriers gris. Nous avons entendu certains soldats en parler quand l'armée est partie. William de LaMut s'est échappé puis est revenu en cachette nous dire que c'était vrai. Brandon, Tim Blodget et Stephen sont repartis avec lui et nous avons réussi depuis à échanger quelques messages.

Le ruisselet gargouillait tranquillement sur son lit de pierres ; on n'entendait plus du tout la musique ici. Seul résonnait le chant des insectes nocturnes. Kevin s'assit, serrant fortement ses avant-bras.

— Ils se sont enfuis, marmonna-t-il.

Patrick choisit un rocher érodé, s'assit lui aussi, et arracha d'un air distrait une grande herbe.

— La sécurité est renforcée maintenant. Ce Keyoke n'est pas un imbécile. Quand les contremaîtres ont compris que nos gars s'étaient échappés, il a modifié les patrouilles et doublé la garde qui nous escortait jusqu'au travail. (Patrick suça la tige de l'herbe, la trouva amère et recracha.) S'enfuir sera plus difficile, maintenant que les nabots ont compris ce qui s'était passé. Avant, ils n'avaient jamais imaginé qu'un esclave puisse oser s'échapper. (Il ricana avec une ironie amère.) Ce sont de drôles de gens. Je vis ici depuis cinq ans, et je n'ai toujours pas compris leur façon de penser.

— Je les comprends mieux maintenant, répondit Kevin en haussant les épaules.

Réagissant immédiatement à ses paroles, Patrick déclara :

— C'est bien normal. Tu es la personne éduquée ici, Kevin, étant noble et tout ça. J'aurais déjà emmené les gars dans les collines à l'heure actuelle, si je n'avais pas pensé qu'il était plus sage de te laisser faire. Nous avons besoin de toi comme chef. Car il est presque sûr que nous n'aurons qu'une seule autre occasion, et...

— Attends ! l'interrompit Kevin en donnant un coup de pied à un caillou qui tomba dans la rivière avec une éclaboussure. S'évader pour aller où ?

— Mais dans les montagnes. (Patrick observa attentivement son compagnon, mais l'obscurité masquait les détails de son expression.) Ces guerriers gris ne veulent pas se mêler à nous, mais ils sont prêts à faire un peu de troc. Ils ne nous pourchasseront pas. Je me suis dit que nous pouvions attendre le bon moment, nous évader et établir notre propre camp dans les hautes terres.

— Et pour faire quoi ?

Exaspéré, Kevin secoua la tête. Bien que Patrick soit né roturier, ils avaient été amis, compagnons de chasse, puis soldats ensemble ; bien qu'il soit un homme loyal et un combattant solide, Patrick n'avait pas beaucoup d'imagination. Lors de la campagne de Dustari, Kevin avait dormi assez souvent parmi les soldats de Mara pour apprendre que certains d'entre eux avaient été autrefois des guerriers gris. Leur existence, telle qu'ils la lui avaient décrite, avait été une vie de misère, de pauvreté et de faim.

— Kevin, bon sang, mais nous serons libres ! insista Patrick, comme si cela réglait tous les problèmes.

— Libres de faire quoi ? (Kevin détacha une motte de terre, la jeta violemment dans l'eau et le bruit de l'éclaboussure fit taire les insectes.) De tendre des embuscades aux patrouilles de soldats acoma ? De Cho-ja ? De combattre pour nous frayer un chemin à travers je ne sais quel enfer pour traverser ce trou magique et rentrer dans notre monde ? Ou, plus probablement, pour mourir de fièvre et de faim ?

— Nous ne sommes rien, ici, Kevin ! répondit Patrick, en colère. Si nous nous tuons au travail, obtenons-nous des remerciements ? Un meilleur repas ? Un jour de repos ? Non, nous sommes traités comme des animaux. Bon sang, mon vieux, aujourd'hui est le premier jour où nous n'avons pas travaillé de l'aube au crépuscule depuis que tu es parti. Au moins, dans les montagnes, nous pourrons mener notre propre vie.

Kevin haussa les épaules avec résignation.

— Je ne sais pas. Tu étais un assez bon chasseur dans les Tours Grises, fit-il en faisant référence aux montagnes situées près de Zûn. Mais là-haut ? (Il fit un geste du tranchant de la main, dans le noir.) Si tu attrapes une quelconque créature à six pattes, tu ne sauras même pas si tu peux la manger ! La moitié de ces fichues bestioles sont empoisonnées. Ce n'est pas comme le gibier sur notre monde.

— Nous pouvons apprendre ! répondit sèchement Patrick. Ou alors, tu préfères travailler jusqu'à ce que tu meures de vieillesse ?

Une pensée le frappa.

— Ou y aurait-il une autre raison, mon vieux ? Peut-être que tu as commencé à apprécier la façon de voir des nabots ?

Étonnamment piqué au vif, Kevin se leva et se détourna.

— Non, je... (Il soupira, oublia son chagrin et essaya une nouvelle fois.) C'est différent pour moi, Patrick. Très différent.

— Tu ne travailles pas aussi dur que nous, c'est certain.

Les insectes reprirent leur chant durant le long silence qui s'installa entre eux. Puis Patrick se leva à son tour.

— Je m'en rends bien compte.

Kevin se retourna vivement, irrité.

— Non, je ne le crois pas.

Conscient qu'il venait d'atteindre une sorte de tournant décisif, il s'efforça de trouver les mots pour expliquer à son ami ce qu'il ressentait maintenant pour Mara. Il se tordit les mains de frustration. Quels que soient les mots qu'il emploie, Patrick considérerait toujours la dame comme son geôlier. Ayant des goûts simples et une intelligence limitée, il ne pourrait pas apprécier la façon ingénieuse qu'avait Mara de considérer les choses, ou le plaisir qu'éprouvait Kevin quand elle riait à ses plaisanteries, lorsqu'ils étaient seuls. Pas plus qu'il ne pouvait lui expliquer la magie, la plénitude de sa vie quand il se perdait en elle.

Trop fatigué pour expliquer l'inexplicable, Kevin leva ses bras au ciel.

— Écoute, nous en reparlerons plus tard. Je... je ne peux rien promettre dans la précipitation. Mais nous pourrons toujours partir. Depuis Dustari, les choses sont un peu moins rigides qu'auparavant.

— De quelle façon ? grogna Patrick, qui ne semblait pas convaincu. Est-ce que les contremaîtres vont nous traiter comme de bons copains, maintenant que tu es revenu avec « madame » ?

Kevin secoua la tête, son geste masqué en grande partie par l'obscurité qui régnait sous les arbres.

— Non. Mais je crois que je fais des progrès. Un jour...

— Un jour nous serons tous morts, le coupa brutalement Patrick. (Il agrippa les épaules de Kevin et faillit le secouer.) Ne perds pas la tête, mon vieux, pour une jolie petite cuisse. Je sais que tu as toujours été du genre à rêver devant les jolis minois, croyant que si ton épée était prête, tu étais tombé amoureux. Mais, Kevin, nous, nous n'avons pas de belle dame à câliner. (Dans l'obscurité, Kevin vit Patrick indiquer le manoir d'un mouvement de tête.) Pendant que tu dors dans des draps de soie, nous, nous dormons dans la boue. Pendant que tu prends ton petit déjeuner avec la maîtresse dans la matinée, cela fait déjà trois heures que nous sommes à trimer dans les champs, et quand tu dînes avec elle, nous venons tout juste de rentrer. Notre sort ne t'est épargné que tant que tu pourras garder ton épée aiguisée, et que cette femme ne se lassera pas de toi. Un jour, elle choisira un autre amant, et tu apprendras comment nous vivons.

Kevin voulut protester, mais avec une honnêteté courageuse, il admit que Patrick disait la vérité. Mara aimait peut-être son grand barbare, mais il ne devait jamais se leurrer ; elle ordonnerait sa mort sans un instant d'hésitation si l'honneur de sa maison était compromis. Aussi généreuse, innovatrice, et même tendre que pouvait être Mara, elle était également capable de se montrer impitoyable.

Kevin plaça ses mains sur les poignets raidis de son ami.

— Je ne dis pas que je suis contre l'idée d'une évasion. Juste que je ne suis pas convaincu que la vie de hors-la-loi, où nous mangerons ce que nous pourrons voler et dormirons toujours en fuite dans la forêt, sera meilleure que l'esclavage. Donne-moi du temps. Laisse-moi voir ce que je peux faire pour améliorer votre sort, obtenir une meilleure nourriture et moins de travail. (Il s'écarta, déchiré par un conflit que par imprudence il n'avait jamais envisagé.) Ne laisse pas les gars tenter quoi que ce soit de stupide. Je vais utiliser mon influence auprès de la maîtresse et trouver un autre moyen de recouvrer notre liberté.

— N'attends pas trop longtemps, mon vieux. Si tu t'es mis à apprécier les nabots, c'est ton affaire – ce n'est pas pour autant que je cesserai de t'aimer comme un frère. (Patrick s'écarta de la berge, et sa voix devint soudain plus froide.) Mais n'oublie pas ceci. Je te tuerai de mes propres mains si tu tentes de nous garder ici. Les gars ont décidé : nous préférons mourir libres que de vivre comme des esclaves. Nous avons suffisamment compris comment fonctionnent les Tsurani pour savoir que si ta dame avait échoué dans le sud, cela aurait été chacun pour soi, et que le diable emporte le dernier. Alors, nous avons attendu les nouvelles. Si la dame était morte, nous serions partis, sans que personne nous dise de rester. Quand nous avons entendu qu'elle avait gagné... nous nous sommes mis d'accord pour attendre ton retour, car tu es notre officier et probablement le plus à même de nous sortir d'ici.

Patrick lança un regard dur à son compatriote. Comme Kevin ne répondait pas, il ajouta :

— Mais nous ne resterons pas ici très longtemps. Avec ou sans toi, mon vieux, nous partirons.

— Je comprends, soupira Kevin. Je ne tenterai pas de vous retenir. Juste... Laissez-moi quelques jours.

— D'accord pour quelques jours.

Dans un silence gêné, les deux Midkemians retournèrent vers les cabanes des esclaves. Kevin s'attarda pour bavarder avec les hommes qu'il avait connus comme soldats durant la guerre, et avec quelques autres qu'il avait rencontrés dans les parcs à esclaves et les caravanes sur la route de Sulan-Qu. Les Midkemians captifs avaient formé un groupe soudé, lié par une profonde amitié depuis leur arrivée sur le domaine de Mara. Mais il était maintenant devenu un homme à part. Cela n'avait pas été aussi flagrant durant l'année où il avait travaillé dans les pâturages de needra. Mais maintenant, la distance entre la couche de Mara et la vie misérable dans les cabanes des esclaves avait creusé un fossé infranchissable entre eux.

Kevin écouta les rumeurs, entendit avec compassion les plaintes sur les morsures d'insectes, la faim et les plaies. Il avait peu à ajouter à de tels bavardages. L'exaltation du retour triomphant au manoir s'évanouit, et il ne mentionna pas les merveilles qu'il avait contemplées à Dustari. Bien avant minuit, les esclaves commencèrent à se lever pour rejoindre leurs cabanes. Ils seraient réveillés avant l'aube, malgré la fête, et les contremaîtres tsurani utilisaient le fouet pour rappeler les traînards à l'ordre. Kevin s'excusa et partit. Alors qu'il marchait seul dans la nuit, dépassant des sentinelles qui le saluaient en hochant la tête, et des serviteurs qui s'effaçaient pour le laisser passer, il se sentait humilié par chaque petit privilège. Alors qu'il revenait vers la lumière des lanternes, les rires et les belles servantes qui le taquinaient et l'appelaient pour danser, sa gêne devint plus vive et se transforma en amertume. Pour la première fois depuis qu'il s'était abandonné à l'amour, il se demanda dans combien de temps il commencerait à se maudire et à se traiter de fou.

Incomo se précipita dans la chambre de son seigneur. Desio était vautré devant une cloison ouverte, sa robe entrouverte pour permettre à la brise du lac de le rafraîchir. Des piles de rapports sur ses différentes possessions étaient éparpillées à ses pieds, mais il s'était arrêté dans sa lecture pour écouter un trio de poètes réciter des ballades de l'histoire de l'empire. Incomo en entendit assez pour identifier un vers des *Exploits des Vingt*, l'histoire des anciens héros révérés pour leurs services extraordinaires envers l'empire. Une Lumière du Ciel du passé leur avait accordé le titre de *pairs de l'empire*, et l'on se rappelait d'eux avec affection, même si les érudits des générations présentes affirmaient qu'ils n'étaient que des légendes.

Depuis que l'influence de Tasaio avait poussé Desio à suivre la tradition martiale, les goûts du seigneur avaient changé. Il ne recherchait plus les aventures lascives, mais préférait entendre le récit des exploits glorieux des champions ; ses choix d'activités n'étaient peut-être plus les mêmes, mais son ressentiment envers les interruptions restait le même. Le seigneur des Minwanabi regarda brièvement sur le côté quand son premier conseiller entra brusquement, et comme si son froncement de sourcils était un signal, le chœur de poètes se tut peu à peu, avec un air penaud.

— Que se passe-t-il ?

— Nous avons un visiteur inattendu, répondit Incomo en s'inclinant.

Comme les poètes étaient des saltimbanques ambulants et ne recevaient pas le patronage de la maison, le premier conseiller se rapprocha et murmura :

— Jiro des Anasati attend sur le quai le plus éloigné, demandant la permission de traverser le lac.

— Jiro des Anasati ?

Desio cligna des yeux de surprise. Devant la presque réprimande d'Incomo, il baissa prudemment le ton :

— Pour quelle raison le morveux de Tecuma viendrait-il ici sans être annoncé ?

Puis, conscient qu'il s'indisposait lui-même en se donnant la peine de murmurer devant des amuseurs publics, Desio congédia les poètes d'un geste. Un serviteur les paierait ; ils ne s'étaient pas montrés assez doués pour qu'il les garde au service de sa maison.

Le premier conseiller regarda la porte jusqu'à ce que la chambre soit redevenue privée.

— Je n'ai pas grand-chose à ajouter. Jiro vous envoie ses salutations. Il s'excuse du manque de cérémonie de sa visite et vous supplie de lui accorder quelques instants de votre temps. Le messager venu de la porte de la rivière ajoute que le jeune homme voyage avec une garde d'honneur minimale, constituée de seulement douze hommes.

— Douze hommes ! (L'ennui de Desio s'évapora.) Je pourrais le capturer sur les quais. Avec Jiro en otage, le seigneur Tecuma ferait... (Il s'arrêta devant l'immobilité de son premier conseiller, puis soupira.) Non, le vieil homme n'échangerait pas un fils cadet contre son seul petit-fils. Jiro n'est pas si stupide que cela.

— Certainement, maître.

Incomo recula alors que Desio se remettait sur ses pieds, ouvrait d'un grand geste la cloison qui donnait sur le couloir et criait :

— Envoyez des gardes escorter notre invité vers les quais principaux du manoir.

Le seigneur frappa vivement dans ses mains pour appeler des domestiques, et demanda des habilleurs et des robes de cérémonie, puis qu'un grand plateau de nourriture soit apporté dans la haute salle.

Incomo entendit la liste des préparatifs sans faire le moindre commentaire. Très tôt, Desio avait décidé que même les réceptions les plus triviales devraient avoir lieu dans la haute salle. Le grand amphithéâtre de pierre avec son haut plafond voûté était suffisamment éblouissant pour déstabiliser la plupart des invités. Aucun autre manoir de l'empire ne pouvait égaler la beauté de cette pièce ; des imitateurs s'y étaient essayés, mais le site naturel leur avait manqué. Le manoir des Minwanabi était environné de collines couronnées de pierres, et situé sur la berge d'un lac qui même au printemps n'était pas marécageux. C'était de loin la plus belle demeure de l'empire après le palais de l'empereur. Desio croyait que recevoir ses visiteurs dans la haute salle donnait l'avantage aux Minwanabi. Gonflé de sa propre importance, il demanda :

— Qu'est-ce qui attire Jiro ici ?

— Honnêtement, mon seigneur, je ne soupçonne rien de particulier et tout en général. (Incomo souligna quelques points sur ses doigts secs.) Peut-être que le seigneur des Anasati s'affaiblit. En tant qu'héritier, Halesko peut envoyer son jeune frère comme émissaire pour proposer quelque chose.

Des domestiques frappèrent et entrèrent, portant des vêtements de soie pliés et une cordelière à pompons en guise de ceinture, des sandales, des bijoux et des aiguilles. Ils s'inclinèrent, déposèrent leur charge, et aidèrent leur maître à ôter sa robe d'intérieur froissée. Alors que le vêtement était mis de côté, Incomo fut frappé de remarquer que le corps naguère adipeux de Desio était maintenant musclé et bien développé. La graisse adolescente d'il y a cinq ans avait presque disparu, tout comme l'attitude hébétée du seigneur. Glissant ses bras dans une robe orange et noir aux motifs entrelacés, Desio déclara :

— Je ne sais pas. Le vieux Tecuma garde étroitement en laisse sa maisonnée, surtout ses deux fils. La dernière fois où j'ai rencontré Halesko au Jeu, il ressemblait parfaitement à son père. Mais Jiro m'est inconnu.

La conversation s'arrêta pendant que les domestiques peignaient les cheveux de leur maître, et suspendaient des boucles à ses oreilles roses. Incomo profita du moment où leur attention était occupée par les sandales et où ils lavaient les pieds de Desio pour passer en revue les informations détaillées que tout bon conseiller tient à jour, sur toutes les personnes importantes de l'empire.

— Jiro est une énigme. Il est très intelligent, donc en dépit de tout ce qu'il dira, ne croyez surtout pas qu'il est stupide.

Levant l'autre pied pour qu'il soit lavé lui aussi, Desio fronça les sourcils. Il ne se serait jamais laissé tromper par une ruse aussi transparente. Bien qu'il déteste qu'on le pousse à se sentir stupide, le seigneur écouta attentivement le récit d'Incomo. Son conseiller lui décrivait l'ancienne requête de Mara pour prendre un fils anasati en mariage. Toutes les personnes présentes avaient cru qu'elle demanderait Jiro comme époux, mais elle lui avait préféré le plus jeune frère, Buntokapi.

— Ah, elle a offensé Jiro et s'en est fait un ennemi, sourit Desio.

— Cette hypothèse est très plausible, lui confirma Incomo en reniflant.

Un esclave présenta une sandale ornée de pierres précieuses à Desio. Le seigneur y glissa son pied, puis contempla son reflet dans un miroir de métal précieux.

— Quel genre d'homme est-ce ?

— Il est calme, récita Incomo. Jiro ne se confie à personne et n'a que très peu d'amis. Ses vices sont modérés ; un peu de jeu, mais jamais jusqu'à l'excès comme son défunt frère ; il ne boit pas autant qu'Halesko. Une femme de temps en temps, mais jamais de favorite. Il a l'habitude d'en dire peu, mais de sous-entendre beaucoup de choses.

— Cryptique, mais chaque mot a sa signification, définit Desio.

Impressionné de ne pas avoir besoin de souligner les subtilités de la situation, le premier conseiller expliqua rapidement le reste. Jiro n'avait pas l'expérience militaire de son frère aîné, mais étudiait passionnément l'histoire. Il préférait les rouleaux d'érudition aux poèmes et aux ballades, et passait des heures avec des scribes dans les bibliothèques.

— Bien, fit Desio en faisant la moue à son reflet. Je déteste lire, donc il ne vient pas ici pour une conversation d'érudits. Je vais rencontrer notre hôte inattendu sur le quai, et si je n'ai pas envie d'entendre le jeune fils des Anasati, je pourrai le renvoyer facilement sans perdre trop de temps.

— Est-ce que mon seigneur souhaite la présence d'une garde d'honneur ?

Desio redressa l'un de ses bijoux et redonna le miroir à un domestique, qui le rangea avec révérence dans un étui de velours.

— Combien d'hommes as-tu dit que Jiro a amené ?

— Douze.

— Alors, ordonne à vingt soldats de se rendre sur les quais. Il fait trop chaud pour rassembler toute une foule, et je ne ressens pas le besoin de faire une grande démonstration.

La lumière du soleil de midi frappait impitoyablement les planches grises du quai, et faisait étinceler l'équipement de la garde d'honneur. Sensible à la lumière, Desio ferma à demi les yeux pour regarder la nef anasati approcher. L'embarcation n'était pas assez imposante pour une visite officielle ; elle était petite, sa décoration se résumait à un peu de peinture, et sa destination principale était de relayer des messages sur le fleuve Gagajin. Sauf que ce voyage-ci ne servait pas à envoyer des dépêches. Entre les soldats de la garde d'honneur de Jiro, Desio distingua une grande caisse à claire-voie.

Sa curiosité fut immédiatement piquée. Alors que les esclaves appuyaient sur leurs perches pour faire accoster l'embarcation, Desio demanda au commandant Irrilandi de mettre ses guerriers au garde-à-vous.

L'embarcation anasati heurta le débarcadère. Des esclaves à la proue et à la poupe sautèrent sur le quai pour fixer les amarres. Un grondement étrange et dérangeant sortit des profondeurs de la caisse ; apparemment, un animal dangereux y était enfermé. Spectateur avide des jeux impériaux où s'affrontaient sur le sable de l'arène des bêtes sauvages et des guerriers, Desio tendit le cou jusqu'à ce qu'un petit coup de coude d'Incomo lui rappelle l'étiquette.

Des soldats anasati en rouge et jaune sautaient déjà sur le quai. Parmi eux, vêtu d'une robe de velours cousue de perles de rivière, Jiro salua son hôte d'une révérence gracieuse. Il était légèrement plus âgé que Desio, avec de toute évidence beaucoup plus d'aplomb, et il observait strictement les formes. Sans hésitation, il demanda :

— Allez-vous bien, seigneur Desio ?

— Je vais bien, Jiro des Anasati. (Les yeux mi-clos, Desio fit la réponse appropriée.) Votre père va-t-il bien ?

— Très bien, mon seigneur.

Un grondement plus fort et plus sauvage sortit de la caisse ; Jiro esquissa un sourire hautain. Minutant parfaitement ses interventions, il prit une inspiration pour continuer le pénible et traditionnel rituel de salutations.

Mais Desio avait abandonné toute patience. Désirant ardemment demander quelle sorte de bête se trouvait dans la caisse, il déclara précipitamment :

— Je suis heureux de dire que toute ma famille va bien.

Libéré du protocole, Jiro lança un regard suffisant à Incomo, dont le visage exprimait une contrariété intense, mais qui en ce moment était impuissant et ne pouvait intervenir.

— Merci, murmura le fils anasati. Mon seigneur Desio est très aimable d'accueillir un visiteur inattendu. Je vous présente mes excuses pour mon impolitesse, mais il se trouvait que je passais dans la région et j'ai pensé qu'il serait utile que nous discutions.

Quelque chose donna un coup de griffe dans la caisse, et les esclaves du navire sursautèrent nerveusement. Desio passait son poids d'une jambe à l'autre : le moment était venu d'inviter son invité à l'intérieur pour lui offrir une collation, ou de le renvoyer immédiatement. L'irritation à l'idée d'honorer le fils d'un ennemi était contrebalancée par la fascination qu'exerçait sur lui la caisse.

Alors que Desio hésitait, Jiro prit l'initiative.

— Je vous en prie, seigneur, je n'avais pas l'intention de m'imposer à votre hospitalité. J'ai des animaux à bord qui n'aiment pas les mouvements de l'embarcation. Ce serait mieux pour moi et pour elles, si nous pouvions parler ici.

La sueur démangeait le visage de Desio. Si Jiro pouvait se passer de boissons fraîches, ce n'était pas le cas du seigneur des Minwanabi. Il fit un geste magnanime envers son invité et toute la garde d'honneur anasati.

— Entrez et venez vous asseoir là où nous n'aurons pas besoin de hâter notre conversation. (Alors que son visiteur lançait un regard soucieux vers la caisse, Desio ajouta Des serviteurs vont déplacer vos bêtes pour les mettre à l'ombre, afin qu'elles ne souffrent pas de la chaleur.

Jiro hésita. Il se trouvait dans une situation délicate : il devait refuser un geste aimable d'une personne de rang social supérieur, ou reconnaître sa peur devant l'hospitalité d'un ennemi – ce qui lui infligerait une honte immense. Il glissa les doigts dans sa ceinture de coquillages laqués.

— Mon seigneur est généreux, mais les animaux que je transporte sont trop dangereux pour être confiés à des mains étrangères. Je ne voudrais pas risquer qu'un des domestiques de votre maisonnée soit blessé.

Une lumière étrange et pénétrante éclaira le regard de Desio.

— Alors, faites descendre les animaux ; ils semblent intéressants.

Jiro s'inclina. Au serviteur qui attendait sur le navire, il ordonna :

— Passe une laisse aux chiens et amène-les. Et si tu accordes une quelconque valeur à l'honneur, assure-toi qu'aucun malheureux serviteur minwanabi ne se trouve trop près d'eux et ne soit blessé.

Desio vit le serviteur pâlir en entendant l'ordre. Les paumes du seigneur devinrent moites d'excitation. Alors qu'Irrilandi formait les rangs de sa garde d'honneur pour avancer vers le manoir, il ne put résister à l'envie de regarder en arrière. Sur le bateau, le serviteur, pâle comme un linge, enfilait une paire de gants épais. Puis il rassembla deux laisses de cuir épais tressé et fit un signe aux esclaves. Ceux-ci retirèrent avec hésitation le couvercle de la caisse. Un aboiement strident et de nouveaux grognements répondirent à l'ouverture de la prison de bois. Les esclaves sautèrent en arrière, terrorisés. Puis le serviteur porta à ses lèvres un sifflet d'os. Il siffla une seule note, et deux museaux passèrent par l'ouverture, suivis de deux paires d'yeux obliques et largement espacés, et d'oreilles taillées en pointe. Deux chiens à l'aspect féroce posèrent leurs longues pattes avant sur le rebord de la cage. Les esclaves se terrèrent en arrière, et tous les guerriers de la garde d'honneur anasati portèrent subrepticement la main sur la poignée de leur arme.

— Magnifiques, souffla Desio, alors que le serviteur avançait et fixait les laisses sur deux colliers ornés de pierres précieuses.

Les chiens sortirent de leur prison avec une grâce sinueuse. Les créatures, aux épaules et à la mâchoire massives et au pelage tacheté de feu et de noir, bondirent sur le quai, puis s'assirent royalement comme si les lieux leur appartenaient.

— Mon seigneur ferait bien de reculer, murmura Jiro.

Desio obtempéra, trop captivé par les bêtes pour se rendre compte qu'un ennemi venait de lui dire ce qu'il devait faire.

— Magnifiques, répéta-t-il.

Il contempla leurs yeux ambrés, aussi impassibles dans leur férocité canine que ceux de Tasaio sur le terrain de tir à l'arc. Puis, contrarié par le souvenir du cousin qui avait failli à son devoir, et se rendant compte en entendant le léger sifflement d'Incomo qu'il restait bouche bée comme un simple fermier, Desio fit signe à sa garde d'honneur et à son conseiller de le suivre, et se dirigea vers la grande entrée de la haute salle.

— Quelle sorte de chiens est-ce ? demanda-t-il, alors qu'ils traversaient la salle et qu'il montait sur l'estrade couverte de coussins, son premier conseiller un pas derrière lui.

— Des chiens de chasse, qui n'ont pas leurs pareils.

D'un geste, Jiro ordonna au serviteur qui tenait les chiens de les conduire dans un coin éloigné, hors de portée des domestiques et à l'écart des portes. Les animaux étaient assis, trop tendus pour se relaxer, les yeux nerveux et affamés.

C'est à ce moment que les hochements de tête répétés d'Incomo attirèrent enfin l'attention de Desio. Il comprit que son impatience l'avait placé dans une position désavantageuse. Il prit alors son temps pour s'asseoir, reniflant avec dédain dans l'intention de rabaisser les chiens.

— Nous possédons aussi d'excellents limiers.

Jiro réfuta doucement cette déclaration.

— Mais aucun comme ceux-ci, mon seigneur. Peut-être que, quand notre entrevue sera terminée, je pourrai vous offrir une démonstration ?

Le visage de Desio s'illumina.

— Oui, c'est une bonne idée. (Il soupira, contenant mal son impatience, puis fit signe à son invité de choisir un coussin.) Venez. Prenons une collation.

Des esclaves se précipitèrent pour apporter des plateaux chargés de nourriture et de boissons. Gardant une attitude digne, le dos droit, Desio résista à l'envie de se retourner pour regarder les chiens, qui grondaient d'une façon menaçante sur toutes les personnes qui passaient près d'eux. Obéissant à un geste de Desio, Irrilandi éloigna la garde d'honneur minwanabi à une distance prudente ; le chef de troupe de Jiro fit de même. De nouveaux esclaves arrivèrent de l'autre côté de la vaste salle, avec des bassins et des serviettes, venant aider les deux nobles à se laver.

L'un des chiens gémit, mais Jiro n'y prêta pas attention. Il plongea ses doigts dans l'eau parfumée et les tint en l'air pour qu'on les sèche.

— Votre demeure est impressionnante, mon seigneur. Quand j'imagine les grandes réunions qui peuvent se tenir dans cette salle, je regrette immensément d'avoir manqué la fête d'anniversaire du seigneur de guerre.

Incomo se figea, arrêté dans son geste alors qu'il s'apprêtait à s'asseoir à la droite de son maître. Il lança un regard appuyé à Desio, et en observant la dureté de l'expression du seigneur, il sut qu'il n'avait pas besoin d'agir ; la référence à l'événement où dame Mara avait plongé l'ancien seigneur des Minwanabi dans le déshonneur et l'avait poussé au suicide rituel n'avait pas échappé à l'attention de son maître.

La vaste salle restait silencieuse. Desio tendit la main pour prendre une coupe de jus de fruit sur un plateau ; le fait qu'il évite l'alcool montrait sa colère intérieure. Il sirota sa boisson, refusant explicitement à son invité la permission de manger. Sa fascination pour les chiens de chasse ne diminuait aucunement le danger qui menaçait en cet instant le second fils Anasati. Desio était un seigneur puissant, et il se trouvait dans son propre manoir ; il pouvait garder le silence pendant une éternité avant qu'il ne s'abaisse à demander ce que ce parvenu désirait.

Jiro laissa régner le silence suffisamment longtemps pour montrer qu'il n'était pas intimidé. Puis, il déclara avec vivacité :

— Nous avons reçu de splendides nouvelles de Dustari. Maintenant que les hommes du désert et leurs alliés ont été mis en déroute, l'empire goûtera la paix sur sa frontière sud pendant de nombreuses années.

Desio lança un regard à son premier conseiller, qui lui fit un discret signe d'avertissement. En faisant référence à des alliés, Jiro avait indiqué qu'il avait deviné que les hommes du désert avaient agi sous l'influence des Minwanabi ; ou alors, les Anasati avaient des espions dans leur maisonnée, aussi bien dissimulés que ceux de Mara.

Un chien gémit ; dans un murmure, son gardien le réprimanda vertement.

Le seigneur des Minwanabi restait silencieux.

— Sans la chance légendaire des Acoma, ce triomphe n'aurait jamais dû avoir lieu, termina Jiro.

Il prouva ensuite que lui aussi savait attendre.

Desio termina sa coupe en prenant tout son temps. Il écouta les quelques paroles que son conseiller lui murmura à l'oreille, puis répondit en respectant impeccablement l'étiquette.

— Toute action entreprise pour la défense de l'empire doit être applaudie. Ne le pensez-vous pas ?

— Naturellement. Le devoir de tout souverain est de servir l'empire, répondit Jiro en souriant sans la moindre chaleur.

La conversation cessa ; faisant toujours preuve de finesse, Incomo vint à la rescousse pour sortir son seigneur de l'impasse.

— Je me demande ce que Tecuma pense de la brillante victoire de dame Mara.

Ayant obtenu la réponse qu'il attendait, Jiro inclina poliment la tête vers le vieux conseiller émacié.

— Les Anasati se trouvent dans une situation difficile. Notre relation de parenté, notre lien de sang avec l'héritier de Mara nous forcent à adhérer à des objectifs qui soutiennent occasionnellement les intérêts des Acoma.

— Continuez, l'encouragea Incomo, lançant un regard insistant à son maître pour lui rappeler les règles de la courtoisie, afin qu'il offre à boire à son invité.

Desio obtempéra d'un geste boudeur.

Jiro accepta un jus de fruit, de la même variété que celui que le seigneur des Minwanabi avait choisi. Il but une gorgée, rejeta en arrière ses cheveux bruns et brillants, et regarda dans le lointain.

— Bien sûr, il est contre nature qu'une telle situation perdure. (Ses manières devinrent désinvoltes, presque désarmantes.) J'éprouve quelques soucis pour l'avenir de mon neveu, bien sûr, mais laissez-moi vous parler franchement.

Il prit le temps de prendre une autre boisson, jusqu'à ce que Desio se penche avidement vers lui, montrant qu'il était impatient de reprendre la conversation.

— La mère d'Ayaki a trop peu d'amis pour que les Anasati observent une ligne de conduite aussi dangereuse, reprit Jiro. (Il laissa passer une pause suggestive.)

Ainsi, s'il arrivait malheur à mon neveu, je serais compréhensif. Mon père est moins enclin à accepter les caprices du destin, mais mon frère et moi voyons les choses différemment.

Incomo dut toucher le bras de son maître pour rappeler au jeune seigneur qu'il ne devait pas montrer son intérêt ; mais quand le nom de Mara était prononcé, Desio perdait tout sens de la mesure.

— Et si le destin devait faire disparaître un neveu de cette terre...

Le cristal tinta et lança des échos quand Jiro posa sa coupe. Les chiens gémirent à l'unisson, comme s'ils sentaient une tension dans l'air.

— Je dois vous détromper, répondit froidement le fils anasati. Mon frère et moi-même honorons notre père, comme des fils respectueux et aimants. Tant que Tecuma vivra, nous obéirons à tous ses désirs – instantanément !

Son insistance sur le mot rendait les choses extrêmement claires : Jiro ne dissimulait pas sa pensée. Si son père l'ordonnait, il combattrait et même mourrait pour défendre Mara.

— Mais, reprit-il délicatement, s'il arrivait un malheur à la femme et que le garçon survive, le seigneur mon père ne serait pas obligé de lancer des représailles.

Desio haussa les sourcils. Il regarda son invité, et discerna chez Jiro une colère profonde et amère. Une pensée le frappa, et il murmura à Incomo :

— Il hait réellement cette garce, n'est-ce pas ?

Le premier conseiller des Minwanabi hocha discrètement la tête.

— Une vengeance personnelle, sans doute. Soyez prudent. J'ai l'impression que ce jeune homme est venu ici à l'insu de son père.

Essayant de ne pas paraître intéressé, Desio reprit la parole, en dévorant un gâteau très sucré.

— Vos idées sont intéressantes, mais sont irréalisables. Ma maison a prêté serment au dieu Rouge : la lignée des Acoma doit périr.

Jiro choisit une tranche de viande froide. Il ne mangea pas, mais la tripota pensivement.

— J'ai entendu parler de votre vœu de sacrifice. Bien sûr, si Mara mourrait et si son natami était brisé et enterré, le petit héritier serait un seigneur sans ressources. (De ses ongles, il déchira en deux le morceau de viande.) Sans maison, sans guerriers loyaux, Ayaki dépendrait de la famille de son père pour le protéger. Il pourrait peut-être alors prêter serment de loyauté au nom des Anasati.

C'était donc le plan qui avait poussé Jiro à se rendre dans la maison d'un ennemi ! Desio réfléchit, cherchant un piège dans le discours de son hôte.

— Et le garçon prêterait serment ?

Jiro se retourna sur ses coussins et lança la viande vers les chiens. Obéissants, ils ne se levèrent pas mais saisirent au vol les deux morceaux dans un claquement de leurs puissantes mâchoires.

— Ayaki n'est qu'un enfant. Il fera ce que son grand-père et ses oncles lui ordonneront. En tant que seigneur des Acoma, il peut libérer n'importe qui de son serment envers sa maison, y compris lui-même. S'il s'inclinait devant le natami des Anasati, la lignée des Acoma cesserait d'exister. Le dieu Rouge serait alors satisfait.

— C'est une présomption audacieuse, intervint Incomo. (Il jeta un regard en coin à son seigneur.) Peut-être trop audacieuse.

— Mais une hypothèse agréable, néanmoins déclara Desio en se levant de ses coussins. Cette discussion a certains mérites. Eh bien, Jiro, si les dieux devaient considérer favorablement la mort de Mara et de sa maison... espérons dans notre intérêt mutuel que les événements se dérouleront comme vous le suggérez.

— Dans l'intérêt de l'amitié, acquiesça Jiro, se levant lui aussi et comprenant qu'il était temps de partir. Car ce serait une erreur de jugement de la part de n'importe quelle maison, quelle que soit sa puissance, de penser qu'elle peut plonger ses mains dans le sang des Acoma et rester suffisamment forte ensuite pour affronter la fureur de mon père.

Le visage de Desio s'assombrit si rapidement qu'Incomo faillit ne pas se lever assez vite pour effleurer la manche de son maître. Il lui murmura :

— Le point important à garder en mémoire, mon seigneur, est que, sans le soutien de Tecuma, les Acoma ne sont qu'une petite maison comme les autres. Pensez aussi à cela : le seigneur des Anasati vieillit. Jiro a pris le risque de venir vous voir pour vous apprendre que son frère, l'héritier, ne partage peut-être pas les sentiments de son père envers un neveu né de Mara.

Desio se tourna vers Jiro, le visage composé et souriant.

— Je vais vous prendre au mot et accepter maintenant votre offre de voir chasser vos chiens.

Il descendit de l'estrade. Le fils Anasati refit sa révérence de courtisan quand Desio le dépassa.

— Comme vous le souhaitez, seigneur Desio. Pour la démonstration, nous aurons besoin de votre terrain d'entraînement et d'un mannequin habillé comme un homme.

— Vos bêtes chassent les hommes ? répondit Desio, son intérêt éveillé.

— Vous verrez.

Jiro claqua des doigts, et le serviteur qui tenait les chiens en laisse les fit nerveusement avancer au pied, pendant que Desio sortait de la salle.

— Ils sont de la race des chiens de berger de Yankora. Mais ceux-ci sont des tueurs d'hommes.

Dès qu'ils sentirent l'air frais, les chiens grognèrent et aboyèrent. Ils tirèrent sur leur laisse, leurs yeux jaunes suivant attentivement les déplacements de tous les gens qui passaient. Les esclaves et les serviteurs reculèrent, terrifiés, et la garde d'honneur minwanabi marcha sur les talons de son maître, pour pouvoir intervenir en cas de traîtrise.

Seuls Desio et Jiro ne semblaient pas déconcertés par la férocité des bêtes, alors qu'ils rejoignaient le grand terrain où Irrilandi entraînait habituellement ses soldats. Deux esclaves furent envoyés dans un petit ravin pour démonter une cible de tir à l'arc, et remplir la vieille robe d'un esclave avec de la paille pour en faire un mannequin. Desio regardait, les yeux brillants, alors que son invité lui expliquait comment se matent des bêtes aussi dangereuses.

— Voyez-vous ces gants et ce sifflet ?

Jiro désigna le domestique qui tenait les chiens. Les animaux tiraient de temps en temps sur leur laisse, et leurs muscles frissonnaient d'impatience nerveuse sous leur pelage tacheté.

Au hochement de tête de Desio, Jiro continua.

— Le cuir des gants a été trempé dans de l'urine de chienne. Ces chiens ont été habitués à reconnaître cette odeur comme celle de leur maître. Ils ont été entraînés de cette manière pour pouvoir être offerts comme cadeau. Ils n'obéissent donc qu'au sifflet. Quand ils seront offerts à leur maître, ils reconnaîtront peu à peu son odeur personnelle pendant que l'odeur des gants finira par s'effacer, et finalement ils n'obéiront plus qu'à sa voix. Les gants et le sifflet permettent de les contrôler dans l'intervalle.

— Un système admirable, observa Desio avec envie.

Jiro ne manqua pas de remarquer la note de désir qui transparaissait dans la voix de Desio. Il fit un geste magnanime en direction du serviteur.

— Mon hôte voudrait-il diriger lui-même les chiens ?

Le visage de Desio s'éclaira.

— J'en serais honoré, Jiro. Et très reconnaissant.

Le serviteur anasati retira les gants. Desio y enfonça ses grandes mains et attrapa les laisses. Les chiens magnifiques le regardaient maintenant avec impatience, et testèrent la fermeté de sa prise. Le jeune seigneur se mit à rire, complètement exalté. Imprudemment, il caressa l'une des têtes tachetées.

Le chien qu'il avait flatté lui lança un regard impatient, puis se remit à surveiller les hommes, les serviteurs et les soldats qui se tenaient bien à l'écart du terrain d'entraînement.

— Bientôt, mes beautés, leur susurra Desio.

Il lança un coup d'œil vers le ravin, où les serviteurs semblaient mettre beaucoup de temps à attacher la robe du mannequin. Il frissonna, comme les chiens.

Incomo le remarqua et fut consterné. L'ancien seigneur, Jingu, se comportait de cette manière quand il s'adonnait à ses plaisirs malsains. Jiro le vit aussi, et dissimula une très légère expression de dégoût derrière son vernis de courtoisie.

Desio tournait le sifflet d'os entre ses doigts.

— Vous, cria-t-il aux esclaves. Laissez tomber ces cibles stupides. Courez dans cette direction !

Il fit un geste pour désigner le terrain d'entraînement.

Les esclaves hésitèrent, l'horreur se peignant sur leur visage tanné par le soleil. Puis, moins effrayés par les chiens que par la pendaison qu'ils subiraient s'ils osaient désobéir aux ordres de leur maître, ils laissèrent tomber la robe à moitié remplie de paille et se mirent à courir à découvert.

Ils détalèrent comme si tous les démons de l'enfer les poursuivaient.

Un sourire méchant retroussa les lèvres de Desio.

Avec une politesse impeccable, Jiro finit de donner ses instructions.

— Mon seigneur, un coup de sifflet long ordonne aux chiens de chasser. Deux sifflets courts les rappellent.

Desio savoura l'instant, dans un sentiment d'anticipation qui allait jusqu'aux profondeurs de son âme. Il sentit la force des chiens dans son poing, alors que les bêtes se tendaient et gémissaient, implorant d'être libérées. Il les excita un moment de plus, les retenant et refusant d'accéder à leur désir. Puis il leva le sifflet et fit glisser les laisses hors des colliers.

Les chiens bondirent instantanément, ombres noires se découpant sur l'herbe frappée par le soleil.

— Chassez ! murmura Desio. Chassez jusqu'à ce que vos cœurs explosent !

Les chiens s'élancèrent sur le terrain d'entraînement, atteignant leur pleine vitesse en quelques secondes à peine. Leurs queues flottaient au vent, et leurs aboiements sauvages résonnaient dans les collines. Ils parcoururent la distance qui les séparait de leurs proies en longues foulées élastiques. Les esclaves lançaient des coups d'œil terrifiés par-dessus leurs épaules, quand soudain les chiens furent sur eux.

Le vent porta vers les seigneurs un hurlement humain quand le chien de tête sauta, les pattes raidies, sur le dos de l'homme le plus proche. L'esclave tomba en avant en battant désespérément des bras, mais les mâchoires puissantes se refermèrent sur sa nuque. Les cris cessèrent, mais durant un instant seulement. L'autre chien avait rattrapé l'homme de tête ; il lui arracha le tendon du jarret et l'esclave tomba en hurlant. Un chœur de gémissements pitoyables et de grondements sauvages résonna sur le terrain d'entraînement. Desio s'humecta les lèvres. Il regardait la victime qui se débattait, les yeux écarquillés, fasciné, et riait de ses faibles tentatives pour se protéger. Les chiens étaient ingénieux et rapides. Ils sautaient, faisaient des cercles, déchirant la chair offerte, puis s'esquivant tout aussi vivement.

— Un homme armé d'un poignard ne leur échapperait pas facilement, fit remarquer Jiro. Ils ont été entraînés à tuer en prenant des précautions.

— Magnifique, vraiment magnifique, soupira Desio.

Il savoura chaque instant du carnage, jusqu'à ce que l'esclave cesse de se débattre et que les chiens se rapprochent pour le coup mortel. L'un d'eux arracha la gorge de la victime, et le dernier cri s'estompa. Dans le silence gêné qui s'installa, Desio déclara :

— Comme les chiens de bataille légendaires des sagas.

— Peut-être, répondit Jiro en haussant les épaules. Les chiens de guerre des légendes auraient pu s'apparenter à ceux-ci. (Comme s'il était ennuyé par le sujet, il s'inclina devant Desio.) Comme ils semblent vous plaire, je vous les offre, seigneur des Minwanabi. Faites-les chasser, et quand ils tueront sur votre ordre, pensez avec bienveillance à notre discussion de cet après-midi.

Rougissant de plaisir, Desio s'inclina à son tour.

— Votre générosité m'enrichit, Jiro. (Il ajouta doucement Plus que vous ne le pensez.

Jiro ne pouvait ressentir autant de plaisir que son hôte ; mais le seigneur des Minwanabi le remarqua à peine, alors qu'il s'absorbait dans le spectacle du festin sanglant des chiens.

— Permettez-moi d'offrir, à vous et à vos hommes, des appartements pour la nuit. Nous dînerons ensemble et je veillerai à ce que tous vos besoins soient satisfaits.

— Je regrette d'être obligé de décliner votre invitation, répondit Jiro, presque trop rapidement. Mais je suis attendu en aval pour dîner avec un intendant de mon père.

— Une autre fois, peut-être.

Desio siffla deux fois, et les chiens cessèrent de s'acharner sur les cadavres mutilés. Alertes, couvertes de sang, les bêtes tournèrent leur museau dégoulinant vers leur nouveau maître. Desio souffla une nouvelle fois deux coups stridents. Alors que les chiens, obéissants, courraient vers lui pour le rejoindre, il pensait à Mara, et à de longs crocs blancs en train de déchirer sa chair haïe. Puis Desio rit à haute voix. Sans se soucier de tacher ses robes, il caressa chaque tête carrée avant de fixer les laisses sur les colliers.

— Merveilleux, observa-t-il devant les rangs silencieux de sa garde d'honneur et son premier conseiller qui attendait avec raideur sur le côté. Un présent de valeur pour un homme de mon rang. (Agrippant le museau du plus grand des chiens, il déclara Toi, je t'appellerai Tueur. (Caressant le nez barbouillé de sang de l'autre chien, il ajouta Et toi, tu seras désormais Massacre.

Les chiens gémirent et se couchèrent avec soumission à ses pieds. Desio leva ses yeux bleus vers l'invité qu'il avait complètement oublié.

— Votre générosité est sans rivale, Jiro. Je veillerai sans le moindre doute à ce que votre visite porte ses fruits.

Les ombres s'étaient allongées dans les collines. Desio siffla à regret pour ordonner à ses nouveaux chiens de le rejoindre. Il ne les quitta pas du regard jusqu'à ce qu'il atteigne les quais, et soupira quand la caisse fut déchargée et les chiens enfermés soigneusement à l'intérieur pour le transfert dans les chenils des Minwanabi. Jiro prit congé, monta sur son navire, et les marins poussèrent sur leurs perches tandis que les eaux s'assombrissaient à l'approche du crépuscule.

Desio retira les gants puants, et fit signe à Incomo de l'accompagner jusqu'à ses appartements.

— Je souhaite prendre un bain chaud.

Le premier conseiller retint une moue dédaigneuse. Son maître empestait l'urine qui imprégnait les gants, et ses sandales avaient été éclaboussées de sang par les chiens. Trempé de sueur et bavardant avec nervosité, Desio avait les joues en feu, comme s'il éprouvait un désir sexuel. Incomo se rendit compte qu'il n'avait jamais vu le maître aussi excité depuis que Jingu avait ordonné qu'on fouette de jeunes esclaves pour son plaisir.

— Ces chiens ne sont pas... ordinaires, aventura le premier conseiller.

— Plus que cela, répondit Desio. Ils sont un reflet de moi-même. Implacables, impitoyables, apportant la souffrance et la destruction à leurs ennemis. Ce sont des chiens minwanabi.

Incomo cacha sa consternation alors qu'il emboîtait le pas à son maître pour revenir dans le manoir. Desio frappa dans ses mains pour faire venir ses servantes de bain, puis ajouta :

— Je sais que Jiro avait ses propres raisons pour me pousser à trahir mon serment à Turakamu. Mais quelles qu'elles puissent être, il a gagné ma faveur grâce à Tueur et Massacre.

Incomo réussit à hocher la tête d'une façon magnanime.

— Je suis certain que mon maître restera prudent s'il exprime... ah... des requêtes... déraisonnables.

Percevant une désapprobation bien dissimulée, Desio se renfrogna.

— Laisse-moi. Reviens dans la haute salle quand le dîner sera servi.

Crispant ses doigts maigres sur sa ceinture, Incomo s'inclina très bas et sortit de la salle de bains qui lui sembla soudain envahie de vapeur et de jeunes esclaves parfumées. Alors que ses pieds chaussés de sandales glissaient sans bruit dans les corridors, il réfléchissait tristement à la disgrâce de Tasaio. Connaissant parfaitement les excès des Minwanabi, Incomo comprit à l'acidité de son estomac que le massacre de la journée avait éveillé une corde sensible chez Desio. Chaque jour, le maître devenait de plus en plus audacieux ; mais Incomo avait l'impression que le destin des Minwanabi ne serait pas amélioré si les choix futurs de

Desio étaient de la même veine que son admiration pour ses chiens. Les excès de Jingu avaient indéniablement conduit la maison au bord du désastre. Soupirant devant les épreuves imposées aux mortels par les fantaisies des dieux et les caprices des maîtres, le premier conseiller du seigneur Desio se retira dans ses appartements. Il s'étendit sur ses coussins pour dormir un moment, mais les aboiements sauvages et cruels des chiens troublèrent son repos et ses rêves.

14

FESTIVITÉS

Le petit garçon cria à plein poumons.

Kevin lui répondit par un hurlement et partit en zigzagant entre les massifs de fleurs. Ayaki le poursuivit en poussant des cris de guerre acoma, imitant à sa façon enfantine la rage du combat. De temps en temps, quand le garçon devenait trop passionné, Kevin inversait sa course, capturait l'enfant et le chatouillait. Ayaki poussait alors des cris de délice et emplissait le jardin de ses rires.

Mara se permit un bref instant de plaisir en contemplant leurs jeux. En dépit de leurs années d'intimité, Kevin restait souvent un mystère pour elle. Mais elle était sûre d'une chose : cet homme était totalement dévoué à son fils. Et il avait une bonne influence sur Ayaki... Approchant maintenant de ses sept ans, le jeune garçon avait souvent tendance à ruminer et à broyer du noir, un trait de caractère qui s'était accentué durant la longue absence de sa mère. Mais Ayaki ne pouvait rester plongé dans ses humeurs sombres quand le Midkemian était dans les parages. Comme s'il sentait d'instinct les pensées troublées du petit garçon, Kevin le divertissait immédiatement avec une histoire fantaisiste ou une devinette, un jeu ou une lutte physique. Au cours des mois qui s'étaient écoulés depuis le retour de Tsubar, Ayaki était redevenu peu à peu le garçon dont Mara se souvenait. Elle se disait d'un air songeur que Kevin n'aurait pas témoigné plus d'affection à l'enfant s'il avait été son père. Abandonnant ses rêveries, Mara reporta son attention vers le document orné de lourds sceaux et de rubans.

Immobile dans l'ombre, Arakasi attendait la réponse de sa maîtresse. Mara lui demanda finalement :

— Devons-nous nous y rendre ?

Arakasi resta aussi tranquille que les feuilles dans l'air immobile lorsqu'il répondit :

— La paix impériale sera invoquée, donc personne ne pourra lancer une attaque ouverte.

— Une attaque ouverte... Bien sûr. C'est un réconfort bien maigre face aux machinations des Minwanabi. Ai-je besoin de te rappeler que la première tentative d'assassinat contre moi a été perpétrée par un assassin des Mains Rouges des Frères de la Fleur, dans mon propre jardin de méditation ?

L'événement était survenu avant qu'Arakasi n'entre à son service, mais il connaissait bien l'histoire. Le maître espion inclina la tête.

— Maîtresse, il y a de bonnes chances pour que Desio se conduise correctement. Votre statut au sein du Conseil est le plus haut que vous ayez jamais atteint. Il est plus élevé encore que celui de votre père, s'il faut dire la vérité. Et les agents qui nous restent dans la maison minwanabi nous ont appris que Jiro des Anasati a rendu visite à Desio il y a moins de deux semaines.

— Continue, fit Mara en fronçant les sourcils.

Des tâches de soleil passèrent sur le visage d'Arakasi pendant qu'il buvait à petites gorgées une tasse de jus de fruit.

— Nos agents n'ont pas pu entendre leur conversation. Mais après le départ de Jiro, Desio a sombré dans une fureur noire pendant un jour entier, hurlant qu'il ne recevrait pas d'ordres d'une famille rivale dans sa propre maison. Nous pouvons en déduire que Tecuma des Anasati a envoyé son fils l'avertir qu'il ne devait pas lancer d'action inconsidérée contre son petit-fils.

Mara jeta un coup d'œil à Ayaki, qui hurlait avec enthousiasme en sautant sur Kevin, allongé par terre.

— Peut-être. Mais je trouve étrange que Tecuma ait envoyé son second fils. La haine que Jiro éprouve à mon égard n'est un secret pour personne.

— Il est possible que Tecuma ait envoyé son fils pour insister sur la gravité de ses déclarations, précisa Arakasi en haussant les épaules.

Le parfum des fleurs sembla soudain oppressant.

— Insister auprès de qui ? demanda Mara. De Desio ou de Jiro ?

— Peut-être des deux, répondit Arakasi avec un léger sourire.

Mara remua sur ses coussins.

— J'aimerais bien le savoir avant de m'aventurer dans un voyage jusqu'à la Cité sainte.

Son agitation indiquait qu'elle avait pris sa décision, ce qu'Arakasi comprit intuitivement.

— Maîtresse, je pense qu'il vaut mieux que je vous accompagne quand vous vous rendrez à ces festivités en l'honneur de la Lumière du Ciel. Pour des raisons qui ont échappé à mon réseau, le soudain changement de loyauté du Parti de la roue bleue a hissé le seigneur de guerre à une position pratiquement inattaquable. Almecho est maintenant tout-puissant au Conseil, et si Ichindar voulait changer la tradition – comme certaines rumeurs le suggèrent – et assister en personne aux jeux...

Mara hocha la tête, ravie de voir que son évaluation de la situation correspondait à celle de son maître espion.

— L'apparition de l'empereur avaliserait les actes d'Almecho, sapant effectivement le pouvoir du Grand Conseil pour toute la durée du règne du seigneur de guerre.

Dans une communion d'esprit qui n'avait fait que s'approfondir au cours des années, la souveraine et son maître espion examinèrent toutes les ramifications possibles de la situation. Il se passerait de grandes choses à Kentosani, en dehors des jeux et des fêtes. Les familles qui voulaient garder l'initiative ne resteraient pas chez elle. Le seigneur de guerre risquait de devenir un dictateur à vie, mais il ne vivrait pas éternellement. Tôt ou tard, le grand jeu reprendrait.

Arakasi se raidit soudain quand une ombre masqua les tâches de soleil sur ses genoux. Ayaki perché sur ses épaules, Kevin était arrivé sans se faire remarquer jusqu'à la natte où Mara tenait sa réunion.

— Ma dame, dit le Midkemian cérémonieusement, votre héritier a faim.

Heureuse de la distraction, Mara sourit. Elle ordonna à Arakasi :

— Arrange-toi avec Nacoya et Keyoke, et prépare-toi à partir demain. Tu te rendras à l'avance à Kentosani avec les serviteurs et les esclaves, pour préparer notre résidence et nos appartements dans le palais impérial. Vérifie la loyauté de tout le personnel résident. Il ne faut pas prendre le risque de croire que tous les complots seront dirigés contre le seigneur de guerre.

Très satisfait de sa mission, Arakasi se leva, fit sa révérence et sortit. Comme la dame restait plongée dans ses réflexions, Kevin brisa son humeur songeuse.

— Est-ce que nous allons quelque part ?

Mara croisa ses yeux bleus d'un regard trop grave pour qu'il puisse l'interpréter.

— Le seigneur de guerre a annoncé de grandes festivités en l'honneur de l'empereur. Nous partons pour la Cité sainte la semaine prochaine.

La nouvelle fut entendue avec sérénité, même par le versatile Ayaki. Durant les mois qui s'étaient écoulés depuis le retour de Dustari, la vie au domaine s'était installée dans une routine agréable. Mara avait accédé aux demandes de Kevin pour améliorer le sort des Midkemians. Avec une meilleure nourriture et des logements un peu plus confortables, de nouvelles couvertures et un horaire de travail plus léger, l'impatience de Patrick et des autres Midkemians s'était calmée. Mais un fossé continuait à séparer Kevin de ses compatriotes ; prétendre le contraire ne le comblerait pas. Bien que la fuite ne soit jamais mentionnée, la liberté n'était jamais loin des pensées des autres captifs. Ils n'insistaient peut-être pas, mais ils savaient bien que Kevin ne leur rendait visite que par sens du devoir. Il ne les rejoindrait jamais tant qu'il partagerait la couche de Mara.

Ayaki éperonna sa monture. Sorti brusquement de ses pénibles pensées, Kevin poussa un faux cri de douleur.

— Quelqu'un ici a faim. Je pense qu'il vaut mieux que je conduise rapidement le jeune seigneur à la cuisine pour qu'il puisse piller le garde-manger.

Mara rit et lui en donna la permission. Kevin leva les bras, attrapa Ayaki par les poignets, le remit d'une pirouette sur ses pieds, puis lui donna une légère tape sur les fesses. Le futur seigneur des Acoma lança un nouveau cri de guerre et chargea vers le manoir ombragé. Alors que Kevin courait après lui sans montrer lui non plus le moindre sens du protocole, la dame des Acoma secoua la tête.

— Nacoya déteste voir ces deux-là manger dans la cuisine, se dit-elle en parlant dans le vide.

Dans les arbres, les oiseaux reprirent leurs chants interrompus. Mara laissa son esprit vagabonder. Fatiguée par le poids des responsabilités, elle avait dernièrement pensé à raviver l'intérêt d'Hokanu. Les Shinzawaï avaient consolidé leur place au Conseil en rejoignant l'Alliance pour la guerre d'Almecho, ce qui rendait une union entre les Shinzawaï et les Acoma encore plus désirable. Les radicaux du Parti du progrès s'agitaient suffisamment à propos des changements sociaux au Conseil pour que la conduite versatile du Parti de la roue bleue passe sans susciter de commentaires. Mais Mara sentait que quelque chose de plus important était en préparation. Elle pourrait au moins en profiter pour sonder Hokanu et obtenir des informations.

Ennuyée de voir son intérêt passer si rapidement de la romance à la politique, Mara soupira.

— Ma dame ?

Nacoya parut sur le seuil de la porte, regardant sa maîtresse d'un air soucieux.

— Quelque chose ne va pas ?

Mara fit signe à la vieille femme de s'asseoir sur la natte qu'Arakasi venait de libérer.

— Je suis... fatiguée, Nacoya.

Lentement et douloureusement, en sentant tout le poids de ses années, Nacoya s'agenouilla. Les dévastations d'Ayaki et de Kevin aux cuisines furent vite oubliées lorsqu'elle prit la main de Mara dans la sienne, déformée de plus en plus chaque jour par l'infirmité.

— Ma fille, qu'est-ce qui pèse tant sur ton cœur ?

Mara dégagea sa main de l'étreinte de Nacoya. Alors que l'un des domestiques omniprésents arrivait pour retirer le plateau du repas d'Arakasi, elle prit une croûte de pain et la lança dans le sentier. Deux petits oiseaux vinrent immédiatement picorer les miettes.

— Je réfléchissais, et je me demandais si je devais faire ma cour au seigneur des Shinzawaï, pour épouser Hokanu. Je pensais qu'un consort pourrait me décharger un peu de mes responsabilités. Puis je me suis retrouvée en train de vouloir utiliser cette excuse pour lui soutirer des informations sur les intrigues du Parti de la roue bleue. Cela m'attriste, Nacoya. Hokanu est un homme trop bien pour être utilisé de cette manière.

Retrouvant sa sensibilité de nourrice et oubliant qu'elle était premier conseiller, Nacoya hocha la tête pour indiquer qu'elle comprenait le sentiment de Mara.

— Ton cœur n'a plus de place pour la romance, ma fille. Kevin retient toute ton affection, pour le meilleur ou pour le pire.

Mara se mordit les lèvres pendant que les oiseaux se disputaient les dernières miettes de pain. Pendant des années, sa maisonnée avait gardé le silence devant l'évidence : son amour pour l'esclave barbare représentait bien plus que le besoin d'une femme seule pour le réconfort des bras d'un homme. Obéissant à la lettre aux ordres de sa maîtresse, Nacoya n'avait plus abordé le sujet – même si au quotidien, elle ne tenait souvent aucun compte des désirs de Mara. Mais comme la jeune femme avait suffisamment mûri pour remettre en question ses propres choix, la vieille femme parla sincèrement.

— Ma fille, je t'avais avertie la première nuit où l'esclave barbare t'a rejointe dans ta chambre. Mais ce qui est fait est fait. On ne peut changer ce qui est arrivé. Mais tu dois maintenant affronter tes responsabilités.

Mara redressa vivement la tête. Les passereaux déployèrent vivement leurs ailes et s'envolèrent.

— Est-ce que je ne passe pas ma vie à protéger ce qui un jour appartiendra à Ayaki ?

Cessant de regarder la croûte de pain, Nacoya répondit :

— Ton père déborderait de fierté de voir ta victoire sur ses ennemis. Mais tes jours ne t'appartiennent pas. Tu es la vie de la maison Acoma. Quelle que soit la force de tes désirs, mon enfant, tu dois gouverner d'abord et chercher le bonheur ensuite.

Mara hocha la tête, son visage un masque impassible.

— Mais par moments...

Nacoya reprit la main de Mara.

— Tous ceux qui t'aiment ne te reprochent pas ces moments, mon enfant. Mais le temps viendra où tu devras conclure une alliance solide. Si ce n'est pas avec Hokanu des Shinzawaï, ce sera avec le fils d'un autre seigneur. Ce consort devra engendrer un enfant pour sceller l'alliance entre notre maison et la sienne. En tant que souveraine, tu peux faire venir dans ta couche qui tu le désires, et personne ne pourra te le refuser. Mais il faudra d'abord que tu aies porté un enfant de ton mari. L'identité du père ne devra jamais être remise en question. Jamais. Car cet enfant sera comme un pont de pierre au-dessus d'un précipice.

— Je sais, soupira Mara. Mais jusqu'à ce que ce moment vienne, je ferai semblant de...

Elle ne termina pas sa pensée.

Comme Nacoya ne semblait pas prête à partir, Mara laissa de côté sa mélancolie.

— Tu as des nouvelles ?

L'ancienne nourrice fit la grimace pour dissimuler un sourire de fierté.

— L'émissaire du seigneur Keda, qui est dans nos murs, est arrivé au bout de ses ruses et de sa patience. Il va insister pour que nous concluions un accord cet après-midi. Il faut que vous déjeuniez et que vous vous changiez, car Jican a épuisé toutes les excuses possibles. Le temps est venu de reprendre vous-même les négociations.

Mara eut un sourire malicieux.

— La question désespérante et vexante des entrepôts de céréales. Je n'ai pas oublié.

Elle se leva, offrit sa main à la vieille femme pour l'aider à se relever, puis se rendit dans ses appartements où ses servantes l'attendaient avec un étalage impressionnant de robes de cérémonie.

Deux heures plus tard, les cheveux tirés douloureusement en arrière au niveau des tempes par le poids des épingles qui maintenaient sa coiffure en place, Mara entra dans la haute salle des Acoma. Le dignitaire qui avait passé la majeure partie de deux journées frustrantes à se quereller avec son hadonra l'y attendait. Il semblait avoir chaud. Également contrarié et presque à bout de nerfs, Jican se leva pour annoncer l'arrivée de sa dame.

— Ma dame des Acoma, déclara-t-il au visiteur, qui pivota sur lui-même et qui la considéra de haut en bas avec l'air compassé d'un fonctionnaire impérial. Derrière lui se tenait une armée de scribes et d'intendants aux vêtements froissés. Moins rapides à masquer leur expression irritée que leur chef, ils se levèrent pour faire leur révérence.

Mara attendit que le dignitaire lui ait rendu l'hommage dû à son rang pour avancer vers l'estrade. Tous les regards la suivirent, tandis que le claquement de la béquille de Keyoke, derrière elle, faisait un contrepoint au grincement de l'armure de Lujan.

Sa mauvaise humeur masquée par une voix de velours, car son maître appartenait à l'une des Cinq Grandes Familles et avait un rang supérieur à celui de Mara, le grand émissaire présenta ses respects.

— Allez-vous bien, dame des Acoma ?

En faisant attention à son chignon complexe, Mara inclina la tête.

— Je vais bien, premier conseiller Hantigo. Votre maître, le seigneur des Keda, va-t-il bien ?

Avec raideur, l'émissaire des Keda répondit à sa question courtoise.

— Je peux seulement dire qu'il allait bien la dernière fois où je l'ai vu.

Mara prit soin de ne pas sourire devant l'amertume voilée de l'homme. Apparenté de façon lointaine aux Shinzawaï, son maître était un homme puissant. Son rang était non seulement supérieur à celui de sa famille, mais il était le chef de guerre du clan Kanazawaï. La maison du seigneur des Keda n'était pas de celles qu'elle souhaitait offenser, bien que selon ses instructions Jican ait passé un jour et demi à contrecarrer les plans de son premier conseiller.

Installée sur des coussins, ses robes arrangées en couches comme des pétales de fleur, Mara autorisa d'un geste ses conseillers et les émissaires des Keda à s'asseoir. Elle ouvrit promptement la discussion, comme si son hadonra ne s'était pas efforcé de retarder les négociations durant toute la journée.

— Nacoya m'a dit que nous étions presque arrivés à un accord.

Le premier conseiller des Keda garda des manières impeccables, mais le ton de sa voix ne laissait aucun doute sur son humeur.

— Avec tout le respect qui est dû à votre estimée premier conseiller, dame Mara, le problème est loin d'être réglé.

Mara haussa les sourcils.

— Vraiment ? Qu'avons-nous de plus à discuter ?

Le premier conseiller des Keda calma son irritation avec l'habileté d'un politicien consommé.

— Nous avons besoin d'un accès aux quais de Silmani, de Sulan-Qu et de Jamar, dame. Apparemment, vos intendants ont acheté tellement d'espace dans les entrepôts disponibles que vous détenez un monopole dans ce domaine.

Aigri par le sarcasme, l'un des intendants mineurs intervint :

— Étant donné le manque de commerce visible des Acoma dans ces régions, je me hasarderai à suggérer que vous avez anticipé les besoins des Keda et que vous avez cherché à les contrecarrer. Nous vous rappelons que la saison est courte. Les délais nous obligent à trouver rapidement des entrepôts pour stocker nos marchandises sur les quais du fleuve. Le commerce de la maison Keda ne doit pas souffrir d'une interruption préjudiciable.

Pour empêcher le scribe furieux de révéler trop de choses, le premier conseiller des Keda reprit la direction de la conversation.

— Mon maître m'a ordonné de m'enquérir de vos exigences, et de négocier le rachat de vos contrats de location des entrepôts dans les trois cités mentionnées. Après deux jours de discussions, nous ne sommes toujours pas certains du prix exact que vous demandez.

Dans le coin le plus éloigné de la pièce, un mouvement dans l'ombre attira l'attention de Mara. Discret, silencieux comme à son habitude, Arakasi était entré dans la haute salle. Il vit immédiatement que sa maîtresse l'avait remarqué, et lui fit un signe clair indiquant qu'elle pouvait continuer à discuter du problème en cours. Mara cacha sa satisfaction devant l'efficacité de son maître espion et regarda avec insistance le premier conseiller des Keda.

— Hantigo, la façon dont les Acoma utilisent ces entrepôts ne regarde qu'eux. Je me contenterai de vous révéler que nous perdrons un avantage certain lors des marchés d'automne de l'année prochaine si nous ne gardons pas nos contrats actuels.

— Ma dame, si je puis me permettre, reprit le premier conseiller des Keda avec une très légère trace d'aigreur, les marchés de l'automne prochain ne concernent pas les Keda. C'est à ce printemps-ci que nos céréales doivent être sur le fleuve pour ne pas manquer la crue. Quand votre intendant a ignoré les démarches de notre émissaire à Jamar, nous avons tenté de négocier le droit de sous-louer les entrepôts.

Il s'éclaircit la gorge et se força à ne pas prendre une voix condescendante ; il n'était pas confronté à une jeune femme capricieuse mais à une pratiquante aguerrie du grand jeu.

— Comme il n'est pas courant qu'une souveraine se préoccupe elle-même d'un domaine aussi mineur que le commerce, nous avons perdu du temps avant de porter le problème à votre attention. Mais, ma dame, les jours qui restent sont maintenant cruciaux.

— Pour les Keda, intervint Mara.

Les renseignements d'Arakasi avaient indiqué que les récoltes de printemps des Keda attendaient dans les greniers des fermes en amont du fleuve que les entrepôts sur les quais soient enfin disponibles. Quand la crue de printemps commencerait, les céréales devraient être près du fleuve pour être transportées en aval par barques et par péniches, jusqu'aux marchés de la Cité sainte, de Sulan-Qu et de Jamar. L'hiver sec des basses terres de Kelewan était la seule saison durant laquelle la navigation sur le Gagajin – la principale route commerciale du cœur de l'empire – était impossible. Bien que les petites embarcations négocient sans problème les hauts-fonds durant l'hiver, les grandes péniches chargées de marchandises ne pouvaient pas franchir les bancs de sable entre Sulan-Qu et Jamar. Ce n'est que lorsque la neige des montagnes de la Grande Muraille fondait au printemps et faisait monter le niveau des eaux que les grandes cargaisons pouvaient passer. Mara avait aussi tenté de monopoliser les entrepôts des quais de Kentosani, la Cité sainte, mais avait échoué à cause d'un décret impérial : personne ne pouvait réserver les entrepôts pour de longs contrats, en cas de besoin impérial.

Mais malgré ce revers, Mara avait tout de même réussi à entraver le commerce de ses adversaires, sans jamais les menacer ou lancer d'actes hostiles délibérés. Que le seigneur des Keda envoie son premier conseiller comme négociateur prouvait que son plan improvisé avait touché une faiblesse ; le dilemme provoqué par l'impasse sur les céréales était urgent et critique.

Mara feignit la consternation.

— Très bien. Si mes conseillers n'ont pas été clairs, montrez-moi les termes proposés. (Elle marqua une pause, comme si elle comptait sur ses doigts, puis reprit Nous vous accordons les droits pleins et entiers, sans restriction d'aucune sorte, sur nos entrepôts à Silmani, depuis ce jour jusqu'au jour suivant celui où vos récoltes partiront vers le sud. Et un accès égal aux entrepôts de toutes les cités du sud, à nouveau sans restriction, jusqu'à ce que vous ayez vendu l'intégralité de vos récoltes de l'année, jusqu'au premier jour de l'été dernier délai.

Le premier conseiller des Keda restait immobile, le visage impassible, mais ses manières lasses devinrent soudain avides tandis qu'il attendait d'entendre le prix de la transaction.

Mara faillit presque regretter de le décevoir.

— En échange, votre seigneur devra m'accorder la promesse d'un vote au Conseil, dans le sens que je demanderai, sans réserve ni question.

Violant le protocole, le premier conseiller des Keda laissa échapper :

— Impossible !

Mara garda le silence. Elle laissa Nacoya intervenir au moment le plus approprié :

— Premier conseiller ! Vous vous oubliez !

Vexé et honteux, Hantigo rougit et tenta de retrouver son sang-froid.

— Je supplie la dame de me pardonner. (Froidement, il ferma à demi les yeux.) Néanmoins, je ne serais pas loyal à mon seigneur si je devais répondre à cette requête autrement que par la négative.

Consciente que Lujan étouffait un sourire mal à propos et qu'Arakasi se délectait de toute la scène depuis son coin au fond de la salle, Mara réussit à jouer son rôle à la perfection.

— C'est notre prix.

Les scribes et les intendants semblaient froissés. La rougeur d'Hantigo disparut et céda la place à une pâleur terrible et à des tremblements.

— Dame, vous demandez trop.

— Nous pouvons louer des chariots et transporter nos céréales jusqu'aux marchés du sud par la route, murmura un intendant mortifié.

Hantigo lui lança un regard meurtrier et répondit entre ses dents serrées.

— Si cette option avait été réalisable, je n'aurais jamais quitté l'ombre du domaine de mon maître. La marge de temps que nous avions pour utiliser une alternative a été gaspillée, et même si nos chariots partaient à l'instant même, les céréales arriveraient trop tard sur le marché. Nous serions forcés d'accepter le premier prix que nous offriraient les négociants.

Hantigo se retourna vers Mara, le visage impénétrable.

— L'honneur des Keda n'a pas de prix.

Arakasi avait révélé à sa maîtresse que cette année, le seigneur des Keda avait dépassé ses capacités financières. Mais si sa fierté avait une importance primordiale pour lui, il pourrait accepter de vendre ses céréales à perte et attendre une autre année pour compenser son déficit. Mara sentait que le pousser dans une telle impasse serait dangereux, et pourrait même lui valoir son hostilité.

— Premier conseiller Hantigo, vous vous trompez à mon sujet. Je n'ai pas l'intention de manquer de respect à Andero des Keda. Permettez-moi de prêter ici serment, devant témoins, que je demanderai à votre maître de me soutenir seulement pour un problème important pour la maison Acoma. Je promets de ne pas demander de vote qui risque de compromettre l'honneur de la maison Keda. Je n'exigerai pas d'aide militaire pour les Acoma, ni une attaque envers un tiers ou tout autre acte qui obligerait les Keda à risquer leurs biens ou leurs richesses. Je cherche simplement des garanties pour bloquer toute tentative future de me nuire au Grand Conseil. Vous vous rappelez sûrement les difficultés éprouvées par les Acoma à cause de l'appel impérial nous demandant d'envoyer des troupes aux frontières de Dustari ?

Hantigo frotta ses tempes trempées de sueur, répugnant à lui concéder ce point. Le stratagème des Minwanabi avait certainement mis à mal la fortune des Acoma pendant près de trois ans. L'entrée de la maison dans le commerce de la soie avait pratiquement été ruinée par cette seule action. Mais si le premier conseiller comprenait la situation, il ne pouvait pas accepter les conditions de Mara sans la permission de son maître. Le transfert d'un vote au Grand Conseil n'était pas une concession que pouvait accorder un émissaire. Avec regret, Hantigo répondit :

— Même avec de telles assurances, je doute que mon maître accepte votre proposition.

Le premier conseiller des Keda se leva et s'inclina, cachant d'une façon magistrale son désappointement. Suivi de sa troupe de scribes et d'intendants, il sortit avec dignité de la salle.

Mara envoya Jican escorter le premier conseiller des Keda jusqu'à la porte. Puis elle attendit un moment, prudemment, avant de faire signe à Arakasi de la rejoindre.

— Pouvons-nous compter sur un vote des Keda au Conseil ?

Son maître espion lança vers la porte que l'émissaire venait de franchir un regard aussi acéré que celui d'une mortèle.

— Je pense que le seigneur des Keda pourra se laisser fléchir, mais vous devrez lui fournir des garanties. Le seigneur Andero prend très au sérieux son rôle de chef de guerre de son clan. Il ne fera rien qui compromette sa maison ou les intérêts des Kanazawaï, et, plus particulièrement, il ne voudra pas s'impliquer dans un conflit contre les Minwanabi.

Lujan fit un pas vers la porte pour retourner aux devoirs qui l'attendaient, mais fit remarquer :

— Cependant, même s'ils sont publiquement dans le Parti de l'œil-de-jade, les Keda ont de nombreux parents dans le Parti de la roue bleue. S'ils sont aussi profondément impliqués dans le jeu du Conseil que cela le suggère, peut-être que donner à Desio une seule raison de les haïr encore plus n'aura pas beaucoup d'importance ?

Cette remarque ne lui valut qu'un léger sourire de Mara. Fatiguée par un après-midi épuisant, elle tira sur une épingle à cheveux qui la gênait.

— Nous avons fait tout ce que nous pouvions sans risquer de l'insulter. (Elle ôta l'épingle et la fit jouer entre ses doigts, observant les reflets de lumière sur la petite perle fixée à son extrémité.) Je n'aime pas marcher sur les pieds d'un chef de guerre de clan, mais j'aurai besoin de tous les soutiens que je pourrai rassembler pour déjouer les complots des Minwanabi au Grand Conseil. Notre maison ne peut pas s'offrir une répétition du presque désastre de Tsubar.

Mara retira une autre épingle, puis fit signe à une servante de défaire sa coiffure. De longues mèches noires tombèrent en cascade sur son dos, et elle se sentit plus à l'aise, même si elle avait un peu chaud.

— Nous en sommes à combien maintenant ?

Nacoya fronça les sourcils, puis claqua des doigts pour qu'une servante coiffe les cheveux dénoués de sa maîtresse.

— Si toutes les promesses qui vous ont été faites sont tenues, vous pouvez obtenir près d'un tiers des votes du Grand Conseil.

Pesant le pour et le contre, comme il le faisait autrefois sur les champs de bataille, Keyoke ajouta :

— Je parierais que certains ne respecteront pas leurs engagements si les circonstances ne leur sont pas favorables, ma dame.

Mais rien n'était jamais garanti dans le Jeu ; Mara avait appris les chausse-trappes de la politique tsurani dès son plus jeune âge. Alors que la servante nattait ses cheveux en une tresse confortable, elle replia les bras contre sa poitrine et posa son menton sur son poing.

— Mais si le chef de guerre du clan Kanazawaï acceptait de me céder son vote, d'autres seigneurs plus hésitants suivraient l'exemple de cet homme puissant.

Toutes ces suppositions exprimaient la peur de Mara d'être allée trop loin et de s'être attiré la haine de la maison Keda. Si le seigneur Andero s'offensait de sa proposition, il n'hésiterait pas à se venger des Acoma, même s'ils appartenaient tous deux au Parti de l'œil-de-jade.

Mais le doute ne conduit pas à la grandeur. Alors que la servante attachait sa tresse avec un nœud de velours, Mara demanda une robe plus légère et plus simple, puis observa ses conseillers.

— Nous devons nous occuper des nombreux préparatifs du voyage. (Un regard vers la fenêtre lui montra qu'il restait encore plusieurs heures de jour.) Lujan, rassemble, s'il te plaît, une escorte. Ayaki et le natami doivent être protégés contre une attaque durant notre absence. Et des cargaisons de balles de soie doivent être envoyées dans tous nos entrepôts, pour que les Keda n'aient aucune raison de croire que nous monopolisons l'espace de stockage pour les désavantager. Il faut donc que j'aille conclure un accord avec la reine des Cho-ja avant la tombée de la nuit.

Les Acoma entrèrent dans la Cité sainte comme une patrouille traversant une frontière ennemie. Depuis les immenses entrepôts construits sur les berges du fleuve jusqu'aux grandes avenues séparant les différents quartiers, Kentosani était parée comme une mariée avant la cérémonie nuptiale. Les murs avaient été fraîchement repeints, et des guirlandes de fleurs et des drapeaux multicolores ornaient joyeusement chaque rue. Plus vieille que Sulan-Qu et reflétant des siècles d'architecture, Kentosani était la cité la plus impressionnante de tout l'empire. Des bâtiments de pierre construits sur plusieurs étages s'entassaient contre des galeries sculptées et peintes ; des poteaux d'éclairage de bois et de céramique astucieusement construits s'élevaient au-dessus de caissons de fleurs disposés tout au long des avenues. Où qu'il porte son regard, Kevin était stupéfait par le contraste entre la beauté et la laideur la plus absolue. Les effluves d'encens des temples se mêlaient aux miasmes fétides des immondices du fleuve. Des mendiants sales, possédant une licence impériale, s'asseyaient en rang le long des murs et exposaient leurs plaies ouvertes et leurs mutilations aux yeux des badauds. Un grand nombre s'appuyaient sur des béquilles, se calant le dos contre des fresques peintes par des artistes de génie. Des bandes crasseuses de gamins des rues criaient et tendaient le cou pour tenter d'apercevoir la grande dame, pendant que les hommes de la garde vigilante de Mara les tenaient à l'écart, de leurs boucliers et de la hampe de leurs lances. Des matrones portant leurs paniers sur des perches se moquaient du grand esclave barbare qui dominait de sa taille le reste de la suite. Elles le désignaient du doigt et admiraient avec force commentaires ses cheveux d'or roux.

Des groupes serrés de marchands que des messagers en pleine course évitaient prestement, des processions de prêtres vêtus de robes à capuche et dont les ceintures de perles s'ornaient de reliques, des coursiers de maison vifs comme l'éclair, des gardes de la ville en blanc impérial étincelant donnaient une atmosphère de prospérité animée à la ville. Mais les réflexes de soldat de Kevin étaient suffisamment aiguisés pour lui permettre de remarquer les hommes aux yeux alertes dissimulés dans les recoins sombres ; qu'il s'agisse d'espions, d'informateurs ou de vendeurs de rumeurs qui échangeaient leurs ragots contre quelques pièces de coquillage, les gardes acoma ne prenaient aucun risque. Des éclaireurs vigilants vérifiaient toutes les encoignures de porte et toutes les ruelles, pendant que Lujan tenait ses guerriers prêts à réagir au moindre signe de danger. La paix impériale signifiait que ceux qui la brisaient seraient châtiés. Ce n'était pas une garantie contre les imprudents.

Mais, malgré toutes ces ténébreuses intrigues, la traversée du quartier commerçant était spectaculaire. Un seul membre de la suite acoma n'appréciait pas la splendeur des lieux ; obligé de voyager dans un palanquin comme un courtisan, Keyoke restait assis, impassible comme une statue de pierre, le visage totalement inexpressif.

Le cortège de Mara traversa le parvis des temples, une place gigantesque sur laquelle donnaient vingt immenses bâtiments élevés à la gloire des dieux tsurani, et abritant les prêtres de leurs différents ordres. Des arcades de marbre précieux, aux colonnes de malachite et d'onyx, incrustées de coquillages et rehaussées de tuiles laquées, étincelaient sous la lumière du soleil. Un immense feu brûlait au centre de la place, entouré de vases d'encens et d'autels où s'entassaient des bols d'offrandes. Kevin avançait avec difficulté, tenaillé entre son envie d'admirer les splendeurs d'une culture étrangère et très ancienne, et la nécessité de regarder où il posait les pieds sur les pavés traîtres et usés.

La résidence des Acoma se trouvait à l'écart, dans un quartier résidentiel tranquille. Elle était ombragée par les arbres en fleur qui bordaient l'avenue et protégée par un mur somptueux recouvert de tuiles. Derrière cette enceinte s'élevait un bâtiment à plusieurs étages, orné à chaque pignon de shatra sculptés. Une charmille de vignes violettes poussait sur des treillis découpés dans des milliers de coquillages géants, et ombrageait les larges portes de bois semi-circulaires de l'entrée. Elle était destinée à impressionner les visiteurs. Comme beaucoup de vieilles familles de l'empire, les Acoma possédaient une résidence proche du cœur de Kentosani et des bâtiments du siège impérial. Il s'écoulait quelquefois des années entre deux visites, mais les maisons majestueuses, vieilles de plusieurs siècles, étaient toujours entretenues au cas où le seigneur aurait besoin d'habiter quelques semaines dans la cité. Chaque famille du Grand Conseil possédait un minuscule appartement dans le palais impérial. Mais pour leur confort et les rencontres privées, la plupart des souverains préféraient la liberté et les dimensions spacieuses de leurs résidences moins formelles, en dehors de la cité intérieure.

Accompagné d'un serviteur en livrée, Jican attendait à la porte de la résidence. Quand la suite de Mara s'arrêta devant le portail, le hadonra s'inclina

— Tout est prêt pour votre arrivée, ma dame.

Puis il fit un geste, et à son signal les portes s'ouvrirent en grand.

Les porteurs de Mara emmenèrent leur maîtresse à l'intérieur, et alors que Jican et son assistant leur emboîtaient le pas, Kevin reconnut avec surprise Arakasi en la personne du domestique. À l'abri de la charmille, mettant à profit le bruit des pas des soldats de la garde d'honneur qui entraient dans la cour pour couvrir ses paroles, le maître espion se pencha vers le palanquin de Mara.

Seul Kevin marchait assez près pour remarquer qu'ils échangeaient quelques paroles. Quand toute la suite fut entrée dans la cour protégée par les murs, les portes furent refermées et barrées. Kevin offrit sa main à Mara et remarqua, alors qu'il l'aidait à se lever des coussins, qu'elle faisait un effort pour ne pas froncer les sourcils.

— Que se passe-t-il ? demanda-t-il. Arakasi a-t-il appris de mauvaises nouvelles ?

Mara lui lança un regard d'avertissement.

— Pas ici, murmura-t-elle, faisant semblant d'inspecter le petit jardin qui protégeait la maison des bruits de la rue. Tout me semble en ordre, Jican.

Kevin resta déconcerté devant la réticence de sa maîtresse, jusqu'à ce qu'Arakasi incline légèrement la tête vers les galeries qui surplombaient la maison, de l'autre côté de la rue. Des espions pouvaient rôder dans leurs ombres. Le Midkemian se rappela avec un temps de retard que parmi les espions de ce monde se trouvaient des individus au regard particulièrement exercé, entraînés à lire sur les lèvres. Consolé, il resta comme il convenait un pas derrière sa maîtresse, alors qu'elle entrait dans sa demeure.

La grande salle sentait le bois ciré, les épices et les vieilles tentures. Kevin s'émerveilla devant les innombrables meubles anciens, polis avec amour par des générations de domestiques. La résidence de Kentosani était beaucoup plus vieille que le manoir construit près de Sulan-Qu. La plupart des cloisons donnant sur la rue étaient recouvertes de soie peinte, mais la façade intérieure s'ouvrait sur une cour centrale, teintée de vert par l'ombre de très vieux arbres. Des escaliers étroits bordés de balustrades ornées d'animaux mythiques, polies et usées par les nombreuses mains qui s'y étaient posées, montaient vers de hautes salles. Comme si le bâtiment avait été autrefois une enceinte fortifiée, les murs au niveau du sol étaient construits en pierre, tandis que la charpente de bois des trois étages supérieurs soutenait des murs de tissu. Stupéfait, Kevin contemplait ce bâtiment qui ne ressemblait à rien de ce qu'il connaissait des deux côtés de la faille. Bien qu'elle soit de taille modeste comparée au manoir des Acoma, la résidence de Mara était aussi grande qu'une auberge du Royaume. Les poutres massives et les ouvrages de pierre étaient astucieusement mêlés, formant une demeure qui donnait l'impression d'être spacieuse et aérée.

Des galeries encombrées de pots de fleurs surplombaient un jardin intérieur, avec des bassins à poissons et une fontaine, et où un vieux jardinier voûté menaçait de son râteau deux esclaves qui arrachaient la mousse des sentiers dallés. Kevin déclara dans le vide :

— Un homme pourrait facilement s'habituer à cette beauté...

Un coup sec dans le dos lui rappela son rang. Il regarda derrière lui, puis vers le bas, et découvrit le visage irascible de Nacoya, qui tenait son bâton de marche selon un angle qui signifiait qu'elle ne plaisantait pas.

— Ta maîtresse a demandé un bain, barbare.

Kevin remarqua alors que le rez-de-chaussée était presque vide et que les domestiques se précipitaient dans les escaliers. Arakasi ne semblait pas se trouver parmi eux.

Recevant un nouveau coup, et cette fois dans un endroit particulièrement sensible, Kevin répondit :

— Très bien, petite mère. J'y vais.

Avec un sourire insolent, il partit sans perdre un instant.

Mara était déjà dans ses appartements avec plusieurs servantes étrangères occupées à la déshabiller. Deux autres domestiques, dont aucun n'était Arakasi, versaient des chaudrons de céramique d'eau bouillante dans un baquet de bois. Alors que Mara, nue, attendait que ses servantes aient terminé de relever ses cheveux avec des épingles, Kevin avança et testa la température de l'eau pour s'assurer de son confort. Devant son hochement de tête approbateur, les domestiques sortirent.

Mara congédia les servantes, monta sur un petit escabeau et entra gracieusement dans son bain. Elle s'assit dans la douce chaleur, fermant les yeux tandis que Kevin commençait à appliquer un savon parfumé sur ses joues. Elle soupira doucement.

— C'est une sensation merveilleuse.

Mais l'expression soucieuse ne quitta pas son visage.

— Qu'a dit Arakasi ? demanda Kevin alors qu'il la massait doucement et enlevait la poussière de la route du visage de sa bien-aimée.

Il posa ses mains sur les épaules de Mara alors qu'elle se penchait pour rincer le savon, toujours aussi nerveuse.

La jeune femme soupira et souffla par le nez pour chasser quelques gouttelettes d'eau.

— Une rencontre du clan a été convoquée pour cet après-midi. Quelqu'un a pris grand soin de veiller à ce que le message ne me parvienne pas à temps. Je suis sûre que dans la soirée, un coursier reviendra du domaine et se confondra en excuses en nous remettant la convocation.

Kevin reprit le savon et poursuivit la toilette de Mara. Il massa la base de sa nuque, mais la jeune femme ne donna pas le moindre signe de plaisir. Kevin devina qu'elle repensait à la visite de Jiro des Anasati, qui l'avait avertie que certaines branches du clan Hadama s'étaient alarmées devant la soudaine montée en puissance des Acoma. Le traité victorieux conclu avec Tsubar avait dû enflammer les jalousies. Pire : immédiatement avant leur départ pour la Cité sainte, les espions d'Arakasi avaient informé Mara que le jeune Jiro avait rendu visite au seigneur Desio.

Le message manquant pouvait être lié aux deux événements. Les manœuvres politiques ne cessaient jamais sur Kelewan et étaient mortellement dangereuses. Ne voulant pas réfléchir trop longuement aux intrigues tsurani, Kevin demanda à Mara de se pencher en avant et commença à lui savonner le dos.

— Ma dame, les messages égarés et les rivalités de clan existeront toujours après ton bain. À moins que tu ne veuilles rencontrer tes parents couverte de poussière ?

Il réussit à la surprendre et à lui arracher un rire outragé.

— Brute... Je suis certainement moins sale que toi, qui as marché tout au long du voyage en plein air.

D'un air joueur, Kevin passa un doigt sur son visage et le tint devant ses yeux, comme s'il l'inspectait.

— Hmmm. Oui, il me semble en effet que ma peau est plus sombre qu'avant le début de notre voyage.

Il ne prêtait plus attention au pain de savon mou qu'il tenait dans sa main. Mara en détacha un morceau du bout du doigt, qu'elle déposa sur le nez de son amant.

— Alors, tu ferais mieux de laver aussi ton corps.

Kevin regarda autour de lui, feignant la déception.

— Hélas, je ne vois aucun domestique pour me frotter le dos, dame.

Mara attrapa une éponge et lui aspergea le visage d'eau chaude.

— Viens donc me rejoindre, grand imbécile.

Le visage fendu d'un large sourire, Kevin posa le savon, se déshabilla rapidement et grimpa dans le baquet. Il s'installa derrière Mara et la prit dans ses bras, ses doigts explorant son corps. Ses attentions firent frissonner la jeune femme. Elle murmura :

— Je pensais que tu voulais te laver de la poussière de la route.

Les mains de Kevin glissèrent sous l'eau, la caressant toujours.

— Personne n'a dit que se laver devait être déplaisant.

Elle se retourna dans le cercle de ses bras, puis s'allongea et embrassa son esclave barbare. Bientôt, elle oublia ses soucis et les rivalités de clan en se perdant dans les plaisirs de l'amour.

Vêtue de ses couleurs officielles, Mara fit signe à ses porteurs de s'arrêter devant l'entrée de la salle du Conseil. Elle était entourée de gardes du corps qui la protégeaient étroitement, et servie par une vieille servante ridée. Elle dut endurer plusieurs ajustements de dernière minute sur son costume pendant que Lujan et sa garde d'honneur de cinq guerriers attendaient pour la précéder dans la pièce. Kevin se tenait derrière son palanquin découvert. Comme la coiffure imposante ornée de pierres précieuses de Mara lui masquait la pièce, il se contenta d'observer l'antichambre, dont la splendeur dépassait tout ce qu'il avait vu durant sa vie. Le bâtiment qui abritait le Grand Conseil était l'un des plus imposants de Kentosani. Le Conseil occupait un complexe plus grand que le manoir des Acoma. Ses couloirs étaient aussi hauts que des cavernes, et chaque arche et chaque porte étaient sculptées de créatures fantastiques qui, selon la tradition, étaient censées repousser les influences maléfiques. Les gargouilles étaient restées, même si l'on avait oublié les noms de ces esprits gardiens et que l'on ne prêtait plus attention à leurs terribles expressions de rage. Des motifs complexes ornaient les sols et les plafonds, et chaque pouce de mur était peint de fresques historiques. Un grand nombre d'entre elles montraient des guerriers portant les couleurs des Xacatecas et des Minwanabi. De temps en temps, Kevin reconnaissait un groupe vêtu du vert des Acoma. Appréciant depuis peu les grandes traditions de l'empire, Kevin se sentait comme étranger à sa propre culture.

Cette cité dans la cité possédait sa propre entrée et des salles de réunion indépendantes du palais à proprement parler. Elle était gardée par des compagnies de soldats levées dans toutes les maisons des membres du Conseil, et dans les couloirs les guerriers en armure portaient une centaine de combinaisons de couleurs différentes. Chaque compagnie avait fait le serment de maintenir la paix et de ne pas prendre parti si des disputes provoquaient des actes de violence. Cependant, tous les seigneurs faisaient en sorte de ne pas mettre leur promesse à l'épreuve, car selon l'honneur tsurani, la loyauté envers la maison primait tous les concepts abstraits de fair-play.

Kevin perdit le compte des emblèmes et des couleurs bien avant d'atteindre l'antichambre. Quand il avait affronté les Tsurani dans la guerre de la faille, les armées étaient restées homogènes, deux ou trois maisons différentes marchant ensemble sous un commandement mixte. Mais dans cette seule antichambre, au moins une douzaine de couleurs d'armure qu'il ne connaissait pas identifiaient les maisons qui avaient fourni les soldats assurant la sécurité de la rencontre du clan Hadama.

Une voix proclama à l'entrée de la grande salle :

— La dame des Acoma !

Puis deux immenses tambours résonnèrent. Lujan fit signe à ses hommes de marcher d'un même pas, et, alors que les porteurs de Mara avançaient en procession, Kevin aperçut les joueurs de tambour.

Ils se tenaient de chaque côté de la grande entrée, vêtus d'un costume apparemment composé de très vieilles fourrures. Leurs maillets étaient en os sculpté et, en examinant leurs instruments, Kevin se rendit compte qu'il s'agissait de carapaces de tortue gigantesques, retournées et recouvertes d'une peau peinte. Le trépied qui les soutenait avait la forme d'une créature reptilienne hérissée de piquants.

Être un esclave barbare avait parfois ses avantages – personne ne serait surpris s'il restait bouche bée devant le spectacle qui s'offrait à ses yeux. Les couloirs et les antichambres l'avaient impressionné, mais la salle du Conseil était prodigieuse. Surmonté d'un immense dôme, le niveau supérieur était formé de grandes galeries, meublées de bancs de bois poli. Puis la salle s'évasait vers une série de petites tribunes à colonnes où trônaient des chaises somptueuses. Ces tribunes rappelaient à Kevin la loge privée du baron de Yabon, construite devant les lignes de départ et d'arrivée des courses de chevaux qui se déroulaient durant les foires annuelles de la ville. La plus petite famille noble de l'empire avait droit à un siège aussi riche que celui du baron. Les tribunes les plus grandes se trouvaient au niveau le plus bas, près de l'estrade centrale. Un grand nombre d'entre elles étaient abritées par des dais, peints ou brodés à l'emblème des maisons. Ils permettaient de s'assurer que les personnes qui se trouvaient derrière et sur les côtés ne pouvaient pas espionner les conversations. De grandes allées séparaient les tribunes, pour que les messagers et les serviteurs puissent satisfaire rapidement et sans effort les désirs de leurs maîtres. Les vastes dimensions de la salle n'étaient pas un luxe ; Kevin était étonné par l'importance de la foule présente. Les niveaux inférieurs étaient bondés de seigneurs en grande tenue tsurani. Les couleurs, les plumes et les coiffures précieuses formaient un spectacle tapageur, aux couleurs presque criardes.

Kevin referma difficilement la bouche. Et ce n'était qu'une réunion de clan !

Mara avait tenté de lui décrire les relations de clan. Après de longues et frustrantes explications, Kevin avait vaguement saisi que tous ces notables étaient apparentés d'une façon ou d'une autre. D'après ce qu'il avait compris, les ancêtres de tous ces gens étaient cousins. Liés par des coutumes qui lui semblaient un nœud de contradictions, les membres d'un clan s'attachaient à ce qui était pour sa logique midkemianne un concept dépassé de la parenté, qui avait pu avoir de l'importance aux premiers âges de l'empire, mais qui semblait maintenant parfaitement factice. Mais quand Kevin avait exprimé son avis, Mara avait insisté : la loyauté de clan n'était pas un vain mot. Avec la motivation appropriée, ces branches familiales divergentes pouvaient s'unir et s'engager dans des batailles meurtrières pour défendre le code intangible de leur identité. C'était la suprême importance de ces relations qui avait donné naissance au grand jeu. Une fois l'honneur du clan invoqué, aucune famille ne pouvait ignorer les liens du sang sans perdre la face.

Après avoir dépassé le palier de l'entrée et les joueurs de tambour, Kevin put enfin voir la salle dans son ensemble. La simple taille de l'édifice lui donnait l'impression d'être minuscule. Sur une estrade légèrement plus haute que le cercle de sièges placés au niveau central de la salle, un homme vêtu de longues robes et portant une immense coiffe de plumes vertes et jaunes indiqua d'un signe de tête aux porteurs de Mara qu'ils pouvaient poser le palanquin de leur souveraine. La garde d'honneur de la dame des Acoma se retira pour prendre position derrière le cercle concentrique des tribunes des gradins inférieurs. D'un claquement de doigts, Mara appela Kevin pour qu'il l'aide à se lever. Le Midkemian offrit son bras à la dame et la guida vers l'endroit qu'elle lui avait désigné. Ils descendirent un escalier aux petites marches vers une tribune tendue d'un dais de couleur verte, où se trouvait une chaise sculptée, ornée de l'emblème du shatra. La tribune était assez grande pour contenir tous les conseillers et les officiers de Mara si elle avait besoin de les garder auprès d'elle. Suivi par l'écho fantomatique de conversations murmurées, Kevin gardait les yeux baissés en signe de soumission, comme il convenait chez les Tsurani. Ici, il devait observer les formes, même si elles lui répugnaient. Si l'occasion l'exigeait, près de cinq mille personnes pouvaient s'installer dans les galeries supérieures, et dix mille autres dans les tribunes inférieures.

Alors que Kevin installait la dame des Acoma sur son trône laqué de vert, il remarqua que sa place était relativement proche de l'estrade. Conscient que le moment de l'entrée d'un seigneur et l'emplacement de sa tribune étaient des indicateurs culturels de rang, Kevin avait déjà remarqué la variété de la mode et de la qualité des vêtements. Le seigneur le plus éloigné de l'estrade devait être un pauvre cousin de campagne, car ses plus beaux atours étaient usés et décolorés.

Mais l'homme sur l'estrade était un véritable paon revêtu de son plus beau plumage ! Pendant qu'il faisait sa révérence d'esclave à côté du trône de sa dame, Kevin risqua un coup d'œil.

— Mon seigneur des Chekowara, salua cordialement Mara. Allez-vous bien ?

Le seigneur, dont Kevin reconnut le nom comme celui du chef de guerre du clan, rendit son salut à la dame des Acoma d'un hochement de tête. Le Midkemian se demanda comment il pouvait y arriver sans être renversé par le poids de ses bijoux et de ses plumes ! L'homme semblait assez précieux, mais son visage était large et viril, et sa peau presque aussi noire que celle d'un habitant de Kesh la Grande, l'empire situé au sud de Midkemia. En se redressant de sa révérence, Kevin marmonna discrètement :

— Si tu es apparentée à cet homme, c'est à plusieurs générations de distance...

Mara lui lança un regard mi-irrité, mi-amusé. Sur l'estrade, le seigneur des Chekowara sourit, découvrant une rangée de dents d'une blancheur éclatante.

— Je vais très bien, dame Mara. Nous souhaitons la bienvenue à notre réunion à notre très auguste souveraine. Je présume que vous allez bien vous aussi.

Mara lui fit la réponse rituelle, puis inclina froidement la tête vers les autres seigneurs. Alors qu'il prenait sa place d'esclave derrière le trône de sa dame, Kevin observa les visages à la dérobée, guettant un signe de mécontentement. Même si l'un des notables présents était désappointé par l'arrivée de Mara, tous les visages arboraient la traditionnelle impassibilité tsurani. Près de soixante-dix familles avaient envoyé des représentants à la réunion, et une ou plusieurs d'entre elles pouvaient être responsables du détournement de l'invitation de Mara. Étourdi une nouvelle fois par la taille de Tsuranuanni, Kevin se rappela que les Hadama étaient considérés comme un clan mineur de l'empire, même si les Acoma avaient gagné un grand honneur. Combien de maisons puissantes devaient donc compter un grand clan ? Selon l'estimation approximative de Kevin, cette petite rencontre de clan avait rassemblé près de cinq cents personnes dans le bâtiment, en comptant les seigneurs, les conseillers, les serviteurs et les esclaves, plus un nombre égal de soldats attendant dans les salles attenantes. Kevin avait du mal à imaginer la salle emplie au maximum de sa capacité, quand les puissants de l'empire se réunissaient en conseil.

De toute évidence, Mara n'était pas intimidée.

— Je suis très heureuse de retrouver mes cousins et d'assister à ce conseil, la première rencontre de clan à laquelle j'assiste depuis que j'ai pris le sceptre des Acoma.

Le sourire du seigneur des Chekowara s'élargit.

— Vous avez apporté beaucoup d'honneur et de prestige à la maison Acoma depuis la mort prématurée de votre père, dame Mara. La fierté règne dans nos cœurs grâce à vos exploits.

À ces paroles, de nombreux seigneurs frappèrent le sol du pied pour manifester leur approbation, comme s'ils applaudissaient. D'autres crièrent leurs félicitations, « Oui, exactement ! Un grand honneur ! » et « De beaux succès ! ».

Kevin se pencha pour ôter le châle de Mara, une soie légère brodée du symbole de sa maison.

— Cet homme est un véritable vendeur d'huile de serpent, murmura-t-il.

Le front de Mara se plissa sous son maquillage de cérémonie. Elle risqua un sifflement de désapprobation.

— Je ne sais pas ce qu'est l'huile de serpent, mais tes paroles ont l'air d'être une insulte. Pars maintenant, et attends avec la garde de Lujan jusqu'à ce que j'aie besoin de toi.

Kevin replia le châle sur son bras et remonta les escaliers. Quand il eut rejoint la garde d'honneur des Acoma, il commença à étudier subrepticement les débats. Le seigneur des Chekowara ouvrit la réunion par ce qui ressemblait à des annonces mondaines, une série de prochains mariages, de fiançailles et de naissances, et une liste encore plus longue d'éloges funèbres. Rares étaient les défunts qui étaient morts de vieillesse ou d'infirmité ; la phrase « tombé au combat dans l'honneur » revenait fréquemment. Kevin était étonné par la qualité de l'acoustique de la salle – quand les orateurs choisissaient de ne pas étouffer leur voix, ils pouvaient se faire entendre sans peine jusqu'aux plus hautes galeries. Kevin écoutait, mystifié, alors que la riche voix du seigneur des Chekowara pleurait la mort des notables du clan. Il murmura à Lujan :

— Ce calley au plumage multicolore, sur l'estrade, a toute la sincérité d'un relli.

Gardant le silence, le commandant des armées acoma ne bougea pas un muscle ; mais les pattes d'oie autour de ses yeux se plissèrent et trahirent le petit rire qu'il étouffait.

Comprenant avec résignation qu'il n'obtiendrait pas de réaction d'un soldat acoma en service, Kevin rejoignit les porteurs du palanquin. Les esclaves tsurani ne valaient guère mieux, mais au moins ils le remarquaient quand il leur parlait, même s'ils se contentaient d'avoir l'air troublé. *N'importe quelle réaction vaut mieux que les manières glaciales des guerriers*, se dit Kevin. Le Midkemian passait le temps en observant les allées et venues des nombreux domestiques et serviteurs qui satisfaisaient les désirs des seigneurs du clan Hadama, quand une scène étrange attira son regard. Les gens qui se hâtaient dans la vaste salle ne semblaient pas prêter attention aux nombreuses fresques qui ornaient les murs, sauf pour l'une d'elles, le portrait d'un homme d'une apparence assez quelconque. Comme toutes les peintures qui l'entouraient, elle était d'un style très ancien, mais elle avait été récemment repeinte, pour la raison évidente que toutes les personnes qui passaient tendaient la main et la touchaient, souvent même de façon inconsciente. Kevin donna un coup de coude à l'esclave qui se trouvait à côté de lui.

— Pourquoi est-ce qu'ils font cela ?

L'esclave semblait gêné.

— Faire quoi ? murmura-t-il comme si parler risquait de provoquer sa mort immédiate.

— Toucher le portrait de cet homme, indiqua Kevin en le désignant.

— C'est un seigneur des temps anciens. Un pair de l'empire. Cela porte bonheur de le toucher.

L'esclave se tut, comme si cette référence mystérieuse expliquait tout. Kevin était sur le point de lui demander des explications quand un regard d'avertissement de Lujan lui fit garder le silence. Il se retourna pour observer à nouveau les débats.

D'après ce qu'il pouvait voir, aucune discussion politique sérieuse n'avait lieu. Une fois les annonces familiales terminées, les esclaves se précipitèrent pour apporter des rafraîchissements, et tel ou tel seigneur se levait de son trône pour aller parler avec Chekowara ou un autre membre du clan. Beaucoup se rassemblaient autour du trône de Mara, et tous semblaient polis, s'ils n'étaient pas amicaux. Kevin attendait que l'on annonce un ordre du jour, ou toute autre sorte d'appel officiel, mais il ne se passa rien de ce genre. Quand la lumière de l'après-midi commença à décliner au-dessus du dôme, le seigneur des Chekowara leva le bâton de sa charge et frappa un coup sur l'estrade, qui résonna dans toute la salle.

— La réunion du clan Hadama est terminée, déclara-t-il.

Un par un, selon leur rang, les seigneurs mineurs s'inclinèrent devant lui avant de sortir.

— Ça m'avait tout l'air d'une espèce de réception absurde, commenta Kevin.

Un soldat de la garde d'honneur de Mara croisa son regard, et lui intima silencieusement l'ordre de se taire. Kevin arbora son sourire insolent habituel, puis sursauta : le guerrier n'était autre qu'Arakasi, vêtu d'une armure complète et ressemblant en tout point à un guerrier. Il avait gardé une allure militaire si parfaite que le Midkemian n'avait pas remarqué sa présence jusqu'à maintenant. Plus curieux que jamais de savoir pourquoi la présence du maître espion avait été nécessaire, Kevin trépignait d'impatience en attendant que Mara lui fasse signe de lui rapporter son châle.

Kevin marchait derrière le palanquin alors que la suite de la dame des Acoma parcourait les rues au crépuscule. Les allumeurs de lampes venaient juste de terminer leur tournée, et le quartier impérial de Kentosani baignait dans une douce lueur dorée. Pendant que la garde d'honneur se reformait pour escorter Mara jusqu'à sa demeure, Arakasi se plaça derrière Kevin. Assez intelligent pour ne pas appeler le maître espion par son nom, le Midkemian se contenta de demander :

— Il s'est passé quelque chose d'important, là-dedans ?

Arakasi marchait la main posée sur son épée, dangereux et compétent en apparence, alors que tout le monde savait qu'il n'était vraiment pas doué pour manier une lame.

— Extrêmement.

Exaspéré par sa concision, Kevin le sonda.

— Comme ?

La garde d'honneur descendit une grande rampe d'entrée, où des torches flambaient dans des vasques placées de chaque côté. Un peu plus bas, d'autres guerriers les attendaient, offrant à leur maîtresse une sécurité accrue pour traverser les rues obscures. Arakasi garda le silence jusqu'à ce qu'ils aient pris plusieurs tournants et franchi les portes du quartier impérial.

Alors qu'ils parcouraient l'avenue en contrebas, Arakasi murmura :

— Les membres du clan de Mara ont clairement déclaré qu'elle pouvait s'attendre à recevoir un soutien assez important... si ses alliances ne mettaient pas d'autres maisons en danger. Si ses ennemis lui posent des problèmes, elle devra invoquer l'honneur du clan pour obtenir de l'aide, et le résultat d'une telle demande ne peut en aucun cas être assuré.

Le Midkemian était toujours aussi déconcerté.

— L'honneur du clan, répéta Arakasi, toujours aussi perspicace. Vous, les barbares, ne comprenez jamais rien.

Le maître espion ne condamnait aucunement l'attitude de Kevin, et lui expliqua obligeamment :

— Pour impliquer les membres de son clan dans une guerre, dame Mara doit convaincre tous les seigneurs, de plus puissant au plus faible, qu'un affront contre sa maison est une insulte non seulement envers les Acoma, mais envers le clan Hadama tout entier.

Kevin respirait de l'air chargé d'encens ; l'escorte traversait le quartier des temples. Elle dut s'arrêter momentanément pour se ranger sur le côté et laisser passer une caravane d'offrandes. Les énormes coffres, fermés par des sangles de cuir et portés sur d'épaisses perches par des esclaves, contenaient des métaux. Initialement pillés sur le monde des barbares, ils étaient maintenant distribués par le premier secrétaire de l'empereur, qui répartissait le butin entre les temples. Kevin attendit que les gardes impériaux en armure blanche soient passés avant de répondre.

— Et alors ?

Arakasi tapota son épée.

— L'appel au clan est difficile quand les familles qui le composent sont aussi divisées politiquement que le sont les nôtres. Toutes les maisons qui attaquent une famille prennent grand soin de montrer qu'elles agissent contre un ennemi personnel, et non contre les membres du clan. On envoie souvent des cadeaux en gage de bonne foi. (Après une pause, Arakasi ajouta Le seigneur Desio s'est montré généreux.

Kevin sourit, appréciant l'humour d'Arakasi.

— En fait, vous êtes en train de m'expliquer qu'ils disent « Ne nous invitez pas à votre petite guerre, à moins que vous ne soyez sûre de gagner, parce que les Minwanabi pourraient arrêter de nous envoyer des pots-de-vin. Mais si vous êtes sûre que vous pouvez les détruire, alors nous serons heureux de nous joindre à vous, pour avoir notre part du butin. »

Pour la première fois dans la mémoire de Kevin, le maître espion eut un large sourire. Puis il lâcha un petit ricanement qui se transforma en rire tranquille.

— Je n'aurais jamais pensé à l'exprimer de cette façon, avoua Arakasi. Mais c'est précisément ce qu'ils lui ont dit.

— La barbe, fit Kevin en secouant la tête, stupéfait. Je n'ai rien vu, si ce n'est une réception de gala.

Depuis le palanquin, Mara intervint :

— Maintenant, tu comprends pourquoi je le garde près de moi. Son point de vue est... rafraîchissant.

Arakasi reprit son attitude de soldat, mais une lueur brillait dans ses yeux.

— Je suis d'accord, maîtresse.

— Je ne sais pas si j'arriverai un jour à vous comprendre, soupira Kevin.

Il fit un pas de côté pour esquiver un jiga qui avait échappé au tranchoir de quelque cuisinier. L'escorte était maintenant entrée dans le quartier résidentiel, et les lampes étaient plus largement espacées.

— J'ai observé toute la réunion, et les seules discussions qui m'ont semblé un peu animées ressemblaient à un débat à propos d'une réforme agraire.

— En conseil, répondit patiemment Arakasi, ce que l'on ne dit pas est encore plus important : qui s'approche du siège d'un seigneur, qui reste en retrait, qui discute avec qui comptent beaucoup plus que les paroles. Le fait que le seigneur Chekowara n'ait pas quitté l'estrade pour féliciter personnellement Mara pour son traité sur la frontière est très révélateur. Le clan ne la suivra pas. Et toute cette agitation autour du siège du seigneur Mamogota prouve que deux familles du clan le soutiendront contre notre dame. Personne ne considérerait sérieusement ce projet stupide de donner des terres aux paysans. Le Parti pour le progrès n'a aucune influence hors du clan Hunzan, et le seigneur Tuclamekla de ce clan est un ami proche de Mamogota. C'était une impasse avant même que la réunion ne commence.

— Alors vous pensez que le message intercepté était une manigance du seigneur Mamo-quelque chose ? avança Kevin.

— Nous l'espérons, répondit Arakasi. Au moins, Mamogota n'est pas affilié à l'Alliance pour la guerre. Il reçoit peut-être des « cadeaux » de Desio, mais il ne soutient pas les Minwanabi.

Kevin secoua la tête, confondu.

— Vous avez l'esprit aussi tordu qu'un ouvrage de tricot. Ça ne fait rien, intervint-il alors qu'Arakasi lui demandait d'expliquer le concept du tricot. C'était juste pour dire que je serai un vieillard avant que je comprenne votre culture.

L'esclave et le maître espion gardèrent le silence jusqu'au retour dans la résidence. Kevin entra dans le charmant jardin intérieur et aida sa dame à sortir du palanquin. Il continuait à douter qu'il comprendrait un jour ces gens dont il partageait la vie et le destin. Alors que Mara retenait sa main et lui souriait, il regarda ses yeux sombres et se perdit dans leurs profondeurs. La vie tsurani restait peut-être une énigme pour lui, mais cette femme était un mystère et une merveille.

15

CHAOS

Le spectacle commença.

Des bannières flottaient sur tous les bâtiments élevés situés le long des avenues conduisant à l'arène. Les habitants lançaient des fleurs dans les rues, pour assurer aux dieux qu'ils n'enviaient pas le sort de leurs supérieurs. Pour des raisons que seul le dieu de la Supercherie connaissait, les gens des villes accordaient plutôt leur faveur à telle ou telle maison, poussant des acclamations plus ou moins vigoureuses selon le seigneur qui passait. Le palanquin et l'escorte de Mara furent accueillis par de bruyants applaudissements. Arakasi avait revêtu une fois encore la livrée d'un serviteur ordinaire, et marchait derrière le palanquin comme Kevin. Il commenta :

— Il semblerait que la foule favorise les Acoma ces temps-ci, ma dame. Votre victoire à Tsubar a fait de vous une héroïne chez les gens du peuple.

Le bruit empêcha Mara de répondre.

Le long boulevard majestueux qui traversait l'enceinte impériale était envahi par des gens venant de toutes les couches sociales tsurani. Les vêtements de la foule allaient des étoffes coûteuses et des bijoux somptueux des nobles de haut rang aux robes ternes des artisans en passant par les haillons des mendiants les plus pauvres. À l'occasion des jeux offerts par le seigneur de guerre en l'honneur de la Lumière du Ciel, on avait sorti des coffres à bijoux les plus belles parures... Les riches marchands se montraient particulièrement téméraires, habillant magnifiquement leurs filles dans l'espoir d'attirer le regard d'un soupirant de noble naissance.

Cerné par les reflets des ornements en métal rare, des peignes de laque, du jade et des pierres précieuses, le cortège de Mara jouait des coudes et luttait pour avancer, rivalisant avec les escortes d'une douzaine d'autres maisons accompagnant leurs seigneurs et leurs dames dans leurs palanquins. Certains nobles voyageaient dans des litières peintes de couleurs de carnaval, ou pailletées de particules de coquillages irisés ; d'autres palanquins contenaient des familles entières, et étaient portés par vingt esclaves. Aussi loin que l'œil pouvait porter, la foule d'humeur festive formait un tourbillon brillant et gigantesque de milliers de couleurs ; seuls les esclaves tranchaient dans leur robe ordinaire gris terne.

Kevin regardait le spectacle de la rue comme un aveugle à qui l'on aurait rendu la vue. Derrière une escorte de guerriers en armure rouge et violet, entre les perches des baldaquins d'un nombre incroyable de palanquins, il vit un mur qui semblait fermer le boulevard et auquel d'innombrables rubans et bannières étaient suspendus. Mais quand le groupe des Acoma se rapprocha, ses yeux s'écarquillèrent de stupéfaction. L'obstacle n'était pas un mur mais l'une des sections du grand stade impérial.

L'amphithéâtre était immense, plus grand que tout ce qu'il avait pu imaginer. La foule des porteurs de palanquins, des soldats et des gens du peuple devait monter un vaste escalier, puis traverser une terrasse pour rejoindre un second escalier. À son sommet se trouvait une autre terrasse, derrière laquelle s'ouvraient les portes du stade. Alors que le palanquin de Mara commençait à monter, Kevin regarda de chaque côté et jugea qu'il y avait au moins une douzaine d'entrées, uniquement pour le quartier du palais.

Même ici les gardes acoma devaient bousculer les gens pour libérer de la place et permettre le passage du palanquin de leur dame. Toute la société tsurani était venue assister aux jeux donnés en l'honneur de l'empereur, ou regarder, bouche bée, le spectacle offert par la noblesse. Seules de grandes occasions comme celle-ci permettaient de s'approcher des puissants de l'empire. Les gens des campagnes se précipitaient en ville en rangs serrés pour montrer les nobles du doigt, bavarder et ouvrir de grands yeux.

En dépit de l'atmosphère festive, les guerriers restaient vigilants. Des hommes dont le rang ou la position n'étaient pas clairement définis se déplaçaient dans la foule. Beaucoup portaient l'emblème d'une guilde ; d'autres étaient des messagers, des marchands ambulants ou des vendeurs de rumeurs ; certains étaient sûrement des agents, des espions ou des voleurs ; des assassins pouvaient porter n'importe quel déguisement. Toutes les fêtes officielles où se mêlaient les clans et les partis politiques devenaient une extension du jeu du Conseil...

Derrière le deuxième escalier s'élevait une arche de pierre de soixante mètres de large. Kevin tenta de calculer la taille de l'arène en contrebas, mais n'y parvint pas. Les gradins à ciel ouvert devaient recevoir une centaine de milliers de spectateurs ; aucun amphithéâtre du Royaume ne pouvait se comparer à celui-ci.

Au niveau de la première terrasse, Lujan hurla :

— Acoma !

Les badauds de rang mineur libérèrent immédiatement le passage pour la suite de Mara. Alors que les guerriers montaient la seconde volée de marches, Kevin remarqua que de nombreux spectateurs poussaient des exclamations de surprise et désignaient quelque chose du doigt. Quand il comprit qu'il était le centre de l'attention générale, ses oreilles rougirent. Les gens du peuple n'étaient pas habitués à sa taille et à son aspect barbare, et jasaient à son propos.

Au sommet du second escalier, Lujan fit avancer sa garde à travers la foule et libéra un espace près des escortes des autres nobles. Les porteurs posèrent le palanquin et Kevin aida Mara à en sortir. Le commandant, un chef de troupe nommé Kenji, trois gardes et Arakasi se placèrent de chaque côté de la dame et de son esclave personnel. Le reste de l'escorte acoma partit avec les porteurs, pour attendre dans la rue au pied des escaliers.

Lujan prit la tête du groupe et s'engagea dans un couloir, à gauche de l'arche. De là, on pouvait monter vers la centaine de gradins les plus hauts ou descendre vers l'arène, une cinquantaine de degrés plus bas. Sur la gauche, deux zones étaient isolées par une rambarde ; l'une d'elles abritait la loge impériale laquée d'or et de blanc. L'autre était dénuée de toute décoration, mais on la remarquait immédiatement par contraste. Tous ses occupants portaient des robes noires.

Arakasi remarqua l'intérêt de Kevin.

— Les Très-Puissants, murmura-t-il en guise d'explication.

— Vous voulez parler des magiciens ?

Kevin regarda plus attentivement ; les hommes en robe sombre restaient silencieux ou entretenaient des conversations à voix basse. Quelques-uns observaient la vaste étendue de sable, en contrebas, attendant le premier combat.

— Ils semblent assez ordinaires, remarqua Kevin.

— Les apparences peuvent être trompeuses, rétorqua Arakasi.

Suivant les ordres de Lujan, il aida les autres guerriers à écarter de l'épaule un groupe de spectateurs.

— Pourquoi tous ces gens traînent-ils ici ? demanda Mara. Généralement, les roturiers ne viennent pas à ce niveau.

Prenant soin de ne pas se faire entendre des badauds, Arakasi répondit :

— Ils espèrent entrevoir le Très-Puissant barbare. Les vendeurs de rumeurs ont assuré qu'il assisterait aux jeux.

— Comment un barbare peut-il être un Très-Puissant ? intervint Kevin.

Arakasi repoussa d'un geste une matrone avec un panier de fleurs qui tentait de vendre un bouquet à Mara.

— Les Très-Puissants ne sont pas soumis à la loi ; personne ne peut s'opposer à eux. Quand un homme est choisi et éduqué pour porter la robe noire, il appartient à l'Assemblée des magiciens. Son ancien rang n'a plus aucune importance. Il est devenu un Très-Puissant, qui a fait le serment de protéger l'empire, et dont les paroles font loi.

Kevin garda pour lui ses autres questions quand Arakasi lui lança un regard d'avertissement. Les étrangers étaient trop nombreux autour d'eux pour qu'il puisse risquer une remarque désinvolte ou se conduire de façon inconvenante.

L'arène n'était pas encore pleine au tiers de sa capacité quand Mara rejoignit la loge qui lui était réservée. Comme dans la salle du Conseil, l'emplacement de son siège indiquait son rang dans la hiérarchie de l'empire. Selon l'estimation de Kevin, une centaine de familles se trouvaient plus près qu'elle de la loge impériale, mais des milliers en étaient encore plus éloignées.

Mara s'assit, avec Lujan, le jeune chef de troupe et les soldats de chaque côté de son siège ; Kevin et Arakasi se placèrent derrière elle, se tenant prêts à répondre à ses besoins. Kevin étudia l'exhibition des couleurs des maisons et tenta de reconstituer l'ordre hiérarchique de la politique tsurani.

Derrière la tribune des magiciens et à droite de l'estrade du seigneur de guerre se trouvait une loge ornée de noir et d'orange, les couleurs de la maison Minwanabi. Les gradins situés juste au-dessus accueillaient d'autres familles de moindre importance, toutes apparentées au clan des Minwanabi ou vassales du seigneur Desio.

Juste à côté venaient le jaune et le violet des Xacatecas ; le traité signé avec Tsubar avait fait progresser le seigneur Chipino, et il occupait maintenant le second rang au Grand Conseil. La loge du seigneur des Chekowara se trouvait sous celle de Mara, au même niveau que celle du seigneur de guerre, mais aussi éloignée du blanc et de l'or que celle des Acoma.

Une fanfare de trompettes résonna dans le stade. Des portes de bois disposées tout autour de l'arène s'ouvrirent dans un immense fracas, et des dizaines de jeunes hommes en armure de diverses couleurs avancèrent en formation. Tout en avançant, ils se regroupaient par deux et saluaient la loge impériale vide. À un deuxième signal de l'organisateur des jeux, assis dans une niche spéciale près des portes, ils tirèrent leurs épées et commencèrent à se battre.

Kevin comprit rapidement que les duels n'étaient qu'au premier sang ; le vaincu ôtait son casque en signe de reddition. Le gagnant cherchait alors un autre combattant victorieux et un nouveau duel commençait.

Lujan répondit à la question de Kevin.

— Ce sont de jeunes officiers de diverses maisons. La plupart sont des cousins ou de jeunes fils de la noblesse, avides de montrer leurs prouesses et de gagner quelques parcelles d'honneur. (Il regarda tout autour du stade.) Cela n'a pas beaucoup d'importance, sauf pour ceux qui combattent et pour leurs familles.

Mais un homme peut avancer dans l'estime de son chef de clan en gagnant un concours comme celui-ci.

Les couleurs des Minwanabi, des Xacatecas, des trois autres grandes maisons et celles des Acoma n'étaient pas représentées. Des maisons qui s'étaient couvertes de gloire si récemment n'avaient pas besoin de participer à des démonstrations aussi triviales. Kevin suivit le combat avec l'œil entraîné d'un soldat, mais perdit rapidement tout intérêt pour le spectacle. Il avait vu des guerriers tsurani de beaucoup plus près, et animés d'intentions bien plus meurtrières que celles de ces jeunes garçons qui combattaient dans l'arène.

Au-dessus du sable illuminé par le soleil, les parents éloignés et les serviteurs arrivaient peu à peu dans les loges qui accueilleraient bientôt les grands seigneurs de l'empire. À voir la taille réduite des gardes d'honneur, seuls les cousins éloignés avaient déjà fait leur apparition.

Le concours entre les jeunes nobles se termina. Le dernier couple de duellistes sortit, le perdant baissant son épée dans la défaite, le vainqueur répondant d'un hochement de tête aux acclamations éparses des quelques spectateurs intéressés.

L'air au-dessus du sable était surchauffé, et les hauts murs de l'amphithéâtre arrêtaient la moindre brise. S'ennuyant profondément et ne comprenant toujours pas la raison de la présence de Mara à cet événement, Kevin se pencha pour lui demander si elle souhaitait une boisson fraîche. Elle l'avait ignoré depuis qu'ils étaient en public, pour des raisons de convenance. Mais alors qu'elle secouait la tête et refusait d'une voix cassante sa sollicitude, Kevin remarqua que son amante semblait mal à l'aise. Le protocole lui interdisait de lui demander ce qui n'allait pas. Quand Mara choisissait d'adopter l'impassibilité tsurani, une part d'elle devait inatteignable, même si, dans la plupart des cas,

Kevin parvenait maintenant à percer ses sentiments aussi bien que les siens.

Comme si ses pensées secrètes avaient soudain forcé sa décision, la dame des Acoma fit signe à Arakasi.

— J'apprécierais un jus de fruit frais.

Le maître espion s'inclina et partit. Kevin se sentit immédiatement blessé, puis il comprit que sa maîtresse n'envoyait sûrement pas Arakasi juste acheter une boisson. En cherchant un vendeur, le maître espion contacterait sans doute ses informateurs et jaugerait les activités de leurs ennemis. Alors que Mara se retournait pour regarder le spectacle en contrebas, elle s'arrêta un bref instant et croisa le regard de Kevin. Ce seul regard lui révéla qu'elle était heureuse de sa présence.

Mara inclina négligemment la tête vers Lujan.

— As-tu remarqué ? La plupart des nobles sont en retard cet après-midi.

Surpris par cette conversation publique inattendue, le commandant répondit sans faire d'ironie.

— Oui, ma dame. Il semble que cette fête ait une atmosphère très particulière.

Kevin observa leur environnement et trouva lui aussi que le rythme de la foule était étrange. Mais avec son regard de Midkemian, il avait été lent à remarquer une telle bizarrerie.

Des éclats de rires fusèrent des gradins les plus bas quand de nouvelles portes s'ouvrirent et que de petites silhouettes se dispersèrent précipitamment dans l'arène. Kevin haussa les sourcils de surprise en voyant de petits insectoïdes aller et venir sur le sable, agitant leurs bras et leurs mandibules de tous côtés. De l'autre côté, un groupe de guerriers se précipitait à leur rencontre, des nains selon toute apparence.

La plupart portaient de fausses armures, et des maquillages qui allaient du comique au grotesque. Ils agitaient des épées de bois peintes de couleurs vives, se formèrent pour une charge en rangs dispersés, et lancèrent des cris de guerre avec des voix étonnamment graves.

Le timbre de ces voix était encore frais dans la mémoire de Kevin.

— Ce sont des hommes du désert !

Mara acquiesça de la tête, et Lujan précisa :

— Je suppose qu'un grand nombre de ces hommes devaient être nos prisonniers.

Se demandant pourquoi une race si fière se soumettait à une comédie aussi humiliante, Kevin s'étonna encore que les Cho-ja, un peuple allié, se prêtent à un spectacle aussi dégradant.

— Ce ne sont pas des Cho-ja, le corrigea Lujan. Ce sont des Chu-ji-la. Ils viennent des forêts au nord de Silmani. Ils sont plus petits, et sont dépourvus d'intelligence. Ils sont généralement inoffensifs.

Les nains et les insectoïdes se rencontrèrent dans un grand fracas de boucliers et de chitine. Kevin se rassura bientôt en voyant que le combat était sans danger. Les épées de bois épointées étaient incapables de percer la cuirasse des insectoïdes, et les minuscules mandibules et les pattes émoussées se fermaient sans faire le moindre mal aux nains.

Cette farce provoqua les rires et les lazzis de la foule jusqu'à ce que, soudain, la conscience presque électrique d'une présence fasse tourner toutes les têtes vers les gradins. Le regard de Kevin suivit celui de tous les autres, comme du fer attiré par un aimant, vers l'entrée la plus proche de la loge impériale. Un homme de petite taille, vêtu d'une robe noire, se dirigeait vers la tribune des Très-Puissants.

— Milamber, déclara Lujan.

Kevin plissa les yeux pour mieux distinguer son compatriote.

— C'est un homme du Royaume ?

— C'est ce que disent les rumeurs, répondit Lujan en haussant les épaules. Il porte la barbe d'un esclave, ce qui suffit à l'identifier comme un barbare.

Le mage était petit pour quelqu'un du Royaume, et avait une allure très ordinaire. Il s'assit entre un magicien corpulent et un Très-Puissant assez maigre. Frappé par un sentiment de déjà-vu, Kevin murmura :

— Quelque chose chez lui m'est familier.

Mara se retourna vers lui.

— Est-ce un compagnon de ton pays natal ?

— Il faudrait que je me rapproche pour mieux le voir... ma dame.

Mais Mara lui interdit de prendre ce risque, car il attirerait trop l'attention s'il s'aventurait tout seul là-bas.

Comme toutes les personnes servant Mara dans son intimité, le chef de troupe Kenji connaissait la relation entre le barbare et sa dame. Mais leur familiarité inhabituelle semblait le gêner.

— Ma dame, il faudrait rappeler à votre esclave que le Très-Puissant est maintenant au service de l'empire, quel qu'ait été son rôle auparavant.

Kevin trouva son ton désagréable, tout comme celui de Mara. Même s'il savait que l'attitude de la jeune femme était nécessaire en public, cela lui pesait tout de même sur le cœur.

— De toute façon, je n'aurais pas grand-chose à dire à un traître à son peuple.

Un regard rapide de Mara lui imposa le silence, afin qu'il ne soit pas châtié pour son insolence si un étranger entendait par hasard leur conversation.

Réapparaissant soudainement et aussi silencieux qu'un fantôme, Arakasi s'inclina et offrit une grande boisson fraîche à sa maîtresse. Il en profita pour lui murmurer discrètement :

— Les Shinzawaï brillent par leur absence.

Puis il observa les environs. Satisfait de voir la foule toujours absorbée par le spectacle du mystérieux Très-Puissant venu d'un autre monde, le maître espion ajouta :

— Il se trame quelque chose d'extrêmement anormal, ma dame. Je vous recommande une grande vigilance.

Apparemment calme, et cachant le mouvement de ses lèvres derrière le rebord de sa tasse, Mara chuchota nerveusement :

— Les Minwanabi ?

Arakasi secoua imperceptiblement la tête.

— Je ne le pense pas. Desio se trouve à l'extérieur, toujours assis dans son palanquin, et à moitié ivre de vin de sâ. Je pense qu'il serait resté sobre s'il avait manigancé quelque chose.

Anormalement inquiet, le maître espion vérifia une nouvelle fois, par réflexe, l'absence d'oreilles indiscrètes. La bataille entre les nains et les insectoïdes faisait rage et le vacarme était devenu assourdissant. Profitant du bruit pour masquer ses paroles, et cachant la nature de son discours derrière des gestes de soumission, Arakasi continua :

— Quelque chose de capital est en préparation. Je pense que cela a un rapport avec le retour de la Roue bleue dans l'Alliance pour la guerre. Trop de choses que j'ai entendues sonnent faux. Un trop grand nombre de contradictions passent sans que personne ne les relève. Et il y a plus de membres de l'Assemblée des magiciens présents qu'un homme n'en verra jamais au cours de sa vie. Si quelqu'un cherchait à miner le pouvoir du seigneur de guerre...

— Ici ! s'exclama Mara en se redressant. Impossible.

Mais le maître espion ne se laissa pas intimider par le scepticisme de sa dame.

— Au sommet de sa gloire, c'est là qu'il est peut-être le plus vulnérable. (Après avoir marqué une pause longue, il reprit Depuis ma naissance, maîtresse, j'ai agi en neuf occasions en me basant uniquement sur un sentiment, une intuition. Cela m'a sauvé la vie à chaque fois. Je vous en supplie, tenez-vous prête à partir d'un instant à l'autre. Un grand nombre d'innocents risquent d'être emportés dans un piège assez grand pour renverser Almecho. D'autres peuvent mourir parce que leurs ennemis auront réagi assez rapidement pour profiter de la confusion. D'ailleurs, les Shinzawaï ne sont pas les seuls à être absents.

Il n'avait pas besoin de nommer les places vides. La plupart des membres du Parti de la roue bleue n'avaient pas envoyé de représentants, un grand nombre de familles du Parti de la paix n'avaient pas emmené femmes et enfants, et la plupart des seigneurs du clan Kanazawaï portaient des armures plutôt que des robes. Si l'on considérait de telles anomalies comme les pièces d'un puzzle, le risque pouvait être bien réel. Des escouades de guerriers en armure blanche étaient stationnées à des points stratégiques et aux entrées, en nombre plus important que nécessaire pour contrôler la foule si un événement malheureux dans l'arène transformait la fête en émeute ; et la tribune impériale n'était pas la seule loge à être surveillée.

Mara toucha le poignet d'Arakasi pour lui signifier son accord ; elle prendrait au sérieux son avertissement. Les Minwanabi pouvaient facilement avoir posté des agents dans les parages, guettant la moindre occasion pour la frapper. Lujan commença immédiatement à repérer et à compter les soldats se trouvant à proximité immédiate. Qu'une attaque survienne selon un plan ou par accident ne faisait aucune différence pour lui, car les intrigants politiques pouvaient parfaitement tirer parti de la moindre occasion. Si un ennemi mourait d'une blessure reçue durant une bagarre générale, qui en porterait le blâme ? Tel était le destin. C'est ce que penseraient sûrement un certain nombre de nobles si une possibilité d'attaque se présentait au cours d'une émeute.

Les méditations d'Arakasi furent interrompues par l'arrivée précipitée de nombreux nobles dans leurs loges. Cette ruée annonçait l'apparition imminente de la délégation impériale. Un homme en robes de cérémonie noir et orange entra dans la loge la plus proche de l'estrade drapée de blanc, une meute de guerriers et de domestiques sur ses talons. Son port vigoureux et la sûreté de son pas indiquaient que des muscles se dissimulaient sous sa couche de graisse.

— Minwanabi, murmura Arakasi d'une voix étonnamment venimeuse.

Impatient de mettre un visage sur le nom de l'homme qui empoisonnait la vie de sa bien-aimée Mara, Kevin ne vit qu'un jeune homme robuste, empourpré par la chaleur, et qui semblait assez irrité.

Il n'eut pas le temps de l'étudier plus attentivement, car des trompettes et des tambours retentirent pour annoncer l'approche de la délégation impériale. Les conversations se turent dans tout le stade. Des dresseurs coururent dans l'arène pour en chasser les nains et les insectoïdes. Dès que le terrain fut dégagé, des esclaves vêtus d'un pagne se précipitèrent avec des râteaux et des herses pour égaliser le sol en prévision des prochains jeux.

Des trompettes retentirent une nouvelle fois, plus proches, et les premiers rangs de gardes impériaux entrèrent. Vêtus d'armures d'un blanc éclatant, ils jouaient d'étranges instruments, façonnés dans les cornes d'une immense bête. La trompe s'enroulait autour de leurs épaules pour se terminer en cloche au-dessus de leur tête. Des tambours les suivaient, frappant un rythme soutenu. L'orchestre se plaça devant la loge impériale, puis la garde d'honneur du seigneur de guerre composée de deux douzaines de soldats entra. La tenue et le casque de chaque guerrier étaient d'un blanc pur, indiquant qu'il appartenait au corps d'élite des gardes blancs impériaux.

La lumière du soleil se réfléchissait sur les emblèmes et les décorations en or des tenues. Cela provoqua un murmure de stupéfaction chez les gens du peuple assis sur les plus hauts gradins de l'amphithéâtre. Selon les normes tsurani, le métal porté par un seul de ces guerriers aurait suffi à financer les dépenses des Acoma pendant une année entière.

Les gardes prirent position et la foule s'immobilisa. Dans un silence impatient, un héraut de haut rang cria d'une voix qui porta jusqu'aux gradins les plus éloignés :

— Almecho, seigneur de guerre !

La foule bondit sur ses pieds, pour souhaiter la bienvenue au plus puissant guerrier de l'empire et l'acclamer.

Calme et silencieuse, Mara observa la scène en sirotant son jus de fruit, et n'acclama pas le seigneur de guerre quand il fit son entrée. De larges bandes d'or ornaient le col et les emmanchures de la cuirasse d'Almecho ; des motifs d'or décoraient son casque surmonté d'un plumet écarlate. Deux magiciens en robe noire, surnommés par le peuple « les toutous du seigneur de guerre », le suivaient. Kevin avait appris comment, dans les années qui avaient précédé sa capture, l'un de ces Très-Puissants hautains avait lancé le sort qui avait prouvé la trahison des Minwanabi envers Mara. Le sortilège avait alors obligé le prédécesseur de Desio à commettre un suicide rituel pour expier la honte de sa famille.

Puis, à la surprise générale, le héraut annonça une seconde personne.

— Ichindar ! Quatre-vingt-onze fois empereur !

L'ovation devint un rugissement assourdissant. La jeune Lumière du Ciel faisait son entrée. Même la dame Mara jeta son sens de la mesure aux quatre vents. Elle acclama l'empereur aussi passionnément que le dernier des manants, le visage illuminé par une admiration et une révérence infinies : cet homme était adoré par ses compatriotes avec une ferveur quasi religieuse.

La Lumière du Ciel fit une apparition sans précédent dans une armure entièrement recouverte d'or. Il ne semblait pas avoir plus de vingt-trois ans. Il se trouvait trop loin pour que l'on puisse lire son expression, mais il se tenait droit et semblait confiant. Ses cheveux brun-roux flottaient sous son grand casque plaqué d'or, pour retomber sur ses épaules en boucles apprêtées.

Vingt prêtres venant de tous les temples importants suivaient l'empereur. Quand la Lumière du Ciel s'avança pour se placer aux côtés du seigneur de guerre, la foule hurla à pleins poumons. Les acclamations semblaient inextinguibles.

Dans ce vacarme déroutant, Kevin cria à Lujan :

— Pourquoi tout le monde est-il si enthousiaste ?

Comme l'étiquette avait été jetée aux orties, Lujan put lui répondre librement :

— La Lumière du Ciel est notre gardien spirituel. Grâce à ses prières et à sa vie exemplaire, il intercède en notre faveur auprès des dieux. Il *est* Tsuranuanni !

Jamais, dans la mémoire de l'empire, la Lumière du Ciel n'avait béni son pays en venant voir son peuple. Qu'Ichindar ait décidé de venir en personne faisait déborder tous les cœurs d'une joie sans limites. Mais, le seul dans une foule de milliers de personnes, Arakasi ne disait rien. Il faisait semblant d'acclamer l'empereur, mais Kevin remarqua qu'il observait attentivement la foule environnante pour repérer un éventuel signe de danger pour sa maîtresse. Ce désordre indescriptible, où l'impassibilité tsurani avait été abandonnée, offrait à un ennemi l'occasion idéale de se glisser auprès d'eux sans se faire remarquer. Kevin se rapprocha du dos de Mara, et se prépara à bondir pour la défendre si le besoin s'en faisait sentir.

L'ovation tumultueuse se prolongeait et ne montrait pas le moindre signe d'affaiblissement. Finalement, l'empereur s'assit et le seigneur de guerre leva les bras. Il fallut plusieurs minutes pour que la foule remarque son geste. Puis les gens se calmèrent presque à contrecœur, et Almecho cria :

— Les dieux sourient à Tsuranuanni ! Je vous apporte la nouvelle d'une grande victoire contre les barbares de l'autre monde ! Nous avons écrasé le gros de leur armée, et nos guerriers célèbrent la victoire ! Bientôt la Lumière du Ciel aura à ses pieds toutes les terres de ce pays qu'ils appellent le Royaume.

Le seigneur de guerre termina en s'inclinant respectueusement devant la Lumière du Ciel, et la foule rugit son approbation.

Kevin était comme assommé. Il avait l'impression d'avoir de la glace au creux du ventre. Puis, se rendant compte, malgré le choc et les hurlements de la foule, qu'Arakasi l'étudiait attentivement, le Midkemian foudroya le maître espion du regard.

— Votre seigneur de guerre veut sûrement dire que les armées de Brucal et de Borric ont été mises en déroute, les armées de l'Ouest. (Tentant désespérément de contenir une colère qui ne pouvait que mettre sa vie en danger, Kevin expliqua Ma patrie est en danger. Maintenant la voie est ouverte et Tsuranuanni peut marcher sur Zûn !

Arakasi fut le premier à détourner le regard. Et Kevin se souvint : le maître espion avait perdu un seigneur et son foyer à cause des Minwanabi, avant d'entrer au service des Acoma. Puis les doigts de Mara se glissèrent dans sa main et la serrèrent dans un geste de sympathie. Le Midkemian lutta contre l'ouragan d'émotions qui se déchaînait dans son cœur, alors que sa loyauté, son amour et son éducation entraient en conflit et lui faisaient souffrir mille tourments. Le destin l'avait arraché à sa famille et l'avait conduit dans un monde éloigné. Il avait préféré la vie et l'amour à une captivité misérable ; mais il ne comprenait que maintenant le prix de son choix : qui était-il ? Kevin de Zûn ou Kevin des Acoma ?

Devant la loge impériale, le seigneur de guerre leva les bras. Alors que la foule se calmait, il cria :

— Pour la gloire de Tsuranuanni et en signe de dévotion envers la Lumière du Ciel, nous lui dédions ces jeux !

Les acclamations reprirent de plus belle, écorchant les oreilles et les nerfs. Mais Kevin parvint néanmoins à les supporter. Même si Lujan et Arakasi toléraient ses manquements à l'étiquette, n'importe lequel des guerriers tsurani qui gardaient les loges voisines le couperait en deux et poserait des questions ensuite s'il le soupçonnait de manquer de respect à une dame du rang de Mara.

Engourdi par ses émotions, Kevin regarda les portes de l'arène s'ouvrir. Près d'une centaine d'hommes avancèrent à pas traînants sur le sable cuit par le soleil. Vêtus uniquement d'un pagne, ils étaient d'âge et d'état de santé très variables. Certains tenaient leur arme et leur bouclier comme s'ils étaient habitués à porter des armes, mais ceux-là étaient rares. La plupart semblaient plongés dans la confusion, et étreignaient leur épée d'une main hésitante.

— Ce ne sont pas des combattants, observa Kevin, une pointe mordante dans la voix malgré tous ses efforts pour rester impassible.

Arakasi le calma d'une explication.

— C'est un spectacle de clémence. Tous ces hommes sont des condamnés. Ils combattront les uns contre les autres, et le dernier survivant sera libéré.

Les trompettes retentirent et le massacre commença. Avant sa capture, quand il exerçait le métier des armes pour son père, Kevin avait vu de nombreux hommes se faire tuer. Mais ceci n'était pas une bataille, ni même un duel sauvage entre des adversaires de force équivalente. Ce qui avait lieu sur le sable de l'arène de Kentosani était une véritable boucherie. Une poignée d'hommes entraînés se déplaçaient comme des chats au milieu de souris piégées dans un grenier, tuant à loisir leurs adversaires décontenancés. Finalement, il ne resta plus qu'une douzaine d'hommes aux compétences plus équilibrées. Mais Kevin était trop écœuré pour continuer à regarder la joute ; il observait d'un air dégoûté les spectateurs, sans comprendre leurs sentiments. Les Tsurani semblaient apprécier le sang, et non le sport. Ils acclamaient chaque mort douloureuse et comparaient l'agonie d'un homme éventré avec celle d'un autre. On prenait des paris sur le temps que mettrait à mourir un pauvre homme qui tentait de remettre dans son abdomen ses entrailles répandues, et sur le nombre de cris qu'il pousserait avant de trépasser. Personne ne semblait intéressé par l'habileté de la poignée de combattants survivants.

Kevin sentit son cœur se soulever et avala difficilement sa salive. Utilisant toute sa force de volonté, il contrôla son dégoût jusqu'à ce que le carnage se termine, un homme armé d'une épée et d'un poignard tuant l'autre survivant d'un coup d'estoc qui passa sous un bouclier. Depuis la loge impériale, l'empereur adulé de Tsuranuanni observait le spectacle d'un air impassible, tandis qu'à ses côtés le seigneur de guerre discutait avec un conseiller comme si ce massacre était un spectacle trivial.

Brûlant maintenant de fureur et d'indignation, Kevin regarda comment le Très-Puissant qui avait été autrefois un homme du Royaume se comportait devant ces atrocités. Même à cette distance, l'expression de Milamber semblait glaciale ; mais, à la grande consternation de Kevin, le magicien obèse assis à ses côtés avait interrompu sa conversation et semblait étudier la loge des Acoma.

Kevin détourna le regard, saisi d'une peur soudaine. Un Très-Puissant pouvait-il entendre les pensées ? Il se pencha sans réfléchir vers Mara pour le lui demander, mais il s'arrêta, en se souvenant de son rang. Il regarda la dame des Acoma qui supportait le spectacle du carnage avec une retenue toute tsurani. Le seul signe de son malaise était une légère raideur au niveau des épaules. L'ancien fils de Zûn sentit son ventre le brûler. Il connaissait Mara. Intime avec elle depuis cinq ans, il savait qu'elle faisait la différence entre le massacre dans l'arène et la guerre qu'ils avaient menée dans le désert. Mais elle ne sourcilla même pas quand le vainqueur avança en titubant entre les cadavres, brandissant son arme ensanglantée vers le ciel.

Kevin vérifia subrepticement si le Très-Puissant était encore en train de le regarder. Cette fois, il put voir clairement que le visage du mage barbu, Milamber, arborait une expression de dégoût ; même ses yeux semblaient enflammés de colère. Kevin ne fut pas le seul à remarquer l'écœurement de Milamber. Les nobles des loges voisines chuchotaient et lançaient des regards furtifs vers le magicien. Quelques-uns semblaient ouvertement effrayés.

Arakasi remarqua l'échange. Il murmura à Kevin :

— Cela n'augure rien de bon. Les Très-Puissants peuvent agir sur un simple caprice, et même la Lumière du Ciel n'osera pas aller contre leur volonté. Si ton ancien compatriote partage ton dégoût pour les tueries, il pourrait y avoir un esclandre.

Sur le sable brûlant, écrasé par la lumière du soleil, le vainqueur finissait de se pavaner. Des esclaves vinrent emporter les cadavres, tandis que d'autres lissaient le sol labouré et gorgé de sang avec leurs râteaux. Des trompettes sonnèrent le début du spectacle suivant, tandis que Kevin souhaitait ardemment disposer d'un verre d'eau pour humecter sa gorge sèche.

Un groupe d'hommes vêtus de pagnes entra dans l'arène. Ils étaient plus grands et avaient les cheveux plus clairs que la plupart des Tsurani. Kevin reconnut immédiatement des compatriotes. Leurs épaules luisaient d'huile et ils portaient tout un assortiment de cordes, de grappins, de filets lestés, de lances et de longs poignards. L'atmosphère festive ne les désorientait pas, et ils se contentèrent de lancer un regard désinvolte aux nobles engoncés dans leurs atours multicolores. Ils avançaient prudemment, sachant que le danger était proche et pouvait surgir de n'importe quelle direction. Kevin avait éprouvé ce genre d'incertitude, quand il patrouillait ou montait la garde la nuit aux frontières du no man's land, là où l'ennemi pouvait attaquer à n'importe quel moment.

Mais ces hommes n'eurent pas à attendre longtemps que l'action survienne. Deux grandes portes s'ouvrirent en grinçant de l'autre côté de l'arène, et une créature de cauchemar en sortit d'un pas lent.

Pourvue de crocs et de griffes meurtrières, elle avait la taille d'un éléphant, mais se déplaçait sur ses six pattes aussi agilement qu'un fauve. En la voyant, même Mara perdit son calme et s'exclama :

— Un harulth !

Le plus grand des prédateurs kelewanais cligna des yeux et rugit, ébloui par le flamboiement soudain du soleil. Sa peau cuirassée d'écailles lançait des reflets glaciaux alors que la bête tournait la tête à droite et à gauche, humant l'air. La foule attendait, pétrifiée. Puis le harulth découvrit l'ennemi : les hommes minuscules qui se tenaient sur la cruelle étendue de sable. Il ne gratta pas la terre avant de charger comme aurait pu le faire un taureau ou un needra, mais baissa la tête de façon agressive et bondit immédiatement vers ses proies.

Il se déplaçait à une vitesse terrifiante.

Les guerriers s'éparpillèrent, non parce qu'ils paniquaient, mais pour tenter désespérément de troubler leur adversaire. La créature ne poussait pas le moindre cri, mais sa fureur devint manifeste quand elle concentra son attention sur un malheureux qu'elle commença à poursuivre. La mort survint en un éclair, d'un terrible coup de griffes qui écrasa l'homme contre le sol. Sans se soucier du sable ou de ses armes, le harulth le dévora en deux bouchées.

Attristé, révolté et paralysé par la souffrance qu'il ressentait devant la mort de son compatriote, Kevin ne pouvait détourner le regard de la scène. Pendant que le harulth terminait son repas, les survivants se regroupèrent derrière l'animal et déployèrent rapidement leurs filets. Plus vite que Kevin ne l'aurait cru possible, la créature virevolta et chargea. Les hommes tinrent leur position jusqu'au dernier instant, puis lancèrent leurs filets en se dispersant. Les hameçons accrochèrent au cuir épais de la créature, qui s'empêtra rapidement dans les rets.

Plein d'admiration et terrifié, Kevin regarda les lanciers se précipiter pour frapper. Les armes qu'on leur avait distribuées étaient lourdes, mais les écailles de la créature étaient très résistantes. Un homme devait déployer toute sa force simplement pour les faire pénétrer dans la chair, et les blessures n'étaient que des piqûres d'épingle pour le monstre. Ses centres vitaux étaient hors d'atteinte. Les hommes comprirent alors l'inutilité de leur attaque. Deux d'entre eux s'entretinrent rapidement puis coururent vers l'arrière, à l'endroit où l'immense queue de la créature frappait le sol et faisait voler du sable. Kevin retint son souffle quand ses compatriotes, comme saisis de folie, sautèrent sur le harulth et l'escaladèrent pour plonger leurs longs poignards dans l'échine du monstre. Cet acte de pure bravoure fit venir les larmes aux yeux du Midkemian.

Même Lujan était impressionné.

— Ces hommes font preuve d'un grand courage.

— Mes compatriotes savent regarder la mort en face, répondit Kevin d'une voix amère et fière.

Le harulth sentit la blessure sur son dos. Il se cabra et fit claquer ses mâchoires. Les filets s'ouvrirent, tombant comme de la ficelle arrachée. Le monstre frappa le sable de sa queue, ce qui déséquilibra l'un des hommes. Le malheureux s'envola dans les airs puis s'écrasa sur le sable, trop étourdi pour s'enfuir. Le harulth le coupa en deux d'un coup de dents. L'autre homme s'agrippait toujours au dos de la créature. Il savait que s'il sautait, il serait piétiné ; rester était un acte de pure folie. Les écailles n'offraient aucune prise sûre, et le harulth était fou de rage. Il virevoltait, donnait des coups de dents et de griffes, manquant sa cible de quelques centimètres à peine ; mais l'homme avait repris son escalade.

La foule laissa échapper un murmure appréciateur. L'homme montait de plus en plus haut, bien qu'il soit secoué comme un singe perché sur une branche en pleine tempête. Il atteignit l'articulation située juste au-dessus des pattes arrière, et enfonça sa lame jusqu'à la garde dans le dos de la créature.

La paire de pattes arrière s'effondra brusquement, et l'homme faillit être projeté au sol. Il glissa, mais s'agrippant désespérément d'une main, il réussit à se maintenir en place tandis que le harulth frissonnait et se débattait, fou de rage et de souffrance. Il tordait le cou pour tenter de mordre son tourmenteur ; mais son corps épais manquait de souplesse et il ne parvenait pas à se retourner suffisamment pour atteindre son minuscule ennemi.

L'homme tordit son poignet éclaboussé de sang et arracha sa lame. Il dégagea difficilement son arme des os et du cuir du monstre. Le harulth rugit et donna des coups de griffes, tandis que le poids mort de ses pattes arrière creusait des sillons dans le sable. L'homme tenait bon, avançant petit à petit vers l'articulation suivante. Il enfonça une nouvelle fois son épée entre les protubérances de deux vertèbres et réussit à trancher la moelle épinière. Les pattes du milieu s'affaissèrent.

Sans perdre de temps, les hommes restés à terre coururent vers le monstre paralysé pour l'aveugler et le distraire jusqu'à ce que leur compagnon puisse sauter sans prendre de risque. Quand celui-ci atterrit sur le sable, ils s'éloignèrent tous rapidement du prédateur blessé, et le laissèrent tranquille jusqu'à ce que ses convulsions ralentissent et qu'il finisse par mourir.

La foule hurla son enthousiasme, et Lujan exprima ouvertement son admiration. Comme s'il avait oublié qu'il s'adressait à un esclave, il déclara :

— Aucun groupe de guerriers n'a tué un harulth sans subir cinq fois plus de pertes. Tes compatriotes ont gagné un grand honneur.

Kevin pleurait sans être touché par le compliment. Même si ces hommes étaient des étrangers pour lui, il avait l'impression de tous les connaître au plus profond de son cœur. Il comprenait qu'ils ne tiraient ni plaisir ni fierté de leur exploit ; ce que les Tsurani prenaient pour de la fierté était simplement pour ces hommes une question de survie.

Des larmes coulaient aussi sur les joues des compatriotes de Kevin. Épuisés, seuls, et conscients qu'ils ne reverraient jamais leur patrie, les Midkemians quittèrent l'arène. Des attelages de needra vinrent récupérer la carcasse du harulth, tandis que des esclaves avec des râteaux et des herses effaçaient les marques du combat sur le sable.

Soudain conscient qu'il avait attiré l'attention de sa dame, Kevin fit un effort pour corriger son attitude inconvenante. Dans son rôle de souveraine, Mara ne pouvait pas montrer le moindre signe de sympathie, mais elle tendit sa tasse vide à Arakasi et lui demanda subrepticement :

— Sommes-nous restés assez longtemps pour satisfaire les exigences de notre statut au Conseil ?

Arakasi lança un regard appuyé à Kevin, avertissant le barbare qu'il ne devait pas réagir devant la possibilité que Mara n'aime pas les sports sanglants.

— J'aimerais pouvoir répondre oui, ma dame, mais si vous partez maintenant alors que vos ennemis n'ont pas esquissé le moindre geste pour sortir...

Mara hocha légèrement la tête et regarda à nouveau l'arène, comme il convenait à une dame de son rang. Qu'elle doive endurer ce spectacle uniquement pour sauver les apparences plongea Kevin dans une rage noire. Imprudemment, il chuchota :

— Je ne comprendrai jamais votre peuple et votre jeu du...

Une fanfare de trompettes noya sa protestation. Les équipes de nettoyage quittèrent l'arène en courant, alors qu'une autre porte s'ouvrait en grinçant. Une douzaine de combattants vêtus d'un équipement baroque entrèrent fièrement dans le stade. Ils portaient tous des bracelets de force en cuir clouté et des coiffes de plumes multicolores. Ils avançaient sans se soucier le moins du monde du public qu'ils devaient amuser, et s'arrêtèrent finalement au centre de l'arène. Ils tenaient presque négligemment leurs épées et leurs boucliers.

Kevin avait entendu parler des fiers montagnards qui habitaient les lointains plateaux de l'Est. C'était le seul peuple à avoir jamais vaincu l'empire. Il avait imposé une trêve entre les deux nations quelques années avant l'invasion tsurani de Midkemia.

Les trompettes retentirent à nouveau et le héraut présenta les combattants d'une voix forte.

— Ces soldats de la confédération de Thuril ont violé le traité passé entre leur nation et l'empire, en attaquant les soldats de Tsuranuanni. Ils ont été bannis par leur propre peuple, qui les a déclarés hors-la-loi et les a condamnés. Ils combattront des captifs venus du monde de Midkemia. Ils lutteront jusqu'à ce qu'il ne reste qu'un d'entre eux.

Des trompettes annoncèrent le début des combats. Alors que les grandes portes à l'autre bout de l'arène s'ouvraient bruyamment, Lujan remarqua :

— Mais à quoi pense l'organisateur des jeux ? Les Thurils ne se battront pas entre eux s'ils triomphent des Midkemians. Ils préféreront mourir en maudissant l'empereur.

— Ma dame, soyez prête à partir très rapidement, intervint Arakasi. Si la foule est déçue par le combat, elle risque de devenir agressive...

La coutume tsurani voulait que les gens du peuple soient assis sur les gradins les plus hauts, au-dessus de la noblesse. En cas d'émeute, les classes supérieures de l'empire devraient combattre et se frayer un chemin dans une foule en colère pour atteindre les sorties. Kevin se demanda quel rôle jouerait la fameuse discipline tsurani dans ce genre de situation, mais, comme s'il devinait ses pensées, Arakasi confirma ses craintes.

— Ces jeux éveillent quelquefois une soif de sang chez les gens du peuple. Il y a déjà eu des émeutes au cours desquelles des nobles ont été tués.

Les contradictions apparemment infinies de ce peuple n'étonnèrent que brièvement Kevin, car à ce moment une douzaine de Midkemians entrèrent par l'arche située à l'opposé de l'estrade du seigneur de guerre. L'armure de métal qu'ils devaient porter lors de leur capture était une extravagance trop coûteuse pour servir aux jeux de l'arène ; au lieu d'une bonne cotte de mailles, d'un casque et d'un bouclier, ces captifs portaient des imitations aux couleurs criardes façonnées dans des matériaux tsurani. Un bouclier portait le symbole de la tête de loup de LaMut, et un autre le blason au cheval de Zũn, peint dans des couleurs trop vives et trop voyantes.

Kevin se mordit les lèvres pour ne pas hurler son angoisse. Il ne pouvait pas aider ses compatriotes ! Il n'arriverait qu'à se faire tuer inutilement et laisserait à sa dame bien-aimée un héritage de honte. Mais l'indignation et la souffrance qu'il ressentait n'obéissaient pas à la logique. Bouillant d'émotions contenues, Kevin ferma les yeux et baissa la tête. Ces jeux impériaux étaient une barbarie, et il ne voulait pas voir gaspiller la vie d'hommes valeureux dans un spectacle pervers.

Mais au lieu du fracas des combats, Kevin entendit un murmure qui s'élevait dans la foule. Il risqua un regard. Les guerriers de Thuril et de Midkemia ne combattaient pas, mais étaient en train de discuter. Des sifflets et des injures fusèrent des gradins supérieurs du stade alors que deux combattants se faisaient face dans une attitude qui n'avait rien de belliqueux. Puis l'un des Thurils désigna la foule. Même si sa voix était trop faible pour être entendue, son maintien reflétait clairement un sentiment de mépris.

L'un des Midkemians s'avança et un Thuril se mit en garde, mais un cri de l'un de ses compagnons le fit reculer d'un pas. Le Midkemian retira son casque de cuir et lança un regard furieux tout autour de l'arène. Puis, dans un geste d'une insolence incroyable, il jeta à terre son épée et son bouclier. Son armure suivit le même chemin, avec un bruit sourd qui résonna distinctement dans le silence absolu. L'homme dit quelque chose à ses compagnons et croisa les bras.

Son exemple fut rapidement suivi par tous les autres. Les mains des combattants s'ouvrirent et les épées, les casques et les boucliers tombèrent. Un instant plus tard, les Midkemians comme les Thurils se trouvaient désarmés...

Les gens du peuple hurlèrent de nouvelles injures, mais pour le moment les hautes classes semblaient plus amusées qu'offensées par cette étrange conduite. Le danger ne semblait pas imminent.

Cependant Arakasi tapota légèrement le bras de Kevin.

— Prends ceci, murmura-t-il.

Il glissa un poignard dans la paume du barbare. Kevin faillit sursauter d'étonnement avant de refermer les doigts. Pour un esclave, porter une arme équivalait à une sentence de mort immédiate, et l'homme libre qui osait bafouer cette loi perdait tout honneur. Que le maître espion agisse ainsi prouvait qu'ils couraient un terrible danger. Arakasi murmura à Mara :

— Dame, je vais aller chercher vos gardes et votre palanquin et les amener le plus près possible de l'entrée de l'arène, si les gardes impériaux le permettent. Puis je courrai jusqu'à votre résidence et rassemblerai tous les soldats restants. Partez à notre rencontre dans les rues, dès que vous le pourrez. J'ai... cette sensation dont je vous ai parlé plus tôt. Je crains le pire.

Mara ne donna pas le moindre signe qu'elle avait entendu les conseils d'Arakasi. Mais Lujan posa la main sur la poignée de son épée tandis que Kenji et les deux autres guerriers se préparaient à l'attaque. Arakasi sortit tranquillement de la loge des Acoma.

Kevin cacha la lame le long de son avant-bras, regardant l'étrange scène, tandis que sa vision périphérique lui permettait d'observer les conseillers qui conféraient avec leurs maîtres et leurs maîtresses dans des loges adjacentes.

Dans la tribune impériale, le seigneur de guerre se leva d'un bond. Les sifflets et les cris redoublèrent. Empourpré par la colère, il hurla :

— Que le combat commence !

Comme les captifs restaient immobiles sur le sable dans une attitude de défi, des contremaîtres robustes vêtus d'armures de cuir entrèrent précipitamment pour mettre fin à leur désobéissance. Ils déroulèrent de longs fouets de cuir de needra et entreprirent de frapper les guerriers.

La foule commença à hurler son impatience. Les sifflets et les obscénités se mêlèrent dans une colère de plus en plus menaçante, et même les nobles élevaient des objections à voir des hommes immobiles se faire fouetter. Soudain, l'un des Thurils bondit sur un contremaître, le déséquilibra et lui arracha son fouet.

Il entoura le cuir autour du cou de son ennemi et commença à l'étrangler. Les autres contremaîtres se lancèrent sur le rebelle et le frappèrent cruellement de leurs fouets. L'homme tomba à genoux sous les coups, mais sa détermination ne faiblit pas. Il serra la lanière de cuir de plus en plus fort, jusqu'à ce que sa victime cesse de haleter, s'empourpre et exhale son dernier soupir.

Durant l'instant de stupéfaction générale qui suivit, avant que personne ne puisse réagir, les Thurils reprirent les armes qu'ils avaient laissées tomber et se lancèrent à l'attaque. Les Midkemians les rejoignirent rapidement, et les contremaîtres moururent les uns après les autres, leurs fouets découpés en morceaux et maculés d'écarlate par leur propre sang.

Un murmure agressif parcourut les gradins supérieurs. Kevin regarda en direction des magiciens pour voir s'ils allaient intervenir, mais il semblait qu'ils avaient eux aussi quelques problèmes à régler. Le mage barbu appelé Milamber s'était levé, et bien que les Robes Noires qui l'encadraient le pressent de se rasseoir, il refusait de les écouter. La rage brûlait dans son regard, assez ardente pour être perçue malgré la distance, et Kevin connut la peur.

Il lança un regard vers Mara, mais un léger signe de Lujan lui indiqua qu'ils devaient encore attendre avant de partir. Arakasi devait avoir le temps d'aller chercher le palanquin et les gardes, pour les conduire devant l'escalier extérieur. Il était bien trop dangereux de traverser les rues sans escorte.

Soudain, l'une des Robes Noires assises près du seigneur de guerre se leva et décrivit d'une main un grand arc de cercle. Un frisson parcourut l'échine de Kevin et ses cheveux se dressèrent sur sa nuque. De la magie ! Accomplie d'un simple geste de la main, sans le moindre effort... Abasourdi, le Midkemian vit les rebelles tomber à genoux et s'effondrer sur le sable de l'arène.

La voix du seigneur de guerre résonna au-dessus de leurs formes prostrées et impuissantes.

— Maintenant attachez-les, montez un échafaud et pendez-les devant tout le monde.

La foule devint aussi silencieuse qu'un début d'orage. Lujan murmura :

— Tenez-vous prêts !

Kenji et les guerriers se penchèrent en avant sur leurs sièges. Kevin plaça une main sur l'épaule de Mara. Même si elle avait semblé calme et à l'aise durant toute la scène, la dame avait parfaitement conscience du danger. En la touchant, l'homme qui l'aimait sentit qu'elle tremblait de tous ses membres. Il brûlait de la rassurer, mais la tension dans l'arène continuait à monter.

De jeunes officiers assis aux premiers rangs hurlèrent de rage en entendant les ordres du seigneur de guerre. Ils protestèrent bruyamment et exigèrent que les prisonniers meurent comme des guerriers. Un grand nombre d'entre eux avaient été chefs de patrouille durant la guerre contre les Midkemians et les Thurils. Qu'ils soient ennemis ou même venus d'un autre monde, les captifs avaient prouvé leur bravoure ; les pendre comme des esclaves sans âme couvrirait de honte tout l'empire.

De leur côté, les Très-Puissants ne restaient pas inactifs. Milamber se disputait vivement avec une autre Robe Noire, qui tentait en vain de l'apaiser. Finalement, Milamber l'écarta d'un coup d'épaule, sans cesser de parler. Le mage corpulent se leva précipitamment pour le rattraper, mais il était trop tard. Le Très-Puissant qui avait été autrefois Midkemian était déjà à mi-chemin de l'escalier qui séparait les Robes Noires de la loge impériale.

Le chaos régnait sur le sable de l'arène. Des charpentiers se précipitaient avec leurs outils et des planches, pendant que des guerriers portant l'armure blanc et or d'Almecho escortaient des contremaîtres pour réunir et rassembler les guerriers étourdis.

Averti par un vague instinct, Kevin ressentit un instant d'appréhension. L'immense foule assise dans l'amphithéâtre semblait figée, comme si elle était hypnotisée et fascinée. Les cris et les sifflets cessèrent, le silence s'installa, et tous les yeux se dirigèrent vers la silhouette vêtue de noir qui se tenait près de la loge du seigneur de guerre.

Milamber leva la main. Des flammes bleues fendirent l'air, scintillant même sous l'éclat du soleil brûlant, et une boule de feu jaillit vers le sol et explosa au milieu des gardes du seigneur de guerre. Les soldats furent projetés dans toutes les directions, comme des feuilles éparpillées par le vent. Les charpentiers et les artisans furent déséquilibrés et les planches et les outils furent emportés comme des fétus de paille. La force de la détonation plaqua sur leurs sièges les nobles des gradins inférieurs, et une rafale de vent balaya le stade. La main de Milamber trancha l'air d'un geste sec et sa voix retentit dans le silence stupéfait qui suivit l'explosion.

— Assez !

Le magicien ventru arrêta brutalement sa poursuite et changea de direction. Aussi vite que ses jambes corpulentes pouvaient le porter, il se précipita dans la loge impériale, son mince compagnon sur ses talons. Les deux Très-Puissants conférèrent brièvement avec la Lumière du Ciel, qui se leva. L'instant d'après, les deux Très-Puissants et l'empereur disparurent sans le moindre avertissement.

Trop ému pour analyser sa stupéfaction, Kevin attrapa le bras de Mara.

— Il ne manquait plus que ça. (Sans plus de cérémonie, il la fit lever de son siège.) Si Sa Majesté juge bon de partir, nous allons l'imiter.

Lujan n'éleva aucune objection, mais dégaina son épée et sauta par-dessus le dossier de son banc. Sur son ordre, le chef de troupe Kenji et les deux autres soldats se placèrent en arrière-garde tandis que le commandant des armées acoma rejoignait Kevin et Mara à toute vitesse, pour ne pas se laisser distancer. Remontant l'allée étroite qui séparait les loges, le petit groupe fit retraite avec une hâte presque inconvenante. L'attention des autres spectateurs était rivée sur Milamber, et les nobles qui se trouvaient dans les gradins juste au-dessus de l'allée par où s'enfuyait Mara lançaient des commentaires irrités quand la dame et son escorte leur bouchaient momentanément la vue.

La tension monta jusqu'à son paroxysme, puis la voix du seigneur de guerre s'éleva dans une rage absolue.

— Qui ose !

Milamber hurla sa réponse.

— Moi, j'ose ! Une telle chose ne peut pas arriver, et elle n'arrivera pas !

Mais les guerriers acoma n'écoutèrent pas la fin de son discours car des bruits de course retentirent derrière eux. Ils se trouvaient à l'intersection de l'allée et de l'escalier menant aux gradins supérieurs quand Kevin se retourna vivement. Il vit deux soldats inconnus vêtus d'une armure brune courir pour rattraper l'escorte des Acoma.

Les guerriers formant l'arrière-garde s'arrêtèrent et dégainèrent immédiatement leur arme. N'ayant plus que Kenji pour assurer leur protection arrière, Kevin hurla un avertissement.

— Lujan !

Le commandant lança un regard derrière lui. Il évalua le danger et identifia l'armure au premier coup d'œil.

— Des Sajaio ! Ils servent les Minwanabi !

Sans s'arrêter, il ordonna aux deux guerriers qui se préparaient à barrer le chemin :

— Restez en position derrière votre dame. (À Kevin, il ajouta Nous pouvons les vaincre. Mais nous devons d'abord conduire Mara en sécurité.

L'altercation dans l'arène ne semblait pas se calmer. Le seigneur de guerre criait au magicien :

— De quel droit ferais-tu une chose pareille ?

La réponse de Milamber fouetta l'air de sa fureur.

— Par le droit de faire comme il me semble bon !

Conscient uniquement d'un sentiment de désastre imminent, Kevin poussa fermement Mara en avant. Elle commença courageusement à monter l'escalier de pierre avec ses sandales à hautes semelles de bois, qui basculaient à chaque pas et menaçaient à tout moment de la faire trébucher. Les lèvres blanches, elle murmura d'une voix hachée :

— Tout ce que nous connaissons est réduit à néant. Le chaos est sur nous.

D'autres silhouettes s'agitaient dans les allées latérales ; les gardes des Sajaio hésitèrent à poursuivre les Acoma. Ils conférèrent un instant et l'un d'entre eux fit demi-tour. L'autre continua à les suivre avec diligence.

D'autres suites encombraient maintenant l'escalier menant à la terrasse supérieure. Des seigneurs, des dames et des guerriers fuyaient l'atmosphère lourde de menaces qui pesait sur l'amphithéâtre, comme le calme qui règne avant la tempête.

Lujan entendit les cris de Kevin, lui signalant que l'un des Sajaio avait changé de route, sûrement avec l'instruction d'aller chercher des renforts. Le commandant ne s'arrêta pas une seconde.

— Seul un fou déclencherait un combat en ce moment. Ou n'as-tu pas entendu ?

Des cris retentirent dans la loge impériale, se terminant par :

— Ma parole a force de loi. Va !

Mara sursauta de terreur et sa semelle la fit trébucher sur un pavé brisé. Kevin la rattrapa vivement et l'empêcha de tomber, retenant sa forme légère entre ses bras pour qu'elle reste debout. Du coin de l'œil, il vit Milamber ordonner aux gardes impériaux de libérer les prisonniers qui gisaient toujours inconscients sur le sable de l'arène.

Le seigneur de guerre laissa libre cours à sa folle indignation.

— Tu violes la loi ! Nul ne peut libérer un esclave !

Le courroux de Milamber atteignit son paroxysme et sa voix devint aussi tranchante que l'acier.

— Moi, je le peux ! Je suis au-dessus des lois !

Kevin sentit une vague d'espoir fou l'envahir alors que Mara et son escorte atteignaient le dernier niveau avant la terrasse. L'arche conduisant à la rue se trouvait à moins de douze pas.

— Est-ce vrai ? demanda-t-il à Mara d'une voix tremblante. Est-ce que Milamber peut libérer un esclave ?

Mara lui rendit un regard où se peignait une peur absolue.

— Il peut faire tout ce qu'il veut. C'est un Très-Puissant.

Le sentiment irrésistible d'un bouleversement imminent créa un début de panique. Des spectateurs commencèrent à quitter leurs sièges pour se précipiter vers la terrasse. Mais ils avaient décidé trop tard de s'enfuir.

L'un des Très-Puissants accompagnant le seigneur de guerre se leva pour défier Milamber. Conscient de la panique générale et de la foule qui arrivait derrière eux comme un raz-de-marée, Kevin poussa Mara vers la sortie. Lujan leva son épée pour endiguer la poussée, tandis que ses guerriers criaient :

— Acoma !

Mais dans la foule tout le monde ne fuyait pas la magie. Des cris retentirent derrière eux alors que cinq guerriers en armure brune couraient vers Kenji et les deux soldats. Le chef de troupe acoma n'hésita pas une seconde. Plutôt que d'être frappé dans le dos, il fit demi-tour en hurlant « Acoma ! » et chargea les Sajaio.

Les deux guerriers de Mara se lancèrent à sa suite.

Kevin et Mara couraient devant, le commandant restant seul pour les défendre.

Les Sajaio et les Acoma se rencontrèrent entre les escaliers. Le fracas des armes qui s'entrechoquaient passa inaperçu dans le vacarme général – les cris des spectateurs terrifiés et les appels des guerriers et des gardes qui bondissaient pour protéger leurs maîtres. D'autres personnes criaient de surprise en regardant la scène qui se déroulait dans la loge impériale entre Milamber et les « toutous » du seigneur de guerre.

Puis des hurlements de souffrance et de terreur retentirent et couvrirent les cris.

En équilibre au sommet de l'escalier, Kevin risqua un regard en arrière. Devant la tribune des magiciens, une décharge d'énergie crépitante claqua. La silhouette de Milamber fut engloutie par une lumière éblouissante et incandescente, une lueur dorée mêlée de bleu, terrifiante et aveuglante. Dans le jeu surnaturel des ombres et des lumières, les visages de la foule se distinguaient clairement. Ils exprimaient tous l'envie irrésistible de fuir. Des milliers de gens se poussaient, se bousculaient, jouaient des coudes et trébuchaient dans leur hâte frénétique de monter les escaliers. Le combat engagé contre les soldats sajaio fut balayé par la foule épouvantée qui fuyait le courroux des magiciens.

Kevin attrapa fermement Mara.

— Cours !

Gardant à grand-peine une petite avance sur la foule de spectateurs en pleine débandade, il plongea avec elle dans les escaliers. À la lueur des éclairs scintillants et incandescents de la sorcellerie, le plumet du casque de Lujan brillait d'un vert surnaturel. Son cri répété de

« Acoma ! » s'évanouissait parmi les hurlements de colère et de terreur des gens qui les suivaient.

L'escalier ne semblait pas avoir de fin. Mara courait et trébuchait avec ses encombrantes sandales à semelles hautes. Terrifié, Kevin perdit totalement le sens des convenances. Il se pencha et prit Mara dans ses bras.

— Enlève tes chaussures !

Mara lui répondit quelque chose. Mais le bruit l'empêcha de bien comprendre ses paroles.

— Je me fiche complètement des émeraudes ! Enlève-les ! ordonna Kevin.

Son poids le déséquilibrait dans l'escalier. En dépit de tous ses efforts, Lujan les distançait peu à peu, et il sentait maintenant dans son dos des mains qui le poussaient et des corps qui le bousculaient.

Mara ôta ses sandales. Désespéré, Kevin la reposa par terre, serrant son bras comme dans un étau. Il la tirait implacablement derrière lui, luttant contre la pression de la foule.

Quelqu'un tomba sur sa gauche. En un instant, des milliers de pieds piétinèrent sans le moindre remords le corps du malheureux. La victime ne poussa pas un cri. La foule passa sur elle, chassant l'air de ses poumons et la réduisant à l'état de pulpe. Un homme du peuple, fou de terreur, frappa durement le bras de Kevin, lui arrachant presque des mains le poignet de Mara. Par réflexe, le Midkemian tira le couteau d'Arakasi.

Le poignet de sa dame glissait entre ses mains ; il ne la tenait plus que par les doigts. Par-dessus l'épaule de l'homme qui poussait toujours, Kevin aperçut l'expression de pure terreur de Mara, avant de la perdre complètement de vue.

Il faillit lâcher la main de sa bien-aimée ; et il pleura quand il dut enfoncer son poignard dans le dos de la personne qui les séparait.

La pression disparut, et Kevin, désespéré, tira impitoyablement sur les quelques doigts de Mara qu'il tenait encore. La jeune femme tituba, se dégagea d'un groupe d'artisans paniqués et tomba dans ses bras.

— Acoma !

Le cri était tout proche ; Kevin regarda par-dessus la foule et bénit sa haute taille de Midkemian. Il repéra immédiatement deux soldats vêtus de vert qui se frayaient violemment un chemin dans la foule.

— Ici ! cria-t-il. Ici !

Il agita la main, oubliant qu'il tenait une lame ensanglantée.

— Mara est avec moi !

Les guerriers changèrent de direction et avancèrent vers lui, s'orientant sur sa chevelure d'or rouge facilement reconnaissable.

Soudain, Lujan fut à côté de lui.

— Range cette chose ! hurla-t-il en désignant le poignard.

Il se plaça devant le barbare et utilisa ses gantelets comme des massues pour écarter la foule.

Kevin dissimula son arme. Il avançait, une Mara tremblante dans les bras, et qui tentait bravement de se remettre sur ses pieds.

— Non ! hurla-t-il dans son oreille. Tu es trop petite, et pieds nus. Laisse-moi te porter.

Les marches disparurent soudain sous ses pieds. Kevin trébucha et se rétablit, maintenu debout par la pression de la foule. Ils avaient atteint la terrasse qui séparait les deux grands escaliers extérieurs. Le Midkemian comprit vaguement que Lujan choisissait leur route selon une certaine logique : près des murs du stade, entouré d'un rempart de guerriers, il distingua le palanquin de Mara dont les pennons verts flottant au vent semblaient lutter contre le chaos.

Un coup de tonnerre éclata dans le ciel. Une rafale de vent les frappa comme un coup de massue, alors que la détonation renversait un grand nombre de fuyards.

Kevin chancela, se cogna contre Lujan, et sentit le guerrier se tendre pour les retenir. Mais il échoua et les deux hommes tombèrent à genoux. Les oreilles sifflantes, Kevin plaça Mara sur son épaule. Il se remit debout sans se soucier de ses genoux blessés, et fonça la tête la première vers le palanquin. La foule retrouva bientôt ses esprits et se resserra implacablement sur eux, jusqu'à ce que son coude et son flanc soient douloureusement plaqués contre les reliefs de l'armure de Lujan. Kevin tint ferme et faillit trébucher à nouveau lorsque ses pieds se prirent dans un obstacle qui ressemblait à une guenille.

Une guenille chaude : un autre malheureux piétiné par la foule terrifiée.

Mara risquait aussi de mourir s'il la perdait dans ce chaos. Luttant contre la nausée, Kevin agrippa la robe de soie de la jeune femme jusqu'à ce que la force de son étreinte blanchisse ses phalanges.

À cet instant, un geyser d'énergie jaillit de l'arène et sembla éclabousser les nuages. La foule atterrée gémit et les têtes se tournèrent vers le ciel, stupéfaites. Poussés par une fascination morbide, quelques fous tentèrent d'aller à contre-courant de la foule pour mieux voir le spectacle.

Kevin et Lujan profitèrent de ce répit pour atteindre le mur. Une barrière de guerriers en armure verte se referma autour d'eux, une zone de calme dans la turbulence. Alors que le Midkemian posait sa maîtresse qui tremblait de tous ses membres, une voix terrible retentit dans les cieux.

— Que vous ayez ainsi vécu pendant des siècles n'excuse pas votre cruauté. Voici venu le jour de votre jugement, et vous êtes tous déclarés coupables.

Le magicien... Milamber. Kevin ressentit une vague de fierté sauvage : un homme du Royaume avait osé placer la compassion avant la décadence.

L'humeur de la foule changea subtilement. Poussées par la curiosité, et aussi par le début d'un sentiment d'outrage, quelques personnes crièrent de stupéfaction. La foule fut agitée de remous alors que de plus en plus de spectateurs ralentissaient leur fuite et tentaient de revenir dans l'arène.

— Ce sont des fous s'ils s'attardent ici, cria Lujan. Il faut conduire la maîtresse en lieu sûr, dans sa demeure.

Kevin tendit la main pour équilibrer Mara, vit du sang sur ses doigts, et se souvint tardivement de son poignard. Il fit le geste de rendre la lame à Lujan, mais le commandant secoua violemment la tête.

— Je ne t'ai pas vu prendre cette arme, et mes yeux seront aveugles si tu l'utilises pour protéger ma dame.

Les soldats formèrent un cordon serré autour de Mara, de Kevin et de la demi-douzaine de malheureux porteurs. Poussés par l'habitude, les esclaves empoignèrent les perches du palanquin.

La voix du magicien retentit au-dessus du stade en lançant des échos surnaturels.

— Vous qui prenez plaisir à la mort et à l'humiliation d'autrui, voyons comment vous affrontez votre propre destruction !

— Au diable le palanquin ! Fuyons ! hurla Kevin.

Toujours choquée par les événements, Mara retrouva sa voix et cria :

— Oui, nous devons fuir !

Sur ordre de Lujan, le palanquin encombrant fut abandonné. Les gardes se regroupèrent immédiatement, et tout le monde se mit à courir.

Un vent terrible arriva de l'arène, provoquant de nouveaux cris et agitant le plumet des officiers. Kevin sentit qu'il avait la chair de poule, et il s'émerveilla devant une sensation qu'il avait presque oubliée depuis qu'il avait quitté sa terre natale : le froid. Sur Kelewan, aucune rafale naturelle ne pouvait être aussi glaciale.

Comme si elle lui répondait, la voix de Milamber cria :

— Tremblez et craignez pour vos vies, car je suis le Pouvoir !

Un gémissement transperça l'air alors que le cordon acoma commençait à descendre l'escalier inférieur. La violente bourrasque augmenta quand Milamber cria :

— Vent !

La rafale enfla et hurla pour lui répondre. Une puanteur macabre saisit soudain les Acoma à la gorge, qui fit tousser Kevin et même les soldats les plus aguerris. Ils continuèrent désespérément leur descente, forçant leurs poumons douloureux à respirer. Le visage de Mara avait perdu toute couleur, mais elle descendait les escaliers abrupts à la même vitesse que son escorte.

Leur chemin était si tortueux que Kevin faillit devenir fou. Bien qu'ils soient forcés de contourner des gens pliés en deux par des haut-le-cœur, Lujan ordonna à ses soldats de garder le rythme. Certaines personnes qui avaient succombé à la nausée furent piétinées, tandis que d'autres étaient poussées et frappées du pied par la foule terrifiée.

Un grondement fit alors frissonner les pavés. Ce son aux fréquences subsoniques qui ne venait pas de ce monde vrilla les oreilles de l'escorte. Les guerriers accélèrent le pas et Kevin saisit le poignet de Mara pour l'aider à descendre les dernières marches. Soudain, les ombres s'allongèrent d'une façon inquiétante ; le ciel s'assombrit et le soleil disparut. Des nuages se rassemblèrent et se mirent à tournoyer au-dessus du stade, formant un monstrueux tourbillon.

Kevin ne douta pas une seconde que Milamber se trouvait en son centre. Il domina sa peur et parvint à rire.

— Il va leur faire une démonstration d'enfer !

Essoufflée et courant à ses côtés, Mara lui lança un regard d'incompréhension. Kevin comprit après coup qu'il s'était instinctivement exprimé dans la langue du Royaume. Il répéta sa remarque en tsurani.

Mara se força courageusement à sourire.

Ils trébuchèrent au pied de l'escalier. Lujan s'arrêta un instant pour laisser le temps à d'autres gardes de rejoindre leurs rangs, et renforcer le carré de protection autour de leur maîtresse. Les rangs extérieurs se donnèrent le bras, et la petite troupe reprit sa course le long de l'avenue. Derrière eux, le magicien hurla :

— Pluie !

Sa voix s'était légèrement assourdie. Kevin prit une profonde inspiration malgré ses poumons brûlants, et espéra que leur course les avait éloignés du tourbillon des sortilèges et du châtiment que Milamber infligeait à la foule. Les cieux s'ouvrirent et des gouttes glaciales tranchèrent l'air. Les premières gouttes se transformèrent en un véritable mur de pluie, qui trempa jusqu'aux os tous ceux qui se trouvaient dans la rue. La dernière lumière disparut. Clignant des yeux dans le déchaînement des éléments, Kevin courait. Il tenait toujours le poignet de Mara, bien que sa peau soit devenue glissante, et qu'elle soit ralentie par le poids de ses robes de cérémonie trempées qui lui collaient au corps. Le crépitement de la pluie sur les pavés et sur les armures se confondait avec le claquement des sandales des fuyards. Les cris de la foule semblaient diminuer, tempérés par le malheur et le désespoir.

Kevin se tourna vers Mara.

— Continue, l'exhorta-t-il.

Encore quelques pas, et il sentit à chaque enjambée la pluie faiblir.

La suite acoma atteignait la rue qui bordait l'arène quand la voix lointaine de Milamber cria :

— Feu !

Un hurlement de terreur collective s'éleva de l'intérieur du stade. Horrifiée, Mara regarda derrière elle en pensant aux malheureux encore piégés dans l'arène.

Kevin se retourna pour lui demander de se presser et, à travers la pluie qui s'éclaircissait, vit un spectacle d'une beauté étrange et terrifiante. Des rideaux de flammes couraient dans les nuages qui continuaient à déverser une pluie glaciale sur la terre. Des éclairs déchirèrent le ciel. Une vive douleur brûla la joue de Kevin, alors qu'une pluie de feu commença à tomber.

Mara hurla. La coiffe de soie qui couvrait sa tête avait pris feu malgré l'humidité. Les soldats tentaient d'étouffer les flammes avec leurs gantelets, et l'odeur du cuir et de la laque brûlés devint insoutenable. Tous coururent. Des gouttes de flammes s'écrasaient sur les pavés et faisaient jaillir des étincelles. Craignant pour leur vie, ils coururent encore plus vite.

Lujan désigna un endroit du doigt.

— Là-bas !

À une centaine de mètres, derrière une étendue ruisselante de flaques et de flammes, la lumière du soleil brillait, calme et tranquille.

Kevin tira Mara pour une dernière pointe de vitesse, mais ces derniers cent mètres semblaient s'étirer et devenir des lieues. Ils rejoignirent enfin la sécurité de la lumière du soleil. Sur l'ordre sévère de Lujan, les soldats ralentirent pour reprendre leur souffle. Des guerriers essoufflés se battent mal, et les rues étaient envahies par une foule de gens terrifiés et par des soldats prêts à combattre pour défendre leur seigneur. Kevin profita de cet instant de répit pour regarder en arrière. Le chaos surplombant l'arène ne s'était pas calmé. Les flammes tombaient en colonnes incandescentes, et les hurlements des mourants et des blessés se mêlaient en un immense gémissement.

Les rues étaient envahies par des silhouettes en feu, pauvres épouvantails qui semblaient danser et tentaient d'étouffer les flammes qui les brûlaient impitoyablement. Des survivants légèrement brûlés couraient se mettre en sécurité et heurtaient des artisans et des esclaves qui avaient arrêté leur travail pour regarder ce qui se passait, bouche bée. Un grand nombre étaient tombés à genoux, se prosternant sous l'effet de la terreur, alors que d'autres faisaient des signes de protection pour éloigner d'eux la colère des dieux ; les plus simples restaient simplement debout, muets d'étonnement.

Quelqu'un parla faiblement dans la confusion générale. Kevin ne put comprendre ses paroles, mais, obéissant à un geste de Lujan, il poussa doucement Mara en avant.

— Est-ce que tes pieds te font mal ? Il vaut mieux que nous continuions à avancer. J'ai peur que nous ne soyons encore trop près de l'action.

Mara cligna des yeux, le visage pâle de fatigue. D'une voix engourdie, elle répondit :

— Le problème des chaussures devra attendre. Rentrons à la résidence.

Lujan envoya un soldat en éclaireur pour faire venir d'autres guerriers de la résidence afin de protéger la dame durant la traversée de la ville. Choisissant habilement sa route, le commandant restait dans les rues tranquilles ; il évita le quartier des temples, où les fidèles et les prêtres se pressaient autour des autels, chantant et implorant les dieux dans une frénésie de prières. Des messagers parcouraient les rues en hâte, tandis que des mendiants rôdaient dans des quartiers qu'ils n'avaient pas l'habitude de fréquenter. Craignant une attaque, les soldats restaient groupés ; Kevin avait gardé le poignard d'Arakasi. Aucune embuscade ne s'était encore matérialisée quand une étrange sensation de bourdonnement fit frissonner le sol sous leurs pieds.

La vibration enfla et se transforma en un grondement caverneux. Kevin sentit la terreur envahir son âme.

— Un tremblement de terre ! hurla-t-il. Abritez-vous sous ce porche ! Tout de suite !

Lujan et ses guerriers tournèrent rapidement. Ils repoussèrent trois badauds qui s'étaient abrités sous l'arche d'une porte de taverne. Construit en pierres solides, le portail avait autrefois soutenu deux panneaux de bois, tombés et oubliés depuis des années.

Les guerriers se passèrent Mara de main en main, la déposant chancelante sous une saillie du porche. Kevin trébuchait derrière elle et, pressé de tous côtés par des hommes en armure, il sentit la terre se dérober sous ses pieds. Les guerriers vacillèrent et tombèrent à genoux ; d'autres se retrouvèrent face contre terre, alors que les porteurs gémissaient en se protégeant la tête de leurs bras. La force du séisme faisait chanceler et tomber les gens dans la rue. Des cris s'élevèrent de l'intérieur de la taverne quand les poutres soutenant le plafond s'effondrèrent et que du plâtre et des débris plurent à l'intérieur ; des chopes d'argile se renversèrent et se brisèrent. Dehors, les tuiles, les corniches et les chapiteaux des bâtiments se détachaient et s'écrasaient sur le pavé. Des balcons s'effondrèrent et des cloisons s'abattirent, pendant que des gens couverts de sang étaient projetés comme de vulgaires détritus.

Non loin d'eux, un mur de pierre s'effondra dans un nuage de poussière irritante, puis le tremblement de terre s'intensifia. Une ondulation fit cabrer le sol et avança le long de l'avenue, tandis que l'air résonnait du fracas des poutres et des pierres qui cédaient. Kevin lutta contre le soulèvement de la terre pour rejoindre Mara, mais deux soldats s'étaient déjà étendus sur elle pour la protéger de leurs corps.

Le chaos faisait toujours rage et la terre se tordait comme une créature dans les affres de l'agonie. Dans l'enceinte impériale, près de l'arène, on entendait le grondement des pierres arrachées, semblable au rugissement d'une avalanche. Le son se répercutait à l'infini, comme le ressac de la mer, entrecoupé de dizaines de milliers de voix qui hurlaient leur terreur et leurs souffrances.

Puis soudain, la terre se calma entre deux battements de cœur. Le silence retomba, et le soleil brilla dans la brume de poussière. La rue n'était plus que débris, un champ de bataille jonché de gravats et de blessés gémissants. Broyés entre les pierres, écrasés sous des poutres brisées, les morts gisaient couverts de sang.

Kevin se remit sur ses pieds. Des cloques le brûlaient sur les joues, et la poussière lui piquait les yeux. Pendant que les soldats se relevaient tout autour de lui, il aida Mara à se remettre debout.

Regardant son visage souillé, la fine trame de la soie brûlée qui pendait tristement sur sa coiffure emmêlée et ses robes trempées plaquées contre son corps, Kevin réprima une envie irrésistible de l'embrasser longuement sur les lèvres. Il se contenta d'écarter une mèche de cheveux de son oreille, où étincela fugitivement l'émeraude d'une boucle. Il laissa échapper un profond soupir.

— Nous avons eu de la chance. Pouvez-vous imaginer ce qu'ont vécu les gens qui se trouvaient dans l'arène ?

Les yeux de Mara étaient encore écarquillés sous l'effet du choc. Elle n'essayait même plus de dissimuler ses tremblements, mais sa voix avait une note sinistre, dure comme l'acier, quand elle soupira :

— Nous ne pouvons qu'espérer que notre seigneur des Minwanabi soit resté assez longtemps aux jeux.

Puis, comme si la beauté dévastée qui l'entourait la blessait soudainement, elle fit un geste sec à Lujan.

— Nous rentrons à la résidence, immédiatement.

Lujan reforma sa compagnie et le long trajet du retour dans les avenues dévastées de Kentosani commença.

Arakasi reparut un peu plus tard, sa livrée de domestique poussiéreuse et brûlée. Éloignée de l'arène et des lieux où s'était déchaînée la fureur de Milamber, la résidence des Acoma n'avait subi que de légers dommages. Une douzaine de gardes surveillaient maintenant la porte extérieure, pendant que d'autres montaient la garde dans la cour. Le maître espion avançait avec la prudence d'un chat. Ce n'est que lorsqu'il aperçut Lujan dans le vestibule qu'il se détendit.

— Les dieux nous protègent, tu as survécu, l'accueillit le commandant, d'une voix rendue rauque par l'émotion.

En un instant, Arakasi fut conduit à l'étage, où il s'inclina devant sa maîtresse.

Mara était assise sur des coussins, fraîchement baignée, mais toujours pâle après les événements de la journée. On pouvait voir un genou écorché sous sa robe d'intérieur, et ses yeux étaient voilés par une anxiété qui disparut quand elle vit son maître espion.

— Arakasi ! Je suis très heureuse de te voir. Quelles sont les nouvelles ?

Le maître espion se redressa.

— Avec l'indulgence de ma dame, murmura-t-il, et il tapota sa joue sanguinolente avec un mouchoir sale.

Mara fit signe à une servante, qui se hâta d'aller chercher des baumes et une bassine d'eau. Le maître espion tenta de repousser sa sollicitude.

— L'entaille n'est pas grave. Un homme a cherché à profiter de la confusion pour me voler. Il est mort.

— Voler un domestique ? l'interrogea Mara.

L'excuse était transparente ; son maître espion avait plus probablement couru de graves dangers à son service, mais elle respecta son souhait de discrétion et se retint de l'embarrasser par de nouvelles questions.

Quand l'escorte de Mara avait rejoint la résidence, le maître espion était déjà reparti avec la majeure partie des soldats. Laissant une petite garnison à Jican, Arakasi s'était frayé un chemin vers l'arène, mais le chaos provoqué par Milamber avait gêné sa progression dans les rues. Les deux groupes s'étaient croisés et s'étaient manqués dans ce désordre indescriptible.

La servante revint avec une corbeille de remèdes. Mara inclina la tête vers Arakasi, qui sembla irrité mais se résigna à se laisser soigner devant l'insistance de sa maîtresse.

Alors que la servante nettoyait la blessure du maître espion, Mara lui demanda :

— Le reste de nos soldats ?

— Ils sont rentrés avec moi, répondit Arakasi, inexplicablement bourru. (Il lança un regard noir à la servante, puis termina son rapport.) Un guerrier a reçu sur la tête une poterie tombée d'une maison, si vous pouvez croire à une telle malchance, et il va probablement en mourir.

Mara regarda la crasse et le sang coagulé que les soins faisaient peu à peu disparaître.

— Ce n'est pas une simple égratignure. L'os est visible.

Elle posa enfin la question qui lui brûlait les lèvres.

— Et la ville ?

Arakasi esquiva le geste de la servante. Dans un mouvement aussi rapide que celui d'un prédateur, il lui prit des mains un linge propre et le pressa contre sa blessure.

— Ma dame ne devrait pas se soucier des souffrances et des meurtrissures d'un serviteur.

Dans la douce lumière du crépuscule, Mara haussa les sourcils.

— Et les serviteurs ne devraient pas se soucier d'aider leur maîtresse en risquant une condamnation impériale en donnant une lame à un esclave ? Non... (Elle leva la main pour empêcher Arakasi de répondre.) Ne dis rien. Lujan jure qu'il n'a rien vu. On a retrouvé un poignard ensanglanté dans la réserve, mais le cuisinier affirme qu'il a servi uniquement à égorger des jiga.

Arakasi laissa échapper un petit rire sec.

— Des jiga ! Comme c'est bien trouvé.

— Exactement. Réponds maintenant à ma question, demanda Mara.

Toujours ravi, Arakasi obéit.

— La ville est plongée dans le chaos. Il y a des incendies partout, et de nombreux blessés. On dirait que les quartiers autour du stade impérial ont été pillés par une armée d'envahisseurs. Le seigneur de guerre s'est retiré dans la honte, humilié par le Très-Puissant Milamber. La scène a été publique et a provoqué beaucoup de morts innocentes. Je parie qu'Almecho va mettre un terme à sa triste vie avant la fin de la journée.

— L'empereur ?

Malgré son excitation en entendant ces nouvelles capitales, Mara n'oubliait pas les questions pratiques. Elle renvoya la servante en lui ordonnant d'aller chercher un plateau avec un souper.

— La Lumière du Ciel est saine et sauve, répondit Arakasi. Mais les gardes blancs impériaux se sont retirés de tous les bâtiments du palais sauf de la suite familiale, où ils protègent l'empereur et ses enfants. Les gardes du Conseil sont restés à leurs postes, mais sans ordre du seigneur de guerre, ils n'interviendront pas. On peut présumer qu'à la tombée de la nuit la loyauté envers les maisons prévaudra, et que chaque compagnie reviendra vers son maître. Toutes les règles que nous connaissons sont temporairement suspendues, tant que le Conseil est affaibli et le seigneur de guerre humilié. (Arakasi haussa les épaules.) Il n'y a plus de loi, sauf celle du plus fort.

Un frisson glacial parcourut Mara et la pièce lui sembla soudain plus sombre. Elle frappa dans ses mains pour que des servantes allument des lampes, puis déclara :

— Lujan doit entendre tout cela. Penses-tu que nous serons attaqués ?

— Qui sait ? soupira Arakasi. Dehors, tout n'est que folie. Mais si je devais hasarder une opinion, je pense que nous sommes probablement en sécurité pour la nuit. Si le seigneur des Minwanabi a survécu à la destruction du stade, il est sûrement en train de se cacher dans ses quartiers, comme nous le faisons tous, en dénombrant ses pertes et en attendant qu'on vienne lui dire que l'ordre est rétabli dans les rues.

Une servante arriva avec le plateau, Lujan sur les talons. Mara fit signe à son commandant de s'asseoir, puis fit verser du chocha à tout le monde. Elle s'installa plus confortablement et but à petites gorgées le liquide chaud et rassurant, pendant que Lujan obligeait Arakasi à mettre du baume sur sa blessure. Sa description imagée des blessures d'épée infectées aurait suffi à intimider les plus braves guerriers, et le courage d'Arakasi tenait surtout à son obstination. Prenant en pitié son maître espion qui arborait une mine renfrognée, mais en laissant le temps à son commandant de placer un bandage de ses mains expertes, Mara attendit un moment puis commenta.

— Si Almecho se suicide, le Conseil sera convoqué.

Tirant immédiatement parti de la diversion, Arakasi s'empara d'un petit pâté à la viande.

— Un nouveau seigneur de guerre.

Lujan lança les bandages inutilisés dans la corbeille de remèdes.

— La personne qui voudra se faire élire prendra de grands risques. Il n'y a pas de successeur désigné au titre.

Mais ce danger, bien qu'évident, n'était pas le pire que l'on puisse imaginer. Mara leva un regard assuré vers la lumière vive des lampes.

— Si jamais les Acoma doivent faire sentir leur puissance au Conseil, ce sera pour choisir le successeur d'Almecho. Seuls cinq seigneurs ont assez de partisans pour revendiquer le titre, et l'un d'eux est Desio des Minwanabi. Nous devons absolument l'empêcher de réussir.

— Vous avez conclu des accords, intervint Arakasi, et réuni assez de promesses de vote pour avoir une certaine influence. Mais l'ordre des choses étant complètement bouleversé, oserez-vous compter sur la présence de ceux qui vous ont promis leur vote ?

La fatigue de Mara était maintenant clairement visible.

— Il ne peut exister de plus grand danger que de voir Desio porter le blanc et l'or.

Lujan caressait la poignée de son arme.

— Est-ce que cela risque d'arriver ?

— En temps normal ? Non. Actuellement... (Le maître espion haussa les épaules.) Ce matin, qui aurait cru que le règne d'Almecho se terminerait dans la disgrâce avant le coucher du soleil ?

Derrière les fenêtres, la nuit sembla soudain encore plus sombre. Envahie par la crainte, Mara désirait ardemment le réconfort des bras de Kevin ; mais le Midkemian se trouvait dehors avec les guerriers, pour réparer les brèches que le tremblement de terre avait ouvertes dans les murs. Milamber avait brisé plus que des pierres et des têtes dans son duel contre le seigneur de guerre. Il avait sapé toute la hiérarchie de l'empire, et il faudrait beaucoup de temps pour que la situation redevienne normale.

— Il semble que nous devions nous préparer à toute éventualité, annonça fermement Mara. Arakasi, dès que tu le pourras, tu retourneras en ville. Tiens-toi au courant de toutes les rumeurs. Car si les puissants de l'empire changent leur politique, nous risquons d'être écrasés par les conséquences de leurs actes si nous ne choisissons pas soigneusement notre voie.

Personne ne dormit durant la nuit. Les guerriers de Lujan disposèrent les meubles pour monter des barricades et sortirent les anciens volets de bataille des réserves. La vieille résidence de Kentosani n'avait pas subi d'assaut depuis des siècles, mais les vieux murs étaient encore solides. Les guerriers fortifièrent le portail et les portes du mieux qu'ils le purent, en travaillant à la lumière de lanternes que portaient des esclaves.

Des bruits de lutte venaient de la cité intérieure, et l'on entendait de temps à autre des gens qui se poursuivaient dans la rue. S'agissait-il de voleurs en fuite ou d'assassins envoyés poignarder des ennemis, ceux qui se trouvaient en sécurité derrière des murs n'osaient pas ouvrir leur porte pour le savoir.

Trois heures après la tombée de la nuit, le chef de troupe Kenji revint avec une blessure d'épée à l'épaule et son armure éraflée dans de durs combats. Il trouva dame Mara dans la cuisine en grande conversation avec Jican sur l'état des réserves de nourriture. En voyant l'ardoise dans sa main et l'inventaire en cours, il lui sembla qu'elle se préparait à un siège.

Kenji s'inclina, et son mouvement attira l'attention de Mara. Elle demanda à un domestique d'apporter du chocha et installa son chef de troupe sur une table à découper, tandis que l'on allait rechercher la corbeille de remèdes dans les réserves.

— Les Sajaio ont été piétinés par la foule.

Kenji contint une grimace quand il tendit le bras pour déboucler son armure.

— Non, fit Mara. Laisse-moi appeler un esclave pour t'aider.

Mais Kenji était trop épuisé et concentré sur son rapport pour l'entendre. Quand la première boucle s'ouvrit, il commença à travailler sur une autre, en reprenant la parole avec difficulté.

— Les deux hommes qui m'accompagnaient sont morts. Le premier a été tué en combattant ; l'autre a péri sous les flammes qui tombaient du ciel. La foule m'a poussé loin à l'écart, mais j'ai dû combattre pour revenir à la résidence. Une foule très dense a envahi le quartier des temples, venant supplier les dieux de les laisser en vie. J'ai essayé de revenir par les rives du fleuve, mais le tremblement de terre a provoqué l'effondrement de tous les quais.

Répondant à l'appel de Mara, un esclave apparut et aida Kenji à ôter son armure. Ses blessures se remirent à saigner, alors que le rembourrage de soie de l'armure laquée était déjà marqué de taches.

— Il y a eu des émeutes, dame.

Kenji eut un hoquet de souffrance quand on lui enleva sa cuirasse. Pâle et en sueur, il continua son rapport avec difficulté.

— Les pauvres et les pêcheurs des quais ont commencé à piller les péniches amarrées dans le port et toutes les échoppes voisines.

Mara lança un regard anxieux à Jican, qui avait remarqué plus tôt la lueur rougeoyante des incendies et qui avait prédit avec justesse un effet désastreux sur le commerce.

— Certains entrepôts ont été pris d'assaut et totalement pillés. Des gens se sont précipités vers l'enceinte impériale pour demander de la nourriture et un toit au seigneur de guerre.

Mara fit signe à Kenji de se taire.

— Tu as bien agi. Repose-toi, maintenant, et permets que l'on panse tes plaies.

Mais le chef de troupe insista pour se lever et faire sa révérence. Quand un esclave apporta de l'eau chaude pour mouiller ses vêtements afin de les décoller des blessures à moitié coagulées, il s'allongea, épuisé, et sombra dans une profonde léthargie.

Mara s'assit et prit la main de son officier. Elle resta avec lui pendant tout le temps où l'on soigna son épaule, écoutant les bruits lointains des combats mêlés au grincement de la craie sur l'ardoise de Jican. Les réserves étalées sur les bancs et les tables pourraient durer plusieurs jours. Trente guerriers suffiraient sans doute à tenir les portes contre une foule d'émeutiers, mais jamais contre une force armée.

À l'aube, alors que Kenji avait été déposé sur une natte et dormait, Mara consulta Lujan. Elle choisit avec lui un officier pour aller chercher des renforts à la garnison acoma la plus proche.

Des chocs sourds et des cris lointains leur parvenaient à travers les cloisons, incongrus à côté du bruit d'éclaboussures de la fontaine. La lueur des incendies teintait le ciel, et les rues n'étaient sûres pour personne. Quand Lujan fit sortir son messager par le portail, il soupira :

— Prions les dieux pour que nos ennemis soient aussi désemparés que nous.

— Oui, murmura Mara. Prions.

16

REGROUPEMENT

Les trompes retentirent.

Après deux jours passés derrière des portes fermées, avec des soldats acoma campant dans le jardin, la cour et même dans les escaliers et les couloirs, ce bruit fut une diversion bienvenue. Mara reposa le parchemin qu'elle ne parvenait pas à lire. Ses nerfs étaient comme des cordes trop tendues, et réagissaient au plus léger mouvement ou au moindre son. Elle se leva avant même de réfléchir, tandis que les soldats de garde tiraient à demi leurs lames de leurs fourreaux.

Et puis la raison calma l'instinct de défense. Des attaquants n'annonceraient pas leur venue par une fanfare, et n'agiraient pas en pleine journée. Les trompes ne pouvaient que signaler la convocation au Conseil tant retardée, ou une déclaration impériale. Heureuse que l'attente soit enfin terminée, Mara se leva et descendit les escaliers.

Arakasi n'avait envoyé aucun rapport dans l'intervalle. Mara ne connaissait que les on-dit achetés aux vendeurs de rumeurs en leur jetant quelques pièces par-dessus le mur, et les nouvelles qu'elle était parvenue à récolter restaient trop vagues à son goût. Quand Almecho s'était suicidé dans la honte la nuit précédente, la nouvelle avait couru les rues comme le vent. Des rumeurs bizarres avaient aussi circulé sur l'Assemblée, qui aurait proscrit Milamber et l'aurait déchu de son rang. Des sources moins fiables affirmaient que le magicien barbare avait détruit l'Assemblée dans sa totalité. Mara doutait de la véracité de cette version ; quand elle tentait d'imaginer une puissance assez vaste pour soumettre la tempête qui avait détruit l'arène, son esprit reculait devant cette idée.

Sans qu'on le lui demande, Kevin fit ironiquement remarquer qu'il n'aimerait pas être la personne envoyée informer le magicien barbare de son changement de statut.

Mara descendit prudemment le grand escalier qui ressemblait un peu à une armurerie, encombré par les casques et les gantelets des guerriers qui se reposaient. Des épées étaient empilées dans un coin, et la rambarde à volutes de la rampe d'escalier avait été transformée en râtelier à lances. Depuis l'arrivée des renforts, son escorte, de trente guerriers à l'origine, était devenue une garnison de cent hommes, et les officiers s'entassaient dans les chambres d'invités.

La fanfare avait éveillé d'autres soldats, et la patrouille de soixante-quinze hommes était déjà en armure. Prêts à se lancer immédiatement à l'action, les guerriers se mirent en rangs à l'apparition de leur maîtresse et lui dégagèrent un chemin jusqu'à la porte. Mara passa devant eux en se demandant pourquoi Kevin n'était pas avec les joueurs de dés, dans le coin.

La cour extérieure était tout aussi encombrée de guerriers. Ils se placèrent sur trois rangs d'épaisseur dans l'espace réduit, alors qu'elle faisait signe à Lujan d'ouvrir le portail donnant sur la rue.

Quatre gardes blancs impériaux attendaient de l'autre côté, accompagnant un héraut vêtu d'une robe d'un blanc éclatant descendant à mi-cuisse. Les insignes de son rang étincelaient au soleil, tout comme le ruban d'or sur son front et le bâton de sa charge plaqué d'or.

— Dame Mara des Acoma, déclara-t-il.

Mara dépassa Lujan d'un pas et se présenta.

Le héraut lui rendit une révérence superficielle.

— J'apporte les paroles de la Lumière du Ciel. Ichindar, quatre-vingt-onze fois empereur, vous prie de vous retirer dans votre demeure quand vous le désirerez. Allez en paix, car son ombre s'étend sur la terre et ses bras vous encerclent. Ceux qui troubleront votre route seront déclarés ennemis de l'empire. Ainsi en a-t-il décidé.

Plongés dans l'expectative, les guerriers restés derrière Mara gardaient une immobilité parfaite. Mais à la stupéfaction générale, le héraut de l'empereur ne mentionna pas de réunion du Conseil. Sans attendre de réponse et sans prononcer la moindre parole supplémentaire, il reforma son escorte et regagna l'avenue pour rejoindre la maison suivante.

Surprise, Mara resta en plein soleil, les sourcils froncés, pendant que ses officiers fermaient et barraient les portes. Elle avait perdu du poids depuis la fuite de l'arène. Les soucis avaient pâli son teint et marqué de profonds cernes sous ses yeux. Ce dernier développement la dérangeait, et elle était envahie par un mauvais pressentiment qui la glaçait jusqu'à la moelle des os. Si le seigneur de guerre était mort dans la disgrâce et que les seigneurs de l'empire et leurs familles étaient renvoyés chez eux sans que le Conseil soit convoqué, il n'y avait plus le moindre doute que l'empereur venait d'entrer dans le grand jeu.

— Nous avons besoin d'Arakasi, déclara Mara, en reprenant brusquement ses esprits. (Elle leva des yeux hagards vers son commandant.) Si la garde de l'empereur fait régner l'ordre, nous pouvons sûrement envoyer un messager ?

— Belle dame, cela sera fait, répondit Lujan sur un ton badin qu'elle avait presque oublié. Que les rues soient sûres ou non, tous les hommes et serviteurs présents courront pieds nus dans les émeutes si vous le leur demandez.

— Je ne le leur demanderai pas.

Avec un mélange de gravité et d'amusement, Mara baissa le regard vers ses propres pieds, toujours enveloppés dans des linges doux après sa fuite nu-pieds dans les rues.

— J'ai tenté l'expérience. Et Jican a déjà reçu des ordres : mes esclaves recevront tous de nouvelles sandales.

Cela montrait d'une certaine façon l'influence que le Midkemian exerçait sur elle, mais Lujan s'abstint de tout commentaire. Sa maîtresse ne ressemblait à aucun autre souverain, avec ses idées radicales, sa fermeté inébranlable et ses bizarres moments de compassion.

— Si vous pensez que nous avons besoin d'un peu plus de place, proposa-t-il, nous pouvons envoyer la moitié de la garnison s'installer aux bains publics.

Ce fut Mara qui sourit cette fois.

— Ils n'aiment pas qu'on leur marche dessus durant leur sommeil ? Il est vrai que nous souffrons d'une certaine surpopulation, reconnut-elle.

En fait, la maison sentait comme un hôtel crasseux et bon marché.

— Fais comme tu l'entends, mais je veux garder une compagnie supplémentaire en ville, à portée de main.

Alors qu'elle se tournait pour rentrer dans la maison et se préparer à rappeler Arakasi, elle ajouta comme avec une arrière-pensée :

— La dernière chose que feront les Acoma c'est de s'enfuir de chez eux la queue entre les jambes.

Quand Lujan s'inclina, il souriait de toutes ses dents.

Un messager ne fut pas nécessaire. Alors que Mara réfléchissait à la meilleure façon de rédiger une phrase codée pour la faire déposer à l'un des endroits convenus avec Arakasi, le maître espion se présenta de lui-même sous le déguisement d'un marchand de légumes. Le premier indice qu'eut Mara de son retour fut un remue-ménage aux cuisines et un accès de mauvaise humeur inhabituel chez Jican.

— Par les dieux, inutile de le découper avec ce hachoir à viande, lançait gaiement Kevin de sa voix de baryton.

Son rire résonnait dans l'escalier, et Mara se hâta de descendre pour intervenir, consciente que le hadonra courroucé allait riposter en envoyant son amant nettoyer les latrines.

Elle trouva son maître espion perché sur la roue d'une charrette à bras emplie d'une cargaison de légumes avariés qu'une âme économe avait gardés pour nourrir du bétail.

— On ne trouve rien de frais sur le marché, expliquait Arakasi à Jican d'une voix raisonnable.

Comme cela ne réussit pas à apaiser le petit homme dont le visage s'était encore empourpré, il ajouta avec une note d'espoir :

— Dans le quartier pauvre, ces melons se vendraient un bon prix.

Risquant d'être prise d'un fou rire après des jours d'émotions et d'inquiétude, Mara fit connaître sa présence.

— Arakasi, j'ai besoin de toi. Jican, demande à Lujan une escorte de soldats et va chercher une viande comestible à abattre. Si tu n'en trouves pas, ces melons ne sentent pas si mauvais, après tout.

Arakasi descendit de son perchoir, s'inclina et abandonna la charrette à bras et son contenu au hadonra.

— Bonne chasse, murmura-t-il en passant, ce qui lui valut un regard appuyé de Mara.

— Tu sembles de bonne humeur ce matin, commenta-t-elle.

— C'est parce que personne d'autre ne l'est, intervint Kevin. Il le fait par pure perversité.

Le barbare emboîta le pas à sa dame accompagnée du maître espion alors qu'elle revenait sur ses pas et traversait les cuisines. Puis elle s'installa dans le jardin, pour une réunion sur les bancs de pierre placés en demi-cercle.

Mara aimait cet endroit, avec ses arbres en fleur et le trio de fontaines murmurantes. Mais elle était loin d'être alanguie lorsqu'elle ouvrit la conversation.

— Est-il certain qu'Almecho soit mort ?

Arakasi répondit tout en se débarrassant de sa blouse qui sentait fortement les fruits moisis.

— Le seigneur de guerre a accompli le rite d'expiation devant tous ses vassaux et ses amis, en présence de deux Très-Puissants. Son corps repose en grande pompe au palais impérial.

— As-tu entendu que le Conseil n'avait pas été convoqué ? le questionna Mara, et maintenant son inquiétude était visible.

Arakasi reprit immédiatement son sérieux.

— Je l'ai entendu. Certains seigneurs sont déjà en train de protester, et la voix de Desio est la plus forte.

Mara ferma les yeux et respira la douce senteur des fleurs. Déjà... Les événements avançaient bien trop vite. Elle devait agir immédiatement pour le bien de sa maison, mais comment ? Toutes les lois connues avaient été enfreintes.

— Qui va gouverner ?

— L'empereur, répondit Kevin. Tous les regards se tournèrent vers lui.

Mara soupira dans un moment d'impatience.

— Tu ne comprends pas. L'empereur n'est qu'un chef spirituel. Les affaires quotidiennes de Tsuranuanni sont gérées par les fonctionnaires impériaux, mais c'est le Grand Conseil qui gouverne le pays. Toute la politique vient de lui, et le seigneur de guerre est le plus important des souverains de l'empire.

Par-dessus son épaule, Kevin désigna du pouce la direction générale du palais.

— Il me semble me souvenir avoir entendu quelqu'un dire que la Lumière du Ciel ne paraît jamais en public, et pourtant il était bien là, plus grand que nature, aux jeux impériaux. À ce que je vois, cet empereur n'agit déjà plus comme ses ancêtres. Ichindar a peut-être plus l'intention de gouverner que vous ne le supposez.

Arakasi se caressa le menton.

— Si ce n'est pas lui, ce sont peut-être les Très-Puissants qui œuvrent dans cette histoire. Ils étaient en nombre anormalement important l'autre jour.

— Vous ne faites tous les deux que des suppositions, intervint Mara. Mais nous avons besoin de faits. Qui a survécu à la débâcle des jeux ? Y a-t-il eu des accidents suspects dans les heures qui ont suivi ?

— On recense beaucoup plus de blessés que de morts, répondit Arakasi. Je vous rédigerai une liste avant de partir. Si le palais commence à établir des précédents importants, je peux approcher certains de mes agents pour leur poser quelques questions. Pour le moment, je vous conseille la prudence, en dépit de la paix de l'empereur. Un grand nombre de rues sont encore bloquées par les débris. Les prêtres des Vingt Ordres ont ouvert les temples pour offrir un toit aux sans-abri, mais comme le commerce est interrompu sur les quais, la nourriture se fait rare. Des gens affamés et désespérés rôdent en ville, et ils sont tout aussi dangereux que des assassins. Les travaux de réparation ont commencé ce matin le long du fleuve, mais jusqu'à ce que les marchés rouvrent, les rues resteront périlleuses.

Mara désigna ses pieds enveloppés de bandages d'un geste désabusé.

— De toute façon, je ne peux pas sortir tant que mon palanquin n'a pas été remplacé.

Arakasi se leva, s'étira et s'assouplit les mains jusqu'à ce que ses articulations craquent ; Mara le regarda attentivement. L'entaille sur sa joue guérissait bien, mais ses traits lui semblaient plus tirés que dans son souvenir.

— Depuis combien de temps n'as-tu pas dormi ?

— Je n'ai pas dormi du tout, répondit le maître espion. Il y a trop de choses à faire.

Avec une légère expression de dégoût, il ramassa la blouse de marchand.

— Avec votre permission, ma dame, je vais réemprunter cette charrette et accompagner vos gardes et votre hadonra. Les marchés sont peut-être fermés, mais j'ai quelques idées sur des endroits où Jican pourra acheter des légumes.

Sa tête disparut brièvement dans les plis du tissu froissé et sale alors qu'il enfilait le vêtement par-dessus sa livrée. Ébouriffé et le regard torve, il ressemblait parfaitement à un ouvrier agricole quand il en émergea. Il ajouta :

— Les prix seront très élevés.

— Alors, Jican ne te devra aucune faveur. Fais attention à toi, le pria Mara.

Arakasi s'inclina et rejoignit l'arche qui donnait dans la maison, où il s'évanouit presque instantanément dans l'ombre. Sa voix sortit doucement de l'obscurité.

— Vous restez ? (Puis, après la plus brève des pauses.) C'est bien ce que je pensais.

Soudain, il ne fut plus là.

Kevin regardait sa dame dans la lumière verdâtre qui passait à travers les feuillages.

— Vous ne vous laisserez pas persuader de rentrer chez vous, et de rejoindre Ayaki ? demanda-t-il.

Il posait aussi la question un peu pour lui, car il avait besoin de parler à Patrick et de partager avec ses compatriotes la nouvelle qui pesait sur son cœur depuis les jeux : Boric et Brucal avaient été mis en déroute, et le Royaume des Isles était ouvert à l'invasion.

Un instant, Mara sembla angoissée.

— Je ne peux pas rentrer chez moi. Pas lorsque tant de changements sont en cours. Je dois rester près du siège du gouvernement, quelles que soient les mains qui s'empareront du pouvoir. Je ne veux pas que la maison Acoma soit détruite par les conséquences des décisions d'autres seigneurs. Si nous sommes en danger, je chérirai mon fils jusqu'à mon dernier souffle, mais j'agirai.

Ses mains nerveuses reposaient sur le banc de pierre. Doucement, Kevin les serra dans ses propres mains chaudes.

— Vous êtes effrayée, remarqua-t-il.

Elle hocha la tête, ce qui pour elle était un aveu immense.

— Je peux agir contre un complot des Minwanabi ou de tout autre seigneur ennemi. Mais il existe deux forces dans l'empire devant lesquelles je dois m'incliner sans poser de question et l'une ou l'autre est en jeu ici.

Kevin n'avait pas besoin qu'elle lui explique qu'elle se référait à l'empereur et aux magiciens. Alors que son regard s'assombrissait et devenait méditatif, le Midkemian comprit qu'elle s'inquiétait aussi pour son fils.

Trois jours passèrent, emplis du bruit des soldats en marche dans les rues, et du grincement des chariots qui emportaient les débris, les gravats et les cadavres. Mara attendait, recevant les rapports d'Arakasi sous les formes les plus étranges, à toute heure du jour ou de la nuit. Kevin fit remarquer de façon laconique que le maître espion avait le chic pour gâcher leurs moments d'amour, mais la vérité était que l'inaction leur laissait beaucoup plus de temps pour s'adonner à leurs plaisirs. La prédiction de Kevin disant que l'empereur voulait gouverner l'empire se révéla partiellement exacte, mais plusieurs intrigues politiques étaient en cours, et Arakasi utilisait toutes ses ressources pour découvrir quelles mains tiraient quelles ficelles.

Alors que le temps passait et que les membres du Conseil s'efforçaient de comprendre la structure du pouvoir qui était en train d'émerger, il devint évident que l'intervention d'Ichindar n'était pas un simple caprice. Il avait soigneusement préparé ses plans et avait placé des hommes prêts à prendre le relais, dans les affaires généralement confiées aux intendants et aux agents des seigneurs du Conseil. Le mystère s'éclaircit un peu quand Arakasi commença à découvrir quelles factions soutenaient Ichindar. Les membres du Parti de la roue bleue, presque tous absents lors des jeux impériaux, étaient au cœur du complot. Même les vieilles familles du Parti impérial, qui pouvaient se réclamer de liens de sang avec l'empereur, étaient étrangères à ce nouvel ordre.

Depuis la proclamation de la paix impériale, la cité avait commencé à panser ses plaies. Les réparations des dégâts provoqués par le magicien barbare débutèrent par le déblaiement laborieux des pierres et des poutres brisées. Pendant des jours, une colonne de fumée s'éleva non loin de l'arène, là où l'on apportait les morts pour qu'ils soient incinérés. L'intervention des gardes blancs impériaux qui pendaient les pillards et ceux qui s'adonnaient au marché noir ou faisaient des stocks mit rapidement fin à de telles pratiques. Des bouées d'amarrage furent installées sur le fleuve, et de petites embarcations permirent de décharger les péniches et de transporter les marchandises à terre pendant que l'on construisait de nouveaux quais sur les anciennes fondations. Les boutiques commencèrent lentement à se réapprovisionner. Des serviteurs portant des palanches ou tirant des charrettes à bras se frayaient un chemin autour des pierres effondrées et le commerce reprit.

Dix jours après le désastre des jeux, Mara reçut des nouvelles de Sulan-Qu. Il y avait eu un petit afflux de réfugiés, et quelques bagarres avaient eu lieu pour s'emparer des objets échoués sur les rives du fleuve, mais les intérêts acoma n'avaient pas souffert. Nacoya racontait que tout était tranquille au domaine acoma, à part les accès de colère d'Ayaki. Le pire problème que le premier conseiller ait eu à gérer avait été Keyoke ; elle avait dû le dissuader d'envoyer la moitié de la garnison à Kentosani pour sauver sa maîtresse du danger. Ils avaient appris qu'elle était saine et sauve, écrivait Nacoya, grâce aux agents d'Arakasi. Mara reposa le parchemin. Des larmes lui brouillèrent la vue alors qu'elle pensait à la dévotion de ceux qui l'aimaient. Son fils lui manquait cruellement, et elle fit le vœu de passer plus de temps avec lui dès qu'elle en aurait l'occasion.

Des pas rapides résonnèrent dans le couloir. Mara entendit ses gardes se mettre au garde-à-vous, puis Arakasi apparut, les yeux cernés et le visage sinistre. Oubliant complètement le protocole, il entra en courant dans les appartements privés de sa dame et se jeta face contre terre sur le tapis, dans une attitude de soumission absolue.

— Maîtresse, je vous supplie de pardonner ma précipitation.

Surprise dans un moment de faiblesse, Mara essuya furtivement ses yeux. Elle savait qu'elle aurait dû être effrayée, mais les événements changeaient si rapidement qu'elle avait l'impression que tout cela arrivait à quelqu'un d'autre.

— Assieds-toi, lui dit Mara. Quelles sont les nouvelles ?

Arakasi se releva, et il fouilla la chambre des yeux, comme s'il cherchait quelqu'un.

— Où est Kevin ? Il doit entendre mon rapport, car vous lui demanderez certainement son opinion.

D'un geste vif de la main, Mara envoya son coursier aux cuisines, où le Midkemian était parti chercher du chocha. Mais l'esclave barbare était déjà dans les escaliers et il entra presque immédiatement.

— Que se passe-t-il ? demanda-t-il alors qu'il posait son plateau chargé d'un pot bouillant et de tasses. Un peu de chocha épicé me semble difficilement pouvoir être la cause de toute cette agitation. J'ai failli être renversé par votre coursier.

Comme il s'était tourné vers Mara pour remplir la première tasse, il n'avait pas remarqué Arakasi qui, comme à son habitude, s'était installé dans l'angle le plus sombre.

— D'abord, les barbares... commença Arakasi.

Surpris et manquant de lâcher la porcelaine, Kevin se retourna.

— Vous !

Il cacha sa réaction trop vive par un sourire amer.

— Quel est le problème avec les *barbares* ?

Arakasi s'éclaircit la gorge.

— Les étrangers ont lancé une contre-offensive massive, et complètement inattendue. Nos armées sur Midkemia ont été submergées et mises en déroute, jusqu'à la vallée de la faille ! Nous venons de subir la plus grande défaite de la guerre !

Plein de tact pour une fois, Kevin retint un rire de joie. Mais il ne put résister à l'envie d'envoyer un regard de satisfaction à Arakasi tout en tendant à sa dame une tasse de chocha épicé.

— Quoi d'autre ? demanda Mara, certaine qu'autre chose devait motiver l'entrée précipitée de son maître espion.

— Ensuite, reprit Arakasi, l'empereur a accepté de rencontrer le roi des barbares pour entamer des pourparlers de paix !

Mara laissa tomber sa tasse.

— Quoi ?

Son exclamation couvrit le bruit de la porcelaine qui se brisait, et du chocha brûlant inonda le sol.

Kevin était figé sur place. Mara restait sur les dalles trempées, sans se rendre compte que les fines éclaboussures avaient taché le bord de sa robe.

— La paix ?

Arakasi continua, parlant rapidement.

— Mon agent au palais m'a transmis la nouvelle ce matin. Avant la dernière grande offensive du seigneur de guerre, deux agents du Parti de la roue bleue se sont glissés par la faille avec les renforts. Il s'agissait de Kasumi des Shinzawaï et d'un esclave barbare. Ils ont quitté subrepticement le campement et ont apporté des paroles de paix au roi barbare.

— C'est donc la raison pour laquelle votre ami Shinzawaï n'était pas aux jeux, intervint Kevin. Il ne savait pas s'il allait être un héros ou un hors-la-loi.

Mara écarta l'étoffe mouillée de ses genoux, mais n'appela pas de servante pour nettoyer les dégâts.

— Kasumi. C'est le frère d'Hokanu. (Elle plissa les yeux.) Mais le Parti de la roue bleue ne ferait jamais quelque chose d'aussi audacieux sans...

— Sans l'approbation de l'empereur, termina Arakasi. C'est le point essentiel. Ichindar devait vouloir discuter de paix avant même d'envoyer un émissaire.

Mara pâlit alors qu'elle réfléchissait.

— Voilà pourquoi la Lumière du Ciel s'était préparée à intervenir et à gouverner. (Lentement, elle ajouta à l'intention de Kevin.) Ton évaluation de notre empereur était peut-être plus exacte que la nôtre, mon amour. Ichindar s'est mêlé du grand jeu, et personne ne le savait. (Elle secoua la tête, incrédule.) Cela va à l'encontre de toutes les traditions.

Kevin prit une serviette sur le plateau et s'agenouilla pour éponger la flaque de chocha.

— Vous pouvez parler. Je crois me souvenir que vous avez déformé une ou deux traditions au point qu'il est devenu difficile de les reconnaître.

Mara protesta.

— Mais l'empereur...

Sa crainte et son respect montraient clairement qu'elle considérait quasiment la Lumière du Ciel comme un dieu.

— C'est un homme, déclara Kevin, posant la main qui tenait la serviette trempée sur son genou plié. Et il est jeune. Les jeunes hommes font souvent des choses surprenantes et radicales. Mais malgré toute son audace, votre empereur a toujours mené une vie de rêve. Il est sûrement très naïf s'il pense qu'il peut s'immiscer dans le gouvernement et ordonner à vos seigneurs tsurani avides de pouvoir de faire leurs bagages et de rentrer chez eux cultiver des radis.

Arakasi commenta :

— Maîtresse, je ne sais pas ce que sont des « radis », mais j'ai bien peur que Kevin ait raison.

— Il y a une autre main dans tout cela, insista Mara, qui n'était pas convaincue.

Elle regarda fixement sa robe supérieure tâchée, puis la retira d'un geste impatient. L'étoffe précieuse termina d'éponger la flaque de chocha, mais si quelques coussins de soie furent sauvés du désastre, Mara ne le remarqua pas.

— Si le magicien Milamber n'avait pas provoqué la disgrâce d'Almecho, comment les choses se seraient-elles déroulées ?

Si la question restait purement théorique, l'enchaînement des événements n'était pas difficile à imaginer. Même Kevin avait compris que le Parti de la roue bleue aurait alors changé une nouvelle fois de politique et se serait retiré de l'Alliance pour la guerre. Almecho n'aurait plus eu que les Minwanabi pour le soutenir. Comme les Acoma et les Xacatecas étaient occupés à harceler le flanc des Minwanabi, Desio ne pouvait pas se permettre d'augmenter son soutien. Almecho et son parti se seraient retrouvés dans une impasse, après treize années de pouvoir quasi absolu.

Kevin tordit violemment la serviette au-dessus du plateau de chocha et suggéra la seule conclusion possible.

— Alors, votre empereur aurait débarqué au Grand Conseil pour annoncer la proposition de paix, et votre seigneur de guerre n'aurait pas eu assez de soutien pour s'opposer à lui. C'était très habilement manigancé. (Kevin termina avec un sifflement d'admiration.) Votre Ichindar est un garçon très intelligent.

Arakasi semblait être encore en train d'analyser la situation.

— Même si les choses s'étaient passées comme Kevin le suppose, je ne pense pas que notre empereur aurait risqué une confrontation ouverte avec le seigneur de guerre. À moins qu'il n'ait eu une voie de secours...

Kevin écarquilla les yeux.

— Les magiciens !

Mara hocha la tête.

— Almecho avait bien ses « toutous ». Ichindar aurait eu besoin d'alliés pour les contrer. (Elle ordonna à Arakasi Va, et discute avec tes agents. Si tu le peux, découvre quel Très-Puissant s'est probablement impliqué dans cette histoire. Vois si l'un d'entre eux a une relation spéciale avec l'un des membres de la Roue Bleue, surtout avec les Shinzawaï. Ils semblent être au cœur du complot.

Alors que son maître espion s'inclinait et sortait, le regard de Mara s'aiguisa comme si elle contemplait un immense paysage depuis une hauteur étourdissante.

— De grands changements se préparent. Je le sens, comme la brise qui annonce le butana.

Elle faisait référence au vent sec et âpre qui, selon les vieilles légendes, libère les esprits des démons et leur permet de rôder sur la terre. Puis, comme si l'association des créatures maléfiques mythologiques et des luttes actuelles lui donnait des frissons, elle reconnut sa maladresse d'un air désabusé.

— Mais l'on peut difficilement prendre l'initiative en nageant dans des flaques de chocha.

— Cela dépend de quelle sorte d'initiative, riposta Kevin, et il la sauva du désastre en la prenant dans ses bras.

Les bouleversements provoqués par Milamber eurent quelques conséquences heureuses. Alors que les affaires reprenaient et que les pénuries ouvraient des possibilités de commerce, Mara reçut un courrier du seigneur des Keda annonçant qu'il acceptait ses termes pour la rétrocession des entrepôts. La destruction des quais de Kentosani avait fait de l'offre de Mara sa seule option. Car le premier chargement de céréales qui atteindrait le marché pendant la crue réaliserait un immense bénéfice. Le seigneur Andero lui concédait le vote des Keda avec un minimum de garanties ; comme le Grand Conseil n'était pas convoqué, la valeur de sa promesse était discutable.

Mais Mara envoya néanmoins un messager porter la nouvelle de son accord. N'importe quelle promesse avait plus de valeur qu'aucune promesse du tout. Et d'après les informations rapportées par son maître espion, les souverains qui n'étaient pas occupés à exploiter les avantages commerciaux des événements étaient mécontents des machinations de l'empereur. La paix, disaient-ils, était un acte de lâche, et les dieux ne favorisent pas les nations faibles.

Les nouvelles importantes se succédaient rapidement ; Mara passa encore une matinée en réunion avec Arakasi, pendant que Kevin somnolait dans la cour à l'ombre d'un arbre. Il n'entendit que plus tard, lors de l'annonce officielle, que la Lumière du Ciel était partie pour la Cité des plaines, avec l'intention de traverser la faille pour se rendre sur Midkemia et négocier directement la paix avec Lyam, le roi des Isles.

Kevin sursauta et se redressa à la mention du nom midkemian.

— Lyam !

— Le roi Lyam, répéta Mara.

Elle tapota le parchemin qui lui avait été remis dans sa propre demeure par un messager impérial.

— C'est ce qui est écrit ici, par le propre scribe de l'empereur.

— Mais Lyam est le fils du seigneur Borric, se souvint Kevin, une expression de stupéfaction peinte sur le visage. S'il est roi, cela signifie obligatoirement que le roi Rodric, le prince Erland de Krondor et Borric lui-même sont morts.

— Que sais-tu du roi Lyam ? lui demanda Mara, en s'asseyant près de lui.

— Je ne le connais pas bien, admit Kevin. Nous avons joué ensemble une fois quand nous étions enfants. Je me souviens juste de lui comme d'un grand garçon blond qui riait souvent. Je l'ai rencontré une seule fois avec mon seigneur Borric, lors d'une réunion d'état-major.

Il resta silencieux, songeant à son pays, jusqu'à ce que la curiosité le pousse à demander à lire le parchemin. Il semblait que l'empereur de Tsuranuanni ne pouvait pas se déplacer sans se faire accompagner de la moitié des nobles de son empire. Kevin fit la grimace. Par ordre impérial, la garde d'honneur de la Lumière du Ciel était composée des chefs de guerre des cinq grands clans et des fils aînés de la moitié des autres seigneurs de Tsuranuanni.

— Ce sont des otages, déclara tout net le Midkemian. Les seigneurs hésiteront à défier ses édits et ne fomenteront pas de troubles, si leurs héritiers se trouvent dans l'armée de l'empereur.

L'aura de la politique pâlit soudain. Kevin ferma les yeux et tenta de s'imaginer le jeune homme aux cheveux bruns dans son armure dorée, assis à une table face à Lyam, le fils de Borric, tout aussi jeune que lui... Kevin comprit soudain, avec un coup au cœur, qu'il s'était écoulé beaucoup de temps. La guerre avait continué, et des gens étaient morts en son absence. Il ne savait même pas si son père et ses frères aînés étaient encore en vie. Cette pensée le blessa, car pendant des années, il les avait oubliés. Dans ce merveilleux jardin, environné de fleurs exotiques et aux côtés d'une femme dont la culture lui semblait souvent et inexplicablement cruelle, Kevin, troisième fils du baron de Zûn, prit une profonde inspiration et tenta de comprendre ce qu'il était devenu.

— Mais pourquoi Ichindar doit-il se rendre là-bas ? songeait Mara, sans se rendre compte du trouble de Kevin. Notre Lumière du Ciel va courir un tel risque...

Son point de vue parfaitement tsurani choqua Kevin, qui se rebiffa.

— Pensez-vous que notre roi devrait venir ici ? Alors que vos guerriers ont ravagé nos terres pendant neuf années ? « Oubliez que nous avons brûlé vos villages, Votre Majesté. Passez juste ce portail et venez donc dans notre monde ! » Jamais de la vie ! Souvenez-vous, ce roi a commandé une armée pour son père presque depuis le début des hostilités. Il sait à qui il a affaire. La confiance sera une denrée rare au Royaume des Isles tant que votre peuple n'aura pas convaincu qu'il la mérite.

La jeune femme concéda à Kevin qu'il avait raison sur tous les points.

— Je devine que, selon ton point de vue, nous ne serions pas dignes de confiance.

La sérénité de Mara toucha profondément Kevin, surtout parce qu'il s'était attendu à une dispute. Il se mit à rire, d'un rire froid et amer.

— Je t'aime comme le souffle de ma vie, Mara des Acoma, mais cela ne concerne que moi. Des milliers de mes compatriotes ne connaissent les Tsurani que sur le champ de bataille. Ils ne voient que des hommes qui ont envahi leur patrie pour une conquête sanglante. La paix ne sera pas facile dans ce contexte.

Encadrée par une treille d'akasi en forme d'arche, Mara fronça les sourcils.

— Cela veut-il dire que l'on demandera à Ichindar de rendre les terres que le seigneur de guerre a conquises ?

Kevin rit à nouveau.

— Vous êtes incorrigibles. Vous croyez que tout le monde pense comme vous. Bien sûr que le roi exigera votre départ. Vous êtes des envahisseurs. Vous venez d'un autre monde. Vous n'appartenez pas au côté midkemian de la faille.

Saisi d'une vague montante d'ironie, Kevin regarda le visage de Mara. Elle semblait tourmentée, voire blessée, mais elle semblait surtout se faire du souci pour lui. Cela lui faisait mal. Elle ne comprenait pas son concept de la cruauté, ne pourrait jamais concevoir à quel point il lui en coûtait de la supplier pour obtenir les concessions qui avaient permis à Patrick et à ses compatriotes de survivre. Déchiré entre son amour improbable et son sens inné de la justice, Kevin se leva précipitamment et sortit.

Le problème, dans la résidence de Kentosani, était qu'il ne pouvait pas se perdre dans les grandes cours. Mara retrouva Kevin en quelques minutes, accroupi sur leur natte de couchage, jetant des petits cailloux dans le bassin à poissons qui séparait la cloison extérieure du mur mitoyen du bâtiment voisin. Elle s'agenouilla et prit sa taille dans ses bras, par-derrière. Posant sa joue contre le dos de Kevin, elle demanda :

— Que vois-tu dans le bassin, mon bien-aimé ?

La réponse de Kevin fut sincère et dure comme le silex.

— Je vois des années de faux-semblants. Je me suis perdu dans ton amour, et je t'en suis reconnaissant, mais en entendant la nouvelle de cette paix prochaine...

— Tu te souviens de la guerre, suggéra-t-elle, espérant qu'il partagerait ses soucis.

Mara sentit l'amertume derrière les légers frissons de rage qui parcouraient son corps.

— Oui. Je m'en souviens. Je me souviens de mes compatriotes, de mes amis, morts pour défendre leur patrie contre des armées dont nous ne savions rien. Contre des guerriers qui nous attaquaient sans aucune raison. Des hommes qui ne cherchaient jamais à parlementer, et qui se contentaient de massacrer nos fermiers, de prendre nos villages et d'occuper nos villes. Je me souviens d'avoir combattu les gens de ton peuple, Mara. Je ne les considérais pas comme des adversaires honorables. Je pensais à eux comme à des ordures, des meurtriers. Je les ai haïs de toutes les fibres de mon âme.

Elle le sentait transpirer en retrouvant ses souvenirs, mais comme elle ne partait pas, il fit un effort pour se calmer.

— Puis j'ai appris à te connaître, ainsi que ton peuple. Je... Je ne peux pas dire que je trouve certaines de vos coutumes plaisantes. Mais au moins, je comprends quelques petites choses sur les Tsurani. Vous avez de l'honneur, bien qu'il diffère de notre propre sens de la justice. Nous avons notre honneur, aussi, mais je ne pense pas que vous le comprendriez vraiment. Et nous avons des choses en commun, comme tous les peuples. J'aime Ayaki comme s'il était mon propre fils.

Mais nous avons tous deux beaucoup souffert, toi des mains de mes compatriotes, et moi des mains des tiens.

Mara l'apaisa d'une caresse.

— Mais je ne voudrais rien changer.

Kevin se retourna dans le cercle de ses bras et contempla son visage brillant de larmes, qui étaient considérées comme une immense faiblesse dans sa culture. Il se sentit immédiatement honteux.

— Tu ne sauverais pas ton frère et ton père si tu le pouvais ?

Mara secoua la tête.

— Plus maintenant. Le plus amer est de le savoir, mon bien-aimé. Car si je changeais le passé pour effacer mes peines, Ayaki ne serait jamais né, ni l'amour que nous partageons.

Dans son regard, Kevin lut une prise de conscience plus sombre : elle n'aurait jamais gouverné, et n'aurait jamais connu la fascination grisante qu'exerçait sur elle le grand jeu.

Stupéfait par sa sincérité où elle mettait son âme à nu, Kevin sentit sa gorge se serrer. Il tint Mara contre lui, laissant ses larmes mouiller son épaule à travers sa chemise. À demi étranglé par l'émotion, il murmura :

— Mais même si je t'aime de toutes mes forces, Mara des Acoma...

Elle le laissa s'écarter d'elle. Il ne détourna pas le regard tandis qu'elle observait son visage et découvrait l'âpre vérité à laquelle il ne pouvait plus échapper. La peur l'étreignait et elle éprouvait une douleur qu'elle n'avait pas ressentie depuis le jour où le destin l'avait forcée à prendre le sceptre des Acoma.

— Dis-moi, dit-elle d'une voix brisée. Dis-moi tout, maintenant.

Kevin semblait torturé.

— Ah, dame, je t'aime sans le moindre doute... Je t'aimerai jusqu'à la mort. Mais je n'accepterai jamais cet esclavage. Pas même pour toi.

Mara ne supporta plus son regard. En cet instant et pour la première fois, elle comprit enfin l'étendue de sa souffrance. S'agrippant désespérément à lui, elle demanda :

— Si les dieux l'exigeaient... Est-ce que tu me quitterais ?

Kevin passa ses bras autour des épaules de Mara. Il la serra comme si elle était son seul remède contre la douleur ; mais il lui révéla ce qu'il ne pouvait plus cacher désormais.

— Si je pouvais être libre, alors, je resterais avec toi pour toujours. Mais comme esclave, je saisirai n'importe quelle occasion pour rentrer chez moi.

Mara n'eut plus la force de retenir ses sanglots.

— Mais tu ne pourras jamais être libre... ici.

— Je sais, je sais...

D'un geste emprunt de douceur, il écarta les cheveux humides de la joue de sa dame et perdit tout sang-froid en la touchant. Ses larmes coulèrent aussi librement que celles de Mara. Ils avaient enfin partagé ce qui se dissimulait dans les profondeurs de leurs âmes : ils s'aimaient désespérément, mais il y aurait toujours cette blessure béante, aussi vaste qu'un océan et aussi profonde qu'un gouffre, aussi large qu'une faille entre deux mondes.

Tous les événements de la Cité sainte se concentraient autour de la prochaine conférence de paix. Il ne restait plus que quelques jours avant le départ de l'empereur, et les souverains de l'empire échangeaient des hypothèses passionnées sur les termes qui avaient été acceptés à l'avance. Mais même le réseau d'Arakasi ne put récolter que de maigres informations à ce sujet. Mara passait de longues heures enfermée avec ses scribes, envoyant des messages à ses alliés et confirmant avec hésitation quelques alliances. De temps en temps, elle recevait d'autres seigneurs dont les demeures étaient situées plus près de la cité intérieure et dont les maisons avaient été fortement endommagées.

De petites frustrations et concessions en contrebalançaient de plus grandes. Les artisans mettaient beaucoup de temps à remplacer son palanquin perdu ; tous les charpentiers des Kentosani étaient occupés à réparer les toits, les linteaux et les encadrements de porte endommagés. Pas même un apprenti ne pouvait être détourné de ce travail. Jican marchanda sans obtenir le moindre résultat. Un décret impérial avait gelé tous les contrats privés jusqu'à ce que les entrepôts des quais soient reconstruits. Mara s'était résignée à recevoir chez elle les personnes qu'elle souhaitait rencontrer, jusqu'à ce que le seigneur Chipino des Xacatecas apprenne ses difficultés et lui envoie en cadeau un palanquin de remplacement.

Il était peint aux couleurs violet et jaune de sa famille, et assez écaillé, car les nombreuses filles d'Isashani l'avaient utilisé pour faire leurs courses. Jican régla le problème en trouvant de la peinture verte au fond d'une cave, mais il ne pouvait toujours pas engager un artisan. La tâche incomba finalement à Tamu, un coursier qui avait trop grandi pour son poste et qui avait été promu officiellement au rang d'émissaire. Trois jours plus tard, le jeune esclave ne pouvait plus rien faire, car ses mains et ses bras étaient teints en vert jusqu'aux coudes.

Mais au moins le palanquin avait un aspect passable. Mara put effectuer quelques visites de courtoisie et comparer ses découvertes à celles d'Arakasi.

Ouvertement, les souverains de Tsuranuanni soutenaient l'intervention de l'empereur ; ils avaient envoyé leurs fils aînés dans la délégation impériale et respectaient la paix. Mais derrière ces manières accommodantes, chaque seigneur s'efforçait de gagner une meilleure position, comptait ses ennemis et passait des alliances. Frustrés dans leur désir de tenir un conseil, les seigneurs de toutes les grandes maisons préparaient clandestinement de nouveaux plans.

Mara prêtait une attention toute particulière aux manœuvres des Minwanabi. Tasaio restait exilé dans les lointaines îles occidentales. Mais Desio avait infiltré un autre de ses cousins, Jeshurado, au poste de commandant en second de l'ancienne armée du seigneur de guerre. Cela donnait aux Minwanabi un allié dans le camp de l'empereur. Desio était l'un des cinq chefs de clan qui devaient assister à la conférence sur Midkemia, comme Andero des Keda, le seigneur des Xacatecas et le seigneur des Tonmargu.

Mais le clan Oaxatucan ne nomma aucun chef de guerre pour les Omechan, en raison d'une lutte interne implacable pour la succession d'Almecho. Son neveu le plus âgé, Decanto, était le choix évident, mais un autre neveu, Axantucar, avait reçu de façon inattendue un fort soutien d'autres membres du clan. Comme les factions les plus puissantes se trouvaient dans une impasse, et qu'un grand nombre de familles évitaient de soutenir l'un ou l'autre des neveux, Decanto et Axantucar furent forcés de céder le privilège à un troisième cousin, Pimaca. Celui-ci accepta de tenir le rôle de chef de guerre du clan Omechan dans la garde d'honneur impériale.

Les recherches de Mara sur le rôle joué par les Très-Puissants n'obtinrent aucune réponse claire. Mais Arakasi trouva un lien entre l'Assemblée des magiciens et le Parti de la roue bleue. Alors que Mara regardait ruisseler les jets d'eau argentée des fontaines de son jardin intérieur, le maître espion expliqua sa découverte.

— Il s'avère que le Très-Puissant Fumita était autrefois le jeune frère du seigneur Kamatsu des Shinzawaï, et qu'il est le véritable père d'Hokanu.

Mara ne cacha pas son étonnement. En effet, quand on découvrait chez un homme un talent pour les arcanes, l'Assemblée l'emmenait pour l'éduquer et coupait tous ses liens familiaux. Ses enfants étaient élevés par d'autres membres de sa famille, et les liens avec leur père naturel étaient « oubliés ».

— Ainsi Hokanu est le fils adoptif de Kamatsu, et en réalité son neveu par le sang.

Depuis que sa mère était entrée au service du temple d'Indiri après le départ de son époux, Kamatsu et Kasumi étaient la seule famille qu'Hokanu connaissait depuis l'âge de dix ans.

— Sais-tu si Fumita rend de temps en temps visite à son fils ? demanda Mara à son maître espion.

Arakasi haussa les épaules.

— La maison de Kamatsu est bien gardée. Qui peut savoir ?

Mara savait qu'elle assurerait mieux la survie de sa maison en cultivant l'intérêt d'Hokanu. Mais elle était également curieuse de lui soutirer quelques informations pour savoir si l'engagement de Fumita envers l'Assemblée avait un point faible. Il n'avait peut-être pas complètement oublié sa famille, et avait pu exercer son influence pour apporter l'aide des magiciens aux Shinzawaï et au clan Kanazawaï.

Mais penser à Hokanu la ramenait continuellement au buisson épineux et douloureux de Kevin. Mara soupira. S'autorisant un rare moment de méditation, elle regarda les gouttelettes d'eau tomber encore et encore... Puis elle se força à se concentrer sur des problèmes plus immédiats. Si elle se laissait aller et ne se préoccupait que de ses problèmes personnels, les Acoma seraient anéantis lors de la prochaine manœuvre du jeu du Conseil.

La Lumière du Ciel descendrait le fleuve dans quatre jours. S'il réussissait à conclure la paix avec le Royaume des Isles, toutes les maisons seraient désavantagées de la même manière. Mais si l'empereur échouait, il y aurait une convocation du Grand Conseil pour désigner un nouveau seigneur de guerre. Sinon Ichindar, quatre-vingt-onze fois empereur de Tsuranuanni, devrait affronter une révolte ouverte du Conseil. Le régicide était déjà survenu dans l'empire, même si cela ne s'était plus produit depuis des siècles.

Un peu plus tard, Mara frappa dans ses mains pour faire venir son coursier.

— Dis à Jican que nous allons nous installer dans notre appartement du palais impérial dès cet après-midi.

— À vos ordres, dame.

Le jeune esclave s'inclina et partit au petit trot porter son message, comme s'il était heureux d'avoir l'occasion de courir.

Jican reçut l'ordre comme un remède à la frustration de jours passés à recenser des dégâts. Kevin fut mis au travail et porta des coffres dans des chariots tirés par des needra. Sur les escaliers et le palier, des caisses de jiga s'entassaient à côté de sacs de parchemins, et du coffret de la dame contenant des cintis de coquillages, et des centins. Au moins le nombre de guerriers avait diminué. La moitié de la compagnie s'était installée dans les garnisons publiques de la ville. Cinquante soldats serviraient d'escorte à leur maîtresse pour traverser la ville, et vingt retourneraient garder la résidence.

Loin du tohu-bohu, Mara s'assit dans le jardin, une plume à la main, griffonnant des notes pour Keyoke et Nacoya. Pour s'assurer que d'autres maisons ne mettraient pas le nez dans ses affaires, la dame confia à Lujan la mission de faire porter sa lettre par le plus rapide des messagers de guilde assermentés.

— Ajoute ce message verbal à mon courrier, lui indiqua-t-elle. Je veux que le gros de notre armée soit prêt à prendre la route sur l'instant. Les compagnies doivent se trouver le plus près possible de Kentosani, à la distance que Keyoke jugera la plus prudente. Nous devons nous préparer à toutes les éventualités.

Vêtu de l'armure simple qu'il préférait en campagne, Lujan prit les parchemins scellés.

— Nous nous préparons pour la guerre, ma dame ?
— Toujours, répondit Mara.

Lujan s'inclina et sortit sans plaisanter. Mara reposa sa plume et frotta ses doigts endoloris. Elle prit une profonde inspiration, la retint un moment, puis expira lentement, comme on le lui avait enseigné au temple. Kevin l'avait forcée à considérer les coutumes de son peuple sous un nouvel angle ; elle comprenait que l'avarice et l'ambition étaient masquées par la tradition, et que l'honneur était devenu la justification stérile de haines et d'effusions de sang continuelles. Le jeune empereur voulait peut-être changer son peuple, mais le grand jeu ne serait pas aboli à coups de décrets impériaux. Quels que soient ses sentiments, quel que soit son épuisement, quels que soient les regrets qu'elle pouvait éprouver, Mara savait que la lutte ne cesserait jamais. Être Tsurani c'est lutter.

Kevin avait été très impressionné par la grande salle du Conseil, mais le palais impérial, situé derrière le bâtiment où le Grand Conseil se réunissait, était encore plus grandiose. La suite de Mara entra par des portes assez larges pour laisser passer trois chariots de front. Il fallait au moins douze esclaves pour manœuvrer les immenses vantaux qui se refermèrent derrière eux avec un bruit sourd. La lumière du soleil disparut, remplacée par une pénombre sèche, sentant la cire, et faiblement trouée par des globes cho-ja bleu-violet suspendus par des cordes à un plafond situé à une hauteur correspondant à deux étages. Le corridor était immense ; ses dalles étaient usées, et deux niveaux de galeries s'élevaient de chaque côté. Des portes peintes de couleurs vives donnaient sur ces galeries ; chacune menait à un appartement attribué à la famille d'un membre du Conseil. Plus l'appartement était proche des murs extérieurs, moins le rang du seigneur qui l'habitait était élevé.

— En avant, commanda le chef de troupe Kenji à la garde d'honneur.

Sa voix lança des échos sur le plafond assombri par des couches de vernis et de poussière.

Kevin marchait au milieu de la colonne, à côté du palanquin de sa dame. À l'exception de la suite acoma, le grand hall était pratiquement vide. Des domestiques en livrée impériale vaquaient à leurs tâches, mais l'immense édifice semblait désert.

— Où est l'appartement des Acoma ? demanda Kevin au porteur le plus proche.

Le Tsurani lança un regard dégoûté au Midkemian pour son incorrigible bavardage, mais par fierté pour sa maison, il ne put résister et lui donna la réponse.

— Nous ne sommes pas dans le premier hall, mais dans le septième.

Kevin ne comprit que plus tard cette étrange réponse, quand la garde d'honneur tourna un angle et qu'il vit une intersection où d'autres corridors se rejoignaient pour former une grande place.

— Par les dieux, mais cet endroit est immense !

Puis il leva les yeux et vit que cette section comprenait quatre étages de galeries, auxquelles on avait accès par de grands escaliers de pierre qui zigzaguaient entre les paliers. Malgré sa grandeur, le bâtiment semblait vide.

Puis il comprit que, à la différence du bâtiment qui abritait la salle du Conseil, ces passages n'étaient pas gardés par des compagnies mixtes de soldats.

— Cet endroit est si silencieux.

Mara jeta un coup d'œil entre les rideaux de son palanquin.

— Tout le monde s'est rendu sur les quais, pour dire adieu à l'empereur et à sa garde d'honneur. C'est pourquoi nous sommes venus en hâte ici – c'était notre meilleure chance d'entrer sans être observés. Je ne veux pas risquer de rencontrer des gardes impériaux en ce moment.

Ils ne montèrent aucun escalier. L'appartement des Acoma était situé au rez-de-chaussée près d'une légère courbe. Kevin l'identifia grâce à sa porte laquée de vert portant l'emblème du shatra. Depuis le tournant, le hall s'étendait sur une centaine de mètres dans chaque direction. Il était fermé à chaque extrémité par des portes gigantesques ouvrant vers d'autres intersections et d'autres halls. Kevin avait maintenant deviné que les appartements étaient disposés en demi-cercle autour du dôme central abritant la salle du Grand Conseil. Regroupés en quartiers, environ trois cents petits appartements transformaient cette partie du palais en un dédale de couloirs et de passages.

Deux appartements assez grands avoisinaient celui de Mara, et la demeure de la maison Washota se trouvait juste en face, sa porte bleu et vert soigneusement fermée. Après le virage, les décorations des portes étaient encore plus majestueuses, avec des arches drapées de tentures de soie de vingt mètres de haut, et des escaliers recouverts de tapis et ornés d'urnes débordant de fleurs. C'étaient les appartements des Cinq Grandes Familles ; les petites galeries supérieures étaient réservées à leurs invités et à leurs vassaux. L'allocation de l'espace se faisait selon le rang, mais la taille de la salle de garde ne changeait jamais. Tous les seigneurs de l'empire pouvaient vivre dans le palais impérial avec une suite de douze soldats au maximum.

Mais Mara avait amené trente guerriers acoma dans l'enceinte du palais. Elle enfreignait les règles, et profitait de l'absence de patrouilles dans les corridors. Dans cette période troublée, elle savait parfaitement que les autres seigneurs l'imiteraient, et feraient venir encore plus de guerriers s'ils le pouvaient.

Kenji frappa discrètement à la porte verte, qui s'ouvrit. À l'intérieur, deux gardes s'inclinèrent devant leur maîtresse et s'écartèrent pour laisser entrer sa suite.

Jican s'inclina aussi quand le palanquin fut déposé dans la petite antichambre.

— La zone est sûre, dame, déclara le hadonra.

Derrière son épaule, Lujan inclina légèrement la tête vers Mara.

Puis le reste des guerriers franchit la porte extérieure et s'entassa dans l'appartement, laissant à peine assez d'espace à Kevin pour aider sa dame à sortir du palanquin. Après le luxe de la résidence, l'appartement semblait spartiate. Les planchers n'étaient recouverts que de quelques vieux tapis et coussins, et de temps en temps une lampe à huile en céramique était posée à même le sol. Puis Kevin comprit que les meubles avaient été déplacés pour bloquer toutes les fenêtres et les portes. L'appartement avait trois pièces de profondeur, et les pièces intérieures s'ouvraient sur une petite cour en terrasse. Mais aujourd'hui, la passion tsurani pour les brises et les portes ouvertes avait été sacrifiée sur l'autel de la sécurité. Plusieurs cloisons mobiles avaient été clouées et renforcées par de lourdes planches de bois.

— On s'attend à une attaque ? demanda Kevin à la cantonade.

— Toujours, répondit Mara.

Elle semblait triste en regardant les mesures de sécurité que les guerriers avaient prises pour protéger l'appartement de sa famille.

— Nous ne sommes peut-être pas la seule famille à avoir compris que c'était le moment idéal pour entrer sans attirer l'attention. Les gardes blancs impériaux sont toujours de service dans le quartier de la famille impériale, mais sans les gardes du Conseil, cette zone est un véritable no man's land. Nous voyagerons dans ces couloirs et ces halls à nos risques et périls.

Alors que les porteurs commençaient à empiler les coffres de Mara contre une cloison extérieure, Arakasi arriva, le visage trempé de sueur. Il portait le pagne et les sandales d'un messager, et ses cheveux étaient retenus en arrière par un bandeau trop sale pour que quiconque puisse raisonnablement deviner sa couleur.

Mara ôta sa robe de voyage, et lui lança un regard interrogateur.

— Tu ressembles au messager d'un marchand.

Une étincelle d'humour narquois brilla dans les yeux d'Arakasi.

— Les messagers qui portent les couleurs d'une maison sont arrêtés par tout le monde.

Mara rit de bon cœur, et expliqua le paradoxe à Kevin en voyant son air d'incompréhension totale.

— Les messagers des marchands arborent souvent les couleurs d'une maison, parce que cela empêche les gamins des rues de leur lancer des pierres. Mais maintenant, la mode est de capturer les messagers portant les couleurs d'une maison pour leur arracher des renseignements. Comme les bleus provoqués par les pierres sont moins à craindre que la torture, les rôles sont inversés... (Elle demanda à Arakasi Quelles sont les nouvelles ?

— Des bandes d'hommes étranges se déplacent dans l'ombre. Ils cachent leurs armures sous des capes et ne portent pas l'emblème d'une maison. Les domestiques impériaux évitent de se trouver sur leur chemin.

— Des assassins ? demanda Mara, sans quitter son maître espion du regard alors qu'une servante prenait la robe qu'elle tenait du bout des doigts.

Arakasi haussa les épaules.

— Peut-être, ou c'est l'armée d'un seigneur qui entre en secret dans la ville. Ce peut être aussi des agents de l'empereur envoyés discrètement pour voir qui cherche à briser la paix. Quelqu'un de haut placé a laissé échapper une information qui a lancé beaucoup de rumeurs.

Mara s'assit lourdement sur un coussin et donna d'un geste la permission aux autres de se retirer.

Mais Arakasi déclina son invitation.

— Je ne vais pas rester, sauf pour ajouter qu'il semblerait que certaines demandes faites par le roi des Isles à l'empereur soient... très bizarres.

Cela piqua l'intérêt de Kevin.

— Qu'est-ce que vous voulez dire ?

— Des réparations. (En quelques mots, le maître espion expliqua le concept.) Lyam demande une centaine de millions de cintis pour compenser les dommages infligés à son pays.

Mara se redressa brusquement sur ses coussins.

— Impossible !

Kevin fit un rapide calcul et comprit que le souverain midkemian se montrait très généreux. En monnaie du royaume, Lyam demandait environ trois cent mille souverains d'or, ce qui compensait à peine le coût d'une campagne de neuf ans pour les armées de l'Ouest.

— C'est la moitié de ce qu'il devrait exiger.

— La somme n'est pas un problème. C'est l'idée même de rembourser des dommages qui est inconcevable, répondit Mara, en proie à une frustration intense. Ichindar ne peut pas faire cela et conserver son honneur. Cela humilierait Tsuranuanni devant les dieux !

— C'est pourquoi la Lumière du Ciel a refusé, intervint Arakasi. Mais il emporte des pierres précieuses pour faire un « cadeau » au jeune roi, pour une valeur d'approximativement une centaine de millions de cintis.

Appréciant l'ingéniosité de l'empereur, Mara sourit.

— Même le Grand Conseil ne peut pas lui denier le droit de faire un cadeau à un autre monarque.

— Il y a aussi autre chose. (Les yeux sombres d'Arakasi glissèrent vers Kevin.) Lyam souhaite un échange de prisonniers.

L'esclave barbare et sa maîtresse échangèrent alors un regard étrange et lourd de signification. Avec une étrange note de répugnance dans la voix, Mara se retourna vers Arakasi.

— Je comprends ce qu'il demande, mais Ichindar le comprendra-t-il ?

Arakasi lui répondit avec un haussement d'épaules tsurani, en tenant ses mains ouvertes.

— Qui peut le dire ? Donner des esclaves au roi des Isles n'est pas un problème. Lyam pourra faire d'eux ce qu'il veut. Le plus important est ce que l'empereur fera de nos prisonniers de guerre s'ils reviennent ?

Un lourd silence s'installa, car dans Tsuranuanni l'honneur et la liberté de ces hommes ne pourraient jamais être restaurés.

Soudain fatiguée, Mara regarda ses pieds. Les marques laissées par sa fuite de l'arène avaient presque disparu, mais les blessures émotionnelles entre Kevin et elle sur le problème de l'esclavage et de la liberté la faisaient toujours souffrir.

— Tu as des nouvelles des Minwanabi ?

Comme s'il avait lui-même changé de sujet, Arakasi pinça ses lèvres.

— Ils ont armé plus de trois mille soldats pour la guerre.

Alarmée, Mara releva les yeux.

— Ils viennent à la Cité sainte ?

— Non.

Mais la réponse du maître espion n'était pas vraiment réconfortante.

— Ils se contentent de se préparer sur les différents domaines des Minwanabi, précisa-t-il.

Mara plissa les yeux.

— Pourquoi ?

Ce fut Lujan qui répondit d'une voix amère, depuis le pas de la porte. Il venait d'indiquer leur poste à tous les guerriers qui gardaient les portes et les fenêtres.

— Desio craint la paix impériale, ma dame, avec raison. Si vous abandonnez le conflit contre les Minwanabi, vous renoncez seulement à une guerre de sang. Certains jugeront que l'honneur des Acoma sera compromis, mais qui pourrait vous tenir rigueur d'obéir à la Lumière du Ciel ? Mais si l'empereur impose la paix entre des maisons en guerre, Desio rompt son serment de sang à Turakamu. Il doit nous détruire avant que l'empereur ne soit trop puissant pour être défié, ou offenser le dieu de la Mort.

Kevin prit la liberté de demander à un domestique d'apporter à sa dame une boisson fraîche. Il sentit les efforts qu'elle déployait pour garder son sang-froid alors qu'elle demandait :

— Est-ce que Desio oserait attaquer l'empereur ?

Arakasi secoua la tête.

— Pas ouvertement. Mais si le Grand Conseil trouvait une raison de s'unir contre la volonté d'Ichindar, Desio aurait la plus grande armée à portée de la Cité sainte. C'est une situation dangereuse.

Mara se mordit les lèvres. Avec le clan Omechan divisé entre Decanto et Axantucar, le risque était réel : Desio pouvait devenir le nouveau seigneur de guerre si une faction assez importante du Grand Conseil décidait d'avoir recours à la force pour défier le décret impérial.

Kevin ajouta à ces réflexions une observation désagréable.

— Trois mille épées minwanabi aux portes de la salle du Conseil risquent de devenir un argument persuasif, même si Desio n'a pas une majorité nette.

Encore plus épuisée par cette discussion que par la fatigue, Mara regarda la boisson apportée par le domestique comme si elle contenait un poison mortel. Puis elle chassa ses sombres pensées.

— La rencontre de l'autre côté de la faille pour la conclusion de la trêve n'aura pas lieu avant trois jours. Jusqu'à ce qu'Ichindar et Lyam échouent dans leurs négociations, tout n'est que pure spéculation. Maintenant que nous sommes installés dans le palais, apprécions ce moment de tranquillité.

Arakasi s'inclina plus profondément que d'habitude et sortit, comme un fantôme. Mara continua à regarder la porte pendant de longues minutes après son départ, et ne revint à la réalité que lorsque Kevin s'installa à côté d'elle et la prit dans ses bras. Tremblante, effrayée d'exprimer à voix haute le malaise qu'elle ressentait, Mara murmura :

— Je crains que beaucoup trop de choses ne reposent sur les épaules d'un très jeune homme. Et bien que les dieux puissent favoriser notre Lumière du Ciel, ils peuvent aussi se détourner de lui.

Kevin déposa un baiser sur ses cheveux. Il ne nourrissait aucune illusion. Comme Mara, il comprenait qu'Arakasi pourrait au mieux les avertir d'une attaque ennemie dans l'heure qui la précéderait.

Pendant trois jours, l'empire sembla retenir son souffle. À l'extérieur du palais, la Cité sainte tentait de retrouver une vie normale, tandis que les ouvriers terminaient les réparations du quai le moins endommagé et que des maçons réutilisaient les pierres de l'arène pour remettre en état les portes du palais impérial. Les pêcheurs partaient avant l'aube pour lancer leurs filets dans les remous du Gagajin, tandis que les fermiers conduisaient les récoltes de l'arrière-saison dans des chariots lourdement chargés, ou sur des péniches. L'odeur de l'encens et des fleurs des temples prenait le pas sur la puanteur des bûchers, et les marchands installaient leurs étals en plein air, entre les murs sans toit de leurs échoppes. On entendit à nouveau leurs voix chantantes signaler leurs marchandises à l'attention des passants.

Et cependant, tous ces bruits et cette activité débordante avaient une note transitoire et irréelle, même pour les pauvres et les mendiants les plus éloignés des sphères du pouvoir. Les rumeurs ne respectaient pas les frontières sociales. Et tout comme les poutres brisées s'empilaient comme des ossements entre les toiles des murs de fortune, un sentiment d'inquiétude subtil imprégnait l'atmosphère de la ville. L'empereur de Tsuranuanni se trouvait sur un autre monde, et Iskisu, le dieu de la Tromperie et du Hasard, pouvait faire pencher la balance – non seulement pour la paix entre deux peuples, mais aussi pour la stabilité d'une nation très ancienne. Tout reposait sur la communion de pensée entre deux jeunes souverains appartenant à des cultures totalement différentes.

Privée du réconfort de son jardin et de ses fontaines, Mara passait des heures dans la petite pièce centrale de l'appartement. Pendant que ses soldats montaient la garde dans les pièces alentour, et auprès des portes et des fenêtres, elle étudiait ses notes et ses courriers et maintenait des contacts prudents avec les autres seigneurs. Arakasi revenait à peu près toutes les heures, sous le déguisement d'un vendeur d'oiseaux, d'un coursier et même d'un prêtre mendiant. Il n'avait pas vraiment dormi, et il travaillait inlassablement entre de très courts sommes, employant toutes ses ressources pour découvrir la moindre parcelle d'information utile.

Dans une pièce adjacente, Lujan entraînait ses hommes à l'escrime, les uns après les autres. L'attente usait les nerfs de tout le monde, et surtout ceux des soldats, car ils ne pouvaient rien faire d'autre que rester de garde durant des heures interminables. Plusieurs autres compagnies acoma s'étaient glissées en ville, et par un stratagème astucieux et grâce à un chariot de vendeur de tapis, d'autres guerriers avaient été introduits secrètement dans l'enceinte impériale. La garnison de l'appartement de Mara comptait maintenant cinquante-deux hommes. Jican n'en pouvait plus. Ses marmitons ne pouvaient pas nettoyer les pots sans se cogner dans les fourreaux, et Lujan devrait bientôt faire dormir ses guerriers entassés par quatre sur les nattes s'il continuait à faire entrer de nouvelles troupes. Mais il était peu probable que le nombre de guerriers augmente, pour les Acoma comme pour les autres maisons. Les gardes impériaux avaient remarqué l'afflux de soldats au palais et commençaient maintenant à inspecter tous les chariots qui entraient, et à contrôler l'identité des serviteurs pour limiter le nombre de combattants potentiels.

Des bruits de course retentirent dans le couloir extérieur. Le bruit du claquement des sandales d'un messager traversa les murs, un contrepoint fantomatique au cliquetis des armes des guerriers de Lujan qui s'entraînaient. Mara écouta depuis son bureau dans la pièce centrale. Elle se raidit et regarda Kevin l'air perdu.

— Il s'est passé quelque chose.

Le Midkemian ne lui demanda pas comment elle le savait, ou pourquoi les pas de ce messager différaient des douzaines d'autres bruits entendus devant l'appartement depuis une heure. S'ennuyant ferme et ne supportant plus les heures interminables qui se traînaient entre les rapports d'Arakasi, Kevin s'inclina devant le guerrier qu'il avait défié aux dés, et traversa la pièce pour rejoindre sa dame.

— Que faisons-nous ? murmura-t-il.

Mara regarda l'encrier et le parchemin posés sur son écritoire. La plume dans sa main était sèche et la lettre vierge, sauf pour le nom d'Hokanu des Shinzawaï tracé en caractères appliqués en haut de la page.

— Rien, répondit-elle. Il n'y a rien à faire, sinon attendre.

Elle reposa sa plume et, pour s'occuper les mains, ramassa le sceau des Acoma. Elle ne fit pas remarquer qu'Arakasi était en retard, et Kevin se garda bien de le lui rappeler. Le maître espion avait promis de passer dans la matinée, et en regardant la ligne blanche du soleil qui luisait à travers les cloisons barricadées, on voyait que midi était passé depuis longtemps.

De longues minutes s'écoulèrent... Ils entendirent les pas d'autres messagers, et la voix animée et assourdie de quelqu'un qui parlait de façon impérieuse à quelques portes de là. Les minces cloisons de plâtres qui séparaient les différents appartements n'étaient pas imperméables aux sons. Alors que Mara faisait semblant de se concentrer sur la rédaction de sa lettre, Kevin lui caressa l'épaule puis se glissa dans la cuisine pour préparer du chocha.

Quand il revint, la dame s'était contentée de tremper sa plume dans l'encrier. L'encre avait à nouveau séché sur le bec. Arakasi n'était pas revenu. Quand Kevin posa le plateau directement sur le parchemin, Mara ne protesta pas. Elle accepta la tasse pleine qu'il lui tendit, mais sa boisson refroidit sans qu'elle y goûte. Bientôt sa nervosité commença à se voir, car elle sursautait au moindre bruit. D'autres bruits de pas pressés retentirent dans le couloir.

— Vous ne pensez pas que quelqu'un a organisé des courses à pied, pour prendre des paris et passer le temps ? suggéra Kevin pour tenter de détendre l'atmosphère.

Lujan apparut dans l'encadrement de la porte, trempé de sueur après ses exercices, tenant toujours son épée dégainée.

— Les coureurs à pied ne portent pas des sandales de guerre cloutées, commenta-t-il sèchement.

Puis il regarda Mara, aussi immobile qu'une poupée de porcelaine dans la vitrine d'un magasin. Le visage de la jeune femme était livide.

— Ma dame, si vous le désirez, je peux sortir et trouver un vendeur de rumeurs.

Mara devint encore plus pâle.

— Non, répondit-elle sèchement. Tu es trop important pour risquer ta vie.

Puis elle fronça les sourcils, alors qu'elle se demandait si elle devait affaiblir sa troupe de deux personnes et envoyer deux guerriers pour cette mission. Arakasi avait trois heures de retard. Attendre inutilement en gardant le faux espoir de le voir revenir était très risqué.

Quelqu'un gratta à la cloison qui donnait sur la terrasse. Lujan pivota immédiatement, pointant son épée vers la barricade. Tous les gardes acoma présents dans la pièce bondirent sur leurs pieds, prêts à répondre à une attaque.

Mais le grattement fut suivi d'un chuchotement reconnaissable et Mara s'écria :

— Les dieux soient loués !

Avec précaution, les guerriers écartèrent rapidement le plateau d'une table maintenu en place par trois gros coffres, et entrouvrirent la cloison. Arakasi entra, silhouette noire se découpant dans la lumière du soleil. Pendant un bref instant, un air frais où flottait la douce senteur des fleurs entra dans l'appartement clos. Puis Kenji referma la cloison et glissa les coins de bois qui la bloquaient. Les coffres et le plateau de bois furent rapidement et efficacement remis en place.

Dans les ténèbres qui revenaient, Arakasi trouva infailliblement son chemin pour rejoindre en cinq pas les coussins de Mara. Il se jeta au sol et se prosterna devant elle.

— Maîtresse, pardonnez mon retard.

En entendant le ton de sa voix, un mélange d'incrédulité et de colère masquée, la brève joie de Mara s'évanouit.

— Qu'est-ce qui ne va pas ?

— Tout, répondit le maître espion sans préambule. Des rumeurs folles traversent le palais. Il y a eu des difficultés sur le monde barbare.

Mara reposa sa plume avant de la briser dans sa nervosité. Malgré tout, elle parvint à garder une voix assurée.

— L'empereur ?

— Est sain et sauf, mais nous ne savons rien de plus. (La voix d'Arakasi devint rauque sous l'effet de la colère.) Les barbares ont agi dans le déshonneur. Ils ont entonné un chant de paix alors qu'ils préparaient un meurtre. À la conférence de paix, en dépit de leur garantie de trêve, ils ont attaqué par surprise et failli tuer l'empereur.

Mara resta muette sous le choc, et Kevin lança une malédiction.

— Quoi ?

Arakasi s'assit sur ses talons, arborant une mine sinistre.

— Une grande compagnie de ceux que tu appelles des nains et des elfes se tenaient à proximité de la conférence. Au moment où la Lumière du Ciel était le plus vulnérable, ils ont attaqué.

Kevin secoua la tête en signe de dénégation.

— Je ne peux pas le croire.

Arakasi plissa les yeux.

— C'est vrai. Ce n'est que grâce à la bravoure de ses officiers et des chefs de guerre des Cinq Familles que la Lumière du Ciel a survécu à la trahison de ton monde. Deux guerriers l'ont emporté à travers la faille, inconscient, puis une chose terrible s'est produite. La faille s'est refermée et personne n'a pu la rouvrir. Quatre mille soldats tsurani sont maintenant piégés sur le monde de Midkemia.

La confusion de Mara se transforma rapidement en une attention soutenue. Elle prit une courte inspiration.

— Le Minwanabi ?

— Mort, lâcha Arakasi. Il a été parmi les premiers à tomber. Son cousin Jeshurado est mort à ses côtés.

— Les autres chefs de guerre ?

— Disparus. Personne ne sait s'ils sont morts, mais de toute façon la faille n'existe plus. Toute la garde d'honneur du seigneur de guerre est piégée sur le monde barbare.

Mara ne parvenait pas à appréhender l'énormité de l'événement.

— Le seigneur des Xacatecas ?

Arakasi complétait inexorablement la liste des pertes.

— Disparu. La dernière fois où l'on a vu le seigneur Chipino, il combattait des cavaliers du Royaume.

— Ils sont tous restés là-bas ? chuchota Mara.

— Une poignée a pu rentrer, répondit Arakasi, terriblement angoissé. Les deux guerriers qui ont porté la Lumière du Ciel et une demi-douzaine d'officiers qui rassemblaient les soldats attendant de notre côté de la faille. Le commandant des armées impériales a été tué. Le seigneur des Keda était à terre, perdant tout son sang. Le seigneur des Tonmargu n'a été vu nulle part. Pimaca des Oaxatucan fait aussi partie des disparus. C'est Kasumi des Shinzawaï qui a forcé l'empereur à partir, mais lui-même n'a pu réussir à franchir la faille. (Arakasi se força à reprendre son souffle.) Le messager qui est arrivé en ville ne sait rien de plus, ma dame. Je doute qu'à cet instant, même ceux qui ont été directement impliqués dans l'affaire puissent hasarder autre chose que des suppositions sur le nom des disparus. Les pertes sont trop grandes, et le choc trop soudain. Quand l'empereur aura repris le commandement, nous aurons une idée plus claire de ce qui s'est passé.

Mara resta silencieuse durant une longue minute, puis elle bondit sur ses pieds.

— Arakasi, il faut que tu ressortes et que tu obtiennes la liste exacte des disparus et des survivants. Vite.

Arakasi perçut le sentiment d'urgence qu'éprouvait sa dame. En quelques heures, l'empire avait perdu les plus puissants de ses seigneurs et les héritiers d'un grand nombre de maisons importantes. Les conséquences étaient trop graves pour être anticipées – des maisons en deuil, des troupes perdues, et des seconds fils ou filles très jeunes devenant soudain souverains. Les suites d'un tel événement allaient être stupéfiantes. Mais Mara savait que les ambitieux transformeraient rapidement cette confusion en une lutte sanglante pour le pouvoir. Elle savait parfaitement ce que l'on éprouve en recevant brusquement l'autorité et la responsabilité d'une maison sans y avoir été préparé. Savoir qui se trouvait dans cette situation difficile et effrayante, et quels seigneurs expérimentés étaient encore en vie pour gouverner, pouvait lui donner un avantage significatif dans les jours à venir.

Arakasi s'inclina et sortit rapidement. Mara ôta sa robe d'intérieur et demanda à sa servante d'apporter ses vêtements de cérémonie. Kevin se hâta de la rejoindre pour l'aider à s'habiller, pendant qu'elle donnait de rapides instructions.

— Lujan, prépare une garde d'honneur. Nous partons immédiatement pour la salle du Conseil.

Les mains pleines d'épingles alors que la servante commençait à coiffer les cheveux de Mara, Kevin demanda :

— Puis-je venir avec vous ?

La dame secoua la tête, puis gâcha les efforts de la servante en se penchant pour lui donner un rapide baiser.

— Un Midkemian ne sera pas le bienvenu au Conseil aujourd'hui, Kevin. Pour ta propre sécurité, je t'en prie, reste à l'écart.

Honteux de la trahison de ses compatriotes, Kevin ne discuta pas. Mais peu de temps après, alors que trente gardes acoma marchaient d'un même pas et disparaissaient à l'intersection, il se demanda comment il allait survivre à l'attente. Car la dame des Acoma ne se rendait pas à un simple conseil, mais plongeait dans un chaos effroyable où seuls les plus forts et les plus rapides pourraient s'emparer du pouvoir.

Avec la mort de Desio, les Acoma ne comptaient pas un ennemi de moins, bien au contraire. Un adversaire plus redoutable accédait à la position suprême : Tasaio gouvernait maintenant les Minwanabi.

17

CONSEIL GRIS

La salle se remplissait.

Bien qu'il n'y ait pas eu de convocation officielle du Conseil, de nombreux seigneurs étaient déjà là quand Mara et ses guerriers arrivèrent dans la grande salle. Presque un quart des sièges était occupé, et à chaque minute qui passait, le nombre de personnes présentes augmentait. L'absence de gardes du Conseil n'empêchait pas les souverains de venir ; chaque seigneur était accompagné de douze à cinquante gardes armés, qui restaient à ses côtés. Aucun héraut impérial n'annonça Mara quand elle franchit les immenses portes et descendit les escaliers. Cette réunion officieuse se faisait sans pompe ni cérémonie ; les souverains entraient dans l'ordre où ils arrivaient, oubliant pour une fois leur rang.

Aucune maison particulière ne semblait présider la séance. Plusieurs seigneurs conféraient près de l'estrade où s'asseyait habituellement le seigneur de guerre ou, en son absence, un président du Conseil désigné. Après le suicide d'Almecho et la mort ou la disparition de tous les chefs de guerre des clans, aucune maison n'avait clairement la suprématie. Mais, tôt ou tard, un seigneur tenterait de s'emparer du pouvoir ou tout du moins interviendrait pour gêner l'ascension d'un rival. Les souverains présents se réunissaient pour chuchoter en petits groupes compacts, vaguement répartis par factions. Ils regardaient avec suspicion tous les nouveaux venus, et gardaient leurs guerriers non loin d'eux – personne ne voulait être le premier à tirer l'épée au Conseil, mais tout le monde se préparait à être le deuxième. Mara observa rapidement l'assemblée, cherchant des couleurs familières ou des maisons amicales. Le rouge et le jaune des Anasati tranchaient dans un groupe de nobles âgés qui discutaient dans l'allée séparant les trônes les plus bas de l'estrade centrale. Mara reconnut son ancien beau-père. Elle se hâta de descendre à sa rencontre, emmenant Lujan et deux guerriers pour sa protection.

Voyant approcher Mara, Tecuma des Anasati se tourna et s'inclina légèrement. Il portait son armure, mais les cheveux visibles sous son casque étaient maintenant plus blancs que gris fer. Son visage, qui avait toujours été maigre, semblait maintenant émacié, et ses yeux étaient marqués de profonds cernes.

Admettant que sa puissance était supérieure à la sienne, Mara lui rendit son salut et demanda :

— Allez-vous bien, grand-père de mon fils ?

Le regard de Tecuma sembla presque la traverser sans la voir. Il répondit :

— Je vais bien, mère de mon petit-fils.

Ses lèvres se serrèrent alors qu'il observait les groupes épars de seigneurs.

— J'aimerais que l'empire aille aussi bien.

— L'empereur ? demanda Mara, avide d'informations.

— D'après tous les rapports, la Lumière du Ciel se repose dans sa tente de commandement dans la plaine, près du portail de la faille. (La voix de Tecuma restait dure.) Quand Ichindar est sorti de l'inconscience, il a déclaré à ses officiers qu'il chercherait un moyen de revenir dans le Royaume des Isles pour lancer une nouvelle invasion. Mais nous risquons d'être privés de notre désir de punir ces barbares pour leur traîtrise. Les Très-Puissants peuvent manipuler les failles, mais ils ne les contrôlent pas parfaitement. Il est douteux que l'on puisse rétablir cette faille vers Midkemia.

Le seigneur des Anasati regarda une nouvelle fois les souverains qui s'étaient rassemblés dans la grande salle, défiant ainsi les ordres de l'empereur. Sa voix ne s'adoucit pas une seconde quand il conclut :

— Pendant ce temps, le grand jeu continue...

Notant rapidement les noms des autres vieux seigneurs présents, Mara demanda :

— Qui parle pour les Ionani ?

Confiant dans sa puissance et portant l'un des plus anciens noms de l'empire, Tecuma répondit :

— Jusqu'à ce que le clan Ionani se réunisse pour élire un nouveau chef de guerre, je serai son porte-parole. (Brusquement, il désigna un point de l'autre côté de la salle.) Le clan Hadama se rassemble par là-bas, ma dame. Je vous suggère de vous hâter de les rejoindre et de faire connaître votre présence.

— Seigneur Tecuma...

Le vieil homme l'interrompit d'un geste de la main.

— Mara, je suis un homme en deuil, pardonnez donc ma brusquerie. (Il sembla se forcer à rester courtois.) Halesko fait partie des gens piégés sur le monde barbare – et selon tous les rapports, il agonisait, transpercé d'une lance, au moment où la faille s'est refermée. J'ai perdu un deuxième fils aujourd'hui. Je n'ai pas de temps à consacrer à la femme qui m'a pris le premier.

Mara sentit sa gorge se serrer. Elle s'inclina plus profondément pour exprimer sa sympathie.

— Je vous présente mes excuses, Tecuma. J'ai manqué de tact en oubliant la disparition de Halesko.

Le seigneur des Anasati secoua légèrement la tête, dans ce qui pouvait passer pour un geste d'incrédulité ou de douleur.

— Nombre d'entre nous sont en deuil, Mara. Maints frères, fils et pères ont été piégés sur le monde étranger. Cette perte frappe notre honneur et nos cœurs. Maintenant, si vous voulez bien m'excuser ?

Sans attendre de réponse, il tourna le dos à son ex-bru et reprit la discussion qu'elle avait interrompue.

Laissée en dehors de son cercle, et foudroyée du regard par les membres du Parti de la fleur jaune qu'elle avait interrompus quand elle s'était adressée à Tecuma, Mara contourna l'estrade pour rejoindre la première volée de marches, où les chefs du clan Hadama tenaient leur réunion. Plusieurs s'inclinèrent respectueusement quand Mara approcha, mais d'autres se contentèrent d'un hochement de tête superficiel. Un ou deux seigneurs, ainsi qu'un vieil homme paralysé assis dans une chaise de palanquin, n'esquissèrent pas le moindre geste de salut envers la souveraine des Acoma. Mara nota la chose et demanda :

— Combien de pertes avons-nous subies ?

Le seigneur des Sutanta, un homme de grande stature vêtu d'une robe bleu nuit bordée d'un galon bleu ciel, lui fit une révérence superficielle.

— Le seigneur Chekowara et ses quarante guerriers sont en route depuis la Cité des plaines. Le seigneur des Cozinchach et deux vassaux sont restés avec l'empereur. Les pertes des Hadama sont légères, car les plus petits clans ne se trouvaient pas en première ligne au moment de la trahison. La plupart de nos souverains seront revenus à Kentosani dans le courant de la semaine.

— Qui a convoqué ce Conseil ? demanda encore Mara.

Les traits tannés du seigneur Sutanta restèrent impassibles.

— Quelqu'un vous a convoquée ?

Tout aussi diplomate, Mara répondit :

— Je suis venue de mon propre chef.

D'un geste de la main, le seigneur Sutanta indiqua la salle qui se remplissait.

— Personne ici n'oserait aller contre la volonté de la Lumière du Ciel. (Il fixa ses yeux aussi brillants que ceux d'un oiseau sur Mara.) Mais personne ne restera chez lui sans rien faire alors que son fils aîné est mort par traîtrise.

Mara hocha la tête, et déduisit tout ce qui n'avait pas été dit. Le défi d'Ichindar qui voulait se lancer dans le jeu des puissants était poliment accepté. Mais dans le grand jeu, la courtoisie dissimulait souvent des intentions de meurtre. Le Grand Conseil de Tsuranuanni avait l'intention de se faire entendre. Il n'y aurait pas de rencontre officielle aujourd'hui ; un trop grand nombre de seigneurs étaient absents. Personne ne bougerait jusqu'à ce que l'on sache quels ennemis et quels alliés étaient encore en vie. Aujourd'hui, on dressait l'inventaire... Demain, on jouerait, on prendrait l'avantage sur les rivaux selon les occasions que la chance offrirait. Et même si ce Conseil n'était pas autorisé, cette réunion n'en était pas moins une partie du grand jeu. Car, tout comme un guerrier gris peut tuer aussi facilement qu'un soldat ayant prêté serment aux couleurs d'une maison, ce Conseil gris était tout aussi dangereux qu'une réunion ayant reçu l'approbation impériale.

Mara vola un instant de tranquillité pour revoir les options possibles. Les perspectives d'avenir des Acoma n'étaient pas rassurantes. Les Minwanabi avaient perdu quelques adversaires et gagné un nouveau seigneur, un seigneur qui saurait utiliser toutes leurs ressources, et surtout leur puissance militaire. La chance n'avait pas favorisé les Xacatecas. En tant que chef de guerre du clan Xacala, le seigneur Chipino avait dû se tenir au premier rang, près de l'empereur ; et son fils aîné, Dezilo, devait représenter les Xacatecas, la troisième des Cinq Grandes Familles. Ils étaient perdus, et il ne restait plus aux Xacatecas que la dame Isashani et une nichée de rejetons, tous trop jeunes et n'ayant pas été éduqués pour prendre le sceptre du seigneur – le plus puissant allié de Mara était maintenant dangereusement affaibli. Obligée de se contenter du lien de sang ténu entre Ayaki et les Anasati pour bénéficier d'une certaine protection, Mara avait l'impression qu'une bise glaciale soufflait sur son dos nu.

Autour d'elle, comme des jaguna reniflant des cadavres avant de décider pour quels morceaux de choix ils allaient se battre, les souverains de Tsuranuanni retrouvaient les membres de leurs clans, puis se séparaient pour discuter avec des alliés et d'autres factions, suivant généralement les lignes de leurs partis.

Les Acoma appartenaient théoriquement à un parti politique mineur, l'Œil-de-jade, mais leurs liens s'étaient affaiblis depuis le règne du seigneur Sezu. Mara se souciait peu de la politique des partis, étant bien trop absorbée par la nécessité de sauver sa maison de l'anéantissement. Mais comme l'empire était complètement bouleversé, aucun lien, même ténu, ne pouvait être ignoré.

Mara contourna le seigneur Inrodaka, le second fils obèse du seigneur des Ekamchi, et un cousin du seigneur des Kehotara, qui discutaient ensemble à voix basse et lui lançaient des regards froids. Découvrant deux membres du Parti de l'œil-de-Jade derrière eux, Mara s'approcha et commença une conversation qui se transforma en une triste liste de condoléances. Les morts et les personnes abandonnées de l'autre côté de la faille semblaient hanter les lieux. Mais à Tsuranuanni la vie ne s'effaçait pas devant les deuils. Dans toute la salle, les membres du Grand Conseil exploraient diverses voies politiques en maintenant une façade de conversation polie, et s'adonnaient une fois de plus au grand jeu.

Un éclair déchira le ciel, illuminant d'argent et de blanc la grande maison des Minwanabi. Assis devant son écritoire, la plume à la main et de l'encre fraîche près de son coude, Incomo relisait les documents disposés devant lui, ignorant le bruit de la pluie battante. Il avait toujours éprouvé des difficultés à réfléchir rapidement, et il ne parvenait pas à chasser de son esprit son sentiment de choc et d'incrédulité. Les événements qui avaient accompagné la trahison envers l'empereur lui semblaient toujours être la conséquence d'un cauchemar. La mort de Desio ne faisait pas le moindre doute. Trois témoins l'avaient vu tomber, transpercé de flèches à la gorge et à la poitrine – son cousin Jeshurado déjà mort à ses pieds. Aucun allié ou vassal n'avait été assez proche pour pouvoir récupérer le corps du seigneur dans le chaos général, avant que la faille magique ne se referme, scellant à jamais la porte entre Kelewan et Midkemia.

Incomo appuya ses paumes sèches contre ses tempes et prit une profonde inspiration d'air humide. Desio des Minwanabi reposait maintenant avec ses ancêtres, si en vérité l'esprit d'un homme peut traverser les gouffres insondables qui séparent les mondes. Les rites funéraires avaient été effectués dans le jardin sacré des Minwanabi par un prêtre hâtivement convoqué, et des messagers étaient partis porter la nouvelle. Il ne restait à faire qu'à attendre le retour du nouveau seigneur des îles occidentales.

À ce moment, la cloison qui se trouvait dans le dos du premier conseiller glissa et s'ouvrit. Un air chaud et humide entra dans la pièce, soulevant les parchemins et faisant tomber sur le plancher une pluie de gouttelettes apportées par le vent.

— J'ai donné des ordres pour ne pas être dérangé, déclara Incomo d'une voix cassante, sans même se retourner.

Une voix sèche et incisive répondit :

— Alors, pardonne mon interruption, premier conseiller. Mais le temps passe, et nous avons beaucoup à faire.

Incomo sursauta et se retourna vivement. Il vit un guerrier, illuminé subitement par un éclair argenté, franchir le seuil de la porte. De l'eau ruisselait sur son armure de bataille et ébouriffait son plumet d'officier. Le pied léger, agile, et presque sans faire de bruit, l'homme gagna le cercle de lumière projeté par la seule lampe de la pièce. Il ôta son casque d'un geste ample. Des ombres cerclaient ses yeux couleur de miel, et ses cheveux mouillés collaient sur sa nuque.

Incomo laissa tomber sa plume et s'inclina en une profonde révérence.

— Tasaio !

Tasaio regarda Incomo dans les yeux pendant un long moment silencieux, puis déclara lentement :

— Je te pardonnerai cette familiarité pour cette fois, premier conseiller. Jamais plus.

Incomo repoussa son écritoire, renversant la plume et le parchemin et manquant retourner l'encrier. Il déplia ses jambes maigres et posa avec raideur son front contre le sol.

— Mon seigneur.

Le tonnerre et l'orage emplirent le silence pendant que Tasaio observait la pièce d'un regard acéré. Il ne donna pas à Incomo la permission de se redresser, mais étudia les peintures représentant des oiseaux, la natte de couchage usée, et enfin, en prenant tout son temps, le vieil homme prosterné sur le tapis.

— Oui. Tasaio. Seigneur des Minwanabi.

Recevant enfin l'autorisation de s'asseoir, Incomo demanda :

— Comment avez-vous...

Le nouveau maître l'interrompit d'une voix légèrement moqueuse.

— Incomo ! Pensais-tu être le seul à avoir des agents dans cette maison ? J'ai toujours accordé ma loyauté à mon cousin, pas mon respect. Je n'aurais jamais déshonoré le nom des Minwanabi, mais dans ma position, seul un imbécile aurait laissé le cousin Desio sans surveillance.

Tasaio repoussa en arrière ses cheveux trempés, puis rajusta son baudrier.

— Dès l'instant où j'ai posé le pied sur cette île maudite, j'ai tenu un navire toujours prêt, avec un équipage et des provisions me permettant de partir sur l'heure. De jour comme de nuit, si l'appel venait, il me suffisait de larguer les amarres pour partir. À la mort de mon cousin, ceux qui me sont loyaux m'ont fait parvenir la nouvelle sur les Îles de la Garde.

Tasaio haussa les épaules, éparpillant des gouttelettes de pluie dans la lumière de la lampe.

— J'ai pris un bateau pour Nar, où j'ai réquisitionné le premier navire. Quand le Grand Conseil élira-t-il un nouveau seigneur de guerre ?

Les yeux fixés sur les ruisselets d'eau de pluie qui menaçaient sa natte de couchage, Incomo réordonna ses pensées.

— La nouvelle ne nous est parvenue que ce matin. La Lumière du Ciel a convoqué le Grand Conseil. La session doit avoir lieu dans trois jours à partir d'aujourd'hui.

Avec un calme presque mielleux, Tasaio demanda :

— Tu m'aurais laissé manquer cette réunion, Incomo ?

Les coussins mouillés cessèrent brutalement d'avoir de l'importance.

— Mon seigneur ! (Incomo pressa à nouveau son front contre le sol.) La mort de Desio a été si soudaine. Notre messager le plus rapide est parti dans l'heure, avec ordre de prendre le navire le plus rapide pour vous rejoindre. Je plaide humblement avoir fait de mon mieux. Ne prenez pas les limites de votre serviteur pour une faute, mon seigneur, alors que vous avez été bien plus ingénieux que ce que le devoir lui commandait.

Tasaio rit sans la moindre trace d'humour.

— Je n'aime pas les flatteries inutiles, premier conseiller, et encore moins les démonstrations peu convaincantes d'humilité. Lève-toi, et souviens-t'en.

Un terrible coup de tonnerre secoua la maison, dont les échos résonnèrent sourdement sur le lac enténébré. Avec la capacité d'un commandant à se faire entendre par-dessus le bruit, Tasaio déclara :

— Voici tes ordres, premier conseiller. Renvoie les domestiques et les concubines de Desio. J'ai mes propres serviteurs, et ils s'occuperont de moi et m'aideront à revêtir mes robes de deuil. Je dormirai cette nuit dans les quartiers des officiers. Dis à mon hadonra de faire enlever des appartements du seigneur tout ce qui appartenait à Desio. Je veux que ces pièces soient totalement vidées. Mes coffres et mes objets personnels devront être installés à l'aube, et les robes, la literie et les autres objets personnels de l'ancien seigneur seront brûlés. (Tasaio plissa les yeux.) Dis au maître du chenil d'égorger les chiens tueurs d'homme – ils n'obéiront pas à un nouveau maître. Aux premières lueurs du jour, rassemble tous les membres de la maisonnée sur le terrain d'entraînement. Un nouveau seigneur des Minwanabi règne maintenant, et tout le monde doit comprendre que l'incompétence ne sera pas tolérée.

— Je suis aux ordres de mon seigneur.

Incomo se prépara à passer une nuit blanche. Il déplia ses genoux douloureux pour se relever, mais son maître n'en avait pas encore fini avec lui.

Le seigneur des Minwanabi observa son premier conseiller d'un regard froid et appuyé.

— Tu n'as nul besoin de me flatter comme tu flattais mon cousin. Je veux connaître le fond de ta pensée sur tous les sujets, même si mon opinion est contraire à la tienne. Tu peux suggérer tout ce que tu voudras, jusqu'au moment où je donnerai mes ordres. Tu obéiras alors en silence. Demain, nous reverrons les comptes et nous formerons une garde d'honneur. À midi, je veux me trouver sur ma nef d'apparat, en train de descendre le fleuve pour rejoindre Kentosani. Occupe-toi de régler les détails de ce voyage. Car en arrivant dans la Cité sainte, j'ai l'intention de présenter ma candidature.

— Quelle candidature, mon seigneur ? demanda Incomo avec un grand respect.

Tasaio sourit enfin, une expression qui éclaira son visage comme le soleil luisant sur une lame d'épée.

— Eh bien, pour le titre de seigneur de guerre, bien évidemment. Qui y a plus droit que moi ?

Incomo sentit ses cheveux se dresser sur sa nuque. Après des années de frustration, il allait enfin servir un seigneur intelligent, compétent et ambitieux.

Le tonnerre fit à nouveau trembler le plancher, et la pluie battit les cloisons. Droit dans la lueur vacillante de la lampe, Tasaio finit sa phrase.

— Et quand je porterai le blanc et l'or, nous anéantirons les Acoma.

Incomo s'inclina à nouveau. Quand il se releva, la pièce était vide. Un courant d'air dans l'encadrement de la porte obscure était la seule trace de la visite de son maître. Silencieusement, le premier conseiller analysa le vœu qu'il n'avait jamais osé prononcer, mais que le destin lui avait accordé : Tasaio portait maintenant le sceptre des Minwanabi. Envahi par une ironie amère, Incomo se demanda pourquoi ce cadeau des dieux lui donnait un sentiment d'usure et de vieillesse.

L'orage frappait aussi la Cité sainte. L'eau ruisselait autour des symboles de chance gravés sur les pignons des toits du palais impérial, et finissait par former des flaques dans les cours. À l'intérieur du bâtiment, le bruit de la pluie était assourdi par les murs, mais des courants d'air passaient dans les immenses corridors, faisant vaciller les flammes des rares lampes que les domestiques s'étaient souciés d'allumer. Lujan et cinq guerriers en armure marchaient vivement dans les halls enténébrés pour revenir faire leur rapport à l'appartement acoma.

Mara reçut son commandant dans la pièce centrale, où elle s'entretenait avec Arakasi. Kevin se tenait près du mur, derrière elle, rendu sarcastique et amer par l'inaction. Il avait une migraine terrible. Il grinçait des dents en écoutant les guerriers aiguiser leurs armes, et l'odeur âcre de la laque servant à protéger les armures de cuir laminé lui donnait la nausée.

Lujan fit sa révérence devant la dame, puis se redressa.

— Maîtresse, dit-il vivement, de nouveaux soldats sajaio, tondora et gineisa sont entrés dans des appartements auparavant inoccupés.

Mara fronça les sourcils.

— Les chiens fidèles des Minwanabi. Aucune nouvelle du maître du chenil ?

— Non. Pas encore.

Lujan déboucla son casque et passa ses doigts dans ses cheveux trempés.

Arakasi leva le regard de la pile de notes que ses contacts dans le palais lui avaient remises le matin. Il regarda le commandant des Acoma, les yeux mi-clos.

— Dans trois jours, l'empereur reviendra au palais.

Une épaule appuyée contre le mur, les bras repliés sur la poitrine, Kevin fit remarquer :

— Il prend tout son temps, n'est-ce pas ?

— Il doit accomplir un grand nombre de rituels et de cérémonies le long du chemin, intervint Mara, dissimulant à peine son irritation. On ne voyage pas rapidement avec vingt prêtres, un millier de gardes du corps et cinq mille soldats.

Kevin haussa les épaules. Le confinement et la tension les affectaient tous. Depuis deux jours, les affaires du Conseil prenaient de l'ampleur. Mara passait jusqu'à quinze heures d'affilée dans la grande salle. La nuit, elle revenait si épuisée qu'elle avait à peine envie de manger. Elle avait les traits tirés et semblait amaigrie, et en dépit de la sollicitude de son amant, le peu de sommeil qu'elle arrivait à prendre était troublé. Si les nuits n'étaient pas satisfaisantes, les journées l'étaient encore moins. L'inaction mettait toujours les nerfs de Kevin à rude épreuve, mais même l'ennui avait ses limites. Les travaux aux cuisines le poussaient à l'insolence, et bien qu'il soit rarement complaisant envers lui-même, il ne possédait pas le sens du fatalisme qui permettait aux guerriers tsurani de supporter la situation avec une patience semble-t-il infinie.

Mara soupira et évalua ses gains.

— Jusqu'à maintenant, je me suis entretenue avec dix-sept seigneurs, et je n'ai obtenu que quatre accords. (Elle secoua la tête.) Un bien maigre résultat. Personne ne souhaite s'engager, même si un grand nombre prétendent vouloir le faire. Les factions qui visent le titre de seigneur de guerre sont bien trop nombreuses, et soutenir un candidat de façon ouverte provoquera la haine de tous ses rivaux.

Arakasi défroissa une note qui empestait fortement le poisson.

— Mon agent sur les quais rapporte l'arrivée de Dajalo des Keda.

Mara releva la tête.

— S'est-il installé dans sa résidence ou est-il au palais impérial ?

— Patience, dame. (Arakasi fouilla dans ses notes, en écarta trois, puis parcourut du regard le texte codé d'un autre message qui embaumait étrangement le parfum.) Dans sa résidence, conclut le maître espion. Tout du moins pour cette nuit.

Mara frappa dans ses mains pour faire venir le scribe qui l'aidait dans sa correspondance.

— Une lettre pour le seigneur Dajalo des Keda. Offre d'abord nos condoléances pour la mort de son père, et assure-le que nous sommes certains que sa fin fut à la fois courageuse et honorable. Puis fais comprendre à Dajalo que les Acoma possèdent un document portant le sceau personnel du seigneur Andero, qui engage la maison Keda à voter une fois comme nous le désirons. En tant que nouveau souverain, Dajalo est obligé de l'honorer.

— Maîtresse, intervint Arakasi. N'est-ce pas un peu... brusque ?

Mara passa la main dans la masse de ses cheveux, dont les extrémités commençaient à boucler à force d'être retenues par des épingles.

— Peut-être que j'ai pris les mauvaises habitudes du barbare que je garde près de moi. (Elle marqua une pause, alors que le tonnerre grondait dans le lointain.) N'aie pas le moindre doute... Tasaio des Minwanabi sera bientôt parmi nous, et j'aurai peut-être besoin du vote de Dajalo instantanément.

Quelqu'un toqua discrètement à la porte. Un garde parut dans l'encadrement et s'inclina.

— Maîtresse, nos éclaireurs nous rapportent que des hommes armés se déplacent dans les couloirs extérieurs du palais.

Mara lança un regard acéré à Lujan, qui enfonça son casque sur ses cheveux emmêlés et sortit tout en bouclant sa jugulaire. Des éclairs lançaient des reflets d'argent derrière les cloisons extérieures, réduites à des fentes par les barricades renforcées maintenues par des planches. Kevin résista à l'envie de faire les cent pas comme un animal en cage, tandis que Mara et Arakasi faisaient semblant de lire des rapports. Le grattement de la plume du scribe emplit le silence jusqu'à ce que le commandant revienne.

Il fit sa révérence à la hâte, et déclara :

— Nos guetteurs ont espionné le passage de deux bandes de soldats, chacune de vingt à trente individus. Ils restent dans l'ombre et semblent se déplacer vers une autre section du palais.

— De quelle maison ? demanda Mara, craignant à moitié d'entendre la réponse.

— Aucune, belle dame. (La voix de Lujan était emplie de doute.) Ils portent des armures noires, sans aucune marque ni emblème.

Mara leva des yeux stupéfaits vers la lumière des lampes.

— Alors, cela a commencé.

Lujan donna tranquillement ses ordres aux soldats qui se trouvaient dans la pièce de devant. La dernière cloison laissée entrouverte pour laisser passer de l'air fut refermée et bloquée contre son encadrement avec des chevilles de bois. Une table fut renversée et appuyée contre la porte extérieure, puis maintenue en place par une barre massive. L'humidité apportée par l'orage devint étouffante. Arakasi ne semblait pas affecté par la chaleur et restait tranquillement assis, immobile, à consulter ses notes.

Mais Kevin transpirait et s'énervait, ses mains vides cherchant instinctivement une arme. Les heures s'écoulèrent lentement jusqu'à minuit. Des bruits assourdis leur parvenaient à travers les murs. Des bruits de pas qui projetaient des éclaboussures dans les flaques d'eau ou qui résonnaient sèchement dans les couloirs et les escaliers. Ils étaient parfois couverts par un cri. La pluie cessa, et les insectes du jardin en terrasse reprirent leurs chants nocturnes.

Comme personne ne semblait vouloir se préoccuper des questions pratiques, Kevin s'agenouilla finalement près de Mara et lui retira des mains le parchemin qu'elle tenait depuis une heure sans le lire.

— Vous devez avoir faim, la cajola-t-il.

Mara appuya sa tête contre son épaule.

— Pas vraiment. Mais je dois manger quelque chose si je veux garder l'esprit clair pour le conseil de demain.

Kevin se leva, et se prépara pour l'inévitable bataille de volonté qui avait lieu chaque fois qu'il envahissait la cuisine. Jican considérait tout esclave surpris les mains vides comme une proie légitime. Cette nuit, il semblait s'être préparé pour la bataille, car une escouade de marmitons affairés était déjà en train de frotter des pots et des assiettes. Comme si le bruit de la vaisselle était un sortilège permettant d'éloigner les bruits lointains de combat, toutes les louches, les tasses et les bols étaient sablés et polis. Jican repéra Kevin dans l'encadrement de la porte, et son visage soucieux s'illumina.

— La maîtresse souhaite manger ?

Kevin hocha la tête, et se retrouva immédiatement avec un plateau de pain chaud, de fromages et de fruits dans les mains. Déçu par sa victoire facile, il ravala la réponse qu'il avait soigneusement préparée et revint vers sa dame. Il plaça le souper devant elle et s'assit à ses côtés, pendant qu'elle faisait un effort pour manger. Finalement, ce fut Arakasi qui termina le plateau. Kevin pressa Mara de se coucher, cependant qu'à toutes les fenêtres et à toutes les portes les guerriers attendaient comme des statues de pierre, se préparant à une attaque qui ne vint jamais.

L'aube pointait. Mara se leva, demanda son bain et ses servantes. Le maquillage effaça les cernes d'inquiétude de son visage, et trois couches de robes de cérémonie masquèrent sa maigreur. À la dernière minute, alors qu'elle était prête à partir, elle se retourna et regarda intensément Kevin.

Irrité par la perspective d'une autre journée d'ennui, il la fixa de ses grands yeux bleus pleins de reproche.

En partie parce qu'elle craignait une attaque de son

appartement durant son absence, Mara accéda à son désir et changea d'avis.

— Viens. Reste près de moi et garde un silence absolu, sauf si je te demande quelque chose.

Kevin bondit sur ses pieds et rejoignit la suite. Lujan ordonna à la garde d'honneur de former les rangs, et quelques minutes plus tard le contingent acoma faisait son entrée dans la salle du Conseil.

Le soleil frappait le dôme de côté, éclairant d'une lumière jaune les fresques au-dessus des galeries. Les niveaux supérieurs étaient déjà occupés, mais les sièges les plus bas étaient encore vides. Le chaos s'était suffisamment calmé pour que les nobles tsurani prêtent à nouveau attention au rang, remarqua Kevin. Il suivit Mara qui descendait les escaliers, tandis que Lujan et deux gardes prenaient leur poste derrière elle. Le reste de la garde d'honneur resta dans le hall, derrière la porte, comme si ce Conseil n'était pas différent des autres.

Mais alors qu'elle passait près d'un siège vide pour rejoindre sa place, Mara pressa ses doigts contre sa bouche pour étouffer un cri de surprise.

— Un problème ? murmura Kevin, oubliant déjà sa promesse de silence.

Mara lui répondit par un hochement de tête à peine perceptible. Très malheureuse, elle chuchota :

— Le seigneur Pataki des Sidaï est mort.

— Qui ? demanda Kevin.

— Un homme qui, un jour, fut bon envers moi, en défiant l'hostilité générale. C'était aussi un allié potentiel. Hier, il était ici, mais ce matin, son trône est vide.

— Comment savez-vous qu'il ne s'est pas simplement attardé devant son petit déjeuner ? murmura Kevin.

Mara s'installa sur son siège et de la tête fit signe à son esclave de se placer derrière elle, sur sa droite.

— Seul un assassin a pu empêcher Pataki de venir dans cette salle. (Elle fit un rapide inventaire des plus proches gradins.) Trois autres seigneurs sont aussi absents, d'après ce que je vois.

— Des amis à vous ? dit Kevin en faisant de son mieux pour parler à voix basse.

— Non. Des ennemis des Minwanabi, répondit Mara.

Elle ouvrit d'un geste sec son petit éventail ornemental et murmura quelque chose à Lujan. Le commandant disposa ses guerriers autour de son siège, puis prit la place la plus proche de l'allée, là où son épée se trouverait en première ligne de défense.

Les gradins inférieurs commençaient maintenant à se remplir. Kevin observa les grands seigneurs de l'empire, qui ressemblaient à des paons parés de leur plus beau plumage. Certains restaient assis à leur place comme de véritables rois, discutant avec ceux qui venaient leur demander une faveur ou une alliance. D'autres formaient de petits groupes, changeant de place ou échangeant des confidences comme des papillons rassemblés autour d'une fleur. Le jeu du Conseil était moins une lutte ouverte pour la suprématie qu'une série subtile et infinie de rencontres, de rebuffades et de machinations.

— Je ne comprends pas, fit Kevin après de longues minutes d'étude. Personne ne semble réagir au fait que quatre de ses semblables ont été assassinés.

— La mort fait partie du jeu, répondit Mara.

Alors que la matinée s'écoulait, Kevin finit par comprendre. Montrer une réaction exagérée devant la mort d'un seigneur impliquait implicitement un déshonneur, puisque, de par sa nature même, un meurtre avait un responsable. En l'absence de preuves, les Tsurani préféraient parler « d'accident ». Un seigneur pouvait tuer en toute impunité, et même gagner l'admiration de ses rivaux, tant que les formes étaient respectées.

Un seigneur d'âge moyen flâna jusqu'à Mara, qui se leva pour le saluer et s'inclina devant lui. Une conversation courtoise s'ensuivit, traitant essentiellement de problèmes de commerce. Kevin fut laissé à ses pensées. Cette façon calme de conduire ses affaires durant le jour, alors que des assassins avaient œuvré dans le palais la nuit précédente, l'effrayait plus que tout ce qu'il avait connu depuis sa capture.

Un bruissement de voix traversa la pièce quand un jeune homme rejoignit les gradins inférieurs. Flanqué de six gardes vêtus d'une armure écarlate et gris, il s'installa sur l'un des sièges les plus imposants, situé à l'opposé de l'estrade centrale. Les têtes se tournèrent vers lui alors qu'il faisait signe à un conseiller de le rejoindre. Après un échange de quelques paroles, le conseiller s'inclina et parcourut en hâte les marches qui le séparaient de Mara. En entendant les chuchotements émus de l'assemblée, Kevin comprit qu'il se passait quelque chose d'important.

Le conseiller s'inclina devant Mara.

— Ma dame des Acoma, mon seigneur souhaite vous assurer que les Keda honoreront toutes les dettes contractées en leur nom.

Mara inclina légèrement la tête, et le conseiller repartit. Ce message eut un effet extraordinaire sur le seigneur qui conversait auparavant avec Mara. Son attitude changea, et passa de la domination à une soumission sincère. Soudain, plusieurs nobles mineurs descendirent des galeries, pour venir s'entretenir avec la dame des Acoma.

Stupéfait, Kevin regardait les courants subtils de la politique tsurani se modifier, tandis que Mara devenait de plus en plus l'objet de l'attention générale. Avec les chefs des Cinq Grandes Familles perdus dans un monde étranger, les clans les plus puissants étaient déchirés par leurs luttes intestines. Cela ouvrait des possibilités aux familles mineures de ces clans et aux plus petits clans du Conseil, pour négocier, faire des promesses et chercher des soutiens. Si les armées des grands nobles devaient marcher les unes contre les autres, les maisons les plus faibles auraient besoin de s'allier entre elles, ou de s'insinuer dans les bonnes grâces de protecteurs plus puissants. Des traités et des pactes étaient conclus, des concessions faites librement ou sous la contrainte, et des biens commerciaux changeaient de main comme garantie ou présent. Alors que midi approchait, Kevin se rendit compte que Mara n'avait pas encore eu besoin de quitter son siège : les gens intéressés venaient vers elle, ce qui n'échappa pas au regard des autres factions. Inrodaka et Ekamchi regardaient souvent le siège vacant du seigneur des Minwanabi, tandis que les membres du clan Ionani, tout sourire, faisaient quelques remarques à un Tecuma des Anasati aux traits tendus.

Juste avant midi, une compagnie de soldats en violet et jaune entra et accompagna un mince jeune homme d'une sombre beauté vers le trône des Xacatecas. L'héritier de Chipino prit sa place au Conseil avec tout l'aplomb de son père. Mara ouvrit son éventail d'un geste et le tint pressé un moment contre son front. Kevin perçut son angoisse. Il ne pouvait pas la réconforter par des paroles et devait rester immobile, alors que lui aussi remarquait avec déchirement combien le jeune Xacatecas ressemblait à son défunt père.

Trois seigneurs attendaient poliment que Mara leur accorde son attention. Elle retrouva son sang-froid et leur conta quelques anecdotes jusqu'à ce que la plupart des seigneurs du clan Xacala aient eu le temps de se présenter à l'héritier de leur ancien chef de guerre.

Une accalmie vint enfin. Mara fit signe à Lujan et descendit les quelques marches qui la séparaient du nouveau seigneur des Xacatecas. De près, Hoppara ressemblait beaucoup à un jeune rapace, bien que ses cheveux et ses yeux soient d'un brun plus chaud que ceux de son père, et qu'il ait hérité de la minceur de sa mère Isashani. Mais il avait le port et la prestance de Chipino, même s'il était encore un jeune homme inexpérimenté. Il se leva, s'inclina cérémonieusement, et demanda :

— Allez-vous bien, Mara des Acoma ?

Mara sentit le rouge lui monter aux joues. En demandant des nouvelles de sa santé avant qu'elle ne parle, Hoppara avait reconnu devant toutes les personnes présentes que Mara occupait un rang social supérieur au sien ! Comme il appartenait à l'une des Cinq Grandes Familles, ce n'était qu'un geste de pure courtoisie, mais d'une façon significative et subtile cette concession eut des conséquences étourdissantes. Alors même qu'elle prenait sa respiration pour lui répondre, Mara sentit l'agitation dans les gradins. Les nobles se trouvant près du seigneur des Xacatecas la regardèrent avec respect, stupéfaits, tandis que d'autres la contemplaient d'un air revêche depuis leurs sièges installés de l'autre côté de l'estrade.

La réponse de Mara fut chaleureuse et sincère.

— Je vais bien, mon seigneur des Xacatecas. Votre chagrin est le chagrin de la maison Acoma. Votre père était la fierté de sa famille et de son clan, et bien plus encore. Il a défendu les frontières de l'empire avec courage, et a honoré les Acoma en nous permettant de le compter parmi nos alliés. Je considérerais cela comme un privilège si vous vouliez bien compter ma maison parmi les amis des Xacatecas.

Hoppara réussit bravement à sourire, bien que l'effort ne puisse complètement masquer sa douleur.

— Ma dame, je considérerai comme un honneur que vous consentiez à dîner avec moi cet après-midi.

Mara s'inclina avec cérémonie, indiquant qu'elle était à sa disposition. Quand elle revint vers son siège, sa route fut soudain bloquée par une vague de flatteurs, et jusqu'à ce que le premier conseiller des Xacatecas vienne la chercher pour le repas, elle n'eut plus un moment à elle.

Les appartements des Xacatecas au palais impérial étaient deux fois plus grands que ceux de Mara. Les tapis et les antiquités étaient somptueux, les meubles laqués de noir formant un contraste agréable avec les nuances de lavande, de pourpre royal et de crème des coussins. Dans leurs cages d'osier, des li emplissaient la pièce de leurs chants et des battements de leurs ailes aux couleurs vives. Mara reconnut l'amour du confort et le goût extrême d'Isashani, et s'installa avec soulagement parmi les coussins doux et moelleux. Les domestiques avaient été formés par le seigneur Chipino, et l'un d'eux avait servi durant la campagne dans le désert de Tsubar. Connaissant déjà les habitudes de Mara, il lui présenta un bol d'eau parfumée avec la fragrance qu'elle préférait. Alors que la jeune femme se lavait les mains, elle repensait avec tristesse au vieux maître, tandis que Kevin s'asseyait sur le plancher derrière elle.

Hoppara retira sa lourde robe supérieure, passa la main dans ses cheveux bouclés, puis s'assit de l'autre côté d'une table basse chargée d'un somptueux repas. Il soupira, releva ses manches pour dégager ses poignets robustes et bronzés, puis offrit ses mains à l'esclave qui attendait près de lui pour les laver.

Quand les esclaves eurent fini les ablutions, le jeune seigneur observa ouvertement le barbare rouquin qui suivait Mara comme son ombre.

Kevin lui rendit tranquillement son regard jusqu'à ce qu'Hoppara lève un sourcil.

— Voici donc votre amant barbare ?

Sa curiosité n'offensa pas Mara. Hoppara avait le franc-parler de son père et le jugement perspicace de sa mère. Il était simplement direct, et ne se moquait pas de ses choix personnels. Mara lui répondit d'un léger hochement de tête, et Hoppara lui rendit le sourire désarmant d'Isashani.

— Mon père avait mentionné cet homme devant moi. C'est bien lui ?

— Voici Kevin, répondit Mara avec circonspection.

Hoppara hocha la tête avec satisfaction.

— Oui. L'esclave qui possède une armure complète aux couleurs des Acoma. (Il soupira, masquant difficilement son chagrin.) Mon père nous avait raconté comment ce Kevin a été plus qu'utile dans la bataille du désert.

Mara sourit légèrement, indiquant qu'elle avait bien saisi l'allusion.

— Il a eu une ou deux... suggestions intéressantes.

Les oiseaux chantèrent doucement dans le court moment de silence qui suivit.

— Père était avare de compliments, avoua Hoppara. (Il regardait son assiette comme s'il contemplait des souvenirs au lieu d'un repas.) Il reconnaissait la grande valeur de ce qu'il avait vu sur le champ de bataille, et l'attribuait à des idées brillantes et originales. Il nous a dit qu'aucun Tsurani n'aurait pensé à ordonner à ses soldats de monter sur le dos des guerriers cho-ja. Cette tactique l'avait beaucoup impressionné. (Le jeune homme adressa un sourire charmant à son invitée.) Tout comme il a été impressionné par vous, ma dame.

Kevin sentit soudain l'aiguillon de la jalousie alors que Mara rougissait sous le compliment.

— Je vous remercie, mon seigneur.

— Il fait chaud, vous ne trouvez pas ? dit soudain Hoppara, comme si les couleurs du visage de la dame avaient une autre cause que sa remarque.

Il fit signe à un domestique d'ouvrir la cloison, et la lumière du soleil et l'air frais envahirent la pièce. Le jardin intérieur était planté de fleurs violettes et ombragé par des arbres fruitiers. Puis, comme si la légère raideur de Lujan suggérait qu'il s'inquiétait de la sécurité de sa dame dans la demeure des Xacatecas, le seigneur le rassura rapidement.

— Cet appartement est construit contre les baraquements de la garde d'honneur de l'empereur. Quatre-vingts gardes blancs impériaux s'y trouvent à toute heure.

Comme Lujan restait toujours sur le qui-vive, Hoppara ajouta d'une voix badine :

— Mère n'a jamais aimé cela. Elle dit qu'elle ne peut jamais porter de robe d'intérieur ou se baigner dans son jardin sans mettre en danger la famille impériale. D'après elle, des assassins pourraient être en train de les tuer tous pendant que les gardes blancs resteraient plantés ici, en train de l'observer par-dessus les murs, la mauvaise lance dressée, sans qu'aucun œil ne se consacre à la défense du palais.

Mara sourit. La beauté de dame Isashani était légendaire – même ses grossesses successives ne l'avaient pas entamée, et n'avaient fait qu'ajouter une certaine plénitude à sa silhouette. Et ses paroles directes et mordantes faisaient les délices de la bonne société tsurani.

— Comment va votre mère ? demanda Mara.

Hoppara soupira.

— Assez bien. Bien sûr, la mort de mon père et de mon frère aîné a été un coup terrible pour elle. Saviez-vous, ajouta-t-il, refusant de perdre le fil de la conversation, que mon père avait suggéré que vous pourriez peut-être épouser un jour l'un de ses jeunes fils, si vous échappiez aux tentatives d'annihilation de Desio ?

Mara écarquilla les yeux à cette remarque car, d'après les rumeurs, Isashani avait exprimé une très nette préférence pour Hokanu pour le mariage de Mara.

— Je suis flattée.

— Mais vous ne mangez rien, remarqua Hoppara. (Il leva son couteau et l'enfonça dans un morceau de viande macéré dans du vin.) Je vous en prie, restaurez-vous. Les chiens de compagnie de ma sœur sont déjà tous obèses. Si les marmitons leur donnent encore des restes, on va finir par confondre les pauvres bêtes avec des coussins.

Hoppara mangeait pensivement. Il semblait analyser l'expression de Mara. Puis il dut arriver à une décision intérieure, et ses manières charmantes devinrent tout d'un coup sérieuses.

— Mon père pensait que vous deviendriez l'une des femmes les plus dangereuses de toute l'histoire de l'empire. Comme il choisissait toujours ses ennemis avec le plus grand soin, il souhaitait clairement vous avoir comme amie.

Mara ne put que s'incliner devant le compliment. Elle but son jus de fruit à petites gorgées et attendit, pendant que les li gazouillaient des mélodies suaves.

Maintenant convaincu que Mara ne se laisserait pas attendrir par des louanges, Hoppara rompit un morceau de pain. Il trempa la croûte dans la sauce et remarqua :

— Vous comprenez, bien sûr, que beaucoup d'entre nous mourront avant qu'un nouveau seigneur de guerre ne soit élu.

Mara fit un bref signe d'assentiment. Trop de candidats souhaitaient porter le blanc et l'or, et les alliances restaient trop fluctuantes. Même un imbécile pouvait se rendre compte que les rivalités seraient sanglantes.

— J'ai reçu l'ordre de venir vous trouver et de vous expliquer franchement ma position.

Hoppara fit un geste à un domestique, qui s'inclina et commença à retirer discrètement les cages des oiseaux. Dans le silence croissant, le jeune seigneur déclara :

— Les Xacatecas souhaitent survivre à cette épreuve sans perdre trop du prestige que mon père a gagné durant toute sa vie. À cet effet, nous cherchons la situation qui offre le plus d'avantages. Mon premier conseiller m'a donné comme instructions de vous offrir une alliance informelle et de vous promettre toute l'aide que les Xacatecas pourront vous apporter tant que...

Mara l'arrêta en levant un doigt.

— Un moment, mon seigneur. Reçu l'ordre ? Donné comme instructions ? Qui vous dirige ?

Les manières du jeune homme devinrent brusques.

— Elle avait bien dit que vous me le demanderiez. Il s'agit de ma mère, bien sûr.

Kevin rit, et Mara l'interrogea :

— Votre mère ?

Aucunement déconcerté, Hoppara avoua :

— Je n'atteindrai mon vingt-cinquième anniversaire que dans trois ans, dame Mara. Je suis le seigneur des Xacatecas, mais pas...

— Pas encore leur souverain, termina-t-elle.

Hoppara soupira.

— Pas encore. Mère est la souveraine jusqu'à cette date – si je parviens à rester en vie.

— Alors, pourquoi dame Isashani n'est-elle pas là ? demanda Kevin.

Hoppara lança un regard à Mara, qui expliqua :

— Il oublie souvent sa place.

— Et, de toute évidence, il n'a jamais rencontré ma mère. (Le jeune homme oublia sa gêne.) Isashani ressemble peut-être à un magnifique oiseau li, mais elle est aussi coriace qu'un soldat et évalue ses options comme le plus rusé des marchands de soie. Il lui reste six fils et quatre filles. Si je devais mourir, elle me pleurerait, sans le moindre doute. Puis Chaiduni prendrait ma place, et après lui Mizu, puis Elamku, et ainsi de suite en descendant la lignée. Après nous, il y a encore les enfants des concubines de mon père, dix-huit fils, sans compter ceux qui n'ont pas encore perdu leurs dents de lait et une autre bande qui n'a pas encore rejoint le berceau.

Le garçon rougit à ce souvenir, en repensant aux orages qui avaient secoué la maison quand le seigneur Chipino était rentré du désert avec six nouvelles concubines, toutes enceintes.

— Les Xacatecas seront une lignée difficile à éradiquer, résuma Kevin.

Hoppara laissa échapper un soupir appréciateur.

— Trop de bébés et de cousins avec des centaines de rejetons, chacun d'entre eux pouvant être reconnu comme héritier du titre de ma mère, si besoin était. Ma mère restera sur notre domaine, en sécurité. Elle m'a délégué ici pour conduire nos affaires au Conseil. (Il fit un geste dans la direction de la grande salle.) La plupart de nos rivaux n'ont pas encore compris que je ne suis pas encore souverain. Et ils n'auront aucune raison de le soupçonner, puisque ma mère m'a donné les pleins pouvoirs pour négocier au nom de la maison Xacatecas... avec certaines limites.

L'esprit de Mara s'emballait alors qu'elle examinait les implications de cette révélation.

— Alors, nous savons avec certitude ce que peu devineront : vous n'êtes pas venu au Conseil réclamer le titre de seigneur de guerre.

— Même si père vivait encore, il n'aurait été qu'en troisième position parmi ceux qui revendiquent le blanc et l'or, précisa Hoppara.

— Qui se trouve au-dessus ?

Mara retrouvait enfin son appétit.

Hoppara haussa les épaules.

— Je ne peux que répéter le point de vue de ma mère. Minwanabi est le plus puissant, mais le vote ne lui donnera pas une majorité nette. Si les Oaxatucan cessaient leurs querelles intestines, un Omechan pourrait succéder à leur ancien chef de guerre. Ils possèdent encore une influence impressionnante. Les Kanazawaï sont en disgrâce à cause de l'échec du plan de paix, ce qui donne aux Tonmargu un rang supérieur à celui des Keda. (Il haussa à nouveau les épaules, et conclut Minwanabi est le choix logique. Tasaio est un général extrêmement compétent. Un grand nombre de seigneurs le soutiendront, alors qu'ils n'auraient rien fait pour Desio.

Les viandes perdirent soudain leur saveur. Mara abandonna son assiette.

— Nous arrivons au nœud du problème. Que proposez-vous, à part une alliance ?

Hoppara posa son couteau.

— Malgré notre puissance tant vantée, les Xacatecas se trouvent actuellement dans une position désavantageuse. Nous avons perdu deux conseillers en même temps que mon père, et nous sommes à court de recommandations fiables. J'ai reçu l'instruction de suivre votre exemple, à moins que votre intelligence ne défaille. Sinon, je devrai soutenir Tasaio.

Kevin intervint :

— Vous soutiendriez ce meurtrier ? Après ses manipulations et sa trahison à Tsubar ?

Mara leva la main pour le faire taire.

— C'est logique. Quand les Minwanabi porteront le blanc et l'or, les Xacatecas n'auront plus à se soucier dans l'immédiat d'une attaque des quatre autres grandes familles.

— Nous disposerons de temps pour réorganiser nos défenses pendant que Tasaio sera occupé à détruire les Acoma. (La voix d'Hoppara restait très prosaïque.) Cependant, se hâta-t-il d'ajouter, nous n'agirons ainsi qu'en dernier ressort. Bien que ce soit la voie la plus sûre pour les Xacatecas à court terme, un empire sous la botte d'un seigneur de guerre minwanabi...

Sa voix prit soudain une note de dégoût.

Kevin exprima son étonnement.

— Que je sois damné si je comprends cette logique.

Les sourcils d'Hoppara se levèrent.

— J'aurais pensé que... (Il demanda à Mara Vous ne lui avez pas expliqué ?

Comme si le soleil qui passait par la cloison ouverte avait soudain perdu sa chaleur, Mara soupira.

— Seulement les causes de notre différend actuel : la mort de mon père et de mon frère.

Un li pépia, et l'on entendit un chant étouffé dans la pièce adjacente.

— Va couvrir les cages, ordonna Hoppara à un domestique. (Il regarda son invitée.) Puis-je ? (Devant le hochement de tête de Mara, il se tourna, troublé, vers Kevin.) Les Minwanabi sont... étranges. Bien qu'il semble assez inapproprié de porter un jugement sur une famille noble dont la conduite reste honorable en public, quelque chose dans la nature des Minwanabi les rend... plus que simplement dangereux.

Kevin lui rendit un regard d'incompréhension totale.

— Toutes les maisons puissantes sont dangereuses. Et selon moi, le jeu du Conseil n'est qu'une série de traîtrises enrobées dans une belle enveloppe de protocole.

Si Hoppara fut choqué par la franchise de l'esclave, il le dissimula parfaitement. Patiemment, il tenta de lui expliquer la situation.

— Vous êtes ici plus à cause de la menace que représente dame Mara que pour son charme infini. (Il s'inclina légèrement.) Mais les Minwanabi sont plus que dangereux... Ils sont...

— Ils sont fous, l'interrompit Mara.

Hoppara leva la main en signe de protestation.

— C'est un jugement sévère. Compréhensible, dans votre cas, mais néanmoins sévère. (Il ajouta à l'adresse de Kevin.) Disons qu'ils ont des goûts considérés comme malsains par de nombreuses personnes.

Kevin sourit, les yeux très innocents et très bleus.

— Vous voulez dire qu'ils sont tordus.

— Tordus ? reprit Hoppara, qui se mit à rire. J'aime bien ce mot. Oui, c'est cela, ils sont tordus.

— Les Minwanabi aiment la souffrance. (Le regard de Mara se figea sur une image intérieure bien moins plaisante que le salon lavande de dame Isashani.) Quelquefois la leur, toujours celle des autres. Ils tuent pour le plaisir, lentement. Dans le passé, des seigneurs minwanabi se sont rendus célèbres en chassant des captifs comme s'il s'agissait d'animaux sauvages. Ils ont torturé des prisonniers et engagé des poètes pour composer des vers célébrant l'agonie de leurs victimes. Certains ont une maladie en eux, qui... les excite à la vue et à l'odeur du sang...

Hoppara fit signe à ses domestiques de débarrasser la table et d'apporter du vin.

— Certains Minwanabi le cachent mieux que d'autres, mais tous ont cet appétit... tordu... pour la souffrance. Tôt ou tard, il se manifeste. Les vices de Jingu étaient connus. Plusieurs de ses concubines ont été assassinées sur sa couche, et d'après la rumeur, il a étranglé sa première épouse alors qu'il la possédait. On disait Desio moins violent, mais même les mendiants dans les rues savaient qu'il battait ses servantes. Ne t'es-tu jamais demandé pourquoi de nobles seigneurs ne s'empressaient pas de proposer leurs filles en mariage, malgré la richesse et la puissance des Minwanabi ? (Il laissa la question en suspens.) Tasaio est plus... prudent. J'ai servi avec lui durant la guerre, et je l'ai vu violer des captives comme un vulgaire soldat. Il faisait aussi des rondes dans les tentes des guérisseurs, s'y attardant non pour réconforter ses soldats blessés, mais pour savourer leurs souffrances.

L'attention d'Hoppara revint vers les coupes de cristal que son domestique emplissait de vin. Il réprima une grimace.

— Tasaio n'est pas un homme que je souhaite voir assis sur le trône de seigneur de guerre.

— Il est vraiment tordu, remarqua Kevin.

— Et très dangereux, résuma Hoppara. (Il leva sa coupe, attendit que Mara goûte à la sienne, puis but une longue gorgée de vin.) C'est pourquoi je dois soit bloquer secrètement les manœuvres de Tasaio pour le blanc et l'or, soit le soutenir ouvertement pour gagner sa faveur.

Mara reposa sa coupe, fermant les yeux à demi, alors qu'elle réfléchissait à ses différentes options.

— Vous me demandez donc de trouver une solution pour que vous souteniez un autre candidat, quelqu'un qui ne compromettrait pas le secret de votre alliance avec les Acoma, pour que le courroux des Minwanabi ne s'abatte pas sur la maison des Xacatecas.

Hoppara hocha la tête, de toute évidence soulagé.

— Ce serait le meilleur choix.

Mara se leva et fit signe au jeune homme de ne pas se relever pour la raccompagner.

— Votre père n'insistait jamais sur le protocole quand nous discutions en privé, et je préférerais que nous gardions cette habitude.

Alors que Lujan rassemblait sa garde d'honneur près de la porte extérieure, elle répondit prudemment :

— Je vais consulter mes conseillers et vous tenir au courant, seigneur Hoppara. Mais comprenez que si je parviens à vous sauver et à protéger votre maison, vous devrez me soutenir dans un autre domaine.

Le jeune homme hocha la tête, silencieux, et fit signe à ses domestiques, omniprésents, de ne plus verser de vin.

Mara s'inclina légèrement et se dirigea vers la porte. Kevin s'attarda derrière elle, les yeux rivés sur le magnifique jardin de la cour intérieure. Le mur et les cantonnements de la garde de l'empereur se trouvaient bien à vingt mètres de la cloison. Le commandant de Mara ne s'était pas détendu un seul instant durant toute l'heure de discussion.

— Un petit conseil, déclara Kevin au seigneur des Xacatecas. Doublez votre garde, et commencez à transformer cet appartement en forteresse. Trois ou quatre seigneurs ont déjà été assassinés sur leur natte, et à moins que les gardes blancs impériaux ne se mettent à avoir des ailes, ils n'arriveront pas à sauter par-dessus ce mur à temps pour vous sauver.

Alors que Kevin se dépêchait de rattraper Mara et ses guerriers, le jeune seigneur des Xacatecas fit appeler son commandant. Le groupe acoma quittait l'appartement quand la voix d'Hoppara s'éleva avec un ton de commandement inflexible qui aurait pu être celui de Chipino.

— Je me moque de savoir s'il n'y a rien d'utilisable à part des coussins violets et des cages en osier ! Contente-toi de sceller ces maudites fenêtres et de barricader toutes les cloisons. Les idées de ce barbare ont sauvé la vie de mon père à Tsubar, et j'ai bien l'intention de tenir compte de son avertissement !

Un domestique, embarrassé par cet éclat, se dépêcha de fermer la dernière porte, et Mara sourit à son esclave midkemian.

— Hoppara est un jeune homme très sympathique. J'espère qu'il survivra pour prendre le sceptre de sa famille.

— J'espère que nous survivrons tous, répondit Kevin d'une voix aigre alors qu'une poussée amicale de Lujan le remettait à sa place. Ces manœuvres pour l'élection d'un nouveau seigneur de guerre me donnent vraiment mal au ventre.

18

ÉPÉES SANGLANTES

Le Conseil se termina.

De longues ombres commençaient à obscurcir les cours qui séparaient les halls. Mara et sa suite avaient préféré une route différente pour regagner l'appartement des Acoma. Bien que la réunion se soit déroulée dans le calme, l'atmosphère avait été chargée de tension et même les seigneurs les plus puissants restaient prudents. Tecuma des Anasati n'avait rien objecté quand Mara lui avait suggéré de réunir leurs gardes d'honneur pour retourner dans leurs quartiers. À la surprise générale, le clan Ionani se trouvait dans une position prééminente, et le jeune seigneur des Tonmargu était maintenant considéré comme un candidat au blanc et à l'or, qu'il le souhaite ou non. Tecuma avait une importance capitale pour les soutiens que les Ionani souhaitaient rassembler en faveur de leur fils favori. Quelqu'un qui souhaitait plonger les Ionani dans la confusion ne pourrait pas trouver de moyen plus rapide que de tuer Tecuma des Anasati.

Les temps étaient incertains pour tout le monde. Tecuma ne hocha pas la tête en signe d'adieu quand il quitta le groupe des Acoma pour rejoindre sa porte peinte en rouge. Il ne donna aucun signe indiquant que Mara s'était trouvée en sa compagnie, pour ne pas courir le risque que des yeux mal intentionnés supposent qu'il existait un lien entre sa maison et celle des Acoma.

Totalement épuisée, Mara rentra dans son appartement. Après le salon aéré des Xacatecas et l'immense salle voûtée du Conseil, ses quartiers lui semblaient étouffants et exigus. Elle s'installa péniblement dans la pièce centrale et fut immédiatement rejointe par Jican, qui lui tendit un message d'Arakasi.

Mara brisa le sceau et lut le parchemin. Son visage se rembrunit immédiatement.

— Dis à Lujan de garder son armure, ordonna-t-elle, et elle envoya un domestique chercher son écritoire et des plumes.

Kevin s'installa avec résignation dans son coin habituel. Il regarda sa maîtresse écrire rapidement deux messages. Elle les tendit à son commandant pour qu'il les porte immédiatement, avec des instructions de dernière minute.

— Dis aux seigneurs en question que nous n'avons aucun détail supplémentaire. S'ils ne se sentent pas capables d'assurer leur propre protection, qu'ils nous rejoignent directement ici.

— Qu'est-ce que c'était ? demanda Kevin, par-dessus le vacarme des hommes qui revêtaient leur amure alors que Lujan choisissait une escorte dans les rangs des guerriers qui n'étaient pas de service.

Mara passa sa plume sale à un domestique et soupira.

— L'un des agents d'Arakasi a entendu la conversation d'une bande d'hommes qui se cachaient dans les jardins impériaux. L'un d'entre eux a imprudemment mentionné des noms et révélé qu'ils allaient attaquer la suite de deux seigneurs qui se trouvent être des ennemis des Inrodaka. Comme tous ceux qui gênent cette faction sont nos alliés potentiels, j'ai jugé sage de leur envoyer un avertissement. (Elle tapota son menton avec la note d'Arakasi.) Je suppose que cela signifie qu'Inrodaka et sa bande soutiendront Tasaio.

La seule servante présente dans les appartements entra. Devant le hochement de tête de sa maîtresse, elle commença à ôter les épingles du chignon complexe de Mara et à retirer les colliers de jade et d'ambre sculpté. La dame endura ses soins les yeux fermés.

— J'aimerais juste avoir une indication plus claire sur les dangers.

Kevin desserra sa robe d'esclave de style tsurani. D'une poche qui n'aurait jamais dû se trouver là, il retira ce qui ressemblait à un couteau à découper. Il tourna la lame vers la lampe, inspectant le tranchant à la recherche de défauts.

— Nous sommes prêts. Est-ce que le moment où ils viendront a une importance ?

Mara ouvrit les yeux.

— Tu l'as volé dans le placard à provisions ? C'est la mort pour un esclave de porter une arme.

— C'est la mort pour un esclave d'avoir une opinion, et tu ne m'as pas encore fait pendre. (Kevin la regarda.) Si nous sommes attaqués cette nuit, je ne vais pas rester les bras croisés, à te regarder te faire tuer sans rien faire parce que vous pensez qu'une conduite soumise me donnera une meilleure place dans ma prochaine vie. Je préfère trancher quelques gorges.

Il prononça ces dernières paroles sans la moindre trace d'humour.

Mara se sentait trop épuisée pour discuter. Jican devait savoir que le couteau avait disparu ; si son hadonra n'avait pas jugé bon de signaler le vol, une enquête provoquerait des haussements d'épaule et des regards vides à moins qu'elle ne pose une question directe. Les relations entre son hadonra et son esclave midkemian avaient évolué de façon assez complexe au cours des années. La plupart des situations provoquaient des disputes sans fin, mais dans les rares domaines où ils étaient d'accord, c'était comme si un serment de sang les liait.

Peu avant minuit, quelqu'un frappa à la porte extérieure de l'appartement.

— Qui va là ? demanda le garde en poste.

— Zanwaï !

Éveillée d'un demi-sommeil où elle se reposait dans les bras de Kevin, Mara ordonna immédiatement :

— Ouvrez la porte !

Elle frappa dans ses mains pour que sa servante lui apporte une robe supérieure. Puis elle fit signe à Kevin de prendre une position plus convenable pendant que ses guerriers soulevaient la lourde barre et faisaient glisser le dessus de table appuyé contre la porte pour servir de volet de siège. La porte s'ouvrit sur un corridor plongé dans les ténèbres. Un vieil homme entra ; il saignait d'un coup reçu à la tête. Il était soutenu par un garde également blessé, qui regardait par-dessus son épaule comme s'il s'attendait à être poursuivi. Lujan pressa les deux hommes d'entrer rapidement, puis se retourna pour aider les gardes à refermer et à barrer la porte derrière eux. Mara fit sortir une natte de couchage de la pièce qui servait de quartiers à ses officiers. Ses domestiques soulagèrent le guerrier blessé du poids de son maître et veillèrent au confort du vieux seigneur en lui apportant des coussins.

Le chef de troupe Kenji arriva avec une sacoche de remèdes, nettoya et banda lui-même la blessure du vieil homme, pendant qu'un autre guerrier de Mara aidait le soldat à ôter son armure. Ses blessures furent également soignées, les entailles les plus profondes enduites de baume et étroitement bandées. Aucune ne mettait sa vie en péril. Mara envoya sa servante chercher du vin, puis demanda ce qui s'était passé.

Encore pâle sous l'effet du choc et de la douleur, le vieil homme fixa des yeux d'un bleu étonnant sur son hôtesse.

— Un destin malheureux, ma dame. Je dînais tard ce soir chez mon cousin, Decanto des Omechan, pour célébrer mon soutien à sa revendication du blanc et de l'or. Alors que je me préparais à partir, son appartement a été envahi par des soldats portant des armures noires, sans le moindre emblème. Le seigneur Decanto était la cible de leur attaque. Je me trouvais juste dans le passage. Decanto était toujours en train de se battre quand nous nous sommes échappés.

La servante arriva avec un plateau de coupes pleines. Mara attendit que ses invités soient servis, le guerrier prenant sa boisson de sa main indemne, puis demanda avec délicatesse :

— Qui a envoyé ces soldats ?

Le vieil homme goûta le vin, eut un demi-sourire en reconnaissant le cru, puis grimaça quand son expression de plaisir tira sur sa blessure.

— N'importe lequel de ses six cousins, je le crains. Les Omechan sont un grand clan, et Almecho n'avait pas désigné d'héritier parmi ses neveux oaxatucan. Decanto est le successeur le plus logique...

— Mais quelqu'un semble ne pas être d'accord, lui souffla Mara.

Le seigneur Zanwaï pressa un linge contre son crâne et repoussa une mèche de cheveux trempée de sang.

— Decanto est le premier fils de la sœur aînée d'Almecho. Axantucar est le plus âgé des cousins parce qu'il est né le premier, mais sa mère était une sœur plus jeune, ce qui nous laisse dans une situation épineuse. Almecho, que son âme noire soit damnée, pensait qu'il était immortel. Une épouse et six concubines, et pas un seul fils ou fille.

Mara réfléchit, but quelques gorgées de vin, et déclara :

— Vous êtes le bienvenu, mon seigneur, et pouvez rester ici aussi longtemps que vous le désirez. Mais si vous préférez retourner dans vos propres appartements, je vous offre une escorte de guerriers pour vous raccompagner.

Le vieil homme inclina la tête.

— Ma dame, j'ai une dette envers vous. Si cela est possible, je préférerais rester. C'est un vrai champ de bataille dehors. J'ai une garde d'honneur de cinq soldats. Nous avons évité pas moins de six compagnies... Je crains que quatre de mes guerriers ne gisent morts ou agonisants. Il y avait aussi d'autres bandes armées, mais que les dieux soient remerciés, ils nous ont ignorés, mon dernier homme et moi.

Lujan doubla tranquillement la garde à l'entrée. Puis il s'appuya contre le linteau de la porte, et vérifia par habitude le tranchant de sa lame.

— Est-ce qu'ils portaient tous des armures noires comme ceux qui vous ont attaqués ?

— Je n'ai pas pu le voir, répondit le vieillard.

Le guerrier blessé avait fait mieux. Un peu ranimé par le vin, il dit d'une voix éraillée :

— Non. Certains étaient habillés comme cela. D'autres portaient l'orange et le noir des Minwanabi – le seigneur Tasaio a dû arriver à Kentosani ce soir. Et d'autres encore étaient des... tong.

Mara faillit cracher.

— Des assassins ! Ici, dans le palais impérial ?

Les regards de la dame et de son commandant se croisèrent au-dessus du tranchant parfait de l'épée de Lujan. La première se souvenait et le second savait que Mara avait déjà failli mourir des mains d'un assassin tong, engagé pour la tuer dans sa propre maison par Jingu des Minwanabi.

Le guerrier continua son récit d'une voix sinistre.

— C'étaient bien des tong, dame. Avec des tuniques noires et des cagoules, les mains teintes en rouge, l'épée portée en travers du dos. Ils sont passés silencieusement, ont regardé nos couleurs pour voir à quelle famille nous appartenions, et ont repris leur route. Nous n'étions pas leur proie de prédilection, cette nuit.

Kevin se leva et rejoignit Lujan près du rail de la cloison qui séparait les pièces intérieures. Il lui demanda à voix basse :

— Que sont les « tong » ?

Lujan passa son pouce sur sa lame. Il ne trouva aucun défaut caché, mais il fronça néanmoins les sourcils.

— Les tong, dit-il d'une voix curieusement neutre, sont des fraternités, des familles sans clan ni honneur. Ils ne doivent allégeance à personne, sauf à leur « obajan », le grand maître, et à leur propre code hors-la-loi du sang. Pour parler poliment, ce sont des criminels qui n'ont aucun respect pour la tradition. (L'épée étincela à la lumière des lampes quand le commandant la fit tourner.) Certains d'entre eux, comme les hamoï, font de leur art impur une religion renégate. Ils croient que les âmes de leurs victimes sont des prières qu'ils offrent à Turakamu. Pour eux, le meurtre est sacré. (Lujan rengaina son épée, et sa voix était empreinte à contrecœur d'admiration.) Ce sont de terribles ennemis. La plupart d'entre eux s'entraînent dès l'enfance, et deviennent des tueurs extrêmement efficaces.

— Je sais qui désire ma mort, répondit Mara, oubliant sa coupe de vin. Mais Tasaio a assez de troupes pour me menacer directement. Alors, qui ose louer les services des tong dans le palais ?

Le seigneur Zanwaï haussa les épaules d'un air las.

— Nous sommes dans une période troublée. Les rivalités sont suffisamment exacerbées pour que l'assassinat d'un homme soit commandité par une douzaine de factions, et il est impossible de remonter à l'origine de la mission d'un tong.

— Le frère tue le frère, et ne sera jamais accusé de traîtrise. (Mara reposa sa coupe et serra ses mains pour calmer leur tremblement.) Je préférerais presque que ce problème soit réglé par une guerre ouverte. Au moins, les tueries seraient plus propres.

Le seigneur des Zanwaï répondit avec un rire amer.

— La mort reste la mort. Et tout affrontement sur un champ de bataille verrait Minwanabi emporter la mise. (Il posa sa coupe.) Je pense qu'il est probable que les tong soient employés par Tasaio, simplement parce que l'utilisation ouverte des armées minwanabi risquerait d'effrayer des alliés potentiels, qui soutiendraient alors un autre candidat pour le blanc et l'or. Et des rumeurs affirment que les Minwanabi ont déjà conclu des affaires avec les tong dans le passé.

Mara préféra ne pas révéler qu'elle savait de source sûre que ces rumeurs étaient vraies.

— La question réelle est : qui a envoyé des soldats sans couleurs dans le palais ? reprit le vieux seigneur.

Tristement, silencieusement, Mara admit la réalité. On ne pouvait qu'échafauder des hypothèses ; elle n'aurait jamais la réponse avec certitude. Elle ordonna aux domestiques de vider de ses guerriers l'une des chambres d'invités pour l'offrir au seigneur des Zanwaï.

— Reposez-vous, lui souhaita-t-elle alors qu'il se levait avec raideur, aidé par l'un des hommes de Mara. Et puissions-nous être tous en vie demain pour voir le soleil se lever.

Durant toute la nuit, le palais résonna de cris, de bruits de course et quelquefois du crissement des épées s'entrechoquant dans un combat lointain. Personne ne dormit, si ce n'est par courts intervalles. Mara se reposa de longues heures dans les bras de Kevin, mais elle ne réussit qu'à tomber dans un demi-sommeil agité, hanté de sanglants cauchemars. Les soldats acoma montaient la garde à tour de rôle, prêts à répondre à toute attaque contre l'appartement de leur dame.

Une heure avant l'aube, un bruit sourd résonna à la porte extérieure de l'appartement. Les guerriers de faction dégainèrent leurs épées.

— Qui va là ? demanda Lujan.

La voix grave qui répondit était celle d'Arakasi.

Mara avait abandonné toute idée de dormir. Elle congédia d'un geste la servante qui arrivait pour l'aider à s'habiller, pendant qu'on ouvrait la porte pour laisser entrer le maître espion. Ses cheveux étaient collés par du sang séché et il tenait délicatement son avant-bras dans son autre bras replié. La chair au-dessus du poignet portait une bosse assez laide et était devenue une masse violette et gonflée.

Un regard suffit à Lujan pour reconnaître la nature de la blessure.

— Nous allons avoir besoin de quelqu'un qui sache réduire une fracture.

Il attrapa fermement le maître espion sous l'épaule, du côté indemne. Il l'aida à traverser la pièce d'un pas chancelant, pour rejoindre la natte de couchage qui avait servi au seigneur des Zanwaï quelques heures auparavant.

— Pas de guérisseur, grogna Arakasi alors que ses genoux se dérobaient sous lui et qu'il se laissait tomber sur les coussins. C'est le chaos dehors. À moins que vous n'envoyiez une demi-compagnie pour le protéger, le messager recevra un coup de poignard dans le dos avant même d'avoir traversé le premier hall. (Le maître espion lança un regard lourd de sens à Lujan.) Les premiers soins que vous administrez sur les champs de bataille me suffiront amplement.

— Trouve Jican, ordonna Lujan à la servante. Dis-lui d'apporter de l'alcool.

Mais Arakasi leva sa main valide pour protester.

— Pas d'alcool. J'ai beaucoup de choses à vous dire, et un coup sur la tête m'a suffisamment étourdi pour que je n'aie pas besoin de m'abrutir avec de la boisson.

— Que s'est-il passé ? demanda Mara.

— Une bataille entre des guerriers inconnus en armure noire et une douzaine d'assassins tong hamoï.

Arakasi garda le silence pendant que Lujan examinait l'entaille de son cuir chevelu. Puis le commandant déboucla ses gantelets et commença à nettoyer le sang coagulé avec des linges et de l'eau apportée dans une bassine par la servante.

Alors que la blessure était exposée à la lumière, le commandant demanda doucement :

— Apportez-moi une lampe.

La servante s'exécuta. Inquiète, Mara attendit que Lujan tienne la flamme devant les yeux d'Arakasi et observe la réaction de ses pupilles.

— Ça ira, finit-il par déclarer. Mais les cheveux risquent d'être blancs au niveau de la cicatrice, quand ils repousseront.

Le maître espion se mit à jurer. La dernière chose qu'un homme de sa profession désire est une marque distinctive qui permette de le reconnaître.

Lujan s'occupa ensuite du bras blessé.

— Ma dame, dit-il doucement, vous feriez mieux d'aller dans l'autre pièce. Mais laissez Kevin avec moi, et aussi l'un des guerriers qui gagnent souvent au bras de fer.

Arakasi murmura une protestation, puis déclara clairement :

— Juste Kevin.

Ses cheveux avaient été coupés et sa blessure à la tête était pansée ; son visage luisait de sueur. Mais il n'avait pas poussé un cri quand Lujan avait remis l'os en place. En retournant dans son coin habituel, Kevin commenta :

— Votre maître espion est aussi coriace qu'une vieille sandale de cuir.

Mara attendit patiemment que son commandant ait fini de poser une attelle et des bandages. Une fois Arakasi installé, le bras posé sur un oreiller, elle envoya un domestique chercher du vin.

— Ne parle pas tant que tu ne seras pas prêt.

Arakasi lui lança un regard impatient.

— Je suis prêt à ce que l'on arrête toutes ces simagrées autour de moi. (Il inclina la tête pour remercier Lujan qui se préparait à sortir, puis tourna ses yeux sombres vers sa dame.) Au moins trois nouveaux seigneurs ont été assassinés ou blessés cette nuit. Plusieurs autres ont quitté le palais et se sont enfuis. Ils ont rejoint leur résidence ou sont rentrés sur leur domaine. J'ai une liste.

Il remua maladroitement et tira un papier de sa robe.

Le domestique arriva avec le vin. En dépit de sa protestation antérieure, Arakasi accepta un verre. Il but pendant que sa maîtresse lisait rapidement ses notes griffonnées à la hâte, et reprit quelques couleurs.

— Les morts sont tous des partisans de Tasaio et du seigneur Keda, résuma Mara. Tu penses que les assassins ont été engagés par les Ionani ou par les Omechan ?

Arakasi soupira profondément et reposa son verre.

— Peut-être que non. Axantucar des Oaxatucan a aussi subi une attaque.

Mara ne fut pas surprise, car le neveu d'Almecho avait de puissants rivaux dans sa propre faction.

— Comment va-t-il ?

— Assez bien. (Fermant les yeux, le maître espion se força à se détendre. Il appuya sa tête contre le mur, et ajouta Tous les attaquants sont morts, ce qui est assez surprenant. C'étaient des tong.

Mais Axantucar avait toujours été un habile combattant ; lui aussi avait dirigé des armées sur le monde barbare. Mara observa son maître espion et remarqua qu'il était toujours aussi nerveux.

— Tu en sais plus.

— Je souhaiterais que ce ne soit pas le cas, maîtresse. (Arakasi ouvrit des yeux où brillait une lueur triste.) Une délégation de seigneurs s'est rendue à la garnison impériale et a présenté une requête au commandant de la garde de l'empereur. Ils souhaitaient que trois compagnies de gardes blancs impériaux protègent la salle du Conseil. Le commandant a refusé. Comme la Lumière du Ciel n'a convoqué aucun conseil officiel, les couloirs et les halls ne sont pas de sa responsabilité. Sa mission est de protéger la famille impériale, et il n'enverra aucun soldat loin de son poste, à moins que l'empereur ne juge bon de lui en donner l'ordre.

Mara tapota son verre de vin, irritée et frustrée.

— Quand l'empereur reviendra-t-il ?

— Demain à midi, selon tous les rapports.

Mara soupira.

— Alors, nous n'avons pas d'autre choix que de supporter la situation. L'ordre sera restauré quand l'empereur rentrera au palais.

Kevin leva les sourcils.

— Sa seule présence suffira ?

Arakasi le corrigea ironiquement :

— Les cinq mille soldats qu'il ramène suffiront. Les grands seigneurs ont exposé leur opinion avec intransigeance. De plus, les grands prêtres des Vingt Ordres ont terminé leur réunion tard la nuit dernière, et ont proclamé que la trahison sur Midkemia était la preuve de la colère divine. Ils affirment que les traditions tsurani ont été bafouées, et que la Lumière du Ciel n'aurait pas dû s'écarter des problèmes spirituels pour se consacrer au pouvoir temporel. Si Ichindar avait le soutien des temples, il pourrait gouverner, mais maintenant, il doit céder et autoriser le Conseil à nommer un nouveau seigneur de guerre.

— Alors, le problème devra être résolu avant demain midi, observa Mara.

La raison en était évidente. Trop de malheurs étaient survenus depuis que l'empereur s'était impliqué dans le grand jeu. Les seigneurs du Grand Conseil avaient montré qu'ils ne voulaient pas être écartés. Un nouveau seigneur de guerre accueillerait Ichindar lors de son retour au palais.

— Cette nuit, dit tranquillement Arakasi, ce bâtiment deviendra un véritable champ de bataille.

Kevin bâilla.

— Pourrions-nous dormir un peu avant cela ?

— Ce matin seulement, permit Mara. Nous devons aller au Conseil cet après-midi. Les rencontres d'aujourd'hui détermineront largement qui passera la nuit. Et demain, ceux qui auront survécu désigneront le nouveau seigneur de guerre de Tsuranuanni.

Alors qu'Arakasi se préparait à se lever de ses coussins, Mara lui fit signe de rester assis.

— Non, lui ordonna-t-elle avec fermeté, tu resteras ici et tu te reposeras pendant le reste de la journée.

Le maître espion se contenta de la regarder, mais Mara lui répondit comme s'il avait refusé son ordre à voix haute.

— Non, répéta-t-elle. C'est un ordre. Seul un fou croirait que les Minwanabi ne feront pas une apparition. Tu en as fait assez, et plus encore, et Kevin a parlé avec justesse la nuit dernière. Qu'il y ait ou non une menace contre les Acoma, je ne quitterai pas ce Conseil. Nous nous sommes déjà préparés à repousser une attaque. Si nos efforts ne suffisent pas, au moins Ayaki est protégé au domaine.

Arakasi inclina sa tête bandée. Il devait être extrêmement fatigué, car quand Kevin le regarda à nouveau, l'intelligence nerveuse de l'homme s'était enfin mise au repos. Le maître espion de Mara était affalé de tout son long sur la natte, profondément endormi.

L'inquiétude imprégnait l'atmosphère de la salle du Conseil. Mara n'était pas le seul souverain à entrer avec un plus grand nombre de gardes que la tradition ne l'autorisait – les allées entre les sièges et les paliers étaient bondés de soldats en armure, et la salle ressemblait plus à un terrain d'entraînement qu'à un lieu de délibérations. Chaque seigneur gardait ses soldats à portée de main, assis sur le sol à ses pieds, ou alignés contre les rambardes dans les escaliers. Quelqu'un qui voulait se rendre d'un point à un autre était obligé de suivre une route tortueuse, enjambant souvent des guerriers qui ne pouvaient que baisser la tête et marmonner des excuses pour le dérangement.

Alors que Mara se frayait un chemin entre les suites de deux factions rivales, Kevin murmura :

— Si un idiot dégaine son épée, des centaines de personnes mourront avant même que quelqu'un n'ait eu le temps de demander pourquoi.

Mara hocha la tête. Elle répondit doucement :

— Regarde là-bas.

Dans les gradins les plus bas, le siège qui se trouvait à l'opposé de l'estrade du seigneur de guerre était enfin occupé. Des guerriers en orange et noir s'étaient disposés en formation en coin, et au milieu d'eux, vêtu d'une tenue de bataille à peine plus ornementée que celle d'un officier, était assis Tasaio des Minwanabi. Si Kevin avait été déçu par l'apparence inoffensive du défunt seigneur Desio, il ne pouvait pas dire la même chose de son cousin. Tasaio restait immobile sur son siège, calme et patient, et même à cette distance son allure était impressionnante. Kevin pensa immédiatement à un tigre. Tasaio regarda brièvement de l'autre côté de la pièce. Son regard se fixa un instant sur celui de Kevin, et il réagit instantanément. Le visage sous la bordure cannelée du casque resta impassible, mais il n'y avait aucun doute possible. Les deux hommes s'étaient parfaitement reconnus.

Kevin l'observa encore un moment, puis se pencha vers sa dame.

— Le tigre sait que nous sommes devant sa tanière.

Mara était arrivée devant son siège. Elle s'assit, et fit semblant d'arranger sa robe de cérémonie.

— Un tigre ?

— Un prédateur qui ressemble à votre sarcat. Mais il a quatre pattes, est deux fois plus grand et beaucoup plus dangereux.

Kevin reprit sa position derrière le siège de Mara, coincé par les guerriers supplémentaires qui auraient dû normalement attendre dans le hall.

Mara observa la salle, qui paraissait plus sombre et où, bizarrement, les bruits semblaient résonner plus fort. Il y avait des sièges vides, tandis que les armures et les fourreaux laqués étaient plus nombreux que la soie et les bijoux chez les seigneurs présents. Les intrigues devenaient de plus en plus confuses, et les discussions de plus en plus complexes ; chaque parole avait mille significations, et tous les regards échangés par les seigneurs étaient lourds de sens. Chaque place vide indiquait qu'un membre du Conseil était mort, ou s'était retiré, intimidé. Les factions qui restaient étaient résolues, et certaines conversations étaient de toute évidence extrêmement agressives.

Un messager du Conseil apporta une lettre à Mara. Elle brisa le cachet, regarda les deux sceaux placés à l'intérieur, puis fit signe au garçon d'attendre pendant qu'elle lisait. Le seigneur Zanwaï entra avec une douzaine de guerriers. Il semblait s'être remis de l'épreuve de la nuit précédente, et comme une allée bloquée le forçait à improviser une nouvelle route, il en choisit une qui le rapprocha de Mara. Il offrit à la dame des Acoma un sourire et un léger salut de tête quand il passa.

Elle lui rendit son salut tacite, puis écrivit une réponse à la note qu'elle venait de recevoir et envoya le messager vers d'autres gradins. Elle déclara à Lujan :

— Nous avons gagné deux votes supplémentaires, en remerciement pour les informations d'Arakasi.

Les affaires de la matinée continuaient. Mara discuta avec une douzaine de seigneurs de sujets apparemment anodins. Bien que Kevin tente de suivre les conversations, il ne parvenait pas à voir si les paroles dissimulaient des menaces ou des offres d'alliance. Son regard était de plus en plus attiré vers les gradins inférieurs, où de nombreux seigneurs venaient faire leur cour à Tasaio des Minwanabi. Kevin ne put manquer de remarquer que c'étaient surtout les visiteurs qui parlaient, et que Tasaio restait le plus souvent silencieux. Quand il répondait, ses paroles étaient rares et concises, comme le montrait l'éclair de ses dents blanches. Les guerriers assis à ses pieds ne bougeaient pas un muscle, et restaient assis avec le maintien inhumain de statues.

— Ses serviteurs le craignent, murmura Kevin à Lujan, dans un moment de confidence.

Le commandant des armées acoma lui répondit par un hochement de tête à peine perceptible.

— Pour de bonnes raisons, chuchota-t-il. Tasaio est un tueur hors pair, et il affûte ses compétences en les utilisant contre eux.

Le regard fixé sur la silhouette assise sur le siège orange et noir, Kevin sentit un frisson lui parcourir l'échine. Si le jeu du Conseil était brutal, il contemplait le joueur le plus impitoyable de tous.

Mara revint à ses appartements pour déjeuner et consulter ses conseillers. Arakasi avait placé son bras dans une écharpe et réquisitionné une écritoire. À voir la pile de notes et de plumes près de lui, il n'était pas resté inactif. Il continuait de s'affairer quand Mara demanda à des domestiques d'apporter des plateaux avec une collation. Kevin regarda le maître espion rédiger trois lettres supplémentaires dans l'intervalle, en coinçant le parchemin sous son bras immobilisé, pendant qu'il écrivait habilement de la main gauche.

— Mais vous êtes droitier, l'accusa Kevin. (Il avait l'œil d'un escrimeur, et noter quelle main utilisait chaque homme faisait partie de ses réflexes.) Je l'aurais juré.

Arakasi ne releva pas la tête.

— Aujourd'hui, je n'ai pas droit de l'être, répondit-il en faisant preuve d'une rare ironie.

Quand Kevin regarda son écriture pour voir si elle souffrait du changement, il fut encore plus étonné de trouver qu'elle variait de façon extrêmement artistique. L'une des notes semblait avoir été écrite par une main forte et masculine ; une autre était féminine et délicate. On aurait dit que l'auteur de la troisième ne savait ni lire ni écrire correctement, et qu'il avait reçu une éducation insuffisante.

— Vous ne vous trompez jamais sur la personne que vous incarnez ? demanda Kevin.

Il n'avait pas encore trouvé une identité que le maître espion n'oserait usurper.

Arakasi jugea la question hors de propos et continua avec une dextérité admirable à plier et à sceller ses lettres d'une seule main. Entre-temps, Mara avait ôté sa robe supérieure. Elle ne demanda pas à Arakasi de se déplacer, mais vint s'asseoir sur la natte de couchage qu'il avait abandonnée.

— Qui va livrer tous ces messages ? demanda-t-elle d'une voix acerbe.

Le maître espion reconnut sa contrariété et lui fit une révérence malgracieuse à cause de son écharpe.

— Kenji s'est déjà porté volontaire, répondit-il doucement. Voici les fruits d'une bonne matinée de travail.

Alors que Mara commençait à rougir de colère, Arakasi leva les sourcils en signe de reproche.

— Vous m'avez interdit de sortir, et je ne l'ai pas fait.

— C'est ce que je vois, dit Mara. J'aurais dû savoir que tu pouvais feindre le sommeil aussi bien que tu te déguises.

— L'effet du vin n'était pas simulé, objecta Arakasi, légèrement blessé. (Il regarda les feuilles éparpillées autour de ses genoux.) Vous désirez savoir ce que j'ai appris ?

— Tasaio, le coupa Mara. Il est arrivé.

— Plus que cela, répondit Arakasi en perdant son air insouciant. La plupart des affrontements n'ont été jusqu'à maintenant que des entraînements tactiques. Cette nuit, tout changera. Des sections entières du palais sont préparées pour recevoir un grand nombre de guerriers et d'assassins. Certaines batailles des nuits précédentes n'ont été livrées que pour s'emparer d'appartements d'où ils lanceront leurs assauts.

Mara regarda silencieusement Lujan, qui déclara :

— Maîtresse, nos soldats se trouvent encore à deux jours de marche forcée. Nous ne pouvons compter que sur les forces présentes dans l'appartement pour vous défendre.

Ces paroles laissèrent place à un silence gêné. L'arrivée d'un domestique avec les plateaux de nourriture sembla une intrusion bruyante et désagréable. Mara soupira.

— Arakasi ?

Le maître espion devina instinctivement ce qu'elle voulait dire.

— Des informations supplémentaires ne seront pas nécessaires. Tasaio cherche à gagner des soutiens pour revendiquer le trône de seigneur de guerre. Il s'attend à ce que les Acoma soutiennent le plus fort de ses adversaires. Même s'il surestimait votre courage, ou si vous tentiez d'enterrer votre hostilité sous une grande démonstration de neutralité, il manœuvrerait tout de même pour vous anéantir. Votre mort lui permettrait d'accomplir le serment de sang de sa famille au dieu

Rouge, et plongerait vos alliés dans le désarroi. Votre popularité est en hausse. Vous abattre attirerait l'attention, et lui donnerait peut-être assez d'influence pour réclamer le blanc et l'or avant celui qui survivra à la lutte interne du clan Omechan.

Mais Mara avait déjà retrouvé ses esprits.

— J'ai un plan. Qui d'autre risque d'être attaqué cette nuit ?

Arakasi n'eut même pas besoin de consulter ses notes.

— Hoppara des Xacatecas et Iliando des Bontura semblent être en tête de liste.

— Iliando des Bontura ? Mais c'est l'un des meilleurs amis du seigneur Tecuma et un pilier du clan Ionani.

Mara remarqua que le domestique restait près des plateaux de nourriture, hésitant. Elle fit signe à l'homme de reprendre sa tâche.

— Pourquoi un seigneur du clan Ionani serait-il choisi comme cible ?

— Comme avertissement aux Tonmargu et autres seigneurs du clan Ionani, pour qu'ils ne s'opposent pas à Tasaio ou aux Omechan, expliqua Arakasi.

— J'aurais pensé qu'un message poli aurait suffi, intervint Kevin.

— Tuer le seigneur Iliando est un message poli tsurani, répondit ironiquement Lujan.

Mara ne prêta pas attention à l'interruption. Elle demanda à Arakasi :

— Tes contacts peuvent-ils joindre les seigneurs que tu penses être en tête de liste des projets de meurtre des Minwanabi ? J'aurais besoin qu'ils m'accordent un peu de temps au Conseil cet après-midi.

Arakasi tendit la main vers sa plume. Il trempa le bec dans l'encre, glissa une feuille de parchemin vierge sous son attelle, et demanda :

— Vous me prêterez Kenji et deux guerriers ? (Sans lever le regard pendant qu'il écrivait, il ajouta Ils n'auront besoin que de se rendre en ville et de laisser les messages à un certain fabricant de sandales, dans les échoppes du fleuve. À partir de là, les livraisons seront effectuées par d'autres mains.

Mara ferma les yeux comme si elle souffrait d'une migraine.

— Tu peux utiliser la moitié de ma compagnie, si tu en as besoin. (Elle ajouta à l'adresse de Kevin Vois ce que Jican a préparé pour notre repas. Nous devons retourner rapidement au Conseil.

Alors que le Midkemian s'écartait pour examiner les plateaux, Lujan sortit pour inspecter sa troupe.

— Que les hommes se reposent, ordonna-t-il à ses chefs de patrouille. Cette nuit, nous combattrons.

Quand Kevin revint avec une assiette et un jus de fruit, il trouva Mara immobile sur la natte. Elle fronçait les sourcils et son regard était distant.

— Vous allez bien ?

Mara reporta son attention sur lui quand il déposa le repas près de ses genoux.

— Je suis juste fatiguée. (Elle regarda la nourriture sans lui témoigner le moindre intérêt.) Et inquiète.

Kevin laissa échapper un soupir exagéré.

— Dieux, que je suis heureux de vous l'entendre dire.

Mara sourit devant sa plaisanterie.

— Pourquoi ?

— Parce que j'ai terriblement peur. (Kevin enfonça une fourchette tsurani à deux dents dans un morceau de jiga froid, comme s'il embrochait un ennemi.) C'est bon de savoir que vous êtes humaine sous ce solide stoïcisme tsurani. Quand je me prépare à faire quelque chose de téméraire, j'évite tout sentiment d'autosatisfaction.

Le grincement des épées laminées que les soldats aiguisaient leur parvenait de la salle voisine.

— Ce bruit me donne envie de me suicider, ajouta Kevin. (Il regarda Arakasi, qui écrivait ses messages avec un sang-froid économe.) Vous n'avez jamais envie de lancer quelque chose ?

Le maître espion leva vers lui un regard narquois.

— Un poignard, répondit-il avec une voix aussi froide que la glace. Dans le cœur noir de Tasaio des Minwanabi.

Arakasi n'était pas armé. Ce n'était qu'un homme blessé, vêtu d'habits usés, en train d'écrire des lettres dans un appartement surpeuplé. Mais à cet instant, dans un frisson, Kevin n'aurait su dire qui était le plus dangereux : Tasaio des Minwanabi ou le maître espion de Mara.

Les guerriers se tenaient prêts. Les pièces de l'appartement acoma étaient devenues un camp armé. Quatorze soldats supplémentaires vêtus du violet et jaune des Xacatecas s'étaient joints à leurs rangs. Le seigneur Hoppara avait compris presque immédiatement le bien-fondé de cette union quand Mara l'avait abordé au Conseil. Disposant de trop peu de guerriers pour fortifier son grand appartement, et avec les Minwanabi déjà courroucés contre lui, il ne voyait plus d'utilité à se retrancher derrière une apparence de neutralité qui risquait de le tuer avant l'aube. Certains soldats de sa garde avaient combattu à Dustari, et connaissaient le commandant Lujan. Les guerriers retrouvaient de vieux compagnons ou s'en faisaient de nouveaux, en patientant durant les premières heures de la soirée.

Derrière les barricades de meubles entassés dans la pièce centrale de l'appartement, au milieu d'un cercle de guerriers et des quelques coussins et nattes qui restaient, Mara faisait les cent pas.

— Ils auraient déjà dû être rentrés à cette heure.

Hoppara touilla son verre de vin avec le doigt pour remuer les épices et les fruits qui avaient été ajoutés pour satisfaire ses goûts.

— Le seigneur Iliando a toujours considéré la logique avec méfiance.

Mara résista à son envie de laisser Kevin la prendre dans ses bras pour la réconforter. Les ombres du crépuscule s'intensifiaient, et les premiers bruits sourds et les cris de combats distants résonnaient dans les corridors. À contrecœur, elle avait accordé à Arakasi son autorisation pour aller avec Kenji et une patrouille de cinq hommes voir Iliando des Bontura, dans une dernière tentative pour le convaincre et lui faire entendre raison. Alors que le fracas des épées retentissait dans tout le palais, Mara s'inquiétait pour ses hommes. Ils avaient peut-être trop attendu avant de revenir.

Enfin vint le signal qu'elle attendait : quelqu'un toqua un code précis à la porte. Les hommes de Lujan firent rapidement glisser les meubles de la barricade et ôtèrent la lourde barre. La porte s'ouvrit, et Kenji entra en hâte, un commandant en violet avec un plumet blanc à ses côtés.

— Les dieux soient loués, murmura Mara, alors que d'autres guerriers entraient, en compagnie du seigneur Iliando des Bontura à la silhouette trapue.

Les guerriers en vert acoma franchirent ensuite le seuil, et après eux, en pleine course, Arakasi. Il dérapa à l'intérieur juste au moment où la porte se refermait, son casque avec l'insigne d'un chef de patrouille ombrant un visage aussi pâle qu'un linge.

Mara quitta le cercle de protection de ses gardes pour se porter à sa rencontre.

— Tu n'aurais pas dû courir, reprocha-t-elle à son maître espion, consciente que sa pâleur était seulement due à la douleur.

Arakasi s'inclina.

— Maîtresse, c'était une nécessité.

Il avait parfaitement caché son attelle sous sa cape d'officier ; personne n'aurait pu penser que le guerrier qui se tenait devant elle était incapable de se défendre.

Alors que Mara commençait à le sermonner, le maître espion la coupa rapidement.

— Le seigneur Iliando s'est montré intraitable jusqu'à ce que, en désespoir de cause, nous lui donnions une description détaillée de ses troupes, de leur déplciement, et des quatre façons dont il était vulnérable à des attaques. (Il baissa la voix, et lui confia dans un murmure C'est sa propre faiblesse qui l'a convaincu. Il a refusé de croire qu'il allait servir d'exemple pour le clan Ionani et le seigneur Tonmargu.

Arakasi regarda la porte où les guerriers replaçaient la barre et les barricades. Le seigneur des Bontura et son commandant discutaient avec Lujan et Hoppara pour former une défense combinée.

— Nous ne sommes pas arrivés trop tôt, avoua le maître espion. (Son regard revint vers Mara.) L'appartement du seigneur des Bontura était déjà attaqué quand nous sommes partis, et les coffres que j'ai poussés contre la porte ne retiendront pas très longtemps ses assaillants. Quand ils trouveront les pièces vides, ils viendront ici. (Devant le léger froncement de sourcils de Mara, il ajouta Je me suis enfui par l'arrière, en traversant les jardins.

Elle n'osa pas lui demander comment il avait escaladé les murs dans son état ; seul son essoufflement lui révéla combien il avait dû courir pour rattraper l'escorte du seigneur Iliando. Puis Mara s'adressa à son maître espion avec toute son autorité de souveraine.

— Sors de cette armure, ordonna-t-elle. Trouve une robe de domestique et va te cacher dans les placards avec les marmitons. C'est un ordre, dit-elle d'une voix sèche alors qu'Arakasi reprenait son souffle pour protester. Quand tout sera terminé, si je suis encore vivante, j'aurai plus que jamais besoin de tes services.

Le maître espion s'inclina. Mais avant de disparaître en direction de la cuisine, il profita de son insigne de chef de patrouille pour donner des ordres à deux guerriers vêtus des couleurs des Bontura et des Acoma.

— Faites revenir votre maître et votre maîtresse dans la pièce fortifiée, et convainquez-les d'y rester. Nous serons attaqués dans quelques instants.

Quelques minutes plus tard, on entendit le bruit sourd des haches qui frappaient l'encadrement des fenêtres. Les guerriers postés dans les pièces donnant sur le jardin se préparèrent au combat, tandis que dans l'antichambre un fracas épouvantable retentit contre la porte barricadée.

— Ils ont un bélier !

Les soldats acoma bondirent et ajoutèrent leur poids aux meubles entassés contre la porte, mais leurs efforts furent vains. Un second coup frappa l'obstacle de plein fouet. Le bois explosa en mille morceaux et alors que les meubles, la barre et la porte cédaient, le bélier surgit dans la pièce. Les envahisseurs qui le maniaient se laissèrent tomber à terre, permettant ainsi aux combattants qui attendaient derrière eux de sauter au-dessus d'eux.

Les assaillants qui envahirent l'appartement par la porte brisée étaient vêtus de noir. Une étoffe noire masquait aussi leurs visages. Alors que leur chef envoyait ses tueurs à l'attaque, Lujan aperçut les paumes teintes qui identifiaient les assassins tong hamoï. Puis le combat s'engagea entre les troupes combinées et l'ennemi. Les épées s'entrechoquaient dans un fracas qui résonnait de façon presque surnaturelle. Alors que le commandant de Mara parait et contre-attaquait, il se rendit compte que certains tong portaient des épées de métal, une rareté dans l'empire. D'une valeur inestimable, de telles armes n'étaient jamais risquées dans un combat, malgré leur capacité meurtrière à trancher les armures laminées des Tsurani.

Un guerrier bontura tomba, la cuirasse transpercée. Lujan changea de tactique, utilisant ses gantelets pour dévier les coups d'estoc. Il lança un avertissement à ses guerriers, et deux assassins tombèrent avant même d'avoir parcouru deux mètres dans la pièce. Mais les lames ordinaires ne pouvaient supporter des impacts répétés. Le métal faisait sauter des éclats sur les tranchants et fissurait la résine. Six gardes acoma tombèrent, et les hommes de Lujan reculèrent, pour empêcher l'ennemi de franchir la porte qui reliait l'antichambre à l'intérieur de l'appartement. La bataille se concentra des deux côtés du seuil alors que les gardes acoma restants, avec leurs alliés bontura et xacateca, s'entassaient pour défendre leurs souverains blottis derrière un mur de meubles renversés.

Kevin se trouvait aux côtés de la dame, fixant du regard les fenêtres extérieures de la chambre la plus éloignée de la porte d'entrée. Les encadrements vibraient et se fissuraient, du plâtre tombait des appuis, tandis que les coups de hache continuaient à pleuvoir. Des guerriers clouèrent des renforts, des planches arrachées aux rails des cloisons, aux étagères et aux coffres. L'étayage ne retarderait l'invasion que de quelques minutes, et l'attaque frontale était en train de gagner du terrain. Quelques minutes après le début de l'assaut, les tong furent rejoints par des guerriers en armure noire qui ne portaient ni couleur ni emblème de maison.

Kevin évalua leurs chances et prit une décision. La barricade de meubles ne supporterait pas un assaut venant de trois côtés. Il demanda à Mara :

— Dame, vite, allez dans ce coin.

Le seigneur des Bontura écarquilla les yeux en la voyant se lever et changer de position.

— Vous écoutez un esclave barbare ?

Hoppara réagit de meilleure grâce.

— L'homme fait preuve de bon sens, seigneur Iliando. Si nous restons ici, nous serons encerclés.

Le seigneur des Xacatecas alla rejoindre Mara, puis fixa longuement et de façon appuyée Iliando, jusqu'à ce que le combat se rapproche et que la première fenêtre cède. Juste avant que de nouveaux assaillants envahissent la pièce de l'arrière, le seigneur plus âgé céda.

Les deux souverains dégainèrent leurs épées et se placèrent devant Mara. Kevin resta près d'eux, mais un pas en avant, gardant assez de place pour se déplacer en cas de besoin.

La bataille s'intensifia dans l'antichambre ; il était impossible de savoir combien d'attaquants étaient entrés par la porte enfoncée. Le claquement et le tintement étrange des lames de métal contre les épées laminées étaient rapides et furieux, accompagnés de cris horribles. Les défenseurs de la pièce centrale se précipitèrent dans les deux directions, certains repoussant l'assaut frontal et d'autres allant vers les assaillants qui tentaient de se frayer un chemin à travers la fenêtre brisée ; les coups de hache cessèrent soudain près de la seconde fenêtre.

Kevin inclina la tête sur le côté. Malgré le fracas des armes et le vacarme de la mêlée, il entendit un faible grattement à travers le mur, dans son dos.

— Par les dieux ! Ils ont réussi à s'introduire dans la chambre à coucher !

Il hésita, puis se précipita vers la cloison qui donnait accès au couloir. Une lampe brûlait, éclairant le corridor dans un jeu d'ombres et de lumières vacillantes. Kevin avança. Ses pieds nus sentaient les vibrations à travers le plancher : des guerriers qui tombaient, des coups de hache. Il se plaqua contre le mur, près de la porte de la chambre à coucher, attendant, la main sur le couteau à découper caché dans sa robe.

Un homme en armure noire chargea en enfonçant la porte. Kevin pivota. Il enfonça son genou dans l'aine de l'homme, puis planta le couteau à découper dans le creux du cou, juste sous la lanière de la jugulaire. Du sang chaud jaillit sur ses mains alors qu'il repoussait le corps frissonnant et agonisant en arrière, contre l'homme qui le suivait. Les deux guerriers tombèrent dans un grand fracas.

Il y en avait d'autres, qui arrivaient par vagues. Kevin hurla :

— Lujan ! Ici !

Conscient que les renforts ne viendraient peut-être jamais, le Midkemian s'accroupit, levant son poignard vers l'homme en armure noire qui sautait par-dessus les deux cadavres. La lumière de la lampe lança des reflets sur une épée levée, trop longue pour qu'une petite lame puisse passer sa garde. Et le coup était trop puissant pour qu'on puisse le parer. Kevin recula vivement dans la pièce centrale. Le guerrier noir se fendit.

Kevin bondit sur lui, et ils tombèrent tous deux en arrière. L'épée effleura le tissu qui couvrait le ventre de Kevin. Déséquilibré, sûr que le coup suivant le tuerait, le Midkemian frappa désespérément le poignet de son adversaire, juste au-dessus de la garde de l'épée.

Mais le poignard ne fit qu'effleurer la chair et rebondit sur les gantelets de son ennemi. Kevin lâcha un juron, se raidissant en attendant le coup qui allait le tuer. Mais le seigneur des Xacatecas sortit de son coin et enfonça son épée dans le dos de l'homme. Le guerrier noir se raidit. Ses jambes contractées glissèrent sur le plancher et ses yeux se révulsèrent alors qu'il s'effondrait.

Un autre assassin chargea des profondeurs du couloir.

— Mon seigneur ! Attention ! cria Kevin.

Hoppara se retourna et leva sa lame juste à temps. L'épée du tong ne l'embrocha pas, mais les tranchants se heurtèrent et les adversaires s'engagèrent dans une épreuve de force. Le métal creusa un sillon dans le rebord de la cuirasse du jeune seigneur. Hoppara eut une grimace de douleur. Il tordit son poignet pour se désengager, se tourna brusquement, et riposta par un coup puissant à la tempe de son adversaire. Sans armure, l'assassin tong trébucha en arrière, sonné.

Depuis le hall, d'autres ennemis vêtus de noir se précipitaient à l'intérieur de l'appartement. Le seigneur des Bontura lança sa masse dans la mêlée. Et Mara se retrouva soudain seule dans son coin. Kevin esquiva les coups d'épée qui pleuvaient de tous côtés, et s'écrasa contre un coude cuirassé de noir. La poignée du couteau à découper était couverte de sang, et sa main glissa lorsqu'il frappa. Mais son adversaire s'effondra entre lui et sa dame, saisi de convulsions.

Puis deux haches s'attaquèrent à l'étayage de bois, et les volets derrière Kevin éclatèrent. Une poussière de plâtre tomba du mur alors que les lourds panneaux rebondissaient et revenaient vers la fenêtre, pour être à nouveau écartés par des poings teints en rouge. D'autres assassins tong vêtus de noir firent irruption. Ils n'étaient pas encombrés par une armure et sautèrent agilement sur le rebord de la fenêtre, dégainant leur épée dans un mouvement fluide. Kevin attrapa le poignet du premier homme. L'épée s'abaissa. Il esquiva sur le côté et tira de toutes ses forces. L'assassin fut catapulté à travers la fenêtre et les deux hommes furent déséquilibrés. Dans le roulé-boulé qu'ils firent sur le sol, Kevin avait l'avantage avec son court poignard. Il frappa avant que son adversaire puisse retourner son arme plus longue.

Le cadavre et l'esclave heurtèrent durement la barrière de meubles. L'impact coinça le couteau à découper dans le sternum du cadavre. Kevin tira inutilement dessus pour le dégager, puis abandonna le poignard et arracha l'épée des doigts du mourant.

Se retournant aussi rapidement qu'un félin, Kevin releva l'épée. La lame heurta une autre épée, déviant un coup de taille qui arrivait au niveau de son cou.

Kevin entendit un bruit métallique résonner sous l'impact, et non le bruit sourd qu'il attendait. Il rit de bon cœur. Il tenait une épée en métal. Les dieux seuls savaient comment, dans ce monde sans gisement de minerais... Et c'était un type d'arme qu'il connaissait.

Kevin frappa avec l'épée étrange et trouva rapidement son équilibre. Elle était aussi longue qu'une épée large, mais finement travaillée, et se maniait avec une facilité meurtrière en dépit de la légère courbure de la lame.

Le premier homme que Kevin attaqua tituba en arrière, troublé par cet esclave étranger qui savait manier une épée. Puis les yeux derrière le masque noir s'étrécirent. L'assassin retrouva son sang-froid et riposta. Se retrouvant face à une allonge rapide et d'excellentes parades, Kevin comprit qu'il affrontait une arme égale et un adversaire plus habile que lui.

Puis un guerrier vêtu de vert le rejoignit, et une autre épée commença à harceler le flanc de l'assassin. Épaule contre épaule, l'esclave et le soldat acoma firent reculer le tong vers le couloir. Le bras d'épée de l'assassin se mouvait comme l'éclair. Parade après parade, il déviait les coups qui cherchaient à lui ôter la vie. Le guerrier acoma manqua un pas, et trébucha sur le côté. Une corde plombée claqua à travers la fenêtre brisée et encercla sa gorge non protégée. Le soldat lâcha son épée, et griffa son cou alors qu'il se sentait étranglé. Tandis qu'il se tordait de douleur et tombait à genoux, l'assassin tong qui avait lancé le garrot sauta dans la pièce.

Un second guerrier acoma et un autre aux couleurs des Bontura chargèrent pour l'intercepter. Seul, repoussé par son premier adversaire, Kevin glissa sur le côté, impuissant. La chance l'aida. L'assassin se prit les pieds dans un coussin lancé de quelque part ; il glissa, et Kevin le transperça d'un coup d'estoc sous l'aisselle.

Le Midkemian dégagea sa lame. Il regarda autour de lui et vit que le seigneur des Bontura était acculé contre le mur par un guerrier noir. L'homme trapu réussit à dévier d'une manière incroyable un coup qui aurait dû le tuer – ce que ferait certainement le prochain. Même s'il n'était pas aussi vif que l'assassin, le seigneur était tout de même terriblement rapide. Kevin chargea le guerrier à l'armure noire et le frappa dans le dos. Le métal glissa à travers l'armure laminée, avec un claquement qui ressemblait au bruit d'un melon que l'on perce. L'homme mourut, s'étouffant avec son propre sang. Kevin sauta sur le côté pour se dégager et vint se placer devant Mara, l'épée haute. Hoppara s'installa près de la fenêtre ; une masse noire trempée de sang gisait sur le rebord : le dernier assassin qui avait tenté d'entrer.

Respirant difficilement et couvert de sueur, Kevin évalua la situation. Une folle bataille à trois camps faisait rage dans le minuscule appartement. Des groupes de guerriers noirs et de tong hamoï en tunique combattaient, peinaient et luttaient pour abattre les défenseurs assiégés. Un assassin tong se dégagea de la mêlée, repéra Mara et lança une main vers sa ceinture. Kevin comprit qu'un poignard allait traverser les airs, et sentit ses cheveux se hérisser sur sa nuque.

Alors même que l'assassin bougeait pour lancer son arme, le Midkemian empoigna la robe de Mara. Il s'effondra et l'entraîna à terre par son poids, juste au moment où l'assassin lançait son poignard. L'arme s'enfonça dans le mur, soulevant un nuage de plâtre. Kevin sentit que l'on tirait sur sa chemise. Il vit que sa robe était épinglée contre le mur, puis sentit son bras gauche relevé selon un angle improbable.

Mara gisait sous lui, cherchant à reprendre son souffle sous la pression de son poids. L'assassin vit une ouverture. Il sauta et son épée levée projeta une ombre sur le visage de ses deux victimes. Kevin se débattit.

L'étoffe se déchira bruyamment alors qu'il lançait son épée, la pointe la première, vers l'assassin. La lame s'enfonça dans le ventre de l'homme qui se plia en deux, tomba à genoux, et bascula en avant. Son épée tomba de ses mains, glissa et s'enfonça dans la plinthe. Kevin libéra le dernier lambeau de sa robe, puis arracha du bois l'épée encore vibrante.

Il se releva juste au moment où un autre assassin franchissait la fenêtre et bondissait dans la pièce. Kevin le décapita en plein saut. Le cadavre s'écrasa au sol, projetant du sang tout autour de lui pendant que la tête rebondissait avec un bruit humide et écœurant sur le plancher.

La tête roula et heurta un guerrier à l'armure noire qui chargeait par la porte de derrière. Kevin se retourna pour se porter à sa rencontre. Le guerrier hésita un instant, puis dirigea son arme vers Kevin. Le Midkemian se prépara à parer son coup d'épée mais ne comprit que trop tard la situation : le guerrier ne voulait pas croiser l'épée avec un esclave. Le Tsurani outragé et fou de rage préféra utiliser sa masse cuirassée pour écraser ce barbare insolent comme une punaise.

Kevin tenta d'esquiver en se jetant sur le côté, mais trop tard. Son adversaire le percuta, lui coupant le souffle et le repoussant en arrière, dans le couloir obscur. Son dos heurta des corps en mouvement. Une lutte vicieuse faisait rage entre une bande d'envahisseurs tong et les défenseurs les plus disciplinés de Lujan. Kevin roula sur la gauche alors que le guerrier à la lourde armure se laissait tomber sur lui. À demi écrasé par le bras d'épée de son adversaire, et se rendant compte par les secousses répétées sous son flanc qu'il avait réussi à tomber sur le plat de la lame de son ennemi, Kevin se débattit. Il ne pouvait pas se dégager, et sa propre épée et sa main étaient coincées contre le mur. Mais l'autre homme ne parvenait pas non plus à récupérer son arme. Le guerrier n'eut pas d'autre choix que d'en lâcher la poignée et de frapper inutilement le visage exposé de l'esclave. Kevin tenta de donner un coup sec au cou de l'homme, mais il ne gagna pour ses efforts qu'un coude écorché.

Puis Kevin entrevit une ouverture. Il lança tout son poids contre son adversaire et le fit rouler sur le dos. En tirant vers le haut, Kevin passa son bras sur la gorge de l'homme ; l'épée suivit, l'entaillant profondément. Les muscles, les nerfs et le cartilage se fendirent. Le guerrier fut saisi de convulsions et mourut.

Bousculé par les autres combattants, Kevin se dégagea du cadavre. Il esquiva un assassin, retourna en courant dans la pièce centrale et tenta de retrouver Mara. Hoppara se battait contre un homme en armure près de la barricade de meubles. Un assassin hamoï était en train de triompher du seigneur des Bontura, fatigué. Kevin frappa de taille le flanc vêtu de noir et continua sa route. Mara restait introuvable. Laissant le seigneur Iliando achever l'assassin blessé, Kevin courut dans le couloir qui reliait la suite au jardin. Deux pièces étaient vides. Un cadavre se convulsait dans la troisième ; un autre soldat en armure noire, allongé sur la couche, regardait le plafond, les yeux vides.

Kevin se lança de toutes ses forces à travers la cloison de la dernière pièce. Il trouva Mara adossée contre un mur, un poignard à la main, ses robes éclaboussées de sang frais. Sa panique l'empêcha de crier. Deux hommes en armure noire se rapprochaient de Mara, ne lui laissant aucune issue pour s'enfuir. L'un des hommes avait une entaille profonde sur son bras d'épée ; Mara leur avait déjà appris à la traiter avec respect.

Un cri de rage animale jaillit des lèvres de Kevin alors qu'il bondissait dans la pièce. Le premier guerrier mourut avant même d'avoir eu le temps de se retourner. Le second recula d'un demi-pas, puis se raidit quand Mara enfonça son poignard dans l'espace entre le cou et le casque.

Kevin pivota sur la gauche, puis sur la droite, cherchant d'autres adversaires. Une masse chaude s'écrasa contre sa poitrine : Mara. Elle ne pleurait pas, mais se blottissait simplement dans le cercle de ses bras, tremblante de peur et d'épuisement. Il la tint étroitement serrée contre lui, tout en mettant son épée en position de garde.

Dans le couloir, les bruits de lutte diminuaient. Le craquement et le tintement des coups d'épées furent remplacés par un bruit sourd de frôlement ; et le silence régna, terrible et étrange après la clameur du chaos et de la mort. Kevin laissa échapper le souffle qu'il retenait. Il baissa sa lame couverte de sang, caressa les cheveux de Mara avec des doigts à peine moins poisseux, et prit conscience d'une série d'entailles et d'égratignures qui le cuisaient, et qu'il n'avait pas remarquées dans le feu de l'action.

Un instant plus tard, un appel retentit depuis les pièces adjacentes :

— Maîtresse !

Mara s'humecta les lèvres, avala sa salive et se força à parler.

— Ici, Lujan.

Le commandant acoma bondit dans la pièce, s'arrêta brusquement et cria :

— Maîtresse !

Son soulagement était tangible.

— Êtes-vous blessée ? demanda-t-il.

Mara regarda ses vêtements tachés et souillés. Ses mains, et même ses joues, étaient couvertes de sang. Elle tenait toujours son poignard entre ses doigts glissants. Elle le laissa tomber, écœurée, et s'essuya machinalement les doigts sur sa robe sale.

— Je vais bien. Quelqu'un est tombé sur moi. C'est le sang d'un mort.

Comme si elle prenait brusquement conscience qu'elle s'accrochait comme une enfant à son esclave, elle desserra son étreinte et se redressa.

— Je vais bien.

Nauséeux devant la puanteur épaisse de la mort, Kevin avança jusqu'à la fenêtre. L'encadrement n'était plus qu'une pulpe de bois, et dans le petit jardin il aperçut un trou béant dans le mur de briques.

— Ils sont passés par l'appartement voisin, dit-il d'une voix atone. C'est pourquoi ils étaient si nombreux à arriver par-derrière.

Lujan soumit une épée à l'inspection de Mara.

— Certains assassins portaient des lames d'acier.

— Par les dieux ! s'écria Mara. Mais c'est une lame dynastique ! (Elle examina l'arme plus attentivement et fronça les sourcils.) Mais sa garde est toute simple. Sans emblème de clan ou de maison. (Elle fit un geste vif vers le couloir.) Que tes hommes fouillent tous les morts. Vois si on peut trouver d'autres lames de ce genre.

— Qu'est-ce que cela veut dire ?

Kevin s'écarta du rebord de la fenêtre en ruine et offrit son bras à Mara, qui tremblait encore. Il lui fit doucement contourner les cadavres pour rejoindre le couloir.

Un pas devant, Lujan répondit :

— Il existe très peu de véritables épées d'acier dans l'empire. Chaque famille dont le lignage remonte à l'aube des temps en possède une, ou est censée en posséder une. Seul le maître de la maison, le souverain, a accès à une telle lame. Elles sont d'une valeur inestimable, et ne le cèdent qu'au natami pour l'importance qu'elles ont pour l'honneur d'une maison.

Mara acquiesça.

— Il existe une épée de famille acoma, qui appartenait à mon père avant moi. Je la conserve à l'intention d'Ayaki. C'est l'une de ces rares lames d'acier.

Ils atteignirent la jonction du couloir et de la pièce centrale, baignée de sang. Les guerriers acoma étaient déjà en train d'évacuer les cadavres. Cinq autres épées d'acier étaient alignées contre un mur, ce qui avec l'épée de Kevin et celle qu'avait apportée Lujan, portait leur nombre à sept.

— Nous les avons trouvées sur les cadavres des assassins, commandant.

Lujan regarda les lames avec une crainte respectueuse.

— Mais d'où peuvent-elles bien venir ?

— Des Minwanabi ? demanda Kevin.

Les seigneurs des Xacatecas et des Bontura revinrent de l'antichambre, aussi couverts de sang que Mara, mais n'ayant rien de plus grave que des vêtements souillés. Attirés par le reflet de l'acier sous la lumière vacillante de la lampe, ils examinèrent aussi les armes.

Kevin nettoya sa lame entre deux plis de sa robe d'esclave.

— C'est une épée neuve, fit-il tranquillement. Elle porte encore de faibles marques de la meule à aiguiser, et le poinçon du maillet de l'armurier. (Il l'inspecta attentivement une dernière fois et ajouta Elle ne porte pas la marque du forgeron.

Tous les yeux se tournèrent vers l'esclave. Iliando prit une inspiration pour commencer une tirade outragée, mais la curiosité d'Hoppara l'empêcha d'intervenir.

— Qui saurait fabriquer des armes anciennes ?

Kevin haussa les épaules.

— Dans mon pays, c'est un artisanat courant. Je pense que n'importe lequel d'une douzaine de bons forgerons serait capable de façonner une telle lame.

Ne voulant pas se montrer moins aimable qu'un jeune seigneur, Iliando prit une lame et ajouta avec raideur un commentaire.

— Elle est très aiguisée, mais je ne pense pas qu'elle soit aussi finement façonnée que celles de nos ancêtres. Ce sont peut-être des copies, faites dans un métal de qualité inférieure.

— Mais où un homme a-t-il pu obtenir une telle richesse ? demanda Hoppara.

— Sur mon monde, suggéra Kevin.

Les deux seigneurs échangèrent un regard, le plus âgé clairement décontenancé par la franchise de l'esclave. Mais personne n'interrompit Kevin quand il expliqua :

— Après les batailles, vos guerriers ramassaient les épées et les armures comme butin. Quelqu'un a mis la main sur une grande quantité de fer et sur un bon forgeron, puis lui a montré l'une de vos armes ancestrales... (Il fit une passe dans l'air avec l'arme.) Disons qu'il l'a fait copier. Cette lame n'est pas si différente de celles qui sont utilisées par les montagnards d'Hadati, dans ma patrie. Un forgeron de Yabon pourrait les forger, et un tel captif peut facilement travailler pour l'un de vos seigneurs.

— Minwanabi, siffla Mara, sa voix se brisant presque en prononçant ce nom. Tous les métaux qui traversent la faille comme butin deviennent la propriété de l'empire. Une partie va aux temples comme tribut, une autre au trésor impérial, et le reste paye l'entretien de l'armée sur Midkemia. Mais la récupération est surveillée par le seigneur de guerre et, en son absence, par son commandant en second. Tasaio a occupé ce poste pendant cinq ans. C'est suffisant pour un homme sans scrupule : il a détourné du métal, et fait de la contrebande vers le domaine de son cousin. (La voix de Mara devint pensive.) Ou vers son propre domaine, pour un usage privé.

Les traits grossiers d'Iliando exprimèrent son dégoût.

— Si tous les assassins en portaient une, le prix de cette attaque est incalculable.

— Pour un raid dans le palais impérial ? intervint Hoppara. Je parierais que cinq fois plus d'épées ont été nécessaires. (Il regarda les lattes de plancher tachées de sang.) Aucune garantie de succès, et chaque homme s'attendait à mourir. Non, Tasaio est le seul commanditaire logique des tong.

— Alors, demanda Kevin, en donnant un coup de pied dans le casque d'un guerrier noir, qui a envoyé cette bande ?

Hoppara se laissa tomber, épuisé, sur un coin propre d'une natte de couchage. Il regarda son épée, dont le tranchant était écorné en de nombreux endroits, et dont l'extrémité s'était effritée depuis longtemps.

— Qui que ce soit, leur intervention a été une véritable bénédiction. Les assassins et les guerriers se sont énormément gênés les uns les autres. Je ne sais pas si nous aurions résisté aux seuls tong hamoï.

Mara traversa la pièce et s'assit à côté du jeune homme. La fatigue la fit soupirer.

— Des hommes braves ont emporté la victoire pour nous, mon seigneur. Votre maison peut être fière de vous.

Le seigneur Iliando lança un regard lourd de signification vers Kevin, qui tenait encore l'une des lames de métal.

— Les dieux seront mécontents. Un esclave...

Mais Lujan l'interrompit.

— Je n'ai rien vu.

Le seigneur corpulent se tourna vers Mara, enragé par la grossièreté de son commandant. Elle lui rendit son regard avec des yeux ternes.

— Je n'ai rien vu d'inconvenant, mon seigneur des Bontura.

Iliando prit une profonde inspiration, mais ce fut Hoppara qui intervint diplomatiquement.

— Vous parlez, je crois, d'une lame qui vous a sauvé la vie ?

Le seigneur des Bontura s'empourpra. Il s'éclaircit la gorge, lança un regard meurtrier à Kevin, puis haussa les épaules avec raideur.

— Je n'ai rien vu, admit-il à contrecœur.

Car ici, dans l'appartement acoma, où des gardes acoma étaient morts pour lui sauver la vie, contredire la parole de la dame, son hôtesse, aurait insulté l'honneur de Mara.

Kevin sourit. Il tendit l'épée ensanglantée à Lujan, qui l'accepta avec un visage impassible et neutre. Cherchant rapidement à diminuer la tension, Mara déclara :

— Mes seigneurs, il me semble approprié que vous preniez chacun deux épées comme butin de guerre. J'ai l'intention d'offrir les autres à des soldats méritants, en récompense de leurs valeureux services.

Les seigneurs inclinèrent la tête, car son cadeau était un geste magnanime. Hoppara sourit.

— Votre générosité est sans précédent, dame Mara.

Le seigneur des Bontura approuva de la tête ; en voyant la lueur qui brillait dans ses yeux alors qu'il considérait la valeur immense de ce présent, Mara sut qu'elle l'avait gagné grâce à son avarice. La transgression de Kevin serait oubliée.

— Nettoyons les planchers de cette vermine sans honneur, ajouta Mara à l'intention de Lujan.

Les guerriers survivants se mirent au travail. Les fourreaux furent rassemblés et les épées rengainées, et les morts furent examinés à la recherche d'un indice indiquant le commanditaire de l'attaque. On ne trouva rien ; les tong gagnaient leur vie grâce à leur anonymat. Les assassins vêtus de noir ne portaient que le tatouage en forme de fleur bleue du tong hamoï, et leurs mains étaient teintes en rouge comme l'exigeait leur tradition. Les soldats à l'armure noire ne portaient pas le moindre emblème.

Quand Lujan se résigna à ne rien trouver de compromettant sur les cadavres, il les fit sortir par ses hommes par la cloison de derrière, et entasser dans le jardin. Puis il ordonna à une escouade de guerriers de barricader à nouveau les fenêtres et les portes avec tous les matériaux disponibles, et de veiller à ce que les blessés soient soignés.

Un soldat apporta à dame Mara un bol d'eau parfumée et un linge propre.

— Ma dame ?

Mara s'épongea le visage et les mains, consternée par la saleté qui colora bientôt le récipient.

— Dans la matinée, je devrai disposer des services de ma servante. (Elle regarda le soldat.) Tu te débrouilles bien, Jendli. Mais demain, j'aurai besoin d'une autre aide que celle d'un excellent guerrier pour me rendre présentable pour le Conseil.

Le seigneur Hoppara rit en entendant cette remarque, surpris qu'une jeune femme d'une stature aussi délicate ait les nerfs assez solides pour penser au-delà de l'horreur bouleversante de l'heure écoulée.

— Je commence à voir ce que mon père admirait en vous, commença-t-il, mais il se tut brusquement.

Tout le monde ressentit dans la pièce une étrange sensation de reptation.

Kevin pivota brusquement, sa main vide cherchant instinctivement l'épée qu'il ne tenait plus. Un regard vers Lujan lui montra que le commandant inspectait lui aussi la pénombre, cherchant la source de cette peur innommable.

Puis on entendit un faible sifflement, comme de la vapeur sortant d'une marmite. Les yeux de toutes les personnes présentes se braquèrent vers le sol, où une tâche de lumière verte se mit soudain à luire. Même les guerriers les plus dévoués reculèrent instinctivement, et ceux qui portaient encore des armes tendirent la main pour saisir leur épée.

La lueur s'intensifia jusqu'à devenir plus vive que la lumière d'une lampe. Sa radiance brûlait les yeux et les faisait pleurer, et une énergie surnaturelle donna la chair de poule à toute l'assistance.

— De la magie ! siffla le seigneur des Bontura, le blanc de ses yeux teinté d'un vert maladif par la lumière.

La tache brilla et s'enfla, puis s'étala pour prendre une forme sinueuse qui se tordit et ondula dans l'air. Personne ne pouvait bouger, car la lumière était hypnotique.

Le phénomène se matérialisa en une apparition horrible et brillante. Des yeux scintillants apparurent sur une tête triangulaire, et une queue mortelle et effilée se contorsionna sur le plancher.

Hoppara murmura :

— Un relli !

Kevin connaissait le serpent venimeux de Kelewan, mais celui-ci surpassait en taille les plus grandes vipères du fleuve qu'il ait jamais vues. Mesurant plus de soixante centimètres de long, le serpent luisait d'une incandescence verte qui projetait un éclat maléfique sur tous les objets de la pièce. La créature rampa sur quelques centimètres, la tête légèrement levée et sa langue fourchue jaillissant de sa mâchoire écailleuse pour goûter l'air.

Kevin regarda Lujan, qui tenait son arme rengainée dans ses doigts serrés. Mais même le plus doué des escrimeurs ne pouvait dégainer et espérer frapper avant le serpent.

Toujours assise sur la natte, osant à peine respirer, Mara chuchota :

— Que personne ne bouge.

Comme si le son de sa voix avait déclenché une réaction, un faible bourdonnement emplit l'air. La tête du serpent se dirigea brusquement vers la dame des Acoma. Ses yeux brillèrent et semblèrent luire d'une façon surnaturelle à travers le corps du soldat qui était agenouillé devant sa maîtresse, la bassine sur ses genoux et une main levée pour lui baigner le visage.

L'apparition magique se contorsionna sur le côté. La tête inclinée se tourna vers Mara, et sa queue fouetta soudain l'air pour se lover sur elle-même. La tête se leva et se cabra en arrière.

Lujan hocha la tête vers Kevin, qui fit lentement et silencieusement un pas en arrière. Ayant maintenant la place pour frapper, le commandant donna un coup de poignet. Sa lame glissa hors du fourreau et descendit, le tranchant orienté vers le cou de la créature.

Mais contre une invocation magique, aucun homme ne peut bouger sans se faire repérer. La créature serpentine se dressa de toute sa hauteur. Puis elle frappa à la vitesse de l'éclair.

L'épée de Lujan fendit l'air et Mara hurla. Jendli se jeta sur elle pour la protéger de son corps, renversant la bassine sur le plancher dans son mouvement. L'apparition lumineuse manqua sa cible. Comme une flèche, les crocs percèrent l'armure de cuir qui n'offrit pas plus de résistance que du tissu. La tête triangulaire suivit, s'évanouissant dans le corps du guerrier comme un liquide aspiré dans un trou, et la lueur maléfique se déversa à sa suite.

L'espace d'un instant, l'ombre envahit la pièce.

Puis le guerrier hurla. Ses mains s'ouvrirent et se serrèrent dans son agonie, et ses yeux commencèrent à briller d'une lueur verte. La radiance s'intensifia, se répandant sur sa peau comme une inondation qui brûlait, irradiait et enfin éblouissait l'assistance. Les ténèbres avaient disparu. Puis la chair elle-même commença à se rider et à se friper. Le blanc des yeux de l'homme enfla puis se recroquevilla, tandis que ses dents se mettaient à briller comme des émeraudes dans des gencives qui fumaient et noircissaient.

Hoppara et Iliando reculèrent, saisis d'une terreur muette ; Mara restait figée, comme si le sortilège l'avait paralysée. Seul Kevin, poussé par l'amour, trouva la volonté de réagir. Il fit un pas de côté, tendit la main au-dessus de la chair luisante qui se débattait en proie à un tourment indicible, et attrapa le bras de Mara. Avec un cri d'angoisse et d'effort, il la souleva et la tira pour la mettre hors de portée du guerrier agonisant. Puis il plaça son propre corps devant le sien.

Lujan retrouva ses réflexes. Son épée virevolta, et d'un coup parfait, mit fin aux hurlements déchirants. De la fumée s'élevait du cadavre, et la lueur verte s'évanouissait peu à peu. Un éclairage ordinaire revint, la flamme vacillante de la lampe repoussant les ténèbres.

Tremblant ouvertement, le seigneur des Bontura fit un geste de protection contre le mal.

— Un magicien souhaite votre mort, dame Mara. Cette chose vous a cherchée en se guidant au son de votre voix !

Kevin essuya ses mains en sueur sur sa robe, oubliant que l'étoffe était déjà trempée de sang. Il secoua la tête.

— Je ne le pense pas.

Le seigneur des Bontura sembla s'irriter de cette contradiction, mais Mara se releva sans paraître offensée.

— Pourquoi ?

Le Midkemian la regarda, de ses grands yeux bleus.

— Si une Robe Noire avait souhaité vous tuer, vous seriez déjà morte et personne n'aurait pu vous sauver. Il lui suffisait de lancer ici l'une de ces boules d'éclairs, comme celles que nous avons vues aux jeux, pour mettre fin à toute cette histoire. Mais si quelqu'un voulait vous terroriser et vous envoyer un avertissement, un serpent assez lent faisait assez bien l'affaire.

— Un serpent ? demanda Mara. (Puis elle comprit ce qu'il voulait dire alors qu'elle serrait ses bras autour d'elle.) Oh, tu veux dire le relli. Oui, peut-être que tu as raison.

— Il y a une autre possibilité, suggéra Hoppara, en essuyant la sueur de son front avec le dos de sa main. Des mages mineurs et des prêtres peuvent faire de la magie, et, à la différence des membres de l'Assemblée, ils peuvent être corrompus.

— Qui ? (Kevin luttait pour masquer les tremblements de peur dans sa voix.) Qui en aurait les moyens ?

Hoppara regarda le cadavre tué par le sortilège, les lèvres retroussées dans un rictus de souffrance.

— Si un homme peut donner la richesse d'une nation aux tong hamoï pour leur acheter des assassins, ne pourrait-il pas aussi s'abaisser à corrompre des prêtres d'un temple puissant, ou à louer les services d'un magicien mineur renégat ?

— Accusez-vous les Minwanabi ? demanda Iliando, étreignant toujours ses manches de ses mains monumentales.

— Peut-être. Ou l'autre groupe qui a envoyé ces soldats en armure noire.

Hoppara se releva, comme si rester immobile risquait de le brûler. Vêtu de son armure, couvert de sang et rendu hagard par la tension, il était l'image même de Chipino.

— Nous le saurons peut-être demain, si nous survivons pour retourner au Conseil.

Personne ne répondit.

19

SEIGNEUR DE GUERRE

Quatre nouvelles attaques survinrent.

Durant toute la nuit, les soldats acoma et leurs alliés subirent les assauts des guerriers en armure noire sans emblème. Les tong hamoï ne les troublèrent plus, mais les vagues de soldats en armure se succédaient sans relâche.

Lors du dernier assaut, les défenseurs furent forcés de battre en retraite dans une petite chambre à coucher, qui n'avait pas de porte donnant sur l'extérieur. Entassés dans l'espace réduit, ils frappaient les ennemis qui surgissaient du couloir ou qui entraient par la fenêtre fracassée. Kevin restait en permanence devant Mara et se battait comme un possédé. À partir de la troisième attaque, presque tout le monde était blessé. Les Tsurani les plus respectueux de la tradition étaient trop fatigués pour prêter attention à ce barbare rouquin trop bavard, alors qu'il se reposait, une épée et un bouclier à la main, après l'attaque. Il avait tenu bon auprès des meilleurs guerriers, et que les dieux choisissent donc le destin d'un esclave qui refusait d'admettre sa place. Alors que la nuit s'avançait et que les hommes mouraient, aucune main capable de tenir une arme ne fut laissée de côté.

Après la quatrième attaque, Kevin pouvait à peine se déplacer. Ses bras étaient douloureux et fatigués, et ses genoux tremblaient de façon incontrôlable. Quand le dernier guerrier en noir tomba sous son épée, il replia les jambes et se laissa glisser sur le sol. L'énergie nerveuse qui l'avait soutenu jusque-là avait disparu.

Mara lui apporta une tasse d'eau et il rit devant l'inversion des rôles. Il but avidement alors qu'elle se rendait auprès d'autres personnes pour s'occuper de ceux encore capables de boire. Kevin observa le carnage. Le plancher, les coussins, les murs, le moindre recoin de la pièce étaient couverts de sang écarlate, et les corps hachés gisaient dans des postures grotesques. La pièce autrefois plaisante ressemblait maintenant à un abattoir cauchemardesque. Des trente soldats acoma et des deux douzaines de Xacatecas et de Bontura qui avaient rejoint leurs rangs au début de la soirée, il ne restait debout plus que dix Acoma, cinq Xacatecas et trois Bontura. Les autres gisaient morts ou blessés, au milieu des cadavres vêtus de noir que plus personne n'avait l'énergie d'enlever. D'une voix morne, Kevin déclara :

— Nous avons dû en tuer une centaine.

— Peut-être plus.

Rappelé de la cuisine par nécessité, Arakasi s'agenouilla à côté de l'esclave. L'écharpe qui soutenait son bras était éclaboussée d'écarlate, et le poignard dans sa main gauche semblait collé à ses doigts par le sang coagulé.

Kevin inclina la tête.

— Cela ne fait pas trop mal ?

Arakasi regarda son bras pris dans l'attelle et hocha la tête.

— Bien sûr que cela fait mal. (Il regarda vers la porte.) L'aube sera bientôt là. S'ils doivent attaquer une dernière fois, ce sera dans peu de temps.

Kevin se remit debout. Il aurait bien laissé tomber son épée s'il n'avait pas craint de se couper les chevilles. Fatigué jusqu'à la moelle des os et tremblant sous la tension, il traversa la pièce d'un pas mal assuré pour rejoindre Mara, agenouillée près du commandant d'Hoppara, blessé, pour le réconforter. Elle regarda Kevin qui s'approchait. Elle semblait douloureusement maigre à la lumière de l'unique lampe qui brûlait encore, des yeux trop grands dévorant son visage pâle. L'une de ses mains était couverte d'écorchures sur toutes les phalanges.

— Est-ce que tu vas bien ? demanda Kevin.

Elle hocha la tête d'une façon distraite alors qu'elle luttait contre l'épuisement.

— Tant de... gâchis, dit-elle enfin.

Tant bien que mal, Kevin rassembla sa volonté pour lui tendre la main et l'aider à se relever.

— Fais attention que les autres ne t'entendent pas, mon amour. Ils t'expulseraient du Conseil pour avoir eu une attitude non-tsurani.

Mara était trop fatiguée pour esquisser le moindre sourire.

— Tu n'es pas en sécurité ici, ajouta-t-il. L'un des domestiques va venir emporter l'officier d'Hoppara dans la pièce d'à côté.

Mara secoua la tête.

— Trop tard.

Elle enfouit son visage dans le cou en sueur de son amant.

Kevin baissa le regard et vit que le commandant des Xacatecas avait cessé de respirer. La force tranquille et l'extraordinaire sens du commandement de l'homme qui avait dirigé les Xacatecas dans les sables brûlants de Tsubar n'étaient plus maintenant qu'un souvenir.

— Par les dieux, c'était un grand soldat.

Kevin guida sa dame vers la petite pièce qui s'était révélée la plus défendable. Lujan, deux guerriers et le reste des domestiques de Mara tentaient d'en sortir les cadavres. Les soldats loyaux étaient emportés dans une chambre à coucher, dans l'attente d'une crémation honorable, tandis que les cadavres en armure noire étaient sortis à coups de pied ou poussés par les cloisons extérieures et s'entassaient dans le jardin.

Mara se pencha vers Kevin.

— Je pense que je n'arriverai jamais à chasser de mon nez la puanteur de cette pièce.

Rendu maladroit par la fatigue, Kevin lui caressa les cheveux.

— On oublie difficilement l'odeur pestilentielle d'un champ de bataille.

Un coup fracassant contre la porte extérieure résonna dans tout l'appartement.

— Par Lashima, ils ne s'arrêteront donc jamais, cria Hoppara, une note de désespoir dans la voix.

Le seigneur Iliando était penché sur son épée, respirant douloureusement, pendant que Lujan ordonnant à deux soldats de prendre position près de leur dame. Puis le commandant acoma s'installa dans le couloir, Kevin sur les talons. Il ne disposait plus d'assez de défenseurs pour rester en arrière auprès de Mara. Alors que le Midkemian entrait dans le couloir obscur, une voix aussi douce que du velours effleura ses oreilles.

— Ne t'inquiète pas pour elle. Combats du mieux que tu le peux, Kevin de Zûn.

Le barbare réussit à hocher la tête par-dessus son épaule vers la silhouette immobile d'Arakasi ; puis deux soldats noirs renversèrent la barricade que les Xacatecas avaient dressée dans le couloir. Kevin chargea pendant que, sur le côté, d'autres ennemis repoussaient les débris qui bloquaient la porte voisine.

Incapable de réfléchir, Kevin se contentait de réagir par réflexe. Il frappa violemment son adversaire, sentit le choc quand la lame métallique trancha un bras. Un autre ennemi prit la place. La pression de l'attaque ne faiblit pas. Un coup de taille, un pas de retraite, un coup de taille encore – Kevin se déplaçait par instinct. Il avait conscience de la présence de Lujan à ses côtés, et de quelqu'un d'autre qui lançait des jurons comme dans une litanie. Puis les guerriers attaquant par la porte latérale réussirent à se frayer un chemin dans les débris, et les défenseurs commencèrent à mourir. Quelqu'un tomba sous les pieds de Kevin. Il trébucha, et fut sauvé de la chute par les mains glissantes de sang d'un guerrier bontura. Il ne put que hocher la tête pour le remercier rapidement, car un autre attaquant était déjà sur lui. Bizarrement, il se demanda où quelqu'un avait pu trouver autant d'armures noires dans l'empire. Ou est-ce que l'on s'était contenté de laquer de noir les armures par-dessus des couleurs de maison, pour lâcher cette armée contre eux ?

Les attaquants envahirent la première pièce au moment où les défenseurs faiblirent. Le nombre avait prévalu et Lujan et ses derniers survivants furent repoussés, encore et encore. Mais ils n'étaient pas encore vaincus. Les Tsurani possédaient un courage obstiné, et se battaient furieusement avant de céder le moindre pouce de terrain.

Kevin abattit un guerrier noir. Derrière lui, le seigneur des Xacatecas épuisé aidait le seigneur des Bontura à entrer dans la seconde chambre. L'homme corpulent éprouvait des difficultés à respirer, et semblait boiter d'une jambe. Kevin sentit le désespoir lui serrer la poitrine. Mais la vision horrible et terrible de Mara une épée enfoncée dans le cœur renforça sa détermination. Il pivota, leva son épée et attaqua avec une fureur renouvelée. L'intervalle permit aux deux seigneurs d'avoir le temps de s'enfuir. Deux autres corps en vie pour s'interposer entre Mara et la mort, pensa Kevin avec un pragmatisme brutal. Il faillit rire en repensant aux paroles d'encouragement d'Arakasi. Son épée se levait et retombait, parait et frappait. La fureur était partie maintenant ; il ne lui restait plus que la douleur de l'épuisement. Puis son épaule heurta un encadrement de porte et son erreur de jugement lui coûta cher.

Une épée ennemie le toucha au niveau des côtes. Il la repoussa, le métal frappant le cuir laminé plus fragile. L'épée du guerrier noir se brisa au niveau de la garde. Kevin enfonça quelques centimètres d'acier dans le visage surpris de l'homme, puis trébucha sur un corps et atterrit sur un genou à l'intérieur de la pièce.

Kevin se remit sur ses pieds trop lentement. Un soldat noir avait sauté derrière lui, frappant d'un revers de son arme le dos non protégé du barbare. La souffrance lui brûla la peau, mais une parade rapide de Lujan écarta l'épée. Kevin virevolta et enfonça d'un coup puissant son épée dans le ventre exposé. Son ennemi se plia en deux.

Arakasi se trouvait derrière lui, serrant une épée dans la main gauche comme un jeune garçon aurait pu menacer quelqu'un avec une massue.

— Ça va ?

Kevin hoqueta :

— Ça fait un mal de chien, mais je survivrai.

Il vit alors des guerriers noirs se détacher dans la lumière gris perle qui filtrait par les cloisons ouvertes. Ils se regroupaient pour charger dans le couloir. Il réprima un rire de folie.

— Est-ce que j'ai dit que je survivrai ?

Derrière lui, les grognements d'effort de Lujan et le fracas des épées lui lancèrent un avertissement ; les ennemis avaient à nouveau enfoncé les murs entre les quartiers de Mara et l'appartement voisin. Kevin marmonna : « Gardez cette porte ! » et courut jusqu'à l'endroit où se trouvait Mara. Les deux soldats acoma avaient reculé, gardant leur maîtresse derrière eux, tandis qu'une demi-douzaine de guerriers noirs avançaient pour les massacrer.

Kevin hurla d'une voix rauque :

— Espèce de salauds !

Il se lança sur leurs arrières. L'homme qu'il frappa heurta ceux qui se trouvaient devant lui. Les jambes s'emmêlèrent, les bras d'épée volèrent dans tous les sens, et toute la masse de combattants tomba. Kevin glissa et roula sur le plancher glissant, forçant ses muscles fatigués à réagir une fois encore, et une fois encore. Il se releva, l'épée haute, et recula d'un pas en titubant. Trois ennemis avaient survécu à sa charge. Kevin trancha le jarret du plus proche. Il frappa un autre à l'arrière du cou, et le coup avait à peine assez de force pour le blesser. Alors que les deux soldats acoma se regroupaient pour tuer les derniers attaquants, Mara cria :

— Kevin ! Derrière toi !

Kevin pivota, vaguement conscient que l'homme qu'il avait frappé au jarret avait dégainé un poignard. Il dut laisser le destin décider s'il allait survivre au coup de poignard, car une épée s'abaissait vers sa tête. Il se jeta sur la droite, se prit le pied dans la jambe d'un mort, et s'écrasa contre le cadavre. L'épée de l'attaquant fendit son bras gauche en oblique. Hurlant de colère sous la douleur, Kevin se débattit. Sa lame frappa le guerrier noir au bas-ventre. Il ôta le sang de ses yeux. L'un des soldats acoma avait sauté à ses côtés, frappant du pied le bouclier du mourant. L'ennemi recula, s'écrasant par terre dans le couloir étroit, et gênant un autre guerrier noir qui se trouvait derrière lui.

Kevin aspira une bouffée d'air brûlant.

— Par les dieux ! Il y en a encore !

Il lutta pour rester debout en entendant un bruit terrible et étourdissant. Des trompes, comprit-il lentement. Son dos était en feu et son bras gauche ne réagissait plus. Un liquide coulait sur ses doigts. Mais il se releva une nouvelle fois et se traîna derrière le premier soldat acoma pour rejoindre la porte extérieure. Dans son dos, un dernier homme attendait, l'épée haute pour protéger Mara. Kevin réussit à lui envoyer un sourire de guingois en signe d'adieu, avant de partir en titubant dans le couloir. C'était la fin. Lujan, Arakasi, Hoppara, Bontura – il ne les voyait nulle part, même si des bruits de lutte sortaient encore de la seconde chambre à coucher. Sans aide extérieure, leur nombre était trop diminué pour qu'ils espèrent survivre.

Alors qu'il atteignait la dernière porte, Kevin aperçut deux soldats en armure noire qui s'enfuyaient par le trou du mur donnant sur le jardin. Leur précipitation lui sembla drôle, mais il se mit à pleurer au lieu de rire. Une trompe sonna encore, plus fort cette fois.

Puis l'appartement fut silencieux, sauf pour le gémissement d'un blessé et, quelque part, la respiration sifflante du seigneur des Bontura. Lujan franchit en titubant le seuil d'une porte. Son casque avait disparu et du sang coulait d'une blessure au crâne sur son visage. Il lança un sourire stupide à Kevin et oscilla sur ses jambes, pour finir par s'arrêter, épuisé.

— L'empereur ! Il est là ! Ce sont les trompes de la garde du palais. Les gardes blancs impériaux sont revenus !

Kevin s'effondra sur place, sauvé d'une chute pénible par le mur contre lequel il s'était appuyé. Lujan se laissa glisser à terre à côté de lui. Une méchante entaille saignait abondamment sur sa tempe, et son armure était réduite en pièces. Kevin ouvrit ses doigts pleins de crampes, attrapa maladroitement un coussin en lambeaux et l'utilisa pour étancher l'hémorragie. Hoppara sortit en titubant de la chambre à coucher, le seigneur Iliando appuyé sur son bras. Mais Kevin n'avait d'yeux que pour Mara. Aussi épuisée que les autres, elle vint s'agenouiller à ses côtés et demanda :

— L'empereur ?

Avant que Lujan ne trouve la force de répondre, deux guerriers vêtus de blanc franchirent d'un pas vif le seuil de la porte. L'un d'eux demanda d'une voix forte :

— À qui appartient cet endroit ?

Mara se redressa. Les cheveux emmêlés et la robe ensanglantée, elle retrouva tout le maintien d'une grande dame.

— À moi, Mara des Acoma ! C'est mon appartement. Les seigneurs des Xacatecas et des Bontura sont mes invités.

Si le guerrier impérial trouva le choix de ses termes incongru, il ne fit aucun commentaire.

— Dame, la salua-t-il d'une voix empreinte de cérémonie. (Il haussa les sourcils alors qu'il observait le carnage autour de lui.) Mes seigneurs. La Lumière du Ciel ordonne à tous les souverains de se rendre au Grand Conseil à midi.

— J'y serai, répondit Mara.

Sans un mot de plus, les gardes blancs impériaux pivotèrent sur leurs talons et sortirent. Kevin appuya sa tête contre le mur. Des larmes d'épuisement coulèrent sur son visage.

— Je pourrais dormir pendant des mois.

Mara lui toucha le visage, presque à regret.

— Nous n'en avons pas le temps. (Elle demanda à Lujan Trouve où Jican se cache et envoie-le à la résidence chercher des vêtements propres. Qu'il ramène aussi des servantes et des domestiques. Il faut nettoyer cet endroit, et je dois être en grande tenue de cérémonie pour midi.

Kevin ferma les yeux, savourant un instant béni de paix. Quelle que soit sa fatigue, une longue et difficile journée attendait Mara. Quel que soit l'endroit où elle irait, il la suivrait par amour.

Se remettant debout, il ouvrit les yeux et fit signe à un guerrier acoma tout aussi épuisé que lui.

— Allez viens. Commençons à fertiliser le jardin.

Le coussin pressé contre sa tempe, Lujan fit signe au soldat d'obéir. Kevin n'eut qu'un pas à faire pour trouver le premier cadavre, qu'il attrapa sous les bras. Alors que le guerrier prenait les pieds, et qu'ils partaient tous deux en titubant vers la cloison, Kevin remarqua :

— Dommage que ce ne soit pas un de ces assassins hamoï. Au moins, on n'aurait pas eu d'armure à porter.

Lujan secoua légèrement la tête, mais un faible sourire se dessina sur ses lèvres. Il appréciait l'étrange façon de voir la vie de Kevin.

Après des heures de préparatifs affairés, Mara sortit d'un appartement nettoyé des morts et des débris. Ses cheveux étaient lavés et relevés sous une coiffe ornée de joyaux, et les robes de cérémonie apportées de sa résidence descendaient jusqu'à des chaussures exemptes de toute tache de sang. Sa garde d'honneur portait un équipement emprunté à la garnison de la résidence, et le plumet du casque d'officier de Lujan avait été rincé et nettoyé depuis la bataille. Si les gantelets et les capes flottantes dissimulaient des plaies et des bandages, et si la démarche des guerriers était un peu trop raide pour être convenable, Mara jugea que l'honneur des Acoma n'était pas entaché par leur apparence alors qu'elle approchait de l'entrée du bâtiment du Grand Conseil.

Des gardes blancs impériaux montaient la garde dans les couloirs, et une troupe de dix hommes était stationnée devant la porte.

— Dame, ordonna l'un des soldats sans lui témoigner beaucoup de déférence, la Lumière du Ciel ne vous permet d'entrer qu'avec un seul soldat, pour éviter que de nouvelles effusions de sang ne souillent ce palais.

Mara ne pouvait que s'incliner devant un décret impérial. Après un instant de réflexion, elle inclina la tête vers Lujan.

— Retourne à l'appartement et attends mon appel.

Dans les rangs de ses gardes, elle fit signe à Arakasi d'avancer. L'attelle sous son gantelet droit diminuait peut-être son efficacité comme guerrier, mais elle préférait ne pas se passer de ses conseils. Après la nuit qui venait de s'écouler, même si un seigneur se montrait assez téméraire pour user de violence en présence de la garde de l'empereur, Kevin avait prouvé qu'il saurait manier l'épée rangée dans le fourreau d'Arakasi.

Mais quand Mara fit signe à son esclave de la suivre, le garde leva une main pour l'arrêter.

— Un soldat seulement, ma dame.

Mara lui répondit par un regard méprisant.

— Est-ce qu'une robe d'esclave ressemble à une armure, aujourd'hui ? (Elle plissa les yeux, et avec toute l'arrogance qu'elle put rassembler, ajouta Je n'imposerai pas à un guerrier blessé dans l'honneur la tâche d'un vulgaire messager. Quand j'aurai besoin de faire revenir mon escorte, l'esclave ira porter mes ordres.

Le garde hésita, et Mara le dépassa avant qu'il n'ait le temps de rassembler ses esprits et d'argumenter. Kevin s'efforça de la suivre sans jeter un regard en arrière, de peur que sa conduite ne soit pas assez soumise et que le garde ne change d'avis sur son admission au Conseil.

La salle semblait presque vide après le jour précédent, et les seigneurs présents étaient considérablement plus calmes. Mara répondit à quelques salutations alors qu'elle rejoignait son siège, ses yeux comptant pendant ce temps les places vides. Elle murmura à Arakasi :

— Au moins cinq seigneurs du clan Omechan sont absents.

À l'instant où elle s'assit, un déchaînement d'activités commença. Une douzaine de messages furent placés devant elle par des soldats qui se contentaient de s'incliner et repartaient sans attendre de réponse. Mara les parcourut rapidement du regard, puis tendit les papiers à Arakasi, qui les rangea dans sa tunique sans les consulter.

— Nous avons gagné du terrain, fit-elle, étonnée.

Elle désigna un endroit qui était resté vide durant toute la semaine précédente. Des nobles vêtus de robes superbes et complexes arrivaient pour y prendre leur siège, accompagnés de guerriers qui ne semblaient pas avoir été touchés par les combats.

— Le Parti de la roue bleue nous rejoint, finalement.

Arakasi hocha la tête.

— Le seigneur Kamatsu des Shinzawaï vient pour marchander avec les autres, et gagner un maximum d'avantages pour le seigneur des Keda. Le seigneur des Zanwaï et lui ne pourront guère faire plus qu'empêcher tout leur groupe de déserter dans les dix premières minutes.

Mara observa l'assemblée, cherchant le visage familier d'Hokanu. Un seul soldat arborait le bleu des Shinzawaï, et c'était un étranger à la famille portant le grand plumet d'un commandant. De toute évidence, l'héritier du domaine shinzawaï n'avait pas le droit de venir là où il serait en danger. Mara se sentit déçue.

Le silence retomba dans la salle quand les deux seigneurs de plus haut rang entrèrent enfin. Axantucar, maintenant souverain des Oaxatucan, descendit vers son siège à peu près au même moment que Tasaio. Tous deux avançaient avec un air hautain, comme s'ils étaient les seuls hommes importants de la pièce. Ni l'un ni l'autre ne daigna lancer un regard à son principal adversaire.

Dès que chaque candidat fut assis, un certain nombre de seigneurs se levèrent et allèrent vers Tasaio ou Axantucar, comme s'ils souhaitaient discuter avec eux. Ils s'arrêtaient un moment, comme pour échanger un rapide salut, puis retournaient à leur siège.

Kevin demanda :

— Mais que font-ils ?

— Ils votent pour le titre de seigneur de guerre, répondit Arakasi. Par cet acte, chaque seigneur confirme son allégeance au candidat qu'il préfère pour le blanc et l'or. Ceux qui ne se sont pas encore décidés (et sa main balaya la pièce) observent et choisissent.

Kevin baissa le regard et observa que Mara surveillait étroitement le déroulement du grand jeu.

— Quand allez-vous voir Oaxatucan ?

— Pas tout de suite.

Mara fronça les sourcils alors qu'elle étudiait l'ordre des nobles qui se déplaçaient dans la salle pour rejoindre soit le seigneur des Oaxatucan, soit le seigneur des Minwanabi.

Puis, sans aucune raison apparente pour des yeux étrangers, Mara se leva soudainement et descendit les escaliers. Elle traversa le niveau inférieur comme si elle se dirigeait vers Tasaio. Un silence tendu régna dans la pièce. Tous les yeux se rivèrent sur la mince jeune femme alors qu'elle montait les escaliers vers le siège des Minwanabi. Puis elle tourna sur le côté et en trois pas rejoignit le siège d'Hoppara des Xacatecas. Elle lui parla brièvement avant de revenir à sa place.

Kevin chuchota :

— Qu'est-ce que cela veut dire ? Est-ce que le gamin peut prendre le titre ?

— C'est une ruse, répondit Arakasi.

Plusieurs autres seigneurs se déplacèrent pour parler avec Hoppara, et bientôt il fut clair qu'aucun autre candidat ne se déclarerait. Kevin calcula rapidement dans sa tête et déclara :

— C'est à peu près équivalent. Un quart pour Minwanabi, un quart pour Oaxatucan, un quart pour Xacatecas, et un quart qui ne s'est pas encore décidé.

Pendant un long moment, personne ne bougea. Assis dans leurs plus beaux atours, les seigneurs regardaient autour d'eux, ou parlaient à des conseillers ou à des serviteurs. De temps à autre un autre seigneur, ici ou là, se levait et allait voir l'un des trois candidats. Quelques instants plus tard, un ou deux autres se levaient et faisaient connaître leur préférence.

Soudain, Kevin demanda :

— Attendez ! Ce seigneur avec la coiffe à plumes a déjà parlé au Minwanabi. Il est maintenant en train de discuter avec l'Oaxatucan.

Mara hocha la tête.

— Les votes peuvent changer, dans un sens comme dans l'autre.

L'après-midi avançait lentement. Alors que les rayons du soleil progressaient sur l'immense voûte du dôme, le Grand Conseil continuait à observer l'étrange coutume qui détermine la primauté parmi les souverains de l'empire. Deux fois Mara se leva pour aller parler avec le seigneur des Xacatecas, montrant que son soutien au jeune homme ne faiblissait pas.

Puis, comme le soir tombait, Mara hocha la tête comme à un signal convenu. L'instant suivant, le seigneur Hoppara et elle se levèrent d'un même geste. Ils partirent de deux endroits différents de la salle et arrivèrent en même temps devant la chaise d'Axantucar. Un frémissement parcourut la salle. Soudain, une autre vingtaine de nobles quittèrent leur place et vinrent se placer devant le seigneur des Omechan.

Puis Mara regagna son siège et dit :

— Maintenant.

Kevin vit ses yeux se diriger vers la tribune de Tasaio. Le seigneur des Minwanabi lui rendit un regard d'une malveillance si intense que Kevin sentit un frisson le parcourir. Depuis quelque temps, ses blessures le faisaient souffrir, ses robes le grattaient, et tous les coups qu'ils avaient reçus durant la nuit faisaient de la station debout une épreuve d'endurance.

Alors que Kevin se demandait combien de temps encore la situation pourrait traîner sans être résolue, l'atmosphère changea soudain dans la salle, passant d'une immobilité attentive à une expectative chargée d'électricité.

Tasaio se leva. Tous les seigneurs se turent et restèrent figés sur leur siège. D'une voix qui résonnait étrangement dans le silence, le seigneur des Minwanabi déclara :

— Il convient d'envoyer un message à la Lumière du Ciel, pour lui apprendre qu'un des nôtres souhaite porter le blanc et l'or et devenir le premier d'entre nous, pour garantir la continuité de l'empire. Que l'on sache que son nom est Axantucar des Oaxatucan.

L'assemblée poussa une longue acclamation, qui lança de vastes échos jusqu'aux plus hautes arches du plafond. Kevin remarqua que plus de la moitié des seigneurs avaient crié avec un manque certain d'enthousiasme. Il demanda à Arakasi :

— Pourquoi est-ce que Minwanabi a abandonné ?

Mara se retourna pour lui répondre.

— Il était vaincu. Selon la tradition, c'est le seigneur le plus proche du vainqueur qui doit proclamer son accession au titre auprès de l'empereur.

— C'est une pilule amère à avaler, chuchota Kevin en souriant.

La dame des Acoma hocha lentement la tête.

— Très amère. (Comme si elle remarquait l'inconfort de la position de Kevin, qui épuisait ses forces, elle ajouta Patience. Par tradition, nous devons attendre que la Lumière du Ciel ait envoyé son approbation quant au vote.

Kevin se tint du mieux qu'il le put. En dépit de la convocation du Conseil et du choix d'un nouveau seigneur de guerre, le barbare n'était pas aussi convaincu que sa dame qu'Ichindar soit un esclave de la tradition. Mais il préféra ne rien dire. Moins d'une demi-heure plus tard, un messager en livrée blanc et or entra, avec une compagnie de gardes blancs impériaux. Ils apportaient une cape de plumes blanches neigeuses, dont les bords étaient galonnés d'or brillant. Ils s'agenouillèrent devant le siège des Omechan et présentèrent la cape à Axantucar.

Kevin étudia le nouveau seigneur de guerre alors que la cape était placée sur ses épaules. Alors que son oncle, Almecho, avait un buste comme un tonneau et un cou de taureau, son neveu ressemblait à un poète ou à un professeur, avec sa silhouette élancée. Son ossature était frêle à l'extrême et son visage fin, presque délicat. Mais la lueur de triomphe qui brillait dans ses yeux révélait une âme aussi rapace que celle de Tasaio.

— Il semble content de lui, murmura Kevin dans sa barbe.

Arakasi répondit tranquillement.

— Il a de bonnes raisons. Il doit avoir dépensé la majeure partie de son héritage pour faire assassiner une demi-douzaine de seigneurs.

— Vous pensez que les guerriers vêtus de noir lui appartenaient ?

— Presque sans le moindre doute.

Mara intervint :

— Pourquoi aurait-il envoyé des soldats contre nous ? Nous aurions soutenu tous les rivaux de Tasaio.

— Pour empêcher des alliances imprévisibles. Et pour s'assurer que la responsabilité du massacre général serait attribuée au chef des Minwanabi. (Arakasi se sentait d'humeur bavarde, peut-être parce qu'il était satisfait de voir la défaite d'un ennemi.) Il est vainqueur. Pas le Minwanabi. Les tong travaillaient sûrement pour Tasaio. Logiquement, les autres soldats devaient être omechan.

L'ordre revint au sein du Conseil, et après quelques discours sans incident, Mara donna à Kevin l'ordre d'aller chercher Lujan et ses guerriers.

— Nous rentrons à notre résidence ce soir.

Le Midkemian s'inclina devant elle comme un parfait esclave, et sortit lentement de l'immense salle remplie de souverains énigmatiques parés de bijoux. Il se dit une nouvelle fois que les Tsurani était le peuple le plus étrange, aux coutumes les plus compliquées, qu'un homme ait jamais rencontré.

Le calme revint à Kentosani. Pendant un certain temps, Mara et sa maisonnée se reposèrent, soignant leurs blessures et assimilant les changements politiques depuis l'accession d'Axantucar au titre de seigneur de guerre. Les soirées étaient festives à la résidence, car la dame des Acoma reçut un certain nombre de seigneurs influents dont l'intérêt pour sa maison avait été éveillé. Kevin semblait plus maussade que d'habitude, mais, entre l'épuisement et ses obligations sociales, Mara n'avait pas vraiment le temps de se préoccuper de son humeur sombre.

Arakasi revint voir sa maîtresse le troisième matin, alors qu'elle relisait ses lettres à plusieurs seigneurs qui se trouvaient toujours en ville. Vêtu d'une robe de serviteur et heureux pour le moment de laisser son bras se reposer dans une écharpe, il lui fit tout de même la profonde révérence à laquelle son rang lui donnait droit.

— Maîtresse, la suite minwanabi a embarqué sur le fleuve. Tasaio retourne dans son domaine.

Mara se leva, ses plumes et ses parchemins oubliés dans la joie de l'instant.

— Alors, nous pouvons rentrer chez nous en toute sécurité.

Arakasi s'inclina à nouveau, encore plus bas qu'auparavant.

— Maîtresse, je souhaite vous supplier de m'accorder votre pardon. Avec tous ces événements, je ne m'étais pas préparé à l'ascension du seigneur des Oaxatucan, ni à son accession aussi rapide au titre de son oncle.

— Tu te juges trop sévèrement, Arakasi.

Une ombre passa sur le visage de Mara, et elle alla à la fenêtre d'un pas nerveux. Dehors, les fleurs des arbres tombaient dans la rue. Comme d'habitude, des domestiques poussaient des charrettes de légumes et des messagers couraient s'acquitter de leur mission. Le jour semblait brillant et ordinaire, comme lorsque l'on s'éveille après un cauchemar.

— Qui parmi nous aurait pu anticiper les meurtres de cette nuit-là ? ajouta Mara. Ton travail a épargné la vie de cinq seigneurs, dont la mienne. Je peux affirmer sans arrière-pensée qu'aucune personne seule n'a accompli autant que toi, et tes actions ont fait gagner un immense prestige aux Acoma.

Arakasi inclina la tête.

— Ma maîtresse est trop aimable.

— Je suis reconnaissante, le corrigea Mara. Viens. Rentrons chez nous.

Plus tard dans l'après-midi, la garnison acoma sortit fièrement de la résidence le palanquin de Mara, les coffres et un chariot portant les blessés installés en toute sécurité au milieu du cortège. Des navires attendaient à quai pour emmener la souveraine et sa suite en aval. Installée sur des coussins sous un dais, Kevin à ses côtés, Mara contemplait l'animation quotidienne du commerce sur les quais.

— Tout est si tranquille. On pourrait penser qu'il ne s'est rien passé d'anormal durant cette semaine.

Kevin regardait aussi les dockers, les pêcheurs et les ouvriers, de rares mendiants et quelques gamins des rues qui interrompaient le flux organisé du commerce.

— Les gens du peuple ne sont jamais concernés par les affaires des puissants – à moins qu'ils aient le malheur de se trouver sur leur chemin. Alors ils meurent. Sinon, leurs vies continuent, chaque jour de travail ressemblant au précédent.

Troublée par l'amertume qui transparaissait dans sa voix, Mara étudia l'homme qu'elle aimait. La brise ébouriffait ses cheveux roux, tout comme la barbe à laquelle elle ne s'était jamais vraiment habituée. Kevin s'appuyait avec force sur la lisse, les épaules raides à cause des blessures qu'il avait reçues durant la bataille, et qui étaient en bonne voie de cicatrisation. Le poignet, que tenait Mara, était encore bandé, et son regard était empreint d'une immense tristesse, comme s'il contemplait le chagrin sous le soleil. Elle allait lui demander à quoi il pensait, quand un cri sur la rive détourna son attention.

Le batelier largua les amarres. Les marins qui maniaient les perches entonnèrent leur chant, et l'embarcation glissa sur les eaux du Gagajin pour s'éloigner de Kentosani en suivant le courant. La brise de l'après-midi faisait claquer les pennons au-dessus du dais, et Mara sentit son cœur se gonfler de joie. Tasaio avait été vaincu, et elle retournait chez elle, en toute sécurité.

— Viens, dit-elle à Kevin, asseyons-nous et dégustons une boisson fraîche.

Les navires dépassèrent la frontière basse de la Cité sainte, et sur les rives apparut bientôt le vert tendre des terres cultivées. L'odeur des roseaux se mêlait aux riches arômes de la terre printanière et aux effluves piquants des ngaggi dont les frondaisons ombraient les rives. Les tours des temples s'éloignaient à l'horizon, tandis que Mara somnolait, heureuse, la tête appuyée sur les cuisses de Kevin.

Un cri venu de la rive la réveilla.

— Acoma !

Son commandant répondit à la proue du premier navire, pendant que tous les serviteurs désignaient du doigt une multitude de tentes installées sur le bord du fleuve. Un camp de guerre d'une taille impressionnante s'étendait sur les prés, et à la plus haute perche, une bannière verte avec l'emblème du shatra s'agitait dans le vent. Au signal de Mara, le timonier changea de cap et se dirigea vers la rive. Quand ils atteignirent les eaux peu profondes, un millier de soldats acoma attendaient pour accueillir leur maîtresse. Mara s'émerveilla devant leur nombre, et sa gorge se serra d'émotion. Moins de dix années auparavant, quand elle avait pris le sceptre de souveraine, trente-sept hommes seulement portaient encore le vert acoma...

Trois chefs de troupe accueillirent son palanquin et s'inclinèrent alors que Kevin l'aidait à poser le pied sur la terre ferme.

— Soyez la bienvenue, dame Mara !

Les guerriers l'acclamèrent d'une seule voix, heureux de revoir leur maîtresse. Les trois officiers formèrent les rangs et l'escortèrent avec les troupes, vers le dais ombragé de la tente de commandement.

Keyoke l'y attendait, debout sur sa béquille. Il réussit à s'incliner cérémonieusement et déclara :

— Maîtresse, nos cœurs sont joyeux en vous revoyant.

Combattant une soudaine montée de larmes, Mara répondit :

— Et mon cœur chante en te voyant, cher compagnon.

Keyoke s'inclina devant cette courtoisie, et se mit de côté pour la laisser entrer et s'installer confortablement dans les coussins empilés sur les épais tapis. Kevin s'assit sur ses talons à côté d'elle. Il lui massait le dos avec la main qui n'avait pas reçu de blessure, et sentit peu à peu la tension de Mara se dissoudre et se transformer en un doux contentement.

Immobile à son poste à l'entrée, Keyoke vit le calme envahir le visage de sa maîtresse. Comme il l'avait fait dans le passé pour le seigneur Sezu, il fit face au monde extérieur, alors que Lujan approchait avec Arakasi, le chef de troupe Kenji et les rares survivants indemnes de la Nuit des épées sanglantes. Un sourire discret releva le coin des lèvres du vieux serviteur, alors qu'il levait une main pour les arrêter.

— Commandant, déclara l'ancien possesseur de ce titre, si je peux me permettre... Il existe des moments où il vaut mieux attendre. Revenez voir votre maîtresse dans la matinée.

Lujan s'inclina devant l'expérience de Keyoke et proposa à ses compagnons de partager une tournée de bière de hwaet.

À l'intérieur de la tente fraîche, Kevin lança un regard interrogateur au vieil homme, qui hocha la tête en signe d'approbation, puis détacha les liens des tentures de la porte et les laissa doucement se refermer. Maintenant à l'extérieur, Keyoke fit face au soleil. Ses traits taillés à coups de serpe restaient impassibles, mais ses yeux brillaient de fierté pour l'amant de la femme qu'il considérait comme la fille de son cœur.

Le messager d'Arakasi avait clairement expliqué ce que les Acoma devaient au courage de Kevin armé d'une épée. Le visage sévère de Keyoke s'adoucit quelques secondes quand il repensa au moignon qui remplaçait sa jambe droite. *Par les dieux, mais il s'amollissait et devenait gâteux !* Car jamais il n'aurait pensé qu'il serait un jour reconnaissant à cet impertinent esclave barbare aux cheveux roux.

Les ombres du soir assombrissaient la haute salle des Minwanabi à l'heure où le seigneur Tasaio revint. Toujours vêtu de l'armure qu'il avait portée durant le voyage sur le fleuve, sa seule concession à la cérémonie était une cape d'officier en soie qu'il avait jetée sur ses épaules. Il entra par les grandes portes principales de la haute salle. La pièce était pleine. Tous les membres de la maisonnée étaient assis devant lui, et derrière eux, tous les petits cousins et les vassaux qui avaient servi la famille durant les années de guerres et de conflits. Tasaio avança entre leurs rangs immobiles, comme s'il était seul. Ce n'est que lorsqu'il atteignit l'estrade qu'il s'arrêta, se tourna, et reconnut la présence de l'assistance.

Incomo s'avança pour l'accueillir officiellement.

— Les cœurs des Minwanabi sont emplis de joie au retour de leur seigneur.

Tasaio lui répondit par un bref hochement de tête. Il tendit son casque de bataille à un serviteur, qui s'inclina et battit précipitamment en retraite. Jamais homme à perdre du temps avec des banalités, le seigneur des Minwanabi tourna un regard neutre vers son conseiller.

— Les prêtres sont-ils prêts ?

— Comme vous l'aviez demandé, mon seigneur, répondit Incomo en s'inclinant.

De nouveaux coussins noir et orange ornaient la haute estrade, avec un tapis de fourrures de sarcat cousues et une table façonnée dans les ossements d'un harulth, ornés de gravures complexes. Tasaio lança un bref coup d'œil au nouveau mobilier ; aucun détail ne lui échappa. Satisfait de voir qu'il ne restait rien du règne de Desio, il s'assit et se contenta de poser la lame d'acier nue de l'épée ancestrale des Minwanabi sur ses genoux.

Il s'ensuivit une longue pause, durant laquelle Incomo comprit tardivement que son maître attendait qu'il agisse sans lui faire de signes. Alors que Desio insistait pour contrôler ne serait-ce que la plus infime action, Tasaio voulait être servi. Le premier conseiller fit signe que la cérémonie pouvait commencer.

Deux prêtres approchèrent de l'estrade, l'un portant la peinture rouge et le masque de mort de Turakamu, l'autre vêtu des longues robes à manches larges de Juran le Juste. Ils entonnèrent tous deux une bénédiction de leur dieu. Il n'y eut aucune offrande, ni grande cérémonie comme Desio l'avait fait. Le prêtre de Juran alluma une chandelle symbolisant la constance, et la laissa brûler dans un bougeoir de roseaux tressés qui rappelait la fragilité de l'homme mortel devant son dieu. Le prêtre du dieu de la mort ne dansa pas et ne souffla pas dans son sifflet. Pas plus qu'il ne demanda à sa divinité de montrer sa faveur. Il se contenta d'avancer jusqu'aux marches de l'estrade et de rappeler froidement que la promesse de sacrifice n'avait toujours pas été remplie.

— Un serment a été fait sur le sang de la maison Minwanabi, déclara le prêtre. La famille des Acoma doit mourir au nom de Turakamu, avec les vies des Minwanabi comme garantie. Celui qui accepte le sceptre du seigneur doit aussi achever cette tâche.

Tasaio répondit d'une voix claire.

— Je reconnais notre dette envers le dieu Rouge. Je la confirme par ma main sur cette épée.

Le prêtre rouge traça un signe dans l'air.

— Que Turakamu sourie à vos efforts... ou qu'il scelle votre mort et celle de vos héritiers si vous échouez.

Les os claquèrent dans un bruit de crécelle quand le prêtre tourna sur ses talons et quitta l'estrade ; le courant d'air de son passage fit couler la chandelle du dieu Juste.

Le nouveau seigneur des Minwanabi resta assis, silencieux et sans expression, alors que les membres de sa famille et ses vassaux s'avançaient les uns après les autres pour s'incliner et lui jurer fidélité. Quand le dernier vassal prêta serment, il se leva et appela le chef de troupe posté près de la porte latérale.

— Fais venir mes concubines.

Deux jeunes femmes entrèrent, portant toutes deux de riches vêtements. L'une était grande et mince ; elle avait des cheveux clairs et des jeux de jade assez espacés, délicatement soulignés par du maquillage. L'autre, vêtue d'une dentelle de mousseline écarlate, avait la peau plus sombre et une silhouette voluptueuse. Ne se ressemblant en rien, les deux femmes étaient d'une beauté stupéfiante. Elles avancèrent à petits pas, à la façon des femmes entraînées depuis leur enfance à donner du plaisir. Toutes deux s'inclinèrent avec grâce devant l'estrade, leurs jambes minces montrées à leur avantage par des robes courtes, et des tissus peu serrés dévoilant amplement leur poitrine. Même si ces femmes étaient choisies parmi les plus belles de l'empire, aucune n'avait un statut supérieur au plus vil des domestiques. Toutes les personnes rassemblées dans la salle s'immobilisèrent, curieuses de voir ce que leur seigneur souhaitait faire de ses courtisanes.

Les deux femmes tombèrent à genoux devant l'estrade de Tasaio, touchant le plancher de leur front.

— Regardez-moi, ordonna Tasaio.

Effrayées, mais toujours obéissantes, les deux jeunes femmes firent ce qu'on leur ordonnait.

— À vos ordres, mon seigneur, entonnèrent-elles d'une voix à la douceur étudiée.

Le nouveau seigneur des Minwanabi les regarda avec des yeux sans passion.

— Incarna, s'adressa-t-il à la plus sombre des deux, est-ce que tes enfants sont à proximité ?

Incarna hocha la tête, soudain pâle de terreur. Elle avait donné deux enfants illégitimes à son seigneur, mais l'élévation du statut de leur père risquait de leur nuire. Il n'était pas rare qu'un homme reprenant le sceptre du souverain tue de tels enfants, pour empêcher toute revendication sur sa famille.

— Va les chercher, ordonna Tasaio.

Une lueur qui pouvait être des larmes brilla dans les yeux en amande d'Incarna. Mais elle se releva vivement et sortit en hâte de la haute salle des Minwanabi. Le regard de Tasaio passa à la femme blonde, restée à genoux devant l'estrade.

— Sanjana, tu as dit à mon premier conseiller que tu attends un enfant ?

Sanjana gardait les mains serrées, mais les perles de sa robe lançaient des reflets dans la lumière alors qu'elle tremblait.

— Oui, seigneur, répondit-elle.

L'enrouement de sa voix n'était pas, lui, une ruse de séduction.

Tasaio ne dit rien. Son visage et ses manières ne changèrent pas, même quand Incarna réapparut, en tirant un petit garçon derrière elle. Il avait les cheveux auburn de Tasaio et le teint rose d'Incarna, et bien qu'il ne pleure pas, la nervosité de sa mère l'effrayait. La concubine portait dans ses bras un second enfant, une petite fille qui n'était pas encore assez grande pour marcher toute seule sur une telle distance. Trop jeune pour comprendre, elle avait mis ses doigts dans sa bouche, et ses pâles yeux ambrés observaient tous les gens rassemblés dans la salle.

Depuis sa place sur l'estrade, Tasaio regarda les enfants comme un homme aurait pu examiner des marchandises en y cherchant un défaut. Puis, presque distraitement, il fit un geste au commandant Irrilandi. Désignant Sanjana, il déclara :

— Emmène cette femme dehors. Je veux la voir mourir.

Sanjana porta son poing à sa bouche. Ses magnifiques yeux de jade s'emplirent de larmes de terreur, et elle perdit son sang-froid. Incapable de se lever, elle resta tremblante, à genoux, jusqu'à ce que deux guerriers avancent et l'attrapent par les bras. Ses efforts pour étouffer des sanglots humiliants résonnèrent dans le calme absolu de l'assemblée alors que les soldats la faisaient sortir de la salle en la traînant à moitié.

Incarna restait seule devant l'estrade, tremblante, serrant ses enfants, et le visage luisant de sueur. Tasaio la regarda sans pitié ni tendresse, et déclara :

— Je prends cette femme comme épouse, et je nomme ces enfants... Quels sont leurs noms ?

Incarna cligna des yeux, puis réussit à chuchoter hâtivement :

— Dasari et Ilani, mon seigneur.

— Dasari est mon héritier. (La voix de Tasaio résonna au-dessus de l'assemblée et lança des échos sur le plafond en voûte.) Ilani est ma première fille.

Puis l'immobilité générale se dissipa dans un mouvement bruissant alors que toute la salle s'inclinait devant la nouvelle dame des Minwanabi. Tasaio ordonna à Incomo :

— Que des domestiques préparent des appartements convenables pour la dame des Minwanabi et ses enfants. (Il ajouta à l'adresse d'Incarna Femme, retire-toi dans tes appartements et attends que je te fasse appeler. Des précepteurs seront envoyés demain pour les enfants. Je veux que leur instruction commence immédiatement, pour qu'ils apprennent leurs devoirs envers leur famille. Dasari dirigera un jour cette maison.

L'ancienne concubine s'inclina, ses mouvements toujours raides de terreur. Elle ne tirait aucune joie de son ascension soudaine, mais elle fit presser son fils et emmena sa fille loin de l'estrade, passant devant les centaines d'étrangers qui la dévisageaient.

Tasaio déclara à ses invités, ses parents et ses vassaux :

— Nous célébrerons la cérémonie de mariage demain. Vous êtes tous les bienvenus au banquet.

En entendant cela, le long visage d'Incomo se figea ne laissant pas paraître son inquiétude. Un mariage demande normalement des préparatifs soigneux, pour s'assurer les auspices les plus favorables. Le jour, la nourriture, le pavillon nuptial – tout doit être béni par des prêtres et préparé méticuleusement, en suivant toutes les traditions. Les unions de grands seigneurs sont rarement entreprises sans un minimum de délai, pour n'oublier aucun détail et éviter que la malchance ne frappe le couple et ne soit transmise à la génération suivante.

Mais Tasaio ne se souciait pas de ces questions. L'acier argenté de son épée ancestrale reposant sur son épaule, il déclara :

— Prends toutes les dispositions nécessaires, premier conseiller.

Puis, la lame nue brillant sous la lumière du ciel alors qu'il se tournait, il fit signe à Incomo de le suivre et sortit de la salle sans rien ajouter. Tasaio avança vers la porte extérieure, assuré que les deux soldats postés de chaque côté l'ouvriraient à temps pour son passage.

Alors que leur seigneur sortait de la maison et entrait dans la cour, deux guerriers se mirent immédiatement au garde-à-vous. Sanjana, terrifiée, se trouvait entre eux. Elle avait défait son chignon, et sa longue chevelure, d'un or rare mis en valeur par le soleil, tombait en cascade sur son dos. Elle gardait les yeux baissés, mais lorsque Tasaio fit son apparition, elle leva un regard suppliant vers lui. La peau douce et blanche de sa poitrine montrait sa respiration haletante, mais ses compétences de courtisane ne faillirent pas. Même terrifiée, même poussée par le désespoir, elle réussissait à mettre en valeur son seul avantage. Sanjana entrouvrit ses lèvres rouges et disposa son corps mince pour qu'aucun homme ne puisse la prendre pour autre chose que ce qu'elle était : un magnifique ornement dont le seul but était de donner du plaisir.

L'effet ne fut pas vain sur Tasaio. Ses yeux brillèrent alors qu'il suivait du regard toutes les courbes de son corps, et buvait la promesse de luxure que son attitude provocante suggérait. Il s'humecta les lèvres, se baissa, et l'embrassa longuement à pleine bouche. D'une main, il caressa sa poitrine. Puis il recula et déclara :

— Tu étais une compagne de natte satisfaisante.

Alors que l'espoir emplissait les yeux magnifiques de la jeune femme, il lui sourit. Tasaio savoura l'instant et la lueur de soulagement qui brillait dans son regard, puis il ajouta :

— Tuez-la. Maintenant.

Le visage de la courtisane blêmit dans une terreur absolue, mais elle n'eut pas le temps de crier. L'un des guerriers lui saisit les poignets et la releva violemment, la forçant à regarder Tasaio, tandis que l'autre, le visage dur, dégainait son épée et lui enfonçait sa lame dans le ventre.

Sanjana se débattit et poussa un cri aigu d'agonie abjecte. Puis une fontaine de sang jaillit de sa bouche, retombant en gouttes écarlates sur le sentier de la cour. Ses jambes se dérobèrent sous elle. Retenue par la poigne du guerrier, elle resta suspendue dans les derniers soubresauts de son agonie. Du sang brillant assombrit ses cheveux blonds. Puis ses muscles se détendirent, sa tête retomba en avant, et ses merveilleuses et longues cuisses blanches s'immobilisèrent.

— Emportez-la, dit Tasaio dans un souffle haletant et rauque.

Ses pupilles étaient rondes et ses joues empourprées. Puis il respira profondément comme pour se calmer et ordonna à Incomo :

— Je vais prendre un bain. Envoie deux jeunes esclaves pour me servir, et veille à ce qu'elles soient jeunes et belles, et de préférence vierges.

Légèrement écœuré, et angoissé que cela puisse se voir, Incomo s'inclina.

— À vos ordres, mon seigneur.

Il commença à s'éloigner.

— Je n'ai pas fini mes instructions, le réprimanda Tasaio. (Il descendit le sentier du jardin, une ébauche de sourire sur les lèvres, en faisant signe à Incomo de le suivre.) J'ai réfléchi au problème des espions acoma. Le moment est venu d'utiliser nos connaissances à notre avantage. Viens, je vais te donner mes ordres avant de me retirer.

Incomo força son esprit à oublier le souvenir de l'agonie de la courtisane ; il devait écouter attentivement son maître. Tasaio n'était pas homme à prendre l'incompétence avec le sourire ; il ne donnait ses ordres qu'une seule fois, et s'attendait à ce qu'ils soient suivis à la lettre. Mais la lueur avide qui brillait dans l'œil du maître troubla profondément le premier conseiller. Il leva une main tremblante, en dépit de ses efforts pour se calmer.

— Peut-être, suggéra-t-il avec tact, que mon seigneur préférerait discuter de tels problèmes après le réconfort de son bain ?

Tasaio s'arrêta. Il tourna ses yeux ambrés vers son premier conseiller, et étudia attentivement le vieil homme. Son sourire s'élargit.

— Tu as toujours bien servi ma famille, déclara-t-il finalement d'une voix de velours. Je céderai donc à ton caprice. (Puis il continua à descendre le sentier.) Considère que tu as la permission de te retirer, jusqu'à ce que je te fasse appeler.

Le vieux conseiller resta immobile, le cœur battant, comme s'il venait de faire une longue course. Ses genoux tremblaient. Il sentait obscurément que le maître avait perçu sa faiblesse, puis l'avait laissée passer. Comme s'il savait que l'imagination de son premier conseiller le tourmenterait en songeant à des tortures bien pires que l'amusement qu'il avait l'intention de prendre dans son bain avec ses esclaves. Trop choqué pour ressentir de la tristesse, Incomo affronta la vérité : contrairement à ses plus grands espoirs, le seigneur Tasaio avait hérité du goût de sa famille pour la cruauté, et de son appétit pour la souffrance.

Le seigneur des Minwanabi se prélassait dans son bain pendant qu'un serviteur versait de l'eau chaude sur ses épaules. Il regarda son premier conseiller s'incliner, à travers ses paupières mi-closes et alanguies, mais Incomo ne se leurrait pas. Tasaio semblait nonchalant, mais les mains posées sur le rebord du baquet n'étaient ni amollies ni détendues.

— Je suis venu comme mon seigneur l'a demandé.

Incomo se redressa, ses narines se dilatant alors qu'il sentait une odeur âcre et douce dans l'air. Il comprit un instant plus tard quand Tasaio tendit la main et prit une longue pipe de tateesha sur une desserte. Le seigneur en plaça le tuyau entre ses dents et inspira profondément. Le premier conseiller des Minwanabi dissimula au mieux sa surprise. La sève des buissons de tateen contient une substance qui provoque l'euphorie – les esclaves mâchent souvent les noix dans les champs pour oublier la misère de leur vie – mais les fleurs contiennent un puissant narcotique. La fumée provoque d'abord une augmentation puis une déformation des perceptions ; un usage prolongé plonge l'esprit dans un état de stupeur, comme lors d'une transe. Le premier conseiller considéra l'attrait que pouvait avoir une telle drogue sur un homme qui aimait faire souffrir les autres, puis se dit qu'il valait mieux ne pas songer à de telles choses. Ce n'était pas son rôle de remettre en question les pratiques de son maître.

— Incomo, dit Tasaio d'une voix claire et incisive. J'ai décidé que nous allions lancer un nouveau plan pour détruire les Acoma.

— Je suis aux ordres de mon seigneur, répondit Incomo.

Les doigts de Tasaio frappèrent le rebord du baquet de façon arythmique, comme s'il énumérait des points.

— Quand cela sera accompli, je détruirai cet oiseau au beau plumage, ce calley d'Axantucar. (Il ouvrit brusquement les yeux, et regarda son premier conseiller, soudain plongé dans une profonde colère.) Si mon bouffon de cousin avait fait son devoir et détruit Mara, je porterais le blanc et l'or aujourd'hui.

Incomo jugea plus diplomatique de ne pas rappeler à son seigneur que c'était lui qui avait imaginé le plan pour détruire Mara, et pas Desio. Il répondit par un bref hochement de tête.

Tasaio chassa d'un geste le serviteur qui s'occupait du bain.

— Laisse-nous.

Seul avec son conseiller, et enveloppé de volutes de vapeur, il tira une nouvelle fois sur sa pipe. Physiquement, il semblait relaxé et ses yeux devinrent à nouveau somnolents.

— Je veux que l'un de ces deux espions acoma soit promu à un poste plus prestigieux.

— Mon seigneur ?

Tasaio se pencha sur le rebord du baquet et y posa son menton.

— Aurais-je besoin de me répéter ?

— Non, mon seigneur, murmura rapidement Incomo, averti par l'étincelle de feu qui couvait sous les cils de son maître. Je ne suis simplement pas très sûr de comprendre ce que vous voulez dire.

— Je veux que l'un des espions acoma se trouve auprès de moi.

Tasaio observa longuement une volute de fumée qui s'élevait dans la pièce, comme si elle lui révélait des secrets. Il continua :

— Je veux observer ce serviteur. Le laisser croire qu'il peut écouter des conversations d'une importance capitale. Nous devrons toujours veiller à ce que tout ce qu'il entendra ne soit jamais fondamentalement faux. Non, jamais faux. Mais nous nous souviendrons aussi que tout ce que nous dirons sera entendu par Mara. Nous garderons pour nous nos plans les plus secrets, et nous n'en discuterons que lorsque nous serons seuls. Les petites choses que nous dirons devant l'espion seront une manœuvre d'approche. Je veux que cet espion soit surveillé et suivi, jusqu'à ce que le réseau d'espionnage des Acoma soit infiltré.

— Rien d'autre, seigneur ? demanda Incomo en s'inclinant.

Tasaio replaça la pipe entre ses lèvres et aspira une autre bouffée de fumée enivrante.

— Non. Je suis fatigué. Demain, je me lèverai à l'aube et j'irai chasser. Puis je déjeunerai avec toi et les autres conseillers. À midi, je me marierai, et pendant tout l'après-midi, nous célébrerons les noces. Fais venir des artistes des villages voisins. (Toujours concis, Tasaio termina ses ordres.) Maintenant, sors.

Le premier conseiller des Minwanabi quitta son maître. En retournant dans ses propres appartements, il se dit que le moment était maintenant venu pour commencer à composer sa prière de mort. Un homme prudent se consacre à cette tâche quand il commence à sentir le poids des années, pour que sa supplique ultime aux dieux soit lue par quelqu'un qui lui survivra. Vouer la dame des Acoma à la destruction était déjà un choix périlleux, mais prendre comme cible suivante le nouveau seigneur de guerre, qui venait juste de s'emparer du pouvoir en marchant sur les cadavres de cinq autres prétendants, était un véritable suicide.

Alors qu'il retirait ses robes de cérémonie, Incomo ne perdit pas de temps à se demander si les plans de Tasaio étaient un rêve qui se dissiperait dans la fumée de tateesha – les yeux sous les paupières alourdies avaient été trop dangereusement éveillés. Soupirant quand ses genoux raides protestèrent, Incomo s'agenouilla devant son écritoire. Il avait survécu à trois seigneurs des Minwanabi avant Tasaio, et bien qu'il ne les ait jamais admirés, c'étaient les seigneurs qu'il avait juré de servir, au mieux de son intelligence et de sa volonté. Et si besoin était, en offrant sa vie. Prenant une profonde inspiration, il prit sa plume et commença à écrire.

Les festivités furent modestes, mais ceux qui y assistaient semblaient s'amuser. La nourriture était abondante, le vin coulait à flot, et le seigneur des Minwanabi assis sur son estrade dans la haute salle de ses ancêtres semblait l'image parfaite du guerrier tsurani idéal. Il ne témoignait pas trop de sollicitude envers son épouse, mais il restait poli et respectait les convenances. Les vêtements tapageurs de la courtisane avaient été remplacés par une robe d'une richesse stupéfiante, de la soie noire brodée de fils orange sur les manches, le col et l'ourlet, semée de perles de la même couleur d'une valeur inestimable.

Les deux enfants étaient assis tranquillement aux pieds de leur père, le garçon légèrement plus haut et plus proche de lui que la fille. De temps en temps, Tasaio s'adressait à Dasari, lui expliquant de petits riens. Dès l'instant où il avait légitimé son fils, Tasaio avait décidé de lui apprendre à gouverner. La robe du garçon était clairement une imitation de celle de son père, jusqu'aux broderies sur les manches, le dessin d'un sarcat grondant. La petite fille, Ilani, se contentait de rester assise, en mâchonnant un fruit sucré et en regardant les prouesses d'un jongleur.

Derrière le seigneur des Minwanabi se trouvait un serviteur récemment promu au service personnel du maître du domaine. Bien qu'il soit le dernier des quatre hommes ayant reçu la responsabilité de veiller aux besoins de leur seigneur, il écoutait avec un peu plus d'attention que les autres les nuances de la conversation.

Les festivités continuèrent pendant toute la soirée, jusqu'à ce que Tasaio se lève et souhaite une bonne soirée à ses invités. Faisant signe à Incomo de l'accompagner, le seigneur des Minwanabi se rendit dans ses appartements privés. Incomo ordonna tranquillement au domestique de les suivre et de se placer à la porte de la chambre du maître, au cas où Tasaio aurait besoin de ses services. Le domestique fit ce qu'on lui demandait, avec une patience qui dissimulait le fait qu'il avait avidement mémorisé toutes les paroles échangées entre le seigneur et son premier conseiller.

Un vieil ulo plongeait ses racines noueuses dans la terre, et ses branches ombrageaient et rafraîchissaient l'endroit où reposait le natami des Acoma. Mara s'inclina devant la pierre sacrée de ses ancêtres, l'incarnation de l'honneur des Acoma. Elle prononça quelques phrases rituelles et plaça un bouquet de fleurs devant la pierre, des fleurs de sept couleurs qui représentaient chacun des dieux bons. Aujourd'hui, premier jour de l'été, elle offrait ses remerciements pour le bien-être de tous ceux qui se trouvaient sous sa protection. Après la brève cérémonie, elle s'attarda un moment dans le jardin sacré de méditation. Il régnait une paix unique, car personne à part le chef jardinier, un prêtre invité, ou les personnes dont les veines véhiculaient le sang des Acoma, ne pouvait fouler son sol. Ici, Mara était vraiment seule avec ses pensées et ses émotions.

La jeune femme regarda le magnifique bassin où se reflétait le ciel, le petit ruisseau et les formes gracieuses des buissons. Une inquiétude soudaine s'empara d'elle. Par moments, elle se rappelait beaucoup trop clairement l'assassin qui autrefois avait failli la tuer devant son propre natami. Ce souvenir revenait souvent la hanter, sans qu'elle sache pourquoi, comme un frisson un jour de canicule. Agitée maintenant, et désireuse de quitter le confinement des hautes haies qui encerclaient le jardin, Mara se leva. Elle quitta le magnifique jardin et passa sous l'arche de la porte extérieure. Comme toujours, elle trouva un serviteur qui l'attendait.

Il s'inclina à l'instant où elle fit son apparition.

— Maîtresse, dit une voix qu'elle reconnut immédiatement. Votre maître espion est revenu avec des nouvelles.

Quatre semaines s'étaient écoulées depuis le retour de Mara du Conseil où le nouveau seigneur de guerre avait été élu. Son maître espion s'était absenté durant la majeure partie de ce temps pour rassembler des informations, et le plaisir qu'elle montra en découvrant son retour fit chaud au cœur d'Arakasi.

— Lève-toi, Arakasi, dit Mara. Je vais entendre ton rapport dans mon cabinet de travail.

À l'intérieur, installé sur des coussins devant un repas léger disposé devant lui sur un plateau, Arakasi était assis calmement. Son bras reposait dans une écharpe de nœuds de ficelle extrêmement complexes, comme les marins en confectionnent de temps en temps.

— Tu as voyagé à bord d'un navire, remarqua Mara. Ou alors, tu es resté en compagnie de marins.

— Ni l'un ni l'autre, répondit Arakasi de sa voix modulée. Mais c'était l'impression que je souhaitais donner à la dernière personne que j'ai payée pour obtenir des informations. Les rumeurs des marins sont rarement fiables, ajouta-t-il en guise de conclusion.

Mara était curieuse de savoir de quelle personne il s'agissait, mais elle savait que ce n'était pas la peine de le demander. Elle n'avait aucune idée sur la façon dont fonctionnait le réseau d'Arakasi, ni sur qui étaient ses agents – cela faisait partie de l'accord qu'elle avait conclu avec le maître espion quand il avait prêté serment pour entrer au service de sa maison. Mara veillait à ce qu'Arakasi reçoive toujours ce dont il avait besoin pour entretenir ses agents, mais elle avait fait le serment de ne jamais lui demander de noms. Un espion au service d'une maison risque d'être pendu comme un esclave s'il est découvert, trahi ou vendu ; si la maison de Mara devait tomber sous les coups d'un ennemi, ni elle ni aucun serviteur ne pourrait trahir la confiance d'Arakasi. Le réseau survivrait pour servir Ayaki, ou dans le pire des cas, si le natami des Acoma était enterré et dérobé à jamais à la face du soleil, les loyaux sujets qui l'avaient si bien servi pourraient mourir en se jetant sur leur lame, sans être humiliés devant les dieux.

Arakasi déclara :

— Une grande chance s'offre à nous, peut-être. L'un de nos agents dans la maison des Minwanabi a été promu au service personnel de Tasaio.

Les yeux de Mara s'écarquillèrent de plaisir.

— C'est une merveilleuse nouvelle. (Mais quand le visage d'Arakasi trahit son manque d'enthousiasme, elle ajouta Tu as des soupçons ?

— Cela vient un peu trop à point nommé. (Toujours très narquois quand il était troublé, Arakasi s'expliqua Nous savons qu'un agent a été découvert et n'a réussi à s'échapper que par des moyens qui frisent le miracle. Les deux autres ont été laissés tranquilles – et leurs renseignements ont été exacts la majeure partie du temps – mais quelque chose dans tout cela sonne faux.

Mara réfléchit un instant, puis suggéra :

— Introduis un nouvel agent dans la maison Minwanabi.

Arakasi tira sur un petit bout de ficelle de son écharpe et regarda l'un des nœuds se défaire.

— Dame, c'est trop tôt après la découverte de notre agent, et trop près de l'accession d'un nouveau seigneur. Les Minwanabi examineront attentivement tous les nouveaux candidats qui voudront entrer à leur service, quel que soit leur poste, particulièrement depuis l'arrivée au pouvoir d'Axantucar. En ce moment, il est trop risqué d'envoyer un étranger dans le domaine minwanabi.

Seul un imbécile n'écouterait pas les conseils de son maître espion. Mara laissa échapper un petit geste de frustration, car elle n'avait pas de voie de renseignements sûre dans la maison qu'elle craignait plus que toutes les autres. Tasaio était trop dangereux pour être laissé sans surveillance.

— Laisse-moi réfléchir à tout cela, déclara-t-elle à son maître espion.

Arakasi inclina la tête.

— À vos ordres, ma dame.

Les nouvelles suivantes étaient moins agréables.

— Tecuma des Anasati est malade.

— Gravement ?

Mara se redressa, inquiète. En dépit d'un antagonisme commencé à l'époque de son père, et prolongé par la mort de son défunt mari, elle respectait le vieux seigneur. Et la sécurité d'Ayaki dépendait lourdement de l'alliance informelle entre les Acoma et les Anasati. Soudain angoissée et se faisant des reproches, Mara comprit qu'elle avait courtisé les ennuis en ne prenant pas un époux convenable. Un seul héritier était un fil trop ténu pour garantir la lignée des Acoma.

La voix d'Arakasi la fit sortit brusquement de ses réflexions.

— Selon toutes les apparences, Tecuma n'est pas en danger – mais la maladie dure, et c'est un vieil homme. Il a perdu sa vigueur d'antan lors de la mort de son fils aîné, Halesko, lors de la trahison sur Midkemia. Jiro est maintenant son héritier... Je pense que le seigneur des Anasati s'est lassé du jeu du Conseil, et peut-être de la vie.

Mara soupira, éprouvant un sentiment d'oppression alors que les ombres s'allongeaient. Le reste des informations d'Arakasi consistait en détails mineurs assez intrigants, dont certains allaient sûrement intéresser Jican. Mais l'inquiétude minait le duel d'intelligence auquel elle aimait généralement se livrer avec son maître espion, et elle lui donna congé à la fin de son rapport, sans faire d'hypothèses de travail. Seule dans son cabinet, elle demanda qu'on lui apporte son écritoire et écrivit une note pour souhaiter à Tecuma un prompt rétablissement. Elle prit son sceau personnel, et cacheta le parchemin, puis elle demanda à son coursier d'appeler un messager pour qu'il porte la lettre aux Anasati.

À cette heure, le soleil était bas sur les prairies. La chaleur avait diminué, et Mara marcha un moment seule dans les jardins, écoutant le bruit de l'eau sur les rochers et le bruissement des oiseaux dans les arbres. La manche du Jeu qui avait conduit le nouveau seigneur de guerre au pouvoir avait été extrêmement amère et sanglante. Il fallait développer de nouvelles stratégies et préparer de nouveaux plans, car pendant que les gagnants comme les perdants se retiraient dans leur domaine pour réévaluer la situation, les complots se poursuivraient sans discontinuer.

Tasaio était beaucoup plus dangereux que Desio, mais il avait hérité d'une situation beaucoup plus périlleuse que celle de son prédécesseur. Sa défaite à Tsubar avait amoindri ses ressources, et il avait gagné un rival imprévisible – et potentiellement mortel – en la personne du nouveau seigneur de guerre. Pour l'instant, Tasaio serait obligé d'avancer précautionneusement, pour ne pas trop disperser ses forces et pour empêcher ses ennemis d'exploiter ses faiblesses.

Un grand nombre de nobles de la vieille garde étaient morts, et de nouvelles forces émergeaient. En dépit de son rôle douteux dans la débâcle du traité de paix avec le roi midkemian, le Parti de la roue bleue – surtout les membres du clan Kanazawaï, et tout particulièrement les Shinzawaï – s'en sortait étonnamment indemne. Il avait toujours la considération de l'empereur et était en train de gagner de l'influence.

Mara envisageait les différentes possibilités, et le tour probable que prendrait la politique tsurani. Un rire aigu et un cri retentissant venant de l'intérieur de la maison lui apprirent que Kevin et Ayaki étaient rentrés de leur excursion. Le gibier d'eau était revenu sur les lacs du nord pour la saison chaude, et Kevin avait accepté d'emmener le garçon à la chasse, pour qu'il y essaye son habileté croissante à l'arc. Mara avait peu d'espoir de succès, étant donné la jeunesse de l'archer.

Mais, contre toute attente, son fils et son compagnon surgirent dans le jardin en portant deux magnifiques oiseaux. Ayaki cria :

— Mère ! Regardez ! C'est moi qui les ai abattus !

Kevin sourit en regardant le petit chasseur, et Mara sentit une vague d'amour et de fierté envahir son cœur. Son barbare n'était pas encore complètement sorti de l'humeur noire qui avait commencé avec l'échec du traité de paix. Malgré son silence sur le sujet, Mara savait que l'esclavage de Kevin lui pesait toujours, quel que soit l'amour qu'il ressentait pour elle et Ayaki.

Mais les soucis ne devaient pas la troubler et gâcher la joie du premier exploit d'homme de son fils. Mara exprima son admiration d'une façon très démonstrative.

— C'est toi qui les as abattus ?

Kevin sourit.

— Effectivement, c'est bien lui. Ce garçon est un archer-né. Il a tué ces deux... enfin, quel que soit le nom que vous donnez à ces oies bleues.

Ayaki fronça le nez.

— Ce ne sont pas des oies. C'est un mot stupide. Je te l'ai dit. Ce sont des jojana.

Il rit, car nommer les choses était devenu une plaisanterie récurrente entre eux.

Brusquement, Mara fut glacée par un souvenir. Le père d'Ayaki avait été un véritable démon un arc entre les mains. Une note d'amertume teinta ses paroles lorsqu'elle déclara :

— Ayaki a hérité honnêtement de son don.

L'expression de Kevin s'assombrit, car Mara parlait rarement de Buntokapi, le fils anasati qu'elle avait épousé lors d'une manœuvre du grand jeu.

Le Midkemian chercha immédiatement à la distraire.

— Avons-nous le temps de faire une petite promenade près des pâturages ? Les jeunes needra sont maintenant suffisamment âgés pour jouer, et Ayaki et moi avons fait le pari qu'il ne pourrait pas les battre à la course.

Mara réfléchit un instant.

— Il n'y a rien au monde que je souhaite plus que de passer du temps avec vous deux, à regarder les jeux des needra.

Ayaki leva son arc au-dessus de sa tête et cria son approbation dans un grand élan d'enthousiasme, alors que Mara frappait dans ses mains pour que sa servante lui apporte des chaussons de marche.

— Partez, vous deux, dit-elle à son fils débordant de joie. Apportez vos jojana au cuisinier, et nous verrons si deux jambes sont plus rapides que six.

Alors que le garçon partait en sautillant sur le sentier, les deux oiseaux frappant maladroitement ses genoux, Kevin prit Mara dans ses bras et l'embrassa.

— Tu sembles soucieuse.

Irritée d'être aussi transparente à ses yeux, Mara répondit :

— Le grand-père d'Ayaki est malade. Cela m'inquiète.

Kevin caressa une mèche de cheveux rebelle et la replaça en arrière.

— Est-ce grave ?

— Apparemment non.

Mais Mara gardait les sourcils froncés.

Kevin sentit monter une angoisse intérieure, car l'inquiétude qu'éprouvait Mara pour la sécurité de son fils cachait un marécage de questions que tous deux préféraient ne pas aborder. Un jour, il le savait, elle devrait se marier, mais l'heure de cette union n'était pas encore venue.

— Oubliez vos soucis pour aujourd'hui, murmura-t-il. Vous méritez de prendre quelques heures pour vous-même, et votre fils ne restera pas très longtemps insouciant si sa mère ne peut pas lui consacrer un peu de temps pour jouer.

Mara lui rendit un sourire forcé.

— Alors, il vaut mieux que je retrouve mon appétit, conclut-elle. Sinon, une grande partie de cette viande de jojana durement gagnée ira nourrir les jiga.

20

INQUIÉTUDES

Mara contemplait le paysage.

À travers la cloison ouverte de son cabinet de travail, elle aperçut un courrier remontant à toute vitesse le sentier qui venait de la lointaine route impériale. Le jeune homme musclé ne portait qu'une culotte de toile et une coiffe de tissu rouge arborant l'emblème de la guilde commerciale des messagers. Les guildes n'avaient pas la puissance d'une grande maison, mais pouvaient néanmoins appliquer des sanctions suffisantes pour garantir à leurs courriers de pouvoir traverser l'empire sans être gênés.

Alors que le messager atteignait la porte du domaine, Keyoke clopina sur sa béquille pour l'accueillir. « Pour la dame des Acoma ! » cria le courrier.

Le conseiller pour la guerre accepta le parchemin scellé et donna un jeton au messager, une pièce de coquillage portant le sceau des Acoma. Grâce à lui, l'homme pourrait prouver qu'il avait bien accompli sa mission.

Le messager s'inclina avec respect. Il ne s'attarda pas pour se restaurer, mais repartit immédiatement vers la route, le rythme de sa course à peine moins rapide.

Mara observa son départ avec une note d'inquiétude. Les courriers de la guilde rouge apportaient rarement de bonnes nouvelles. Quand Keyoke arriva dans son cabinet de travail, elle tendit une main nerveuse.

La marque d'identification sur le parchemin était celle qu'elle craignait, le sceau des Anasati. Avant qu'elle ne coupe les rubans et ne lise la lettre, elle sut que le pire était arrivé : Tecuma était mort.

Sur le seuil de la porte, Keyoke l'observait avec des yeux troublés.

— Le vieux seigneur est mort ?

— Ce n'est pas une surprise.

Mara soupira en reposant le court message. Elle jeta un coup d'œil aux comptes de son commerce de soie florissant, qui avaient usé sa patience à peine quelques minutes auparavant. Maintenant, ils représentaient un havre dans les difficultés, et elle désirait de tout son cœur s'y replonger.

— Je crains que nous n'ayons besoin des conseils de Nacoya.

Mara appela un serviteur pour qu'il range les documents, puis accompagna son conseiller pour la guerre à travers le manoir, vers la chambre située face à la chambre d'enfant. La vieille femme avait refusé catégoriquement de l'abandonner, même si elle avait droit à de bien meilleurs quartiers depuis son élévation au titre de premier conseiller.

Alors que Mara posait la main sur la cloison décorée de peintures florales, une voix querelleuse retentit :

— Partez ! Je n'ai besoin de rien !

La dame des Acoma regarda avec espoir son conseiller pour la guerre, qui secoua la tête. Il préférerait sans doute braver une charge frontale sur un champ de bataille que d'entrer le premier dans la chambre de la vieille femme.

Mara soupira, fit glisser la cloison sur le côté, et tressaillit devant le cri outré qui sortit de la pile de couvertures et d'oreillers.

— Ma dame ! cria brusquement Nacoya, pardonnez-moi, je pensais qu'il s'agissait du serviteur du guérisseur, qui apportait des remèdes. (Elle renifla, frotta son nez rougi, puis ajouta Je ne souhaite pas la commisération de visiteurs.

Alitée avec une congestion pulmonaire et la fièvre, la vieille femme dut interrompre sa phrase, vaincue par un accès de toux. Ses cheveux blancs étaient épars et emmêlés, et ses yeux rougis dans un visage qui ressemblait à un parchemin humide et froissé. Les mains qui agrippaient les couvertures semblaient terriblement fragiles. Et cependant, en voyant Keyoke, Nacoya retrouva ses forces pour s'indigner.

— Maîtresse ! Votre cœur est cruel ; vous faites venir un homme au chevet d'une femme malade, sans l'en avertir.

Les joues du premier conseiller des Acoma prirent une teinte écarlate à cause de son embarras, mais elle restait trop têtue et trop fière pour détourner le visage. Son regard orageux se fixa sur Keyoke.

— Et vous, espèce de vieux soldat ! Vous devriez être assez sage pour éviter ce genre d'impair ! Je ne souffrirai pas que l'on me regarde.

Mara s'agenouilla au chevet de son premier conseiller, la sympathie que Nacoya refusait si vigoureusement enfouie au plus profond de son cœur. L'âge de la vieille femme rendait dangereuses même les maladies les plus bénignes, comme les nouvelles du jour le confirmaient. Nacoya avait toujours fait preuve, sous une apparence frêle, d'une résistance et d'une fermeté telles qu'elle semblait indestructible. Mais maintenant qu'elle était dans un état pitoyable, après avoir pris un coup de froid, son ancienne vitalité réduite par les ans à une simple enveloppe, il était évident qu'elle n'était pas immortelle.

Mara tapota l'une des mains ridées.

— Mère de mon cœur, je ne suis ici que parce que tes conseils nous sont nécessaires.

Le ton de la voix de Mara arracha la vieille femme à son auto apitoiement. Nacoya s'assit et toussa.

— Mon enfant, que se passe-t-il ?

— Tecuma des Anasati est mort. (Les doigts de Mara se serrèrent sur la main de son premier conseiller.) Il a succombé à la maladie qui l'a gardé au lit ces derniers mois.

Nacoya soupira. Son regard devint lointain et se fixa sur un souvenir, ou une pensée, qu'elle seule pouvait discerner.

— Il a refusé de combattre plus longtemps, le pauvre homme. C'était un guerrier valeureux, et un adversaire généreux et honorable.

Sous les couvertures, le frêle corps de Nacoya fut secoué par une nouvelle quinte de toux. Alors qu'elle luttait pour retrouver son souffle, Mara lui épargna d'avoir à parler la première.

— Penses-tu qu'il soit sage que je prenne contact avec Jiro ?

La main de Nacoya serra celle de sa maîtresse.

— Ma fille, bien qu'il vous haïsse intensément pour lui avoir préféré son frère, il n'est pas aussi obsédé que l'est Tasaio. Maintenant que le sort des Anasati repose sur ses épaules, le sens des responsabilités pourrait le conduire à la raison.

Du seuil de la porte, derrière Keyoke, la voix de Kevin les interrompit soudain.

— Ne sous-estimez jamais la capacité d'un homme à se conduire de façon stupide, illogique et mesquine.

Depuis ses oreillers, Nacoya lança au Midkemian un regard irrité. Elle était déjà ennuyée que Keyoke puisse la voir dépeignée et malade ; la présence d'un homme jeune était bien pire. Mais elle ne pouvait pas montrer sa colère. En dépit de la conduite bizarre de l'esclave et de son indifférence pour les coutumes tsurani, en dépit de son amour inopportun mais sincère pour Mara, Kevin avait un esprit aiguisé.

À contrecœur, Nacoya admit :

— Votre... esclave est de bon conseil, ma fille. Nous devons supposer que Jiro restera intraitable, tant qu'il n'aura pas prouvé le contraire. Les Anasati sont nos ennemis depuis trop longtemps, même s'ils se sont toujours comportés honorablement. Nous devons agir avec prudence.

— Que dois-je faire ? demanda Mara.

— Envoyer une lettre de condoléances, offrit Kevin pour se rendre utile.

La suggestion lui attira des regards d'incompréhension de Mara et de ses deux conseillers.

— Une lettre de condoléances, répéta Kevin, comprenant qu'il n'existait pas d'équivalent chez les Tsurani. Dans ma patrie, nous avons coutume d'envoyer une lettre pour dire à quelqu'un qui a perdu un parent que l'on partage son deuil et qu'on ne lui veut que du bien.

— Une étrange coutume, reconnut Keyoke, mais empreinte d'un certain sens de l'honneur.

Les yeux de Nacoya brillèrent. Elle regarda longuement et attentivement Kevin, puis prit une inspiration douloureuse et répondit.

— Une telle lettre fournirait une ouverture, permettant d'entrer en relation avec eux sans rien céder. C'est très habile.

— Eh bien, on peut considérer les choses de cette façon, répondit Kevin, perplexe de voir que le concept de compassion avait été compris par l'esprit tsurani comme une autre machination du grand jeu.

L'idée gagna l'approbation de Mara.

— Je vais écrire une lettre immédiatement.

Mais elle n'esquissa pas un geste pour se lever. Elle retint la main de Nacoya, et ses doigts se serrèrent comme si elle répugnait à la lâcher. Pendant un moment, elle regarda le tissage de la couverture. comme si elle évitait de regarder le visage de la vieille femme.

Nacoya demanda :

— Il y a quelque chose d'autre ?

Gênée, Mara laissa son regard errer dans la pièce.

Les instincts de nourrice du premier conseiller ne l'avaient jamais quittée. Elle lança une remarque légèrement désobligeante :

— Cela fait des années que tu n'as pas joué à la jeune fille timide, mon enfant. Dis ce que tu as à l'esprit une bonne fois pour toutes.

Mara lutta contre la brûlure de larmes soudaines. Le sujet qu'elle devait aborder lui ôtait tout sang-froid.

— Nous devons chercher un... serviteur... brillant pour... commencer... à...

La vieille nourrice foudroya la jeune femme du regard.

— Vous voulez dire que je dois commencer à éduquer mon remplaçant.

Mara faillit protester immédiatement. Nacoya avait tenu le rôle de la mère qu'elle n'avait jamais connue ; imaginer la vie sans elle lui semblait impossible, triste et irréel. Bien que le sujet ait été discuté à la légère, elle avait toujours repoussé la décision. Mais ses responsabilités de souveraine lui imposaient leur froide réalité : elle devait maintenant s'en occuper.

Seule Nacoya parvenait à aborder le sujet avec sérénité.

— Je suis vieille, fille de mon cœur. Je sens le froid dans mes os les jours où il fait chaud, et mes devoirs commencent à peser sur ma chair fragile. Ne laisse pas la mort venir vers moi sans que j'aie la certitude que tu auras quelqu'un de bon conseil à tes côtés.

— Le dieu Rouge ne voudra jamais vous emmener, intervint Kevin avec un sourire. Vous êtes bien trop acariâtre.

— Ne blasphème pas, rétorqua Nacoya d'une voix sèche.

Mais le coin de ses lèvres ridées se releva et elle cacha son sourire derrière une toux. Même si elle s'efforçait de détester ce barbare, il était assez beau pour qu'on lui pardonne beaucoup ; et sa loyauté envers Mara était indiscutable.

Mara reprit :

— Keyoke pourrait...

Mais l'ancien guerrier l'interrompit avec une gentillesse que ses soldats n'avaient jamais connue.

— Je suis presque aussi vieux que Nacoya, Mara. (Il prononça son nom avec une affection empreinte de respect.) J'ai servi votre père avec joie et j'ai donné aux Acoma mon épée et ma jambe. Vous m'avez offert une vie avec un but qui dépasse de loin mes espérances de jeune homme. Mais je ne souhaite pas que vous nourrissiez une faiblesse. (Sa voix devint sévère.) Je refuse l'honneur de porter le titre de Nacoya. Vous devez avoir un esprit solide, intelligent, et du sang jeune à vos côtés, pour vous conseiller dans les années qui suivront notre disparition.

Mara ne desserra pas son étreinte sur la main de Nacoya, et ses épaules restaient raides. Kevin prit son inspiration pour intervenir, mais Keyoke lui toucha tranquillement la main pour le retenir.

Le vieux guerrier continua :

— Quand un commandant entraîne ses jeunes officiers, il se comporte comme un imbécile s'il les dorlote ou fait preuve de mollesse. (Keyoke lui expliqua simplement les choses.) Dame, les exigences de la charge de conseiller demandent plus qu'une obéissance aveugle : il faut comprendre ce qui est nécessaire pour le bien de la maison et avoir la volonté d'entrer dans le grand jeu. Je n'ai pas eu le temps d'avoir des enfants. Voudriez-vous nous priver, Nacoya ou moi, de la chance d'éduquer notre successeur ? Une telle personne deviendrait la joie de mes dernières années, peut-être même le fils que je n'ai jamais eu.

— Ou la fille ? intervint Mara en badinant, même si sa voix tremblait.

Keyoke réussit à relever légèrement le coin de ses lèvres, ce qui pour lui était l'expression la plus proche d'un sourire.

— Vous êtes déjà cela, dame.

Mara le regarda, puis Nacoya. Ce n'était plus la fièvre qui faisait briller les yeux de la vieille femme. Elle regardait Keyoke comme s'ils partageaient un secret. La confusion de Mara se cristallisa en un soupçon. Ils devaient avoir déjà énormément discuté de ce problème sans elle.

— Tu as déjà quelqu'un à l'esprit, vieux chien de guerre.

— Il y a bien un homme, avoua Keyoke. Un guerrier dont l'épée est rapide, mais dont les performances dans votre armée ne sont pas satisfaisantes car il réfléchit trop.

— Il embarrasse ses officiers et il ne sait pas tenir sa langue, conclut Kevin à voix haute. Est-ce que je le connais ?

Keyoke ignora son intervention, regardant fixement Mara.

— Il vous a bien servie, bien que la plupart de ses missions se soient déroulées sur vos terres lointaines. Son cousin...

— Saric, l'interrompit Mara en dépit de sa tristesse. Le cousin de Lujan ? Ce jeune officier à la langue agile que tu as éloigné parce que si ces deux lascars restaient ensemble... (Elle s'interrompit et sourit.) C'est bien de Saric dont tu parles ?

Keyoke s'éclaircit la gorge.

— Il a un esprit très créatif.

— Plus que cela, ma dame, ajouta Nacoya, en luttant pour s'éclaircir la voix. Cet homme a une intelligence démoniaque. Il n'oublie jamais un visage, ou une parole prononcée en sa présence. D'une certaine façon, il me fait penser à la fois à Lujan et à Arakasi.

Bien qu'elle n'ait rencontré Saric que brièvement, Mara se souvenait du jeune homme. Il avait un certain charme, des manières qui ne pouvaient être mises en défaut, et un don pour poser des questions embarrassantes ; des qualités inestimables pour un futur conseiller. Pensant affectueusement à Lujan et à sa facilité à accueillir les innovations, Mara répondit :

— Il semble que vous ayez tous les deux déjà fait toutes les recherches. Je cède devant votre grande sagesse. (Elle leva la main pour terminer la discussion.) Faites venir Saric, et commencez son apprentissage comme vous le jugerez bon.

Elle s'apprêta à se lever, et se rappela le parchemin qu'elle avait entre les mains.

— Je dois écrire une lettre à Jiro. (Elle se tourna d'un air implorant vers Kevin.) M'aideras-tu ?

Le Midkemian leva les yeux au ciel.

— Je préférerais jouer avec un relli, avoua-t-il, mais il emboîta le pas à sa maîtresse quand elle quitta la pièce.

Keyoke s'attarda un instant pour souhaiter une prompte guérison à Nacoya ; sa courtoisie lui valut quelques imprécations. Alors que Mara, Kevin, et le conseiller pour la guerre battaient en retraite, descendant le couloir, la toux de la vieille femme les accompagna.

Chumaka, premier conseiller du seigneur Jiro des Anasati, finit de lire le message. Des bagues de coquillage poli étincelaient sur ses doigts courts alors qu'il roulait le parchemin et regardait son jeune maître avec des yeux dénués de passion.

Assis confortablement dans la haute salle des Anasati, Jiro regardait dans le vide. Ses mains fines tambourinaient sur le plancher à côté de son coussin. Le bruit résonnait faiblement dans la pièce traditionnelle aux portes recouvertes de parchemins, et aux plafonds à poutres apparentes assombries par l'âge et cirées jusqu'à obtenir une patine qui se reflétait sur les parquets du plancher. Sur les murs pendait une collection de bannières de guerre pâlies par le soleil, dont un grand nombre étaient du butin pris sur des ennemis vaincus. Finalement, le regard du nouveau seigneur parut se fixer sur elles. Il posa une question faussement nonchalante.

— Quelle est ton opinion ?

— Aussi étrange que cela paraisse, mon seigneur, je pense que cette lettre est sincère. (Chumaka faisait un effort pour rester concis.) Votre père et dame Mara, bien qu'ils ne se soient pas montrés très amicaux l'un envers l'autre, se respectaient mutuellement.

Les doigts de Jiro s'immobilisèrent.

— Père avait le don heureux de voir les choses de la façon qui lui convenait le mieux. Il trouvait Mara intelligente, et elle a ainsi gagné son admiration – tu devrais le savoir plus que tout autre, Chumaka. Ce sont ces mêmes qualités qui t'ont donné ta position.

Chumaka s'inclina, même si le ton de la voix du maître n'indiquait pas un compliment.

Jiro triturait sa ceinture brodée, pensif et mielleux.

— Mara cherche à nous désarmer. Je me demande pourquoi ?

Chumaka évalua avec prudence l'intonation de son maître.

— Si l'on devait considérer le problème d'une manière objective, seigneur, on pourrait considérer que Mara trouve qu'il n'existe pas de cause réelle de conflit entre votre maison et la sienne. Elle semble indiquer qu'il serait possible d'ouvrir des négociations mutuellement bénéfiques...

En dépit de toute la prudence de la réponse, Jiro regimba.

— Pas de cause réelle de conflit ? (Il figea ses traits d'une grande beauté sous un masque d'impassibilité pour masquer un accès de colère irraisonné.) La mort de mon frère n'est pas une cause de conflit ?

Chumaka posa précautionneusement le parchemin sur une petite table, comme s'il se tenait en équilibre sur une corde de soie. La pièce privée d'air était étouffante, et il ne pouvait s'empêcher de transpirer. La mort de Buntokapi était un prétexte, il ne le savait que trop bien ; enfants, les deux frères se battaient continuellement, Bunto brutalisant et tourmentant Jiro qui était moins athlétique que lui. Que Mara ait dédaigné Jiro et pris Bunto pour époux ne lui avait jamais été pardonné, malgré le fait que le choix de la dame s'était fait sur les défauts et non sur les qualités. Elle avait choisi l'idiot qu'elle pourrait berner plutôt que l'homme qui lui aurait été supérieur. Mais cette distinction n'avait pas de signification en termes de rivalité d'enfance. Bunto avait été souverain le premier, même si le fruit avait été empoisonné, et même si finalement Jiro avait hérité du sceptre des Anasati. La blessure s'était infectée parce que le jeune homme n'oubliait pas ses rancunes d'enfant. Bien qu'il soit maintenant assis sur le trône de son père, Jiro ne parvenait pas à oublier le ressentiment né d'une éducation où il avait toujours été le second : derrière l'héritier, Halesko, et même derrière le laborieux Bunto.

Chumaka savait qu'il valait mieux ne pas discuter. À la différence de son père, le jeune maître préférait avoir raison plutôt que de chercher à comprendre les subtilités qui permettent de gagner au grand jeu. Le premier conseiller tempéra donc ses paroles, aussi méticuleux qu'un cuisinier qui choisit ses assaisonnements.

— Bien sûr, mon seigneur, cette blessure est encore douloureuse. Pardonnez mon insensibilité. Mais je me référais plus aux distinctions légales qu'aux liens de naissance. Votre frère avait renoncé à son allégeance envers la maison Anasati quand il avait pris le sceptre des Acoma. Selon une interprétation stricte des lois, la maison Anasati n'a subi aucun dommage – c'est un seigneur des Acoma qui a été tué par les machinations de Mara. J'ai été négligent de ne pas penser à votre douleur personnelle lors du décès d'un frère.

Jiro ravala sa frustration quand il comprit que son premier conseiller, à l'intelligence sournoise, avait déjoué sa manœuvre. Par moments, l'homme était trop habile ; qu'il soit inestimable pour cette même raison ne le rendait pas plus sympathique pour autant. Contrarié, Jiro déclara :

— Tu es très rusé, à ta façon, Chumaka. Mais je parie que tu t'adonnes au Jeu autant pour ton propre amusement que pour la gloire de la maison Anasati.

Cette remarque était trop proche de la vérité au goût de Chumaka, même si elle ne ressemblait pas à une accusation ouverte de déloyauté.

— Je m'efforce toujours de faire triompher les Anasati, maître. (Changeant rapidement de sujet, il demanda) Devons-nous envoyer une réponse à dame Mara, seigneur ?

Jiro lui fit un vague signe d'acquiescement.

— Oui, écris quelque chose... de convenable. Mais reste bien clair : je préférerais la violer pendant que mes soldats brûlent son manoir plutôt que de lui envoyer... Non, n'écris pas cela.

Jiro se frappa la cuisse, écœuré par l'obligation d'user de sous-entendus politiques, alors qu'il préférerait exprimer ses véritables sentiments sur le sujet. Un sourire effleura ses lèvres alors qu'il pensait à quelque chose.

— Non. Remercie Mara pour ses condoléances. Puis fais-lui bien comprendre que, par respect pour lui, je continuerai à honorer les engagements de mon père.

Je ne chercherai pas à entrer en conflit avec les Acoma tant que mon neveu vivra. (Après une pause venimeuse, Jiro ajouta Mais écris aussi très clairement que, à la différence de mon père, je ne ressentirai que du regret si Ayaki meurt. Si mon neveu est menacé, les guerriers anasati ne se précipiteront pas à son secours.

Chumaka s'inclina.

— Je formulerai la lettre de la manière appropriée, seigneur.

Jiro congédia avec brusquerie son conseiller, car il était pressé de retourner dans sa bibliothèque. Sauf lorsqu'il s'agissait de satisfaire ses passions, le nouveau seigneur préférait sa collection de parchemins à la politique.

Mais le conseiller anasati ne montra aucune trace de déception alors qu'il se hâtait de rentrer dans la minuscule pièce qui lui servait d'appartement. Assis derrière une table encombrée, un scribe griffonnait des chiffres sur une ardoise, un livre comptable ouvert près de lui. Sur une seconde table qui dominait la natte de couchage de Chumaka, des documents avaient déjà été séparés en trois piles : les messages qui n'étaient pas d'un intérêt immédiat, ceux qui avaient besoin d'être lus assez rapidement, et enfin les lettres les plus urgentes.

Une note était posée sur la dernière pile. Chumaka la prit et en lut le contenu avant de penser à s'asseoir. Il relut deux fois le message puis se mit à rire.

— Aha ! Enfin, après toutes ces années !

Se tournant vers le scribe, un jeune homme assez talentueux pour garder son emploi comme assistant personnel du premier conseiller, Chumaka déclara :

— Mara des Acoma a beaucoup de chance depuis qu'elle est arrivée au pouvoir. J'en comprends maintenant la raison.

Le scribe lança un regard myope vers son supérieur.

— Monsieur ?

Chumaka s'installa à son endroit favori, sur un coussin dont la trame était tellement usée et les couleurs si pâlies que les esclaves chargés du ménage en parlaient comme d'une relique.

— Kavaï, mon agent à Sulan-Qu, a vu le scribe d'un intendant du seigneur des Minwanabi passer un message à un domestique acoma. Qu'est-ce que cela t'apprend ?

Le scribe cligna des yeux, toujours plus à l'aise avec les chiffres que durant une conversation.

— Un espion ?

— Ou plusieurs. (Se plongeant dans son sujet favori, Chumaka leva un doigt et se fit démonstratif.) De toute façon, nous savions que je n'étais pas le seul à avoir infiltré un agent dans la maison des Minwanabi.

Même maintenant le souvenir de l'échec était amer. La courtisane si talentueuse qu'il avait envoyée à Jingu avait fini par se montrer instable. Bien sûr, son instabilité s'était révélée un facteur majeur dans la chute du seigneur Jingu – un bon résultat, du point de vue de Chumaka. À la différence de son nouveau maître qui n'éprouvait que de la haine pour Mara, Chumaka considérait le grand jeu comme un simple jeu, plus complexe et moins prévisible que les autres ; et l'adversaire dont il fallait se méfier pour le moment était le seigneur des Minwanabi. À la différence de ses prédécesseurs, non seulement Tasaio gouvernait une puissante maison, mais il possédait l'intelligence et le talent pour utiliser au mieux ses ressources. Il était l'homme le plus dangereux de l'empire, particulièrement depuis qu'Axantucar l'avait vaincu dans la lutte pour le blanc et l'or. Car, sans les devoirs d'un seigneur de guerre pour le distraire, Tasaio pouvait consacrer toute son attention au Jeu.

Prenant un pinceau et des parchemins, Chumaka commença à écrire dans son style élégant, traçant des caractères longs et fluides aussi précis que ceux d'un scribe professionnel. Il pensait à voix haute tout en travaillant :

— Nous affrontons un joueur aux talents inhabituels, deux en fait, car notre maître brûle d'envie d'humilier Mara des Acoma et Tasaio des Minwanabi. Nous devons rapidement saisir toutes les occasions qui s'offrent à nous. Je vais ordonner à notre homme de Sulan-Qu de surveiller étroitement cet intendant et de voir si nous pouvons commencer à retracer la route que suivent les messages de dame Mara. (Chumaka s'arrêta et tapota son pinceau contre son menton.) Je n'ai jamais vu une opération aussi subtile depuis que Jingu a anéanti la maison des Tuscaï. (Il rumina encore le passé.) Dommage que leur réseau d'espionnage exceptionnel n'ait pas réussi à les sauver. Je suppose que tous leurs agents sont morts ou sont devenus des guerriers gris... (Doucement, il ajouta Quel dommage qu'une ruse aussi artistique soit tombée en poussière.

Chumaka laissa échapper un soupir d'envie, puis termina sa phrase par une fioriture.

— De toute façon, notre jeune maître a décrété que nous jouerions une partie à trois – très bien. Nous le ferons en poussant nos capacités à leurs limites. Le triomphe est d'autant plus satisfaisant que la situation est difficile.

Parlant autant pour lui-même que pour Kavaï, Chumaka ajouta :

— Ce n'est pas parce que Tecuma était particulièrement doué que la maison des Anasati a bénéficié des meilleurs liens politiques de l'empire. Les dieux le savent bien. Si seulement Jiro voulait bien suivre l'exemple de son père et me laisser faire mon travail sans interférer...

Il ne compléta pas sa pensée.

Le scribe ne disait rien. Il entendait souvent ce genre de divagations, et n'était jamais vraiment sûr de comprendre les murmures bizarres de son supérieur. Il n'était pas convenable qu'un apprenti questionne un compagnon, et encore moins un maître comme Chumaka, même si par moments le premier conseiller semblait mépriser son propre seigneur – ce qui était bien sûr impossible. Une personne avec une attitude aussi perverse ne peut pas s'élever à une aussi haute position dans une grande maison.

Chumaka termina sa missive, puis déclara :

— Maintenant, il faut que j'écrive une réponse à dame Mara, suffisamment rassurante pour qu'elle ne s'inquiète pas pour le moment, mais pas trop pour qu'elle ne considère pas les Anasati comme des amis. (Il prit une profonde inspiration, puis soupira doucement d'un air songeur et triste.) Ah, ce serait extraordinaire de pouvoir travailler pour une telle femme, n'est-ce pas ?

Le scribe ne répondit pas à la question.

La troupe de guerriers vêtus de bleu arriva à l'entrée du manoir acoma. À une certaine distance, Kevin observait la scène : les soldats shinzawaï saluèrent, puis se mirent au repos pendant que leur officier montait les marches en deux grandes enjambées pour rejoindre son hôtesse. Il s'inclina avec un charme irrésistible.

— Vous êtes très gracieuse de nous recevoir, dame Mara.

Kevin sentit la morsure noire de la jalousie quand Mara lui rendit un sourire chaleureux.

— Hokanu, vous êtes toujours le bienvenu.

L'expression amère du barbare ne changea pas alors qu'elle présentait ses conseillers à la suite shinzawaï. Un nouveau venu se trouvait près de Lujan, que Mara présenta.

— Voici Saric.

Saric ne ressemblait pas du tout à son cousin. Il était plus musclé et plus brun, mais l'expression de son visage était familiale alors qu'il saluait Hokanu.

— Mon seigneur, dit-il en inclinant légèrement la tête.

Dans leurs manières, Lujan et lui étaient presque jumeaux.

En sueur, de mauvaise humeur et toujours contrarié par la dispute que Mara et lui avaient eue dans la matinée, Kevin s'attarda sur le parvis pendant que la dame conduisait son invité à l'intérieur et que Lujan ordonnait à l'un de ses chefs de patrouille d'escorter les guerriers shinzawaï dans les quartiers qui avaient été préparés à leur intention.

Depuis une semaine, Kevin savait qu'Hokanu, maintenant héritier de sa maison, viendrait rendre visite à Mara. La dame était restée énigmatique sur les raisons de sa venue, mais les rumeurs dans le domaine disaient clairement que le fils shinzawaï venait faire sa cour à la maîtresse, pour chercher une alliance scellée par les liens du mariage.

Kevin cassa une petite branche d'un arbre et, irrité, arracha les têtes de quelques fleurs. Le mouvement tira sur les cicatrices de son dos et de son épaule ; d'une façon irrationnelle, il aurait voulu disposer d'une épée d'entraînement et de quelques heures d'exercice physique difficile. Mais en dépit de sa défense héroïque de Mara lors de la Nuit des épées sanglantes, les membres de la maisonnée se conduisaient comme si rien ne s'était passé. Son statut n'avait pas changé, et on ne lui faisait pas assez confiance pour le laisser manier même un couteau de cuisine. En dépit de ses années d'association avec Mara et ses conseillers, l'esprit tsurani adhérait à la tradition contre toute logique, contre les sentiments et même contre un progrès sain.

L'obsession de Patrick pour l'évasion avait la sagesse des gens du peuple, reconnut Kevin. Il écrasa le bourgeon d'une fleur, puis d'une autre, et fit la grimace en se retournant et en voyant la rangée de tiges étêtées qui se balançaient, victimes de ses dégradations. Cela faisait trop longtemps qu'il n'avait pas vérifié comment allaient ses compatriotes. Son dégoût envers lui-même s'intensifia quand il se rendit compte qu'il ne connaissait pas la liste de service. Il devrait se renseigner auprès d'un contremaître pour savoir à quels champs ils avaient été assignés.

Il garda la branche entre ses doigts serrés alors qu'il quittait l'ombre plaisante des jardins de Mara et s'aventurait sous le soleil qui frappait les pâturages. Il entendit le rire perlé de Mara derrière lui, puis imagina encore ce bruit alors qu'il parcourait les arpents des lointains pâturages qu'il avait clôturés avec ses compagnons tant d'années auparavant.

Patrick et l'équipe de Midkemians, brunis par le soleil, étaient à genoux dans la chaleur, en train d'arracher le matasha, qui étouffait les herbes nutritives dont les needra avaient besoin pour engraisser.

Kevin jeta son bâton, sauta par-dessus la clôture, et trottina à travers le pâturage pour rejoindre Patrick, penché vers le sol, saisissant les tiges recouvertes de piquants dans sa paume, puis les déracinant de la terre obstinée d'une secousse. L'ancien guerrier aux larges épaules avait pris la couleur du vieux cuir sous le chaud ciel tsurani. Ses yeux étaient maintenant plissés de façon permanente. Sans lever le regard, Patrick déclara :

— Je pensais bien que tu nous rendrais une petite visite.

Kevin s'agenouilla près de son compagnon et commença à arracher des herbes, comme lui.

— Et pourquoi donc ?

— Tu vas t'arracher la peau des doigts en t'y prenant de cette façon, remarqua Patrick. Il faut d'abord briser les fibres de la tige, comme ceci. (Il lui fit une démonstration avec des mains marquées de cals bruns, puis reprit son premier cheminement de pensée.) Généralement, tu as tendance à te souvenir de nous quand tu t'es disputé avec ta dame.

Kevin n'était pas amusé par la remarque, et tira sur une autre mauvaise herbe.

— Qu'est-ce qui te fait penser que nous nous sommes disputés ?

— Eh bien, d'abord, tu es là, mon vieux. (Le vieux guerrier s'assit un moment et essuya la sueur de ses tempes sur son bras nu.) Et ensuite, elle a un visiteur de noble naissance, d'après ce qu'on raconte.

En entendant un cri venu de l'autre côté du champ, Patrick courba les épaules.

— Le maître des esclaves veut que l'on travaille, mon vieux. (Il avança sur ses genoux et attrapa une autre tige.) As-tu remarqué comme les plantes ici n'ont jamais la bonne apparence ?

Kevin arracha une grosse touffe de matasha et l'inspecta.

— On n'a rien de ce genre, chez nous.

Les larges feuilles, aux extrémités teintées d'orange et veinées d'une faible couleur lavande, s'étageaient sur une tige souple.

Patrick désigna le pâturage du pouce.

— Mais cette herbe – elle ressemble tout à fait à la nôtre sur Midkemia, enfin, presque. Le millet, le seigle, la luzerne, même si les nabots leur donnent de drôles de noms. (Il scruta Kevin du regard.) Tu ne trouves pas cela étrange, mon vieux ? Tu ne t'es jamais demandé comment les choses pouvaient tant se ressembler, et être si différentes ?

Kevin s'arrêta et inspecta d'un air désabusé une coupure sur le tranchant de sa main.

— Cela me fait mal à la tête de temps en temps. Ces gens...

— Ouais, ils sont une véritable énigme, l'interrompit Patrick. Quelquefois les Tsurani sont cruels, et d'autres fois, aussi tendres que des bébés. Ils ont une nature aussi embrouillée que celle des gobelins.

Kevin essuya le sang sur ses chausses et tendit la main vers une autre mauvaise herbe.

— Tu vas t'abîmer les mains en faisant cela. Tu n'es pas habitué à travailler, le sermonna Patrick. (Puis il baissa la voix et ajouta Cela fait un an que nous attendons patiemment depuis ton retour, Kevin. Certains des gars pensent qu'il vaut mieux partir en t'abandonnant.

Gêné par les ruisselets de sueur qui trempaient sa chemise, Kevin soupira.

— Vous pensez toujours à vous évader ?

Patrick lança un regard dur à son compatriote.

— Je suis un soldat, mon vieux. Je ne suis pas sûr de préférer mourir plutôt que de farfouiller dans la terre, mais je sais que je préférerais combattre.

Kevin tira sur les lacets de son col, exaspéré.

— Combattre qui ?

— Tous ceux qui nous poursuivront, répondit Patrick en arrachant une autre herbe. Tous ceux qui tenteront de nous arrêter.

Kevin ôta sa chemise de ses épaules. Le soleil lui brûla la peau.

— J'ai parlé à quelques-uns des gardes dans le coin, ceux qui étaient des guerriers gris avant de prêter serment de loyauté à Mara. Ces montagnes ne sont pas très hospitalières. Les pauvres gars qui y vivent déjà ne mangent pas très bien.

Patrick se gratta la barbe.

— Eh bien, j'admets que la tambouille est un peu meilleure depuis que tu as glissé un mot ou deux pour nous, mais ce n'est toujours pas un banquet.

Kevin sourit.

— Et quand as-tu participé à un banquet, vieil escroc ? Le meilleur repas que tu aies jamais mangé t'a été servi dans une taverne de Yabon.

La référence au passé ne provoqua aucun sourire, pas même une taquinerie. Patrick entoura une autre tige résistante autour de son poing, tira et jeta la plante déracinée sur le côté. Les feuilles se flétrissaient en quelques minutes sous le soleil tsurani, à la différence des hommes qui pouvaient dépérir pendant des années, soupirant après le foyer et la liberté qu'ils avaient perdus.

Kevin regarda les montagnes lointaines, une ligne bleu pâle se détachant sur le vert étrange du ciel. Il soupira.

— Je sais. (Sa coupure le piquait impitoyablement mais il tendit la main vers une autre tige.) Il s'est passé des choses étranges à Kentosani cette dernière année.

Patrick cracha.

— Il se passe toujours des choses étranges ici.

Kevin posa une main sur l'épaule de son ami.

— Non, je veux dire quelque chose de particulier... Je ne sais pas si je peux te le raconter correctement. C'est comme un sentiment. Quand tous ces troubles ont éclaté aux jeux impériaux...

— Si tu veux parler du magicien barbare qui a libéré des esclaves, cela n'a pas du tout changé notre sort.

Patrick avança vers une autre zone du pré.

— Ce n'est pas le problème, protesta Kevin, en attrapant sa chemise et en le suivant. Des esclaves ont été libérés dans une culture qui ne connaît pas la notion d'affranchissement. D'après ce que l'on raconte en amont du fleuve, ces hommes se débrouillent assez bien dans la Cité sainte, vivant d'expédients, mais ils sont considérés comme des hommes libres.

Les mains de Patrick s'arrêtèrent sur la tige d'une mauvaise herbe.

— Si un homme pouvait s'enfuir d'ici et se rendre jusqu'au Gagajin...

— Non, dit Kevin, plus brutalement qu'il n'en avait l'intention. Ce n'est pas ce que je veux dire. Je ne veux pas vivre comme un fugitif. Je préfère penser que ce qui a été fait une fois peut recommencer.

— Est-ce que tu as le droit de porter une épée ? demanda amèrement Patrick. Non, et c'est bien cela que je veux dire. Tu refuses l'évidence. Tu sauves la vie de la maîtresse, de bien belle façon, et quand la crise est terminée, tu te retrouves à nouveau esclave.

Touché à un point sensible, Kevin passa ses nerfs sur les mauvaises herbes, puis jura quand il se coupa une nouvelle fois.

— Laisse tomber, mon vieux, répondit Patrick en colère. Les nabots sont aussi têtus que leurs plantes, quand il s'agit de refuser de céder du terrain. Montre-leur le progrès, et ils préféreront le suicide.

Kevin se leva.

— Mais les Très-Puissants sont en dehors de la loi. Le seigneur de guerre, même l'empereur, ne peut pas aller contre leur volonté. Peut-être que maintenant qu'un magicien a libéré des esclaves, un seigneur peut aller contre la tradition et faire de même. Mais, de toute façon, si tu te fais pendre pour avoir tenté de t'enfuir, tu seras mort – et cela, ce n'est pas la liberté, selon ma façon de penser.

Patrick laissa échapper un rire amer.

— C'est vrai. Bon, je vais attendre encore un peu. Mais je ne peux pas te dire combien de temps.

Satisfait de cette réponse, mais toujours contrarié par l'énoncé brutal des vérités désagréables de Patrick, Kevin lança sa chemise sur son épaule. Il rassembla les herbes fanées en une botte et les jeta sur le tas près de la clôture. Les coupures de ses mains le piquaient, mais ses sentiments le brûlaient encore plus. Ses camarades midkemians lui accordèrent à peine un grognement de salut alors qu'il revenait sur ses pas dans le pré. De son côté, il ne les remarqua pas vraiment non plus, l'esprit absorbé par le souvenir du rire de Mara dans les jardins, où elle était assise avec Hokanu.

La chaleur de midi chassa Mara accompagnée d'Hokanu du jardin vers un petit salon que l'on utilisait rarement, et qui n'avait pas changé depuis l'époque de sa mère. Là, dans une pièce bien aérée, agrémentée de coussins pastel et de tentures de mousseline, le couple s'assit pour prendre un repas léger. Un esclave les rafraîchissait avec un éventail de plumes de shatra. Hokanu avait retiré son armure et avait passé une robe légère qui mettait en valeur sa magnifique carrure. À des os fins et un port gracieux, le temps passé sur le terrain d'entraînement avait ajouté des muscles fermes. Il portait peu de bagues et seulement un collier de coquilles de corcara, mais la simplicité de ses vêtements et de ses bijoux ne faisaient que souligner son élégance naturelle. Il but une gorgée de vin et hocha la tête.

— Il est exceptionnel. Dame Mara, votre hospitalité est toujours aussi délicieuse.

Les yeux sombres de la jeune femme rencontrèrent ceux d'Hokanu, pas joueurs ou taquins comme ceux de Kevin pouvaient l'être, mais profonds, empreints d'un mystère que Mara se sentait contrainte d'explorer.

Sans le vouloir, elle se retrouva en train de sourire. Les traits d'Hokanu étaient beaux sans être délicats ou trop appuyés, et la façon directe dont il la regardait provoquait chez elle une réaction instinctive. Intuitivement, Mara sentait qu'elle pouvait faire confiance à ce fils des Shinzawaï. Ce sentiment était unique, même surprenant, après les incessantes intrigues politiques qui compliquaient ses rapports avec les autres personnes de son rang.

Consciente qu'elle regardait Hokanu sans parler et qu'elle avait oublié de répondre à son compliment, Mara cacha son rougissement en portant sa coupe à ses lèvres.

— Je suis heureuse que le vin vous plaise. Je dois avouer que je laisse le choix des crus à mon hadonra. Il a un instinct infaillible en ce domaine.

— Alors, je suis flatté qu'il ait choisi d'apporter le meilleur vin, répondit doucement Hokanu.

Alors qu'il l'observait, il semblait la voir autrement qu'en jugeant la façon dont elle était coiffée ou vêtue ; avec une intuition proche de celle d'Arakasi, il allait au-delà des apparences pour toucher directement son cœur.

— Dame, vous avez l'instinct de voir au fond des choses. Savez-vous que je partage votre répugnance pour les oiseaux en cage ?

Surprise, Mara se mit à rire.

— Comment le savez-vous ?

Hokanu fit tournoyer le vin dans sa coupe.

— Votre expression, quand vous m'avez décrit le salon de dame Isashani dans le palais impérial. Et puis, Jican a mentionné une fois devant moi qu'un soupirant vous avait envoyé un li. Il s'était écoulé moins de deux semaines, d'après lui, avant que vous ne le libériez.

Se rappelant sans le vouloir sa frustration aiguë concernant le dilemme de Kevin, Mara s'efforça de ne pas froncer les sourcils.

— Vous êtes très observateur.

— J'ai dit quelque chose qui vous a troublé. (Hokanu posa sa coupe. Il se pencha sur le coussin et posa une main aux doigts longs sur la table.) J'aimerais savoir quoi.

Mara eut un geste de frustration.

— Juste un concept expliqué par un barbare.

— Leur société est pleine de concepts fascinants, répondit Hokanu, ses yeux sombres et perspicaces toujours fixés sur elle. De temps en temps, ils nous font paraître comme des enfants têtus et attardés – retranchés derrière nos traditions au point d'en devenir aveugles.

— Vous les avez étudiés ? demanda Mara, intriguée et le montrant ouvertement avant de penser à masquer l'expression de son visage.

Hokanu ne sembla pas s'en soucier, car le sujet le fascinait lui aussi.

— Il y avait bien plus de choses derrière l'effort de paix manqué de notre empereur que ce que notre peuple croyait. (Puis, comme s'il regrettait que la politique ne brise leur moment d'intimité, l'héritier shinzawaï repoussa le problème.) Pardonnez-moi. Je ne voulais pas vous rappeler des temps difficiles. Mon père a appris que vous aviez été assiégée toute une nuit au palais impérial. Il dit que la façon dont vous avez survécu a été un grand honneur pour les Acoma. (Avant que Mara ne puisse écarter le compliment, il lui lança ce regard si direct qui la faisait toujours sortir de sa réserve.) J'aimerais beaucoup entendre ce qui s'est passé de votre propre bouche.

Et Mara vit sa main avancer légèrement sur la table ; avec la perception mystérieuse qu'elle semblait partager avec lui, elle sut qu'il désirait la prendre dans ses bras. Des frissons la parcourent alors qu'elle imaginait la sensation de son corps de guerrier contre le sien. Il était plus que séduisant – il la comprenait, et n'avait aucune des barrières culturelles ou des blessures émotionnelles qui compliquaient ses relations avec Kevin. Là où le barbare répondait par l'humour devant sa sombre nature tsurani, l'homme qui se tenait devant elle saurait tout simplement la comprendre, et sa promesse tacite de protection avait un attrait puissant.

Mara se rendit compte qu'elle avait à nouveau le regard dans le vide. Elle devait répondre à sa demande d'une manière ou d'une autre, pour que le caractère émotionnel de leur rencontre ne se transforme pas en passion.

— Je me souviens d'un grand nombre de cages à oiseaux brisées, dit-elle en s'efforçant de prendre un ton léger. Le seigneur Hoppara avait joint ses forces aux miennes, et les attaquants qui ont envahi son appartement n'ont pas trouvé de victimes à tailler en pièces. Ils ont passé leur rage sur les li d'Isashani et une bonne partie de ses coussins violets. Le lendemain, les attrapeurs d'oiseaux de la dame se sont épuisés à pourchasser les petits fugitifs.

Déçu de ne pas entendre le côté plus personnel de l'histoire, Hokanu fronça très légèrement les sourcils. Ses yeux avaient un angle un peu exotique, et cette expression lui donnait un air hagard.

— Dame Mara, ajouta-t-il doucement, et son intonation provoqua un frisson glacial chez la jeune femme. Je suis peut-être trop audacieux en me présentant de cette manière, mais les événements de l'empire ont imposé des changements qu'aucun de nous n'aurait pu prévoir, il y a à peine quelques mois.

Mara posa son verre de vin pour cacher le léger tremblement de ses mains. Elle savait, oh, elle savait où il allait en venir, et les sentiments qui luttaient en elle étaient trop farouches et embrouillés pour être démêlés. Elle demanda d'une voix faible :

— Qu'est-ce que vous voulez dire ?

Hokanu lut sa confusion aussi facilement que si elle l'avait criée. Il se pencha sur son coussin, pour accentuer la force de ses paroles.

— Mon frère a été perdu de l'autre côté de la faille, et je suis le seul qui reste. Je succéderai un jour à mon père à la tête des Shinzawaï.

Mara hocha la tête, encore plus troublée par le chagrin qu'elle percevait chez Hokanu après la perte soudaine de Kasumi. Les deux garçons avaient été élevés comme des frères, et la douleur d'Hokanu était profonde.

— Quand je vous ai rencontrée pour la première fois... (Hokanu surmonta son chagrin, et ses lèvres se relevèrent en un petit sourire ironique.) Je l'avoue, dame, j'ai ressenti du regret la première fois où je vous ai vue.

Surprise et riant soudainement, Mara répondit :

— Vous avez une étrange manière de faire un compliment, Hokanu.

Le sourire du jeune homme s'élargit, et ses yeux brillèrent d'un plaisir partagé alors qu'il voyait Mara rougir.

— Alors, je dois reformuler ma phrase, belle dame. Mon regret était particulièrement féroce parce qu'il se trouvait que cette occasion était celle de votre mariage.

L'expression de Mara changea, et devint pensive et amère.

— Il y a eu beaucoup de regrets dans ce mariage, Hokanu.

Et cette émotion si étrange revint, Mara sachant instinctivement qu'il savait, sans qu'elle ait besoin de lui expliquer.

— Mara, reprit-il, prononçant ce mot comme une caresse. Nous avons tous deux des devoirs envers nos ancêtres. J'ai grandi en sachant que mon destin serait d'améliorer les relations de ma famille par un mariage. J'ai toujours pensé que mon père me marierait avec la fille d'un seigneur ou d'un autre. Mais maintenant...

Mara finit sa pensée.

— Maintenant vous êtes l'héritier d'une maison honorable.

Le soulagement d'Hokanu était palpable.

— Et d'autres considérations sont en jeu.

Mara sentit une vague d'espoir mêlée à un désappointement attristé. Elle avait peut-être mal interprété son attitude. Il éprouvait des sentiments pour elle, et il savait combien sa présence la touchait. Il se montrait attentionné, tentant précautionneusement de se dégager de ses promesses sans la blesser.

— Je sais que les considérations politiques risquent d'interférer avec l'intérêt de votre cœur, offrit-elle, espérant adoucir ses difficultés.

— Mara, quand je venais vous rendre visite auparavant, je chérissais l'espoir que vous présenteriez un jour une requête à mon père, me demandant comme consort. (Son hésitation disparut comme les nuages devant le soleil, et l'espièglerie de ses yeux rayonnait sur son visage.) Les rôles de souveraine et de second fils m'obligeaient à garder le silence. Maintenant, comme héritier, je peux vous proposer un arrangement différent.

Le sourire de Mara s'évanouit. Il n'allait pas lui dire poliment qu'il ne pouvait plus lui faire sa cour ! Il allait lui faire sa demande ! Paniquée, piégée là où elle était le plus vulnérable, et poussée brutalement contre le buisson épineux de son avenir avec Kevin, elle lutta pour retrouver son calme et son sang-froid.

— Qu'avez-vous à l'esprit ?

Hokanu hésita, ce qui ne lui ressemblait pas. Il sentait la confusion de Mara, qui l'intriguait. Il dut changer son discours, et ses mains saisirent instinctivement le rebord de la table, comme s'il s'attendait à recevoir un coup.

— Je vous demande ceci de façon informelle, car si vous déclinez ma proposition, je ne souhaite pas un refus public. Mais, si vous le désirez, je ferai venir le premier conseiller de mon père pour qu'il rende visite à votre premier conseiller, afin qu'ils prennent toutes les dispositions pour notre rencontre... (Il faillit rire, et sa nature forte et directe reprit le dessus.) Je digresse. Épousez-moi, Mara. Un jour, Ayaki sera seigneur des Acoma, et votre second fils - notre fils - portera le sceptre des Shinzawaï. Je ne souhaite rien d'autre que de vous avoir à mes côtés comme dame, et de savoir que deux anciennes maisons seront un jour dirigées par des frères !

Mara ferma les yeux, luttant contre une vague de confusion. Même si elle connaissait bien Hokanu, même si elle était très attirée par son charme, l'idée d'un mariage provoquait une tempête dans son cœur. Elle avait senti l'arrivée de ce moment inévitable. Elle avait vainement cherché un abri derrière l'idée que l'accession d'Hokanu au titre d'héritier pourrait lui épargner cette demande, que des considérations politiques le forceraient à chercher un mariage avec une famille possédant de meilleures relations. Aucune pensée rationnelle ne l'avait préparée à cette réalité.

Elle sentit les yeux d'Hokanu se poser sur son visage, sentit qu'il partageait sans rien dire l'émoi que ses paroles avaient provoqué. Et de cette façon gracieuse qui brisait infailliblement ses défenses, il vint à son secours.

— Je vous ai surprise. (Sa voix avait pris un ton d'excuse.) Vous ne devez pas vous sentir mal à l'aise. Laissez-moi me retirer et vous donner le temps de réfléchir. (Il se leva, faisant preuve de considération pour elle, se comportant en grand seigneur.) Dame, quoi que vous décidiez, ne craignez pas de blesser mes sentiments. Je vous aime en tout honneur, mais je vous aime aussi pour vous-même. Je ne chérirais aucune minute qui n'apporterait pas de bonheur en ma compagnie. Cherchez votre bonheur, dame Mara. Je suis assez homme pour savoir trouver le mien.

Interdite, se tordant les mains et torturée par ses émotions, Mara leva les yeux et se rendit compte qu'Hokanu était sorti. Elle ne l'avait pas entendu partir. Elle dut regarder à deux fois pour s'assurer que le salon était vide. Elle tendit une main tremblante, prit sa coupe de vin, et la vida. Puis elle regarda la coupe vide et les assiettes intactes. Le visage de Kevin se mêla à celui d'Hokanu dans son souvenir, jusqu'à ce qu'elle éprouve une terrible envie de hurler sa frustration aux murs.

Elle ne pouvait pas choisir entre eux, cela lui était impossible. Le dilemme de l'amour et de l'honorable nécessité politique la déchirait comme un buisson d'épines.

— Ô dieux, que tout est embrouillé, murmura-t-elle.

Ce n'est qu'à ce moment qu'elle comprit qu'elle n'était plus seule. Avec une sollicitude réelle et galante, Hokanu lui avait envoyé son premier conseiller pour la réconforter et l'aider dans ce moment maladroit.

Encore faible après sa maladie, Nacoya secoua la tête, indiquant à Mara qu'elle ne devait plus parler.

— Venez, fit brusquement la vieille femme. Retournons dans vos appartements privés et ôtez ces robes de cérémonie. Quand vous serez installée plus confortablement, nous pourrons parler.

Mara lui permit de l'aider à se relever. Elle suivit Nacoya dans les couloirs sans voir où elle allait ni remarquer les planchers sous ses pieds.

— Quelqu'un veille-t-il aux besoins d'Hokanu ? demanda-t-elle d'une voix sans force.

— Saric s'en occupe. Lujan va organiser une petite joute entre les guerriers.

Nacoya ouvrit d'un geste brusque la cloison de la chambre de Mara, et rappela une dizaine de servantes et de domestiques.

— De l'eau pour un bain, ordonna-t-elle. Et quelque chose de léger et de confortable que la maîtresse puisse porter en sortant de l'eau.

Mara se tenait les bras écartés, raides, alors que ses femmes de chambre défaisaient les boutons de bois et les lacets de sa robe de cérémonie.

— C'est impossible ! s'exclama-t-elle. Ce n'est pas le bon moment.

Nacoya fit claquer sa langue.

— Les Shinzawaï sont une famille ancienne, avec un honneur égal au nôtre, mais le rôle qu'ils ont joué dans la tentative avortée de paix de l'empire...

Confondue par ce revirement vers la pure politique, Mara sortit de sa lourde robe. Elle avança machinalement vers le bain frais préparé par ses servantes, et s'assit en frissonnant, pendant que deux jeunes femmes lui frottaient le dos.

— Qu'est-ce qui m'arrive ? Pourquoi est-ce que je ne peux pas lui dire non et oublier ce problème ?

Nacoya répondit de façon détournée.

— Ma fille, il n'existe aucun moyen sûr de gouverner le cœur.

— Mon cœur n'a rien à voir avec cela ! rétorqua Mara, avec une violence qui était en soi une contradiction. Qu'est-ce qu'Hokanu est pour moi sinon un moyen vers une fin ?

Le premier conseiller s'assit sur un coussin et entoura ses genoux de ses doigts noueux. Elle ne dit rien, pendant que Mara supportait un bain qu'elle n'appréciait pas. La dame se leva au moment approprié et sortit de l'eau, restant debout en fronçant les sourcils pendant que ses servantes l'essuyaient.

Nacoya ne rompit pas le silence jusqu'à ce qu'une autre servante arrive avec une robe d'intérieur légère.

— Maîtresse, les Shinzawaï sont l'une des familles les plus honorables de l'empire dans ma mémoire et celle de mon père. L'ancien seigneur, Shataï, le père de Kamatsu, était le chef de guerre des Kanazawaï quand un seigneur des Keda était assis sur le trône de seigneur de guerre. Et personne n'a jamais entendu parler d'un seigneur des Shinzawaï qui ait rompu une promesse. Leur honneur n'a jamais été remis en question.

Mara savait tout cela. Alors que ses femmes de chambre laçaient sa robe, elle regarda son ancienne nourrice en contenant difficilement son exaspération.

— Mais leur position en ce moment est contestable.

— De nombreuses rancunes perdurent depuis l'échec de la paix et la Nuit des épées sanglantes, acquiesça Nacoya. Un grand nombre de familles endeuillées affirment que les meurtres n'auraient jamais eu lieu si la Roue bleue et, plus particulièrement les Shinzawaï, n'avaient pas été au cœur des manigances de l'empereur.

Il n'était nul besoin de rappeler à Mara que c'était uniquement parce qu'un trop grand nombre de nobles étaient blessés et que tout le monde préférait rester prudent, que personne n'avait songé à se venger des Shinzawaï. Lier les Acoma à cette famille par un mariage ne ferait qu'ajouter des noms à la liste de leurs ennemis.

Non, décida Mara, alors que le raisonnement précis de Nacoya lui permettait de démêler ses émotions et de clarifier ses pensées. Le cœur du problème était ailleurs. Hokanu était assez séduisant ; et son profond attachement pour Kevin la troublait douloureusement. Mais elle ne s'était jamais leurrée avec le faux espoir que l'amour lui permettrait de remplacer un époux par un esclave. Son émoi prenait ses racines ailleurs : elle répugnait à laisser le contrôle de sa vie à un souverain, quel qu'il soit. La brève période qu'elle avait vécue avec Buntokapi ne lui avait laissé que de mauvais souvenirs, mais ce n'était pas tout.

Mara soupira et regarda le jardin par la cloison ouverte. La journée avançait, et les ombres s'allongeaient sur le sentier entre les massifs d'akasi. La riche terre verdoyante qui avait appartenu à son père, et à ses ancêtres avant lui, avait prospéré depuis l'année où une toute jeune fille avait reçu un héritage bien au-dessus de son âge et de son expérience. En se remémorant ses succès, Mara admit une vérité plus profonde, beaucoup moins embrouillée que tous les conflits de sa vie, passés ou présents. Après une longue minute, elle dit à Nacoya :

— Merci pour tes conseils. Tu peux partir maintenant.

Alors que la vieille femme s'inclinait et sortait, Mara réfléchissait. Tant d'événements de sa vie avaient été la conséquence de son titre de souveraine. Mais les devoirs, les terribles responsabilités, et même le danger n'étaient pas aussi effrayants qu'ils lui avaient semblé le jour où elle avait quitté le temple de Lashima. Depuis qu'elle avait repris le sceptre des Acoma, elle avait appris à apprécier le pouvoir, à se réjouir d'utiliser son intelligence dans les machinations du grand jeu. Ces choses lui donnaient la liberté de poursuivre de nouvelles idées. *Que ressentirais-je si je devais laisser quelqu'un d'autre prendre les décisions ?* se demanda-t-elle. Pourrait-elle se contenter de collectionner les li, de décorer des salons ou d'arranger des mariages, comme le faisaient les autres dames ? Les femmes possèdent un pouvoir particulier, qu'elles manient quelquefois avec des résultats impressionnants. Pourrait-elle ressembler à Isashani des Xacatecas, et éprouver autant de satisfaction à tirer les ficelles dans les coulisses que lorsqu'elle disposait d'un pouvoir incontesté ?

Mara soupira une nouvelle fois.

Une ombre se découpa sur la cloison du jardin.

— Je sais ce que vous pensez.

La voix familière avait surgi de derrière elle. Mara releva les yeux et trouva Kevin en train de la regarder, un sourire forcé sur le visage.

Il exprima son opinion à voix haute, comme il le faisait toujours, sans attendre son autorisation.

— Vous vous demandez ce que cela ferait de vous reposer et de laisser ce jeune guerrier des Shinzawaï prendre les choses en main.

Riant de surprise, Mara répondit :

— Espèce de... monstre !

Kevin s'assit lourdement sur le sol à côté d'elle, et rejeta en arrière ses cheveux d'or roux, qui avaient d'ailleurs grand besoin d'être coupés. Il s'arrêta quand ses lèvres furent à quelques centimètres des siennes.

— N'ai-je pas raison ?

Elle l'embrassa. Elle pouvait résister au charme d'Hokanu, mais cet homme était un véritable poison qui courait dans ses veines.

— Oui, sois maudit.

— Je vais vous dire exactement ce que ce serait. Monotone. (Kevin fit un grand geste circulaire qui se termina dans une étreinte. Il l'embrassa à son tour.) Vous aimez le pouvoir.

— Je n'ai jamais souhaité le sceptre des Acoma, répondit-elle d'une voix sèche, qui contenait une note d'avertissement.

— Je sais, répondit-il sans s'émouvoir ni mordre à l'hameçon. Cela ne change pas le fait que vous aimez le pouvoir.

Mara se permit une grimace complaisante.

— Personne ne t'a demandé ton opinion.

Elle n'avait pas nié. Pour Kevin, c'était comme un aveu. Alors qu'elle s'appuyait, heureuse, contre son épaule, il poursuivit impitoyablement ses conclusions.

— Le jeune seigneur que vous courtisez n'est pas un homme faible. Quand il sera votre époux, c'est lui qui commandera et, à moins que je ne me méprenne sur les traditions tsurani, vous ne serez plus jamais souveraine. (Avec un sourire malicieux, Kevin demanda Alors, vous allez l'épouser ?

Mara tendit les mains, attrapa deux poignées de barbe rousse, et tira dessus pour le taquiner.

— Peut-être. (Quand Kevin écarquilla les yeux, elle ajouta Mais pas maintenant. Politiquement, ce n'est pas le bon moment, et je dois m'occuper de quelque chose auparavant.

— Comme quoi ? demanda Kevin, soudain soucieux et ayant perdu tout sens de l'humour.

Sans comprendre vraiment que les railleries de Kevin masquaient une terrible incertitude, Mara devint sinistre.

— Comme la destruction de Tasaio des Minwanabi.

La table était décorée comme pour un jour de fête. Des lanternes de papier lançaient des flèches de lumière à travers des motifs découpés, et de riches reflets rubis étincelaient dans le vin que les domestiques avaient apporté avec le repas. Les assiettes et les couverts étaient les plus beaux de la maisonnée, mais ni Mara ni son invité ne se soucièrent de terminer les petits gâteaux et les sauces. Hokanu était assis à son aise sur les coussins, mais son attitude de relaxation était feinte.

— Je comprends, bien sûr.

Sa voix était douce, sans le moindre ressentiment, et il ne semblait pas surpris. Mais Mara le connaissait assez bien pour remarquer la petite pause tranquille qu'il avait dû prendre pour retrouver son sang-froid dans l'instant qui avait suivi son refus, pour des considérations politiques, de sa demande informelle de mariage. Il n'était pas angoissé – tout du moins pas avec l'amertume et la rage que Jiro avait montrées quand elle avait choisi son frère, ni avec l'air de chien battu que Kevin exhibait dans ses humeurs sombres – mais elle percevait une véritable douleur d'être rejeté.

Comme elle s'y attendait, sa tristesse lui fit de la peine.

— Je vous en prie, ajouta-t-elle, avec moins d'impassibilité qu'elle ne l'aurait voulu. Vous devez connaître mon cœur.

Hokanu regarda ses mains immobiles qui reposaient à demi fermées autour de sa coupe de vin. Impulsivement, Mara souhaita pouvoir tendre la main vers l'autre côté de la table et prendre ses longs doigts dans les siens. Mais cela serait maladroit, et même inconvenant... Elle n'avait pas accepté de devenir son épouse. Mais elle ne put dissimuler entièrement ses regrets.

— Je... je vous admire plus que vous ne le pensez. Vous êtes tout ce que je pourrais demander au père de mes enfants. Mais nous gouvernons tous les deux. Notre maison deviendrait un camp armé... Où vivrions-nous ? Dans ce domaine, entourés de soldats qui ne vous sont pas loyaux ? Ou dans le domaine de votre père, au milieu de soldats qui ne me sont pas loyaux ? Pouvons-nous demander à des hommes qui ont prêté serment devant nos natami familiaux d'obéir à une autre maison, Hokanu ?

En entendant son nom comme elle seule pouvait le prononcer, Hokanu eut un sourire amer. Les paroles de Mara provoquèrent un haussement de sourcils étonné.

— Mara, j'avais envisagé que vous viendriez vivre avec moi sur le domaine de mon père, et que nous désignerions une personne de votre choix comme régent d'Ayaki jusqu'à ce qu'il atteigne sa majorité. (Hokanu fit un geste désobligeant envers lui-même.) Dame, pardonnez-moi ma présomption inconsidérée. J'aurais dû anticiper que vous, entre toutes les femmes, n'alliez pas réagir de façon coutumière et séculaire. (Son expression devint ironique.) J'ai admiré votre esprit libre. Faire de vous une épouse ordinaire serait comme mettre un li en cage. Je m'en rends compte maintenant.

Ses traits d'une grande beauté étaient dorés par la lumière des lampes, et ses yeux semblaient aussi profonds que les étangs des forêts sacrées. Mara prit une profonde inspiration pour retrouver son aplomb.

— Vous avez fait preuve de présomption, Hokanu, mais ce n'est pas une faute grave.

Avant de comprendre qu'elle s'était abandonnée à son désir, elle avait tendu les mains de l'autre côté de la table et saisi ses doigts. Sa peau était très chaude, chaque tendon clairement souligné.

— Tous ces problèmes seraient résolus si Tasaio des Minwanabi ne me menaçait pas, comme s'il tenait une épée au-dessus de mon cou. Si votre famille et vous ne vous étiez pas trouvés au cœur du plan de l'empereur pour imposer la paix au Grand Conseil. Si...

L'autre main d'Hokanu se déplaça et se referma doucement sur les siennes. Son expression s'était subtilement modifiée. Il ne ressentait pas de la colère ou du chagrin, mais plutôt un profond intérêt.

— Continuez.

— Si nous vivions dans un pays... (Elle hésita, car elle n'était pas sûre de la meilleure façon de formuler un concept qui lui avait été largement inspiré par Kevin)... où la loi gouverne autant que la parole, et où la politique n'approuve pas le meurtre...

Elle fit une pause et comprit sur l'instant que le silence d'Hokanu était un reflet du sien ; la main posée sur la sienne s'était resserrée dans un ressentiment partagé contre les défauts enracinés dans leur culture, qu'elle avait fini par reconnaître à contrecœur. Leur affinité si aisée la troubla, et pour reprendre ses distances, elle se concentra uniquement sur ses paroles.

— Si nous vivions en des temps où nos enfants pourraient grandir sans craindre les poignards derrière chaque porte, alors, Hokanu des Shinzawaï, je serais profondément honorée de devenir votre épouse. Il n'y a pas d'autre homme dans l'empire que je préférerais pour père de mon prochain enfant. (Elle détourna le regard, craignant que la présence d'Hokanu ne lui fasse rompre à nouveau le protocole.) Mais, jusqu'à ce que le Conseil se soit calmé et que les choses que nous connaissons soient différentes, une union entre nous ne ferait que mettre en danger nos deux maisons.

Hokanu resta silencieux. Il caressa sa main puis la lâcha, et ne dit rien jusqu'à ce que le regard de Mara revienne vers lui, pour pouvoir la regarder droit dans les yeux.

— Vous êtes sage bien au-delà de vos années, dame Mara. Je ne peux pas prétendre que je ne suis pas déçu. Je ne peux qu'admirer votre dévouement. (Il inclina légèrement la tête sur le côté.) Votre force exceptionnelle vous rend encore plus chérissable.

Mara se rendit compte que ses yeux étaient humides.

— Hokanu, une fille d'une autre maison aura beaucoup de chance.

Hokanu s'inclina devant le compliment.

— Cette fille devrait avoir beaucoup plus que de la chance pour pouvoir me faire oublier mes sentiments envers vous. Avant de partir, puis-je au moins savoir si vous considérez favorablement une amitié avec les Shinzawaï ?

— Assurément, le rassura-t-elle.

La tête lui tournait de soulagement qu'il ne se soit pas mis en colère et qu'il n'ait pas oublié la courtoisie. Elle ne s'était pas vraiment rendu compte à quel point elle avait été effrayée que son refus puisse le monter contre elle.

— Je chérirai cette amitié comme un privilège, poursuivit-elle.

— Considérez-la comme un présent, répondit Hokanu. Vous en êtes digne.

Il avala sa dernière gorgée de vin, puis se prépara avec tact à prendre congé. Mara le devança, comme pour retarder le triste moment de son départ.

— Si vous le permettez, je vous supplie de m'accorder une faveur.

Il s'arrêta alors qu'il était sur le point de se lever. Il la scruta de ses yeux sombres, honnêtement, sans soupçonner qu'elle puisse utiliser son sentiment envers elle à des fins politiques, mais plutôt dans un désir intense de deviner ses motivations. Mara lut dans son regard et comprit, au plus profond de son cœur, combien ils se ressemblaient : tous deux avaient un instinct pour le grand jeu, et la volonté de s'y engager à fond.

— Que voudriez-vous demander, dame Mara ?

La jeune femme s'efforça de rendre sa voix plus légère, pendant qu'elle se demandait comment aborder un sujet difficile.

— Je crois savoir qu'un Très-Puissant se rend fréquemment dans votre demeure.

Hokanu hocha la tête, le visage maintenant impassible.

— Cela est vrai.

Après un instant de tension, Mara précisa :

— J'aimerais beaucoup avoir une rencontre informelle avec un tel personnage. Si vous pouviez faciliter cette entrevue, je considérerais que j'aurais une dette envers vous.

Hokanu plissa légèrement les yeux, mais il n'exprima pas de curiosité sur les motivations de Mara.

— Je vais voir ce que je peux faire.

Puis il se leva vivement, et la salua cérémonieusement de quelques phrases aimables. Mara se leva aussi, attristée que l'atmosphère d'intimité soit maintenant brisée. Le charme d'Hokanu était maintenant tout en surface, et malgré tous ses efforts, elle ne pouvait plus lire au plus profond de son âme. Quand il fut parti, elle s'assit dans la lumière des lanternes de papier, tournant et retournant sa coupe de vin dans ses mains. Elle ne parvenait pas à se rappeler les dernières paroles d'Hokanu, mais seulement qu'il avait trop bien dissimulé ses sentiments.

Les coussins de l'autre côté de la table lui semblaient trop vides, et la nuit un peu plus sombre.

Finalement, Nacoya la rejoignit, comme elle s'y attendait. L'instinct de l'ancienne nourrice était infaillible. Après avoir lancé un regard vers sa maîtresse, la vieille femme s'assit à ses côtés.

— Fille de mon cœur, tu sembles troublée.

Mara s'appuya contre Nacoya, la laissant la prendre dans les bras comme si elle était à nouveau une petite fille.

— Nacoya, j'ai fait ce que je devais faire, et j'ai repoussé la proposition d'Hokanu. Mais je suis troublée par une tristesse qui n'a pas de raison. Je n'aurais pas pensé que, aimant Kevin aussi profondément, je pourrais ressentir une telle peine en refusant la demande d'Hokanu.

Nacoya leva la main et caressa doucement la joue de Mara comme elle l'avait fait tant de fois durant les années douloureuses de son enfance.

— Ma fille, le cœur peut abriter plusieurs amours. Ces deux hommes ont leur place dans le tien.

Mara soupira, s'autorisant un moment de réconfort dans les bras de la vieille femme. Puis elle sourit d'un air désabusé.

— Tu m'as toujours dit que l'amour était un buisson embroussaillé. Je n'avais jamais compris jusqu'à quel point, et je ne savais pas que les épines étaient aussi nombreuses.

Au bruit du gong, Mara se raidit. Kevin venait juste de commencer à faire glisser sa main le long de son dos, mais elle s'écarta et échappa soudain au Midkemian. Kevin se retrouva tout seul, empêtré dans les couvertures. Avec un temps de retard, il se rendit compte qu'il n'avait jamais entendu auparavant le gong qui avait fait réagir Mara. Regardant vers le plafond depuis la natte de couchage, il demanda :

— Qu'est-ce que c'est ?

Sa question somnolente se perdit dans une vague d'activité quand la porte des appartements de Mara glissa sur le côté et que deux femmes de chambre entrèrent précipitamment avec des peignes et des épingles. D'autres suivaient ; elles ouvrirent la garde-robe, et en quelques instants, la maîtresse fut vêtue de robes de cérémonie, tandis que des femmes peignaient ses cheveux emmêlés par le sommeil.

Kevin fronça les sourcils. Tiré brutalement d'un interlude plaisant, il réalisa que sa dame n'avait pas prononcé un mot pour ordonner cette invasion intempestive.

— Mais que se passe-t-il ? demanda-t-il une nouvelle fois, assez fort pour être remarqué.

— Un Très-Puissant arrive ! répondit Mara avec impatience. (Elle continua à désigner à ses servantes les bijoux qu'elle voulait porter avec sa tenue de cérémonie.) Je veux le collier de métal pour cette occasion, et aussi la tiare de jade.

— À cette heure ? demanda Kevin, en se levant de la natte.

Il ramassa sa robe grise et s'en vêtit.

Au centre de cette activité fébrile, Mara lâcha un soupir d'exaspération.

— En temps normal, j'aurais déjà quitté la natte depuis une heure.

— Bon, d'accord, répondit Kevin, qui de toute évidence devait être le coupable. (Il avait fait de son mieux pour la retenir, et au début elle avait répondu très volontiers à ses avances.) Pardonnez-moi pour le dérangement.

Son ton était léger, mais il était de toute évidence troublé par l'interruption soudaine de leurs ébats.

Mara laissa les servantes s'occuper de ses épingles et de sa ceinture.

— Les Très-Puissants n'ont pas de temps à accorder aux caprices.

Elle semblait prête à ajouter une nouvelle phrase, mais au second coup de gong, le doux sourire qu'elle avait commencé à esquisser s'évanouit.

— Assez ! Le Très-Puissant est là !

Les servantes s'écartèrent et s'inclinèrent, tandis que leur maîtresse vérifiait sa coiffure, satisfaite que ses cheveux soient simplement relevés par quatre épingles. Le collier en métal précieux et la tiare de jade étaient suffisants pour que ce Très-Puissant comprenne qu'elle ne prenait pas sa visite à la légère.

Alors qu'elle enfilait ses sandales et se dirigeait vers la porte, son esclave commença à la suivre par réflexe.

— Non. Tu ne peux pas venir.

Kevin commença immédiatement à protester, et Mara rétorqua :

— Silence ! Si ce magicien décide que tu l'as offensé d'une quelconque manière, il peut ordonner la mort de tous les membres de cette maison. Je serais obligée d'obéir, quel que soit le prix. Les paroles d'un Très-Puissant sont loi. Sachant cela, je refuse que tu risques ta langue trop bavarde trop près de lui.

Elle interrompit la discussion et se hâta de franchir la porte et de traverser la cour pour rejoindre une autre aile. Il y avait là une pièce à cinq côtés, sans aucun meuble ni ornementation, à part un shatra gravé sur le sol d'onyx. La pièce n'avait pas été utilisée au cours de la vie de Mara, mais chaque manoir possède une salle, un renfoncement ou une alcôve similaire, avec un motif gravé dans le sol. Les magiciens de l'empire peuvent y venir à tout moment et concentrer leur volonté sur le symbole de la maison. Leur arrivée est traditionnellement annoncée par un coup de gong, envoyé magiquement à l'endroit où le Très-Puissant a l'intention d'apparaître. Un second coup signale son arrivée, et celui-ci avait résonné depuis plusieurs minutes déjà.

Dans la pièce, Mara trouva Nacoya, Keyoke et Saric déjà présents devant un homme à la mine sévère vêtu d'une robe noire. Elle s'inclina profondément en arrivant à la porte.

— Très-Puissant, veuillez pardonner mon manque de promptitude à vous accueillir. Mais je n'étais qu'à demi habillée quand vous êtes arrivé.

L'homme inclina la tête comme si le problème n'avait aucune d'importance. Il était d'assez maigre carrure et de taille moyenne, et bien que la robe cache les détails de sa silhouette, quelque chose dans sa façon de se tenir semblait familier à la dame des Acoma.

— Par l'entremise de quelqu'un pour qui j'éprouve de l'affection, il est venu à mon attention que vous désirez me parler.

La voix la renseigna : bien qu'elle soit plus vieille, ce magicien avait les mêmes riches intonations qu'Hokanu. Les yeux de Mara s'écarquillèrent légèrement. Cet homme était Fumita, le véritable père de l'héritier des Shinzawaï. Hokanu avait vraiment pris sa requête très à cœur ; et il semblait que son intuition ait été correcte : un certain lien familial perdurait entre ce membre de l'assemblée et les Shinzawaï.

Mais Mara n'osait pas spéculer ouvertement. S'ils le veulent, les magiciens sont capables de lire dans l'esprit des personnes qui se trouvent en leur présence. Elle ne pouvait nier le rôle que la magie avait joué dans la chute de Jingu des Minwanabi. Poliment, elle demanda :

— Très-Puissant, j'ai besoin de la sagesse d'une personne telle que vous, pour servir l'empire.

L'homme hocha la tête.

— Alors, nous parlerons.

Mara écarta ses conseillers et dirigea le mage vers une cloison qui donnait sur un porche adjacent, et où étaient installés des bancs de pierre bas. Mara profita de l'instant où Fumita s'asseyait pour l'étudier. Ses cheveux étaient brun foncé, et commençaient à peine à grisonner. Ses traits étaient marqués et anguleux, et son nez plus aquilin que celui de son fils. Leurs yeux sombres étaient remarquablement similaires, sauf que chez le Très-Puissant leurs mystérieuses profondeurs restaient voilées et insondables.

Il s'assit sur un banc de pierre. Mara choisit de prendre place en face, séparée de lui par un étroit sentier.

— De quoi souhaitez-vous discuter ? demanda Fumita.

— D'un sujet qui pèse sur mon cœur, Très-Puissant, commença Mara. (Elle prit une profonde inspiration et chercha comment commencer son récit.) Comme de nombreuses autres personnes, j'ai assisté aux jeux impériaux.

Si le Très-Puissant éprouvait encore des sentiments pour ce qui s'était passé ce jour-là, il le dissimula. Son attention acérée énervait plus Mara que la franchise d'Hokanu. Il n'était pas inapprochable, mais il restait glacial.

— Oui ?

— On dit que le Très-Puissant qui était... au centre de l'agitation, a libéré les combattants qui refusaient de combattre dans l'arène.

— C'est vrai.

Toujours sur la réserve, Fumita attendait que Mara continue.

Il n'aurait pas été plus clair s'il avait parlé. Elle devrait plonger seule au cœur du problème et risquer les conséquences de sa question.

— Voici mon problème, expliqua Mara. Si un Très-Puissant peut libérer des esclaves, qui d'autre le peut ? L'empereur ? Le seigneur de guerre ? Un souverain ?

Le magicien ne répondit pas tout de suite. Durant un certain temps qui lui sembla aussi étrange que l'isolement que peut ressentir un poisson dans un bassin, Mara ne fut consciente que de la brise qui soufflait sous le porche, et de la présence d'un domestique qui faisait le tour du manoir. Plus loin sur le sentier, les coups de balai d'un esclave résonnaient très fort, d'une façon presque surnaturelle. Ces choses faisaient partie de son monde, mais d'une certaine façon elles semblaient inaccessibles alors que les yeux du magicien restaient résolument fixés sur elle. Quand Fumita reprit enfin la parole, le ton de sa voix ne s'était pas modifié ; il parlait toujours sans inflexion et sèchement.

— Mara des Acoma, votre question sera posée à l'Assemblée.

Sans prononcer une autre parole, avant même qu'elle puisse répondre, il tira un petit objet de métal d'une pochette de sa ceinture. Mara n'eut pas le temps d'exprimer sa curiosité, même si elle l'avait osé, avant qu'il passe son pouce à la surface du talisman. Ce geste lui semblait familier, comme s'il l'avait répété de nombreuses fois. Un faible bourdonnement l'environna soudain. Puis le magicien disparut. Le banc de pierre était vide, et un courant d'air souleva légèrement la robe de Mara.

Bouche bée et complètement déconcertée, la jeune femme frissonna légèrement. Elle fronça les sourcils, frustrée, comme si l'espace où se trouvait le magicien pouvait répondre à sa place. Elle n'avait encore jamais eu l'occasion de traiter avec un magicien, à part la simple rencontre qui avait scellé le destin du seigneur Jingu. C'était la première fois qu'elle tentait une ouverture de sa propre initiative, et les conséquences la troublaient. Il est impossible de pénétrer les mystères de l'Assemblée. Elle frissonna une nouvelle fois, et aurait aimé retrouver Kevin parmi ses coussins.

21

GARDIEN DU SCEAU

La nef d'apparat accosta.

Assise sur des coussins sous le dais, une tasse de jus de fruit à la main, Mara clignait des yeux sous la lumière matinale qui se reflétait sur les eaux. Bercée par le rythme des marins qui manœuvraient leurs perches d'une main experte pour conduire son embarcation à quai à travers la foule de péniches, la dame se rappela la désapprobation que Nacoya avait exprimée à propos de son voyage à Kentosani. Mais, en regardant le trafic qui encombrait les quais et en comptant les péniches à l'ancre qui attendaient d'être déchargées, Mara jugea que l'évaluation d'Arakasi était exacte. Dans les rues et sur les places publiques, la cité avait retrouvé une apparence normale après le chaos des jeux impériaux, six mois auparavant.

Cela semblait à Mara un moment idéal pour revenir à la Cité sainte. Nacoya avait raison de soupçonner que les motivations de sa souveraine – rendre visite à un adversaire politique mineur pour changer ses alliances – étaient plus complexes, mais Mara ne révélait ses pensées à personne.

Une fois la nef amarrée sur le quai, elle tendit son jus de fruit oublié à un domestique, fit venir son palanquin et rassembla sa garde d'honneur. Elle n'avait amené que vingt-quatre guerriers dans sa suite ; elle avait l'intention de ne séjourner que brièvement à Kentosani, et ne se souciait pas des assassins. L'Assemblée et l'empereur considéreraient probablement d'un œil sévère tout désordre public ; un meurtre perpétré par un tong dans la cité impériale provoquerait sûrement une enquête très approfondie, ce qu'aucune famille n'oserait risquer en ce moment. En plus de sa garde, Mara n'avait emmené que Kevin et Arakasi, et un minimum de serviteurs.

La chaleur était déjà étouffante. Alors que les gardes acoma commençaient la corvée de dégager le trafic pour frayer un chemin à leur dame, Kevin repoussa ses cheveux humides de son front.

— Alors, pourquoi avez-vous fait ce voyage ?

Vêtue d'une robe plus élégante que ce qu'elle choisissait habituellement pour se déplacer en ville, Mara regarda entre les rideaux du palanquin, qu'elle avait entrouverts pour laisser entrer une petite brise rafraîchissante.

— Tu as déjà posé cette question à Arakasi, il y a moins d'une heure.

— Et il m'a servi le même mensonge : nous allons rendre une visite de courtoisie au seigneur Kuganchalt des Gimecho. Je n'en crois pas un mot.

Mara passa son éventail à travers les rideaux et le tapota sur le poignet de l'esclave en signe de reproche.

— Si tu étais un homme libre, je serais obligée de te défier pour avoir osé prononcer ces paroles. M'accuser de mentir est une insulte envers l'honneur des Acoma.

Kevin attrapa l'éventail, la désarma d'un air joueur, et lui rendit l'objet avec une révérence exagérée, imitant un soupirant tsurani faisant sa cour à une dame de rang plus élevé.

— Vous n'avez pas vraiment menti, admit-il.

Il sourit quand Mara étouffa un rire derrière l'éventail qu'elle venait d'ouvrir, amusée par ses pitreries. Il s'arrêta un instant, se rappelant comme elle lui était chère ; puis il poursuivit sur le sujet avec acharnement.

— Vous ne m'avez simplement pas dit ce que vous avez à l'esprit.

Les porteurs du palanquin tournèrent à l'angle d'une rue et firent un écart pour éviter un chien errant poursuivi par des gamins. Les galopins tentaient de lui reprendre un os qu'il avait volé, et se déplaçaient trop rapidement et d'une façon trop chaotique pour changer de trajectoire. Comme toujours, Kevin remarqua leurs vêtements rapiécés, les plaies et les traces de maladie qui couvraient leurs corps, et se sentit soudain très triste. Il n'entendit qu'à moitié les explications de Mara : le seigneur Kuganchalt était un allié important du seigneur des Ekamchi et du seigneur des Inrodaka, même s'il était un souverain mineur. Ces deux hommes tenaient le haut du pavé d'une petite faction qui lui était hostile, depuis qu'elle avait gagné une reine cho-ja dans une fourmilière située non loin des terres inrodaka. Mara expliquait qu'une rencontre avec les Gimecho lui donnerait au moins l'occasion d'expliquer son point de vue dans cette querelle, et peut-être même d'enfoncer un coin ou deux entre les Gimecho et les deux seigneurs mécontents.

— La maison Gimecho a subi de lourdes pertes lors de la chute d'Almecho, précisa Mara. Elle avait contracté des dettes importantes envers les Omechan, et les deux disgrâces du seigneur de guerre firent que les dettes furent réclamées beaucoup plus tôt que le vieux seigneur des Gimecho n'aurait pu le prévoir. Il est mort, dit-on, du stress, bien que l'on murmure qu'il pourrait s'agir d'un suicide. D'autres affirment qu'un ennemi a versé du poison dans sa nourriture. Quelle que soit la raison de son décès, son jeune fils, Kuganchalt, a hérité du sceptre, ainsi que d'un lourd fardeau financier. Je juge que c'est le bon moment pour lui proposer quelque chose.

Les lèvres de Kevin se serrèrent de contrariété. Mara savait pertinemment qu'il était présent lorsque Arakasi avait expliqué que la cour de Kuganchalt était infestée de cousins loyaux envers les Ekamchi et les Inrodaka. Certains avaient probablement reçu l'ordre d'assassiner le jeune homme inexpérimenté, s'il agissait d'une façon jugée préjudiciable à ses deux alliés. Kevin avait même ajouté que quelques-uns pourraient être tentés d'accélérer l'arrivée du jeune seigneur dans le palais du dieu Rouge sans que les deux ennemis de Mara n'aient besoin d'insister. Nacoya avait averti sa souveraine qu'entrer dans la résidence de Kuganchalt serait comme pénétrer dans un nid de relli des marais. Mais Mara, grondait-elle, était sourde aux bons conseils quand elle avait un grand plan dans la tête.

Alors que le palanquin et les porteurs tournaient à un autre angle de rue et que le soleil traversait les rideaux, Kevin se rendit compte que sa dame le regardait. Trop souvent, il avait la sensation qu'elle pouvait lire ses pensées sur son visage, et c'était justement l'impression qu'il ressentait en ce moment.

— Ce Gimecho s'attendra à ce que nous tentions de changer ses alliances, souligna-t-elle avec douceur et espièglerie. Ekamchi s'est donné beaucoup de mal pour acheter la loyauté d'un grand nombre de membres de la famille de Kuganchalt, et Inrodaka a payé pratiquement toutes les dettes. Ils seraient tous terriblement déçus si les Acoma ne faisaient pas une apparition. Nous irons les voir et nous leur donnerons ce qu'ils veulent, pour satisfaire l'idée qu'ils se font de leur propre importance. Les Inrodaka et les Ekamchi doivent continuer à croire que leur hostilité a de graves conséquences pour les Acoma. Cela les empêche de s'allier avec mes autres ennemis.

Que les dieux nous protègent s'ils découvrent la vérité : les Acoma ont gagné suffisamment de statut pour que leurs petits complots n'aient plus aucune importance. Ils risqueraient alors de provoquer plus de troubles qu'ils ne le font actuellement, juste pour attirer l'attention, ou de se lancer dans quelque chose de réellement destructeur, comme assurer Tasaio de leur soutien.

Kevin laissa échapper un petit rire.

— Vous voulez dire que vous allez simplement donner une petite tape sur la tête du gamin pour garder cette querelle intacte. Vous voulez juste l'empêcher de se mettre vraiment en colère, au cas où il penserait que vous avez oublié qu'il a un compte à régler avec vous, pour qu'il ne devienne pas désagréable et ne cherche pas un nouveau litige plus gênant pour vous ?

— La comparaison est peu élégante, répondit Mara. Mais elle est exacte.

Kevin jura en midkemian.

Un peu vexée, Mara tira les rideaux du palanquin.

— Tes paroles semblent grossières. Qu'est-ce que tu as dit ?

Son amant barbare lui lança un regard appuyé et haussa les épaules.

— En langage poli, que votre grand jeu du Conseil se gargarise avec l'eau d'un marais fétide. On pourrait dire qu'il frôle souvent les frontières de l'absurde.

— J'avais peur que tu dises quelque chose dans ce genre.

Mara appuya un coude sur ses coussins et regarda l'un des immenses temples de pierre qui bordaient les deux côtés de l'avenue.

Kevin suivit son regard, et maintenant assez versé dans le panthéon tsurani, reconnut le temple de Lashima, la déesse de la sagesse. C'est ici, se souvint-il, que Mara avait passé des mois à étudier, dans l'espoir de prononcer ses vœux. La mort de son père et de son frère avait radicalement changé son destin.

Comme si ses souvenirs la poursuivaient, Mara déclara :

— Tu sais, le calme du temple me manque. (Puis elle sourit.) Mais pas vraiment le reste. Les prêtresses sont encore plus engoncées dans la tradition et les rituels que les grandes maisons. Maintenant, je ne peux pas imaginer que j'aurais été heureuse là-bas. (Elle lança un regard espiègle à Kevin.) Et je n'aurais certainement pas connu certains divertissements très agréables...

— Oh, répondit Kevin, en lançant un regard irrévérencieux vers les murs qui protégeaient le temple, peut-être que si. Avec un peu de chance et une longueur de corde solide, un homme déterminé peut faire bien des choses... (Il se pencha, plaça sa main sous son menton et l'embrassa alors qu'ils avançaient.) Je suis un homme très déterminé.

De l'autre côté du palanquin, Arakasi lança au couple un regard noir.

— Tu ne te comporteras donc jamais comme un esclave convenable, murmura Mara. Je suppose que nous allons devoir étudier le précédent établi dans l'arène par le Très-Puissant, ton compatriote, et chercher une façon légale de te libérer.

Kevin manqua de trébucher.

— C'est donc pour cela que nous sommes de retour à Kentosani ! Vous allez étudier tous les détails de la loi pour voir ce qui a changé depuis les jeux ? (Il allongea le pas, reprit sa position aux côtés de Mara, et sourit.) Patrick pourrait s'oublier et vous embrasser.

Mara fit la grimace.

— Cela lui vaudrait sûrement une correction ! Cet homme ne se baigne jamais. (Secouant la tête, elle ajouta Non, ce n'est pas pour cette raison que je suis venue. Si nous en avons le temps, nous irons visiter les archives impériales. Mais le seigneur des Gimecho passe en premier.

— La vie deviendrait terne sans les ennemis, commenta Kevin d'une voix sarcastique, mais cette fois sa dame ne mordit pas à l'hameçon.

Après les enceintes des temples, l'avenue se rétrécit et le trafic devenait trop dense pour permettre la conversation. Kevin lutta contre la pression de la foule, utilisant sa grande taille pour empêcher le palanquin de sa dame d'être bousculé. Il se rendit compte qu'il n'avait pas été totalement malheureux durant ses années de captivité ; il n'aimait peut-être pas tous les aspects de la société tsurani – la misère des pauvres ne cesserait jamais de le tourmenter. Mais si on lui donnait la chance de redevenir un homme libre, et de rester aux côtés de Mara, il choisirait ce monde étranger pour y fonder son foyer. Ses horizons s'étaient élargis depuis qu'il avait combattu dans la Guerre de la faille. Pour un fils cadet, le retour sur les terres de son père à Zûn n'offrait que peu de perspectives. Cela ne remplacerait pas l'exaltation qu'il ressentait en Tsuranuanni, cette terre étrangère et exotique.

Il était tellement plongé dans ses pensées que lorsque la petite escorte de Mara arriva à la résidence des Acoma, il ne protesta pas comme à l'accoutumée quand le chef des domestiques lui ordonna aussitôt de décharger les coffres de la dame et de les porter jusqu'à ses appartements.

Midi passa, et la chaleur diminua. Baignée et rafraîchie après le voyage, Mara se prépara à rendre visite au seigneur des Gimecho. Kevin déclina l'invitation à l'accompagner, arguant qu'il serait incapable de garder son sérieux pendant la réunion. En fait, Mara savait qu'il était fasciné par les marchés de la Cité sainte, et elle reconnut à regret qu'un après-midi de courses avec le chef des domestiques serait sûrement plus intéressant qu'un échange de bavardages guindés et d'insultes voilées avec un garçon de dix-sept ans dont les yeux étaient encore rougis par les larmes après la mort de son père. Elle accepta de bonne grâce l'excuse de Kevin et le laissa rester à la résidence ; elle emmena à sa place Arakasi, habillé discrètement comme un serviteur. Les Gimecho étaient une maison trop mineure pour être surveillés de près par les agents d'Arakasi, et le maître espion désirait profiter de l'occasion de bavarder et d'échanger des rumeurs avec les domestiques de la maison.

Le palanquin sortit de la cour de la résidence en fin d'après-midi, accompagné de vingt guerriers, un nombre suffisant pour impressionner le seigneur des Gimecho et lui laisser croire que son hostilité était prise au sérieux. Pour avancer plus rapidement, l'escorte passa par les quartiers excentrés, moins encombrés par le trafic.

Ils passèrent par des avenues ombragées de rangées d'arbres où s'alignaient les cours et les jardins des riches guildes officielles et des marchands. Peu de gens remarquaient leur passage, et les seuls obstacles étaient de temps en temps une charrette à bras remplie de légumes que les domestiques de riches citoyens poussaient vers leur demeure. Les soldats restaient vigilants, même si Arakasi pensait qu'aucune maison de l'empire ne se sentait assez en confiance pour tenter un assassinat en public.

Mara avait toujours aimé les rues écartées de la Cité sainte, avec leurs longues promenades d'arbres en fleur, et leurs pavés de pierre toujours propres. Elle aimait les portails de bois, avec leurs treillages à motifs et leurs montants couverts d'akasi et d'hibis grimpants. Bien que Kentosani soit une ville fluviale comme Sulan-Qu, par édit impérial, aucun teinturier, tanneur ou autre artisan utilisant des procédés déplaisants n'était autorisé à exercer dans l'enceinte de la ville. À moins que l'on se trouve sous le vent des prisons de l'arène ou sur les marchés populeux des quartiers centraux près du fleuve, cette cité embaumait les fleurs et l'encens des temples, quand le jour se terminait et que les prêtres et les prêtresses de toutes les divinités tsurani commençaient leurs dévotions vespérales.

Les porteurs acoma avancèrent dans les contre-allées, puis arrivèrent sur l'une des nombreuses places carrées de Kentosani. Jouissant de la quiétude de l'heure et à moitié perdue dans ses réflexions, Mara faillit ne pas remarquer l'hésitation d'Arakasi.

Elle regarda pour voir ce qui le captivait. Deux colonnes dorées reliées par une arche et une plaque d'ardoise polie s'élevaient de l'autre côté de la place. C'était l'un des nombreux panneaux d'affichage réservés aux paroles de la Lumière du Ciel. Bien que les messages soient généralement inscrits à la craie et concernent des questions religieuses, aujourd'hui une troupe de gardes blancs impériaux montait la garde près du panneau. L'événement était assez inhabituel pour attirer l'attention. Un examen plus attentif montrait que deux artisans vêtus très simplement réparaient la dorure de l'encadrement, qui avait été endommagée par les émeutes de l'année précédente. Même l'infime quantité d'or qu'ils utilisaient était trop coûteuse pour que l'on risque que des voleurs la dérobent ; cela semblait expliquer la présence des gardes de l'empereur. Mais ce qui attira particulièrement le regard d'Arakasi c'étaient les trois silhouettes vêtues de noir qui se tenaient devant le panneau, et y fixaient un parchemin chargé de rubans et de sceaux impériaux. Mara fronça les sourcils, intriguée. Les Très-Puissants de l'Assemblée des magiciens font rarement le travail des scribes.

— C'est une proclamation, murmura Arakasi d'un ton rêveur, partageant ses pensées avec sa maîtresse. Avec votre permission, dame, j'aimerais voir ce qu'elle contient.

Mara hocha la tête pour lui donner la permission, oubliant la beauté de Kentosani pour réfléchir à la Lumière du Ciel. Les proclamations impériales étaient rarissimes ; et le fait que l'une d'entre elles soit affichée par des Très-Puissants présageait une affaire d'une importance capitale. Plus personne ne doutait que l'empereur actuel se comportait différemment de ses ancêtres, qui avaient préféré rester à l'écart de leurs sujets. Cette Lumière du Ciel, Ichindar, non seulement mettait la main dans le grand jeu, mais le bouleversait complètement.

Arakasi revint, se glissant habilement entre deux vendeurs de pain qui transportaient des paniers pleins sur leur palanche. Ayant rejoint le palanquin de sa maîtresse, il murmura :

— Ma dame, les Très-Puissants annoncent à l'empire que le magicien Milamber a été chassé de l'Assemblée. Le document continue en disant que les esclaves de l'arène libérés par ses actions sont affranchis légalement, mais que cela ne peut établir un précédent. Par édit impérial et par la volonté du ciel, Ichindar décrète qu'aucune autre personne portant le gris des esclaves ne pourra changer de statut. Pour le bien de l'empire, pour le bien de l'ordre social et par la volonté divine, tous les esclaves devront le rester jusqu'à leur mort.

L'expression de Mara ne changea pas, mais la journée perdit totalement son attrait. Soudain le cœur lourd, elle fit signe à ses porteurs d'avancer, puis referma les rideaux, comme si elle désirait de l'intimité. Ses mains serrèrent désespérément un coussin. Elle ne savait pas comment elle allait annoncer cela à Kevin. Il avait eu tant d'espoir après sa remarque insouciante de ce matin.

Jusqu'à récemment, elle n'avait pas considéré l'esclavage comme un problème important. En tant que bien des Acoma, Kevin avait la garantie d'être nourri, logé, et d'avoir un certain statut public grâce à l'honneur de sa maison. En tant qu'homme libre, il n'aurait aucun rang, même aux yeux d'un mendiant. N'importe quel Tsurani pourrait lui cracher au visage dans la rue sans craindre d'être puni. Même si Mara l'aimait immensément, elle n'avait pas toujours compris sa fierté, si différente de la fierté tsurani. Car il était plus en sécurité comme esclave de sa maison que comme barbare libre et sans clan. En passant sur les quais de Jamar, l'on pouvait voir de temps en temps un renégat thuril ou un nain de Dustari et constater, en voyant leur misère, que cela était vrai.

Mais elle avait quand même réussi à comprendre quelque chose : s'il restait esclave, d'une manière ou d'une autre, elle le perdrait *obligatoirement*. La Nuit des épées sanglantes lui avait révélé sans le moindre doute qu'il était un guerrier ; il méritait la liberté pour vivre dans l'honneur. Depuis lors, elle s'était sentie gênée par l'idée qu'il puisse finir ses jours comme sa propriété. Son point de vue avait changé : elle comprenait qu'il avait son propre code d'honneur midkemian, aussi étrange soit-il.

Elle ne pouvait plus considérer qu'il avait déchu pour ne pas s'être suicidé plutôt que de se laisser capturer par l'ennemi, comme n'importe quel guerrier tsurani l'aurait fait, ou pour avoir caché son rang afin d'éviter d'être exécuté sommairement.

Troublée de découvrir que ses plans pour rendre Kevin heureux étaient effacés à jamais, Mara resta repliée sur elle-même durant toute sa visite à Gimecho. Elle fit toutes les manœuvres sociales que l'on attendait d'elle, mais elle aurait eu beaucoup de mal à se souvenir de la conversation ou à citer un détail sur l'apparence du jeune seigneur Kuganchalt. Si Arakasi avait remarqué qu'elle était distraite alors que le palanquin se frayait un chemin à travers les rues éclairées de torches de Kentosani, il ne dit rien. Il lui tendit la main avec l'habileté d'un homme qui effectue tous les jours de telles tâches, et l'aida à descendre du palanquin. Puis il disparut discrètement quand elle lui signifia son congé.

Mara demanda un repas léger, et pour une fois ne réclama pas la compagnie de Kevin. Elle s'assit dans la solitude de son cabinet de travail qui surplombait la cour, picorant son repas et regardant les motifs dessinés par les ombres que les massifs de fleurs projetaient sur les cloisons. Elle entendait des rires dans la cuisine, et la voix bruyante de Kevin qui décrivait les frasques d'un vendeur de jiga sur le marché. Il était de très bonne humeur, et les autres domestiques appréciaient son récit avec l'enthousiasme de badauds assistant à un spectacle de rue.

Mais, cette nuit, le rire de Kevin blessait Mara. Elle repoussa l'assiette à laquelle elle avait à peine touché, et demanda à un domestique de lui apporter du vin. Elle le but à petites gorgées, et laissa tomber la nuit sans demander que l'on allume des lampes. Son esprit et ses souvenirs tournaient en rond, revoyant les questions tendancieuses qu'elle avait posées au Très-Puissant, Fumita. Sa réticence la piquait au vif, même encore maintenant. Encore et encore, elle repensait à son accueil glacial, et elle se demandait, maintenant que tout espoir de changement était vain, si l'édit contre l'affranchissement des esclaves avait été provoqué par sa demande de renseignements.

Elle n'en serait jamais sûre. C'était le plus douloureux. Si elle avait sagement gardé le silence, la chance de liberté de Kevin n'aurait peut-être pas été détruite.

Mara soupira et d'un geste demanda que l'on enlève le plateau de son repas. Elle se retira tôt, l'esprit bouillonnant, et quand Kevin la rejoignit, elle feignit d'être endormie. Ses caresses et sa tendresse ne pourraient pas lui faire oublier ses sombres pensées, et elle craignait de le mettre dans la confidence. Quand enfin il tomba dans un sommeil heureux à ses côtés, elle ne se sentit pas mieux. Elle s'agita toute la nuit et chercha ses mots. Les heures passaient, et elle ne savait toujours pas quoi dire.

Elle regardait le profil de Kevin, doucement doré par la lumière des lanternes de la cour filtrée par les cloisons. La cicatrice du coup que lui avait infligé le contremaître au marché aux esclaves avait presque disparu au cours des ans. Il n'en restait plus qu'une fine ligne au-dessus de la pommette, comme la cicatrice qu'un guerrier pourrait garder après un coup d'épée. Ses yeux bleus et rieurs étaient fermés, et dans le sommeil, son visage semblait paisible. Mara brûlait de le toucher, mais elle resta serrée en boule, étouffant ses larmes. Irritée par sa honteuse mollesse, elle roula sur le côté et contempla le mur... Mais elle se retourna une nouvelle fois sans y penser, étudiant le profil de l'homme qu'elle aimait et se mordant les lèvres pour ne pas pleurer.

L'aube vint et la trouva épuisée. Elle se leva avant Kevin, nerveuse et malheureuse, parcourue de sueurs froides. Elle appela ses servantes pour la baigner et l'habiller, et quand son bien-aimé se leva en lui posant des questions ensommeillées, elle cacha sa réticence par une certaine brusquerie.

— J'ai une course très importante à faire ce matin.

Elle détourna la tête, apparemment pour aider la servante qui la coiffait, mais en fait pour cacher ses yeux rougis avant que le maquillage ne masque les traces de son chagrin.

— Tu peux venir, si tu le désires.

Piqué au vif par sa froideur, Kevin s'arrêta dans son geste d'étirement. Il la regarda ; elle sentait son regard dans son dos et n'avait pas besoin de voir pour être sûre de son air de reproche.

— Je viens, bien sûr, fit-il lentement. (Puis, chagriné que sa voix contienne une acidité ressemblant à celle de Mara, il ajouta Les bêtises des vendeurs de jiga devront s'améliorer avant qu'elles me fassent oublier vos charmes.

Elle perçut parfaitement le ton conciliateur de son commentaire ; elle maudit le pouvoir qu'il avait sur elle, et le fait qu'elle puisse ressentir une remarque même aussi anodine comme une réprimande.

Il se leva. Jamais aussi silencieux que les guerriers tsurani, mais aussi assuré qu'eux, il avança vers elle et glissa ses bras autour de ses épaules.

— Vous êtes mon petit oiseau favori dans l'empire, murmura-t-il. Merveilleusement doux, et votre chant est la joie de mon cœur.

Il s'écarta ensuite, avec une raillerie espiègle qui provoqua une crise de fou rire inconvenante chez l'une des femmes de chambre. Il avait remarqué que la dame restait raide dans ses bras, mais l'avait attribué aux épingles que la servante utilisait pour attacher les longues mèches torsadées de ses cheveux.

La complexité de la coiffure aurait dû l'alerter. Le chignon avait été monté à une hauteur qui indiquait une intention très tsurani d'impressionner un auditoire. Retenue par une douzaine d'épingles de jade et de diamant, la coiffure de Mara était couronnée d'une magnifique tiare de plumes ornée de coquilles de corcara.

— Nous allons au palais impérial ? demanda Kevin quand il réussit à détourner le regard assez longtemps pour remarquer qu'Arakasi se trouvait parmi les gardes d'honneur, habillé comme un scribe.

Le premier chef de troupe portait son armure de cérémonie et son plumet le plus imposant. Sa lance et son casque étaient enrubannés, et comme les rubans ne tiendraient pas longtemps lors d'une marche prolongée dans la rue, sans même parler d'un combat, quelqu'un d'important devait justifier toute cette pompe.

— Nous allons rendre visite à un fonctionnaire impérial, expliqua Mara, d'une voix crispée.

Elle laissa Arakasi l'aider à entrer dans le palanquin. Il était plus doué pour cette tâche que le chef de troupe, qui excellait à l'art de l'épée mais qui était très maladroit dès qu'il s'agissait d'aider une dame portant des sandales à semelles hautes, huit couches de robes supérieures et une coiffe qui aurait surclassé la couronne d'un roi des Isles d'un facteur dix.

— Tu ressembles à une friandise sur un gâteau de mariage, observa Kevin. Est-ce que ce personnage est important ?

Il réussit enfin à arracher un sourire à Mara, bien qu'avec son visage poudré et maquillé, son expression soit obligatoirement guindée.

— Il pense qu'il est important. Quand on vient demander une faveur, la différence est infime. (Faisant attention à sa parure, Mara s'installa dans ses coussins.) Ferme les rideaux, s'il te plaît, ordonna-t-elle à Arakasi.

Alors que les porteurs levaient les perches et partaient, un Kevin confondu leur emboîta le pas. Il supposa que Mara voulait de l'intimité pour décourager les regards des badauds et pour préserver son costume complexe de la poussière. Sa bonne humeur dura tout au long du trajet jusqu'au palais impérial, et même le protocole complexe des différents portiers ne l'agaça pas. Quand il s'était habitué au poids immense du cérémonial qui imprègne toutes choses dans l'empire, il avait découvert la raison de telles coutumes. Aucun fonctionnaire, même mineur, n'est jamais grossièrement interrompu par quelqu'un de rang inférieur. Les dames ou souverains ne sont jamais pris à l'improviste par un visiteur ; l'attention que les Tsurani accordent au protocole permet de s'assurer que toutes les choses arrivent au bon moment selon le rang de chacun, et que les papiers convenables, les vêtements appropriés et les collations sont tous prêts au moment où le visiteur franchit enfin le seuil de la porte.

Le gardien du sceau impérial était parfaitement préparé quand son secrétaire laissa finalement entrer Mara et sa suite dans la salle d'audience. Les coussins avaient été réarrangés depuis le départ du dernier pétitionnaire. Un nouveau plateau de fruits et de boissons avait été placé sur une table basse, et le fonctionnaire lui-même portait dignement ses robes de cérémonie, son col empesé et le sceau de sa charge convenablement disposés, et son anatomie charnue arrangée avec recherche.

D'âge moyen, le gardien du sceau impérial avait un visage fleuri et une bouche qui se perdait presque dans l'épaisseur de ses multiples mentons. Il dardait de tous côtés des yeux aux paupières tombantes, qui pouvaient probablement évaluer au dimi près chaque bijou du costume de Mara. Il aimait aussi les sucreries, comme en témoignaient les feuilles de keljir entassées dans sa corbeille à papiers. La friandise gluante confectionnée à partir d'une résine d'arbre avait coloré ses dents et sa langue d'une légère couleur rouge orangée, et sa révérence resta superficielle, tant à cause de sa masse que du sens aussi volumineux qu'il avait de sa propre importance.

La pièce sentait la sueur de l'homme obèse et la vieille cire, et Kevin en déduisit que les cloisons étaient sûrement bloquées en position fermée. Tenant une sacoche d'encre, de plumes et de parchemins pour Arakasi qui jouait le rôle d'un scribe, il se prépara à une attente longue et ennuyeuse alors que Mara commençait les salutations. Le fonctionnaire utilisa cet intervalle pour ouvrir un tiroir dans sa table minuscule et déballer un keljir, comme si cette tâche était un rituel sacré. Il fourra le bonbon dans sa bouche, le suça bruyamment, puis condescendit à répondre.

— Je vais bien. (Sa voix était grave, et trop forte. Il s'éclaircit la gorge soigneusement, par deux fois.) Dame Mara des Acoma. (Il suça son bonbon, réfléchit, et ajouta Je suppose que vous allez bien ?

Mara inclina la tête.

Le fonctionnaire remua sur ses coussins, et le plancher craqua lourdement. Il passa son bonbon d'une joue gonflée à l'autre avec un claquement de langue.

— Qu'est-ce qui vous amène dans mon bureau en cette belle matinée, dame Mara ?

Kevin entendit la réponse de la dame dans un murmure, mais il ne put en distinguer un seul mot.

Les mâchoires du fonctionnaire cessèrent de mâcher la friandise. Il s'éclaircit la gorge, trois fois, délibérément. Ses doigts tambourinèrent sur son genou, imprimant des points blancs sur la chair qui n'était pas recouverte par sa robe. Puis il fronça les sourcils, qui se rejoignirent au-dessus de son nez rond de bébé.

— C'est... C'est une requête des plus inhabituelles, dame Mara.

La dame s'expliqua, et, en l'entendant mentionner le mot « Midkemia », Kevin tendit l'oreille.

La dame des Acoma finit d'une voix presque audible.

— C'est un caprice. (Elle haussa les épaules d'une manière que Kevin reconnut comme purement féminine, et calculée pour désamorcer les soupçons.) Cela me ferait très plaisir.

Le gardien du sceau impérial s'agita une nouvelle fois. Son froncement de sourcils devint inconfortable.

Mara ajouta quelque chose.

— Je sais que la faille est fermée ! laissa échapper le fonctionnaire, tellement étonné qu'il en mordit durement son bonbon. (Il donna l'impression brièvement de s'être cassé une dent.) Votre demande, une concession semble-t-il sans valeur, est étrange. Très étrange...

Il s'éclaircit la gorge et déclara une nouvelle fois « Très étrange », comme s'il aimait le son de ces mots.

Kevin se rendit compte qu'il s'était penché en avant, et réalisa qu'il valait mieux qu'il se redresse. Dans ce pays, un esclave ne devait pas être surpris en train de s'intéresser aux affaires de ses supérieurs.

Mara parla à nouveau. Il crut devenir fou, car sa voix était encore trop basse pour qu'il puisse l'entendre.

Le fonctionnaire se gratta le menton, se trouvant de toute évidence dans une impasse.

— Puis-je faire cela ?

— Cela est écrit ainsi dans la loi, lui répondit Mara. (Elle fit signe à Arakasi, qui avança et s'inclina derrière son épaule.) Mon scribe sera heureux de vous l'expliquer.

Le gardien du sceau impérial croqua les derniers morceaux de son bonbon, l'air anxieux. Il fit un geste, comme si Arakasi n'avait pas plus d'importance qu'un esclave.

Le maître espion plongea la main dans une poche de sa blouse et en retira un document. Il en fit glisser le ruban, déroula le rouleau avec une application déterminée, et lut un passage copié dans un livre. Il indiquait que le gardien du sceau impérial pouvait à discrétion prendre des dispositions sur les droits du commerce et des guildes, et autoriser la perception limitée de faibles taxes sur les biens et services jugés trop mineurs pour ennuyer le Conseil impérial.

— Bien. (L'homme énorme se réinstalla sur ses coussins et commença à déballer un autre bonbon de keljir.) Le problème que vous me soumettez est certainement mineur, et ne mérite pas d'être discuté par le Conseil. (Il s'arrêta et retourna plusieurs fois le bonbon entre ses doigts comme s'il l'inspectait pour en chasser des insectes.) Mais, si j'en crois ce que je sais, aucun homme dans ma position n'a donné de dispense privée depuis des centaines de générations.

— Très honoré sire, s'aventura Arakasi. Puis-je souligner que la loi n'a pas changé ?

Il s'inclina à nouveau et recula pour se replacer près de Kevin, un indice clair qu'il s'attendait à prendre ses outils d'écriture pour préparer un document.

— Qu'est-ce qu'elle demande ? le questionna Kevin, aussi doucement que possible.

— Chut !

Arakasi fit signe à l'esclave de rester silencieux, pendant que Mara ajoutait un autre argument en sa faveur, et que le fonctionnaire semblait de plus en plus dans l'impossibilité de répondre.

Kevin observa, et en déduisit que le gardien du sceau impérial était un bureaucrate qui avait une dévotion sacro-sainte pour l'ordre. Avec l'obstination caractéristique de ce genre de personne dans tous les pays, il allait refuser la requête de Mara, non pas parce que sa demande était déraisonnable, mais parce qu'elle était inhabituelle et en dehors des méthodes et des formulaires usuels. Arakasi semblait sentir lui aussi un refus imminent, car son attitude devenait peu à peu plus tendue.

Kevin regarda le plancher et feignit l'insouciance. Mais dans un chuchotement presque inaudible, il proposa à Arakasi :

— Pourquoi ne suggérez-vous pas à Mara de lui offrir un pot-de-vin ?

Le maître espion ne cilla pas ; la seule preuve de sa surprise fut le temps qu'il mit à répondre.

— Brillant ! murmura-t-il. C'est ce que font les gens de ton peuple devant les fonctionnaires récalcitrants de Midkemia ?

Kevin lui rendit un hochement de tête à peine perceptible, et esquissa un demi-sourire.

— Généralement, cela marche. De plus, je parie que les bijoux de Mara sont exactement ce qu'il attend.

Mais Arakasi s'était déjà avancé pour tapoter discrètement le bras de sa maîtresse. Il lui parla à l'oreille, rapidement, avant que le gardien du sceau impérial puisse finir son bonbon et terminer sa réflexion.

Mara avait le don de réfléchir à toute vitesse. Alors que l'homme obèse de l'autre côté de la petite table prenait une longue inspiration pour formuler sa réponse, elle l'interrompit.

— Très honoré sire, je réalise qu'une telle requête demandera beaucoup d'efforts de votre part, car je sais que vous devrez vous assurer que vous agissez bien dans les limites de votre charge. Et comme vous n'êtes pas dans l'obligation de le faire simplement parce que je vous le demande, je serais heureuse de récompenser votre diligence et votre application ; disons, une centaine de centins de métal et trois émeraudes de la taille d'un pouce, si vous vouliez bien entreprendre les investigations nécessaires pour résoudre convenablement cette question.

Le gardien du sceau impérial avala d'un coup son bonbon de keljir. Ses yeux s'écarquillèrent.

— Dame, vous êtes trop généreuse.

Il n'insista pas ; après tout, la requête était ridicule et inutile. Il avait même, de façon très honorable, souligné que la faille reliant Midkemia à Kelewan était fermée. Mais si Mara souhaitait se montrer excentrique, il ne devait certainement pas ennuyer l'empereur et le Grand Conseil pour un point de commerce aussi futile. De toute évidence très content de son raisonnement, et déjà avide de recevoir son présent, le fonctionnaire fit un geste vers Arakasi.

— Mon devoir me demande d'effectuer des recherches pour cette tâche, mais je serai heureux de recevoir vos présents et... de les transmettre aux temples comme témoignage de dévotion. (Il sourit.) Maintenant que j'ai eu le temps de réfléchir, je suis certain que votre interprétation de la loi est correcte. Sortez vos plumes et vos parchemins. Nous allons rédiger le document immédiatement.

Les documents impériaux de Tsuranuanni n'étaient jamais de petites affaires. Kevin passait d'un pied sur l'autre, pendant que la salle close devenait de plus en plus étouffante. Arakasi et le gardien du sceau impérial argumentaient sans cesse et amicalement sur les termes de la concession, pendant que des esclaves allaient et venaient avec des braseros, des pots de cire de couleurs différentes, et des bobines de rubans. L'après-midi s'était écoulé avant que le document accordant la dispense que Mara avait demandée soit enregistré sous le sceau impérial. Il fallut encore attendre que l'encre sèche ; le capitaine de la garde d'honneur de Mara envoya un guerrier à la résidence pour y prendre les centins et les émeraudes. Pendant qu'ils attendaient, le fonctionnaire obèse mâchonnait des keljir et discourait sur la mauvaise qualité de la teinture des tissus cette saison. Il avait acheté une robe indigo, qui avait commencé à pourrir et à se transformer en poussière.

— Les marchands ne se gênent plus pour vendre des marchandises de qualité inférieure, depuis les émeutes, se lamenta-t-il, pendant qu'on allait chercher son propre scribe, juste pour nouer les rubans officiels qui liaient le parchemin pour en faire un rouleau. L'étoffe de nos vêtements part en lambeaux, termina tristement le gardien du sceau impérial. Certains disent que bientôt ce sera l'ordre dans l'empire qui s'usera.

— Pas avec l'Assemblée des magiciens qui garantit l'ordre, intervint Arakasi.

Il avança assez rapidement pour intercepter le parchemin, avant que le fonctionnaire puisse l'agiter pour souligner un nouveau point de son discours.

Heureusement, tout se passa ensuite assez rapidement, et Kevin reçut la sacoche avec les outils de scribe et le document rangé en toute sécurité à l'intérieur. Mara se leva et s'inclina ; alors que sa suite s'éloignait de la pièce étouffante, on put entendre le gardien du sceau impérial appeler son domestique d'une voix tonitruante.

— Il n'y a plus de bonbons de keljir dans ma jarre ! Où est donc passée notre efficacité ? Les teinturiers ne sont que des escrocs paresseux, les marchands vendent des articles défectueux, et maintenant mes propres domestiques pensent qu'ils peuvent ignorer mes besoins sans être punis ! Cet empire part à vau-l'eau et qui, à part moi, semble s'en soucier ?

Mara ne s'attarda pas à Kentosani après sa visite au gardien du sceau impérial, et embarqua l'après-midi même sur sa nef pour retourner vers Sulan-Qu et sa demeure. Le temps continuait à être chaud et suffocant, même pour Kelewan, et comme cela arrivait souvent durant les trajets sur le fleuve, Mara resta dans sa cabine. Elle passa de longues heures en conférence avec Arakasi, ou à lire les courriers que ses intendants lui avaient envoyés de différents marchés de la Cité sainte. Elle passait le reste du temps à contempler l'eau, plongée dans ses pensées, et sans vraiment remarquer les différentes embarcations sur le fleuve.

Kevin se divertit en plaisantant avec les marins, ou en jouant aux dés avec les guerriers de la garde d'honneur de la dame qui n'étaient pas de service. En tant qu'esclave, il ne pouvait pas légalement garder ses gains, ce qui était parfait du point de vue des perdants, qui juraient qu'il avait une chance démoniaque. La nef accosta sans encombre à Sulan-Qu, et l'escorte de Mara se regroupa. Ses biens et ses marchandises furent envoyés dans un entrepôt, pour rejoindre le domaine avec la prochaine caravane, pendant que la dame montait dans son palanquin. Elle avait déjeuné dans une auberge de voyageurs dans l'un des quartiers chics de la ville, puis était partie vers le domaine au crépuscule, les guerriers portant des lanternes pour éclairer la route. Fatigué par le soleil, Kevin avait passé le temps en ville à somnoler avec les porteurs, plutôt que d'écouter les commérages des mendiants, qui étaient systématiquement désagréables envers lui parce qu'il était étranger et esclave.

Depuis leur visite à Kentosani, les événements et le hasard s'étaient ligués pour empêcher Kevin d'avoir un peu d'intimité avec la dame. Il ne le prenait pas mal. Elle portait le sceptre des Acoma, et ses responsabilités la rendaient parfois inaccessible. Généralement, cela convenait à sa nature indépendante. Il y avait des moments où il préférait la solitude, ou les plaisanteries en compagnie des hommes. Cependant, la curiosité le poussait à savoir ce que Mara avait négocié avec le gardien du sceau impérial. Le parchemin, qui lui avait accordé une concession de droits, était resté roulé dans le coffret de documents personnels de la souveraine. Elle n'avait pas laissé ce coffret à Sulan-Qu avec ses autres bagages, mais l'avait gardé à ses pieds dans le palanquin, pendant tout le trajet de retour.

L'accueil tumultueux d'Ayaki empêcha Kevin de voir où le coffret avait été emporté. Mais Mara avait dû immédiatement ordonner qu'il soit enfermé, car à l'instant où elle finit de réprimander les domestiques pour avoir permis à son fils de veiller si tard, Kevin se rendit compte que le coffret avait disparu. Les porteurs s'étaient déjà évanouis en direction de la remise, et Jican restait invisible. Assez sage pour savoir qu'il ne pourrait soutirer aucune information à Arakasi, Kevin attendit une heure pendant que Mara discutait avec Nacoya des dernières nouvelles en prenant une tasse de chocha et un repas tardif. Il l'attendait dans la chambre à coucher quand, épuisée par le voyage, elle vint enfin s'y retirer.

Il comprit au moment même où il la prenait dans ses bras que quelque chose n'allait pas. Ses lèvres étaient fraîches sur les siennes, et son sourire forcé. Il était sur le point de lui demander ce qui se passait quand elle claqua dans ses mains pour faire venir des servantes et demanda un bain. Ce qui suivit accapara complètement son attention. Une fois l'ardeur de leur passion retombée, Kevin s'allongea sur les coussins de la natte. Les cloisons ouvertes et la lumière cuivrée de la lune dessinaient un carré sur le sol ; il remarqua que la jeune femme qu'il serrait dans ses bras n'était toujours pas détendue. En y réfléchissant, il comprit que leur étreinte avait été précipitée, pas du tout la lente et langoureuse spirale vers l'extase que Mara préférait habituellement. Sa réponse à ses caresses avait contenu une note de désespoir que Kevin avait failli ne pas remarquer.

Il tendit la main et lui caressa doucement les cheveux pour les écarter de sa tempe.

— Qu'est-ce qui ne va pas ?

Mara roula sur le côté. Ses traits restaient dans l'ombre, mais Kevin pouvait sentir son regard sur son visage.

— Je suis fatiguée par le voyage, répondit-elle, mais ses paroles étaient calculées.

Kevin l'attrapa par les poignets et la tira chaleureusement contre lui.

— Tu sais que je t'aime.

Mais elle enfouit sa tête dans ses épaules et refusa de reprendre la parole.

Tentant une approche anodine, Kevin prit son menton dans sa main.

— Tu as préparé quelque chose d'important, que tu caches dans ta manche. Qu'est-ce que c'était que cette dispense spéciale pour laquelle tu as corrompu le gardien du sceau impérial ?

Mara lui répondit étonnamment piquée au vif.

— Tu ne dois pas t'attendre à recevoir mes confidences dans tous les domaines.

— Non ? (Kevin s'assit, ne comprenant pas la raison de cet antagonisme, et suffisamment vexé pour répondre avec rancœur.) Je signifie donc si peu pour toi ?

— Tu signifies beaucoup pour moi, rétorqua immédiatement Mara.

La peur rendait sa voix glaciale, mais dans le noir, Kevin ne prêta attention qu'au ton employé. Mara s'écarta de lui et s'assit, les bras autour des genoux, les mains étroitement serrées.

— Tu signifies tout pour moi, reprit-elle.

— Alors, dis-moi quel accord tu as passé à Kentosani. (Kevin écarta une mèche de cheveux rebelle dans un geste si familier qu'il fit souffrir Mara.) Je sais que cela concerne Midkemia.

— Arakasi ne te l'a pas dit, l'accusa Mara, toujours acerbe.

— Non, j'ai écouté une partie de la conversation.

L'aveu de Kevin indiquait qu'il ne ressentait clairement aucune honte à les avoir espionnés, ce qui la mit en colère.

Mara soupira bruyamment.

— Seuls mon maître espion et moi-même connaissons le contenu de ce document. C'est ce que je veux.

Maintenant convaincu qu'elle cachait quelque chose, et craignant que ce ne soit préjudiciable pour son peuple, Kevin tenta d'exercer une pression sur elle.

— Tu as dit que je signifie beaucoup pour toi.

Sa silhouette découpée dans la lumière de la lune, Mara restait parfaitement immobile. Son profil était dur, sans expression et, d'une façon exaspérante, totalement tsurani. Elle ne dit rien. Ne comprenant pas qu'elle était plongée dans un conflit personnel qui n'avait rien à voir avec leur discussion, Kevin tendit la main vers elle.

— N'as-tu pas confiance en moi, après toutes ces années d'intimité ?

La voix de Kevin était assez persuasive pour blesser Mara ; cependant, elle lui aurait résisté s'il n'avait pas tendu les bras et caressé ses épaules avec une grande tendresse.

— Mara, si tu es effrayée par quelque chose, ne puis-je pas le savoir ?

Elle s'écarta brusquement de lui, ce qui le surprit énormément, et le blessa si violemment qu'il en perdit le souffle.

— De quoi donc serais-je effrayée ?

Les paroles de Mara étaient dures, et Kevin n'avait pas le moyen de deviner qu'il avait touché exactement son point sensible. Elle était effrayée – du pouvoir qu'il avait sur elle, et de la confusion de ses émotions. Froidement, sur la défensive, elle réagit en utilisant le seul moyen qui lui permette de mettre une distance entre eux.

— Tu es un esclave, dit-elle avec une clarté glaciale et mordante. Ce n'est pas le rôle d'un esclave d'imaginer ce dont j'ai peur et ce dont je n'ai pas peur.

En colère, et sans prendre le temps de réfléchir, Kevin répondit sèchement.

— C'est tout ce que je suis pour toi ? Un esclave, que l'on compte parmi ses biens ? Est-ce que je ne compte pas plus qu'un étalon needra ou qu'un marmiton ? (Il secoua la tête et tenta vaillamment, malgré sa peine, d'adoucir sa voix.) J'avais pensé, après Dustari, et après une certaine nuit à Kentosani, que j'avais gagné un peu de mérite à tes yeux. (Il sentit son corps se mettre à trembler, et il s'endurcit contre les émotions que le peuple de Mara méprisait.) J'ai tué des hommes pour toi, dame. À la différence de ton peuple, les Midkemians ne prennent pas à la légère la vie des autres personnes.

Sa fierté déchira le cœur de Mara. Dans une seconde, elle allait pleurer, et dans une tentative désespérée pour contenir son chagrin, Mara garda un contrôle rigide de ses émotions. Comme si elle affrontait son pire ennemi, et non le compagnon qu'elle aimait, elle répondit :

— Tu oublies ton rang. Tu oublies que tu aurais pu payer de ta vie le fait d'avoir osé poser la main sur une épée. Tu es un esclave, comme les autres esclaves, et pour te rappeler ta position, il vaudrait mieux que tu quittes ma chambre et que tu passes le reste de cette nuit avec tes camarades dans les quartiers des esclaves.

Kevin s'assit, figé par l'étonnement.

— Sors ! dit Mara, sans crier, mais avec la voix implacable d'un exécuteur. C'est un ordre !

Kevin se leva, impérial dans sa fureur. Il attrapa ses chausses dans le coffre placé près des coussins, mais il ne prit pas le temps de s'habiller. Nu, immense et fier, il déclara :

— J'ai trahi mes compagnons en partageant mon amour avec notre ennemi. Ce sont peut-être des barbares et des esclaves, mais ces gens ne méprisent pas la loyauté. Ce sera un véritable plaisir de les rejoindre, conclut-il.

Il pivota sur ses talons et sortit sans la saluer.

Mara s'assit, rigide comme la pierre. Elle ne pleura que longtemps après son départ. À ce moment, il était déjà en train de frapper à la porte de la cabane où vivait Patrick, demandant poliment à entrer.

— Kev ? dit une voix somnolente. C'est toi, mon vieux ?

Kevin franchit le seuil de la porte, puis jura quand il se souvint que les cabanes des esclaves ne disposaient pas de lampe. Il s'accroupit dans le noir et s'assit sur la terre battue humide.

— La barbe, marmonna Patrick. (Il s'assit sur la pauvre natte qui lui servait de lit, de chaise et de table.) C'est bien toi. Est-ce que tu es obligé de me rendre visite au beau milieu de la nuit ? Tu sais bien que nous devons nous rendre aux champs avant l'aube.

Il y avait plus que cette accusation dans la voix de son camarade midkemian. Kevin avait déjà fait l'erreur cette nuit de se tromper sur les sentiments de quelqu'un et, dégrisé par sa méprise et devenu plus sensible, il choisit de répondre avec tact.

— Quelque chose ne va pas, mon ami ?

Patrick soupira et passa une main sur sa tête chauve.

— Tu peux le dire. Ça ne va pas du tout. Et je suis heureux que tu n'aies pas attendu demain pour venir, vraiment. Je suppose que tu as entendu pour Jake et Douglas.

Kevin prit une profonde inspiration.

— Non, répondit-il doucement. Qu'aurais-je dû entendre ?

— Ils ont été pendus pour avoir tenté de s'évader ! (Patrick se pencha en avant, angoissé et amer.) Nous avons entendu le décret impérial quand un colporteur est passé au domaine. Tu n'étais pas là pour les dissuader de s'évader. Dieux, j'ai essayé. Ils ont fait semblant de m'écouter, mais ils ont cherché à s'enfuir la nuit suivante. Keyoke, le vieux renard, nous connaît maintenant suffisamment et il avait deviné que quelqu'un pourrait chercher à s'enfuir vers les collines. Il avait disposé des guerriers qui attendaient nos gars, et tous deux étaient morts avant l'aube.

Kevin sentit une piqûre lorsqu'un insecte goûta sa cuisse. Il l'écrasa avec une fureur qu'il prit soin de ne pas laisser transparaître dans sa voix. Soigneusement, en analysant les nouvelles depuis le début, il demanda :

— Tu as mentionné un décret impérial. De quoi s'agit-il ?

— Tu n'as pas entendu ? (Patrick eut un rire incrédule, et sa voix se teinta d'un lourd sarcasme.) Tu te trouvais dans la Cité sainte, en compagnie de la toute-puissante noblesse, *et tu n'as pas entendu ?*

— Je n'ai pas entendu, répondit sèchement Kevin. Maintenant, est-ce que tu pourrais gentiment me dire de quoi il s'agit ?

Patrick s'arrêta, se gratta une égratignure sur le genou, et soupira.

— Que je sois damné, mais tu as l'air d'être sincère. Et ce n'est pas surprenant, en voyant que les esclaves n'ont pas plus d'importance que les needra pour les nabots de cette terre maudite.

— Bon sang, mais dis-moi, Patrick ! S'il y a eu un décret impérial sur les esclaves, je veux le connaître.

— C'est tout simple, répondit l'homme chauve qui au fil des ans était presque devenu un étranger pour

Kevin. Les esclaves libérés dans l'arène par le magicien midkemian, Milamber, n'étaient qu'une lubie. Milamber a été chassé de l'Assemblée pour n'avoir pas fait son devoir envers l'empire, d'après la rumeur générale. C'est un hors-la-loi pour de bonnes raisons, disent-ils, et sa tête est mise à prix. Et l'empereur s'en est mêlé. Il a scellé un document qui a été posté dans toutes les villes : aucun esclave ne pourra jamais être libéré. Cela a complètement détruit l'espoir que tu nous avais fait miroiter, mon vieux. Les pauvres Jake et Douglas ont perdu le courage d'attendre, et il y en a d'autres, aussi impatients qu'eux, qui n'attendront plus longtemps. (Avec une note amère, il ajouta Ils étaient tellement désespérés par la nouvelle, que je pense qu'ils savaient qu'ils allaient être pris et qu'ils s'en moquaient. (Il soupira.) C'est dur de penser que durant toutes ces années, nous avons espéré que d'une façon ou d'une autre nous rentrerions chez nous. Je suppose que la perspective de faire ce travail d'esclave tous les jours jusqu'à la fin de notre vie...

Le silence s'installa pendant que Kevin réfléchissait aux implications des nouvelles que son compatriote lui avait communiquées. Patrick retrouva ses esprits et comprit que la mort de ses deux compagnons n'était pas la raison de la visite impromptue de Kevin.

— Tu t'es encore disputé avec elle, l'accusa-t-il brutalement.

Kevin hocha la tête d'un air désabusé, ses sentiments d'amoureux moins à vif depuis qu'il avait appris la disgrâce de Milamber. L'étrange réticence de Mara depuis Kentosani avait enfin une raison évidente. En réfléchissant calmement, dans une cabane humide infestée d'insectes, il vit qu'il avait été un imbécile de s'emporter ainsi. Mara n'avait jamais été femme à s'abandonner à des crises d'hystérie. Elle devait vraiment se sentir aussi effrayée de le perdre que lui d'être séparé d'elle. S'il ne pouvait pas, pour respecter les ordres de Mara, revenir avant le matin pour arranger les choses, il pouvait au moins se préoccuper des difficultés de ses compatriotes, ce qu'il n'avait pas fait depuis trop longtemps.

— J'ai eu une nuit un peu dure, avoua Kevin désabusé. Mais ce n'est pas une raison pour perdre espoir.

— Mais enfin, mon vieux, la faille est fermée ! l'interrompit Patrick. Cela signifie qu'il n'y a plus aucun espoir de retour pour nous, et que notre seule chance est de mener une vie de hors-la-loi dans les montagnes.

— Non.

Mordu par un autre insecte, Kevin secoua ses chausses et demanda poliment une place sur la natte.

Patrick se déplaça sur le côté de mauvaise grâce.

— Aujourd'hui, la faille est fermée, c'est vrai.

La couverture était grossière, et Kevin se demandait ce qui était le plus désagréable et le plus irritant, de la literie de son compagnon ou des insectes. La natte, moite de sueur et bosselée, n'était pas un endroit convenable pour qu'un homme y passe ses nuits. Kevin soupira, déchiré entre son amour pour Mara et sa responsabilité de fils de seigneur ; il était le seul à avoir la possibilité de trouver de l'aide pour ses compatriotes. Comme toujours, il chercha le réconfort dans l'humour. Plutôt que de s'en prendre à l'injustice tsurani, il régala Patrick d'un récit facétieux de la visite de Mara au gardien du sceau impérial.

Il réussit à tirer un rire sec de Patrick quand il arriva au moment du pot-de-vin. Mais le sujet central ne passa pas sans que son compagnon le remarque.

— Tu ne sais pas ce qu'il y a dans cette dispense. Cela n'a peut-être rien à voir avec nous, ou même avec l'esclavage.

— Probablement pas, confessa Kevin. (Mais il ajouta rapidement Mais ce n'est pas le problème.

Un silence sceptique s'ensuivit. La natte glissa légèrement alors que Patrick s'appuyait contre le mur.

— Alors quel est le problème, mon vieux ? J'attends.

— Elle a négocié une concession qui a un rapport avec Midkemia, souligna Kevin comme si la conclusion était évidente. De toute évidence, notre dame pense qu'un jour la faille sera rouverte.

— Et c'est supposé aider les gars à vivre dans la vermine et à supporter les coups ? demanda Patrick. Bon sang, Kevin, tu es beaucoup trop optimiste. Toute cette soie et la peau de cette femme t'ont monté à la tête. Tu sais que les nabots ont une histoire qui remonte à des milliers d'années. Ils font des plans pour les cinquante prochaines générations et les considèrent comme importants durant leur propre vie.

Kevin ne le contredit pas, mais fit un geste de prière sincère.

— Patrick, parle aux hommes. Fais-les espérer. Je ne veux pas qu'ils soient pendus un par un par les guerriers de Mara, pendant que je cherche une façon de les renvoyer chez eux.

Patrick grommela une phrase inintelligible, qui ressemblait à des jurons. L'aube filtrait à travers la seule fenêtre de la cabane, et un bruit de pas venant des baraquements signala un changement de patrouille.

— Il faut que je me lève, mon vieux, fit Patrick d'une voix morose. Si je n'arrive pas à l'heure pour la tambouille, il faudra que je travaille toute la journée le ventre vide.

Sur un coup de tête, Kevin prit la main de son compagnon.

— Fais-moi confiance, mon vieil ami. Accorde-moi juste encore un peu de temps. Quand je perdrai espoir, je te le dirai, et je te promets que je ne mourrai pas comme un esclave. Si je te dis que j'ai perdu espoir, alors je conduirai la fuite vers les montagnes et je mènerai avec vous la vie d'un hors-la-loi.

Patrick le regarda attentivement, dans les ténèbres qui s'éclaircissaient.

— Tu es sincère, finit-il par avouer, apparemment surpris. Mais cela va être dur de convaincre les gars. Ils sont en colère pour Douglas et Jake.

— Alors, ne les laisse pas rejoindre Douglas et Jake.

Parfaitement conscient que Jican serait heureux de le mettre au travail, Kevin prit une route détournée, par les jardins, pour traverser l'enceinte du domaine entre le quartier des esclaves et la maison principale. La rosée trempait ses pieds nus et mouillait le bas de ses chausses. De temps en temps, il dépassait l'une des sentinelles de Keyoke. Elles ne l'arrêtèrent pas ; depuis la campagne de Dustari, et surtout depuis la Nuit des épées sanglantes, le récit de ses prouesses martiales avait circulé dans les cantonnements. Les guerriers de Mara ne pouvaient reconnaître ouvertement sa bravoure, mais ils lui accordaient à leur façon un respect tacite. Ils ne mettaient plus sa loyauté en question.

Si les gardes placés à la porte des appartements de Mara avaient entendu leur dispute de la nuit, ils n'en donnèrent aucun signe quand Kevin franchit la haie d'akasi et sauta sur le sentier. Ils l'ignorèrent, comme s'il était un fantôme, quand il entrouvrit la cloison et se glissa à l'intérieur.

Une lumière grise comme une perle tombait sur une masse de coussins en désordre. Mara dormait, allongée en leur milieu, les bras étreignant un bouchon de draps entortillés, et les cheveux emmêlés par son agitation. Elle n'avait peut-être pas été mordue par les insectes, mais elle semblait avoir passé une nuit aussi déplaisante que lui. Même alors qu'elle rêvait, son front était froncé. Son profil, ses petites mains serrées, et la courbe d'un sein dissipèrent la dernière parcelle de contrariété de Kevin. Il ne pouvait pas rester fâché contre elle. Peut-être était-ce la pire de ses fautes.

Il se débarrassa de ses chausses humides. Conscient que sa peau était froide, et rougie par endroits, là où il s'était gratté, il s'allongea sur le bord des coussins et enroula ses pieds glacés dans un pli de la couverture. Puis, attendant que la circulation de son sang lui redonne de la chaleur, il observa la femme qu'il aimait.

Sa proximité atténuait l'aiguillon de l'esclavage, et lui faisait presque oublier ce qu'il était, le rang qui avait été le sien à sa naissance, tout ce qu'il avait perdu, et tous les problèmes de ses compatriotes. Il comprenait trop bien leur détresse si le mince espoir qu'il avait agité devant Patrick ne s'avérait être que le nœud coulant de la pendaison. Puis Mara tressaillit et pleura doucement dans son sommeil, et son inquiétude pour elle submergea tout le reste.

Kevin tendit vers elles ses mains réchauffées. Il dégagea le drap coincé entre ses genoux et libéra l'un de ses poignets d'une longue mèche de cheveux noirs qui l'emprisonnait. Puis il la prit dans ses bras et l'embrassa tendrement pour la réveiller.

Ses pleurs avaient dû l'épuiser, car elle se réveilla lentement et ses yeux étaient gonflés et rougis. Il la surprit alors qu'elle n'était plus sur ses gardes, et elle s'étendit confortablement contre lui. Puis la mémoire lui revint et elle se raidit, offensée.

— Je t'avais ordonné de partir ! dit-elle, irritée.

Kevin indiqua la cloison d'un mouvement de tête.

— Jusqu'au matin, répondit-il d'un ton égal. Mais le matin est arrivé. Je suis revenu.

Elle ouvrit la bouche pour répondre. Doucement mais rapidement, il plaça ses doigts sur les lèvres de la jeune femme.

— Et je t'aime toujours.

Elle remua pour protester, plus forte qu'elle ne semblait ; il dut se montrer ferme pour la garder contre lui. Conscient que s'il l'embrassait elle pourrait exploser de rage, il se contenta de poser ses lèvres contre son oreille. Les cheveux de ses tempes étaient humides, peut-être de larmes. Il chuchota doucement :

— Patrick m'a parlé du décret impérial sur l'esclavage. (Il était encore blessé qu'elle lui ait caché cette nouvelle, mais il oublia son ressentiment.) Si je devais te quitter, ce ne serait pas maintenant.

— Tu n'es pas en colère contre moi ? demanda-t-elle, son incertitude enfin visible.

— Je l'étais. (Kevin l'embrassa, la sentit qui commençait à se réchauffer contre lui.) Si tu m'avais parlé, je ne me serais peut-être pas comporté comme un rustre.

— Un rustre ?

La voix de Mara se mit à trembler alors que les mains de Kevin plongeaient sous les draps.

— Un karagabuge, traduisit Kevin.

Il avait choisi un terme désignant une race mythique de géants contrefaits qui habitent les cavernes des montagnes dans les contes de fées tsurani, des créatures comiques et maladroites qui provoquent constamment leur propre défaite.

— C'est bien ce que tu es. De toute façon, tu es trop grand, le taquina Mara.

Le soulagement lui tournait la tête, et le fait qu'il lui ait pardonné la plongeait dans un tourbillon d'émotions.

— Alors, si c'est le cas, un karagabuge ne demande pas la permission de violer et de piller.

Il la serra davantage contre lui, la fit rouler contre sa poitrine, et soupira dans la masse luxuriante de ses cheveux. En l'espace de quelques minutes, ils avaient tous deux oublié qui était l'esclave et qui était le maître ; car ils ne faisaient maintenant plus qu'un.

22

TUMULTE

Des mois passèrent.

La saison des pluies était revenue. L'herbe nouvelle avait fait reverdir les champs, et les beuglements tonitruants des needra mâles annonçaient une nouvelle saison de reproduction. Ce jour-là commença comme tous les autres. Mara et Jican tenaient une réunion, inscrivant à la craie des chiffres sur des ardoises et tentant de déterminer quels types de récoltes seraient le plus profitable pour l'année. Ils furent interrompus quand on vint leur apprendre qu'un courrier assermenté de la guilde commerciale des messagers courait vers le manoir des Acoma.

— Il court ? demanda Mara.

Elle continua à lire une série de chiffres sur les rendements de hwaet d'une nouvelle propriété, qu'elle avait récemment achetée près d'Ambolina.

— Oui, maîtresse. Il court, répondit le garde.

Cela ne la surprit pas ; le guerrier était encore essoufflé de s'être dépêché de lui apporter la nouvelle.

Mara fit signe à Jican de terminer les estimations de l'année sans elle. Puis, les genoux raidis à force d'être restée assise, elle se leva et se fraya un chemin entre des piles instables d'ardoises, pour rejoindre la cloison qui ouvrait sur le couloir.

Elle arriva à la porte principale juste à temps pour voir le robuste messager prendre le dernier virage de la route des pâturages. Il n'avançait pas d'un pas vif ou au petit trot, mais il courait aussi vite que possible. De toute évidence, sa mission était urgente.

— Je me demande ce que cela peut être ? se demanda-t-elle à haute voix.

Venant d'arriver derrière elle, Saric répondit comme d'habitude par une question.

— Des ennuis, maîtresse, sinon, pourquoi un homme se hâterait-il dans la boue ?

La dame des Acoma lança un regard ironique à son nouveau conseiller. Son ancienne place de guerrier dans les baraquements ne semblait pas lui manquer. Son esprit vif et sarcastique était très différent de l'humour enjôleur de Lujan. La tendance insistante de Saric à vouloir connaître le pourquoi des choses avait peut-être ralenti son avancement dans la carrière militaire ; mais cette qualité faisait de lui un génie à son nouveau poste. L'obéissance aveugle n'est pas une vertu chez un conseiller.

Il avait déjà prouvé sa valeur. Depuis plus de six mois, l'empire était calme sous la poigne de fer d'Axantucar. Depuis que Mara avait rendu visite au gardien du sceau à la Cité sainte, les gardes blancs impériaux étaient intervenus trois fois dans ce qui aurait été normalement de simples disputes entre voisins. La justification d'Axantucar était que l'empire avait besoin de stabilité. Cependant, Saric avait fait remarquer avec aigreur que le nouveau seigneur de guerre s'était toujours débrouillé pour faire pencher la balance en faveur de celui qui l'avait soutenu lors de son accession au pouvoir. Le paiement des dettes politiques était une pratique courante au jeu du Conseil, mais impliquer les gardes blancs impériaux dans de bêtes querelles de frontière était excessif et montrait un enthousiasme pour les effusions de sang qui rivalisait avec celui des Minwanabi.

Les Acoma en bénéficiaient par défaut, puisque Tasaio avait été obligé de se cantonner dans une attitude patiente et tranquille. Comme il était le rival le plus puissant du seigneur de guerre, le seigneur des Minwanabi n'avait pas besoin d'un conseiller pour lui prédire comment Axantucar risquait de réagir s'il déployait les forces de sa famille. L'homme qui portait le blanc et l'or gouvernait aussi impitoyablement que son prédécesseur, mais d'une façon encore plus imprévisible. Même dans son domaine quasi inexpugnable, Tasaio n'osait considérer aucun fait comme acquis.

Le messager atteignit les marches, sortant Mara de sa rêverie. Luisant de sueur et vêtu uniquement d'un pagne et d'un brassard portant l'emblème de sa guilde, il s'inclina.

— La dame des Acoma ?

Mara répondit :

— C'est moi. Qui m'envoie un message ?

— Personne, dame. (Le messager se redressa, terminant sa révérence, et rejeta en arrière ses cheveux trempés de sueur.) Pour le bien de l'empire, ma guilde envoie un message à tous les souverains et souveraines.

Pour le bien de l'empire... Avec cette phrase, le messager indiquait que sa guilde avait pensé que le sujet était suffisamment important pour agir de son propre chef, sans rémunération. Soucieuse maintenant, Mara demanda :

— Que s'est-il passé ?

Le messager ne sembla pas s'offenser que la souveraine le questionne sans lui avoir offert à boire et à manger.

— Dame, l'empire est en grand péril. Les dieux ont tourné leur colère contre nous. Le magicien renégat, l'ancien Très-Puissant, Milamber, est revenu.

Mara perçut un mouvement derrière elle et sut que Kevin l'avait rejointe. D'une voix surexcitée, le Midkemian déclara :

— Alors, la faille est à nouveau ouverte !

— Exactement, comme votre esclave le fait remarquer, ma dame, répondit le messager en ne regardant que Mara. Il y a plus. Le seigneur de guerre a tenté de capturer le magicien, en utilisant des alliés dans l'Assemblée. On ne sait pas ce qui s'est passé exactement, sauf qu'il y a eu une bataille dans le palais entre les gardes blancs impériaux et une armée conduite par Kamatsu des Shinzawaï.

L'air sembla soudain perdre de sa brillance. Mara resserra sa robe autour de ses épaules, sans se rendre compte que ses phalanges blanchissaient. Avec un calme qu'elle ne ressentait pas, car il ne faisait pas le moindre doute qu'Hokanu avait dû marcher aux côtés de son père, elle encouragea le messager à continuer son récit.

— Une bataille dans le palais ?

— Oui, maîtresse. (N'ayant aucune idée du trouble de la dame, le messager semblait prendre plaisir à délivrer ses lugubres nouvelles.) Car le seigneur de guerre a été déclaré traître à l'empire et a été mis à mort de façon humiliante.

Les yeux de Mara s'écarquillèrent. Une mort humiliante ne pouvait être qu'une pendaison. Seules deux puissances dans l'empire pouvaient ordonner une telle exécution, et Axantucar avait des alliés parmi les magiciens.

— L'empereur... ?

Avec de grandes difficultés pour contenir son excitation, le messager confirma sa supposition.

— Oui, dame, la Lumière du Ciel a condamné le seigneur de guerre et a suspendu le droit de tout seigneur à s'asseoir sur le trône blanc et or.

Dans l'intervalle d'étonnement qui suivit, Mara tenta désespérément de réordonner ses pensées chancelantes. L'empereur avait condamné à mort le seigneur de guerre ! L'événement était prodigieux, car il brisait toutes les traditions et tous les précédents. Même dans les temps les plus graves et les plus dangereux, aucune Lumière du Ciel n'avait osé agir comme Ichindar.

Le messager reprit :

— Maîtresse, le Grand Conseil est dissous et ne se réunira plus sans ordre exprès de l'empereur !

Mara lutta pour dissimuler sa surprise.

— Autre chose ?

Le messager croisa les bras et s'inclina.

— Rien que tout le monde ne connaisse. Mais il ne fait pas le moindre doute qu'un message officiel arrivera bientôt.

— Alors, rends-toi dans mes cuisines pour prendre un repas, l'invita Mara. J'ai oublié la courtoisie, et je t'invite à reprendre des forces avant ta prochaine visite.

— Ma dame est généreuse, mais je dois partir. Avec votre permission ?

Mara fit un signe au jeune homme pour lui indiquer qu'il pouvait reprendre sa route. Alors qu'il repartait en courant sur le chemin, elle lança un regard aigu à Saric.

— Fais revenir Arakasi le plus vite possible.

Sa demande urgente n'avait nul besoin d'explications. Car si les nouvelles du messager étaient exactes, c'était, et de loin, l'événement le plus important qui surviendrait jamais dans sa vie. Les règles du grand jeu étaient maintenant modifiées à jamais, et jusqu'au jour où il changerait d'avis, la Lumière du Ciel exercerait le pouvoir absolu dans l'empire. À moins, pensa Mara, avec une ironie semblable à celle de Kevin, que quelqu'un en décide autrement en le tuant.

Il fallut presque deux semaines pour rappeler Arakasi, avec les méthodes détournées qu'il préférait utiliser. Pendant ce délai, Mara s'inquiéta. Des rumeurs couraient dans tout l'empire. Contrairement à toute attente, il n'y eut aucun communiqué officiel après les bouleversements suivant l'exécution d'Axantucar. Tous les jours, l'aube était moite et humide, et l'après-midi apportait de fines pluies et des averses, comme il était normal en cette saison. Les complots et les hypothèses abondaient, mais l'empereur restait en vie et exerçait un pouvoir incontestable à Kentosani. On disait que huit de ses esclaves étaient morts de différents poisons exotiques mélangés à des assiettes de nourriture, et que trois cuisiniers et deux femmes de chambre impériaux avaient été pendus pour complicité de trahison. Le commerce continuait, mais dans l'inquiétude, comme le calme avant la tempête.

Le temps étouffant rendait même la nervosité inconfortable. Mara passait des heures agitées devant son écritoire, envoyant des lettres à ses différents alliés. Seules les missives adressées à Jiro des Anasati restèrent sans réponse, ce qui ne fut pas une surprise. Mara soupira et tendit la main vers un parchemin, puis consulta le nom suivant sur l'ardoise. Elle trempa sa plume dans l'encre, et un autre après-midi se consuma dans le doux grincement de l'instrument.

Kevin avait tendance à dépérir dans l'air lourd et moite de la saison humide. Moins explosif que Mara devant ces problèmes intangibles, il somnolait sur une natte du cabinet de travail, bercé par le doux ruissellement de la pluie sur les avant-toits, ou par le grincement de la plume de Mara. Dans la pénombre gris-vert qui s'attardait après une averse, une ombre se découpa soudain.

Mara sursauta et se redressa, le souffle court. Son mouvement alerta Kevin, qui bondit sur ses pieds avec les réflexes d'un combattant, ses grandes mains cherchant à saisir une épée absente.

Puis le Midkemian se détendit avec un petit rire moqueur.

— Par les dieux, mon vieux, vous m'avez fait peur.

Arakasi sortit de sous la pluie, une lourde cape noire frappant ses mollets. Ses sandales étaient trempées et couvertes de brins d'herbe, ce qui signifiait qu'il était passé par les pâturages à needra.

Mara se détendit, soulagée.

— Tu as mis du temps pour revenir.

Le maître espion s'inclina, une série de gouttelettes argentées tombant de sa capuche et coulant le long de son nez aquilin.

— Maîtresse, j'étais très loin quand votre appel m'est parvenu.

Mara frappa dans ses mains pour faire venir sa servante.

— Des serviettes, demanda-t-elle, et une robe sèche, immédiatement.

Elle fit signe à son maître espion de s'asseoir et de se servir une tasse de chocha sur le plateau qui se trouvait devant elle.

Arakasi se versa une tasse de boisson fumante, puis lança un regard acéré à sa maîtresse.

— Maîtresse, je vous demande de ne dire à personne que je suis revenu. Je me suis glissé dans le manoir sans être repéré par vos gardes, et je me suis donné beaucoup de mal pour ne pas être vu.

Ce qui expliquait l'herbe des pâturages sur ses sandales, mais pas la raison de sa discrétion. Comme Arakasi n'expliquait pas le pourquoi de son initiative, Mara fut forcée de le questionner.

Son maître espion faisait tourner sa tasse de porcelaine dans ses mains, et semblait anormalement agité. Il fronçait les sourcils, et ignorait les serviettes et les vêtements secs que la servante avait apportés à son intention. Toujours vêtu de sa cape noire, et dégouttant de pluie, il déclara :

— Mes informateurs... Quelque chose ne tourne pas rond. Il est possible que nous ayons été infiltrés.

Mara haussa les sourcils et, avec une intuition infaillible, remonta les pensées d'Arakasi jusqu'à un événement très lointain.

— L'embuscade montée contre Keyoke ?

Arakasi hocha la tête.

— Je pense que le défunt seigneur Desio a laissé notre homme s'échapper à cette époque, pour me pousser à croire que nos autres agents dans la maison des Minwanabi n'avaient pas été repérés. Dans ce cas, la promotion de l'un de mes hommes au service personnel de Tasaio...

— Est suspecte ? finit Mara, alors qu'Arakasi ne terminait pas sa phrase. (Elle refusa son explication d'un geste de la main.) Occupe-toi de ce problème comme tu le souhaites. Si tu penses qu'un espion minwanabi s'est infiltré sur mes terres, trouve-le. Pour le moment, je veux savoir ce qui s'est réellement passé à Kentosani.

Arakasi but une gorgée de chocha. Pendant un court laps de temps, il sembla répugner à abandonner le problème de la possibilité d'une faille dans son réseau, mais alors que Kevin se réinstallait dans son coin et parce que Mara semblait anormalement impatiente, le maître espion aborda le sujet demandé.

— Il s'est passé beaucoup de choses, mais pratiquement rien n'a été rendu public. (Arakasi reposa sa tasse si doucement que la porcelaine ne fit aucun bruit.) J'ai perdu un agent durant les combats.

Mara ne connaissait pas l'homme qui était mort, et ne le connaîtrait jamais, mais c'était un serviteur des Acoma. Elle inclina la tête en signe de respect, comme elle aurait pu le faire en apprenant que l'un de ses guerriers avait perdu la vie à son service.

Arakasi haussa les épaules, ayant perdu son insouciance habituelle.

— L'homme était simplement au mauvais endroit au mauvais moment quand les combats ont commencé. Il a été tué par une flèche perdue, mais sa mort est regrettable. Les candidatures pour des postes au palais impérial sont soigneusement examinées, et il sera très difficile à remplacer.

Mara se rendit compte que le maître espion prenait cette perte à cœur. En dépit de son impatience à le voir reprendre le sujet, sa défaillance était suffisamment inhabituelle pour qu'elle attende qu'il lance la conversation de son propre chef.

Arakasi glissa ses mains fermées dans les manches de sa robe, et sembla revenir à la réalité. Il ajouta d'une voix vive :

— Dans tous les cas, le magicien Milamber, bien qu'il ait été banni de l'Assemblée, est revenu au moyen d'une faille.

— Où se trouve cette faille ? intervint Kevin, soudain beaucoup moins endormi qu'il le paraissait.

Mara fronça les sourcils dans sa direction, mais ce fut le regard de dédain foudroyant d'Arakasi qui fit retomber le Midkemian dans le mutisme.

— Je ne le sais pas encore, concéda le maître espion en regardant sa maîtresse d'une manière appuyée. Milamber a été capturé dans la ville d'Ontoset, par deux magiciens qui servaient Axantucar. Lui, deux compagnons de son monde natal, et un autre Très-Puissant ont été emmenés sous escorte au palais impérial.

— Le seigneur de guerre a fait prisonnier un Très-Puissant ? l'interrompit Mara.

— On peut argumenter que les deux Très-Puissants ont retenu de force l'un des leurs, la corrigea ironiquement Arakasi. On ne sait pas grand-chose du seigneur de guerre, bien que les suppositions abondent. On peut hasarder qu'Axantucar ne se satisfaisait pas du blanc et de l'or. Il pouvait nourrir de plus hautes ambitions.

— Assassiner l'empereur ? le coupa Mara. Des rumeurs disaient que quelqu'un avait tenté d'utiliser le poison.

— La moitié de ces rumeurs sont vraies. (Arakasi tambourinait de ses doigts sur son genou, et l'eau dégouttait de ses manches formant des flaques sur le plancher de bois poli.) C'est la raison qu'Ichindar a invoquée pour son exécution. Et comme l'un des Très-Puissants d'Axantucar a retourné sa veste et a témoigné contre lui, qui pouvait douter de sa culpabilité ?

Mara ouvrit les yeux en grand en entendant cette précision.

— Un Très-Puissant l'a dénoncé ?

— Plus que cela. (Maintenant passionné par son sujet, Arakasi s'expliqua.) Deux Très-Puissants, des frères, avaient apporté leur aide au seigneur de guerre, comme ils l'avaient fait pour son oncle.

Mara hocha la tête. Elle se souvenait très bien de ces deux hommes, car ils étaient intervenus pour prouver son innocence dans l'imbroglio d'accusations contradictoires qui avaient culminé lors de la ruine de Jingu des Minwanabi.

Arakasi continua.

— L'un des frères s'est retourné contre l'autre. L'un des Très-Puissant est mort maintenant, et l'autre a dénoncé publiquement tous ceux qui ont conspiré contre Ichindar. Actuellement, plus personne n'ose bouger dans le grand jeu, de peur du châtiment. Pour notre part, je juge que nous devons nous montrer prudents durant un moment. Si Tasaio pense qu'il est le plus puissant seigneur de l'empire, il peut choisir de frapper.

Mara leva la main pour réclamer le silence pendant qu'elle réfléchissait. Après un moment où l'on entendit que le bruit de la pluie sur les avant-toits, elle déclara :

— Non. Pas maintenant. Tasaio est trop intelligent pour risquer une marche secrète dans l'empire quand tant d'épées sont dégainées. Qui commande la garnison du palais impérial ?

— Kamatsu des Shinzawaï, répondit Arakasi. Il se comporte comme s'il était le commandant des armées de l'empereur, bien qu'il porte l'armure du chef de guerre du clan Kanazawaï, et pas le blanc impérial.

Les sourcils de Mara se froncèrent en réfléchissant à toutes les ramifications politiques de la situation.

— Donc, pour le moment, nous pouvons supposer que l'Alliance pour la guerre tire à sa fin, que le Parti de la guerre a volé en éclats lui aussi, puisque seuls les Minwanabi dominent cette faction. (Elle tapota son menton avec un doigt, puis déclara Nous pouvons supposer que Jiro des Anasati va prendre ses distances, à la fois des Omechan et de Tasaio, et que les Anasati et les autres familles du clan Ionani vont revenir discrètement dans le giron du Parti impérial. Non, le Parti de la roue bleue n'est peut-être pas la faction la plus puissante, mais il s'assoit à la droite de l'empereur, et en ces circonstances, cela compte énormément.

Arakasi ajouta :

— Quant au Grand Conseil, deux tentatives des Minwanabi pour convoquer une session officielle ont été ouvertement refusées par Ichindar. La Lumière du Ciel a répété que le Grand Conseil était dissous jusqu'à ce qu'il décide de le convoquer lui-même.

Mara resta silencieuse un long moment.

— Je sais qu'il y a quelque chose de plus que la trahison, conclut-elle finalement. Quelque chose d'autre est en jeu. Nous avons déjà eu des complots contre le seigneur de guerre et l'empereur auparavant, mais cela n'avait jamais provoqué la suspension du Grand Conseil.

— Peut-être que cet empereur a plus de cervelle ou plus d'ambition que ses prédécesseurs, suggéra Kevin dans son coin. Je parierais qu'il désire le pouvoir absolu.

Mara secoua la tête.

— Prendre le pouvoir par cette méthode provoquerait une révolution. Si Ichindar voulait vraiment le pouvoir, pour obliger le Conseil à agir selon ses ordres, il en ferait ses petits chiens. La cour impériale peut faire de nombreuses choses, mais elle ne peut pas gouverner l'empire. Notre système ne ressemble pas au tien, Kevin, avec des seigneurs et leurs serviteurs qui sont tous sujets d'un même roi.

Elle fit un geste de frustration qui montrait que de tels concepts lui étaient encore étrangers.

— La Grande Liberté, récita Kevin. La loi qui montre clairement les relations de chaque homme envers son maître et ses serviteurs, pour que personne ne puisse souffrir de traitements injustes.

— Une fiction polie, j'en suis certaine, intervint Mara. Dans tous les cas, ce n'est pas de cela que je parle. Nous n'avons pas un système qui permet de remplacer un seigneur corrompu par un autre plus noble. Si un seigneur tombe, son domaine s'écroule avec lui, et si un trop grand nombre de souverains disparaissent, l'empire lui-même risque de s'effondrer.

Kevin repoussa en arrière ses cheveux emmêlés lors de son somme.

— Vous dites que l'empire ne possède pas l'infrastructure pour supporter un changement aussi radical. Les nobles tsurani sont trop gâtés et trop indulgents envers eux-mêmes, pour administrer leurs propres terres s'ils n'en sont pas les dictateurs absolus. Ils ne le feront pas simplement parce que l'empereur leur ordonnera de le faire.

Mara trouva le commentaire de Kevin désagréable.

— Non. Ce que je veux dire c'est que si la Lumière du Ciel pense, par caprice, transformer une assemblée de souverains en simples fonctionnaires, il apprendra qu'ordonner une chose n'est pas la même chose que la réaliser, ou demander à d'autres de la faire.

Kevin appuya son dos contre le mur et inspecta avec nonchalance ses ongles, qui étaient un peu sales.

— Je ne peux pas le nier.

Hésitante, ne comprenant pas pourquoi il choisissait ce moment pour être désagréable, Mara reporta son attention sur Arakasi.

— Je pense que nous devons nous rendre à Kentosani.

Le maître espion se figea immédiatement, mince silhouette enveloppée par les ombres de sa cape noire.

— Maîtresse, cela pourrait être dangereux.

— Cela ne l'a-t-il pas toujours été ? le questionna Kevin avec une note de sarcasme.

Mara agita une main pour le faire taire sans même regarder dans sa direction.

— Je dois prendre un risque et espérer que l'empereur n'élèvera aucune objection à une réunion du clan Hadama dans la salle du Conseil. Et si certains membres du Parti de l'œil-de-jade se trouvent aussi en ville au même moment, et que nous choisissons de dîner ensemble...

Mais, ce jour-là, les courants de la politique n'intéressaient pas Arakasi.

— Ce sont des choses dont vous devrez discuter avec votre hadonra et votre premier conseiller, maîtresse, intervint-il avec une voix très légèrement acide. Je dois retourner consulter mes agents et m'assurer que vous êtes en sécurité.

Plongée dans ses pensées, Mara ne remarqua pas sa brusquerie inhabituelle.

— Occupe-t-en, répondit-elle en faisant vaguement référence à des paroles qu'elle n'avait comprises que dans leur signification immédiate. Mais je veux que tu sois dans mes appartements de la Cité sainte dans un mois.

— À vos ordres, maîtresse.

Arakasi s'inclina sans la moindre hésitation. Il se glissa derrière la cloison aussi discrètement qu'il était entré, et s'évanouit sous l'averse argentée de l'après-midi. Toujours profondément plongée dans ses pensées, Mara lui laissa le temps de partir sans être vu. Puis elle frappa dans ses mains pour faire venir son coursier et l'envoya chercher ses conseillers.

La pluie confinait presque tout le monde à l'intérieur, et quelques instants plus tard, Nacoya, Keyoke et Saric entrèrent dans le cabinet de travail. Lujan arriva en dernier, sentant l'huile que l'on utilise pour protéger les armures laminées. Il se trouvait dans les cantonnements en train d'instruire de jeunes recrues quand il avait reçu sa convocation, et ses sandales ajoutèrent des flaques à celles laissées par la cape noire d'Arakasi.

Sans préambule, Mara déclara :

— Nacoya, envoie des messages à tous les souverains du Parti de l'œil-de-jade, les informant que d'ici un mois nous devrons nous trouver dans nos résidences de la Cité sainte. Les Acoma seraient heureux de les recevoir pour un déjeuner ou un dîner... selon leur rang, bien sûr. (Presque sans hésiter, elle ajouta Envoie un message à tous les membres du clan Hadama pour qu'une réunion ait lieu dans la salle du Grand Conseil dans six semaines.

Nacoya se figea, alors qu'elle s'apprêtait à redresser une épingle à cheveux en train de tomber.

— Maîtresse, un grand nombre de membres du clan Hadama étaient alliés à Axantucar. Ils n'auront pas vraiment envie de revenir si rapidement à Kentosani, en dépit de votre requête.

Mara tourna un regard dur vers son premier conseiller.

— Alors, fais-toi clairement comprendre ; ce n'est pas une requête. C'est une exigence.

Sur le point de discuter, Nacoya étudia le regard de sa maîtresse. Elle changea d'avis, hocha la tête une fois et répondit de mauvaise grâce :

— À vos ordres, maîtresse.

De son coin sur la natte de couchage du cabinet de travail de Mara, Kevin assista aux conversations du soir avec un sentiment croissant d'inquiétude. Quelque chose avait changé chez Mara, devina-t-il, mais il ne pouvait pas mettre précisément le doigt dessus. Il était seulement certain qu'une certaine distance venait de s'installer entre eux. En dépit de ses efforts pour se montrer patient, il observa le regard froid et distant de sa dame et prit sa décision. Quelle que soit la résolution que Mara avait prise, cette fois, il n'était pas sûr de vouloir apprendre quoi que ce soit sur ses plans. Le Jeu n'était pas un jeu, au sens où il l'entendait. Et il s'était maintenant assez familiarisé avec la politique de Tsuranuanni pour deviner que les prochains événements seraient très dangereux. Il avait appris que les changements ne survenaient pas dans ce pays sans effusion de sang, et la chute d'un nouveau seigneur de guerre promettait les pires troubles.

La pluie battait les frondaisons des arbres, et l'obscurité tombait. Bien que l'air reste tout aussi humide et oppressant qu'avant, Kevin se rendit compte qu'il avait perdu toute envie de dormir.

L'orage passa, et tandis que les nuages à l'horizon annonçaient une prochaine averse, le soleil brillait de tous ses feux. Mara se tenait sous le soleil chaud, extrêmement droite, impénétrable. Sa garnison entière, tous les combattants qui portaient les couleurs des Acoma, était alignée devant elle sur le terrain d'entraînement. Les seuls guerriers absents étaient ceux qui gardaient ses biens dans des villes éloignées, et les patrouilles en service sur le périmètre du domaine.

À sa droite se tenait Nacoya, paraissant minuscule sous le poids de sa robe de cérémonie. Sa petite taille était accentuée par le bâton surmonté d'un éventail en plumes de queue de shatra, l'emblème officiel de sa charge de premier conseiller. Derrière elle et sur la gauche se tenaient Keyoke, Saric et Lujan, qui portaient aussi des tenues de cérémonie. L'armure de parade laquée, les bijoux et les incrustations de coquillages sur les bâtons des officiers étincelaient dans la lumière du matin.

Clignant des yeux pour se protéger de la lumière du soleil qui scintillait sur les armures polies, Kevin regardait la scène depuis l'intérieur du manoir, assis sur une banquette située dans l'embrasure d'une fenêtre dans la grande salle où Mara tenait sa cour. Ayaki avait posé ses coudes sur un coussin, près des genoux du Midkemian. Derrière le jeune maître se tenait un vieil esclave dénommé Mintaï, et qui avait la charge d'entretenir cette pièce. Il avait complètement oublié le pot de cire et le chiffon à polir qu'il avait dans les mains. Le vieil homme appréciait les rares moments de temps libre qu'une telle cérémonie lui procurait, car c'était l'un des rares instants où il pouvait rester oisif sans craindre d'être réprimandé.

Mara avait commencé à distribuer des récompenses et des promotions, puis avait accepté le serment de loyauté de douze jeunes guerriers entrant au service des Acoma. Quand les nouvelles recrues eurent fini leur révérence et reculé pour reprendre leur place dans les rangs, elle s'adressa à l'ensemble de son armée.

— Les Acoma ont maintenant grandi en force et égalent enfin leur honneur. Kenji ! Sujanra ! Approchez ! (Alors que les deux officiers nommés s'avançaient, Mara recevait deux grandes plumes teintes en vert des mains de Keyoke.) J'élève ces hommes au rang de chef de bataillon ! annonça-t-elle à ses compagnies

Les deux soldats s'inclinèrent devant elle, et elle fixa l'emblème de leur nouveau rang sur leurs casques.

Kevin donna un coup de coude dans les côtes d'Ayaki.

— C'est quoi, un chef de bataillon ? Je pensais que je connaissais tous vos grades.

— Tasaio des Minwanabi en a quatre, répondit le jeune garçon sans donner d'autre explication.

Les yeux bleus du Midkemian se fixèrent alors sur l'esclave, et flatté d'être consulté comme une autorité, Mintaï désigna d'un geste élégant de son chiffon à polir l'ensemble de l'armée de Mara.

— C'est un grade que l'on accorde quelquefois quand une armée devient trop grande pour un seul commandant. Ces deux hommes seront maintenant les seconds du commandant Lujan, et chacun d'eux commandera une compagnie. (Un air intrigué traversa son visage.) Cela veut dire qu'elle doit diviser l'armée.

Kevin attendit que Mintaï donne d'autres éclaircissements, mais il finit par comprendre que le vieil homme devait être un peu simplet, quand aucune explication ne vint.

— Qu'est-ce que cela veut dire ? lui souffla-t-il.

Il reçut en réponse un haussement d'épaules tsurani.

— Peut-être que la maîtresse souhaite appeler de nouveaux soldats à son service.

— Pour que nous puissions battre Tasaio, intervint Ayaki.

Il fit un bruit de gorge rocailleux, son idée du cri qu'un homme peut pousser en mourant, puis il sourit jusqu'aux oreilles.

Kevin chatouilla le petit garçon sous les côtes, et son bruitage se transforma en rire.

— Combien d'hommes y a-t-il exactement dans une compagnie ? demanda-t-il à Mintaï.

Le vieil esclave refit son haussement d'épaules.

— Beaucoup. Cela dépend des souhaits du seigneur. Il n'y a pas de nombre fixe.

Mais la curiosité de Kevin était aiguisée par toutes ces réponses vagues.

— Alors, combien d'hommes commande un chef de patrouille ?

— Une patrouille, de toute évidence, barbare.

Le comportement de Mintaï indiquait qu'il désirait reprendre son polissage. L'étranger était peut-être l'amant de la dame, mais on ne lui devait aucun respect s'il posait des questions stupides.

Comme de bien entendu, le barbare ne remarqua pas les indices qui révélaient que son intérêt commençait à ennuyer son interlocuteur.

— Alors, je pose ma question autrement. Combien d'hommes compte généralement une patrouille ?

Mintaï serra les lèvres et refusa de répondre. Mais c'était Ayaki qui était maintenant impatient d'étaler ses connaissances.

— Généralement une douzaine d'hommes, quelquefois vingt, mais jamais moins de huit.

Qu'un enfant puisse se souvenir parfaitement d'un système aussi dénué de sens n'était qu'une autre des anomalies de ce monde insensé. Kevin se gratta la tête et tenta de mettre de l'ordre dans le chaos.

— Disons environ dix. Maintenant, combien de chefs de patrouille commande un chef de troupe ?

— Quelquefois cinq, quelquefois jusqu'à dix dans chaque compagnie, déclara Ayaki.

— Ce n'est pas la peine de crier comme si tu te trouvais sur un champ de bataille, le réprimanda Kevin. (Il tenta, en dépit de plusieurs petits coups vengeurs dans ses propres côtes, de calculer mentalement.) Donc chaque chef de troupe commande de quarante à deux cents hommes.

Il cligna des yeux alors qu'il regardait à nouveau le terrain d'entraînement, où les officiers nouvellement promus se relevaient et reprenaient leur place.

— Alors, combien de chefs de troupe faut-il avant d'avoir besoin de diviser ses forces comme cela ?

Ayaki riait trop fort pour pouvoir répondre ; Mintaï se fatigua de regarder par la fenêtre et attrapa un morceau de cire sur son chiffon à polir. Comme si les lattes du plancher risquaient de s'évanouir sous ses pieds par manque d'attention, il s'agenouilla et commença à les frotter vigoureusement.

— Je ne sais pas. Combien d'hommes notre dame commande-t-elle actuellement ? Je pense qu'avec tous les aides cuisiniers que l'on a dû embaucher ces dernières années, cela doit approcher les deux mille hommes – nous avons vingt, vingt-deux chefs de troupe, enfin c'est ce que j'ai entendu Kenji dire. Maintenant, laisse-moi faire mon travail, avant que je ne reçoive des coups de fouet.

La menace n'était qu'un prétexte ; Mintaï faisait partie des meubles, et il était trop aimé pour que le contremaître fasse autre chose que le réprimander. Kevin tentait d'échapper aux jeux tumultueux d'Ayaki et continuait à calculer. La plupart des soldats de la garnison rejoignaient à tour de rôle différents postes, passant une partie du mois dans les cantonnements du manoir, pour rester près de leurs épouses et de leurs enfants. Le reste était installé dans de petites cabanes, construites en différents endroits du domaine, ou était envoyé protéger des caravanes ou des péniches transportant les marchandises acoma jusqu'à de lointains marchés. Il était difficile de juger précisément, mais l'estimation de l'esclave pouvait être correcte. Mara pouvait bien commander jusqu'à deux mille guerriers. Kevin siffla doucement en signe d'appréciation. Grâce aux commérages, il avait appris la petite taille de la garnison dont elle avait hérité quand elle avait repris le sceptre de souverain : trente-neuf hommes. Maintenant ses forces avaient grandi jusqu'à rivaliser avec celles des familles les plus puissantes de l'empire.

Dommage, pensait-il, *que son domaine soit si difficile à défendre.*

Mais une pensée inquiétante suivit tout naturellement. Peut-être que la dame n'amassait cette puissance militaire que pour se protéger.

Un nuage passa devant le soleil, annonciateur de la première averse de l'après-midi. La cérémonie sur le terrain d'entraînement se terminait, alors que, carré après carré, les guerriers à l'armure verte faisaient demi-tour sous les ordres de Lujan. Mara et ses conseillers revenaient vers le manoir. Soudain anxieux de la rencontrer, Kevin suggéra à Ayaki d'aller aux cuisines et de taquiner les cuisiniers, qui faisaient du pain de thyza, à en croire l'odeur qui parfumait la brise. Il n'eut pas de mal à persuader le garçon perpétuellement affamé, et en prenant des raccourcis par les cours intérieures, Kevin réussit à être présent quand la dame rentra dans ses appartements privés. Il prit la place de l'une des servantes et l'aida à retirer sa lourde robe de cérémonie. Elle lui permit de l'assister, calme et silencieuse, et moins sensible que d'habitude à son contact.

Gardant un ton badin, Kevin demanda :

— Nous préparons les troupes pour la guerre, ma dame ?

Mara sourit sans la moindre trace d'humour.

— Peut-être. Si les membres de mon clan font preuve de bon sens, ce ne sera pas le cas, mais s'ils se montrent récalcitrants, j'aurai besoin de cette démonstration de force. La nouvelle ne mettra pas longtemps à se répandre que la garnison des Acoma a grandi au point qu'il lui est nécessaire d'avoir deux chefs de bataillon.

Elle retira une lourde série de bracelets de jade et les laissa tomber dans un coffret ouvert. Le jeu d'épingles assorties suivit dans une cascade de cliquetis.

— Personne n'a besoin de savoir que nos compagnies sont un peu plus petites que la normale.

Elle tendit sa robe aux servantes pour qu'elle soit nettoyée et rangée ; Kevin regarda le dos nu de sa dame et soupira alors qu'elle se couvrait d'une robe d'intérieur légère.

— Le Jeu continue ?

— Toujours. (Mara noua sa ceinture, mettant fin à tout espoir d'un interlude sur la natte de couchage. Sans se rendre compte que son amant espérait un moment d'intimité, elle ajouta L'empereur a peut-être suspendu le Conseil, mais le Jeu continuera toujours.

Sauf que ce n'était pas du tout un jeu, conclut intérieurement Kevin. Pas quand des armées entraient dans la danse. En dépit de sa décision récente de ne plus se mêler de politique, il ne pouvait s'empêcher de se demander quelle voie sa dame avait choisie, cette fois.

Des ombres teintaient le palais impérial de nuances de rose, d'orange et d'un bleu charbonneux profond alors que le premier soleil du matin apparaissait à l'horizon. Le long du fleuve et dans les quartiers pauvres, la ville était déjà éveillée et affairée, mais les demeures des puissants ne résonnaient que du bruit des pas des serviteurs et d'une patrouille de guerriers vêtus de l'armure verte acoma.

En ce jour que Mara avait choisi pour la réunion du clan Hadama, elle souhaitait se rendre la première dans la salle du Conseil. Les débats qu'elle avait à l'esprit ne devaient pas aller de travers, ou ses exigences envers le clan ne lui vaudraient que de nouveaux ennemis.

Lujan et une escorte de vingt hommes triés sur le volet escortèrent Mara jusqu'au cercle intérieur du Conseil, mais à l'endroit où elle aurait dû normalement leur demander de s'arrêter et d'attendre, la dame des Acoma continua à avancer. Après une brève hésitation, Lujan fit signe à ses guerriers de rester en formation. Ils suivirent leur maîtresse jusqu'au niveau inférieur de la salle, et s'ils furent étonnés quand la dame dépassa son siège habituel, ils n'en montrèrent pas le moindre signe.

Dans son rôle d'esclave personnel, Kevin leva un sourcil, puis il rit intérieurement quand il devina les intentions de sa dame. Mara traversa l'espace vide jusqu'au niveau le plus bas, puis monta sur l'estrade surélevée réservée au seigneur de guerre durant les sessions du Conseil, ou au chef de guerre durant les réunions de clan.

À cette heure, la jeune lumière du soleil dorait le dôme supérieur. Mara s'assit sur le trône sculpté, incrusté d'ivoire, et se recueillit un instant. Kevin se tenait juste derrière elle, prêt à répondre à ses demandes, et, comme si ses actions n'avaient exigé ni courage ni audace, ses guerriers se disposèrent en demi-cercle derrière elle.

Kevin regarda les rangées de sièges vacants depuis sa place sur l'estrade centrale. Comme la salle était vide en dehors des guerriers acoma, il parla librement.

— Certaines personnes vont avoir les intestins en révolution avant la fin de cette journée, dame.

Mais Mara avait déjà pris l'air de supériorité qui allait avec le trône sur lequel elle était assise ; elle ne répondit rien. Elle attendit dans une pose très formelle durant près de trois heures, jusqu'à l'arrivée des membres les moins importants du clan Hadama.

Le seigneur des Jinguaï fut le premier à entrer dans la salle du Conseil, son garde en armure jaune et rouge bordée de noir derrière lui. À ce moment, le soleil s'était levé assez haut pour que des rayons obliques frappent l'estrade centrale. Toutes les personnes qui entraient ne pouvaient manquer de voir la dame assise sur le trône, avec ses bijoux étincelants et ses immenses robes de cérémonie. Le vieil homme lança un regard surpris vers elle et s'arrêta brusquement. Il hésita, puis sourit avec un amusement sincère, et continua pour rejoindre son siège à l'arrière de la salle.

Kevin murmura :

— Eh bien, en voilà un qui se prépare à admirer le spectacle.

Mara déplaça son éventail décoratif d'une manière qui signifiait qu'il devait garder ses pensées pour lui. Son visage restait impassible comme de l'albâtre sous plusieurs couches de poudre de thyza ; toute sa nervosité et son excitation étaient celées à l'intérieur, invisibles.

Dans l'heure, cinq autres seigneurs arrivèrent. La plupart se rendirent simplement à la place qui leur était allouée après un bref regard en direction de Mara. Deux autres conférèrent brièvement, échangèrent des gestes discrets, puis regagnèrent leurs sièges. Midi vit l'arrivée d'une délégation d'une demi-douzaine de seigneurs, dont l'un était compté parmi les plus puissantes familles du clan Hadama. En franchissant le seuil en haut de la salle, ce seigneur fit signe aux autres, et tous ensemble, ils se rendirent au centre de la salle. À cette heure, le soleil brillait sur le trône d'or et d'ivoire, illuminant Mara comme la statue d'une déesse dans la niche d'un temple. Devant le siège de chef de guerre, les seigneurs s'arrêtèrent. Plutôt que de s'asseoir, ils se rassemblèrent en murmurant.

Finalement, l'un d'eux qui portait du bleu foncé s'avança pour parler à la femme immobile, assise sur le trône.

— Ma dame des Acoma...

Mara l'interrompit.

— Vous avez quelque chose à me dire, mon seigneur des Poltapara ?

L'homme sembla sur le point de se rebiffer ; ressemblant dans son costume d'apparat à un oiseau paré de son plus beau plumage, il gonfla le torse, puis mesura du regard la dame assise sur l'estrade. Mara ne cilla pas, et les soldats dans son dos restaient aussi immobiles que des statues. Mais dans la culture tsurani, un manque de réaction aussi audacieux devenait une déclaration solennelle. Le seigneur s'éclaircit la gorge.

— Allez-vous bien, dame ?

Mara sourit devant sa capitulation polie.

— Je vais bien, en effet, mon seigneur. Allez-vous bien ?

L'homme en bleu acquiesça, puis reprit avec nonchalance la conversation avec ses compagnons. Kevin parla *sotto voce* :

— Un de moins.

— Non, le corrigea Mara, cachant son soulagement derrière un mouvement d'éventail. Six de moins. Le seigneur qui m'a saluée est d'un rang supérieur aux autres, et deux d'entre eux sont ses vassaux. Les trois autres sont des alliés par serment, et comme ils se parlent encore tous les uns les autres, ils respecteront son choix.

La victoire était marquante, car alors que d'autres seigneurs entraient, ils virent que l'une des plus puissantes familles du clan avait accepté la position de Mara. Ne voulant pas remettre en cause sa popularité, ils la saluèrent et prirent leur place avec différents degrés d'enthousiasme.

Puis le chef de clan actuel, le seigneur Benshaï des Chekowara, entra d'un pas majestueux dans la salle, ses robes multicolores s'enflant comme des voiles autour de son corps volumineux. Plongé dans une conversation animée avec l'un de ses conseillers, et pétri de sa propre importance, il avait descendu la moitié des escaliers vers le niveau inférieur quand il remarqua la silhouette qui occupait son trône.

Il s'arrêta brusquement un bref instant, les yeux écarquillés dans son visage sombre. Puis il ordonna à son conseiller bavard de se taire et fit avancer sa masse imposante sur les dix marches restantes à une vitesse surprenante, pour affronter la dame des Acoma.

Kevin s'abstint de tout commentaire, car la tactique de Mara était maintenant évidente. En dépit du fait que les premiers arrivants étaient les seigneurs de moindre rang, une personne qui se trouvait au niveau le plus bas devait lever les yeux vers la personne assise sur le trône, et se trouvait forcément dans une position désavantageuse.

— Dame Mara... commença le seigneur des Chekowara.

Mara le coupa.

— Je vais bien, mon seigneur. Allez-vous bien ?

Plusieurs nobles mineurs du clan étouffèrent un sourire. La réponse de Mara à une question qui n'avait pas été posée donnait l'impression que le chef de guerre du clan avait accepté que le rang de la jeune femme soit supérieur au sien.

Le seigneur Benshaï bredouilla, et s'efforça de retrouver son calme.

— Ce n'est pas ce que...

Mara l'interrompit à nouveau.

— Ce n'est pas ce que quoi, mon seigneur ? Excusez-moi, je pensais que vous vous montriez poli.

Mais un homme habitué au pouvoir ne pouvait pas être tenu longtemps en échec par quelques paroles habiles. D'une voix à l'autorité vibrante, le seigneur Benshaï déclara :

— Dame, vous êtes assise sur mon trône.

La dame des Acoma lui accorda son regard le plus pénétrant. D'une voix d'une égale autorité, que personne dans la pièce ne put manquer d'entendre, elle répondit :

— Je ne le pense pas, mon seigneur !

Le seigneur Benshaï des Chekowara se redressa de toute sa taille. Des bijoux d'ivoire tintèrent à ses poignets et à son cou tandis qu'il se hérissait.

— Comment osez-vous !

— Silence ! exigea Mara, et tout le monde obéit.

Le seigneur Benshaï remarqua immédiatement leur obéissance. Il tordit son petit cou et foudroya du regard les seigneurs qui avaient refusé de le soutenir. Seule la fierté lui permit de garder son aplomb sans perdre contenance. Mara annonça au seigneur des Chekowara, mais aussi à toute l'assemblée :

— Le temps est venu de parler franchement, mes parents.

Un profond silence tomba, alors, sur l'immense salle. Les termes exprimant les liens de sang étaient rarement utilisés en public, car les Tsurani accordaient beaucoup d'importance aux relations familiales. Toute revendication de parenté, même vague, était considérée comme importante et personnelle. Bien que toutes les personnes du clan aient partagé des liens du sang dans un lointain passé, les relations s'étaient fragilisées avec le temps et n'étaient jamais soulignées, à moins que des implications de dettes ou d'honneur ne soient en cause.

Comme si le seigneur des Chekowara ne se tenait pas, interdit, au pied de l'estrade, Mara continua à s'adresser aux seigneurs dans les tribunes.

— Selon les décrets du destin, vous êtes membres d'un clan considéré depuis longtemps comme possédant un grand honneur... (Alors qu'un grand nombre de personnes dans la salle murmurèrent leur approbation, la voix de Mara domina le brouhaha... mais manquant de puissance. (Les voix se turent.) Mon père était considéré comme l'un des plus nobles seigneurs de l'empire. (À nouveau, plusieurs souverains dans la salle approuvèrent.) Mais quand sa fille a affronté seule de puissants ennemis, aucun parent n'a cherché à lui offrir ne serait-ce qu'un soutien symbolique.

Personne ne parla pendant que Mara observait les gradins.

— Je comprends aussi bien que vous la raison de cette attitude, continua-t-elle. Mais je sais aussi que les raisons politiques ne sont pas une justification suffisante. Après tout, expliqua-t-elle d'une voix amère, notre conscience ne nous tourmente pas. C'est ainsi que vivent les Tsurani, nous disons-nous. Si une jeune fille est tuée et que le natami d'une famille honorable est enterré face contre terre dans la poussière, qui peut arguer qu'il ne s'agit pas de la volonté des dieux ?

Mara observa chaque visage dans l'assemblée, cherchant des réactions hostiles. Juste avant que les souverains les plus audacieux puissent élever la voix pour protester, elle s'écria :

— J'affirme que ce n'est pas la volonté des dieux !

Ses paroles résonnèrent dans les tribunes, et l'émotion presque inconvenante qui les imprégnait riva chaque seigneur à son siège.

— Moi, Mara des Acoma ! Moi qui ai obligé le seigneur des Anasati à faire quartier, moi qui ai détruit Jingu des Minwanabi sous son propre toit ancestral ! Moi qui ai façonné les Acoma pour en faire la maison la plus puissante du clan Hadama ! Je dis que nous forgeons notre propre destin et que nous prenons notre place sur la Roue ! Qui ici prétend le contraire ?

Une certaine agitation répondit à ce concept, et plusieurs seigneurs remuèrent, comme gênés par ce qui ressemblait à un blasphème. Au fond de la salle, un souverain déclara :

— Dame, vous exprimez de dangereuses pensées.

— Nous vivons des temps dangereux, rétorqua Mara. Il est temps d'avoir des pensées radicales.

Bien qu'à contrecœur, tout le monde exprima son approbation. Des grommellements à voix basse se transformèrent en un bourdonnement de discussions animées, interrompus par le seigneur des Chekowara qui contenait difficilement sa rage d'avoir été oublié. Il cria par-dessus le vacarme général.

— Qu'est-ce que vous nous proposez, à part usurper ma charge, dame Mara ?

Tous ses bijoux étincelant dans la lumière du soleil qui tombait du dôme, Mara tira un rouleau de parchemin des profondeurs de sa manche. Kevin dut se contrôler pour ne pas exprimer ouvertement son admiration pour le moment qu'elle avait choisi.

— Montre-leur la carotte, murmura-t-il.

Sous la lumière brillante, les rubans jaune et blanc qui caractérisaient un acte rédigé par le gardien du sceau impérial ne pouvaient pas ne pas être reconnus. Consciente qu'elle avait attiré tous les regards vers elle, Mara observa l'assemblée avec un sang-froid impérial.

— J'ai ici, sous sceau officiel, une option commerciale exclusive accordée aux Acoma.

« Une option commerciale ? » « Avec qui ? » et « Pour quoi ? » furent les diverses questions qui fusèrent des gradins.

Seul, le seigneur Benshaï ne semblait pas impressionné. Il se tenait devant l'estrade, aussi imposant qu'une montagne, et foudroyait Mara du regard, l'air menaçant.

— Auriez-vous un décret de la main de la Lumière du Ciel en personne, que je ne m'inclinerais pas devant vous, dame.

Lujan posa la main bruyamment sur la poignée de son épée, un clair avertissement qu'il ne tolérerait aucune insulte envers sa dame. Les guerriers chekowara se hérissèrent de même, et conscient que le risque d'effusion de sang était bien réel, Kevin transpira sous sa robe et souhaita ardemment avoir un poignard à portée de la main.

Comme si la nervosité de ses guerriers n'était rien d'autre qu'une affectation, Mara lut le document à haute voix à toute l'assemblée. La salle devint aussi silencieuse qu'une tombe.

— Je détiens la clé de la richesse, mes seigneurs, conclut-elle. Je possède les droits exclusifs sur ces marchandises, à la fois pour l'importation et pour l'exportation depuis et vers le monde de Midkemia.

Le silence régna. Figée dans une profonde immobilité, Mara reprit :

— Avez-vous compris combien l'importation massive de tous les objets indiqués, en particulier ceux fabriqués en métal, influera sur votre richesse ?

Le silence dans la salle du Conseil devint de plus en plus tendu. Quelques seigneurs conférèrent à voix basse avec leurs conseillers, alors que ceux qui occupaient les sièges de plus haut rang devenaient lentement très pâles. Le seigneur des Chekowara envoya rapidement le signal à ses guerriers d'abandonner leur position de combat ; mieux que tous les autres, il avait compris que Mara l'avait vaincu. Si elle avait utilisé la force, ou fait appel à des alliés politiques, sa position aurait pu encore être remise en question. Mais elle avait non seulement une force suffisante pour l'égaler sinon le surpasser, mais aussi maintenant le pouvoir assuré de miner les finances de toutes les familles du clan. Pas un seigneur présent n'oserait soutenir son ancien chef de guerre. Une expression de fureur déconcertée affichée sur son visage sombre, le seigneur Benshaï chercha furieusement le moyen de faire retraite sans perdre la face.

Autour de lui, les autres souverains du clan Hadama semblaient trop absorbés par la difficulté de leur propre situation pour se réjouir de sa défaite. Quelqu'un dans une galerie supérieure demanda :

— Dame, est-ce que vous offrez une participation ?

Mara répondit prudemment.

— Peut-être. J'accepterai peut-être d'établir des consortiums commerciaux et permettrai à d'autres seigneurs de participer – ceux parmi vous qui prouveront qu'ils sont mes parents, en actions aussi bien qu'en paroles.

Un grand nombre de seigneurs considérèrent cette suggestion avec méfiance. Dans un brouhaha général, les conseillers se penchèrent sur l'épaule de leur seigneur pour murmurer à leur oreille... L'idée ne semblait pas être accueillie avec enthousiasme. Le seigneur des Chekowara crut entrapercevoir une ouverture. D'une une voix très persuasive, il déclara :

— Mara, votre proposition est belle et bonne, mais nous n'avons rien vu qui suggère que le commerce avec les barbares est faisable, même si vous en détenez les droits exclusifs accordés par l'empereur. De plus, ajouta-t-il sur le ton que pourrait employer un père pour réprimander une fille capricieuse, ces choses-là changent, n'est-ce pas ?

Mara entendit Kevin murmurer :

— Maintenant montre-leur le bâton.

Mara dut lutter pour ne pas rire. Le seigneur des Chekowara exhibait une confiance en soi qui, dans un instant, allait le faire paraître regrettablement pompeux. Contrôlant soigneusement le ton de sa voix, Mara annonça :

— Mon seigneur, vous devez bien comprendre ceci : quand je quitterai cette salle, je saurai qui compter parmi mes amis, et j'aurai vu qui sera resté à l'écart. (Elle dirigea un regard lourd de signification sur l'assistance et tempéra ses paroles avec retenue et patience.) J'ai prouvé depuis que je suis souveraine plus d'une douzaine de fois ce dont je suis capable.

Un moment de réflexion fut suivi de murmures généraux d'approbation dans les tribunes. Mara reprit :

— Ceux qui doutent de moi peuvent rester à l'écart et affronter leur destin, sachant qu'ils pourront compter sur leur propre intelligence et sur leurs propres ressources. Ceux qui accepteront mon appel à l'unité du clan et lieront leur sort au mien auront les Acoma auprès d'eux pour affronter tous les dangers. Car, mes seigneurs, si quelqu'un ici pense que le grand jeu est terminé parce que la Lumière du Ciel l'a ordonné, alors que cet homme quitte le pouvoir et cherche un temple pour y prier et implorer la pitié des dieux. Car cet homme est un fou, et ce n'est que par l'indulgence des dieux que lui et sa famille survivront dans les temps à venir.

J'offre un meilleur choix, cria-t-elle de la voix la plus forte qu'elle ait jamais employée. Vous pouvez continuer comme vous l'avez toujours fait, rester un petit clan, vide de promesses, ou vous pouvez rallumer le feu que nos ancêtres ont autrefois utilisé pour éclairer leur route. Tasaio des Minwanabi tombera ou je tomberai. Si je tombais, (elle regarda directement le seigneur des Chekowara), pensez-vous que Tasaio ne plongerait pas notre empire dans la guerre civile ? Quelle famille sera assez forte pour l'arrêter, puisque les Omechan sont tombés en disgrâce ? (Elle s'appuya contre le dossier du trône et baissa la voix, pour que tout le monde dans les tribunes doive se pencher pour l'entendre.) Mais si je réussis, alors l'une des Cinq Grandes Familles disparaîtra. Une autre famille s'élèvera pour prendre sa place. La plupart pensent que les Anasati réclameront cet honneur, ou peut-être même les Shinzawaï. Mais cela n'est pas encore écrit. Je dis que le prix peut aussi tomber dans les mains des Acoma. Le clan de la famille ascendante s'élèvera en statut, et les parents de ce souverain seront comptés parmi les puissants de l'empire, (elle agita le document), et parmi les plus fortunés.

Le vieux seigneur des Jinguaï n'avait pas bougé de son siège pendant tous les débats, mais il se leva à cet instant. Son dos était peut-être courbé par l'âge, mais sa voix était ferme quand il annonça :

— Mara ! Je déclare que Mara des Acoma est mon chef de guerre !

Un autre seigneur joignit sa voix à la sienne, suivi d'un chœur de seigneurs des tribunes supérieures. Soudain, un grand nombre de souverains furent en train de crier et, consterné, le seigneur Benshaï des Chekowara comprit que la majorité du clan était debout pour acclamer Mara. Alors que l'agitation commençait à se calmer, la dame des Acoma regarda l'ancien chef de guerre.

— Benshaï, renonce au bâton.

Le seigneur des Chekowara paraissait amer. Imprudemment, il hésita presque trop longtemps, puis il tendit le court bâton de cérémonie sculpté qui symbolisait son titre de chef de guerre. Alors que Mara acceptait l'emblème de sa nouvelle charge, il lui fit une révérence peu marquée et empreinte de raideur, puis il fit retraite jusqu'au siège le plus proche de l'estrade, réservé au deuxième seigneur du clan. Les autres souverains se réorganisèrent en conséquence, jusqu'au siège qu'avait occupé Mara, tandis que ceux qui étaient d'un rang inférieur ne bougeaient pas.

Une fois le clan réorganisé, Mara désigna l'assemblée de la main.

— Vous tous serez considérés comme des amis loyaux et fidèles. Dès cet instant, que l'on sache que les Hadama sont de nouveau un clan, non seulement de nom mais aussi par ses actes. Car, mes parents, des temps difficiles nous attendent, des jours à côté desquels la Nuit des épées sanglantes ne semblera qu'une légère perturbation, à moins que nous ne prenions les mesures nécessaires pour prévenir une telle tragédie. J'en appelle à l'honneur du clan !

À ces paroles rituelles, un choc secoua la salle entière. Les seigneurs exprimèrent leur surprise et leur consternation à voix haute, car en choisissant ces mots, Mara venait de proclamer sans équivoque que ce qui allait suivre aurait de l'importance, non seulement pour l'honneur des Acoma, mais pour celui du clan dans son ensemble. Aucun seigneur n'oserait se lancer dans une telle manœuvre par caprice ou pour des raisons triviales, car cet appel obligeait toutes les familles du clan à soutenir les Acoma. Si un chef de guerre impliquait les clans dans une guerre, l'équilibre de l'empire pouvait être remis en question. Tout le monde avait à l'esprit que compromettre la stabilité sociale provoquerait l'intervention des Très-Puissants. Plus que la colère de l'empereur ou même la vengeance des dieux, les Tsurani redoutaient l'Assemblée des magiciens dont les paroles avaient force de loi.

Mais Mara apaisa leur pire crainte : qu'elle puisse utiliser l'appel à l'honneur du clan pour servir ses propres ambitions.

— Le premier devoir du clan Hadama est de servir l'empire !

Dans un élan de soulagement, toutes les personnes présentes dans la salle crièrent :

— Oui ! Servir l'empire !

— Je vous l'affirme : tout ce que j'entreprendrai à partir de ce jour ne sera pas destiné à la gloire des Acoma, mais sera fait au service de l'empire. Vous, mes braves et loyaux parents, avez lié votre sort au mien. Je vous donne ma parole que, quoi qu'il advienne, j'agirai pour le bien de tous.

Comme lors d'un changement de marée, les courants de conversation moururent. Mara avait placé une charge terrible sur le clan Hadama. En utilisant cette expression rituelle, « le bien de l'empire », elle avait engagé son clan dans une voie qui ne pouvait conduire qu'à la victoire ou à la destruction totale.

Mais avant que les murmures ne puissent enfler et devenir une protestation générale, Mara continua.

— À partir de ce jour, toutes les affiliations à des partis extérieurs au clan sont suspendues, sauf pour la Roue bleue et l'Œil-de-jade.

Plusieurs seigneurs hochèrent la tête en signe d'approbation, tandis que d'autres, dont les intérêts politiques les conduisaient vers d'autres alliances, fronçaient les sourcils pour exprimer leur mécontentement. Mais personne n'osa prendre la parole.

— Tous les liens avec des factions extérieures au clan doivent m'être révélés, exigea Mara. Je n'obligerai personne à agir dans le déshonneur ou à rompre une promesse, mais dans les jours à venir, certains d'entre nous réaliseront que d'anciens amis sont devenus des ennemis acharnés.

Elle prit une profonde inspiration, comme si elle attendait un défi.

— Regardez dans cette pièce, mes seigneurs. Voici votre famille, voici ceux sur lesquels vous pouvez compter. Les anciens liens du sang ont été aujourd'hui renoués. Tout homme, quel que soit son rang, qui lève la main contre le plus modeste de mes parents lève la main contre moi. Nous avons oublié l'héritage de notre clan, et l'union qui faisait sa force, pendant des générations. Ce n'est plus le cas. Quiconque frappe l'un de mes parents me frappe. Mon armée a été divisée, mes seigneurs, et la moitié de mes guerriers, commandée par un chef de bataillon nouvellement promu, est prête à répondre à votre appel si vous le demandez. (Elle laissa ses paroles pénétrer dans tous les esprits, puis ajouta Et quand les jours sombres seront passés, j'ai l'intention de convoquer à nouveau le clan dans cette salle, et de constater qu'aucun visage ne sera absent. Car comme une mère shatra apporte de la nourriture à ses petits et étend ses ailes pour les abriter, je serai celle qui nourrit sa famille et la protège.

La plupart des seigneurs se levèrent à ces paroles, et les nobles mineurs l'acclamèrent pour montrer qu'ils appréciaient sa promesse à sa juste valeur. Même les plus puissants, qui avaient été évincés, furent contraints de regarder leur nouveau chef de guerre avec respect. Et si le sombre visage du seigneur des Chekowara dissimulait un autre sentiment que de l'admiration pour la femme qui l'avait remplacé à la tête du clan, il cacha son animosité en se levant et en applaudissant ses paroles courageuses.

Avec sa sensibilité d'homme, seul Kevin remarqua la lueur d'amertume qui brillait dans les yeux du seigneur Benshaï. Même si le Midkemian se sentait réconforté de voir sa dame oser transformer l'influence qu'il avait sur ses pensées en une politique publique, il se demanda avec inquiétude si elle n'avait pas gagné de nouveaux alliés en se faisant un nouvel ennemi mortel.

Le gardien du sceau impérial se figea, un bonbon de keljir à mi-chemin de sa bouche. Pris au dépourvu, il s'affaissa visiblement quand il vit qui lui rendait visite. Il souleva sa masse des coussins avec un grognement d'effort contenu, et ajusta ses robes autour de sa taille volumineuse.

— Ma dame des Acoma. Quelle... surprise.

Remarquant le domestique qui se confondait en excuses derrière Mara, le gardien comprit que Mara et son entourage assez imposant avaient simplement évité le labyrinthe habituel de domestiques, empêchant le gardien d'être averti de l'approche d'un visiteur important.

Le bonbon devint soudain embarrassant. Le gardien du sceau impérial le laissa tomber hâtivement dans un bol, bien qu'il soit déjà déballé et qu'il ait commencé à fondre. Il essuya sa paume collante sur sa ceinture, car la robe qu'il portait avait malheureusement des manches courtes. Puis il tendit la main à sa visiteuse.

Mara prit la main offerte et laissa l'homme la conduire vers un coussin placé devant son écritoire. Alors que le fonctionnaire calait sa masse sur ses coussins, il demanda d'une voix asthmatique :

— Allez-vous bien ?

— Je vais bien, mon seigneur gardien, répondit-elle avec le plus léger soupçon de déférence.

— On dit que vous vous êtes élevée à la tête de votre clan. (Le gardien du sceau impérial ne perdit pas de temps pour reprendre sa friandise.) C'est un grand honneur pour vous, je pense.

Mara inclina la tête comme si elle acceptait un compliment.

La bouche pleine de son bonbon mou, le fonctionnaire demanda :

— À quoi dois-je l'honneur de cette visite ?

— Je pense que vous le savez, Webara.

En utilisant son prénom, Mara indiquait qu'elle exigeait d'être traitée avec tout l'honneur dû à son nouveau rang. Elle retira le rouleau de parchemin de sa manche.

— Je possède un acte rédigé sous le sceau impérial pour des concessions commerciales, et je demande que mon droit soit maintenant rendu public.

Webara eut un sourire amical un peu forcé, et haussa les épaules.

— Mara, vous pouvez faire tout ce que vous voulez. (L'usage réciproque de son prénom montrait qu'il revendiquait une puissance égale à la sienne.) En ce qui me concerne, vous pouvez parfaitement employer des coursiers de la guilde commerciale des messagers pour annoncer vos droits de commerce exclusifs jusqu'aux régions les plus reculées de l'empire.

Décontenancée, Mara essaya de ne pas montrer sa surprise.

— J'avais pensé que, le moment venu, les messagers impériaux afficheraient cette proclamation.

— Ils le feront si je le leur demande. (Webara inspecta sa robe au-dessus de son nombril et retira un petit morceau de feuille de keljir qui s'était collé sur le tissu.) Cependant, comme les failles ne sont pas sous le contrôle impérial, je ne suis pas concerné par l'identité de ceux qui les utilisent.

Mara ravala son indignation.

— Qu'est-ce que cela veut dire ? Je détiens des droits commerciaux exclusifs !

Webara laissa échapper un soupir indulgent.

— Mara, permettez-moi d'être brutal. Vous détenez des droits commerciaux dans le monde barbare. Bien que l'on puisse soutenir que personne d'autre que vous n'a le droit d'importer les biens pour lesquels vous avez obtenu une licence, vous ne possédez pas le monopole de l'utilisation d'une faille sur les terres d'un autre seigneur. Et aucune des deux nouvelles failles ne se trouve sous juridiction impériale.

— Qui les contrôle ?

En dépit de tous ses efforts, la voix de Mara était acerbe. Elle essuya ses mains moites, inquiète maintenant, car le coup d'audace de la veille dépendait de cette licence qui lui permettait de contrôler certaines importations midkemiannes.

Comme de nombreux fonctionnaires chargés de fonctions creuses pleines de pompe mais qui n'octroient aucun prestige, Webara sentit immédiatement qu'il avait l'avantage. Il suça son bonbon et croisa ses doigts sur son ventre volumineux.

— La première faille se trouve sur les terres d'un certain Netoha des Chichimechas, près de la ville d'Ontoset.

Il semblait très satisfait de lui-même, ce qui informait clairement Mara qu'elle aurait des difficultés à convaincre cet homme de lui accorder un accès sur ses terres dans un but commercial.

— Où se trouve la seconde faille ? demanda Mara, dans un accès de contrariété.

Webara lui fit un sourire onctueux.

— L'autre faille est située dans le Nord, quelque part dans la Cité des magiciens. (Il fit claquer ses lèvres alors que le dernier fragment du bonbon se dissolvait dans sa bouche. D'un ton mielleux, il ajouta inutilement Elle est contrôlée par l'Assemblée, bien sûr.

Le dédain paternaliste de l'homme était aussi humiliant qu'une insulte. Mara se leva sans lui faire la grâce d'une phrase courtoise. Certaine que le gardien du sceau impérial jubilait devant sa frustration, elle sortit de la pièce sans prononcer un mot ni jeter un regard en arrière.

Elle n'entendit pas le petit rire qui accompagna son départ. Plongée dans ses pensées, furibonde, Mara fronçait les sourcils. Son escorte de guerriers lui emboîta le pas sans avoir reçu le moindre signal. La dame était trop absorbée par sa propre erreur pour prêter attention à de tels détails. Elle avait fait une supposition erronée, et payait maintenant le prix fort. Utilisant un pouvoir qu'elle ne possédait pas entièrement, elle avait présumé que la nouvelle faille serait placée sous le contrôle impérial, tout comme l'ancienne ; son décret lui aurait alors donné un accès incontestable à Midkemia.

Mais les magiciens étaient bien trop capricieux et puissants pour qu'elle les approche, et ce Netoha risquait de se montrer intraitable. Mara prononça à voix basse l'un des jurons favoris de Kevin. Qui que soit ce seigneur Netoha, et quels que soient ses alliés, elle allait charger Arakasi de trouver ses forces et ses faiblesses. Elle devait gagner l'accès à une faille. Sa nouvelle position de chef de guerre du clan en dépendait ; et si son plan était déjoué, sa maison se retrouverait en danger, militairement et financièrement.

Si ses projets échouaient – Mara se força à garder une respiration égale, et à marcher comme si rien ne la troublait – Tasaio ne devrait pas l'apprendre. Elle risquait sinon de provoquer rapidement la destruction, non seulement de sa famille, mais aussi de tout le clan Hadama.

Arakasi vint faire son rapport moins d'une heure après le retour de Mara à sa résidence. Toujours préoccupée par la question des concessions commerciales, la dame des Acoma fit venir immédiatement le maître espion dans le jardin intérieur. Là, entourée par les massifs de fleurs taillés à la perfection et le murmure des fontaines qui ne parvenait pas à l'apaiser, Mara lui demanda brutalement des informations sur Netoha, dont le domaine abritait peut-être la faille secondaire vers le monde des barbares.

Comme s'il avait anticipé sa demande, ou peut-être à cause de son désir de voir Kevin libéré, Arakasi disposait déjà d'une quantité surprenante d'informations. Il termina sa révérence, ses traits encore plus impassibles qu'à l'accoutumée.

— La porte magique ne se trouve pas sur les terres de Netoha par hasard. Il était le hadonra du magicien renégat, Milamber, qui résidait sur ce domaine avant son bannissement de l'Assemblée. Mon enquête a établi que cet homme avait été le serviteur ou le hadonra du précédent propriétaire de cette funeste propriété.

Arakasi s'arrêta à cet instant, car la superstition tsurani va contre l'occupation des résidences ou l'emploi des serviteurs de ceux qui ont perdu le pouvoir ; quand un seigneur ou une famille perdent la faveur des dieux, on pense que leurs biens, leurs terres et leur personnel sont maudits avec eux. Mais Milamber avait été un barbare, et ignorait sans doute de telles subtilités. Et la malchance s'était ainsi attachée à ses pas. Arakasi haussa les épaules à la façon tsurani.

— Mais même si les deux maîtres de Netoha ont été frappés par le malheur, il semble être en pleine ascension. Grâce à des parents éloignés, il a été en mesure de revendiquer un lien de parenté avec les Chichimechas, qui avaient besoin de capitaux à ce moment-là. Un arrangement fut conclu. Maintenant Netoha des Chichimechas est le quatrième dans la ligne de succession au souverain d'une minuscule maison, et il a une bonne réputation dans le clan Hunzan.

Mara résista à l'envie de faire les cent pas sur les allées dallées.

— Le clan Hunzan suit une politique radicale. Rien de ce qu'ils font ne pourrait me surprendre.

Arakasi continua son rapport.

— On ne sait pas grand-chose d'autre, sauf que l'épouse de Netoha est une ancienne esclave.

Mara haussa les sourcils, distraite de ses soucis par la curiosité.

Mais l'explication de son maître espion tua tout espoir qu'elle aurait pu entretenir pour Kevin.

— Milamber a libéré tous les esclaves de son domaine avant de quitter Kelewan, répondit Arakasi. Comme à l'époque son statut n'avait pas encore été remis en question, son acte a eu force de loi. Même sans esclaves, Netoha tire de bons profits de son petit domaine. Étant donné son application au travail, cet homme continuera probablement à s'élever. Il risque de devenir un jour un puissant seigneur.

Mara s'attacha au seul point qui lui importait.

— Alors, il pourrait voir d'un bon œil une transaction commerciale à propos de la faille ?

— Peut-être. (Arakasi restait prudent.) Mais il y a autre chose, maîtresse. Une grande partie du problème reste obscure, à part la certitude que quelque chose de très inhabituel est en cours. Le retour du magicien renégat a déclenché une vague d'activités, toutes clandestines. Il y a d'étranges mouvements dans les cercles impériaux. Des hauts fonctionnaires tiennent de longues réunions avec des érudits qui ont juré le secret. Et une grande quantité de messages énigmatiques sont transmis oralement, dans les deux sens, par les courriers personnels de la Lumière du Ciel. À en croire les commérages de la cour, leur discrétion est garantie par un serment de suicide. J'aurais aimé pénétrer plus avant et découvrir le cœur de ce secret, mais comme l'Assemblée est impliquée...

Il haussa à nouveau les épaules, pour indiquer que ses efforts risquaient d'être infructueux.

Trop plongée dans ses propres difficultés, Mara s'abstint de toute curiosité sur les affaires des Très-Puissants. Elle donna congé à son maître espion avec une brusquerie qui ne lui était pas habituelle. Puis elle fit venir son scribe, avec l'intention d'envoyer un message au seigneur Netoha et à Fumita de l'Assemblée, leur offrant des conditions généreuses pour l'utilisation de la faille vers Midkemia.

Quand elle eut confié ses lettres à la guilde des messagers, Kentosani n'avait plus rien pour la retenir. Mara opta pour un rapide retour chez elle, autant pour éviter des rencontres inopportunes avec des membres de son clan que pour assouvir une soudaine envie irrésistible de passer du temps avec Ayaki. Son fils grandissait si vite ! Elle réalisa qu'il était presque à mi-chemin de l'âge d'homme ; elle devrait bientôt discuter avec Keyoke pour choisir le guerrier qui lui enseignerait l'art des armes, car son dixième anniversaire était dans moins de six mois.

Le voyage de retour sur le Gagajin se déroula sans incident, et en arrivant aux frontières de son domaine, l'inquiétude de Mara diminua alors qu'elle retrouvait le calme familier de sa demeure. Et cependant, pour la première fois de sa vie, elle se sentait rongée de l'intérieur par l'impression qu'il lui manquait quelque chose. Elle se demandait encore quoi, quand les porteurs de son palanquin empruntèrent la route qui conduisait au manoir.

Mais la réponse lui échappa jusqu'au moment où elle posa le pied dans sa propre cour et reçut les salutations de Lujan, de Keyoke et de Nacoya. Le manoir lui sembla soudain insignifiant. Mara ressentit une tristesse passagère en comprenant qu'elle ne regardait plus la maison de son père comme l'endroit grandiose et merveilleux qu'il avait été durant toute son enfance.

En tant que souveraine et chef de guerre de son clan, elle ne voyait maintenant que des terres difficiles à défendre, et un manoir confortable mais qui manquait de majesté, et était dépourvu des suites d'apparat nécessaires aux invités d'une dame de son rang. Un instant, Mara pensa avec amertume que son ennemi le plus haï prospérait dans un lieu qui était à la fois le site le plus défendable et le plus beau de l'empire.

Alors que Mara franchissait le seuil, Kevin derrière elle comme à son habitude, Nacoya la poursuivit. Vexée que sa maîtresse n'ait répondu que par un salut superficiel, la vieille femme abandonna presque toute retenue.

— Qu'est-ce qui t'a pris, Mara ? As-tu totalement perdu l'esprit ?

La réprimande tira brutalement la dame de ses pensées. Elle se retourna vivement vers son conseiller, le front plissé dans un avertissement clair.

— Que veux-tu dire ?

— T'emparer du bâton de chef de guerre. (Nacoya agita l'index, comme lorsqu'elle était nourrice.) Pourquoi n'as-tu pas discuté de ton projet avant d'agir ?

Mara resta fermement campée sur ses pieds, les bras croisés.

— L'idée ne m'en est venue que lorsque j'étais à mi-chemin de Kentosani. Quand je suis partie, je pensais convaincre le clan d'écouter mes conseils, mais sur le fleuve, j'ai eu le temps de réfléchir...

— J'aurais préféré que tu utilises ce temps d'une meilleure façon ! la coupa le premier conseiller des Acoma.

— Nacoya ! (Les yeux de Mara étincelaient de rage.) Je refuse d'être réprimandée comme une petite fille. Qu'est-ce qui te dérange ?

Le premier conseiller s'inclina précisément selon l'angle correct, ce qui signifiait qu'elle n'était pas intimidée. D'une voix presque méprisante, elle répondit :

— J'implore votre pardon, dame. Mais en forçant le clan Hadama à reconnaître votre suprématie, vous avez proclamé à la face du monde que vous êtes maintenant une puissance qu'il faut combattre.

Surprise, Mara tenta de changer de sujet.

— Rien n'a changé, si ce n'est...

Nacoya posa fermement ses vieilles mains sur les épaules de Mara et regarda sa maîtresse droit dans les yeux.

— Beaucoup de choses ont changé. Précédemment, on vous considérait comme une jeune femme pleine de ressources, qui pouvait échapper aux pièges, renforcer sa maison et se défendre. Même après la mort de Jingu, les puissants de l'empire pouvaient considérer vos succès comme des coups de chance. Mais, maintenant, en obligeant le chef de guerre de votre clan à renoncer à l'honneur de son titre, vous annoncez au monde que vous êtes une menace ! Tasaio *doit* agir. Et il doit le faire rapidement. Plus il attendra, plus ses alliés et ses vassaux douteront de sa résolution. Avant, il pouvait se contenter d'attendre une occasion favorable ; maintenant, il doit agir. Vous l'avez poussé au désespoir.

Mara sentit un soudain frisson glacial l'envahir. Elle sut au plus profond d'elle-même que Nacoya avait correctement évalué la situation. Angoissée par cette nouvelle crainte qui venait s'ajouter à ses difficultés commerciales, elle ferma les yeux un instant.

— Tu as raison. (Souriant faiblement malgré son chagrin, elle retrouva tout son aplomb et ajouta J'ai agi précipitamment et... eh bien, le mieux que je puisse faire maintenant est de tenir une réunion avec mes conseillers dès que je me serai rafraîchie. Nous devons... élaborer de nouveaux plans.

Toujours renfrognée, Nacoya hocha la tête en signe d'acquiescement. Alors que Kevin escortait Mara jusqu'à ses appartements, la vieille femme s'inquiéta, non seulement parce que Mara avait agi sans réfléchir, mais aussi parce qu'elle la sentait fatiguée, vraiment fatiguée jusqu'à la moelle des os. Durant toutes les années où Nacoya avait servi Mara, elle n'avait jamais vu la fille de son cœur aussi épuisée.

Le premier conseiller des Acoma soupira et secoua la tête. Les conseillers pourraient se rencontrer et discuter autant qu'ils le voudraient ; des plans seraient préparés et mis en œuvre, mais en réalité, que pouvait-on faire de nouveau pour assurer la sécurité et la prospérité des Acoma ? Sentant son âge, et la douleur dans toutes ses articulations rongées par l'arthrite, la vieille femme avança d'un pas lent et traînant dans le couloir. Depuis que le seigneur Sezu était mort et avait laissé ses biens à sa fille, Nacoya avait connu tous les jours la peur que sa bien-aimée Mara devienne une victime du grand jeu. Mais la dame avait prouvé qu'elle était une joueuse compétente et rusée. Pourquoi, alors, la peur était-elle pire aujourd'hui ? Ou était-ce juste les os d'une vieille femme qui protestaient contre une longue vie de service ? Nacoya frissonna, malgré la chaleur de l'après-midi. À chaque pas, il lui semblait sentir la terre de sa propre tombe sous ses semelles.

Des nouvelles arrivèrent d'Ontoset. Mara lut deux fois le message, avec un froncement de sourcils orageux. Refrénant une envie perverse de déchirer quelque chose, elle lança le parchemin sur son écritoire. La réponse était totalement inattendue. Netoha avait refusé son offre très généreuse pour l'utilisation de la faille sur ses terres.

— Cela n'a aucun sens ! explosa Mara, et dans le coin de son cabinet de travail, Arakasi leva un sourcil.

Habillé en jardinier, le maître espion contempla le tranchant de la petite faucille qu'il avait utilisée pour tailler les massifs de kekali. Il insistait toujours pour garder ses allées et venues au manoir secrètes, car il soupçonnait toujours Tasaio d'avoir infiltré la maisonnée de Mara. La maîtresse pouvait ne pas souhaiter discuter pleinement de ce problème, son esprit étant occupé à d'autres choses, mais Arakasi restait inquiet. Il passait actuellement autant de temps à enquêter sur les domestiques et les esclaves du domaine acoma qu'à mener les missions que sa maîtresse lui confiait. Seule Nacoya était au courant de ses craintes, car la vieille femme était au-dessus de tout soupçon.

Arakasi testa du doigt le tranchant de l'outil laminé et prit une attitude qui ferait croire à un observateur que la dame réprimandait un domestique pour une faute.

— Maîtresse, je n'ai pratiquement rien découvert sur cet homme, Netoha. Ses motivations sont inconnues. Il doit avoir des raisons puissantes pour refuser votre offre ; de toute évidence, il ne peut pas se lancer lui-même dans le commerce par la faille, en raison de vos droits commerciaux. Mais je ne peux pas vous dire quelles sont ses raisons.

Frustrée, Mara tira sur une épingle à cheveux trop serrée. Son message à Fumita de l'Assemblée lui avait été renvoyé sans avoir été ouvert, donc son dernier recours pour mettre en œuvre sa concession commerciale restait Netoha. Même si Arakasi n'aimait pas qu'on lui force la main, elle déclara :

— Peux-tu placer quelqu'un près des Chichimechas pour découvrir ces raisons ?

— Je vais essayer, dame. (Tendant difficilement de ne pas paraître harcelé, Arakasi ajouta Il est peu probable que nous apprenions quelque chose de neuf, mais je peux me débrouiller pour qu'un de mes agents bavarde avec les domestiques de la maison et les ouvriers agricoles. Presque tous les journaliers de Netoha sont des barbares...

Mara l'interrompit :

— Des Midkemians ?

Arakasi hocha la tête.

— Le magicien renégat, Milamber, avait libéré tous ses compatriotes avant de partir, et Netoha les emploie maintenant comme ouvriers. Je dirais, d'après les rapports que j'ai reçus d'Ontoset, qu'ils se débrouillent assez bien comme fermiers. Dans tous les cas, ils se montreront probablement plus bavards que nos propres esclaves. Obtenir des informations ne devrait pas être trop difficile. Enfin, c'est-à-dire, s'ils savent quelque chose qui vaut la peine d'être écouté.

Consciente de la présence nerveuse et immobile de Nacoya à ses côtés, Mara aborda le sujet suivant.

— Et les Minwanabi ?

Les mains d'Arakasi s'immobilisèrent sur la faucille.

— Je m'inquiète, maîtresse, précisément parce que je n'ai rien à vous rapporter. Tasaio conduit les affaires de sa maison à peu près comme vous le faites, et il n'a rien fait de vraiment significatif. (Le maître espion échangea un regard avec le premier conseiller de Mara.) Cela va à l'encontre de toutes nos prévisions. En apprenant que vous avez pris la tête de votre clan, Tasaio aurait dû réagir tout de suite. Au lieu de cela... (Arakasi regarda autour de lui, puis continua Autre chose : les Minwanabi ont commencé à implanter un réseau d'espionnage primitif et tentent d'infiltrer des agents en plusieurs endroits de l'empire. Ils ne sont pas difficiles à démasquer, car Incomo, le premier conseiller des Minwanabi, procède de façon assez maladroite. Mes agents surveillent ses hommes et je suis raisonnablement certain que nous pourrons bientôt infiltrer son réseau. Cela nous donnera un deuxième accès à sa maisonnée et à ses affaires, et quand cela sera accompli, je me sentirai rassuré. Mais je n'ose pas procéder trop rapidement. Toute l'opération est peut-être un piège complexe qui nous est destiné.

Et cependant, pressentait Mara, cela ne serait pas dans le style de Tasaio. Les subtilités de sa nature avaient tendance à le porter à la cruauté, et ses tactiques à la violence militaire. Plongée à nouveau profondément dans ses pensées, elle congédia d'un geste distrait son maître espion. Elle ne remarqua pas son départ, et avait oublié que Nacoya était dans la pièce jusqu'à ce que la vieille femme prenne la parole.

— Je sens un froid glacial dans mes os, ma fille.

Mara sursauta légèrement.

— Qu'est-ce qui t'inquiète, Nacoya ?

— Les complots des Minwanabi. Vous vous reposez trop sur les informateurs d'Arakasi. Ils sont peut-être bien placés, mais ils ne sont pas partout. Ils ne sont pas aux côtés de Tasaio quand il s'accroupit aux latrines ou quand il s'allonge sur sa femme, et vous pouvez être assurée que cet homme complote le meurtre même quand il se soulage ou qu'il emmène une femme sur sa natte.

Mara ne trouva rien de drôle aux images de Nacoya, car la vieille femme disait la vérité. Les agents d'Arakasi n'avaient peut-être rien trouvé de dangereux pour sa famille en furetant, mais leurs rapports étaient néanmoins troublants. Tasaio dirigeait sa maisonnée de façon vicieuse, capricieuse et rusée. Les mauvais traitements qu'il infligeait tourmentaient l'esprit et le cœur, et cependant, quand son ennemi juré était concerné, Mara savait qu'il n'y avait pas de sang dans tout l'empire qu'il aurait plus aimé verser que le sien et celui de son jeune fils Ayaki.

23

SORTIE

L'année s'écoula.

Distraite par les difficultés continuelles du commerce et le manque apparent d'activité de Tasaio, Mara attendait. La saison des pluies vint et finit. Les jeunes needra furent sevrés, et les jeunes mâles chargeaient tout ce qui bougeait dans les pâturages ; quand ils auraient suffisamment grandi, les bouviers choisiraient ceux qui seraient châtrés et ceux que l'on garderait pour la reproduction. Des récoltes furent semées et moissonnées, tandis qu'une paix incertaine continuait à régner. Les jours s'écoulaient sans que l'anxiété de Mara ne s'apaise. Un millier de réponses à un millier d'attaques possibles furent discutées et écartées, mais aucune menace minwanabi ne se matérialisa. Un millier de manœuvres au jeu du Conseil furent planifiées, mais l'empereur n'abrogeait toujours pas son édit contre le Grand Conseil.

Assise dans son cabinet de travail aux heures les plus fraîches du début de la matinée, vêtue d'une robe courte et légère, Mara étudiait les ardoises et les parchemins que Jican lui avait laissés. Depuis la déconvenue de Kentosani, la fortune des Acoma s'améliorait. Son ascension au titre de chef de guerre du clan n'avait provoqué aucun désastre. Graduellement, les troupeaux se remettaient des ventes effectuées lors de la campagne de Dustari ; le commerce de la soie était enfin florissant. Bien que Nacoya saisisse toutes les occasions pour harceler sa maîtresse en lui faisant remarquer qu'elle négligeait le problème de son mariage, Mara refusait de changer d'avis. Tasaio consolidait sa position comme seigneur des Minwanabi, et même un membre d'une famille aussi bien placée ces jours-ci que celle d'Hokanu serait fou d'accepter une union, tant que le problème entre les Minwanabi et les Acoma ne serait pas réglé. À l'exception des Xacatecas et, d'une certaine façon, des Anasati, les seigneurs hésitaient à conclure des alliances avec les Acoma. Mara soupira et repoussa une mèche de cheveux qui s'était échappée de son chignon. N'étant pas encore assez puissante pour prendre les premiers contacts, elle avait appris à attendre.

Quelqu'un la dérangea en tapotant doucement contre la cloison.

Mara fit signe au domestique qui attendait de l'autre côté de la porte d'entrer.

Il s'inclina.

— Ma dame, un messager assermenté vous attend dans l'antichambre.

— Fais-le venir ici.

Mara avait pu profiter de deux heures de méditation tranquille depuis l'aube et, maintenant que survenaient les inévitables interruptions, elle était anxieuse de connaître les nouvelles.

Le messager était encore couvert de la poussière de la route, et portait une tunique décolorée, arborant sur les manches l'emblème d'une guilde de Pesh. Comme Mara n'entretenait aucune relation avec les familles de cette ville, sa curiosité fut piquée.

— Tu peux t'asseoir, permit-elle au messager alors qu'il terminait sa révérence.

Il ne portait pas de document ; le message qu'il apportait devait être oral, garanti par un serment de silence sur sa vie. Mara fit signe à un serviteur d'apporter du jus de jomach, au cas où l'homme aurait la gorge sèche.

Il inclina la tête quand le rafraîchissement arriva et but avec gratitude une longue gorgée.

— J'apporte aux Acoma les salutations du seigneur Xaltepo des Hanqu.

Le messager refit une pause pour boire une autre gorgée, laissant poliment un moment à la dame pour qu'elle se remémore ce qu'elle savait de la maison de ce seigneur, de son clan et de ses affiliations politiques.

Mara avait besoin de ce temps, car les Hanqu étaient une maison mineure qui n'avait jamais eu de rapports avec les Acoma ; ils appartenaient aux Nimboni, un clan si minuscule qu'il s'associait régulièrement avec d'autres clans plus importants. Mara ne se souvenait pas quelles étaient leurs alliances du moment. Arakasi le saurait. Il pourrait aussi confirmer si Xaltepo avait renouvelé son adhésion au Parti de la fleur jaune depuis la disparition de l'Alliance pour la guerre. Le Parti de la fleur jaune n'avait aucun lien avec les Minwanabi ; mais il les avait de temps à autre soutenus sur des intérêts communs, avant qu'Almecho ne porte le blanc et l'or, et que les changements effectués par son successeur, Axantucar, aient rompu les anciennes alliances. Pour le moment, le Parti de la fleur jaune ne se préoccupait plus que de lui-même, et les Nimboni devaient très probablement tendre à soutenir le clan Kanazawaï. Peut-être était-ce une ouverture dans cette direction.

Mara soupira en pensant aux ramifications inextricables de la politique cette saison. Sans le réseau d'Arakasi, elle pataugerait complètement, et en serait réduite à deviner ce qui se passait, au lieu de guider fermement son clan dans ce tumulte.

Le messager avait fini sa boisson et attendait poliment que la dame lui prête attention. Sur un geste de Mara, il reprit.

— Le seigneur des Hanqu vous demande officiellement de considérer une alliance avec sa maison. Si vous estimez que cette affaire intéresse les Acoma, le seigneur Xaltepo propose une réunion pour que vous en discutiez.

Un domestique retira discrètement la tasse vide. Mara profita de cette pause pour prendre rapidement une décision.

— Je suis flattée par l'offre du seigneur des Hanqu, et je lui répondrai par l'entremise de l'un de mes propres messagers.

C'était une réponse polie qui ne l'engageait à rien, et qui n'était pas inhabituelle, car un souverain habitant près de Sulan-Qu ignorait tout des guildes des autres villes. Attentive à sa sécurité, Mara avait l'intention de louer les services d'une guilde qu'elle connaissait. Mais donner congé à ce messager sans remerciements revenait à laisser entendre qu'elle se méfiait, voire même qu'elle suggérait un déshonneur. La dame envoya son coursier chercher Saric. Maintenant habitué aux devoirs d'un second conseiller, il accompagnerait le messager de la guilde vers une pièce éloignée et l'occuperait avec des banalités jusqu'à ce que le plus fort de la chaleur soit passé, et que l'homme puisse être congédié poliment.

Les rapports financiers n'intéressaient plus Mara. Pendant toute la matinée, elle réfléchit à la proposition inattendue des Hanqu, sans chercher à savoir quelles pouvaient être leurs motivations. Le seigneur Xaltepo pouvait désirer sincèrement une alliance, et elle ne devait pas considérer sa demande à la légère. Depuis l'ascension de Mara au titre de chef de guerre de son clan, c'était la première ouverture de ce genre. D'autres suivraient peut-être. L'ignorer serait une folie.

Il pouvait également s'agir d'un piège. Xaltepo était peut-être le pion d'un autre ennemi, mieux connu, qui l'utilisait pour cacher une nouvelle machination. Elle attendit le départ du messager avant d'envoyer Arakasi mener une enquête.

Après le dîner, elle convoqua son conseil. Fatiguée de la tranquillité étouffante de son cabinet de travail avec ses cloisons et ses tentures fermées, elle décida qu'il serait plus agréable que la réunion se tienne dans le jardin intérieur adjacent à ses appartements, à la lumière de lanternes. Le jardin n'avait qu'une seule entrée, très bien gardée.

Installée sur des coussins sous l'arbre proche de la fontaine, Mara regretta d'être obligée de se préoccuper de sa sécurité. Avec une pointe d'envie, elle pensa une nouvelle fois au domaine de Tasaio, et de ses magnifiques bâtiments bâtis sur des terres spacieuses, protégés par des collines abruptes et une vallée facile à défendre avec son lac et son étroite rivière. À la différence des autres nobles installés dans les basses terres, le seigneur des Minwanabi n'avait pas besoin d'entretenir une garde vigilante sur des frontières étendues. Il lui suffisait de placer des sentinelles dans des tours de guet au sommet de ses collines, et de poster des patrouilles à différents points clés sur les lisières de son domaine. Là où les Acoma avaient besoin de cinq cents guerriers pour maintenir de façon optimale la défense du domaine principal – un objectif qui n'était toujours pas atteint après plus d'une décennie de reconstruction soigneuse de leurs ressources – les Minwanabi pouvaient faire mieux avec moins de deux cents hommes pour garder deux fois plus de terres. Cela permettait à Tasaio de consacrer des ressources importantes à de sournoises manœuvres politiques, ce que Mara ne pouvait pas se permettre en dépit de l'extension rapide de son empire financier.

Mara regarda le cercle de ses conseillers. Il s'était agrandi, de jeunes visages s'ajoutant aux plus vieux qui, par contraste, semblaient plus âgés. Nacoya devenait de plus en plus ridée et voûtée avec chaque mois qui passait. Keyoke ne s'asseyait plus de façon aussi droite, mais gardait une apparence toujours aussi sévère. Il croisait sa bonne jambe au-dessus de son moignon, et rangeait soigneusement sa béquille là où personne ne pouvait la voir. Malgré tout le mal qu'il se donnait, Mara n'arrivait pas à s'habituer à le voir en robes plutôt qu'en armure.

Pour les réunions officielles de son conseil, aucun domestique n'était présent ; mais dans le rôle de son esclave personnel, Kevin était assis derrière elle, un peu sur le côté, et jouait subrepticement avec ses cheveux qu'elle avait libérés de leurs épingles. Il y avait Jican, les mains blanchies par la craie, et Saric, jeune, impatient et rusé, là où Lujan était faussement insouciant. Son maître espion n'était pas encore revenu des quais de Sulan-Qu, où il était allé rencontrer le contact qui lui donnerait des informations sur Pesh. Comme les paroles d'Arakasi auraient beaucoup de poids, Mara décida de prendre le temps d'écouter ses autres conseillers avant son arrivée.

Nacoya ouvrit le feu.

— Dame Mara, vous ne savez rien de ces parvenus de Hanqu. Ce n'est pas une famille ancienne. Politiquement parlant, ils ne partagent aucun de vos intérêts, et je crains qu'ils ne soient le gant qui dissimule la main d'un ennemi.

Les avis du premier conseiller étaient de plus en plus prudents ces derniers temps. La dame des Acoma n'était pas sûre de savoir si cette circonspection résultait de son accession au rang de chef de guerre du clan ou d'une peur de Tasaio qui grandissait avec l'âge. De plus en plus souvent, Mara se tournait vers Saric pour avoir une évaluation plus pondérée des risques et des profits.

Bien qu'il vienne à peine d'atteindre la trentaine, le soldat devenu conseiller avait l'esprit vif, rusé, et lançait des réflexions souvent sarcastiques. Son espièglerie de surface semblait en contradiction avec un profond cynisme intérieur, mais ses conseils étaient toujours avisés.

— Le raisonnement de Nacoya est sain, commença-t-il.

Il fixa les yeux avec audace sur Mara, tandis que ses mains caressaient sans cesse un bracelet laqué passé à son poignet, comme si elles testaient le tranchant d'une lame. Il haussa les épaules comme un soldat.

— Mais j'ajouterai que nous savons trop peu de choses sur le seigneur des Hanqu. S'il est de bonne foi, nous l'offenserions en refusant de l'écouter. Nous pouvons nous permettre de faire un affront à cette petite maison, mais nous ne souhaitons pas que les Acoma gagnent la réputation d'être inapprochables. Nous pourrons toujours rejeter poliment sa proposition après l'avoir entendue, sans l'outrager. (Saric inclina légèrement la tête et termina par sa question coutumière.) Mais pouvons-nous nous permettre de refuser sans nous enquérir d'abord de ses motivations ?

— Un point qui valait la peine d'être souligné, concéda Mara. Keyoke ?

Son conseiller pour la guerre tendit le bras pour redresser un casque qui n'était plus là, et termina son geste en lissant ses cheveux clairsemés.

— J'examinerai attentivement les dispositions qu'il proposera pour votre rencontre. Le seigneur aura peut-être caché un assassin quelque part, ou aura préparé une embuscade. L'endroit où il voudra vous rencontrer et ses conditions seront très révélateurs.

Que son ancien commandant ne remette pas en question la nécessité d'une entrevue ne laissa pas Mara indifférente.

Lujan, fort de son expérience de guerrier gris, lui ouvrit une nouvelle perspective.

— Les Hanqu sont considérés comme des non-conformistes par les puissantes maisons de Pesh. Je connais un cousin de l'une des épouses de mes sous-officiers, qui servait Xaltepo comme chef de patrouille. On dit que le seigneur des Hanqu est un homme qui se confie rarement, et qu'il ne le fait que s'il peut en tirer un avantage. Il a déjà été dit que c'est une maison récente, mais j'ajoute que la famille doit son ascension à de puissants intérêts commerciaux dans le Sud.

Jican suivit la piste de Lujan et compléta sa description.

— Les Hanqu possèdent des intérêts dans le chocha-la. Étant faibles, ils furent à une époque impitoyablement exploités par les guildes. Le père du seigneur Xaltepo s'est lassé de perdre ses bénéfices. Quand il a accédé au pouvoir, il a engagé ses propres broyeurs de fèves et a réinvesti ses bénéfices dans cette entreprise. Son fils a continué à étendre son affaire, et les Hanqu sont maintenant un acteur important sur les marchés du Sud, même s'ils ne les dominent pas. Xaltepo possède un commerce florissant et traite les récoltes d'autres planteurs. Il est possible qu'il désire un arrangement, dans l'espoir de faire venir les fèves de notre vassal Tuscalora dans ses hangars de séchage.

— À *Pesh* ? (Mara se redressa, interrompant les soins de Kevin.) Pourquoi le seigneur Jidu risquerait-il la moisissure et l'humidité en envoyant ses récoltes par mer, ou engagerait-il la dépense d'une caravane ?

— Pour le profit, avança Jican avec sa logique imparable. Si loin au sud de la péninsule, le sol et le climat sont mauvais pour le chocha-la alors qu'à Pesh, même les fèves médiocres des Hanqu procurent d'excellents revenus. La plupart des planteurs font broyer leur récolte près de chez eux, pour économiser le coût du transport des cosses. Mais les fèves se gardent mieux quand elles ne sont pas écossées, et les broyeurs des Hanqu pourront obtenir des prix élevés pour le chocha-la qu'ils traiteront entre deux saisons. Et, du même coup, les Hanqu retirent un rival potentiel du marché local. En fin de compte, une telle relation leur permettrait de faire entrer leurs marchandises au cœur de l'empire.

— Alors pourquoi ne pas contacter directement le seigneur Jidu ? demanda Mara.

Jican leva les mains dans un geste conciliant.

— Dame, vous avez peut-être laissé au seigneur des Tuscalora le droit de gérer lui-même ses finances, mais parmi les marchands et les intendants des villes, on parle de vous comme de son suzerain. Ils ne peuvent pas concevoir qu'un souverain ait une politique aussi libérale que la vôtre ; ainsi, sur les marchés, on dit que c'est vous qui gardez le contrôle de son commerce.

— Jidu doit affirmer le contraire, objecta Mara.

C'est Nacoya qui cette fois se pencha en avant.

— Ma dame, il ne l'ose pas. Il a sa fierté d'homme. Avoir été vaincu par une femme lui reste sur le cœur. Le seigneur Jidu préfère ne pas être le sujet de nouveaux commérages plutôt que de se plaindre à vous.

À partir de là, la discussion se compliqua. Kevin l'écoutait attentivement. Le Midkemian restait silencieux, non pas par déférence, mais parce qu'il était fasciné par la complexité de la politique tsurani. Depuis peu, lorsqu'il intervenait dans une discussion, c'était moins pour poser une question impulsive, que pour donner son point de vue d'étranger, d'une façon assez perspicace.

Mara évalua les avis de ses conseillers et tenta d'oublier combien son barbare allait lui manquer quand elle affronterait finalement ses responsabilités et se choisirait un époux convenable. Même si la politique actuelle était extrêmement instable, elle chérissait cet instant, environnée de gens qui tenaient à elle, et de l'agréable et familière chaleur d'une nuit d'été.

Les lanternes éclairaient d'une douce lumière les visages de Keyoke et de Nacoya, adoucissant les rides creusées par l'adversité ; une lueur jouait dans les yeux de Saric, débordant d'enthousiasme ; et les ombres cachaient l'attitude épuisée de Jican.

Il ne se passait pas un jour sans que le hadonra n'aille visiter les champs les plus éloignés du domaine ; depuis Dustari, il se rendait en ville tous les matins, partant avant le lever du soleil et revenant avant le milieu de la matinée, supportant deux heures de marche pour apprendre de ses intendants les dernières fluctuations du marché. Peu d'occasions échappaient à sa diligence, mais Mara aurait aimé que les temps soient moins troublés, pour ne plus avoir besoin de compter aussi lourdement sur ses ressources. Jican lui avait beaucoup appris sur le monde complexe de la finance. Et ses autres conseillers avaient empêché que son inexpérience durant les premiers jours de son règne ne provoque des désastres pour les Acoma. Elle remercia silencieusement Lashima pour les conseils de ces braves gens. Liée par sa promesse au clan Hadama, et engagée dans une guerre de sang contre les Minwanabi, elle n'osait pas envisager la perte de l'une des personnes présentes.

Les discussions finirent par se calmer. Pensive, Mara revit les points principaux, en fronçant légèrement les sourcils.

— Il semble que je doive envoyer un messager au seigneur Xaltepo, pour préparer une rencontre où ma sécurité sera garantie. Jican, peux-tu t'arranger pour louer la haute salle de l'une des guildes de Sulan-Qu ?

Mais une voix ironique répondit avant le hadonra.

— Ma dame, avec tout le respect qui vous est dû, un endroit public ne serait pas le meilleur des choix.

Sans être remarqué et aussi silencieux qu'une ombre, Arakasi s'était glissé dans le jardin ; alors qu'il s'inclinait, les lèvres de Keyoke se serrèrent. Il était contrarié d'avoir manqué le moment où les gardes l'avaient laissé entrer ; le vieux guerrier ne pouvait admettre que son ouïe baissât de jour en jour.

Arakasi s'inclina, le visage masqué par un ample capuchon de prêtre. Il attendait, à sa manière tranquille, la permission de Mara de faire son rapport, et ajouta :

— Je dois vous avertir immédiatement que cette demande du seigneur Xaltepo est connue des Minwanabi. Mes sources indiquent que Tasaio s'est personnellement impliqué pour apprendre où aura lieu la rencontre entre ma dame et le seigneur des Hanqu. Si nous louons une salle à une guilde, je crains que des espions ne se dissimulent dans les murs. Et s'il n'existe pas de niches d'où des ennemis pourraient nous écouter, vous pouvez être certaine qu'elles auront été construites avant la conférence de notre maîtresse. Tasaio peut se montrer très obstiné quand il désire quelque chose.

Le maître espion hésita, comme si ses propres paroles lui laissaient un mauvais goût dans la bouche.

— Ma source a beaucoup insisté, beaucoup plus que d'habitude. Tasaio veut absolument savoir ce qui se dira lors de cette rencontre.

Les doigts de Mara se crispèrent sur ses manches.

— Je peux donc en conclure que les intérêts des Hanqu vont à l'encontre de ceux de nos ennemis.

— Cela donne du poids à la sincérité du désir des Hanqu de conclure une alliance. (Mais Arakasi ne semblait pas entièrement tranquillisé.) Il reste trop de questions sans réponse. L'expansion de l'entreprise des Hanqu semble une motivation valable, mais ce n'est qu'une hypothèse. Une vague rumeur affirme que les Nimboni ont été contactés par le clan Shonshoni. (Les manières du maître espion trahissaient son inquiétude.) Certaines choses sont *trop* claires, par rapport à ce que nous ignorons.

— Cela t'inquiète ?

— Oui, dame. Quelque chose me gêne... (Il secoua la tête.) Peut-être ai-je pris l'habitude de me méfier quand je glane trop facilement des informations. (Il haussa les épaules.) Comme je n'ai pas particulièrement surveillé les Hanqu, il n'est pas étonnant que leurs affaires aient échappé à mon attention. Cependant, je recommande la prudence la plus extrême. Rencontrez le seigneur Xaltepo dans un endroit facilement défendable ; ici, sur votre domaine ; ou si ce n'est pas chez vous, dans un endroit assez proche pour que nous puissions garder l'avantage.

Mara réfléchit.

— Tu parles sagement, comme toujours. Nous devons nous montrer très circonspects. Nous ne devons gaspiller aucune occasion de gagner un avantage, si faible soit-il. Je rencontrerai le seigneur Xaltepo, non pas dans une salle de guilde, mais dans cette clairière des montagnes où la bande de Lujan campait autrefois. Ce n'est pas sur les terres acoma, mais nous aurons l'avantage en cas de problème.

Arakasi était poussiéreux et affamé après son voyage précipité en ville ; Mara lui donna congé pour qu'il puisse se restaurer, et ses conseillers se dispersèrent, discutant entre eux. Une fois à l'extérieur du jardin, plus personne n'aborderait la question du seigneur Xaltepo.

Seul Kevin resta assis. Il glissa ses bras autour de la taille de Mara et enfouit sa joue dans ses cheveux.

— Qu'est-ce que tu dirais d'un petit conseil privé ?

Mara tourna son visage vers lui pour qu'il l'embrasse. Les cheveux de Kevin avaient une teinte roussâtre à la lumière des lanternes, et ses mains savaient très bien où la caresser ; alors que ses lèvres se posaient sur les siennes, Mara se prépara à oublier ses soucis pour la nuit.

— Ma dame, grinça la voix acerbe de Nacoya. (Aussi indésirable qu'un visiteur officiel, le premier conseiller s'attardait dans le jardin.) Arrêtez vos bêtises et écoutez mon avertissement.

Mara se dégagea de l'étreinte de Kevin. Ses yeux brillaient, ses cheveux étaient légèrement décoiffés et elle se sentait de fort mauvaise humeur.

— Parle, mère de mon cœur. Mais n'abuse pas trop de ma patience.

Dernièrement, son premier conseiller semblait saisir le moindre prétexte pour souligner la folie de la présence de Kevin. Bien que Mara sache que l'obstination de la vieille femme venait du souci qu'elle se faisait pour elle, elle était déterminée cette nuit à apprécier les rares moments qu'il lui restait avec l'homme qu'elle aimait. Bien qu'elle soit de bonne foi, l'intervention de Nacoya n'était pas la bienvenue.

Mais le premier conseiller ne la sermonna pas sur le choix inconvenant de son amant. Elle croisa ses bras flétris et se campa fermement sur ses jambes.

— Vous vous reposez trop sur les espions d'Arakasi.

Le regard de Mara s'assombrit.

— Ils n'ont jamais failli.

— Ils n'ont jamais traité directement avec Tasaio. (Nacoya agita un doigt sévère.) Souvenez-vous de la caravane de soie ! Desio avait découvert l'un des agents d'Arakasi, et un grand malheur en a découlé. Son cousin ne sera pas aussi stupide. Il ne se laissera pas bercer par l'idée qu'il n'est pas surveillé dans sa propre maison. Mais à la différence de Desio, Tasaio ne se laissera pas entraîner par la haine lorsqu'il découvrira que sa sécurité est compromise. Il épargnera le traître, et même l'entretiendra avec soin, en attendant le bon moment pour l'utiliser.

Une brise fit osciller une lanterne. Surprise par les ombres mouvantes, Mara eut un geste d'irritation.

— Suggères-tu que nous devrions louer la salle publique d'une guilde ? Et dépendre d'une sécurité assurée par des hommes sans clan ?

Nacoya rassembla ses manches que le vent faisait claquer.

— Je ne propose rien de tel, mais je vous supplie de prendre garde. Arakasi est excellent, le meilleur des hommes de l'ombre dont j'ai jamais entendu parler durant toutes mes années au service de cette maison. Mais son ancien maître, le seigneur des Tuscaï, a été anéanti malgré ce magnifique réseau d'espionnage. Souvenez-vous de *cela*. Les informateurs peuvent être utiles, mais ils ne sont jamais infaillibles. Tous les outils peuvent se briser, ou être convertis en armes.

Mara se raidit, sentant vivement le froid alors que Kevin s'écartait d'elle.

— Petite mère, j'ai bien compris ton avertissement. Je te remercie pour ton conseil.

Nacoya savait qu'il valait mieux ne pas insister. Elle s'inclina avec un geste de profonde désapprobation, puis fit demi-tour et sortit en boitant du jardin.

— La vieille sorcière a raison, tu sais, lui murmura tendrement Kevin.

Mara se retourna et lui répondit sèchement.

— Toi aussi ! Est-ce que toutes mes soirées doivent être pleines d'avertissements et de craintes ?

Elle rejeta en arrière ses longs cheveux noirs, souffrant plus en elle-même qu'elle n'oserait jamais l'avouer ; bien que Kevin pense à tout autre chose, il accepta de satisfaire son caprice et de la prendre dans ses bras. D'un baiser, il fit disparaître sa dureté, et sur les coussins, à la lumière vacillante de la lanterne agitée par la brise, il lui fit oublier les ennemis qui en voulaient à sa vie et qui fomentaient la destruction de sa famille.

En moins de trois semaines, le plein été s'installa ; les herbes perdirent les dernières nuances de vert qui s'attardaient après la saison des pluies. Mara sortit du manoir dans l'obscurité brumeuse qui précédait l'aube. Son palanquin attendait, escorté par une garde de trente guerriers triés sur le volet, dirigés aujourd'hui par

Kenji, qui avait besoin d'acquérir l'expérience du terrain. Elle partait rencontrer le seigneur des Hanqu, et avait l'intention d'être arrivée dans les montagnes avant la chaleur de midi. Sur la suggestion d'Arakasi, elle avait choisi une escorte légère, plus rapide et plus discrète. Son conseiller pour la guerre avait insisté pour la saluer au moment de son départ ; car Nacoya ne pouvait plus maintenant se lever tôt.

Mais aucun conseiller n'attendait Mara dans la cour quand elle fit son apparition. Kevin la suivait à distance convenable, mais il semblait se soucier toujours aussi peu de la bienséance.

— Le vieux bonhomme n'a pas dû réussir à se réveiller, suggéra le barbare d'une voix insouciante. Je devrais saisir l'occasion pour lui rendre la monnaie de sa pièce, pour le jour où il m'a réveillé à coups de sandales de guerre.

— J'ai tout entendu, annonça une voix habituée à se faire obéir sur un terrain d'entraînement.

Keyoke sortit de derrière les rangs des gardes de Mara, sa silhouette anguleuse appuyée incongrûment sur sa béquille. Il s'arrêta pour donner des instructions précises à Kenji, et pour réprimander un homme pour son attitude nonchalante. Puis, répugnant de toute évidence à quitter ses guerriers, il lança un regard noir à Kevin et se plaça devant le palanquin de Mara.

— Ma dame.

Il s'inclina en gardant son équilibre avec une aisance née d'une longue habitude, puis replaça la béquille sous son aisselle. Ensuite il fixa un regard perçant sur sa maîtresse, rassemblant ses mots plutôt que ses troupes. Il baissa la voix pour que les soldats n'entendent pas.

— Fille de mon cœur, ce voyage me met mal à l'aise. Le fait que le seigneur Xaltepo ait envoyé sa demande par la bouche d'un messager plutôt que de l'écrire et de la fermer du sceau de sa famille a des implications suspectes.

Mara fronça les sourcils.

— C'est une petite famille sans beaucoup de liens. Si j'avais décliné leur alliance, et que ce parchemin portant leur sceau personnel soit tombé dans les mains de Tasaio, que penses-tu qu'il serait advenu d'eux ? Les Minwanabi ont anéanti d'autres familles pour moins que cela. (Elle se mordit les lèvres.) Non, je pense qu'Arakasi a raison. Tasaio a compris qu'une grande partie de nos succès repose sur nos gains financiers, et qu'il doit maintenant contrer l'expansion économique des Acoma.

Keyoke leva la main comme s'il allait se gratter le menton, puis baissa le bras sans achever son geste. Il préféra prendre le poignet de Mara qu'il installa avec précaution dans son palanquin.

— Que la grâce des dieux bons vous accompagne, ma dame.

Il recula alors que Mara faisait signe aux porteurs de soulever le palanquin. Puis Kenji donna le signal du départ, et le petit cortège se mit en marche. Alors que Kevin avançait pour marcher aux côtés de sa maîtresse, Keyoke lui attrapa le coude d'une poigne encore vigoureuse.

— Protège-la, chuchota-t-il avec une urgence dans la voix que Kevin n'avait encore jamais entendue. Ne laisse aucun malheur lui arriver, ou je te donnerai des coups de pied avec autre chose que mes sandales de guerre.

Kevin sourit avec insouciance.

— Keyoke, mon vieil ami, si un malheur arrivait à Mara, il faudrait que vous vous contentiez de donner des coups de pied à mon cadavre, car à ce moment-là je serais déjà mort.

Le conseiller pour la guerre hocha la tête, reconnaissant la sincérité de la déclaration de Kevin. Il relâcha l'esclave et se détourna rapidement, pendant que l'escorte et les porteurs de Mara disparaissaient dans la brume. Kevin se dépêcha de les rattraper, regardant souvent par-dessus son épaule. Beaucoup plus perspicace qu'il ne l'était autrefois, le Midkemian aurait juré que le vieux guerrier astucieux avait une idée derrière la tête.

Au moment où le soleil levant dissipait la brume des vallées, Mara et les soldats de sa garde d'honneur étaient déjà entrés dans la forêt qui recouvrait les contreforts des monts Kyamaka. Avant que le trafic quotidien des caravanes ne débute, et à l'abri du regard des premiers messagers, ils quittèrent la route principale, et s'engagèrent sur une piste étroite qui s'enfonçait profondément dans ces contrées sauvages. La lumière du jour restait faible et la brume s'attardait, enténébrant les bois et les arbres dégouttant de rosée. La chaleur humide était déjà oppressante. Le chef de bataillon Kenji fit signe à la petite colonne de s'arrêter pour une brève pause, et pour permettre la relève des porteurs du palanquin de Mara. L'escorte était trop petite pour être accompagnée d'un jeune porteur d'eau ; les esclaves emplirent des cruches de terre cuite à la source qui se trouvait au bord de la route. Kevin les aida, car il compatissait à leurs souffrances. Mara n'était pas une lourde charge à porter, mais aujourd'hui sa hâte était grande, et les porteurs qui venaient juste d'être relevés étaient luisants de sueur et haletants.

Une cruche en main, Kevin s'agenouilla au bord du bassin calme et moussu alimenté par une source jaillissant d'une fissure entre les rochers. Intrigué par l'étrange mousse orange qui couvrait la berge et par l'éclair irisé d'un poisson qui s'enfuyait entre des rubans d'algues, il n'entendit qu'à moitié le chef de bataillon Kenji dire à Mara que le soldat resté en arrière pour surveiller la piste et voir s'ils étaient suivis mettait du temps à les rattraper.

— Nous allons attendre pour lui laisser le temps de nous rejoindre, décida l'officier. S'il ne revient pas d'ici une minute, je suggère que nous nous mettions à couvert derrière les arbres, jusqu'à ce que l'on puisse envoyer un homme voir ce qui se passe.

Kevin sourit intérieurement et se pencha pour remplir sa cruche. Le soldat en question se nommait Juratu. C'était un homme plein d'entrain et à l'esprit vif qui aimait la bonne vie ; il s'était couché tard la veille après avoir joué aux dés avec ses amis. S'il avait bu moitié moins de vin que les rumeurs des baraquements l'affirmaient, il était probable qu'il avançait beaucoup moins vite que prévu, ralenti par la reine des gueules de bois.

L'un des soldats dit à peu près la même chose à Kenji, et il ajouta que cette région était fréquentée par les guerriers gris, et que Juratu s'était peut-être arrêté pour observer leurs mouvements. Un autre suggéra ironiquement qu'il pouvait être en train de marchander une outre de vin avec eux. Kevin eut un petit rire ; si la dame n'avait pas été présente, une telle conduite aurait certainement été digne de la réputation de Juratu. Pensant aux guerriers gris et à ses quelques compagnons midkemians qui s'étaient enfuis pour trouver refuge dans ces forêts, Kevin observa le sous-bois alors qu'il se relevait.

La brume se dissipait peu à peu. De pâles rayons de soleil traversaient les frondaisons des arbres. Si Kevin ne s'était pas à moitié attendu à voir par hasard la silhouette d'un homme, il aurait manqué le mouvement : la brève apparition d'un visage entre les feuilles, qui disparut rapidement.

Le nez était étroit et crochu, et le casque n'était pas celui de Juratu.

Les mains de Kevin se serrèrent sur la cruche et il renversa l'eau, se mouillant les doigts. Il n'osa pas crier ni même courir, de peur de révéler qu'il avait vu l'observateur caché. Transpirant et les genoux légèrement tremblants, Kevin tourna le dos à la source. Imitant la démarche traînante et apathique d'un esclave, il revint, les nerfs à vif, vers la caravane de Mara.

La peau le démangeait entre ses omoplates, comme s'il s'attendait à ressentir à n'importe quel instant le terrible choc d'une flèche.

La douzaine de pas qui le séparait de Kenji et du palanquin de Mara lui sembla prendre une éternité. Kevin se força à avancer posément alors que ses pensées s'accéléraient. Les rideaux du palanquin étaient ouverts, et Mara était sur le point de se pencher pour s'adresser à Kenji.

La peur vrilla les nerfs de Kevin. Il ferma le poing sur la cruche dans une étreinte désespérée et souhaita de toutes ses forces que la jeune femme se recule pour retrouver l'ombre du palanquin.

Étant Mara, elle ne le fit pas. Elle écarta encore plus largement les rideaux, regarda son chef de bataillon, et ouvrit la bouche pour parler.

Sentant le danger comme une vague qui se briserait dans son dos, Kevin agit. Il trébucha volontairement sur un rocher, et lança le contenu de sa cruche sur la dame et son officier. Il prolongea sa maladresse en s'écrasant de tout son long sur le palanquin.

Le cri de surprise et d'indignation de sa maîtresse fut étouffé par sa masse alors qu'il la forçait à s'allonger au milieu des coussins, la protégeant de son corps. Il fit ensuite basculer le palanquin sur le côté pour en faire un rempart.

Kevin était intervenu juste à temps. Alors même qu'il se dégageait des rideaux de soie, les flèches ennemies commencèrent à pleuvoir.

Elles sifflaient dans l'air, traversant les armures avec un bruit maléfique qui ressemblait à celui d'une gifle. Kenji fut le premier frappé. Il tomba à genoux en hurlant des ordres, pendant que des flèches se fichaient encore et encore dans les planches du fond du palanquin renversé, élevé devant Mara comme une palissade.

— C'est une embuscade, rugit Kevin à son oreille, alors qu'elle le frappait de ses poings pour se dégager de son étreinte. Reste tranquille.

Une flèche traversa un coussin et creusa un sillon dans la terre. Mara la vit et se figea instantanément. Accablée de douleur, elle écoutait les cris de ses guerriers, pendant que les survivants, obéissant aux ordres de leur officier, se ralliaient et se jetaient sur le palanquin pour former un bouclier avec leurs corps.

La situation était désespérée. Les flèches tombaient comme de la grêle, et la fragile charpente du palanquin se fendait sous les impacts. Kevin tenta de voir ce qui se passait et fut légèrement blessé à l'épaule. Il jura, se baissa et retira sa robe d'esclave d'un geste rapide.

Les deux guerriers les plus proches de Mara agonisaient, touchés alors qu'ils plongeaient pour la défendre. Le murmure glacial des flèches fut remplacé par le cliquetis des épées quand les attaquants sortirent par vagues successives de la forêt, et chargèrent les survivants de la garde.

— Vite, dit Kevin d'une voix sèche. (Il tendit sa robe à un porteur.) Entoure la dame dans cette robe. Ses vêtements élégants en font une cible trop visible.

L'homme lui lança un regard hésitant.

— Fais-le ! cria Kevin. Son honneur n'est plus que poussière si elle meurt.

D'autres guerriers jaillissaient du sous-bois. Les quelques rescapés de l'escorte de Mara se regroupèrent en un cercle approximatif. Ils étaient trop peu nombreux, une digue pitoyable contre un véritable raz-de-marée.

Kevin abandonna la discussion, car un homme sortait de la mêlée, abaissant sa lame pour le frapper dans le dos. Kevin s'empara d'une épée tombée à terre et découpa une longueur de rideau qu'il enroula sur son bras en guise de bouclier. Puis il se campa sur ses jambes et se prépara à tuer jusqu'à son dernier souffle.

Au manoir des Acoma, Ayaki faisait la grimace à Nacoya. Le visage de l'enfant s'empourpra et ses poings se fermèrent. La vieille femme et deux nourrices se préparèrent à un accès de colère monstrueux.

— Je ne porterai pas cette chose ! cria Ayaki. C'est orange, et c'est la couleur des Minwanabi.

Nacoya regarda le vêtement en question, une robe de soie fermée par des boutons de coquillage qui pouvaient, avec beaucoup d'imagination, passer pour orange. La raison réelle de la colère d'Ayaki était qu'il préférait ne pas porter de robe du tout dans la chaleur et l'humidité du plein été. Qu'il soit de trop bonne naissance pour avoir le droit de courir nu dans les couloirs comme un fils d'esclave n'avait aucune importance pour un gamin de neuf ans.

Mais Nacoya avait des années d'expérience, et savait s'y prendre avec les enfants acoma plein d'ardeur. Elle attrapa les épaules raidies d'Ayaki et le secoua vigoureusement.

— Jeune guerrier, tu vas porter les robes que l'on te donne, et tu vas te conduire comme le seigneur que tu deviendras quand tu seras grand. Sinon, tu passeras la matinée à laver des assiettes sales avec les marmitons.

Les yeux d'Ayaki s'écarquillèrent.

— Tu n'oserais pas ! Je ne suis pas un domestique ou un esclave !

— Alors, arrête de te conduire comme tel et habille-toi comme un noble.

Nacoya ferma une main déformée par l'arthrite sur le poignet d'Ayaki et le tira fermement à travers la chambre vers la domestique qui attendait avec la robe. Même raide et douloureuse, sa main était encore une poigne de fer. Ayaki cessa de se débattre, et enfonça son poing fermé dans la manche qu'on lui tendait. Puis il s'arrêta, se renfrognant et frottant la marque rouge sur son poignet.

— Maintenant l'autre main, ordonna Nacoya. Et plus de sottises.

Ayaki leva vers elle ses yeux noirs et sourit.

— Plus de sottises, accepta-t-il avec l'une de ses sautes d'humeur si soudaines.

Il tendit son autre main à la nourrice, et finalement la robe détestée fut placée sur ses épaules. Son sourire s'élargit jusqu'à ce que l'on voie la place de ses dents manquantes, puis il tendit délibérément la main pour arracher le premier bouton de coquillage.

— La robe est très bien, annonça-t-il d'un air de défi. Mais je ne porterai pas d'orange !

— Démon ! jura Nacoya à voix basse.

Elle était vraiment trop fatiguée pour tirer à la force du bras un petit garçon entêté. Elle décida de lui donner une gifle, ce qui le choqua et lui fit pousser un hurlement de rage.

Le cri était suffisamment assourdissant pour empêcher quiconque de réfléchir, et les domestiques firent la grimace. Les gardes du couloir, distraits, n'entendirent pas le discret bruit de pas de la silhouette vêtue de noir qui sauta dans la pièce.

Soudain, la plus proche des domestiques bascula sur le côté, un poignard planté dans le dos.

Elle tomba sans pousser un cri. Alors même que l'ombre de l'assassin se découpait dans la lumière du soleil, la seconde nourrice s'effondrait la gorge tranchée.

Nacoya sentit le choc alors que le cadavre frappait le plancher. Toujours sur le qui-vive, elle tendit instinctivement les bras. Elle attrapa l'héritier acoma qui hurlait toujours, et le lança la tête la première dans l'angle de la pièce. Il atterrit en roulant sur la natte de couchage et les coussins en désordre.

Le premier conseiller appela les gardes, mais sa voix âgée était trop faible. Personne n'entendit son appel. Ayaki hurlait maintenant dans une rage aveugle, cherchant à se dégager des draps. Seule Nacoya réalisait qu'il était en danger de mort, tandis que les domestiques agonisaient sur le sol de la chambre d'enfant.

— Démon ! dit-elle à nouveau, mais cette fois elle s'adressait à la silhouette noire de l'assassin.

Le tong avait tiré un autre poignard de sa ceinture, et passé une corde autour des doigts de sa main gauche. Son visage était caché par un masque de gaze noire ; ses poings étaient gantés. On ne voyait que ses yeux alors qu'il avançait d'un pas furtif pour tuer sa victime, le jeune héritier de Mara. Seule Nacoya se trouvait sur son passage. Il levait déjà son poignard pour le lancer.

— Non !

Nacoya bondit alors que le poignard quittait la main de l'assassin. Elle plongea vers le poignet gauche du tong et la corde déjà prête pour la gorge d'Ayaki. La lame passa en un éclair au-dessus de l'épaule du premier conseiller et se planta dans le mur de plâtre.

L'assassin jura et fit un pas de côté. Mais Nacoya avait attrapé le garrot. Ses ongles s'enfoncèrent dans le cuir fin du gant, griffèrent les phalanges, et saisirent la corde dans une étreinte mortelle.

— Non, jamais.

Elle appela à nouveau les gardes, mais sa voix frêle n'était pas à la hauteur de la tâche.

Le tong ne perdit pas de temps à lutter. Il plissa les yeux avec mépris, saisissant de la main droite un manche de bois pour dégainer un autre poignard de sa ceinture. Il sembla prendre un plaisir pervers à l'enfoncer profondément entre les côtes de la vieille femme.

Nacoya eut un rictus de douleur, mais ne lâcha pas prise.

— Meurs, vieille femme !

L'assassin imprima un mouvement de torsion vicieux à la lame.

Nacoya frissonna. Un cri d'agonie lui échappa, mais ses mains serrèrent encore plus fort la corde.

— Il ne sera pas tué dans le déshonneur, souffla-t-elle.

Derrière elle, les cris d'Ayaki s'étaient enfin calmés. Il avait vu le poignard planté dans le mur au-dessus de sa tête, et le sang qui se répandait sur le sol. L'une des domestiques se tordait encore dans les convulsions de l'agonie. Paralysé par la terreur, serrant encore un bouton orange dans son poing, Ayaki retint un gémissement. Il décida que l'assassin devait être Tasaio. Alors le courage qu'il avait hérité de son père revint en force.

— À l'attaque ! cria-t-il. À l'attaque !

Et la tête pleine d'images de guerriers, il escalada les oreillers et se mit à frapper la cuisse de l'intrus.

Le tong ne fit même pas attention à lui. Il enfonça le poignard plus profondément dans le corps de Nacoya. Du sang chaud recouvrit sa main, trempant son gant alors qu'il dégageait le garrot de son étreinte. La vieille nourrice s'effondra rapidement, tomba sur Ayaki, et coinça le garçon sous son corps agonisant.

— Que la malédiction des dieux bons soit sur toi, croassa-t-elle à l'adresse du tong.

Ses forces diminuaient inexorablement. Ayaki se libéra en se tortillant.

L'assassin attrapa le petit garçon et trébucha. Nacoya avait attrapé sa cheville, mais sa vie s'enfuyait rapidement. L'assassin se rétablit instantanément, marcha sur le poignet du premier conseiller, et se libéra d'une secousse.

Malgré sa vue qui se troublait, la vieille femme vit que les gardes avaient enfin réagi. Ils chargeaient par la porte de la chambre d'enfant, leurs armures étincelant d'une façon insupportable dans la lumière du soleil. Face à elle, ils chargeaient l'épée haute, hurlant un cri de bataille, traversant la pièce pour intercepter le tong.

Derrière Nacoya, l'assassin bondit. Le petit Ayaki hurla de colère. La vieille nourrice s'efforça de soulever sa joue d'une mare de sang. Elle ne distinguait plus rien mais elle entendait le battement des pieds nus d'Ayaki sur le plancher. Sa vision s'assombrit et sa dernière pensée fut un éclair de compréhension : la corde était encore emmêlée dans ses doigts. Elle n'avait rien fait de plus que d'obliger l'assassin à utiliser ses poignards... Mais même s'il périssait honorablement par la lame, l'enfant serait tout de même mort.

— Ayaki, murmura-t-elle. (Puis, le cœur brisé Mara...

Les ténèbres l'engloutirent.

Kevin se fendit, frappa d'estoc et dégagea son épée. Un ennemi tomba en hurlant à ses pieds. Il sauta pardessus le corps de l'homme éventré qui se débattait encore, et se porta à la rencontre d'un autre adversaire. Durant le combat, il avait ramassé le bouclier d'un ennemi et cela lui avait sauvé la vie. Il avait reçu une autre blessure à l'épaule gauche, et un coup superficiel au niveau des côtes. La douleur gênait ses mouvements. Le sang coulait sur sa peau nue et trempait son pagne. Chaque geste le faisait souffrir. Le guerrier ennemi échangea trois coups avec lui avant de se rendre compte qu'il se battait contre un esclave. Il lâcha un juron et cessa le combat. Kevin le transperça parderrière sans faire de cérémonie.

— Meurs donc pour l'honneur tsurani, hurla sauvagement le barbare. Ô dieux, je vous en prie, faites que les nabots continuent à être aussi stupides.

Qu'ils continuent donc à sous-estimer ses compétences guerrières, pour que Mara reste en vie.

Mais ils étaient trop nombreux. Des ennemis continuaient de jaillir de derrière les arbres. Alors que Kevin virevoltait pour repousser un autre attaquant, il comprit que la situation des Acoma était beaucoup plus grave qu'un simple encerclement. Leur anneau de protection avait été brisé. Des ennemis le franchissaient et commençaient à frapper les corps qui gisaient sur le palanquin abritant Mara.

Le Midkemian poussa un rugissement féroce et transperça un autre homme. Il abandonna sa lame dans le cadavre, et en saisit une autre au sol. Dans le même mouvement, il donna un coup de pied au palanquin renversé. La charpente de bois se renversa complètement, repoussant les soldats ennemis qui firent une retraite précipitée. Puis le palanquin s'immobilisa, coinçant Mara et son bouclier de gardes agonisants sous sa masse.

Kevin chargea par-dessus l'obstacle.

— Reculez, bande de chiens lécheurs de porcs !

Il ajouta des obscénités en tsurani et se précipita par-dessus les débris.

Son corps presque nu et couvert de sang, et son hurlement de berserk firent hésiter les premiers rangs des assaillants. Il marcha sur une flèche, et sentit la pointe à quatre lames pénétrer dans son talon. Il jura à nouveau dans le dialecte de Yabon.

— Que Turakamu vous dévore le cœur pour son petit déjeuner, termina-t-il, et les épées se précipitèrent vers lui.

Il ne pouvait pas parer autant de coups. Pas plus qu'il ne pouvait savoir si son utilisation du palanquin comme bélier avait blessé Mara. Il comprenait seulement qu'il allait mourir ici et cette perspective ne l'enchantait guère.

Une épée lui entailla le tibia. Il trébucha, tomba, roula. Des épées fendirent l'air au-dessus de sa tête, cherchant à le transpercer. Elles le manquèrent de peu et il sentit la terre soulevée recouvrir ses épaules. Il se dégagea et roula une nouvelle fois sur le côté, relevant son bouclier et frappant vicieusement le bas-ventre d'un homme qui se déplaçait trop lentement. Il finit son mouvement coincé contre le palanquin renversé. Ses doigts inquisiteurs rencontrèrent un bouclier abandonné. Il se contorsionna, s'égratignant contre le bois, et se releva en plaçant le bouclier devant lui. Ses paumes le brûlèrent alors que les coups ennemis pleuvaient, momentanément arrêtés.

— Par les dieux, cela ne peut pas durer.

Ses jurons ressemblaient maintenant presque à des pleurs. Et les épées frappaient obstinément et sans relâche son bouclier. Elles lacérèrent le bois et le cuir de needra, et ne lui laissèrent que des débris dans les mains. Très loin, peut-être dans les bois, il entendit des cris et le fracas d'autres combats.

— Qu'ils soient maudits, maudits, jura-t-il avec un rire amer. Nous sommes vaincus, et ils veulent toujours nous massacrer.

L'épée trancha l'air dans un gémissement et mordit la chair. Une tête brune tomba et rebondit sur le sol parmi les coussins.

Mais le garde acoma continuait de crier, et frappa encore trois fois le corps décapité. Le cadavre s'effondra dans un amas de tissu ensanglanté.

Éclaboussé du sang du tong, et pleurant de terreur, Ayaki se dégagea du cadavre. Une entaille sur son jeune cou saignait abondamment, et il se jeta sans réfléchir contre le mur pour tenter d'échapper à la terreur noire qui l'avait envahi.

— Va chercher Keyoke, cria le guerrier à l'épée ensanglantée à son camarade qui se penchait sur le corps de Nacoya. Il y a peut-être d'autres assassins !

Des claquements de sandales résonnèrent derrière la cloison alors que des guerriers en armes se précipitaient dans le jardin intérieur. Attirés par le bruit du combat, ils virent les flaques de sang et les cadavres dans la chambre d'enfant, et presque immédiatement un second chef de troupe arriva. Il donna rapidement des ordres, organisa une fouille des lieux, et assigna six hommes à la protection de l'héritier acoma.

Un instant plus tard, Jican apparut, blêmissant alors qu'il réalisait l'étendue du carnage dans la chambre d'enfant. Il fourra sa pile d'ardoises dans les mains de l'esclave stupéfait qui le suivait et, avec une hâte inhabituelle, se fraya un chemin dans la pièce pleine d'hommes en armes. L'héritier des Acoma était accroupi derrière un rempart de coussins poisseux de sang, frappant le mur de ses petits poings meurtris et hurlant :

— Minwanabi, Minwanabi, Minwanabi !

Les guerriers qui s'étaient rassemblés pour l'aider ne semblaient pas oser toucher l'enfant.

— Ayaki, viens ici, c'est terminé, dit fermement Jican.

Le petit garçon ne semblait pas l'entendre. Le hadonra de Mara tendit tout de même les bras. Il ignora le tressaillement d'Ayaki à son contact, extirpa l'enfant traumatisé des coussins, et le serra contre sa robe qui sentait la craie au lieu du sang.

— Sortons-le d'ici, ordonna-t-il au guerrier le plus proche. Va chercher le guérisseur. Il est blessé. (Apercevant la forme immobile de Nacoya et les corps des deux nourrices, il demanda Et que quelqu'un se renseigne pour savoir s'il a encore une nourrice en vie.

Les coups sur le bouclier redoublèrent. Kevin retira sa main du rebord juste avant de perdre un doigt. Il se rendit à peine compte qu'un corps remuait derrière sa hanche, lorsqu'un des guerriers mortellement blessés sur lequel il s'appuyait lui glissa le manche d'un poignard dans la main.

— Défends notre dame, croassa une voix. Elle est encore en vie.

Kevin repoussa le sentiment de défaite qui lui disait qu'elle ne le resterait plus très longtemps. Nu, couvert de sang, et rendu à moitié fou par la fureur du combat, il accepta la lame, passa la main sous le rebord du bouclier, et transperça un pied ennemi. Il perdit rapidement la lame quand l'adversaire qu'il avait embroché sauta en arrière avec un cri de rage.

— Danse bien, lui souhaita le barbare, enivré par la perte de sang et par l'adrénaline.

Il lui fallut un moment pour se rendre compte que les coups sur le bouclier avaient cessé de pleuvoir.

Des gantelets laqués de vert en saisirent le rebord un instant plus tard et en soulevèrent les débris. Kevin leva les yeux, ébloui par le soleil. Malgré sa vision troublée, il distingua un plumet d'officier et le visage du commandant des armées acoma.

Le soulagement lui fit perdre son sens de l'humour.

— Que les dieux soient remerciés, vous êtes là. Nous étions dans une situation difficile.

Lujan regarda les mains ensanglantées de Kevin et la blessure dégoulinante de sang sur son avant-bras.

— Danse bien ? le cita-t-il, intrigué.

— Plus tard, marmonna Kevin. Je vous expliquerai plus tard.

Il se tourna maladroitement malgré la douleur qui lui transperçait le flanc, et jura dans les deux langues. Il sentit monter une nausée, et le soleil était trop brillant.

— Où est notre dame ? demanda sèchement Lujan, la voix brisée par l'inquiétude.

Kevin cligna des yeux, perplexe, et désigna le palanquin renversé. Les morts acoma gisaient sous la charpente, écrasés comme autant d'insectes.

— Par la Lumière du Ciel, pas là-dessous !

Lujan lança un ordre qui résonna terriblement aux oreilles de Kevin. Puis de nombreuses mains se tendirent vers lui et extirpèrent son corps meurtri des débris de bois.

— Non, protesta faiblement Kevin. Je veux savoir si Mara...

Il avait du mal à parler ; l'air lui brûlait les poumons.

Protestant toujours, il fut déposé sur le sol, et les ténèbres se refermèrent sur lui juste avant que les guerriers qui redressaient le palanquin ne poussent des cris stupéfaits. Ils séparèrent les morts des blessés et découvrirent une femme couverte de sang, aux vêtements froissés, inconsciente, mais qui n'avait pas reçu de blessure à l'exception d'une meurtrissure violette à la tête.

Mara fut déposée près de la source, sur la mousse douce et sèche. Environnée d'une centaine de soldats, la tête reposant sur les genoux de Lujan, elle s'éveilla quand un chiffon trempé dans l'eau glacée baigna la bosse sur son front.

— Keyoke ? murmura-t-elle en ouvrant les yeux.

— Non, lui répondit doucement son commandant. C'est Lujan, maîtresse. Mais c'est Keyoke qui m'a envoyé ici. Il pensait que vous pourriez avoir des ennuis.

Mara remua un peu, et lui fit un léger reproche.

— Ce n'est plus ton commandant, mais mon conseiller pour la guerre.

Lujan écarta les cheveux du visage de sa maîtresse et lui répondit avec son sourire le plus insolent :

— Les vieilles habitudes sont dures à perdre. Quand mon ancien commandant me dit de sauter, je saute.

Mara remua douloureusement. Elle semblait souffrir d'une centaine de meurtrissures.

— J'aurais dû l'écouter. (Ses yeux se voilèrent.) Kevin... Où est-il ?

Lujan tourna la tête vers son guérisseur, accroupi au-dessus d'un blessé allongé sur la mousse.

— Il a survécu. Vêtu d'un pagne, sans armure, et avec une collection de blessures dignes d'un héros. Ayee, mais quel guerrier !

— Des blessures !

Mara se redressa, paniquée, et Lujan dut déployer une force considérable pour la garder allongée.

— Dame, restez tranquille. Il survivra, même s'il gardera une belle série de cicatrices. Il risque de boiter, et il mettra beaucoup de temps à retrouver l'usage de sa main gauche. Les muscles ont été profondément entaillés.

— Brave Kevin, dit Mara d'une voix tremblante. Il m'a sauvé la vie. Ma témérité l'a presque tué.

Son commandant caressa encore ses cheveux, presque avec tendresse.

— Quel dommage que cet homme soit un esclave, soupira-t-il. Un tel courage mérite les plus grands honneurs.

Mara eut soudain beaucoup de mal à respirer ; elle enfouit son visage contre l'épaule de Lujan et frissonna. Peut-être dans sa détresse pleurait-elle, sans un bruit ; si c'était le cas, l'officier qui la réconfortait ne l'exposerait jamais à la honte. D'une certaine façon, il comprenait que sa douleur ne venait pas seulement de la mort qu'elle avait frôlée dans la clairière. Son amour et sa dévotion inaltérables ne lui permettraient jamais de reconnaître que les émotions de sa dame l'avaient trahie dans un moment de faiblesse publique. Les soldats qui les entouraient trouvèrent rapidement des travaux pour s'occuper, permettant à Mara cet instant de libération.

La dame des Acoma pleurait pour Kevin, dont l'esprit audacieux avait capturé son cœur, et dont les actes lui avaient finalement fait comprendre, sans la moindre possibilité d'échappatoire, qu'il n'était pas et ne serait jamais un esclave.

Elle devait le libérer, et elle ne pourrait jamais le faire dans les frontières de l'Empire de Tsuranuanni. Pour lui donner son dû, pour le reconnaître en tant qu'homme, elle devait le perdre à jamais. Agir en conséquence allait être la chose la plus dure qu'elle ait jamais entreprise.

Les soldats passèrent la plus grande partie de la journée à se regrouper après l'embuscade dans la forêt. Les corps des guerriers tués furent placés sur des litières de fortune pour être incinérés selon les rites au manoir. Les morts ennemis furent laissés aux jaguna et aux autres charognards. Lujan envoya des éclaireurs qui, revenus du lieu de rendez-vous, rapportèrent que les Hanqu ne s'étaient pas présentés.

Mara prit très mal la nouvelle que la rencontre proposée par le seigneur Xaltepo était, sans la moindre équivoque, un prétexte et, plus probablement, un complot des Minwanabi. Elle s'inquiéta, trop fatiguée pour rester immobile malgré la chaleur, et préoccupée par bien d'autres choses que les blessures de Kevin.

— Tasaio ne se contente jamais de frapper une seule fois, expliqua-t-elle à Lujan, alors que l'obscurité du crépuscule commençait à envahir le camp éclairé par les feux des guerriers. Même si nos blessés risquent de souffrir d'être déplacés, nous devons rentrer au manoir cette nuit.

Le commandant ne discuta pas la nécessité de ses ordres. Il partit, rassembla ses guerriers et prépara efficacement le retour. Épuisés par la bataille et soignés, les trois survivants de l'escorte de Mara reçurent la place d'honneur à la tête de la colonne. Kevin et deux soldats blessés suivaient sur des brancards, puis après eux, ceux qui étaient morts dans l'honneur. Mara insista pour marcher. Ses porteurs avaient survécu, mais comme ils savaient porter une charge sans la secouer, ils avaient reçu l'ordre de transporter les blessés. La dame des Acoma marchait près de son esclave inconscient. Kevin avait bu une potion contre la douleur qui l'avait profondément endormi. Mara tenait la main qui n'était pas bandée, et son humeur alternait entre un chagrin terrible et la fureur.

Elle n'avait pas cru que Tasaio ait pu manipuler le réseau d'Arakasi, et n'avait vu que son pouvoir croissant. Elle s'était leurrée en pensant que parce qu'elle était chef de guerre de son clan, il était tout à fait normal que des familles mineures viennent la courtiser. Nacoya l'avait avertie ; Keyoke avait très sagement évité une confrontation avec elle, pour pouvoir être libre de prévenir le désastre alors qu'elle se jetait dans le piège de Tasaio.

Vingt-sept guerriers de sa garde d'honneur étaient morts. Lujan avait perdu douze autres hommes en venant à son secours, et Kevin risquait de ne plus jamais marcher normalement.

Le prix était bien trop élevé.

Mara ferma le poing, puis desserra son étreinte ; elle ne serrait que la main de Kevin, qui s'était comporté aussi vaillamment que ses guerriers. Elle ne sentait pas les pierres sous ses pieds, et ne remarquait pas la main de Lujan qui de temps en temps lui prenait le coude pour l'aider à franchir une ravine. Elle avait à peine conscience des allées et venues des patrouilles d'éclaireurs, qui fouillaient sans cesse les bois environnants à la recherche d'ennemis. Elle ne pensait qu'à sa honte, à son propre orgueil ; et elle se demandait, encore et encore, ce qu'elle pourrait dire à Arakasi.

La lune se coucha. L'obscurité sous les arbres égalait les ténèbres qui régnaient dans le cœur de Mara alors qu'elle marchait, engourdie, se maudissant longuement. Le groupe atteignit enfin les frontières du domaine.

Une patrouille les y attendait, armée et portant des torches. Mara était si fatiguée qu'il lui fallut un moment pour comprendre que la présence de cette troupe supplémentaire était anormale. Lujan parlait avec le chef de patrouille, et lorsqu'elle entendit prononcer le nom d'Ayaki, un froid glacial l'envahit. La terreur l'envahit immédiatement.

Elle s'écarta de la litière de Kevin et se hâta de rejoindre son commandant.

— Qu'est-il arrivé à mon fils ?

Lujan lui saisit fermement les épaules.

— Il est vivant, ma dame.

Cette assurance n'apaisa pas les peurs de Mara. Même à la lumière vacillante des torches, le visage du chef de patrouille qui faisait son rapport était extrêmement tendu. Terrifiée à l'idée que le désastre qui l'avait frappée n'ait pas été confiné à la clairière, Mara demanda :

— Le manoir a-t-il été attaqué ?

— Ma dame, un assassin a été envoyé. (Le chef de patrouille s'inclina sobrement. Entraîné par Keyoke à être concis, il délivra ses nouvelles comme un rapport de bataille.) Ayaki a reçu une légère coupure, mais à part cela, il est indemne. Deux nourrices sont mortes, et Nacoya, le premier conseiller, a été tuée en défendant l'enfant. Tout le manoir a été fouillé, sans que l'on trouve le moindre signe ennemi. L'assassin est apparemment venu seul. Keyoke a doublé toutes les patrouilles aux frontières et nous a envoyés pour renforcer votre escorte.

Mais Mara ne prêta pas attention aux détails. Ayaki avait été blessé et Nacoya, qui avait été sa mère depuis sa plus tendre enfance, était morte. Elle sentit ses genoux faiblir, et son esprit était trop choqué pour réfléchir encore. Elle ne sentit pas le bras que Lujan glissait sous son coude pour la soutenir. Elle entendit mais ne comprit pas les paroles que son commandant adressait au chef de patrouille, envoyant un messager chercher un autre palanquin.

Nacoya était morte, et Ayaki était blessé. Elle avait besoin des bras de Kevin autour d'elle, et du réconfort de son amour dans ce cauchemar ; mais il gisait sur une litière, rendu inconscient par la potion du guérisseur.

Mara trébucha. La nuit lui paraissait amère et désolée. Les ennuis semblaient se tapir dans les ténèbres, et la route qui passait sous son propre portique de prière hérissée de dangers inconnus.

— Je dois rentrer chez moi dit-elle d'une voix atone.

— Dame, nous allons vous y conduire en toute hâte.

Lujan lança des ordres à sa compagnie, et la patrouille intégra la garde qui entourait déjà la dame, ses blessés et ses morts. Puis, sans attendre le retour du messager avec le palanquin, tous reprirent la route vers le manoir.

Engourdie, Mara avançait dans une brume d'incrédulité. Nacoya était morte ; ce fait lui semblait incompréhensible. La dame savait qu'elle aurait dû pleurer. Mais elle ne voyait que ses pieds trébuchants qu'elle posait l'un devant l'autre. Elle entendit le chef de patrouille donner à Lujan des détails sur l'attaque de l'assassin, mais dans sa tête ne résonnait que la voix de Nacoya, qui la grondait et la réprimandait pour sa folie, sa vanité et son entêtement.

Ayaki avait été blessé.

Son cœur pleurait d'indignation, de colère et de chagrin, qu'un être aussi jeune puisse être menacé par les machinations du grand jeu. Elle eut des pensées blasphématoires : Kevin avait raison ; la mort pour des raisons politiques est un gaspillage stupide et cruel. Le sens de l'honneur de sa famille luttait contre sa souffrance. Tasaio avait failli anéantir la lignée des Acoma en l'espace de quelques heures !

La sagesse de Keyoke, le courage de Nacoya et le mépris d'un esclave pour les convenances ; c'est tout ce qui s'était trouvé entre sa maison et la destruction totale. Minwanabi avait failli honorer sa promesse de sang à Turakamu. Des frissons parcouraient le corps de Mara. Elle se souvint de la pluie de flèches qui était passée au-dessus de sa tête, alors même que le poids de Kevin la renversait et l'écartait de leurs trajectoires. Elle pressa le pas, et ne protesta pas quand le palanquin arriva enfin, et que Lujan la prit dans ses bras pour la déposer à l'intérieur sans même s'arrêter ou manquer un pas.

Les porteurs étaient frais et dispos. Mara fit signe à Lujan de désigner une garde d'honneur et de laisser les autres soldats escorter les blessés et les morts à une allure moins rapide. Terriblement angoissée, elle cria aux esclaves de courir sur les dernières centaines de mètres qui la séparaient des salles éclairées du manoir.

Elle y retrouva Keyoke, sinistre et portant son armure à partir de la taille. Il avait remis son vieux casque, sans le plumet, et passé son épée à sa ceinture. Il s'était préparé au pire si les nouvelles avaient rapporté que sa maîtresse avait été tuée dans la forêt.

Mara sortit du palanquin en trébuchant avant même que Lujan ne puisse saisir sa main pour l'aider. Elle se jeta dans les bras du vieux guerrier et, posant la joue contre sa cuirasse, lutta pour retenir ses larmes.

Keyoke restait solidement appuyé sur sa béquille, tandis qu'il lui caressait les cheveux de sa main libre.

— Mara-anni, dit-il d'une voix grave, utilisant le diminutif d'un père s'adressant à sa fille bien-aimée. Nacoya est morte avec un grand courage. On chantera ses exploits dans les hautes salles de Turakamu. Elle recevra tous les honneurs d'un guerrier et rendra fier le nom des Acoma.

Mara réprima un profond sanglot.

— Mon fils, hoqueta-t-elle. Comment va-t-il ?

Le conseiller pour la guerre et Lujan échangèrent un regard par-dessus sa tête. Sans avoir besoin de mots, le commandant prit doucement Mara par le coude et la dégagea des bras de Keyoke.

— Allons voir Ayaki tout de suite, répondit le vieux conseiller. (Il ne posa aucune question sur les vêtements froissés de la dame, ou les taches de sang qui maculaient sa robe.) Votre fils dort, surveillé par Jican. L'entaille sur son cou a été soignée rapidement, mais il a perdu beaucoup de sang. Il se remettra très bien avec un peu de temps, mais vous devez savoir que nous ne sommes pas parvenus à calmer ses pleurs. Il a subi un terrible choc.

Mara se figea, résistant à toutes les tentatives pour l'emmener ailleurs.

— Kevin, dit-elle frénétiquement. Je veux qu'il soit conduit dans mes appartements et soit soigné.

— Dame, répondit fermement Lujan. J'ai déjà donné des ordres à cet égard.

Il la prit plus fermement par la taille et la conduisit dans le couloir qui menait à ses appartements. Quelqu'un de prévenant, probablement Jican, avait ordonné que toutes les lampes soient allumées, pour qu'elle ne fasse pas un pas dans l'ombre.

Le regard du commandant et du conseiller pour la guerre se croisèrent une nouvelle fois. Keyoke savait que le groupe de Mara avait été pris dans une embuscade ; il était impatient de connaître les détails. Lujan hocha la tête pour lui indiquer silencieusement qu'il lui raconterait l'événement, mais pas en présence de Mara. Elle avait suffisamment de chagrin dans son cœur sans endurer une répétition du désastre de la journée.

Ils atteignirent enfin ses appartements privés. Les cloisons étaient grandes ouvertes et surveillées par une douzaine de guerriers en armes. À l'intérieur, une petite silhouette reposait dans une mer de coussins, un bandage blanc enroulé autour du cou. Quelqu'un était assis à côté ; Mara ne releva pas le regard pour voir de qui il s'agissait, mais elle échappa à l'étreinte de Lujan et tomba à genoux près de son fils. Elle le caressa, presque surprise par sa chaleur. Puis, tendrement et faisant attention à sa blessure, elle le prit dans ses bras. Elle se mit alors à pleurer, ne pouvant plus se contrôler, et ses larmes mouillèrent la joue d'Ayaki.

Ses officiers détournèrent automatiquement le regard, refusant de voir sa honte, et la personne assise sur les coussins se leva avec tact pour sortir.

Mara releva ses yeux brouillés par les larmes et reconnut Jican.

— Reste, dit-elle d'une voix tremblante. Restez tous. Je ne veux pas être seule ici.

Pendant très longtemps les lampes brûlèrent, pendant qu'elle berçait son jeune fils dans ses bras.

Plus tard dans la nuit, quand Kevin fut installé sur une natte près d'Ayaki, Mara ordonna que l'on éteigne les lampes. Elle envoya Keyoke, Jican et Lujan prendre un repos bien mérité et, protégée par une garde que l'on venait de changer à toutes les entrées de la maison, resta assise à veiller silencieusement ceux qu'elle aimait. Elle réfléchissait, et se rendait clairement compte que l'égoïsme l'avait presque conduite au désastre. Son accession arrogante au titre de chef de guerre de son clan lui semblait maintenant l'acte d'une idiote.

Elle ne se déshabilla pas pour dormir, bien que le guérisseur qui venait régulièrement examiner les deux blessés la supplie de prendre une potion pour pouvoir se reposer. Ses yeux la piquaient désagréablement à force de pleurer, mais elle ne souhaitait pas sombrer dans l'oubli du sommeil. La culpabilité pesait sur son cœur, et trop de pensées encombraient son esprit. À l'aube, elle rassembla tout son courage, se leva avec raideur des coussins et quitta la pièce et ceux qu'elle aimait. Seule, vue uniquement par les soldats qui la gardaient, elle avança comme une fillette abandonnée dans les couloirs sombres jusqu'à la chambre d'enfant, où le corps de la femme qui l'avait élevée avait été déposé sur un autel d'honneur.

Les robes ensanglantées de Nacoya avaient été remplacées par de riches soies galonnées de vert acoma. Ses vieilles mains ridées reposaient en paix le long de son corps, dans des gants de cuir souple pour dissimuler les cruelles entailles de la corde de l'assassin. Le poignard qui l'avait tuée était posé sur sa poitrine, en hommage à Turakamu, car elle était morte comme un guerrier. Son visage auréolé de cheveux blanc argenté semblait plus paisible qu'il ne l'avait jamais été dans le sommeil. Les responsabilités, l'arthrite et les épingles à cheveux qui ne restaient jamais droites ne pouvaient plus la troubler maintenant. Ses années de loyaux services étaient terminées.

Mara sentit de nouvelles larmes s'échapper de ses paupières enflées.

— Mère de mon cœur, murmura-t-elle. (Elle se laissa glisser sur les coussins placés à côté du corps et serra une main glacée. Elle lutta pour affermir sa voix.) Nacoya, sache que ton nom sera honoré avec les ancêtres des Acoma, et que tes cendres seront répandues à l'intérieur du jardin sacré, dans la clairière du natami. Sache que le sang que tu as versé aujourd'hui était du sang acoma, et que tu fais partie de la famille.

Mara dut s'arrêter car elle avait le souffle coupé. Elle leva son visage vers la lumière grise qui filtrait par les cloisons, et regarda la brume qui recouvrait la terre de ses ancêtres.

— Mère de mon cœur, reprit-elle, honteuse et tremblante, je ne t'ai pas écoutée. J'ai été égoïste, arrogante et négligente, et les dieux ont pris ta vie pour me punir de ma folie. Mais entends-moi : je peux encore apprendre. Ta sagesse vit toujours dans mon cœur, et demain, quand tes cendres seront rendues aux dieux, je ferai cette promesse : je renverrai le barbare Kevin, et j'enverrai un contrat de fiançailles aux Shinzawaï pour leur demander un mariage avec Hokanu. Je ferai ces choses avant la fin de la saison, sage parmi les sages. Et pour mon plus grand chagrin, jusqu'à la fin de mes jours, je regretterai d'avoir choisi de ne pas t'écouter alors que tu étais vivante à mes côtés.

Mara reposa doucement la main gantée de la défunte.

— Je ne te l'ai jamais assez dit, Nacoya : je t'aimais beaucoup, mère de mon cœur, et je te remercie pour la vie de mon fils.

24

PERCÉE

Les tambours se turent.

Le silence retomba sur le domaine acoma pour la première fois depuis trois jours, au cours desquels on avait célébré les rites funéraires. Les prêtres de Turakamu appelés pour l'occasion rangèrent leurs masques d'argile et partirent en une longue procession. Seules les bannières rouges sur les montants de la porte principale rappelaient les morts récentes. Mais pour Mara, le domaine ne serait plus jamais le havre de sécurité dont elle se souvenait depuis son enfance.

Elle n'était pas la seule à s'inquiéter. Ayaki pleurait toutes les nuits avant de s'endormir ; Kevin reposait à côté de lui, étrange silhouette fantomatique dans ses bandages blancs. Il l'égayait comme il le pouvait avec des histoires, appelait des domestiques pour allumer des lanternes quand le petit garçon tremblait de peur dans le noir, et le calmait quand il s'éveillait, angoissé par des cauchemars. Mara était souvent assise au chevet de l'enfant, silencieuse, ou parlant d'une manière décousue avec Kevin. Elle essayait d'ignorer les douze guerriers qui montaient la garde à toutes les fenêtres et à la porte. Maintenant, elle ne pouvait même plus passer devant les ombres des massifs de fleurs de ses jardins, sans regarder de tous côtés, par peur des assassins.

Après une fouille approfondie, les pisteurs de Lujan avaient découvert les traces du tong ; le tueur avait pris le temps de parfaire son infiltration, passant ici une nuit dans un arbre, laissant là une dépression sous la haie où il était resté allongé durant des heures, immobile, attendant une pause entre les patrouilles ou le passage des domestiques. De toute évidence, Tasaio des Minwanabi avait changé de tactique depuis la Nuit des épées sanglantes. Là où le nombre et la force brute avaient échoué, il avait préféré une technique plus furtive, et n'avait engagé qu'un seul homme. Lujan n'avait pas assez de soldats pour battre quotidiennement tous les buissons, les massifs de plantes grimpantes et les rangées de clôtures à la recherche d'intrus en maraude. Les sentinelles acoma n'avaient pas failli à leur devoir ; simplement, les terres du domaine étaient trop grandes et trop ouvertes pour que l'on puisse maintenir une sécurité sans faille.

Nacoya et une patrouille de braves guerriers n'étaient plus que cendres, mais un échec douloureux assombrissait l'esprit de Mara. Une semaine s'écoula avant qu'elle se soit suffisamment rétablie pour demander à voir Arakasi.

C'était en fin de soirée, et Mara était assise dans son cabinet de travail devant un repas auquel elle avait à peine touché. Sa requête demandant la présence du maître espion avait été portée par son petit coursier, qui s'inclinait maintenant jusqu'à ce que son front touche le plancher ciré.

— Dame, dit-il, toujours agenouillé. Votre maître espion n'est pas ici. Jican a le regret de vous informer qu'il a quitté vos terres dans l'heure qui a suivi l'attaque sur votre personne et sur votre fils. Il n'a dit à personne où il se rendait, pas plus qu'il n'a donné de date pour son retour.

Assise sur ses coussins sous la lumière chaude de la lampe, Mara resta immobile pendant si longtemps que le jeune esclave commença à trembler.

Elle regarda les fresques murales commandées par son défunt époux, Buntokapi, qui dépeignaient des scènes de bataille sanglantes avec des couleurs criardes. En voyant le regard absorbé de Mara, on aurait pu croire qu'elle les voyait pour la première fois. Il était très inhabituel que la maîtresse ne remarque pas l'inconfort de son esclave, car elle l'aimait bien, et lui donnait souvent une petite tape amicale sur la tête quand il s'était bien acquitté de son service.

— Dame ? demanda-t-il timidement, quand les minutes s'écoulèrent et que ses genoux commencèrent à le faire souffrir.

Mara remua et revint à la réalité. Elle vit que la lune était haute dans le ciel, derrière la cloison, et que les mèches avaient brûlé dans les lampes à huile.

— Tu peux te retirer, lui dit-elle dans un soupir.

Reconnaissant, le jeune garçon sortit en hâte de la pièce. Mara resta immobile, tandis que des domestiques entraient et retiraient les plats auxquels elle n'avait pas touché. Mais elle congédia d'un geste les servantes qui attendaient qu'elle se retire, et resta à jouer avec une plume sèche et une feuille de parchemin vierge placée devant elle. Des heures s'écoulèrent, et elle n'écrivait toujours rien. Les insectes nocturnes chantaient dans le jardin, et le changement de la garde eut lieu à minuit.

Il était simplement inconcevable qu'Arakasi soit un traître ; et cependant, à voix basse, en quelques mots, les membres de sa maisonnée commençaient à le suggérer. Mara tordit sa plume, angoissée. Elle avait retardé trop longtemps sa convocation officielle, espérant que l'homme se présenterait de lui-même et prouverait sans le moindre doute qu'il n'avait joué aucun rôle dans l'attaque de Tasaio sur sa maison. Keyoke était resté lèvres closes, et Saric qui ne mâchait généralement pas ses mots répugnait à parler. Même Jican prenait soin de ne pas s'attarder pour bavarder, après avoir fait son rapport sur les finances du domaine. Mara jeta la plume sur son écritoire et se massa les tempes.

Il était douloureusement clair qu'Arakasi était suspect.

S'il avait retourné sa veste, le danger qu'elle courait était multiplié par dix. Au cours des années, il avait entendu en toute confiance les plus grands secrets de sa maison. Il connaissait parfaitement le moindre aspect de ses affaires. Et il détestait les Minwanabi autant qu'elle.

Ou peut-être pas, après tout ?

Mara était en sueur. Si le désir de vengeance du maître espion avait été une comédie, quel meilleur stratagème pour gagner sa confiance que d'injurier l'ennemi qui avait anéanti son père et son frère ?

Arakasi, qui était tellement doué pour changer de rôle et de déguisement ; un acteur consommé, capable de feindre très facilement une haine passionnée.

Mara ferma les yeux et se souvint des conversations qu'elle avait eues avec Arakasi depuis des années. L'homme *ne pouvait pas* l'avoir trahie. Et pourtant ? Elle soupira, s'autorisant ce simple soulagement dans l'intimité de ses appartements. Elle était certaine au fond de son cœur qu'Arakasi ne pouvait pas être un agent minwanabi ; sa haine pour Tasaio et sa famille était trop sincère. Mais quelqu'un avait-il pu retourner le maître espion ? Quelqu'un qui pouvait peut-être offrir à Arakasi une meilleure manière de mener sa guerre personnelle contre les Minwanabi ? Avec comme prix la trahison des Acoma ?

Mara serra ses doigts jusqu'à ce qu'ils laissent des marques blanches sur sa chair. Si le maître espion était un relli dans son nid, tout ce qu'elle avait fait jusqu'à maintenant était réduit à néant. À cet instant, elle aurait accueilli avec bonheur les remarques pointilleuses de Nacoya, comme un signe que les erreurs pouvaient être rectifiées.

Mais la vieille femme n'était plus maintenant que cendres, poussière parmi la poussière d'un millier d'ancêtres acoma dont Mara devait garder l'honneur.

Elle se tourmenta à nouveau, se reposant toujours la même question : comment avait-elle pu entretenir une relation aussi profonde et instinctive avec un homme qui lui voulait du mal ? Comment avait-elle pu ?

La nuit ne lui apporta aucune réponse.

Mara laissa tomber ses mains fatiguées sur ses genoux et regarda sa plume abandonnée. Malgré les lampes qui brillaient autour d'elle, et ses gardes les plus vigilants à sa porte, elle se sentait cernée. D'une main qui tremblait désespérément, elle prit une plume. Elle gratta l'encre séchée sur la pointe, la trempa dans le flacon d'encre, et écrivit dans un style formel, au centre et en haut d'une feuille de parchemin, le nom de Kamatsu des Shinzawaï.

Un long intervalle s'écoula avant qu'elle puisse se forcer à continuer. Pas plus qu'elle ne pouvait soulager son chagrin en envoyant un domestique chercher son scribe. Sa promesse à Nacoya était sacrée. De sa propre main, elle termina les phrases rituelles de proposition de mariage, demandant à l'honorable fils de Kamatsu, Hokanu des Shinzawaï, de reconsidérer sa proposition après son premier refus, et d'accepter sa main comme consort de la dame des Acoma.

Les larmes montaient aux yeux de Mara alors qu'elle écrivait la ligne finale, ajoutait sa signature, et plaçait le sceau de sa famille. Elle plia et scella rapidement le document, claqua dans ses mains pour faire venir un domestique, et lui donna ses instructions d'une voix étranglée par l'émotion.

— Que cette lettre soit envoyée immédiatement aux courtiers de mariage de Sulan-Qu. Ils doivent la présenter avec toute la diligence voulue à Kamatsu des Shinzawaï.

Le serviteur prit le parchemin et s'inclina devant sa maîtresse.

— Dame Mara, votre ordre sera exécuté dès les premières lueurs de l'aube.

Les sourcils de Mara se froncèrent sur l'instant.

— J'ai dit immédiatement ! Trouve un messager et envoie le document le plus rapidement possible !

Le domestique se prosterna sur le sol.

— À vos ordres, dame.

Elle le congédia d'un geste impatient. Si elle remarqua son regard rapide et intrigué vers les ténèbres qui régnaient derrière la cloison, elle ne le rappela pas pour tenir compte de l'heure déraisonnable. Si elle retardait le départ de sa proposition à Kamatsu jusqu'au matin, elle savait qu'elle ne serait plus capable d'envoyer le document. Il valait mieux que le messager attende quelques heures dans le noir, que le courtier se lève, plutôt que de risquer une autre occasion de changer d'avis et de rompre sa promesse.

La pièce lui sembla soudain trop étouffante, et l'odeur des akasi écœurante. Mara repoussa son écritoire sur le côté. Elle avait désespérément envie de voir Kevin. Elle se leva en trébuchant et traversa en hâte les couloirs éclairés, passant devant des rangées de gardes vigilants, pour rejoindre l'aile de la chambre d'enfant.

À l'entrée, à demi aveuglée par l'obscurité soudaine, Mara hésita. Elle cligna des yeux pour chasser une nouvelle bouffée de larmes et attendit que ses yeux s'habituent au noir ; l'odeur âcre et lourde des herbes et des baumes du guérisseur flottait dans l'air. Elle franchit finalement le seuil de la porte.

La lumière de la lune donnait une teinte cuivrée à la cloison fermée et dessinait les silhouettes sombres des gardes attentifs. Mara ne se sentait absolument pas réconfortée par leur vigilance, Elle se rendit vers la natte où Kevin se reposait, ses bandages formant des taches blanches dans l'obscurité, et son corps emmêlé dans les draps comme si son sommeil avait été troublé. Elle s'arrêta, regarda Ayaki, et se rassura en voyant que l'enfant était bien installé, endormi la bouche ouverte, les mains à demi fermées sur son oreiller. La coupure de son cou guérissait plus rapidement que les blessures de Kevin, qui avaient été traitées moins rapidement sur le champ de bataille. Mais l'assassin avait laissé des marques plus durables dans l'esprit du petit garçon. Soulagée qu'il ne souffre pas d'un nouveau cauchemar, Mara le dépassa, prenant soin de ne pas le déranger. Elle se mit à genoux près de la natte de Kevin et tira sur les draps pour le dégager du nœud de tissu qui l'emprisonnait.

Il remua et ouvrit les yeux.

— Dame ?

Mara fit taire son murmure d'un baiser.

Kevin dégagea son bras gauche et le passa autour de sa taille. Fort, en dépit de ses blessures, il l'attira vers lui.

— Tu m'as manqué, murmura-t-il dans ses cheveux.

Sa main se déplaça, et sous ses doigts experts, la légère robe d'intérieur s'ouvrit.

Mara enfouit son chagrin et s'efforça de répondre à son humour.

— Mon guérisseur a prédit des conséquences terribles si je venais sur ta natte et te tentais au-delà de toute retenue. Il dit que tes blessures pourraient encore s'ouvrir.

— Qu'il soit maudit pour son tempérament de mère poule, répondit aimablement Kevin. Je cicatrise très bien, sauf quand il décide de tripoter mes blessures. (Sûr de lui, le Midkemian caressa la poitrine de Mara du dos de la main. Puis il la serra encore plus fort.) Tu es mon seul remède.

Mara frissonna, à moitié par tristesse, à moitié saisie par une excitation poignante. Elle bannit de son esprit le souhait douloureux de pouvoir rappeler le contrat de mariage pour Hokanu, et se nicha dans les bras de son amant.

— Kevin, commença-t-elle.

En entendant sa voix, il comprit qu'elle était anxieuse. Il ne lui laissa aucune chance de parler, mais se pencha sur elle et l'embrassa. Les bras de Mara se refermèrent autour de ses épaules, en évitant les bandages. Kevin la berça, lui offrant instinctivement ce dont elle avait besoin ; et de leur camaraderie familière et naturelle, leurs gestes passèrent à l'amour. L'enthousiasme de Kevin ne semblait aucunement diminué, si ce n'est qu'il s'endormit très rapidement une fois sa passion assouvie.

Mara s'étendit à ses côtés, les yeux grands ouverts dans le noir. Elle passa les mains sur son ventre plat, parfaitement consciente que son rendez-vous amoureux dans la chambre d'enfant n'avait pas été préparé convenablement. Elle n'avait pas bu d'élixir d'herbe de telico pour empêcher la conception. Nacoya l'aurait vertement réprimandée pour cet oubli.

Nacoya aurait été sage.

Sous la faible lumière de la lune, Mara étudia le profil de Kevin, noyé dans une masse de cheveux roux. Elle se rendit compte qu'elle ne souhaitait pas être sage. Elle devait épouser Hokanu, si Kamatsu le permettait et si celui-ci l'acceptait. Mais si Kevin devait être sacrifié, elle n'était pas assez forte pour renoncer à l'amour du barbare et à son bonheur sans garder une trace du lien qui les unissait.

Elle était peut-être folle, même égoïste. Mais elle désirait porter l'enfant de Kevin. Tout ce qu'elle avait accompli jusqu'à maintenant avait été pour l'honneur et le nom de sa famille et de ses ancêtres. Son cœur était meurtri, dévoré par les peines incessantes du pouvoir. Elle voulait cette unique chose pour elle-même.

— Je t'aime, barbare, murmura-t-elle doucement dans le noir. Je t'aimerai toujours.

Puis ses larmes coulèrent à flots, pendant un très long moment.

Une semaine passa, puis une autre semaine, et le guérisseur permit à Kevin de brèves escapades hors de sa couche. Il trouva Mara assise dans le jardin oriental, celui que les cuisiniers utilisaient pour faire pousser des herbes. Vêtue des robes légères et amples qu'elle utilisait habituellement pour la méditation, elle avait renoncé à son exercice pour s'asseoir au milieu des tiges poussiéreuses des herbes aromatiques, et regarder la route. Des messagers allaient et venaient, la plupart envoyés par Jican. Qu'elle étudie le trafic ou qu'elle soit perdue dans ses pensées n'avait aucune importance.

— Tu broies à nouveau du noir, l'accusa Kevin, déposant la canne qu'il utilisait pour soulager sa jambe, blessée d'un coup d'épée.

Mara tortillait une petite branche entre ses mains. La brindille de tira était maintenant fanée, et entièrement dépouillée de ses feuilles épicées. Des morceaux d'écorce pelée dégageaient une odeur capiteuse et piquante dans l'air chauffé par le soleil de midi. La dame qui triturait la plante ne répondit pas.

Kevin s'installa avec un peu de difficulté à côté d'elle, étendant sa jambe bandée devant lui. Il lui retira la pauvre brindille des mains, et soupira en voyant la sève sous les ongles de Mara.

— Elle était une mère pour moi, et plus encore, dit Mara à l'improviste.

— Je sais. (Il n'avait pas besoin de lui demander si elle parlait de Nacoya. Il lui répondit doucement Tu devrais pleurer plus que cela, exprimer ton chagrin pour le faire partir.

Mara se raidit, les nerfs à fleur de peau.

— J'ai suffisamment pleuré !

Kevin inclina la tête sur le côté et passa ses doigts dans sa chevelure rebelle.

— Ton peuple ne pleure jamais assez, la contredit-il. Les larmes qui ne sont pas versées empoisonnent l'esprit.

Il n'avait pas l'intention de chasser Mara ; mais elle se leva brusquement et il ne réussit pas à se lever assez vite pour la suivre, avec sa jambe enfermée dans une attelle. Au moment où il parvint à se remettre sur ses pieds, et à trouver sa canne pour la suivre, elle avait déjà disparu derrière les haies. Il décida que ce serait manquer de tact que de la poursuivre. Cette nuit, dans la chambre, il tenterait une nouvelle fois de la consoler. Mais il lui était impossible d'oublier la tragédie qui la bouleversait, avec des soldats en armure qui montaient la garde dans pratiquement tous les recoins du domaine. L'assassin n'avait peut-être pas tué Ayaki, mais il avait infligé d'autres dommages. Troublée, enfermée dans son malheur, Mara ne pouvait plus trouver la paix entre les murs de sa propre demeure.

Kevin sortit d'un pas malhabile du jardin d'herbes et décida de chercher le jeune Ayaki. Dans une cour abritée, hors de vue des domestiques, il enseignait au garçon comment se battre avec un poignard. Il était peut-être interdit à un esclave de manier des armes, mais sur le domaine acoma, personne n'oserait lui faire la moindre remarque. En vrais tsurani, ils regardaient tous ailleurs devant cette nouvelle entorse au protocole. La loyauté de Kevin était prouvée depuis longtemps. Le Midkemian s'était dit que le jeune garçon arrêterait peut-être de faire des cauchemars s'il apprenait quelques trucs pour se défendre.

Mais aujourd'hui la cour n'était pas déserte quand Kevin arriva avec un couteau emprunté aux cuisines, en compagnie de l'héritier des Acoma. Keyoke se reposait à l'ombre d'un ulo, deux épées d'entraînement de bois entre ses genoux. Il vit Kevin et l'objet de contrebande, et un rare sourire plissa ses yeux.

— Si tu commences à entraîner ce jeune guerrier, quelqu'un doit vérifier que le travail est fait correctement.

Kevin sourit avec insouciance.

— Le boiteux qui guide un boiteux ? (Il baissa le regard, ébouriffa les cheveux noirs d'Ayaki et se mit à rire.) Qu'est-ce que tu en dis, petit tigre, as-tu envie de te battre contre deux vieillards ?

Ayaki répondit par un cri de bataille acoma qui fit plonger à l'abri tous les domestiques qui l'entendirent.

Mara entendit le cri depuis un coin écarté du jardin de kekali où elle avait choisi de se réfugier. Elle esquissa un très léger sourire, puis ses lèvres se crispèrent ; sa mélancolie ne se dissipait pas. Le soleil frappait impitoyablement la terre, aspirant la vie et la couleur du jardin. Les buissons semblaient gris sous sa lumière, les fleurs d'un indigo profond brûlées par la chaleur. Mara parcourait les allées, jouant avec les pompons rouges de sa robe de deuil. Il lui semblait entendre le fantôme de Nacoya derrière elle.

« *Fille de mon cœur*, semblait lui dire la vieille femme, *tu es imprudente et les dieux devraient te prendre par trois fois en pitié si tu persistes dans ton idée de porter un enfant de Kevin. Un messager du courtier de mariage va revenir dans les jours qui viennent avec la réponse de Kamatsu des Shinzawaï. Oserais-tu contracter un mariage avec le fils d'une maison honorable en portant l'enfant d'un esclave ? Tu plongerais à jamais le nom des Acoma dans la honte.* »

— Alors, je dirai la vérité à Hokanu, si j'attends un enfant, répondit Mara à la voix imaginaire.

Elle dépassa un jardinier qui ratissait des feuilles mortes, et erra dans une autre allée. Derrière elle, le domestique déposa son outil et la suivit.

— Dame, l'appela une voix aussi douce que du velours.

Le cœur de Mara s'arrêta subitement. Parcourue de frissons glacés, elle se retourna lentement. La peur lui donnait des sueurs froides. Elle examina le domestique dans ses robes délavées par le soleil : Arakasi... Avec une grâce qui sortait de l'ordinaire, il s'approcha d'elle, un poignard à la main. Alors qu'un cri d'alarme était pratiquement sur les lèvres de sa maîtresse, il se prosterna devant elle sur le sentier de graviers et lui tendit la lame, le manche dans sa direction.

— Maîtresse, dit Arakasi, je vous supplie de me donner la permission de prendre ma vie avec mon poignard.

Mara recula involontairement d'un pas, abasourdie par le choc.

— Certains disent que tu m'as trahie, dit-elle maladroitement, sans réfléchir.

Ses paroles étaient brutales et accusatrices.

Arakasi faillit tressaillir.

— Non, maîtresse, jamais. (Il s'arrêta, puis ajouta d'une voix torturée.) J'ai failli.

Il avait perdu du poids. Sa robe de jardinier pendait misérablement sur ses épaules, et ses mains étaient décharnées comme du vieux parchemin. Ses doigts ne tremblaient pas.

Soudain désespérée de ne pas se trouver à l'ombre et de ne pas échapper aux rayons ardents du soleil, Mara avala sa salive.

— Je te faisais confiance.

Arakasi ne bougea pas un muscle, et resta immobile sous le soleil impitoyable ; toutes ses ruses semblaient l'avoir abandonné. Il ressemblait à un serviteur ordinaire, épuisé, honnête et frêle. Mara n'avait jamais remarqué jusqu'à maintenant la finesse des os de ses poignets. Il déclara d'une voix aussi misérable que son apparence :

— Nos cinq espions placés dans la maison des Minwanabi sont morts. Ils ont été tués sur mon ordre, et le tong que j'ai engagé m'a rapporté leurs têtes comme preuves. Les onze agents qui passaient leurs messages depuis la province de Szetac sont morts eux aussi. J'ai tué ces hommes de mes propres mains, maîtresse. Vous n'avez plus d'espion dans la maison de votre ennemi, mais Tasaio n'a plus la moindre voie à exploiter. Il ne reste personne de vivant qui puisse être contraint à vous trahir. Je vous supplie une nouvelle fois de me laisser expier. Permettez-moi de prendre ma vie par la lame.

Il ne s'attendait pas à ce qu'elle accède à sa requête ; il n'était jamais qu'un ancien guerrier gris, et il n'était pas né au service de sa maison.

Mara recula à nouveau et s'assit brutalement sur un banc de pierre. Son mouvement brusque attira l'attention des sentinelles, et plusieurs d'entre elles arrivèrent en courant pour voir ce qui se passait. L'officier découvrit le serviteur à ses pieds et reconnut le maître espion. Le guerrier fit un geste, et sa petite patrouille se rapprocha en courant. Un battement de cœur plus tard, des mains cuirassées avaient saisi les poignets tendus d'Arakasi. Très rapidement, ils le relevèrent et le maintinrent solidement.

— Dame, que devons-nous faire de cet homme ? demanda le chef de patrouille avec détermination.

Mara observait la scène, silencieuse. Les guerriers, remarqua-t-elle, tenaient leur prisonnier avec prudence, comme s'il était enduit de poison, ou comme s'il pouvait riposter et les frapper d'une manière quelconque. Son regard passa au visage immobile d'Arakasi, s'attardant sur ses yeux creux et cernés. Aucun secret ne s'y dissimulait. Le maître espion semblait une coquille vide, ayant perdu toute volonté. Il s'attendait à mourir par pendaison, et avait une mine abattue. Le feu et la fierté qui, avec son intelligence aiguisée, faisaient de lui un homme à part, avaient disparu.

— Lâchez-le, ordonna-t-elle d'une voix atone.

Les soldats obéirent sans poser de questions. Arakasi baissa les bras, remettant ses manches en place par habitude. La tête inclinée, il attendait avec une patience apparemment infinie, douloureuse à contempler.

S'il jouait la comédie, alors elle était vaincue par son extraordinaire talent.

L'air semblait immobile et étouffant quand Mara reprit son souffle.

— Arakasi, fit-elle lentement.

Elle attendit presque qu'une voix querelleuse s'élève pour protester ; puis elle se souvint. Nacoya était morte. Elle reprit la parole.

— Tu as servi au mieux de tes capacités. Ton réseau me fournissait des renseignements ; tu ne m'as jamais garanti des faits. Tu n'as jamais pris de décisions. C'est moi, ta souveraine, qui décidais. Si quelqu'un a failli ou s'est trompé, la faute m'incombe. Ainsi, je ne t'accorde pas le droit de prendre ta vie avec ton poignard. Je te demande pardon à ma grande honte, pour avoir exigé plus qu'un homme loyal ne devrait jamais être tenu de donner. Acceptes-tu de continuer à me servir ? Maintiendras-tu ton réseau, pour préparer la destruction du seigneur des Minwanabi ?

Arakasi se redressa lentement. Ses yeux étaient devenus pénétrants, presque troublants et désagréablement directs. Sous le soleil éblouissant, et dans l'odeur poussiéreuse des fleurs, son regard semblait traverser la chair et lire dans l'esprit invisible de Mara.

— Vous ne ressemblez pas aux autres souverains de cet empire, répondit-il, retrouvant sa voix de velours. Si je pouvais me permettre un avis, je dirais que vous êtes même très dangereusement différente.

Mara baissa les yeux la première.

— Tu as peut-être raison. (Elle faisait tourner les anneaux de jade sur ses doigts.) Acceptes-tu de continuer à me servir ?

— Toujours, répondit immédiatement Arakasi. (Il laissa échapper un profond soupir.) J'ai des nouvelles, si vous désirez les entendre.

— Plus tard. Tu peux sortir maintenant, et te restaurer.

Quand Mara releva les yeux, elle regarda son maître espion partir, d'une démarche vive et rajeunie, alors qu'il s'empressait de descendre le sentier.

— Comment avez-vous su qu'il était innocent ? demanda le chef de patrouille, qui venait juste de quitter l'adolescence.

Mara haussa légèrement les épaules.

— Je ne le sais pas. Mais je l'ai regardé, et je me suis souvenue de sa formidable compétence. (Elle se leva devant ses guerriers perplexes, le regard dans le lointain, plongée dans ses pensées.) Penses-tu que si un tel homme voulait ma mort, il faillirait à sa tâche ? S'il était l'agent de Tasaio, ou d'un d'autre, le natami des Acoma n'existerait plus depuis longtemps. Cela, j'en suis certaine. Donc, je lui fais confiance.

Le crépuscule recouvrait le jardin d'une lumière gris argenté quand Arakasi reparut pour faire son rapport. Il avait mangé, s'était baigné, et portait maintenant la livrée d'un domestique fermée par une ceinture armoriée de vert. Ses sandales avaient été lacées avec un soin méticuleux, et ses cheveux venaient d'être coupés. Mara remarqua tous ces détails alors qu'il s'inclinait, pendant que des domestiques s'affairaient discrètement autour d'elle, allumant les premières lampes du soir.

Il se redressa, légèrement hésitant.

— Ma dame, votre confiance en moi n'est pas déplacée. Je vous le répète, comme je l'ai fait autrefois : je verrai vos ennemis morts et leur nom anéanti. Dès l'instant où j'ai prêté serment sur votre natami, je suis devenu un véritable Acoma.

Mara reçut cette confirmation dans un silence songeur. Finalement, elle frappa dans ses mains pour faire venir un serviteur et demanda un plateau de fruits découpés. Quand son maître espion et elle furent à nouveau seuls, elle déclara :

— Je n'ai pas remis en question ta loyauté.

Arakasi fronça les sourcils et alla directement au cœur du sujet.

— Votre confiance est aussi importante pour moi que ma vie. (Il la regarda, ses yeux sombres à nu pour une fois.) Dame, vous êtes l'un des rares souverains de l'empire qui pense au-delà des anciennes traditions, et le seul qui accepte de les défier. J'ai pu autrefois vous servir au nom de la haine que nous partageons envers les Minwanabi. Mais cela n'est plus vrai. Je vous sers pour vous-même.

Le regard de Mara s'enflamma, dénué lui aussi de toute affectation.

— Pourquoi ?

Les ombres de la lampe s'assombrirent tandis que le ciel s'obscurcissait. Arakasi eut un geste d'impatience.

— Vous n'êtes pas effrayée par les changements, observa-t-il. Ce seul trait d'audace vous entraînera très loin, et donnera même peut-être à votre maison une grandeur durable. (Il s'arrêta, et un sourire étonnamment sincère illumina son visage.) Je veux être là, participer à cette ascension au pouvoir. Le pouvoir en lui-même ne m'intéresse pas. Mais ce que l'on peut faire avec lui – j'avoue que j'ai cette ambition honteuse. Nous vivons une époque de grands changements, et cet empire est resté engoncé dans ses principes depuis trop longtemps. (Il soupira.) Je ne sais ce que l'on peut faire pour modifier notre destin, mais en plus de cinquante ans de vie, je n'ai jamais rencontré de souverain plus capable que vous d'accomplir cette réforme.

Mara relâcha le souffle qu'elle retenait. Pour la première fois depuis qu'elle connaissait cet homme, elle comprit qu'elle avait enfin pénétré sa réserve. Elle voyait enfin les réelles motivations qui animaient son conseiller le plus énigmatique. Maître de la dissimulation, Arakasi avait abandonné tout artifice. Son visage montrait l'impatience d'un jeune garçon, et elle se rendit compte qu'il tenait aussi profondément à elle, et qu'il lui fournirait tout ce qu'elle lui demanderait. Enfin convaincue que Nacoya avait raison, et qu'il existait des limites qu'aucun souverain ne pouvait demander à un cœur loyal de dépasser, elle sourit. Du ton le plus banal qu'elle put prendre, elle demanda :

— Tu as dit que tu avais des nouvelles ?

Une lueur d'enthousiasme étincela soudain dans les yeux d'Arakasi. Il tendit la main pour prendre une tranche de fruit et commença :

— Il semble que les magiciens aient été très occupés par leurs propres complots. Les rumeurs sont intrigantes, et dépassent presque l'imagination.

Soulagée, Mara se réinstalla parmi ses coussins et lui fit signe de continuer.

Finissant rapidement et proprement sa bouchée, Arakasi se nettoya les dents d'un coup de langue.

— Cela donne beaucoup à réfléchir. On murmure que dix Très-Puissants de l'Assemblée ont traversé la faille pour se rendre sur Midkemia, avec trois mille guerriers kanazawaï. Il y a eu une bataille, et les hypothèses les plus folles sont envisagées sur sa raison. Certains disent que l'empereur souhaite se venger du roi des Isles pour le massacre et la trahison lors des pourparlers de paix. (Le maître espion leva la main pour prévenir les questions impatientes de sa maîtresse.) Ce n'est pas la motivation la plus incroyable. D'autres pensent – des personnes occupant des postes clés – que les Magiciens font la guerre à l'Ennemi.

Mara le regarda sans comprendre.

— L'Ennemi, répéta Arakasi. Celui des mythes d'avant le Pont d'or. Vos professeurs vous ont sûrement raconté cette histoire quand vous étiez enfant.

Se rappelant ces contes, Mara comprit enfin.

— Mais ce sont des fables ! protesta-t-elle. (Elle regarda les lampes, comme si les ombres qu'elles projetaient pouvaient soudain devenir plus grandes et plus sombres.) Elles ne sont pas réelles.

Arakasi secoua la tête, mystifié et excité en même temps.

— C'est ce que nous pensions, acquiesça-t-il. Mais qui peut deviner exactement quels ennemis peuvent défier les Très-Puissants, surtout depuis que le nom du renégat, Milamber, est mêlé à ces événements ? Ces mythes sont plus anciens que l'histoire, aussi anciens que les noms des frères qui ont fondé les Cinq Familles. Comment pouvons-nous juger de ce qui est vrai dans ce passé si lointain ?

Soudain troublée d'une façon poignante, Mara se mordit les lèvres.

— Les Kanazawaï sont impliqués ? Alors, nous pourrons leur demander ce qui s'est passé quand je recevrai des nouvelles du seigneur Kamatsu. (Ses pensées s'accélérèrent.) Nous pouvons supposer que l'interférence de l'empereur avec le Conseil aurait pu se faire en coopération avec cette action des magiciens.

— C'est ce que je pense. (Arakasi se servit une autre tranche de fruit.) Mais tout cela n'est que pure spéculation. Mes sources proches de la Lumière du Ciel suggèrent que des négociations ont peut-être été entamées pour un échange de prisonniers entre l'empire et le Royaume des Isles.

— Alors, la faille est ouverte ! le coupa Mara.

Sa voix était empreinte d'une étrange émotion.

L'attribuant, avec raison, à l'inquiétude qu'elle nourrissait pour son amant barbare, Arakasi toussa légèrement.

— Tout le monde ne sait pas ce que je vais vous apprendre. Mais il semblerait que si vous demandiez à nouveau à être entendue, au bon endroit, vous pourriez enfin gagner le bénéfice de vos concessions commerciales avec Midkemia.

Mara ne sembla s'intéresser que de loin à un sujet qui avait été autrefois une source intense de frustration. Arakasi utilisa cette pause avec tact pour terminer les dernières tranches de fruits sur le plateau. Il se souvint de la discussion de Mara et de Kevin sur la faille, à Kentosani ; elle avait tourné autour de la façon d'accorder sa liberté au barbare. Intuitif et perspicace, Arakasi savait que cette idée était émotionnellement douloureuse pour Mara.

— J'enquêterai sur ce sujet pour vous, dame, et je trouverai plus de renseignements.

Mara lui lança un regard de gratitude.

— Pour le bien de Kevin, répondit-elle d'une petite voix. Il ne mérite pas de rester esclave.

Comme si elle repoussait les tourments de fantômes invisibles, la dame changea de sujet.

— Si le Conseil continue à perdre du pouvoir, il y aura des bouleversements. Minwanabi va consolider ses alliances et tenter un coup d'éclat pour remettre à l'honneur le titre de seigneur de guerre.

Elle soupira, se renfrogna et ajouta :

— Ce serait bien si nous pouvions rester en vie pour bénéficier de mes droits commerciaux exclusifs. (Puis elle plissa les yeux.) Tu dis que tu as fait tuer des espions sous le propre toit de Tasaio. Alors, pourquoi notre ennemi respire-t-il toujours ?

Arakasi posa ses coudes sur ses genoux ; il ressemblait à une mortèle qui hérisserait ses plumes.

— Mon bras n'est pas assez long pour prendre la tête de Tasaio sous son propre toit. Mais celle de ses domestiques ? C'est une tout autre histoire.

Dans la douce nuit d'été, à la lueur des lanternes et des étoiles, il lui raconta ce qu'il avait fait.

Les domestiques furent finalement découverts dans une fosse à chaux, dans un jardin potager qui servait de temps en temps de cimetière pour enrichir la terre. Seules les personnes déshonorées étaient enterrées là, sans rites, dans un endroit d'où l'odeur de la décomposition ne se propageait pas au-delà des quartiers des domestiques. Les cinq cadavres étaient décapités, et quand le jeune messager qui les découvrit rapporta la nouvelle à l'un des contremaîtres, le vieux serviteur comprit immédiatement que le maître devait être informé. Les genoux tremblants, et baissant sa tête blanche dans sa consternation, il se hâta de faire son rapport à Murgali.

Le hadonra des Minwanabi était penché sur des livres de compte empilés de façon précaire, faisant de son mieux pour rester dans l'ombre. Toute la maisonnée avait souffert de la mauvaise humeur de Tasaio depuis l'échec de l'embuscade contre Mara. Irrité par l'interruption, il écouta le récit du domestique et jura quand il comprit son importance. Il était impossible d'ignorer cette histoire de cadavres.

— Va, ordonna-t-il au contremaître. Que les corps soient retirés du jardin et déposés dans une chambre vide.

Alors que le vieil homme sortait, Murgali se leva, se sentant fatigué. Il frotta son poignet déformé par l'arthrite, mit ses chaussures les plus douces, et, aussi discrètement qu'il le put, se hâta d'aller trouver Incomo. Le premier conseiller des Minwanabi était peut-être la seule personne qui pouvait approcher Tasaio en toute impunité. Alors que le hadonra traversait le couloir qui conduisait à la chambre des enfants, il fit claquer sa langue ; même les enfants étaient silencieux, comme s'ils sentaient la fureur qui couvait chez leur père.

Incomo ne fut pas très heureux d'être dérangé. Assis dans son bain, une jeune esclave qui avait le quart de son âge épongeant son dos osseux, il soupira de façon éloquente en regardant l'eau que l'on versait sur ses genoux.

— Cela est très inopportun, murmura-t-il en direction de ses parties intimes.

Murgali approuva d'un hochement de tête.

– Très. Les cadavres ont été placés dans une chambre vide. Mon seigneur pourra les y examiner.

Incomo sortit péniblement de son bain et se fit essuyer et frotter par un esclave. Le hadonra profita de cet instant de distraction pour s'éclipser.

Sec, nu et se retrouvant seul pour porter la nouvelle, Incomo se laissa aller à débiter un rare chapelet de jurons. Il avait perdu l'occasion de caresser la jeune esclave, qui avait abandonné son éponge pour l'habiller, ce qui le mit dans une humeur de dogue. Il ferma sa ceinture frangée d'un nœud rapide et, irrité, partit à la recherche de son seigneur et maître.

Il traversa les salles de banquet, la haute salle, un nombre incalculable de lieux de réunion, le cabinet de travail personnel de Tasaio, le scriptorium et la salle d'entraînement ; il termina son périple sur le terrain de tir à l'arc qui se trouvait de l'autre côté des baraquements des soldats. Quand il trouva Tasaio, Incomo était essoufflé, en sueur, et avait perdu tout le bénéfice de son bain. Il s'inclina et parla fort, délibérément, pour que son seigneur ne le confonde pas avec un autre guerrier.

Vêtu de la plus légère des robes de soie et coiffé incongrûment d'un casque de bataille bosselé, Tasaio tira sept flèches en succession rapide. Elles s'enfoncèrent avec une précision surnaturelle au centre d'un petit bouclier peint comme une cible, que tenait un esclave tremblant.

— Des corps, jeta le seigneur des Minwanabi d'un ton cassant.

Il souligna le mot d'une autre flèche, qui s'enfonça en sifflant entre les jambes de l'esclave, dans la terre desséchée par l'été.

L'esclave tressaillit et oublia la consigne. Il recula, le visage blanc de terreur.

Tasaio ne changea pas d'expression. La flèche suivante cueillit le malheureux en pleine gorge.

— Je leur ai répété mille fois qu'ils ne doivent pas bouger !

Le seigneur claqua des doigts, et un domestique se précipita pour prendre son arc et son carquois. Tasaio retira son gant de tir, et tourna ses yeux ambrés vers son conseiller.

— Quand tu parles de corps, je suppose que tu as retrouvé les espions acoma manquants ?

Incomo avala difficilement sa salive.

— Oui, seigneur.

— Cinq, dis-tu, reprit sèchement Tasaio. Mais nous n'en connaissions que trois.

— Oui, seigneur.

Incomo suivit son maître, un pas derrière lui comme il convenait, tandis que celui-ci faisait brusquement demi-tour et quittait le terrain de tir à l'arc.

Tasaio tira sur les phalanges de sa main gauche, faisant craquer chaque articulation.

— Je veux examiner les corps. Maintenant.

— Bien sûr, seigneur.

Incomo dut allonger le pas pour suivre le grand guerrier, la sueur coulant abondamment sur son visage. Quand ils atteignirent le manoir, il lui fallut quelques minutes pour trouver la chambre où les cadavres avaient été placés. Les domestiques se faisaient rares quand le maître était présent, et il dut souvent poser des questions pour obtenir des renseignements.

Tasaio lança son casque à un esclave, puis attendit avec une impatience nerveuse.

— Tu n'as pas été efficace, fit-il remarquer à Incomo

Mais heureusement, dans sa hâte à inspecter les cadavres, il ne fit pas d'autres commentaires. Il parcourut un couloir orné de fresques, passa devant un garde qui s'inclina et fit glisser une cloison d'un geste brusque.

La puanteur de la chair en décomposition flottait dans l'air. Tasaio ne fut pas gêné. Apparemment, il n'avait pas d'état d'âme quand il se trouvait en présence d'horreurs. Il entra dans la chambre et s'agenouilla pour examiner les formes grossières, souillées de terre, qui avaient été autrefois cinq hommes.

Incomo s'attarda derrière la porte. Engagé dans une lutte silencieuse pour maîtriser les haut-le-cœur de son estomac, il regardait le maître toucher les restes de ses longs doigts inquisiteurs. Tasaio passa la main le long d'un sillon sur le cou de l'un des corps, à peine un cheveu en dessous de l'endroit où la tête avait été coupée.

— Cet homme a été étranglé, marmonna-t-il. C'est l'œuvre d'un assassin tong. (Il examina le dernier corps et découvrit un minuscule fragment de tissu brodé d'une fleur rouge, caché dans la robe du cadavre.) Les hamoï ! (Il se leva, furieux, alors qu'il se retournait vers Incomo.) Après mes cadeaux de métal, *je devrais posséder ce tong !*

Le premier conseiller des Minwanabi interpréta le regard furieux de son maître comme un avertissement. Il fit immédiatement une révérence.

— Seigneur, vos cadeaux ont été plus que généreux.

— Cela n'aurait pas dû arriver ! déclara Tasaio saisi d'une rage glacée. Envoie immédiatement un messager. Je veux que le maître des tong se présente devant moi pour s'expliquer.

Incomo s'inclina encore plus bas.

— À vos ordres, mon seigneur.

Ses vieux genoux ne lui permirent pas de se déplacer assez vite pour éviter que Tasaio ne le bouscule du coude en franchissant brutalement la porte.

— Renvoie ces charognes dans la fosse à chaux, puis dis à mon épouse de venir me rejoindre, aboya le seigneur au domestique le plus proche. Dis-lui que je veux prendre un bain pour ôter de ma chair la puanteur de la pourriture.

Incomo reprit ses esprits et considéra que l'idée d'un bain était excellente. Il repensa mélancoliquement à la petite esclave, et aux délicieux massages qu'elle faisait avec son éponge, mais la journée n'était pas terminée.

Tasaio fit défiler devant sa baignoire une succession interminable de serviteurs pour les interroger. Un grand nombre avouèrent avoir vu l'assassin tong qui était venu commettre les meurtres ; un chef de patrouille confessa même qu'il avait permis à l'assassin d'entrer par l'un des postes de garde des collines, à la frontière du domaine.

L'explication de l'homme, qui avait permis le passage du meurtrier, était fondamentalement logique.

— Tous les soldats savent que mon seigneur a acheté la loyauté des tong. L'homme s'est rendu ouvertement au poste de garde, disant qu'il venait pour discuter affaires avec mon seigneur, et il nous a même montré un document.

Tasaio l'écouta, les yeux mi-clos et les lèvres serrées. Il fit un geste négatif à Incomo, et tristement le premier conseiller ordonna au scribe d'écrire le nom du guerrier sur la liste des personnes qui devaient être immédiatement exécutées. Le soldat serait mort avant que Tasaio sorte de son bain.

La dame Incarna continuait machinalement à éponger le dos de son époux, mais ses joues étaient pâles comme la cire, et elle semblait avoir la nausée. Comme une marionnette au bout de ses fils, elle frottait encore et encore les épaules musclées et minces du seigneur des Minwanabi, jusqu'à ce que Tasaio se fatigue de ses attentions et se lève brutalement. Incarna laissa tomber son éponge dans l'eau du bain, provoquant quelques éclaboussures, et recula en poussant un cri effrayé.

— Silence, femme !

Tasaio rejeta en arrière sa tête mouillée, et des esclaves se précipitèrent avec des serviettes pour le sécher.

Le messager de la guilde n'aurait pu choisir pire moment pour arriver, pas plus que le domestique qui grattait à la porte pour annoncer qu'il était dans le vestibule, attendant la venue du maître.

Tasaio n'était pas du tout d'humeur à se presser. Il se montra néanmoins impatient avec son valet, lui arrachant des mains sa robe légère mais ornée d'épaisses broderies. Il l'enfila par la tête, tendit la main pour recevoir sa ceinture décorée de coquillages, puis accepta les fourreaux laqués de noir de son épée et de son poignard, qu'il plaça dans un nouveau baudrier en cuir de needra souple. Un esclave laça ses sandales, et Tasaio finit de s'habiller en passant une veste légère et rembourrée cousue d'anneaux d'os, tout aussi efficace qu'une armure légère en étant beaucoup moins encombrante.

— Envoie le messager dans mon armurerie personnelle, ordonna-t-il au domestique.

Puis il fit signe à Incomo de le suivre et sortit, laissant son épouse s'occuper des esclaves de la salle des bains, comme si son rang n'était pas supérieur à celui d'un contremaître.

L'armurerie du seigneur des Minwanabi était une petite pièce sans fenêtres, avec des murs de bois poncé où étaient fixées des chevilles pour ranger les épées, et des trépieds pour les armures. La seule fantaisie de Tasaio depuis qu'il était devenu souverain avait été l'achat de panoplies d'armes et d'armures, plus extravagantes les unes que les autres. Certaines étaient simples et meurtrières, conçues pour les rigueurs de la guerre ; d'autres resplendissaient de laque et de ciselures, pour les grandes occasions et les parades. Il y avait aussi des armures d'une troisième variété, fines et solides, sans façonnage, conçues pour être portées secrètement sous des vêtements. Tasaio passait d'un râtelier à l'autre, caressant les casques, les cuirasses et les poignées des épées, puis examinant ses doigts pour voir s'il trouvait la moindre trace de poussière. Les esclaves et les domestiques qui s'occupaient de cette pièce savaient parfaitement qu'elle devait rester immaculée ; leurs prédécesseurs qui n'avaient pas satisfait aux inspections du maître n'avaient pas survécu à son mécontentement.

Étouffant dans la petite pièce fermée, Incomo tenta de soulager son malaise en se tenant le plus loin possible de la lampe, qui était trop chaude, et qui risquait d'attirer l'attention du maître sur ses gestes. Immobile comme tous les serviteurs minwanabi avaient appris à le devenir ces derniers temps, il attendait que le seigneur ait fini de passer d'épée en épée, de casque en casque, s'arrêtant de temps à autre pour arranger une boucle ou une attache, et vérifiant du doigt le fil d'une lame.

Tasaio inspectait un poignard quand le messager s'inclina à la porte. Le seigneur jeta un bref regard à l'homme qui portait l'emblème d'une guilde, juste assez longtemps pour remarquer les couleurs de la région de Sulan-Qu. Le seigneur prit la parole d'une voix faussement douce.

— Quel est ton message ?

L'homme se redressa.

— Une proposition de Mara des Acoma, commença-t-il...

Il se tut instantanément quand Tasaio tourna sur lui-même avec une rapidité à couper le souffle.

Le messager avala difficilement sa salive en sentant la pression de la pointe d'une épée posée sur sa gorge. Il regarda les yeux de l'homme qui maniait l'arme, et y vit un manque d'expression qui le terrifia jusqu'aux profondeurs de son âme.

— Mon seigneur, chevrota-t-il, je ne suis qu'un messager de guilde, engagé pour porter des lettres.

Tasaio ne bougea pas un muscle.

— Et tu m'apportes une lettre ?

Sa voix était toujours aussi douce.

Incomo s'éclaircit prudemment la gorge.

— Mon seigneur, le messager de la guilde est innocent, et sa vie est protégée par serment.

— Ah bon ? rétorqua Tasaio. Qu'il parle donc lui-même.

Le messager reprit difficilement sa respiration.

— Mara demande une rencontre, commença-t-il, et il s'arrêta quand la lame accentua sa pression.

— Tu ne dois pas mentionner ce nom sous ce toit, entre ces murs. (Tasaio appuya légèrement sur la lame, tourmentant le messager en faisant couler un filet de sang écarlate sur sa peau.) Pourquoi cette dame trois fois maudite demande-t-elle une rencontre ? Je ne souhaite pas parlementer. Je ne veux que sa mort.

Gêné, le messager cligna des yeux. Pensant qu'il délivrait son message à un fou, et convaincu qu'il finirait la gorge tranchée, il rassembla la dignité qui lui restait et termina courageusement le message que sa guilde l'avait chargé de délivrer.

— Cette dame demande au seigneur des Minwanabi de lui rendre visite sur son domaine, pour une discussion d'un intérêt mutuel.

Tasaio sourit lentement. Impressionné par le courage du petit homme, il baissa son arme. Il essuya la pointe de l'épée avec un chiffon à polir, puis la replaça sur un râtelier. Comme pris d'une arrière-pensée, il lança le chiffon au messager, l'autorisant d'un geste à essuyer l'égratignure de sa gorge.

L'homme de la guilde n'eut pas l'effronterie de refuser. Il leva le chiffon légèrement huilé vers son cou et commença à tapoter la blessure d'un geste hésitant. Comme si aucun étranger n'était présent, Tasaio reprit son inspection. Passant entre les différents objets de sa collection, il parlait à son conseiller comme s'ils étaient les seuls occupants de la pièce.

— Ah, Incomo, je pense que je l'ai vraiment effrayée. Mon embuscade et mon assassin n'ont peut-être pas accompli ce que je voulais, mais la petite garce de Sezu est terrorisée. La chance l'a aidée, mais la bonne fortune ne dure jamais. Elle sait qu'elle ne durera pas une nouvelle année. (Le seigneur des Minwanabi abandonna un trépied d'armure pour passer au suivant. Il passa le doigt sur un gorgerin, comme s'il cherchait un point faible.) Peut-être que la dame offre un compromis, disons, le sacrifice du nom et de la lignée des Acoma en échange de la survie de son fils ?

Incomo s'inclina avec un grand respect.

— Mon seigneur, c'est une supposition dangereuse. La dame sait aussi bien que vous que le temps des compromis est passé. Elle a commencé une guerre de sang avec votre oncle Jingu ; et Desio a fait un serment à Turakamu. Pour l'honneur de ses ancêtres, et pour ne pas mécontenter le dieu Rouge, elle sait qu'elle n'est pas en position de négocier.

Tasaio laissa retomber les plaques du gorgerin dans un cliquètement, ressemblant à celui des dés que l'on lance.

— Elle est désespérée, insista-t-il. Qu'elle vienne donc ici, si elle a tellement envie de me parler.

L'armurerie paraissait étouffante à Incomo et accentuait son sentiment de claustrophobie. Il risqua un petit mouvement pour s'éponger le front, et osa une autre interruption.

— Mon seigneur, j'hésite à vous rappeler que le seigneur Jingu a sous-estimé cette fille. Et au cœur même de sa maison, elle a manigancé une situation où il a été obligé de se suicider.

Les sandales de Tasaio firent légèrement grincer le plancher ciré alors que le seigneur appuyait son coude sur une superbe armure complète. Les yeux fauves qu'il fixa sur son premier conseiller étaient largement ouverts, et brillaient à la lueur de la lampe.

— Je ne suis pas un lâche, dit-il doucement. Et mon oncle était un imbécile.

Incomo hocha rapidement la tête en signe d'acquiescement.

— Mais même le plus courageux des hommes doit agir avec prudence.

Les yeux de Tasaio s'étrécirent dangereusement.

— Est-ce que tu suggères qu'elle pourrait me menacer ? (Il inclina la tête et cracha sur le plancher poli.) Ici ? Ne commets pas d'erreur d'appréciation, simplement parce qu'elle est actuellement trop puissante pour succomber à une attaque directe. Ce n'est qu'une question de temps avant que mes armées ne se mettent en marche pour l'écraser. Bientôt, je savourerai l'occasion de voir mes guerriers piller et brûler son domaine. Peut-être que je devrais utiliser cette demande de pourparlers pour me rendre là-bas et étudier le site afin d'élaborer une tactique d'assaut.

Le messager de la guilde était terriblement gêné par le tour que prenait la conversation. Sa mission de courrier exigeait de la discrétion, mais la discussion qui avait lieu devant lui n'était pas de celles auxquelles il voulait assister. Des factions rivales pourraient le torturer pour apprendre exactement ce qu'il venait d'entendre ; sa guilde était respectée, mais cela ne le rendrait pas sacro-saint durant les heures qu'il passait avec sa famille, ou quand il ne portait pas ses emblèmes officiels.

Incomo s'essuya à nouveau le front, mais la sueur continuait à couler dans son cou. Connaissant parfaitement le caractère de trois générations de seigneurs minwanabi, il protesta par son silence.

Tasaio avait examiné toutes les armures. Il ne pouvait pas quitter la pièce sans voir son premier conseiller qui attendait sur le seuil de la porte ; et Incomo était aussi inamovible qu'un rocher enfoncé dans le lit d'une rivière quand il souhaitait discuter d'un point précis.

— Très bien, conclut le seigneur des Minwanabi. Je ne rencontrerai pas cette garce sur ses maudites terres acoma. (Il déclara d'une voix sèche au messager Voici ma réponse. Dis à la dame que j'accepte une rencontre, mais à ciel ouvert, sur mes terres. Voyons si elle a le courage, ou la stupidité, d'accepter.

Le messager s'inclina, soulagé, et sortit promptement par l'étroite ouverture qu'Incomo avait dégagée en s'écartant légèrement. Aussi droit que le montant de la porte, et rendu rusé par l'âge, le conseiller regardait Tasaio.

— Mon seigneur, si vous avez une ruse à l'esprit, je vous conseillerais de vous montrer très prudent. Mara n'est pas juste une femme, mais aussi un ennemi qu'il faut craindre. Elle a uni le clan Hadama, ce qui n'est pas l'exploit d'une enfant. Et même si on l'amenait devant vous nue, pieds et poings liés, et que vous soyez entouré de vos gardes du corps, je vous conseillerais encore d'être prudent.

Tasaio regarda les yeux de chien battu de son conseiller.

— Je suis prudent, répondit-il doucement. Je fais très attention à ne pas laisser cette femme devenir une obsession, comme mon cousin Desio l'a fait. J'ai l'intention de tuer Mara. Mais je n'ai pas besoin de faire de grandes promesses au dieu Rouge, pas plus que je ne donnerai à ses ancêtres la satisfaction de perdre ne serait-ce qu'une nuit de sommeil sur ce problème. Maintenant écarte-toi. Je veux que l'armurerie soit verrouillée, et qu'un repas léger me soit apporté dans le jardin en terrasse, près du lac.

Le seigneur des Minwanabi s'attarda dans le jardin en terrasse bien après le crépuscule. De grandes torches brûlaient sur des perches, placées dans des récipients de céramique ; un tapis avait été posé sur les dalles, et l'on avait apporté une estrade de bois. Tasaio était assis, en train de faire tourner une coupe de vin entre ses mains, exactement comme lorsqu'il était en campagne. La rive du lac ressemblait à un camp militaire, car des guerriers en armure complète effectuaient des manœuvres, attaquant une éminence qui surplombait l'eau. Le doux bruit des poissons en train de manger se mêlait aux ordres criés par les officiers. Un garçon placé en apprentissage auprès des scribes de la maison était assis aux pieds de Tasaio, une craie serrée entre des doigts trop nerveux pour cacher leur tremblement. Alors que le seigneur commentait les performances de ses soldats à voix basse, le gamin inscrivait ses paroles avec un froncement de sourcils, tentant désespérément de se concentrer. Il ne faisait que dupliquer les travaux du scribe qui lui enseignait le métier, mais si le seigneur des Minwanabi décidait de regarder son travail, il risquait d'être battu s'il ne parvenait pas à atteindre un niveau arbitraire de qualité.

Les guerriers sur l'éminence avançaient d'un bloc et, absorbé par la complexité des manœuvres, Tasaio ne remarqua pas immédiatement le messager de sa maison qui s'était prosterné au sommet de l'escalier de la terrasse. L'infortuné serviteur dut élever la voix pour attirer son attention.

— Quoi ! jeta Tasaio d'un ton sec, si soudainement que le scribe laissa tomber son ardoise.

La craie rebondit sur le tapis et roula jusqu'au front du messager, qui faisait sa révérence sur les dalles de la dernière marche.

— Mon grand seigneur, le maître des tong hamoï a répondu à votre appel et est arrivé.

Tasaio se demanda brièvement s'il allait interrompre son entraînement du soir pour rencontrer le tong. Interroger le hamoï l'emporta.

— Fais-le venir ici.

Puis, de toute évidence préoccupé par un sujet qui le contrariait, il regarda les ardoises de l'apprenti et compara ses inscriptions maladroites à l'écriture fine et habile de son professeur.

— Emporte ça, et estime-toi heureux que je ne te fasse pas battre pour ce mauvais travail.

Il fit signe au scribe plus âgé de rester, et regarda les soldats sur la colline.

S'inclinant jusqu'à terre, et tentant désespérément de ne pas pleurer en dépit de la disgrâce de la réprimande, l'apprenti rassembla ses instruments. Il se hâta de partir, heurtant presque le domestique qui escortait le visiteur jusqu'à l'estrade du seigneur.

Le maître des tong, l'obajan dans la langue ancienne, était un homme d'une corpulence énorme et d'une immense carrure. Mais il n'avait pas une once de graisse. À l'exception d'une longue mèche de cheveux plantée au sommet de son crâne et tombant en cascade dans son dos, il avait la tête rasée et tatouée de motifs rouges et blancs. Son nez était plat, sa peau très bronzée, et ses oreilles percées en de multiples endroits. Ses bijoux, des broches et des anneaux d'os, tintaient légèrement quand il marchait. Sa ceinture était munie de boucles cousues sur le cuir, dans lesquelles était glissée une grande variété d'instruments mortels : une demi-douzaine de poignards, une corde d'étrangleur plombée, des shuriken, des coups-de-poing, des crochets, des fioles de poison et une longue épée de métal. Bien qu'il soit considéré comme un hors-la-loi selon la coutume tsurani, ceux qui le rencontraient en personne lui devait un respect égal à celui d'un souverain. Il était accompagné de deux assassins vêtus de noir, une sorte de garde d'honneur que Tasaio toléra. Le maître tong avança vers Tasaio et inclina légèrement la tête. Sa voix était un grondement sinistre.

— Allez-vous bien, mon seigneur ?

Tasaio l'ignora pendant un long moment. Puis il hocha la tête, une fois, reconnaissant qu'il allait bien. Mais le seigneur des Minwanabi ne s'enquit pas de la santé du maître des tong, ce qui était une insulte claire.

Le maître des tong garda le silence. Comme si la fortune en métal qu'il avait reçue du seigneur assis sur les coussins lui laissait soudain un goût amer dans la bouche, il demanda d'une voix aigre :

— Que désire mon seigneur ?

— Le nom de celui qui a engagé l'un de tes tong pour assassiner cinq de mes domestiques.

Le maître des tong leva imprudemment la main. Les guerriers disposés derrière l'estrade du seigneur des Minwanabi changèrent instantanément de position, se préparant à attaquer. L'énorme homme se figea. Mais il n'était ni un esclave, ni un faible. Fixant son hôte d'un regard égal, le maître des hamoï leva lentement la main pour se gratter le menton. Son ton était mordant lorsqu'il répondit :

— Seigneur Tasaio, l'ordre venait de vous.

Tasaio bondit de ses coussins avec une telle rapidité que les deux assassins posèrent la main sur leurs propres épées. Le maître des tong leur fit signe de reprendre leur position initiale.

— Moi ? s'écria Tasaio. J'ai ordonné cela ? Comment oses-tu proférer un tel mensonge !

Le maître des tong le foudroya du regard, ses yeux se plissant à la lumière vacillante des torches.

— Ce sont des paroles bien dures, mon seigneur. (Il hésita un instant, comme s'il se demandait s'il allait s'offenser de l'insulte faite à son honneur.) Je peux vous montrer le document, portant votre signature et votre sceau personnel.

Confondu, et maladroit pour la première fois de sa vie, Tasaio se rassit lourdement.

— Mon sceau personnel ? (Ses manières devinrent glaciales.) Fais voir.

L'homme imposant mit la main dans sa tunique et en retira un parchemin.

Tasaio arracha presque l'objet des mains teintes en rouge. Il découpa les rubans avec son poignard, déroula le document et le lut en fronçant les sourcils. Il fit tourner le papier dans un sens puis dans l'autre, et aboya à un esclave de rapprocher une torche pour qu'il puisse mieux voir, en tournant le dos à l'obajan. Il gratta de l'ongle le sceau imprimé à l'encre.

— Par le souffle de Turakamu, murmura-t-il. (Puis il releva la tête, une lueur de meurtre dans les yeux.) Quel serviteur a apporté ce message ?

Le chef des tong tripota son anneau d'oreille et répondit calmement.

— Aucun serviteur, seigneur. L'ordre a été laissé à l'endroit habituel pour ce genre de communication.

— C'est un faux ! siffla Tasaio, oubliant toute retenue, car son caractère minwanabi reprenait le dessus. Je n'ai pas écrit un seul mot de cette lettre ! Pas plus qu'aucun de mes scribes.

Le visage du maître des tong resta impassible.

— Vous ne l'avez pas fait ?

— C'est ce que je viens de dire !

Le seigneur des Minwanabi se retourna subitement, sa main se fermant rapidement sur la poignée de son épée. Seul un geste de leur chef empêcha les assassins de se préparer à nouveau à frapper.

Tasaio parcourut l'estrade d'une extrémité à l'autre et se retourna vers la forme massive de l'obajan comme un prédateur affamé.

— Je t'ai payé une fortune en métal pour que tu me serves, pas pour semer le chaos dans ma propre demeure, ou pour obéir aux ordres d'un rival qui a l'intelligence de contrefaire des documents ! Un fou a eu l'audace de copier le sceau familial des Minwanabi. Tu vas le trouver pour moi. Je veux sa tête.

— Oui, seigneur Tasaio. (Le maître des tong toucha son front de sa main gauche, pour signifier son accord.) Je ferai retracer le message, et le coupable vous sera envoyé en petits morceaux.

— Veille à ce que ce soit fait. (Tasaio dégaina son épée qui trancha l'air avec un sifflement aigu.) Veille bien à ce que ce soit fait. Maintenant, hors de ma vue, avant que je te donne à mes bourreaux pour quelques petites expériences.

— N'essayez pas de m'irriter, seigneur Tasaio, répondit le maître des tong. (Il fit signe à ses assassins de reculer alors qu'il avançait pour tenir tête au souverain des Minwanabi. D'une voix basse, il ajouta Les hamoï ne sont pas vos vassaux, et vous feriez mieux de vous en souvenir. Je suis l'obajan des hamoï. J'accomplirai cette mission parce que *ma* famille a été déshonorée, tout comme la vôtre, et non parce que vous me l'avez ordonné. Le destin nous a donné un ennemi commun, mon seigneur, mais *ne me menacez plus jamais*.

Il baissa les yeux et Tasaio suivit son regard. Entre l'index et le pouce, l'homme tenait un petit poignard, masqué à la vue de tous.

Le seigneur des Minwanabi ne tressaillit pas et ne s'écarta pas. Il releva simplement les yeux vers l'obajan. Il savait qu'il suffisait au maître des tong de crisper quelques muscles et la lame le tuerait avant même qu'il puisse lever son épée. Un humour sauvage étincela dans les yeux de Tasaio, alors que le maître des tong terminait :

— J'aime le sang. C'est un lait nourricier pour moi. Souvenez-vous en et nous pourrons peut-être rester alliés.

Tasaio lui tourna le dos, ignorant le risque qu'il courait, et répondit :

— Partez en paix, obajan des Hamoï.

Ses phalanges blanchirent sur la poignée de son épée.

Le maître des tong se détourna, très agile pour un homme de sa taille, le poignard disparaissant dans sa tunique avant que quiconque ne puisse le voir. Il partit d'un bon pas, sa garde d'honneur se plaçant de chaque côté de lui alors qu'il quittait la terrasse, laissant derrière lui un seigneur frustré et fou de rage, brûlant de frapper l'air de sa lame.

25

CONFRONTATION

Les trompes retentirent.

Une douzaine de porteurs en livrée transportaient une plate-forme, sur laquelle Mara s'accrochait fermement à la rambarde de bois installée devant elle. Elle s'efforça de prendre un air rassuré, en dépit de sa conviction intime d'être ridicule dans sa toute nouvelle armure de chef de guerre du clan Hadama. Peu habituée à la rigidité des jambières et des protections d'avant-bras, et décidément mal à l'aise avec les attaches, les boucles et la cuirasse, elle se souvint qu'elle devait se tenir droite. Keyoke et Saric avaient insisté pour que lors de sa première apparition en tant que chef de guerre du clan, elle soit vêtue selon son rang, même si elle pouvait continuer à porter des robes de cérémonie durant les réunions.

Mara ne parvenait pas à comprendre comment un homme pouvait se battre et manier une épée sous un harnachement aussi contraignant. Appréciant d'un œil nouveau les qualités des guerriers qui marchaient en rangs derrière elle, elle conduisait l'armée du clan Hadama, près de dix mille hommes, vers les portes de la Cité sainte.

Assis à ses pieds comme il convenait à son rang, Kevin tentait de rester aussi humble qu'un esclave personnel. Mais comme les talus herbeux des deux côtés de la route étaient envahis par une foule qui les acclamait et les saluait, il pouvait difficilement contenir son exaltation. Parlant en tournant le visage vers sa maîtresse, pour que personne ne puisse l'entendre avec le bruit de la foule, il se mit à rire.

— Vous semblez beaucoup les impressionner, ma dame.

Mara se détendit suffisamment pour lui répondre subrepticement.

— Je l'espère bien. Les femmes guerrières sont rares dans l'histoire de l'empire, mais celles dont on se souvient restent légendaires, presque aussi uniques que les pairs de l'empire. (Elle tenta d'ignorer sa nouvelle célébrité.) Les foules adorent les spectacles. Elles acclameraient n'importe qui se trouvant sur cette plate-forme.

— Peut-être, reconnut Kevin. Mais je pense que les gens sentent que l'empire est en danger, et ils vous considèrent comme quelqu'un capable de leur apporter un espoir.

Mara regarda la foule qui encombrait la route jusqu'aux portes extérieures de la Cité sainte. Toutes les castes et tous les métiers étaient représentés, depuis les ouvriers agricoles brûlés par le soleil jusqu'aux charretiers, en passant par les marchands et les maîtres de guilde. Tous semblaient sincères dans leur admiration pour la dame des Acoma. Un grand nombre criaient son nom, alors que d'autres agitaient ou lançaient des petits porte-bonheur de papier plié.

Mara semblait encore sceptique devant une telle popularité. Kevin ajouta :

— Ils savent qui est votre ennemi et ils connaissent tout autant que vous la sombre nature de Tasaio. Vous autres, les nobles, ne dites peut-être pas de mal les uns des autres par courtoisie, mais je peux vous assurer que les gens du peuple ne partagent pas cette retenue. Si on leur donnait le choix, ils soutiendraient celui dont la politique sera probablement la plus clémente. Est-ce la vôtre ou celle du seigneur des Minwanabi ?

Mara se força à faire preuve d'un calme qu'elle ne ressentait pas ; la logique de Kevin lui semblait rassurante. Elle pouvait même être vraie. Mais le soutien des gens du peuple n'aurait aucune influence sur l'issue de la lutte. Consciente qu'elle triompherait ou mourrait lors des prochains jours, Mara tenta de ne pas penser aux conséquences. Elle n'avait pas le choix. L'attaque contre son fils et elle lui avait forcé la main. Elle devait agir ou adopter une stratégie défensive jusqu'au jour où ses soldats, sa garde ou son réseau d'espions échoueraient à nouveau, et où la lame de Tasaio trouverait le chemin de son cœur.

Le jour où son père, le seigneur Sezu, était tombé victime d'un piège minwanabi, il avait choisi de combattre jusqu'à la mort plutôt que d'humilier ses ancêtres en choisissant la fuite et une vie de lâche. Mara ne pouvait pas faire moins ; elle avait tenté de précipiter les événements en demandant une rencontre à Tasaio. S'il refusait, elle devrait l'affronter. Malheureusement, elle n'avait aucun plan à l'esprit pour épargner sa maison ou son honneur, et sa position n'était que pure bravade. Alors qu'elle avançait triomphalement sur sa plate-forme, à la tête des troupes du clan Hadama, son esprit n'était qu'un marécage de peur et d'angoisse.

— Regardez cela ! s'exclama Kevin.

Tirée en sursaut de son introspection morbide, Mara regarda l'endroit qu'il désignait et sentit sa gorge se serrer. Une armée campait à l'ouest de la Cité sainte. Les collines n'étaient plus qu'une mosaïque de tentes et de bannières multicolores, que Kevin compta rapidement. Après une approximation rapide, il déclara :

— Je pense que ce campement contient environ quinze mille guerriers.

La peur initiale de Mara s'apaisa lorsqu'elle identifia les bannières.

— C'est une partie du clan Xacala. Le seigneur Hoppara a fait venir les Xacatecas en force. D'autres l'ont suivi.

Mais il n'y avait pas que ses alliés qui étaient venus en force. Mara hocha la tête vers l'autre rive du fleuve.

— Regarde de ce côté.

La route suivait le Gagajin, et sur l'autre rive Kevin vit une autre armée, dont les tentes étaient si serrées que le sol semblait hérissé de mâts de bannières.

— Par les dieux ! Il doit y avoir cinquante, soixante mille guerriers dans ces collines. On dirait que la moitié des seigneurs de l'empire ont emmené tous les hommes capables de porter une armure et une épée.

Mara hocha sinistrement la tête, les lèvres pincées.

— La question sera résolue ici, à Kentosani. Ceux qui se trouvent de l'autre côté du fleuve obéissent à Tasaio. Voici la puissance du clan Shonshoni, des familles vassales et des alliés des Minwanabi. Je vois les bannières des Tondora et des Gineisa près du fleuve. Et bien sûr, les Ekamchi et les Inrodaka se sont enfin rangés dans le camp de Tasaio. (Elle fit un geste large de la main.) Je parierais que les seigneurs des Keda et des Tonmargu campent au nord de la ville, avec leurs alliés, près de quarante mille épées. Et je suis certaine que, loin de la ville, cent mille autres guerriers se trouvent à moins d'un jour de marche. Des vingtaines de familles mineures resteront loin de la bataille, mais s'approcheront assez près pour dépouiller les cadavres si le conflit se déclenche. (Elle baissa la voix comme si elle craignait que de mauvaises oreilles les entendent.) Avec autant de soldats prêts au combat, pouvons-nous éviter une guerre civile, même si nous le désirons ?

Les acclamations de la foule et son humeur festive et joyeuse sonnèrent soudain creux à ses oreilles. Consciente que sa dame tremblait sous son armure, Kevin lui répondit par un haussement d'épaules rassurant.

— Peu de soldats sont avides de tuer. Donnez-leur une seule excuse, et ils préféreront se saouler les uns avec les autres – ou se laisser aller à quelques petites bagarres amicales. Enfin, c'est comme cela que cela se passe dans mon monde.

Mais il ne pouvait ignorer le contraste entre les visages animés des soldats de Midkemia, dont il se souvenait parfaitement, et le maintien impassible du plus misérable des mendiants de Kelewan. Kevin garda ses pensées pour lui ; il n'avait jamais vu des gens aussi avides de mourir que les Tsurani. Tant que les soldats restaient calmes et ne commençaient pas à insulter leurs ancêtres respectifs, toutes ces factions pourraient peut-être éviter les effusions de sang. *Mais si une seule de ces grandes gueules lâche quelques obscénités...*

Il refusa d'achever sa pensée. Même si personne ne mentionnait ce danger à voix haute, Mara n'était pas stupide et le connaissait. Une épée tirée pour l'honneur et tout l'empire tremblerait sur ses bases. Pourrait-on l'éviter ? Après avoir assisté au massacre de la Nuit des épées sanglantes, Kevin ne voulait plus estimer ce genre de risque.

Comme son avant-garde atteignait l'arche des portes de la ville, la foule de badauds et d'admirateurs se dispersa. Dans le silence, sur une route soudain déserte, une patrouille de soldats impériaux avança et se porta à la rencontre de la délégation hadama. Mara ordonna que l'on fasse halte devant la porte alors que le chef de troupe approchait, son armure blanche soulignée d'or étincelant sous le soleil matinal.

— Mara des Acoma ! appela-t-il.

Peu habituée au poids du casque à plumet qui ombrait son front, Mara hocha prudemment la tête.

— Pour quelle raison rassemblez-vous le clan Hadama et le faites-vous venir à la Cité sainte ? demanda l'officier de l'empereur.

Du haut de sa plate-forme, Mara abaissa le regard vers le jeune homme arrogant, qui semblait avoir une confiance suprême dans sa fonction impériale. Elle répondit finalement :

— Vous faites honte à la Lumière du Ciel par votre manque de manières.

L'officier ignora sa réprimande.

— Dame, je répondrai de mes actes devant Turakamu quand il choisira ma prochaine naissance sur la Roue de la vie. (Le jeune homme regarda d'abord les armées campées sur les rives du fleuve, et puis avec un reproche marqué les guerriers qui suivaient la plate-forme de Mara.) Les bonnes manières sont le moindre de nos soucis. Si les dieux le veulent, un grand nombre d'entre nous rencontreront bientôt leur destin. J'ai reçu mes ordres.

De toute évidence il n'était nullement gêné de n'avoir que vingt hommes derrière lui, alors que des milliers de soldats se tenaient prêts à répondre à l'appel de Mara. Il finit son discours par un ordre brutal.

— Le commandant des armées impériales insiste pour que j'entende vos raisons. Pourquoi avez-vous fait venir les armées du clan Hadama à la Cité sainte ?

Provoquer un scandale à cause de cette demande risquait de mettre le feu aux poudres, comprit Mara. Elle décida sagement d'ignorer l'affront.

— Nous venons tenir conseil avec les autres seigneurs de notre rang et de notre statut, dans l'intérêt de l'empire.

— Alors, rejoignez votre demeure, dame des Acoma, et sachez que la paix impériale vous accompagne. Une garde d'honneur de soldats acoma peut vous suivre, avec un nombre identique de soldats du clan pour chaque seigneur des Hadama qui se joindra à vous. Mais sachez que la Lumière du Ciel a ordonné la fermeture de la salle du Conseil jusqu'à ce qu'il en décide autrement. Toute personne qui voudra entrer dans le palais sans le consentement impérial sera considérée comme traître à l'empire. Maintenant, si vous voulez bien poursuivre votre route ?

Le jeune officier se rangea sur le côté pour permettre le passage de la plate-forme du chef de guerre et de sa garde d'honneur. Avant de reprendre sa marche, Mara se pencha vers Lujan et lui donna rapidement quelques ordres.

— Va dire au seigneur Chekowara et aux autres que nous nous retrouverons au lever du soleil, à ma résidence.

Son commandant s'inclina promptement.

— Et les guerriers, maîtresse ?

Mara observa une dernière fois les collines environnantes, couvertes de tentes et de bannières, de soldats et de râteliers d'armes.

— Cherche l'étendard des Minwanabi et monte le campement le plus près possible de ses lignes. Je veux que Tasaio sache que, quoi qu'il fasse, un poignard acoma est dirigé vers sa gorge.

— À vos ordres, maîtresse.

Lujan se hâta de relayer ses ordres à ses sous-officiers, puis rassembla une garde d'honneur. Mara fit cérémonieusement signe à sa compagnie de franchir les portes de la ville. Alors que le seigneur des Chekowara et les autres seigneurs hamada la suivaient, selon leur rang, Mara souhaita avoir un moyen d'apaiser la peur qui lui tordait le ventre. Tous les seigneurs se détermineraient dans les prochains jours. Et elle n'avait toujours pas la moindre idée sur la façon dont elle éviterait le sort que le Minwanabi lui avait promis : son sacrifice au dieu Rouge, avec son fils de neuf ans. L'armure pesait sur ses épaules, et les cris de la foule lui semblèrent soudain désagréablement bruyants. N'y avait-il plus aucun endroit, se demandait-elle, où elle pourrait trouver la paix pour réfléchir ?

La traversée de la ville jusqu'à sa résidence épuisa Mara. Attribuant sa fatigue à une baisse de moral, elle repoussa l'heure de sa première réunion et prit l'après-midi pour se reposer. Rétrospectivement, le changement d'horaire permit à Arakasi d'avoir le temps de retrouver ses agents et de rassembler un maximum d'informations. Elle déjeuna avec son maître espion et Lujan, discutant des différentes façons dont ils pourraient agir pour contrecarrer les ambitions des Minwanabi.

Personne n'eut d'idée brillante.

Le matin suivant, le clan Hadama se réunit. Au milieu des massifs fraîchement taillés des jardins intérieurs, les plus éminents souverains du clan et une demi-douzaine d'alliés, étaient assis en cercle, près de la fontaine centrale. À travers le bruit des jets d'eau, le seigneur des Ontara aventura une opinion.

— Dame Mara, les souverains qui ne portent aucun amour à Tasaio se rangeront tout de même de son côté contre l'empereur, simplement parce qu'Ichindar défie la tradition. Un grand nombre de souverains de notre propre clan craignent un empire dirigé par un seul homme, même s'il s'agit de la Lumière du Ciel. Un seigneur de guerre peut dominer le Conseil, les dieux le savent bien, mais il n'est toujours que le premier parmi des égaux.

Les autres seigneurs murmurèrent leur approbation.

Se sentant toujours étrangement nauséeuse, Mara fit un effort pour se concentrer. Les remarques ironiques de Kevin sur la politique tsurani étaient justes sur un point : ces hommes aimaient plus leurs prérogatives qu'ils ne détestaient la cruauté, le meurtre et le gaspillage. Elle avait récemment pris conscience que sa façon de voir les choses avait beaucoup changé, au point qu'elle était devenue incompréhensible sauf pour une poignée de ses pairs souverains. Mara observa ses parents et ses alliés, et tenta de parler avec tact.

— Ceux qui s'accrochent aveuglément à la tradition, ou qui ont peur du changement, sont des imbéciles. Si vous rejoignez Tasaio, vous réconfortez un relli contre votre sein. Il prendra votre chaleur et votre nourriture, mais à la fin il vous tuera. Si vous le laissez émousser le pouvoir de l'empereur, vous choisirez un avenir pire qu'un règne impérial absolu. Le seigneur des Minwanabi est un homme jeune. Il peut garder le blanc et l'or pendant des dizaines d'années. Il est intelligent, impitoyable, et, si je peux m'exprimer franchement, il est fasciné par la souffrance des autres. Il pratique suffisamment bien le grand jeu pour rendre discutable la question de la succession. Almecho et Axantucar ont failli faire du titre de seigneur de guerre une charge héréditaire. Pensez-vous que l'ambition de Tasaio des Minwanabi est moindre ?

Plusieurs seigneurs se regardèrent, car ils se trouvaient parmi ceux enclins à soutenir Tasaio dans sa prochaine tentative pour prendre le blanc et l'or. Maintenant que le clan des Omechan était écrasé par la honte d'Axantucar, les Minwanabi n'avaient plus de rivaux parmi les principaux prétendants au titre. Le seigneur des Xacatecas était trop jeune, et le seigneur des Keda trop lié au Parti de la roue bleue pour contredire l'empereur. Le seul rival possible était le seigneur des Tonmargu, si les Anasati lui donnaient leur plein soutien ; mais personne ne faisait confiance à Jiro – ses motivations n'étaient pas encore claires, et il avait nettement indiqué qu'il ne suivrait pas les traces de son père. Les commères et les vendeurs de rumeurs n'étaient pas les seuls à être convaincus que Tasaio serait le prochain seigneur de guerre.

La question la plus pertinente semblait être de savoir s'il obtiendrait le blanc et l'or pacifiquement, ou grâce à une guerre sanglante.

De toutes les personnes présentes, le seigneur des Chekowara était le seul assez détendu pour se servir des petits gâteaux sur les plateaux de nourriture. Enlevant des miettes de son menton, il donna son avis.

— Mara, dans tout ce que vous avez accompli depuis que vous êtes devenue souveraine, vous avez toujours fait preuve d'une brillante capacité à l'improvisation. Pouvons-nous nous attendre à ce que vous ayez un tour imprévu à jouer à Tasaio ?

Ne sachant pas trop si cette question était due à son amertume d'avoir perdu son titre, ou si c'était une demande honnête pour être rassuré, Mara observa ses traits à la recherche d'un indice. Mais le visage obèse du seigneur Benshaï restait impassible. Mara n'osa pas répondre sans réfléchir. En forçant son clan à obéir à sa volonté sans poser de questions, elle avait aussi endossé la responsabilité d'assurer sa survie. Même si elle n'avait encore aucune idée sur ce qu'elle allait faire, elle choisit d'être évasive plutôt que de laisser le doute ébranler les fondations de sa nouvelle alliance.

— Tasaio ne commandera bientôt plus que des vers dans la terre, mon seigneur.

Les autres seigneurs présents échangèrent un regard. Remettre en question cette déclaration péremptoire impliquait un point d'honneur, et personne n'osa la contredire. Après une minute de silence gêné, les seigneurs du clan Hadama commencèrent à se lever et à souhaiter le bonsoir à leur chef de guerre. Tous savaient qu'avant la fin de la semaine, Tasaio entrerait en ville pour affronter l'empereur et demander le rétablissement des pouvoirs du Grand Conseil. Personne ne pouvait deviner de quelle façon Mara avait l'intention de l'en empêcher ; elle n'avait certainement pas la puissance militaire suffisante pour défier le seigneur des Minwanabi sur le champ de bataille. Mais elle était intelligente, et avait assez de charisme pour que même

Benshaï des Chekowara n'ose pas parler contre elle sous son propre toit.

Le dernier seigneur parti et, après avoir raccompagné les souverains du clan à la porte, Saric revint dans le jardin intérieur et fut surpris de trouver sa maîtresse toujours assise près de la fontaine. Remplissant officieusement le rôle de Nacoya comme premier conseiller, il demanda doucement à sa dame si elle désirait quelque chose.

Mara prit un long moment pour lui répondre. Tournant vers lui un visage terriblement pâle, elle murmura :

— Que ma servante vienne me servir.

Ces paroles ne lui ressemblaient pas. Conscient que, pour certaines choses, il ne pourrait jamais remplacer Nacoya, et devinant sagement que sa maîtresse avait besoin d'une certaine compréhension qu'il n'était pas en mesure de lui offrir, Saric ne savait que faire.

— Êtes-vous malade, dame ?

Mara sembla avoir du mal à parler.

— Simplement un mal de ventre. Cela passera.

Mais Saric eut une peur terrible. Sa dame lui sembla soudain très frêle. Craignant qu'elle n'ait attrapé une fièvre d'été, ou pire, qu'un ennemi ait réussi à empoisonner sa nourriture, le conseiller acoma fit un autre pas en avant.

Son inquiétude était suffisamment évidente pour que Mara la remarque.

— J'irai mieux d'ici une heure, le rassura-t-elle, et elle continua avec un petit geste de la main. Ma servante saura comment m'aider.

L'inquiétude de Saric se transforma en un regard interrogateur et perçant, que la dame esquiva sans faire de commentaires. Elle n'avait pas menti. Finalement, elle comprit que son épuisement des derniers jours n'était pas simplement dû à la fatigue ; le mal de ventre dans la matinée était un signe familier de grossesse. Pour Ayaki, elle n'avait pu garder son petit déjeuner dans l'estomac durant les neuf premières semaines. Brutalement, elle se souvint que Saric avait été soldat suffisamment longtemps pour avoir observé l'état des femmes qui suivaient les troupes. Elle lui ordonna de sortir d'une voix péremptoire, avant que ses soupçons ne deviennent une certitude. Restée seule jusqu'à l'arrivée de sa servante, Mara sentit la tristesse étreindre son cœur. Elle permit à ses yeux de verser quelques larmes, sachant que ses émotions étaient amplifiées par les transformations de son corps. Elle pouvait se laisser aller en cet instant, tandis qu'elle réfléchissait à ses choix amers, car bientôt viendrait le temps où elle devrait agir avec... comment Kevin disait-il ? Des nerfs d'acier ! Oui, elle ne devait avoir que de la dureté dans son âme. Et en pensant à son bien-aimé, assis tranquillement dans ses appartements en attendant qu'elle appelle, ou qu'elle revienne à ses côtés, ses larmes coulèrent à flots sur son visage.

Kevin ne devait surtout jamais apprendre qu'elle attendait un enfant de lui. Il serait alors tellement lié à elle que ce serait trop cruel de l'éloigner. Sa dévotion pour Ayaki avait suffisamment prouvé quelle importance il accordait aux enfants. Bien qu'il n'ait jamais abordé le sujet, Mara avait lu ce désir dans ses yeux. Elle savait qu'il avait envie d'un fils ou d'une fille bien à lui, et que, selon le code d'honneur de son pays, il ne prenait pas de telles choses à la légère. Sur Kelewan, l'enfant bâtard d'un esclave ne posait jamais de problème. Les enfants illégitimes des nobles étaient souvent élevés à de hautes charges dans leur maison. Mais Kevin prendrait cela plus à cœur que sa propre vie. Non, l'homme qu'elle aimait ne devait jamais savoir, et cela signifiait que ses jours avec lui étaient maintenant comptés.

La servante arriva et, voyant sa maîtresse dans la détresse, vint immédiatement à ses côtés.

— Dame, que puis-je faire pour vous ?

Mara lui tendit la main, et lui murmura nerveusement :

— Aide-moi juste à me lever sans que je sois malade.

Alors que la dame des Acoma avançait sur des jambes tremblantes, elle comprit que sa grossesse n'était qu'en partie la raison de sa faiblesse. Elle était aussi tendue qu'une corde d'arc, au point que ses nerfs risquaient de se briser.

Un jour, elle l'espérait, l'enfant qu'elle portait en son sein serait considéré comme le fils d'Hokanu et il deviendrait le seigneur des Shinzawaï... Qu'il – elle espérait déjà un garçon – soit l'enfant de Kevin serait simplement sa façon de s'acquitter de la dette d'honneur envers le barbare qui avait gagné son cœur et qui lui avait maintes fois sauvé la vie. Sa lignée continuerait sur la terre de Kelewan, élevée à une haute distinction, et son souvenir serait ainsi révéré et entretenu.

Mais Mara savait qu'elle devait d'abord survivre aux trois prochains jours. Même un seigneur aussi influent que Kamatsu ne lierait pas son héritier à une maison ayant un ennemi aussi puissant que Tasaio. Sa pâleur n'était plus uniquement due à ses crampes d'estomac, et Mara s'appuya lourdement sur le bras de la servante qui la soutenait. Elle devait imaginer un plan pour arracher au Minwanabi une victoire qui lui semblait assurée. Elle le devait ! L'alternative était l'anéantissement total de son fils, et de l'enfant à naître de Kevin.

Le soleil couchant lançait ses rayons rougeoyants à travers les larges cloisons de la pièce. Tasaio des Minwanabi était installé comme un monarque sur une pile de coussins, dans la suite la plus grande et la plus opulente de sa résidence de la Cité sainte. À la différence des autres souverains, qui possédaient des maisons, les Minwanabi possédaient un véritable manoir, bâti sur une colline qui surplombait la ville et le cœur du quartier impérial. Les yeux mi-clos, il observait la relève des gardes aux armures blanches, à la porte intérieure du palais de l'empereur, et regardait à peine les messages que lui tendait son premier conseiller.

Avec la plus grande des patiences, Incomo lui suggéra :

— Maître, Mara n'est qu'à une courte distance de la porte de la ville, avec sa garde d'honneur. Elle est aussi accompagnée d'un messager impérial portant le bâton de sa charge, et la paix impériale règne sur la ville. Quand vous le déciderez, elle se rendra à l'endroit indiqué pour votre rencontre.

— Le moment qu'elle a choisi ne la sauvera pas. (Tasaio se frotta la mâchoire de son pouce, en suivant les mouvements des gardes dans leur étincelante armure blanche.) Ce gamin imbécile qui se prend pour un empereur peut se leurrer pendant quelques jours encore, mais aucun appel à la paix impériale ne m'empêchera d'écraser un ennemi. (Après une pause, Tasaio ajouta Cependant, il pourrait être utile d'attendre pour frapper au moment et sur le lieu de notre choix. Et il pourrait être amusant d'entendre ce que désire la chienne acoma, ne serait-ce que pour apprendre ce que je peux faire pour contrecarrer ses projets.

Incomo se sentait nerveux et ne parvenait pas à chasser l'appréhension qui lui étreignait le cœur.

— Maître, je manquerais à mon devoir si je ne vous conseillais pas de ne pas vous rendre à cette réunion. Cette femme est plus dangereuse que tous les autres souverains de l'empire, comme elle l'a démontré en de nombreuses occasions.

Tiré enfin de sa méditation, Tasaio fit taire son premier conseiller d'un regard furieux.

— J'ai une armée avec moi, Incomo.

— Mais qu'avez-vous à gagner ? demanda avec insistance le premier conseiller.

Il n'oubliait pas que l'oncle de son seigneur était mort sous son propre toit, son armée autour de lui, à cause des complots de Mara.

— Si la dame des Acoma désire vous parler, tout ce qu'elle dira sera dans son intérêt et contre vous. Je ne vois aucun bénéfice pour les Minwanabi dans tout cela, mon seigneur.

Les doigts de Tasaio tambourinaient sur le coussin posé sur ses genoux.

— Envoie un message à cette garce. J'honorerai la trêve et je parlerai avec elle. (Voyant les traits d'Incomo s'assombrir, il ferma à demi ses yeux jaunes.) Je ne vois pas pourquoi tu t'inquiètes aussi inutilement. Mara et son mioche ont peut-être échappé de justesse à la mort, mais quand j'aurai gagné le blanc et l'or, elle sera le premier de mes ennemis que j'éliminerai. (Gracieux, rapide, et sûr de sa victoire, il se leva.) Je serai peut-être magnanime. Ces ridicules imbéciles du clan Hadama seront peut-être autorisés à survivre, mais seulement s'ils deviennent mes vassaux. Quand ils m'auront vu mettre fin à jamais au nom des Acoma... (Avec un rare sourire, il ajouta Tu t'inquiètes trop, Incomo. Je peux toujours dire non à tout ce que Mara me proposera.

Incomo resta silencieux. Il avait le terrible pressentiment que si Tasaio rejetait l'offre de Mara, ce serait exactement ce qu'elle désirait. Le premier conseiller s'inclina, fit demi-tour et partit envoyer le message.

On appelait ce vent le butana dans l'ancienne langue du peuple Szetaci, ce qui signifiait « le vent des démons ». Il souffle pendant des jours entiers, quelquefois même pendant des semaines. Ses rafales sont sèches, venant des montagnes lointaines par bourrasques violentes et hurlantes. Durant la saison chaude, ce vent peut dessécher un fruit ou une pièce de viande laissée à l'air libre en l'espace de quelques heures. Pendant la saison froide, l'air est glacial et fait tomber la température durant la nuit, poussant les gens à se blottir dans les maisons autour des feux, sous des couches et des couches de vêtements et de couvertures. Les gens du peuple disent que, quand le butana souffle, les chiens deviennent fous et les démons parcourent la terre en prenant une apparence humaine. Certains maris s'enfuient en courant dans la nuit, et des épouses deviennent mélancoliques au point de se suicider. De nombreuses légendes parlent d'êtres surnaturels qui apparaissent quand le butana gémit sur la terre. Autrefois, on disait que l'Homme gris, un mythe ancien, parcourait l'empire durant ces nuits. Si un voyageur solitaire le rencontrait, il devait répondre à une énigme. Si sa solution était considérée comme plaisante, il recevait une récompense, mais il perdait sa tête si l'Homme gris n'était pas satisfait. Telles sont les histoires du butana, le vent aride et âpre qui soufflait cette nuit-là.

Sous le ciel étoilé, deux petites armées attendaient, face à face, au sommet d'une colline située juste devant les murs de la ville. Les flammes des torches vacillaient et les bannières claquaient au vent, projetant ombres et lumières sur des visages tendus d'appréhension. Les officiers, au casque orné d'un plumet, attendaient devant les rangs des soldats en formation, immobiles. Les souverains se tenaient à la tête de chaque armée ; d'un côté, une femme vêtue d'une robe de soie verte, miroitante, bordée d'émeraudes, et de l'autre, la silhouette mince d'un prédateur dans une armure de jais aux reliefs noir et orange.

Un héraut impérial les attendait à mi-distance, les robes de sa charge luisant comme de l'os sous le dernier quartier de la lune. D'une voix assez forte pour porter malgré le vent, il s'adressa aux deux forces en présence.

— Que l'on sache que la paix impériale règne sur cette ville et la région environnante ! Qu'aucun homme ne tire l'épée dans la colère ou par vengeance. Ainsi l'ordonne la Lumière du Ciel ! (Se tournant vers le groupe qui entourait Tasaio, le héraut déclara Cette dame, d'un noble rang et d'une noble lignée, déclare qu'elle veut vous entretenir du bien de l'empire. Mon seigneur, le reconnaissez-vous ?

Tasaio inclina la tête, et le messager jugea que cela suffisait. Se tournant vers Mara qui attendait près d'une zone herbeuse, le héraut éleva la voix au-dessus des hurlements croissants du vent.

— Ma dame, ce seigneur répond à votre demande de pourparlers et reconnaît votre intention de parler pour le bien de l'empire.

Mara lui répondit par une révérence, mettant un point d'honneur à se montrer d'une courtoisie impeccable, pour souligner les mauvaises manières de son ennemi.

Le héraut reçut son dû sans réagir. Sa position entre deux ennemis engagés dans une guerre de sang était précaire, et il le savait ; on peut se fier à l'honneur familial quand deux lignées aussi anciennes sont concernées, mais il suffit d'une tête brûlée dans les rangs des simples soldats pour déclencher un massacre. Il dut faire appel à toute son expérience pour parler sans montrer son hésitation.

— Quel est le plus grand devoir ?

Tous les hommes, femmes et guerriers présents répondirent à l'unisson :

— Servir l'empire !

En croisant les bras, le héraut fit signe aux deux souverains d'approcher. À ce moment, une rafale de butana cingla la colline, gémissant comme un chant funèbre. Essayant de ne pas prendre l'incident pour un mauvais présage, le héraut termina la cérémonie.

— Ma dame, mon seigneur, j'attendrai à une certaine distance pour que vous puissiez discourir sans être dérangés.

Il se retira aussi rapidement que le lui permettaient les convenances, laissant Mara et Tasaio face à face, séparés d'à peine deux pas.

Refusant de succomber à l'indignité de crier pour couvrir le bruit du vent, Mara laissa Tasaio ouvrir la conversation. Comme elle s'y attendait, il ne commença pas par une politesse ou un salut. Il retroussa légèrement ses lèvres minces et, à la lueur vacillante des torches, ses yeux semblaient luire comme ceux d'un sarcat.

— Mara, voilà une situation que je n'avais pas anticipée. (D'un geste de la main, il désigna l'étrange environnement, les guerriers immobiles et les bannières claquant au vent, formant un tableau vivant.) Je pourrais tirer mon épée et terminer cette affaire, ici et maintenant.

Ne se laissant pas impressionner par sa cruauté, Mara répondit :

— Et souiller le nom de votre maison ? Je ne le pense pas, Tasaio. (Sa voix devint très sèche.) Ce serait vraiment trop déshonorant... (Elle le fixa de ses yeux sombres.) Même pour un Minwanabi.

Tasaio se mit à rire, un bruit inattendu qui couvrit les hurlements dissonants du butana.

— Vous comprendriez ainsi une vérité : un homme qui possède une envergure suffisante peut faire tout ce qu'il lui plaît en toute impunité, Mara. (Les paupières mi-closes, il l'examina attentivement, puis déclara Nous perdons du temps. Pourquoi êtes-vous ici ?

— Pour le bien de l'empire, répéta Mara. Vous avez amené à Kentosani votre armée et la majeure partie du clan Shonshoni. Je pense que vous êtes venu faire la guerre à l'empereur.

L'attitude de Tasaio montra qu'il était intéressé, mais Mara sentait, sous son vernis de politesse, une vague presque physique de haine. Elle résista à l'envie de reculer et réussit avec difficulté à garder son sang-froid.

Comme les chiens qui décrivent un cercle avant de bondir, elle sentait que le premier qui se détournerait provoquerait l'attaque.

— Vous avez amené la majeure partie du clan Hadama avec vous, répondit le seigneur des Minwanabi d'une voix faussement paresseuse. Mais je ne vous accuse pas de préparer un assaut perfide contre la Lumière du Ciel.

Mara énonça l'évidence.

— Je ne suis pas en position de revendiquer le blanc et l'or.

Comme si elle venait de lui faire un compliment, Tasaio inclina la tête. Mais ses yeux de félin suivaient chacun de ses mouvements, cherchant une ouverture. La dame des Acoma rassembla son courage et ajouta une pique.

— Cessez de vous rengorger, Tasaio. Votre position prééminente n'a rien à voir avec votre mérite. Les autres prétendants sont en pleine déroute à cause des liens qui les unissent aux Axantucar.

— Un point qui mérite d'être souligné, jeta Tasaio d'une voix sèche. (Puis il sourit.) Mais de toute façon, quelles qu'en soient les raisons, je gagnerai.

— Non. (Mara se permit une légère pause.) L'impasse peut se prolonger indéfiniment. Cela ne servira que la Lumière du Ciel, car le retard lui permettra de mettre totalement l'empire sous son contrôle. Le gouvernement impérial est peut-être en sommeil, mais il n'est pas mort. Avec le temps, de plus en plus de seigneurs feront appel à la juridiction de la cour impériale et à ses gouverneurs, et le Grand Conseil aura de moins en moins de pouvoir. Si Ichindar ordonnait aux petits seigneurs, les uns après les autres, de soutenir les gardes blancs impériaux pour consolider son autorité, son armée contrôlerait bientôt toutes les routes et tous les fleuves entre votre domaine et les voies commerciales. Déjà les Kanazawaï servent aux côtés des gardes blancs. Qui seront les prochains ? Les Xacala ? Combien de temps se passera-t-il avant que vous ne soyez plus seigneur qu'à l'intérieur des frontières de votre domaine ?

Une lueur étincela dans les yeux de Tasaio, aussi dure que la lumière des étoiles dans le ciel débarrassé de nuages par le butana.

— Ce ne sont que des suppositions, Mara, qui sont d'ailleurs très improbables.

Mais les manières de Tasaio étaient devenues plus subtiles et plus prudentes. Poussant son maigre avantage, Mara chercha à le déstabiliser.

— Pas si improbables que cela, Tasaio, et vous le savez très bien. (Avant qu'il puisse répondre, elle continua Il y a une autre possibilité : que se passerait-il si les seigneurs des Keda et des Xacatecas apportaient leur soutien aux Tonmargu, dès le début ?

L'attention de Tasaio se fixa instantanément sur Mara. Il accentua cette attitude pour cacher sa surprise. Il savait que le seigneur Hoppara était l'allié de Mara, mais la mention du seigneur des Keda était très inattendue.

Alors que Tasaio continuait à la regarder en silence, Mara ajouta :

— J'ai une proposition à vous faire. Les trois autres prétendants au blanc et à l'or peuvent former une alliance uniquement pour contrecarrer vos projets. Même unis, ils ne peuvent pas gagner et imposer leur candidat. Dans cette situation, je contrôle assez de voix au Conseil pour changer le résultat du vote.

La patience de Tasaio sembla soudain épuisée.

— Alors, faites-le, Mara. Donnez le blanc et l'or à Frasaï des Tonmargu et rentrez chez vous.

Mara sentait le vent comme un picotement glacial sur sa peau. Elle se livrait à un jeu dangereux pour un enjeu élevé, et elle le savait. Mais elle ne voyait aucune autre solution. Trop de sang innocent serait versé si on laissait les événements suivre leur cours selon les pires options. Choisissant ses phrases avec soin, elle reprit :

— La difficulté est que, même si je préférerais mourir que de vous voir porter le blanc et l'or, vous êtes le seul homme qui puisse tenir le trône. Le seigneur des Tonmargu n'est pas le genre d'homme à défier la Lumière du Ciel à l'intérieur de son propre palais. Il ne nous reste donc que deux possibilités : un seigneur de guerre qui serait la marionnette de l'empereur... ou vous.

Prudent, et pas assez orgueilleux pour avaler tout ce qu'il entendait sans se méfier, Tasaio réfléchit.

— Si un seigneur de guerre fantoche est un destin pire que la mort, et si vous souhaitez ma destruction immédiate, quelle solution proposez-vous ?

— Je peux vous offrir la même chose qu'à Frasaï des Tonmargu : si je vous soutiens, il y aura assez de seigneurs pour voter pour vous et vous placer fermement sur le trône du seigneur de guerre.

Le vent souffla pendant une autre pause silencieuse. Tasaio restait immobile, les plumes de son casque agitées par le vent. Son visage devint presque trop figé, comme un masque, ses mains reposaient comme de la pierre sculptée sur la poignée de son épée, pendant que ses yeux d'ambre ardent ne quittaient pas le visage de Mara. Après avoir réfléchi longuement, il déclara :

— Supposons un instant que vous ayez raison. Dites-moi pourquoi je devrais m'en préoccuper, dame, puisque je peux m'emparer du titre du seigneur de guerre sans votre aide.

La réponse de Mara fut presque humiliante.

— À quel prix ? Conduiriez-vous l'empire à la ruine pour vous emparer du butin ? Vous gagnerez, je n'en ai pas le moindre doute, car même si ceux qui vous soutiennent par amour de la maison Minwanabi sont rares, beaucoup de seigneurs s'opposeront à la rupture des traditions d'Ichindar – ne serait-ce que pour protéger leurs privilèges. Ainsi, après une guerre ruineuse, vous vous emparerez du trône blanc et or, vous marierez votre fils à l'une des nombreuses filles du défunt empereur Ichindar, et ferez de lui la quatre-vingt-douzième Lumière du Ciel. Alors, vous n'aurez plus aucun problème pour que le nouvel empereur confirme votre élection. Mais vous gouvernerez un pays brisé.

Mara lutta pour garder son sang-froid ; simplement imaginer le coût d'une telle prise de pouvoir révulsait chaque fibre de son être. Après avoir pris une pause pour calmer ses tremblements, elle ajouta :

— Vous serez sûrement très affaibli après un tel conflit. Vos réserves seront-elles suffisantes pour venir à bout de ceux qui assailliront sûrement vos frontières après une conquête aussi grandiose ? Les maisons mineures se jetteront sur vous comme un essaim d'insectes affamés.

Tasaio détourna le regard pour la première fois. Condescendant, distant, et convaincu au plus profond de lui-même d'avoir trouvé la clé de la plus grave faiblesse de Mara, il se retourna et observa ses troupes. Elles lui paraissaient parfaites, rangées en lignes comme des sillons sur une colline, et prêtes à obéir immédiatement à ses ordres. Dans leurs armures impeccablement propres et leur attitude cérémonieuse, ses guerriers formaient un spectacle qui aurait rendu fier n'importe quel commandant. La glorieuse bannière des Minwanabi échiquetée d'orange et de noir claquait élégamment dans le vent. Ce qu'il pouvait voir dans la nuit qui abritait son armée, lui seul le savait. Finalement, son regard revint insolemment vers Mara.

— Continuez, en considérant votre supposition comme vraie, dame. Que me proposez-vous pour que je ne m'empare pas de ce que je perçois comme étant déjà à moi ?

Mara étouffa une rage qui n'avait rien à voir avec son hostilité envers Tasaio ou la guerre de sang contre les Minwanabi, mais qui prenait ses racines dans son désir de protéger la vie.

— Je traite avec vous pour le bien de l'empire, Tasaio. Je ne suis pas sans ressources.

Elle fit un geste, et un serviteur sans armes sortit des rangs. Le seigneur des Minwanabi ne pouvait pas savoir que cet homme était en fait Arakasi déguisé ; simulant parfaitement la servilité, le maître espion apporta un paquet enveloppé, déroula l'enveloppe de tissu, et jeta sur l'herbe aux pieds de Tasaio une tête humaine qui empestait les conservateurs.

À deux doigts de crier, Mara déclara :

— Vous devriez reconnaître ce visage. Contemplez les restes de l'homme que vous avez tenté d'utiliser contre mon réseau d'espionnage.

Tasaio eut un effrayant rictus de haine.

— Vous ! (Ses paroles jaillirent comme un feulement.) C'est vous qui avez ordonné des meurtres dans ma propre maison ! Je suis le *seul* à pouvoir ordonner une mort sur les terres des Minwanabi !

Une lueur de folie passa dans son regard, glacée, amorale. Frissonnant involontairement, Mara sentit une menace dans l'air. Le vent agita ses robes, tira sur sa coiffure et son chignon complexe, et glaça la sueur sur sa peau. Aucune parole ne fut prononcée, mais Mara savait au plus profond de son âme que seule une minuscule étincelle de raison permettait à Tasaio de respecter son serment de trêve. À cet instant, elle savait que son ennemi ne souhaitait rien d'autre que placer ses mains autour de sa gorge, et peut-être même la violer brutalement.

Puis, avec une brusquerie tout aussi effrayante, l'expression de Tasaio changea et se transforma en sourire satisfait.

— Alors, vous admettez que vous avez tué votre propre agent ?

Mara rassembla toute sa volonté pour paraître calme. Intérieurement, elle était terrifiée par ces sautes d'humeur renversantes, et elle était consciente qu'elle traitait avec un homme qui ne pouvait être qu'un dément. Elle inclina la tête.

— Plusieurs, Tasaio.

Tasaio découvrit ses dents blanches dans un sourire cruel. Pendant une longue pause gênante, les seuls bruits que l'on entendit sur la colline furent le claquement des étendards de bataille et le sifflement du vent dans les herbes. Puis Tasaio demanda :

— Alors, vous avez imité le sceau de ma famille ? Et payé le tong hamoï pour assassiner vos propres agents dans ma demeure ? Dame, vous ne manquez décidément pas d'originalité.

Il ne la menaça pas et ne prit pas un air supérieur, ce que Mara trouva dérangeant. Elle ne douta pas un seul instant que son cœur abrite des pensées de meurtre, ou pire. Et cependant elle continuait à le pousser à bout.

— Pensez à la frustration que vous éprouverez durant les prochaines années et à votre incapacité à engager des étrangers à votre service, Tasaio. Vous savez, aussi vrai que je me tiens devant vous, que mes agents seront parmi eux. Peut-être devriez-vous bannir tous les marchands et tous les visiteurs de votre domaine, et même refuser l'entrée aux chariots des colporteurs, de peur de laisser entrer un espion acoma.

La patience de Tasaio s'évanouit soudain. Il cria :

— Pensez-vous vraiment que des menaces aussi pathétiques m'impressionnent, Mara ? À votre mort, tous vos serviteurs deviendront des esclaves ou des guerriers gris. Quelle peur ressentirai-je quand vous ne serez plus que nourriture pour les vers ?

Baissant les épaules dans une attitude sincère, Mara prit une profonde inspiration.

— Je suis venue vous faire une proposition.

Tasaio fit un demi-pas en avant. Avec un calme surnaturel, magnifique comme un prédateur, il ne bougea pas un muscle lorsque résonna le bruit d'une centaine de guerriers acoma qui faisait claquer leur main sur la poignée de leur épée. Téméraire dans son mépris, le seigneur des Minwanabi déclara :

— Je n'ai aucun intérêt à vous écouter, Mara. Mon prédécesseur a fait un serment à Turakamu : cette guerre de sang doit se terminer par l'anéantissement des Acoma. Même si je n'ai pas la passion de Desio et que je considère cette promesse comme regrettable, je suis toujours lié par elle. Je dois mettre fin à la lignée des Acoma. Il est inutile de discuter d'une alternative. Il ne peut y avoir de fin à notre conflit.

Mara sentit l'anxiété d'Arakasi, mais elle ne voyait aucune autre issue à cette impasse.

— Voudriez-vous considérer... une trêve ?

Surpris, Tasaio cligna des yeux.

— Qu'est-ce que vous voulez dire ?

— Faites-moi quartier durant un temps. Ne mettez pas fin à notre guerre – elle ne s'achèvera que lorsque l'une ou l'autre de nos familles sera réduite en poussière – mais suspendez notre conflit, jusqu'à ce que l'empire ait repris des bases stables et soit en paix.

— Pour le bien de l'empire... murmura Tasaio. (Son humour était mordant. Intrigué en dépit de ses sarcasmes, il ajouta Continuez.

— Je propose une réunion de tous les souverains de l'empire, dans le palais impérial. Nous expliquerons à la Lumière du Ciel qu'il est nécessaire que nous résolvions ce conflit pour empêcher une crise qui ruinerait notre pays. Ou souhaitez-vous gouverner un empire dont la frontière orientale serait dominée par les capitaines thuril et leurs bandes de montagnards en maraude ? Une frontière nord envahie chaque printemps par des pillards thûn venant chercher des têtes tsurani comme trophées ? Un retour des pirates des Îles de la Garde ?

— Vous peignez un tableau sinistre, reconnut Tasaio. Et si j'accepte cette réunion, vous m'accorderez les votes qui me donneront le trône de seigneur de guerre sans effusion de sang ?

— Si vous acceptez de rencontrer l'empereur, pacifiquement, je fais le serment de consacrer tous mes efforts, toutes mes ressources à m'assurer que personne ne montera sur le trône de seigneur de guerre avant vous. (Mara prit une inspiration tremblante.) Pour cela, je vous offre mon serment le plus sacré, sur le nom et l'honneur de ma famille, depuis maintenant jusqu'à la dernière génération de la lignée des Acoma.

Tasaio leva les sourcils devant le plus sacré des serments. Une note de méchanceté sceptique teinta sa voix.

— Si l'un de vos descendants vaut que l'on prête ce serment. Combien de temps désirez-vous que dure la trêve ?

Bien qu'il vienne de lui faire la plus grave des insultes, Mara se cuirassa contre une montée de colère inutile. Il y avait bien plus en jeu ici que l'honneur de sa famille, et bien plus que les affaires des nobles – des serviteurs, des enfants, des artisans et des milliers d'esclaves sans nom souffriraient si les dirigeants de l'empire se lançaient dans une guerre insensée. Transformée, Mara n'était plus la femme à la perspective limitée qu'elle était auparavant. Elle n'aurait jamais pu concevoir cette proposition si elle n'avait pas été influencée par les idées étrangères de Kevin. Bien plus, elle étouffait l'honneur de sa famille. *Servir l'empire* n'était plus une simple phrase pour elle, c'était devenu sa seule motivation. Ravalant son humiliation, elle répondit :

— Retenez votre attaque finale jusqu'à ce que je sois rentrée chez moi, et que j'aie mis de l'ordre dans les affaires de ma maison. Ensuite, que notre lutte reprenne sans restrictions jusqu'à sa conclusion la plus amère.

En percevant le ton de capitulation de sa voix, Tasaio rit aux éclats. Incapable de résister à l'envie de jouer avec la vulnérabilité qu'elle venait de révéler, il rétorqua :

— Vous pensez déjà connaître ma réponse, dame. Vous surestimez mon amour de l'empire. Mon honneur est le mien, pas celui de ma nation.

Il la détailla avidement de haut en bas pour voir si elle montrait un embarras quelconque.

Mais Mara connaissait bien sa cruauté. Elle ne révéla pas la moindre gêne, refusant de satisfaire son désir de tourmenter les gens.

Après avoir fait mine de réfléchir, Tasaio ajouta :

— Cependant, une solution rapide pour mon accession au blanc et à l'or m'épargnerait quelques ennuis. (Il sourit, et Mara savait très bien comment ce fou pouvait cacher sa dépravation derrière une correction toute militaire et des manières courtoises.) J'accepte. Que le Grand Conseil se réunisse devant la Lumière du Ciel et mette fin à son règne dictatorial. Rassemblez vos alliés, et quand le moment sera venu, demandez-leur de soutenir ma candidature. Puis, quand les choses que requerra le destin seront accomplies, vous recevrez mon sauf-conduit pour rejoindre votre domaine, jusqu'à ce que vous ayez mis vos affaires en ordre. Soyez certaine que je marcherai contre vous, Mara, et jusque-là, vous pouvez compter les heures que vous vivrez comme paiement pour votre service envers l'empire.

Épuisée, affligée au-delà de toute raison, Mara scella son serment en s'inclinant. Elle n'osait pas réfléchir à la façon dont son père ou son frère auraient réagi, s'ils avaient été vivants pour apprendre son engagement. Tout ce qu'elle pouvait espérer était que la guerre soit évitée, que des vies soient épargnées, et que son enfant ait le temps de naître. Même si Ayaki et elle risquaient de mourir pour respecter le pacte qu'elle venait de sceller, peut-être que la reine cho-ja accepterait d'élever en secret un enfant nouveau-né...

— Quand nous réunirons-nous ? demanda Tasaio d'une voix qui trahissait sa satisfaction.

— Dans deux jours, répondit Mara. Envoyez un message à l'empereur et aux autres membres du Conseil, et laissez-moi le temps de rassembler le soutien que je vous ai promis.

— Il sera intéressant de voir si vous pourrez satisfaire à vos obligations. Si vous êtes parjure, vous ne quitterez pas la ville vivante, termina Tasaio.

Il lui fit le plus superficiel des saluts, à peine une inclinaison de tête. Puis il fit demi-tour avec la rapidité d'un sarcat et retourna vers ses lignes.

Envahie par un sentiment de désespoir plus grand que ce qu'elle avait jamais ressenti de toute sa vie, Mara rejoignit la protection de Lujan.

À l'écart, le héraut impérial proclama :

— Cette conférence est terminée ! Partez en paix et dans l'honneur, et sachez que les dieux sont contents qu'aucun sang n'ait été versé cette nuit.

Alors que les officiers de Mara ordonnaient à l'armée acoma de se disperser, le premier conseiller des Minwanabi prit une profonde inspiration pour s'adresser à son maître ; mais Tasaio leva la main.

— Elle est vaincue, Incomo. (Il regarda la silhouette de Mara qui s'éloignait, un sourire rusé sur les lèvres.) J'ai déjà vu ce regard dans les yeux des guerriers qui attendent la mort sur le champ de bataille. (Il haussa légèrement les épaules.) Oh, ils combattent bien et font honneur à leurs ancêtres, mais ils savent qu'ils sont destinés à mourir. Mara *sait* que j'ai gagné.

— Maître, plaida Incomo, je ne serais pas un serviteur dévoué si je ne soulignais pas que votre évaluation peut être déclinée de plusieurs façons inattendues. D'autres questions sont en jeu au-delà du blanc et de l'or. Ichindar n'a engendré aucun fils. En ce moment, un grand nombre d'Impériaux murmurent qu'il est temps d'installer un nouveau membre de la lignée royale sur le trône. Jiro des Anasati pourrait être leur choix ; Kamatsu des Shinzawaï peut faire remonter sa lignée jusqu'à la famille royale, et son fils est très bien considéré. Que se passerait-il si vous découvriez que cette offre n'est que...

Tasaio interrompit brutalement toutes ses spéculations.

— Mara sait que *j'ai gagné*. C'est terminé.

Étrangement frustré, comme s'il avait remporté un défi qui refuse de se matérialiser, le seigneur des Minwanabi fit signe à son commandant de faire manœuvrer ses colonnes de soldats et de les reconduire à leur camp.

Resté seul dans le chant funèbre du butana, Incomo s'attarda. Il ne parvenait pas à imaginer comment Mara changerait le cours des prochains événements. Mais il savait que ce conflit était loin d'être terminé. Au mieux, Mara avait négocié quelques mois durant lesquels elle pourrait comploter ; au pire, elle avait préparé un piège, qui anéantirait les Minwanabi. Glacé par une violente rafale, Incomo retint ses robes qui s'envolaient et se hâta de rejoindre son maître. Alors qu'il choisissait précautionneusement sa route pour descendre la colline dans l'obscurité, il réfléchissait à la marche à suivre la plus prudente : demander des enquêtes à ses agents pour obtenir leurs dernières informations sur les intentions de Mara, ou terminer son dernier testament et son poème funèbre. Envahi par un profond sentiment d'achèvement, Incomo décida de faire les deux.

Les événements de la nuit ne se terminèrent pas avec l'entrevue au sommet de la colline. Mara rentra à la résidence des Acoma, lasse jusqu'aux tréfonds de son âme. Elle ôta sa robe supérieure et repoussa les mèches de cheveux que le vent avait libérées. Ce n'est qu'alors qu'elle sortit de son engourdissement et comprit ce que Saric lui disait.

Un messager impérial était venu en son absence.

— Qu'a-t-il dit ? demanda Mara d'une voix morne, et en voyant l'inquiétude sur le visage de Saric, elle réalisa qu'elle venait de lui demander de se répéter.

Avec tact, Saric lui expliqua la situation. Les détails de la dernière proclamation d'Ichindar frappèrent Mara comme un coup de poignard au cœur.

Son esprit s'engourdit après les premières phrases : la Lumière du Ciel achetait tous les esclaves midkemians qui appartenaient à des sujets de l'empire. Les mots « prix équitable » et « trésor impérial » ressemblaient au gémissement d'un vent glacé, une suite maléfique des cauchemars provoqués par le butana. Prise d'un vertige, comme si la charpente de sa vie venait de s'effondrer, Mara ne sentit pas les mains de Saric qui la soutenaient et l'aidaient à quitter le vestibule pour entrer dans le salon. Le coussin sur lequel elle s'assit ne lui paraissait pas réel, et les larmes qui coulaient de ses yeux semblaient celles d'une autre personne.

Son corps, son esprit, son cœur n'étaient plus qu'une effroyable blessure ouverte.

— Pourquoi ? demanda-t-elle faiblement. Pourquoi ?

Saric ne lui avait pas lâché la main, car elle semblait s'accrocher à la chaleur de son contact. Il lui offrit tout le réconfort possible, même s'il devinait l'inutilité de ses efforts. De la plus douce des voix, il tenta d'adoucir l'insupportable.

— On dit que la Lumière du Ciel va revendre les compatriotes de Kevin au roi midkemian. La faille initiale a été rouverte dans la Cité des plaines. Tous les prisonniers de guerre vont être conduits en aval du fleuve et renvoyés par la faille.

Tressaillant à la mention de la situation de son bien-aimé, Mara ne put empêcher ses larmes de couler.

— L'empereur libère les esclaves ?

Calmement, Saric expliqua :

— Par respect pour les dieux, on pourrait dire que l'affranchissement sera du ressort de Lyam, le roi des Isles.

Mara regarda ses phalanges blanchies qui serraient la main de son conseiller. Sa résolution de garder des nerfs d'acier n'avait servi à rien ! Elle se sentait vaincue, jusqu'au plus profond de son être. La menace posée par les Minwanabi avait finalement eu raison de ses pauvres ressources, et maintenant elle allait perdre Kevin. Le fait qu'elle avait déjà décidé de le renvoyer vers la liberté ne faisait aucune différence. Le caractère inéluctable de l'ordre impérial était dévastateur.

— Quand la Lumière du Ciel exige-t-elle que les esclaves soient rendus ? demanda-t-elle, surprise de pouvoir encore parler.

Saric répondit d'une voix empreinte d'une profonde sympathie.

— Demain à midi, ma dame.

Elle n'avait pas eu le moindre avertissement. Mara étouffa un sanglot. Humiliée par cette manifestation d'émotion inconvenante, et entendant le fantôme de Nacoya la réprimander pour ce sentimentalisme ignoble, elle chercha une pensée pour lui redonner du courage ; car seule la bravoure lui permettrait de survivre à la ruine de son bonheur, et de concrétiser les espoirs qu'elle avait osé caresser pour la continuation du nom des Acoma.

Dans son désespoir, une seule chose positive lui venait à l'esprit : Kevin serait épargné et ne subirait pas le désastre qui suivrait l'accession de Tasaio au titre de seigneur de guerre grâce à son soutien. Si la Loi du Royaume et la Grande Liberté telles que Kevin les décrivait étaient vraies, alors ce roi Lyam le libérerait. Son bien-aimé terminerait ses jours à Zûn dans l'honneur, et échapperait à la folie et au prochain massacre.

Mara tenta de se convaincre qu'il valait mieux que Kevin soit parti, mais le raisonnement n'apaisait pas la douleur qui lui déchirait le cœur. Elle vit que la main que ne tenait pas Saric protégeait la petite étincelle de vie nichée dans son ventre. Comme un rai de lumière passe sous une porte, une révélation se fit jour dans son esprit. Elle comprit que tout ce qu'elle avait fait cette nuit, elle l'avait accompli pour l'enfant à naître de Kevin. Ayaki et elle étaient nés tsurani ; voués à des siècles de traditions qui placent l'honneur au-dessus de la vie, ils choisiraient sans hésitation la mort avant la disgrâce. Mais l'esprit qui s'éveillait en son sein était à demi-midkemian ; d'une certaine façon, elle avait reconnu son droit futur à vivre et à grandir selon les valeurs de son père. Cette révélation s'accompagna d'une certaine peur, car Mara comprenait qu'elle avait à nouveau franchi les frontières de sa culture. Elle avait accordé sa considération aux gens du peuple plutôt qu'au nom de sa famille ; autrefois, elle aurait pensé que ce concept aurait fait honte à son père et à ses ancêtres, et lui aurait même valu le courroux des nombreux dieux de Tsuranuanni.

Maintenant, elle ne voyait pas d'autres choix possibles.

Déchirée entre les larmes et un sentiment de soulagement qui lui disait que bientôt, très bientôt, ses années de tourments seraient terminées, Mara se ressaisit. Elle ouvrit les doigts, libéra la main de Saric, et essuya maladroitement ses yeux.

— J'aurais besoin des services de ma servante, réussit-elle à dire d'une voix tremblante. Kevin ne doit pas voir que j'ai été émue.

Saric se préparait à se lever et à s'incliner, mais Mara le retint en secouant légèrement la tête.

— Envoie un message à Keyoke pour que tous nos esclaves étrangers soient envoyés directement à la Cité des plaines. Puis choisis les plus forts de nos guerriers pour escorter Kevin vers l'endroit que l'empereur a choisi pour rassembler les Midkemians. Ne dis rien de tout cela, sauf à Lujan, de peur que cette nouvelle ne soit mentionnée par inadvertance par un domestique. (Mara dut s'arrêter et attendre que sa gorge se dénoue.) Car mon amant est d'une nature complexe et entêtée. Même s'il désire sa liberté de toutes ses forces, il pourrait lui prendre la fantaisie d'argumenter sur la manière dont elle lui est accordée.

La dame ne put continuer, mais Saric avait compris. Kevin ne s'était jamais soumis aux ordres, sauf s'ils lui convenaient ou si on les lui imposait par la force. Il avait prouvé qu'il était un formidable guerrier, et nul ne pouvait prévoir quelle serait sa réaction quand on le séparerait de Mara. Pour sa propre sécurité et pour protéger la vie des guerriers qui le livreraient à l'empereur, il ne devait pas connaître le sort qui l'attendait.

Triste, car il avait appris à aimer l'humour étrange et la vision de la vie vraiment surprenante du Midkemian, Saric s'inclina devant la sagesse de sa dame. Mais alors qu'il se dépêchait d'aller chercher ses servantes, il se dit qu'il n'avait jamais vu une expression aussi désespérée dans les yeux d'aucune femme qu'il ait connue.

Mara vécut une nuit de terribles tourments. Alors que le butana hurlait dans les branches des arbres, elle fit l'amour avec Kevin avec un désespoir frénétique, terminant en larmes entre ses bras. Il la caressa avec une tendresse qui faillit lui briser le cœur. Blessé par son silence et son refus de confier ses peurs, il ignora néanmoins sa propre douleur en faisant un immense effort pour la réconforter.

Mara s'accrochait à lui, sentant monter une vague d'hystérie. Elle avait l'impression que son univers s'était écroulé, et elle ne parvenait pas à imaginer sa vie sans la présence inébranlable de l'homme qui l'avait forcée à voir toutes les déficiences de sa culture. Kevin était devenu plus qu'un amant, plus que l'homme à qui elle pouvait se confier : sa résolution prenait ses racines en lui. Elle avait besoin de s'appuyer sur sa force pour changer l'empire et le rendre honorable d'une façon nouvelle, plus morale. Sans lui, sa puissance, ses objectifs, la vision brillante qu'elle avait de l'avenir, maintenant assombri par sa promesse à Tasaio, semblaient vides de joie. Mara gisait dans les bras chauds de Kevin et écoutait les battements doux et réguliers de son cœur se fondre dans la lamentation lugubre du vent qui faisait vibrer les cloisons de sa chambre.

D'une certaine façon, malgré sa nature barbare versatile, Kevin sentit que dans son trouble Mara ne supporterait pas d'être interrogée. Mais la sensibilité du Midkemian la blessait, lui volait une excuse perverse pour s'emporter contre lui et le chasser. Brisée, Mara endura ses caresses pleines de tendresse, sachant que c'était la dernière nuit où elle pouvait le toucher. Finalement, épuisée, elle sombra dans des rêves agités. Kevin resta éveillé, la tête de Mara reposant au creux de son épaule.

Durant toutes les années où il l'avait connue, elle ne lui avait jamais semblé si angoissée. Franc dans ses passions, il ne lui était jamais venu à l'esprit que son amour pour lui puisse être la source cachée de son affliction.

L'aube vint, aussi indésirable qu'un exécuteur. Mara retrouva une parcelle de courage et ordonna à Kevin de sortir, avant l'arrivée des malaises du matin. Elle passa un moment pitoyable, prise entre les larmes qui ne voulaient plus couler de ses yeux gonflés et ses nausées. Ses servantes travaillaient sans relâche pour lui redonner un semblant d'apparence convenable.

Quand elle fut enfin prête à paraître en public, il était presque déjà midi. Mara sortit de ses appartements et trouva l'escorte rassemblée tranquillement par Saric qui attendait près de la porte. Ignorant la proclamation de l'empereur, Kevin patientait à sa place habituelle près du palanquin, ses cheveux roux ébouriffés comme à son habitude, et une expression soucieuse sur le visage. En voyant ses yeux bleus posés sur elle, Mara faillit s'effondrer.

Puis la fibre sévère de ses ancêtres guerriers la soutint. Faisant appel à toutes les techniques qu'elle avait apprises au temple, elle chassa ses violentes émotions et se força à avancer, un pied après l'autre, jusqu'à ce qu'elle atteigne enfin le palanquin. Par nécessité, elle demanda à Saric de l'aider à s'asseoir. Puis, d'une voix qu'elle ne reconnut pas comme la sienne, elle annonça :

— Nous devons partir.

Elle ne donna aucune destination ; Saric s'était déjà occupé de ce détail et Lujan savait ce qui les attendait. Mais l'anomalie éveilla les soupçons de Kevin.

— Où est-ce que nous allons aujourd'hui ? demanda-t-il d'une voix assez brusque.

Mara n'osa répondre. Consciente que ses yeux s'emplissaient déjà de larmes, elle ferma les rideaux d'un geste vif. Ce fut Lujan qui fit signe aux porteurs de soulever le palanquin et à la garde d'honneur de sortir de la cour de la résidence, alors que Saric lançait un regard plein de regret au Midkemian.

— Quelqu'un voudrait-il bien me dire pourquoi tout le monde se comporte comme si nous allions à des funérailles ? demanda Kevin d'une voix plaintive.

Comme il ne reçut comme réponse qu'un silence tsurani impassible, il se lança alors dans une série de plaisanteries.

À n'importe quel autre moment, ses extravagances auraient mis à rude épreuve le stoïcisme des guerriers.

Mais aujourd'hui, même ses reparties les plus dévastatrices tombaient dans des oreilles sourdes. Personne n'esquissa ne serait-ce qu'un sourire, et encore moins ne rit.

— Par les dieux, mais vous êtes tous aussi expressifs qu'un cadavre.

Déçu d'avoir gaspillé quelques-unes de ses meilleures plaisanteries, Kevin se mura dans le silence alors que l'escorte traversait les rues animées de Kentosani et s'engageait dans les quartiers les moins chics de la ville, sur la rive sud du fleuve.

Devant le groupe s'élevait une palissade de planches larges et épaisses. Kevin s'arrêta net, et les guerriers qui marchaient derrière lui ne durent qu'à leurs réflexes de combattants de ne pas le heurter.

— J'ai déjà vu ce genre d'endroit, dit-il d'une voix accusatrice où résonnait une insolence téméraire. Pourquoi allons-nous au marché aux esclaves, Mara ?

Les guerriers acoma n'attendirent pas le signal de leur maîtresse pour intervenir ; les réactions de Kevin étaient bien trop imprévisibles pour qu'ils s'embarrassent de telles subtilités. Fermement, rapidement et en force, ils se regroupèrent autour du Midkemian et saisirent ses poignets par-derrière.

Les bras emprisonnés, envahi par une rage noire, Kevin se débattit une demi-seconde trop tard. Les guerriers grognèrent sous l'effort, mais réussirent à maintenir leur prise.

Toute cette agitation arrêta la circulation dans la rue, et les têtes se tournèrent pour observer la scène.

— Par les dieux ! explosa Kevin d'une voix cinglante, se sentant trahi. *Tu vas me vendre !*

Son cri brisa le cœur de Mara. Elle écarta brusquement les rideaux du palanquin et contempla les yeux bleus qui brûlaient d'une rage insondable. Les mots lui manquèrent.

— Pourquoi ? criait Kevin avec une telle dureté qu'elle se sentit comme frappée par une massue. Pourquoi me fais-tu cela ?

Ce fut Lujan qui répondit avec brusquerie, car sa propre voix menaçait de montrer des sentiments inconvenants pour un guerrier, et encore plus pour un officier de son rang.

— Elle ne se sépare pas de toi de son plein gré, Kevin. Elle obéit aux ordres de l'empereur !

— Que la Lumière du Ciel soit maudite, explosa Kevin. Que votre imbécile d'empereur soit maudit et plongé dans les profondeurs des gouffres du septième enfer !

Des badauds se mirent aux fenêtres, et d'autres passants s'arrêtèrent pour regarder ce qui se passait. Plusieurs fermières firent un signe pour chasser la malchance en entendant son blasphème, et un marchand sur le bas-côté suggéra d'une voix aigrie que l'on aille chercher un prêtre. Ne voulant pas se retrouver devant le tribunal d'un temple pour les paroles d'un barbare mécréant, un guerrier qui connaissait moins Kevin que les autres tenta de lui couvrir la bouche de sa main.

Le barbare explosa. Il libéra violemment un poing, renversant deux des gardes de Mara avant que les autres puissent bouger. Les hommes avaient reçu l'ordre de ne pas dégainer leur épée, mais quand Lujan rejoignit les hommes regroupés autour du Midkemian, il pria pour que personne ne l'oublie. Kevin se battait comme un possédé, et avec sa grande taille, on ne pouvait manquer de voir qu'il franchissait les limites de la raison. Il était assez furieux pour oublier le protocole, et s'il réussissait à arracher une épée du fourreau de l'un des soldats, l'empereur lui-même ne pourrait l'empêcher de mourir.

Lujan vit la peur sur le visage de Mara. Puis il affronta une fureur plus démesurée encore que celle d'un harulth, et plongea au cœur de la mêlée.

Il réussit à placer une prise de lutteur et à déséquilibrer Kevin. Il le fit tomber sur le dos, sur les pavés de la rue, tandis qu'un autre soldat ajoutait son poids à celui de son commandant.

Un homme normal aurait été étourdi par la chute. Le Midkemian ne semblait aucunement déconcerté. Poussé par une rage qui lui faisait oublier la souffrance physique, et tourmenté par des émotions qu'aucun appel à la raison ne pourrait calmer, il combattit Lujan avec férocité, semblant parfaitement capable de le tuer. Évitant de justesse un coup de genou dans le bas-ventre, le commandant acoma saisit un tourbillon de chair en mouvement. Il parvint à aboyer quelques ordres à ses hommes.

— Rapprochez-vous ! Utilisez vos boucliers et vos corps pour cacher ce tumulte aux passants.

Un poing lui écorcha la joue. Sentant la brûlure de la peau déchirée, Lujan lâcha un juron.

— Maudit sois-tu, mon vieux, t'arrêteras-tu ou vais-je être forcé de te blesser ?

Kevin cracha une obscénité.

— ... si tu avais une mère ! termina-t-il.

Conscient que l'esclave qu'il tentait de maîtriser n'avait pas hésité à se lancer sans arme contre plusieurs guerriers armés, Lujan réagit par réflexe. Désespéré, et guidé par son inquiétude et son admiration pour Kevin, il employa les tactiques sans honneur et brutales qu'ils avaient apprises dans les montagnes lorsqu'il était guerrier gris. Un autre criminel aurait pu reconnaître la manœuvre, et tous les vrais guerriers tsurani auraient été honteux de frapper du poing l'entrejambe d'un adversaire. Abattu par un coup déloyal, pâle comme un linge sous l'effet de la douleur, Kevin roula sur les pavés sales de la rue en gémissant, bras et jambes écartés.

— Désolé, mon vieux, murmura Lujan, son inflexion et ses paroles directement empruntés au vocabulaire de Kevin. Tu finiras ta vie libre et dans l'honneur, que tu le souhaites ou non.

Puis, se sentant meurtri aussi bien à l'extérieur qu'à l'intérieur de lui-même, le commandant Lujan se remit sur ses pieds.

— Attachez-le et bâillonnez-le, dit-il à ses hommes d'une voix aussi sèche qu'un claquement de fouet. Nous ne pouvons pas risquer un autre incident.

Souffrant pour sa maîtresse qui avait tout observé dans l'ombre du palanquin, il se força à reprendre une impassibilité tsurani et ordonna au groupe de reprendre sa route.

À la porte de l'enceinte, le maître de la guilde des esclaves de Kentosani sortit de sa cabane pour s'enquérir des besoins de la dame des Acoma.

Mara força les mots à franchir ses lèvres engourdies.

— Cet esclave... doit retourner dans sa patrie, par ordre de la Lumière du Ciel.

Poids mort dans les bras des gardes, Kevin tourna ses yeux bleus vers Mara. La lueur qui y brillait la suppliait de ne pas l'abandonner, mais l'enfant qu'elle portait la rendait forte.

— Je suis désolée, murmura-t-elle, sans se soucier du maître de la guilde des esclaves qui la regardait avec curiosité, abasourdi.

Incapable de prononcer les mots, elle remua seulement les lèvres pour lui dire « Mon amour ». Tout ce qu'elle voulait lui dire resta affreusement coincé au fond de sa gorge.

Le marchand d'esclaves hocha la tête.

— Il est très fort, bien qu'il ne soit plus très jeune. Je pense qu'un bon prix serait...

Mara leva la main pour faire taire l'homme.

— Non. Renvoyez-le chez lui.

Si le maître des esclaves trouva sa conduite étrange, il n'en dit rien. Il avait assez de difficultés à comprendre pourquoi l'empereur voulait acheter des esclaves simplement pour les envoyer dans un palais étranger. Le décret avait provoqué suffisamment de confusion, et si cette dame choisissait d'être généreuse, il ne ferait aucune objection.

— Ma dame, dit-il en s'inclinant profondément.

Incapable de supporter plus longtemps la douleur sauvage et confuse qu'elle lisait sur le visage de son bien-aimé, Mara murmura :

— Mène une longue et noble vie, fils de Zûn.

Elle parvint à réaliser l'impossible et à rassembler son courage pour ordonner à ses guerriers d'avancer et d'emmener Kevin à l'intérieur de l'enceinte réservée aux achats de l'empereur. Le maître des esclaves leur montrait le chemin, et Mara entendit faiblement l'un de ses guerriers demander que Kevin soit traité avec respect et avec soin, quand ses liens lui seraient retirés...

Les portes de la palissade se refermèrent, le dérobant à jamais à sa vue. Lujan restait à ses côtés, le visage aussi dur qu'un masque de pierre sous l'ombre de son casque. De façon très inhabituelle, il ne s'était pas rendu compte que son plumet d'officier avait été tordu durant la bagarre dans la rue.

Mara s'appuya sur ses coussins, incapable de verser une nouvelle larme, et trop affaiblie pour lever ne serait-ce qu'un doigt et fermer les rideaux. L'ombre que projetaient sur elle les grandes portes de bois lui semblait glaciale. Elle ne pouvait chasser le souvenir du regard de Kevin, au moment où elle avait ordonné leur séparation. Il la hanterait jusqu'à sa mort, car elle avait été obligée de le renvoyer ligoté, désemparé. Elle se demanda tristement combien de temps Tasaio l'épargnerait, quand la prochaine trêve viendrait à son inévitable conclusion. Combien de nuits passerait-elle éveillée, torturée par cette question qui resterait maintenant sans réponse : Kevin l'aurait-il quittée raisonnablement, ou volontairement, si elle avait eu le courage de le consulter avant de le livrer ?

— Dame ? (La voix douce de Lujan fit intrusion dans un océan de douleur.) Le moment est venu de rentrer chez vous.

Les guerriers étaient revenus, sans qu'elle les ait remarqués.

Mara répondit d'un geste faible. Comment, se demandait-elle, souffrant d'une douleur aussi aiguë qu'un coup de poignard, un lieu quelconque de l'empire lui donnerait-il encore le sentiment d'être chez elle ?

L'après-midi et la nuit qui suivirent lui semblèrent désolés et interminables. Tour à tour ravagée par la douleur et de cruels cauchemars, elle avait l'impression de voir Kevin debout au pied de son lit, une lueur de reproche intense dans les yeux. À cette heure, la péniche qui l'emportait devait avoir descendu la majeure partie du fleuve. Au moment où Tasaio et elle, ainsi que les seigneurs du Grand Conseil, résoudraient leurs différends avec l'empereur, l'homme qu'elle aimait pardessus tout serait hors de portée, sur la terre d'un autre monde.

Elle s'éveillait en sursaut de temps à autre, en tendant la main et ne rencontrant qu'une place vide là où Kevin dormait ; ou elle se redressait brusquement, terrifiée par la vision de Tasaio des Minwanabi tenant une épée sacrificielle au-dessus du corps éventré de son fils. Mara priait. Elle suppliait Lashima de lui donner assez de perspicacité pour trouver le miracle dont elle aurait besoin pour déjouer les plans de l'ennemi qui préférait le pouvoir à la paix, et qui voulait enterrer le natami de ses ancêtres pour le cacher à jamais à la lumière du soleil. Tourmentée par des cauchemars et des nausées, elle renonça finalement à prendre du repos. Elle fit les cent pas dans sa chambre jusqu'à l'aube, puis convoqua ses conseillers.

Le butana continuait à souffler. Ses rafales cinglantes et incessantes secouaient les volets et les cloisons alors que Mara, son commandant et son premier conseiller intérimaire s'asseyaient dans la salle de réunion.

D'une voix rauque, comme si l'on avait frotté du sable sur sa gorge, la dame des Acoma ouvrit la discussion.

— Je n'ai qu'un jour pour me préparer à la confrontation entre l'empereur et les Minwanabi.

Avec une confiance en elle éclatante et presque douloureuse, Saric demanda :

— Qu'avez-vous imaginé, maîtresse ?

Mara ferma ses yeux gonflés, épuisée jusqu'aux tréfonds de son âme.

— Je n'ai aucun plan. À moins que toi et ton cousin n'ayez réfléchi à quelque chose sans m'en parler, nous avancerons vers ce tournant de notre destinée avec notre seule intelligence nue. J'ai promis au Minwanabi que personne ne monterait avant lui sur le trône de seigneur de guerre.

— Alors, répondit Saric avec une logique absolue, le seul choix qui nous reste est que personne ne s'asseye sur le trône de seigneur de guerre.

Pendant un long moment, on n'entendit que le gémissement du butana. Une servante entra avec un plateau de chocha et quelques gâteaux et sortit silencieusement. Personne ne semblait intéressé par la nourriture.

Mara regarda les visages qui se tournaient vers elle, illuminés par un espoir qui la rendait folle.

— Bien, alors comment allons-nous inventer un miracle ? dit-elle avec une légère exaspération.

Arborant un bleu et une pommette écorchée après sa bagarre avec Kevin, le commandant répondit sans le moindre humour :

— Maîtresse, c'est pour de telles choses que tout le monde se tourne vers vous.

Mara lui rendit un regard dénué de toute expression.

— Cette fois, je suis à court d'inspiration, Lujan.

Impassible, son commandant haussa les épaules.

— Alors, nous mourrons honorablement en tuant des chiens minwanabi.

Quelque chose sembla protester à l'intérieur de Mara.

— Kevin a...

Sa voix se serra et une vague d'émotion la submergea. Des larmes lui piquèrent les yeux sous ses paupières. Enfouissant son chagrin et sa souffrance au plus profond d'elle-même en exerçant un contrôle total sur son esprit, Mara passa une main humide sur son visage.

— Kevin avait raison. Nous sommes une race meurtrière, et nous nous épuisons à nous tuer les uns les autres.

Le butana hurla, secouant la cloison, et envoya des courants d'air glacé dans toute la pièce. Mara réprima un frisson et ne remarqua pas immédiatement que Saric demandait la parole. Quand elle le vit et qu'elle lui signifia son accord d'un geste, il réfuta son fatalisme avec un très léger soupçon d'impatience dans la voix.

— Maîtresse, la réponse n'est-elle pas simple ? Cela n'a pas d'importance si le Minwanabi n'est pas vaincu, tant que l'empereur gagne, n'est-ce pas ?

Mara écarquilla les yeux.

— Explique-toi.

Saric chercha ses mots pour exprimer l'idée qui lui effleurait l'esprit.

— Si la Lumière du Ciel peut asseoir sa position, et trouver assez de soutien au Grand Conseil pour exercer une autorité absolue...

Mara se redressa, et ses cheveux mal noués tombèrent en cascade sur ses épaules. Ignorant la servante qui se précipitait pour remédier à ce désordre, la dame des Acoma se mit à froncer les sourcils.

— Alors, il pourrait ordonner aux Minwanabi...

Elle combattit le réflexe instinctif qui la poussait à s'opposer à une évolution des traditions, pour embrasser le concept étranger d'un règne absolu.

— Laissez-moi, dit-elle avec une soudaine brusquerie à ses conseillers. Je dois réfléchir à beaucoup de choses.

Alors que Saric se levait avec les autres, Mara le retint d'un ordre.

— Envoie un message à la Lumière du Ciel, Saric. Prie-le de m'accorder une audience. Jure sur tout l'honneur que peut réclamer notre nom que la sécurité de l'empire dépend de cette rencontre.

Le jeune conseiller réprima sa curiosité.

— Quand, maîtresse ?

Couvrant de la voix le bruit incessant du butana, Mara répondit :

— Dès qu'il le pourra, mais pas plus tard qu'une heure avant midi aujourd'hui.

Sa voix n'était plus abattue ; elle commençait à évaluer les options envisageables, écartant celles qui étaient fondées sur un espoir injustifié pour se concentrer sur des possibilités solides. L'inspiration venait presque une seconde trop tard.

— Si les ambitions de Tasaio doivent être déjouées, chaque minute compte.

26

RÉSOLUTION

L'empereur écoutait.

Dans la grande salle d'audience, une pièce assez vaste pour abriter vingt compagnies de guerriers, Ichindar, quatre-vingt-onzième de sa lignée, était assis sur son trône de cérémonie. Le siège imposant était façonné dans un bois ancien recouvert d'or et de topazes, et incrusté d'énormes rubis, émeraudes et onyx sur le dossier et les flancs. Il était placé sur une estrade en forme de pyramide, à laquelle on accédait par quatre volées de marches. Le sol de l'estrade était orné d'un immense motif de roue solaire dessiné dans des tons chauds d'agate, d'opale blanche et de topaze. De chaque côté de l'immense pyramide, vingt gardes blancs impériaux montaient la garde sur les escaliers. Juste devant Mara, des sièges avaient été disposés pour les grands prêtres et les conseillers, mais seulement trois personnes y étaient assises : un scribe qui prenait des notes pour les distribuer aux temples dont les représentants étaient absents, le grand prêtre de Juran, et le révérend père supérieur de Lashima. Mara avait été heureuse de constater la présence du prélat de Lashima, espérant qu'il s'agissait d'un présage favorable ; cet homme avait officié lors de son ordination interrompue, le jour où Keyoke était venu ramener chez elle une jeune fille de dix-sept pour qu'elle devienne la dame des Acoma.

Privée même de sa garde d'honneur, car les guerriers étaient interdits lors d'une audience officielle avec l'empereur, elle expliqua la dernière partie de son plan. Un scribe impérial, assis à la droite de Mara, transcrivait rapidement ses paroles pour les archives tandis que ses phrases résonnaient dans la pièce gigantesque. Dans l'immense salle avec ses vastes baies ouvertes dans le dôme, ses fenêtres dans leur encadrement d'or et de cristal et ses sols de marbre poli, le son de sa voix la faisait se sentir toute petite.

À la fin de sa dernière phrase, elle s'inclina profondément derrière la petite balustrade au-delà de laquelle aucun pétitionnaire ne pouvait aller, et resta debout comme l'exigeait le protocole, les mains croisées sur sa poitrine en signe de salut. Tremblante en dépit de tous ses efforts, elle attendait la réaction de la Lumière du Ciel. Alors que les minutes s'écoulaient et que le silence se prolongeait, elle n'osait même plus lever les yeux, de peur de lire la désapprobation sur le visage du jeune homme assis au sommet de l'estrade.

— Une grande partie de ce que vous proposez repose sur des spéculations, dame.

L'empereur s'exprimait avec une autorité indiscutable.

Le regard toujours fixé sur le complexe motif du sol, Mara répondit :

— Votre Majesté, c'est notre seul espoir.

— Ce que vous suggérez est... sans précédent.

Qu'Ichindar considère la tradition avant sa sécurité personnelle suggérait beaucoup de choses. Ce jeune souverain, mince, au visage solennel, ne désirait pas s'emparer du pouvoir absolu ; il n'était pas trop timide pour embrasser des concepts audacieux, à la lumière de la crise actuelle. Admirant la maturité et le courage d'une personne physiquement si frêle, Mara déclara :

— Une grande partie de ce que vous avez déjà fait, Votre Majesté, était aussi sans précédent.

Ichindar inclina la tête, et les longues plumes dorées de sa coiffe oscillèrent alors qu'il acquiesçait d'un geste imposant. Vêtu de robes immenses et complexes, il était assis avec un formalisme douloureux, le visage déjà marqué par les soucis d'un souverain. Des yeux verts entourés de profonds cernes et des joues creusées par des nuits sans sommeil déparaient ce qui aurait dû être un visage insouciant. Sous les bijoux et la pompe, Mara reconnut un esprit inquiet et anxieux. La Lumière du Ciel semblait peut-être jeune, mais il savait qu'il se trouvait sur un terrain plus périlleux que des sables mouvants. Il ne se faisait pas d'illusions. Sa force provenait de l'extraordinaire révérence que le peuple tsurani avait pour sa fonction. Mais bien que ce sentiment soit profondément enraciné, il était loin d'être illimité. Même s'il était rarement survenu pour les quatre-vingt-dix prédécesseurs d'Ichindar, le régicide n'était pas inconnu. La mort d'un empereur était considérée comme la preuve que les dieux avaient retiré leur bénédiction à l'empire. Les circonstances devaient déjà être désastreuses pour que des seigneurs osent tenter une telle action, sauf pour les plus intrigants. Mais Mara savait que Tasaio nourrissait justement cette ambition. Et il y avait aussi ceux qui, aujourd'hui, considéraient l'abolition du titre de seigneur de guerre comme une offense envers la tradition assez pernicieuse pour justifier un tel acte.

Consciente qu'elle augmentait ce péril en encourageant l'empereur à suivre une voie qui l'éloignait encore plus de la coutume, Mara leva les yeux vers la silhouette assise sur le trône au sommet de l'estrade.

— Votre Majesté, je n'offre qu'un espoir. Seule, je peux endiguer l'ambition des Minwanabi, mais en payant un prix immense. Tasaio devrait alors recevoir le titre de seigneur de guerre. Son accession au blanc et à l'or sans effusion de sang permettrait de renvoyer chez elles les armées qui campent devant Kentosani, en paix. J'admets que c'est un choix facile. Prenez-le, et vous pourrez vous retirer du grand jeu, rendre au Grand Conseil son pouvoir d'action, et vous plonger dans vos méditations divines. Mais en mettant de côté le problème des guerres de sang et des différends personnels, je pense que cette voie ferait seulement gagner un peu de temps. Un Minwanabi sur le trône de seigneur de guerre ne nous conduira que vers un avenir de conflits.

Je pense que nous avons une chance, ici et maintenant, d'imposer un changement permanent – la fin, peut-être, des effusions de sang inutiles qui gangrènent notre politique. Je pense sincèrement que l'honneur n'a pas besoin d'être enraciné dans le meurtre pour obtenir la suprématie. Nous risquons de ne plus jamais avoir dans notre vie cette occasion d'instaurer une façon de gouverner plus humaine. Je vous implore humblement : pensez à tout ce que cela signifie.

L'empereur la fixa de ses yeux verts d'une façon très intense, même depuis la hauteur de son estrade. Comme il ne donnait pas son opinion, le prêtre de Juran le Juste se leva de son siège ; un infime geste de la main de la silhouette sur le trône lui donna la permission de parler.

— Mara des Acoma, vous est-il venu à l'esprit que vos paroles n'étaient peut-être pas plaisantes aux oreilles des dieux ? Votre nom est ancien et estimé, et cependant vous semblez avoir oublié l'honneur de votre famille. Vous promettez une chose à Tasaio des Minwanabi, mais en ce moment même vous cherchez à rompre un vœu des plus sacrés.

Mara sentit l'ombre terrible et dévorante de la peur passer sur son âme. Le danger d'une accusation d'hérésie n'était pas loin de son esprit, et elle choisit d'adresser sa réponse uniquement à la Lumière du Ciel.

— Si j'ai oublié la bénédiction de mes ancêtres, je dis que cela est mon affaire personnelle. Je n'ai transgressé aucune loi, ni offensé les dieux. Dans tout ce que j'ai fait, dans tout ce que je vous ai imploré de considérer, j'ai agi pour le bien de l'empire. (Elle regarda ensuite le prêtre, en ajoutant Et si je devais déshonorer le nom de ma famille, je le ferais bien volontiers pour servir l'empire.

Un silence absolu accueillit cette déclaration, puis la poignée de conseillers et de prêtres présents dans le fond de la salle se mirent à murmurer entre eux. Le représentant du temple de Juran se rassit, de toute évidence ébranlé.

La Lumière du Ciel tourna ses grands yeux intelligents vers la dame qui se tenait au pied de son trône avec un air de défi. Après un long moment de réflexion, il fit un geste vers ses prêtres.

— Que personne ici ne fasse tomber la dame en disgrâce. Elle n'a pas fait honte à sa maison ni à son nom, mais honore l'empire par son courage et sa loyauté. Qui d'autre, parmi des milliers de souverains, a osé nous approcher pour nous révéler cette vérité ?

Il s'arrêta, leva ses mains frêles et retira sa coiffe d'apparat. Un domestique sortit précipitamment d'une niche latérale, s'agenouilla, et le soulagea de son fardeau. Sans la haute couronne de plumes sur la tête, Ichindar semblait s'être dépouillé de toute cérémonie. Il passa une main dans ses cheveux bruns ébouriffés et devint songeur.

— Quand je me suis engagé pour la première fois dans le grand jeu, c'était parce que j'avais vu mon oncle, Almecho, manipuler l'empire dans le seul but de rester au pouvoir en tant que seigneur de guerre. Les conséquences de ses actes ont infligé de grandes souffrances à beaucoup. Son ambition était une menace pour le pays... et pour moi-même, ajouta-t-il d'un air désabusé. En œuvrant avec le seigneur

Kamatsu, et d'autres, pour mettre fin aux effusions de sang, j'en suis venu à remettre en question la manière dont nous vivons, et je crois que je comprends en partie la nécessité qui vous fait agir.

Ichindar se leva. Il éloigna d'un geste les gardes qui se rapprochaient pour se placer derrière lui, et descendit les marches de son estrade.

— Laissez-moi vous apprendre une chose, Mara des Acoma, une chose que seule une poignée d'hommes connaît.

L'empereur semblait sûr de lui, mais derrière le masque d'un souverain-né, Mara entrevit un homme qui était encore très jeune et très vulnérable, et aussi humain qu'elle sous l'enveloppe pesante de ses vêtements d'apparat. Les prêtres observaient, celui du temple de Juran aussi captivé qu'un vautour et le révérend père supérieur de Lashima souriant légèrement, alors que la Lumière du Ciel tendait la main par-dessus la balustrade et décroisait les bras de Mara, lui faisant abandonner sa posture révérencieuse.

Comme une familiarité aussi inattendue semblait déconcerter Mara, il la regarda droit dans les yeux.

— Au début, j'ai tenté d'imposer la paix aux nations, car j'avais compris que notre peuple courrait un grand danger si la conquête devenait notre seul objectif. Mais après le retour de Milamber, mes raisons ont changé. Vous avez peut-être entendu des rumeurs parlant d'un grand conflit sur le monde de Midkemia. Je vous confie maintenant que l'adversaire qu'ils affrontaient là-bas est l'être que nos légendes appellent l'Ennemi.

Se souvenant d'une discussion avec Arakasi, Mara ne fut pas surprise d'entendre cette révélation. Elle avait relu les anciens contes sur cette horreur inconnue appelée l'Ennemi, qui avait détruit son monde ancestral, et provoqué la fuite de son peuple sur Kelewan, en empruntant un mythique Pont d'or. Bien que la plupart de ses pairs n'aient aucune raison de croire que ce vieux conte soit autre chose qu'un mythe, les manières calmes et sincères de Mara ne contenaient pas la moindre trace de mépris ou d'incrédulité. L'empereur s'en rendit parfaitement compte.

Devenant de plus en plus chaleureux, Ichindar reprit :

— La menace d'avant l'aube de notre histoire existait bel et bien, et était encore plus terrible que dans les légendes. L'Assemblée des magiciens m'a soutenu, car si un tel mal conquérait nos anciens ennemis du Royaume des Isles et retournait sa colère contre nous, notre nation devait rester unie pour l'affronter. Pour cette raison, j'ai suspendu le Grand Conseil, afin que les machinations du grand jeu ne puissent pas nous affaiblir face à une menace aussi terrible. Sur mes ordres, dix Très-Puissants et trois mille soldats du clan Kanazawaï, conduits par Hokanu des Shinzawaï...

— Hokanu s'est rendu sur l'autre monde ? ne put s'empêcher de demander Mara. (Puis réalisant sa grossièreté d'avoir interrompu l'empereur, elle ajouta Je supplie mon souverain de me pardonner.

Ichindar sourit.

— Vous avez donc quelque estime pour ce jeune homme, à ce que je vois. Oui, Hokanu a passé quelques semaines à guerroyer sur Midkemia, et un peu de temps avec son frère, Kasumi. (L'empereur sourit.) Nous ne comprenons pas nos anciens ennemis du Royaume. La bravoure dont Kasumi a fait preuve en servant son nouveau maître durant le conflit lui a permis de gagner une seigneurie parmi les nobles du Royaume. Leurs titres ne me sont pas familiers, mais celui qui a été accordé à Kasumi n'est pas mineur, à ce que l'on m'a dit.

La Grande Liberté dont Kevin se souvenait avec tant de tendresse était donc vraie ! Mara cligna des yeux pour chasser ses larmes ; cette dernière preuve scellait une fois pour toutes le changement de sa mentalité. À partir de maintenant, elle savait qu'elle ne pourrait plus vivre à l'aise dans le concept rigide de castes de son peuple. Les hommes et les femmes n'étaient que des êtres humains – les dieux ne choisissaient pas d'en faire des esclaves, des nobles ou des artisans avec une finalité irrévocable. Que dans sa culture un homme puisse naître et vivre avec un honneur exemplaire, et qu'il ne soit jamais récompensé selon ses mérites en accédant au rang auquel ses actes lui donnaient droit, était une injustice et un immense gaspillage.

— C'est notre plus grande honte, murmura-t-elle sans réfléchir, qu'un captif puisse gagner la liberté et fonder chez ses anciens ennemis une maison noble qui pourra s'élever un jour jusqu'à la grandeur – chez ces gens que *nous* appelons des barbares – et que de nombreux fils de valeur faits prisonniers dans notre empire doivent rester irrémédiablement des esclaves. J'ai bien peur d'être obligée de constater que nous sommes les barbares, et non les Midkemians.

Décontenancé par ce concept, dont il n'avait discuté auparavant qu'avec Kamatsu des Shinzawaï, l'empereur de Tsuranuanni regarda la femme qui se tenait de l'autre côté de la balustrade.

— C'est ce que je pense aussi. Peut-être que vous apprécierez ce détail : tous les esclaves rendus de l'autre côté de la faille seront des hommes libres sur leur terre natale. Leur roi Lyam me l'a juré, et bien que la première tentative de paix se soit conclue sur un désastre, je sais maintenant que c'est un souverain honorable.

Déchirée par le souvenir de Kevin, Mara ne put que hocher la tête.

— Je répugne à rendre le contrôle de l'empire au Grand Conseil, reprit Ichindar, revenant au sujet qui avait motivé la venue de Mara. (Il baissa la voix pour que les prêtres et le scribe n'entendent pas.) J'ai aussi commencé à comprendre que nous avons la chance d'initier quelque chose de neuf.

Il libéra la main de Mara avec un demi-sourire chagriné qui lui rappela étrangement celui d'Hoppara. Puis, il fit signe à son domestique de reposer sa coiffe de cérémonie sur sa tête, et remonta l'escalier pour regagner son trône impérial.

Une fois assis avec tout l'apparat nécessaire, il composa sa réponse officielle.

— Quels que soient les événements qui se dérouleront demain, l'empire sera changé à jamais. Les magiciens ont tenu conseil à ce sujet, mais ils répugnent à intervenir plus lourdement dans notre politique, maintenant que le danger de l'Ennemi est conjuré. Un grand nombre de mes alliés contre cette menace se sont retirés... (Il indiqua les sièges vides sur les marches de la pyramide)... certains à cause de ma condamnation d'Axantucar. (Une dernière fois, Ichindar étudia longuement Mara.) Je pense que votre plan a des mérites, mais que les risques que vous prenez sont égaux, si ce n'est supérieurs, à ceux que vous désirez éviter.

Il n'avait pas besoin de souligner le fait que d'autres personnes que des seigneurs tomberaient si la proposition de Mara tournait mal. L'empire lui-même serait plongé dans un chaos sanglant.

— Je vous enverrai un message demain dans la matinée pour vous informer de ma décision, déclara Ichindar. Tasaio a déjà demandé une réunion, en présence de tous les souverains. Cela ressemble presque à un ordre de comparution devant le Grand Conseil, pour répondre à un acte d'accusation, à ce que je crois.

Ressemblant maintenant à un petit garçon portant une montagne coûteuse de joyaux, de métaux étincelants et de soie, Ichindar soupira.

— Je pense que je n'ai pas le choix. Je devrai affronter Tasaio. (Il mit fin à l'audience avec un sourire fatigué.) Quel que soit le résultat, dame Mara, vous avez toute mon estime. Attendez mon message demain, et puissent les dieux vous protéger ainsi que le nom de vos ancêtres.

Mara s'inclina très bas, ressentant de l'admiration pour ce jeune homme, éduqué depuis l'enfance à révérer la tradition et cependant assez imaginatif et intelligent pour voir au-delà de la fausse gloire, pour le plus grand bien de son peuple. Comprenant qu'il était exceptionnel, et que le trône pourrait ne plus jamais connaître pareille impartialité, Mara quitta la grande salle.

Dans l'antichambre impériale, son escorte l'attendait, composée de Saric, de Lujan et d'Arakasi comme domestique, avec une garde d'honneur de guerriers d'élite. Pendant que l'un des ministres d'Ichindar accompagnait la suite acoma à la porte des appartements impériaux, Mara resta plongée dans ses pensées. Dehors, alors qu'Arakasi l'aidait à entrer dans son palanquin, elle déclara :

— Rentrons vite. Nous avons beaucoup à faire et, malheureusement, très peu de temps.

Mara tint conseil durant toute la nuit. Des seigneurs de nombreux partis et clans se rendirent à sa résidence pour profiter de sa sagesse. Deux heures avant l'aube, la dame rassembla une escorte et partit en palanquin pour rencontrer le seul dirigeant qui n'était pas venu lui rendre visite. Au garde ensommeillé qui répondit aux coups que Lujan frappa à la porte de sa résidence, elle ordonna :

— Dis au seigneur Iliando que Mara des Acoma attend dehors sa bienvenue.

Le seigneur des Bontura, contrarié, arriva peu de temps après, les cheveux encore tout hérissés et vêtu d'une robe qui n'allait pas du tout avec ses chaussures. Avec une expression encore maussade pour avoir été réveillé, il prononça les paroles de bienvenue et accueillit Mara dans sa demeure. Quand elle fut confortablement installée dans son salon, et que des domestiques furent tirés de leur sommeil pour lui offrir de la nourriture et du chocha, il parla avec brusquerie.

— Mara, pourquoi arrivez-vous, sans être invitée, à cette heure de la nuit ?

Mara fit signe à Lujan et à sa garde d'honneur de se retirer.

— Je suis venue pour demander votre aide.

Iliando leva la main.

— Vous avez ma sympathie à l'heure où vous éprouvez des difficultés, mais s'il s'agit de s'opposer à Tasaio...

Mara se redressa vivement.

— Quoi ?

Le seigneur des Bontura avait-il des espions dans la suite des Minwanabi, ou l'un des serviteurs de l'équipe d'Incomo avait-il été trop bavard ? À part le cercle intime des conseillers de Mara, personne n'aurait dû connaître la teneur de sa discussion sur la colline avec son ennemi.

— Allez, jeune dame, votre rencontre avec Tasaio au sommet d'une colline, avec deux armées dans vos dos, pouvait difficilement rester secrète, n'est-ce pas ? (L'expression de Mara montrait qu'elle l'avait effectivement espéré.) Je vais vous faire gagner du temps. J'ai déjà accordé mon soutien à Jiro des Anasati, confessa le seigneur des Bontura.

Un esclave arriva avec le plateau de chocha et commença discrètement à remplir des tasses. Alors que le vieux seigneur soufflait sur sa tasse pour refroidir la boisson brûlante, les yeux de Mara se plissèrent.

— Jiro ? Que cherche-t-il dans tout cela ?

— Vous devrez le lui demander vous-même.

Le seigneur des Bontura tenta témérairement d'avaler une gorgée, se brûla la langue, et reposa sa tasse avec dégoût.

— Faites attention au chocha, l'avertit-il inutilement.

Extrêmement impatiente, mais ayant assez de tact pour rester calme, Mara attendit que le vieux seigneur explique sa déclaration.

— Jiro a envoyé des messages à tous les membres du clan Ionani, expliquant clairement qu'il considérait que sa maison avait une meilleure position que celle du seigneur Tonmargu.

— Alors, il tente de devenir chef de guerre, supposa Mara. Soudain, elle eut besoin du chocha comme excuse pour s'occuper les mains. L'énervement, la tension et les ajustements désagréables de son corps au début de sa grossesse avaient pris leur dû.

— Si Frasaï des Tonmargu craint d'affronter Jiro, nous aurons un changement majeur dans les rangs des grandes familles. Cela aurait dû se faire depuis longtemps, remarqua le seigneur des Bontura.

Il n'avait pas besoin de rappeler que Frasaï détestait les conflits.

Stupéfaite, Mara assimila les implications de ce retournement de situation inattendu. Tristement, elle comprit que Nacoya et Kevin avaient eu raison : après de longues années de bouderie, Jiro était toujours furieux qu'elle lui ait préféré son frère comme époux. Jiro avait apparemment discerné la seule voie qu'il lui restait pour lui nuire. Il avait pris des mesures pour s'assurer de son échec – car si elle ne recevait pas le soutien du clan Ionani dans une coalition pour bloquer la majorité des Minwanabi, les années passées à étendre son influence et à recueillir des dettes de vote ne serviraient à rien. L'héritier des Anasati pouvait refuser de soutenir à la fois les Minwanabi et les Acoma, plongeant le Grand Conseil dans une impasse. La prédiction qu'elle avait faite à Tasaio, sur le pouvoir impérial qui gagnerait peu à peu du terrain par défaut, se réaliserait.

Mais Mara n'en tirerait aucune satisfaction, car son ennemi juré porterait alors son attention sur l'anéantissement de sa maison, à l'instant même où l'impasse serait évidente. Clairement, la dame des Acoma ne vivrait pas assez longtemps pour voir sa prophétie se réaliser. Ses mains se posèrent instinctivement sur son ventre, comme si elle cherchait à protéger le germe de l'enfant de Kevin. Garçon ou fille, l'enfant ne naîtrait peut-être jamais.

Et si Jiro était assez patient et intelligent pour survivre au conflit qui ferait rage, il pourrait devenir le candidat de compromis logique pour le titre de seigneur de guerre. Plongée dans ses pensées alors qu'elle analysait les implications de cette situation, Mara se perdit dans les circonvolutions du grand jeu.

— Dame, êtes-vous malade ?

La question du seigneur Iliando la tira de ses réflexions.

— Non, je suis seulement... fatiguée. (Elle dissipa d'un geste l'inquiétude de son hôte, et déclara Vous avez une dette envers moi.

Le seigneur inclina la tête, reconnaissant que c'était vrai. Sa voix était teintée de regret.

— Je ne peux pas compromettre mon honneur, Mara. Vous n'avez que mon seul vote au Conseil, et seulement dans des circonstances qui ne provoqueront aucun déshonneur pour mon clan ou ma famille. C'étaient nos conditions.

— Je n'exigerai pas que vous renonciez à votre intégrité, le rassura Mara. Je vous demande seulement de rassembler le soutien du clan Ionani. Si vous pouvez convaincre vos parents de soutenir le chef de guerre des Ionani contre la maison Minwanabi, vous aurez payé votre dette envers moi tout en respectant l'honneur de votre clan.

Iliando haussa les épaules.

— Même ceux qui soutiendront Tasaio à la fin appuieront par principe la candidature du seigneur des

Tonmargu durant la première phase du vote, Mara. Tout le monde s'y attend.

— Ne confondez pas ma requête avec une simple démonstration de respect envers Frasaï, intervint Mara.

Derrière la cloison, les premières lueurs grises de l'aube chassaient la nuit peu à peu. La dame des Acoma commençait à manquer de temps, et cette nouvelle désagréable mettait sa patience à rude épreuve.

— Je rassemble autant de promesses que possible pour empêcher qu'un conflit ne survienne entre Tasaio et votre chef de guerre. C'est pourquoi je dois être sûre que le clan Ionani restera soudé tant que je ne vous aurai pas clairement indiqué que ce n'est plus nécessaire. *Particulièrement* si, à cette heure demain, Jiro des Anasati a pris le titre de chef de guerre au seigneur des Tonmargu.

Le seigneur Iliando soupira profondément.

— Ce que vous proposez est difficile. Je vais voir ce que je peux faire, en commençant par le seigneur Ukudabi. Il a de l'influence, et son cousin, le seigneur Jadi, a été ruiné par l'oncle de Tasaio. Sa maison n'a aucun amour pour les Minwanabi.

— Bien. (Mara déposa sa tasse de chocha à moitié vide et se leva.) Je verrai moi-même le seigneur des Tonmargu.

Alors que son hôte la raccompagnait jusqu'à la grande porte, elle conclut :

— Il s'agit d'un problème beaucoup plus important qu'une guerre de sang entre Tasaio et moi, mon seigneur Iliando. L'empire subit de profonds changements, et c'est à des gens comme vous et moi de décider si leurs conséquences seront bonnes ou mauvaises. N'oubliez pas ceci : quoi que vous puissiez penser, je sers l'empire.

Quand elle fut dehors, le sentiment d'urgence de Mara prit le dessus. Elle donna de rapides instructions à Lujan, grimpa dans son palanquin, et endura un voyage mouvementé pendant que ses porteurs trottaient à travers la ville. À cette heure, les rues étaient désertes à l'exception de marchands de légumes qui conduisaient des chariots tirés par des needra, et des prêtres qui chantaient les prières de l'aube. Trop énervée pour somnoler, Mara ferma ses yeux brûlants jusqu'à ce qu'elle arrive à destination, une villa discrète mais merveilleusement agencée dans la vieille ville, gardée par des soldats en armure bleue.

Au moment où ses porteurs se penchaient pour poser le palanquin, Mara tira les rideaux et cria :

— Mara des Acoma !

L'officier de service s'approcha et la salua.

— Ma dame, que puis-je faire pour vous ?

— Annoncez à votre seigneur que je souhaite le voir immédiatement !

L'officier coiffé d'un casque à plumet lui fit une révérence impeccable et franchit les portes pour entrer dans la résidence. En dépit de l'heure matinale, Kamatsu des Shinzawaï était déjà levé. Comme il avait terminé son petit déjeuner, il donna l'ordre d'escorter Mara jusqu'à son confortable cabinet de travail donnant sur le jardin.

Dans une pièce retirée, environnée de fleurs et de végétation, Mara trouva le seigneur des Shinzawaï en conférence avec un homme vêtu de la robe noire d'un magicien.

Surprise, Mara hésita puis s'inclina très bas.

— Très-Puissant, j'implore votre pardon pour mon intrusion.

La silhouette encapuchonnée se retourna. Quand des yeux sombres et énigmatiques se posèrent sur elle, Mara reconnut Fumita.

— Vous ne nous interrompez pas, Mara des Acoma. Vous trouvez simplement deux vieillards en train de se remémorer le passé.

Ses paroles étaient très aimables, mais même l'examen désinvolte d'un membre de l'Assemblée était inquiétant pour quelqu'un d'aussi énervé que Mara.

— Je reviendrai plus tard, s'excusa-t-elle. Mais mon temps est limité, et il est nécessaire que je m'entretienne avec le seigneur Kamatsu.

Le chef de guerre du clan Kanazawaï fit signe à la dame de s'asseoir sur une somptueuse pile de coussins.

— Avez-vous mangé, dame Mara ? Sinon, mes domestiques pourront vous apporter un déjeuner.

Mara accepta de s'asseoir avec gratitude, mais la simple pensée de la nourriture lui soulevait le cœur.

— Un peu de tesh me suffira amplement. (Alors que l'un des domestiques shinzawaï partait discrètement vers les cuisines, elle observa la pièce.) Où se trouve Hokanu ?

Le vieux seigneur des Shinzawaï sourit avec chaleur et indulgence.

— Il sera très chagriné d'apprendre qu'il a manqué votre visite, dame Mara. Mais comme il est le commandant des armées de la maison, et le commandant en second du seigneur Keda, il lui faut rester avec l'armée, dans les collines. (Une certaine tristesse passa sur son visage alors qu'il ajoutait Comme tous les clans de l'empire, les Kanazawaï se préparent à la guerre.

Puis, supposant qu'elle lui rendait visite pour savoir ce qu'il pensait de sa proposition de contrat de mariage, Kamatsu soupira. Comme si un poids pesait sur ses épaules, il eut un geste de prière vers sa visiteuse.

— Mara, en des temps plus calmes, je n'aurais rien désiré davantage que de lier ma famille avec une maison aussi honorée que les Acoma. (Sa sincérité était visible.) Et je n'aurais jamais pu souhaiter une belle-fille plus ingénieuse que vous. Mais même si mon premier fils n'est pas perdu, comme nous le supposions d'abord, il ne reviendra pas pour me succéder. Il a reçu un titre et des terres du roi des Isles. En tant que père, j'honore son choix de rester sur Midkemia. Hokanu reste mon héritier.

Consciente que le vieil homme cherchait ses mots, Mara tenta de dissiper sa gêne.

— Ce n'est pas pour le contrat de mariage que je suis venue. Je vous en prie, ne vous sentez pas obligé de me donner votre réponse à un moment où tant de difficultés nous assaillent.

Kamatsu eut un sourire chaleureux.

— J'apprécie votre prévenance, dame Mara. J'ai toujours compris les raisons qu'avait Hokanu de vous préférer. En fait, si le choix avait été simplement personnel, il m'aurait demandé d'envoyer mon accord le jour même où votre demande nous est parvenue. Je suis le seul responsable du retard de la réponse, car l'avenir de notre pays est précaire. Après la journée de demain, je doute que quiconque parmi nous soit en position d'apprécier les mariages.

Ainsi, lui aussi avait entendu parler de l'appel de Tasaio qui voulait affronter l'empereur. Oubliant la présence du Très-Puissant assis comme une ombre immobile dans un coin, Mara regarda l'homme qui était l'un des souverains les plus honorés de l'empire. Le passage du temps ne semblait pas l'avoir affecté. Ses tempes argentées lui donnaient un air distingué plutôt qu'âgé, et des rides de sourire rendaient son regard aimable. Là où l'intelligence d'Hokanu brûlait comme une flamme, l'esprit du père s'était transformé au cours des ans en une sagesse tranquille et confiante. Intuitivement, Mara sentit qu'elle pouvait ouvrir son cœur à ce seigneur.

— Écoutez-moi, dit-elle avec gravité. Car ce que je vais vous dire vise au bien de l'empire.

Après ce début formel, elle lui décrivit le plan qu'elle avait commencé à mettre en œuvre depuis la veille au soir.

Devant l'entrée de ce qui avait été l'aile du Grand Conseil, Tasaio et sa garde d'honneur vêtue de noir et d'orange furent arrêtés par une douzaine de gardes blancs impériaux. En grand uniforme, commandés par un chef de troupe dont le plumet doré s'étalait comme un éventail au-dessus de son casque poli, ils étaient impeccablement alignés devant l'entrée, barrant le chemin.

Avant que Tasaio ne puisse parler, le chef de troupe impérial leva la main.

— Mon seigneur des Minwanabi, vous avez l'ordre de vous présenter à la Lumière du Ciel, qui attend votre présence dans la salle autrefois employée pour le Grand Conseil.

L'officier fit un geste et, dans une manœuvre parfaite, ses guerriers se rangèrent sur le côté pour laisser passer Tasaio.

Resplendissant dans la plus belle de ses armures et portant son épée ancestrale à la ceinture, dans un fourreau laqué de noir, Tasaio ordonna à son escorte d'avancer. Alors qu'ils traversaient les hautes salles du bâtiment du Conseil, il adressa un sourire ironique et satisfait à son premier conseiller.

— Ichindar en sait assez pour préserver l'illusion du commandement, même si la réalité de son autorité est remise en question.

Incomo ne répondit pas. Transpirant dans ses vêtements de cérémonie et trop essoufflé par la marche rapide pour faire semblant de rester digne, il maintenait difficilement la distance correcte derrière son maître. Il tentait d'imaginer ce qui pourrait mal tourner durant la confrontation imminente. Alors qu'ils atteignaient l'entrée de la salle du Conseil, Tasaio s'arrêta soudain au seuil de la porte principale ; Incomo, surpris, évita de justesse une collision. Arraché à ses sinistres préoccupations, Il regarda par-dessus l'épaule de son maître pour voir ce qui provoquait ce délai.

La salle était comble. C'était normal ; les souverains de moindre rang prenaient leur place en premier, et comme chef de ce qui était actuellement la famille la plus puissante de l'empire, Tasaio avait le privilège de rejoindre sa place le dernier. Qu'il s'agisse d'un conseil extraordinaire était confirmé par le fait que même les gradins les plus élevés des galeries étaient pleines à craquer. Même les seigneurs les plus insignifiants avaient souhaité assister à cette réunion, preuve certaine que l'on vivait une période de crise. Incomo plissa ses yeux myopes pour mieux voir l'estrade centrale. Dans la lumière éblouissante du soleil qui traversait le dôme, il distingua une silhouette vêtue d'une robe supérieure d'un blanc éblouissant et d'une armure d'or poli. Ichindar, quatre-vingt-onze fois empereur, se tenait en haut de l'estrade centrale. Gêné par l'éclat des joyaux et des métaux, Incomo mit un moment à remarquer ce qui avait changé.

Quand il s'en rendit compte, la raison de l'arrêt subit de Tasaio devint évidente : le trône d'ivoire et d'or, où s'étaient assises des générations de seigneurs de guerre, n'était plus à sa place traditionnelle sur l'estrade.

— Maudit soit le nom des ancêtres de cette femme, siffla Tasaio.

Après la disparition du trône blanc et or, il avait découvert Mara, vêtue de robes de soie moirée verte, immobile devant l'estrade aux pieds de la Lumière du Ciel.

— *Mon seigneur Tasaio*, déclara Ichindar durant la pause maladroite de Tasaio qui tentait de se remettre de sa surprise.

De toute évidence, le seigneur des Minwanabi avait eu l'intention d'entrer dans la salle et, devant tout le Grand Conseil et l'empereur lui-même, de s'approprier d'office le siège de seigneur de guerre. Mara s'était arrangée pour que le trône soit retiré, afin de le priver de son effet. Alors que tous les yeux se tournaient vers le seigneur des Minwanabi pour se délecter de son moment d'embarras, la Lumière du Ciel continua.

— Vous avez souhaité ma présence à une réunion des seigneurs de l'empire. *Je suis venu.*

Tasaio retrouva son aplomb avec une vivacité digne de ses réflexes d'escrimeur. Comme si, depuis le début, il avait eu l'intention de s'adresser à l'assemblée depuis la porte centrale, il regarda la salle d'un air hautain.

— Votre Majesté, mes seigneurs. (Il foudroya Mara du regard.) Dame. (Entrant dans la salle sous les murmures de l'auditoire, il descendit les marches à pas lents.) Nous venons demander la restauration du gouvernement traditionnel de l'empire. (Sans s'arrêter pour s'incliner devant la Lumière du Ciel, il continua Votre Majesté, je dis qu'il est temps que le Grand Conseil se réunisse pour désigner un nouveau seigneur de guerre.

Après un bref instant de silence, alors que Tasaio atteignait le dernier palier, la silhouette étincelante sur l'estrade inclina la tête.

— Je suis d'accord.

Décontenancé pour la seconde fois en l'espace de quelques instants, Tasaio s'arrêta. Il comprit que s'il descendait encore quelques marches, il se trouverait plus bas que l'empereur. Il resta donc là où il était, regardant Ichindar les yeux dans les yeux. Mais il hésitait. De toutes les réponses qu'il avait imaginées, c'était bien la dernière à laquelle il avait songé.

— Vous êtes d'accord, Votre Majesté ?

Ichindar leva son sceptre orné de pierreries.

— Avant que cette journée ne s'achève, nous devrons arriver à un consensus. Le Grand Conseil devra ratifier mes décisions de l'année dernière, ou rétablir l'ordre ancien. (Il baissa le regard vers Mara.) J'ai une dette envers la dame des Acoma, qui m'a ouvert les yeux. Je comprends maintenant qu'un décret n'est pas la meilleure façon d'obtenir le soutien des seigneurs pour assurer les changements nécessaires à notre avenir. Si notre empire veut survivre, *nous devons tous* reconsidérer nos besoins. D'autres mondes et d'autres cultures nous sont maintenant ouverts grâce aux failles. Notre première expérience nous a appris, pour notre plus grande douleur, que les anciennes méthodes de conquête et de guerre ne sont pas la meilleure façon de traiter avec les peuples des autres mondes.

Non seulement nos anciens ennemis nous ont montré qu'ils étaient honorables, continua l'empereur, mais ils nous ont généreusement informés de leur combat contre l'antique horreur que nos légendes connaissent sous le nom de l'Ennemi. (Un murmure général accueillit cette déclaration, mais Ichindar éleva la voix pour le couvrir.) Pour traiter avec les Midkemians, et avec ceux qui viendront peut-être après eux, il nous faut changer de mentalité.

D'une voix venant du fond du cœur, Tasaio lança aux seigneurs du Conseil.

— Pour traiter avec des puissances étrangères, nous devons être forts ! Nous avons subi la honte parce qu'Almecho n'a pas eu le courage de forger un million d'épées pour former une seule arme maniée par une seule main puissante !

Regardant avec dédain le jeune empereur engoncé dans ses vêtements d'apparat, puis la minuscule jeune femme à ses pieds, le seigneur des Minwanabi eut un geste de pur mépris.

— Il est temps, termina-t-il.

Mara lui rendit son regard dur sans sourciller. Elle déclara devant tous :

— J'ai fait le serment que je ne verrai personne monter sur le trône blanc et or avant vous, Tasaio. Regardez ! Le siège d'ivoire et d'or a été retiré. Vous voyez que je tiens ma parole d'honneur. Personne ne s'assiéra sur ce trône avant vous, Tasaio.

Un murmure parcourut les gradins bondés, et Tasaio eut une grimace de rage. Avant même qu'il puisse trouver une réponse, une voix s'éleva des premiers rangs.

— Je vais faire connaître mon choix.

Tous les yeux se tournèrent vers Jiro des Anasati. Il se leva de son siège et s'avança, se plaçant à mi-chemin entre l'empereur sur son estrade et la silhouette en armure noir et orange dans les escaliers. Après un moment de confrontation dramatique, il vint rejoindre le seigneur des Minwanabi. Puis il adressa à Mara un sourire de mépris triomphant.

— Dame, ceci règle une vieille dette entre nous. Peut-être le fantôme de mon frère trouvera-t-il le repos en sachant que sa meurtrière a enfin été punie.

Mara ressentit soudain le poids des heures de sommeil perdues et la douleur de tous ses espoirs détruits. Il lui était maintenant impossible de rattraper son erreur. Une fois encore, elle avait sous-estimé la soif de vengeance de Jiro et avait trop parié sur son ambition. Cependant, comme son père, elle affronterait la défaite en combattant.

— Vous soutenez Tasaio actuellement, dit-elle avec une ironie qui porta jusqu'aux plus hauts gradins. Avez-vous l'intention de l'attaquer par surprise, une fois qu'il aura usé ses forces à me détruire ?

La supposition était absurde, étant donné la prééminence actuelle des Minwanabi. Jiro se contenta de sourire et regarda Tasaio.

— Je soutiens le nouveau seigneur de guerre, car l'ordre doit être restauré dans l'empire.

Ces paroles provoquèrent une vague de déplacements alors qu'une vingtaine de seigneurs désireux de rétablir les anciennes traditions rejoignaient Jiro. Dans un froissement de robes, ils se disposèrent derrière Tasaio, jusqu'à ce que le palier où il s'était arrêté soit bondé, puis ils débordèrent sur les rangées adjacentes. Certains seigneurs furent piégés sur leur siège, et un certain nombre perdit la volonté de résister au mouvement général et de se libérer de la foule. Leur nombre s'ajouta à ceux qui s'étaient vraiment décidés, formant une masse impressionnante de soutien derrière le seigneur des Minwanabi.

Mais Mara insista, contre toute raison.

— Mon seigneur des Xacatecas ?

Hoppara des Xacatecas se leva et traversa la salle pour se placer avec elle, aux pieds de l'empereur. Une vingtaine de nobles loyaux du clan Xacala le rejoignirent, le visage déterminé et grave.

Le seigneur Iliando des Bontura vint retrouver Mara. Puis les membres du clan Kanazawaï arrivèrent comme une marée, encerclant l'estrade centrale.

Mais ces gains furent réduits à néant d'un seul coup, quand la majorité du clan Ionani se prononça pour Tasaio. Les quelques membres du clan Omechan qui assistaient à la réunion se répartirent de façon à peu près égale.

Quand tous les seigneurs présents eurent choisi leur camp, la majorité soutenait Tasaio. S'appuyant d'un air décontracté contre une balustrade, l'expression suave et confiante, le seigneur des Minwanabi tourna un regard alangui vers son ennemie.

— Alors, Mara ? C'est le mieux que vous puissiez faire ?

Moins théâtrale, mais avec un charisme tout aussi impressionnant, Mara redressa les épaules.

— Seigneur Jidu des Tuscalora, vous m'avez juré allégeance.

Le vassal récalcitrant, qui tentait de se cacher à l'arrière de la faction minwanabi, se retira des escaliers la honte sur le visage. Obligé de se confondre en excuses alors qu'il se faufilait dans la foule, malgré sa corpulence, il arriva dans le camp de Mara le visage empourpré et transpirant d'embarras.

Mara ne prêta pas attention à sa gêne.

— Seigneur Randala, cria-t-elle. Vous m'aviez promis un vote au Conseil. Je réclame maintenant le paiement de cette dette.

Un seigneur important du clan Xacala, et un rival potentiel du jeune seigneur des Xacatecas pour le titre de chef de guerre, le souverain des Xosaï aux cheveux blond-roux quitta le camp de Tasaio. Deux seigneurs du clan Xacala abandonnèrent d'autres alliés pour le suivre. Puis un homme venu des galeries supérieures, vêtu d'une armure écarlate et brune, intervint.

— Que tous sachent ici que Tasaio des Minwanabi a utilisé le nom honorable des Hanqu pour tenter de détruire les Acoma. Une telle présomption m'offense, et je me range aux côtés de la dame.

Prenant une revanche inattendue sur la désastreuse embuscade dans la clairière, Mara monta sur la première marche de l'estrade. Elle annonça à tous les seigneurs présents :

— Plus jamais un noble de l'empire ne portera le titre de seigneur de guerre.

Alors que l'émoi général menaçait de noyer ses paroles, elle regarda intensément cinq seigneurs qui se trouvaient auprès de l'ennemi juré de sa famille.

— Mes seigneurs, vous m'avez tous promis un vote de mon choix. Je réclame maintenant le paiement de cette dette.

À contrecœur, les souverains en question quittèrent la position qu'ils avaient choisie. Alors qu'en compagnie de certains de leurs vassaux et alliés, ils augmentaient la foule assemblée derrière Mara, d'autres seigneurs réagirent au changement de l'équilibre du pouvoir dans la pièce. De plus en plus de partisans de Tasaio quittaient ses rangs et venaient soutenir Mara.

Tasaio eut une grimace irritée. D'une voix tendue, il déclara :

— Vous avez votre impasse, Mara, et j'admets votre intelligence qui vous permet de respecter votre serment à la lettre, sans en embrasser l'esprit. Vous avez gagné quelques jours, au mieux, alors pourquoi ne pas arrêter cette comédie ?

— Aujourd'hui, je ne joue pas au grand jeu pour un gain personnel ou pour la gloire, l'interrompit Mara. Pour le bien de l'empire, j'appelle mon seigneur des Tonmargu.

Du fond de la salle, le rival le plus dangereux de Tasaio au titre de seigneur de guerre entra au milieu d'une garde d'honneur de vingt soldats. Se tenant très droit en dépit de son âge avancé, il descendit prudemment les escaliers et dépassa Tasaio pour rejoindre Mara. Si son corps semblait usé par les ans, sa voix était encore puissante et sonore.

— Par le sang honoré de mes ancêtres, entendez mon serment. J'agis pour le bien de l'empire. (Il monta sur l'estrade et s'inclina devant la silhouette éblouissante de l'empereur.) Votre Majesté, déclara-t-il, dans l'intérêt de tout mon peuple, je remets mon autorité entre vos mains.

Il leva le bâton qui était l'emblème de son titre de chef de guerre du clan Ionani et le tendit à Ichindar.

Jiro avança de quelques pas, fou de rage.

— Vous ne pouvez pas faire cela !

Le seigneur Frasaï des Tonmargu tourna sa tête argentée en direction du jeune homme qui avait hérité du sceptre de Tecuma. Il déclara tristement :

— Fils de mon parent, vous vous trompez. Ichindar est de notre propre sang. Oseriez-vous dire que quelqu'un se trouve au-dessus de lui dans notre clan ?

Rouge de fureur, Jiro semblait prêt à argumenter. Mais une houle de murmures noya sa voix alors que des chuchotements excités arrivaient de partout. Dans toute cette agitation, deux autres personnes entrèrent dans la salle, le seigneur Kamatsu des Shinzawaï, portant l'armure de ses ancêtres et le bâton des Kanazawaï, et près de lui, le seigneur Keda, son prédécesseur, issu lui aussi d'une lignée qui pouvait prétendre au titre de seigneur de guerre.

Kamatsu rejoignit l'estrade d'Ichindar et s'inclina.

— Nous parlons d'une voix, et agissons pour le bien de l'empire.

Avec une grande dignité malgré le manque de cérémonie, il remit le bâton de chef de guerre du clan Kanazawaï entre les mains de l'homme en armure d'or sur l'estrade.

Couvrant les murmures de surprise, Tasaio cria :

— C'est une violation de la *tradition*, Kamatsu !

Le seigneur des Shinzawaï repoussa cette accusation d'une réprimande.

— Ma famille est l'une des plus nobles de l'empire. Notre lignée remonte au vingt-quatrième empereur et nous sommes apparentés par le sang à la Lumière du Ciel. La tradition stipule que quiconque appartient au lignage du clan peut recevoir le titre de chef de guerre. (Il termina sur une note de défi.) Oseriez-vous réfuter le lien du sang d'Ichindar ?

Mara intervint :

— Tasaio, vous êtes peut-être un brillant stratège sur les champs de bataille, mais votre connaissance de l'histoire laisse à désirer. Ne vous êtes-vous jamais demandé pourquoi seulement cinq familles ont traditionnellement le droit de prétendre au titre de seigneur de guerre, le premier noble de l'empire après la Lumière du Ciel ?

Désorienté, Tasaio répondit par un haussement d'épaules tsurani.

— Ces cinq premières maisons, y compris la vôtre, sont les plus étroitement apparentées aux fondateurs de l'empire ! (Mara regarda son ennemi juré avec mépris.) Si vous l'aviez demandé, n'importe quel maître érudit ou le gardien des archives impériales aurait pu vous l'apprendre. Le tout premier Grand Conseil fut créé par cinq frères, les cinq frères du premier empereur ! (Mara conclut avec un large geste de la main.) Nous avons *tous* les mêmes origines, Tasaio. Si vous remontez assez loin, d'une façon ou d'une autre, toutes les familles importantes des grands clans sont apparentées.

Le seigneur des Xacatecas prit la parole.

— J'agis pour le bien de l'empire !

Il rejoignit ses deux prédécesseurs sur l'estrade et tendit son bâton de chef de guerre des Xacala à l'empereur.

L'armure d'or étincela alors qu'Ichindar levait les mains, et toutes les personnes présentes purent voir qu'il tenait, non pas trois, mais quatre bâtons. Couvrant le rugissement qui suivit, la Lumière du Ciel déclara :

— J'ai reçu le bâton du clan Omechan ce matin, Tasaio. Prenez-en note et prenez garde : quatre candidats au trône blanc et or m'ont cédé leurs droits.

Jiro des Anasati jeta un regard de pure rage à Mara avant de s'incliner devant l'inéluctable.

— Tasaio, c'est le décret du destin. Je suis désolé.

Puis le second plus grand ennemi des Acoma abandonna sa position auprès du seigneur des Minwanabi. Sa désertion précipita le départ des nobles restants du clan Ionani, laissant Tasaio seul avec une poignée de vassaux et de fidèles tremblants.

L'un d'eux se détourna brusquement. Alors qu'il descendait l'escalier pour rejoindre les nobles rassemblés autour de l'estrade, Tasaio s'abandonna à sa rage.

— Bruli des Kehotara ! Vous déshonorez la mémoire de votre père ! Il a servi honorablement les Minwanabi pendant toute sa vie, et par votre lâcheté vous couvrez de honte sa fidélité !

Beau comme peu d'hommes peuvent l'être dans un costume d'apparat encombrant, Bruli tourna légèrement sur ses talons.

— Je couvre mon père de honte, dites-vous ! C'est une insulte, venant de quelqu'un dont la famille a autrefois cherché à m'utiliser comme un instrument pour détruire la dame Mara. Ni vous ni Desio n'avez jamais condescendu à me traiter, moi votre vassal tant vanté, aussi généreusement que cette dame à l'époque où elle m'a vaincu. (Bruli cracha avec mépris vers l'escalier où se tenait Tasaio.) J'en ai fini avec les Minwanabi.

— Je ferai semer du sel sur les terres de tes ancêtres, et ton natami sera brisé ! hurla Tasaio dans un terrible accès de rage.

La menace ne parut pas inquiéter le seigneur Bruli. Sans jeter un regard en arrière, il s'avança jusqu'à Mara. À ce moment, devant tous, il s'inclina.

— Certains diront peut-être que vous avez abandonné l'honneur de votre famille aujourd'hui, dame Mara. (Puis il sourit.) Mais je pense que ce n'est pas vrai. En dépit de nos différends passés, dame, je crois au fond de mon cœur que vous servez réellement l'empire. Que la paix règne désormais entre nous.

Mara lui rendit son sourire.

— Devant le Grand Conseil, je reconnais l'amitié entre les Kehotara et les Acoma.

Les yeux de Tasaio étincelèrent de frustration.

— Vous avez peut-être joué le jeu d'Ichindar, Mara, mais ce n'est pas la fin. J'ai donné ma parole que vous pourriez rentrer chez vous saine et sauve. Mais à l'instant même où mes éclaireurs me rapporteront que vous avez posé le pied sur les terres acoma, je déchaînerai la puissance des Minwanabi contre vous. Et plus encore. (Il se tourna vers ceux qui se trouvaient encore derrière lui, et cria J'en appelle à l'honneur du clan ! Les Acoma ont déshonoré l'empire et le clan Shonshoni ! Que la guerre soit déclarée au clan Hadama !

— Je l'interdis, déclara l'empereur.

Le visage de Tasaio arbora un sourire mêlé de malignité et d'outrecuidance.

— Cinquante mille soldats sont prêts à marcher sur mon ordre.

Bien qu'il soit malvenu de dégainer une lame dans la salle du Conseil, il nargua la coutume et brandit son épée pour appuyer sa déclaration. La lumière joua sur l'arme de métal rare, semblant l'enflammer, alors qu'un grand tumulte éclatait dans la pièce. Par-dessus la clameur, et avec sa voix de commandement, Tasaio hurla :

— Si vous voulez qu'on en finisse, Ichindar, faisons-le sur le champ de bataille ! Vos partisans resteront-ils avec vous dans ce cas ? demanda Tasaio, le visage empourpré par le défi.

Mara sentit un froid glacial lui percer le cœur. Devant elle se tenait un fou qui préférait voir sa civilisation réduite en cendres plutôt que de laisser un rival s'emparer du pouvoir. Hébétée par la réalisation de son pire cauchemar, et anéantie par l'idée que les caprices divins avaient détruit tous ses espoirs, elle ferma les yeux pour dissimuler son angoisse. À cause de son orgueil et de sa tentative inconsidérée pour modeler un nouvel avenir, d'autres familles que les Acoma disparaîtraient. Elle entraînerait avec elle les meilleurs parmi les puissants. Et à tout cela s'ajouta la douleur terrible qu'Ayaki mourrait avant d'atteindre l'âge d'homme et que l'enfant de Kevin ne naîtrait jamais.

Mara se sentit broyée par sa responsabilité, car elle devait admettre la vérité : elle était responsable de cette impasse. Ses actes avaient plongé son pays dans la guerre civile.

Engourdie, elle entendit Ichindar murmurer des excuses consternées. Trop anéantie pour parler, elle se tourna pour s'incliner devant son stoïcisme. Voyant que le jeune homme ne montrait aucun signe de peur, Mara se força à parler.

— Les Acoma sont à vos ordres, Votre Majesté.

De nombreux seigneurs promirent immédiatement leur soutien, ou montrèrent ostensiblement qu'ils mettaient de la distance entre eux et leurs voisins : le chaos et les massacres étaient trop proches pour que l'on ne choisisse pas clairement son camp. Ceux qui ne souhaitaient pas prendre part au prochain affrontement voulaient éviter d'être emportés par la vague.

À cet instant, une voix venant du fond de la salle résonna avec des accents d'autorité absolue.

— Ce conflit n'aura pas lieu !

Le tumulte mourut. Dans un silence absolu, Mara ouvrit les yeux alors que les nobles qui l'entouraient regardaient vers le haut, incrédules. Des douzaines de silhouettes vêtues de robes noires descendaient dans la salle depuis toutes les entrées et les portes latérales. Étrangement silencieux, les Très-Puissants de l'Assemblée descendirent les marches jusqu'au niveau le plus bas de la salle du Grand Conseil sans rencontrer la moindre opposition.

Les désirs des magiciens avaient force de loi, et surpassaient même la puissance des armées. Se rappelant parfaitement le chaos déclenché dans l'arène par un seul homme portant le noir, aucun seigneur présent n'était assez fou pour tenir tête à la volonté de l'Assemblée. Tasaio était figé dans une fureur apoplectique, comprenant qu'il avait perdu. La dernière touche de couleur quitta son visage alors qu'il rengainait son épée, humilié.

Cinquante magiciens firent cercle autour des seigneurs qui entouraient l'empereur. Leur porte-parole inclina gravement la tête devant la dame des Acoma. Sursautant légèrement, Mara reconnut Fumita. Dans une vague de panique, elle se souvint qu'il avait été présent durant tout son entretien avec Kamatsu. À ses côtés se trouvaient deux autres magiciens qu'elle ne connaissait pas, un petit de forte corpulence et un maigre aux traits anguleux. Confrontée à leurs regards sévères et impassibles, où se devinait tout leur pouvoir, Mara connut un instant de terreur absolue. Ils venaient sûrement pour l'emporter, et la punir de son impardonnable audace.

Car si Tasaio était dévoré par son ambition, elle était tout autant en faute, pour avoir eu la présomption d'essayer de changer les traditions. Mais le Très-Puissant ne la réprimanda pas. Se plaçant entre elle et l'ennemi juré de sa famille, Fumita s'adressa à tous les seigneurs.

— Nous parlons pour l'Assemblée. Notre conseil s'est réuni et a décidé que Mara des Acoma avait agi pour le bien de l'empire. Avec honneur et altruisme, elle s'est placée dans le plus grand péril pour empêcher la guerre, et dès cet instant sa vie est sacro-sainte.

Le magicien corpulent reprit là où Fumita s'était arrêté.

— Nous sommes divisés sur de nombreux sujets, mais une chose doit être claire pour tous. Nous ne permettrons pas une guerre civile.

Le magicien émacié parla en dernier.

— Tasaio des Minwanabi : à partir de ce jour, il vous est interdit de déclencher un conflit avec Mara des Acoma. Telle est la volonté de l'Assemblée.

Tasaio écarquilla les yeux comme s'il avait été giflé. Il serra à nouveau ses mains sur la poignée de son épée, et une lueur de folie traversa son regard. D'une voix rauque, il murmura :

— Très-Puissant, ma famille a fait un serment de sang à Turakamu !

— Cela vous est interdit ! répéta le grand magicien.

Les lèvres blanches, Tasaio s'inclina.

— À vos ordres, Très-Puissant.

Il déboucla son ceinturon, se séparant de son épée d'acier ancestrale, à la superbe poignée d'os sculpté. La mort dans l'âme, il descendit l'escalier d'un pas raide et tendit l'arme à Mara.

— Au vainqueur.

Ses mains frémissaient de rage contenue.

Mara accepta le trophée d'une main qui tremblait visiblement.

— Vous n'êtes pas passé très loin de la victoire.

Tasaio laissa échapper un rire amer.

— Je ne le pense pas. Vous avez été touchée par les dieux, Mara. (Il regarda la pièce.) Si vous n'étiez pas née, si votre famille n'était pas morte, rendant votre héritage possible, je n'ai pas le moindre doute que des changements seraient survenus. Mais ceci ! (Il désigna d'un geste de colère noire l'assemblée des seigneurs, des magiciens et de l'empereur.) Rien d'aussi monstrueux ne serait jamais advenu. Je préfère rejoindre le dieu Rouge que de voir le grand jeu de nos ancêtres réduit à une misérable farce, et nos seigneurs jeter aux quatre vents leur fierté et leur honneur pour se soumettre à la Lumière du Ciel. (Ses yeux de topaze passèrent en revue une dernière fois le Conseil qu'il avait rêvé diriger.) Que les dieux vous prennent tous en pitié, ainsi que l'empire que vous plongez dans la disgrâce.

— Silence ! jeta Fumita d'une voix cassante. Shimone de l'Assemblée va vous reconduire dans votre domaine, mon seigneur des Minwanabi.

— Attendez, je vous en supplie ! cria Mara. Desio a fait un serment au dieu Rouge, sur le sang de la lignée des Minwanabi. Selon les termes de son vœu, aucun parent de Tasaio ne peut survivre si les Acoma ne sont pas sacrifiés.

Aussi dur que le silex, Fumita se tourna vers la dame des Acoma.

— Stupide est le seigneur qui présume que les dieux s'intéressent particulièrement à ses ennemis. Desio a dépassé les limites de la prudence en faisant un tel serment. Les dieux ne souffrent pas que l'on rompe de tels vœux. Sa famille doit en subir les conséquences.

Mara avait l'impression que Kevin se tenait derrière elle. Les croyances du Midkemian avaient laissé une empreinte dans son esprit que même les Très-Puissants ne pouvaient effacer.

— Et la femme et les deux enfants innocents de Tasaio ? plaida-t-elle. Leurs vies devraient-elles être gaspillées pour l'honneur ?

Tentant désespérément de faire valoir son point de vue, elle se retourna et fit face à son ennemi, les yeux emplis de pitié.

— Libérez vos enfants de leur fidélité envers le natami des Minwanabi et je les adopterai dans la maison Acoma. Je vous en supplie, épargnez leur vie.

Tasaio la regarda, conscient que la compassion de Mara venait du plus profond de son cœur. Pour lui refuser ce geste généreux et surtout pour la blesser, il secoua cruellement la tête.

— Que leur sang pèse sur votre conscience, Mara. (Il tira le bâton de chef de guerre du clan Shonshoni de sa ceinture.) Mon seigneur des Sejaio, dit-il à l'homme au cou de taureau qui se tenait à ses côtés, je vous confie ceci.

Alors qu'il transmettait le bâton de sa charge, il contempla une dernière fois la salle du Grand Conseil. Puis, avec un ultime regard ironique vers Mara et l'empereur, il se tourna avec grâce et arrogance vers le magicien élancé qui l'attendait près de Fumita.

— Je suis prêt, Très-Puissant.

Le magicien prit dans une poche de sa robe un objet de métal, et un faible bourdonnement résonna dans la salle. Il plaça sa main sur l'épaule de Tasaio, et tous deux s'évanouirent sans le moindre avertissement, laissant comme seul signe de leur départ un faible courant d'air qui se précipitait dans l'espace qu'ils venaient d'occuper.

Le seigneur des Sajaio regarda le bâton de chef de guerre, et vint à contrecœur se placer devant l'empereur.

— Votre Majesté ! Je ne sais si j'agis pour le bien de l'empire ou pas. (Il regarda les autres seigneurs regroupés autour de Mara et de Fumita.) Mais on dit que, dans le grand jeu, les dieux accordent leur faveur aux vainqueurs. Je vous remets la charge de chef de guerre des Shonshoni.

Ichindar accepta le dernier des cinq bâtons. D'une voix résonnant d'une autorité toute neuve et incontestable, il déclara :

— Le titre de seigneur de guerre est aboli !

Sans autre cérémonie, il brisa chacun des cinq bâtons et jeta les fragments au sol. Puis, indifférent au bruit des morceaux de bois qui dévalaient les marches de l'estrade, il appela Kamatsu des Shinzawaï.

Le père d'Hokanu lui fit une profonde révérence.

— Votre Majesté ?

— L'empire a besoin de vous, décréta la Lumière du Ciel. Je vous octroie une charge nouvelle, celle de chancelier impérial.

Kamatsu s'inclina à nouveau.

— Pour servir l'empire, Votre Majesté, j'accepte avec joie.

Ichindar proclama devant tous les nobles assemblés :

— Kamatsu des Shinzawaï est ma voix et mes oreilles. Il entendra vos requêtes, vos besoins et vos suggestions dans notre vaste entreprise de réorganisation de nos états.

Quand le nouveau chancelier impérial se fut retiré, la Lumière du Ciel appela une autre personne.

— Frasaï des Tonmargu !

Le vieux soldat avança.

— Votre Majesté ?

— Nous aurons besoin de quelqu'un pour s'occuper des problèmes militaires. Si Kamatsu devient mes yeux et mes oreilles, acceptez-vous d'être mon bras ?

— Pour servir l'empire ! répondit le seigneur Frasaï de sa voix de basse.

Clairement, Ichindar définissait de nouveaux postes.

— Frasaï des Tonmargu portera le titre de commandant impérial. Il conduira les affaires de l'empire comme le faisait le seigneur de guerre par le passé, mais en suivant mes ordres. (Puis Ichindar inclina son casque étincelant vers la silhouette la plus proche de Mara.) De plus, je désire qu'Hoppara des Xacatecas devienne son commandant en second.

Le jeune seigneur sourit à Mara.

— Pour servir l'empire, cria-t-il d'une voix exubérante.

Mara lui tendit l'épée de Tasaio.

— Envoyez ceci aux hommes du désert, pour honorer la promesse de votre père.

Hoppara des Xacatecas reçut de ses mains l'ancienne épée et s'inclina respectueusement.

Puis la Lumière du Ciel se tourna vers la dame qui attendait patiemment, debout dans ses robes de soie moirée verte.

— Mara des Acoma !

La femme qui lui avait conservé un trône, et donné le fardeau du pouvoir absolu, leva vers lui des yeux d'une profondeur insondable. Ses émotions étaient celées derrière une attitude tsurani impeccable.

— Vous avez sauvé nos états du chaos, déclara Ichindar devant tous. (Puis sa voix prit un ton plus personnel.) Quelle récompense puis-je vous offrir ?

Mara rougit.

— Votre Majesté, en vérité, je ne souhaite rien de plus que d'avoir la chance de conduire mes affaires familiales en paix et dans la prospérité. J'ai peur d'avoir trop compromis mon honneur pour mériter la moindre récompense.

— Et cependant vous avez mis de côté ces activités mêmes, dans l'honneur, pour servir le bien général, souligna Ichindar. Vous nous avez rappelé des vérités oubliées et la vraie grandeur. (Il balaya l'air d'un geste ample de sa main gantée d'or.) Vous avez ressuscité un concept négligé depuis des siècles. Par votre sacrifice, en oubliant votre famille pour songer au bien du pays tout entier, vous avez défini la plus haute expression de l'honneur. N'y a-t-il pas une récompense que nous puissions vous accorder ?

Mara réfléchit à peine un instant.

— Votre Majesté, je vous demande de m'accorder le manoir et les terres du seigneur des Minwanabi.

Un murmure sourd et gêné résonna dans toute la salle. La tradition tsurani assurait qu'une maison tombée était maudite par les dieux, et que les gens du peuple comme les nobles devaient l'éviter. Un grand nombre d'excellents domaines étaient tombés en ruine et étaient retournés en friche à cause de la croyance profondément enracinée que la chance d'un seigneur était liée à sa terre.

L'empereur eut un mouvement de surprise.

— Pourquoi un présent de si mauvais augure, dame ?

— Votre Majesté, répondit-elle gravement, nous nous sommes rassemblés aujourd'hui pour choisir le changement. Dans mon esprit, c'est une grande offense envers les dieux de permettre à une demeure d'une telle magnificence d'être abandonnée et de tomber en ruine. Je ne crains pas la malchance. Si vous me l'autorisez, j'enverrai un message au temple du dieu Rouge et j'obtiendrai une proclamation stipulant que le serment de sang de Desio a été respecté. Puis les prêtres de Chochocan viendront bénir la propriété, chaque pouce de terrain s'il le faut, et le jour où les esprits agités des Minwanabi seront bannis dans la paix, j'irai établir mon foyer là-bas.

Luttant pour cacher ses larmes de soulagement, Mara continua :

— Un trop grand nombre de gens braves sont morts, Votre Majesté. D'autres sont des esclaves, leurs talents sont ignorés, leur potentiel est dénié. (Frappée d'une façon poignante par le souvenir de Kevin, elle s'efforça de garder une voix calme et continua J'œuvre pour un avenir de changement, et pour cela, je demande à être la première à rompre une tradition stérile.

À sa grande surprise, Ichindar acquiesça de la tête. Dans un silence profond, alors que tous les seigneurs présents pensaient à leurs terres et à leurs gens sous un nouveau jour, Mara se tourna vers l'assemblée.

— Ce gaspillage doit cesser. Maintenant. Devant tous ceux qui se sont opposés à moi dans le passé, je fais ce serment. Venez vers moi avec la paix dans votre cœur, et je mettrai fin aux anciennes querelles.

Elle regarda Jiro des Anasati, mais il ne lui fit pas l'aumône d'un regard. Sous son casque rouge et jaune, son visage restait insondable et distant.

Sur l'estrade, l'empereur observa l'échange, et l'émerveillement qui se peignait sur les traits d'un grand nombre de nobles. Il ressentait un peu de l'émotion de Mara, et cependant il ne comprenait qu'une partie des raisons qui motivaient cette femme brillante et complexe. Profondément ému par sa vision d'une victoire miséricordieuse, il déclara :

— Dame Mara, des terres sont une compensation insuffisante pour les lumières que vous avez offertes à ce Conseil. Vous avez la richesse et la puissance, l'influence et le prestige. En ce moment, personne dans cette pièce ne surpasse votre grandeur. (Soudain, il eut un sourire ironique.) Je vous offrirais de devenir ma dixième épouse si j'avais le moindre espoir que vous acceptiez.

Une vague de rires aimables emplit la salle quand Mara rougit de confusion. Au milieu de la gaieté générale, l'empereur donna son dernier ordre de la journée.

— Dame Mara, vous avez choisi de servir les autres avant votre intérêt personnel. Par conséquent, vous serez remerciée pour ce choix votre vie durant et devant l'histoire. Dans les temps anciens, quand l'empire était encore jeune, lorsqu'un citoyen rendait un service extraordinaire en risquant sa vie et son honneur, mes ancêtres lui accordaient un titre, pour que tous puissent le reconnaître et l'acclamer selon ses mérites. Mara des Acoma, je vous confère l'ancien titre de « pair de l'empire ».

Muette de stupéfaction, Mara fit de son mieux pour conserver sa dignité. Pair de l'empire ! De mémoire d'homme, personne n'avait reçu une aussi haute distinction. Ce titre n'avait été accordé qu'une vingtaine de fois en deux mille ans. On récitait ces vingt noms pour attirer la chance, et les enfants les apprenaient par cœur quand on leur enseignait l'histoire de leur peuple. Ce rang constituait aussi une adoption officielle par la famille impériale. Chancelant mentalement devant cette ascension imprévue, Mara comprit qu'elle pouvait choisir de se retirer avec Ayaki dans le palais, et vivre en profitant des largesses impériales jusqu'à la fin de ses jours.

— Je suis comblée au-delà de toute espérance, Votre Majesté, parvint-elle finalement à répondre.

Et elle s'inclina devant l'empereur comme la plus humble des servantes.

Puis le seigneur Hoppara des Xacatecas lança un cri de guerre et la salle du Grand Conseil croula sous les acclamations. Mara se tenait au centre d'un cercle d'admirateurs, étourdie en comprenant qu'elle avait gagné, et plus encore : sa famille était à jamais à l'abri des machinations de la maison Minwanabi.

27

COMMENCEMENTS

Hokanu restait immobile.

Puis, debout dans un flot de lumière dorée, le fils des Shinzawaï posa ses mains sur l'appui de la fenêtre occidentale. Tournant le dos à Mara, et observant les couleurs d'un merveilleux coucher de soleil, il restait perdu dans une contemplation silencieuse.

Assise sur les coussins de la salle de réunion privée de Kamatsu, Mara était au supplice de ne pouvoir lire les expressions du visage d'Hokanu et de ne pas voir comment il réagissait à sa présence. Sa détresse était encore augmentée par l'attente des paroles difficiles qu'elle n'avait pas encore prononcées. Elle se surprit à copier la manie qu'avait Kevin de tirer sur les franges de ses vêtements ; elle cessa et chassa sa tristesse et sa mélancolie. Elle devait vivre en tant que dame des Acoma, comme son bien-aimé devait rester un libre fils de Zûn.

— Dame, dit doucement Hokanu, les choses ont changé entre nous, depuis la dernière occasion où nous avons parlé. (Une certaine crainte révérencieuse teintait sa voix, et ses mains se serrèrent sur le magnifique bois sculpté de l'encadrement de la fenêtre.) Je suis l'héritier du sceptre des Shinzawaï, mais vous... vous êtes pair de l'empire. Quel genre de vie pourrions-nous mener, avec une telle différence de rang ?

Mara chassa avec difficulté le souvenir d'un esclave barbare espiègle.

— Nous mènerions la vie de deux époux, comme des égaux, Hokanu. Nos familles et nos noms se perpétueront dans nos enfants, et nos deux domaines ancestraux seront gérés par des intendants.

Déconcerté, Hokanu termina pour elle.

— Nous vivrions dans le manoir qui appartenait autrefois aux Minwanabi ?

Percevant une certaine hésitation dans sa voix, Mara demanda :

— Vous craignez la malchance ?

Hokanu laissa échapper un petit rire.

— Vous êtes toute la chance dont un homme a besoin, dame.

D'un air absent, il murmura « Pair de l'empire... » Puis, revenant rapidement au sujet en cours, il ajouta :

— J'ai toujours admiré la demeure des Minwanabi. Si vous êtes à mes côtés, je trouverai certainement le bonheur là-bas.

Sentant qu'était arrivé le moment où il accepterait officiellement la proposition de mariage pour lequel son père Kamatsu lui avait donné sa permission, Mara parla rapidement pour le devancer.

— Hokanu, avant que vous n'en disiez plus, il y a une chose que je dois vous révéler.

La gravité de sa voix le fit se détourner de la fenêtre. Elle souhaita qu'il ne l'ait pas fait. Sa franchise lui rendait la tâche beaucoup plus difficile. De beaux yeux sombres croisèrent les siens avec ferveur, et Mara lut dans leurs profondeurs une telle admiration qu'elle sentit son cœur se briser. Elle éprouva de grandes difficultés à parler.

— Vous devez savoir que je suis enceinte depuis un mois de l'enfant d'un autre homme, un esclave que je tenais dans la plus haute estime. Il est rentré pour toujours sur sa terre natale, de l'autre côté de la faille, et je ne le reverrai plus jamais. Mais, si je me marie, j'insiste pour que son enfant soit considéré comme légitime.

Aucune émotion ne passa sur le beau visage d'Hokanu.

— Kevin, songea-t-il à voix haute. Je savais que ce barbare était votre amant.

Mara attendit, tendue, rassemblant ses forces pour supporter une explosion de jalousie masculine. Ses mains serrèrent les coussins jusqu'à ce que les franges menacent de se déchirer.

Son inquiétude et sa nervosité ne passèrent pas inaperçues. Hokanu traversa la pièce et lui fit doucement lâcher l'étoffe. Son contact était léger comme une caresse, et sa main tremblait d'une émotion qu'il dissimulait par politesse.

— Dame, je pense que vous n'avez pas choisi de porter cet enfant à la légère, vous connaissant comme je vous connais. Je ne peux donc que croire que Kevin était un homme honorable.

Mara fut tellement surprise qu'un éclair de joie traversa ses yeux. Hokanu lui sourit soudain et lui demanda :

— Avez-vous oublié que j'ai passé du temps sur Midkemia ? Mon frère Kasumi s'est assuré que je connaisse bien leur concept « barbare » d'équité. (Son ton indiquait clairement qu'il utilisait le terme de « barbare » comme une plaisanterie.) La fibre du peuple midkemian ne m'est pas complètement étrangère, dame Mara. (Puis son sourire se transforma en grimace.) C'est moi qui ai choisi de faire venir chez mon père le Très-Puissant « barbare » dénommé Pug, sentant chez lui quelque chose de rare. (Comme le nom ne provoquait aucune réaction chez Mara, il ajouta Celui qui se fit connaître sous le nom de Milamber de l'Assemblée.

Mara ne put contenir un rire quand elle discerna l'ironie de la situation. Pendant qu'elle riait doucement, il ajouta :

— À ma manière, j'ai joué un petit rôle dans les événements terribles que nous avons connus.

La dame des Acoma regarda le visage d'Hokanu, et y lut une rare compréhension. Elle ne connaîtrait peut-être pas le feu de la passion dans cette union avec la maison Shinzawaï, mais Hokanu était un homme qu'elle pouvait honorer, avec qui elle pouvait partager sa vision de l'avenir. Ensemble, ils façonneraient un meilleur empire. Il traversa la pièce pour se placer face à elle, puis s'agenouilla devant elle.

— Vous accepteriez de prendre soin de deux garçons qui ne sont pas vos enfants ? lui demanda-t-elle.

Hokanu la regarda tendrement.

— Mieux. Je pourrai les aimer. (Il sourit devant son profond étonnement.) Mara, avez-vous oublié ? Je suis le fils adoptif de Kamatsu. Bien que nous ne partagions pas le lien du sang entre un père et un fils, il m'a appris la valeur d'une famille forte et aimante. Les mérites d'Ayaki sont évidents. Nous éduquerons l'enfant de Kevin comme son père l'aurait désiré.

Submergée soudain par ses émotions, Mara détourna la tête pour cacher ses larmes. Alors que les bras d'Hokanu se refermaient autour d'elle pour la réconforter, elle s'abandonna à une vague de soulagement. Elle avait simplement espéré qu'il accepterait l'enfant de Kevin. Le soutien complet qu'il lui offrait dépassait de loin tout ce qu'elle avait pu espérer, certainement plus que ce que sa décision capricieuse et entêtée ne méritait. Elle pouvait presque entendre la voix de Nacoya la sermonnant, lui disant que l'homme qui la tenait dans ses bras était exceptionnel, et digne de respect. Elle murmura :

— Les dieux ont choisi sagement, Hokanu, car aucun homme né sur ce monde ne pourrait mieux comprendre et respecter mes aspirations.

— J'accepte votre proposition de mariage, dame, pair de l'empire, murmura officiellement Hokanu dans les cheveux de Mara.

Puis il l'embrassa, d'une manière différente de celle de Kevin. Mara essaya de lui répondre, mais son corps ne pouvait accepter immédiatement ce soudain changement. Sa caresse n'était pas déplaisante, elle était simplement... différente.

Avec sa sensibilité extraordinaire, Hokanu sembla comprendre qu'elle aurait besoin de temps pour s'habituer à lui. Il s'écarta, toujours en la tenant fermement, et une légère touche d'humour éclaira son regard.

— Au nom des dieux, comment pouvez-vous savoir que l'enfant que vous portez est un garçon ?

La dernière appréhension de Mara disparut dans un éclat de rire heureux.

— Parce que, dit-elle, pour une fois plus femme que souveraine, je le veux.

— Alors, ma future épouse dont la volonté est si forte, annonça Hokanu en la relevant, il en sera ainsi. Nous ferions mieux de sortir et d'informer mon père adoptif qu'il devra libérer un peu de temps de la charge que lui a confiée l'empereur pour assister à un mariage.

D'un geste, Mara arrêta la compagnie. Le prêtre de Turakamu tourna son masque rouge dans sa direction, dans un geste interrogateur et cérémonieux. Il attendait dans son costume d'apparat, plus constitué de peintures que de vêtements. Sa chair nue était teinte en rouge, et une cape de plumes et d'os drapée sur ses épaules recouvrait à moitié son collier de crânes d'enfants. Il était venu avec seulement les insignes de sa fonction, sans acolytes pour l'assister dans une cérémonie. Il venait surveiller le déplacement du portique de prière pour l'installer loin de la propriété des Minwanabi.

Mara sortit de son palanquin pour discuter avec lui.

— Ma dame, la salua-t-il avec cérémonie. Vos offrandes généreuses au temple ont été considérées avec faveur.

Mara indiqua un feu qui brûlait à une certaine distance sur la route, dans lequel plusieurs grandes poutres étaient en train de se consumer.

— Qu'est-ce ?

— Le portique de mauvais augure de Desio, qui ne fut jamais terminé. Le temple l'a décrété : par leur chute et leur ruine, les Minwanabi ont démontré sans le moindre doute que leur cause n'avait pas reçu la faveur du dieu Rouge. Le portique ne sera donc ni consacré ni béni, et peut être détruit sans craindre la vengeance divine.

Il indiqua deux grands chariots, tirés par des needra, rangés sur le côté, attendant les poutres démantelées d'un second portique.

— Cette structure sera convoyée vers le site que vous avez offert. La terre sera à nouveau consacrée. (Derrière le sinistre masque en forme de tête de mort, la voix du prêtre prenait presque le ton d'une conversation familière.) C'était une requête assez étrange, ce déménagement d'un portique de prière, Mara, mais en discutant, nous n'y avons vu aucun blasphème ni sacrilège. Étant donné l'association de ce portique au vœu qui y fut prononcé, il est compréhensible que vous souhaitiez le voir retiré, maintenant que vous prenez possession de ces terres. (Le prêtre haussa les épaules à la façon des Tsurani.) Maintenant que le Grand Conseil n'est plus qu'un corps consultatif, les temples peuvent à nouveau jouer un rôle actif pour veiller au bien-être de l'empire. Votre intervention a compté pour beaucoup dans ce dénouement, et les serviteurs des dieux vous en sont reconnaissants.

Il fit un geste vers un ouvrier qui approchait du montant ouest du portique avec une pelle.

— Doucement ! cria-t-il en guise d'avertissement. Les restes des sacrifiés ne doivent pas être dérangés. Assure-toi qu'il y ait suffisamment de terre autour de leurs tombes !

Le contremaître indiqua qu'il avait bien compris les instructions du prêtre. Satisfait que le problème soit pris en main, le serviteur de Turakamu évoqua amicalement ses souvenirs avec Mara.

— Nous qui servons le dieu Rouge sommes souvent mal compris, dame. La mort fait partie de la vie, et tout le monde finit par arriver un jour au palais de Turakamu. Nous ne sommes pas pressés de rassembler les esprits. Ne l'oubliez pas, si dans l'avenir vous avez besoin de nos conseils.

Mara hocha respectueusement la tête.

— Je m'en souviendrai, prêtre. (Puis elle se tourna vers Lujan et déclara Je vais marcher un moment.

Elle descendit, accompagnée de Lujan, la petite éminence pour rejoindre l'embarcadère où des navires attendaient pour leur faire traverser le lac. Sur l'autre rive, baignée de soleil, se trouvait l'immense demeure qui bientôt recevrait les Acoma, leurs invités et leurs émissaires.

— Lujan, murmura-t-elle alors que ses yeux parcouraient le magnifique paysage du lac et des montagnes, et le lointain goulet de la rivière, as-tu pensé à un moment que nous pourrions perdre ?

Lujan rit et Mara ressentit une profonde affection pour cet homme, dont la nature aimable et taquine ressemblait tellement à celle de son barbare désinvolte.

— Maîtresse, je serais un menteur si je disais que je n'ai pas envisagé la défaite en plusieurs occasions. (Plus sérieusement, il ajouta Mais jamais, à aucun moment, je n'ai douté de vous.

Mara lui prit la main de façon impulsive.

— Pour cela, je t'en remercie humblement, mon ami.

La dame et le commandant se rendirent ensemble sur le quai où des marins attendaient pour leur faire traverser le merveilleux lac. Lujan, Saric, Keyoke prirent place dans le navire avec Mara, tandis que ses deux chefs de bataillon faisaient monter les soldats acoma sur d'autres embarcations. Bientôt l'eau fut recouverte par la flottille de son armée. Mara regarda l'arrière du navire où Keyoke était assis. Il tenait un paquet comme s'il était fragile et précieux. Sous une étoffe verte parsemée de joyaux reposait le natami des Acoma. Le conseiller pour la guerre des Acoma s'était entraîné inlassablement avec un vieux coffre de bois pour parfaire le maniement simultané de sa charge et de sa béquille. Il considérait cette responsabilité comme le plus grand honneur qui lui ait jamais été accordé, dépassant même les félicitations gagnées sur les champs de bataille.

Les embarcations avançaient rapidement sur l'eau. Souhaitant amèrement que Kevin ait pu se trouver à ses côtés, Mara sortit brusquement de sa rêverie en voyant qu'un magicien l'attendait sur le quai, devant le manoir. Derrière lui se tenaient les prêtres de Chochocan, qui avaient supervisé la bénédiction du nouveau domaine des Acoma, et préparé la prochaine union de Mara avec Hokanu des Shinzawaï.

Les premiers invités arriveraient dans la semaine. Mara en avait éprouvé un grand soulagement, car selon ses estimations, l'enfant de Kevin naîtrait moins de huit mois après son mariage. Sans doute, quelques sourcils se lèveraient-ils, mais il n'y aurait pas de preuve incontestable que son époux ne soit pas le père de l'enfant.

Le navire de tête atteignit le débarcadère. Lujan aida Mara à descendre sur le quai, et la dame s'inclina devant le magicien.

— Très-Puissant, vous nous faites un grand honneur.

Le plus corpulent des deux Robes Noires qui avaient accompagné Fumita dans la salle du Conseil se présenta.

— Je suis Hochopepa, dame.

Mara ressentit une pointe d'inquiétude.

— Y a-t-il un problème, Très-Puissant ?

Le membre de l'Assemblée agita une main potelée.

— Non. Je suis simplement resté pour vous informer que mon collègue a conduit Tasaio ici, puis a assisté à la cérémonie où l'ancien seigneur des Minwanabi s'est préparé à terminer honorablement la guerre de sang et à prendre sa propre vie.

Mara fut rejointe par ses conseillers alors que le Très-Puissant ajoutait tristement :

— Je vous en prie, suivez-moi.

Il précéda le groupe acoma sur des chemins spacieux, du côté opposé à l'immense demeure. Plus de dix mille personnes les y attendaient silencieusement, en rangs. Elles se tenaient devant un grand bûcher pavoisé de rouge. Mara leva les yeux vers les quatre corps autour desquels on avait enroulé un linceul, allongés pour leur dernier repos.

Des larmes inondèrent ses yeux quand elle vit que deux d'entre eux étaient ceux d'enfants. Des domestiques avaient tenté de les rendre présentables, mais leurs blessures ne pouvaient être dissimulées. Tasaio avait tranché leurs jeunes gorges. Écœurée à la pensée que le jeune garçon aurait très bien pu être Ayaki, Mara sentit que Lujan prenait son bras.

— Je les aurais épargnés, murmura-t-elle, hébétée.

Le Très-Puissant la regarda avec tristesse.

— La lignée des Minwanabi est éteinte, dame Mara. L'Assemblée en témoigne officiellement. Maintenant que ma mission est terminée, je vais prendre congé. Que votre vie soit longue et heureuse, grande dame.

Hochopepa mit la main dans la poche où il gardait son talisman de transport. Un bourdonnement résonna dans l'air, et il disparut.

Mara resta déconcertée devant une véritable armée d'anciens serviteurs minwanabi qui avaient survécu.

Ceux des six premiers rangs avaient tous revêtu la robe grise des esclaves. Derrière eux se trouvaient des rangs de soldat, leurs armes et leurs casques déposés à leurs pieds, la tête inclinée dans la défaite.

Un vieil homme vêtu comme un esclave mais avec un port aristocratique, s'avança et se prosterna devant Mara.

— Ma dame, dit-il respectueusement.

— Parle, le pria Mara.

— Je suis Incomo, ancien premier conseiller du seigneur des Minwanabi. Je me présente pour vous aider dans les dispositions que vous décréterez pour nous qui avons servi cette malheureuse maison.

— Ce n'est pas à moi de décider de votre destin, murmura Mara, encore secouée par la vue des cadavres des enfants.

Incomo leva des yeux sombres et vides.

— Dame, mon ancien seigneur a demandé à tous ses parents de rejoindre leur maison ancestrale. Après l'avoir ordonné, il a regardé chacun de ses parents tuer ses épouses et ses enfants, puis tomber ensuite sur son épée. Puis il a attendu, et cela fait moins d'une heure qu'il a pris la vie de sa propre famille. Ce n'est que lorsqu'ils ont tous été morts qu'il est tombé sur sa propre épée. (Saisi d'une peur panique, Incomo accomplit son dernier devoir envers son maître.) Le seigneur Tasaio m'a prié de vous dire qu'il préférait voir ses enfants dans le palais de la mort, à ses côtés, que de les savoir vivants, dans une maison acoma.

Mara eut un frisson d'horreur.

— Quel monstre meurtrier ! Ses propres enfants ! (Une rage aveugle la secoua, puis se transforma en chagrin alors qu'elle regardait à nouveau les silhouettes du petit garçon et de la petite fille sur le bûcher.) Accordez-leur tous les honneurs, dit-elle doucement. Un grand nom s'éteint aujourd'hui.

Incomo s'inclina.

— Je suis votre esclave, maîtresse, car la maison de mon maître n'existe plus. Mais, je vous en supplie, ayez pitié de moi. Je suis un vieil homme, mal adapté aux durs travaux. Accordez-moi le droit à une mort honorable.

Mara faillit hurler dans son indignation alors qu'elle disait :

— Non !

Elle foudroya du regard l'homme stupéfait alors qu'elle criait :

— Relève-toi !

Surpris par cette démonstration inconvenante d'émotion, Incomo fut abasourdi.

Mara ne pouvait plus supporter la vue de cette attitude servile un instant de plus. Prenant ses bras d'une poigne étonnement forte, elle releva le vieux conseiller.

— Tu n'as jamais été vendu en esclavage par Tasaio, n'est-ce pas ? (Incomo ne put répondre, car il était trop décontenancé.) Tu n'as jamais été condamné à l'esclavage par une cour impériale, n'est-ce pas ?

— Non, dame, mais...

— Qui a dit que tu étais un esclave ?

Son dégoût était palpable alors qu'elle tirait le vieil homme vers l'endroit où se tenait son propre conseiller. À Saric, qui portait les robes de cérémonie d'un conseiller, elle déclara :

— Ta formation par Nacoya a été malheureusement trop courte. Prends cet homme honorable comme adjoint, et écoute-le bien. Il se nomme Incomo et, comme tous les anciens ennemis de Tasaio le savent, il donne d'excellents conseils.

Le vieillard regardait bouche bée sa nouvelle maîtresse, qui lui souriait d'une façon étonnamment amicale. Elle le laissa à sa surprise pour se tourner vers un Saric ironique et presque rieur. Elle ajouta :

— Si tu as l'ambition de devenir premier conseiller, tu écouteras tout ce que te dira ce sage vieillard.

Mara se détourna et l'ancien conseiller minwanabi demanda :

— Maître, qu'est-ce que cela veut dire ?

Saric rit doucement.

— Vous découvrirez que notre maîtresse a l'habitude de faire les choses à sa façon, Incomo. Vous allez aussi comprendre que l'on vous a donné une nouvelle vie.

— Mais libérer un esclave ?

En l'entendant, Mara se retourna, furieuse.

— Tu n'as jamais été réduit en esclavage ! Dans ma maison, tu ne le seras jamais. C'est par tradition que les hommes libres deviennent des esclaves quand leur maître disparaît, *ce n'est pas la loi !* Maintenant, sers-moi convenablement, et cesse de discuter.

Alors qu'elle continuait à avancer, Saric haussa les sourcils et dit avec son humour très personnel :

— Elle est pair de l'empire. Qui osera lui dire non si elle change une autre tradition ?

Incomo ne pouvait que rester muet et hocher la tête. L'idée de travailler pour une maîtresse qui n'était pas affligée d'un caractère fantasque, ou qui n'avait pas une inclination démente pour la cruauté, lui semblait une vision de perfection divine. Ne sachant pas trop s'il rêvait, le vieil homme secoua la tête d'émerveillement. Il leva la main et fut choqué de découvrir que des larmes coulaient sur son visage. Se forçant à prendre une attitude impassible plus honorable, il entendit Saric murmurer.

— Quand on s'est réconcilié avec la mort, une nouvelle vie est un grand choc, non ?

Incomo ne put que hocher la tête, muet, alors que Mara dirigeait son attention vers les prêtres de Chochocan. Ces derniers terminaient leurs rites sur les corps du seigneur des Minwanabi, de son épouse et de ses enfants. Comme ils allumaient leur torche pour enflammer le bûcher funéraire, Mara regarda une dernière fois le profil net et dur de l'homme qui avait failli la détruire, et qui avait manigancé la mort de son père et de son frère.

— Notre dette est effacée, murmura-t-elle. (Puis elle éleva la voix pour une déclaration plus solennelle.) Soldats des Minwanabi ! Rendez les honneurs à votre maître !

D'un même geste, les guerriers qui attendaient reprirent leurs casques et leurs armes. Ils se mirent au garde-à-vous, saluant leur ancien maître pendant que son corps terrestre et son armure extravagante étaient engloutis par les flammes.

Alors que la fumée s'élevait vers le ciel, Irrilandi avança et reçut la permission de réciter la longue liste des honneurs que Tasaio avait gagnés sur le champ de bataille, d'une voix presque tremblante de gratitude. Mara et la suite acoma restèrent debout et écoutèrent avec une politesse parfaite, et par respect pour elle le commandant déchu omit les noms du père et du frère de Mara quand il mentionna la bataille qui avait mis fin à leur vie. Quand l'éloge funèbre fut terminé, Mara se tourna vers les personnes rassemblées devant elle. Pour se faire entendre par-dessus le rugissement des flammes, elle cria :

— Ceux qui parmi vous étaient conseillers, hadonra, serviteurs, intendants, écoutez-moi. Nous avons besoin de vous. Servez-moi à partir de ce jour, comme les hommes et les femmes libres que vous êtes. (Plusieurs personnes en robe grise se levèrent avec hésitation, puis avancèrent pour se placer sur le côté.) Ceux qui étaient esclaves, servez-moi aussi, dans l'espoir qu'un jour, cet empire trouvera la sagesse de vous accorder la liberté qui n'aurait jamais dû vous être confisquée.

Ceux-là suivirent le mouvement, plus confusément.

Puis Mara cria aux soldats :

— Braves guerriers, je suis Mara des Acoma. La tradition dit que vous devez maintenant mener une existence sans maître et devenir des guerriers gris, et que les officiers doivent mourir.

Les hommes du premier rang qui avaient autrefois porté un plumet écoutèrent ces paroles avec stoïcisme. Ils s'attendaient à cette fin, et avaient mis leurs affaires en ordre en prévision.

Mais Mara ne leur ordonna pas de tomber sur leurs épées.

— Je trouve que cette pratique est un crime et un déshonneur pour des hommes restés loyaux envers leur seigneur légitime. Ce ne fut pas votre choix d'être dirigés par des hommes malveillants. Que le destin décrète votre mort sans les honneurs de la bataille est une stupidité que je n'ai pas l'intention de perpétuer !

Mara murmura au commandant qui attendait à ses côtés :

— Lujan, l'as-tu trouvé ? Est-il ici ?

Lujan inclina la tête pour lui parler à l'oreille.

— Je pense qu'il se trouve sur la droite, au premier rang. Cela fait des années que je ne l'ai pas vu, et je ne suis pas très sûr de moi. Mais je vais le trouver. (S'écartant de sa maîtresse, il cria de sa voix de commandement Jadanyo, qui fut autrefois le cinquième fils des Wedewayo !

Le soldat ainsi nommé s'inclina dans une profonde révérence et s'avança. Il n'avait pas vu Lujan depuis son enfance et pensait qu'il était mort lors de la destruction des Tuscaï. Il écarquilla les yeux.

— Lujan, mon vieil ami ! C'est bien toi ?

Lujan le présenta d'un geste à Mara.

— Maîtresse, cet homme est Jadanyo, mon cousin issu de germain par le sang. C'est un soldat honorable et digne de servir.

La dame inclina la tête vers l'ancien guerrier minwanabi.

— Jadanyo, tu es appelé pour entrer au service des Acoma. Le désires-tu ?

L'homme bredouilla et, stupéfait, eut du mal à trouver ses mots.

— Qu'est-ce que cela veut dire ?

Lujan lui adressa un sourire espiègle et lui répondit d'une voix moqueuse :

— Dis oui, espèce d'idiot, ou est-ce que je dois lutter avec toi pour te soumettre comme je le faisais lorsque nous étions enfants ?

Jadanyo hésita, les yeux écarquillés. Puis, avec un cri joyeux, il déclara :

— Oui ! Dame, j'accepte de servir une nouvelle maîtresse.

Mara le salua officiellement, puis fit signe à Keyoke de s'avancer.

D'une voix qui avait autrefois commandé des armées, son conseiller pour la guerre infirme cria :

— Irrilandi, qui était mon ami d'enfance, présente-toi !

Il fallut un certain temps au commandant des armées minwanabi pour reconnaître son ancien ami et rival, resplendissant dans les vêtements rutilants d'un conseiller. Regardant sa béquille avec stupéfaction, et son visage taillé dans la pierre encore vigoureux et fier, il quitta sa place devant ses soldats déshonorés. Selon la tradition, il s'attendait à mourir aujourd'hui, avec tous ses officiers. Trop vieux et trop expérimenté pour espérer un miracle, il écoutait, incrédule, les paroles de Keyoke.

— Maîtresse, cet homme est Irrilandi, le frère d'un homme qui a épousé la sœur de l'épouse de mon cousin. Il est donc mon cousin et est digne d'entrer au service des Acoma.

Observant l'ancien commandant de Tasaio, et touchée par le courage d'acier qui masquait une émotion terrible, Mara murmura :

— Irrilandi, je ne tuerai pas des hommes braves parce qu'ils ont accompli fidèlement leur devoir. Je t'appelle au service des Acoma. Désires-tu le rejoindre ?

Le vieil officier étudia les yeux de la dame pendant un long moment, muet. Puis la retenue, les soupçons et l'incrédulité cédèrent la place à une joie d'enfant.

— De tout mon cœur, ô la plus généreuse des maîtresses, de tout mon cœur.

Mara lui donna son premier ordre.

— Rassemble tous tes soldats et compare leurs lignées avec celles de ma suite. La plupart ont des liens de parenté avec des soldats qui servent les Acoma, ou tout du moins ils en auront, au moment où le dernier d'entre vous aura prêté serment. Tous ici sont dignes ; mais que les formes soient observées pour que tous puissent légalement reprendre leur devoir. S'il y en a parmi vous, officiers ou soldats ordinaires, qui pensent ne pas pouvoir donner leur loyauté à ma maison, ils ont ma permission de tomber sur leur épée ou de partir en paix, comme ils préféreront. (Une poignée de soldats sortirent des rangs et partirent, mais près de neuf hommes sur dix restèrent. Mara ajouta Maintenant, Irrilandi, viendras-tu devant le natami des Acoma et prêteras-tu serment d'obéissance, pour pouvoir commencer la tâche qui t'attend ?

Le vieil officier s'inclina profondément pour exprimer sa gratitude, et quand il se releva avec un sourire éclatant, les rangs de soldats sans maître explosèrent de joie, poussant des acclamations et des cris incontrôlables. Le nom « Acoma ! Acoma ! » résonna dans l'air matinal, jusqu'à ce que Mara soit presque assourdie par la clameur. Les vivats continuèrent sans faiblir durant de longues minutes, pendant que le bûcher des Minwanabi se consumait, oublié.

Par-dessus le vacarme, Mara dit à Saric et Incomo :

— Organisez la troupe et préparez les hommes à prêter serment devant le jardin sacré. Je vais maintenant placer le natami dans sa nouvelle demeure.

Un prêtre de Chochocan, le dieu Bon, et Keyoke accompagnèrent Mara jusqu'au jardin de méditation.

Devant l'enclos, une pelle dans la main, le jardinier qui s'occupait habituellement de l'endroit patientait. Il s'attendait à ce que le natami des Minwanabi soit enterré face contre terre, selon la coutume séculaire pour une maison tombée devant des conquérants. Le moment était enfin venu, et Keyoke tendit le natami des Acoma à sa maîtresse. L'escorte s'arrêta devant l'entrée, pendant que le prêtre et le jardinier accompagnaient Mara à l'intérieur.

Le jardin était beaucoup plus grand que celui du domaine Acoma. Il était impeccablement entretenu, planté de fleurs odorantes et d'arbres fruitiers et orné d'une série d'étangs reliés par des cascades murmurantes. Émerveillée, Mara contempla ces lieux d'une beauté à couper le souffle. À moitié étourdie, elle demanda au jardinier :

— Quel est ton nom ?

Tremblant d'appréhension, le serviteur respectueux répondit :

— Nira, grande maîtresse.

Mara murmura :

— Tu fais honneur à ta charge, jardinier. Un grand honneur.

Le visage de l'homme à la peau tannée s'illumina sous le compliment. Il s'inclina et posa son front sur la terre qu'il avait si amoureusement soignée.

— Je remercie la grande dame.

Mara lui fit signe de se relever. Elle descendit les sentiers ombragés vers l'endroit où reposait la vieille roche qui portait l'emblème des Minwanabi. Pendant un long moment, elle regarda le talisman qui ressemblait tant au sien ; hormis pour la gravure usée par le temps, elle aurait pu être la sœur jumelle de celle qu'elle portait. Se souvenant avec amertume que toutes les grandes maisons de l'empire partageaient un ancêtre commun, elle renouvela son vœu de travailler à leur avenir commun. Finalement, elle ordonna au jardinier :

— Retire le natami avec révérence.

Nira s'agenouilla pour obéir à son ordre alors qu'elle se tournait vers le prêtre.

— Je n'enterrerai pas le natami des Minwanabi.

Elle n'avait pas besoin d'un acte symbolique pour célébrer la fin d'un combat qu'elle avait mené durant la plus grande partie de sa vie. Elle avait risqué beaucoup, perdu de nombreux êtres chers, et la pensée de la destruction, même rituelle, de la mémoire d'une famille l'attristait au plus haut point. Trop facilement, bien trop facilement, la maison vaincue aurait pu être la sienne.

En admettant ses propres forces et faiblesses, et en pensant à l'héritage qu'elle laisserait à son fils et à son futur enfant, elle inclina la tête vers le talisman familial des Minwanabi.

— Autrefois, des hommes héroïques ont porté ce nom. Il n'est pas convenable qu'ils soient oubliés parce que leurs descendants ont déchu et oublié leur grandeur. Le natami des Acoma reposera ici, où moi et mes enfants pourrons nous asseoir en paix avec les esprits de nos ancêtres. Mais une place sur une colline surplombant le domaine sera réservée à la pierre minwanabi. Je veux que les esprits de ces grands hommes voient que leurs terres ancestrales sont bien soignées et entretenues. Ainsi, eux aussi reposeront en paix.

Elle ordonna au jardinier :

— Nira, je te laisse libre de choisir le site. Plante une haie et un jardin de fleurs et ne laisse aucun pied parcourir ces lieux sauf les tiens, et ceux de tes successeurs. Que les ancêtres qui ont participé à la fondation et à la prospérité de cette terre connaissent le soleil et la pluie, pour que le souvenir d'une grande maison perdure.

L'homme s'inclina profondément, et creusa la terre d'une main experte autour de l'ancienne pierre. Alors que le prêtre de Chochocan entonnait une bénédiction, ses mains pleines de cals sortirent le talisman et le mirent de côté. Mara déposa la pierre de sa propre famille entre les mains du prêtre du dieu Bon. Il leva le natami des Acoma vers le ciel et récita son incantation la plus puissante pour implorer la faveur éternelle de Chochocan. Puis il rendit le natami des Acoma à Mara, qui à son tour le donna au jardinier.

— Voici le cœur de ma lignée. Occupe-t'en comme s'il s'agissait de ton propre enfant, et tu seras connu comme l'homme qui aura fait un grand honneur à deux grandes maisons.

— Maîtresse, répondit Nira, inclinant la tête avec respect au-dessus de sa nouvelle charge.

Comme tous les autres serviteurs du domaine, il s'était attendu à être réduit en esclavage, mais il découvrait avec bonheur qu'on lui avait offert une nouvelle vie.

Le prêtre consacra le sol autour du natami alors que Nira tassait la terre autour de la pierre. À la fin du rituel, le serviteur de Chochocan fit tinter un petit carillon de métal et sortit, le jardinier sur ses talons.

Mara resta seule avec la pierre qui liait les esprits de ses ancêtres à la renaissance sur la Roue de la vie. Sans se soucier de ses riches vêtements de soie, elle s'agenouilla et passa ses doigts sur la surface rocheuse, suivant les fines lignes usées par l'âge de l'emblème au shatra.

— Père, dit-elle sereinement, voici notre nouveau foyer. J'espère que le site vous plaît. (Puis elle ajouta quelques paroles pour le frère défunt dont l'absence faisait encore saigner son cœur.) Lanokota, repose bien et dans la paix.

Puis elle pensa à tous ceux qui étaient morts à son service, les amis proches et estimés, et tant d'autres qu'elles avaient à peine connus.

— Brave Papéwaio, qui a donné ta vie pour sauver la mienne, j'espère que tu reviendras sur la Roue de la vie comme un fils de cette maison. Et Nacoya, mère de mon cœur, sache que la femme que tu as élevée comme ta propre fille chante tes louanges.

Elle pensa à Kevin, son bien-aimé, maintenant rentré dans sa famille, et pria pour qu'il trouve une vie heureuse sans elle. Des larmes coulèrent sur ses joues, qu'elle versa pour les défaites et les victoires, les joies et les peines. Le jeu du Conseil tel qu'elle l'avait connu avait changé à jamais, grâce à elle. Mais elle connaissait bien son peuple, et elle savait que sa nature n'accepterait que lentement ce nouvel ordre ; les courants de la politique continueraient à être agités de remous, et elle devrait travailler dur pour maintenir la paix. La richesse qu'elle gagnerait grâce à ses concessions commerciales midkemiannes l'aiderait à entreprendre de tels efforts, mais les difficultés à venir pour établir fermement le règne d'Ichindar exigeraient autant d'efforts que tous les plans qu'elle avait conçus pour vaincre ses ennemis.

Mara se leva, à la fois dégrisée et enivrée par le poids de ses nouvelles responsabilités. Inspirée par les magnifiques jardins et par les vieux arbres si tendrement entretenus, elle arriva à la porte qui marquait l'entrée du jardin sacré de sa famille. Elle y retrouva le groupe intime de ses conseillers, et des milliers de soldats minwanabi à genoux, Lujan à leur tête.

— Maîtresse, dit-il d'une voix joyeuse, tous ces hommes acceptent d'entrer au service des Acoma.

Mara lui rendit son salut. Comme lorsqu'elle avait rendu l'espoir et l'honneur à une bande de hors-la-loi sans maison alors qu'elle n'était encore qu'une toute jeune fille sans expérience du pouvoir, elle déclara :

— Fais-leur prêter serment pour qu'il prenne leur service dans l'honneur, commandant Lujan.

Fier de porter son casque à plumet, le commandant des armées des Acoma dirigea les guerriers dans la courte promesse qu'il avait lui-même prononcée quelques années auparavant, lorsqu'il avait été l'un des premiers soldats de l'empire à recevoir la grâce d'une seconde chance de mener une vie honorable.

Alors qu'il finissait et rassemblait les hommes qui venaient de se vouer au natami des Acoma, les yeux de Mara se portèrent vers les rives lointaines du lac. Un mouvement attira son attention, et son esprit fut submergé par un tourbillon d'émotions. Posant une main sur l'épaule de Keyoke, elle murmura :

— Regarde !

Le vieux conseiller pour la guerre tourna son regard vers l'endroit qu'elle désignait.

— Mes yeux ne sont plus très jeunes, maîtresse. Que voyez-vous ?

— Des shatra, fut la réponse pleine de révérence de Mara. Par la grâce divine, ils viennent nicher dans les marais de nos nouveaux rivages.

Depuis sa place près du jeune Saric, Incomo intervint :

— Les dieux semblent satisfaits de la générosité de votre cœur, maîtresse.

— Nous ne pouvons que l'espérer, Incomo.

Elle déclara alors à ses conseillers :

— Venez. Préparons notre nouvelle demeure. Mon futur époux arrivera bientôt, en compagnie de mon fils et héritier.

Mara conduisit ses anciens et ses nouveaux conseillers vers le manoir qu'elle avait tant admiré, et qui était maintenant devenu son foyer, un toit sous lequel s'uniraient deux grandes maisons vouées au progrès de l'empire.

Mara des Acoma passa devant les rangs de ses nouveaux soldats, des hommes qui, à peine quelques jours auparavant, avaient été ses ennemis jurés, rêvant de détruire et d'anéantir sa maison. La plupart de ceux qui la regardaient croyaient maintenant fermement qu'elle pouvait accomplir des miracles, car non seulement elle avait vaincu trois seigneurs de la plus puissante maison de l'empire, mais elle avait pardonné à leurs serviteurs et les accueillis comme s'ils ne lui avaient jamais fait aucun mal. Une telle générosité et une telle sagesse les protégeraient et les rendraient prospères.

Et elle portait le titre le plus ancien et le plus honorable qui ait jamais été accordé : pair de l'empire.

8140

Composition PCA
Achevé d'imprimer en France (Malesherbes)
par Maury-Imprimeur le 10 août 2009.
Dépôt légal août 2009. EAN 9782290354117
1er dépôt légal dans la collection : septembre 2006

Éditions J'ai lu
87, quai Panhard-et-Levassor, 75013 Paris
Diffusion France et étranger : Flammarion